◆ 厨房产品广告

◆ 酒杯素描效果

◆ 童梦

◆ 忧郁效果

◆ 魔幻效果

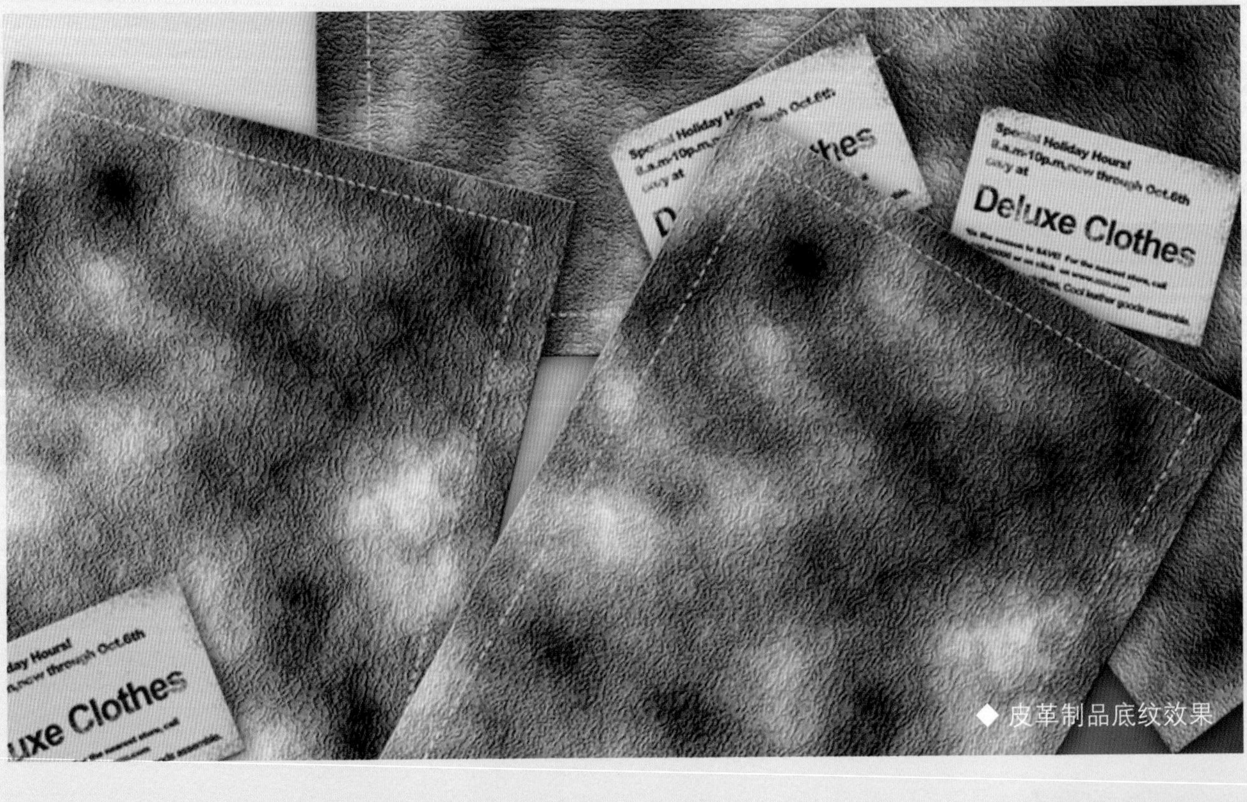

◆ 皮革制品底纹效果

◆ 水彩画效果

谐和
以微小的力量，
轻松累积
成梦想家居
"之最"，梦想的撒瓦尔
生命是一匹快速的战马
但我的思想会
在这块土地上留存下来
家居，磺溪流域第一间，
人生居家之最惊叹号，
已打造完成

◆ 水墨画效果

◆ 城市达人

◆ 金属钢板底纹效果

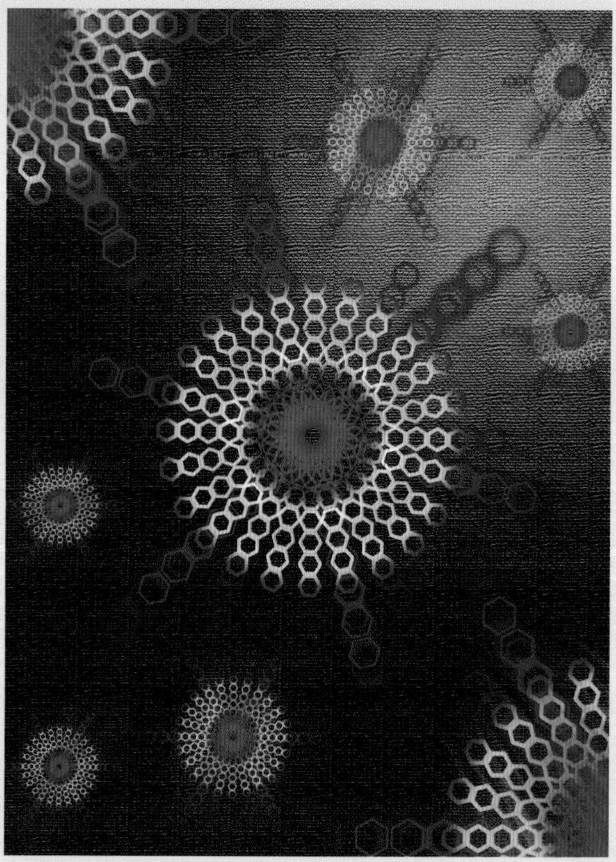

◆ 科幻底纹效果

Photoshop CS4 宝典

数码创意 编著

電子工業出版社
Publishing House of Electronics Industry
北京 · BEIJING

内 容 简 介

Photoshop CS4是当今最流行的图像编辑处理软件之一，广泛应用于平面设计、网页设计、多媒体设计等方面。

本书包括CS4工作环境与基础操作，选区的建立和使用，绘图/修图工具的应用，图层，图像色彩与色调的调节，路径、通道和蒙版的应用，文字图层，滤镜效果及应用，历史记录与动作等丰富多彩的内容。同时，还精心设计了几十个精彩的Photoshop图像处理案例，令读者即学即用，熟练掌握软件操作方法，贯通创意设计精髓，对工作实践起到很好的指导作用。本书所附的教学光盘设计独具匠心，各种实例的讲解详尽，方便读者学习使用，具有很强的适用性。

本书内容详略得当，图文并茂，实例典型，步骤清晰，其操作性和针对性都比较强，不仅适合作为平面设计人员的参考用书，也可以作为相关职业学校的培训教材。

图书在版编目（CIP）数据

Photoshop CS4宝典 / 数码创意编著.—北京：电子工业出版社，2010.1
（宝典丛书）
ISBN 978-7-121-09581-8

Ⅰ. P… Ⅱ.数… Ⅲ.图形软件，Photoshop CS4 Ⅳ.TP391.41

中国版本图书馆CIP数据核字（2009）第171057号

责任编辑：牛晓丽
印　　刷：中国电影出版社印刷厂
装　　订：三河市皇庄路通装订厂
出版发行：电子工业出版社
　　　　　北京市海淀区万寿路173信箱　　邮编：100036
开　　本：850×1168　1/16　　印张：34.75　　字数：1079千字　　彩插：2
印　　次：2010年1月第1次印刷
定　　价：118.00元（含DVD光盘一张）

凡所购买电子工业出版社图书有缺损问题，请向购买书店调换。若书店售缺，请与本社发行部联系，联系及邮购电话：（010）88254888。

质量投诉请发邮件至zlts@phei.com.cn，盗版侵权举报请发邮件到dbqq@phei.com.cn。

服务热线：（010）88258888。

Preface
前言

Photoshop CS4是由Adobe公司推出的图像处理软件，它以其自身专业的技术能力和强大的兼容能力成为全球通用的图形图像设计及编辑处理工具。经过多次技术改革之后，Adobe公司成功地推出了更为强大的版本——Photoshop CS4，该软件可广泛应用于编辑修饰点阵图像的领域，无论进行平面设计、网页设计，还是进行多媒体设计，其都不失为一个强大的处理软件。

Photoshop CS4具有便捷的文件浏览器、强大的图像修饰和色彩调整功能以及完整的RAW格式支持功能等，此外还能结合其他软件进行应用。作为优秀的图像编辑软件，它正在各行各业中展现着自己的风姿与卓越的功能。

本书将基础教程与应用实例相结合，对Photoshop CS4软件的基本知识、功能应用、使用技巧以及实例制作进行了全面的剖析。在教程部分，作者力求做到知识讲述层次清晰、系统全面、由浅入深，以便读者理解和掌握，具体内容包括CS4工作环境与基础操作，选区的建立和使用，绘图/修图工具的应用，图层，图像色彩与色调的调节，路径、通道和蒙版的应用，滤镜效果及应用，历史记录与动作及文件浏览器等。同时，作者还根据多年平面设计的实战经验精心设计了几十个Photoshop图像处理的精彩案例，令读者即学即用，熟练掌握软件操作方法，贯通创意设计精髓，为工作实践起到很好的指导作用。

在充分借鉴前人宝贵经验的基础上，本书推陈出新，形成了自身独特的风格和特点。

版式设计精美，附加价值丰厚：本书版式设计精美，轻松易读，采用循序渐进的讲解模式，使读者全面地掌握软件基础知识。在后面章节的案例中，读者可以按照实例步骤进行思考和实践，在短时间内完成设计创意和操作技巧上的超越，为读者带来双倍的学习价值和学习体验。

内容实用，创意精彩：本书作者均为业内富有经验的设计师，他们明确各个阶段读者实际的学习需求，精心设计讲解内容，兼顾基础知识与案例实战两方面。在介绍各种工具、命令的使用方法的同时，配合穿插了Photoshop CS4中大量常用的操作技巧和注意要点，使读者能在短时间内迅速提高软件应用能力。在案例设计上，选材精美，适合软件各部分功能的效果表现。另外，作者具有独特的创意视角和艺术底蕴，能令读者在学习中获得诸多意外的惊喜，提高艺术表现力和对软件的驾驭能力。

本书还附赠包括书中案例的最终效果文件、项目文件及相关素材文件的配套光盘，是读者在学习过程中不可或缺的好帮手。

由于时间、精力、能力有限，书中难免有不足和疏漏之处，敬请广大读者予以指正。

作者
2009年11月

Contents

Photoshop CS4宝典

目录

CHAPTER 01　CS4工作环境与基础操作 1

1.1　关于Photoshop CS4 2
1.2　像素与分辨率 2
　1.2.1　像素 2
　1.2.2　分辨率 3
1.3　图像的种类 3
　1.3.1　位图图像 4
　1.3.2　矢量图像 4
1.4　图像的文件格式 4
1.5　颜色模式 6
1.6　Photoshop CS4的界面 8
　1.6.1　菜单栏 8
　1.6.2　应用程序栏 8
　1.6.3　工具选项栏 9
　1.6.4　图像窗口 10
　1.6.5　工具箱 11
　1.6.6　控制面板 11

1.7　控制面板的使用方法 17
　1.7.1　更优化的控制面板 17
　1.7.2　展开和收缩控制面板 18
　1.7.3　最小化控制面板 18
　1.7.4　关闭控制面板 18
　1.7.5　设置控制面板 18
1.8　文件基本操作 18

　1.8.1　新建文件 19
　1.8.2　打开文件 19
　1.8.3　查看最近打开过的文件 20
　1.8.4　存储文件 21
　1.8.5　将文件存储为副本 21
　1.8.6　存储为Web所用格式 21
　1.8.7　关闭文件 22
　1.8.8　退出程序 22
　1.8.9　恢复操作 22
1.9　图像窗口控制 22

Contents

目录

1.9.1 切换图像窗口状态 22
1.9.2 调整选项卡的顺序 23
1.9.3 切换屏幕显示模式 24
1.9.4 管理文件窗口 25
1.10 标尺、参考线、网格和切片 27
1.10.1 标尺的使用 27
1.10.2 参考线、网格和切片的使用 28
1.11 图像显示和画布操作 29
1.11.1 使用菜单和状态栏进行缩放 29
1.11.2 通过缩放工具进行设置 29
1.11.3 通过“导航器”控制面板进行设置 30
1.11.4 图像尺寸设置 31
1.11.5 画布大小设置 31
1.11.6 旋转画布 31
1.11.7 旋转视图工具 32
1.12 设置绘图颜色 33
1.12.1 前景色和背景色 33
1.12.2 拾色器 33
1.12.3 “颜色”控制面板 34
1.12.4 “色板”控制面板 35
1.12.5 吸管工具 36
1.13 自定义键盘快捷键 37

1.14 操作环境设置 38
1.14.1 常规设置 38
1.14.2 界面设置 39
1.14.3 文件处理设置 40
1.14.4 性能设置 41
1.14.5 光标设置 41
1.14.6 透明度与色域设置 42
1.14.7 单位与标尺设置 42
1.14.8 增效工具设置 43
1.14.9 文字设置 43

CHAPTER 02 选区的建立和使用 45

2.1 选取工具 46
2.1.1 矩形选框工具/椭圆选框工具 46
2.1.2 单行选框工具/单列选框工具 46
2.1.3 选取工具的工具选项栏 47
2.1.4 套索工具 48
2.1.5 魔棒工具 52
2.1.6 快速选择工具 54
2.2 选择菜单 55
2.2.1 全部 56
2.2.2 取消选择 56

Contents 目录

Photoshop CS4宝典

2.2.3 重新选择 56
2.2.4 反向 56
2.2.5 重新定义选区边缘 56
2.2.6 修改 57
2.2.7 扩大选取和选取相似 59
2.2.8 变换选区 60

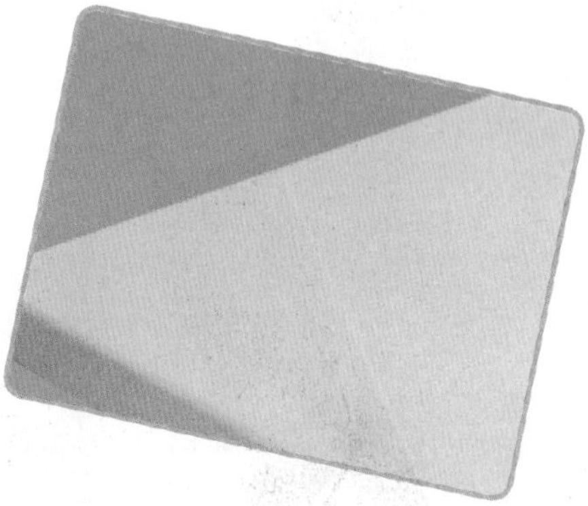

2.2.9 载入选区 61
2.2.10 存储选区 61
2.3 通过“色彩范围”命令选取区域 62
2.4 选取范围的基本操作 63
2.4.1 移动选取范围 63
2.4.2 增加选取范围 64
2.4.3 减少选取范围 64
2.4.4 选取交集 64

CHAPTER 03 绘图/修图工具的应用 65

3.1 绘图与修图工具设置 66
3.1.1 显示/隐藏工具选项栏 66
3.1.2 “工具预设”面板 66
3.1.3 “预设管理器”对话框 68
3.1.4 画笔预设面板 69
3.2 新建画笔 70
3.2.1 改变画笔的参数设置 71
3.2.2 保存、载入、重设和删除画笔 73
3.3 使用画笔 75
3.4 画笔笔尖形状 76
3.4.1 “形状动态”选项 78
3.4.2 “散布”选项 79
3.4.3 “纹理”选项 80
3.4.4 “双重画笔”选项 81

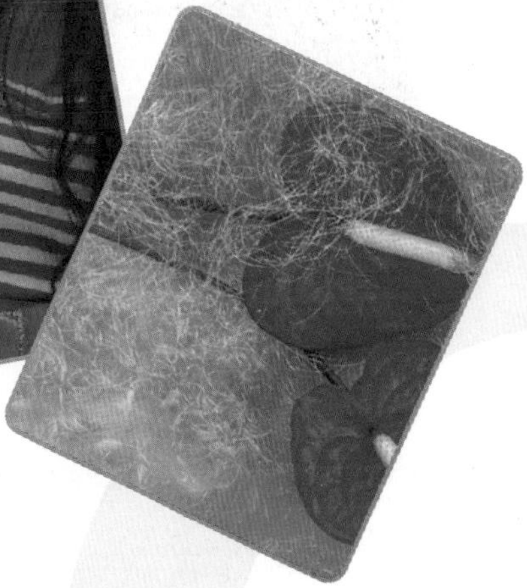

3.4.5 “颜色动态”选项 81
3.4.6 “其他动态”选项 82
3.4.7 画笔的其他选项 82
3.5 绘图与修图工具解析 83
3.5.1 铅笔工具 83
3.5.2 橡皮擦工具 83
3.5.3 渐变工具 87
3.5.4 油漆桶工具 89
3.5.5 图章工具 90
3.5.6 污点修复画笔工具 97
3.5.7 修复画笔工具 98

Contents

目录

3.5.8 修补工具 99
3.5.9 红眼工具 100
3.5.10 颜色替换工具 101
3.5.11 模糊工具 101
3.5.12 锐化工具 102
3.5.13 涂抹工具 103
3.5.14 减淡工具 103
3.5.15 加深工具 104
3.5.16 海绵工具 105
3.6 绘图模式 107
3.6.1 正常模式 107
3.6.2 溶解模式 108
3.6.3 背后模式 108
3.6.4 清除模式 108
3.6.5 变暗模式 109
3.6.6 正片叠底模式 109
3.6.7 颜色加深模式 109
3.6.8 线性加深模式 110
3.6.9 变亮模式 110
3.6.10 滤色模式 110
3.6.11 颜色减淡模式 110
3.6.12 线性减淡模式 111
3.6.13 叠加模式 111
3.6.14 柔光模式 111
3.6.15 强光模式 112
3.6.16 亮光模式 112
3.6.17 线性光模式 112
3.6.18 点光模式 113
3.6.19 实色混合模式 113
3.6.20 差值模式 113
3.6.21 排除模式 114
3.6.22 色相模式 114
3.6.23 饱和度模式 114
3.6.24 颜色模式 114
3.6.25 明度模式 115
3.6.26 浅色模式 115
3.6.27 深色模式 115
3.7 3D工具与三维技术 116
3.7.1 从2D图像创建3D对象 116
3.7.2 3D对象工具 119
3.7.3 3D相机工具 122
3.7.4 “3D”面板 124

Contents

Photoshop CS4宝典

目录

CHAPTER 04　图层 129

4.1　图层概述 130

4.1.1　“图层”控制面板 130

4.1.2　图层复合 131

4.1.3　图层属性 132

4.1.4　图层转换 133

4.1.5　选择图层 133

4.1.6　新建图层 137

4.1.7　复制图层 138

4.1.8　删除图层 139

4.1.9　调整图层顺序 139

4.1.10　锁定图层 140

4.1.11　链接图层 140

4.1.12　锁定链接图层 141

4.1.13　链接图层的对齐与分布 141

4.1.14　图层的合并 143

4.1.15　图层组 144

4.1.16　剪贴蒙版 146

4.1.17　图层的变换 147

4.1.18　内容感知型缩放 149

4.2　图层蒙版 153

4.2.1　创建图层蒙版 153

4.2.2　编辑图层蒙版 153

4.2.3　管理图层蒙版 154

4.3　图层样式 155

4.3.1　混合选项 155

4.3.2　“投影”样式 156

4.3.3　“内阴影”样式 157

4.3.4　“外发光”样式 157

4.3.5　“内发光”样式 158

4.3.6　“斜面和浮雕”样式 158

4.3.7　“光泽”样式 159

4.3.8　“颜色叠加”样式 159

4.3.9　“渐变叠加”样式 159

Contents

目录

4.3.10 “图案叠加”样式......160

4.3.11 “描边”样式......161

4.4 管理图层样式......161

4.4.1 建立图层样式......161

4.4.2 复制、粘贴图层样式......162

4.4.3 删除图层样式......162

4.4.4 缩放图层样式......162

4.5 调整图层和填充图层......163

4.5.1 创建调整图层......163

4.5.2 创建填充图层......164

4.6 图层复合......165

4.7 智能对象......167

4.7.1 组合智能对象图层......167

4.7.2 智能对象图层副本......167

4.7.3 编辑内容......168

4.7.4 导出内容......168

4.7.5 替换内容......168

4.7.6 转成普通图层......168

CHAPTER 05 图像色彩与色调的调节....169

5.1 颜色概述......170

5.1.1 色相......170

5.1.2 饱和度......170

5.1.3 亮度......170

5.1.4 色调......171

5.1.5 对比度......171

5.2 图像色调调节......171

5.2.1 色阶分布图......171

5.2.2 色阶调节......172

5.2.3 自动色阶调节......173

5.2.4 自动对比度调节......173

5.2.5 曲线调节......174

5.3 图像色彩调节......177

5.3.1 自动颜色......177

5.3.2 色彩平衡......177

目录

5.3.3 亮度/对比度 178
5.3.4 色相/饱和度 179
5.3.5 自然饱和度 181
5.3.6 替换颜色 187
5.3.7 通道混合器 190
5.3.8 渐变映射 190
5.3.9 照片滤镜 191
5.3.10 阴影/高光 192
5.3.11 曝光度 194
5.3.12 反相 194
5.3.13 色调均化 194
5.3.14 阈值 195
5.3.15 色调分离 195

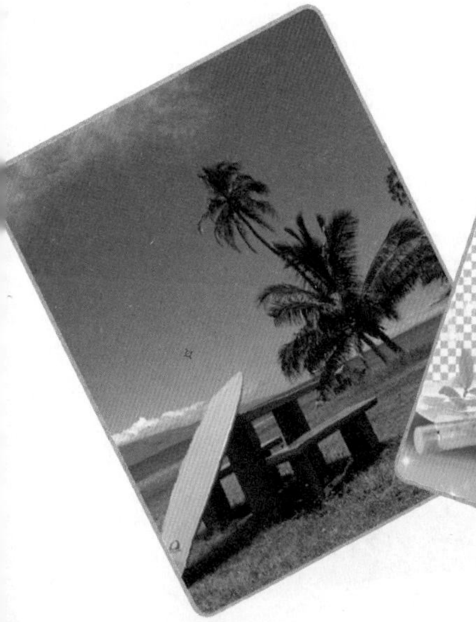

5.3.16 变化 195
5.3.17 “调整”面板 196

CHAPTER 06 路径、通道和蒙版的应用 201

6.1 路径的基本概念 202
6.1.1 路径工具 202
6.1.2 钢笔工具 202

6.1.3 自由钢笔工具 203
6.1.4 添加锚点工具 204
6.1.5 删除锚点工具 204
6.1.6 转换锚点工具 204
6.2 选择路径 205
6.2.1 路径选择工具 205
6.2.2 直接选择工具 208
6.3 使用“路径”控制面板 208
6.3.1 显示或隐藏路径 209
6.3.2 建立新路径 209
6.3.3 保存路径 210
6.3.4 复制路径 210
6.3.5 删除路径 211

Contents

目录

6.3.6 将选区转换为路径 211
6.3.7 将路径转换为选区 212
6.3.8 填充路径 212
6.3.9 描边路径 213
6.3.10 剪贴路径 214

6.3.11 输出路径 215
6.4 形状工具 215
6.4.1 矩形工具 215
6.4.2 圆角矩形工具和椭圆工具 216
6.4.3 多边形工具 217
6.4.4 直线工具 218
6.4.5 自定形状工具 219
6.5 通道工具 220
6.5.1 “通道”控制面板 221
6.5.2 显示和隐藏通道 221
6.5.3 将颜色通道显示为原色 222
6.6 通道的操作 222
6.6.1 新建通道 222
6.6.2 复制和删除通道 222
6.6.3 分离和合并通道 223
6.7 专色通道 224
6.7.1 建立专色通道 224

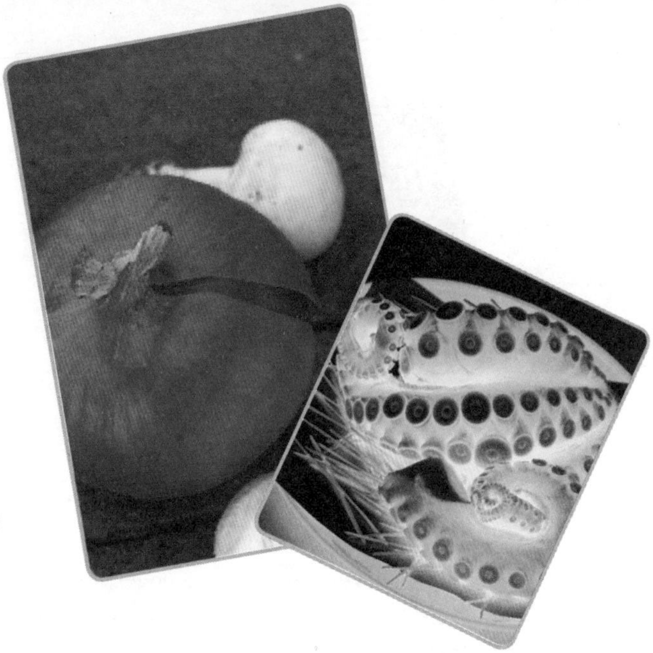

6.7.2 编辑、合并专色通道 225
6.7.3 将Alpha通道转换为专色通道 225
6.8 蒙版工具 226
6.8.1 蒙版的生成 226
6.8.2 制作快速蒙版 226
6.8.3 将选取范围转换为Alpha通道 227
6.8.4 将Alpha通道转换为选取范围 228
6.8.5 “蒙版”面板 229
6.9 图像混合运算 234
6.9.1 “应用图像”命令 234
6.9.2 “计算”命令 235

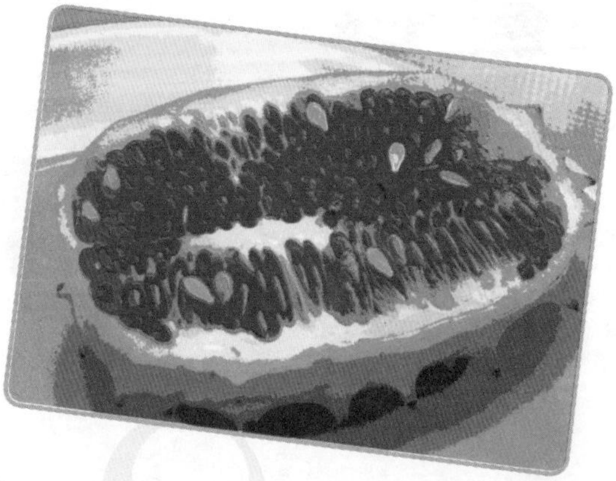

Contents 目录

CHAPTER 07 文字图层 237

7.1 文字工具 238
7.1.1 点文字 238
7.1.2 段落文字 239
7.1.3 建立文字选取范围 240
7.2 设置文字的格式 241
7.2.1 设置文字字符属性 241
7.2.2 设置段落属性 246

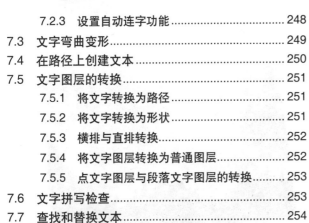

7.2.3 设置自动连字功能 248
7.3 文字弯曲变形 249
7.4 在路径上创建文本 250
7.5 文字图层的转换 251
7.5.1 将文字转换为路径 251
7.5.2 将文字转换为形状 251
7.5.3 横排与直排转换 252
7.5.4 将文字图层转换为普通图层 252
7.5.5 点文字图层与段落文字图层的转换 253
7.6 文字拼写检查 253
7.7 查找和替换文本 254

CHAPTER 08 滤镜效果及应用 255

8.1 应用滤镜效果的技巧 256
8.1.1 选择滤镜的准则 256
8.1.2 使用滤镜库对话框 256
8.2 液化滤镜 258
8.2.1 液化变形工具组 258
8.2.2 变形工具的应用 258
8.2.3 载入网格和存储网格 262
8.3 消失点 262

8.4 像素化滤镜 266
8.4.1 彩色半调 266
8.4.2 晶格化 267
8.4.3 彩块化 267
8.4.4 碎片 267
8.4.5 铜版雕刻 268
8.4.6 马赛克 268
8.4.7 点状化 268
8.5 扭曲滤镜 269
8.5.1 扩散亮光 269
8.5.2 置换 269
8.5.3 玻璃 270
8.5.4 切变 270
8.5.5 挤压 271
8.5.6 旋转扭曲 271

Contents

目录

8.5.7 极坐标 271
8.5.8 水波 272
8.5.9 波浪 272
8.5.10 波纹 273
8.5.11 海洋波纹 273
8.5.12 球面化 274
8.5.13 镜头校正 274
8.6 杂色滤镜 276

8.6.1 中间值 277
8.6.2 去斑 277
8.6.3 添加杂色 277
8.6.4 蒙尘与划痕 277
8.6.5 减少杂色 278
8.7 模糊滤镜 278
8.7.1 平均 278
8.7.2 模糊 279
8.7.3 进一步模糊 279
8.7.4 高斯模糊 279
8.7.5 镜头模糊 280
8.7.6 动感模糊 281
8.7.7 径向模糊 281
8.7.8 特殊模糊 282
8.7.9 方框模糊 282
8.7.10 形状模糊 283
8.7.11 表面模糊 283
8.8 渲染滤镜 283
8.8.1 云彩 283
8.8.2 分层云彩 284
8.8.3 纤维 284
8.8.4 镜头光晕 284
8.8.5 光照效果 285
8.9 画笔描边滤镜 285

Contents 目录

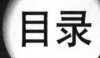

8.9.1 强化的边缘 285
8.9.2 成角的线条 286
8.9.3 阴影线 286
8.9.4 深色线条 286
8.9.5 墨水轮廓 287
8.9.6 喷溅 287
8.9.7 喷色描边 287
8.9.8 烟灰墨 287
8.10 素描滤镜 288
8.10.1 基底凸现 288
8.10.2 粉笔和炭笔 288
8.10.3 炭笔 289
8.10.4 铬黄 289
8.10.5 炭精笔 289
8.10.6 绘图笔 290
8.10.7 半调图案 290
8.10.8 便条纸 290
8.10.9 影印 291
8.10.10 塑料效果 291
8.10.11 网状 291
8.10.12 图章 292
8.10.13 撕边 292
8.10.14 水彩画纸 292

8.11 纹理滤镜 293
8.11.1 龟裂缝 293
8.11.2 颗粒 293
8.11.3 马赛克拼贴 293
8.11.4 拼缀图294
8.11.5 染色玻璃 294
8.11.6 纹理化294
8.12 艺术效果滤镜 295
8.12.1 彩色铅笔 295
8.12.2 木刻 295
8.12.3 干画笔296
8.12.4 胶片颗粒 296

Contents

目录

8.12.5 壁画 296
8.12.6 霓虹灯光 297
8.12.7 绘画涂抹 297
8.12.8 调色刀 297
8.12.9 塑料包装 298
8.12.10 海报边缘 298
8.12.11 粗糙蜡笔 299
8.12.12 涂抹棒 299
8.12.13 海绵 299
8.12.14 底纹效果 300

8.12.15 水彩 300

8.13 视频滤镜 301
8.13.1 NTSC颜色 301
8.13.2 逐行 301

8.14 锐化滤镜 301
8.14.1 锐化 301
8.14.2 锐化边缘 302
8.14.3 进一步锐化 302
8.14.4 USM锐化 302
8.14.5 智能锐化 303

8.15 风格化滤镜 304
8.15.1 扩散 304
8.15.2 浮雕效果 304
8.15.3 凸出 305
8.15.4 查找边缘 305
8.15.5 照亮边缘 305
8.15.6 曝光过度 306
8.15.7 拼贴 306
8.15.8 等高线306
8.15.9 风 307

8.16 其他滤镜 307
8.16.1 自定 307
8.16.2 高反差保留 308
8.16.3 最大值 308

Contents 目录

8.16.4 最小值......308

8.16.5 位移......308

8.17 Digimarc滤镜......309

8.17.1 嵌入水印......309

8.17.2 读取水印......309

8.18 使用智能滤镜......310

8.19 创建全景图......310

8.19.1 创建Photomerge合成图像......311

8.19.2 创建360° 全景图......314

8.20 自动对齐图层......315

8.21 自动混合图层......316

CHAPTER 09 历史记录与动作......319

9.1 历史记录概述......320

9.1.1 “历史记录”控制面板......320

9.1.2 设置新快照......320

9.1.3 删除快照......321

9.1.4 设置历史记录选项......321

9.1.5 历史记录画笔工具......322

9.1.6 历史记录艺术画笔工具......323

9.2 动作......324

9.2.1 “动作”控制面板......324

9.2.2 使用按钮模式显示“动作”控制面板......325

9.2.3 创建和记录动作......325

9.2.4 “插入菜单项目”命令......326

9.2.5 “插入停止”命令......326

9.2.6 “插入路径”命令......327

9.2.7 设置对话框控制......327

9.2.8 排除部分动作命令......328

9.2.9 播放动作控制按钮......328

9.2.10 编辑动作......329

9.2.11 删除动作或动作组......329

9.2.12 管理“动作”控制面板中的动作效果......330

9.3 批处理图像......330

9.4 创建快捷批处理......332

CHAPTER 10 字体效果......333

10.1 多彩立体效果......334

10.2 融化的塑料效果......337

10.3 草坪效果......342

10.4 金属效果......345

Contents

目录

10.5 水滴效果 351
10.6 冰融效果 354
10.7 血迹效果 359
10.8 岩浆效果 362
10.9 雪花效果 366

CHAPTER 11 底纹与绘画效果 373

11.1 木版画效果 374
11.2 科幻底纹效果 378
11.3 木刻底纹效果 385
11.4 怀旧的牛仔底纹效果 388
11.5 奇特的琥珀底纹效果 391
11.6 火焰底纹效果 394
11.7 金属钢板底纹效果 396
11.8 皮革制品底纹效果 398
11.9 气帽纸底纹效果-1 401
11.10 气帽纸底纹效果-2 404
11.11 兽毛底纹效果 406
11.12 水墨画效果 412
11.13 素描彩绘效果 417
11.14 古建筑艺术照效果 422
11.15 水彩画效果 427
11.16 线描淡彩效果 433
11.17 油画效果——女人像 436
11.18 褶皱油画效果 438
11.19 染色纸纹理 442
11.20 光的漩涡效果 445
11.21 城市达人 452

CHAPTER 12 照片处理与商业应用 467

12.1 个性照片页面制作 468
12.2 魔幻效果 474
12.3 忧郁效果 480
12.4 照片网点效果 487
12.5 闪耀星光效果 492

12.6 酒杯素描效果 499
12.7 蜡笔效果 502
12.8 照片处理效果——童梦 505
12.9 儿童影印 509
12.10 炫色美女 513
12.11 航空广告 516
12.12 餐具广告 521
12.13 厨房产品广告 527
12.14 啤酒广告 533

01
CHAPTER

CS4工作环境与基础操作

针对缺乏平面设计基础知识的初学者，本章将讲解图像处理的基础知识，并引领读者熟悉Photoshop CS4的操作界面、工具箱和面板的基本组成和用法，从而使读者掌握图像编辑的基本操作，为将来熟练运用Photoshop做好准备。

1.1 关于Photoshop CS4

Photoshop是一个功能十分强大的图像处理软件，该软件由Adobe公司推出。现在，Adobe公司在原有版本基础上将其升级，推出了Photoshop CS4，该版本增加了更多人性化的实用图像处理功能，成为广大设计师们更加得心应手的伴侣。

Photoshop的应用领域非常广泛，都市街头各类制作精美的车身广告、灯箱广告、店面招贴、大型户外广告以及各种书籍杂志的封面、产品的精美包装、商场的广告招贴、电影海报等基本上都是使用Photoshop制作的。

Photoshop具有强大的图像修饰和色彩调整功能，利用这些功能可修复人物脸部的瑕疵与斑点、调整照片的色彩和色调、置换人物背景以及制作特效，从而得到令人满意的图像作品。

Photoshop具有良好的绘画、调色功能以及强大的图像合成功能，许多卡通动画往往都是先使用铅笔制作草稿，然后用Photoshop上色来绘制卡通形象的。Photoshop强大的图像合成功能结合作者的创意和想象，可使设计出的作品具有意想不到的艺术效果。

Photoshop还可以配合其他软件进行应用，如对使用3ds Max制作的三维立体图像进行后期处理等。

1.2 像素与分辨率

要真正掌握和使用一个图像处理软件，不但要掌握软件的操作方法，还得掌握图像和图形方面的知识，如图像类型、图像格式和颜色模式等。只有这样，才能充分发挥自己的创意，制作出高水平的作品。

1.2.1 像素

在Photoshop中，像素是组成图像最基本的元素。一个图像通常由许多像素组成，这些像素被排成横行或纵列，每个像素是一个小的方形的颜色块，具有不同的颜色值。单位长度内的像素越多，分辨率就越高，图像的效果就越好。当把图像放大到足够大时，会看到类似马赛克的效果，如图1-1（原始效果）和图1-2（图像局部放大效果）所示。

图1-1

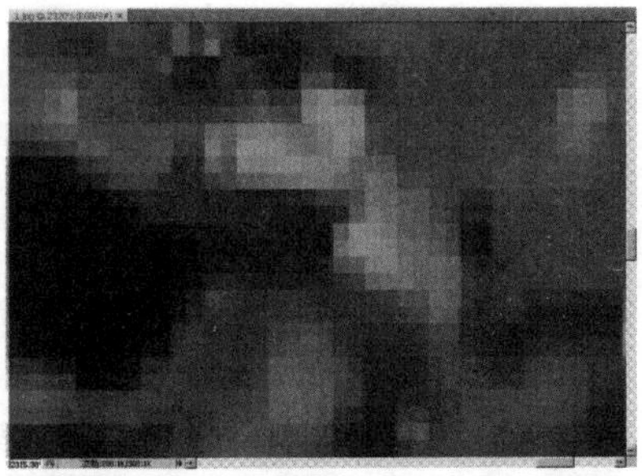

图1-2

1.2.2 分辨率

所谓分辨率，指的是单位长度或面积上像素的数目，其单位为“像素/英寸”或“像素/厘米”。图像的分辨率越高，表示单位长度内所含的像素越多，图像文件越清晰，同时，图像文件越大，运行文件所占用的内存也越大，机器运行速度将降低。

为了使设计效果更完美，图像的分辨率应该在一开始处理时就设置好，否则，即使再到Photoshop中修改为高的分辨率，印刷出来的产品质量仍然不会好。记住，印刷场合中的图像分辨率必须根据列印网线数来设定。一般来说，在输出胶片时，若用于铜版纸，则为175线；若用于胶版纸，则为150线或133线；若用于新闻纸，则为100线。这就意味着：用于铜版纸印刷的图像分辨率为350ppi，用于胶版纸印刷的图像分辨率为300ppi或266ppi，用于新闻纸印刷的图像分辨率为200ppi。

图像分辨率

图像分辨率指图像中存储的信息量。这种分辨率有多种衡量方法，典型的是以每英寸的像素数（ppi）来衡量。图像分辨率和图像尺寸一起决定文件的大小及输出质量，该值越大，图像文件所占用的磁盘空间也就越多。图像分辨率以比例关系影响着文件的大小，文件大小与其图像分辨率的平方成正比，即如果保持图像尺寸不变，将图像分辨率提高一倍，文件则增大为原来的4倍。

屏幕分辨率

屏幕分辨率指屏幕图像的精密度，即显示器所能显示的点数的多少。由于屏幕上的线和面都是由点组成的，所以显示器可显示的点数越多，画面就越精细，屏幕区域内能显示的信息也就越多。屏幕分辨率不仅与显示尺寸有关，还受显像管点距、视频带宽和刷新频率等因素的影响。其中，它和刷新频率的关系比较密切，严格地说，只有当刷新频率为“无闪烁刷新频率”时，显示器才能达到最高分辨率。

输出分辨率

输出分辨率又称为设备分辨率，指的是各类输出设备每英寸上可产生的点数，如显示器、喷墨打印机、激光打印机、绘图仪的分辨率。这种分辨率通过dpi来衡量，目前，PC显示器的设备分辨率在60dpi～120dpi之间，而打印设备的分辨率则在360dpi~1440dpi之间。

扫描分辨率

扫描分辨率指在扫描一幅图像之前所设定的分辨率，它将影响所生成的图像文件的质量和使用性能，决定图像以何种方式显示或打印。如果扫描图像用于640×480像素的屏幕显示，则扫描分辨率不必大于一般显示器屏幕的设备分辨率，即一般不超过120dpi。但大多数情况下，扫描图像是为了在高分辨率的设备中输出，如果图像扫描分辨率过低，则会导致输出的效果非常粗糙。反之，如果扫描分辨率过高，则数字图像中会产生超过打印所需要的信息，不但会降低打印速度，在打印输出时还会使图像色调的细微过渡丢失。

1.3 图像的种类

图像可以分为两种——位图图像和矢量图像。这两种图像各有各的特色，为了在操作时更好地完成作品，可以在进行图形与图像处理的过程中混合运用这两种类型，以获得最佳的效果。

1.3.1 位图图像

位图图像是由像素点组合成的图像，利用它可以制作出颜色和色调变化丰富的图像，同时也很容易在不同的软件之间进行文件交换，这些都是位图图像的优点。但是，由于位图图像记录的是每个像素的位置和颜色，因此文件比矢量图像大，所占的硬盘空间也大，在处理图像时，计算机的运行速度也慢。Photoshop属于位图式的图像软件，它可以打开矢量图像，所以能够与其他矢量图像软件交换文件。在Photoshop图像中，像素的数目和密度越高，图像就越逼真。

1.3.2 矢量图像

矢量图像也称为面向对象的图像或绘图图像，它是以数学描述方式来记录图像内容的，在数学上定义为一系列由线连接的点，其内容以线条和色块为主。通常，矢量图像所占的空间小，在进行放大等操作时，不会影响图像的清晰度，但不易制作色彩丰富或色彩变化很大的图像，绘制出来的图形不是很逼真，无法像照片一样精确地描绘各种好看的景象，且不易在不同的软件中运行。矢量图像的每个对象都是自成一体的实体，它具有颜色、形状、轮廓、大小和屏幕位置等属性，多次移动或改变它的属性，并不会影响图像中的其他对象。基于矢量图像的绘制同分辨率无关，故它们可以按最高分辨率显示到输出设备上。

1.4 图像的文件格式

Photoshop CS4支持20多种格式的图像文件，可以打开不同格式的图像进行编辑并保存。在具体操作中，我们可以根据实际需要来选择图像文件格式，以便更好地应用到实践当中。Photoshop CS4也可以导出多种格式的图像。

PSD格式

PSD是Photoshop软件自带的格式，可以用来保存图像中所有的图层、通道参考线、注释和颜色模式等信息，所以使用这种格式存储的文件较大，但修改图像非常方便。若图像中含有图层，则一般都用PSD格式保存。

BMP格式

BMP是Windows或OS2标准的位图图像格式。该格式支持RGB、索引颜色、灰度和位图颜色模式，但不支持CMYK模式，也不支持 Alpha通道。对于使用Windows格式的4位和8位图像，可以指定是否采用RLE压缩。

TIFF格式

TIFF的英文全名是 Tagged Image File Format（标记图像文件格式），用于在许多图像软件和平台之间转换。TIFF格式支持RGB、CMYK、Lab、索引颜色、位图模式和灰度颜色模式，并且在RGB、CMYK和灰度3种颜色模式中还支持使用通道、图层和裁切路径的功能，可以将图像中裁切路径以外的部分在置入到排版软件（如 PageMaker）中时变为透明。

在Photoshop中，将图像另存为TIFF文件格式时会出现“TIFF选项”对话框，从中可以选择以PC机还是苹果机的字节顺序保存，并且可选用LZW压缩方式。Enhanced TIFF格式不支持裁切路径，在“TIFF选项”对话框中可以选择多种压缩方式，如在“图像压缩”选项区域中选择LZW、ZIP和JPEG压缩方式，以减少文件所占的磁盘空间，这样虽然可以减小文件大小，但会增加打开文件和存储文件的时间。

JPEG格式

JPEG的英文全称是Joint Photographic Experts Group（联合摄影专家组），它的最大特点就是文件比较小，一般用于显示图片和其他连续色调的图像文件。当将一个图像另存为JPEG图像格式时，会打开“JPEG 选项”对话框，从中可以选择图像的品质和压缩比例，通常情况下应选择以“最佳”品质来压缩图像，这样所产生的图像品质与原来的图像差别不大，但文件大小会减小很多。JPEG格式支持CMYK、RGB和灰度颜色模式，但不支持Alpha通道。印刷一般不采用JPEG格式，因为这种格式在压缩时会丢失许多图像数据。

EPS格式

EPS为压缩的PostScript格式，是为了在PostScript打印机上输出图像而开发的格式，其最大优点在于可以在排版软件中以低分辨率预览，而在打印时以高分辨率输出。EPS格式支持Photoshop的所有颜色模式，可以用来存储点阵图和矢量图，在存储点阵图时，可以将图像中的白色像素设定为透明效果（它在位图模式下支持透明效果）。

GIF格式

GIF的英文全称是Graphics Interchange Format（图像交换格式），是CompuServe提供的一种图像格式，此格式的文件是8位图像文件，最多只能保存256色的RGB色阶阶数。在HTML文件中，GIF文件格式一般用于显示索引颜色图像。GIF格式使用LZW压缩方式压缩文件，使其不会太占磁盘空间，因此被广泛应用于网络上图片的传输，但它只支持一个Alpha通道的图像信息。

PCX格式

PCX最早是ZSOFT公司的Paintbrush图形软件所支持的图像格式。PCX格式与BMP格式一样支持1～24位的图像，并可以用RLE压缩方式保存文件。PCX格式支持RGB、索引颜色、灰度和位图颜色模式，但不支持 Alpha通道。

FLM格式

此格式用于由Adobe Premiere创建的RGB动画或影片文件，它的扩展名为.flm。要注意的是，如果在Photoshop中打开这种格式的图像并对其进行了重新调整大小、改变颜色模式或改变文件格式等操作，那么就不能再将它存回到Film Strip格式了。

PICT格式

PICT是一种可在应用程序间转递文件的中间文件格式，常用于Macintosh图像和页面排版程序中，它支持不带Alpha通道的索引颜色、灰度、位图颜色模式文件和带一个Alpha通道的RGB颜色模式文件。此格式对于压缩具有大面积单色的图像非常有效。

PNG格式

PNG格式可以使用无损压缩方式压缩文件，是由Netscape公司开发出来的格式，可以用于网络图像。不同于GIF格式只能保存256色图像，PNG格式可以保存24位的真彩色图像，并且具有透明背景和消除锯齿边缘的功能，可以在不失真的情况下压缩保存图像。但由于PNG格式不完全支持所有浏览器，因此在网页中使用得要比GIF和JPEG格式少得多。

PDF格式

PDF是一种可移植的文件格式，是由Adobe公司开发的用于Windows，Mac，UNIX和DOS系统的一种电子出版软件的文档格式，适用于不同平台。它以PostScript Level 2语言为基础，可以覆盖矢量式图像和点阵式图像，并且支持超链接。该格式文件可以存有多页信息，其中包含图形和文件的查找和导航功能，因此不需要排版或图像软件即可获得图文混排的版面。由于该格式支持超文本链接，因此是网络下载经常使用的文件格式。

PDF格式支持RGB、索引颜色、CMYK、灰度、位图和Lab颜色模式，并支持通道、图层等数据信息。它还支持以JPEG和ZIP压缩格式（位图颜色模式不支持ZIP压缩格式）保存，保存时会出现对话框，从中可以选择压缩格式；当选择 JPEG压缩格式时，还可以选择以不同的压缩比例来控制图像品质。

TGA格式

TGA格式广泛应用于PC机领域。可以在3ds Max中生成TGA文件。在Windows系统下的Photoshop，Freehand和Painter等软件中可将此种格式的文件打开，并对其进行修改。该格式支持一个Alpha通道的32位RGB颜色模式文件和不带Alpha通道的索引颜色、灰度颜色模式文件及16位和24位RGB颜色模式文件。

1.5 颜色模式

在Photoshop中，颜色模式是个非常重要的概念。只有了解不同的颜色模式（如图1-3所示），才能精确地描述、修改和处理色调。Photoshop提供了一组描述自然界中的光及其色调的模式，通过它们可以将颜色以一种特定的方式表示出来，而这种色彩又可以用一定的颜色模式存储。每种颜色模式都针对特定的目的：例如，为了方便打印，采用CMYK模式；为了给黑白照片上色，可以先将扫描成的灰度图像转换为彩色模式等。下面对各种颜色模式分别进行讲解。

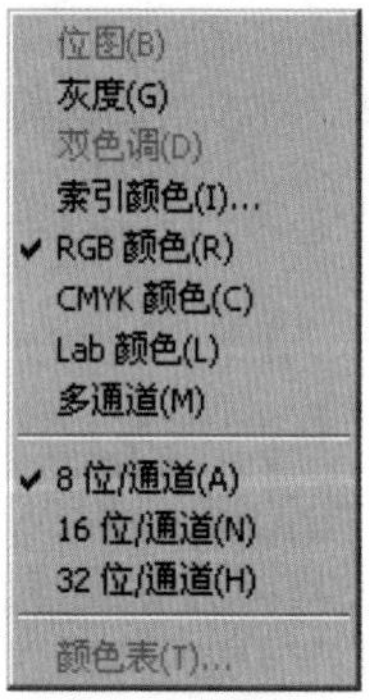

图1-3

位图模式

位图模式的图像也叫做黑白图像，因为位图模式使用两种颜色值（黑、白）来表示图像中的像素。此模式所占磁盘空间最少，每一个像素都是用1位的分辨率来记录的。要将图像转换成位图模式，必须先将其转换为灰度模式。

灰度模式

灰度图像由8位像素的信息组成，并使用256级的灰色来模拟颜色的层次。灰度图像的每个像素由0（黑色）～255（白色）之间的像素亮度值构成。灰度值也可以用黑色油墨覆盖的百分比来表示（0%等于白色，100%等于黑色）。

将彩色图像转换成灰度图像时，原图像中的所有颜色信息将转换成像素的灰阶。通过使用“通道混合器”命令混合颜色通道的信息，可以创建自定灰度通道。

从灰度模式向RGB模式转换，图像的颜色没有任何变化，图像像素的颜色值取决于其原来的灰度值。灰度图像也可转换为CMYK图像或Lab彩色图像。

双色调模式

它是一种为打印而制定的彩色模式，主要用于输出适合专业印刷的图像。双色调模式是用几种彩色油墨混合其色阶来创建的双色调、三色调和四色调的图像。在将灰度模式转换为双色调模式的过程中，可以对色调进行颜色和色调曲线的编辑，从而产生特殊的效果。

索引颜色模式

索引颜色模式是网上和动画中常用的图像模式。只有RGB和灰度模式才能转换为索引颜色模式。索引颜色图像是单通道图像（8位/像素），使用包含256种颜色的颜色查找表。在这种模式中，只能进行有限的编辑。当将图像转换为索引颜色模式时，Photoshop会构建一个颜色查找表（CLUT），它存放并索引图像中的颜色。如果原图像中的一种颜色没有出现在查找表中，则会选取已有颜色中最相近的颜色或使用已有颜色模拟该种颜色。

RGB颜色模式

RGB模式的图像是由3个颜色的通道组成的，这3个颜色的通道分别为：R（红色通道）、G（绿色通道）和B（蓝色通道）。它是Photoshop中最常用的一种颜色模式。RGB模式比CMYK模式的图像文件要小得多，可以节省更多的内存和存储空间。在RGB模式下，Photoshop的所有命令和滤镜都能正常使用。

Photoshop的RGB模式给彩色图像中每个像素的RGB分量分配一个0（黑色）～255（白色）之间的强度值。新建Photoshop图像的默认模式为RGB，计算机显示器总是使用RGB模式显示颜色，这意味着在非RGB颜色模式（如CMYK）下工作时，Photoshop会临时将数据转换成RGB数据再在屏幕上显示。RGB颜色一般比较鲜艳。

CMYK颜色模式

CMYK模式是一种印刷模式，由4种颜色组成，其中的C表示青色、M表示洋红、Y表示黄色、K表示黑色。虽然CMYK模式与RGB模式在本质上没有多大的区别，只是产生色彩的原理不同，但在处理图像时一般不采用CMYK模式，因为这种模式的图像文件占用的存储空间较大，Photoshop中的有些滤镜也不能使用。一般在印刷前把图像转换为CMYK模式，其颜色相对较暗。

Lab颜色模式

Lab是颜色范围最广的一种颜色模式，它是以一个亮度分量（L）和两个颜色分量（a和b）来表示颜色的。L的取值范围为0～100，a和b的取值范围为−120～120，a表示由绿色到红色的光谱变化，b表示由蓝色到黄色的光谱变化。Lab可以涵盖RGB和CMYK的颜色范围。它是一种独立的模式，在任何设备中都能够使用并输出图像。

多通道模式

多通道模式对有特殊打印要求的图像非常有用，在通道中使用256灰度级。它没有合成通道，在通道面板中只有一个单色通道。当图像中只使用了一两种颜色或三种颜色时，使用多通道模式可以减少印刷成本，而且可以正确地输出图像的颜色。

技巧提示

不能打印多通道模式中的彩色复合图像，但可以用 Photoshop CS4输出这种文件。将彩色图像转换为多通道模式时，新的灰度信息基于每个通道中像素的颜色值。将CMYK图像转换为多通道模式可创建青、洋红、黄和黑专色通道，将RGB图像转换为多通道模式可创建红、绿和蓝专色通道。从RGB，CMYK或Lab图像中删除一个通道，图像自动转换为多通道模式。

1.6 Photoshop CS4的界面

第一次接触Photoshop CS4的读者可能对其界面感到陌生，本节我们就来引导读者对Photoshop CS4的界面（如图1-4所示）有一个初步的认识。

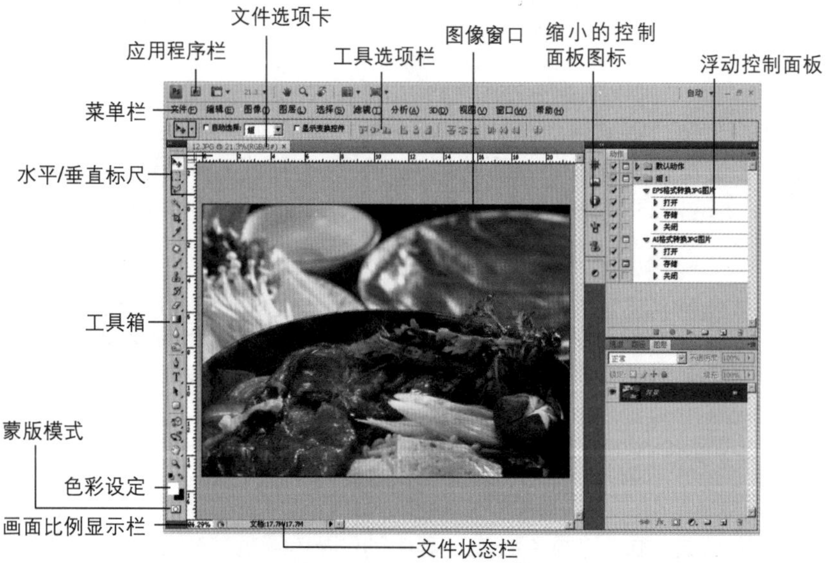

图1-4

1.6.1 菜单栏

Photoshop CS4的所有功能都分类显示在菜单栏中，其中包含“文件”、“编辑”、“图像”、“图层”、“选择”、“滤镜”、“分析”、“3D”、“视图”、“窗口”和“帮助”等11个菜单，单击其中的一个菜单，随即会出现一个下拉菜单，其中的命令可分为两类：一类显示为黑色，表示此命令在目前的状态下能执行；另一类显示为灰色，表示此命令在目前的状态下不能执行。

1.6.2 应用程序栏

Photoshop CS4中增加了一个应用程序栏，帮助用户快速地启动和选择一些常用功能，其按钮组成如图1-5所示。

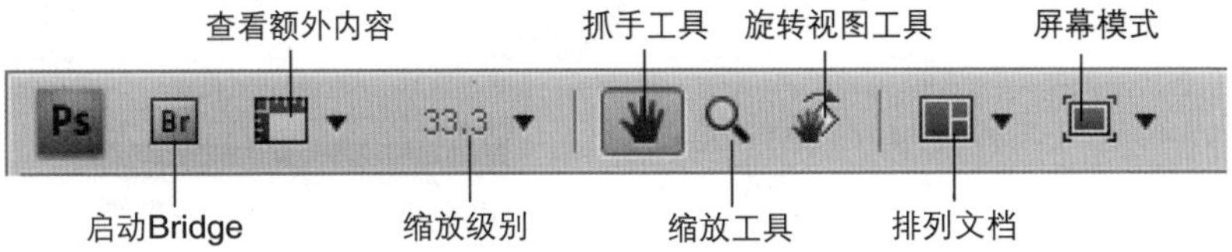

图1-5

启动Bridge：单击该按钮，可打开Bridge文件浏览器，与执行“文件>在Bridge中浏览”命令的功能相同。

查看额外内容：单击该按钮，在弹出的选项菜单中可以选择显示的辅助定位选项，有“显示参考线”、“显示网格”、“显示标尺”三个，这些菜单项的功能与“视图”菜单中相关命令的功能完全相同。

缩放级别：可以在该选项的文本框中输入视图缩放比例数值；也可以单击右侧的三角形按钮，选择软件预置的缩放比例数值。

抓手工具：单击该按钮，可以切换到抓手工具，配合缩放工具，可以动态地放大和缩小视图。

缩放工具：单击该按钮，可以连续运动地平滑放大或缩小视图（需要支持OpenGL）。

旋转视图工具：单击该按钮，可以切换到旋转视图工具（与在工具箱中选择的旋转视图工具相同），使用该工具可以在不破坏图像的情况下随意地转动画布。

排列文档：单击该按钮，可以打开文件排列选项面板。在该选项面板中，上半部分为视图布局方式的设置按钮，用户可以根据打开的文件数量和操作需要单击对应的布局按钮进行布局调整。同时，也可以使用选项面板中的命令对视图的缩放比例和显示状态进行设置。

屏幕模式：单击该按钮，可以在弹出的菜单中选择屏幕的显示模式，有“标准屏幕模式”、“带有菜单栏的全屏模式”和“全屏模式”3种，与“视图>屏幕模式”子菜单中的命令的功能完全相同。

1.6.3 工具选项栏

工具选项栏位于菜单栏的下方，它的外观会随着选取工具的不同而改变，当用户选中工具箱中的某个工具时，工具选项栏就会变成相应工具的属性设置选项，用户可以很方便地利用它设定工具的各种属性，图1-6所示的为选择矩形选框工具时的工具选项栏。

图1-6

技巧提示

默认情况下，工具选项栏会贴附在画面上方（菜单栏下方），拖拉其标题栏可使其浮动在画面的其他任意位置，如将其拖拉并贴附到画面下方。

1.6.4 图像窗口

图像窗口是在制作新的文件或打开图像时显示的窗口，其作用相当于绘图纸。执行“文件>打开”命令（如图1-7所示），双击操作界面中的灰色区域或按“Ctrl+O”组合键，都可以打开“打开”对话框，在“打开”对话框中选中文件并单击“打开”按钮，即可打开该文件的图像窗口。

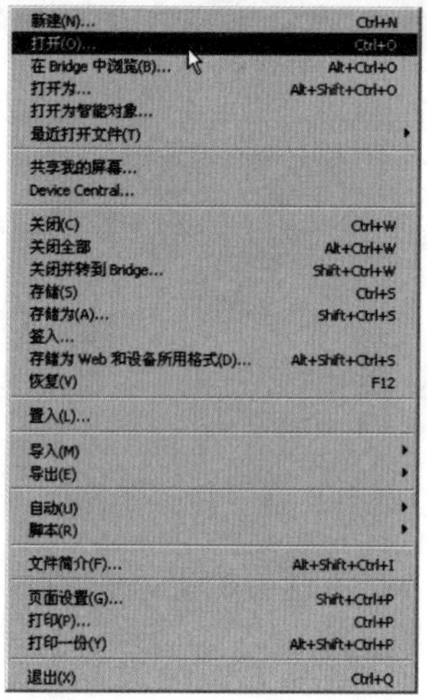

图1-7

状态栏

状态栏用来显示图像的显示比例、文件大小和所选工具的使用方法。状态栏左边为画面比例显示栏，其中显示的“21.29%”即为图像窗口的显示比例，在此处输入数值并按回车键即可以不同比例来预览文件。单击状态栏右侧的三角形按钮，即可弹出如图1-8所示的菜单，选择其中的选项即可查看图像文件的相关信息。

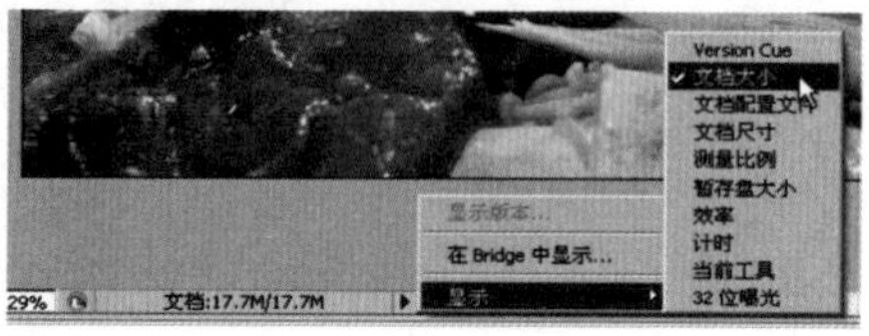

图1-8

Version Cue（翻译提示）：显示图像文件的操作提示信息。

文档大小：用来显示文件的大小，前一个数值表示文件的所有图层被合并且所有Alpha通道被删除后的文件大小，后一个数值表示包括所有图层和Alpha通道的文件大小。

文档配置文件：显示图像使用的色彩描述信息。

文档尺寸：用来显示图像文件长与宽的尺寸及分辨率信息。

测量比例：用来显示图像文件测量时的像素。

暂存盘大小：用此方式显示时，斜杠左边的数字代表在Photoshop中打开文件所需的内存数，这个值是累计的，会随着打开文件的增加而增加；右边的数字显示目前系统可以使用的内存空间大小。

效率：显示Photoshop的操作效率，如果效率是100%，则Photoshop处在最佳状态；当内存空间不够而必须使用硬盘的时候，这个值将会下降，数值越小，操作效率越差，Photoshop的速度会跟着变慢；如果操作效率常常低于70%的话，那么说明内存空间不足，应该配置更多的内存来供Photoshop使用。

计时：选取此方式后，将以时间单位“秒（s）”显示，状态栏数值显示的信息是指上一次操作所需要的时间，这个数值是以累计的方式计算的，如果要将操作时间重设为零，按住键盘上的Alt键并重新选取“计时”选项即可。

当前工具：选取此方式后，状态栏提示的信息是目前所选用工具的名称。

32位曝光：显示当前图像操作的位数。

打印预览

在状态栏上按住鼠标左键不放，可以进行打印预览，显示出图像尺寸与打印纸张尺寸的关系，两条对角线覆盖的矩形区域代表图像，灰色矩形区域代表打印纸张。

滚动条

在图像窗口的右方及下方各有一个滚动条，可以单击滚动条两端的箭头小幅度移动页面，也可以拖拉灰色的滚动条做大幅度的页面移动。

标尺

可以通过执行“视图>标尺”命令来显示标尺。图像窗口中有水平标尺与垂直标尺，可在制作作品时方便地度量页面并制作标尺参考线，以更准确地制作出所需的作品，而且也可以显示光标所在的位置，从而使选择更加精确。

1.6.5 工具箱

Photoshop CS4最大的改变是工具箱，它变成了可伸缩的，可变换为长单条和短双条两种状态。单击工具箱上部的按钮即可进行变换。工具箱中有24组、70多种工具，如图1-9所示。如果工具按钮右下方有一个三角形符号，则表示该工具按钮中还有隐藏的工具，用鼠标按住工具按钮不放，就可以弹出工具组中的其他工具。用鼠标光标指向工具按钮，就会显示工具的名称，括号内的字母为该工具的快捷键。

工具箱的底部有两组控制按钮：填色控制按钮用来设定前景色与背景色，工作模式控制按钮用来决定以标准工作模式还是以快速蒙版工作模式进行图像编辑。

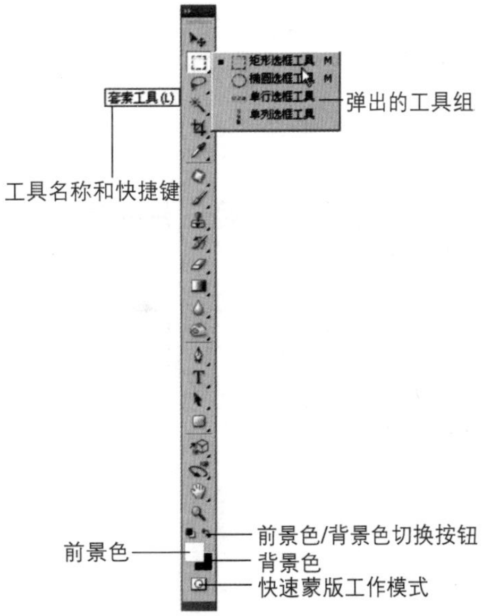

图1-9

1.6.6 控制面板

控制面板把常用的功能分类并集中在一起，以便使用。Photoshop CS4的控制面板可以收缩为精美的图标，有点儿像CorelDRAW的泊坞窗或者Flash的面板收缩状态。每一个控制面板都有一个相应的图标，单击它就可以打开控制面板。

“导航器”控制面板

通过“导航器”控制面板，可以快速地预览图像，放大或缩小当前操作的图像，迅速移动图像的显示内容（红色区域内为图像窗口显示内容）。执行菜单栏中的“窗口>导航器”命令，即可显示“导航器”控制面板。在Photoshop CS4中，还可将面板收缩成图标状态，需要打开时单击图标即可，如图1-10所示。

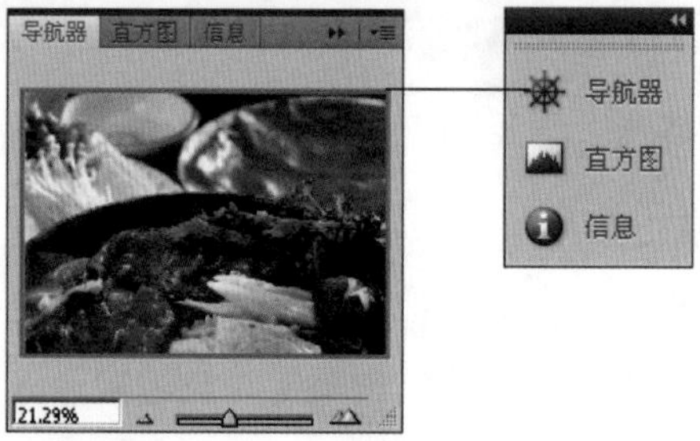

图1-10

“信息”控制面板

“信息”控制面板用于显示鼠标光标所在位置的坐标值、鼠标光标当前位置的像素的色彩数值以及物体大小、RGB和CMYK的色彩系数等有关信息。若使用工具进行选取或旋转时，在“信息”控制面板上可以显示出选取的大小和旋转的角度等信息。执行菜单栏中的“窗口>信息”命令，即可显示“信息”面板。可以将它收缩，需要打开时单击图标即可，如图1-11所示。

“字符”控制面板

“字符”控制面板主要用来设定字体、字符大小、字符间距、行距及字符基线微调等文字字符的格式。执行菜单栏中的“窗口>字符”命令，即可显示“字符”面板，如图1-12所示。在选中文字后，单击工具选项栏中的“显示/隐藏字符和段落调板”按钮也可以显示“字符”面板。可以将它收缩，需要打开时单击图标即可。

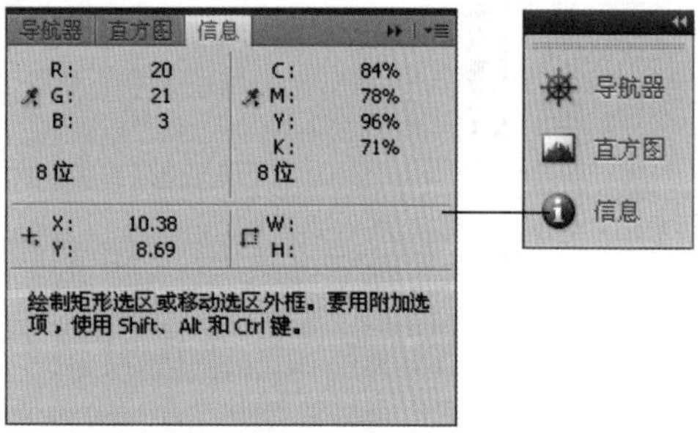

图1-11

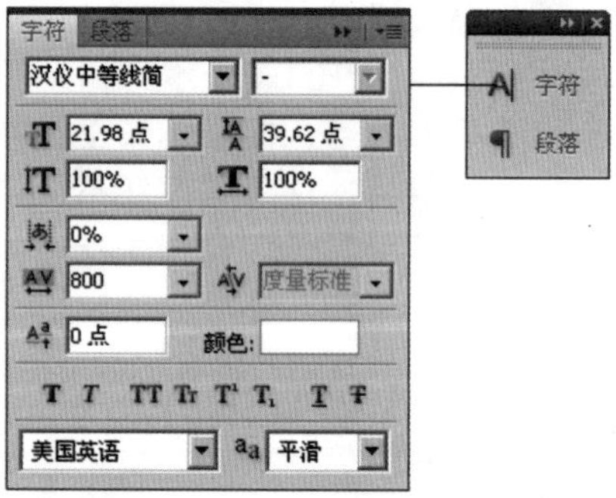

图1-12

“段落”控制面板

“段落”控制面板主要用来设定段落对齐、段落缩排、段落间距和定位点等。执行菜单栏中的“窗口>段落”命令，即可显示“段落”面板。可以将它收缩，需要打开时单击图标即可，如图1-13所示。

“颜色”控制面板

“颜色”控制面板用来选择前景色或背景色，拖动滑块或直接输入数值都能修改颜色。执行菜单栏中的“窗口>颜色”命令，即可显示“颜色”面板。可以将它收缩，需要打开时单击图标即可，如图1-14所示。

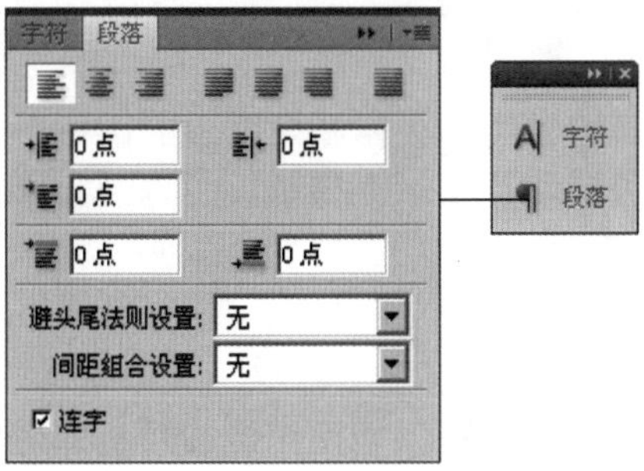

图1-13

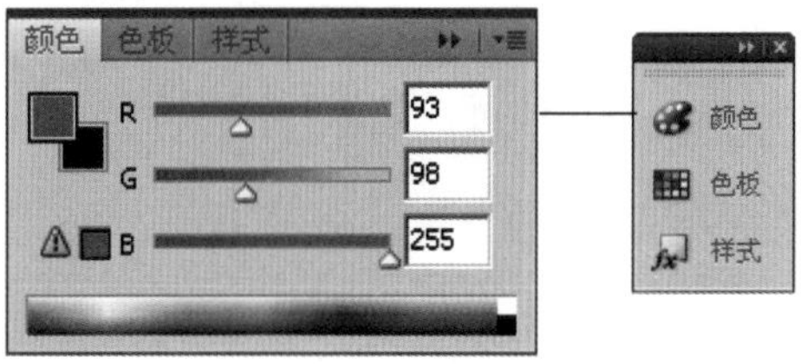

图1-14

“色板”控制面板

“色板”控制面板可以将常用的颜色保存到色板内，以便日后使用。执行菜单栏中的“窗口>色板”命令，即可显示“色板”面板。可以将它收缩，需要打开时单击图标即可，如图1-15所示。

“样式”控制面板

“样式”控制面板用来快速定义图形的各种属性，非常适合用在设计网页元素的场合下，如按钮或标题文字等。样式可以包含填色或图层各种新增的特效等。执行菜单栏中的“窗口>样式”命令，即可显示“样式”面板。可以将它收缩，需要打开时单击图标即可，如图1-16所示。

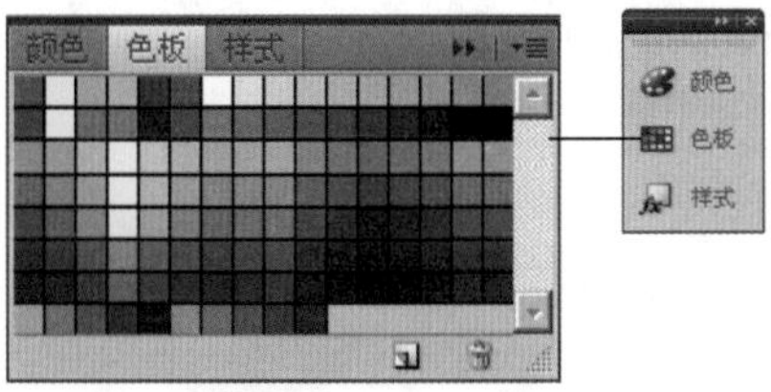

图1-15

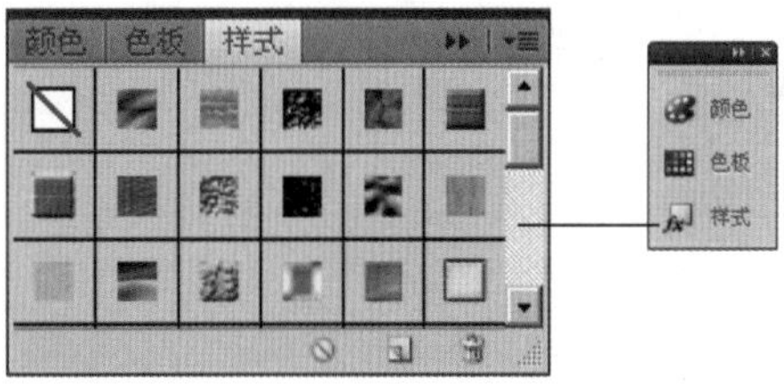

图1-16

“历史记录”控制面板

“历史记录”控制面板会记录图像的操作过程。若对当前的操作不满意，只需在“历史记录”控制面板中单击相应步骤选项，即可快速恢复到当前操作之前的步骤。执行菜单栏中的“窗口>历史记录”命令，即可显示“历史记录”面板。可以将它收缩，需要打开时单击图标即可，如图1-17所示。

“动作”控制面板

“动作”控制面板可以录制一连串的编辑动作，在制作中重复运用这些录制的编辑动作可节省时间。通常，我们可以用“动作”控制面板来完成一些烦琐而重复的工作。执行菜单栏中的“窗口>动作”命令，即可显示“动作”面板。可以将它收缩，需要打开时单击图标即可，如图1-18所示。

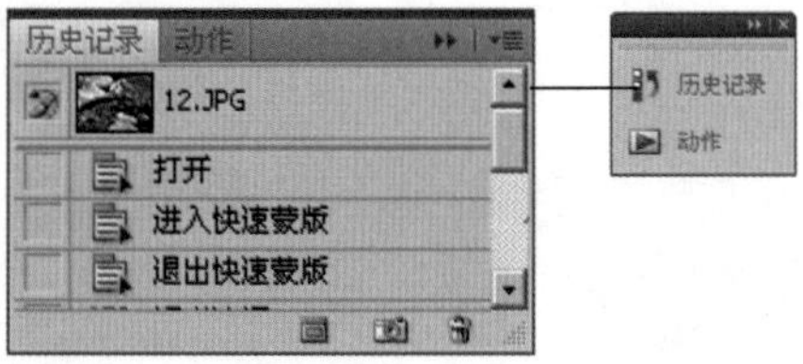

图1-17

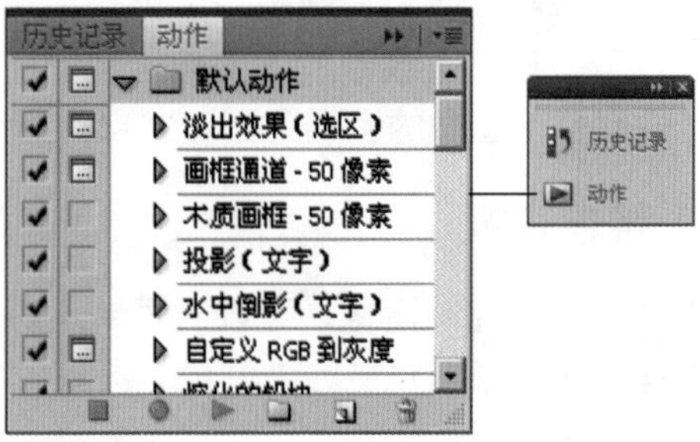

图1-18

“图层”控制面板

“图层”控制面板是Photoshop的重要部分，用于控制图层的操作，可以新建或合并图层，还可以修改和编辑每一图层上的图像。执行“窗口＞图层”命令，即可显示“图层”面板。可以将它收缩，需要打开时单击图标即可，如图1-19所示。

“通道”控制面板

“通道”控制面板可以用来记录图像的颜色数据和保护选区，并且可以切换图像的颜色通道来进行各通道的编辑，一般有4种通道，分别为RGB通道、红色通道、绿色通道和蓝色通道，也可以将选区存储在通道中变成Alpha通道，以便以后随时调用。执行菜单栏中的“窗口＞通道”命令，即可显示“通道”控制面板。可以将它收缩，需要打开时单击图标即可，如图1-20所示。

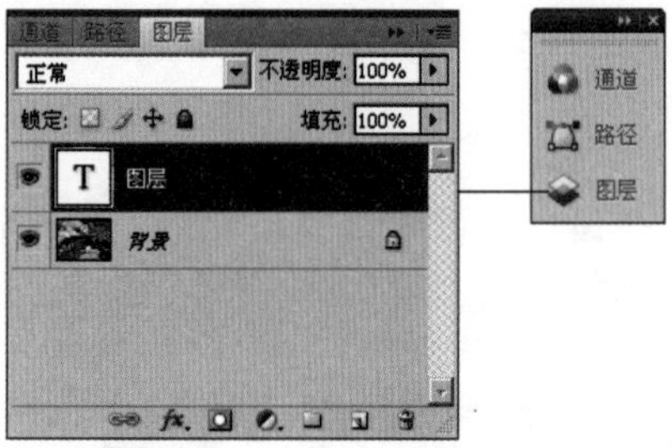

图1-19

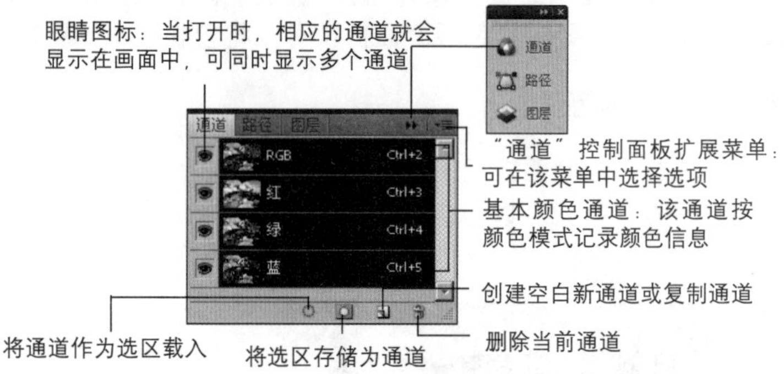

图1-20

“路径”控制面板

“路径”控制面板可以存储向量路径类工具所描绘的曲线路径，并可以将路径应用在填色、描边上，或将路径转变为选区。执行菜单栏中的“窗口＞路径”命令，即可显示“路径”控制面板，如图1-21所示。

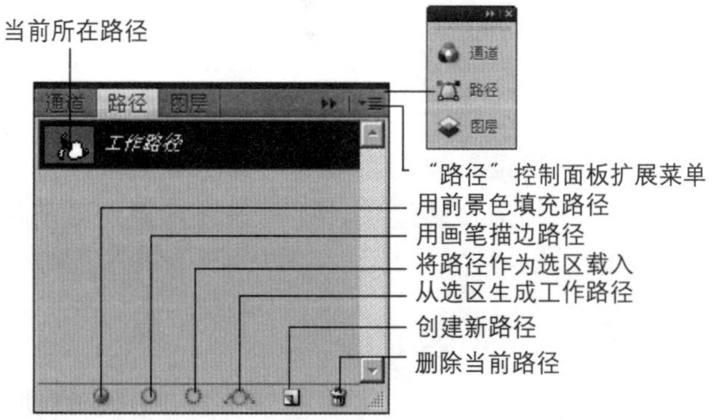

图1-21

“直方图”控制面板

“直方图”控制面板提供了很多用来查看与图像有关的色调和颜色信息的选项。执行菜单栏中的“窗口＞直方图”命令，即可显示“直方图”控制面板，如图1-22所示。默认情况下，“直方图”面板是以“紧凑视图”方式来显示的，用户可以在面板的弹出菜单中选择以“扩展视图”或“全部通道视图”方式来显示，如图1-23所示。将光标移动到直方图的某个位置上时，可以查看该图像区域的色阶和像素数量等信息，如图1-24所示。默认情况下，直方图中显示的是整个图像的色调范围，如果想显示图像某部分的直方图数据，则应先选择该部分。

“画笔”控制面板

利用“画笔”控制面板，可以对画笔工具的笔触、轨迹进行细节设置和控制，并对笔触和相关的选项进行管理。执行菜单栏中的“窗口＞画笔”命令，即可显示“画笔”控制面板，如图1-25所示。

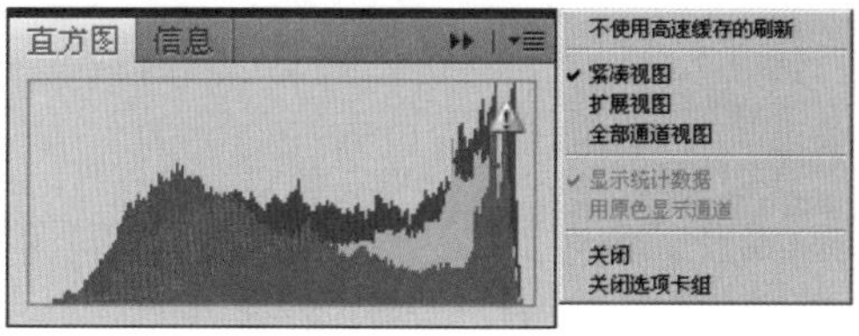

图1-22

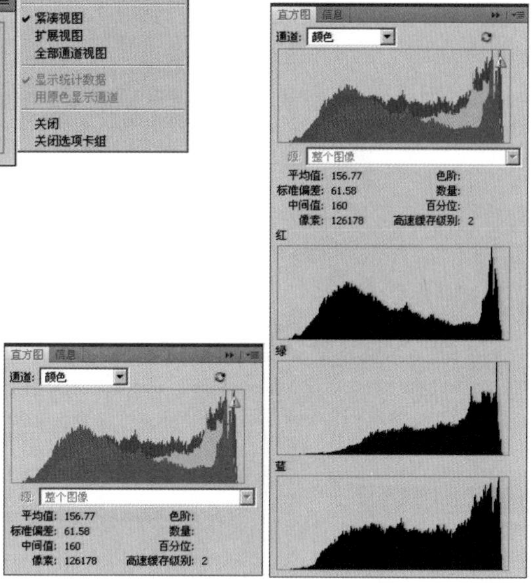

图1-23

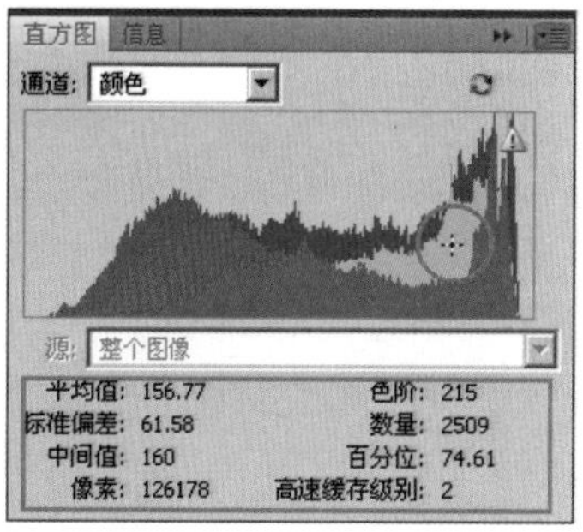

图1-24

“仿制源”控制面板

“仿制源”控制面板可以存储5个取样点位置，并可以对复制图像内容的大小、位移、角度等参数选项进行设置。执行菜单栏中的“窗口＞仿制源”命令，即可显示“仿制源”控制面板，如图1-26所示。

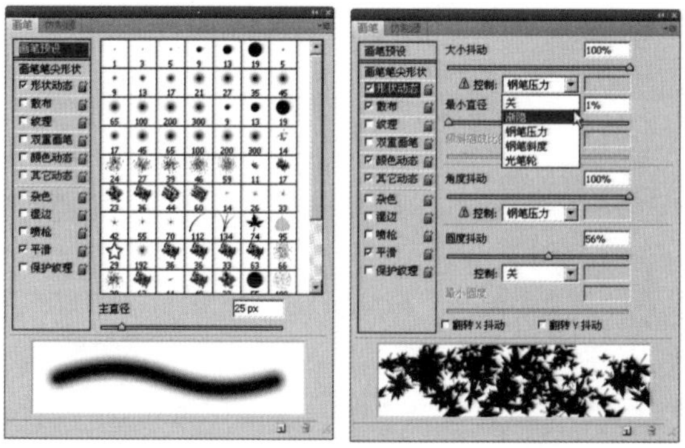
图1-25

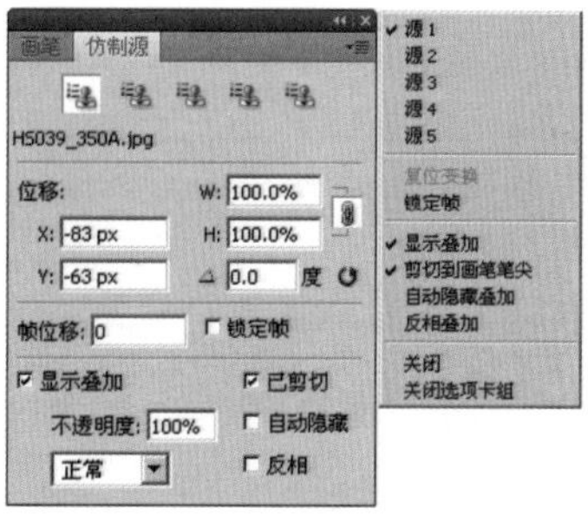

图1-26

“工具预设”控制面板

“工具预设”控制面板中列出了Photoshop对一些常用工具的预设选项和参数配置，这些工具预设选项按照不同的分类排列在“工具预设”控制面板中。执行菜单栏中的“窗口＞工具预设”命令，即可显示“工具预设”控制面板，如图1-27所示。

用户也可以利用面板选项菜单中的选项来载入不同的“工具预设”控制面板，如图1-28所示。

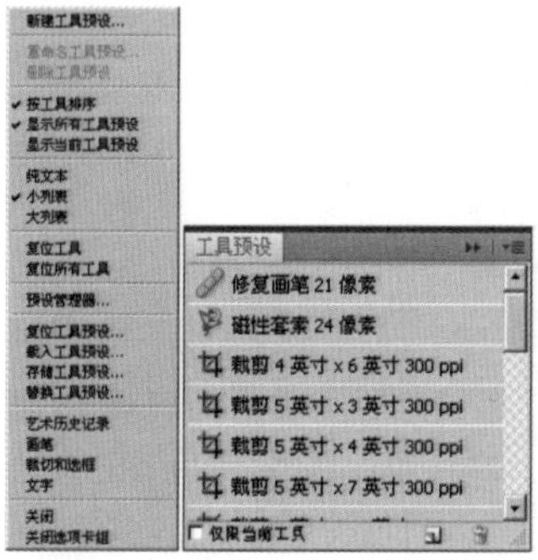

图1-27

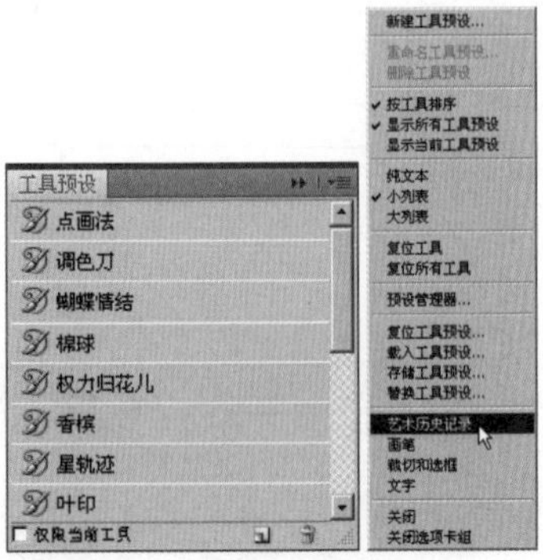

图1-28

“调整”控制面板

“调整”控制面板是Photoshop CS4新增加的一个控制面板，该面板中集成了常用的调整命令，并将其以图标的形式罗列在其中，用户可以通过单击图标按钮在图像中添加对应的调整图层，并进入该调整选项的功能面板，对调整的参数选项进行详细的设置。执行菜单栏中的“窗口＞调整”命令，即可显示“调整”控制面板，如图1-29所示。

同时，“调整”控制面板的下部列出了软件预设的一些方案选项，用户也可以展开这些方案选项为图像添加已经设置好的常用调整效果，如图1-30所示。

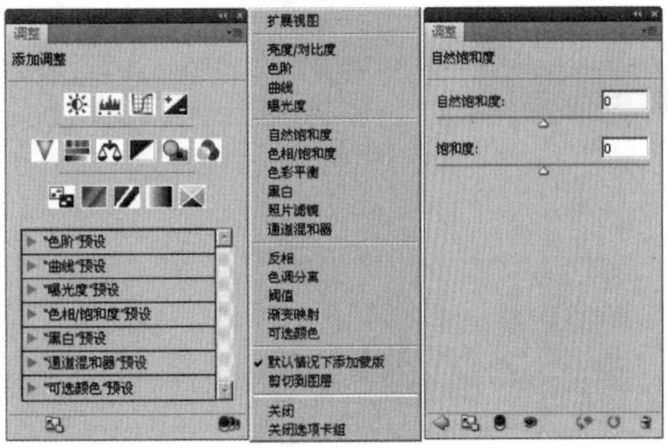

图1-29

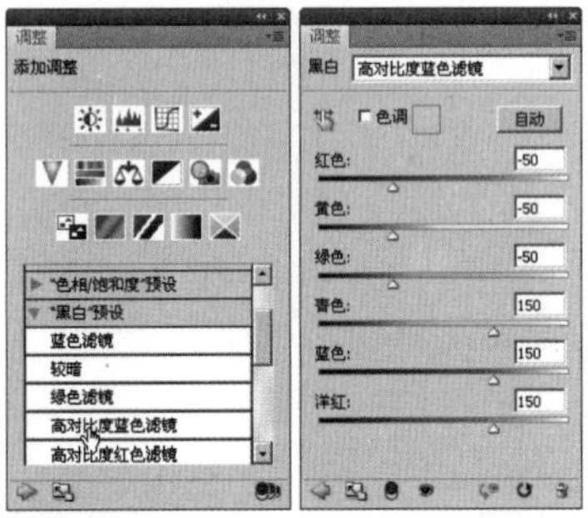

图1-30

“蒙版”控制面板

“蒙版”控制面板是Photoshop CS4新增加的一个控制面板，利用该面板可以为图层添加图层蒙版和矢量蒙版，并对蒙版的细节部分进行设置，使蒙版更加容易操作和直观可调。执行菜单栏中的“窗口＞蒙版”命令，即可显示“蒙版”控制面板，如图1-31所示。

“图层复合”控制面板

“图层复合”控制面板可以将图像文件的图层状态存储成不同的图层复合，用户可以通过这些图层复合记录状态将图像恢复到不同的图层状态。执行菜单栏中的“窗口＞图层复合”命令，即可显示“图层复合”控制面板，如图1-32所示。

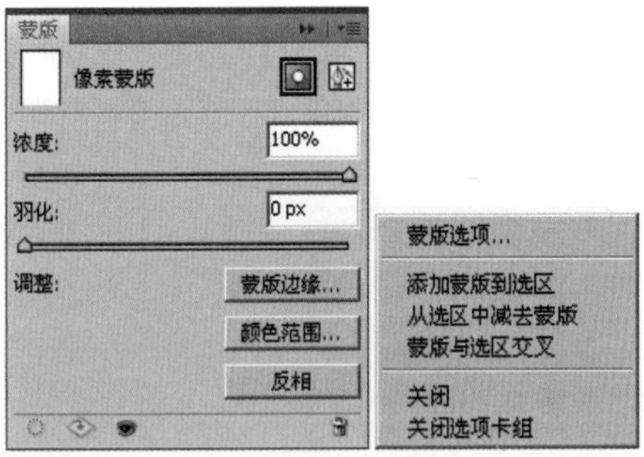

图1-31

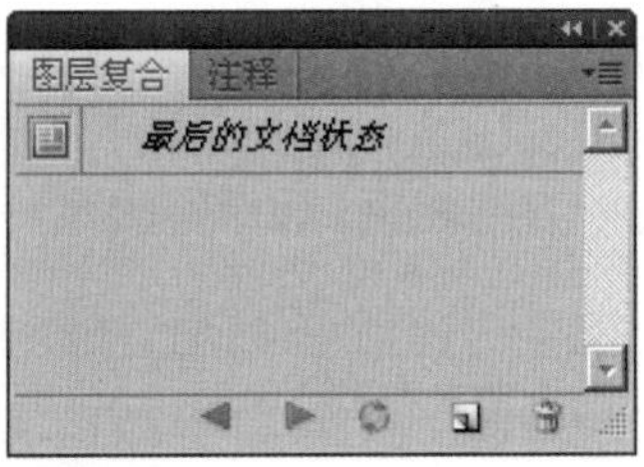

图1-32

“注释”控制面板

利用注释工具在图像文件中添加不同的注释信息后，这些注释信息就会出现在“注释”控制面板中，用户可以通过“注释”控制面板来对这些注释信息进行编辑和管理。执行菜单栏中的“窗口>注释”命令，即可显示“注释”控制面板，如图1-33所示。

“3D”控制面板

“3D”控制面板是Photoshop CS4新增加的一个控制面板，在图像中创建3D对象后，可以利用该面板对3D对象的场景、网格、材料和灯光等属性进行设置，以方便用户制作出较为满意的三维效果。执行菜单栏中的“窗口>3D”命令，即可显示“3D”控制面板，如图1-34所示。

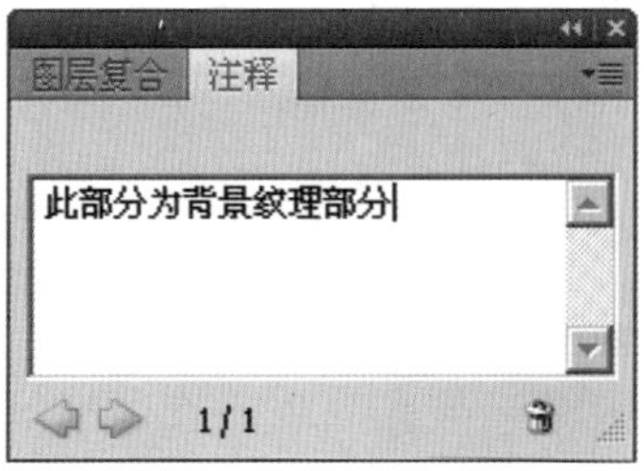

图1-33

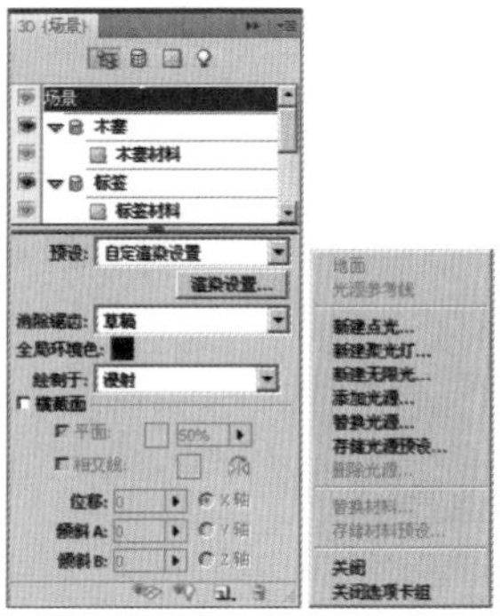

图1-34

1.7 控制面板的使用方法

Photoshop默认的面板显示方式是按相近的功能成组摆放（部分面板只显示收缩状态的图标），可以任意组合，也可以任意分离。

1.7.1 更优化的控制面板

Photoshop CS4中的控制面板有很大的改变，在默认状态下，主要面板呈显示状态，其他面板（如“动作”、“历史记录”和“字符”面板等）显示为图标收缩的状态。用户可以根据自己的需要进行面板重组。

在默认情况下，只要单击标签，就可以在不同的控制面板之间切换，这些控制面板可以一起被打开、关闭或最小化。重组控制面板的方法为：使用鼠标拖拉控制面板的标签，将其拖拉到另一控制面板上，当控制面板上出现蓝色的边框再放开鼠标即可；同样地，如果想将群组中的控制面板分离出来，只要拖拉标签将控制面板分离出来即可，如图1-35所示。

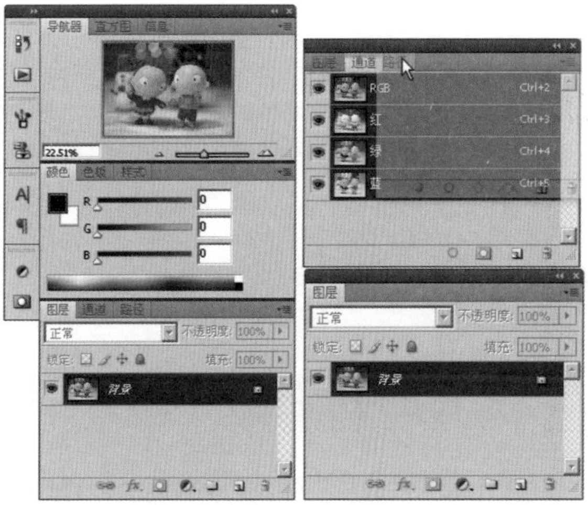

图1-35

1.7.2 展开和收缩控制面板

除了可以对控制面板进行重组外，还可以将其全部展开显示；单击面板顶端的按钮，即可将收缩的面板全部展开；当然，也可以对所有的面板进行收缩，使其以图标显示。在收缩的状态下，要用到某一个面板时，只要单击相应的图标，就可弹出面板，再单击一下又可以收缩起来，如图1-36所示。

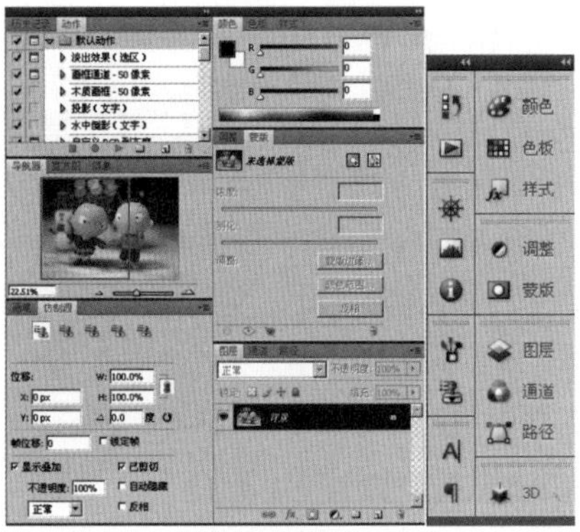
图1-36

1.7.3 最小化控制面板

对于已经打开的控制面板，我们可以暂时将它最小化，等到需要时再还原成原来的大小。要将控制面板最小化或还原，只要单击控制面板上的“最小化”按钮就可以了。如果控制面板处于群组或连接状态下，它们将被一起最小化、还原、打开或关闭。此外，双击控制面板的标签也可以将单一的控制面板最小化或还原，如图1-37（最小化控制面板）和图1-38（还原“直方图”控制面板）所示 。

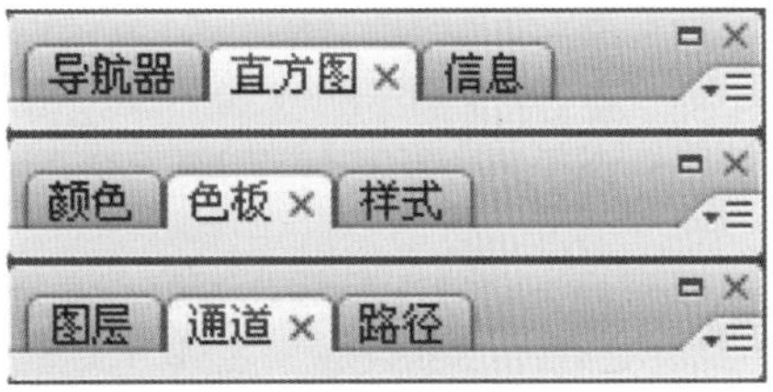

图1-37

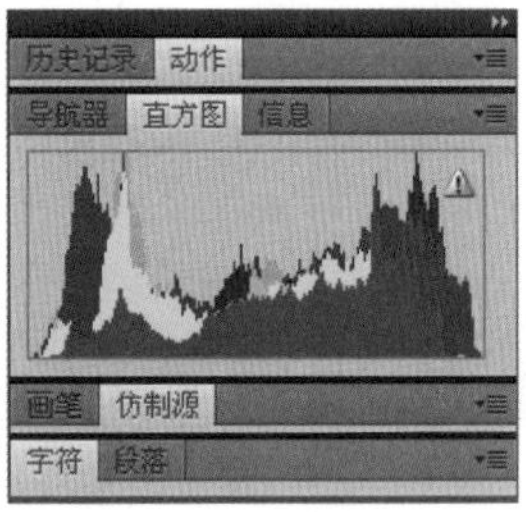

图1-38

1.7.4 关闭控制面板

单击“关闭”按钮，即可关闭控制面板。

1.7.5 设置控制面板

每个控制面板都有其不同的用途，可以分别设置控制面板的各项属性。单击控制面板右上方的扩展按钮，就可以在弹出的扩展菜单中设置与控制面板相关的各项属性了，图1-39所示的为“导航器”控制面板及其扩展菜单。

图1-39

1.8 文件基本操作

通过Photoshop进行图像处理有很多种方式，可以在一个新建的空白图像中绘制；也可以打开一个已有的图像，在原来的基础上进行特效处理，从而产生富有艺术效果的作品。不管使用哪种方法来处理图像，首先都得掌握文件的基本操作方法，如新建文件、打开文件、保存文件和关闭文件等。

1.8.1 新建文件

要创建新的图像文件，可执行菜单栏中的“文件>新建”命令（或者直接按“Ctrl+N”组合键），弹出“新建”对话框（如图1-40所示），在这个对话框中设置新文件的相关信息，然后单击“确定”按钮或按回车键。

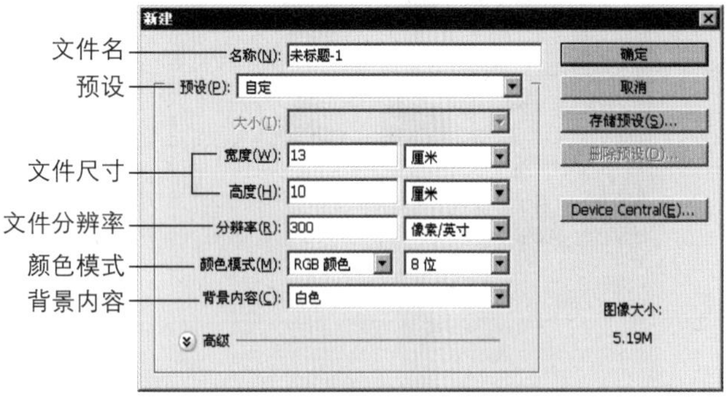

图1-40

“新建”对话框中部分选项的含义如下。

名称：输入新文件的名称，如果不命名，则新文件采用默认名称（如“未命名-1”和“未命名-2”等）。

大小：用于显示新建文件的大小，此数值由文件尺寸、分辨率和颜色模式决定。

预设：可以直接选择软件所提供的常用尺寸，也可以自己设置新文件的“宽度”、“高度”、“分辨率”和“颜色模式”。设置时输入数值即可，要注意各选项后的单位。

背景内容：用于设定新文件的背景层颜色，从中可以选择“白色”、“背景色”和“透明”3个选项。

技巧提示

如果想快速地打开“新建”对话框，按住Ctrl键，用鼠标双击Photoshop操作界面中的灰色区域即可。另外，在设置的时候，如果制作的图像仅用于显示（如作为网页图像），则可将其分辨率设置为72/96（像素/英寸）；如果制作的是图书封面、招贴画等要进行胶版纸印刷的彩色图像，则其分辨率一般设置为266/300（像素/英寸）；如果用于铜版纸印刷，则其分辨率设为350（像素/英寸）。

1.8.2 打开文件

要打开一个已有的文件进行编辑，可按如下步骤操作：

执行菜单栏中的“文件>打开”命令，弹出“打开”对话框，如图1-41所示。

在“查找范围”下拉列表框中选择随书光盘中的“02章”文件夹。

在“文件类型”下拉列表框中选择要打开文件的格式。如果选择“所有格式”选项，则会显示该文件夹中的所有文件。

在文件列表框中选择需要打开的文件（“文件名”下拉列表框中会显示它的文件名及文件格式），然后单击“打开”按钮，选择的图像就会被打开；也可直接在文件列表框中双击图像文件将其打开，打开后的图像文件如图1-42所示。

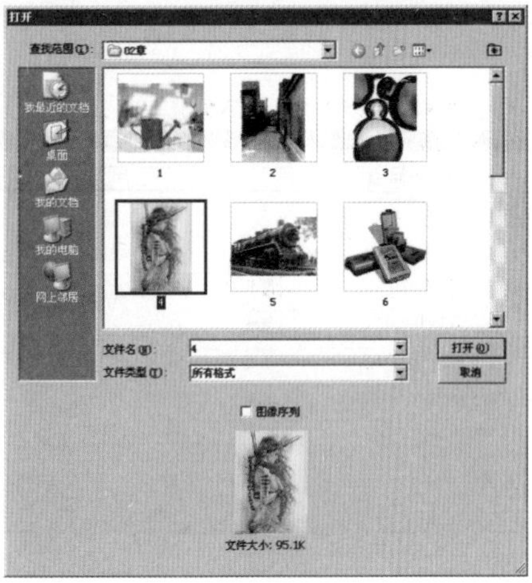

图1-41

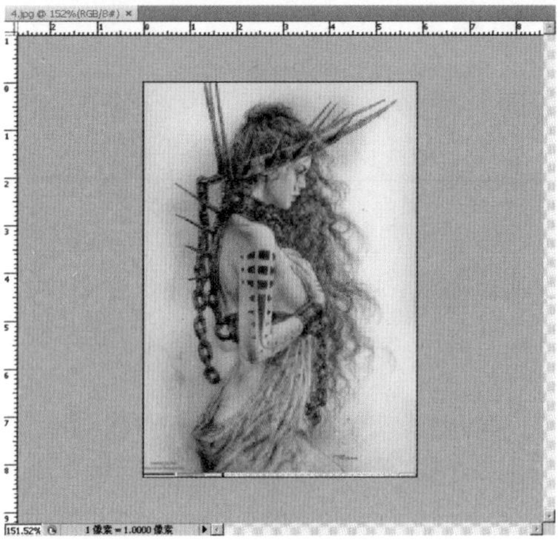

图1-42

通过以上操作过程可以打开一个图像文件，如果想一次打开多个图像文件，那么可以在“打开”对话框中选中一个文件后按住Shift键或Ctrl键单击选中其他文件，然后单击“打开”按钮或按回车键，将所选图像文件依次在Photoshop窗口中打开。

需要注意的是：可一次打开的图像文件的数量是有限的，具体数量取决于计算机的内存与磁盘空间的大小，内存与磁盘空间越大，能一次打开的图像就越多。另外，打开图像的数量与图像的大小也有着密切的关系，图像越大，能一次打开的图像也就越少。

打开图像文件时，有时候系统会弹出一个对话框，提示图像不匹配，并要求选择色彩设置转换方案，这说明打开文件的色彩设置与当前使用的色彩设置不一致。

“打开为”与“打开”命令基本相同，用于打开指定格式的图像。

1.8.3 查看最近打开过的文件

“最近打开文件”菜单中记录着最近处理过的文件，执行菜单栏中的“文件>最近打开文件”命令，就可以看到近期处理过的文件，如图1-43所示。

可以对记录的最近处理的文件数目进行设置：执行菜单栏中的“编辑>首选项>文件处理”命令，弹出如图1-44所示的“首选项”对话框，在该对话框的“文件处理”选项面板的“近期文件列表包含”文本框中输入文件数目即可。

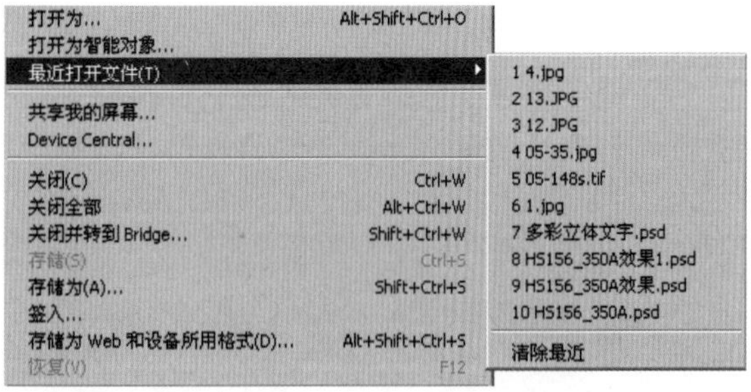

图1-43

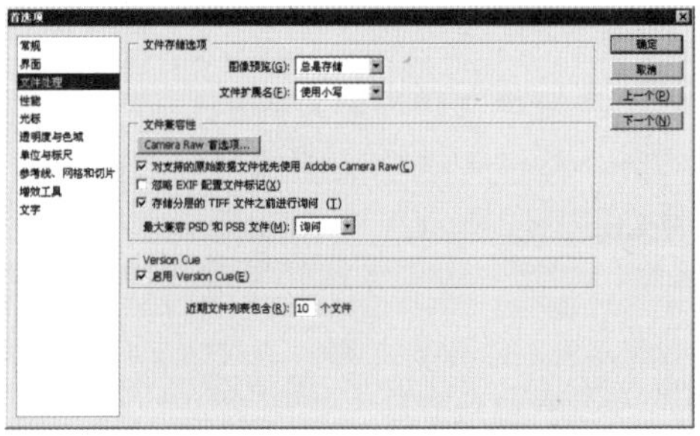

图1-44

1.8.4 存储文件

不管创作新图像，还是对旧图像进行编辑和修改，都必须养成随时保存文件的习惯，具体操作步骤如下：

执行菜单栏中的“文件>存储”命令或直接按Ctrl+S组合键。如果文件是第一次被保存的话，则会弹出如图1-45所示的“存储为”对话框，可以在该对话框中进行设置。

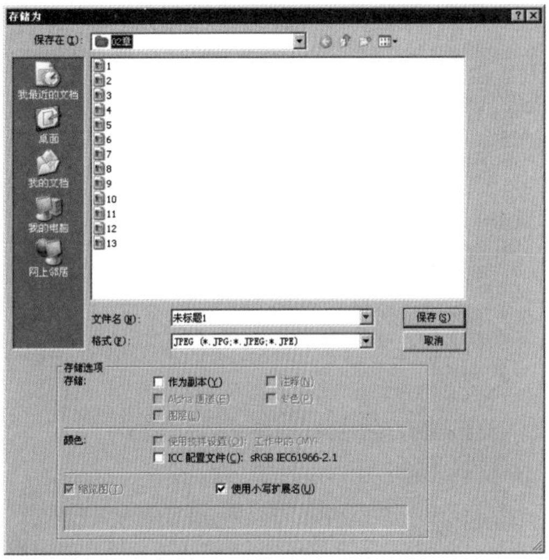

图1-45

在“保存在”下拉列表框中选择文件的保存路径。若要新建一个文件夹，可单击该下拉列表框右侧的“创建新文件夹”按钮；若要返回上一级目录，可单击“向上一级”按钮。

在“文件名”下拉列表框中输入新文件的名称，可以是英文、中文或数字，但不能是特殊符号。

在“格式”下拉列表框中选择图像的存储格式。系统默认为PSD格式，即Photoshop的文件格式。

在“存储选项”选项区域中进行相应的设置，其中包括“作为副本”、“Alpha通道”、“图层”、“注释”和“专色”等复选框。

单击“保存”按钮，新图像即被保存。

技巧提示

如果图像以前已经保存过了，则按Ctrl+S组合键或执行菜单栏中的“文件>存储”命令就不会打开“存储为”对话框，系统会自动将编辑好的部分加入到原来存储的文件中，修改前的图像将被替代。

1.8.5 将文件存储为副本

执行菜单栏中的“文件>存储为”命令，可以对修改后的图像重新命名，将其另存为一个副本，从而保留修改前的图像。当然，也可以使用Ctrl+Shift+S组合键来打开“存储为”对话框，如图1-46所示。

图1-46

1.8.6 存储为Web所用格式

“存储为Web所用格式”功能的添加，使Photoshop CS4的网页编辑功能更加强大：可以通过对选项的设置来优化网页图像，将图像保存为适合于在网页上使用的格式。

1.8.7 关闭文件

保存图像后，就可以将它关闭了，具体有以下几种关闭方法：执行菜单栏中的“文件＞关闭”命令，如图1-47所示；单击图像文件选项卡右侧的关闭按钮，如图1-48所示；当然，也可以直接按Ctrl+W组合键或Ctrl+F4组合键。如果想把多个文件全部关闭，可以执行菜单栏中的“文件＞关闭全部”命令，如图1-49所示。

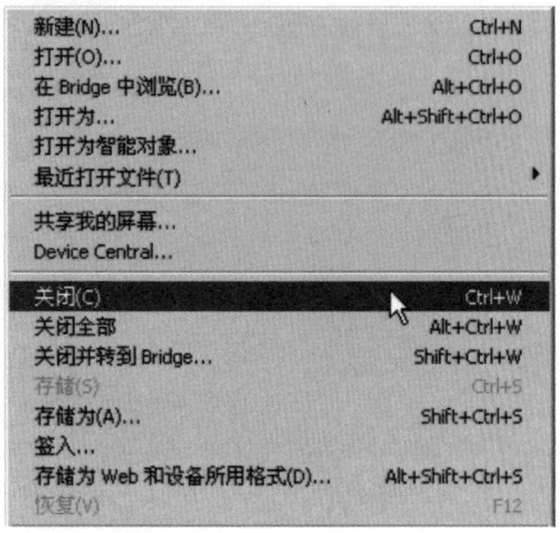

图1-47

图1-48

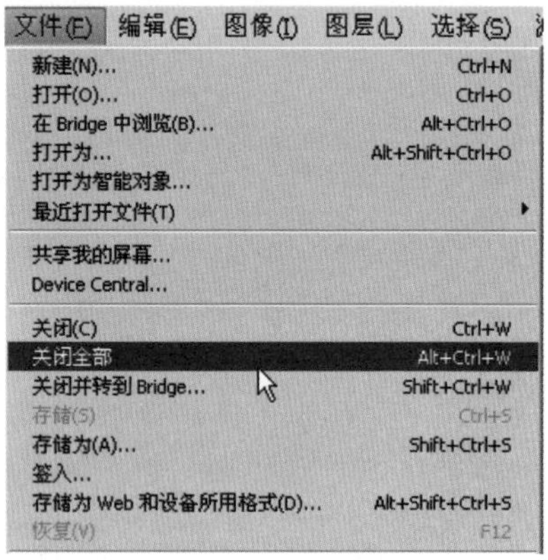

图1-49

1.8.8 退出程序

要退出Photoshop程序，可以执行菜单栏中的“文件＞退出”命令，Photoshop窗口中所有打开的文件也会同时关闭；也可以单击程序窗口右上角的“关闭”按钮或双击标题栏左侧的程序图标；还可以按Ctrl+Q组合键或Alt+F4组合键。

1.8.9 恢复操作

执行菜单栏中的“文件＞恢复”命令，可以将文件恢复到上一次存储的状态。利用Photoshop中的“历史记录”控制面板，可以进行多步恢复操作。

1.9 图像窗口控制

在Photoshop中处理图像时，经常要对几个图像同时进行处理，所以需要熟悉在多个图像之间进行切换、缩放以及改变图像窗口大小和位置等操作。熟练掌握这些窗口操作，可以简化编辑过程。另外，用户还可以通过拖动图像文件选项卡将图像文件移动到需要的位置。当然，也可以改变图像窗口的排列方式以及调整图像窗口大小。

1.9.1 切换图像窗口状态

图像文件可以以文件选项卡方式和窗口方式显示，默认情况下，打开的图像文件是以文件选项卡方式显示在工作界面中的，如图1-50所示。用鼠标单击文件选项卡并向下拖动，可将其转换为窗口显示方式，如图1-51所示。

图1-50

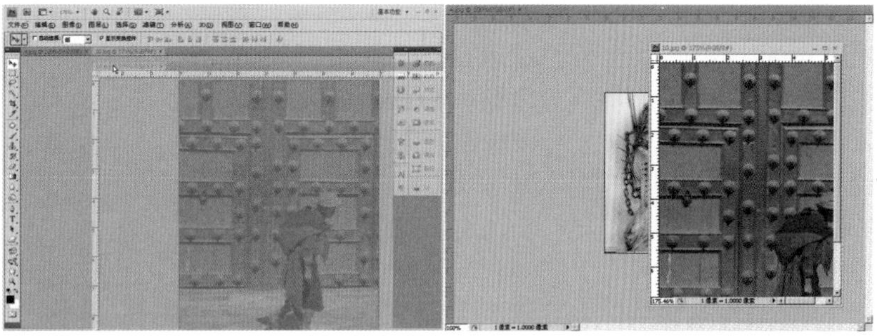

图1-51

在窗口方式下，图像窗口可以被缩小和放大，最简单的方法就是：将鼠标指针移到图像窗口的边框线上，当鼠标指针变成双向箭头符号时，按住鼠标左键拖动，这样就可以改变图像窗口的大小，如图1-52所示。

图1-52

当图像处于窗口状态时，可以将图像窗口以最小化或最大化方式来显示，可通过单击图像窗口右上角的按钮来对图像窗口进行大小切换。图像文件打开时，默认为文件选项卡方式，可以将其拖动成窗口状态，如图1-53所示。单击按钮，可切换图像为最小化显示状态，这时图像处于Photoshop窗口的左下端，只显示标题栏，如图1-54所示；单击按钮，可以将图像还原；单击按钮，可以将图像以最大化方式显示，如图1-55所示。

图1-53

图1-54

图1-55

1.9.2 调整选项卡的顺序

用户可以根据需要调整选项卡在窗口中的顺序：只需单击要调整的选项卡并将其拖动到某个选项卡上，然后释放鼠标，即可将要调整的选项卡移动到该选项卡的位置。

技巧提示

在切换选项卡时，按Ctrl+Tab组合键可以依次按顺序切换文件选项卡，按Ctrl+Shift+Tab组合键可以依次按反向顺序切换文件选项卡。

1.9.3 切换屏幕显示模式

Photoshop CS4中的屏幕模式也发生了改变，它共有三种显示模式，分别为：标准屏幕模式、带有菜单栏的全屏模式和全屏模式。屏幕显示模式切换控制按钮在应用程序栏上，单击该按钮，在弹出的下拉列表（如图1-56所示）中可以进行选择（也可以按F键进行循环切换）。

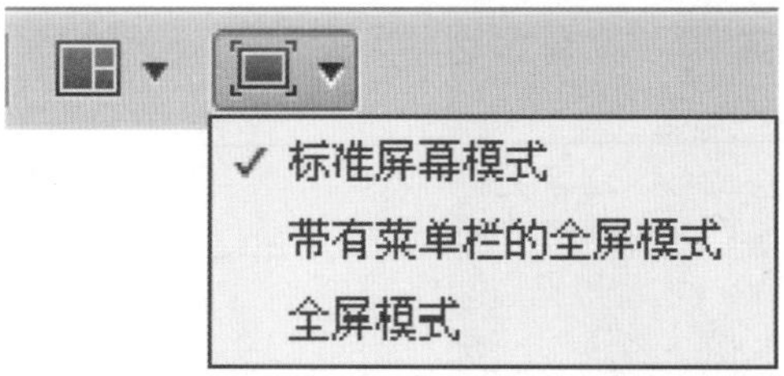

图1-56

切换到标准屏幕模式

图像文件窗口默认情况下使用的是标准屏幕模式。单击应用程序栏上的屏幕模式按钮，在弹出的下拉列表中选择“标准屏幕模式”选项（如图1-57所示），此时将显示Photoshop界面的所有项目。

图1-57

切换到带有菜单栏的全屏模式

单击应用程序栏上的屏幕模式按钮，在弹出的下拉列表中选择“带有菜单栏的全屏模式”选项，此时界面中不显示滚动条和标题栏，只显示菜单栏、图像显示区域和控制面板。

切换到全屏模式

单击应用程序栏上的屏幕模式按钮，在弹出的下拉列表中选择“全屏模式”选项，在此模式下，只显示图像窗口和标尺，其他内容均被隐藏，如图1-58所示。将鼠标指针移动到屏幕左右两侧的边缘上停留一会儿，会显示出控制面板和工具箱。也可以按Shift+Tab组合键来显示控制面板（如图1-59所示），还可以按Tab键将工具箱、工具选项栏和控制面板都显示出来（如图1-60所示），以方便修改图像效果。

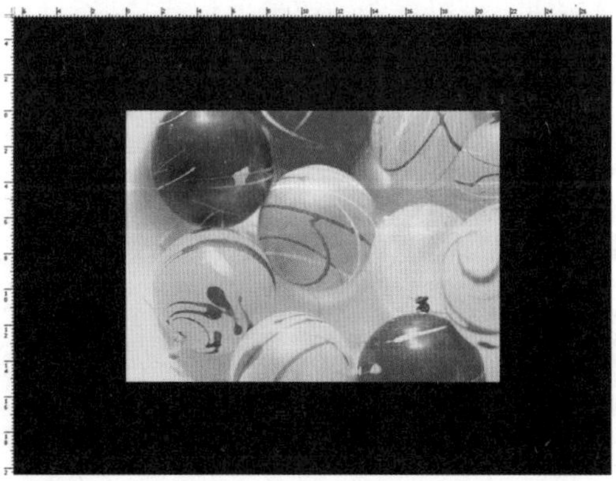

图1-58

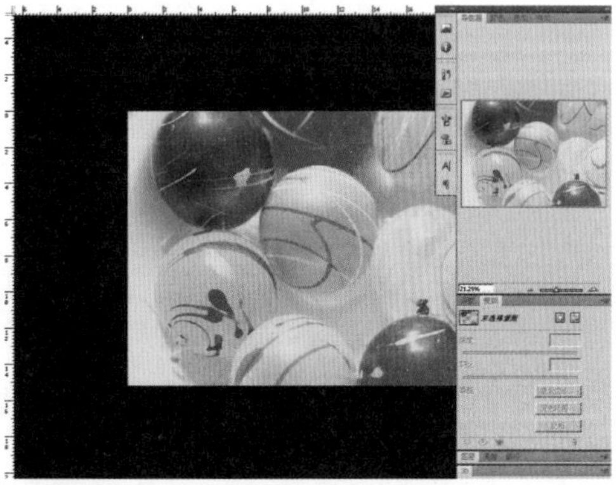

图1-59

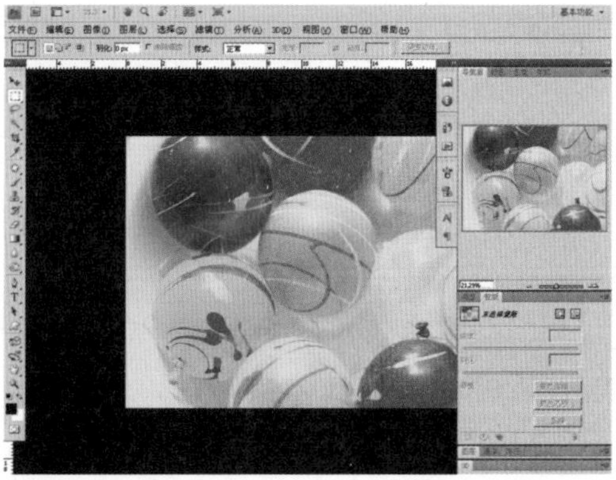

图1-60

1.9.4 管理文件窗口

编辑图像时，常常需要同时打开多个图像窗口，这样屏幕会显得很乱，为了操作方便，可以对窗口进行排列整理。执行菜单栏中的“窗口＞排列”命令，在弹出的级联菜单中可以选择对图像窗口进行叠放方式切换及管理的命令，如图1-61所示。也可以单击应用程序栏上的“排列文档”按钮，然后在弹出的下拉列表中选择不同的布局版式和缩放选项，如图1-62所示。

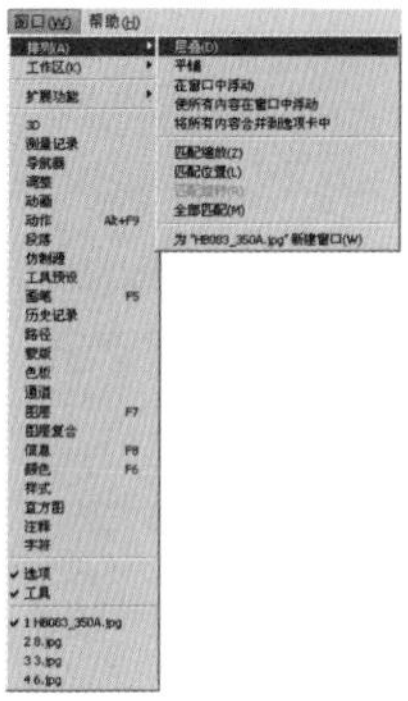
图1-61

图1-62

将所有内容合并到选项卡中：选择该命令或单击“排列文档”下拉列表中的“全部合并”按钮▣，可以将所有打开的图像文件以文件选项卡方式排列到一起，如图1-63所示。

在窗口中浮动：选中打开的某个文件选项卡后执行该命令，可以将选中的文件以窗口方式显示，如图1-64所示。

图1-63

图1-64

使所有内容在窗口中浮动：执行该命令，可以将打开的所有文件以窗口方式显示，如图1-65所示。

层叠：可以将工作界面中所有浮动的图像窗口按标题栏叠放排列，如图1-66所示。

图1-65

图1-66

平铺：可以将工作界面中所有打开的图像整齐地平铺排列，如图1-67所示。

全部垂直拼贴：单击“排列文档”下拉列表中的“全部垂直拼贴”按钮，可以将工作界面中所有打开的图像进行垂直拼贴排列，如图1-68所示。

全部水平拼贴：单击“排列文档”下拉列表中的“全部水平拼贴”按钮，可以将工作界面中所有打开的图像进行水平拼贴排列，如图1-69所示。

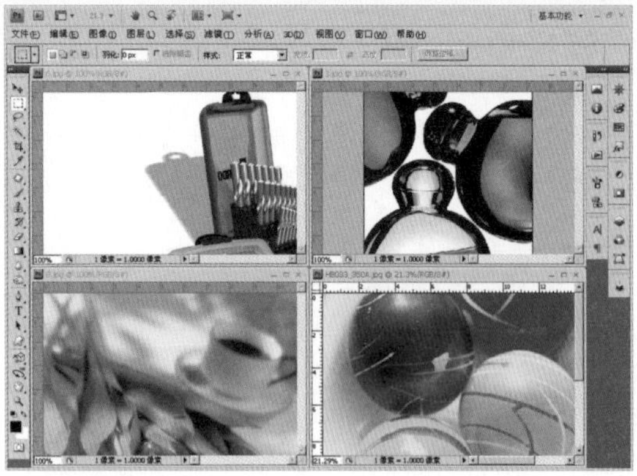

图1-67

图1-68

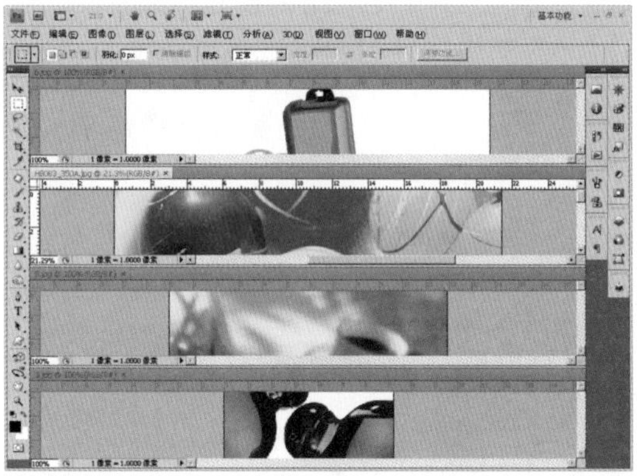

图1-69

布局：单击“排列文档”下拉列表的布局栏中的按钮，可以将工作界面中所有打开的图像按照布局按钮的方式进行排列。例如，分别单击和两种四联布局按钮，文件的排列效果如图1-70所示。

图1-70

匹配缩放：在工具箱中选择缩放工具，执行菜单栏中的“窗口>排列>匹配缩放”命令，按住Shift键在打开的多幅图像中的一幅上单击，其他图像就会以同样的缩放比率放大或缩小。

匹配位置：在工具箱中选择抓手工具，执行菜单栏中的“窗口>排列>匹配位置”命令，按住Shift键单击一幅图像的任意区域，其他图像就会自动捕捉到对应的区域。

匹配缩放和位置：在工具箱中选择抓手工具或缩放工具，执行菜单栏中的“窗口>排列>匹配缩放和位置”命令，按住Ctrl+Shift组合键单击一幅图像的任意区域，其他图像均会以相同比例缩放，并自动定位到与单击处相对应的区域，效果如图1-71（原始图像）和图1-72（3幅图在同一方位放大）所示。

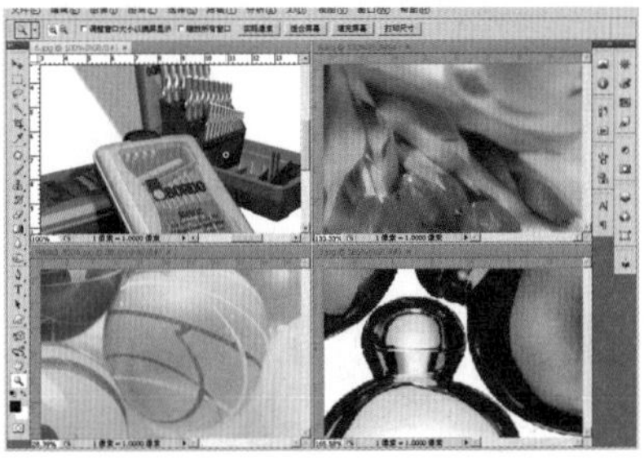
图1-71

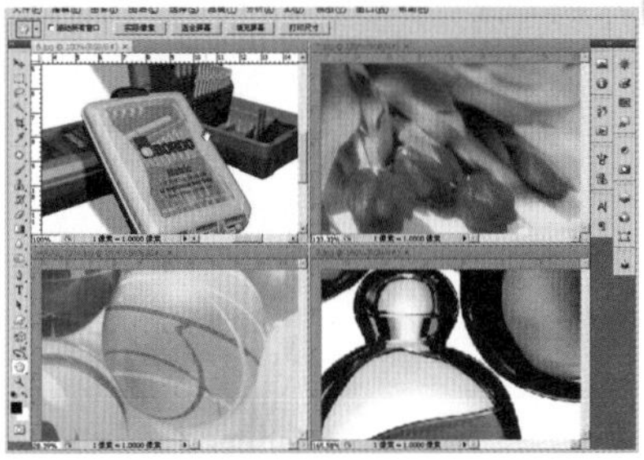
图1-72

新建窗口：新建窗口是为了更加方便地对图像进行修改和编辑。可以为同一幅图像再打开一个编辑窗口，如图1-73所示。在两个窗口中可以选用不同的显示比例，而使用的都是同一个图像文件，用户可以任意放大其中的一个窗口，不管在哪个图像窗口中进行了修改，都会反映到另一个图像窗口中，编辑后的效果也会同时出现在两个窗口中，因此可以同时查看局部放大后的效果及整体效果。只要对新建的某一图像窗口进行了保存，就等于对所有新建的图像窗口进行了保存，而不需要逐一保存。

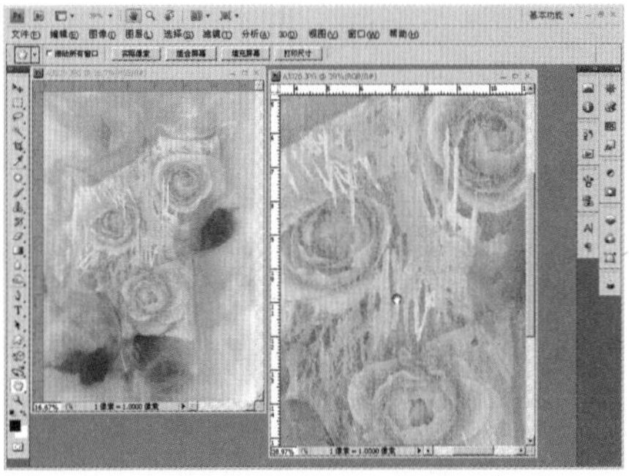
图1-73

1.10 标尺、参考线、网格和切片

当对图像进行操作时，经常要用到标尺、参考线与网格等来精确测量及确定光标的位置，它们为编辑图像提供了很大的方便，同时也使工作更加轻松。

1.10.1 标尺的使用

绘制图像时，要对图像进行精确控制，就要使用标尺来进行测量及定位，有时还需要借助参考线，这就必须先显示标尺。可以通过执行菜单栏中的“视图>标尺”命令或者按Ctrl+R组合键来显示标尺或关闭标尺，图1-74所示的为显示标尺状态下的图像。

图1-74

如果想测量图像某一部位的长度，就需要重新设定原点，具体方法是：在图像窗口的左上角，也就是标尺交错的位置，单击鼠标左键并拖曳，即可用一个十字虚线的坐标轴进行新的定位工作，而两轴的中心焦点即为标尺的原点，若在此处释放鼠标，即可重新定义标尺原点的位置，如图1-75（重新定义标尺）和图1-76（重新定义标尺后的效果）所示。

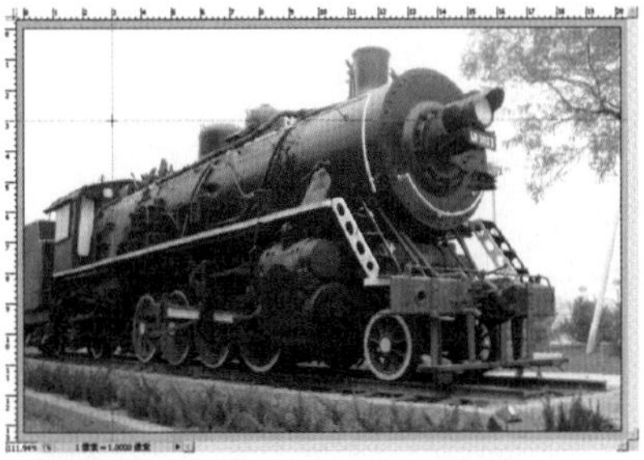
图1-75

图1-76

1.10.2 参考线、网格和切片的使用

参考线、网格和切片是为了方便Photoshop中图像的对齐及定位而设置的显示状态，如果想显示页面内的参考线、网格和切片，执行菜单栏中的“视图>显示>参考线/网格/切片”命令即可，再次执行此命令即可隐藏页面内的参考线、网格或切片。图1-77和图1-78分别显示了显示参考线、网格和切片之前和之后的效果。

图1-77

图1-78

设置参考线、网格和切片

执行菜单栏中的“编辑>首选项>参考线、网格和切片”命令，将弹出如图1-79所示的“首选项”对话框，在该对话框中可以进行各项设置。

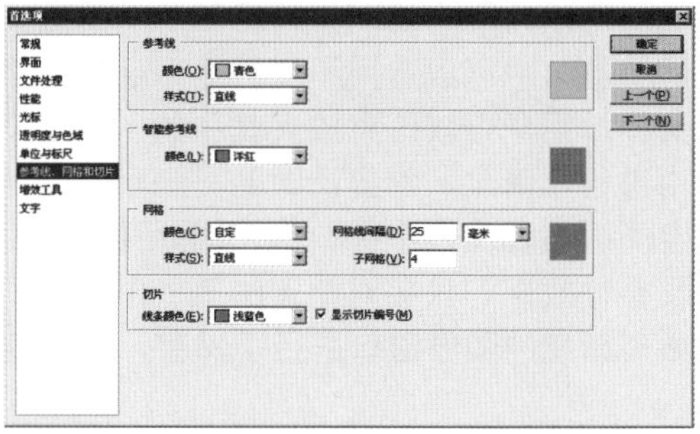

图1-79

参考线颜色：用于设置参考线颜色。可以在下拉列表中选择；也可以单击其右侧的颜色块，对颜色进行自定义。

参考线样式：包括直线和虚线两种样式。

网格颜色：用于设置网格颜色。可以在下拉列表中选择；也可以单击其右侧的颜色块，对颜色进行自定义。

网格样式：包括直线、虚线和网点3种样式。

网格线间隔：用来设置网格之间的距离。

子网格：设置两个主要网格间所均分的等分，取值范围为1～100。

切片线条颜色：只能在下拉列表中选取线条颜色，不能自定义颜色。

显示切片编号：选中此复选框，可以显示切片的序号。

贴紧参考线、网格、切片和文档边界

执行菜单栏中的“视图>对齐到”命令，在弹出的级联菜单中选择“参考线”、“网格”、“图层”、“切片”和“文档边界”命令，然后拖动鼠标进行操作，在一定距离范围内对象会自动靠近参考线、网格、图层、切片和文档边界。

锁定参考线和切片

执行菜单栏中的“视图>锁定参考线”和“视图>锁定切片”命令，就不能在页面上移动或者删除参考线和切片了，只有解锁之后才能继续操作。

清除参考线和切片

如果设置的参考线和切片都不再需要了，则可以执行菜单栏中的“视图>清除参考线”和“视图>清除切片”命令，将参考线和切片全部清除。

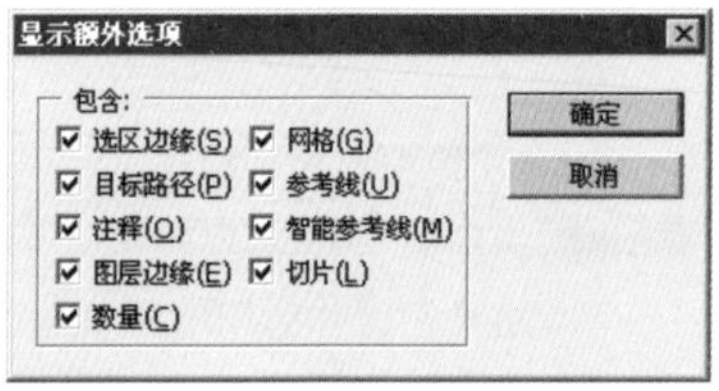

图1-80

在显示图像效果时，为避免参考线和网格等辅助对象造成干扰，系统特地将这些辅助对象的显示控制整合至“视图>显示额外内容”命令中，如果想控制所有辅助对象的显示状态，单击此命令即可。为了在操作时更方便，还可以选择“视图>显示>显示额外选项”命令，此时会弹出如图1-80所示的对话框，在该对话框中可进行选区边缘、目标路径、注释、网格、参考线以及切片等额外对象的设置。

1.11 图像显示和画布操作

在图像处理过程中，经常需要以不同的比例来显示图像或画布：例如，细修图像时，需要较大的视图比例；而在查看图像整体效果时，则需要较小的页面比例，以便让图像全部显示于屏幕上。下面就来介绍一下图像显示和画布操作的几种方法。

1.11.1 使用菜单和状态栏进行缩放

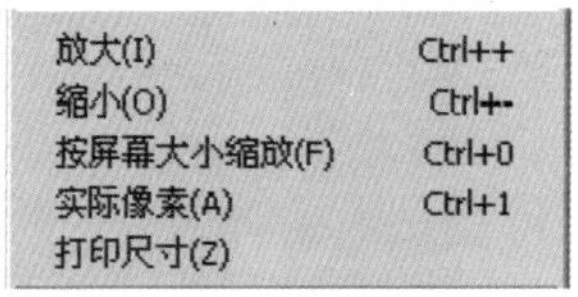

图1-81

在“视图”菜单中有几个命令，用于以不同比例来显示视图，如图1-81所示。如果想要查看当前的视图比例，可以选择“窗口>导航器”命令，打开“导航器”面板，面板下方状态栏左端的数值框内显示的是目前操作图像的显示比例，也可以直接在其中输入数值来改变图像窗口的显示比例，如图1-82所示。

图1-82

1.11.2 通过缩放工具进行设置

在工具箱中选取缩放工具，并将鼠标光标移到图像窗口中，此时光标将会变成放大镜的形状，单击想放大的图像区域就可以任意放大所选定的图像，每单击一次图像就会放大到下一个预设的放大倍率，而且放大的中心点就是鼠标单击的地方。另外，还可以通过单击鼠标并拖拉出一个矩形框的方式来放大区域，如图1-83（原始图像）和图1-84（放大后的效果）所示。

图1-83

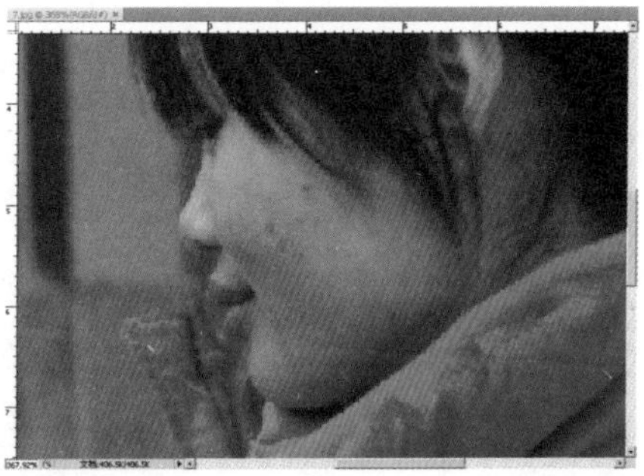
图1-84

在Photoshop中，缩放工具具有缩小图像区域和放大图像区域两种功能。再次单击缩放工具，同时按住Alt键，光标显示的放大镜里的加号就会变成减号，此时单击鼠标或拖曳鼠标，就会具有缩小图像区域的功能。

技巧提示

如果在操作时用的是其他工具而不是缩放工具，在按住Ctrl+Space组合键的同时单击图像，可以放大图像显示比例；在按住Alt+Space组合键的同时单击图像，可以缩小图像显示比例。双击缩放工具，可以使图像窗口的显示比例为100%；双击手形工具，可以在整个画布上显示图像。但是，最常用的还是使用Ctrl++组合键和Ctrl+-组合键来实现图像显示比例的放大和缩小。

1.11.3 通过"导航器"控制面板进行设置

缩放工具虽然可以控制图像窗口的显示比例，但是需要在两种工具间不断切换，并且在缩放视图时经常会放得过大或缩得过小，从而得不到想要的尺寸。

要解决上面所说的问题，可以通过"导航器"控制面板来操作。执行菜单栏中的"窗口>导航器"命令，弹出"导航器"控制面板，如图1-85所示。利用此面板，可以快速地改变图像的显示比例以及显示图像的不同区域。

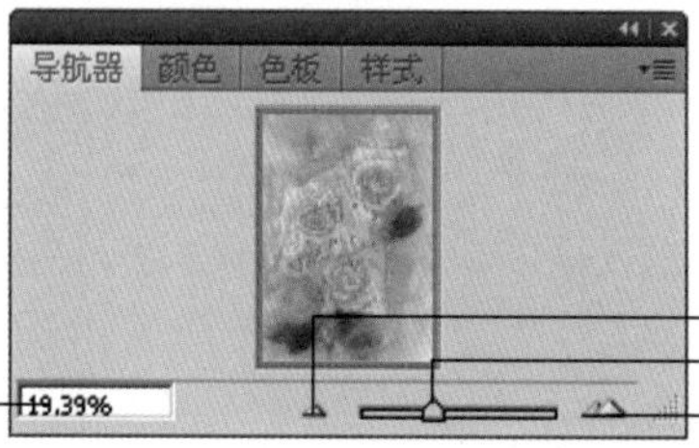

图1-85

"导航器"面板上会显示图像的预览图，其上面的红色矩形框表示当前图像的显示区域。

在操作时，可以单击面板上的"放大"、"缩小"按钮或拖动面板下方的"缩放"滑块来缩放图像；当然，也可以直接在"图像比例"文本框内输入缩放比例的数值。

如果拖曳面板上的红色矩形，图像窗口就可以显示放大状态下页面的不同区域，其功能相当于工具箱中的抓手工具，图1-86、图1-87和图1-88分别显示了原始图像、在"导航器"面板中拖曳红色矩形及局部放大后的图像效果。

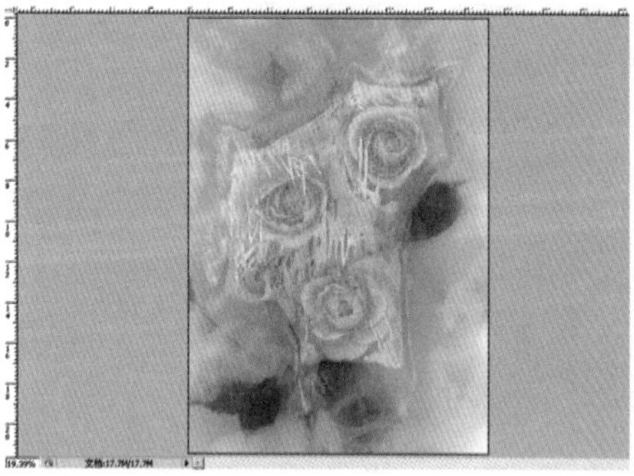
图1-86

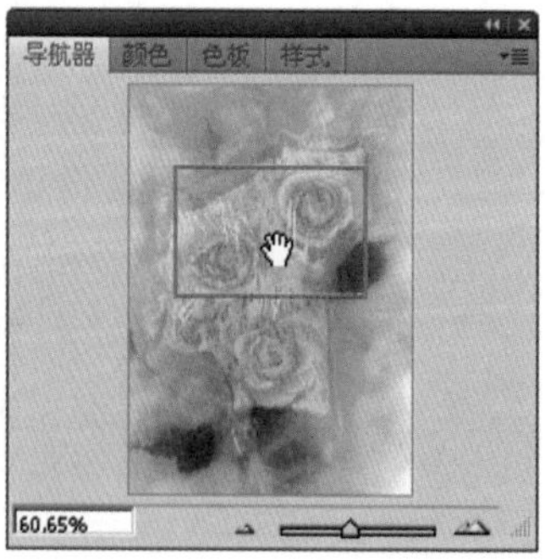

图1-87

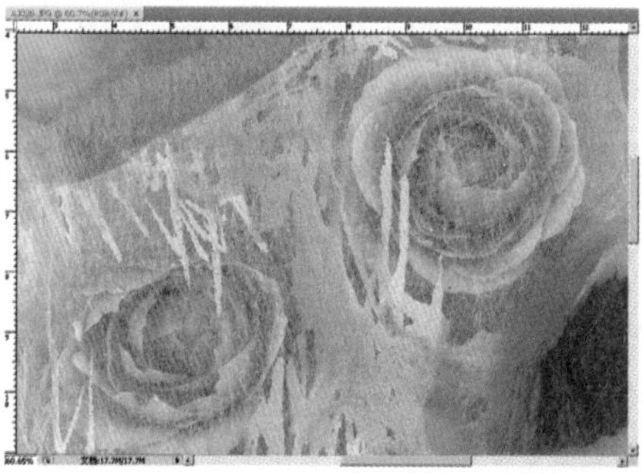
图1-88

单击“导航器”面板右上方的扩展按钮，可以打开浮动窗口的扩展菜单，选择“调板选项”命令，将弹出如图1-89所示的对话框，在该对话框中可以根据需要设置框线的颜色。为了便于操作，“导航器”面板中内置提供了28种常用的视图比例，通过单击状态栏上的“放大”和“缩小”按钮即可进行比例切换。

图1-89

1.11.4 图像尺寸设置

通过“图像大小”命令，可以查看图像的尺寸信息，并重新定义图像的像素尺寸、打印尺寸和分辨率。

执行菜单栏中的“图像>图像大小”命令，弹出“图像大小”对话框，如图1-90所示。

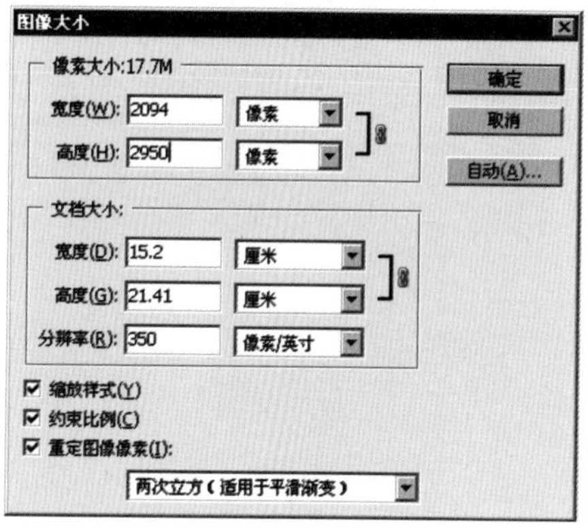

图1-90

在“像素大小”选项区域中，可以设置当前图像的宽度和高度，通常以像素为单位，右边的链接符号表示锁定宽高比例。如果想改变图像的比例，可以取消选中对话框下方的“约束比例”复选框。“像素大小”后面的数字表示当前图像的大小，如果改变了图像的大小，“像素大小”后面则显示改变后的图像大小，并在括号内显示改变前的图像大小。

在“文档大小”选项区域中，可以对高度、宽度和分辨率进行设置。常用的分辨率单位是“像素/英寸”，印刷常用的分辨率是300像素/英寸。

如果选中对话框中的“重定图像像素”复选框，则可以改变图像的大小。若将图像变小，也就是减少图像中的像素数量，则对图像的质量没有太大的影响；若增加图像的大小和提高分辨率，也就是增加像素数量，则图像根据此处设定的差值运算方法来增加像素。

1.11.5 画布大小设置

通过“画布大小”命令，可以修改当前图像周围的工作空间，即画布的尺寸。同时，也可以通过减小画布尺寸来裁剪图像。增加的画布将显示与背景色相同的颜色和透明度。

执行菜单栏中的“图像>画布大小”命令，在弹出的“画布大小”对话框中设置所需的参数，如图1-91所示。“当前大小”选项区域中显示了当前画布尺寸。在“新建大小”选项区域中，可以设置新的画布尺寸；在“定位”选项中，可以通过单击一个方块来确定图像在新画布中的位置。

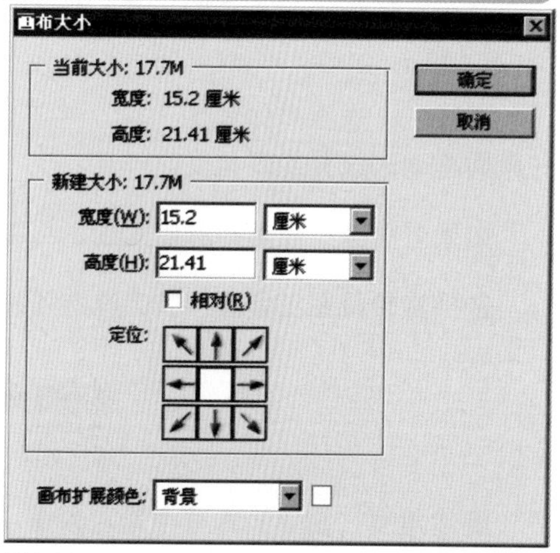

图1-91

1.11.6 旋转画布

“旋转画布”命令可用来旋转或翻转整幅图像，但是它不能用于单个图层、部分图层、路径和选区边框的翻转。执行菜单栏中的“图像>旋转画布”命令，弹出如图1-92所示的级联菜单，选择“任意角度”命令，弹出如图1-93所示的“旋转画布”对话框，进行相应设置后单击“确定”按钮，将得到对图

1-94进行旋转后的效果，如图1-95所示。

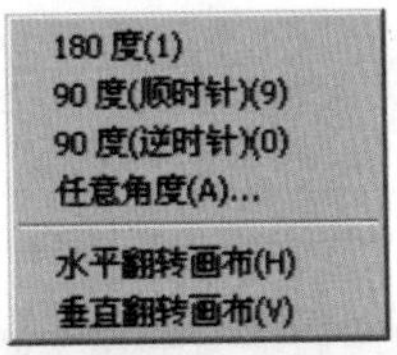

图1-92

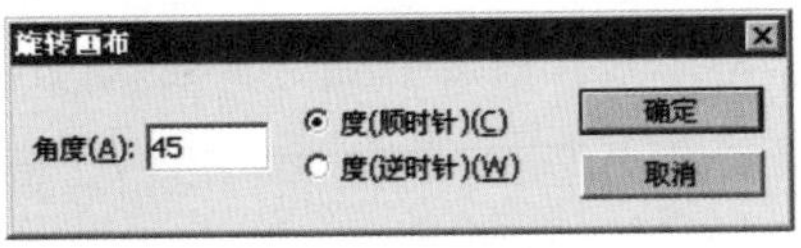

图1-93

图1-94

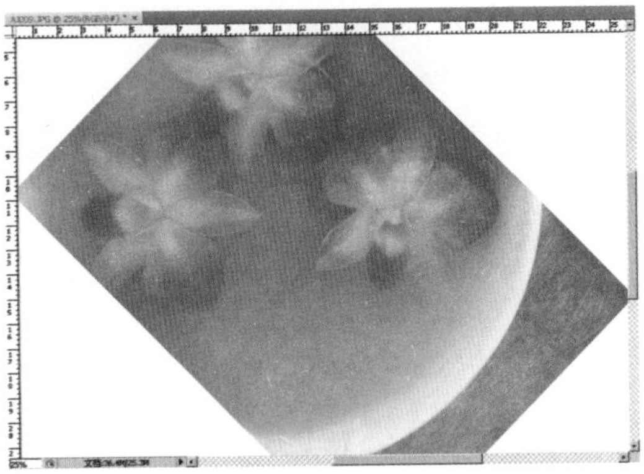

图1-95

1.11.7 旋转视图工具

利用新增的旋转视图工具，可以在不破坏图像的情况下随意地转动画布，以任意角度观察图像，而不会使图像扭曲变形。旋转画布在很多情况下很有用，能使绘画或绘制更加省事。

方法一：选择旋转视图工具，然后在图像中单击并拖动进行旋转。在旋转时，无论当前画布是什么角度，图像中的罗盘都将指向北方。

方法二：选择旋转视图工具，在工具选项栏的“旋转角度”文本框中输入数值，进行精确的角度控制。

方法三：选择旋转视图工具，在工具选项栏中的“设置视图的旋转角度”图标上单击或按住鼠标并来回拖动来设置旋转角度。

如果要将画布恢复到原始角度，可以单击工具选项栏中的“复位视图”按钮。

选择旋转视图工具后，其工具选项栏如图1-96所示。

图1-96

旋转角度：在该文本框中输入数值，可以精确地指定旋转的度数。

复位视图：单击该按钮，可以将画布恢复到原始的角度。

旋转所有窗口：选中该复选框，可以对当前打开的所有文件窗口进行同步的旋转操作。

例如，打开一个素材文件，选择旋转视图工具，将光标放置在图像窗口中（如图1-97所示），单击并拖动鼠标旋转图像，可以看到图像被翻转过来，效果如图1-98所示。

图1-97

图1-98

技巧提示

只有在系统中启用OpenGL时，才能使用旋转视图工具对画布进行旋转操作。用户可以使用带多触摸跟踪板的Macbook Pro和 Macbook Air计算机的旋转手势来进行非破坏性的旋转画布操作。

1.12 设置绘图颜色

Photoshop中有颜色管理系统，恰当地选取颜色是绘图的关键。工具箱中提供了喷枪和毛笔等多种绘图工具，使用这些绘图工具前都要确定工具箱中的绘图颜色，这样才能顺利地绘制出想要的效果。下面将介绍有关绘图颜色方面的知识。

1.12.1 前景色和背景色

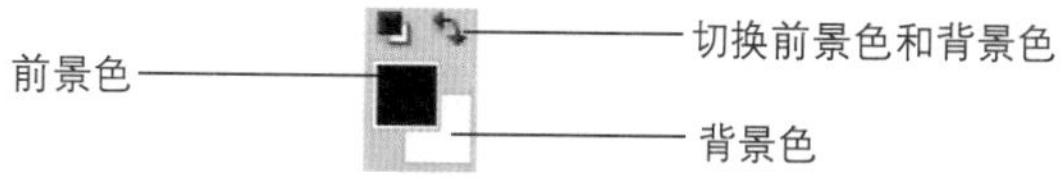

图1-99

在图像操作过程中，主要运用的就是前景色和背景色，前景色和背景色显示在工具箱下方的颜色选取框中，如图1-99所示。颜色选取框中前面的色块是前景色，单击“设置前景色”色块，可以打开“拾色器”对话框选取各种颜色来进行绘制、填色和描边等操作。当然，后面的颜色块就是背景色，在背景层上移动选取的图像内容或使用橡皮擦擦掉的部分都是由背景色来填充的。

在颜色选取框中单击切换颜色按钮，系统会自动在前景色与背景色之间进行切换。

1.12.2 拾色器

在工具箱中单击“设置前景色”或“设置背景色”色块，都可以打开“拾色器”对话框，如图1-100所示，在此对话框中可以选择使用HSB，RGB，Lab或CMYK颜色模式。

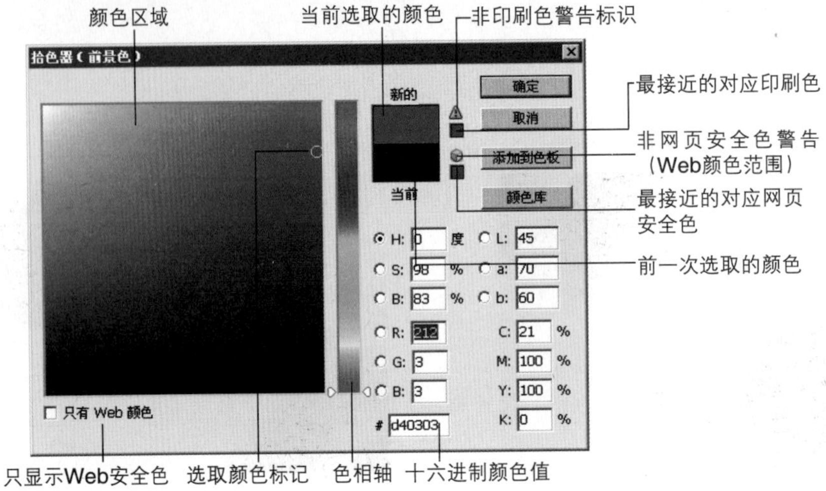

图1-100

1.12.3 “颜色”控制面板

在默认状态下，“颜色”面板、“样式”面板和“色板”面板三者处于同一个浮动面板组中，这说明这三个面板的关系是很密切的。“颜色”面板和“色板”面板跟色彩指定有相当重要的关系，也是本节介绍的重点。

要使用“颜色”控制面板，可执行菜单栏中的“窗口>颜色”命令，显示如图1-101所示的“颜色”控制面板。从中可以看到，“颜色”浮动面板中的参数设置项与工具箱和“拾色器”对话框中的参数设置项很类似：有工具箱中的前景色及背景色，也有“拾色器”对话框中的调色滑块、警告信息和颜色值输入框等。

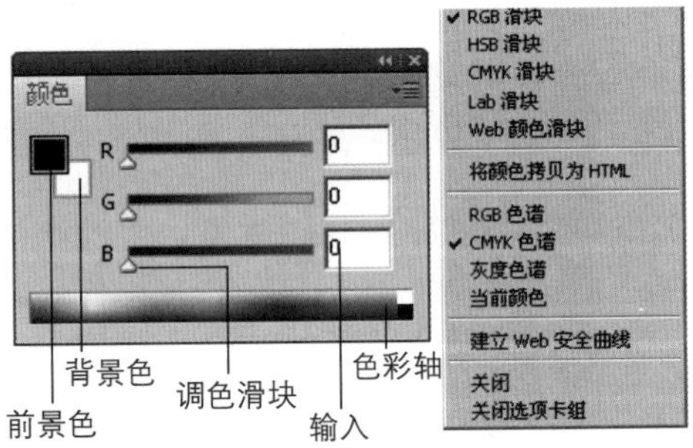

图1-101

指定颜色模式

不同“颜色”面板最大的区别在于模式的切换能力，单击右上角的扩展按钮，在弹出的扩展菜单中可以选择不同的颜色模式，包括灰度、RGB、HSB、CMYK、Lab及Web颜色模式。图1-102显示了选择不同选项时的“颜色”面板。

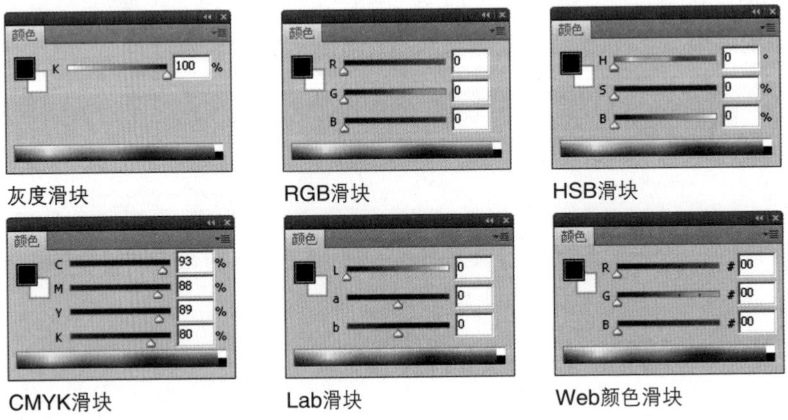

图1-102

指定色彩轴显示方式

调色有一种很方便的方法：在进行细调前先在色彩轴上选取一个大概的色彩。“颜色”控制面板的扩展菜单中提供了RGB色谱、CMYK色谱、灰度色谱和当前颜色4种色彩轴显示方式，如图1-103所示。

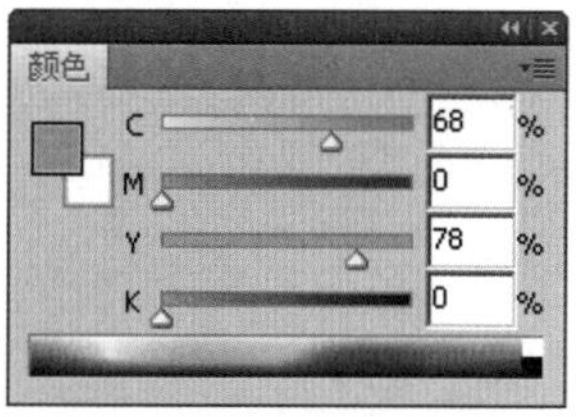

RGB色谱

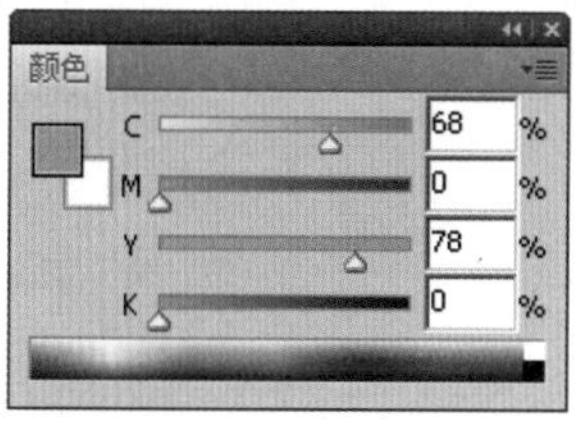

CMYK色谱

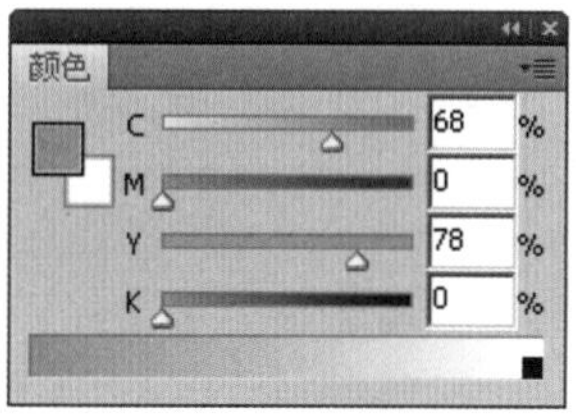

当前颜色

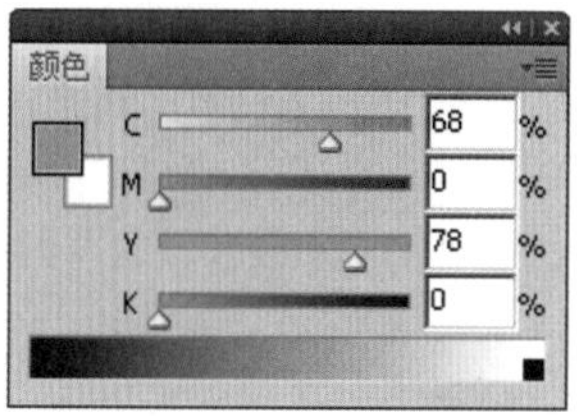

灰度色谱

图1-103

技巧提示

在“颜色”面板的扩展菜单中选中“建立Web安全曲线”选项后，就不用担心所选的颜色会超出网页颜色所使用的范围了，这时在色彩轴上选择的颜色都是网页安全色。

1.12.4 “色板”控制面板

执行菜单栏中的“窗口>色板”命令，即可弹出“色板”控制面板，如图1-104所示。“色板”面板的最大好处是可以直接选取面板上的颜色使用，因为此面板中的颜色都是已设好的。当然，也可以在面板中增加或删除颜色，从而编排自己想要的颜色。

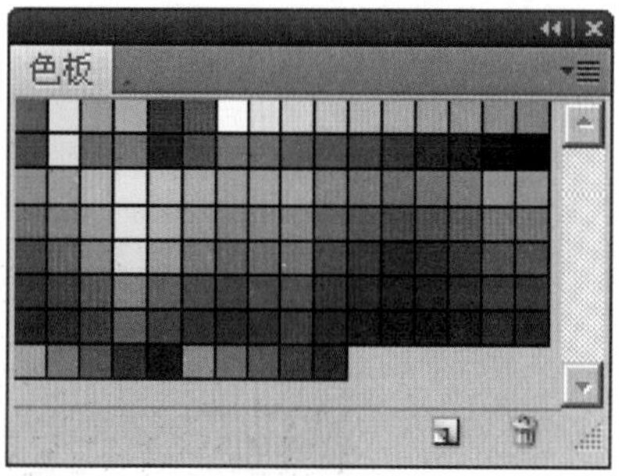

图1-104

在“色板”控制面板中加入新的颜色或删除颜色的具体操作如下：

在“拾色器”对话框或者“颜色”面板中把所要添加的颜色调好。

执行菜单栏中的“窗口>色板”命令，显示“色板”控制面板。

如果想要在面板中增加颜色，则将光标移到面板上的空白处，当光标变成油漆桶形状时（如图1-105所示），单击鼠标左键，弹出如图1-106所示的对话框，对话框内的颜色就是事先调好的前景色。单击“确定”按钮，即可在“色板”控制面板上增加此颜色。

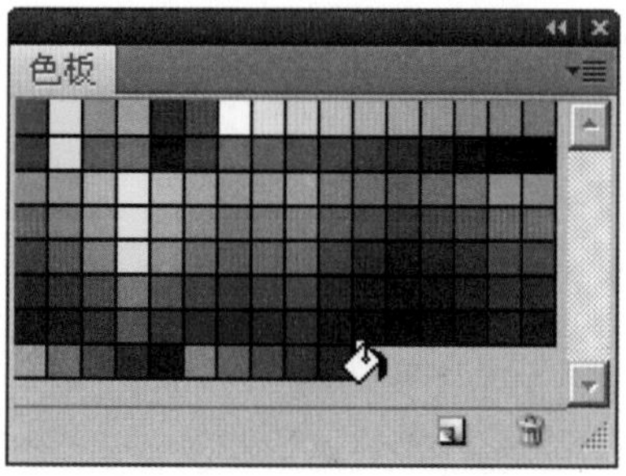

图1-105

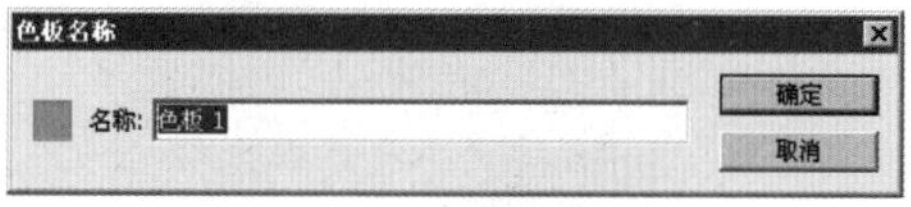

图1-106

如果想要从面板中删除颜色，则在按住Alt键的同时单击要删除的颜色方格（此时光标会变成剪刀形状）。

编辑完颜色后，如果想恢复“色板”面板的默认状态，可以选择“色板”面板扩展菜单（如图1-107所示）中的“复位色板”命令。

在“色板”控制面板中可以保存所选的颜色，以便后面操作时调用。执行“存储色板”命令，可以保存目前正在使用的“色板”面板。执行“载入色板”命令，可以将已保存的“色板”面板文件加入到目前的“色板”面板中。执行“替换色板”命令，可以在载入新色板的同时替换“色板”面板中的原有色板。

图1-107

1.12.5 吸管工具

吸管工具可以直接吸取图像区域的颜色，所得到的颜色会在“设置前景色”色块中显示；也可以吸取“色板”面板中的颜色，如图1-108所示。在吸取色样的同时按住Alt键，可以把吸取的颜色转换为背景色。另外，还可以通过在“颜色”面板的色彩轴上单击来选取颜色，如图1-109所示。

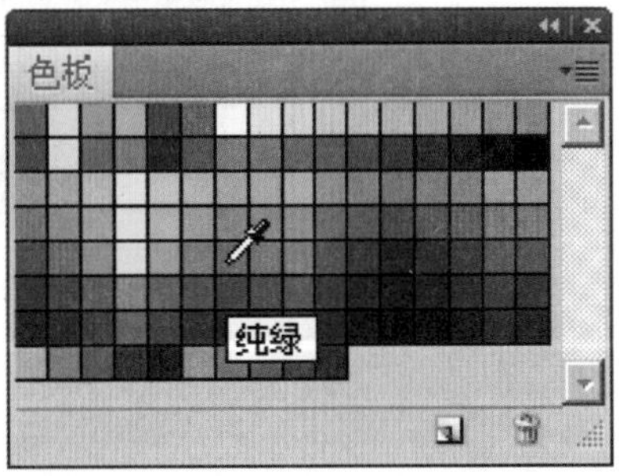

图1-108

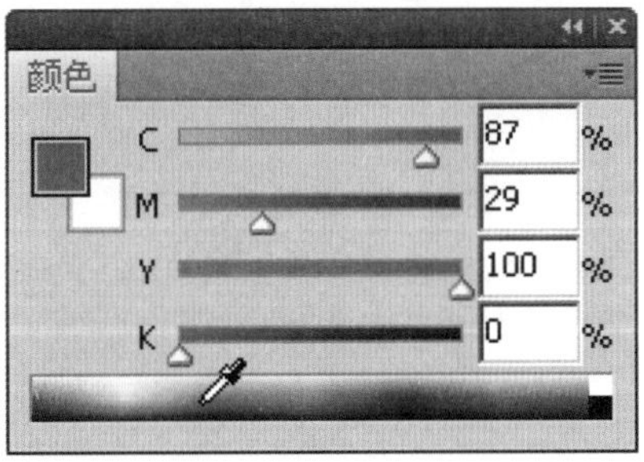

图1-109

除吸管工具外，还有一个查看颜色的工具——颜色取样器工具，此工具可以定位查看图像窗口中任意地方的颜色信息。使用它，最多可以在图像中定义4个取样点，这些颜色信息将会显示在“信息”面板中（如图1-110和图1-111所示），以便下次打开图像时重复使用。

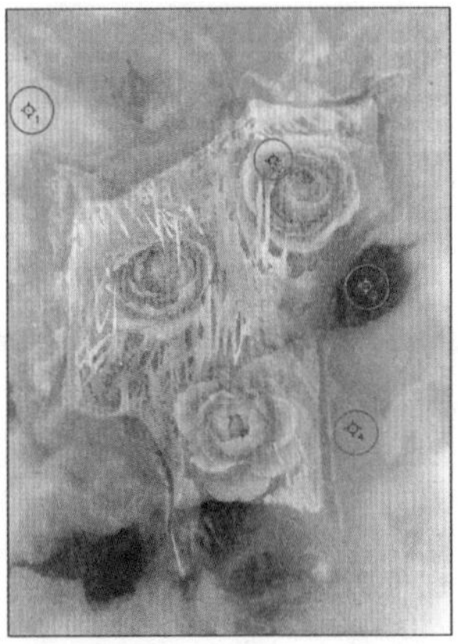

图1-110

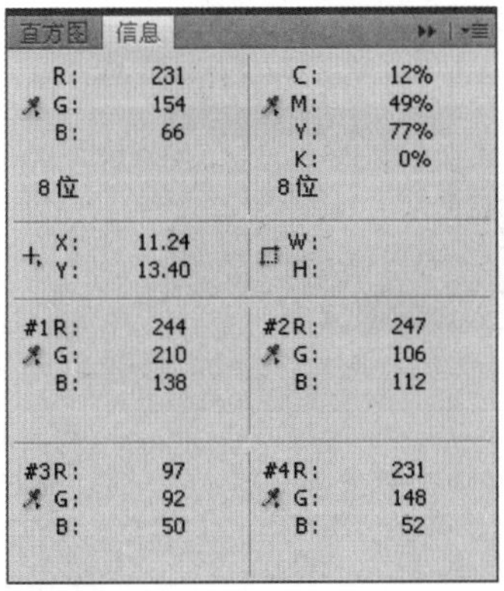

图1-111

在色调和色彩调整过程中，颜色取样功能起着很重要的作用，因为此功能可以帮助查看调整颜色后取样点的颜色变化信息。

技巧提示

在操作时，可以按下鼠标并拖动来取颜色样点，同时可以改变取样点的位置。要删除取样点，用鼠标将其拖到图像窗口以外的地方或者在按住Alt键的同时单击取样点即可。按Ctrl+H组合键，可以隐藏取样点。

1.13 自定义键盘快捷键

Photoshop CS4为一些命令和工具提供了一组默认的键盘快捷键，用户也可以根据自己的喜好自定义键盘快捷键，例如可以改变某一设置中的个别快捷键，还可以为某个设置自定义快捷键。执行菜单栏中的“编辑>键盘快捷键”命令，弹出“键盘快捷键和菜单”对话框，如图1-112所示。

组：在该下拉列表框中可选择一种快捷键设置（在创建新设置之前，“Photoshop默认值”是唯一的选项）。

快捷键用于：在该下拉列表框中可选择一种快捷键类型，包括“应用程序菜单”、“调板菜单”和“工具”3个选项。

应用程序菜单命令：在该列表框中选择要修改快捷键或没有设置快捷键的命令或工具，然后在后面的文本框中输入设置的快捷键即可，如图1-113所示。

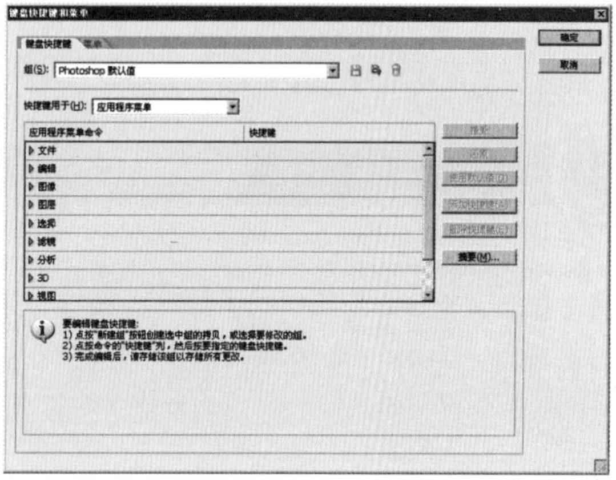

图1-112

图1-113

技巧提示

如果所设置的快捷键已经被另一个命令或工具占用，那么对话框下方会出现一则警告，告拆用户另一个命令或工具已经使用了该快捷键。单击对话框右侧的“接受”按钮，可把该快捷键分配给新的命令或工具，并取消之前分配的快捷键。在重新分配快捷键后，可以单击“取消更改”按钮取消更改操作，或者单击“接受并前往冲突处”按钮跳到另一个命令或工具处，为其分配一个新的快捷键。

保存：单击该按钮，弹出“保存”对话框，在其中可以将快捷键保存为文件，这样新的键盘设置就会显示在“组”下拉列表中。

重新设置：若想在更改默认快捷键之前创建一个新的设置，则可在开始更改快捷键之前单击该按钮；若想创建一个新的设置，使其包含所做的所有修改，则可在完成快捷键的更改之后单击“重新设置”按钮。

删除设置：选择想要删除的快捷键设置后，单击该按钮，即可删除整个快捷键设置。

取消：单击该按钮，可以取消所有更改并关闭对话框。

还原：单击该按钮，可以取消最后保存的更改操作，但不关闭对话框。

使用默认值：单击该按钮，可以让快捷键设置恢复到默认状态。

添加快捷键：单击该按钮，可以为已有快捷键的菜单命令再设置一个快捷键，但只有在“快捷键用于”下拉列表框中选择“应用程序菜单”选项时，该按钮才会被激活。

删除快捷键：单击该按钮，可以删除任意一个命令或工具的快捷键。

摘要：单击该按钮，可以输出当前显示的快捷键设置。

1.14 操作环境设置

Photoshop CS4提供了许多环境设置命令，允许用户自己定义和设置操作环境。执行菜单栏中的“编辑>首选项”命令，使用弹出菜单（如图1-114所示）中的命令可以对不同的选项和性能进行设置。

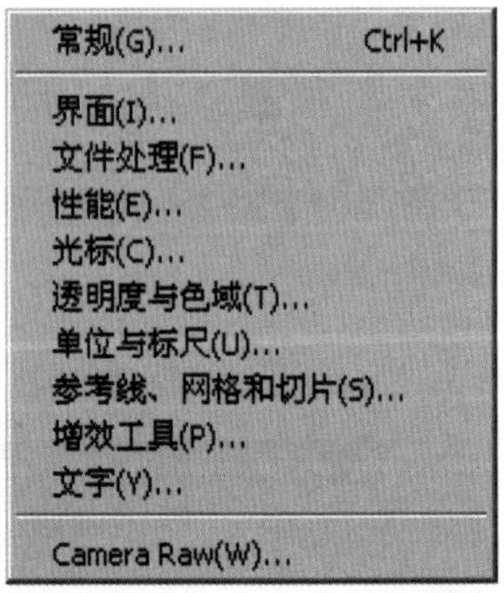

图1-114

1.14.1 常规设置

“常规”是所有设置命令中最常用的命令。执行“编辑>首选项>常规”命令，打开常规设置对话框（如图1-115所示），其中各选项的含义如下。

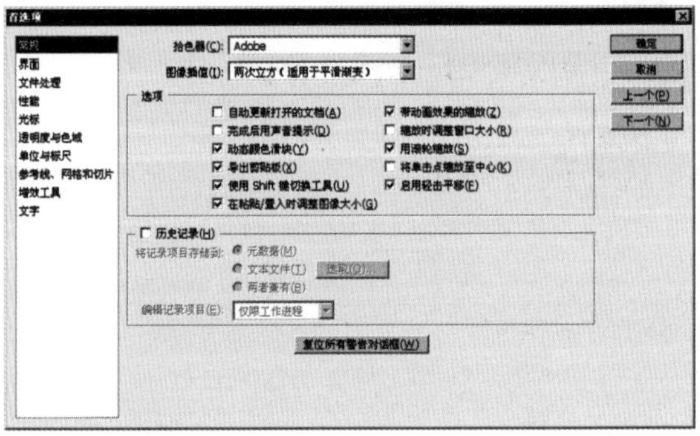

图1-115

拾色器：允许在“Adobe”（默认颜色拾取器）和“Windows”（操作系统颜色拾取器）选项之间进行选择。一般使用Photoshop颜色拾取器，即选择“Adobe”选项；Macintosh和Windows的颜色拾取器允许用户从操作系统的特殊颜色中进行选取。

图像插值：当对一幅图像重新取样时，用户可以设置默认插值类型。插值是确定中间值的数学处理方法，对Photoshop图像而言，这些中间值可用来确定颜色。插值选项有5种：邻近、两次线性、两次立方、两次立方较平滑和两次立方较锐利。用户在重新取样时可以重载插值类型。

自动更新打开的文档：打开文件时自动升级该文件。

完成后用声音提示：选中此复选框后，Photoshop在完成任务时会发出蜂鸣声，以提醒用户操作结束。

动态颜色滑块：调色板中的滑块显示代表当前颜色的颜色条。默认情况下，滑块动态显示颜色组合，用户可以直观地找到自己想要的颜色。如果不选中此复选框，滑块将保持不动。

导出剪贴板：用于设置在退出Photoshop时是否在剪贴板中保留信息，以备其他应用程序使用。取消选中该复选框，Photoshop在退出之前不需将信息转换成其他应用程序可读的格式，可以节约一些时间。

使用Shift键切换工具：可以在分组的工具之间用Shift键进行切换。

在粘贴/置入时调整图像大小：将其他程序中的图像内容或文件粘贴或置入到Photoshop当中时，图像带有调节变换框，可以进行图像大小的调节。

带动画效果的缩放：选中此复选框后，在按住缩放工具进行连续的放大或缩小时，可以平滑地从一种级别缩放到另一种级别。

缩放时调整窗口大小：可以设置用键盘缩放窗口。

用滚轮缩放：可以通过滚动鼠标滚轮来快速放大或缩小图像。

将单击点缩放至中心：选中此复选框后，会在单击时启用居中缩放视图状态。

历史记录：用于设置历史记录的存储方式和记录状态。用户可以将历史记录存储为文本文件或元数据，还可以控制记录的具体内容选项。

复位所有警告对话框：单击该按钮，所有设置为隐藏的警告对话框都会重新显示。

1.14.2 界面设置

用户可以在界面设置对话框中根据个人习惯设置工具栏、通道、菜单和面板在Photoshop工作界面上的显示方式。执行“编辑>首选项>界面”命令，打开界面设置对话框，如图1-116所示。

屏幕颜色和边界设置

在“常规”选项区域中，可以分别对3种屏幕模式设置不同的颜色，有“灰色”、“黑色”和“无”3个选项。对于边界，则可以设置“投影”、“直线”和“无”3种显示状态，用户可以根据习惯和喜好来进行选择搭配。

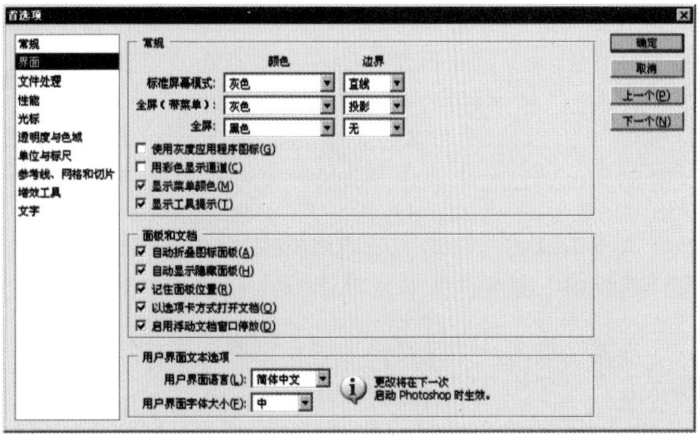

图1-116

使用灰度应用程序图标：选中该复选框后，工具栏中的图标将以灰度方式显示。

用彩色显示通道：选中该复选框后，系统将显示图像通道的真实色彩。例如，在默认设置下（即不选中该复选框），RGB图像中的R通道在屏幕上显示为灰色，而不显示其真实的色彩（即红色）；如果选中该复选框，则其在屏幕上显示为红色。

显示菜单颜色：用于控制是否显示菜单背景色。

显示工具提示：选中该复选框后，当鼠标光标位于某一个工具或者命令上时，页面内会出现一个黄色的提示框，对该工具或者命令进行提示。

面板和文档设置

自动折叠图标面板：选中该复选框后，当不使用某面板时，它会自动缩回折叠状态。

自动显示隐藏面板：选中该复选框后，界面中的面板会在选择相应功能时自动显示，在不使用时自动隐藏。

记住面板位置：默认情况下，Photoshop会在用户关闭和重启时记住各种面板的位置。如果用户想在每次启动Photoshop时将面板恢复到默认位置，则可取消选中该复选框。

以选项卡方式打开文档：选中该复选框后，文件打开时自动以选项卡的方式显示。

启用浮动文档窗口停放：选中该复选框后，可以在界面中将文档调整为浮动窗口状态。

用户界面文本设置

在“用户界面文本选项”选项区域中，可以利用“用户界面语言”下拉列表框来设置软件使用的语言版本；利用“用户界面字体大小”下拉列表框设置软件中显示的文字大小，有“中”和“小”两个选项可供选择。

1.14.3 文件处理设置

用户可以从存储文件的操作中了解保存文件所需的各项设置参数，例如，可以设置是否保存图像预览缩图、默认的文件扩展名是小写字母还是大写字母、是否与低版本的 Photoshop图像兼容等。 执行“编辑＞首选项＞文件处理”命令，打开文件处理设置对话框，如图1-117所示。

图像预览：在此下拉列表框中可以选择是否在保存文件时保存预览缩图，其中有3个选项可供用户选择：“总不存储”、“总是存储”和“存储时询问”。当选择“存储时询问”选项时，可在“存储为”对话框中决定是否选中缩览图复选框。

文件扩展名：在此下拉列表框中可以设置图像文件的扩展名是使用大写还是小写。

存储分层的TIFF文件之前进行询问：选中该复选框后，在每个文件中保存合并层文件时询问。

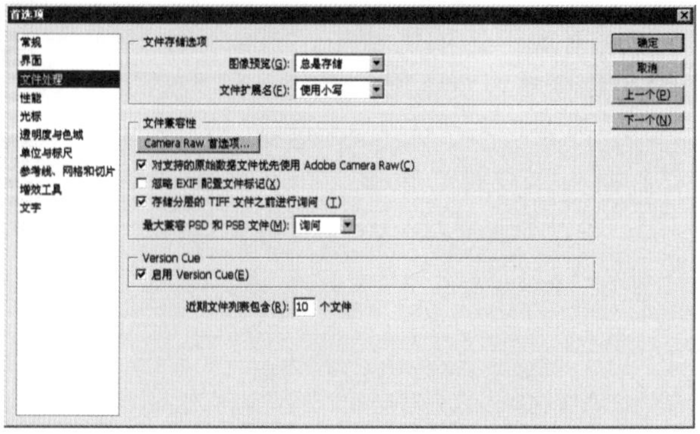

图1-117

近期文件列表包含：用来设置近期打开过的文件列表所包含的文件数，可以在0～30之间选择。

1.14.4 性能设置

使用Photoshop处理图像的过程中需要相当大的内存，用户可以根据计算机的配置情况对Photoshop的软件性能进行有针对性的设置，从而最大程度地提高工作效率。执行“编辑>首选项>性能”命令，打开性能设置对话框，如图1-118所示。

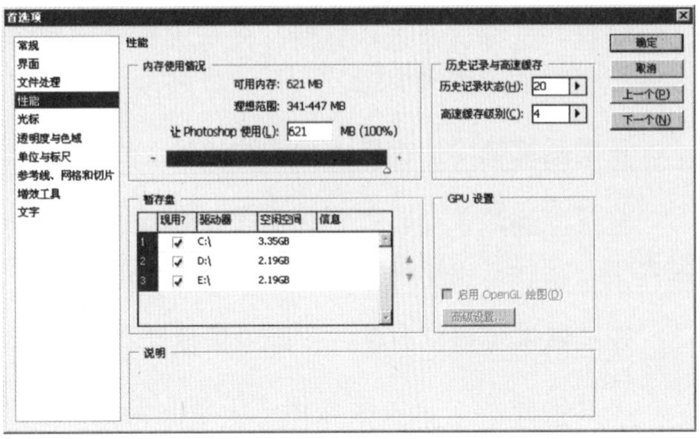

图1-118

在该对话框中，可以对Photoshop软件在工作时所使用的物理内存量进行设置，同时还可以设置暂存盘、历史记录步数与高速缓存等选项。

内存使用情况：在该选项区域中，用户可以看到当前可用内存的大小，Photoshop会给出设置的理想范围。默认情况下，Photoshop会按照理想范围的数值进行设置，当然，用户也可以自行输入数值或拖动滑块进行设置。需要注意的是，如果在使用Photoshop的同时还要使用其他应用程序，则不要将所有可用内存都分配给Photoshop，否则可能会造成电脑死机。

暂存盘：在进行图像编辑操作时，如果计算机中的内存不能满足操作需要，Photoshop则会自动重启或者运行速度特别慢，这时需要用硬盘空间作为虚拟内存来弥补这一不足。在该选项区域中会显示出当前计算机中所有硬盘的可用空间情况，用户可以根据硬盘的情况进行选择。在选择时要尽量选择大的硬盘空间做暂存盘，当然也可以设置多个暂存盘，Photoshop在使用时会按照从上至下的顺序来使用。在选中某个硬盘后，可以单击硬盘列表框右侧的上下箭头按钮来调整上下顺序。

历史记录状态：用于设置“历史记录”面板中可以列出的状态数，默认数值为20；如果内存空间足够大，则可以将数值加大；如果内存空间不够大，则可以相应减少此数值，以节省空间。

高速缓存级别：用于设置画面显示和重绘的速度，数值越大，重绘速度越快，但会减少系统可用的内存。

CPU设置：在该选项区域中选中“启用OpenGL绘图”复选框，可以在Photoshop CS4中进行动态缩放图像、旋转视图及3D相关操作；不选中该复选框，上述这些功能将不可用。选中该复选框后，单击“高级设置”按钮，可打开“高级设置”对话框，对其进行详细的设置。

1.14.5 光标设置

Photoshop中有很多种形状与工具图标形状相似的光标，这些形象化的光标可以帮助用户区分当前所选择的工具。Photoshop为用户提供了光标形状设置选项。执行“编辑>首选项>光标”命令，打开光标设置对话框，如图1-119所示。在该对话框中可以设置不同的光标显示状态。

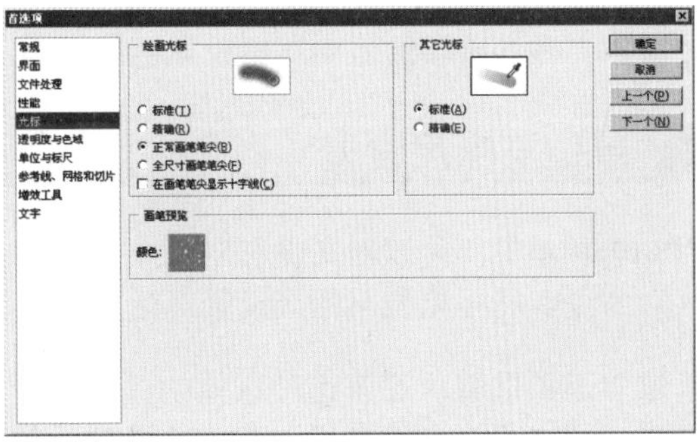

图1-119

“绘画光标”选项区域主要用于设置绘图工具（如橡皮擦、铅笔、喷枪、画笔、橡皮图章、图案图章、涂抹、模糊、锐化、减淡、加深和海绵工具等）的光标，各选项的具体功能如下。

标准：选择该单选按钮时，光标沿用各种工具的形状。

精确：选择该单选按钮时，光标以十字形显示，其中心点为工具作用时的中心点，该形状的光标可以进行精确的绘图和编辑。

正常画笔笔尖：选择该单选按钮时，光标的大小是使用画笔大小的一半。

全尺寸画笔笔尖：选择该单选按钮时，光标切换为画笔的大小显示，其圆圈大小即是当前选择的画笔大小，这样可以精确地看到画笔覆盖的范围。

在画笔笔尖显示十字线：选中该复选框时，画笔光标的中心会显示十字线。

“其他光标”选项区域用于设置除绘图工具以外的工具的光标，其中有两个单选按钮可供选择：“标准”和“精确”。

在“画笔预览”选项区域中单击颜色块，可以设置编辑时的预览颜色。

1.14.6 透明度与色域设置

由于图像中存在着具有不同透明度的图层，为了表现出这些图层的透明度并更好地编辑图像，Photoshop可以对透明区域的显示进行设置。执行“编辑＞首选项＞透明度与色域”命令，打开透明度与色域设置对话框，如图1-120所示。

网格大小：用于设置透明区域的网格大小，有4个选项可供选择，分别为“无”、“小”、“中”和“大”。当选择“无”选项时，透明区域将以白色显示。

图1-120

网格颜色：用于设置透明区域的网格颜色。透明区域中的网格是由两种颜色交叉组合而成的，可以通过在下面的显示框中单击来任意改变要选择的两种颜色，也可以在“网格颜色”下拉列表框中选择所需的颜色。当选择“自定”选项时，会启动颜色选取框供用户选择任一颜色来作为网格的颜色，选择后的颜色效果会显示在其右侧的预览框中。

色域警告：在该选项区域中可以设置色域警告的颜色和不透明度。

1.14.7 单位与标尺设置

在Photoshop中，可以对文件和对话框中使用的单位以及标尺进行设置。执行“编辑＞首选项＞单位与标尺”命令，打开单位与标尺设置对话框，如图1-121所示。

“单位”选项区域：在该选项区域的“标尺”下拉列表框中可以选择标尺的单位，如像素、英寸、厘米、毫米、点、派卡和百分比；在“文字”下拉列表框中可以选择文字字号的单位，如像素、点和毫米。

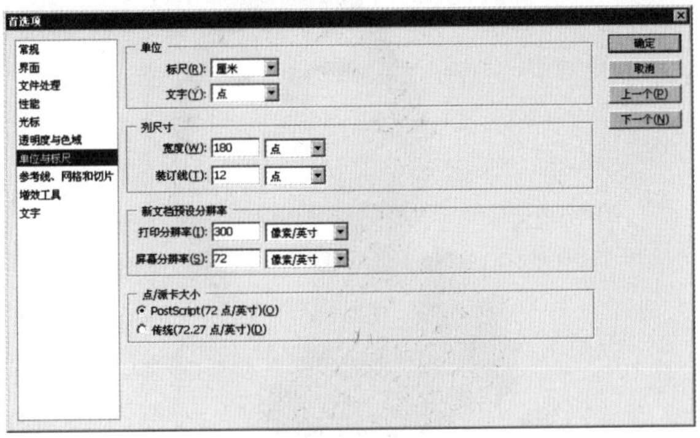

图1-121

"列尺寸"选项区域：在该选项区域中可以设置列的宽度和装订线，该设置与标尺无关，而是用来设置图像宽度和页面间隙大小的。

"点/派卡大小"选项区域：在该选项区域中有两个单选按钮——"PostScript"和"传统"。当图像中含有TrueType型文字并从PostScript打印机输出时，选择"PostScript"单选按钮较好；如果需要按照传统方式来规定图像点的大小，则应选择"传统"单选按钮。

1.14.8 增效工具设置

当用户在Photoshop默认的增效工具文件夹以外又自行安装了其他增效工具时，可以通过设置来指定这个非默认的文件夹为增效工具文件夹，以便在Photoshop软件中可以直接使用这些增效工具。执行"编辑>首选项>增效工具"命令，打开增效工具设置对话框，如图1-122所示。

在此对话框中选中"附加的增效工具文件夹"复选框时，会弹出"浏览文件夹"对话框，在其中可以选择附加的增效工具文件夹路径；若要再次修改，则可以单击"选取"按钮，然后在弹出的对话框中重新设置附加增效工具文件夹。

1.14.9 文字设置

在Photoshop中，可以对文字的字体和显示大小等内容进行设置。执行"编辑>首选项>文字"命令，打开文字设置对话框，如图1-123所示。

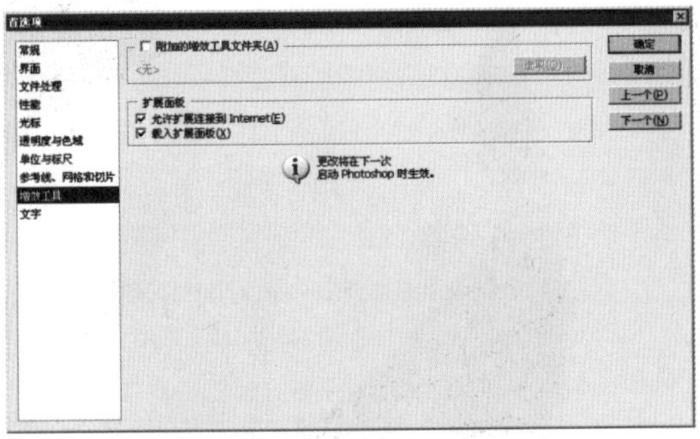

图1-122

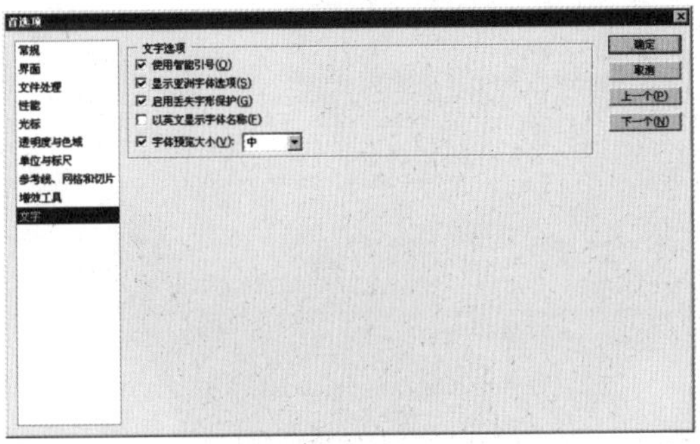

图1-123

使用智能引号：选中该复选框后，在使用文字工具输入的时候可以自动替换左右引号。

显示亚洲文字选项：选中该复选框后，当系统装有其他国家的字体时，会提示是否在"字符和段落"面板中显示中国、日本和韩国的字体选项。

启用丢失字形保护：选中该复选框后，允许对丢失的字形自动进行字体替换。

以英文显示字体名称：设置是否用英文显示汉字的字体名称。

字体预览大小：可以设置字体预览时的大小，有5个选项可供选择。

Abercrombie

02
CHAPTER

选区的建立和使用

在Photoshop中，对图像的某个部分进行色彩调整必须有一个指定的过程。这个指定的过程称为选取，选取后形成选区。

选区是封闭的区域，可以是任何形状，但一定是封闭的，不存在不封闭的选区。

选区一旦建立，大部分操作就只在选区范围内有效。若要对全图操作，则必须先取消选区。

2.1 选取工具

选取范围的方法有很多种，可以使用菜单命令来选择，也可以直接使用工具箱中的选取工具来选取，一般使用工具箱中的规则选取工具、套索工具和魔棒工具来选择范围。用规则选取工具进行范围的选取是最基本、最常用的方法。规则选取工具包括矩形选框工具、椭圆选框工具、单行选框工具和单列选框工具。选定好区域范围后，就可以对选取范围进行移动、复制等操作了。

2.1.1 矩形选框工具/椭圆选框工具

在指定图像中设置矩形或椭圆形态的选区时，通常使用矩形选框工具或椭圆选框工具。在工具箱中按住矩形选框工具图标不放，就会激活其他相关的选框工具。矩形选框工具是最基本、最常用的选取工具。在工具箱中选择矩形选框工具后，可以用鼠标在图层上画出矩形选框，如图2-1所示；在工具箱中选择椭圆选框工具后，可以用鼠标在图层上画出椭圆选框，如图2-2所示。

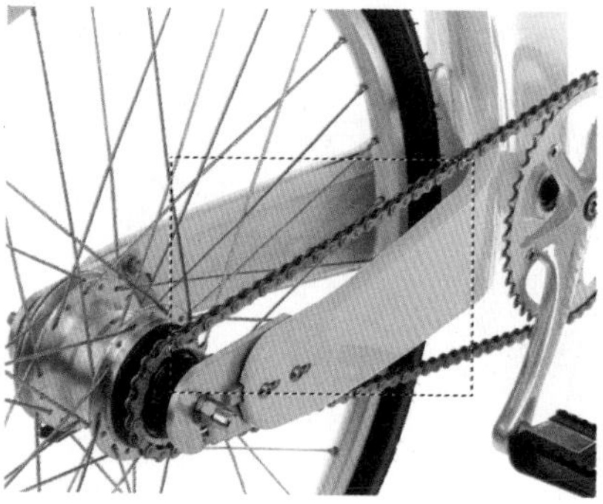

图2-1

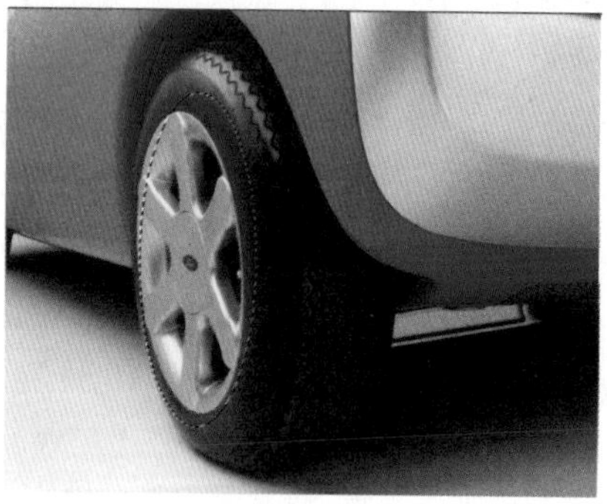

图2-2

2.1.2 单行选框工具/单列选框工具

在工具箱中选择单行/单列选框工具，并在选择的区域内单击，会出现一条虚线，如图2-3和图2-4所示。如果用缩放工具放大图像，就会发现这条虚线占据一个像素的宽度。

图2-3

图2-4

2.1.3 选取工具的工具选项栏

默认情况下，当在工具箱内选择这4种选框工具时，菜单栏下会出现一个工具选项栏，设置参数后可以得到各种不规则形态的选区，其各项参数设置如图2-5所示。

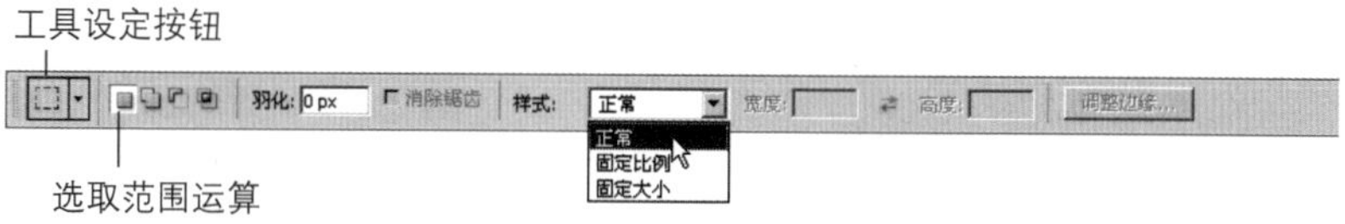

图2-5

在选取范围前，可以通过工具选项栏设定消除锯齿和羽化选取范围边缘的功能；在矩形选框工具选项栏中选中“消除锯齿”复选框，可以使选取范围中图像的边缘比较平滑。如果想使选取范围中的图像边缘产生虚化效果，则可以在工具选项栏的“羽化”文本框中输入数值来设置选取范围的羽化效果，其取值范围在0～250像素之间。

在工具选项栏的“样式”下拉列表中可以选择3种选取范围切换方式。

正常：是常用的选择方式，可以任意拖拉鼠标来确定选区的形状和大小。

固定比例：可以设定选取范围的高和宽的比例，系统默认的比例为1:1。

固定大小：在此方式下，可以通过输入选取范围的高和宽数值来精确设定矩形或圆的大小，且此选取范围的大小是固定不变的。

下面介绍工具选项栏中的几个按钮。

“新选区”按钮：不管图像上原来有无选区，单击该按钮都将去掉原有的选区，生成新的选区。

“添加到选区”按钮：在原有选取范围的基础上增加新选区，其结果是两个选区的并集。

“从选区减去”按钮：在原有选取范围的基础上减去新选区，其结果是两个选区的差集。按住Alt键进行选取也可以达到减少选区的效果。

“与选区交叉”按钮：选取原有的选取范围与新增加的选取范围重叠的部分。按住Alt+Shift组合键进行选取也可以达到同样效果。

如果选取范围时少选了，则需要增加选取范围，具体操作如下：

选择椭圆选框工具，在所要操作的图像上选取范围，如图2-6所示。

在进行下一次选取范围操作前单击工具选项栏上的“添加到选区”图标，然后再选取新的范围，此时会保留原来的选区，也就是在原来的基础上增加选区。

如果新增的选区没有与原来的选区重叠，那么选区外框就互不干涉，效果如图2-7所示；如果新增的选区与原来的选区有重叠的部分，那么生成的选区外框将是两个选区合起来的外边框，如图2-8所示。

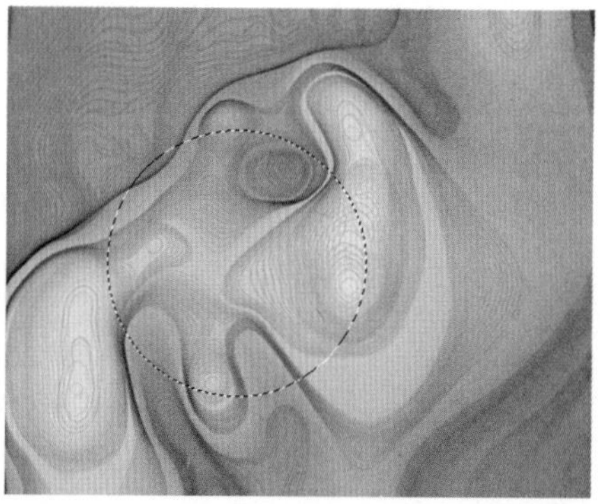

图2-6

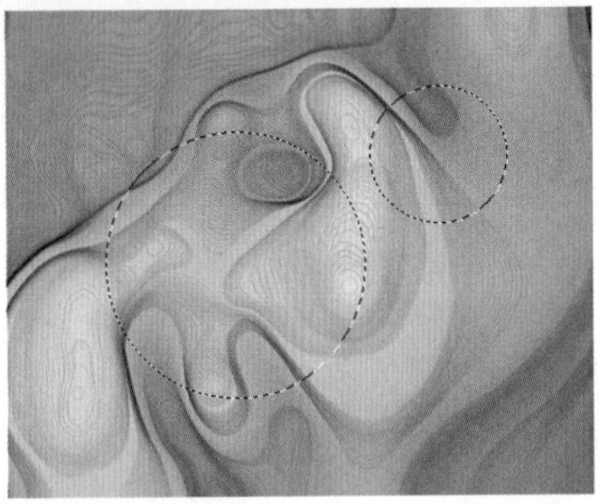

图2-7

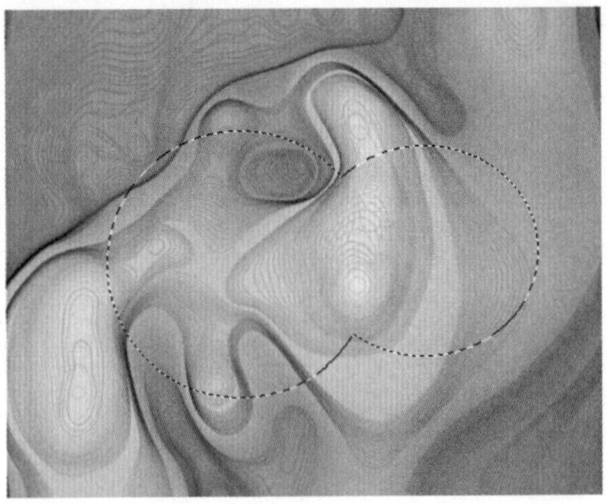

图2-8

如果选取范围时多选了，则需要减去多余的部分，具体操作如下：

选择椭圆选框工具，在所要操作的图像上选取范围，如图2-9所示。

图2-9

在进行下一次选取操作前，单击工具选项栏上的“从选区减去”图标，然后选取所要减去的部分。

如果减去的部分在原选区内部，那么操作后虽然原选区边框没有变化，但将被挖去后选的区域；如果想减的部分不是全部在原选区内（如图2-10所示），那么将会生成新选区外框，减去选区后的效果如图2-11所示。

图2-10

图2-11

技巧提示

在操作时，增加选区与减去选区经常要交替使用。如果通过用鼠标来回地在工具选项栏上单击进行切换，则会影响操作的速度，这时可使用快捷键：要增加选区，在操作时按住Shift键即可；要减去选区，按住Alt键即可。

2.1.4 套索工具

套索工具是一种常用的范围选取工具，套索工具、多边形套索工具及磁性套索工具是套索工具的3种选取形式，这3种套索工具主要用于一些不规则形状以及任意形状区域的选取。

套索工具

选取套索工具后，将会弹出套索工具选项栏，如图2-12所示。此工具选项栏中包括选取范围运算按钮、“羽化”及“消除锯齿”等选项，其用法与矩形选框工具相同，具体操作如下：

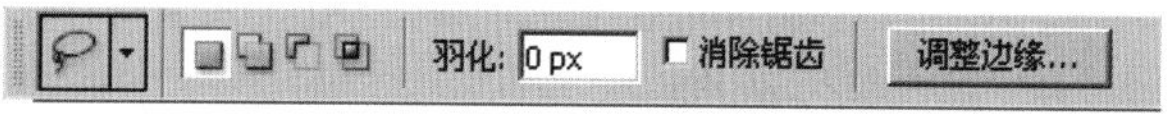

图2-12

打开一幅要处理的图像，如图2-13所示。

选取工具箱中的套索工具，在工具选项栏中将“羽化”数值设置为“0px”，并选中“消除锯齿”复选框。

设置完成后，将鼠标指针移到图像上，在想要选取图像部位的边缘绘制形状（但此过程中不能松开鼠标，否则套索工具就会把起点和终点连接起来），如图2-14所示。

选取完成后的效果如图2-15所示。

图2-13

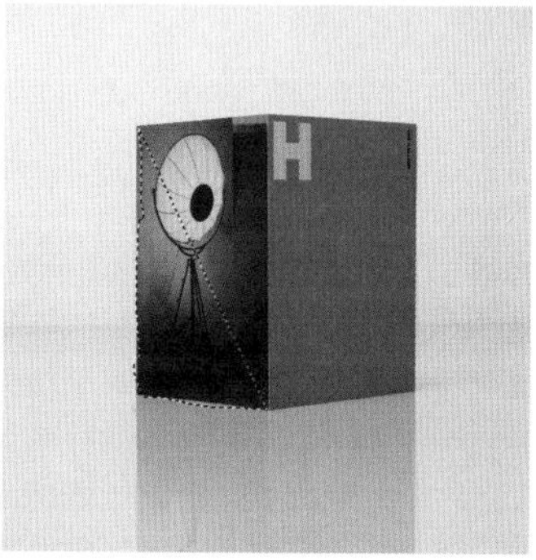
图2-14

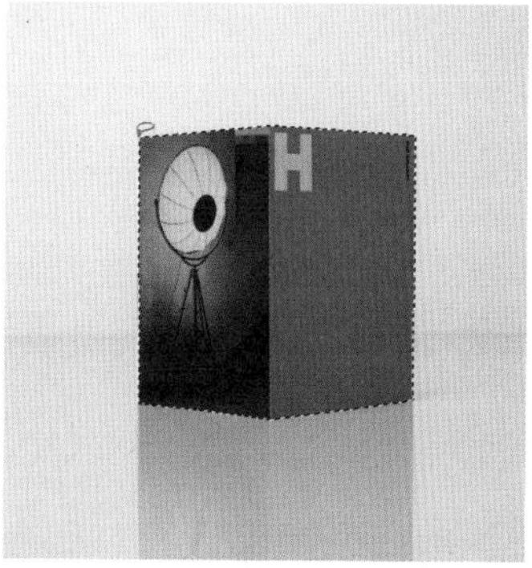
图2-15

技巧提示

当想选取图像中很小的部位时，由于系统默认的光标太大，不太方便，可以按下Caps Lock键，这时套索光标就会变成十字光标。当然，还可以执行菜单栏中的“编辑>首选项>光标”命令，然后在弹出的如图2-16所示的对话框中进行光标设置。在用套索工具进行操作时，若想让曲线逐渐变直，可以在按住Delete键的同时拖动鼠标。

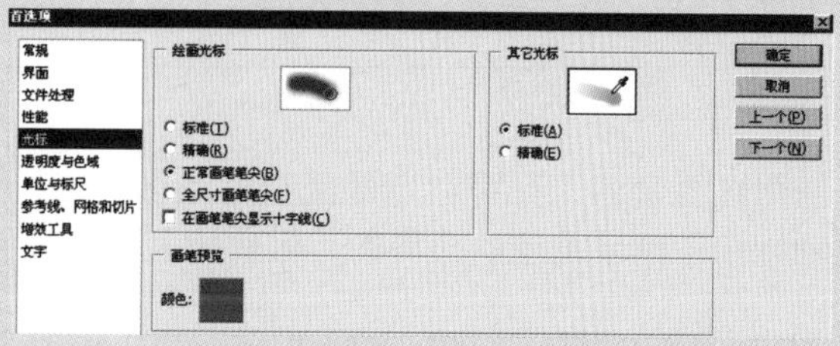

图2-16

多边形套索工具

通过多边形套索工具能够选择不规则形状的多边形选区。可以单击不同的点来创建多边形选区，多边形套索工具会用选区线将各点连接起来。此工具也可以设置羽化边缘和消除锯齿功能，与套索工具的设置差不多，具体操作如下：

在工具箱中选中多边形套索工具。

在工具选项栏中设置“羽化”和“消除锯齿”选项。

在事先选好的图像上单击，确定起始点，如图2-17所示。

在所选图像的下一个点上单击，当快要完成选取并靠近终点时，光标右下角出现小圆圈（如图2-18所示），单击即可封闭选区，完成选取操作后的效果如图2-19所示。

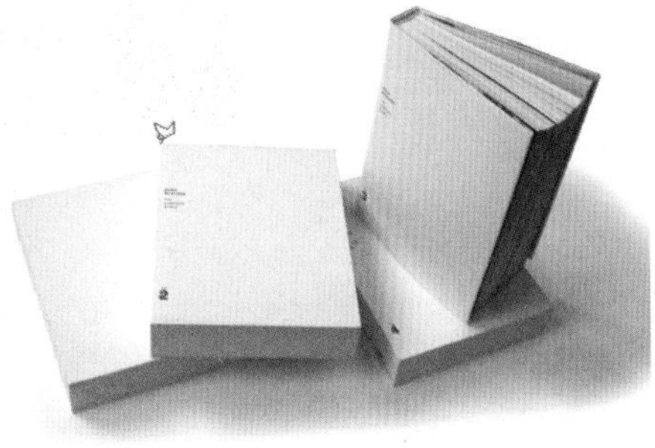

图2-17

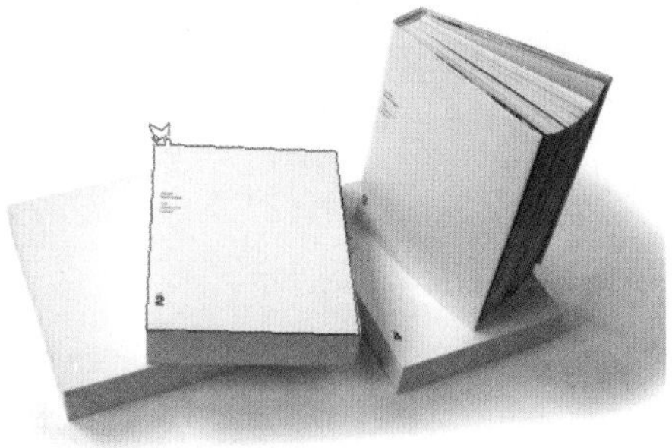

图2-18

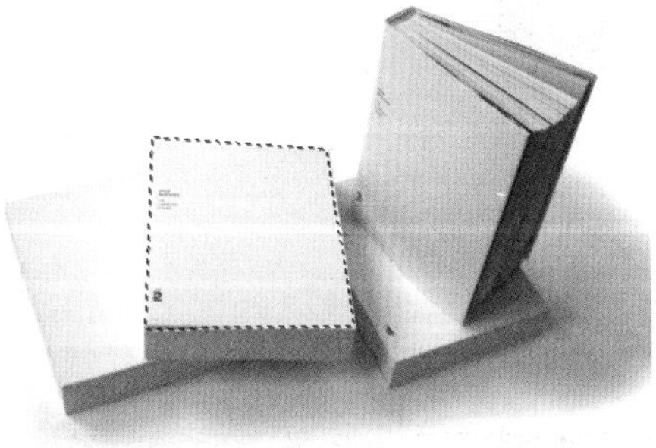

图2-19

技巧提示

使用多边形套索工具时，如果选区线的终点没有回到起点，那么只要双击鼠标就会自动连接终点和起点，使其成为一个封闭的选取范围。在用多边形套索工具选取时，按一下Delete键，可以删除上一步绘制的选区线；如果想删除所有选区线，只要按住Delete键不放即可。按住Shift键，可以按水平、垂直或45°角来绘制选区。

磁性套索工具

使用磁性套索工具可以选取复杂的选区，由于它是根据选取边缘在指定宽度内的不同像素值的反差来自动地描取所要图像的边界的，因此比其他工具更方便、准确和快速，其工具选项栏如图2-20所示。

图2-20

当选择磁性套索工具时，用户会发现工具选项栏中多了几个选项，如“宽度”、“对比度”、“频率”和“压感笔”，其具体功能如下。

宽度：可以在此文本框中输入1px～256px的数值，用来设定检测边缘的宽度，值越小，检测越精确。

对比度：此文本框用来控制磁性套索工具对图像边界不同对比度的反差。如果输入较大的值，则可让磁性套索工具辨别包含较大对比度的边界；如果输入较小的百分比，则可检测较低的对比度。图2-21和图2-22分别显示了对比度为5%和100%时的选取效果。

图2-21

图2-22

压感笔：可以用来设定绘图板的光笔压力，只有安装绘图板时才变为可用状态。光笔压力选项会影响磁性套索、磁性钢笔、铅笔、画笔、喷枪、橡皮擦、橡皮图章、图案图章、历史记录画笔、模糊、锐化、减淡和加深等工具，在有些工具中还可以设定大小、颜色及不透明度。

频率：用于设置选取的节点数目，选取时单击一下就可以产生一个节点。在此文本框中输入0～100的数值可以确定节点的数量，值越大，产生的节点越多。图2-23和图2-24分别显示了频率为10和100时产生的选区效果。

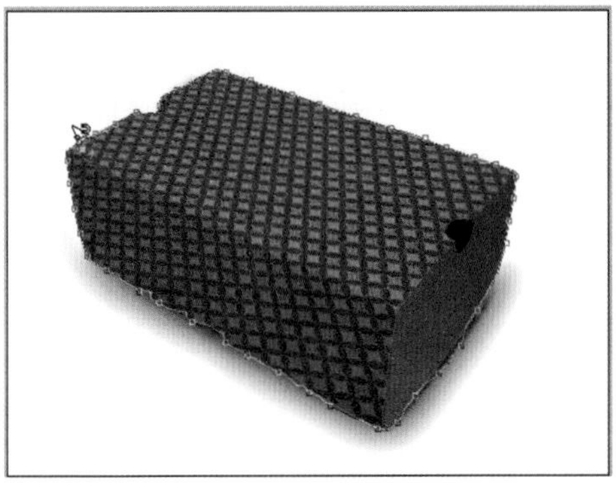

图2-23

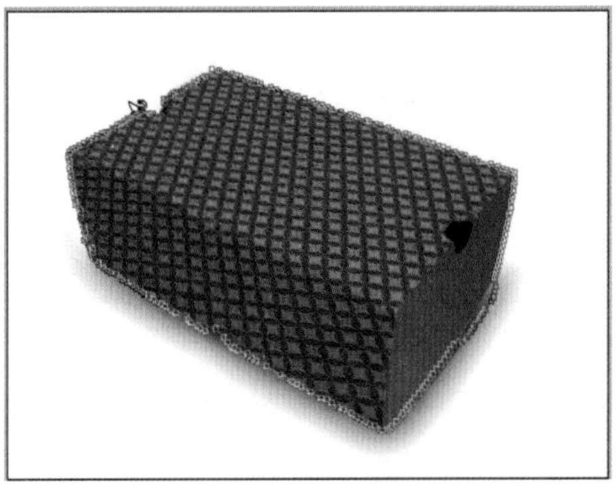

图2-24

技巧提示

绘图板类似于鼠标，属于输入设备。当把绘图板连接到计算机后，对绘图板进行操作时，计算机的显示器上就会显示其操作的内容，但一般都习惯用鼠标来操作。如果想配置绘图板，还需要安装Photoshop兼容的驱动程序，没有的话就不能在Photoshop中使用。

在使用磁性套索工具时，可以先单击选区的起点，然后沿着想要选取的部分边缘移动（未完成时的效果如图2-25所示），当选取完成时，与多边形套索工具一样，光标的右下角会出现一个小圆圈，单击就可以完成选取，其效果如图2-26所示。

图2-25

图2-26

2.1.5 魔棒工具

在工具箱中有一个像烟火棒形状一样的工具，称为魔棒工具，其主要功能就是进行物体范围的选取，它是以图像中相近的色素为依据来建立选取范围的。在进行选取时，用魔棒工具可以选取图像颜色相同或者相近的区域。

Photoshop CS4工具箱中多了一个快速选择工具，它是以前软件版本所没有的新工具，是魔棒工具的快捷版本，可以不用任何快捷键进行加选， 按住不放可以像绘画一样选择区域，非常神奇。当然，其工具选项栏中也有“新选区”、“添加到选区”和“从选区减去”3个按钮。在颜色差异大的图像中，使用快速选择工具建立选区非常直观、快捷。

在工具箱中选择魔棒工具和快速选择工具后，可以在弹出的工具选项栏中对一些选项进行设置，这要针对不同的物体来进行，如图2-27所示。

图2-27

容差：其默认的数值为32，可以在此文本框中输入0～255之间的数值，输入的数值越小，可以选取到的颜色就越接近，所选择的范围也就越小；输入的数值越大，可以选取的颜色范围就越大。图2-28和图2-29分别显示了容差为32和100时的选取效果。

图2-28

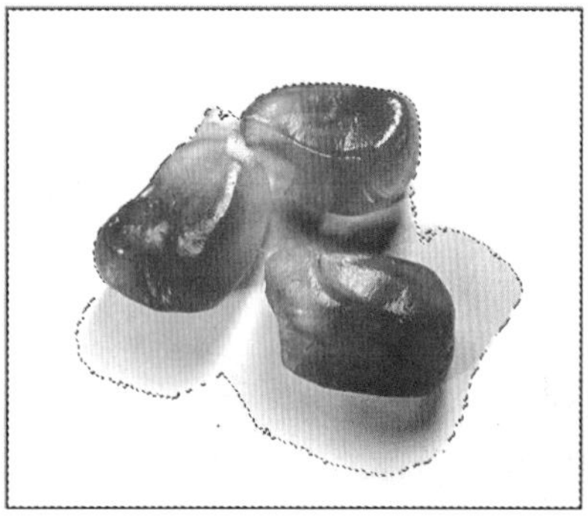
图2-29

连续：相当于执行菜单栏中的“选择＞选取相似”命令，选中此复选框时，只能选中连续的选区，如图2-30所示；取消选中此复选框时，可以选择页面内所有相邻且颜色相近的部分，如图2-31所示。

图2-30

图2-31

对所有图层取样：适用于具有多个图层的文件。选中此复选框后，魔棒工具不仅仅会对当前图层产生作用，也会对其他所有可见图层起作用。图2-32和图2-33分别显示了未选中此复选框和选中此复选框时的选取效果。

图2-32 未勾选

图2-33

当所要选取的图像的色彩和色调不是很丰富时，利用魔棒工具选取范围是非常方便的。例如，要把图2-34中的苹果选中，如果用选框工具或套索工具操作就会非常麻烦，现在就来教读者巧用魔棒工具进行选取，具体操作如下：

选择魔棒工具，在图像的白色区域单击（如图2-34所示），会发现图像中除苹果以外的白色区域都被选中了，如图2-35所示。

图2-34

图2-35

执行菜单栏中的“选择>反向”命令（如图2-36所示），或者直接按Ctrl+Shift+I组合键，其目的是为了对选区进行反选，也就是说选取苹果而不是白色区域。

此时会出现如图2-37所示的效果，苹果被选取了。

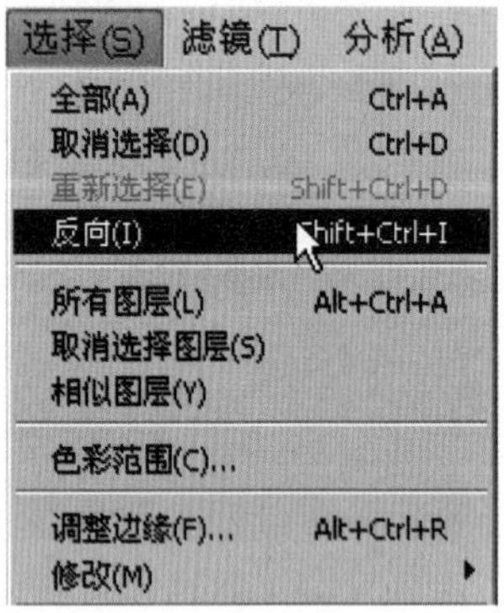

图2-36

图2-37

2.1.6 快速选择工具

快速选择工具可以使用类似于画笔绘制的方式来制作选区。该工具的使用方法很简单，选择工具后在图像上要选取的范围中单击或拖动鼠标，Photoshop会根据鼠标走过的轨迹及图像中的颜色分布和边缘情况自动创建选区形状，如图2-38所示。

图2-38

选择快速选择工具后，在工具选项栏中可以根据不同的选择情况对工具的各选项进行设置，并随时根据选择情况对选项的设置进行调整，如图2-39所示。

图2-39

选取范围运算：在工具选项栏中选择“新选区”方式时，每次拖动快速选择工具创建的都是新选区，原来的选区被取消。选择“添加到选区”方式时，拖动快速选择工具时会在原有的选区基础上增加选区范围。选择“减去选区”方式时，拖动快速选择工具时会在原有的选区基础上减小选区范围。

画笔：该选项用来控制快速选择工具创建选区时时的大小。画笔笔触越大，创建的选区范围越大；反之，创建的选区范围就越小。该选项的作用与绘图工具的“画笔”选项十分相近。图2-40和图2-41所示的为在同一区域中使用不同笔触大小创建的选区效果。

对所有图层取样：适用于具有多个图层的文件。没有选中此复选框时，快速选择工具只对当前所在的图层起作用；选中此复选框后，快速选择工具就会对所有的图层产生作用。

自动增强：选中此复选框时，可以在创建选区时加强对选区边缘部分的处理，会根据图像中颜色边缘部分的情况自动对选区边缘进行平滑处理，使边缘部分的选择效果更好。

图2-40

图2-41

技巧提示

在使用“新选区”方式时，按住Shift键可以临时切换到“添加到选区”方式，按住Alt键可以临时切换到“减去选区”方式。同时，也可以像使用画笔工具那样，使用键盘上的[和]键来快速地调整笔触的大小。

2.2 “选择”菜单

除了前面介绍的选取工具以外，“选择”菜单中也提供了许多选取范围的相关命令。“选择”菜单并不修改或编辑选区内的像素，而是只对选区产生影响。使用“选择”菜单，可以修改已经设置的选区的大小或形状，也可以根据图像的颜色范围设置新的选区。

2.2.1 全部

选取整个图像时，执行菜单栏中的“选择>全部”命令，图像内的像素将被全部选取。可以按Ctrl+A组合键执行此命令，将整个图像设置为选区。

2.2.2 取消选择

当图像上已有选区的时候，执行菜单栏中的“选择>取消选择”命令，图像内的所有选取范围都将被取消。另外，也可以按Ctrl+D组合键取消选取范围。

2.2.3 重新选择

Photoshop CS4会自动保留上一次的选取范围，不会将图像的选取范围存储起来，只要执行菜单栏中的“选择>重新选择”命令，就可以将上一次的选取范围调出来。也可以按Ctrl+Shift+D组合键执行该命令。

2.2.4 反向

执行菜单栏中的“选择>反向”命令，可以将选取范围与非选取范围进行互换，就是设置为选区的部分被取消，而没有设置为选区的部分则成为选区。例如，设置好的选取范围如图2-42所示，执行菜单栏中的“选择>反向”命令后将变为如图2-43所示。也可以按Ctrl+Shift+I组合键反选选取范围。

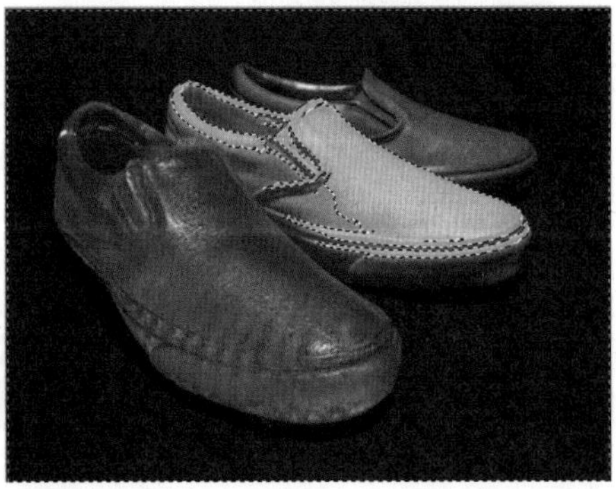

图2-42

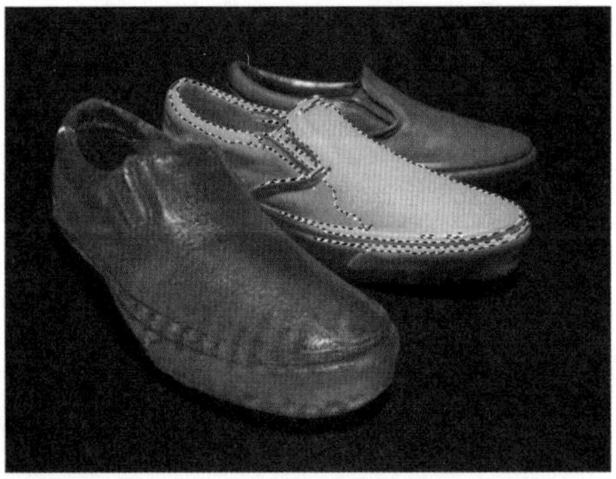

图2-43

2.2.5 重新定义选区边缘

执行菜单栏中的“选择>重新定义选区边缘（Refine Edge）”命令，可以对创建的选区定义选区边缘的半径、对比度和羽化程度等，还可以对选区进行收缩和扩充。另外，还有多种显示模式可选，比如快速蒙版模式和蒙版模式等，非常方便。

羽化选区有两种方法：一种是在工具箱中选中选取工具，然后在工具选项栏的“羽化”文本框中输入相应的数值，这在前面介绍选取工具时已有叙述；另一种方法就是在打开的图像中使用选取工具绘制一个选区（如图2-44所示），然后执行菜单栏中的“选择>重新定义选区边缘（Refine Edge）”命令，并在弹出的对话框中设置数值（如图2-45所示），最后按Ctrl+Shift+I组合键反选图像，按Delete键删除，再按Ctrl+D组合键取消选区，效果如图2-46所示。

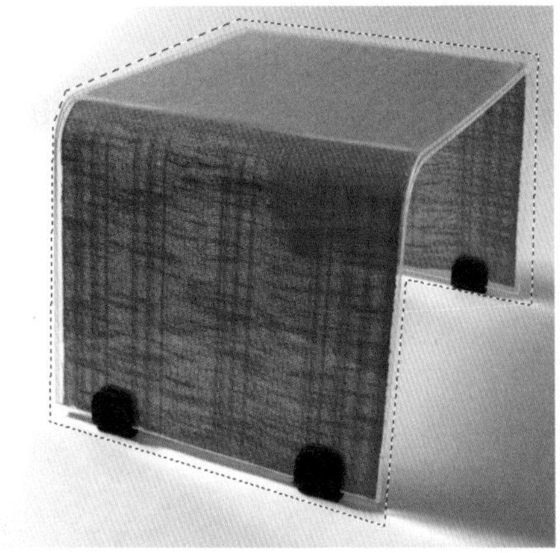

图2-44

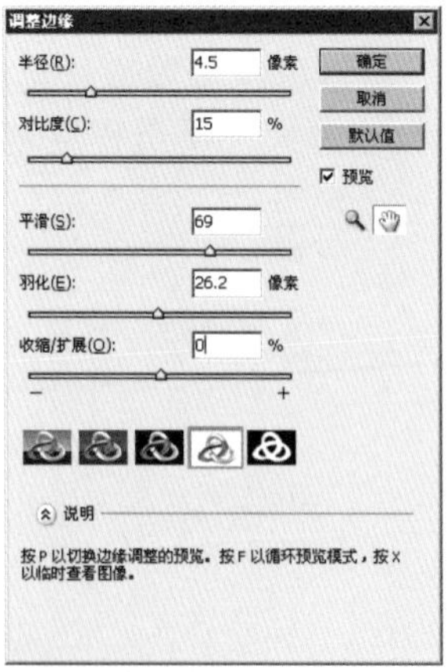

图2-45

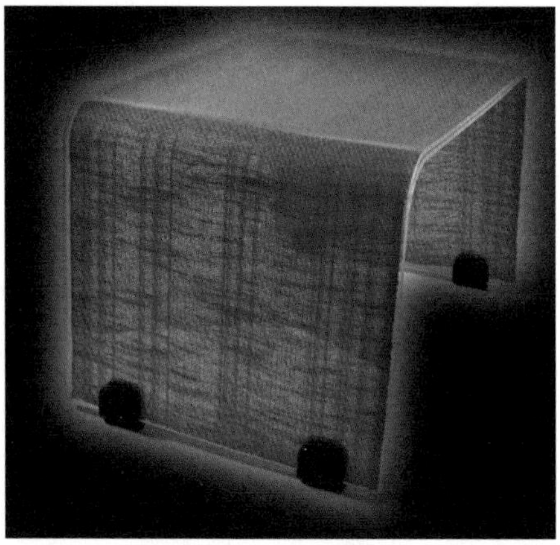

图2-46

2.2.6 修改

“修改”命令主要用来修改已经编辑好的选取范围。执行菜单栏中的“选择＞修改”命令，弹出的“修改”命令的级联菜单中包括“边界”、“平滑”、“扩展”、“收缩”和“羽化”命令，如图2-47所示。使用这些命令可以对选区进行编辑，下面将介绍各命令的操作应用。

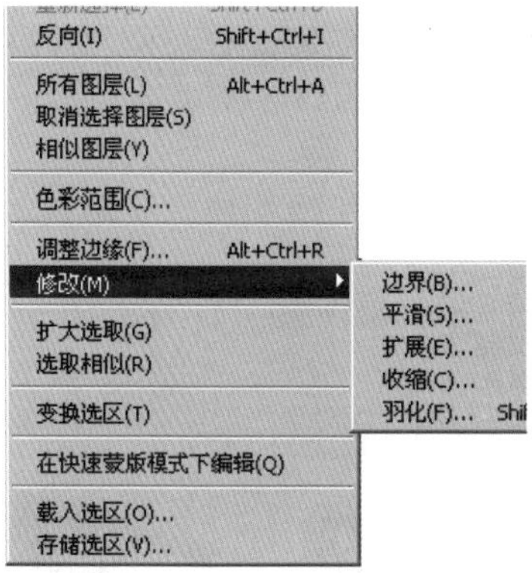

图2-47

边界：在原有选取范围的基础上向外扩张，使之与原选区形成一个包围的边框来代替原选区的区域，但只能对边框区域进行修改。

打开一幅图像，使用选取工具在图像中绘制一个选区，建立选区后的图像效果如图2-48所示。执行菜单栏中的“选择＞修改＞边界”命令，在弹出的“边界选区”对话框中设置宽度为200像素（它的取值范围通常是1～200像素），如图2-49所示，然后单击“确定”按钮，效果如图2-50所示。

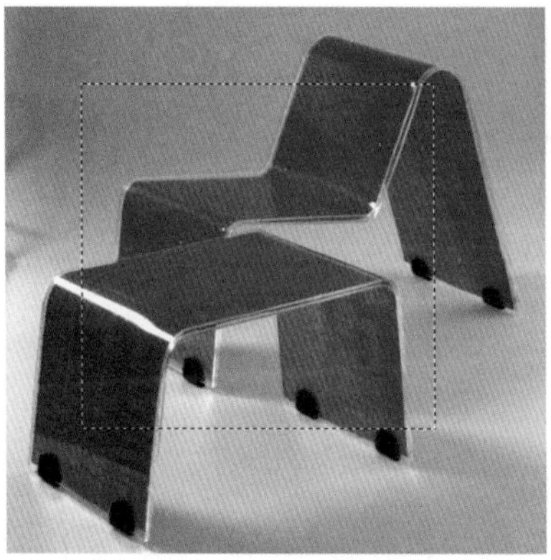

图2-48

图2-49

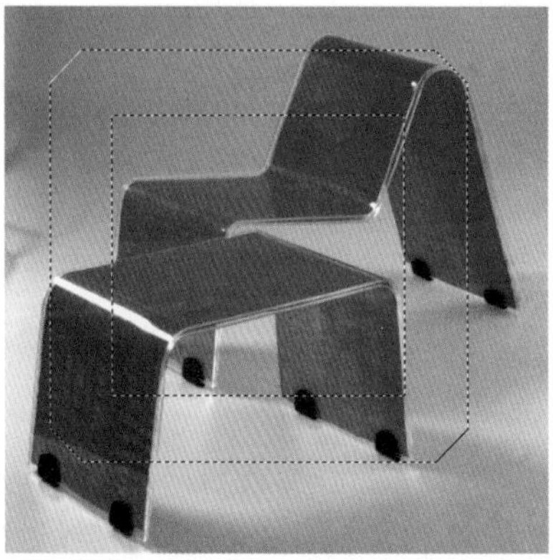

图2-50

平滑：可以通过增加或减少选区边缘上的像素来改变边缘的粗糙程度，从而使选区更加平滑连续。

打开一幅图像，使用选取工具在图像中绘制一个选区，如图2-51所示。执行菜单栏中的“选择>修改>平滑”命令，在弹出的“平滑选区”对话框中设置取样半径为100像素，如图2-52所示。单击“确定”按钮，效果如图2-53所示。设置的数值越大，平滑程度就越大。取样半径的取值范围是1～100像素。

图2-51

图2-52

图2-53

扩展：使用该命令，可以将当前选取区域向外扩展若干个像素，此时的选取区域会均等地扩大，要填充的像素数目可以在“扩展选区”对话框的“扩展量”文本框中设置。扩展量的取值范围是1～100像素。

打开一幅图像，在工具箱中选择适当的选取工具，在图像中绘制一个选区，如图2-54所示。执行菜单栏中的“选择>修改>扩展”命令，在弹出的“扩展选区”对话框中设置扩展量为30像素，如图2-55所示。单击“确定”按钮，扩展后的效果如图2-56所示。

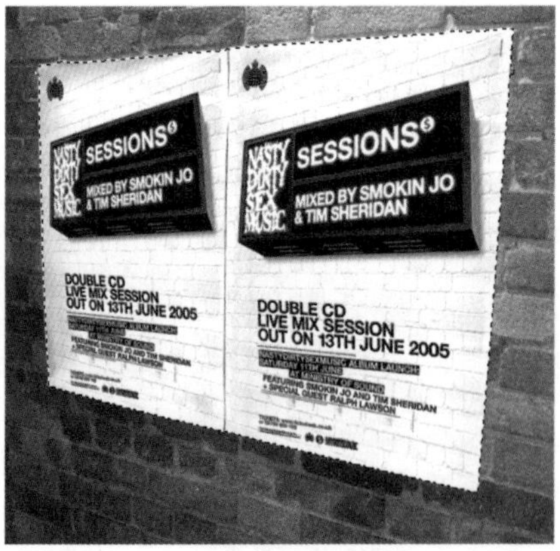

图2-54

图2-55

图2-56

收缩：与“扩展”命令相反，使用该命令可以将选取区域按设置的像素数值向内收缩。

打开一幅图像，使用多边形套索工具进行范围的选取，得到的图像效果如图2-57所示。执行菜单栏中的“选择>修改>收缩”命令，在弹出的“收缩选区”对话框中设置收缩量为33像素，如图2-58所示。单击“确定”按钮，收缩后的效果如图2-59所示。

羽化：如果已经绘制好了选区的范围，那么除了使用“调整边缘”对话框中的“羽化”选项对选区

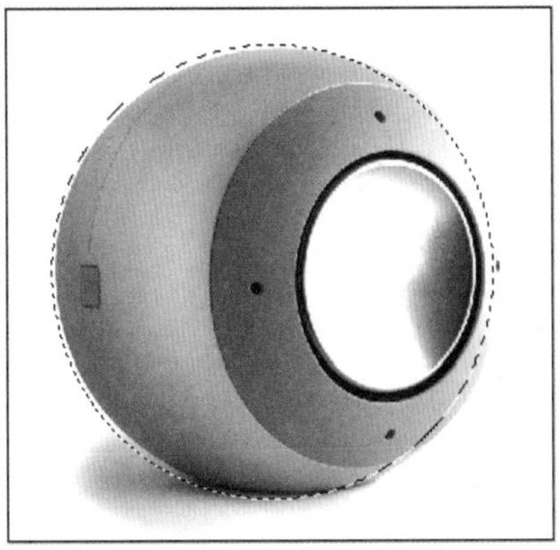

图2-57

图2-58

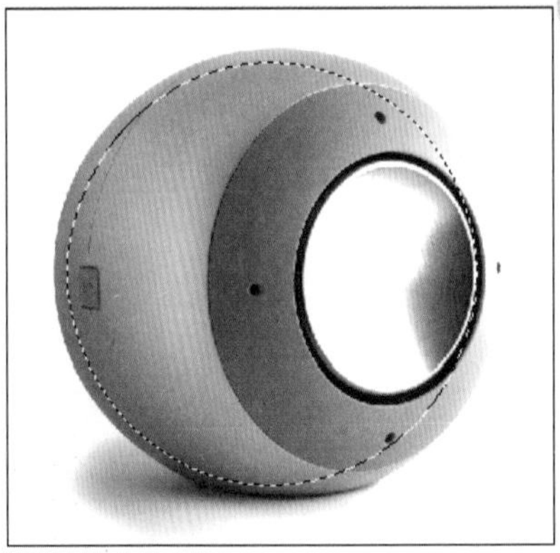

图2-59

进行羽化处理外，也可以执行“选择>修改>羽化” 命令，打开“羽化”对话框，通过设置羽化半径来调整选区的羽化程度，而且这个命令可以针对同一选区进行反复应用。

打开一幅图像，使用快速选择工具进行范围的选取，得到的图像效果如图2-60所示。执行菜单栏中的“选择>修改>羽化”命令，在弹出的“羽化”对话框中设置羽化半径为100像素，然后单击“确定”按钮，羽化后的选区形状如图2-61所示。将选区中的图像复制到另一个图像中，可以看到明显的羽化效果，如图2-62所示。

图2-60

图2-61

图2-62

2.2.7 扩大选取和选取相似

还可以利用“选择”菜单中的“扩大选取”命令进行选区的扩展，此命令可以将原有的选取范围向外扩大，所扩大的范围是与原有的选取范围相邻且颜色相近的区域。

打开一幅图像，在工具箱中选择选取工具，在图像中绘制一个选区，如图2-63所示，然后执行菜单栏中的“选择>扩大选取”命令，效果如图2-64所示。颜色近似程度是由魔棒工具选项栏中设置的容差决定的。

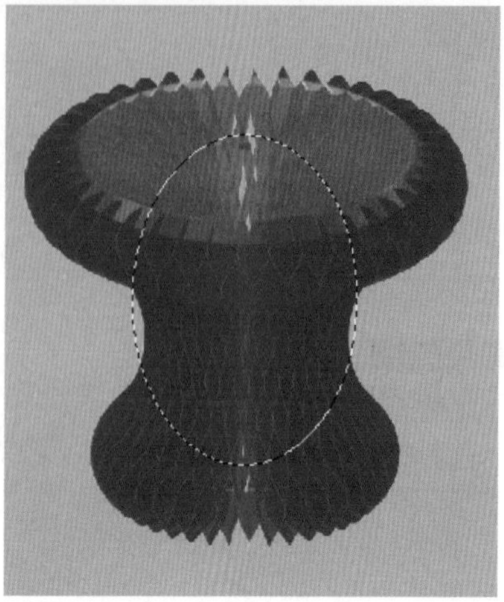

图2-63

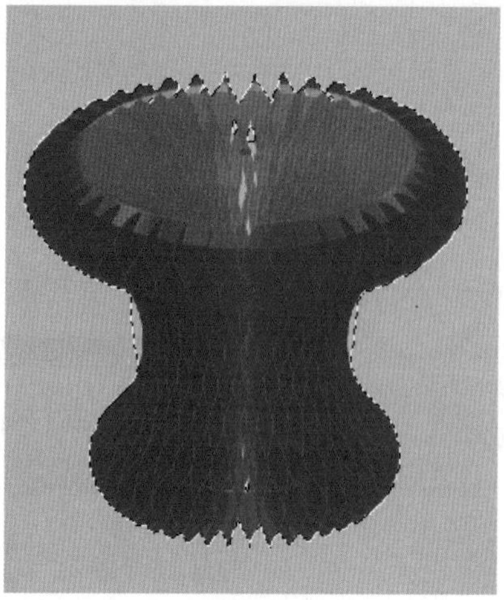

图2-64

“选取相似”命令所扩展的范围与“扩大选取”命令不同，它是将图像中互不相连但颜色相近的像素一起扩充到选区内，而并不仅为相邻的区域。同样，颜色近似程度也是由魔棒工具选项栏中设置的容差决定的。

打开一幅图像，使用选取工具在图像中绘制选区（如图2-65所示），然后执行“选择>选取相似”命令，选区扩大后得到的效果如图2-66所示。

图2-65

图2-66

2.2.8 变换选区

在图像中建立选区后，还可以对选区进行变形操作，选择区域的边框上将出现8个控制节点，使用鼠标拖动各个节点位置，可对选取范围进行任意放大、缩小。

打开一幅图像，选择选取工具绘制选区，如图2-67所示。执行菜单栏中的“选择>变换选区”命令，将光标放在选区内部可以移动选区，将光标放到选区外可以旋转选区，把光标放到选区边框的8个节点上拖动可以放大或缩小选区。在选区内双击或按Enter键确定，效果如图2-68所示。

图2-67

图2-68

2.2.9 载入选区

如果要将保存过的选区调出，可以执行菜单栏中的“选择＞载入选区”命令，这时会弹出“载入选区”对话框，如图2-69所示。

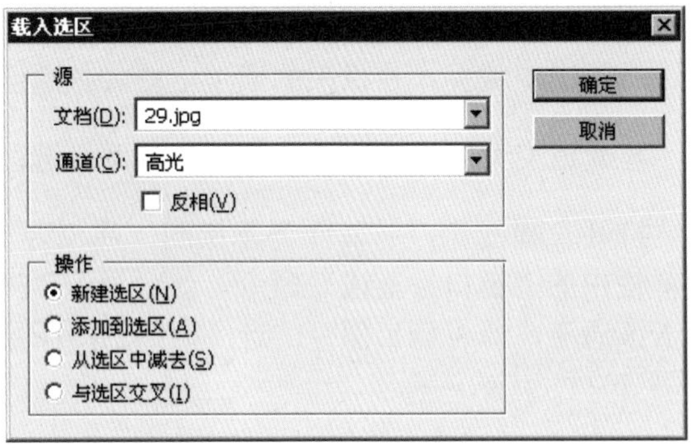

图2-69

文档：用于选择图像的文件名，也就是进行载入选区的文件名的设置。

通道：选择通道名称，即选择哪一个通道中的选取范围。

反相：选中该复选框后，选择的区域与当时存储的状态是相反的。

操作：选择当前选区与已保存选区之间的组合方式，默认选中的是“新建选区”单选按钮，其他选项必须在图像上创建选区后才能使用。

新建选区：选中此单选按钮后，新载入的选区会替代当前选择的选区。

添加到选区：选中此单选按钮后，新载入的选区会与当前选区相加，新的选区是两个选区的叠加。

从选区中减去：选中此单选按钮后，新载入的选区会与当前选区相减，新的选区是从当前选区中减去新载入选区后的部分。

与选区交叉：选中此单选按钮后，新的选区是新载入的选区与当前选区的重叠部分。

2.2.10 存储选区

在选区的操作过程中，有的选区以后可能还会应用，如果此时进行新的选取，那么已经设置好的选区就会消失。因此，我们可以对设置好的选区进行保存，这样，文件存储后选区同样被存储下来。执行菜单栏中的“选择＞存储选区”命令，弹出“存储选区”对话框，如图2-70所示。

图2-70

文档：用于设置保存选区的文件名，默认为当前打开的文件；选择“新建”选项，可以新建一个窗口进行保存。如果此时打开了具有相同尺寸和分辨率的其他图像窗口，其文件名也会出现在该下拉列表框中。

通道：用于设置通道名称，在此下拉列表框中选择“新建”选项后，则可以在“名称”文本框内输入名称。如果不输入名称，就会以默认的通道顺序进行命名。该下拉列表框的下拉列表中包括两部分的内容，上半部分表示在该图层上设置蒙版，下半部分则显示当前通道。

操作：可以在该选项区域中对要保存的选区和原有选区进行组合方式的设置。

新建通道：新建通道，并替换原来的通道。

添加到通道：把原通道选区加到该选区上，两个选区相互叠加。

从通道中减去：在原来的通道上减去该选区，两个选区相减。

与通道交叉：通道所选取的部分是两个选区重叠交错的部分。

打开一幅图像，将其作为示例图，在“存储选区”对话框中单击“确定”按钮保存选区，然后执行菜单栏中的“窗口>通道”命令，就会显示“通道”面板中保存的新通道（如图2-71所示），按住Ctrl键单击该通道，即可调出保存的选区，如图2-72所示。

图2-71

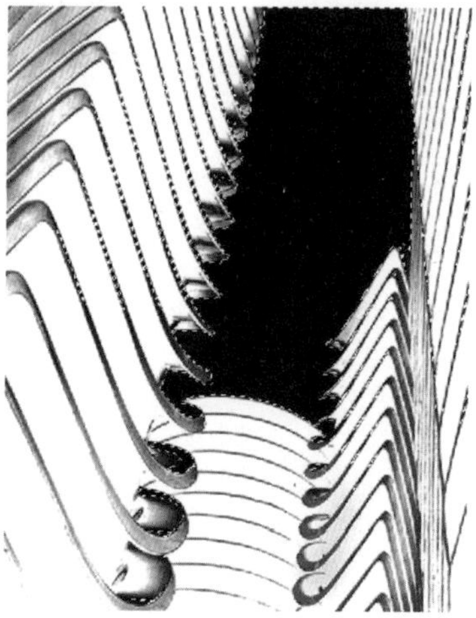

图2-72

2.3 通过“色彩范围”命令选取区域

使用“色彩范围”命令与魔棒工具的效果相似，都是通过在图像窗口中指定颜色来设置选取范围的。另外，还可以通过指定其他颜色来增加或减少选区、预览选区的显示状态。

打开一幅图像，执行菜单栏中的“选择>色彩范围”命令，弹出“色彩范围”对话框。

在对话框中选择“吸管工具”图标，在图像窗口或对话框的预览窗口中进行颜色取样。取样颜色可以通过下面的“颜色容差”滑块进行设置，值越大，所包含的近似颜色越多，选取的范围就越大。将颜色容差设置为180（如图2-73所示），选取后的效果如图2-74所示。

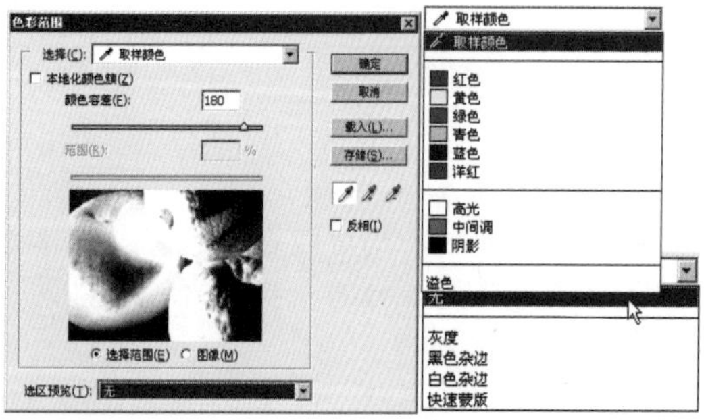

图2-73

图2-74

如果在“选择”下拉列表框中选择一种特定颜色，如洋红，则可以指定图像中的洋红范围成分，颜色容差就会失去作用，其他几种颜色的原理也一样。

在“选区预览”下拉列表框中可以进行预览方式的选择。

无：不在图像中显示预览图像。

灰度：按照它在灰色通道中的样子来显示选区。

黑色杂边：在黑色背景下用彩色显示选区。

白色杂边：在白色背景下用彩色显示选区。

快速蒙版：使用当前快速蒙版设置来显示选区。

“色彩范围”对话框中有一个预览框，显示当前已选取的图像范围。选中“选择范围”单选按钮时，在预览框中以黑白图像显示，黑色部分为未被选取的范围，白色部分是被选取的范围，中间色调表示部分被选取。

使用“色彩范围”对话框中的“存储”和“载入”按钮，可以存储和重新使用现有的设置。

技巧提示

选中“图像”单选按钮时，预览框中会显示彩色图像，按Ctrl键可以切换“图像”和“选择范围”预览方式。“色彩范围”对话框的右侧有3个图标，其中，表示只能进行一次选取，也就是说选取第二次时，第一次确定的选区被取消；表示在图像中进行多次选取，从而增加选取范围；表示在已有的选区中减去多选的像素。

2.4 选取范围的基本操作

在熟悉了基本操作的情况下，将进一步学习一些选取范围的技巧，使范围的选取更加灵活、快捷。

2.4.1 移动选取范围

在对图像进行范围选取后，可以任意移动选取范围而不影响图像的内容。

打开一幅图像并绘制选区，将光标移至选取范围内，此时光标变为▶图标，如图2-75所示。按住鼠标左键并拖动到合适的位置，释放鼠标即可移动选区位置，如图2-76所示。另外，在绘制选区的过程中，按住空格键拖动鼠标也可移动选区。

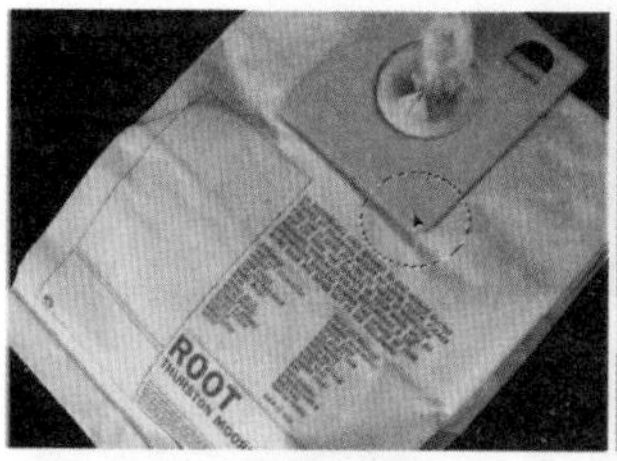

图2-75

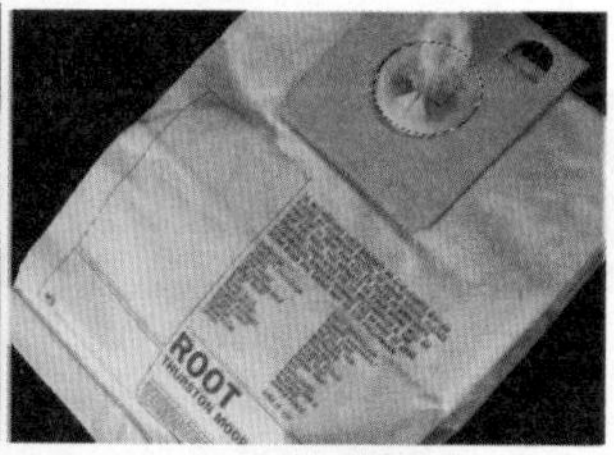

图2-76

技巧提示

在移动选区时，如果按住Shift键，则会按垂直、水平和45°角方向移动；如果按住Ctrl键拖动选区，则可将选区中的图像一起移动。

2.4.2 增加选取范围

如果需要的图像是由几部分组成的，则可以使用工具给现有选区添加选区。使用工具箱中的选取工具选取需要的选区，如图2-77所示。

在键盘上按住Shift键，光标旁会出现一个加号，选取需要增加的部分，这时原来的选区和增加的选区组合成为一个新的选区，新选区也处于选中状态，如图2-78所示。另外，还可以通过在工具选项栏中单击“添加到选区”图标来增加选区。

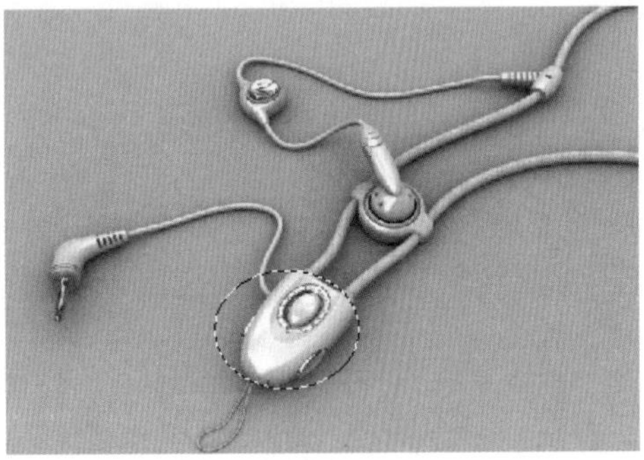

图2-77

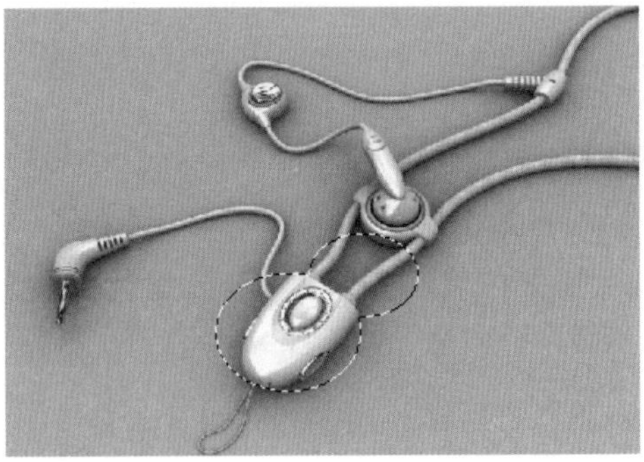

图2-78

2.4.3 减少选取范围

在选取图像时，有时会出现多选了某些区域的情形，这时就可以通过减少选取范围来准确地选取图像。打开图像，使用工具箱中的选取工具选取需要的选区，如图2-79所示。

按住Alt键的同时在不需要的部分拖动鼠标，不需要的部分就会消失，如图2-80所示。另外，在工具选项栏中单击“从选区减去”图标，也可以减少选取范围。

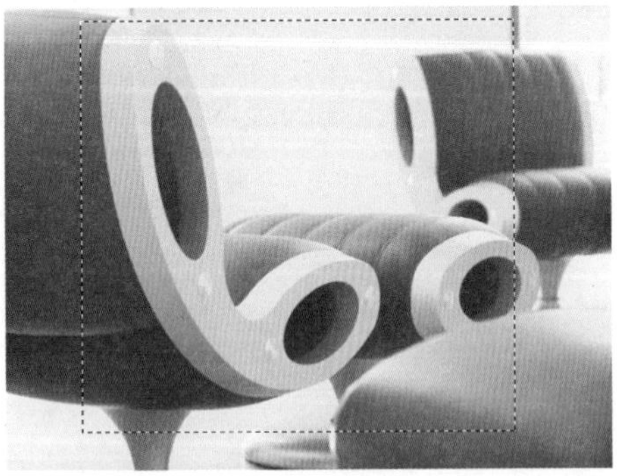

图2-79

图2-80

2.4.4 选取交集

在图像上先绘制一个选区，然后在按住Alt+Shift组合键的同时绘制第2个选区（如图2-81所示），这时选取范围就是两个选区的交集部分，如图2-82所示。在工具选项栏中单击“与选区交叉”图标，也可以实现相同的效果。

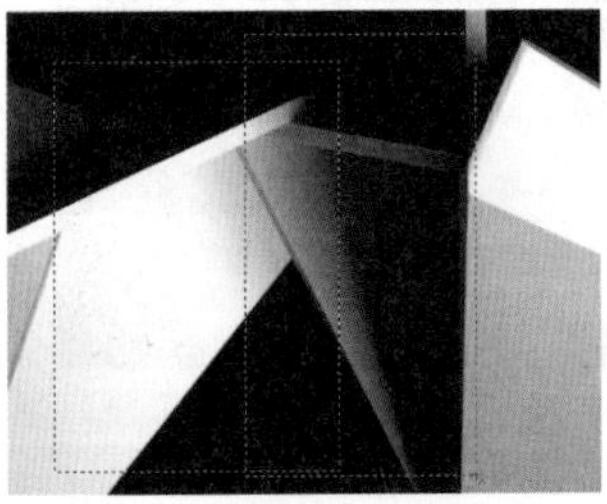

图2-81

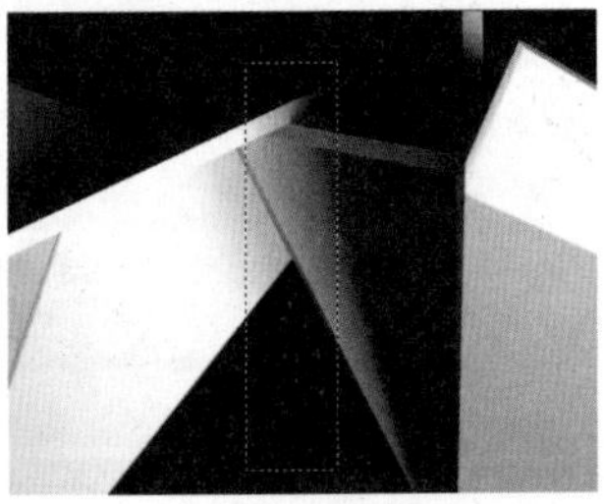

图2-82

03
CHAPTER

绘图/修图工具的应用

绘图与修图是运用Photoshop进行图像处理过程中重要的一环，本章就从其工具选项栏、画笔的使用方法、绘图与修图工具的分类解析以及绘图模式等几个方面参照实例对其进行剖析。

3.1 绘图与修图工具设置

绘图/修图工具选项栏简称为属性栏。在工具箱中选取绘图工具（如画笔工具）时，菜单栏的下方将显示相应的工具选项栏，如图3-1所示，该工具选项栏中包括许多工具的特性及参数设置选项。

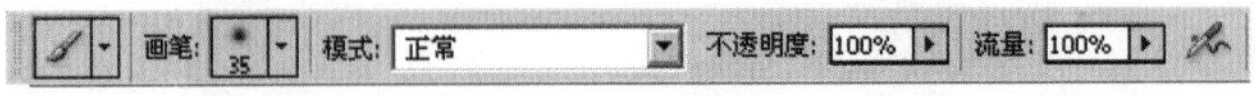

图3-1

3.1.1 显示/隐藏工具选项栏

隐藏工具选项栏

有时，为了操作方便，需要暂时隐藏工具选项栏。执行菜单栏中的“窗口＞选项”命令，当“选项”命令前没有“√”标记时，工具选项栏即被隐藏。

显示工具选项栏

执行菜单栏中的“窗口＞选项”命令，当“选项”命令前有“√”标记时，即会显示工具选项栏，此时，单击工具箱中的各个工具，工具选项设置就会随绘图工具的切换而改变。

重设工具选项栏

重新设置工具选项栏后，工具选项栏会自动保留当前的设置，因此，要想恢复到Photoshop的默认设置，必须进行复位。

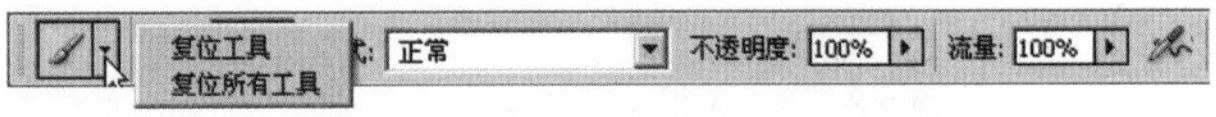

图3-2

在工具选项栏最左端的显示工具图标上单击鼠标右键，并在弹出的快捷菜单（如图3-2所示）中选择“复位工具”命令，即可将当前工具选项栏恢复到Photoshop的默认设置。

技巧提示

执行“复位所有工具”命令，计算机会将所有工具的工具选项栏还原到Photoshop的默认设置。

智能化工具选项栏

Photoshop的工具选项栏默认位于菜单栏的下方，但它并不是一成不变的，操作者可以根据界面的需要用鼠标按住其最左端进行拖动，将其随意移动到适当的位置。

3.1.2 “工具预设”面板

在工具选项栏最左端显示工具图标处有一个下拉按钮，单击该按钮即可弹出“工具预设”面板，如图3-3所示。该面板是Photoshop CS4的一项重要功能提升，用户可以通过该面板进行新建、保存、管理自定义的工具等操作，创建符合需要的“工具预设”面板，以便随时调用。在“工具预设”面板上还有许多已经预设好的工具选项，选取所需要的工具即可应用。

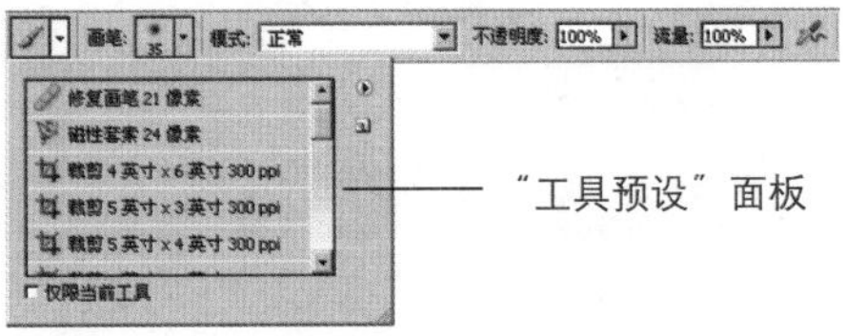

图3-3

“工具预设”面板中包括两个功能按钮，单击右方向箭头按钮，弹出如图3-4所示的下拉列表。

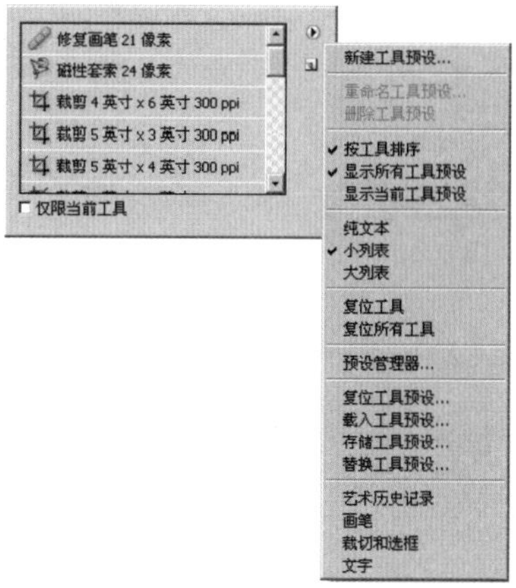

图3-4

新建工具预设：当用户需要创建自己的绘图工具或想将Photoshop中的预设工具作为新工具存储在新的“工具预设”面板中时，都可以执行“新建工具预设”命令，系统将弹出如图3-5所示的对话框。在“名称”文本框输入新建工具的名称，然后单击“确定”按钮，将在“工具预设”面板中显示该工具的名称及形状（如图3-6所示）。新建工具预设后，系统将在“工具预设”面板中建立一个新的工具选项。

图3-5

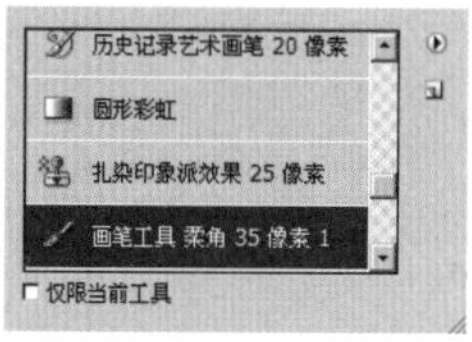

图3-6

技巧提示

“新建工具预设”对话框的“名称”文本框中的名称为当前工具的预设名称，并标注了当前工具选项栏中的其他选项与参数设置，新建的工具将保留目前所有的参数设置，再次选用该工具时，用户不用再对其进行重新设置，这也是Photoshop CS4功能的一大提升。也可以直接在“工具预设”面板中单击按钮进行新建工具预设操作。

重命名工具预设：为了方便管理，在绘制每一幅作品的时候，都要将“工具预设”面板内的工具名称统一化。如果需要重命名预设工具，则需在“工具预设”面板中选中需要更改的工具，然后单击鼠标右键，在弹出的快捷菜单中选择“重命名工具预设”命令，在打开的对话框中重新输入一个名称。

删除工具预设：选中需要删除的工具，单击鼠标右键，在弹出的快捷菜单中选择“删除工具预设”命令，即可将该工具删除。

按工具排序：同一个工具在“工具预设”面板中也会存在多种设置，一般是按建立时间的顺序来排列的，选择“按工具排序”命令后，相同的工具会在“工具预设”面板中按顺序排列在一起，从而便于选取与查找。

显示所有工具预设：选择该命令后，“工具预设”面板中将显示所有的工具预设选项。

显示当前工具预设：选择该命令后，只在“工具预设”面板中显示当前所用的工具预设选项，而隐藏其他工具预设选项。

复位工具：改变了单个工具的预设后，要将其还原到原来状态，只要选择“复位工具”命令就可以在工具选项栏中看到其他所有选项和参数均恢复到预设的原始默认状态。

复位所有工具：改变了“工具预设”面板中所有工具的预设后，要将其还原到原始状态，只要选择“复位所有工具”命令即可。

复位工具预设：复位“工具预设”面板中的所有设置，将“工具预设”面板及其下拉菜单中所有的选项和参数均还原至预设状态。选择该命令后，在屏幕上会弹出一个提示框，提示是否将当前预设复位至默认预设，单击“确定”按钮，则进行复位；单击“取消”按钮，则取消操作；单击“追加”按钮，则可以添加“工具预设”面板的预设状态。

图3-7

载入工具预设：可以将保存成文件的工具选项和参数或Photoshop CS4所提供的工具选项和参数载入“工具预设”面板中。选择“载入工具预设”命令，弹出如图3-7所示的对话框，在“查找范围”下拉列表框中选择文件夹路径，在已定义好的文件夹中任选一个，单击“载入”按钮，即可在“工具预设”面板中增加一些新的工具样式。

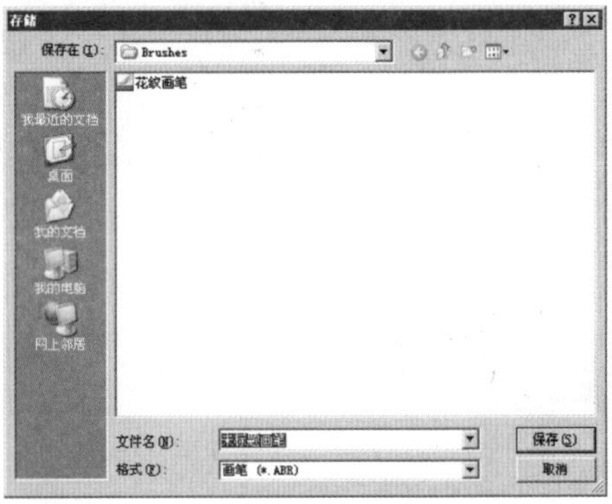

图3-8

存储工具预设：建立新工具预设后，为了方便以后使用，可选择“存储工具预设”命令将整个“工具预设”面板保存起来。选择该命令后，将打开如图3-8所示的对话框，在其中设置保存的文件名和位置，然后单击“保存”按钮，保存后的文件后缀为TPL。

替换工具预设：选择“替换工具预设”命令，可以载入系统中的任何一组工具预设样式来替换当前工具预设。

技巧提示

执行菜单栏中的“窗口>工具预设”命令，弹出“工具预设”面板，其功能与工具选项栏中的“工具预设”面板相同。

3.1.3 “预设管理器”对话框

在“工具预设”面板的下拉菜单中有一个“预设管理器”命令，选择该命令可弹出“预设管理器”对话框，如图3-9所示。

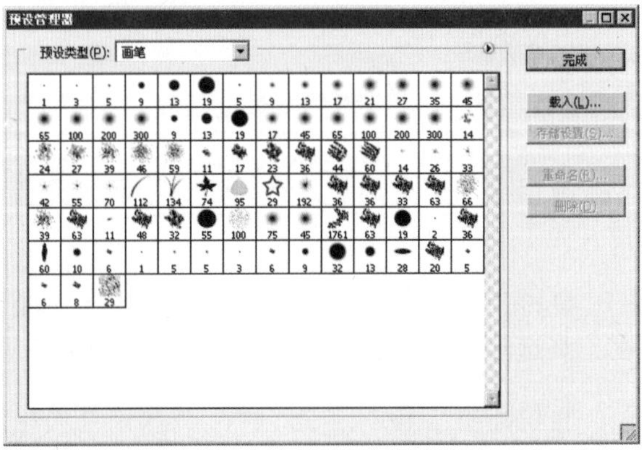

图3-9

在该对话框中，可以对预设工具进行各种设置。可在“预设类型”下拉列表框中选择需要编辑的工具，其中包括“画笔”、“色板”、“渐变”、“样式”、“图案”、“等高线”、“自定形状”和“工具”等8个选项，这8大类型的预设管理面板的使用方法基本相同。“预设类型”下拉列表框右侧有一个扩展按钮，单击该按钮，可弹出下拉菜单，其中各命令的功能主要是对目前的工具进行显示模式和重设等管理。

完成：当所有选项设置完成后，可以单击此按钮进行确认。

载入：将保存成文件的工具选项和参数载入到预设管理器中。

存储设置：可以将整个当前预设面板保存起来，以备以后使用。

重命名：选中要重新命名的工具，单击“重命名”按钮，弹出“工具预设名称”对话框，在“名称”文本框中输入新的工具名称即可。

删除：选中要删除的工具，单击“删除”按钮，即可删除该工具。直接在“预设管理器”对话框中按住Alt键单击要删除的工具，也可以删除该工具。

3.1.4 画笔预设面板

单击画笔工具选项栏中的“画笔”参数右侧的下拉按钮，弹出画笔预设面板，单击其中的右方向箭头按钮，会弹出下拉菜单，如图3-10所示。

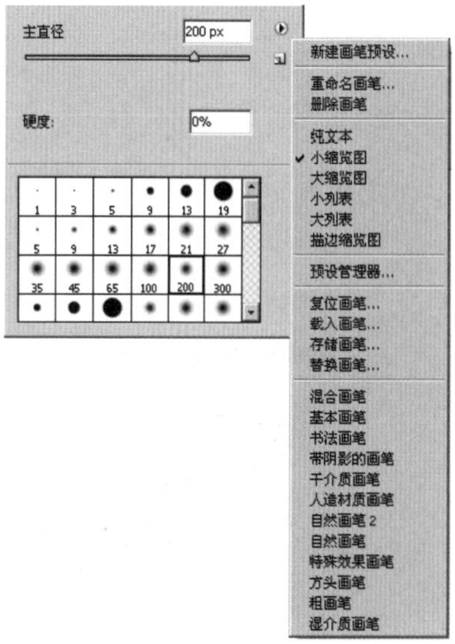

图3-10

技巧提示

Photoshop的绘图工具（包括铅笔、画笔、橡皮擦和历史记录画笔工具）的工具选项栏中均有一个“画笔”参数，用于设置画笔大小。

在画笔预设面板中可以直观地看到画笔的样式和名称，除此之外，还可以通过画笔预设面板的下拉菜单选取不同的画笔显示模式，各显示模式如图3-11所示。

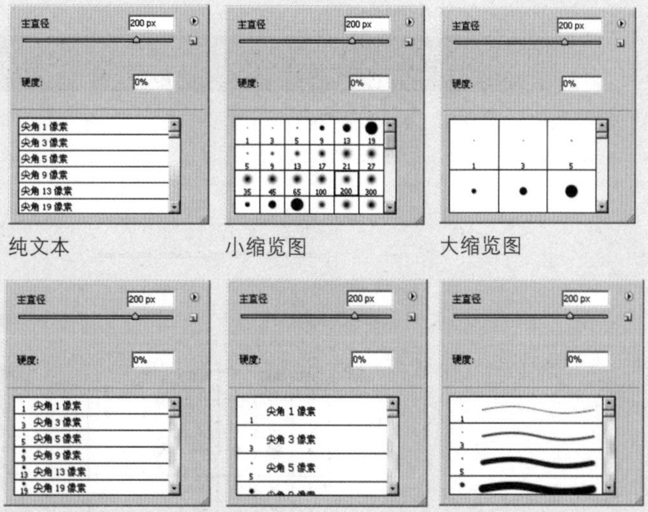

纯文本　小缩览图　大缩览图

小列表　大列表　描边缩览图

图3-11

3.2 新建画笔

在绘制图像时，在Photoshop默认状态下若找不到满意的画笔形状，可以新建画笔进行图形绘制。

执行菜单栏中的“窗口＞画笔”命令，打开“画笔”面板，如图3-12所示。按快捷键F5或单击工具选项栏右侧的按钮，都可以打开“画笔”面板。

单击面板右侧的扩展按钮，在弹出的下拉菜单（如图3-13所示）中选择“新建画笔预设”命令，在弹出的“画笔名称”对话框中进行命名，如图3-14所示。

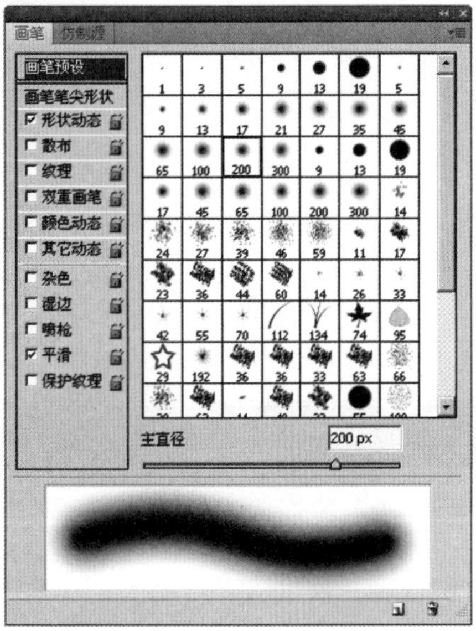

图3-12

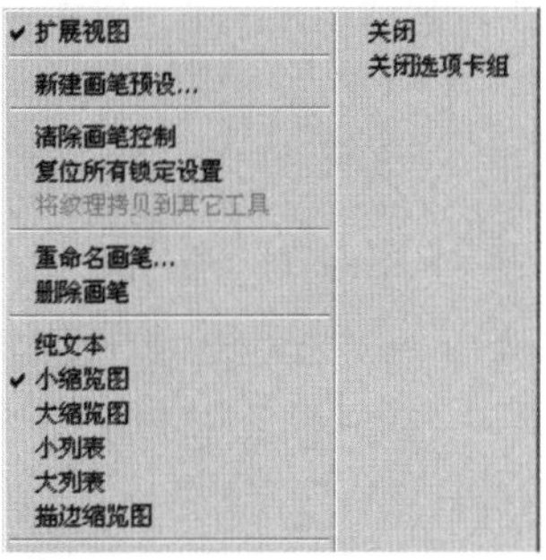

图3-13

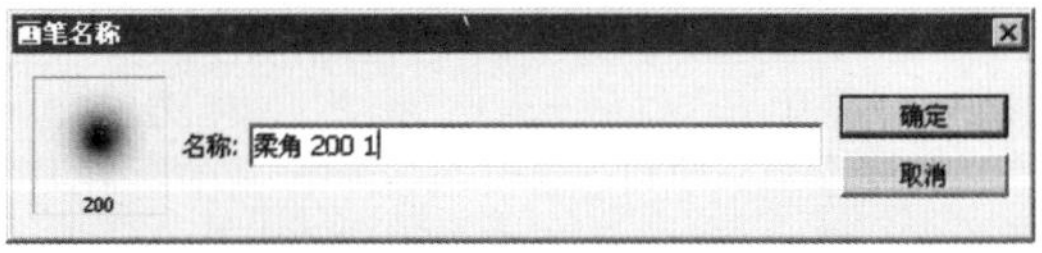

图3-14

技巧提示

在“画笔”面板中单击“创建新画笔”按钮，也可新建画笔（在操作之前要先选中画笔工具）。

输入新建画笔名称后，单击“确定”按钮，即可建立一个与所选画笔相同的新画笔，如图3-15所示。

选中画笔，移动“主直径”选项下的滑块可对其进行参数设置，如图3-16所示。

还可以自定义一些特殊形状的画笔，也可以将文字或图像中的某个区域定义成画笔，下面就将图形定义成画笔，具体操作步骤如下：

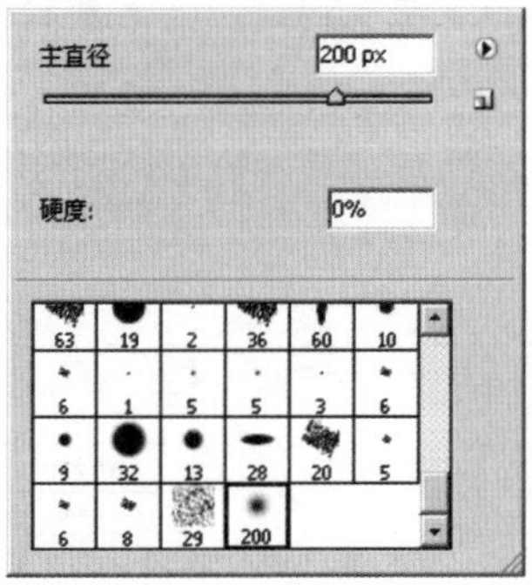

图3-15

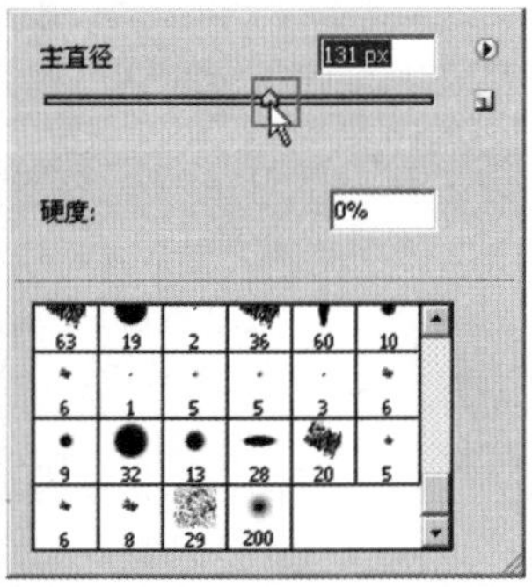

图3-16

step01 执行菜单栏中的“文件>新建”命令，新建一个空白文件，在工具箱中选择自定义形状工具并绘制图形，如图3-17所示。执行菜单栏中的“图层>删格化>图层”命令，将该图层转化为图形图层。

step02 在工具箱中选择矩形选框工具，将图形框选（因为只有矩形选框工具所框选的范围才能定义成画笔）。

step03 执行菜单栏中的“编辑>定义画笔预设”命令，如图3-18所示。在弹出的对话框中输入定义画笔的名称，如图3-19所示。

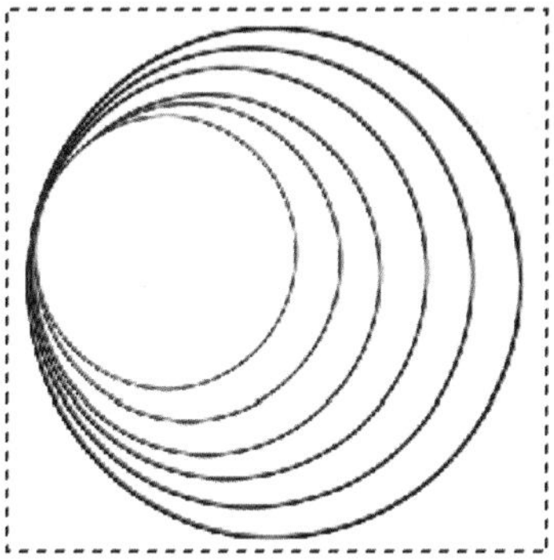

图3-17

图3-18

图3-19

step04 单击“确定”按钮，画笔预设面板中会出现一个新画笔，如图3-20所示。定义完画笔后，便可在图像中进行绘制了，绘制效果如图3-21所示。

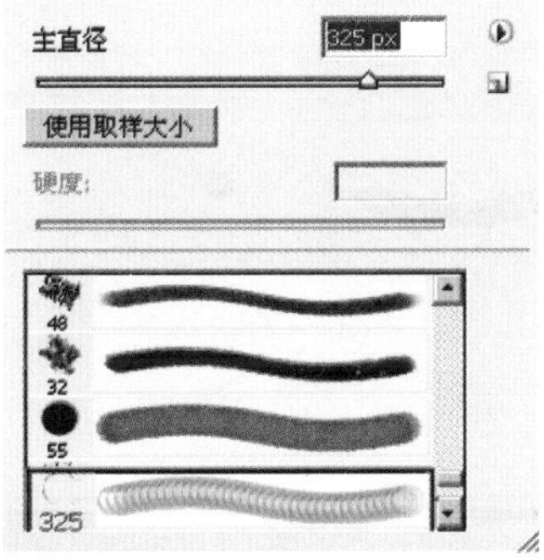

图3-20

图3-21

技巧提示

在定义画笔时，只能定义画笔的形状，不能定义画笔的颜色，即使使用有颜色的图形定义画笔，当应用它绘制图像时，所绘制出来的颜色仍需设置，因为画笔绘制的颜色都是由前景色决定的。

3.2.1 改变画笔的参数设置

当使用画笔编辑图像时，如果在“画笔”面板中设置的画笔直径、间距和硬度不符合要求，则可以对画笔的参数进行重新设置。Photoshop CS4在画笔工具上新增了绘画引擎，它可以模拟传统的绘画技巧。下面介绍改变画笔参数设置的具体操作步骤：

step01 在工具箱中选择画笔工具，并打开“画笔”面板。

step02 在面板的左侧选择“画笔笔尖形状”选项。

step03 在面板的右侧进行画笔笔尖形状的设置，并设置画笔的“直径”、“硬度”、“间距”、“角度”和“圆度”等参数，如图3-22所示。

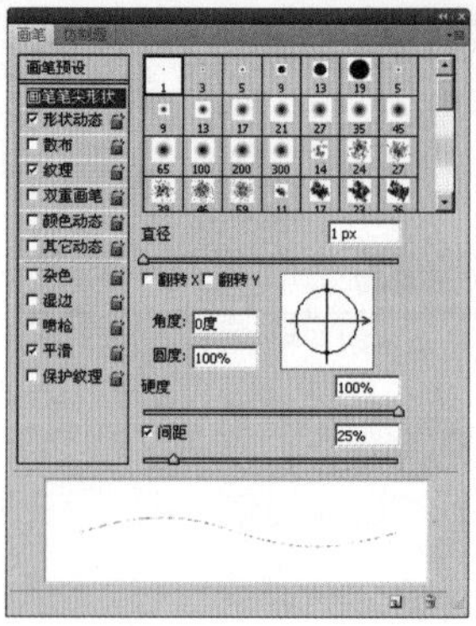

图3-22

直径：用于定义画笔直径的大小。在文本框中输入数值或直接拖动滑块进行调整，调整后画笔有明显的变化，如图3-23和图3-24所示。

硬度：用于定义画笔边界的柔和程度，它的取值范围在0%～100%之间。该值越小，笔尖越柔和，不同硬度的效果对比如图3-25所示。

间距：在绘制时用于控制两个绘制点之间的距离。可以在文本框中输入数值，也可以拖动滑块进行调整，其取值范围在1%～1000%之间。当值为25%时，绘制的线条比较平滑；当值为200%时，绘制出的为断断续续的圆点。设置此项时，必须选中“间距”复选框。不同间距的效果对比如图3-26所示。

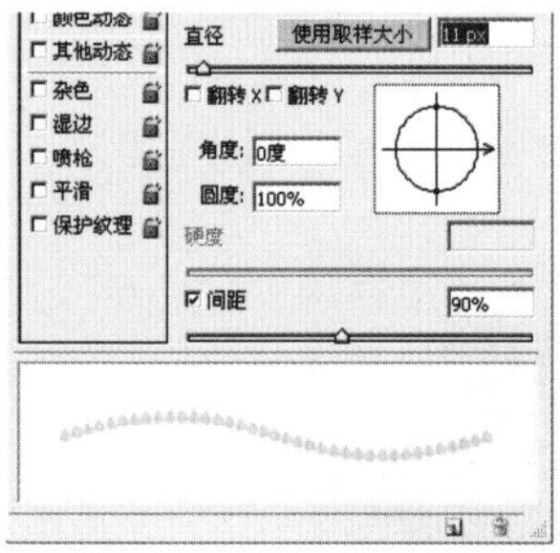

图3-23

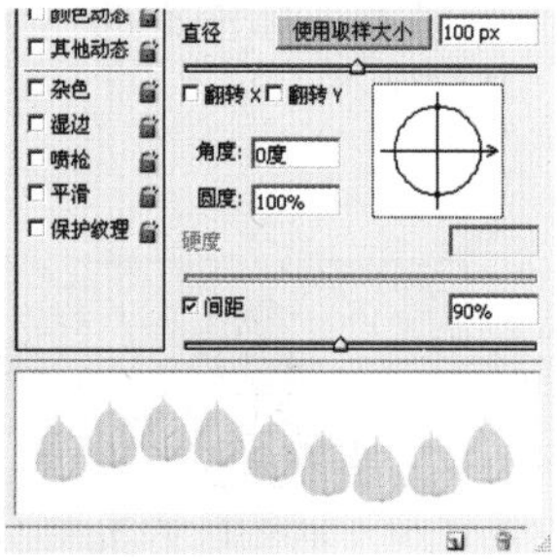

图3-24

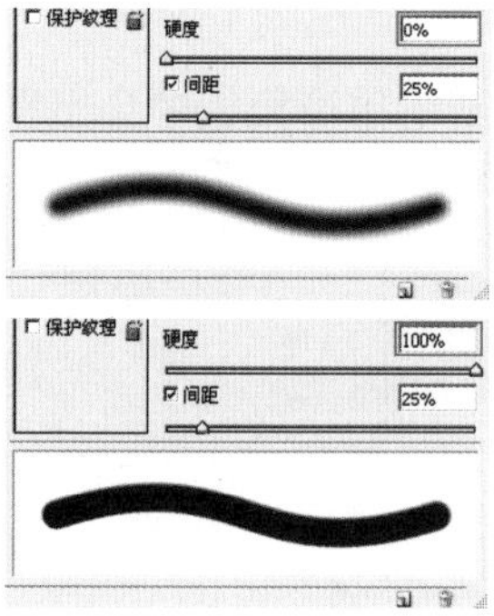

图3-25

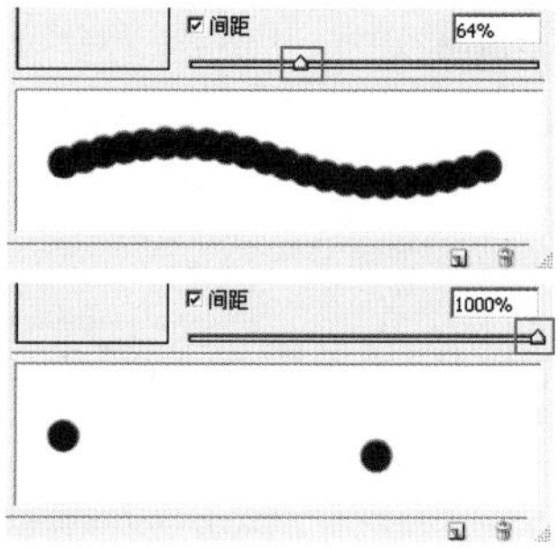

图3-26

角度：用于设置画笔的角度。可在文本框中输入数值，取值范围在-180°～180°之间。也可以通过改变其右侧的箭头方向进行角度调整。

圆度：用于控制椭圆形画笔长轴和短轴的比例，设置时可在文本框中输入数值，其取值范围在0%～100%之间。

技巧提示

图3-22显示的是选择一般的硬边画笔和柔边画笔时的面板，当选择不规则画笔或自定义画笔时，“画笔”面板的“画笔笔尖形状”设置面板中的“硬度”参数就会显示为灰色，而且多一个“使用取样大小”按钮，调整“直径”滑块后该按钮将由灰色变为亮色。

除了上述所讲的参数外，还可以设置画笔的其他参数。在“画笔”面板左侧选择“纹理”选项，此时的面板如图3-27所示，在面板右侧可以设置画笔的纹理效果。

3.2.2 保存、载入、重设和删除画笔

为了方便以后的使用，可以将新建的画笔保存，具体操作步骤如下：

step 01 单击画笔预设面板右侧的右方向箭头按钮，在弹出的菜单中选择“存储画笔”命令，如图3-28所示。

step 02 在弹出的对话框（如图3-29所示）中输入文件名，设置保存的位置，然后单击“保存”按钮。

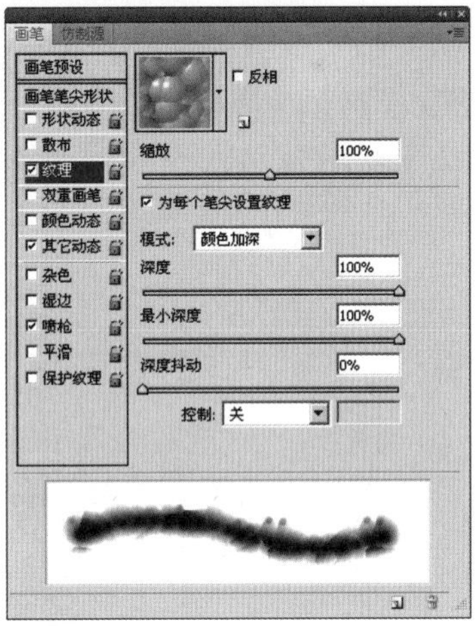

图3-27

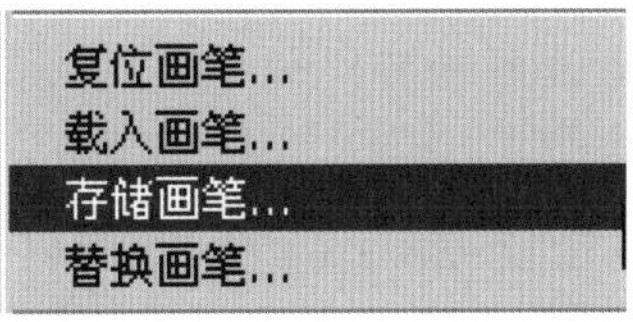

图3-28

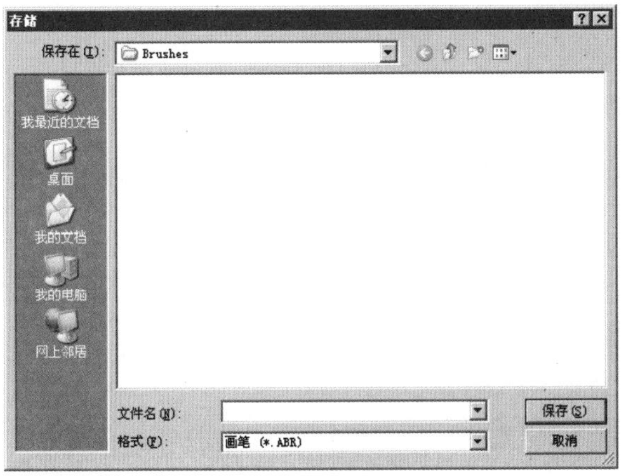

图3-29

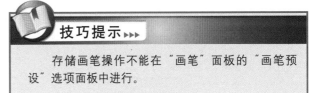

> **技巧提示**
>
> 存储画笔操作不能在“画笔”面板的“画笔预设”选项面板中进行。

将保存的画笔载入后才能使用，载入画笔的具体操作步骤如下：

step 01 在画笔预设面板的下拉菜单中选择“载入画笔”命令，如图3-30所示。

step 02 打开“载入”对话框，在“文件类型”下拉列表框中选择“画笔（*.ABR）”选项（如图3-31所示），并在“载入”对话框中任意选择一个画笔（注意，“查找范围”下拉列表框中的文件路径要正确），然后单击“载入”按钮，即可载入画笔。图3-32所示的为Photoshop CS4自带的画笔。

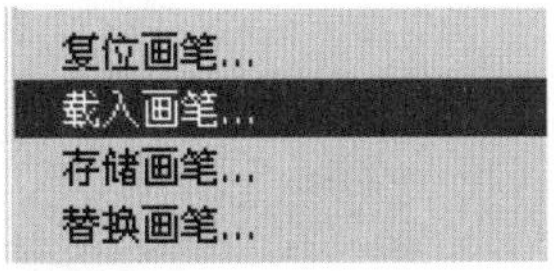

图3-30

图3-31

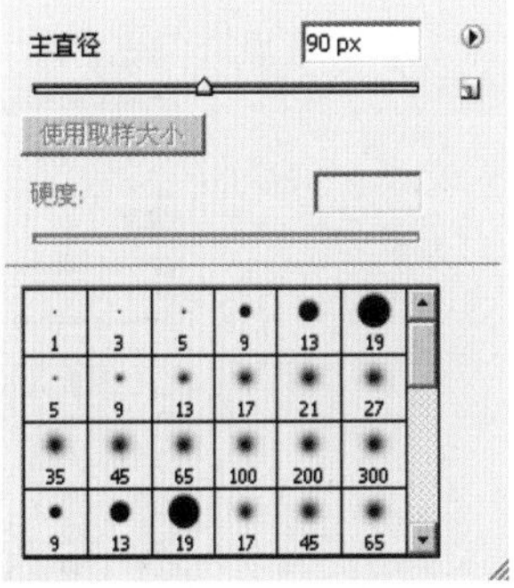

图3-32

下面对画笔预设面板中的一些命令进行讲解。

删除画笔：用于删除画笔预设面板中选定的画笔，具体操作方法如下。

在画笔预设面板的下拉菜单中选择“删除画笔”命令（如图3-33所示），弹出确认删除的提示框，如图3-34所示。

单击“确定”按钮，即可将选定的画笔删除。

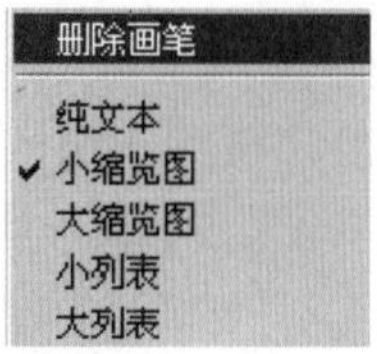

图3-33

图3-34

除了上述方法外，还有两种删除画笔的方法：其一，先选中画笔，然后单击“画笔”面板底部的“删除画笔”按钮；其二，在选定的画笔上单击鼠标右键，在弹出的快捷菜单中选择“删除画笔”命令，如图3-35所示。

替换画笔：在载入新画笔时，用于替换画笔预设面板中原有的画笔。

复位画笔：用于重新设置画笔预设面板中的画笔。选择该命令后，画笔预设面板中所有的画笔都将恢复到初始的默认设置。

重命名画笔：对选中的画笔重新命名。

纯文本：选择该命令后，画笔预设面板中的画笔仅显示为名称，如图3-36所示。

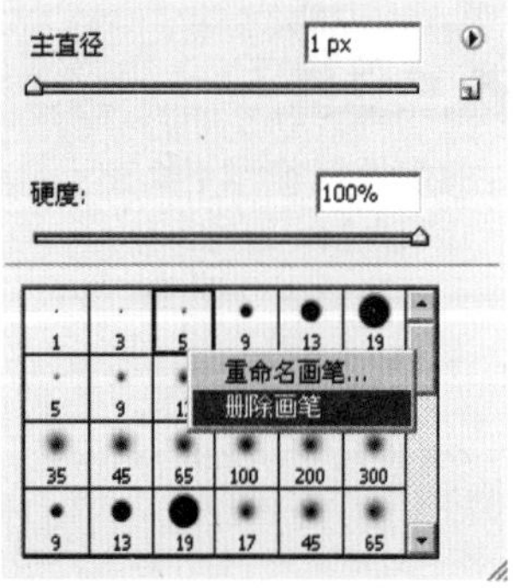

图3-35

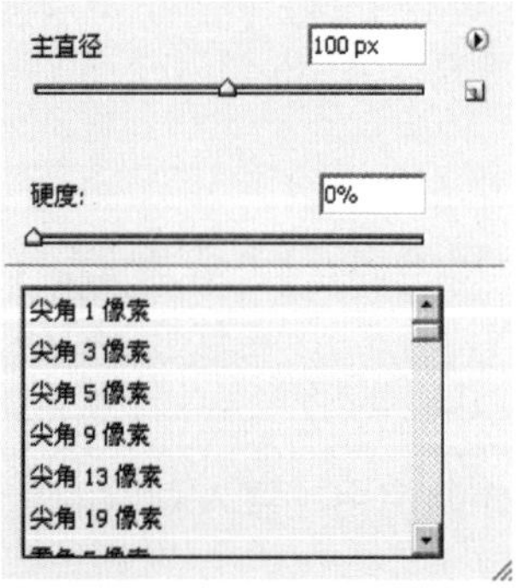

图3-36

小缩览图：选择该命令后，画笔预设面板中的画笔都显示为小图标形式，如图3-37所示。

大列表：选择该命令后，不但显示小图标，而且还显示画笔的名称，如图3-38所示。

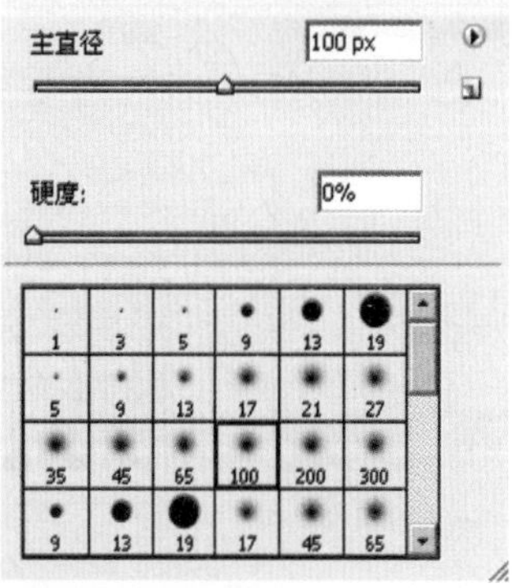

图3-37

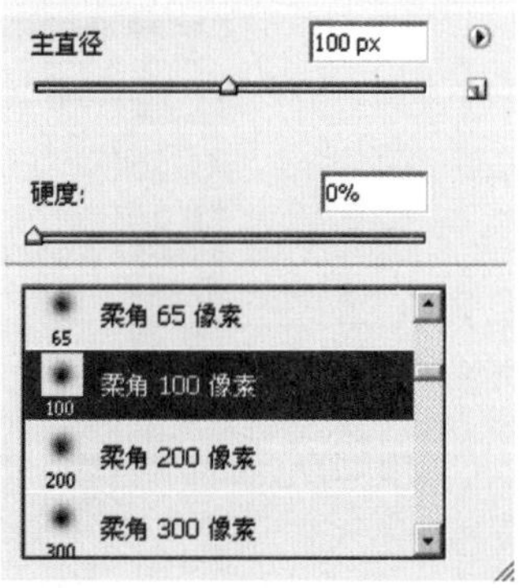

图3-38

3.3 使用画笔

Photoshop中的画笔主要可以分为两种形式，即笔触式画笔和图案式画笔，它们直接影响作图的效果。在使用画笔之前需要对它进行设置，在工具箱中选择画笔工具，然后在工具选项栏中对画笔参数进行设置，如图3-39所示。

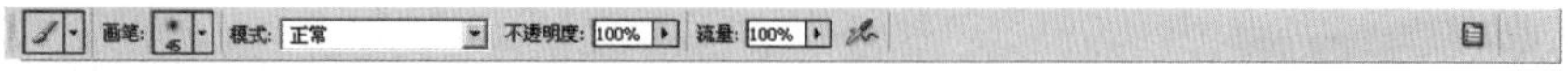

图3-39

单击工具选项栏右侧的“切换画笔面板”图标，弹出“画笔”面板，此面板中有3种不同类型的画笔，下面分别讲解3种画笔的使用方法。

第1种画笔称为硬边画笔，这种画笔绘制的线条边缘比较硬，具体使用方法如下：

在画笔工具选项栏的右侧单击“切换画笔面板”图标，在弹出的面板中选择硬边画笔，如图3-40和图3-41所示。

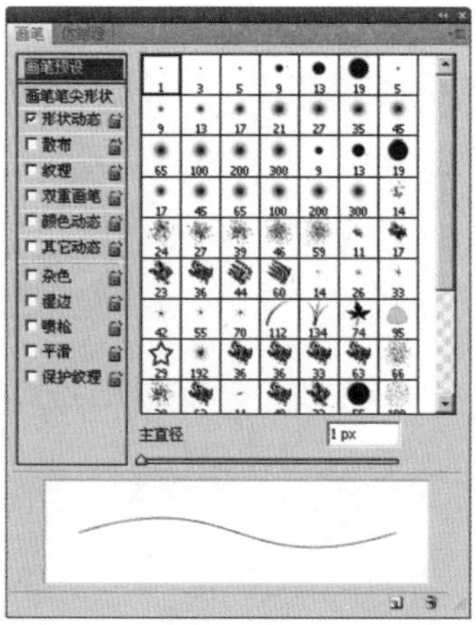

图3-40

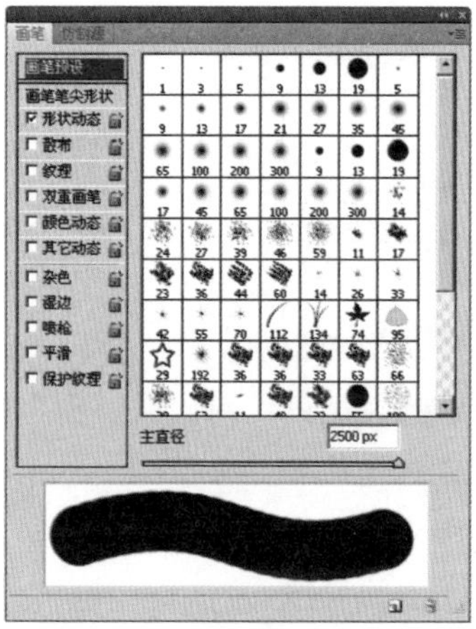

图3-41

单击工具箱中的画笔工具，在图像上进行绘制，如图3-42所示。

第2种画笔称为柔边画笔。使用这种画笔绘制的线条能够产生柔和边缘的效果，具体使用方法如下：

单击画笔工具选项栏右侧的“切换画笔面板”图标，在弹出的面板中选择柔边画笔并设定画笔颜色为黄色，此时的画笔参数如图3-43所示。

在图像上进行绘制，如图3-44所示。

图3-42

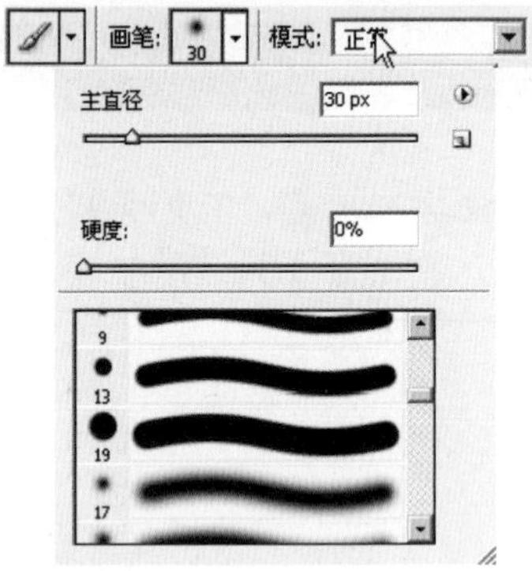

图3-43

图3-44

第3种画笔为不规则类型的画笔。在“画笔”面板中，可以看到多种不规则的画笔，下面具体讲解不规则画笔的使用方法。

单击“切换画笔面板”图标，打开“画笔”面板，选择不规则画笔，如图3-45所示。

在图像上进行绘制，绘制后的图像效果如图3-46所示。

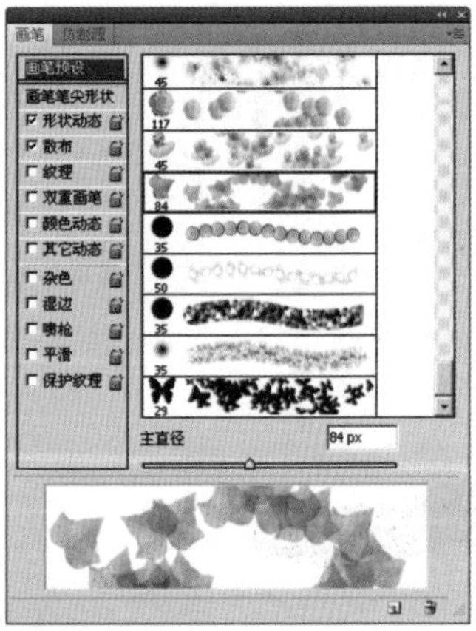

图3-45

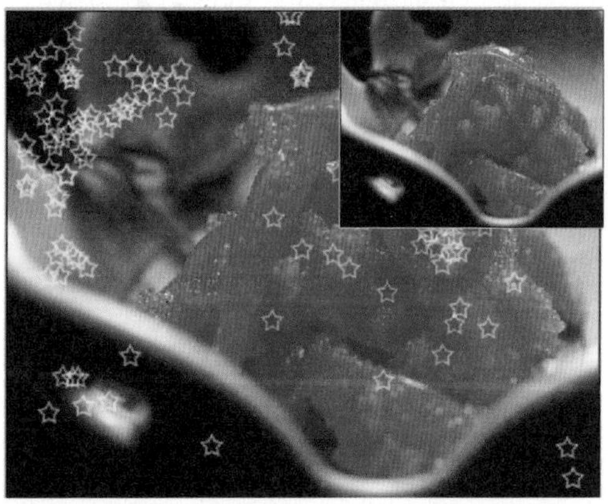

图3-46

3.4 画笔笔尖形状

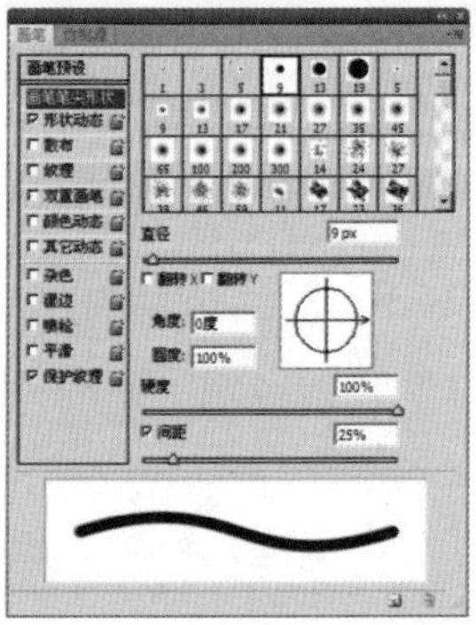

图3-47

“画笔笔尖形状”设置面板主要用来设置画笔笔触的直径、形状、间距、角度及画笔边缘的软硬程度等属性。单击“画笔”面板左侧的“画笔笔尖形状”选项，如图3-47所示。

面板中各选项的具体含义如下。

直径：主要用来控制画笔笔尖的直径大小，可直接在文本框中输入数值或者通过拖动滑块来改变其大小。

翻转X/翻转Y：选中复选框后，画笔的样式沿X轴或Y轴进行翻转。

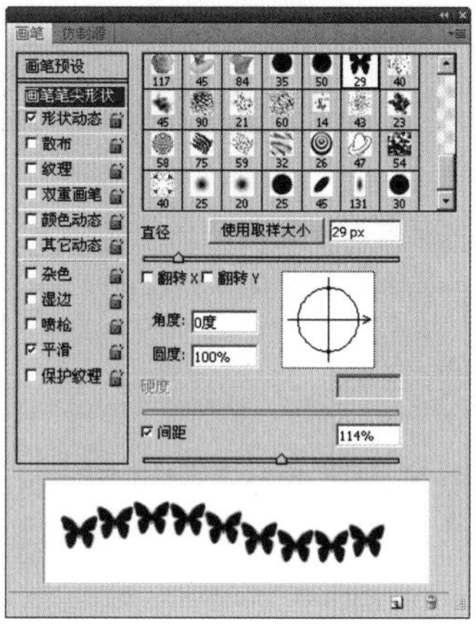

图3-48

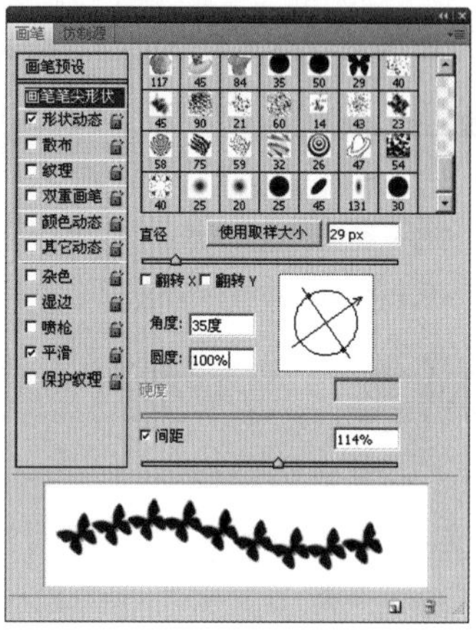

图3-49

角度：用来设置画笔轴的倾斜角度，即轴偏离水平线的距离，取值范围是－180°～180°（也可直接用鼠标拖动右侧画笔控制框中带箭头的水平轴进行调节）。当画笔为正圆时，画笔轴的倾斜角度不会发生任何变化，如图3-48所示。当设置画笔角度为35°时，画笔轴的倾斜角度如图3-49所示。

圆度：用于控制轴的比例，可在面板的"圆度"文本框中输入数值（取值范围在0%～100%之间），也可以直接用鼠标拖动右侧画笔控制框中的两个圆点来进行轴的比例调节。当显示为正圆时，"圆度"值为100%；当显示为线形时，"圆度"值为0%；当显示为椭圆时，"圆度"值在0%～99%之间。

硬度：用来定义画笔笔触的柔和度，取值范围在0%～100%之间，数值越小，表示画笔的笔触越柔和。可以通过输入数值或拖动滑块来进行参数的调整。

技巧提示

"硬度"参数对铅笔工具无效，因为铅笔工具绘出的是一种边缘很硬的线条，并带有很明显的锯齿边，不会出现虚边现象。

间距：用来定义笔画间的距离，间距百分比越大，使用绘图工具时各个笔画之间的距离就越大。该参数左侧有一复选框，当选中此复选框时，可直接在右侧的文本框中输入数值或拖动滑块来调节间距，取值范围在1%～100%之间，不同的数值对应的效果不同，但绘制出的每个笔画之间的距离却是均匀的，如图3-50所示。

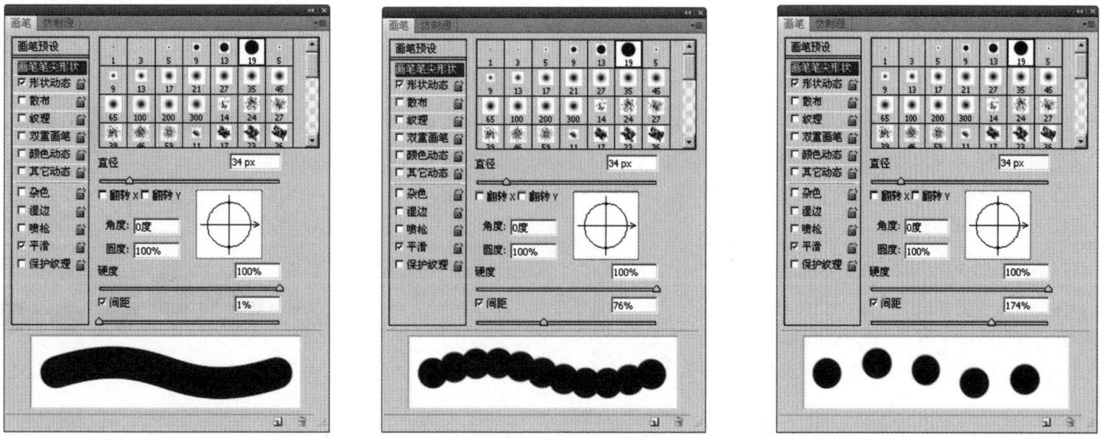

图3-50

技巧提示▸▸▸

一般情况下，画笔有自己的默认间距，以确保笔画线条间的连续性，当取消选中“间距”复选框时，笔画之间的距离与鼠标移动的速度有关，移动越快，笔触间的间隔越大，甚至会出现跳跃的现象。

3.4.1 “形状动态”选项

“画笔”面板为操作者提供了大量的动态效果选项，可以在画笔“形状动态”选项面板中设置画笔的“大小抖动”、“角度抖动”、“圆度抖动”和“最小圆度”等参数。

执行菜单栏中的“窗口＞画笔”命令，弹出“画笔”面板，单击“画笔”面板中的“形状动态”选项，如图3-51所示，该选项面板中各参数的具体含义如下。

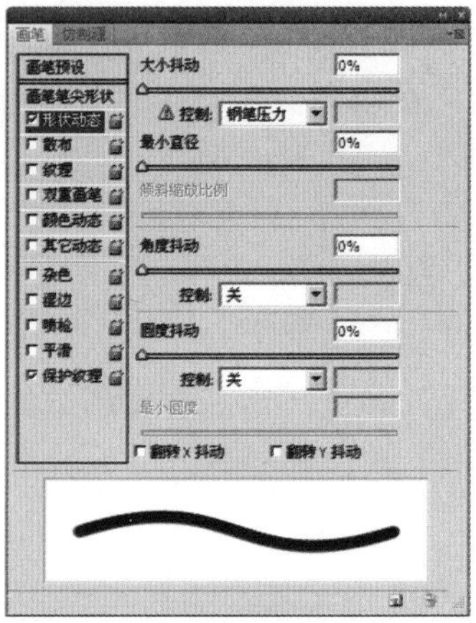

图3-51

大小抖动：设置抖动的百分比，可以指定动态元素的自由随机度，取值范围为0%～100%。值为0%时，在使用画笔绘画的过程中元素没有变化；值为100%时，画笔中的元素有最大的自由随机度。

控制：用来指定如何控制动态元素的变化。选择“关”选项，表示关掉控制；选择“渐隐”选项，可指定控制的范围在多少步以内；如果安装了压力敏感的绘图板，则还可以指定“钢笔压力”、“钢笔斜度”和“光笔轮”控制项。

技巧提示▸▸▸

“形状动态”可决定绘制的线条中画笔笔尖的变化，单击“形状动态”选项，面板右侧显示其相关的设置；选中“形状动态”前面的复选框，表示画笔工具将采用系统原来的默认设置，但其设置参数并不在“形状动态”选项面板中显示。

“大小抖动”与“控制”的区别：在指定画笔绘制线条的过程中，当笔尖的大小动态变化时，在“大小抖动”文本框中设置画笔直径变化的百分比，取值范围在0%～100%之间，该数值越小，代表画笔的直径变化范围越小，笔触也就越平滑，其效果如图3-52所示。可输入数值或拖动下面的滑块来进行调节。

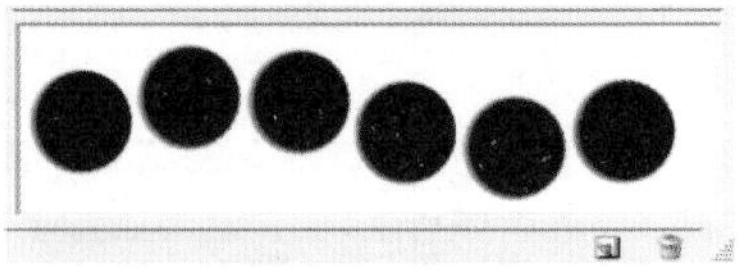
抖动数值为0%

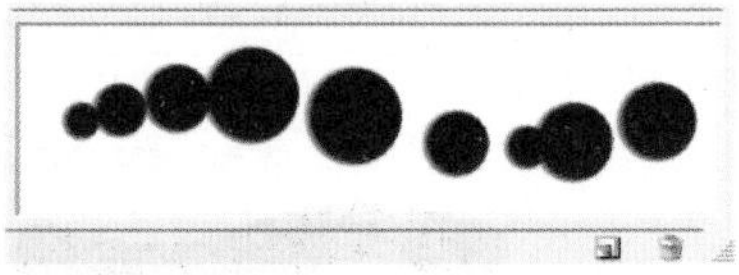
抖动数值为64%

图3-52

为了更好地说明大小抖动的变化，在选择画笔时，可以在“画笔笔尖形状”选项面板中将间距设置得大一些，在“形状动态”选项面板的“控制”下拉列表框中选择“关”选项。

“控制”下拉列表框中的“渐隐”选项用于定义在指定的步数内初始直径和最小直径之间的过渡，其取值范围在1%～9999%之间。

最小直径：当设置了“大小抖动”参数并在“控制”下拉列表框中选择除“关”以外的选项后，就可以通过设置“最小直径”参数来指定画笔笔尖可缩小的最小尺寸了，最小直径是以画笔直径百分比的大小为基础的。

倾斜缩放比例：在“控制”下拉列表框中选择“钢笔斜度”选项时，“画笔”面板中的“倾斜缩放比例”参数将被激活。该参数用来定义画笔倾斜缩放比例，只对压力敏感的绘图有效，它是以画笔直径的百分比为基础的。

角度抖动：用来指定在绘制线条的过程中画笔笔尖角度的动态变化情况，角度抖动的百分比数值是以360°为基础的。

控制：“角度抖动”参数下方的“控制”下拉列表框中共有8个选项，如图3-53所示。“关”表示关闭控制选项；“渐隐”用来定义画笔笔尖在0～360°间的变化；“钢笔压力”、“钢笔斜度”、“光笔轮”和“旋转”4个选项主要用于控制画笔笔尖在0～360°间的变化情况，只有在安装了绘图板后才生效；“初始方向”使画笔笔尖的角度基于画笔初始的方向进行变化；“方向”使画笔笔尖的角度基于画笔的方向进行变化。

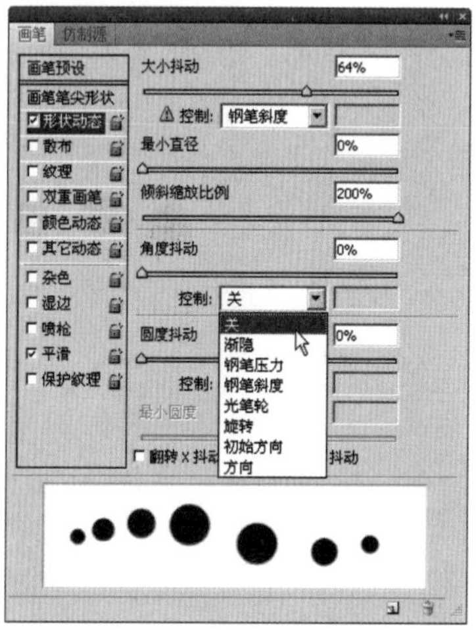

图3-53

圆度抖动：用来指定在绘制线条的过程中画笔笔尖圆度的动态变化状况，圆度抖动的百分比数值是以画笔短轴和长轴的比例为基础的。

控制：“圆度抖动”参数下方的“控制”下拉列表框中共有6个选项，如图3-54所示。“关”表示关闭控制选项；“渐隐”用来定义在0～100间画笔标记点的圆度变化；“钢笔压力”、“钢笔斜度”、“光笔轮”、“旋转”4个选项主要用于控制画笔笔尖在0～360°间的变化情况，只有在安装了绘图板后才生效。

最小圆度：用来指定在绘制线条的过程中画笔笔尖在最小范围内的圆度动态变化状况，它的百分比是由下边的短轴与长轴来决定的。

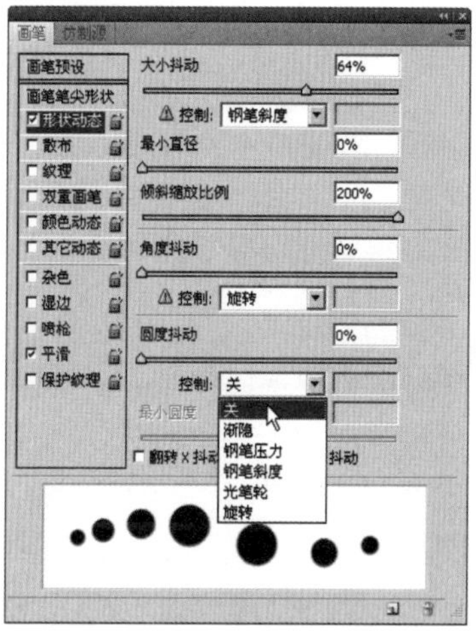

图3-54

翻转X抖动：指画笔形状在水平方向翻转时所显示的抖动效果。

翻转Y抖动：指画笔形状在垂直方向翻转时所显示的抖动效果。

3.4.2 “散布”选项

“散布”选项主要用来确定绘制线条过程中画笔笔尖的数量与位置，其选项面板如图3-55所示。当取消选中“两轴”复选框时，画笔笔尖的分布和画笔绘制的线条呈垂直方向，如图3-55所示。当选中“两轴”复选框时，画笔笔尖呈放射状分布，如图3-56所示。

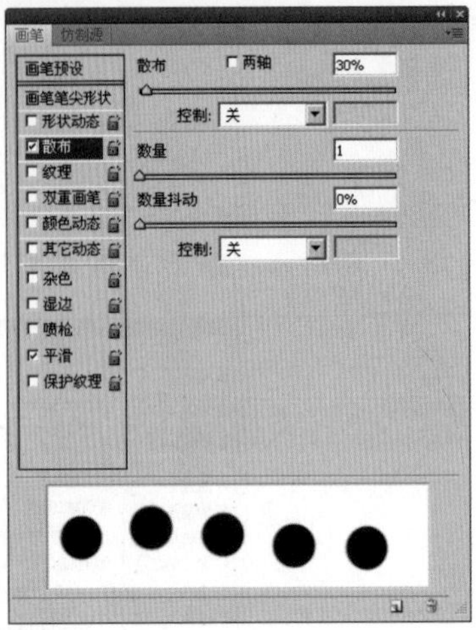

图3-55

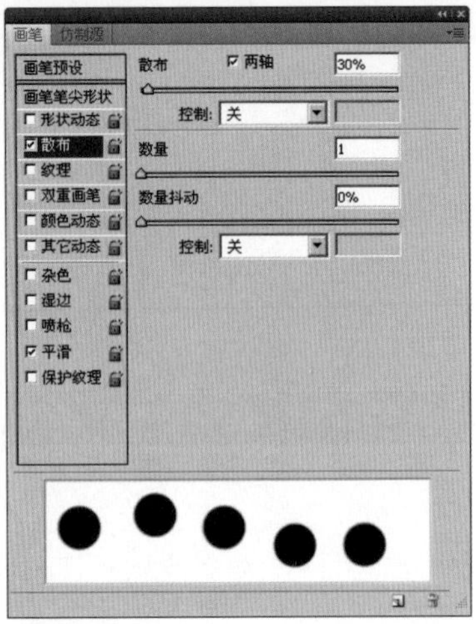

图3-56

“散布”选项面板中各参数的具体含义如下。

散布：主要用来调整画笔形状中各点的散布情况。

数量：主要用来指定每个空间间隔中画笔笔尖的数量。

数量抖动：主要用来定义每个空间单位中画笔笔尖的数量变化，可在下面的“控制”下拉列表框中选择不同的选项。

控制：“数量抖动”参数下的“控制”下拉列表框是用来配合“数量抖动”参数进行设定的，其中共包括6个选项。“关”表示关闭控制选项；“渐隐”用来定义在0～100间画笔标记点的圆度变化；“钢笔压力”、“钢笔斜度”、“光笔轮”和“旋转”4个选项主要用于控制画笔笔尖在0～360°间的变化情况，只有在安装了绘图板后才生效。

3.4.3 “纹理”选项

“纹理”选项主要用来供用户选择各种纹理化的画笔，其绘画效果类拟于在相应的帆布上或其他介质上作画。单击“纹理”选项，其选项面板如图3-57所示，其中各参数的具体含义如下。

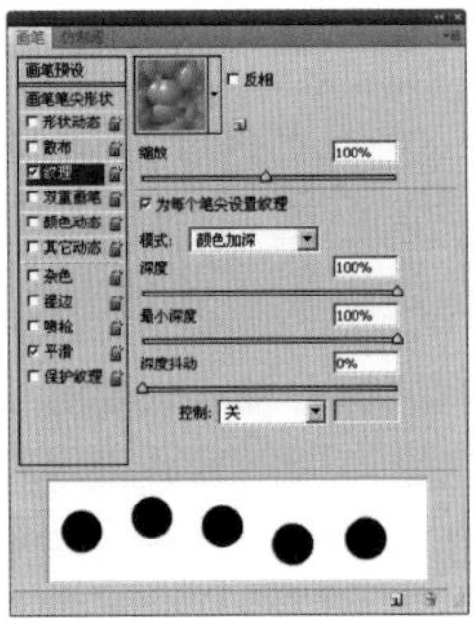

图3-57

最上方的是纹理预览图，单击右侧的下拉按钮，可弹出如图3-58所示的列表框供用户选择纹理。选中“反相”复选框，可以使纹理变为原始设置的反相效果。

缩放：用来指定图案的缩放比例。

为每个笔尖设置纹理：用来定义是否分别对每个画笔笔尖进行渲染。取消选中此复选框，“最小深度”与“深度抖动”两个参数皆不可用。

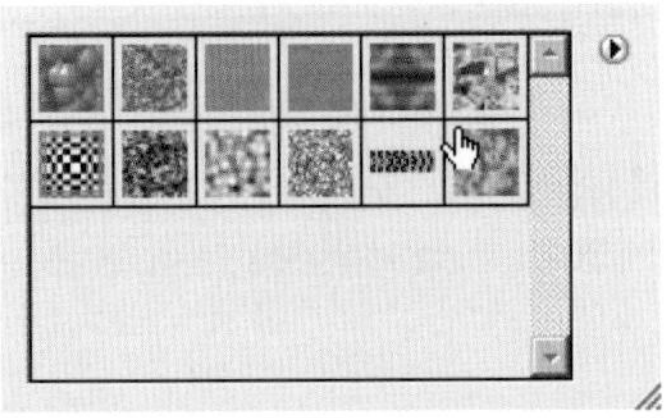

图3-58

模式：主要用来定义画笔和图案之间的混合模式。

深度：主要用来定义画笔渗透到图案的深度。深度为100%时，只显示图案；深度为0%时，只显示画笔颜色，不显示图案。

最小深度：在选中“为每个笔尖设置纹理”复选框的前提下，定义画笔渗透图案的最小深度。

深度抖动：在选中“为每个笔尖设置纹理”复选框的前提下，定义画笔渗透图案的深度变化。

3.4.4 “双重画笔”选项

双重画笔是指应用两种笔尖效果创建画笔。单击“画笔”面板中的“双重画笔”选项，其选项面板如图3-59所示。其使用方法是：在“模式”下拉列表框中选择一种画笔模式，然后在下面的画笔列表框中选择一种笔尖作为当前画笔，如图3-60所示。

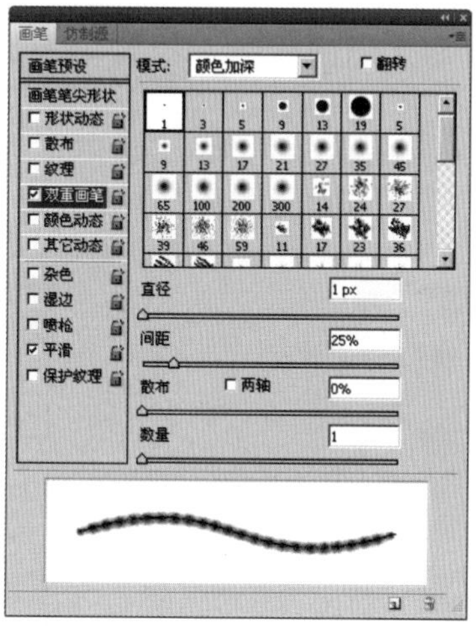

图3-59

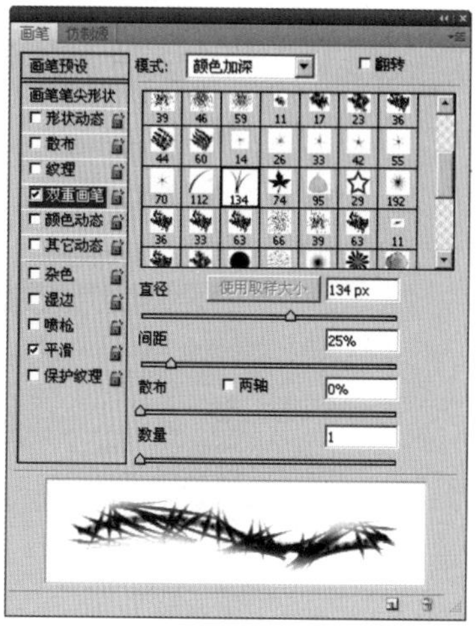

图3-60

直径：用来控制笔尖的大小。通过拖动滑块或直接在文本框中输入数字即可改变其大小。

间距：用来控制所画线条中画笔间的距离。

散布：用来控制所画线条中画笔的分布情况。选中“两轴”复选框时，画笔笔尖呈放射状分布；取消选中“两轴”复选框时，画笔笔尖与画笔绘制线条方向垂直。

数量：用来指定每个空间间隔中第2个画笔笔尖的数量。

3.4.5 “颜色动态”选项

“颜色动态”选项主要用来决定在绘制线条的过程中颜色的动态变化情况。单击“画笔”面板中的“颜色动态”选项，其选项面板如图3-61所示。

前景/背景抖动：用来定义绘制的线条在前景色/背景色之间的动态变化。

控制：“前景/背景抖动”参数下的“控制”下拉列表框中共有6个选项，如图3-62所示。“关”表示关闭控制选项；“渐隐”用来定义在0～100间画笔标记点的圆度变化；“钢笔压力”、“钢笔斜度”、“光笔轮”和“旋转”4个选项主要用于控制画笔笔尖在0°～360°间的变化情况，只有在安装了绘图板后才生效。

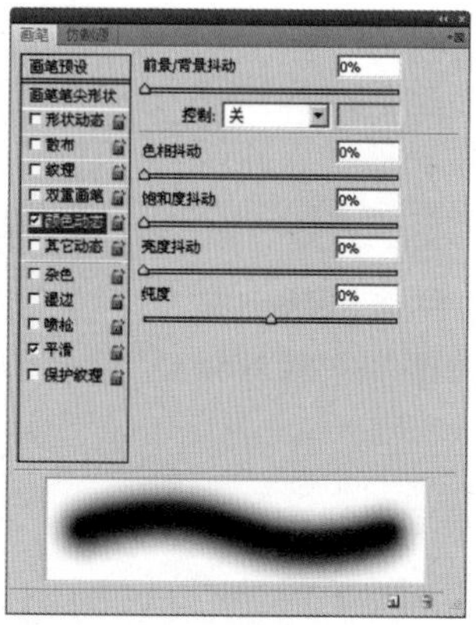

图3-61

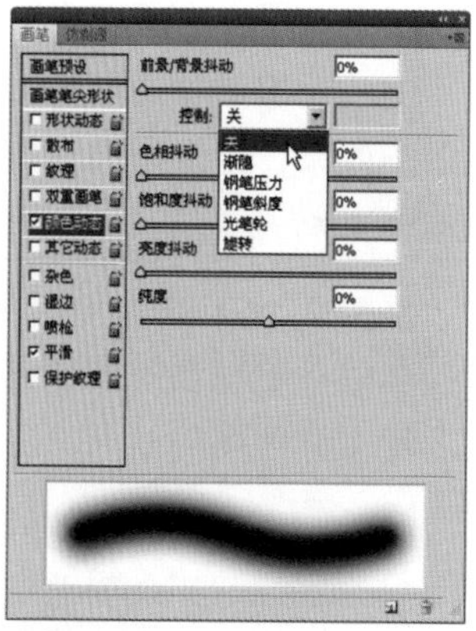

图3-62

色相抖动：主要用来指定绘制线条

的色相动态变化范围。

饱和度抖动：主要用来指定绘制线条的饱和度动态变化范围。

亮度抖动：主要用来指定绘制线条的亮度动态变化范围。

纯度：主要用来定义颜色的纯度，当“亮度抖动”参数的值为−100%时，可得到灰度效果的动态变化。

3.4.6 “其他动态”选项

“其他动态”选项主要用来决定在绘制线条的过程中不透明度抖动和流量抖动的动态变化情况，可以用来设置水墨画的笔触，不同参数设置的效果如图3-63所示。

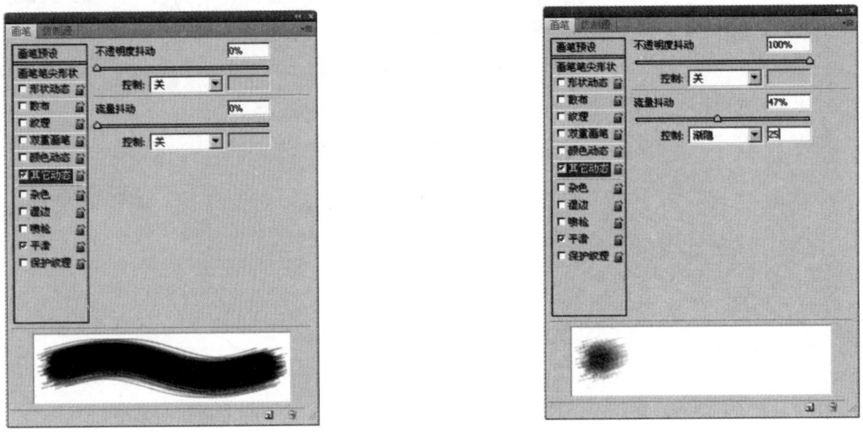

图3-63

3.4.7 画笔的其他选项

“画笔”面板下端还设置了一些其他选项，供读者在绘制线条时应用，只需选中各选项前的复选框即可获得相应的效果，如图3-64所示。

杂色：用于为画笔添加随机杂点效果，对于软边画笔效果尤为明显。

湿边：用于为画笔添加水彩效果。

喷枪：用于使画笔模拟传统的喷枪，添加渐变色调的效果，此选项将共用喷枪工具选项栏中的所有参数设置。

平滑：用于在绘制线条时使其产生流畅的曲线，此选项对使用绘图板的用户非常便利，默认情况下处于应用状态。

保护纹理：对所有的画笔使用相同的纹理图案和缩放比例。选中此复选框后，在应用多个画笔的同时，可以模拟一致的画布纹理效果。

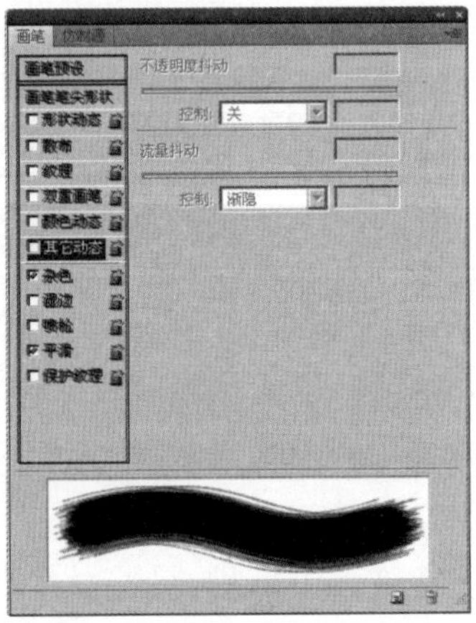

图3-64

3.5 绘图与修图工具解析

绘图工具主要包括铅笔工具、橡皮擦工具、渐变工具和油漆桶工具等，熟练掌握上述各工具的功能及使用技巧是绘制图像的关键。

3.5.1 铅笔工具

铅笔工具可以绘制出硬边画笔的笔触，所画出的曲线是硬直的、有棱角的，其工作方式和画笔相同：用鼠标单击选择该工具，在绘图区拖动即可绘制。铅笔工具选项栏如图3-65所示。

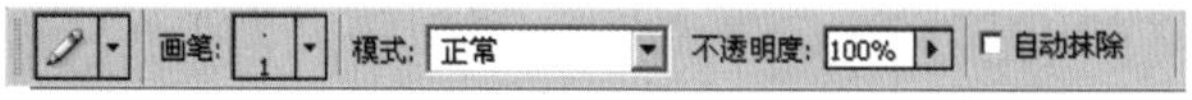

图3-65

在铅笔工具选项栏中可以设置不透明度和色彩混合模式。选中“自动抹除”复选框后，铅笔工具即可实现擦除的功能，它会使用背景色进行绘制，覆盖绘制区域的原有颜色。

当选中“自动抹除”复选框后，所绘制的颜色会有很大的变化，下面通过一个实例来进行说明。

技巧提示

选中铅笔工具以后，“画笔”面板中的画笔都显示为硬边的，使用铅笔工具所绘制的都是硬边效果的线条。

将前景色设为红色并在图像窗口中进行绘制，如图3-66所示。

在铅笔工具选项栏中选中“自动抹除”复选框，并在图像窗口中进行绘制，如图3-67所示。

图3-66

图3-67

3.5.2 橡皮擦工具

橡皮擦工具组中包括橡皮擦工具、背景色橡皮擦工具和魔术橡皮擦工具，下面分别进行具体的介绍。

橡皮擦工具

橡皮擦工具用于擦除图像中的颜色，并在擦除的区域填充背景色。选中橡皮擦工具后，在其工具选项栏中可设置“画笔”、“模式”、“不透明度”和“流量”等参数，如图3-68所示。

图3-68

当选择不同的模式时，其工具选项栏的设置也不同，现将3种不同模式的工具选项栏进行对比，如图3-69所示。

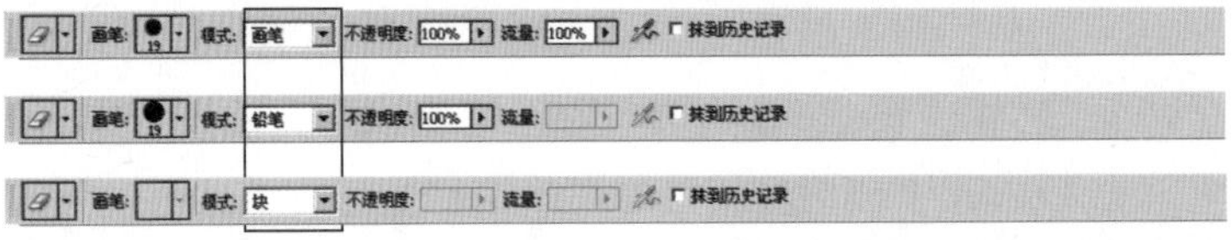

图3-69

使用橡皮擦工具时，可以在工具选项栏中设置“不透明度”和“流量”等参数。此外，还可以在“模式”下拉列表框中选择“铅笔”或“块”等选项，从而以不同的擦除方式进行擦除。打开一幅如图3-70所示的图像，将不透明度设置为30%时擦拭后的效果如图3-71所示，将不透明度设置为75%时擦拭后的效果如图3-72所示。

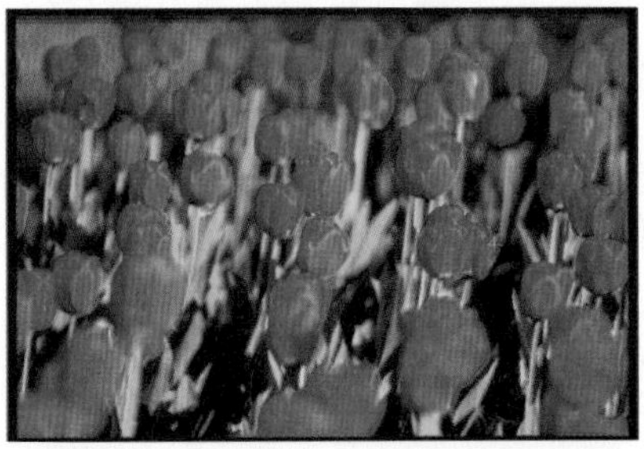

图3-70

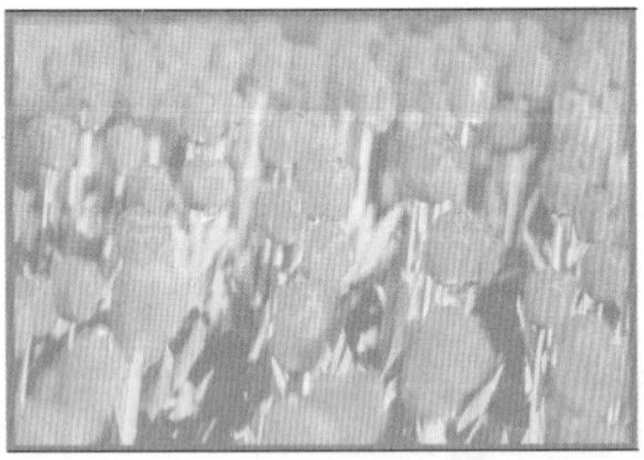

图3-71

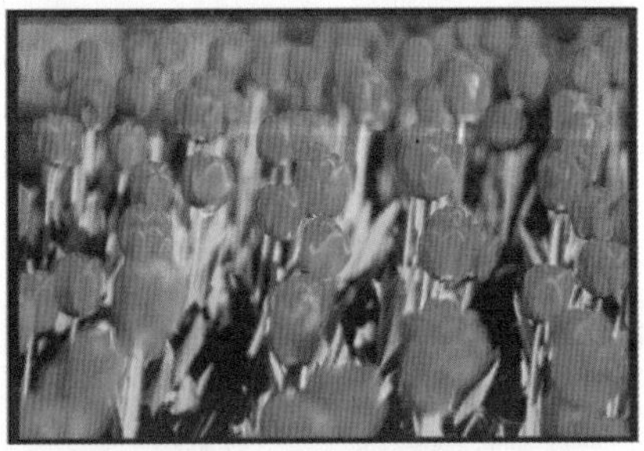

图3-72

在工具选项栏的“模式”下拉列表框中选择“块”选项后，对选择好的图像进行擦除，若所擦除的图层不是普通图层，则擦除后的区域将显示为背景色；如图3-73所示。若所擦除的图层为普通图层，则擦除后的区域变为透明，如图3-74所示。

图3-73

图3-74

若选中“抹到历史记录”复选框，则必须在“历史记录”面板中设置历史记录画笔的源，在面板左侧的小方格中单击即可设置，如图3-75所示。若不在“历史记录”面板中设置历史记录画笔的源，则会弹出如图3-76所示的提示框，提示目前没有指定绘画源，不能使用橡皮擦工具。

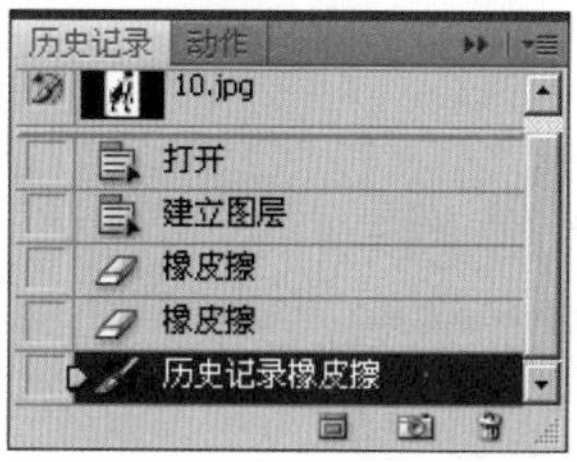

图3-75

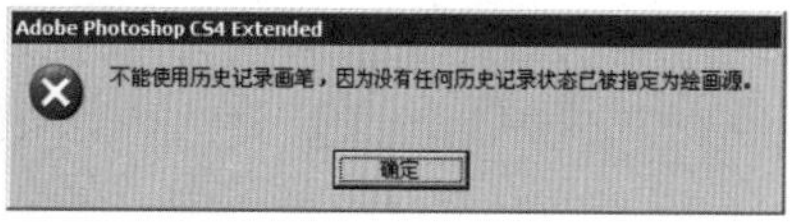

图3-76

技巧提示

若“抹到历史记录”复选框未被选中，按住Alt键便可使橡皮擦工具具有该功能。若该复选框被选中，在使用橡皮擦工具时，按住Alt键便可取消抹到历史记录的功能。

背景橡皮擦工具

背景橡皮擦工具用来给图像去除背景，它和橡皮擦工具的区别在于：它在擦除颜色后不会添上背景色，而是将擦除的内容变为透明，如图3-77所示。若当前所擦除的图层是背景图层，则背景橡皮擦工具会自动将其变为透明，背景图层也会随之转变为普通图层，如图3-78所示。

图3-77

图3-78

当选中背景橡皮擦工具时，可以在工具选项栏中设置“画笔”、“限制”、“容差”、“保护前景色”和“取样”等参数，如图3-79所示。

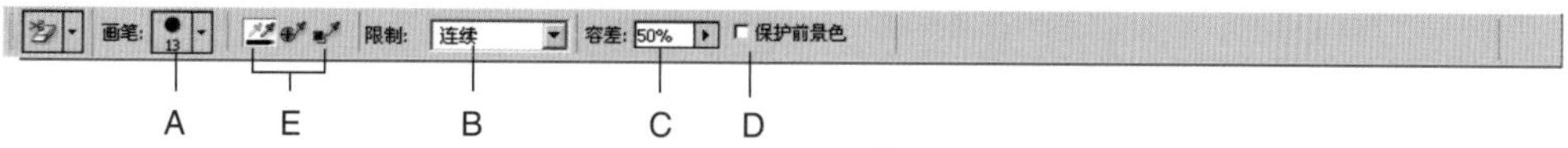

图3-79

A→画笔：用于设置画笔的直径大小。

B→限制：在此下拉列表框中可以选择擦除模式，共包括3种擦除模式。选择“不连续”选项，将擦除图层中任意位置的颜色；选择“连续”选项，将随着鼠标的移动在图像中连续擦除选中的区域；选择“查找边缘”选项，将擦除选中区域和与选中区域相连的颜色，但保留和擦除位置颜色反差较大的边缘轮廓（打开如图3-80所示的图片，擦除后的效果如图3-81所示）。

图3-80

图3-81

C→容差：用于控制擦除颜色的范围。数值越大，擦除的颜色范围越大；数值越小，擦除的颜色范围越小。

D→保护前景色：选中该复选框后，若图像中的颜色与工具箱中的前景色相同，在擦除时这种颜色将受保护，不会被擦除。

E→取样：设置所要擦除颜色的取样方式，共有3种取样方式：“连续”表示随着鼠标的移动在图像中连续进行颜色取样，并根据取样进行擦除，即擦除邻近区域的不同颜色；“一次”表示只擦除第一次所取样的颜色；“背景色板”用于擦除包含背景颜色的区域。

魔术橡皮擦工具

魔术橡皮擦工具与背景橡皮擦工具的用途类似，都是用于去除背景色的工具，不同之处就是它可以擦除一定容差范围内的相邻颜色，擦除过的区域不会以背景色来取代，而是变为透明色。打开如图3-82所示的图片，使用魔术橡皮擦工具擦除后的效果如图3-83所示。

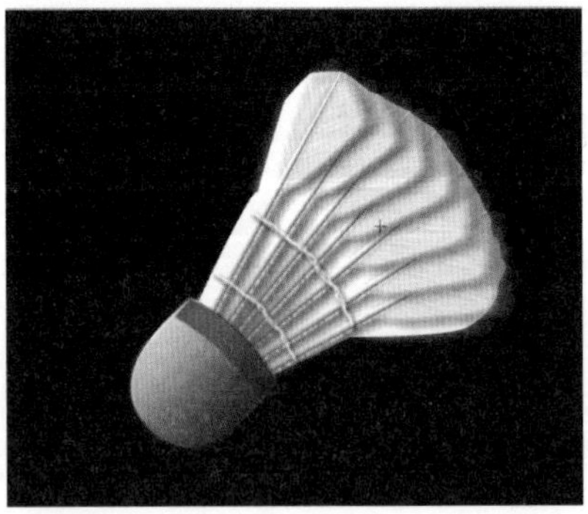

图3-82

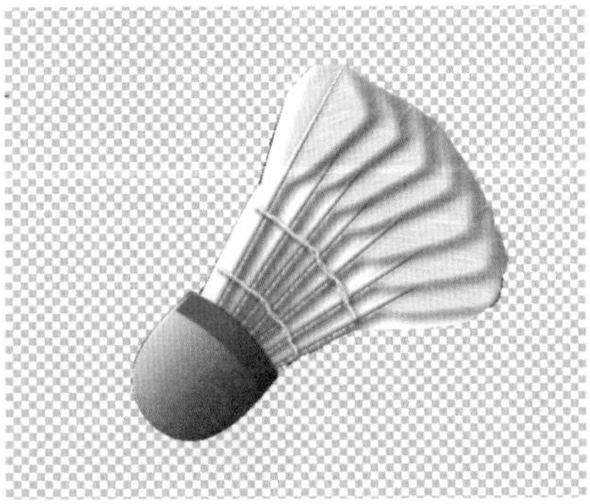

图3-83

魔术橡皮擦工具的工具选项栏如图3-84所示，在其中可以设置“容差”、“消除锯齿”、“连续”和“对所有图层取样”等参数。

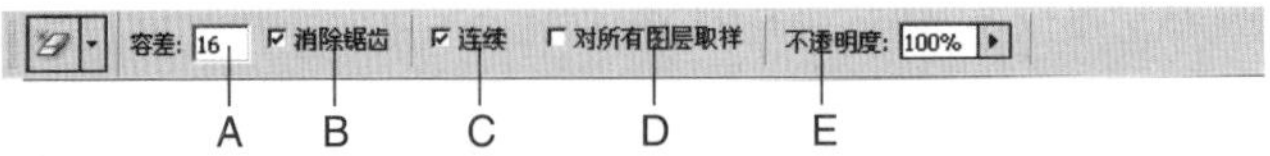

图3-84

A→容差：可通过输入数值进行调节，数值越大，选取的颜色范围越大。

B→消除锯齿：选中此复选框后，图像在擦除后会保持光滑的边缘。

C→连续：选中该复选框后，仅擦除与选中区域相邻且在容差范围内的颜色。

D→对所有图层取样：将所有图层作为一层进行擦除。

E→不透明度：对擦除后图像的效果进行不透明度的调节。

3.5.3 渐变工具

渐变工具可以创建多种颜色渐变，实际上就是在图像或图像的某一区域中填入一种具有多种颜色过渡的混合色，此渐变色可以是从前景色到背景色的渐变，也可以是从背景色到前景色的渐变，还可以是前景色和透明色之间的渐变或者其他颜色之间的渐变。

渐变工具的工具选项栏中包括“渐变编辑器”、“渐变类型”（“线性渐变”、“径向渐变”、“角度渐变”、“对称渐变”和“菱形渐变”）、“模式”、“不透明度”、“反向”、“仿色”和“透明区域”等参数，如图3-85所示。

图3-85

A→渐变编辑器：单击渐变工具的工具选项栏左侧的图标，可以打开如图3-86所示的对话框，可以在该对话框中设置需要的渐变色。在“预设”列表框中选择一种渐变后，可以对其进行编辑：在“名称”文本框中修改渐变的名称，在“渐变类型”下拉列表框中选择“实底”或“杂色”选项，如图3-87和图3-88所示。

单击该选项右侧的下拉按钮，将弹出如图3-89所示的渐变色面板，从中可以选择渐变色。

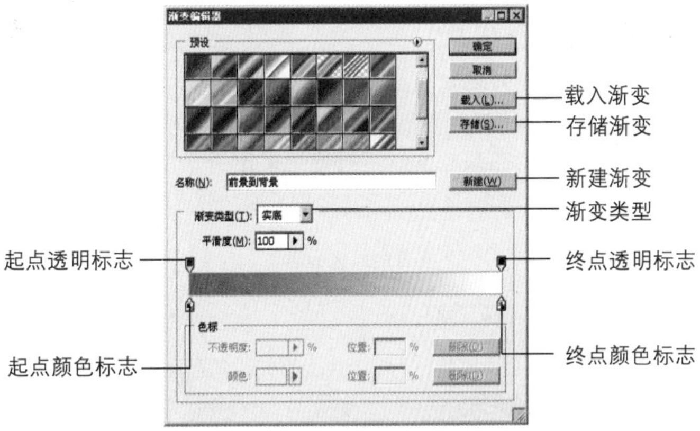

图3-86

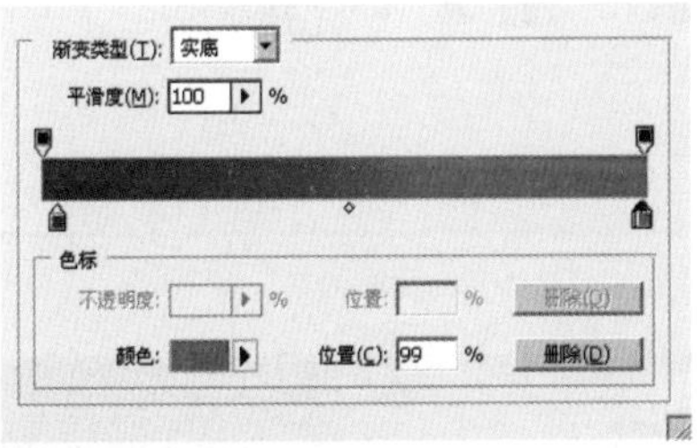

图3-87

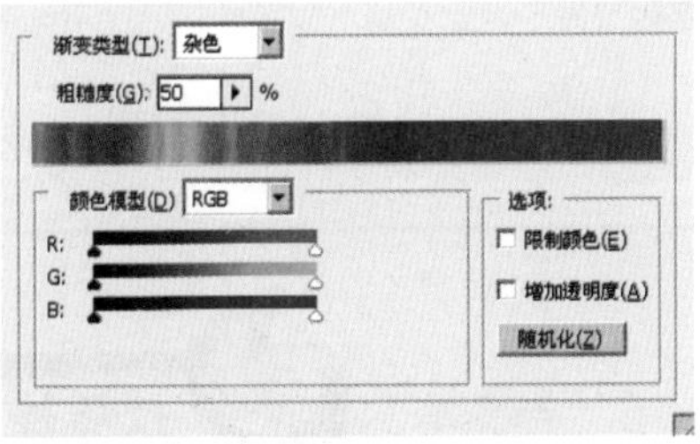

图3-88

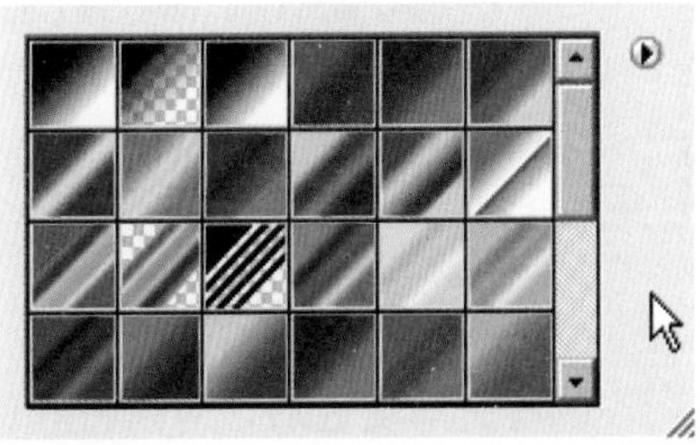

图3-89

B→渐变类型：共包括5种渐变，线性渐变是从渐变的起点到终点做直线状的渐变，径向渐变是从渐变的中心做放射性的渐变，角度渐变是从渐变的中心开始到终点做逆时针方向的渐变，对称渐变是从渐变的中心开始做对称直线形状的渐变，菱形渐变是从渐变的中心开始进行菱形渐变。各种渐变效果如图3-90所示。

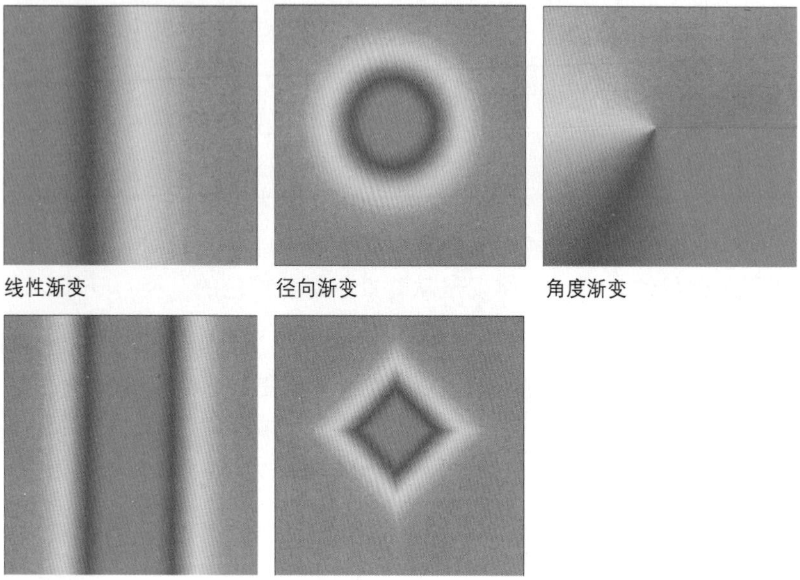

线性渐变　径向渐变　角度渐变

对称渐变　菱形渐变

图3-90

C→模式：在此下拉列表框中可以选择渐变色彩混合模式。

D→不透明度：设置渐变的不透明度。

E→反向：选中该复选框后，所得到的渐变色方向与设置的渐变色方向相反。

F→仿色：选中该复选框后，可以使渐变效果过渡更加平顺。

G→透明区域：选中该复选框后，将启用透明蒙版功能，绘图时保持透明填色效果。

技巧提示

如果要在原有渐变色的基础上添加颜色，则在“颜色”框中选择需要添加的颜色，然后在渐变颜色条下面单击，在颜色条的下方便会多出一个颜色标志，如图3-91所示。

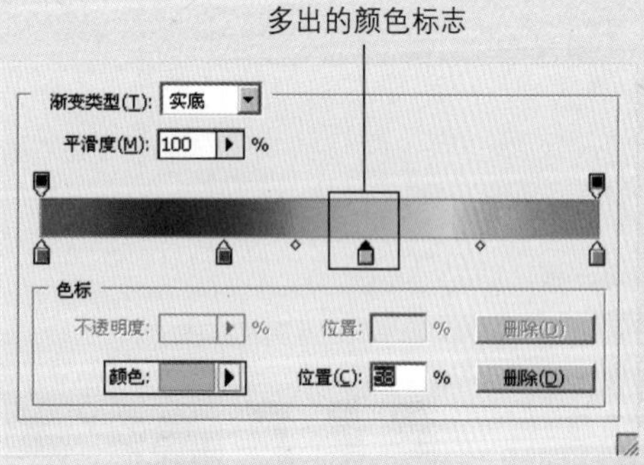

图3-91

如果要删除新增的颜色，则选中要删除的颜色标志，然后在“色标”选项区域中单击“删除”按钮，或者将颜色标志拖出，如图3-92所示。

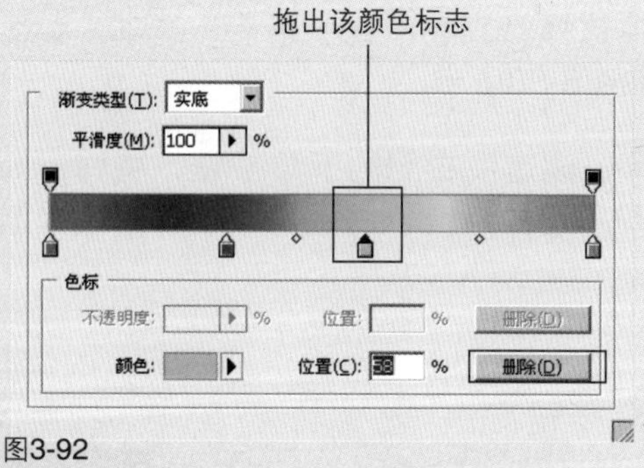

图3-92

设置完渐变色后，可以将其保存，在“渐变编辑器”对话框中单击“存储”按钮即可。单击“载入”按钮将其安装，以后就可以随时调出使用了。

技巧提示

渐变工具不能应用于位图和索引颜色模式。

Photoshop CS4中除了提供15种预设的渐变颜色之外，还自带了许多渐变颜色，打开预设下拉菜单，在其底部就可以选择，如图3-93所示。

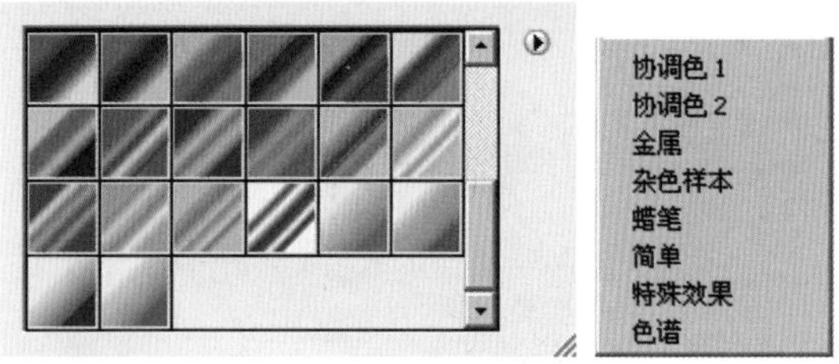

图3-93

3.5.4 油漆桶工具

油漆桶工具可以在图像或选区内填充容差范围内的颜色和图案。在油漆桶工具的工具选项栏中可以设置“填充”、“模式”、“不透明度”、“容差”、“消除锯齿”、“连续的”和“所有图层”等参数，如图3-94所示。

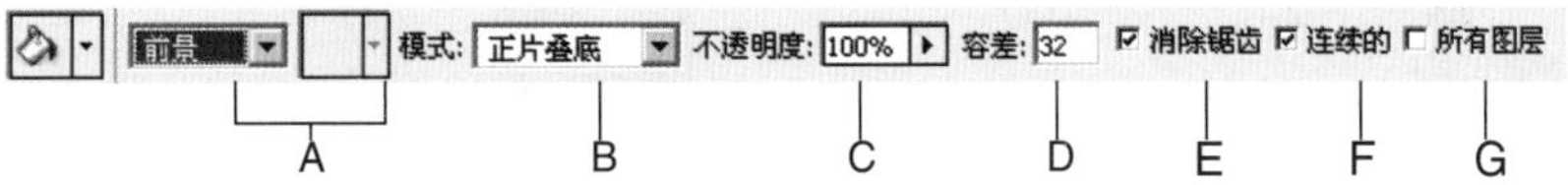

图3-94

A→填充：该下拉列表框中包括两个选项，“前景”表示用前景色进行填充，“图案”表示用指定图案进行填充。当选择“图案”选项时，其后面的图标被激活，单击图案后面的下拉按钮，会弹出图案下拉面板，这里只提供了Photoshop CS4自带的图案样式，如图3-95所示。

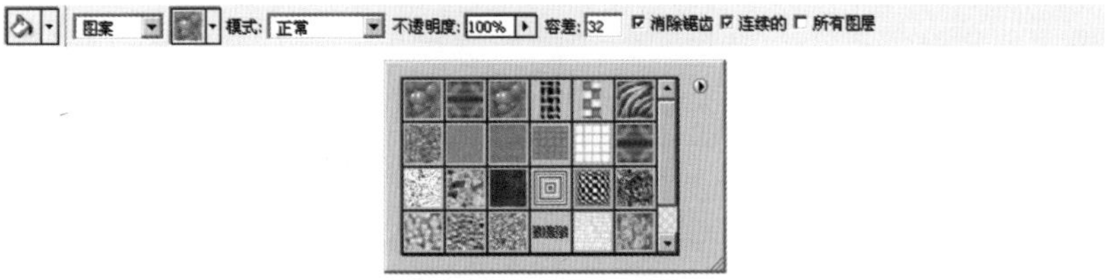

图3-95

B→模式：用于设置色彩混合模式。

C→不透明度：用于设置填充内容的不透明度。

D→容差：用于设置颜色的容差范围，容差值越小，可以填充的区域就越小，其取值范围在0～255之间。打开如图3-96所示的一张图片，使用不同容差值进行填充的效果如图3-97、图3-98和图3-99所示。

图3-96

图3-97

图3-98

图3-99

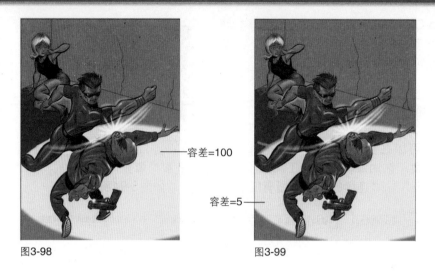

E→消除锯齿：选中该复选框后，填充后的颜色会保持较平滑的边缘。

F→连续的：填充时选中此复选框，则只添色于相邻的像素上。若不选中此复选框，则只要在容差范围内，即使不相邻的像素也会被添色。

G→所有图层：选中此复选框后，填充时可以跨越所有可见图层。若不选中此复选框，填充只对当前图层起作用。

3.5.5 图章工具

图章工具共有两种：仿制图章工具和图案图章工具，下面分别介绍。

仿制图章工具

仿制图章工具可以将一幅图像的局部或部分复制到同一幅图像或另一幅图像中。在仿制图章工具的工具选项栏中可以设置“画笔”、“模式”、“不透明度”、“流量”和“对齐”等参数，如图3-100所示。

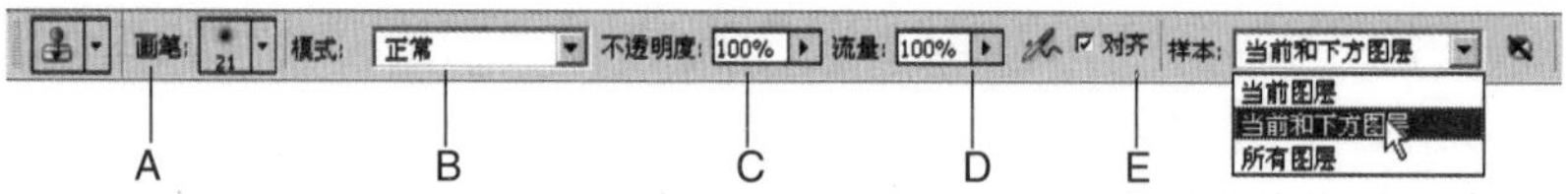

图3-100

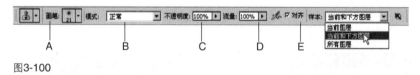

A→画笔：用于设置笔触的大小及形状等。

B→模式：用于设置仿制图章工具操作的处理模式。

C→不透明度：用于设置仿制图章工具在仿制图像时的不透明度。

D→流量：用于设置仿制图章工具在仿制图像时的流量。

E→对齐：选中该复选框后，在复制图像的过程中，不管复制多少次，所复制的图像仍然是鼠标开始单击画面处的图像。打开一张如图3-101所示的图片，在该状态下进行复制，效果如图3-102所示。不选中此复选框，则每次停笔后再画时，就会以上次停止后再次单击的位置为最初的取样点来进行复制，如图3-103所示。

图3-101

图3-102

图3-103

F→样本：单击下拉按钮，会弹出3个选项，分别为“当前图层”、“当前和下方图层”和“所有图层”。

在图像中取样时，在按住Alt键的同时单击取样点，即可进行仿制。

“仿制源”面板

在“仿制源”面板中，可以对仿制源的位置、大小和角度进行设置，还可以通过“显示叠加”复选框来控制复制过程中的显示信息，从而更为灵活、方便地复制各种图像内容。该面板可以配合仿制图章工具和修复画笔工具使用。执行“窗口＞仿制源”命令，打开“仿制源”面板，如图3-104所示。

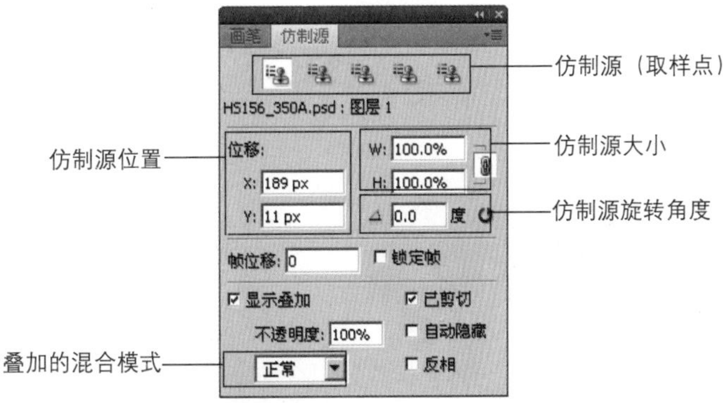

图3-104

仿制源（取样点）：“仿制源”面板中提供了5个存放仿制源（取样点）信息的设置。单击其中某一个图标后，在图像中按住Alt键单击仿制源，该信息就会自动记录到选择的仿制源（取样点）信息图标中，下次再单击该图标时，图标下面会自动显示该仿制源的文件信息；如果仿制源图标没有设置取样信息，则选中该图标后图标下面没有任何提示，如图3-105所示。

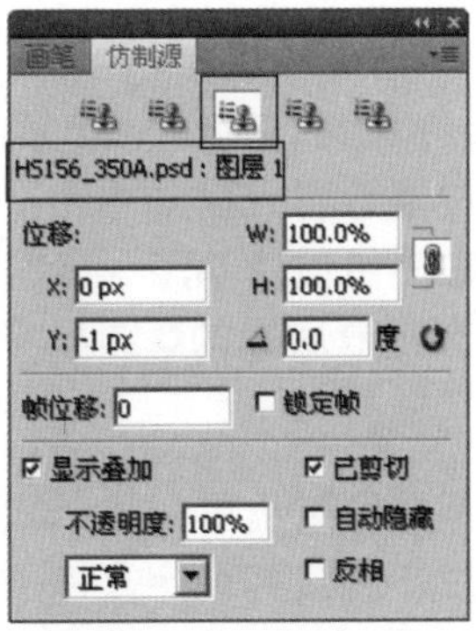

图标中设置了仿制源（取样点）

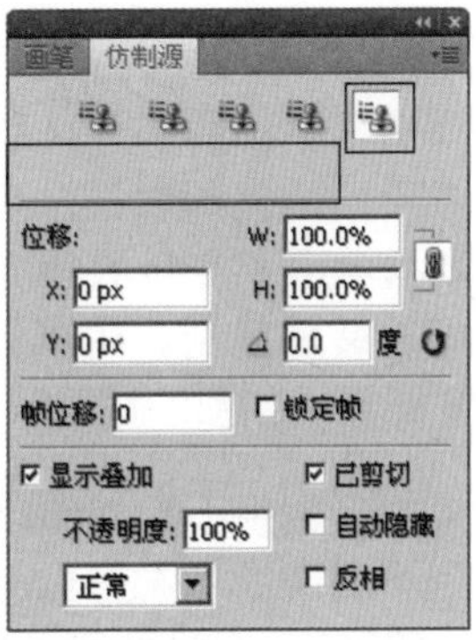

图标中未设置仿制源（取样点）

图3-105

仿制源位置：当用户在图像中设置取样点后，选中该取样点所对应的图标，“X”和“Y”文本框中会自动显示该仿制源（取样点）的位置信息。用户也可以直接在这两个文本框中输入数值来修改和设置仿制源（取样点）的精确位置。

仿制源大小：当用户在图像中设置取样点后，选中该取样点所对应的图标，“W”和“H”文本框中会自动显示该仿制源（取样点）的缩放比例信息，默认情况下是100%。用户也可以直接在这两个文本框中输入数值来缩放仿制源（取样点）。其后的链接图标按下时，表示等比例缩放仿制源（取样点）；其后的链接图标弹起时，表示可以分别设置“W”和“H”的数值，不受比例约束控制。不同缩放比例的图像复制效果如图3-106所示。

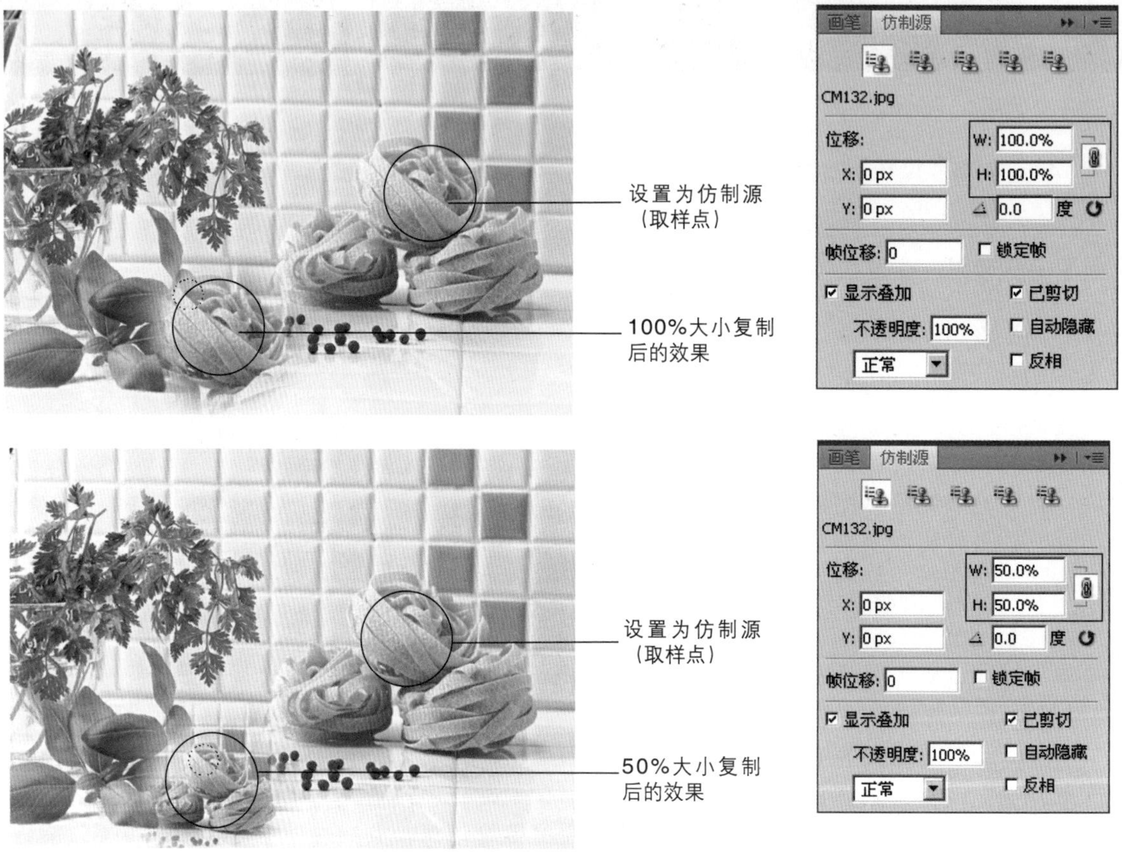

图3-106

仿制源旋转角度：默认情况下，仿制源（取样点）保持原始的图像状态，如果希望在复制过程中将图像旋转一定的角度，产生不同的复制效果，那么可以在设置取样点后选中该取样点所对应的图标，在“位移”选项区域的文本框中设置旋转的角度。这样，在使用该仿制源（取样点）复制图像时，图像会自动按照设置的角度进行旋转后复制。用户可以单击该文本框后面的图标将设置的旋转角度清零。设置旋转角度后，图像的复制效果如图3-107所示。

显示叠加：该选项区域的参数用于控制使用仿制源复制图像过程中的显示信息。选中该复选框后，在复制图像的过程中会看到半透明的仿制源信息，以方便用户观察和确定复制的效果。选中和未选中该复选框时的对比效果如图3-108所示。需要注意的是，该选项区域中的参数只影响观看效果，而对复制出来的图像没有影响。

图3-107

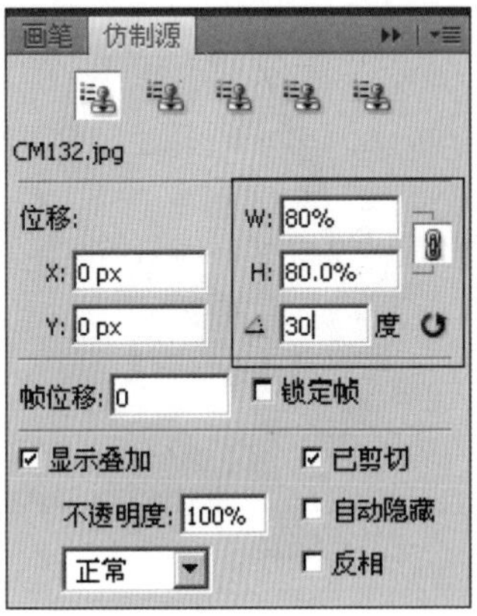

将使用的仿制源（取样点）旋转30°

选中“显示叠加”复选框

取消选中“显示叠加”复选框

图3-108

不透明度：用于设置仿制源信息在显示时的透明程度，用户可根据观察习惯来设置不同的不透明度数值。不透明度设置为不同数值时的对比效果如图3-109所示。

图3-109

叠加的混合模式：该下拉列表框用于设置仿制源信息在显示时与下面图像的颜色混合方式，与绘图模式效果相同，也是一种方便用户观察的参数设置。选择不同选项时的对比效果如图3-110所示。

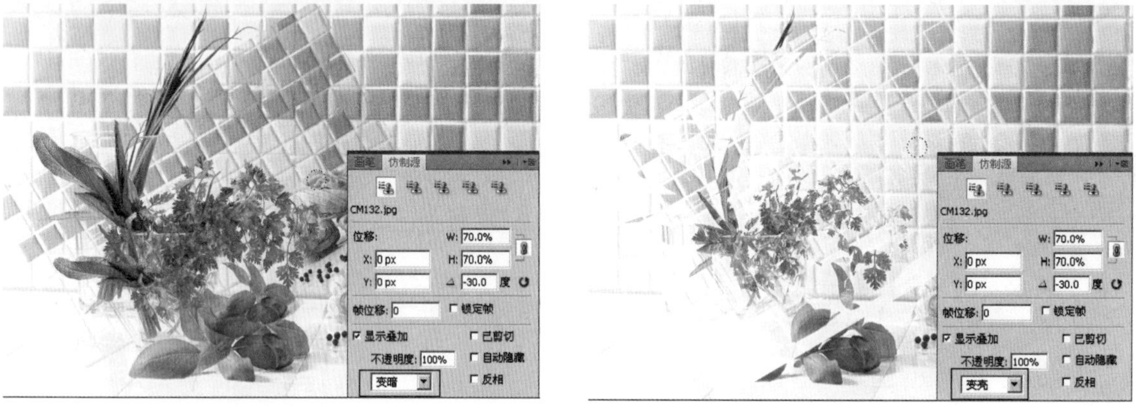

图3-110

自动隐藏：选中该复选框时，在绘制过程中不显示叠加显示的半透明仿制源图像，一旦结束绘制，半透明仿制源图像会重新显示出来。选中该复选框前后的对比效果如图3-111所示。

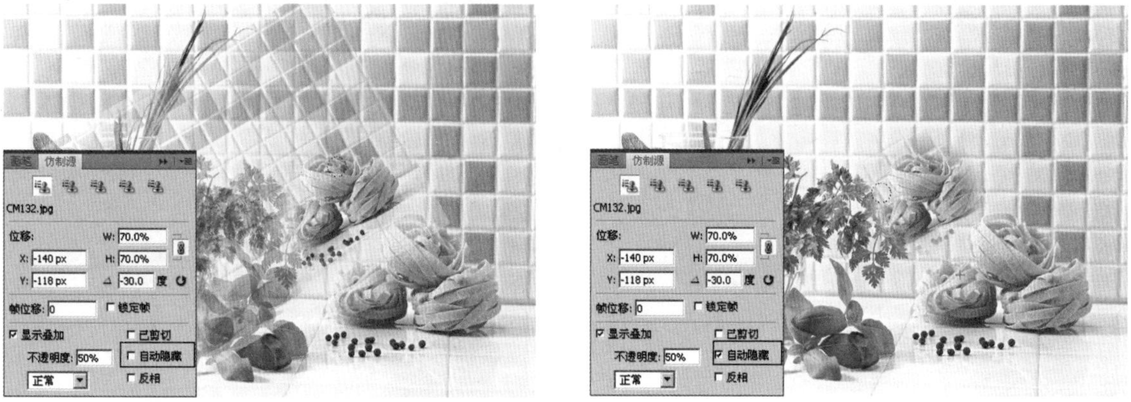

未选中“自动隐藏”复选框时的复制效果　　选中“自动隐藏”复选框时的复制效果

图3-111

反相：选中该复选框时，半透明的仿制源图像将以反相（类似于照片底片）的颜色方式在图像中显示，效果如图3-112所示。

图3-112

已剪切：在选中“显示叠加”复选框后，选中该复选框，然后移动笔触，在画面中可以看到笔触范围内显示出之前设置的取样点的图像内容，而超出笔触范围外的内容将不会被显示出来，如图3-113所示。如果取消选中“已剪切”复选框，则会在画面中显示整个图像内容，如图3-114所示。

图案图章工具

图案图章工具也是用于复制图像的工具，不同的是它仿制的来源是图案，所以它不像仿制图章工具那样必须按Alt键来定义取样点。图案图章工具的工具选项栏如图3-115所示。

图3-113

图3-114

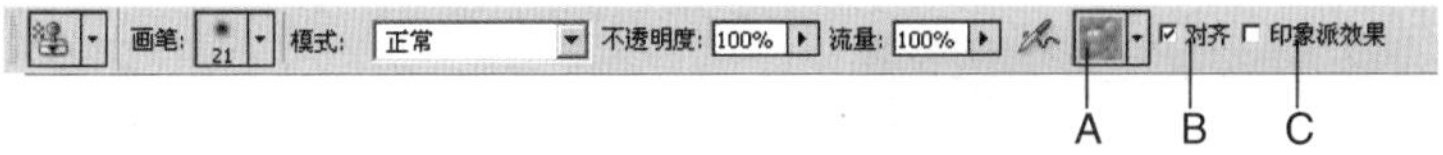

图3-115

A→图案：单击右侧的下拉按钮，会弹出图案面板，里面存储着Photoshop CS4自带或已定义的所有图案，单击图案面板右侧的右方向箭头按钮，会弹出下拉菜单，从中可以选择要添加的图案，如图3-116所示。

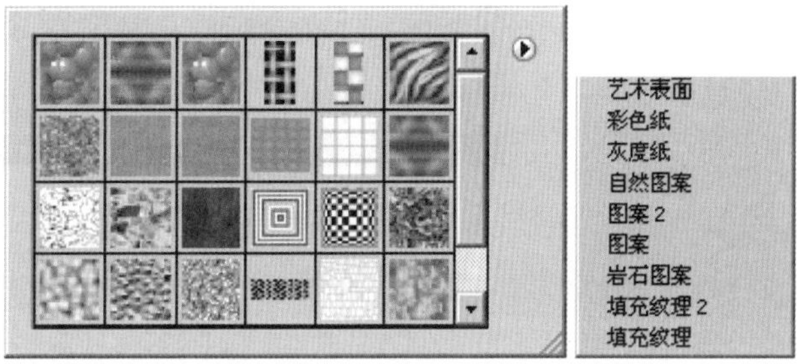

图3-116

B→对齐：选中该复选框后，复制的图案会整齐排列，即使在操作的过程中间断也没有关系。若没有选中该复选框，则下次复制时会重新复制图案，而不考虑是否与前面复制的图案对齐。在默认情况下，此复选框是选中的。

选择图案图章工具，在图案面板中选择要应用的图案，如图3-117所示。

在工具选项栏中选中“对齐”复选框，然后在图像上进行复制，效果如图3-118所示。

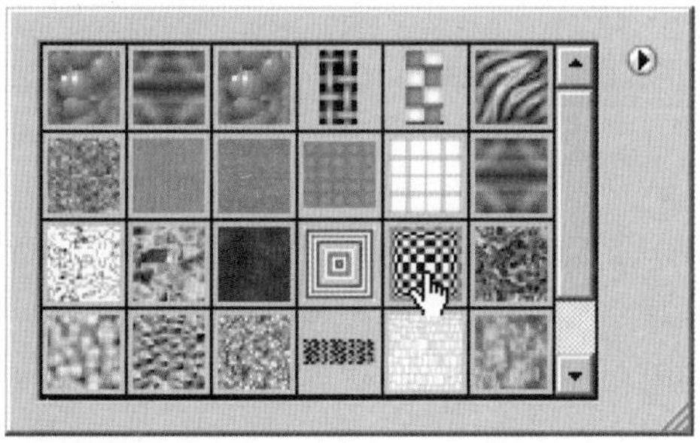

图3-117

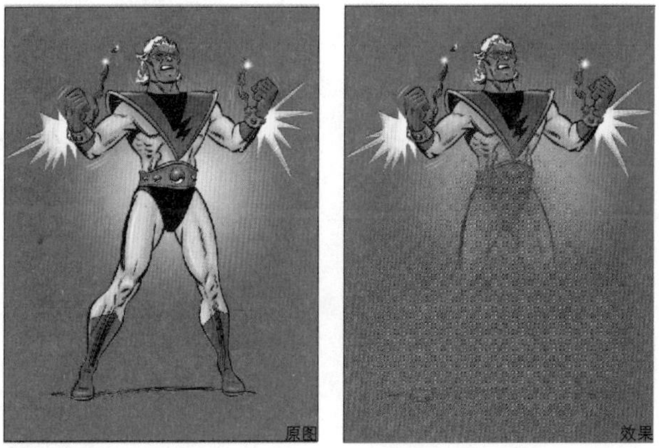

图3-118

操作完成后，在“图层”面板中新建图层，如图3-119所示。在图案图章工具的工具选项栏中取消选中“对齐”复选框，并在图像中进行复制，效果如图3-120所示。

C→印象派效果：选中此复选框后，绘制出来的笔触类似于印象派效果。

在使用图案图章工具进行复制的时候，除了在图案面板中选择图案外，还可以自定义图案。自定义图案的具体操作如下：

图3-119

图3-120

打开素材图片，如图3-121所示。选择工具箱中的椭圆选框工具，对素材进行处理，如图3-122所示。

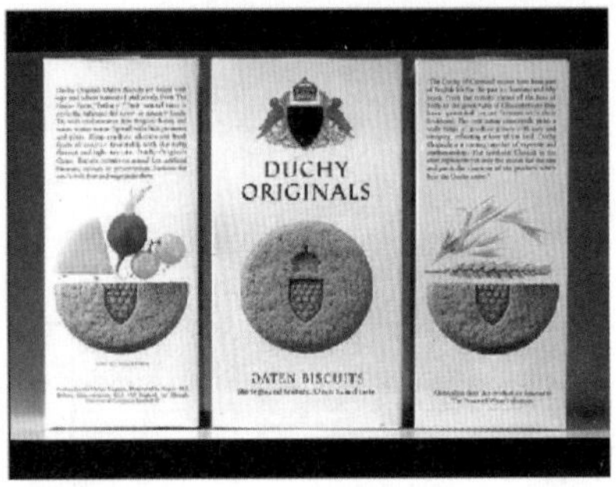

图3-121

图3-122

在工具箱中选择矩形选框工具，在处理好的图像上进行选取，如图3-123所示。

执行菜单栏中的“编辑>定义图案”命令，如图3-124所示，在弹出的对话框中输入新定义图案的名称，如图3-125所示。

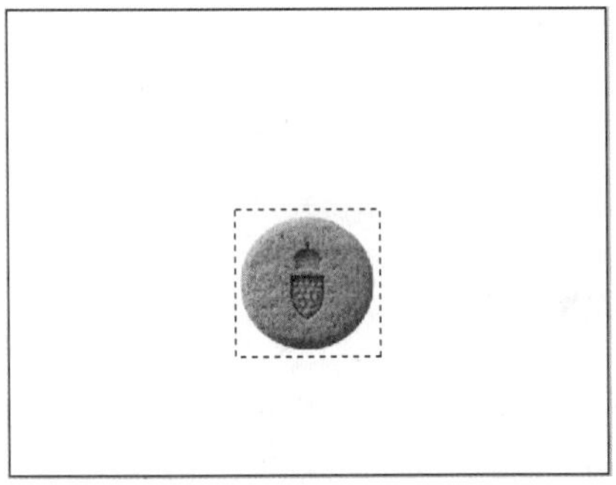

图3-123

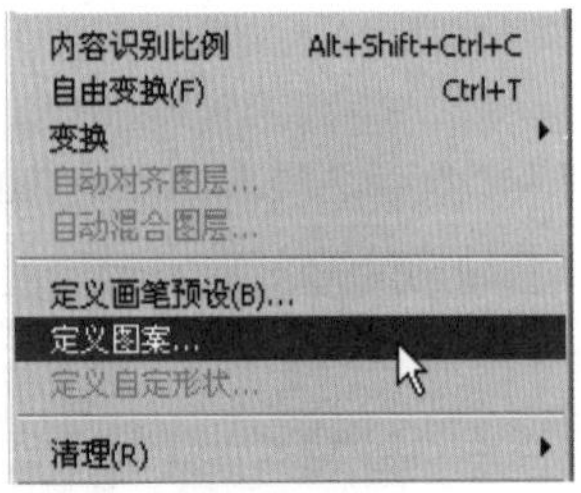

图3-124

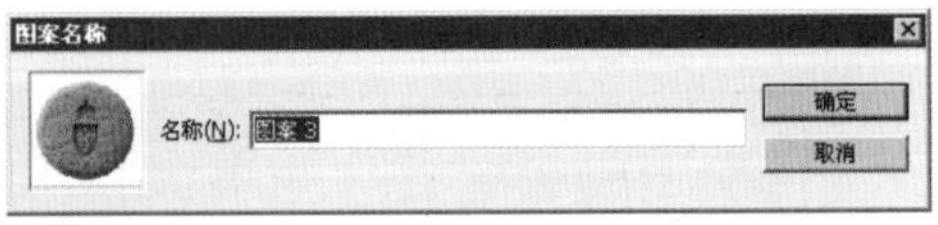

图3-125

单击“确定”按钮，完成新图案定义。打开图案图章工具的工具选项栏中的图案面板，可以看到新定义的图案已经出现在其中了，如图3-126所示。

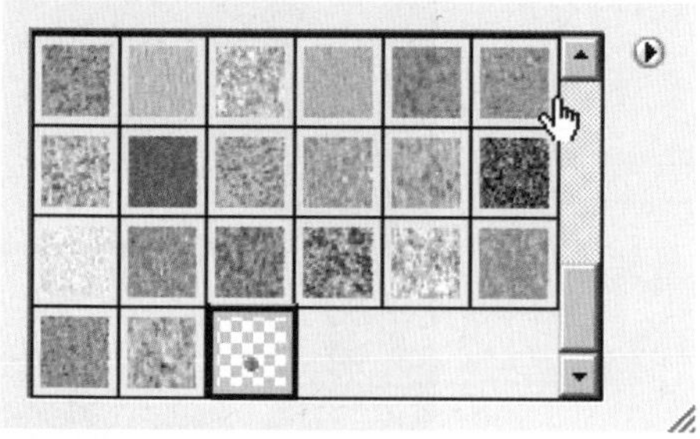

图3-126 定义的新图案

技巧提示

使用图章工具时，可以选择不同大小的画笔进行操作，当将图像中的内容复制到其他图像中时，图像之间的色彩模式必须是一致的；在进行图案选取时，选取工具必须为矩形选框工具，当用其他工具进行选取时，"定义图案"命令将不能执行。

3.5.6 污点修复画笔工具

污点修复画笔工具可以迅速修复照片中的污点以及其他不够完美的地方。污点修复画笔工具的工作原理与修复画笔工具相似，它从图像或图案中提取样本像素来涂改需要修复的地方，使需要修复的地方与样本像素在纹理、亮度和透明度上保持一致，从而达到用样本像素遮盖需要修复的地方的目的。与修复画笔工具不同的是，污点修复画笔工具不需要指定样本区，它会自动从需要修复处的四周提取样本。污点修复画笔工具的工具选项栏如图3-127所示。

图3-127

A→画笔：所选择的画笔应该比需要修复的地方稍大一些。

B→模式：在该下拉列表框中选择混合模式。

C→近似匹配：以选区边缘的像素为参照来寻找一个图像区域，将这个图像区域作为被选区域的补丁。如果没有达到满意的修复效果，则可以撤销此修复，然后选中"创建纹理"单选按钮。

D→创建纹理：用选区的所有像素来创造一种纹理，并用这种纹理来修复有污点的地方。如果这种纹理不起作用，那么试着再次拖移有污点的地方。

E→对所有图层取样：选中"对所有图层取样"复选框，可从所有的可见图层中提取数据。取消选中"对所有图层取样"复选框，则只能从被选取的图层中提取数据。

污点修复画笔工具的具体使用方法如下：

打开一幅图像（如图3-128所示），可以看到图像中的人物脸部有一块黑色的污渍，下面就使用污点修复画笔工具来修复人物的脸部。

选择污点修复画笔工具并在其工具选项栏中设置参数（可以将所选择的画笔尺寸设置得比需要

图3-128

修复的地方稍大一些），然后用鼠标单击图像中人物脸部的污渍部位，修复后的效果如图3-129所示。

图3-129

3.5.7 修复画笔工具

修复画笔工具可以修复图像中的缺陷，并能使修复的结果自然融入周围的图像。也就是说，可以将一幅图像或其中的某一部分复制到同一幅图像或另一幅图像中，在复制填充图案的时候会将取样点的像素自然融入到复制的图像位置。修复画笔工具的工具选项栏如图3-130所示。

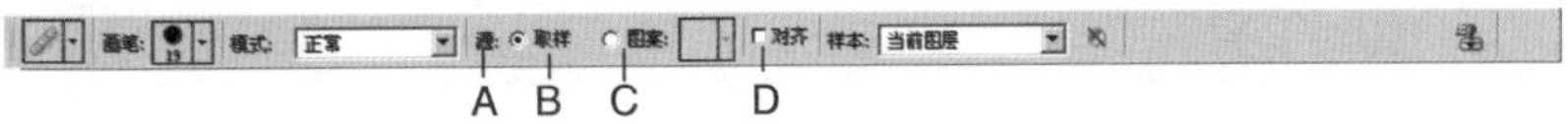

图3-130

A→源：预设修复画笔工具复制图像的来源，若选中“取样”单选按钮，则可以在图像上的某一点单击鼠标进行取样；若选中“图案”单选按钮，则可以使用Photoshop中自带的图案或自定义的图案进行复制。

B→取样：选中此单选按钮后，要按住Alt键进行取样，效果如图3-131所示。

图3-131

C→图案：选中此单选按钮后，可在其下拉面板中选择图案或自定义图案进行填充，效果如图3-132所示。

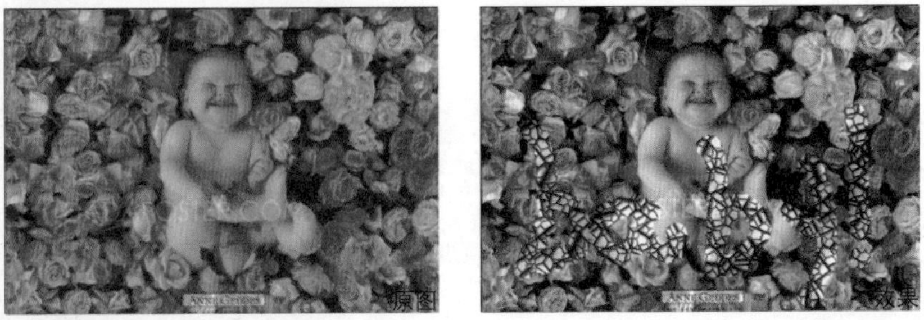

图3-132

D→对齐：选中该复选框后，复制的图案将整齐排列，即使在操作的过程中间断也没有关系；若不选中此复选框，则下次操作时会重新复制图案。

技巧提示

若在两幅不同的图像之间进行修复工作，则两幅图像必须具有相同的图像模式。

3.5.8 修补工具

修补工具可以使用图案或图像的其他区域来修补当前选中的区域。在修补工具的工具选项栏中可以设置“源”、“目标”、“透明”和“使用图案”等参数，如图3-133所示。

图3-133

修补工具的具体使用方法如下：

打开一张如图3-134所示的图像，在工具箱中选择修补工具，在图像上圈出需要修补的区域，如图3-135所示。

图3-134

图3-135

在工具选项栏中选中“源”单选按钮，将鼠标光标放置在选区中，按住Ctrl+Alt组合键将鼠标光标拖动至取样位置，如图3-136所示。

将鼠标光标放置在选区中，按住鼠标拖动选区内的图像至想要修补的位置（如图3-137所示），释放鼠标，得到最终效果，如图3-138所示。

图3-136

图3-137

图3-138

若在工具选项栏中选中“透明”复选框，则修补后的效果如图3-139所示，人物显得比较自然。

图3-139

3.5.9 红眼工具

红眼工具可以去掉闪光照片中人的红眼以及动物的白眼或者绿眼。红眼工具的工具选项栏如图3-140所示。

A→瞳孔大小：调节瞳孔的大小，即眼球的黑色中心。

B→变暗量：设置瞳孔变暗量，取值范围为1%～100%。

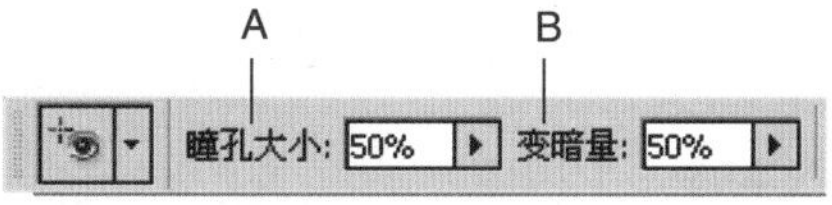

图3-140

红眼工具的具体使用方法如下：

打开一张需要修复的图像，可以看到图像中的猫有红眼，如图3-141所示。

在工具箱中选择红眼工具，然后单击图像中猫的红眼部位，它的瞳孔就变黑了，效果如图3-142所示。如果感觉不是很满意，还可以通过调整“瞳孔大小”和“变暗量”来改变效果。

图3-141

图3-142

技巧提示

红眼是由于拍摄对象的视网膜反射相机的闪光所造成的。在光线暗的屋子里拍的相片就经常会出现红眼现象，这是因为在光线暗的条件下拍摄对象的虹膜会开得很大。要想避免红眼，可以使用相机的红眼减少功能。要想达到更好的效果，可以在远离相机镜头的地方安装一个单独的闪光灯。

3.5.10 颜色替换工具

颜色替换工具可以替换图像中的特殊颜色，其工具选项栏如图3-143所示。

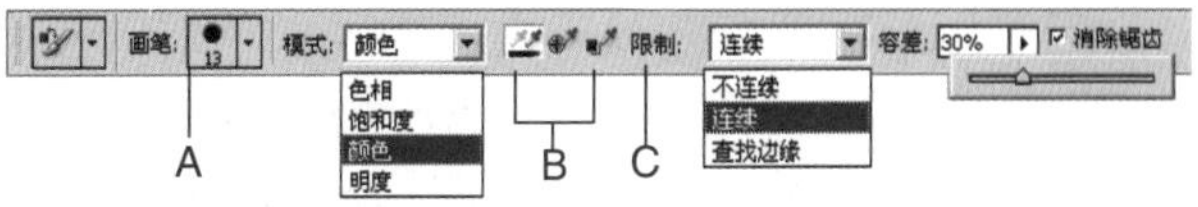

图3-143

A→画笔：单击图标会弹出下拉面板，如图3-144所示，可以在该面板中设置“直径”、“硬度”、“间距”、“角度”、“圆度”、“大小”和“容差”等参数。

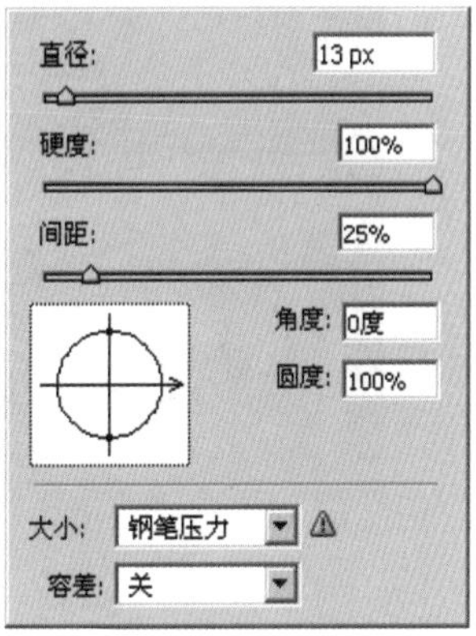

图3-144

B→取样：该选项组中包括3个选项——“连续”、“一次”和“背景色板”。

C→限制：该下拉列表框中有3个选项——“不连续”、“连续”和“查找边缘”。

下面具体介绍一下颜色替换工具的使用方法。

打开一张需要修复的图像，如图3-145所示。在工具箱中选择颜色替换工具后，将前景色设置为黑色，拖动鼠标在图像上红眼的部分进行涂抹，涂抹后的效果如图3-146所示。

图3-145

图3-146

3.5.11 模糊工具

模糊工具可以柔化模糊图像，其工作原理是降低图像像素之间的反差，使图像的边界或区域变得柔和，从而产生一种模糊的效果，其工具选项栏如图3-147所示。

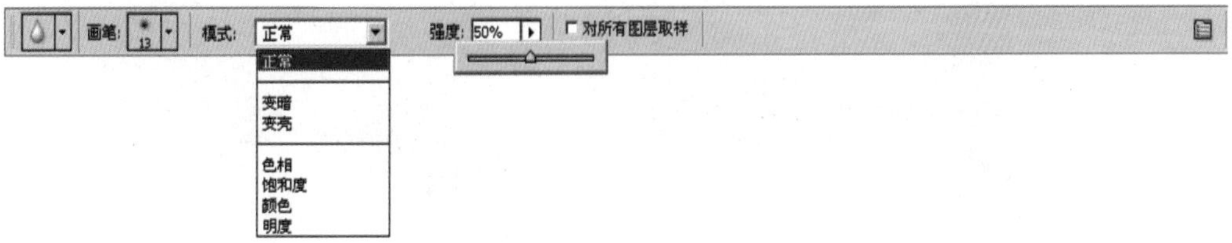

图3-147

强度：用来设置工具对画面操作的强度，强度越大，模糊的效果就越明显。

打开一张如图3-148所示的图像，用模糊工具在图像上涂抹，效果如图3-149所示。

图3-148

图3-149

技巧提示

模糊工具一般用来修正扫描图像。扫描的图像中很容易出现一些杂点和折痕，使图像看上去很不美观，用模糊工具稍加修饰，可以将杂点图像周围的像素混合在一起，但要适可而止，以防弄巧成拙。

3.5.12 锐化工具

锐化工具与前面所讲的模糊工具正好相反，是将图像相似区域的清晰度提高，也就是增大像素之间的反差。锐化工具的工具选项栏中的参数和模糊工具的工具选项栏中的参数基本相同，如图3-150所示。

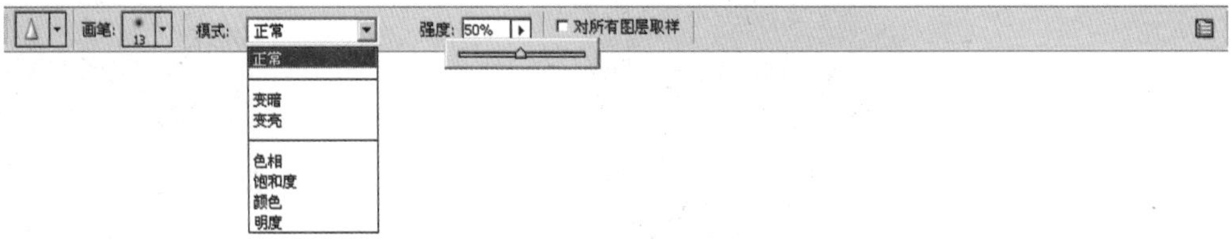

图3-150

打开一张图像，如图3-151所示。在工具箱中选择锐化工具并在工具选项栏中进行设置，然后将鼠标光标放在图像中进行涂抹，效果如图3-152所示。

图3-151

图3-152

3.5.13 涂抹工具

涂抹工具用于在图像上以涂抹的方式柔和附近的像素，拖动鼠标使笔触周围的像素随鼠标移动而相互融合，从而创造柔和、模糊的效果，其工具选项栏如图3-153所示。

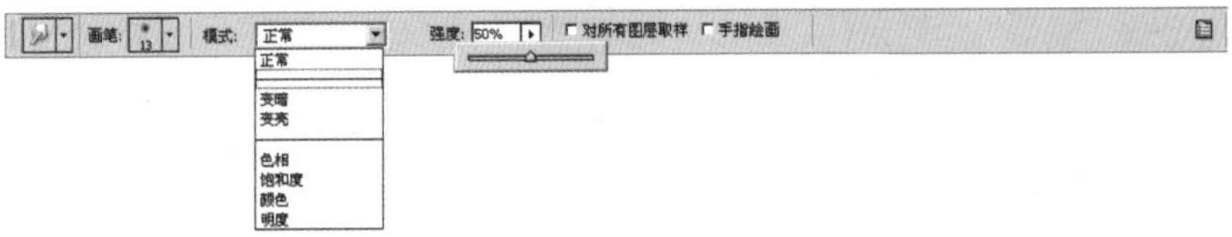

图3-153

打开一张图像，如图3-154所示。选择涂抹工具并在工具选项栏中设置参数，然后在图像上拖动鼠标，使图像中的像素随鼠标移动相互融合，效果如图3-155所示。

技巧提示

使用涂抹工具时，按Alt键可以在手指绘画涂抹模式和一般涂抹模式之间进行切换。

图3-154

图3-155

3.5.14 减淡工具

减淡工具用来加亮图像的局部，与摄影上的暗室一样，可以改变特定区域的曝光度。减淡工具的工具选项栏与前面所讲的工具不同，在此主要讲解“范围”、“曝光度”和“保护色调”3个选项，如图3-156所示。

图3-156

A→范围：用于选择要处理的区域，共有3个选项，“阴影”用来提高暗部及阴影区域的亮度，“中间调”用于提高灰度区域的亮度，“高光”用于提高亮部区域的亮度。

B→曝光度：用于设置曝光强度。

打开一张图片，如图3-157所示。在工具选项栏中调整曝光度，曝光度为60%时的图像效果如图3-158所示，曝光度为100%的图像效果如图3-159所示。

图3-157

图3-158

图3-159

C→保护色调：选中该复选框，可以最小化在阴影和高光中的减淡程度，防止颜色发生色相偏移。

图3-160

打开一张图片，如图3-160所示。在工具选项栏中调整画笔大小为250px，取消选中“保护色调”复选框，在图像中的人物区域进行涂抹，效果如图3-161所示；撤销操作，选中“保护色调”复选框，重新在图像中的人物区域进行涂抹，效果如图3-162所示，可以看到：人物的亮度变化更自然，而且图像的色调变化较小。

图3-161

图3-162

3.5.15 加深工具

加深工具与减淡工具正好相反，用于将图像暗化，其工具选项栏如图3-163所示。

图3-163

打开一张图片，如图3-164所示。选择加深工具并在其工具选项栏中设置参数，然后在图像中涂抹，效果如图3-165所示。

图3-164

图3-165

技巧提示

在使用加深工具时，若按住Shift键，该工具则会沿着直线的方向进行修改；若按住Ctrl键，则加深工具将切换为移动工具；若按住Alt键，则可以在减淡工具和加深工具之间进行切换。

3.5.16 海绵工具

海绵工具用于调整色彩饱和度（可以提高或降低色彩的饱和度），其工具选项栏如图3-166所示。

图3-166

海绵工具的工具选项栏与前面介绍的工具大不相同。在“模式”下拉列表框中选择“降低饱和度”选项，可以降低图像颜色的饱和度，同时增加图像中的灰色调。打开一张图片（如图3-167所示），进行上述操作，效果如图3-168所示。

图3-167

图3-168

当应用海绵工具在灰度图像中进行操作时，会增加中间灰色调颜色。打开一张灰度图片（如图3-169所示），应用海绵工具在图像上进行上述操作，效果如图3-170所示。

在“模式”下拉列表框中选择“饱和”选项，能够提高图像颜色的饱和度，使图像中的灰色调减少。打开一张图片，如图3-171所示，在图像中应用加深工具进行上述操作，效果如图3-172所示。在灰度图像中操作，会减少中间灰色调颜色。打开一张灰度图片（如图3-173所示），进行上述操作，效果如图3-174所示，与原图像相比，处理后的图像更加明亮。

图3-169

图3-170

图3-171

图3-172

图3-173

图3-174

自然饱和度：选中该复选框，可以最小化完全饱和色或不饱和色的修剪程度。

例如，打开一个素材文件，如图3-175所示。选择海绵工具，在其工具选项栏中进行设置，这里取消选中“自然饱和度”复选框，在画面中对人物头发降低饱和度，对人物嘴唇部分增加饱和度。可以看到，涂抹区域的饱和度变化较为明显，效果如图3-176所示。

撤销刚才的操作，选中“自然饱和度”复选框，再次在画面中进行相同的涂抹操作。可以看到，涂抹区域的图像饱和度也发生了变化，但调整后的图像颜色更加自然，效果如图3-177所示。

图3-175

图3-176

图3-177

3.6 绘图模式

绘图模式其实是Photoshop中的一个颜色融合器，它通过色彩的混合获得一种特殊的效果。色彩混合主要是将绘制的颜色与图像原有的底色以某种模式进行混合，从而产生第3种颜色效果，不同的色彩混合模式可产生不同的效果。

Photoshop软件为大家提供了多种混合模式，选择工具箱中的画笔工具，单击其工具选项栏中的“模式”下拉列表框右侧的下拉按钮，便可弹出如图3-178所示的下拉列表。Photoshop软件在绘图时都会用到色彩混合模式；另外，在“图层”面板中也常用到混合模式。具备模式的绘图工具包括很多，如画笔工具、铅笔工具、图案图章工具、历史记录画笔工具、渐变工具和油漆桶工具等，其中，模糊工具、锐化工具、历史记录画笔工具和涂抹工具的工具选项栏中只有很少几种模式选项。选择模糊工具，单击工具选项栏中的“模式”下拉列表框右侧的下拉按钮，弹出如图3-179所示的下拉列表。

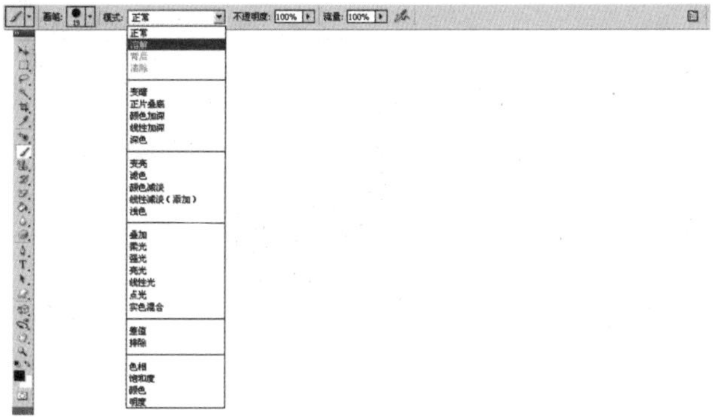

图3-178

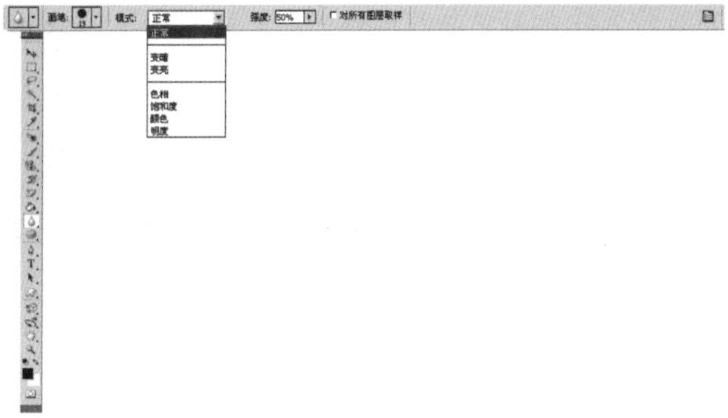

图3-179

3.6.1 正常模式

正常模式是Photoshop软件默认的一种混合模式，应用该模式后，绘制出的图形颜色会覆盖原有的背景色，但将颜色不透明度的数值调低时，也会露出背景的颜色。在“图层”面板的颜色模式下拉列表中选择“正常”选项，然后用鼠标拖曳“不透明度”下面的滑块即可设置不同的透明度。图3-180所示的是不透明度为100%时的效果，图3-181所示的是不透明度为50%时的效果。

图3-180

图3-181

技巧提示

当图像颜色模式是位图和索引颜色时，正常模式就会转变为阈值模式。

3.6.2 溶解模式

溶解模式根据每个像素点所在位置的不透明度随机以绘制的颜色取代背景色，从而达到与背景色溶解在一起的效果。不透明度越大，溶解效果越明显。图3-182所示的是在溶解模式下不透明度为100%时的效果，图3-183所示的是在溶解模式下不透明度为65%时的效果。

图3-182

图3-183

3.6.3 背后模式

背后模式只能用于有透明区域的图层，绘制出的颜色将只作为当前图层的背景出现，而不会影响当前图层中原有图像的形状及颜色。选择画笔工具，并选中背后模式，然后应用画笔工具在具有透明区域的图层中绘制图形，这时只有在原来图形后面的区域才会有笔触，在“图层”面板中也可以看到绘制的结果，如图3-184（原始图像）和图3-185（应用该模式后的图像）所示。

图3-184

图3-185

3.6.4 清除模式

只有在分层的前提下，清除模式才可选用。可以随意选择画笔的大小来清除图层中图像的像素，被清除的图像像素显示为背景色，如图3-186（原始图像）和图3-187（应用该模式后的图像）所示。

图3-186

图3-187

技巧提示

当图像中有图层时，结合油漆桶工具，应用清除模式可以将图层中颜色相近的区域清除掉（可以在油漆桶工具的工具选项栏中通过设置容差来确定油漆桶工具的清除范围）。

3.6.5 变暗模式

在应用该模式的情况下，系统将查找各颜色通道内的颜色信息，并通过对像素中背景色与绘图色的对比，以较暗的颜色作为此像素最终的颜色，同时一切亮于背景色的颜色将被替代，暗于背景色的颜色将保持不变，如图3-188（原始图像）和图3-189（应用该模式后的图像）所示。

图3-188

图3-189

3.6.6 正片叠底模式

在该模式下，将绘制颜色的像素值与背景色的像素值相乘，再除以255，得到的结果即是该模式颜色的最终效果。通常情况下，应用该模式所得出的颜色比原有的颜色深，如图3-190（原始图像）和图3-191（应用该模式后的图像）所示。

图3-190

图3-191

技巧提示

任何颜色与黑色转换为正片叠底模式后得到的都是黑色，这是因为黑色的像素值是零；任何颜色与白色转换为正片叠底模式后得到的都是原色，这是因为白色的像素值是255。正片叠底模式的计算公式为：背景色像素值×绘图色像素值÷255。

3.6.7 颜色加深模式

颜色加深模式主要用于查看每个通道的颜色信息，该模式可通过增加颜色的对比度使背景色变暗来反映绘图色，与白色混合时不会发生任何变化，如图3-192所示。

原始图像

应用该模式后的图像

图3-192

3.6.8 线性加深模式

线性加深模式主要用于查看每个通道的颜色信息，通过降低亮度使背景色变暗来反映绘图色，如图3-193所示。

原始图像

应用该模式后的图像

图3-193

3.6.9 变亮模式

在变亮模式下，两个图像在进行色彩混合时，系统将自动选用绘图色与背景色中较亮的颜色，背景色中较暗的像素会被绘图色中较亮的像素所取代，而相对较亮的颜色将保持不变，如图3-194所示。

原始图像

应用该模式后的图像

图3-194

3.6.10 滤色模式

将绘制的颜色与背景色的互补色相乘，再除以255，得到的结果便是该模式的最终效果色，应用该模式通常会使图片的颜色变浅，如图3-195所示。

原始图像

应用该模式后的图像

图3-195

3.6.11 颜色减淡模式

颜色减淡模式主要用于查看每个通道的颜色信息，通过增加对比度使背景色变亮来反映绘图色。当用白色绘制图形时，背景色即为白色；当用黑色绘制图形时，背景色不发生任何变化，效果如图3-196所示。

原始图像

应用该模式后的图像

图3-196

3.6.12 线性减淡模式

线性减淡模式主要用于查看颜色的通道信息，通过降低其亮度使背景色变亮来反映绘图色，用白色绘制时不改变图像的颜色，效果如图3-197所示。

原始图像

应用该模式后的图像

图3-197

3.6.13 叠加模式

叠加模式将绘制的颜色与背景色相叠加，保留背景色的高光和暗调部分，同时背景色不会被取代，而是和绘图色混合来体现原图的亮部与暗部，效果如图3-198所示。

原始图像

应用该模式后的图像

图3-198

3.6.14 柔光模式

柔光模式主要根据绘图色的明暗程度来决定最终的效果变亮还是变暗。如果绘图色比50%的灰色亮，那么原图像变亮；如果绘图色比50%的灰色暗，那么原图像变暗；如果用纯黑色或纯白色来绘图，那么生成的最终色不是纯黑或纯白，而是在其基础上使绘图颜色变亮或变暗。应用该模式前后的效果如图3-199所示。

原始图像

应用该模式后的图像

图3-199

3.6.15 强光模式

强光模式主要是将图像的亮度加强，当绘图色比50%的灰色亮时，原图像变亮，同时会增加图像的高光效果；与柔光模式类似，如果上层颜色比50%的灰色暗，可使图像的暗部更暗，其效果比柔光模式强烈，类似于聚光灯打在上面的效果。应用该模式前后的效果如图3-200所示。

原始图像

应用该模式后的图像

图3-200

3.6.16 亮光模式

亮光模式可根据绘图色并通过增加或降低对比度来加深或减淡颜色。如果绘图色比50%的灰色亮，则图像通过降低对比度来变亮；如果绘图色比50%的灰色暗，则图像通过增加对比度来变暗。应用该模式前后的效果如图3-201所示。

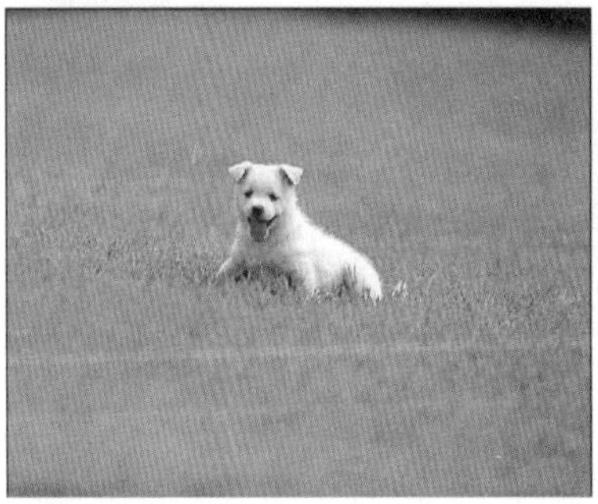
原始图像

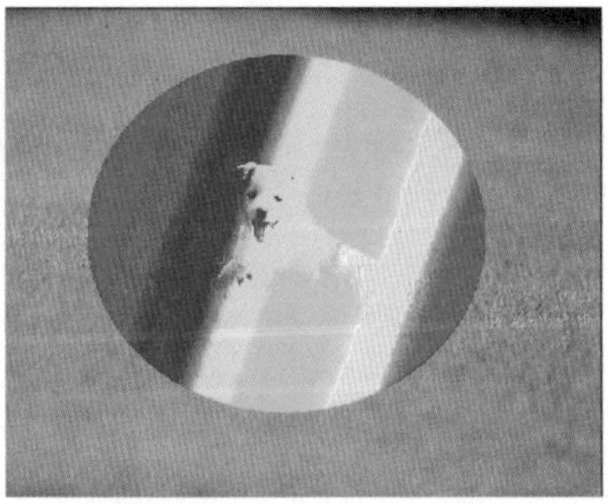
应用该模式后的图像

图3-201

3.6.17 线性光模式

线性光模式可通过增加或降低亮度来加深或减淡颜色，如果绘图色比50%的灰色亮，那么图像通过增加亮度来变亮；如果绘图色比50%的灰色暗，则图像通过降低亮度来变暗。应用该模式前后的图像效果如图3-202所示。

原始图像

应用该模式后的图像

图3-202

3.6.18 点光模式

点光模式可根据绘图色替换颜色，如果绘图色比50%的灰色亮，那么比绘图色暗的部分被替换，比绘图色亮的像素不发生变化；如果绘图色比50%的灰色暗，则比绘图色亮的像素被替换，比绘图色暗的像素不发生任何变化。应用该模式前后的效果如图3-203所示。

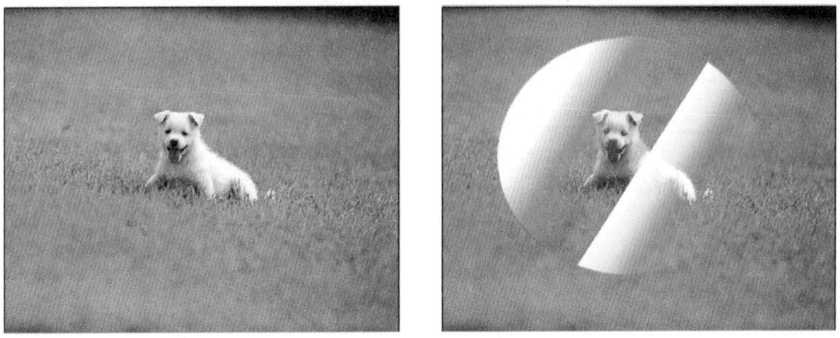

原始图像　　应用该模式后的图像

图3-203

3.6.19 实色混合模式

实色混合模式把绘图色的色值与原图的色值相交融，取其最亮的部分，效果如图3-204所示。

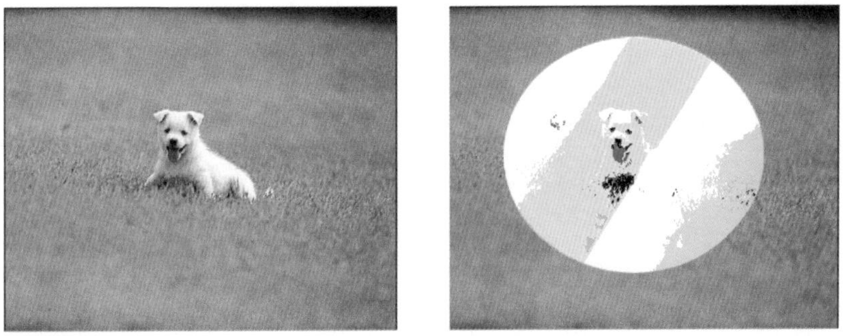

原始图像　　应用该模式后的图像

图3-204

3.6.20 差值模式

差值模式根据绘图颜色与背景色的亮度、以较亮颜色的像素值减去较暗颜色的像素值的差值作为最后效果的像素值。绘图颜色为白色时可使背景色反相，绘图颜色为黑色时原图不发生变化，效果如图3-205所示。

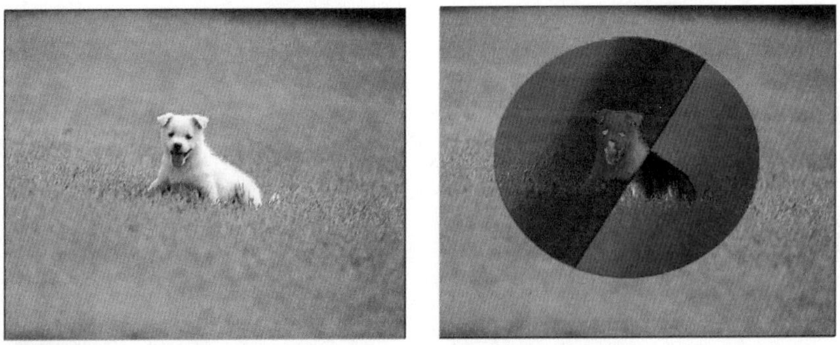

原始图像　　应用该模式后的图像

图3-205

3.6.21 排除模式

该模式与差值模式的效果大致类似，只是比差值模式的效果更加自然、柔和，如图3-206所示。

原始图像

应用该模式后的图像

图3-206

3.6.22 色相模式

色相模式将背景的亮度、饱和度以及绘图色的色相用做最终色，混合后的亮度及饱和度与背景色相同，但色相则由绘图色决定，效果如图3-207所示。

原始图像

应用该模式后的图像

图3-207

3.6.23 饱和度模式

饱和度模式将背景色的亮度、饱和度以及绘图色的色相用做最终色，如果绘图色的饱和度为零，原图就不发生变化，混合后的色相及亮度与背景色相同，效果如图3-208所示。

3.6.24 颜色模式

颜色模式将背景色的亮度及绘图色的色相和饱和度用做最终色，可保留原图的灰度，对图像的颜色微调非常有帮助，混合后的颜色由绘图色决定，效果如图3-209所示。

原始图像

应用该模式后的图像

图3-208

原始图像

应用该模式后的图像

图3-209

3.6.25 明度模式

明度模式将背景色的亮度及绘图色的色相和饱和度用做最终色，此模式和颜色模式恰好相反，色相和饱和度由背景色决定，效果如图3-210所示。

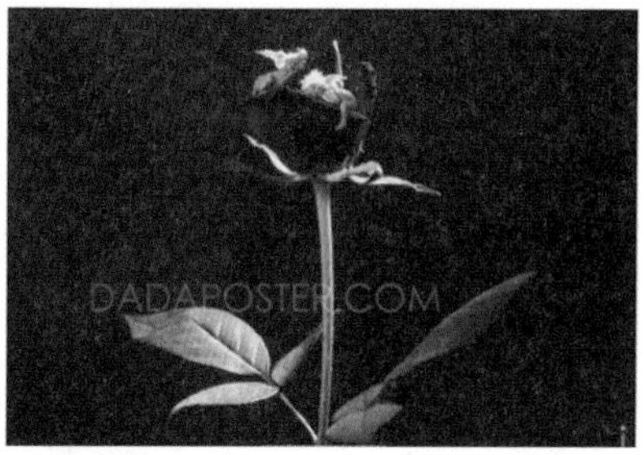

原始图像

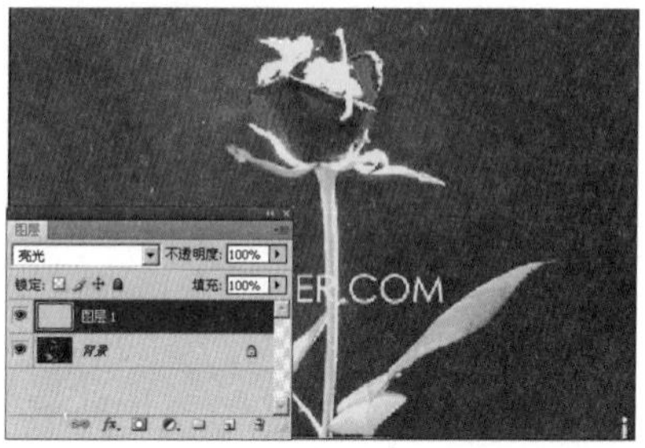

应用该模式后的图像

图3-210

3.6.26 浅色模式

浅色模式将背景色与绘图色中颜色较浅的部分显示出来，应用此模式前后的效果如图3-211所示。

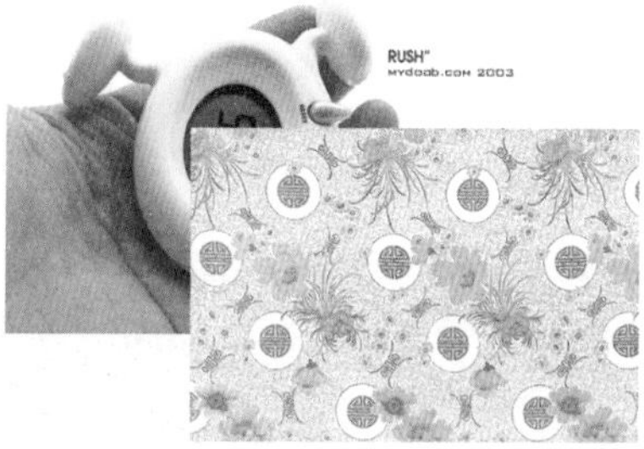

原始图像

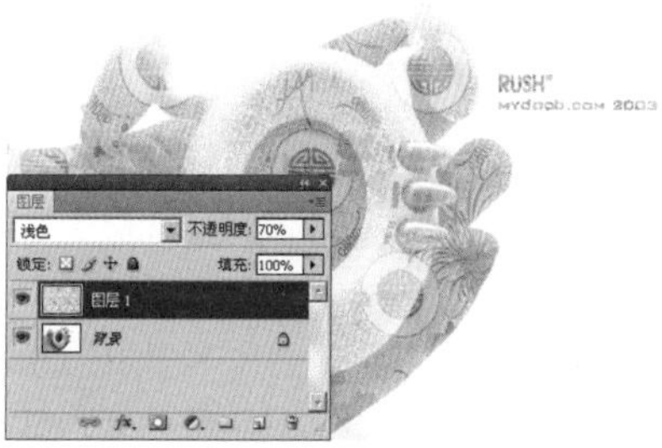

应用该模式后的图像

图3-211

3.6.27 深色模式

深色模式将背景色与绘图色中颜色较深的部分显示出来，应用此模式前后的效果如图3-212所示。

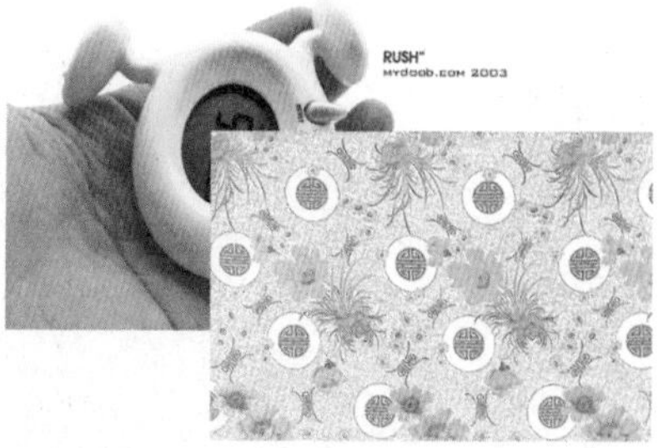

原始图像

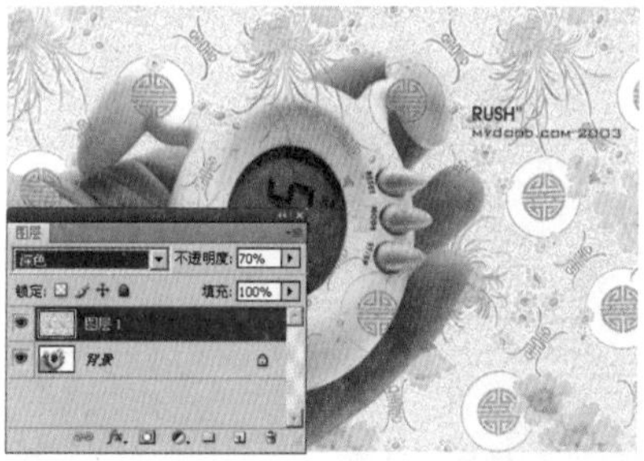

应用该模式后的图像

图3-212

3.7 3D工具与三维技术

在Photoshop CS4中，可以处理和合并现有的3D对象、创建新的3D对象、编辑和创建3D纹理、组合3D对象与2D图像。Photoshop CS4支持多种3D文件格式，可以打开和处理由Acrobat 3D Version 8，3D Studio Max，Alias，Maya以及Google Earth等程序创建的3D文件，支持U3D，3DS，OBJ，KMZ 以及 DAE等3D文件格式。

在Photoshop中，以2D的平面图层为起点，可以从零开始创建很多3D内容。可以将2D图层围绕各种形状预设产生3D对象，例如制作立方体、球面、圆柱、锥形或金字塔以及创建3D明信片。

3.7.1 从2D图像创建3D对象

Photoshop可以将2D图层作为起始点，生成各种基本的3D对象。创建3D对象后，可以在3D空间移动它、更改渲染设置、添加光源或将其与其他3D图层合并。

创建3D明信片

打开2D图像并选择要转换为明信片的图层，然后执行“3D＞从图层新建3D明信片”命令，将选中的图层转换为3D图层，原始图层的内容将作为材料应用于明信片两面，并作为3D明信片对象的漫射纹理映射出现在“图层”面板中。

在转换为3D图层后，仍保留了原始2D图像的尺寸，并且可以将3D明信片作为表面平面添加到3D场景中，将新3D图层与现有的包含其他3D对象的3D图层合并，然后根据需要进行对齐。如果要保留新的3D内容，可将3D图层以3D文件格式导出或以PSD格式存储。

例如，打开一个素材文件，效果如图3-213所示。在“图层”面板中选择“图层1”，然后执行“3D＞从图层新建3D明信片”命令，将“图层1”创建成3D图层，效果如图3-214所示。选择工具箱中的3D旋转工具，在工具选项栏中设置“方向”参数，对3D明信片进行旋转，效果如图3-215所示。

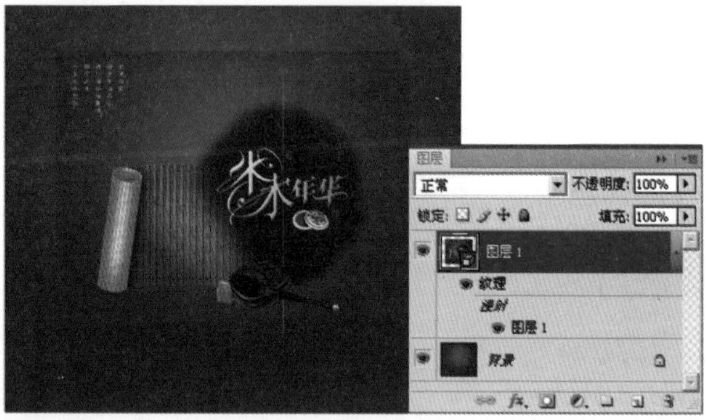

图3-213

图3-214

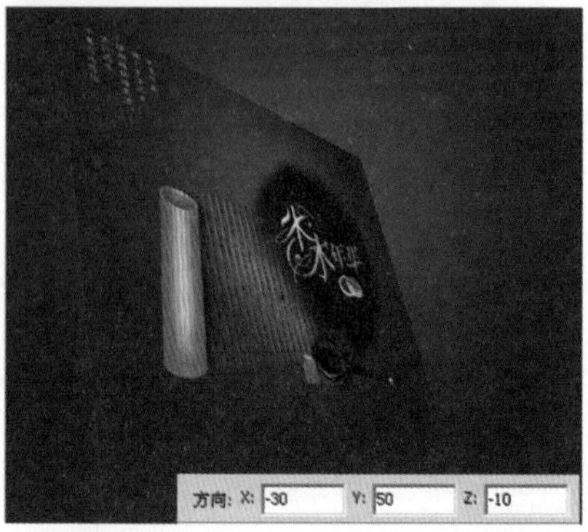

图3-215

创建3D形状

“从图层新建形状”命令可以根据所选取的对象类型创建不同的3D形状，最终得到的3D模型可以包含一个或多个网格。

打开2D图像并选择要转换为3D形状的图层，执行“3D＞从图层新建形状”命令，然后从打开的下拉菜单中选择一个形状，这些形状包括圆环、球面、帽形等单一网格对象以及锥形、立方体、圆柱体、易拉罐或酒瓶等多网格对象（如图3-216所示），其中的“球面全景”是映射3D球面内部的全景图像。

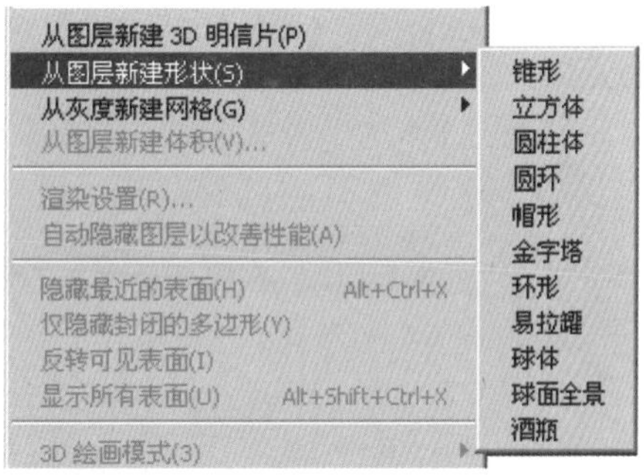

图3-216

2D图层转换为“图层”面板中的3D图层，并且原始的图层作为漫射纹理映射显示在“图层”面板中，它可用于新3D对象的一个或多个表面，其他表面可能会指定具有默认颜色设置的默认漫射纹理映射。

例如，打开一个素材文件，效果如图3-217所示。在“图层”面板中选择“图层1”，然后执行“3D＞从图层新建形状”命令，在弹出的菜单中选择不同的形状命令，将“图层1”创建成3D图层，并对灯光和视图进行适当的调整。选择不同形状命令时的效果如图3-218所示。

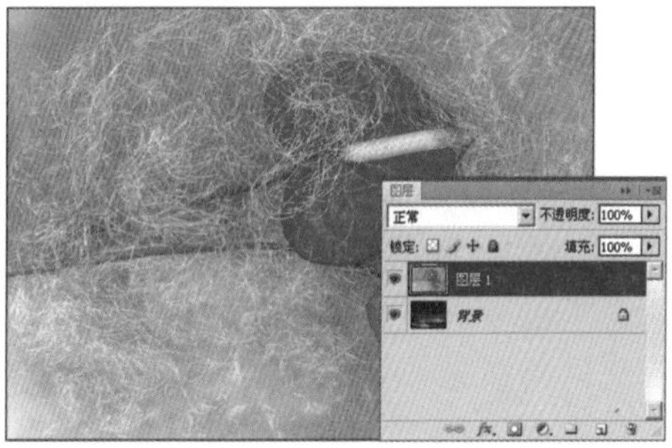
图3-217

锥形

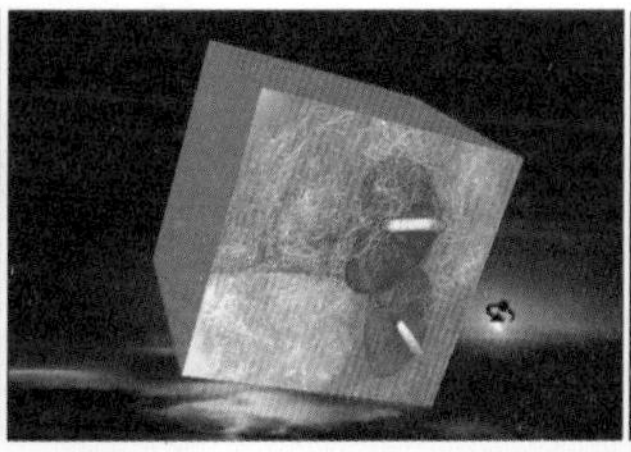
立方体

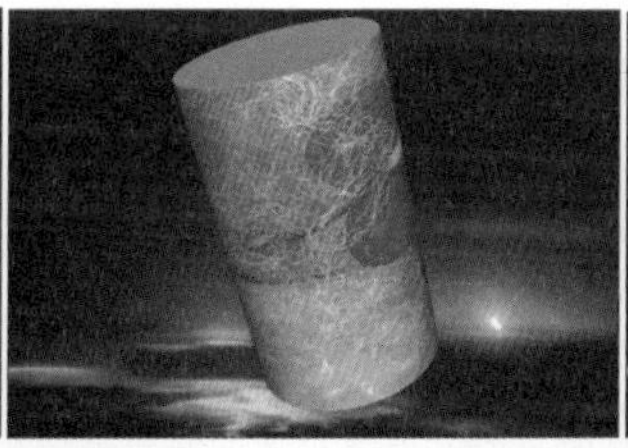
圆柱体

圆环

帽形

金字塔

环形

易拉罐

球体

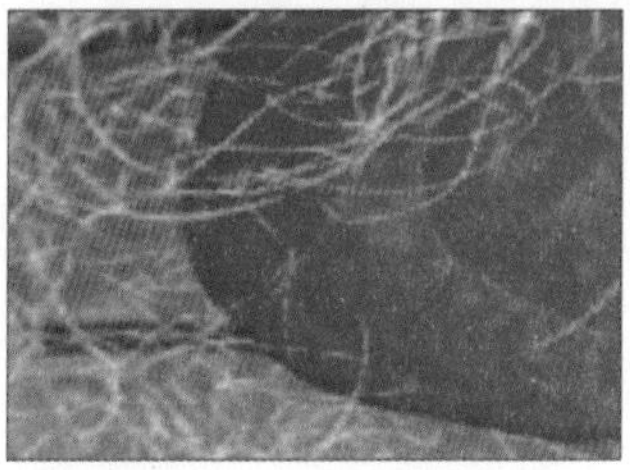
球面全景

酒瓶

图3-218

技巧提示

用户可以将自己的自定义形状添加到形状菜单中。形状是Collada(.dae) 3D模型文件。要添加形状，将Collada模型文件放置在Photoshop程序文件夹的"Presets\Meshes"文件夹中即可。

如果要将全景图像作为2D图层输入，则需要选择"球面全景"命令，该命令可将完整的360°×180°的球面全景转换为3D图层。转换为3D对象后，可以在通常难以触及的全景区域上绘画，如极点或包含直线的区域。

创建3D网格

"从灰度新建网格"命令可将灰度图像转换为深度映射，从而将明度值转换为深度不一的表面，较亮的值生成表面上凸起的区域，较暗的值生成凹下的区域。然后，Photoshop将深度映射应用于4个可能的几何形状中的一个，以创建3D模型。

打开2D图像，并选择一个或多个要转换为3D网格的图层，将图像转换为灰度模式，然后执行"图像>模式>灰度"命令，或执行"图像>调整>黑白"命令，以微调灰度转换效果。如果有必要，可调整灰度图像以限制明度值的范围。执行"3D>从灰度新建网格"命令，在弹出的菜单（如图3-219所示）中选择相应的命令，即可创建对应的网格效果。

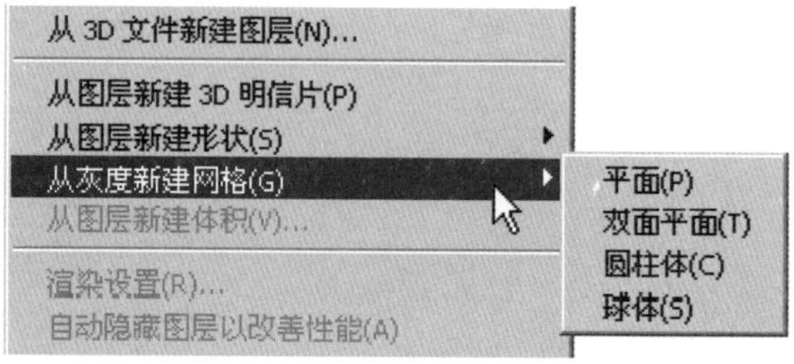

图3-219

平面：将深度映射数据应用于平面表面。

双面平面：创建两个沿中心轴对称的平面，并将深度映射数据应用于两个平面。

圆柱体：从垂直轴中心向外应用深度映射数据。

球体：从中心点向外呈放射状地应用深度映射数据。

例如，重新打开上例中的素材文件，在"图层"面板中选择"图层1"，然后执行"图像>调整>黑白"命令，将图像转换为灰度效果，如图3-220所示。

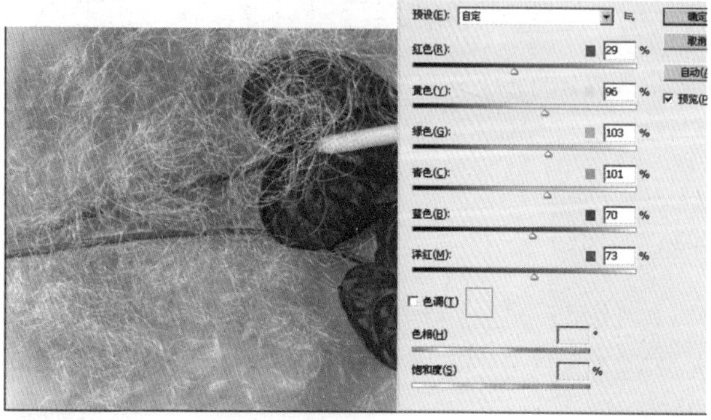

图3-220

技巧提示

如果将RGB图像作为创建网格时的输入，则绿色通道会被用于生成深度映射。

选择“3D>从灰度新建网格”命令，在弹出的菜单中分别选择不同的命令，将“图层1”创建成3D图层，并对灯光和视图进行适当的调整，效果如图3-221所示。

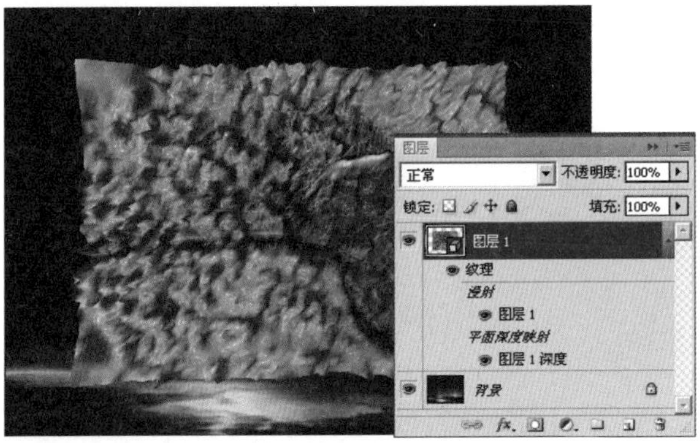

平面

双面平面

圆柱体

球体

图3-221

Photoshop可以创建包含新网格的3D图层。还可以使用原始灰度或颜色图层创建3D对象的“漫射”、“不透明度”和“平面深度映射”纹理映射。

当两个纹理映射参考相同的文件时，该文件仅在“图层”面板中显示一次。

技巧提示

需要注意的是：“不透明度”纹理映射不会显示在“图层”面板中，因为该映射使用与“漫射”映射相同的纹理文件（原始的2D图层）。

3.7.2 3D对象工具

选中3D图层后，会激活3D工具。其中，使用3D对象工具可更改3D模型的位置或大小，使用3D相机工具可更改场景视图。如果系统支持OpenGL，用户还可以使用3D轴来操控3D模型。

使用3D对象工具可以旋转、缩放模型或调整模型位置。当操作3D模型时，相机视图保持固定。3D对象工具菜单如图3-222所示，其工具选项栏如图3-223所示。

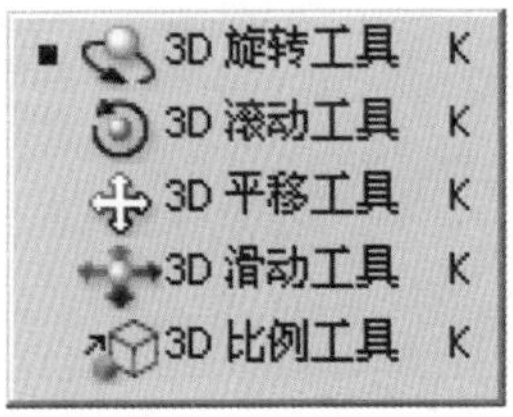

图3-222

图3-223

工具选项栏左侧的工具图标分别与工具菜单中的工具图标相对应，读者可以通过工具选项栏来切换工具，也可以直接在工具菜单中选择。工具选项栏中各选项的功能如下。

返回到初始对象位置：返回到模型的初始对象状态。

旋转3D对象：上下拖动鼠标可将模型围绕其*X*轴旋转，两侧拖动可将模型围绕其*Y*轴旋转，在按住Alt键的同时进行拖移可滚动模型。

滚动3D对象：向两侧拖动鼠标可以使模型绕*Z*轴旋转。

拖动3D对象：向两侧拖动鼠标可沿水平方向移动模型，上下拖动可沿垂直方向移动模型，在按住Alt键的同时进行拖移可沿*X*/*Z*方向移动。

滑动3D对象：向两侧拖动可沿水平方向移动模型，上下拖动可将模型移近或移远，在按住Alt键的同时进行拖移可沿*X*/*Y*方向移动。

缩放3D对象：上下拖动可将模型放大或缩小，在按住【Alt】键的同时进行拖移可沿*Z*方向缩放。

位置: 默认视图：在该下拉列表框中可选择一种视图方式，如图3-224所示。

存储当前视图：使用3D对象工具将3D对象放置到所需位置，然后单击工具选项栏中的“存储当前视图”按钮，可添加自定义视图。

删除当前视图：选择自定义视图后，单击该按钮，可删除该视图。

方向: X: 0 Y: 0 Z: 0：显示3D对象在*X*，*Y*和*Z*轴上的位置，也可以手动编辑这些值。

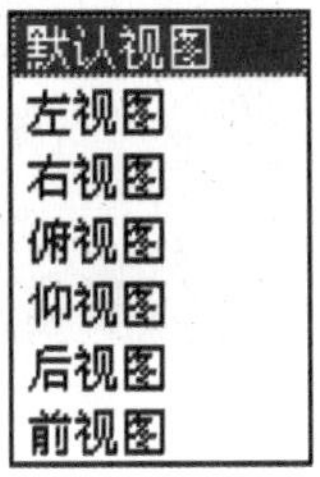

图3-224

下面通过一个简单的例子来演示具体的操作方法和效果。

打开一个素材文件，效果如图3-225所示。在“图层”面板中选择“图层1”，然后执行“3D＞从图层新建形状＞帽形”命令，将“图层1”创建成3D图层，效果如图3-226所示。为看得清晰，打开“3D”面板，单击“光源”按钮，接着单击“移至当前视图”按钮，并对灯光的强度和柔和度进行设置，效果如图3-227所示。

图3-225

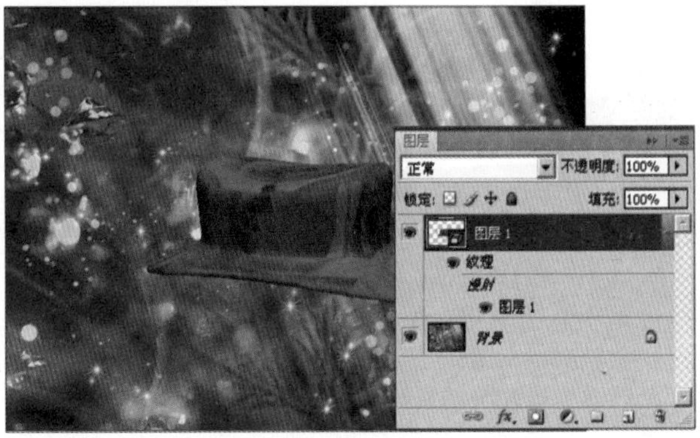

图3-226

选择3D旋转工具，在帽子对象上单击并向下侧拖动，将帽子对象旋转，效果如图3-228所示。选择3D滚动工具，在帽子对象上单击并向上侧拖动，将帽子沿着Z轴进行旋转，效果如图3-229所示。选择3D平移工具，在帽子对象上单击并向左上侧拖动，将帽子对象向左上移动，效果如图3-230所示。

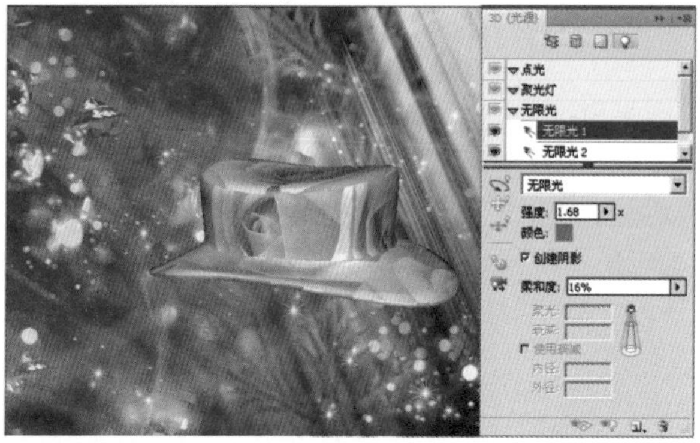

图3-227

图3-228

图3-229

图3-230

选择3D滑动工具，在帽子对象上单击并向上拖动，将帽子对象移远一些，效果如图3-231所示。选择3D比例工具，在帽子对象上单击并向上拖动，将帽子对象沿Z轴方向放大，效果如图3-232所示。

技巧提示

按住Shift键并进行拖动，可将旋转、平移、滑动或比例工具限制为沿单一方向运动。

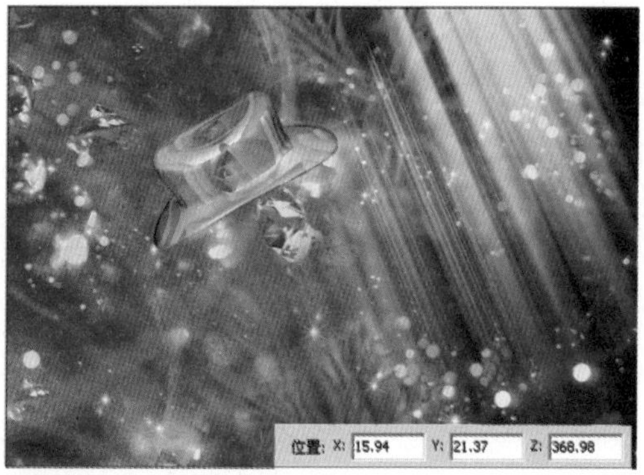

图3-231

图3-232

3.7.3 3D相机工具

使用3D相机工具可以移动相机视图，同时保持3D对象的位置固定不变。用户也可以在其工具选项栏右侧输入精确的数值来调整3D相机的位置、旋转或缩放角度。3D对象工具菜单如图3-233所示，其工具选项栏如图3-234所示。

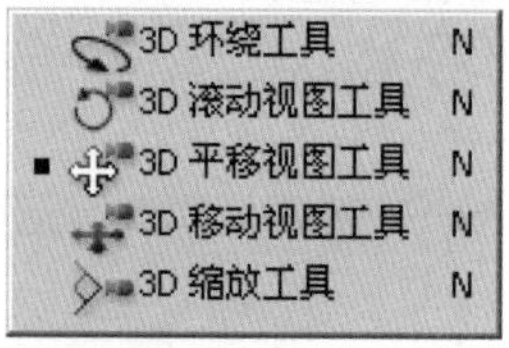

图3-233

图3-234

返回到初始相机位置：可返回到默认的相机视图。

环绕移动3D相机：拖动鼠标将相机沿*X*或*Y*方向环绕移动。在按住Ctrl键的同时进行拖移可滚动相机。

滚动3D相机：拖动鼠标滚动相机。

用3D相机拍摄全景：拖动鼠标将相机沿*X*或*Y*方向平移。在按住Ctrl键的同时进行拖移可沿*X*或*Z*方向平移。

与3D相机一起移动：拖动鼠标步进相机（*Z*转换和*Y*旋转）。在按住Ctrl键的同时进行拖移可沿*Z*/*X*方向步览（*Z*平移和*X*旋转）。

变焦3D相机：拖动鼠标更改3D相机的视角（最大视角为180°）。当选择该工具时，工具选项栏中的选项会发生变化，如图3-235所示。

图3-235

透视相机-使用视角：显示汇聚成消失点的平行线。

正交相机-使用缩放：保持平行线不相交。在精确的缩放视图中显示模型，而不会出现任何透视扭曲。

视图：默认视图：在该下拉列表框中可以选择模型的预设相机视图。

存储当前视图：使用3D相机工具将3D相机放置到所需位置，然后单击工具选项栏中的“存储当前视图”按钮，可添加自定义视图。

删除当前视图：选择自定义视图后，单击该按钮，可删除该视图。

方向：X: 0 Y: 0 Z: 0：显示3D相机在*X*，*Y*和*Z*轴上的位置。也可以手动编辑这些值，从而调整相机视图。

下面通过一个简单的例子来演示具体的操作方法和效果。

重新打开上例中的素材文件，在“图层”面板中选择“图层1”，然后执行“3D>从图层新建形状>环形”命令，将“图层1”创建成3D图层。为看得清晰，打开“3D”面板，单击“光源”按钮，再单击“移至当前视图”按钮，并对灯光的强度和柔和度进行设置，效果如图3-236所示。

选择3D环绕工具，在环形对象上单击并向左侧拖动，将环形对象进行环绕移动，效果如图3-237所示。选择3D滚动视图工具，在环形对象上单击并拖动，将环形对象进行滚动旋转，效果如图3-238所示。选择3D平移视图工具，在环形对象上单击并拖动调整视图，使环形对象向左上移动，效果如图3-239所示。

图3-236

图3-237

图3-238

图3-239

选择3D移动视图工具，在环形对象上单击并拖动调整视图，使环形对象移到画面的中间并且稍远一些，效果如图3-240所示。选择3D缩放工具，在工具选项栏中设置为“透视相机-使用视角”方式，然后在环形对象上单击并拖动，将视图放大，效果如图3-241所示；在工具选项栏中设置为“正交相机-使用缩放”方式，然后在环形对象上单击并拖动，将视图放大，效果如图3-242所示。

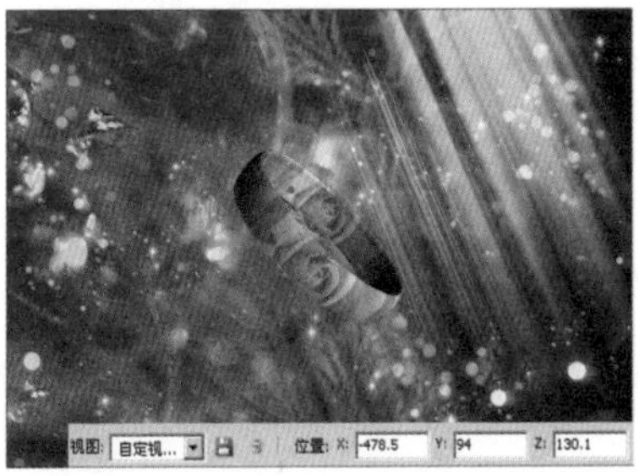
图3-240

图3-241

图3-242

除了用工具调整视图状态外，也可以直接在工具选项栏的“视图”下拉列表框中选择一种预设的视图方式来对3D对象进行观察。例如，接着上例的效果，选择“默认视图”选项，效果如图3-243所示。然后，分别选择“左视图”、“俯视图”和“前视图”选项，从不同的角度观察3D对象的效果，如图3-244所示。

图3-243

左视图效果

俯视图效果

前视图效果

图3-244

3.7.4 “3D”面板

选择3D图层后，“3D”面板中会显示关联的3D文件的组件。面板顶部列出了文件中的网格、材料和光源，面板底部显示在顶部选定的3D组件的设置和选项。执行“窗口>3D”命令或者在“图层”面板中双击3D图层按钮，都可以打开“3D”面板，如图3-245所示。面板中各部分的功能如下。

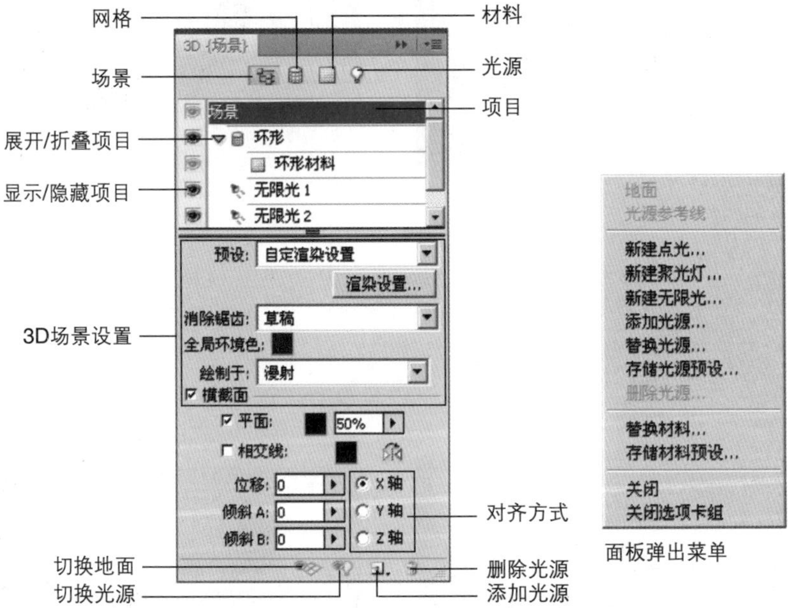

面板弹出菜单

图3-245

筛选按钮：使用“3D”面板顶部的按钮可以筛选出现在顶部的组件。单击“场景”按钮，显示所有组件；单击“材料”按钮，只显示材料。分别单击“3D”面板中的“网格”、“材料”和“光源”按钮，以不同方式显示面板内容，如图3-246所示。

根据选定的3D组件，启用“3D”面板底部的按钮。“切换地面”和“切换光源”按钮总是可用的。

展开或折叠项目：单击网格图标左侧的三角形图标，可以展开或折叠网格的材料。

显示或隐藏项目：单击位于“3D”面板顶部的网格或光源项目旁边的眼睛图标，可以显示或隐藏3D网格或光源。

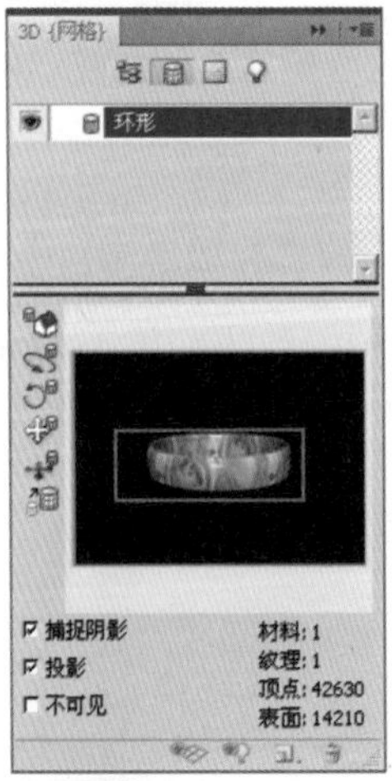

显示网络

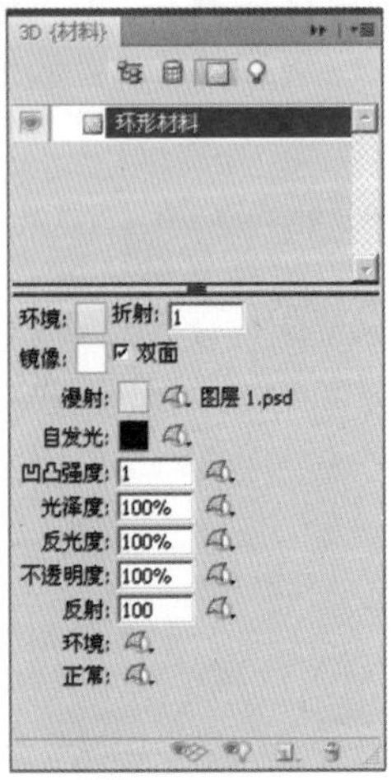

显示材料

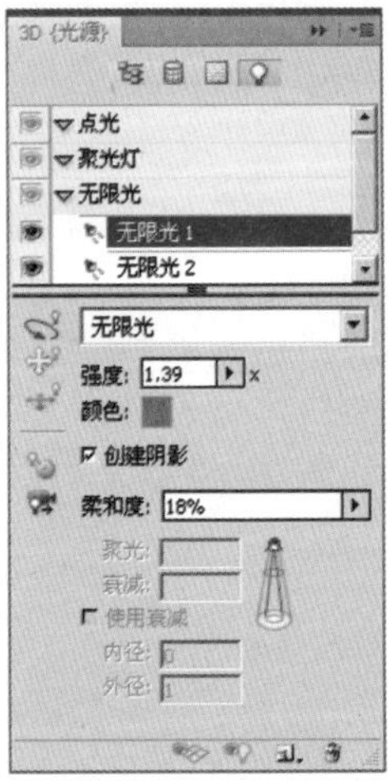

显示光源

图3-246

3D场景设置：在3D场景设置区域中可更改渲染模式、选择要在其上绘制的纹理或创建横截面。

预设：指定模型的渲染预设，其下拉列表如图3-247所示，如果要进行自定义，可单击“渲染设置”按钮，打开“3D渲染设置”对话框，如图3-248所示。

消除锯齿：使用该选项，可在保证优良性能的同时呈现最佳的显示品质。使用“最佳”设置，可获得最高显示品质；使用“草稿”设置，可获得最佳性能。

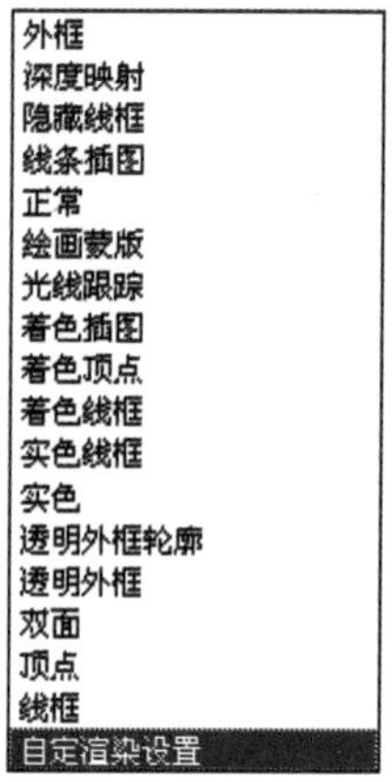

图3-247

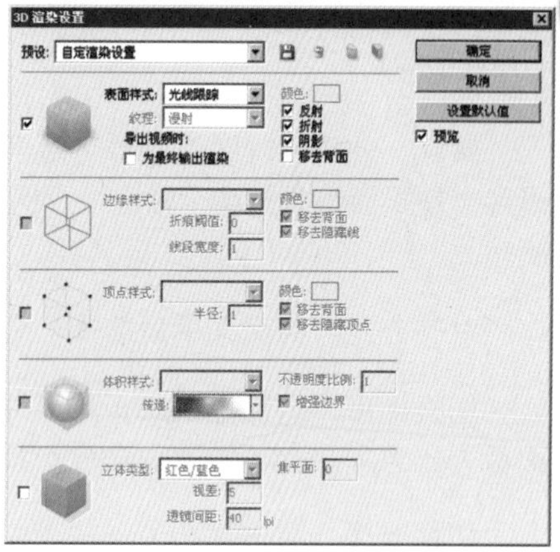
图3-248

全局环境色：设置在反射表面上可见的全局环境光的颜色。该颜色与用于特定材料的环境色相互作用。

例如，重新打开上例中的素材文件，在“图层”面板中选择“图层1”，执行“3D>从图层新建形状>易拉罐”命令，将“图层1”创建成3D图层，将易拉罐对象旋转到一定的角度，然后打开“3D”面板，单击“光源”按钮，再单击“移至当前视图”按钮，并对灯光的强度和柔和度进行设置，效果如图3-249所示。接着，单击“场景”按钮，在面板中对“全局环境色”等选项进行调整，调整后的效果如图3-250所示。

图3-249

图3-250

绘制于：直接在3D模型上绘画时，应在该下拉列表框中选择要在其上绘制的纹理映射。也可以执行“3D>3D绘画模式”命令，选择用于绘画的目标纹理。

横截面：选中该复选框，可创建以所选角度与模型相交的平面横截面。这样，可以切入模型内部，查看里面的内容。通过将3D模型与一个不可见的平面相交，可以查看该模型的横截面，该平面以任意角度切入模型并仅显示其一个侧面上的内容。

平面：选中该复选框，可以显示创建横截面的相交平面。可在其后选择平面颜色和设置不透明度。

相交线：选中该复选框，可以高亮显示横截面平面相交的模型区域。单击其后的色块可以选择高光颜色。

翻转横截面：将模型的显示区域更改为相交平面的反面。

位移：通过“位移”设置可沿平面的轴移动平面，而不更改平面的斜度。在使用默认位移（0）的情况下，平面将与3D模型相交于中点。使用最大正位移或负位移时，平面将会移动到它与模型的任何相交线之外。

倾斜：使用“倾斜”设置可将平面朝其任一可能的倾斜方向旋转至360°。对于特定的轴，“倾斜”设置会使平面沿其他两个轴旋转。例如，可将与*Y*轴对齐的平面绕*X*轴（“倾斜A”）或*Z*轴（“倾斜 B”）旋转。

对齐方式：为交叉平面选择一个轴（*X*，*Y*或*Z*），该平面将与选定的轴垂直。

切换地面：地面是反映相对于3D模型的地面位置的网格。单击面板底部的“切换地面” 按钮或选择面板弹出菜单中的“地面”命令，都可以查看地面网格。

切换光源：单击面板底部的“切换光源” 按钮或选择面板弹出菜单中的“光源参考线”命令，都可以显示或隐藏光源参考线。

对网格进行操作

单击“3D”面板中的“网格”按钮，切换到网格显示选项，然后在列表框中选择不同的网格项目，选定的网格以面板底部的红色框高亮显示。使用面板下部提供的网格工具，可对选中的网格进行移动、旋转或缩放等操作，而无须修改整个模型。位置工具的操作方式与工具箱中的主要3D位置工具的操作方式相同。

例如，接着上例的文件效果，打开“3D”面板，单击“网格”按钮，在列表框中选择“标签”选项，然后单击面板下部的“缩放网格”按钮，在图像中从中心向下拖动，将标签部分网格缩小，效果如图3-251所示。在列表框中选择“盖子”选项，单击面板下部的“拖动网格”按钮，将盖子向右侧拖动，效果如图3-252所示。

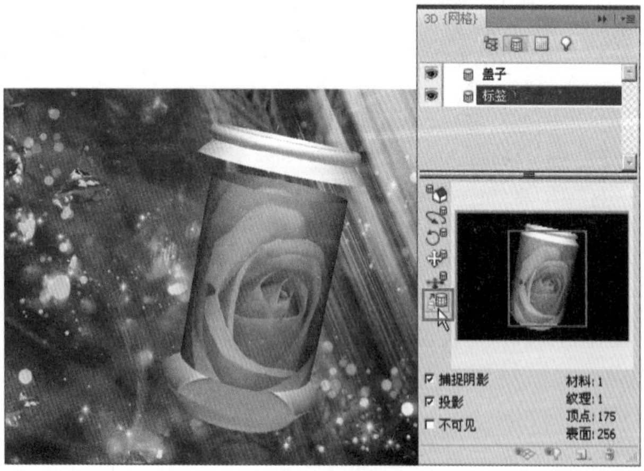

图3-251

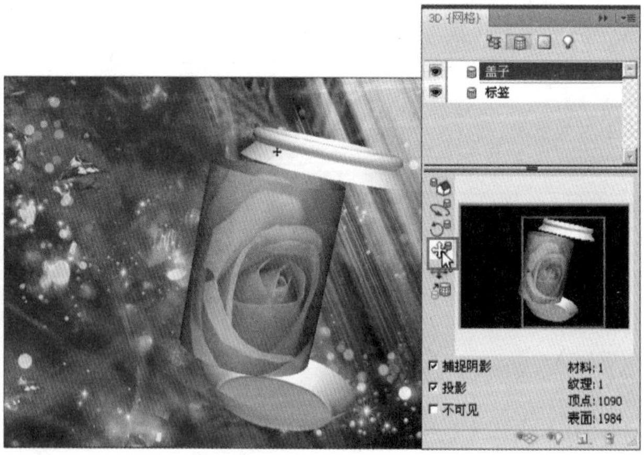

图3-252

3D材料设置

单击“3D”面板中的“材料”按钮，切换到材料显示选项，然后在列表框中选择不同的项目，面板下部就会显示出该模型部分对应的材料选项参数，可以通过修改这些参数来控制模型的质感效果。很多时候，可能要使用一种或多种材料来创建模型的整体外观。如果模型包含多个网格，则每个网格可能会有与之关联的特定材料。模型也可以从一个网格构建，但使用多种材料，在这种情况下，每种材料分别控制网格特定部分的外观。

例如，重新打开上例中的素材文件，在“图层”面板中选择“图层1”，执行“3D>从图层新建形状>立方体”命令，将“图层1”创建成3D图层，将立方体对象旋转到一定的角度，然后打开“3D”面板，单击“光源”按钮，再单击“移至当前视图”按钮，并对灯光的强度和柔和度进行设置，效果如图3-253所示。

图3-253

单击“3D”面板中的“材料”按钮，在列表框中选择“顶部材料”选项，然后单击“漫射”选项后面的按钮，在弹出菜单中选择“载入纹理”命令（如图3-254所示），弹出“打开”对话框，选择素材文件夹中的图片，如图3-255所示。打开后，可以看到立方体的右侧出现了人物图片，效果如图3-256所示。

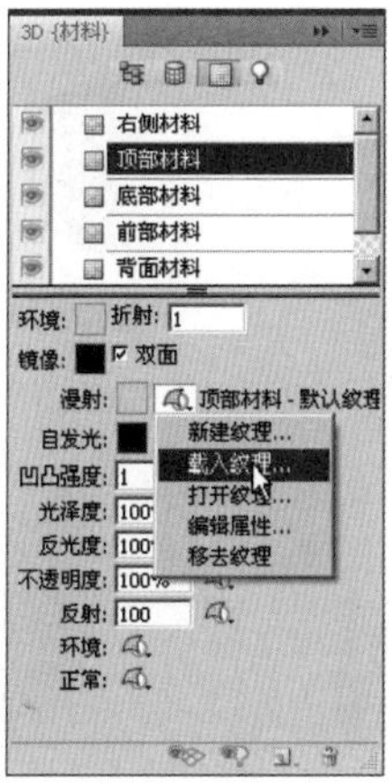

图3-254

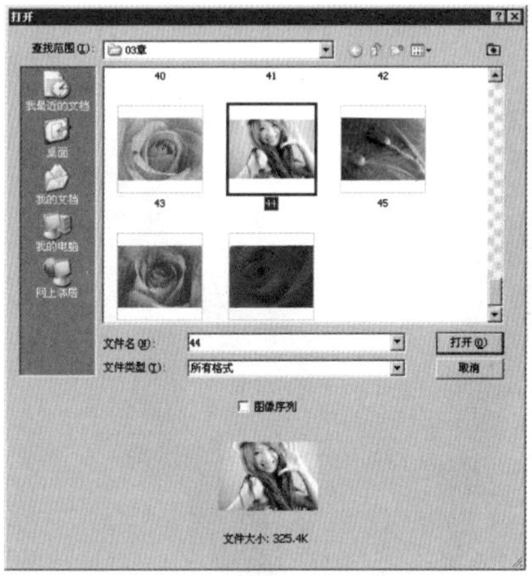

图3-255

图3-256

用同样的方法选择“背面材料”选项，为其设置一个纹理图片，并适当旋转立方体，可以看到添加纹理后的立方体效果如图3-257所示。

图3-257

技巧提示

需要注意的是：不能从“3D”面板中打开或关闭材料显示。如果要显示或隐藏材料，可在“图层”面板中更改与之关联的纹理的可见性设置。

04

CHAPTER

图 层

在使用Photoshop时，经常要用到图层，下面我们就来全面透析Photoshop中的图层，帮助大家掌握图层这个Photoshop中最基本、最重要的工具。

4.1 图层概述

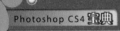

图层是创建各种合成效果的重要途径，可以将不同的图像放在不同的图层上进行独立操作而不影响其他图层，可以对特定的图层执行复制、删除、合并以及增加蒙版等操作。一个文件中的所有图层都具有相同的分辨率、通道数和色彩模式。

4.1.1 “图层”控制面板

“图层”控制面板的主要功能是显示当前图像的图层。例如，要对如图4-1所示的图像的图层和设置进行调整，则执行菜单栏中的“窗口>图层”命令或者按键盘上的F7键，弹出如图4-2所示的“图层”控制面板。“图层”控制面板中列出了图像中所有的图层，每一个图层均有名称，图层左侧是预览图，预览图会随着图层的编辑随时更新。

图4-1

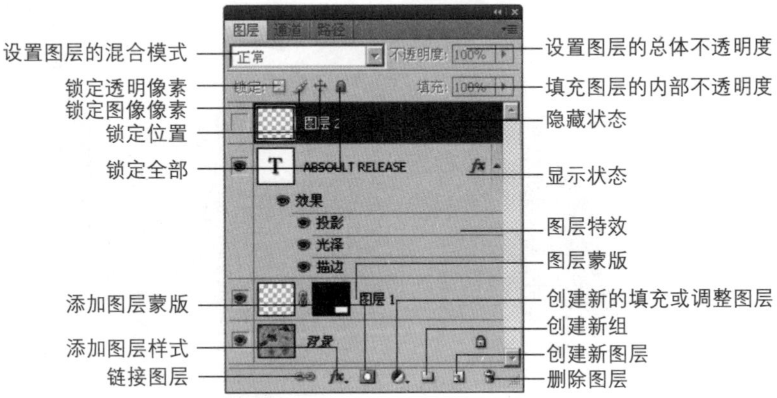

图4-2

可以使用“图层”控制面板上的各种功能来完成图像的编辑任务，如创建、隐藏和删除图层等，具体介绍如下。

图层的显示与隐藏：当图层最左侧的眼睛图标显示时，表示该图层处于可见状态。在图标上单击，就可以将该图层隐藏起来；再次单击图标，则恢复显示。

当前图层：在“图层”控制面板中单击想操作的图层，该图层的左侧显示眼睛图标，表示该图层处于当前作用状态。一般情况下，此时所做的操作只对这一图层起作用。

链接图层：单击“链接图层”图标，可以将两个或两个以上的图层链接起来进行操作，例如一起移动、旋转、变换或合并它们。

添加图层样式：单击“图层”控制面板下面的“添加图层样式”图标fx，可以在图像中添加阴影、浮雕、渐变和图案等效果，这些效果通常会对文字的处理起很大的作用。

添加图层蒙版：单击“图层”控制面板下面的“添加图层蒙版”图标，可以在当前图层上添加图层蒙版；若事先在图像中创建了选区，单击该图标，则可以对选区添加蒙版。蒙版能随时被删除，对底图毫无影响。

创建新组：单击“图层”控制面板下面的“创建新组”图标，可以建立一个包含多个图层的图层组，这些图层可以作为一个对象来进行移动等操作。

创建新的填充或调整图层：单击“图层”控制面板下面的“创建新的填充或调整图层”图标，可以为当前图层创建填充图层或调整图层。填充或调整图层的效果可以随时被扔掉，对其他图层没有影响。

创建新图层：单击“图层”控制面板下面的“创建新图层”图标，可以在当前图层上方创建一个新图层。

删除图层：单击“图层”控制面板下面的“删除图层”图标，可以删除当前图层。

4.1.2 图层复合

设计师们经常要创作多个合成作品或页面版式以展示给客户。使用图层复合功能，可以在单个Photoshop或ImageReady文件中创建、管理并查看一个版面的多个版本。图层组功能在Photoshop和ImageReady之间可以完全互换。

“图层复合”是对“图层”控制面板某一状态的快照。“图层复合”记录了3种类型的图层选项：①图层可视性，“图层”控制面板中的某个图层是显示还是隐藏；②文档中的图层位置；③图层外观，该图层是否应用了图层样式。

通过改变文档中的图层以及更新“图层复合”控制面板中的合成，可以创建复合，将其应用到文档中就可以查看复合效果。执行菜单栏中的“窗口＞图层复合”命令，显示该控制面板，如图4-3所示。

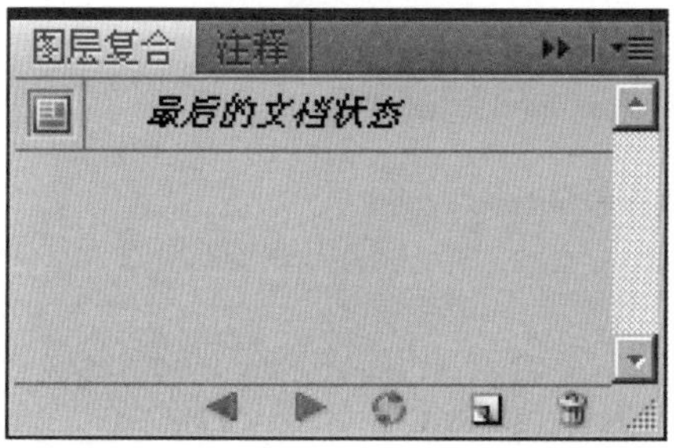

图4-3

技巧提示

ImageReady只能读取RGB文件，所以在Photoshop中要特别留意由其他颜色模式（如CMYK和Lab等）转换而来的RGB文件，这在测试图层组功能时非常重要。

新建图层复合

若想创建图层复合，就要使用“图层”控制面板和“图层复合”控制面板。单击“图层复合”控制面板右上角的扩展按钮，在弹出的扩展菜单中选择“新建图层复合”命令，或单击控制面板下方的“创建新的图层复合”图标，弹出“新建图层复合”对话框，如图4-4所示。在该对话框中完成设置后，单击“确定”按钮即可。

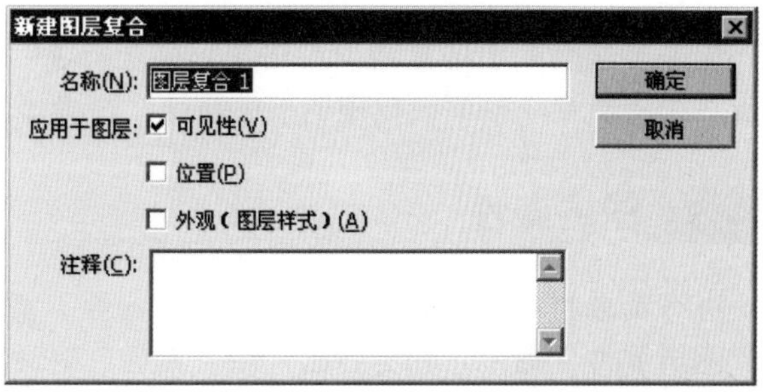

图4-4

复制图层复合

选择一个要复制的图层复合，单击“图层复合”控制面板右上角的扩展按钮，在弹出的扩展菜单中选择“复制图层复合”命令，或将要复制的图层复合拖曳到“创建新的图层复合”图标上，复制图层复合前后的“图层复合”控制面板如图4-5和图4-6所示。

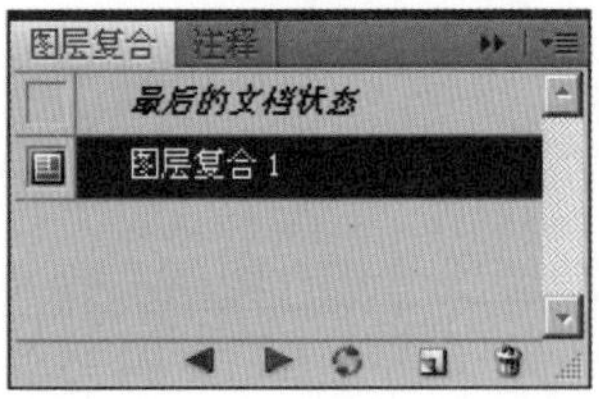

图4-5

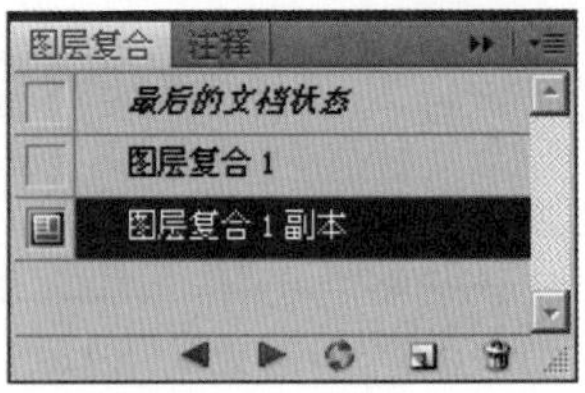

图4-6

应用图层复合

选中一个图层复合，单击鼠标右键，在弹出的快捷菜单中选择“应用图层复合”命令。若想循环查看所有图层复合的视图，就要使用控制面板底部的“上一个”图标和“下一个”图标。若想循环查看特别选定的图层复合的视图，就要在“图层复合”控制面板中选择这些复合，然后单击控制面板底部的“下一个”图标和“上一个”图标，这样就只会在所选择的图层复合中循环。

恢复图层复合

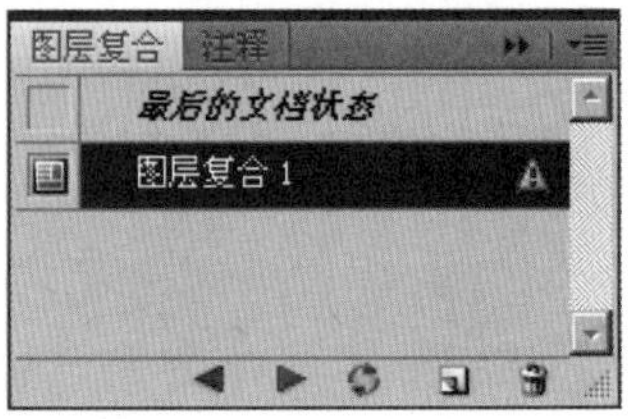

图4-7

当应用图层复合以查看如何改变文档的时候，可以选择“恢复最后的文档状态”命令。选择任意一个图层复合，单击“图层复合”控制面板中的扩展按钮，在弹出的扩展菜单中选择“恢复最后的文档状态”命令。有时，图层组可能会陷入无法被完全恢复的状态，当删除图层、合并图层、将图层转换为背景或者使用颜色转换时，就会发生这种情形。遇到这种情形之一的复合通道旁会出现一个警告图标，如图4-7所示。

如果忽略警告，那么结果可能是失去一个或多个图层，但其他被保存的参数仍被保留；如果更新复合，那么结果是失去前面捕捉的参数，但会使复合更新。单击警告图标，会弹出一个解释该图层复合无法被正确恢复的信息提示框，如图4-8所示。单击“清除”按钮，复合通道旁的警告图标消失，剩下的图层不会被改变。

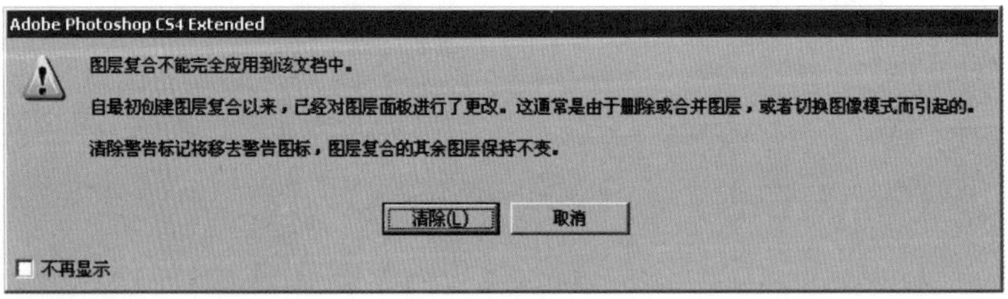

图4-8

删除图层复合

选中要删除的图层复合，单击垃圾桶图标；或直接将要删除的图层复合拖曳到垃圾桶中；也可以单击“图层复合”控制面板中的扩展按钮，在弹出的扩展菜单中选择“删除图层复合”命令。

4.1.3 图层属性

执行菜单栏中的“图层>图层属性”命令，或在图层上单击鼠标右键，然后在弹出的快捷菜单中选择“图层属性”命令，都会弹出“图层属性”对话框（如图4-9所示），在该对话框中可以设定图层的名称以及图层的标识颜色。在Photoshop中，也可通过双击“图层”控制面板中图层的名称来直接更改图层名称，如图4-10所示。

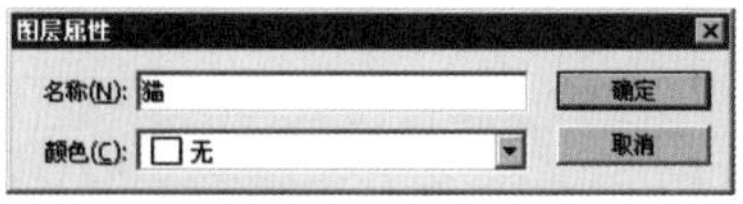

图4-9

图4-10

4.1.4 图层转换

每一个图像文件中都可能会有一个背景图层、一个或多个一般图层。背景图层永远在图像的底层，一般图层和背景图层并非是绝对的，可以根据需要在两者之间进行转换，以满足实际处理的需要。

背景图层转换为一般图层

在操作中，有时候需要对背景图层进行移动或改变它的不透明度，这就需要将背景图层转换为一般图层。执行菜单栏中的“图层>新建>背景图层”命令，在弹出的“新建图层”对话框中设定图层名称、图层显示颜色、混合模式和不透明度（如图4-11所示），然后单击“确定”按钮，即可将背景图层转换为一般图层。

图4-12所示的为转换前的“图层”控制面板，图4-13所示的为转换后的“图层”控制面板。双击“图层”控制面板上的背景图层，也可以打开“新建图层”对话框。

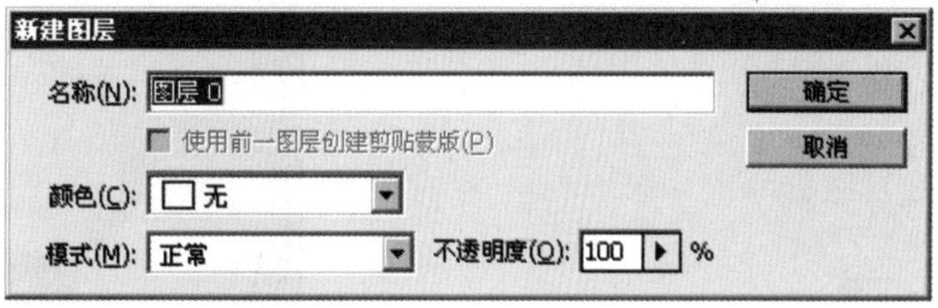

图4-11

图4-12

图4-13

一般图层转换为背景图层

若图像中没有背景图层，想把其中的一个一般图层转换为背景图层，可以先选中该图层，然后执行菜单栏中的“图层>新建>图层背景”命令，该图层的位置将被移到“图层”控制面板的底部，透明像素部分变为工具箱中的背景色。

4.1.5 选择图层

在对图层进行各种编辑和管理操作时，首先要根据操作的需要选择对应的图层。在Photoshop中，可以通过多种方式来选择不同数量和位置的图层。

选择单个图层

在Photoshop中，最直接、最常用的是用鼠标单击选中“图层”面板中的任何一个图层对象。也可以用右键快捷菜单来进行操作。

例如，打开一个图像文件，其图像效果和“图层”面板如图4-14所示。在“图层”面板中单击“图层5”，即可选中该图层，如图4-15所示。也可以在图像窗口中单击鼠标右键，弹出菜单中列出了鼠标单击位置上具有像素的图层列表，选择其中的某个选项，即可选中对应的图层，同时，在“图层”面板中也会自动选中该图层，如图4-16所示。

图4-14

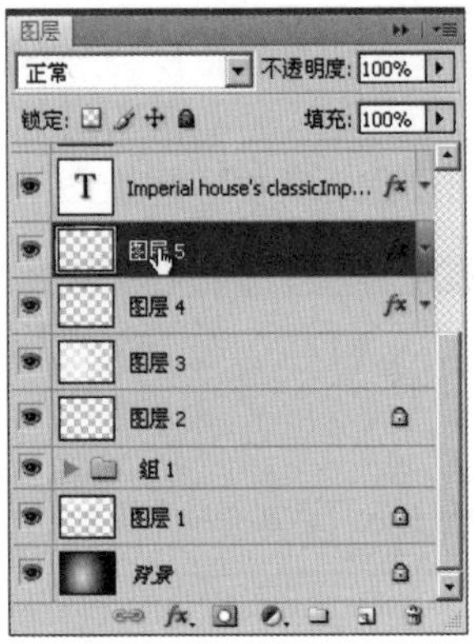

图4-15

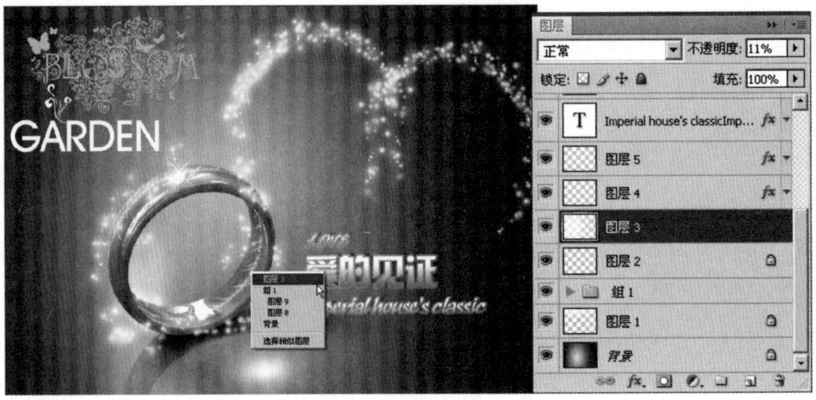

图4-16

选择连续的多个图层

在一些操作过程中，需要一次对多个图层进行操作，用户可以同时选择多个图层对象。例如，在上例的文件中，在“图层”面板中单击选中“图层5”（如图4-17所示），然后按住Shift键单击“图层6”，可以看到“图层5”和“图层6”之间的图层全部被选中，如图4-18所示。

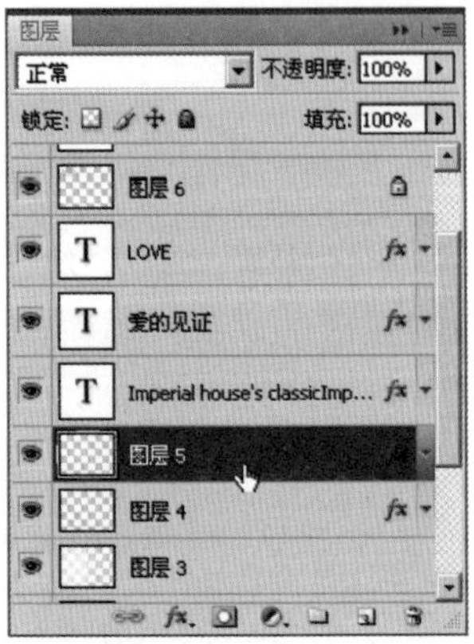

图4-17

图4-18

技巧提示

在“图层”面板中选择一个图层（如图4-19所示），按快捷键Alt+]可以向上循环选中相邻的图层，按快捷键Alt+[可以向下循环选中相邻的图层，如图4-20所示。

在“图层”面板中选择一个图层（如图4-21所示），按快捷键Alt+Shift+]可以从当前选中图层开始向上逐个选中连续相邻的图层，按快捷键Alt+Shift+[可以从当前选中图层开始向下逐个选中连续相邻的图层，如图4-22所示。

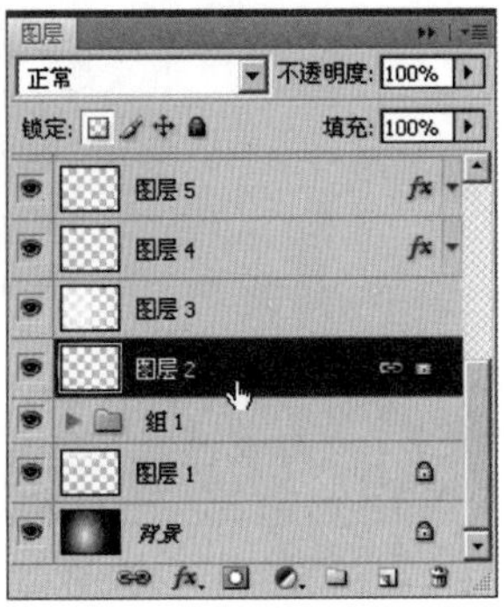

图4-19

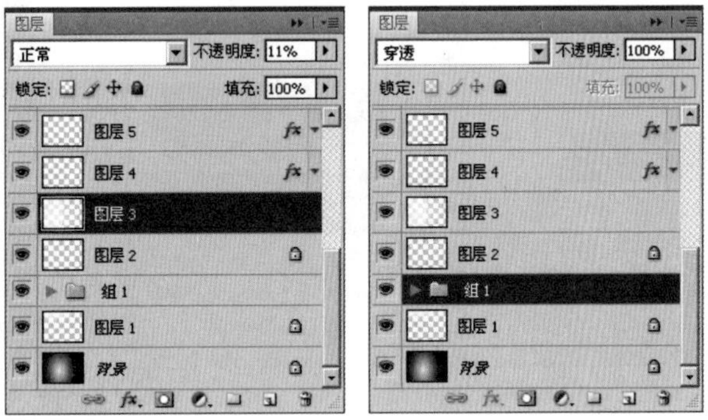

图4-20

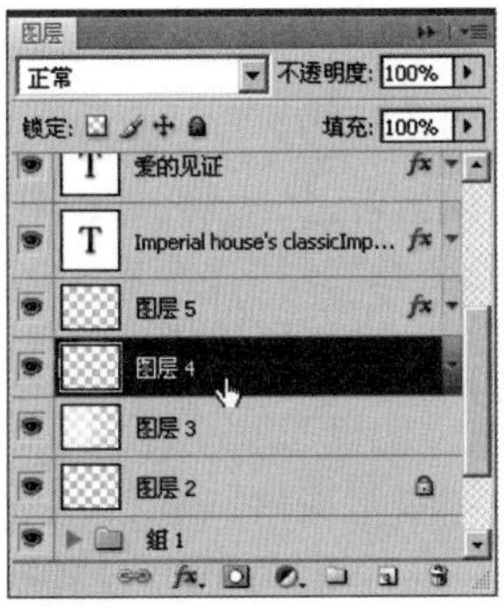

图4-21

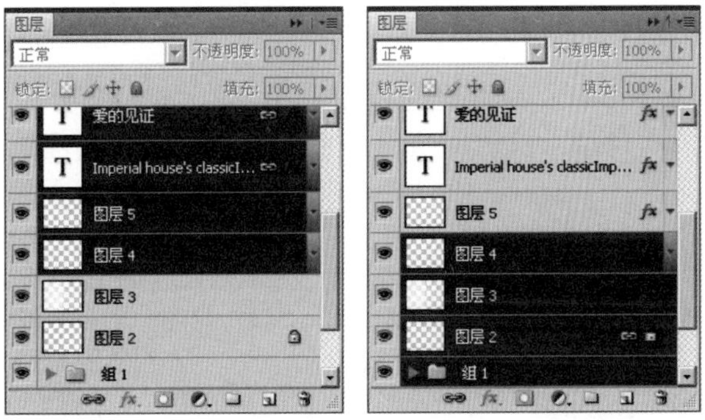

图4-22

选择不连续的多个图层

如果要同时选择多个不相邻的图层对象，可以按住Ctrl键单击要选择的图层。例如，在上例的文件中，在“图层”面板中单击选中“图层4”（如图4-23所示），然后按住Ctrl键单击另外两个不相邻的图层，可以看到同时选中了3个不相邻的图层对象，如图4-24所示。

选择链接图层

如果已经有多个图层之间建立了链接关系，则可以通过命令快速地将这些具有链接关系的图层同时选中。

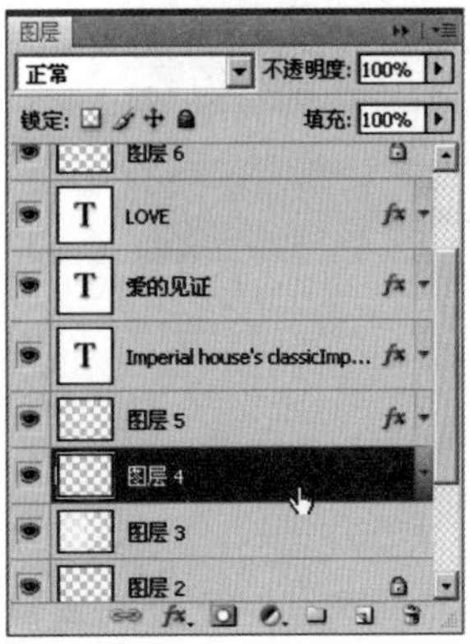

图4-23

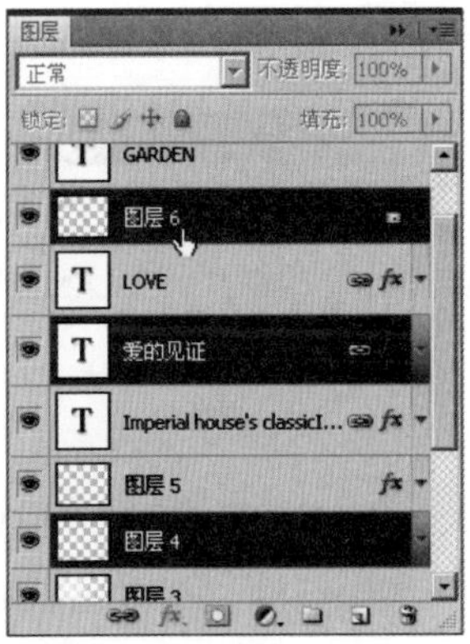

图4-24

例如，在上例的文件中，在“图层”面板中选中一个具有链接关系的图层（如图4-25所示），然后执行“图层>选择链接图层”命令，可以看到所有与选中图层具有链接关系的图层均被选中，如图4-26所示。

在具有链接关系的图层图像上右击，弹出菜单中也会出现“选择链接图层”命令，如图4-27所示，选择该命令同样可以选中所有具有链接关系的图层。

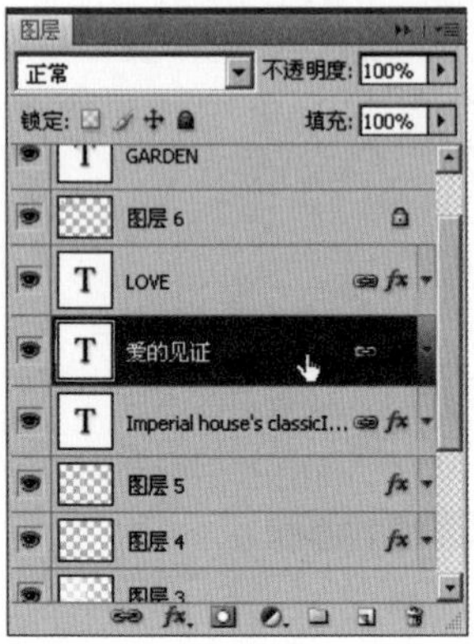

图4-25

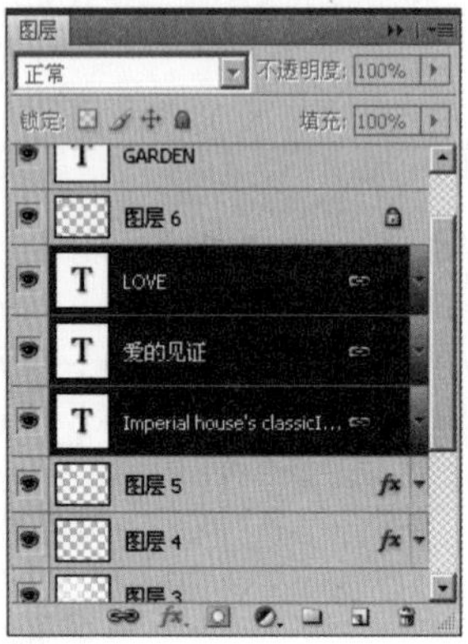

图4-26

图4-27

选择相似图层

在Photoshop中，利用“选择相似图层”命令可以一次性选中大量具有相同属性的图层对象。例如，在上例的文件中，在“图层”面板中选中一个普通图层对象（如图4-28所示），然后执行“选择>相似图层”命令，可以看到所有与选中图层类似的普通图层均被选中，如图4-29所示。

在图像中右击，弹出的菜单中会出现“选择相似图层”命令，如图4-30所示，选择该命令同样可以选中所有具相似属性的图层对象。

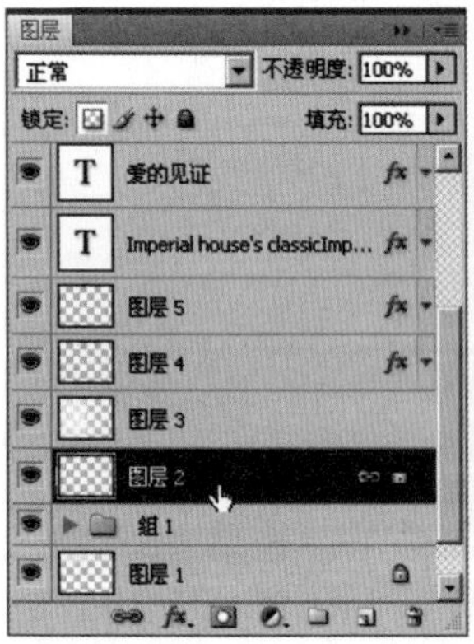

图4-28

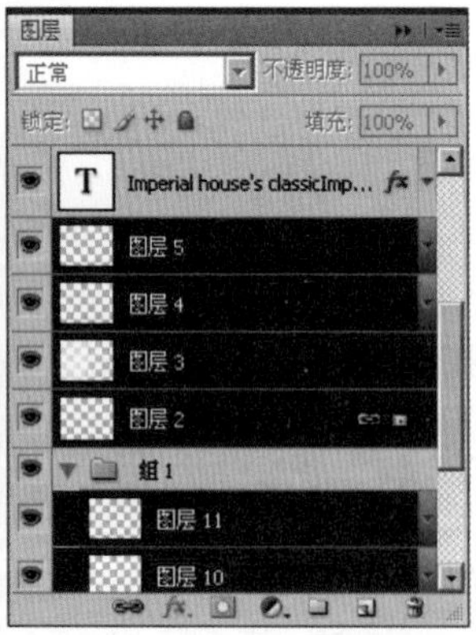

图4-29

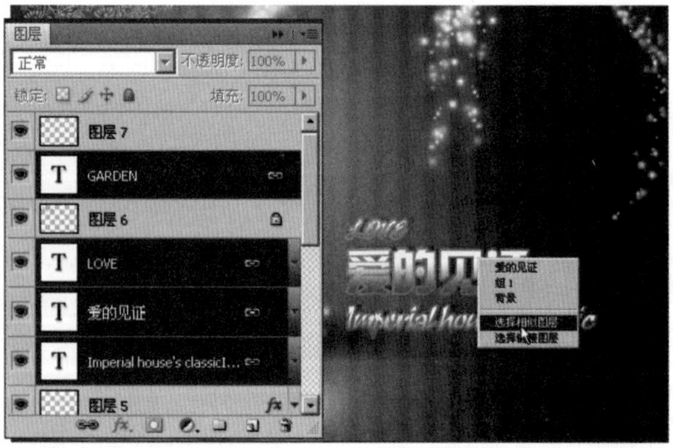

图4-30

选择所有图层与取消选择图层

如果要一次性将图像中的所有图层对象全部选中，则可以直接执行“选择>所有图层”命令，这样就可以将图像中除了背景图层外的所有图层都选中，如图4-31所示。

如果不想选择图像中的任何一个图层，则可以执行“选择>取消选择图层”命令，这样就可以取消图层的选择状态。同时，由于没有选中的图层，所以“图层”面板中和图层设置相关的各项功能将变为灰色（不可使用状态），如图4-32所示。

图4-31

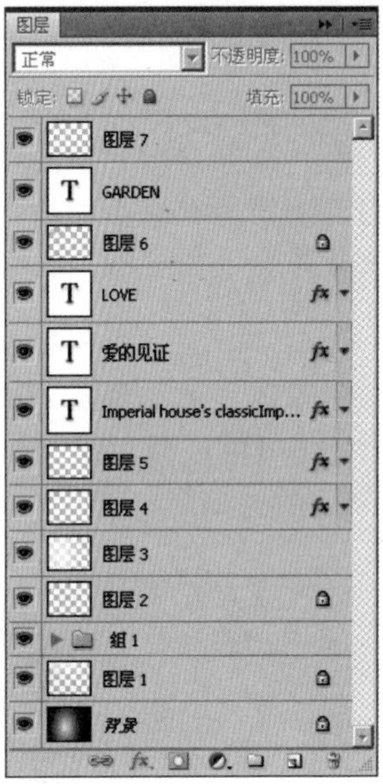

图4-32

4.1.6 新建图层

在操作中，如果发现图层不够用，则需要创建新图层。在Photoshop中，建立新图层有以下几种方法。

执行菜单命令“新建图层”

在“图层”控制面板中，用鼠标单击右侧的扩展按钮，在弹出的扩展菜单（如图4-33所示）中选择“新建图层”命令，弹出“新建图层”对话框（如图4-34所示），单击“确定”按钮，在“图层”控制面板中就会产生一个新图层。在“新建图层”对话框中，可改变图层的名称、选中“使用前一图层创建剪贴蒙版”复选框、设置不透明度和模式等（也可以在“图层”控制面板中进行设置）。

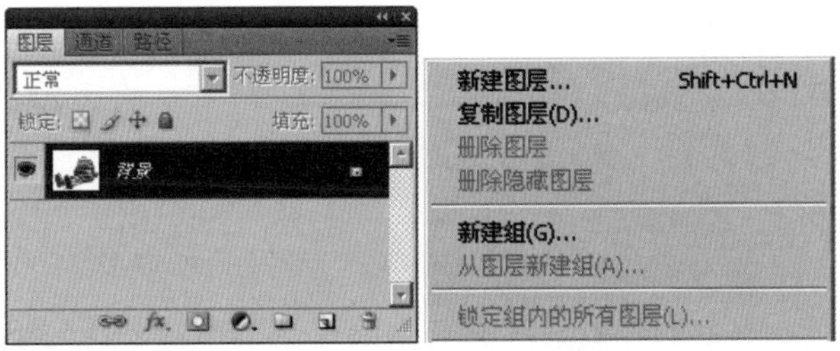

图4-33

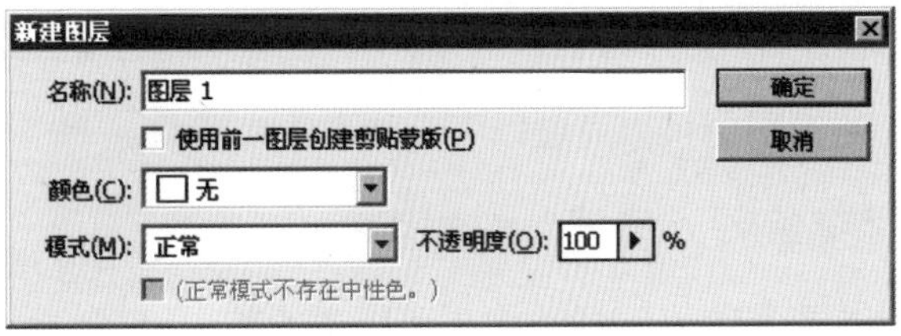

图4-34

通过“图层”控制面板下方的图标创建新图层

直接单击“图层”控制面板下方的“新建图层”图标，在“图层”控制面板中就会出现一个名称为“图层1”的空白图层，如图4-35（原“图层”控制面板）和图4-36（新建图层后的“图层”控制面板）所示。

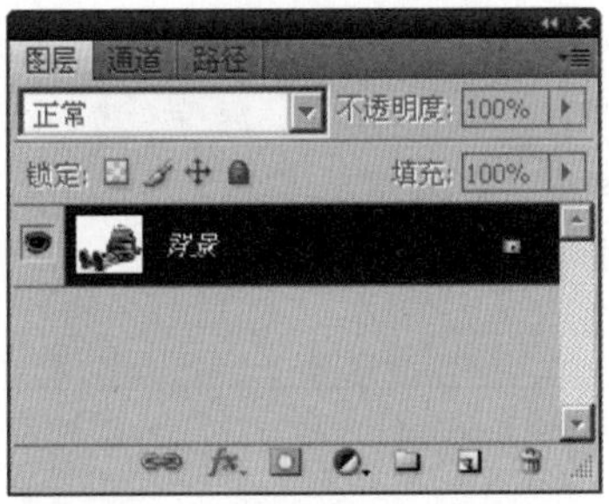

图4-35

图4-36

利用“拷贝”、“剪切”和“粘贴”命令

用选择工具选定范围，如果想粘贴整幅图像，则执行菜单栏中的“选择>全部”命令，将图像全部选取。执行菜单栏中的“编辑>拷贝”命令或按Ctrl+C组合键，再切换到另一幅图像上，执行菜单栏中的“编辑>粘贴”命令或按Ctrl+V组合键，此时系统将自动给所粘贴的图像创建一个新图层。通过“编辑>剪切”命令和“编辑>粘贴”命令也可以建立新图层。

还可以通过执行菜单栏中的“图层>新建>通过拷贝的图层”或“图层>新建>通过剪切的图层”命令来建立新的图层。首先在图像上建立选区（如图4-37所示），然后选择“通过拷贝的图层”命令或按Ctrl+J组合键，就可以将选区内的图像复制到一个新的图层上，如图4-38所示；选择“通过剪切的图层”命令或按Shift+Ctrl+J组合键，即可剪切选区内的图像并将其复制到一个新的图层上。

图4-37

图4-38

4.1.7 复制图层

复制图层可以通过以下几种方法来操作。

通过菜单和“图层”控制面板

若要复制“图层”控制面板中的某一图层，可以先选中需要复制的图层，然后执行菜单栏中的“图层>复制图层”命令，或单击“图层”控制面板扩展菜单中的“复制图层”命令。但最常见的还是直接拖动该图层到“图层”控制面板下方的图标上（如图4-39所示），这样即可在“图层”控制面板上增加一个和选中图层相同的重叠图层，图层的名称中会加上“副本”字样，如图4-40所示。可以在复制的图层中直接输入新的名称。

图4-39

图4-40

通过Alt键

复制图层的第2种方法就是通过移动工具来完成：先按住Alt键，当光标变为▶时，在图像窗口中拖动要复制的图层（如图4-41所示），复制图层后的“图层”控制面板如图4-42所示。

图4-41

图4-42

4.1.8 删除图层

选择需要删除的图层，执行菜单栏中的“图层>删除>图层”命令，或选择“图层”控制面板扩展菜单中的“删除图层”命令，或直接拖动该图层到“图层”控制面板下方的图标上（如图4-43所示），弹出询问是否要删除图层的提示框，单击“确定”按钮，即可实现删除图层的操作，删除前后的图像效果如图4-44和图4-45所示。

图4-43

图4-44

图4-45

4.1.9 调整图层顺序

在“图层”控制面板中，可以直接通过拖动鼠标来改变各图层的叠放顺序。在如图4-46所示的图中，若想把“大鱼”图层放到“小鱼”图层的上面，只需用鼠标将“大鱼”图层拖到“小鱼”图层上方即可（如图4-47所示），调整后的效果如图4-48所示。

也可以通过执行菜单栏中的“图层>排列”命令，在弹出的级联菜单中选择相应的命令来进行操作。选择“置为顶层”命令可以将选中的图层移到图层的最上面，选择“前移一层”命令可以将选中的图层往上移一层，选择“后移一层”命令可以将选中的图层往下移一层，选择“置为底层”命令可以将选中的图层移到图层的最下面。

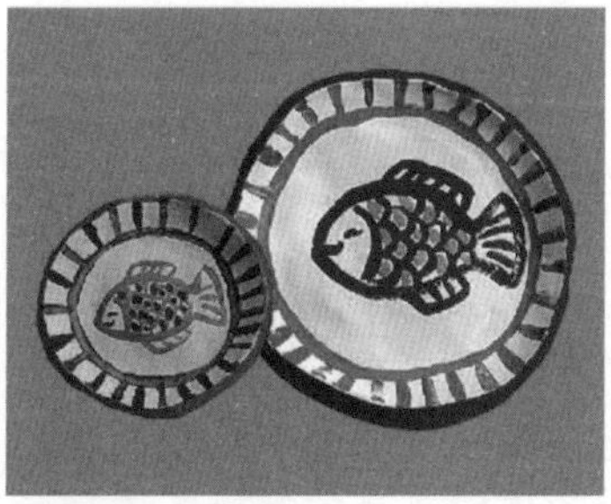

图4-46

图4-47

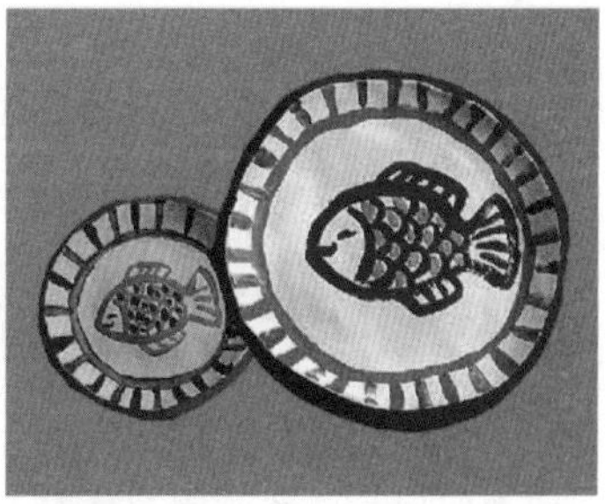

图4-48

4.1.10 锁定图层

在操作时，为了避免破坏设定好的图层，Photoshop提供了将图层锁定的功能。锁定后，在“图层”控制面板上将会出现🔒符号。

锁定透明像素

在“图层”控制面板上选取图层，单击“锁定透明像素”图标（如图4-49所示），此时图层上原本透明的部分将被锁住，不允许被填色或编辑，这就起到了保护透明区域的作用，而所有的操作只对图像中有像素的部分起作用，如图4-50所示。

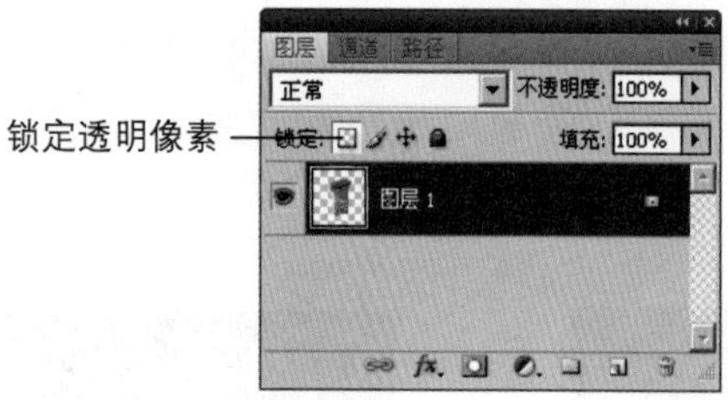

图4-49

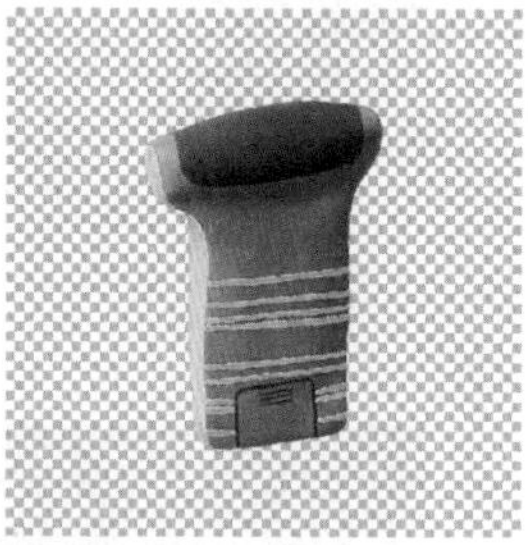

图4-50

锁定图像像素

选中图层，单击“锁定图像像素”图标（如图4-51所示），此时图层的所有图像编辑将被锁住，不管是透明区域还是图像像素区域都不允许填色或者进行色彩编辑，如图4-52所示。

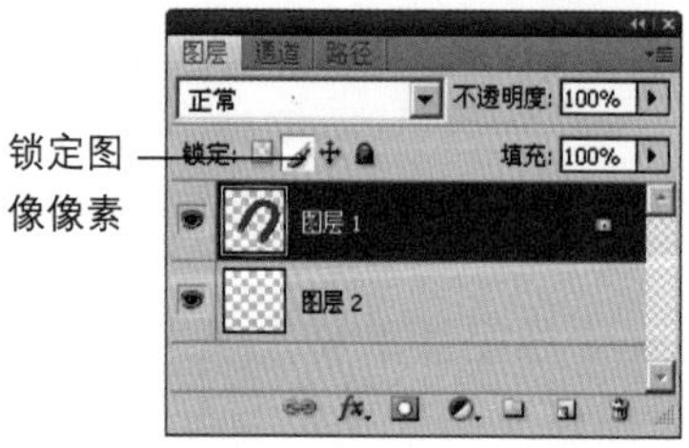

图4-51

图4-52

锁定位置

选中图层，单击“锁定位置”图标，此时图层的变形编辑将被锁住，图层上的图像将不允许被移动或者进行其他变形。

锁定全部

选中图层，单击“锁定全部”图标，此时前面的“锁定透明像素”、“锁定图像像素”和“锁定位置”3项将自动被锁定，图层的所有编辑被锁住，图层上的图像将不允许进行任何操作。

4.1.11 链接图层

“链接图层”可以将相关的图层链接起来，原始图像如图4-53所示，链接后的“图层”控制面板如图4-54所示。当对链接图层中的任意一个图层执行移动、缩放和旋转等编辑操作时，其他链接图层也会发生同样的变化，如图4-55所示。此外，还可以对链接图层进行对齐、分布、创建图层组以及合并图层等一系列操作。

图4-53

图4-54

图4-55

要在图层与图层间创建链接关系，可按住Ctrl键在“图层”控制面板中单击需要链接的图层，然后单击“图层”控制面板左下侧的“链接”图标，链接的图层右侧会出现“链接图层”图标；要取消图层间的链接，再次按住Ctrl键在“图层”控制面板中单击需要取消链接的图层，再单击“链接图层”图标，图层链接就会被解除。

4.1.12 锁定链接图层

当图层被链接时，可以快速地将所有链接图层的各项功能锁定。执行菜单栏中的“图层>锁定图层”命令，此时会弹出“锁定图层”对话框，如图4-56所示。在该对话框中可以分别对图像的“透明区域”、“图像”、“位置”或“全部”进行锁定，锁定前和锁定后的链接图层如图4-57和图4-58所示。

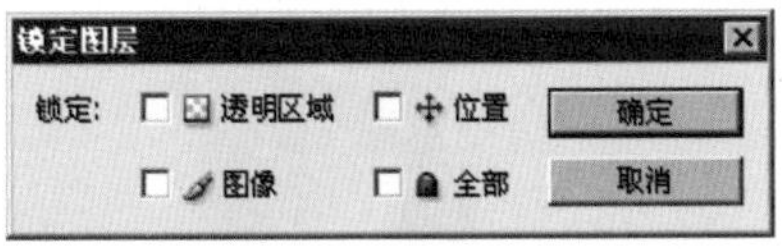

图4-56

图4-57

图4-58

4.1.13 链接图层的对齐与分布

在同一透明图层中，当对象不重叠时，可以利用选择工具来选取它们，然后再利用移动工具编辑图像的位置，进行对齐和分布等操作。当在不同图层中时，可以直接通过链接功能来进行图像的编辑：执行菜单栏中的“图层>对齐”或“图层>分布”命令来进行操作，这可以节省大量的操作时间。

“对齐”与“分布”命令只有在图层具有链接关系时才会变为可执行状态，其级联菜单中的命令完全相同，如图4-59和图4-60所示。对齐链接图层是对图层对象进行对齐操作，因此链接作用图层必须为两层或两层以上；而分布链接图层则是对多个对象进行均分等距操作，因此链接作用图层必须为3层或3层以上。

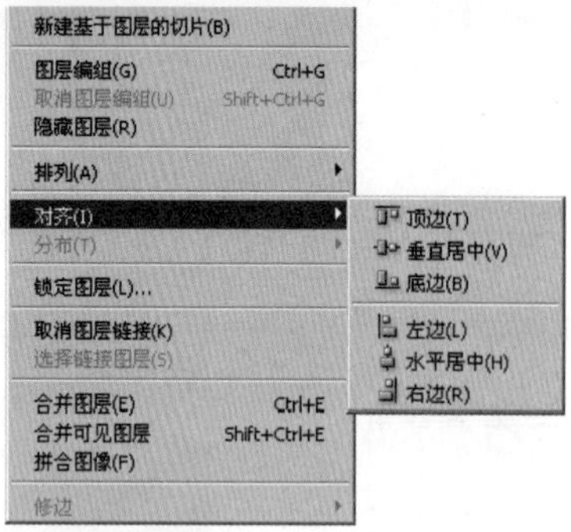

图4-59

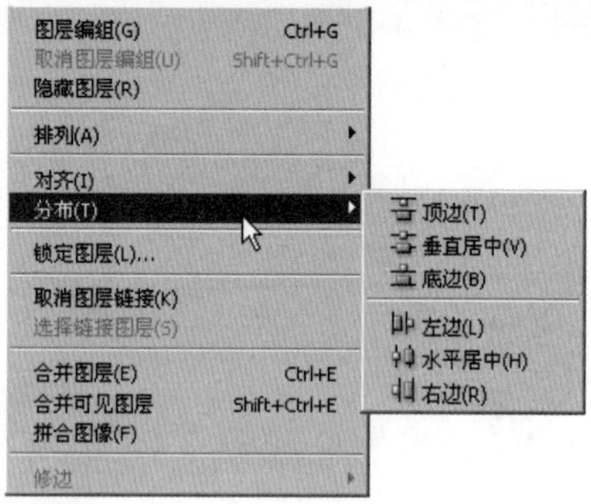

图4-60

“对齐”级联菜单中各命令的含义如下。

顶边：以当前图层为准，使所有链接图层顶边对齐。

垂直居中：以当前图层为准，使所有链接图层垂直居中对齐。

底边：以当前图层为准，使所有链接图层按底边对齐。

左边：以当前图层为准，对所有链接图层进行齐左编辑。

水平居中：以当前图层为准，使所有链接图层水平居中对齐。

右边：以当前图层为准，对所有链接图层进行齐右编辑。

“对齐”命令可将各图层沿直线对齐，当需要对齐多个图层的图像（如图4-61所示）时，先将要对齐的图层链接起来（链接后的“图层”控制面板如图4-62所示），然后执行菜单栏中的“图层>对齐”命令，在弹出的级联菜单中选择一种对齐方式，这样图层上的图像将会以当前图层为基准进行对齐，图4-63、图4-64、图4-65、图4-66、图4-67和图4-68分别显示了顶边对齐、垂直居中对齐、底边对齐、左边对齐、水平居中对齐和右边对齐的效果。

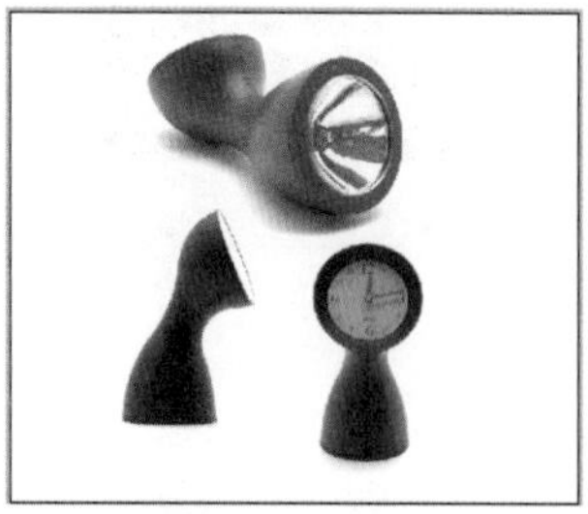

图4-61

图4-62

图4-63

图4-64

图4-65

图4-66

图4-67

图4-68

“分布”命令可以以均匀间隔重新分布链接图层。先将要重新分布的图层链接起来，然后执行菜单栏中的“图层>分布”命令，在弹出的级联菜单中选择一种分布方式，如图4-69所示，图层上的图像将会以当前图层为基准进行重新分布。执行该命令前的图像如图4-70所示，执行该命令后的图像如图4-71所示。

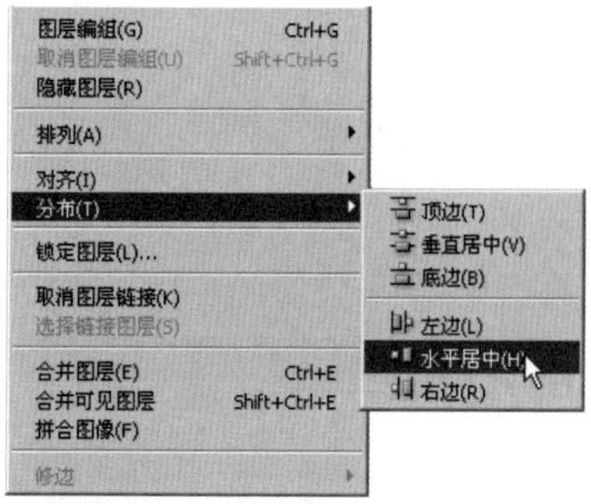

图4-69

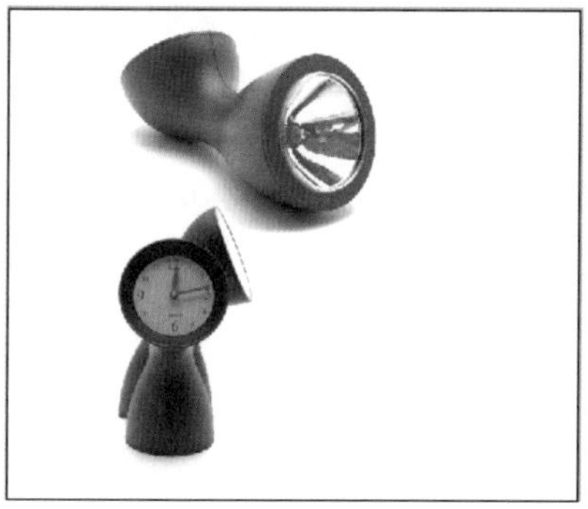

图4-70

图4-71

4.1.14 图层的合并

Photoshop的图层功能在操作上带来了很大方便，但是图层越多，图像文件越大，这样就会影响操作速度，所以必要的时候可以将多个图层合并到一个目标图层上，从而减小文件，使图层更容易管理，并提高图像的运行速度。

向下合并图层

要将当前图层与下方的图层合并，可以在“图层”控制面板的扩展菜单中选择“向下合并”命令（如图4-72所示），或执行菜单栏中的“图层>向下合并”命令。合并前应保证需要合并的图层是可见图层。合并后的“图层”控制面板如图4-73所示。

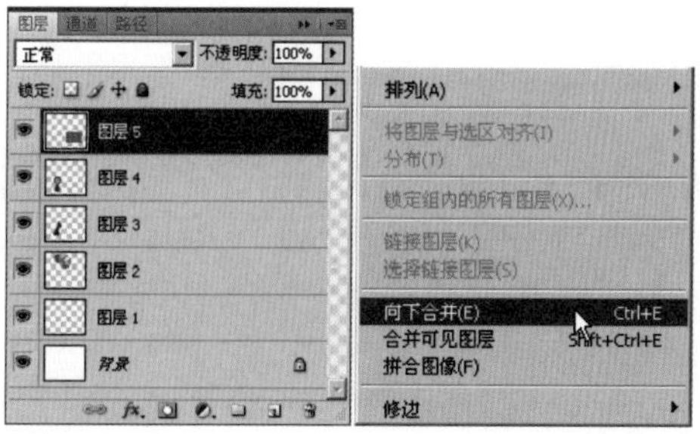

图4-72

图4-73

合并可见图层

如果想一次合并图像中的所有可见图层，应先保证所有需要合并的图层处于显示状态，然后执行菜单栏中的“图层>合并可见图层”命令，或从“图层”控制面板的扩展菜单中选择“合并可见图层”命令（如图4-74所示），合并可见图层后的“图层”控制面板如图4-75所示。

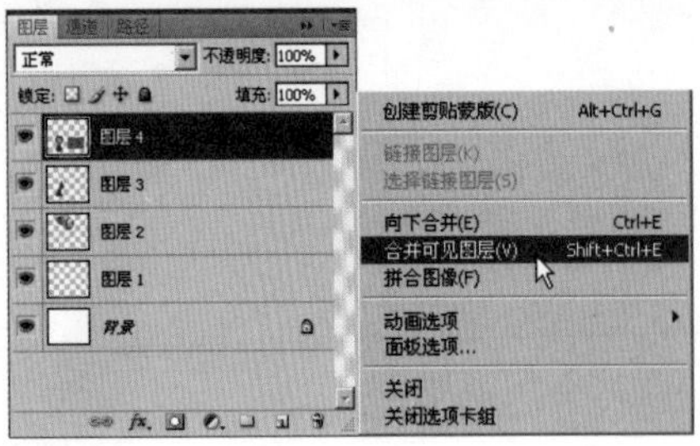

图4-74

图4-75

拼合图层

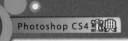

还可以一次性地将图像中的所有图层（无论是可见的还是不可见的）合并。执行菜单栏中的“图层>拼合图像”命令，或从“图层”控制面板的扩展菜单中选择“拼合图像”命令，就可以合并所有图层。如果页面上有隐藏的图层（如图4-76所示），拼合图像时就会弹出提示框（如图4-77所示），询问是否要扔掉隐藏的图层，如果要扔掉隐藏图层，单击“确定”按钮即可；如果要合并隐藏图层，则先单击“取消”按钮退出该提示框，让该图层显示，然后再执行“拼合图像”命令。合并后的“图层”控制面板如图4-78所示。

图4-76

图4-77

图4-78

4.1.15 图层组

图层组的作用有点类似于文件夹。文件夹用来存放和管理文件，而图层组则用于将“图层”控制面板中的某一类图层或某些具有相同属性的图层放在同组中，以便更好地进行管理。当然，使用图层组还可以节省“图层”控制面板的空间，图4-79和图4-80分别显示了图层组展开与收起状态时的“图层”控制面板。

通过图层组可以更充分地利用“图层”控制面板的空间，与对图层的操作一样，也可以新建图层组并对图层组进行复制、删除等操作。

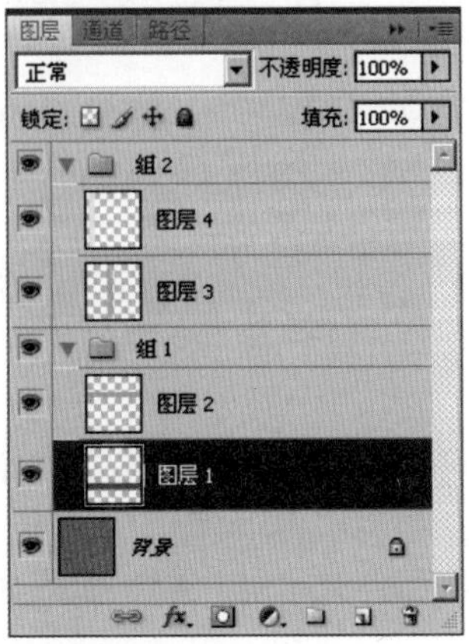

图4-79

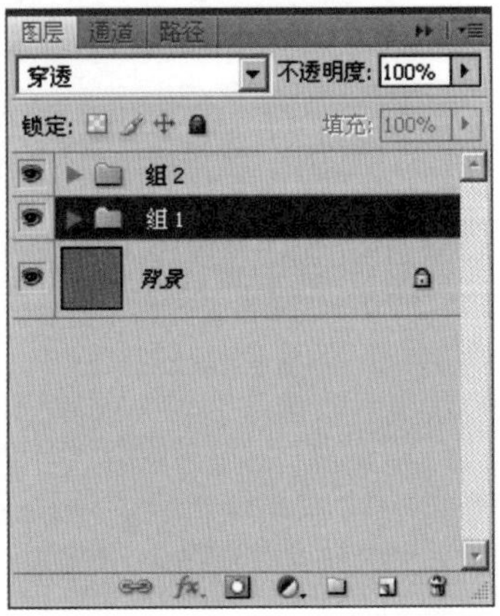

图4-80

新建图层组

执行菜单栏中的“图层>新建>组”命令，或选择“图层”控制面板的扩展菜单中的“新建组”命令，就会弹出“新建组”对话框，如图4-81所示。在该对话框中可以设置新图层组的“名称”、“颜色”、“模式”以及“不透明度”等选项，单击“确定”按钮，即可创建新图层组。也可以通过单击“图层”控制面板下方的图标来新建图层组。

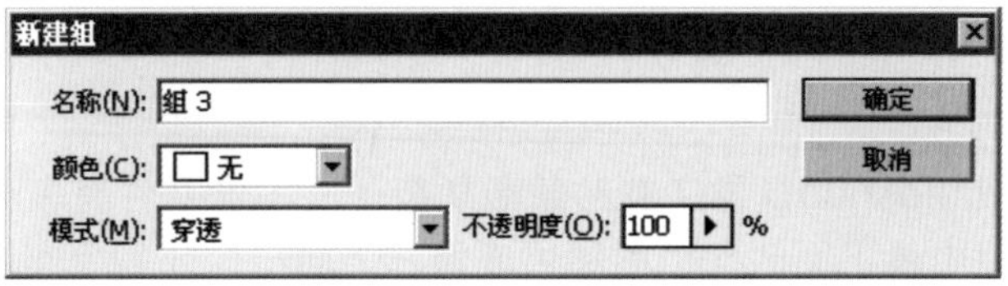

图4-81

名称：设置新建图层组的名称，系统默认的名称为“组1”和“组2”等。

颜色：在“颜色”下拉列表框中可以为当前图层组选择一种标识颜色，以区别于其他图层组。

模式：用于设置新建图层组的模式。

不透明度：单击下拉按钮，在弹出的滑杆中拖动滑块可以改变图层组的不透明度；也可以直接在文本框中输入不透明度的数值。

图层组内图层的删除和复制等操作与普通图层是相同的，可以将原来不在图层组内的图层直接拖到图层组中（如图4-82所示），还可以将图层组中的图层拖出，作为独立的图层（如图4-83所示）。

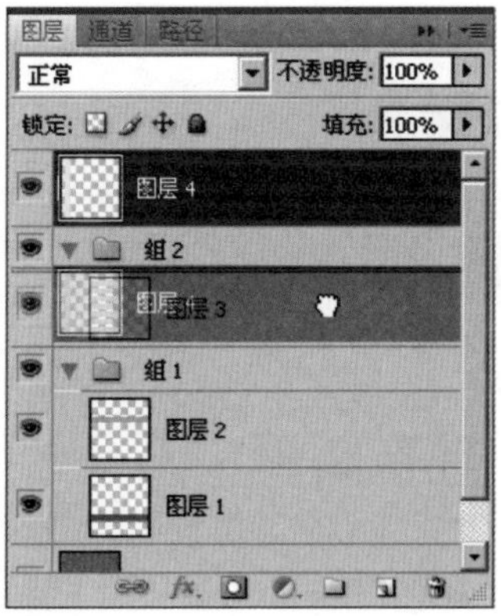

图4-82

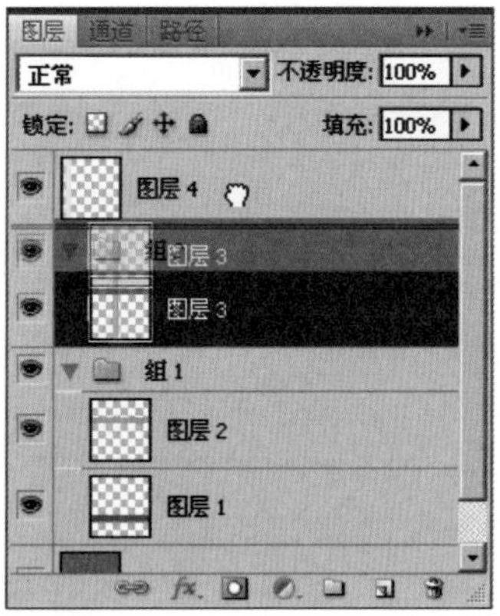

图4-83

复制与删除图层组

复制整个图层组的操作与复制图层是一样的：在图层组被选中的情况下，执行菜单栏中的“图层>复制组”命令，或在“图层”控制面板的扩展菜单中选择“复制组”命令（还可以将图层组拖到“图层”控制面板下面的“创建新组”图标上进行复制）。如果要删除组，则选择要删除的组，执行菜单栏中的“图层>删除>组”命令，或选择“图层”控制面板的扩展菜单中的“删除组”命令（也可直接单击控制面板中的“删除图层”图标），此时会弹出一个提示框，如图4-84所示。如果单击“组和内容”按钮，则删除整个图层组，包含其中所有的图层；如果单击“仅组”按钮，则只删除组，原来图层组中的图层仍然保留。

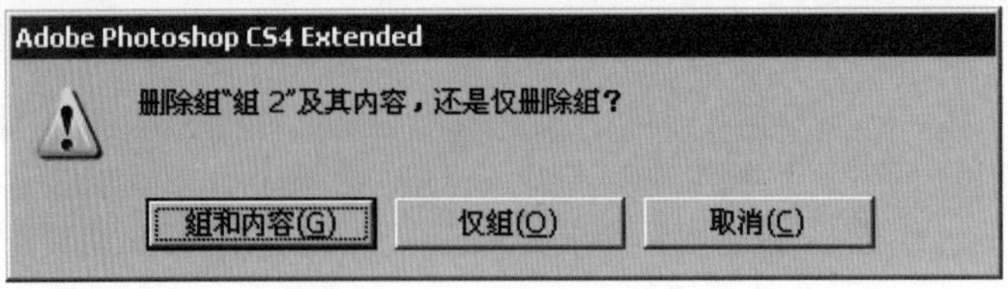

图4-84

4.1.16 剪贴蒙版

在图层与图层之间，Photoshop提供了剪贴蒙版功能。当图像文件有多个图层时，也可形成一组具有剪贴关系的图层。剪贴组中最下面的一个图层可成为它上面一个或多个图层的蒙版，剪贴组必须是连续的图层才能有作用。下面就以“花”和“手”这两个图层（如图4-85和图4-86所示）为例来进行剪贴蒙版操作，其“图层”控制面板如图4-87所示。

图4-85

图4-86

图4-87

在剪贴蒙版操作中，最简单的方法是利用快捷键，具体操作是在按住Alt键时将鼠标移到“图层”面板中的两个图层之间的细线处，此时鼠标光标变为形状，单击鼠标后，两图层之间的细线变为虚线，“手”图层名称“图层 1 ”下会出现一条横线，此时“花”和“手”这两个图层形成剪贴关系，“图层”控制面板如图4-88所示，剪贴后的图像如图4-89所示。若想取消剪贴关系，在按住Alt键的同时将鼠标移到虚线处，当鼠标光标变成形状时单击鼠标即可。

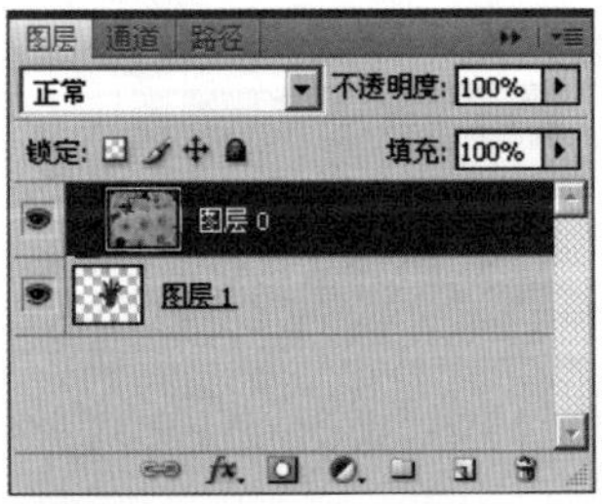

图4-88

图4-89

当然，也可以通过菜单命令来实现剪贴蒙版操作：先选中被剪贴的图层，在“图层”控制面板的扩展菜单中选择“创建剪贴蒙版”命令（如图4-90所示），即可使两图层之间形成剪贴蒙版关系。

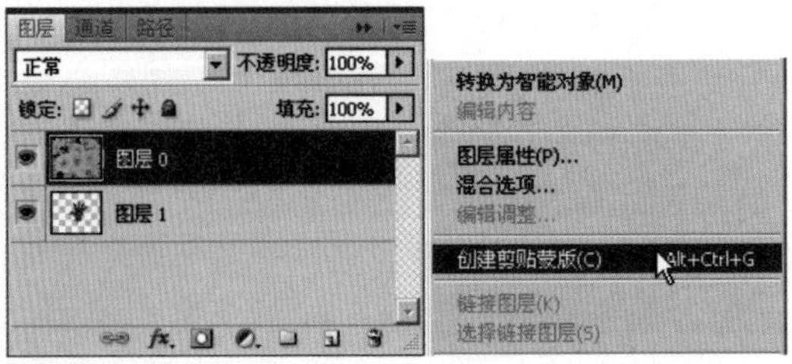

图4-90

在图层形成剪贴关系后，可以取消图层的链接状态、移动图层的位置并调整图层的不透明度，以达到图像合成的最佳效果。

4.1.17 图层的变换

图层的位置移动、缩放和旋转等一系列变换操作是编辑时必不可少的。在“编辑>变换”级联菜单中有多个命令可以实现变换操作，如图4-91所示。下面以一个多图层的图像（如图4-92所示）为例来进行讲解，对其第1层的对象进行各种变换操作。

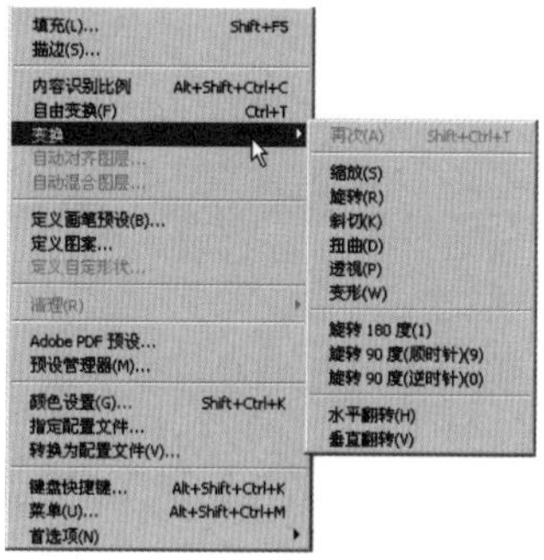

图4-91

图4-92

缩放：用于将选区或者特定图层按比例缩放。默认模式下可以进行任意比例的缩放，按住Shift键则可以强制长宽等比例缩放，如图4-93所示。

旋转：执行“旋转”命令后，出现图层定界框，将鼠标光标移到定界框外，鼠标光标变为两端旋转的符号↻，此时拖动鼠标，就可以对当前图层进行任意角度的旋转变换，如图4-94所示。

图4-93

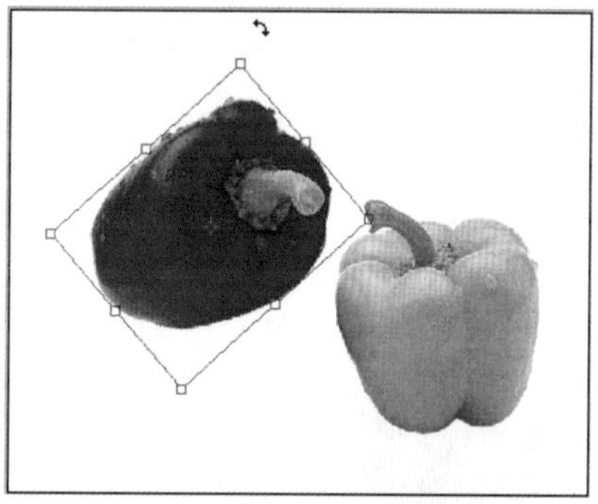
图4-94

斜切：执行“斜切”命令后，可以对选区或当前图层进行歪曲偏压的变形处理，当鼠标光标位于定界框的4个角时，可沿着定界框的方向来控制对象的变形程度；当鼠标光标位于定界框的其他位置时，鼠标光标右下角会出现双向箭头，此时可以沿着箭头的方向拖动定界框进行倾斜操作，如图4-95所示。

扭曲：执行“扭曲”命令后，可以将当前图层以平面的处理方式来任意扭转变形，不受约束，扭曲变形效果如图4-96所示。

透视：执行“透视”命令后，拖动定界框4个角上的控制点，可以对选区或当前图层进行类似透视图的变形，系统会沿着对象两平行边界做相反方向的歪曲变形，如图4-97所示。当然，也可以将鼠标光标放在定界框内，任意改变图层的位置；还可以将鼠标光标放在框线上执行斜切操作。

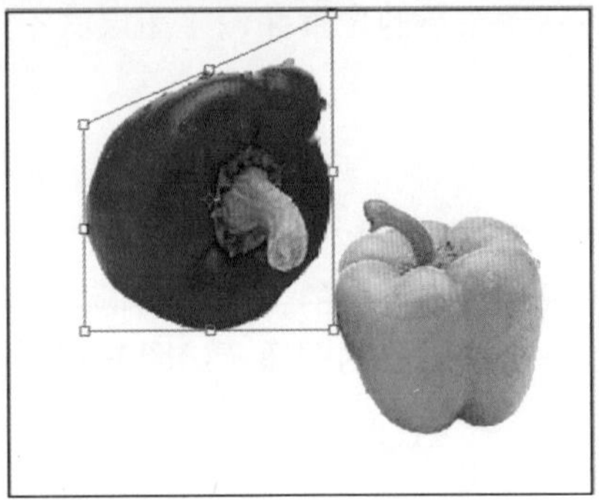

图4-95

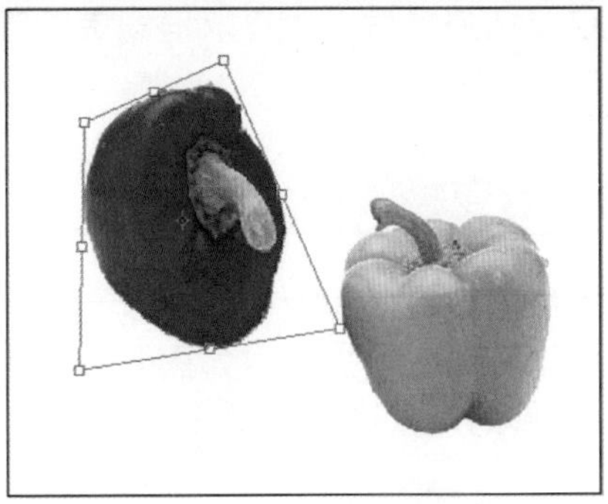

图4-96

变形：执行“变形”命令后，图层定界框变成网格，可以拖动网格中的任意点进行图形变形操作，如图4-98所示。

旋转180度：执行“旋转180度”命令后，选区或当前图层将进行180°旋转变形，如图4-99所示。

旋转90度（顺时针）：执行“旋转90度（顺时针）”命令后，选区或当前图层将进行90°的顺时针旋转，如图4-100所示。

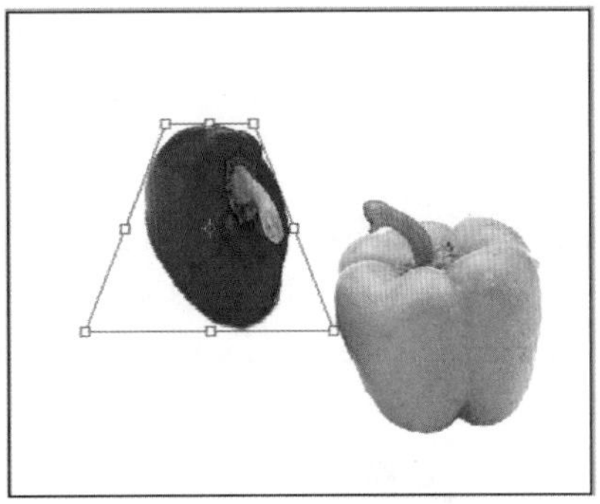

图4-97

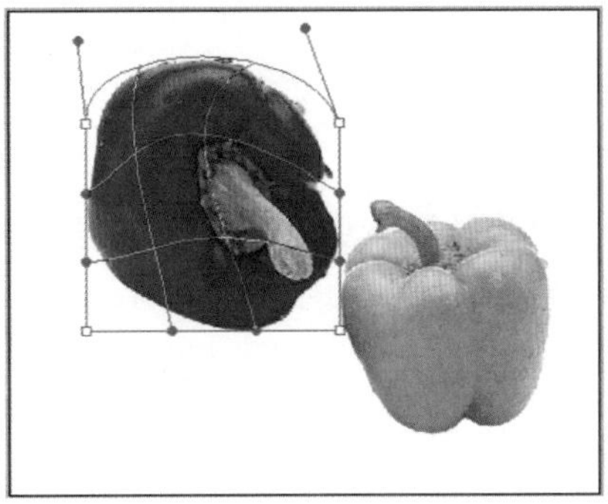

图4-98

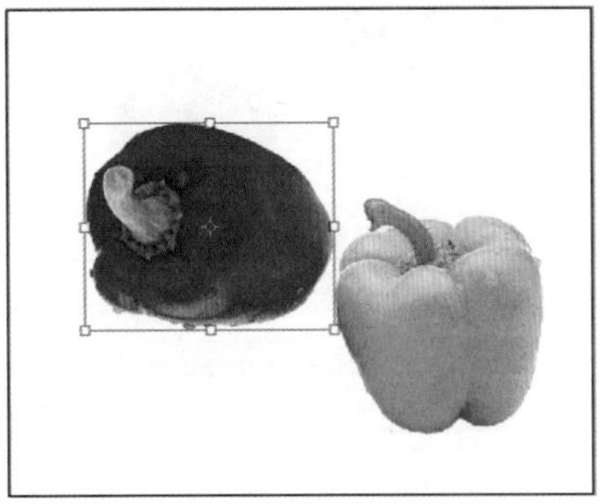

图4-99

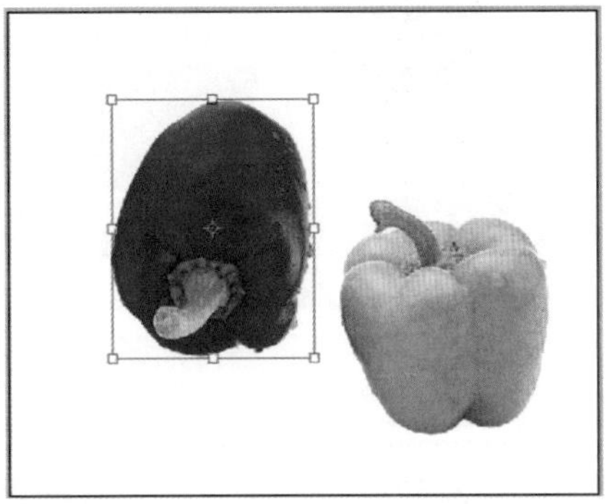

图4-100

旋转90度（逆时针）：执行“旋转90度（逆时针）”命令后，选区或当前图层将进行90°的逆时针旋转，如图4-101所示。

水平翻转：执行“水平翻转”命令后，当前图层将进行左右对调的水平翻转操作，如图4-102所示。

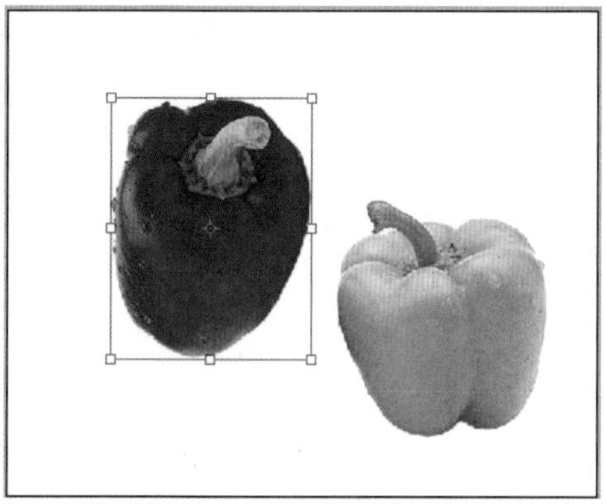
图4-101

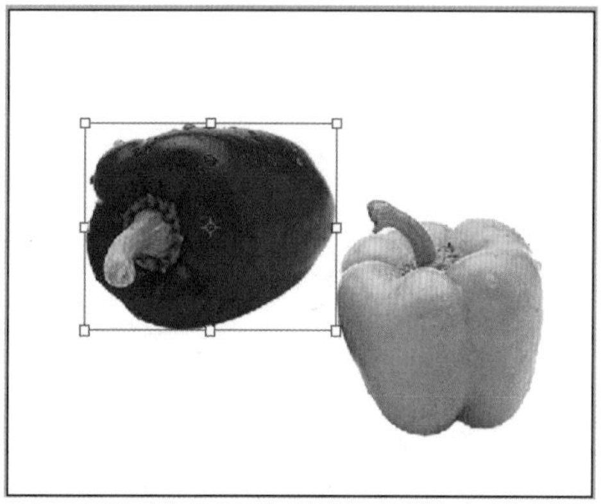
图4-102

垂直翻转：执行“垂直翻转”命令后，选区或当前图层将进行上下对调的垂直翻转操作，如图4-103所示。

变换操作还可以通过执行菜单栏中的“编辑>自由变换”命令来实现。可以通过键盘上的按键直接对图层进行移动、缩放和旋转等操作，例如，按Ctrl键可以执行“扭曲”变形，按Ctrl+Shift组合键可以执行“斜切”操作等。

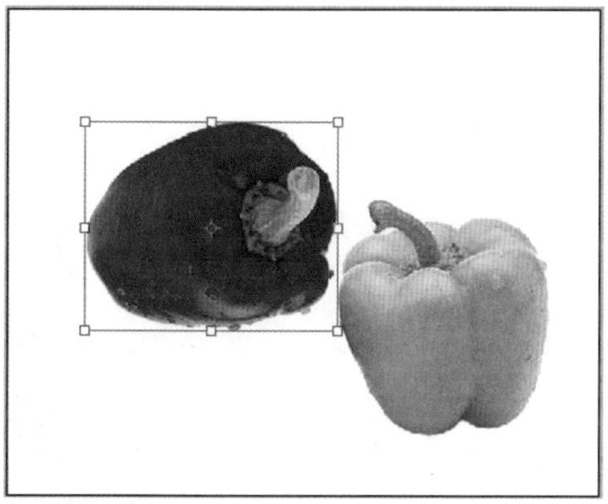
图4-103

技巧提示

这里所讲的变换操作是针对当前图层的，而“图像>旋转画布”级联菜单中的变换命令是针对整个画布的，包括所有图层，所以执行起来比较慢。

4.1.18 内容感知型缩放

Photoshop CS4中新增加了一个感知缩放功能，其效果与“自由变换”命令基本相同，不同的是：“自由变换”命令会对被变换的图像区域中的所有像素进行相同的操作处理，而使用“内容识别比例”命令可以在缩放图像的大小时根据图像中的内容和特征在调整为新的图像尺寸时智能地保留图像中较为重要的区域，使调整后的图像更加符合要求，减少对图像进行修饰等操作步骤，从而节省工作时间，并最大程度地保证图像的质量。

普通的内容识别缩放

使用“内容识别比例”命令，可以在缩放图像的同时智能地保留画面中的关键元素和可视内容。在“图层”面板中选中要缩放的图层，然后执行“编辑>内容识别比例”命令，打开变换定界框，拖动定界框放大或缩小图像，调整好后按【Enter】键确认变换操作即可。

例如，打开一个素材文件，在“图层”面板中选中“图层1”（如图4-104所示），执行“编辑>自由变换”命令，拖动变换定界框，将图像向右侧缩小至参考线的位置，可以看到画面中的图像整体都发生了明显的变形，效果如图4-105所示。

图4-104

图4-105

技巧提示▸▸▸

在使用“内容识别比例”命令调整图像大小时，如果缩放的是背景图层，则需要先执行“选择>全部”命令将背景内容全部选中，然后才能进行操作。

撤销刚才的操作，选中图层后执行“编辑>内容识别比例”命令，打开变换定界框，拖动变换定界框，将图像向右侧缩小至参考线的位置，可以看到画面中的船和树木缩小的比例很小，保留了原始图像的外观，而草地和天空部分则产生了较为自然的变形，效果如图4-106所示。

图4-106

撤销刚才的操作，再分别用“自由变换”命令和“内容识别比例”命令将图像沿着垂直方向从上向下拖动缩小，可以看到图像在缩放过程中产生了不同的缩放效果，如图4-107（垂直方向的自由变换效果）和图4-108（垂直方向的内容识别比例效果）所示。

图4-107

图4-108

保护肤色的内容识别缩放

在进行感知缩放时，按下“保护肤色”按钮，可以在保护人物皮肤色调区域不变形的前提下实现识加缩放。

例如，打开一个素材文件，如图4-109所示。执行“编辑>内容识别比例”命令，打开变换定界框，在工具选项栏中不按下“保护肤色”按钮，拖动定界框将图像缩小，效果如图4-110所示。

图4-109

观察缩放效果，可以看到人物图像发生了一定的变形。在工具选项栏中按下“保护肤色”按钮，可以看到图像缩放的效果发生改变，人物恢复为正常的比例，效果如图4-111所示。这是保护肤色功能智能处理图像的一种体现。

图4-110

图4-111

需要注意的是：保护肤色功能不是对所有人物肤色都有保护作用，Photoshop主要是通过常规的肤色颜色范围来进行判断的，不是在所有图像中都会产生较好的保护人物效果，有时会产生变形的效果。

例如，打开一个素材文件，如图4-112所示。执行“编辑>内容识别比例”命令，打开变换定界框，在工具选项栏中不按下“保护肤色”按钮，拖动定界框将图像缩小，效果如图4-113所示。按下工具选项栏中的“保护肤色”按钮，可以看到图像反而产生局部的变形，如图4-114所示。

图4-112

图4-113

图4-114

Alpha通道的精确内容识别缩放

在进行内容识别缩放时，对于特殊的图像内容，在缩放过程如果不希望某些部分受到缩放的影响，可以利用Alpha通道来精确地绘制保护区域，以实现最满意的缩放效果。

例如，打开上例中的素材文件，选择快速选择工具，在画面中的人物图像上拖动鼠标创建选区，然后打开“通道”面板，单击“将选区存储为通道”按钮，创建Alpha通道，如图4-115所示。

返回到“图层”面板中，选中当前图层，执行“编辑>内容识别比例”命令，打开变换定界框，在工具选项栏的“保护”下拉列表框中选择“无”选项，然后向右下角拖动定界框将图像缩小，效果如图4-116所示。

图4-115

图4-116

在工具选项栏的“保护”下拉列表框中选择“Alpha 1”选项，然后执行上述操作，图像的效果将发生改变，如图4-117所示。可以看到，Alpha 1通道中的白色区域（即之前的选区范围）部分的人物图像没有发生变形，而图像其余部分被缩小且一部分图像区域被剪掉了。

图4-117

内容识别缩放工具选项

在进行内容识别缩放操作时，工具选项栏中的选项会发生变化（如图4-118所示），各选项的功能与应用“自由变换”命令时的工具选项栏中的选项大致相同，下面分别进行分绍。

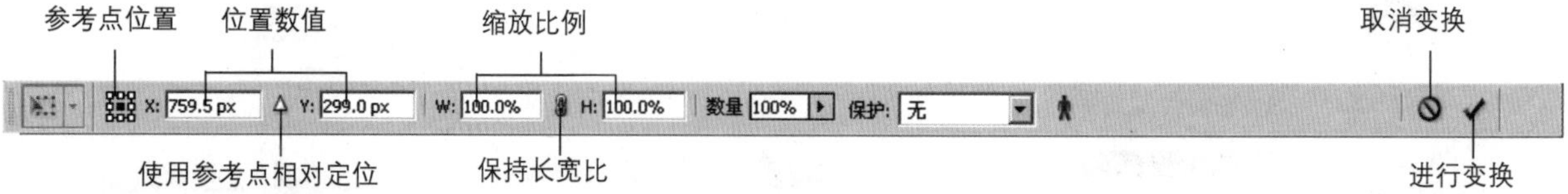

图4-118

参考点位置：单击参考点定位符上的方块，可以指定缩放图像时要围绕的固定点。默认情况下，该参考点位于图像的中心。

使用参考点相对定位：单击该按钮，可以指定相对于当前参考点位置的新参考点位置。

位置数值：可以输入 *X* 轴和 *Y* 轴像素值，从而将参考点放置于特定位置。

缩放比例：设置图像按原始大小的百分之多少进行缩放。输入宽度（W）和高度（H）的百分比，单击“保持长宽比”按钮，可以保证缩放图像时图像比例不变 。

数量：设置内容识别缩放与常规缩放的比例，从而最大限度地降低图像扭曲的程度。用户可以在文本框中输入数值，或单击箭头打开滑杆，移动滑块来调整内容识别缩放的百分比。

取消变换：单击该按钮，可以撤销正在进行的变换操作。

进行变换 ：单击该按钮，确认当前进行的变换操作效果。

4.2 图层蒙版

图层蒙版相当于一个8位灰阶的Alpha通道。在图层蒙版中，蒙版是黑色，表示全部蒙住，图层中的图像不显示；蒙版是白色，表示图像全部显示；不同程度的灰色蒙版表示图像以不同程度的透明度进行显示。使用图层蒙版的优点是只对图层蒙版进行编辑，而不影响图层的像素，当对蒙版所做效果不满意时，可以随时去掉蒙版，恢复到图像原来的样子。

4.2.1 创建图层蒙版

要建立图层蒙版，可以先选中要添加蒙版的图层，如图4-119所示，在“图层”控制面板上单击“添加图层蒙版”图标，当前图层的后面就会显示蒙版图标，如图4-120所示。

也可以通过执行菜单栏中的“图层＞图层蒙版”级联菜单中的相应命令建立图层蒙版，如图4-121所示。如果选择“图层蒙版＞显示全部”命令，则生成的是白色蒙版；如果选择“ 图层蒙版＞隐藏全部”命令，则生成的是黑色蒙版。当图层中有选区时，可将“显示选区”和“隐藏选区”两项选中。

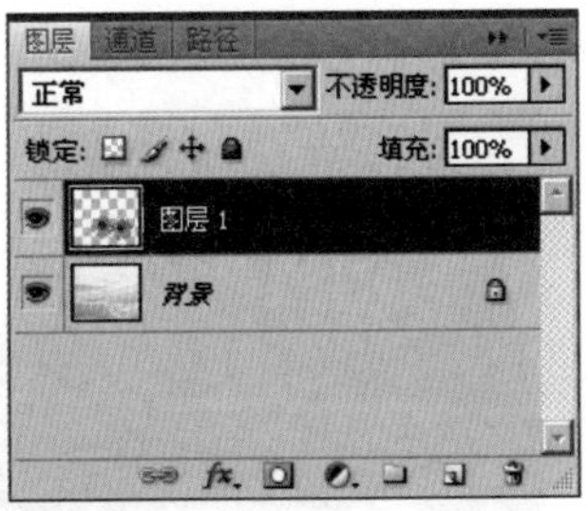

图4-119

图4-120

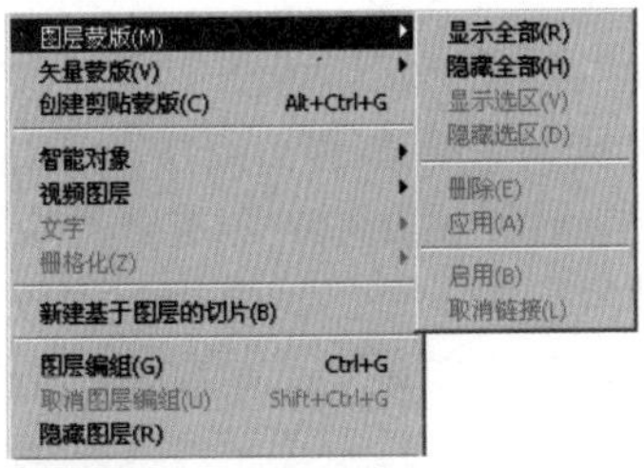

图4-121

4.2.2 编辑图层蒙版

在图层蒙版内进行编辑时，可以使用工具箱中的各种绘图工具，例如画笔、喷枪、钢笔、油漆桶和渐变工具等。

下面以画笔工具为例来进行讲解。通过画笔工具在所选图层的蒙版区域进行编辑，画笔在蒙版内绘制出的黑色笔触会将图层内的像素遮住，这样就会将下面一个图层内的内容显示出来，大面积的部分使用大笔触进行绘制，然后在“画笔”面板内将笔触缩小，进行细部描绘。图4-122和图4-123分别显示了对蒙版区域进行编辑前后的效果。

图4-122

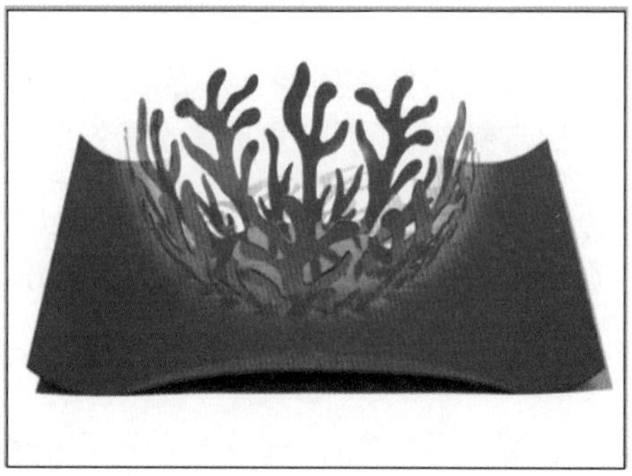

图4-123

技巧提示

在图层蒙版的编辑过程中，最快捷的方法是先用选择工具将要修改的部分选中，然后确认选中蒙版，再填充相应的灰阶。

4.2.3 管理图层蒙版

使用鼠标右键单击图层蒙版，弹出图层蒙版菜单，如图4-124所示。可以选择其中的各个命令对图层蒙版进行管理，例如选择“停用图层蒙版”命令，图层蒙版就失去了作用，此时的“图层”控制面板如图4-125所示。

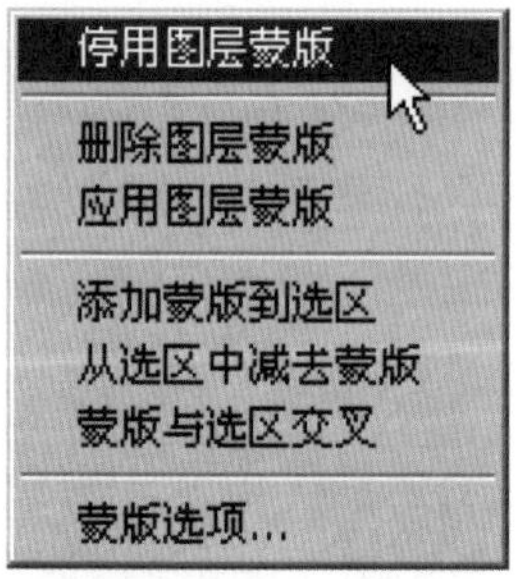

图4-124

图4-125

要将蒙版转换为选区，则在“图层”控制面板中按住Ctrl键单击图层或图层蒙版缩览图；要向现有选区添加像素，则按住Ctrl+Shift组合键单击“图层”控制面板中的图层或图层蒙版缩览图；要从现有选区减去像素，则按住Ctrl+Alt组合键单击“图层”控制面板中的图层或图层蒙版缩览图；要载入像素和现有选区的交集，则按住Ctrl+Shift+Alt组合键单击“图层”控制面板中的图层或图层蒙版缩览图。也可以直接选中要转换的图层蒙版并单击鼠标右键，然后在弹出的快捷菜单中选择相应命令。例如，选择“添加蒙版到选区”命令（如图4-126所示），图像效果如图4-127所示。

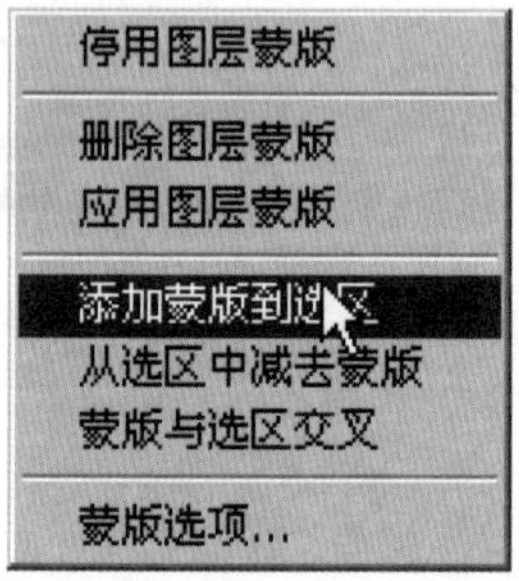

图4-126

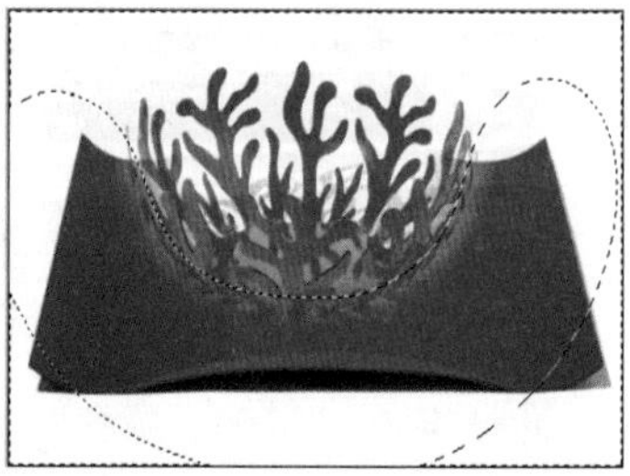

图4-127

4.3 图层样式

在Photoshop中，图层样式可以说是最实用的功能了。图层样式在不破坏图层像素的基础上赋予图像各种特殊效果。Photoshop中的任何图层，不管是普通图层、文字图层、形状图层还是各种调整图层，都可以添加图层样式。但是，对背景、锁定的图层或图层组不能应用图层效果和样式。

通过执行菜单栏中的“图层>图层样式”命令下的各级联菜单命令，或单击“图层”控制面板底部的“添加图层样式”图标fx，能够很方便地添加阴影、浮雕和外发光等各种图层效果。在具体操作时，可以根据需要来自定义各种效果的参数，也可以选择一种或几种效果同时应用，以便将图像处理得更加完美。

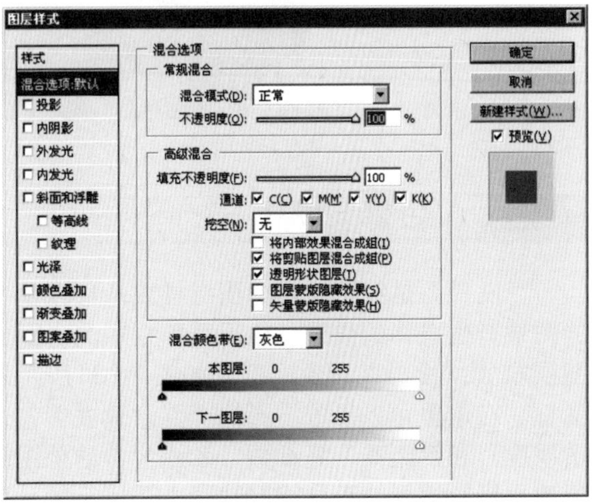

图4-128

4.3.1 混合选项

执行菜单栏中的“图层>图层样式>混合选项”命令，弹出如图4-128所示的对话框，可以在该对话框中进行各混合选项的设置。下面分别介绍该对话框右侧的“常规混合”、“高级混合”和“混合颜色带”选项区域。

常规混合

在“常规混合”选项区域中可以设置图层的混合模式和不透明度。

高级混合

在“高级混合”选项区域中可以对图像的通道进行更详细的图层混合设置。

填充不透明度：可以选择不同的通道来设置不透明度，图层特效不受其影响。

通道：可以选择对不同通道进行混合。

挖空：用来设置穿透某图层是否看到其他图层的内容。选择“无”选项，表示没有挖空效果；选择“浅”选项，表示图像向下挖空到图层组的最下方的一个图层为止；选择“深”选项，表示图像向下挖空到所有图层。

混合颜色带

“混合颜色带”选项区域可以用来设置图层上图像像素的色阶显示范围或该图层下面的图像被覆盖像素的色阶显示范围。

在“混合颜色带”选项区域中可以看到两个灰色渐变条，用来表示图层的色阶，范围是0～255，灰色渐变条下方有两个三角滑块。在“本图层”灰色渐变条中，可以通过拖动滑块来显示或隐藏当前图层的图像像素；在“下一图层”灰色渐变条中，可以通过拖动滑块来调整下面图层的图像像素的亮部或暗部不让上面图层覆盖。黑色滑块代表图层的暗部像素，白色滑块代表图层的亮部像素。图4-129和图4-130所示的为通过移动“本图层”灰色渐变条上的白色滑块来去掉树叶上的浅黄部分之前和之后的效果。另外，还可以在按住Alt键的同时拖动滑块使滑块被分开，让图像上下两层颜色的过渡更平滑。

图4-129

图4-130

4.3.2 “投影”样式

“投影”是经常使用的图层样式，可以使平面的图像产生立体的效果。执行菜单栏中的“图层>图层样式>投影”命令，打开如图4-131所示的对话框。在这里可以设置投影的“混合模式”、“不透明度”和“距离”等参数，系统会自动替图层对象建立投影效果。图4-132和图4-133所示的分别为添加投影前和添加投影后的效果。

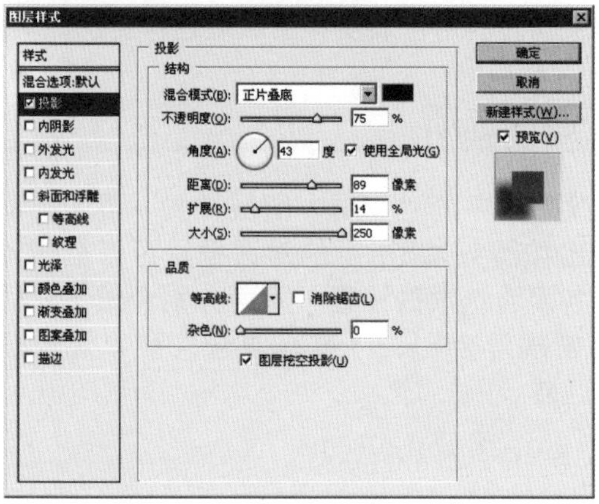

图4-131

角度：设置投影的角度。

距离：设置投影与图像间的距离。

使用全局光：选中该复选框后，图像中的所有图层均使用统一光线。

扩展：设置图像与投影相叠处的边界范围。

大小：设置投影的模糊程度。

图4-132

图4-133

等高线：设置投影时采用等高线的样式，它的作用是加强投影的不同立体效果，如图4-134所示。

杂色：在生成的投影中加入杂点，以产生特殊的效果。数值越大，效果越明显，图4-135显示了杂色为100%时的效果。

图4-134

图4-135

消除锯齿：控制投影的模糊衰减效果。

图层挖空投影：指定生成的投影是否与当前图像所在的图层相分离。

4.3.3 “内阴影”样式

“内阴影”样式可在图层内侧边缘加上阴影，与“投影”样式相似，只不过“投影”样式是在图层下方加上阴影。“内阴影”样式的设置对话框如图4-136所示。图4-137所示的为应用“内阴影”样式后的图像效果。

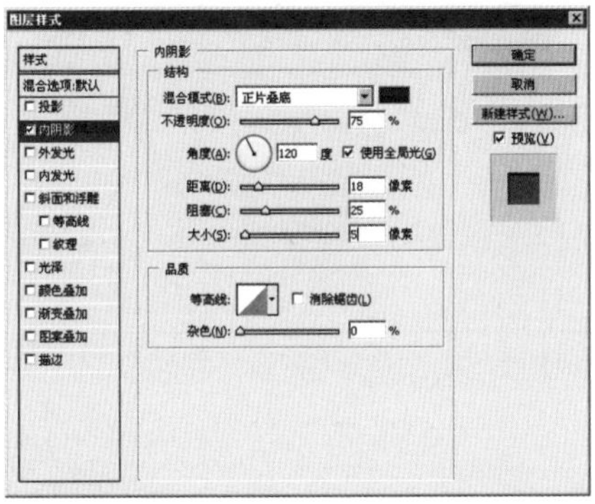

图4-136

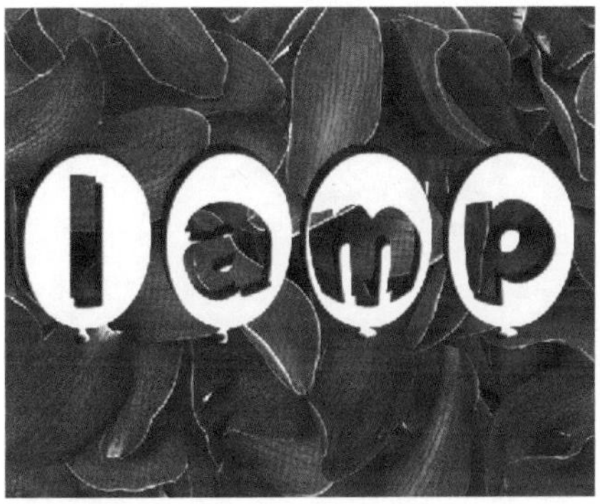

图4-137

阻塞：用来设置图像与内阴影之间内缩的大小。

4.3.4 “外发光”样式

在处理图像的过程中，有时需要让图像或文字的外边缘产生发光的效果。可以先选定要应用“外发光”样式的图层，然后执行菜单栏中的“图层>图层样式>外发光”命令，弹出如图4-138所示的对话框。图4-139显示了应用“外发光”样式后的图像效果。

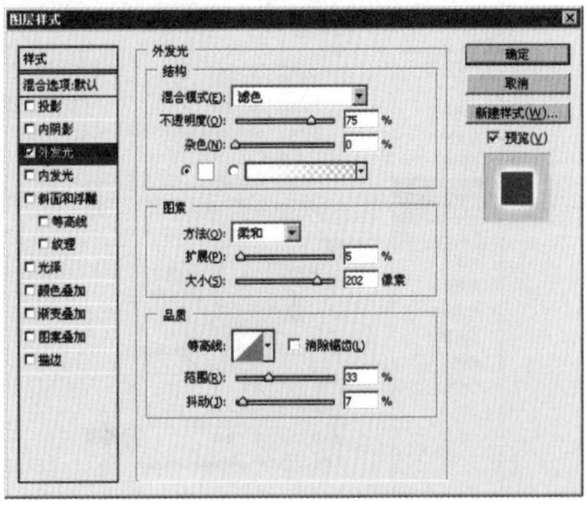

图4-138

方法：设置发光边缘的各种光源衰减模式。

扩展：设置边缘向外扩展的数值。

大小：设置发光的柔化效果。

等高线：设置外发光的轮廓形状。

范围：设置等高线的运用范围。

抖动：让渐变的透明度与色彩产生部分随机变化的效果。

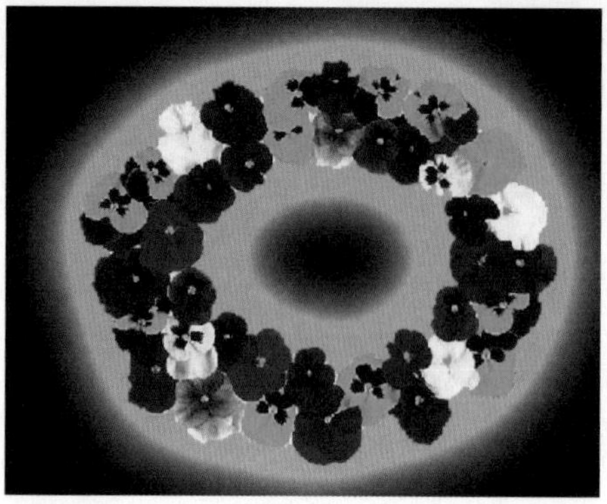

图4-139

4.3.5 “内发光”样式

“内发光”样式可以在选定的图像内侧边缘产生光晕的效果。执行菜单栏中的“图层>图层样式>内发光”命令，弹出如图4-140所示的对话框。图4-141所示的是添加“内发光”样式后的图像效果。

阻塞：用来设置边缘向内扩展的数值。

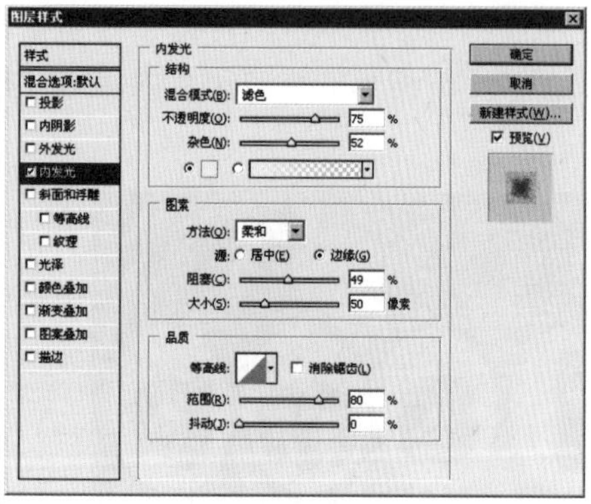

图4-140

图4-141

4.3.6 “斜面和浮雕”样式

“斜面和浮雕”是最具变化、最复杂的内置图层样式。执行菜单栏中的“图层>图层样式>斜面和浮雕”命令，弹出如图4-142所示的对话框，可以在该对话框中设置各项参数。图4-143所示的是添加“斜面和浮雕”样式后的图像效果。

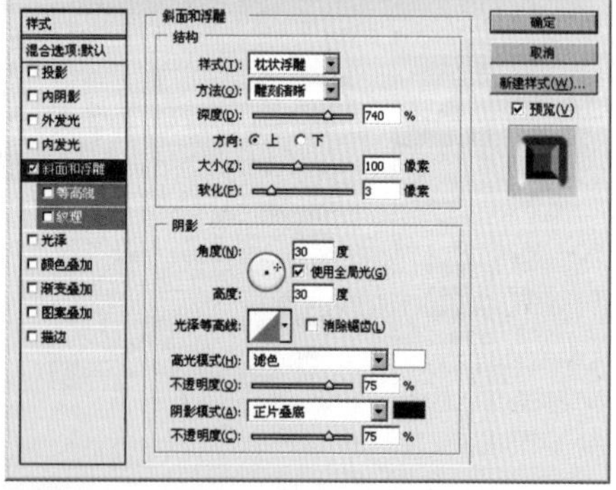

图4-142

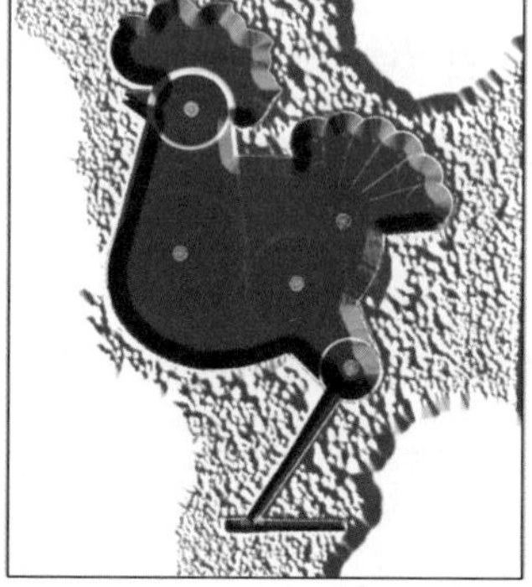

图4-143

样式：用来设置斜面及浮雕的操作方式，共有5种。“外斜面”在图层内容的外边缘建立斜角，“内斜面”在图层内容的内边缘建立斜角，“浮雕效果”以下面图层为背景建立图层内容的浮雕效果，“枕状浮雕”在下面图层中建立图层内容边缘的盖印效果，“描边浮雕”限定只在图层中所套用的描边效果边缘建立浮雕。注意，如果图层中没有应用描边效果，那么将无法看到描边浮雕效果。用户可以根据需要来选取所要的操作方式。

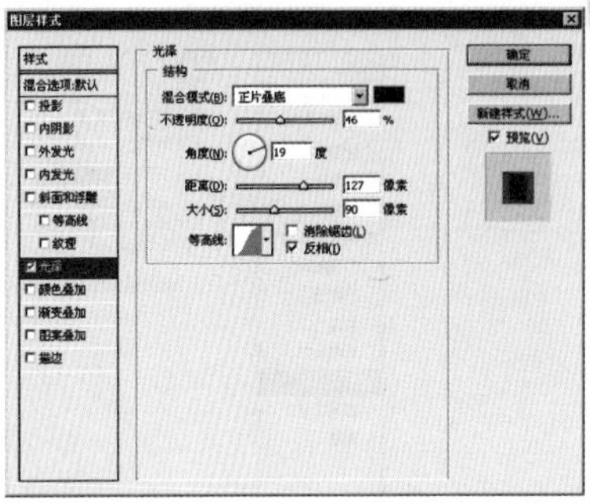

图4-144

4.3.7 “光泽”样式

“光泽”样式可在图像边缘部分产生柔化效果。执行菜单栏中的“图层>图层样式>光泽”命令，弹出如图4-144所示的参数设置对话框。应用“光泽”样式后的图像效果如图4-145所示。

图4-145

混合模式：设置与下一图层颜色的叠加模式，单击其右边的颜色块可以设置其颜色。

距离：设置光泽与图像之间的距离。

4.3.8 “颜色叠加”样式

“颜色叠加”样式可以为当前图层填充一种颜色。执行菜单栏中的“图层>图层样式>颜色叠加”命令，弹出如图4-146所示的对话框。应用“颜色叠加”样式后的图像效果如图4-147所示。

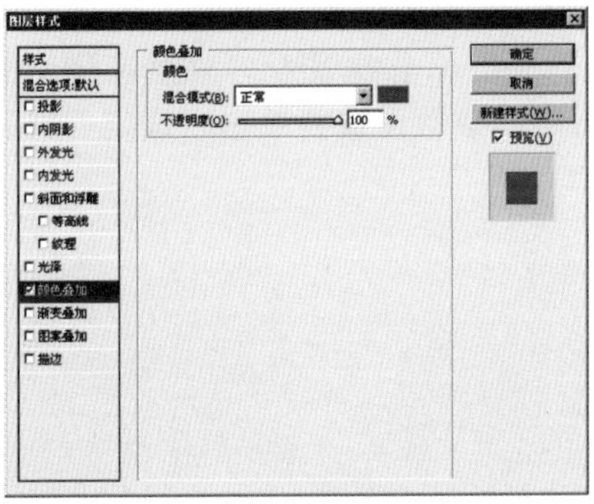

图4-146

图4-147

混合模式：设置所添加的颜色与图像的混合模式，单击右侧的颜色块可以设置颜色。

不透明度：设置颜色叠加的不透明度。

4.3.9 “渐变叠加”样式

“渐变叠加”样式可以在图层上添加一种渐变色。执行菜单栏中的“图层>图层样式>渐变叠加”命令，弹出如图4-148所示的对话框。应用“渐变叠加”样式后的图像效果如图4-149所示。

渐变：用于选择渐变的种类，还可以自定义渐变效果。

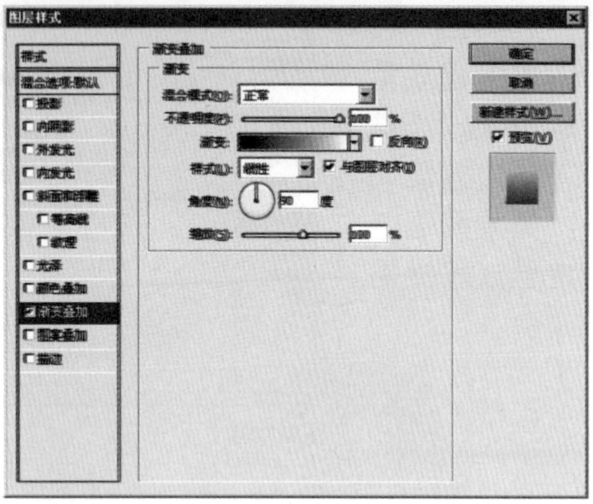

图4-148

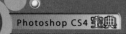

图4-149

反向：选中该复选框，可以将渐变颜色反转。

样式：在该下拉列表框中可以选择渐变类型，包括“线性”、“径向”、“角度”、“对称的”和“菱形”5个选项。

角度：用于设置渐变的角度。

缩放：设置渐变效果的缩放比例。

4.3.10 “图案叠加”样式

“图案叠加”样式可以在图层图像上填充一种图案，效果与使用填充命令类似。执行菜单栏中的“图层>图层样式>图案叠加”命令（或在“图层”控制面板的底部单击fx.图标，然后在弹出的菜单中选择“图案叠加”命令），在打开的对话框中进行如图4-150所示的参数设置并单击“确定”按钮，应用该样式后的图像效果如图4-151所示。

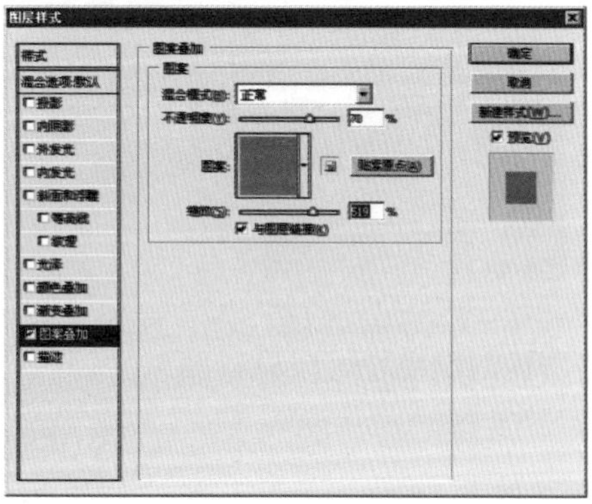

图4-150

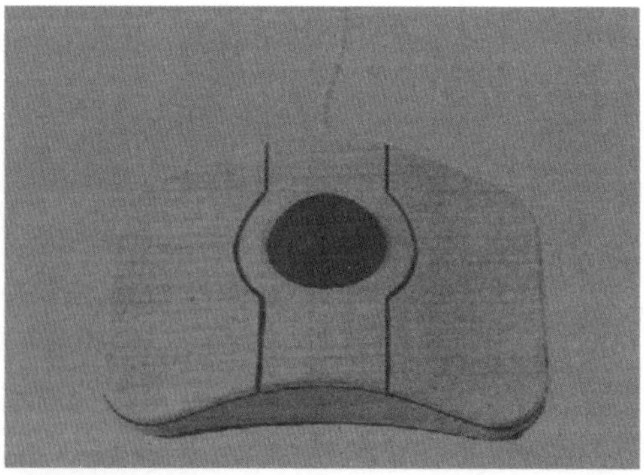

图4-151

技巧提示

图层样式都只对图层内容起作用（从而产生一种填充效果），而对图层中的透明部分不起作用，该部分仍显示为透明。因此，没有内容的图层不适合应用这些图层样式。

4.3.11 “描边”样式

“描边”样式会在当前图层的图像边缘上产生一种描边效果。执行菜单栏中的“图层>图层样式>描边”命令，弹出“描边”设置对话框，如图4-152所示。应用“描边”样式后的图像效果如图4-153所示。

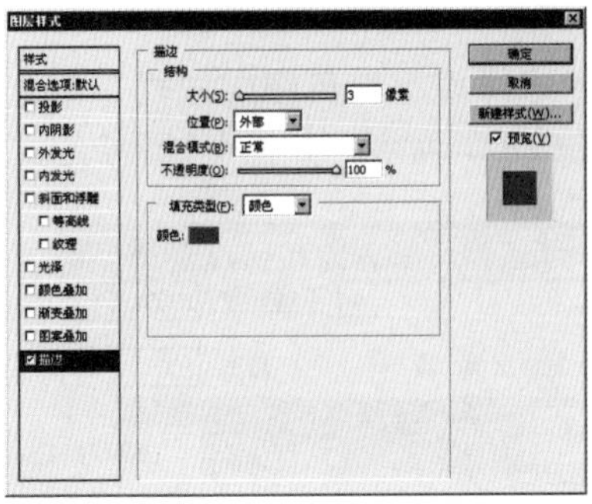

图4-152

图4-153

位置：设置描边的位置，包括“外部”、“内部”和“居中”3个选项。

填充类型：用于设置描边区域的填充内容，包括“颜色”、“渐变”和“图案”3个选项。

4.4 管理图层样式

除背景图层之外的任何图层都可以应用图层样式。可以新建图层样式，将图层样式复制并粘贴到别的图层，也可以随时删除图层样式，还可以将它们转换为普通图层。

4.4.1 建立图层样式

在“图层样式”对话框中，可以新建图层样式，并将其保存，以备再用。打开“图层样式”对话框，在对话框中设置所需要的特效（如图4-154所示），然后单击“新建样式”按钮。

在弹出的对话框中输入新名称，如图4-155所示。若选中“包含图层效果”复选框，则表示将特效加入到样式中；若选中“包含图层混合选项”复选框，则表示将图层混合选项加入到样式中。单击“确定”按钮，即可添加一个新的图层样式。

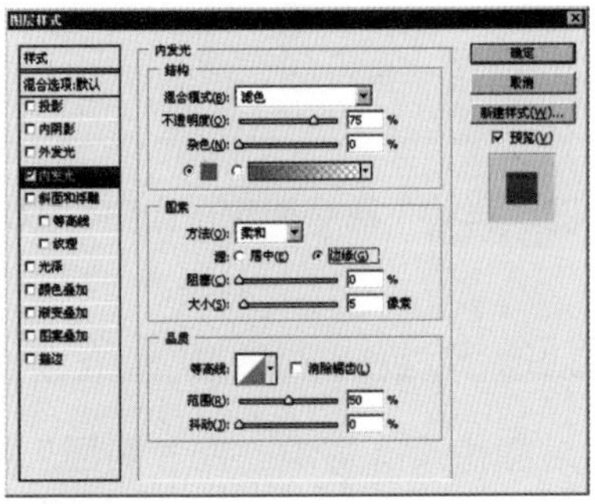

图4-154

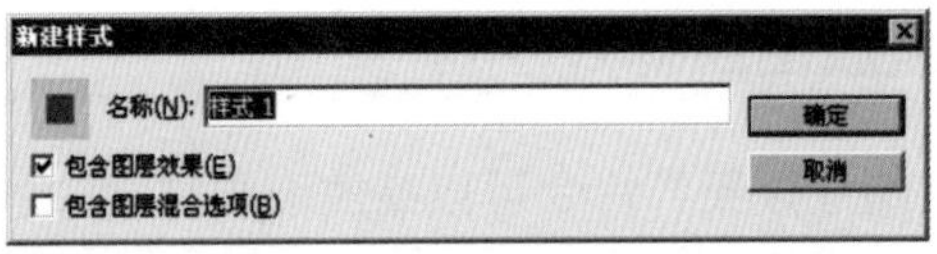

图4-155

4.4.2 复制、粘贴图层样式

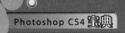

复制和粘贴图层样式就是将某一图层的样式复制，然后粘贴到其他图层中，这样既省去了重复设置的麻烦，又加快了操作速度，具体操作如下。

打开一幅图像，如图4-156所示。

选中要复制图层样式的图层，执行菜单栏中的“图层>图层样式>拷贝图层样式”命令。还可以在该图层上单击鼠标右键，在弹出的快捷菜单中选择“拷贝图层样式”命令，如图4-157所示。

图4-156

图4-157

选中想要添加同样图层样式的图层，然后执行菜单栏中的“图层>图层样式>粘贴图层样式”命令。还可以在该图层上单击鼠标右键，在弹出的快捷菜单中选择“粘贴图层样式”命令，如图4-158所示。执行以上操作后的图像效果如图4-159所示。

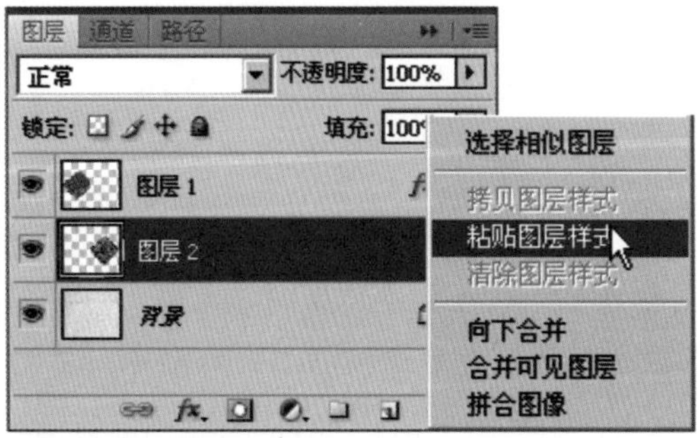

图4-158

图4-159

4.4.3 删除图层样式

要删除图层样式，只需执行菜单栏中的“图层>图层样式>清除图层样式”命令即可，如图4-160所示。

4.4.4 缩放图层样式

使用“缩放效果”命令可以缩放图层样式中的所有效果，而对图像没有影响。在“图层”控制面板中选择应用图层样式的图层，执行菜单栏中的“图层>图层样式>缩放效果”命令（如图4-161所示），弹出“缩放图层效果”对话框（如图4-162所示），在对话框中输入缩放数值或单击下拉按钮并调整数值，然后单击“确定”按钮。

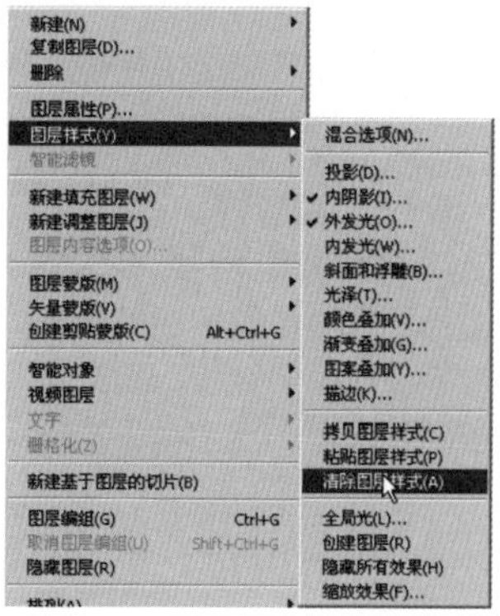
图4-160

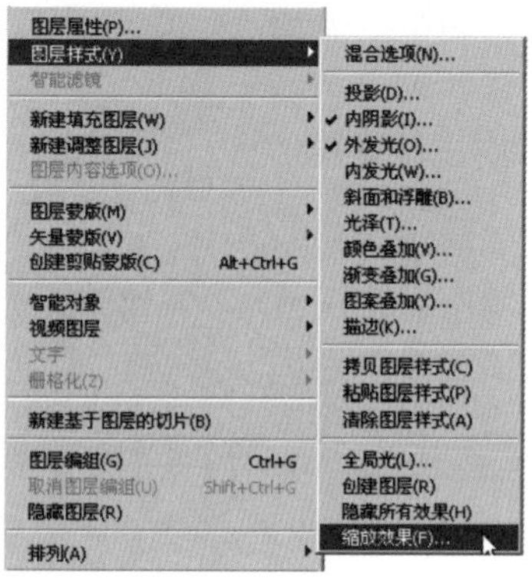
图4-161

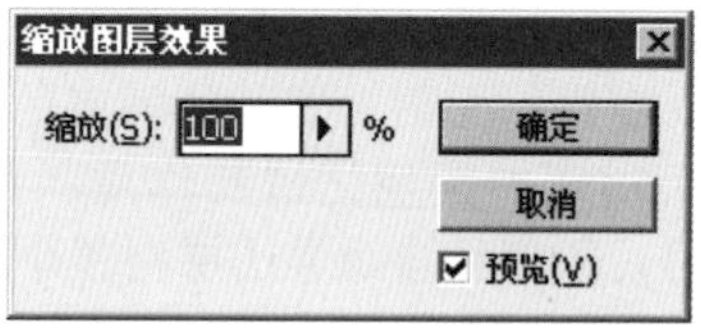

图4-162

将应用了样式的图层选中，执行菜单栏中的“图层>图层样式>创建图层”命令，如图4-163所示。这样，应用图层样式的图层即转换为普通图层，且与原图层分离形成独立的图层，可分别进行编辑，执行该命令前后的“图层”控制面板分别如图4-164和图4-165所示。

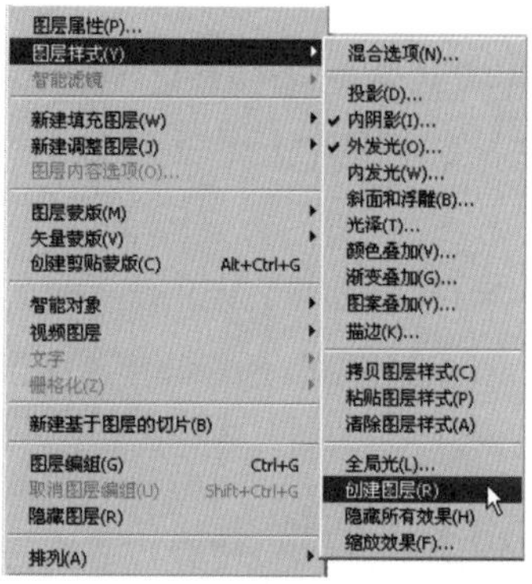
图4-163

图4-164

图4-165

4.5 调整图层和填充图层

调整图层是一种比较特殊的图层，用于改变其下方所有图层的色相、饱和度和对比度等，而不会改变图层的像素。可以随时对调整图层进行修改。填充图层和调整图层的作用有些类似，因此被归为一类，它们都是在使图像变化的同时尽量保持原图像素不被破坏，但填充图层的不同在于不会对它下面的图层造成影响。填充图层的填充内容可以为实色、渐变和图案，并自动添加图层蒙版以控制填充图层的显示和隐藏。

4.5.1 创建调整图层

执行菜单栏中的“图层>新建调整图层”命令，如图4-166所示。

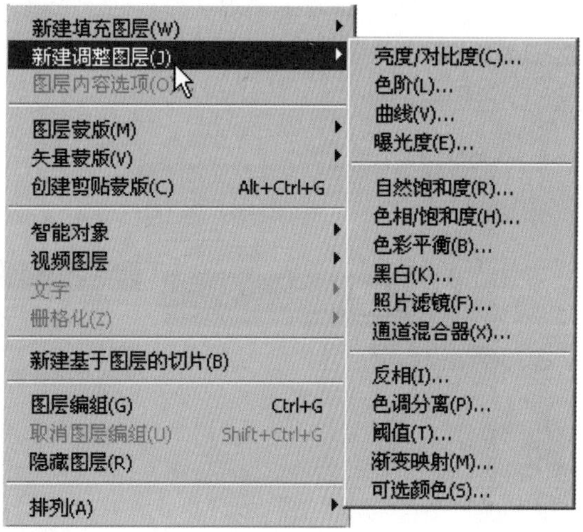

图4-166

在弹出的级联菜单中选择一个色调和色彩调整命令，在打开的对话框中进行相应设置并单击“确定”按钮，然后在弹出的“调整”面板中进行设置。

在“图层”控制面板中，调整图层的右侧显示与色调或色彩命令相关的图层蒙版缩览图。中间显示关于图层内容与蒙版是否链接的链接符号，当出现链接符号时，表示色调或色彩调整将只对蒙版中所指定的图像区域起作用；反之，若没有链接符号，则表示该调整图层对整个图像起作用。

技巧提示

调整图层对其下方的所有图层都起作用，而对其上方的图层不起作用。在使用调整图层进行色彩或色调调整时，若不想对调整图层下方的所有图层都起作用，则可以将调整图层与其下方的图层编组，如此，该调整图层就只对编组的图层起作用，而不会影响其他没有编组的图层。

若想对调整图层进行重新设置，则在“图层”控制面板中双击调整图层的图层缩览图，打开“调整”面板重新设置参数。

4.5.2 创建填充图层

打开一幅图像，并在图像中选择填充范围，如图4-167所示。

执行菜单栏中的“图层>新建填充图层”命令，在打开的级联菜单中选择填充类型，如图4-168所示（或单击“图层”控制面板下面的按钮，在弹出的菜单中选择要执行的命令，如图4-169所示）。注意，选择的填充图层类型不同，填充效果也不同。

填充图层是作为一个图层保存在图像中的，不会影响其他图层和整个图像的品质，可以进行反复的修改和编辑。

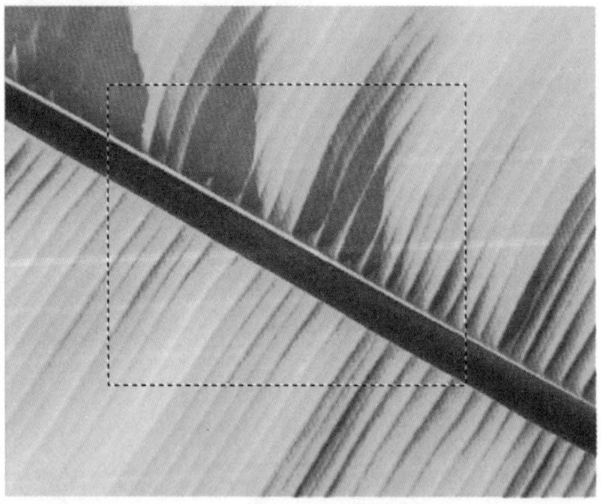

图4-167

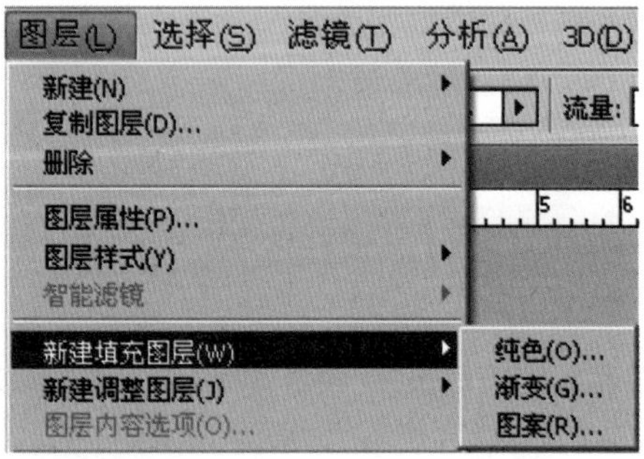

图4-168

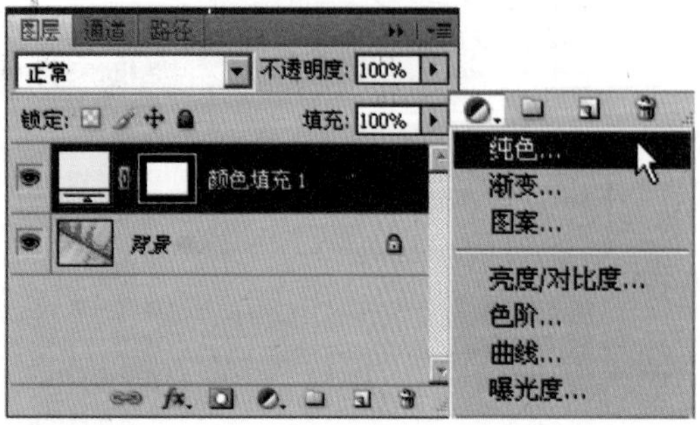

图4-169

技巧提示

若想重新设置填充的内容，则可以在填充图层缩览图上双击，或执行菜单栏中的“图层>图层内容选项”命令。若要更改填充类型，可在选择填充图层后执行菜单栏中的“图层>更改图层内容”命令，然后在弹出的级联菜单中选择一种类型。

4.6 图层复合

所谓“图层复合”，其实就是对图层的状态进行临时存储，可存储图层的可见性、排列位置以及图层样式等，同时不影响历史记录。

“图层复合”控制面板

通过更改文档中的图层并更新“图层复合”控制面板中的复合来创建复合。执行菜单栏中的“窗口＞图层复合”命令，打开“图层复合”控制面板，如图4-170所示。

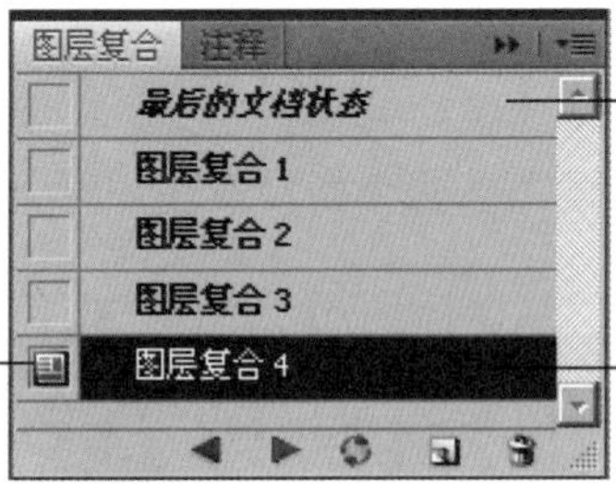

图4-170

下面简单介绍一下创建图层复合的方法。

打开如图4-171所示的图像，此时的“图层”控制面板如图4-172所示，其中只显示“图层1”，其他图层处于隐藏状态。

图4-171

图4-172

执行菜单栏中的“窗口＞图层复合”命令，弹出“图层复合”控制面板，单击其中的“创建新的图层复合”图标，弹出“新建图层复合”对话框，按如图4-173所示进行设置，然后单击“确定”按钮。此时的“图层复合”控制面板如图4-174所示。

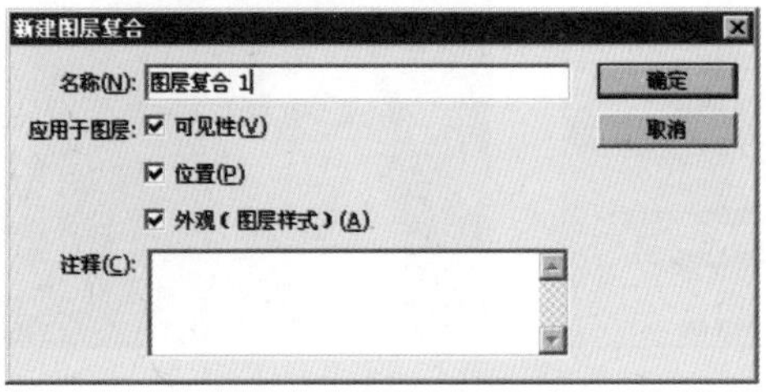

图4-173

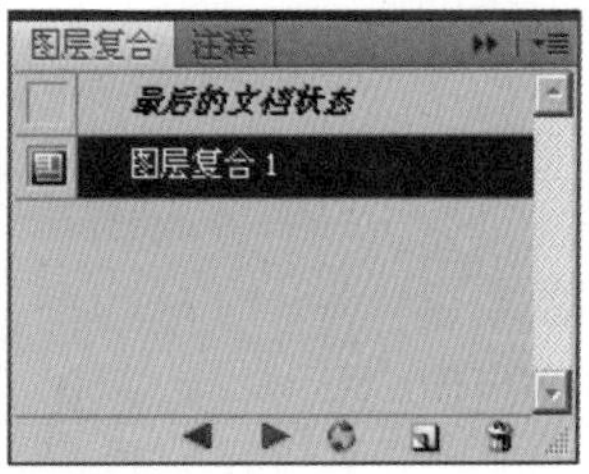

图4-174

返回到“图层”控制面板中，显示其他几个图层（如图4-175所示），此时的图像效果如图4-176所示。

图4-175

图4-176

再次单击“图层复合”控制面板中的“创建新的图层复合”图标，弹出“新建图层复合”对话框，按如图4-177所示进行设置，将名称设置为“添加效果”，单击“确定”按钮，得到如图4-178所示的“图层复合”控制面板。这样就在图像上建立了两个图层复合，而且已经被记录下来，在以后的图像处理过程中可以随时调整。

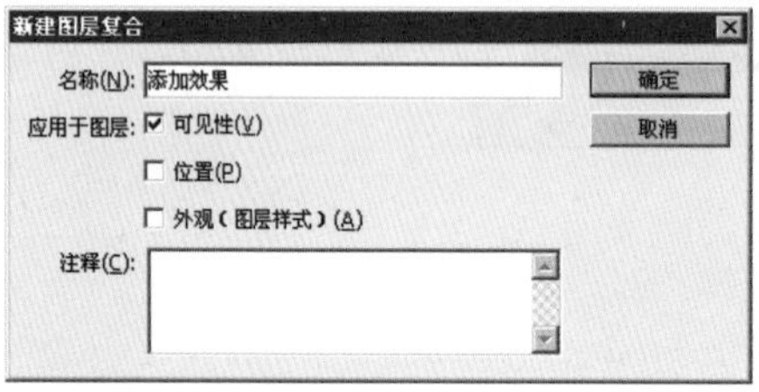

图4-177

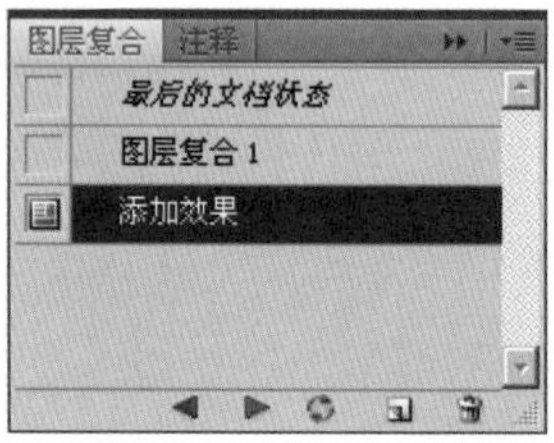

图4-178

建立了图层复合后，如果进行了其他操作，则可以利用图层复合来恢复操作之前的状态。按如图4-179所示将“图层”控制面板中的图层都显示出来，得到如图4-180所示的效果。

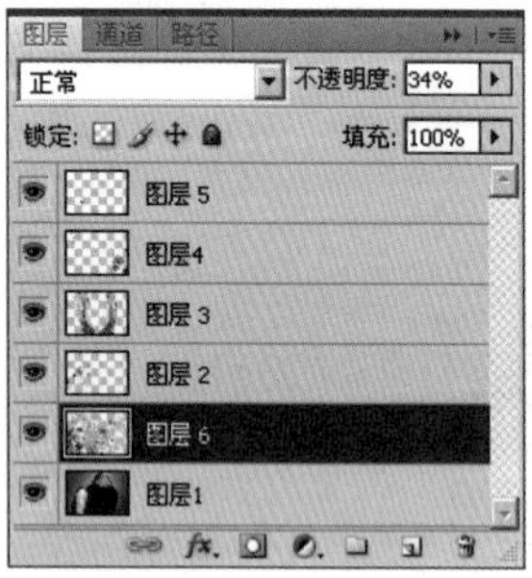

图4-179

图4-180

打开“图层复合”控制面板，选择“添加效果”图层复合，然后单击控制面板右侧的扩展按钮，在弹出的扩展菜单中选择“应用图层复合”命令（如图4-181所示），就可以返回到“添加效果”图层复合所记录的状态，如图4-182所示。

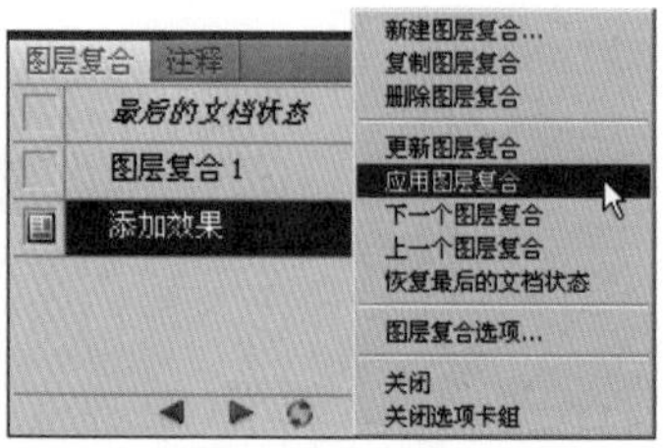

图4-181

图4-182

4.7 智能对象

Photoshop CS4引入了一个称之为智能对象图层的新型图层。智能对象可以将位图或矢量图像输入Photodhop文档，被输入的数据仍然保持其原有的特性而且完全可以进行编辑，就像Illustrator图像置入Photoshop文档中。使用智能对象可以对单个对象进行多重复制，当复制的对象被编辑时，所有的复制对象都可以随之更新。可以将图层样式和调整图层应用到单个智能对象，而不影响其他复制对象。使用智能对象可以对光栅和矢量图像进行缩放、旋转和扭曲等，还可以保存Illustrator中的矢量图像。

4.7.1 组合智能对象图层

要组合智能对象图层，可执行菜单栏中的“文件>置入”命令，将图片置入到Photoshop文档中。在“图层”控制面板中选择一个图层或按Ctrl键选择多个图层，然后执行菜单栏中的“图层>智能对象>转换为智能对象”命令，这些图层就会被捆绑组成一个智能对象图层。进行上述操作前后的“图层”控制面板分别如图4-183和图4-184所示。要想知道目前正在浏览的是“智能对象”缩略图还是“图层”控制面板中的图层缩略图，可以将指针放置在缩略图上查看工具提示，也可以在缩略图的右下角搜寻一个小的“智能对象”图标。

图4-183

图4-184

技巧提示

通过复制已有的智能对象可以创建两个有着相同源内容的版本，这些智能对象是可以相互链接的，所以当对一个版本进行编辑时，第二个版本也将被更新；如果这些智能对象没有相链接的话，对一个智能对象进行编辑另一个则不会受到影响。

4.7.2 智能对象图层副本

创建智能对象图层副本有3种方法：第1种方法是选中智能对象图层，执行菜单栏中的“图层>新建>图层”命令；第2种方法是选中智能对象图层，执行菜单栏中的“图层>智能对象>通过拷贝新建智能对象”命令；第3种方法是将智能对象图层拖到“图层”控制面板底部的“创建新图层”图标上。利用这3种方法创建智能对象图层副本，都会有一个新的智能对象出现在“图层”控制面板上，其名称与原智能对象相同，只是在后面多了一个“副本”后缀，如图4-185所示。可以在“图层”控制面板中的图层名称上双击鼠标来对图层进行重命名。复制后的图像效果如图4-186所示。

图4-185

图4-186

4.7.3 编辑内容

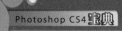

智能对象允许对其源内容进行编辑。在编辑时，源内容文件将在Photoshop或Adobe Illustrator（如果其内容是矢量PDF或EPS数据）中打开智能对象，方法是：在“图层”控制面板上选择智能对象图层，然后执行菜单栏中的“图层＞智能对象＞编辑内容”命令（或者在“图层”控制面板中双击智能对象缩略图），这时会弹出一个提示框，如图4-187所示，单击“确定”按钮。智能对象以及与其相连的所有图层将打开，如图4-188所示。对源内容“子”文件进行编辑，编辑完毕后，执行菜单栏中的“文件＞保存”命令来保存设置。最后，返回含有智能对象的Photoshop“母”文件，智能对象的所有相依物体都得到了更新。

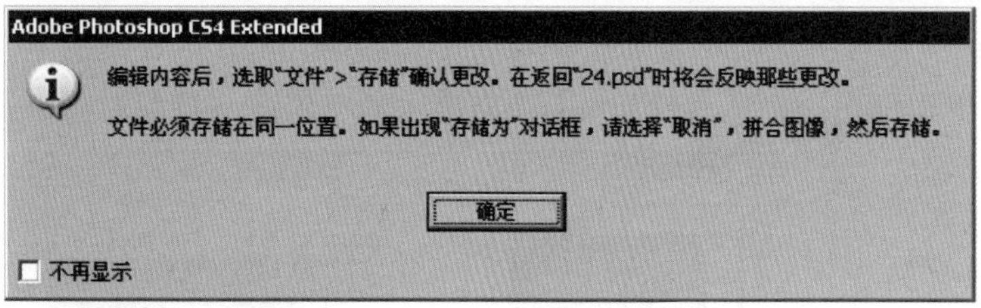

图4-187

图4-188

4.7.4 导出内容

执行“导出内容”命令，可以将智能对象的内容完完整整地输送到任一驱动器或者那些拥有访问权的目录中。从“图层”面板中选择智能对象图层，然后执行菜单栏中的“图层＞智能对象＞导出内容”命令，这时会出现一个“存储”对话框，定位于希望输出智能对象的地方，然后单击“保存”按钮，智能对象就会以PSB格式或 PDF格式进行保存。

4.7.5 替换内容

使用“替换内容”命令，可以同时更新一个或多个智能对象的相依物体。执行菜单栏中的“图层＞智能对象＞替换内容”命令，在弹出的对话框中选择想要使用的文件，然后单击“置入”按钮，新的内容就被置入到含有智能对象的Photoshop“母”文件中，相连的智能对象也被更新。

4.7.6 转成普通图层

执行菜单栏中的“图层＞智能对象＞栅格化”命令，可以将智能对象图层（如图4-189所示）转换成常规图层，并以当前的大小规格将其内容栅格化。这时，“图层”控制面板上的智能对象缩略图就消失了，如图4-190所示。如果想要再创建智能对象，则需要重新选择图层并从最初的步骤开始操作。不过，新的智能对象将不再拥有对之前的智能对象所做的设置。

图4-189

图4-190

05
CHAPTER

图像色彩与色调的调节

当在Photoshop软件中绘制一幅作品时，通常情况下不会一次到位，需要多方位、多层次的修改与调整才能完稿。其中，最为显著的莫过于对图像色彩和色调的调整，它们在作品的视觉表现中起着非常重要的作用。

Photoshop软件的主要功能就是处理图像，对图像色彩和色调的控制更是编辑图像的关键，只有有效地控制图像的色彩和色调，才能制作出高品质的图像。Photoshop提供了完善的色彩和色调调整功能。可以执行菜单栏中的“图像>调整”命令来调整图像的色调和色彩，主要是对图像的明暗度（即亮度）、对比度、饱和度以及色相等进行设置。图5-1所示的为“调整”命令的级联菜单。

图5-1

5.1 颜色概述

颜色可以产生对比效果并且使图像显得更加绚丽，同时激发人们的想象，正确地运用颜色能使暗淡的图像变得明亮绚丽。构成色彩的基本要素是色相、亮度和饱和度，这是色彩的三种属性，这三种属性以人类对颜色的感觉为基础，互相制约，共同构成人类视觉中完整的颜色表象。

5.1.1 色相

每种颜色固有的颜色叫做色相，这是一种颜色区别于另一种颜色最显著的特征。通常，颜色的名称就是由其色相来决定的，例如红色、橙色、蓝色、黄色和绿色等颜色体系中最基本的色相为红、橙、黄、绿、青、蓝、紫，将这些颜色相互混合可以产生许多其他色相的颜色。

除了以颜色固有的色相来命名颜色外，也有以其他方式命名颜色的情况，如以植物所具有的颜色命名，如柠檬黄、橘红、草绿、枣红等；以动物所具有的颜色命名，如孔雀蓝、象牙白、驼色等；以颜色所具有的深浅和明暗命名，如深蓝、浅绿、暗红、明黄等。

以基于色相的方法对颜色进行命名，只能反映出颜色的一般相貌和特征，由于地区环境、年龄和爱好等不同，人们对于颜色的认识也不同，很难表达出颜色的细微差别。因此，要正确表述一种颜色，必须结合以下讲述的另外两种颜色属性量化颜色的属性值。

5.1.2 饱和度

饱和度是指颜色的强度或纯度，表示色相中颜色本身色素分量所占比例，使用0%～100%的百分比来度量。在标准色轮上，饱和度从中心到边缘递增。当图像的饱和度为0%时，就会变成一个灰色的图像。颜色的饱和度越高，其鲜艳的程度也越高；反之，颜色则因包含其他颜色而显得陈旧或浑浊。

5.1.3 亮度

亮度是指颜色的明暗程度，通常使用0%～100%的百分比来度量。

正常强度的光线照射的色相，被定义为标准色相；亮度高于标准色相的，称为该色相的亮调；反之称为该色相的暗调。

在各种颜色中，亮度最高的是白色或接近白色的颜色，亮度最低的是黑色或接近黑色的颜色，因此黑色和白色是亮度中的极点。

5.1.4 色调

图像通常可以分为多个色调，其中包含一个主色调。色调是从物体反射或透过物体传播的颜色，色调调整是指将图像颜色在各种颜色之间进行调整。在通常情况下，色调是用颜色的名称标识的，例如光是由红、橙、黄、绿、青、蓝和紫7色组成的，每一种颜色代表一种色调。

5.1.5 对比度

对比度是指不同颜色之间的差异。对比度越大，两种颜色之间的差异就越大。例如，将一幅灰度图像的对比度增加后，黑白颜色对比将会更加鲜明。当对比度增加到极限时，灰度图像将只剩下黑白两色；而将对比度减小到极限时，灰度图像将只剩下灰色底图。

5.2 图像色调调节

对图像的色调进行控制，主要是对图像明暗度进行调整。当一幅图像显得比较暗时，可以将它变亮；或者将一个颜色过亮的图像变暗。

5.2.1 色阶分布图

Photoshop将图像上的色阶与明暗度的分布制成了色阶分布图，提供色调分布的统计功能，可以利用这个图形来了解图像中亮部与暗部的分布状况，也可以查看图像某个选取区域的色调分布状况。执行菜单栏中的“窗口>直方图”命令，打开“直方图”控制面板，如图5-2所示。在执行“直方图”命令之前先选取范围，则Photoshop只对选取范围内的像素绘制色调分布状况图，从而有效地控制图像的色调。

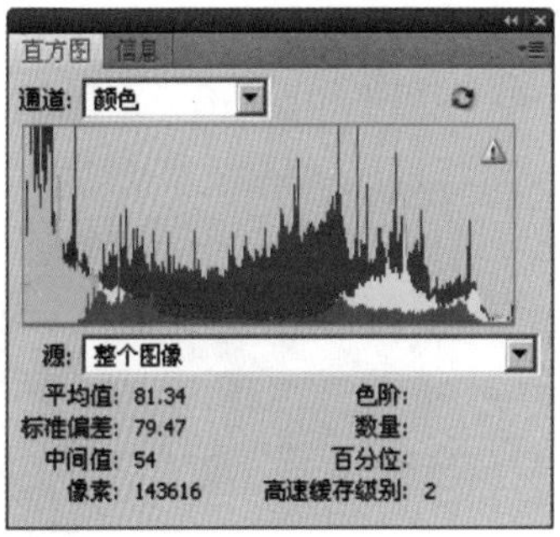

图5-2

在“直方图”控制面板的“通道”下拉列表框中，可以设置要查看的内容。如果选择“亮度”选项，则查看所有图像通道的色调；如果选择其他选项，则表示对单一的通道查看色调分布情况。面板中间有一个直方图，其中横轴代表像素的色调，范围为0～255；纵轴代表像素数目。在面板下方为统计后的色调状况的分布数据。

平均值：显示图像亮度的平均值。

标准偏差：表示数值变化范围。

中间值：显示像素颜色值的中间值。

像素：表示用来计算直方图的像素总数。

色阶：显示光标当前位置的色调值。

数量：显示光标当前位置的像素数目。

百分位：显示低于光标当前位置的色调的像素百分比或选定色调范围内像素所占的百分比。

高速缓存级别：显示图像高速缓存的设置。

5.2.2 色阶调节

色阶图是根据图像中每个亮度的值（0～255）处的像素点多少进行分布的，它可以调节图像的暗部、中间调、亮部的分布，这对于景色的调节是很重要的。

执行菜单栏中的“图像＞调整＞色阶”命令，打开“色阶”对话框，在对话框中通过拖动滑块或输入数值的方式来调整色阶，如图5-3所示。

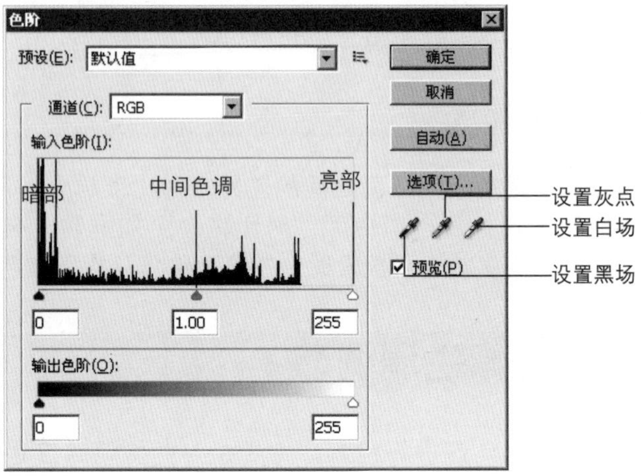

图5-3

通道：可以在该下拉列表框中选择一个单一通道，从而使色阶调整操作在该通道中进行，但显示的主通道名称是由图像颜色模式决定的，如打开的图像是RGB模式，则显示为RGB，而此模式下的单一通道显示Red，Green和Blue。

输入色阶：可以在下方的文本框中输入0～255之间的数值或拖动下方的黑、灰、白3个三角滑块来分别设置暗部、中间色调和亮部的值，滑块向左拖动可使图像变亮，滑块向右拖动可使图像变暗。图5-4、图5-5和图5-6分别显示了设置输入色阶前的图像及设置输入色阶后的“色阶”对话框和图像效果。

图5-4

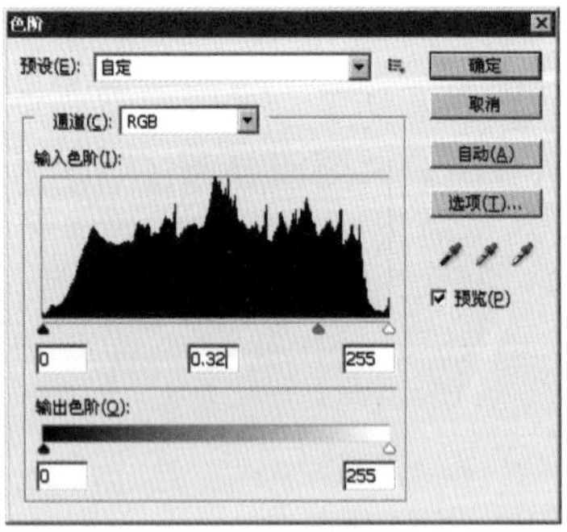

图5-5

图5-6

当然，还可以通过对话框中的吸管工具来设置图像的色调。

设置黑场：用此吸管在图像上单击，会将图像中最暗处的色调值设置为单击处的色调值，所有比它更暗的像素都将成为黑色。

设置灰点：用此吸管在图像上单击，单击处颜色的亮度将成为图像的中间色调范围的平均亮度。

设置白场：用此吸管在图像上单击，会将图像中最亮处的色调值设置为单击处的色调值，所有色调值比它大的像素都将成为白色。

也可以双击各吸管，在弹出的拾色器对话框中重新改变吸管的色调值。

输出色阶：可以直接拖动下方的滑块，也可以在文本框中输入数值，来调整图像的对比度。向右拖拉黑色小三角滑块，可以降低图像中的暗色调，使图像变亮；向左拖拉白色小三角滑块，可以降低图像中的高亮色，使图像变暗。

自动：单击“自动”按钮，系统会根据当前图像的明暗程度进行自动调整。

选项：单击此按钮，可以调整黑白吸管在确认黑白场景时的默认值。

预览：选中此复选框，可以在图像窗口中即时预览调整结果。

调整图像色阶的具体操作方法如下。

在“通道”下拉列表框中选择要调整的通道，若不需要调整某一通道，则可以选择RGB通道。

向左拖动白色滑块，图像的亮度增加，颜色变浅，对比度变小；拖动中间的灰色滑块可以改变图像中间色调的亮度，向左拖动中间色调亮度增加，向右拖动中间色调暗度增加；向右拖动黑色滑块，图像暗度增加，对比度减弱。

调整图像到自己满意的效果，然后单击“确定”按钮即可。

5.2.3 自动色阶调节

执行菜单栏中的“图像＞调整＞自动色阶”命令，可自动定义每个通道中最亮和最暗的像素作为白和黑，然后按比例重新分配其间的像素值。该命令用来调整简单的灰阶图比较适合，其功能与“色阶”对话框中的“自动”按钮相同。进行自动色阶调节前后的图像如图5-7和图5-8所示。

图5-7

图5-8

5.2.4 自动对比度调节

执行菜单栏中的“图像＞调整＞自动对比度”命令，Photoshop会自动调整图像亮部和暗部的对比度，将图像中最暗的像素转换成黑色，将图像中最亮的像素转换成白色。该命令对于调整色调丰富的图像有很大作用，对于单色或颜色较少的图像几乎不产生作用。执行该命令前后的图像如图5-9和图5-10所示。

图5-9

图5-10

5.2.5 曲线调节

“曲线”命令是一个应用非常广泛的色调调整命令，同“色阶”命令类似，可以调整图像的整个色调范围。但不同的是，“色阶”命令只能调整亮部、暗部和中间灰度，而“曲线”命令可以调整灰阶曲线中的任何一点。“曲线”命令除可以调整图像亮度外，还有调整图像对比度和颜色等的功能，是日常用得较多的一种调整命令。

执行菜单栏中的“图像>调整>曲线”命令或按Ctrl+M组合键，弹出“曲线”对话框，如图5-11所示。在该对话框中，曲线表格的横轴表示图像原来的亮度值，相当于“色阶”对话框中的“输入色阶”；纵轴表示新的亮度值，相当于“色阶”对话框中的“输出色阶”；对角线用来显示当前输入和输出数值之间的关系。在该对话框的“通道”下拉列表框中，可以选择调整色调的通道；若需处理的某一通道色调明显偏重时，可以选择单一通道进行调整，而不会影响到其他颜色通道的色调分布。

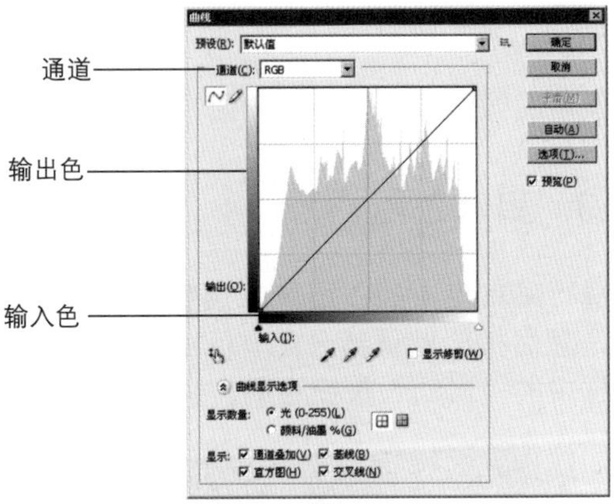

图5-11

要在“曲线”对话框中调整色调亮度，必须使用曲线表格。改变表格中的线条形状，即可调整图像的亮度、对比度和色彩平衡等效果，具体来说有3种方式。

使用曲线工具调整图像

通过调整曲线图中的形状，即可改变图像的亮度、对比度和色彩等。先选中曲线工具，在曲线上单击，此时会产生一个点（称为节点），然后拖动鼠标，即可改变曲线形状。曲线向左上角弯曲，图像色调变亮；曲线向右下角弯曲，图像色调变暗。

多次单击曲线，可产生多个节点。要移动节点位置，可在选中该节点后用鼠标或键盘上的4个方向键来拖动；要同时选中多个节点，按住Shift键的同时单击节点即可；要删除节点，在选中节点后将节点拖至坐标区域外即可，或按住Ctrl键单击要删除的节点。

使用铅笔工具调整图像

用户也可以利用铅笔工具调整曲线形状。在选中铅笔工具后，可直接用铅笔在坐标区内画出一个形状，这代表曲线调节后的形状。单击“平滑”按钮。曲线会自动变平滑。可以多次重复单击“平滑”按钮，直至达到满意的效果为止。图5-12和图5-13分别显示了用铅笔工具描绘曲线和用平滑工具平滑曲线后的“曲线”对话框。

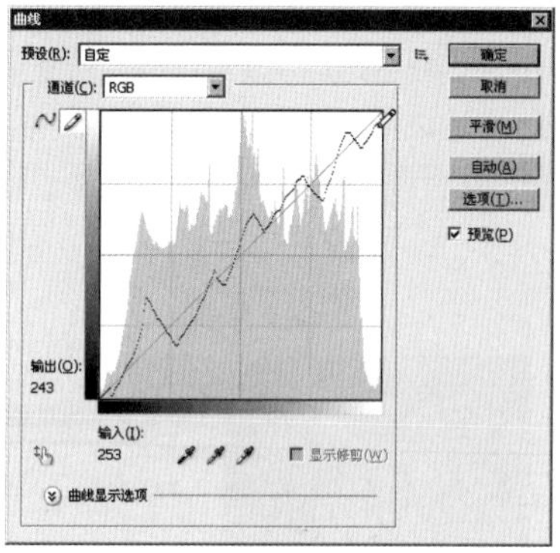

图5-12

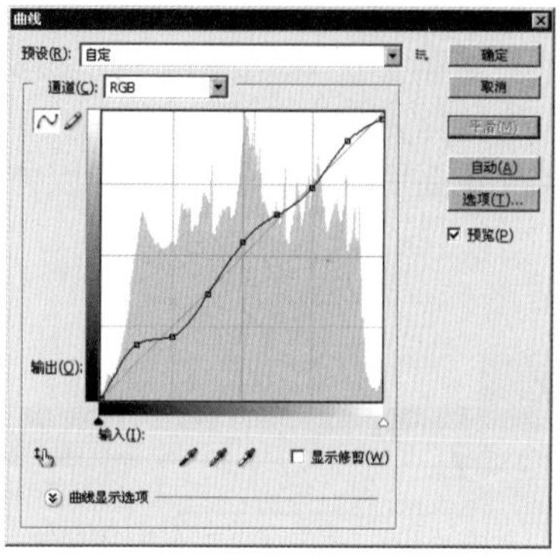

图5-13

利用明亮度控制杆调整图像

曲线图下方有一个明亮度控制杆，表示曲线图中明暗度的分布方向，明暗度的表示方式分为明亮度的数值和墨水浓度两种。在默认状态下，明亮度控制杆代表的颜色是从黑到白，从左到右输入值逐渐增加，从下到上输出值逐渐增加。当图像向左上角弯曲时，图像颜色变亮；当图像向右下角弯曲时，图像颜色变暗。当切换至墨水浓度时，明亮度控制杆代表的颜色是从白到黑，当图像向左上角弯曲时，如图5-14所示，图像颜色变暗；当图像向右下角弯曲时，如图5-15所示，图像颜色变亮。

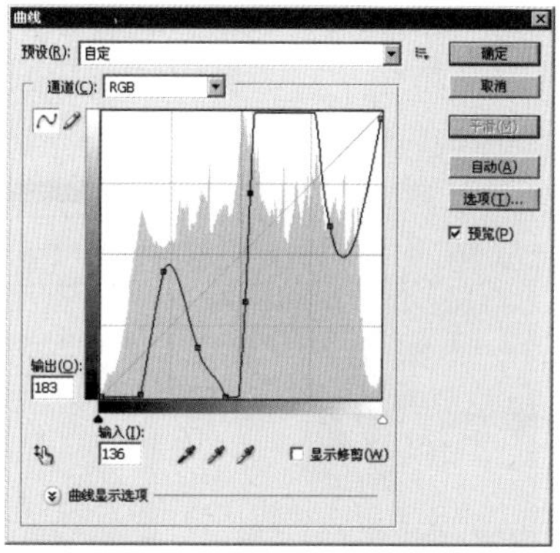

图5-14

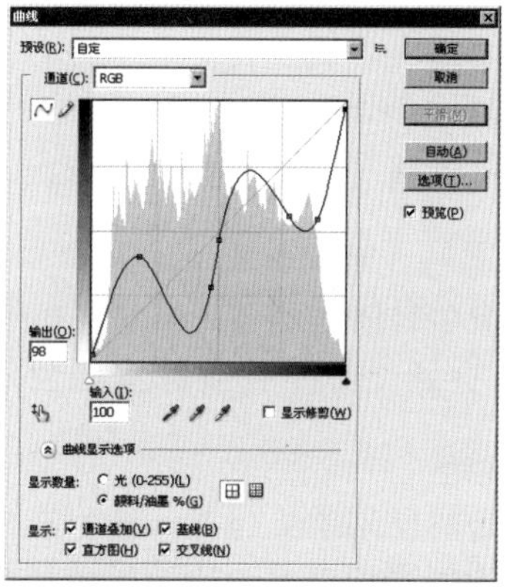

图5-15

技巧提示▸▸▸

“曲线”对话框右侧有一个“选项”按钮，其功能与“色阶”对话框中的“选项”按钮相同。

图像调整工具

“曲线”对话框中增加了一个图像调整工具，用户可以利用该工具轻松地选取和判断颜色，并通过拖动来即时调整图像，即使用户没有很高的颜色判断基础，也能快速地调整出需要的图像效果。选择该工具后，在图像中要调整的色调区域上单击，设置调整的色调值，然后通过向上或向下拖动即可进行曲线形状的调整。

例如，打开一个素材文件，执行菜单栏中的“图像>调整>曲线”命令，打开“曲线”对话框，单击对话框左下角的“图像调整工具”按钮，如图5-16所示。将鼠标光标移动到图像中，光标变为吸管状态，将其放置到人物的脸部区域。可以看到，“曲线”对话框会自动捕捉和显示出光标所在点像素的色调值，并在曲线编辑器上用圆圈标记出来，以方便用户进行观察和判断，如图5-17所示。

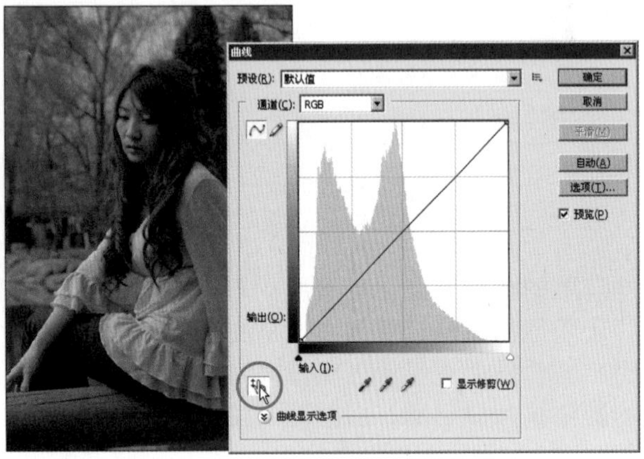

图5-16

图5-17

下面，将人脸区域的色调调整得更亮一些。按住鼠标向上拖动，可以看到图像中所有与人脸区域相似色调的图像区域都被逐渐调亮，释放鼠标后，可以看到“曲线”对话框中之前圆圈标记的位置上添加了一个锚点，并根据拖动情况调整了曲线的形状，如图5-18所示。

图5-18

将光标移动到图像中较暗的区域，同样可以在“曲线”对话框中捕捉到光标所在点像素的色调值，如图5-19所示。

为了使照片的明暗对比效果更强烈一些，按住鼠标向下拖动，可以看到图像中所有暗调区域都被不同程度地变暗，释放鼠标后，可以看到“曲线”对话框中之前圆圈标记的位置上添加了一个锚点，并根据拖动情况调整了曲线的形状，如图5-20所示。

图5-19

图5-20

5.3 图像色彩调节

Photoshop CS4提供了多个图像色彩控制命令，可以对图像的色相、饱和度、亮度和对比度进行调整，创作出多种色彩效果的图像，但调整后的图像会丢失一些颜色数据，因为所有色彩调整操作都是在原图基础上进行的，不可能产生比原图更多的色彩，这一般在屏幕上反映不出来，但在操作的过程中已经丢失，所以要多次反复调整。

5.3.1 自动颜色

执行菜单栏中的“图像>调整>自动颜色”命令，系统将自动对图像进行颜色调整，主要针对图像的色相、饱和度、亮度和对比度，但调整后的图像会丢失一些颜色数据。若一次不够，可以执行多次“自动颜色”命令来将图像调整到满意为止。图5-21和图5-22分别显示了使用“自动颜色”命令调整前后的图像。当图像的色彩模式为CMYK时，“自动颜色”命令不能使用。

图5-21

图5-22

5.3.2 色彩平衡

“色彩平衡”命令可改变图像中的颜色组成，它只是粗略地调整颜色，并混合各色彩以达到平衡。该命令不能像“色阶”和“曲线”命令那样进行较准确的调整。执行菜单栏中的“图像>调整>色彩平衡”命令或按Ctrl+B组合键，弹出“色彩平衡”对话框，如图5-23所示。

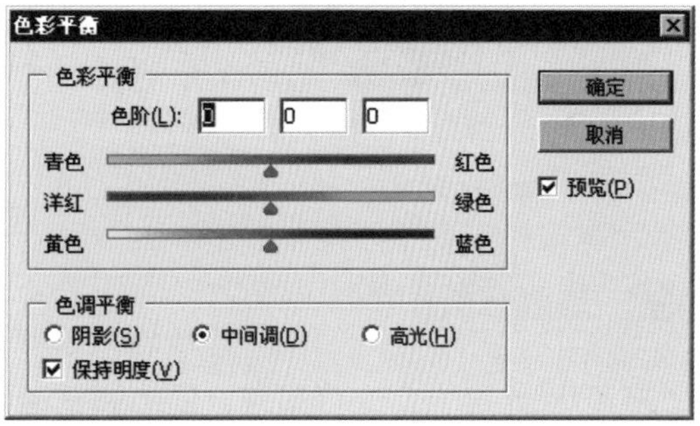

图5-23

在“色彩平衡”对话框中，可以通过向“色阶”文本框中输入-100～100之间的数值或拖动3个滑块来对色彩进行调节。图5-24和图5-25分别显示了使用“色彩平衡”命令调整前后的图像。

图5-24

图5-25

该对话框的“色调平衡”选项区域中有3个色阶，分别是“阴影”、“中间调”和“高光”，可以通过这3个色阶来对图像的不同部分进行调整。图5-26、图5-27和图5-28分别显示了选择这3个单选按钮时的图像效果。

图5-26

图5-27

图5-28

如果选中“保持明度”复选框，则调节色彩平衡的过程中可以保持图像的亮度值不变。例如，对于如图5-29所示的图像，选中“保持明度”复选框前后的效果分别如图5-30和图5-31所示。

图5-29

图5-30

图5-31

5.3.3 亮度/对比度

“亮度/对比度”命令可用来方便地调整图像的亮度和对比度，不过此命令不能像“色阶”和“曲线”命令那样对图像细部做调整，而只能较粗略地调整图像。执行菜单栏中的“图像>调整>亮度/对比度”命令，弹出“亮度/对比度”对话框，如图5-32所示。

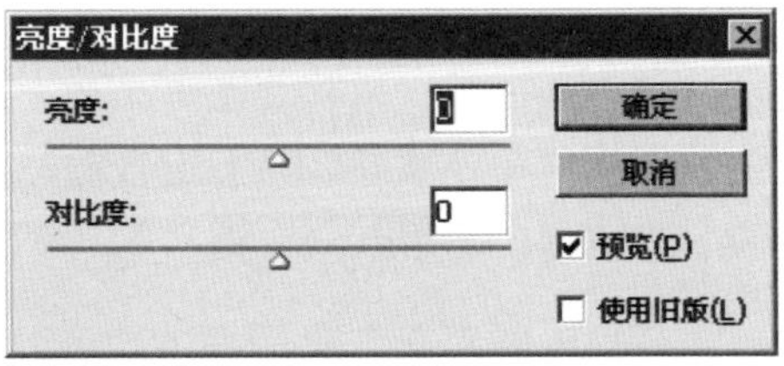

图5-32

亮度：调整图像的明暗度，在文本框中输入−100～100之间的数值或拖动滑杆上的滑块都可以调整图像的亮度。向右拖动滑块增加亮度，向左拖动滑块使数值为负数时降低亮度。调亮和调暗如图5-33所示的图像后的效果分别如图5-34和图5-35所示。

图5-33

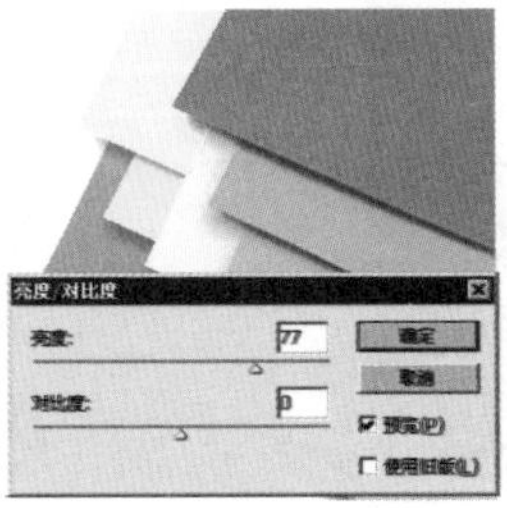

图5-34

图5-35

对比度：调整图像的对比度，在文本框中输入−100～100之间的数值或拖动滑杆上的滑块都可以调整图像的对比度。向右拖动滑块加强对比度，向左拖动滑块使数值为负数时减弱对比度。加强和减弱如图5-36所示的图像的对比度后的效果如图5-37和图5-38所示。

图5-36

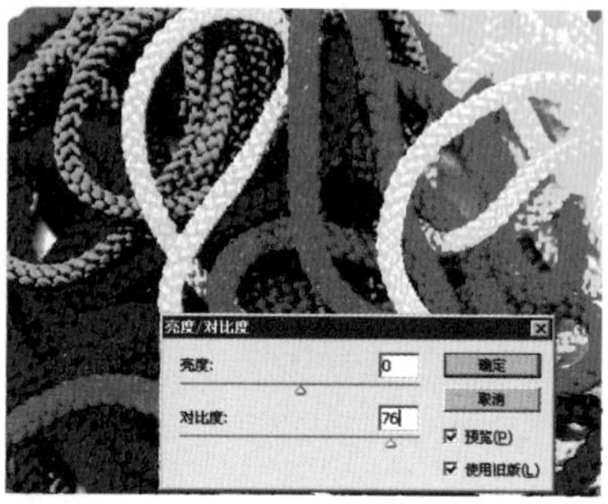

图5-37

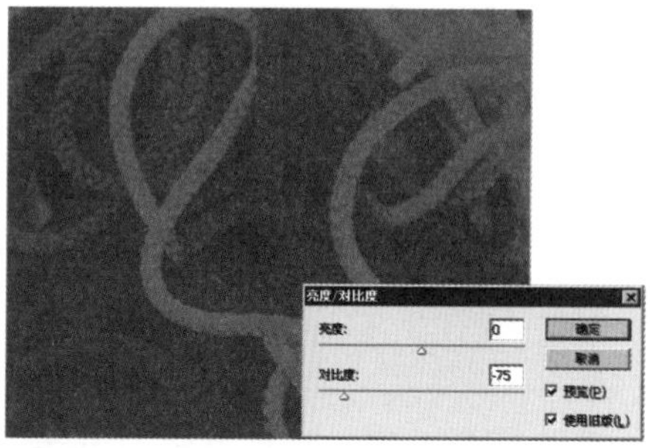

图5-38

5.3.4 色相/饱和度

应用“色相/饱和度”命令可以改变图像像素的色相、饱和度和明度，或者同时调整图像中的所有颜色。执行菜单栏中的“图像＞调整＞色相/饱和度”命令，弹出如图5-39所示的对话框。

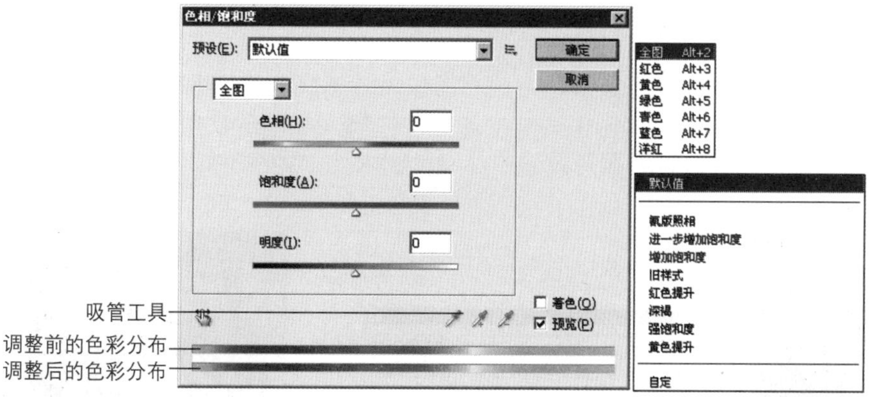

图5-39

在编辑下拉列表框中选择通道，其中“全图”表示选择所有像素，“红色”表示选择红色像素，“黄色”表示选择黄色像素，以此类推。选定通道后，可以对“色相”、“饱和度”和“明度”进行调整。

色相：在文本框中输入一个数值或者拖动滑块在滑杆上左右移动，对色相进行调整，范围是−180～180。

饱和度：在文本框中输入一个数值或拖动滑块左右移动，能改变所选颜色的饱和度，范围是−100～100。

明度：在文本框中输入一个数值或拖动滑块左右移动，能改变所调颜色的亮度，范围是−100～100。

当用户在编辑下拉列表框中选择“全图”以外的选项时，“色相/饱和度”对话框就会变成如图5-40所示的样子，此时对话框中的吸管工具变为可用状态。

吸管工具：在图像上单击，可以选中一种颜色作为色彩变化的范围。

添加到取样：在图像上单击，可以在原有色彩范围基础上加上当前单击选中的颜色范围。

从取样中减去：在图像上单击，可以在原有色彩范围基础上减去当前单击选中的颜色范围。

对话框下面中间的深灰色部分表示要调节的颜色范围，用鼠标可以移动它在色谱间的位置，拖动两边的小滑标可以增加或减少调节颜色的范围；深灰色两边的浅灰色部分表示颜色过渡的范围。

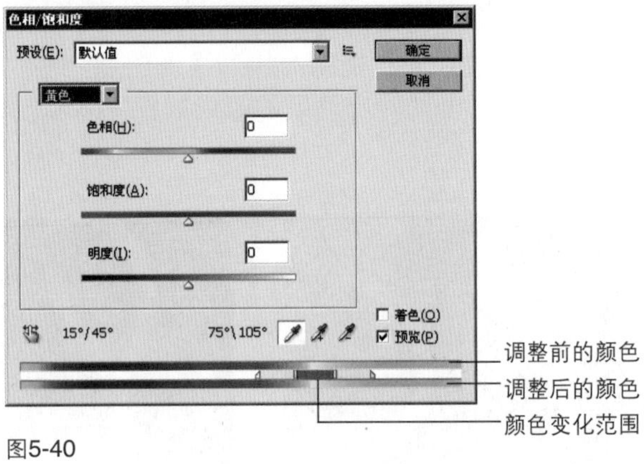

图5-40

“着色”复选框是“色相/饱和度”命令的另一个重点，选中此复选框后，用户只能以单一色相以及单一饱和度的方式对图像进行色彩调整，若想调整图像的明度，则可以利用明度滑杆来进行，一般以“色阶”或“曲线”命令处理更佳。选中“着色”复选框，可以为灰度或黑白图像上色，使之变为单色调的效果。

使用图像调整工具调整饱和度

在“色相/饱和度”对话框中也增加了图像调整工具，利用该工具可以对图像不同颜色区域的饱和度进行调整，还可配合快捷键对图像不同颜色区域的色相进行调整。

例如，打开一个素材文件，执行菜单栏中的“图像>调整>色相/饱和度”命令，打开“色相 / 饱和度”对话框，单击对话框左下角的“图像调整工具”按钮（如图5-41所示），将鼠标光标移动到图像中，光标变为吸管状态，将其放置到照片背景中的绿色树木上，如图5-42所示。

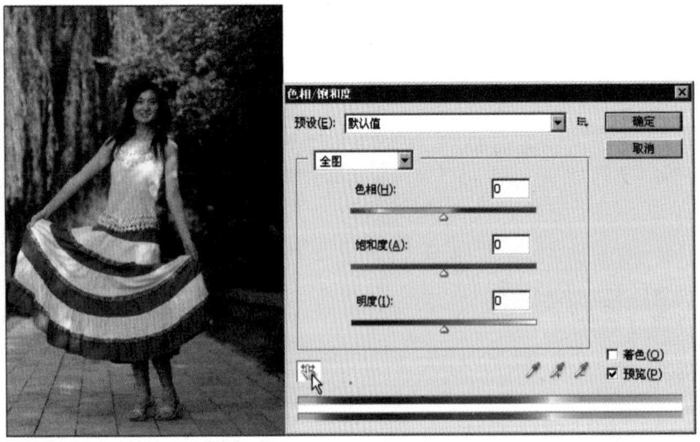

图5-41

图5-42

按住鼠标向右拖动，可以看到图像中红色调的图像区域的饱和度提高了，颜色变得更鲜亮。同时，在“色相/饱和度”对话框中以光标单击点为基准自动选择了一个颜色范围，而且饱和度的值也随之增加，如图5-43所示。通过该对话框中的颜色范围滑块，可以容易地判断出所调整的颜色范围。

用同样的方法在人物裙子的蓝色区域上单击并向左拖动鼠标，降低该颜色区域的饱和度，效果如图5-44所示。

图5-43

图5-44

使用图像调整工具调整色相

利用图像调整工具，除了可以调整图像的饱和度外，还可以通过快捷键配合鼠标左右拖动对图像的色相进行调整。

例如，打开一个素材文件，如图5-45所示。执行菜单栏中的“图像>调整>色相/饱和度”命令，打开“色相 / 饱和度”对话框，单击对话框左下角的“图像调整工具”按钮，将鼠标光标移动到图像中，光标变为吸管状态，将其放置到人物的粉色衣服位置，然后按住Ctrl键单击，切换到色相调整状态，按住鼠标向右拖动，可以看到图像中的粉色区域被调整为红色，同时，“色相/饱和度”对话框中的颜色范围自动切换到洋红，而且色相值也随之发生变化，效果如图5-46所示。

图5-45

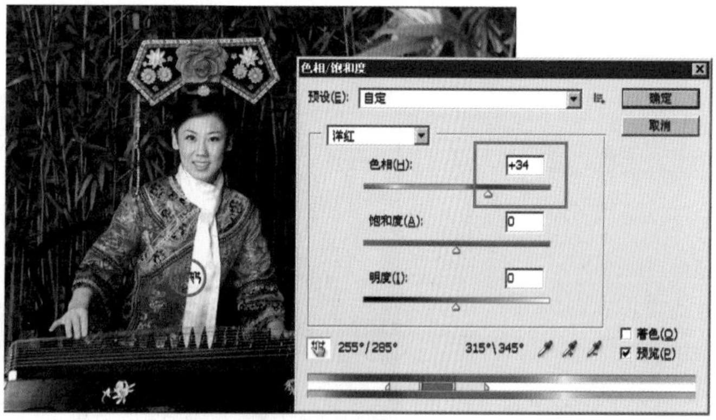

图5-46

5.3.5 自然饱和度

在Photoshop CS4中新增了一个自然饱和度色彩调整功能，用户可以通过执行“图像>调整>自然饱和度”命令或者在“调整”面板和“图层”面板中创建相应的调整图层来应用该功能。

使用“自然饱和度”命令调整图像饱和度时，会根据图像不同区域的饱和度状态进行不同的调整。当图像颜色的饱和度较大时，在调整时会自动适当地降低饱和度；当图像的饱和度较低时，在调整时会自动适当地增加饱和度。也就是说，该自然饱和度调整方式会增加与已饱和的颜色相比不饱和的颜色的饱和度，在调整人物肤色时，可以有效地防止肤色过度饱和。

例如，打开一个素材文件，如图5-47所示。选中背景图层，执行“图像>调整>自然饱和度”命令，打开“自然饱和度”对话框，向右拖动“自然饱和度”滑块，增加自然饱和度的值，如图5-48所示。单击“确定”按钮，图像效果随之改变，如图5-49所示。“自然饱和度”对话框中各选项的功能如下。

图5-47

自然饱和度：向右或向左拖动滑块，可以增加或减少颜色饱和度。当图像颜色过度饱和时，向右拖动滑块并不会再增加颜色饱和度，这样可最大程度保证图像颜色的饱和度自然柔和。

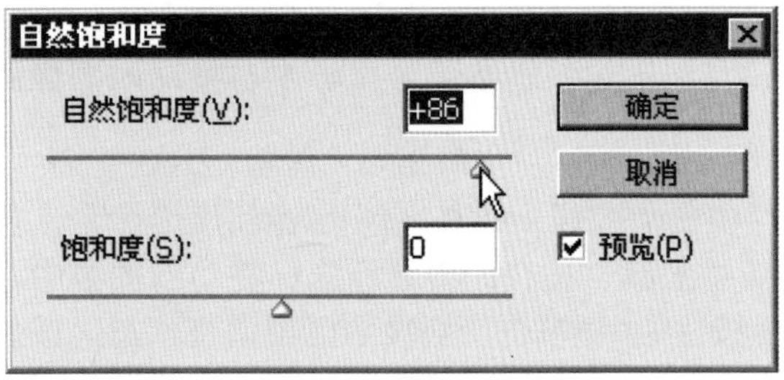

图5-48

图5-49

饱和度：该滑块的功能与“色相/饱和度” 对话框中的“饱和度”滑块近似，可将相同的饱和度调整量应用于当前选定区域中的所有颜色（不考虑其当前饱和度），如图5-50所示。

图5-50

需要注意的是：当执行“图像>调整>自然饱和度”命令对图像的饱和度进行调整时，会将调整效果直接作用于图层，扔掉图像的某些颜色信息，是一种有损失的调整方式。所以，更多情况下应使用调整图层来对图像整体或局部进行调整（使用“调整”面板及调整图层的图层蒙版来进行局部的调整和操作）。

例如，撤销上例的调整操作，打开“图层”面板，单击“创建新的填充或调整图层”按钮，在弹出的菜单中选择“自然饱和度”命令，打开“自然饱和度”调整面板，如图5-51所示（关于“调整”面板的使用方法，将在本章后面进行详细介绍，读者可以参考该部分内容进行设置）。

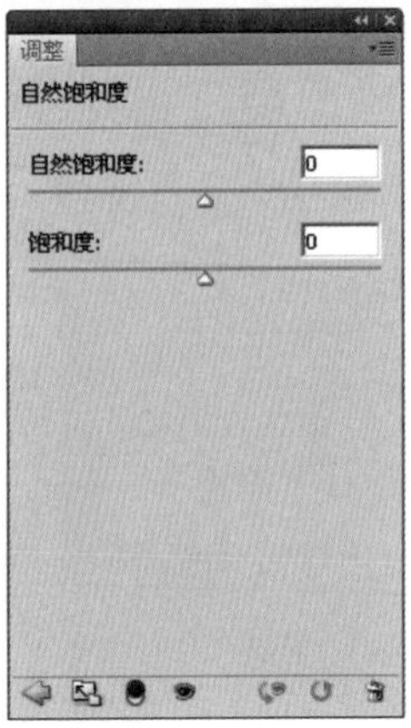

图5-51

该面板中各选项的功能和设置方法与之前介绍的“自然饱和度”对话框相同，这里就不再重复介绍了。

接下来，向左拖动“自然饱和度”滑块，降低饱和度，可以看到图像的颜色并不是完全变成灰度的，而是有选择地降低不同区域颜色的饱和度，产生自然的饱和度降低效果，如图5-52所示。如果调整的是饱和度的值，则图像会产生均匀的饱和度降低效果，如图5-53所示。

图5-52

图5-53

对比两种情况可以看到，使用“饱和度”选项调整，图像会产生均匀的饱和度变化，而使用“自然饱和度”选项调整，则会根据图像的实际饱和度情况对饱和度变化的区域进行调整，使图像中颜色饱和度的变化结果更趋于自然柔和。

由于调整图层自动添加了图层蒙版，所以用户可以通过对该蒙版进行编辑来对图像的局部区域进行饱和度调整。

例如，撤销刚才的饱和度调整操作，重新对其进行自然饱和度调整，然后选择画笔工具，分别设置前景色为灰色和黑色，对图像中的人物进行涂抹，降低自然饱和度对该部分的影响，效果如图5-54所示。

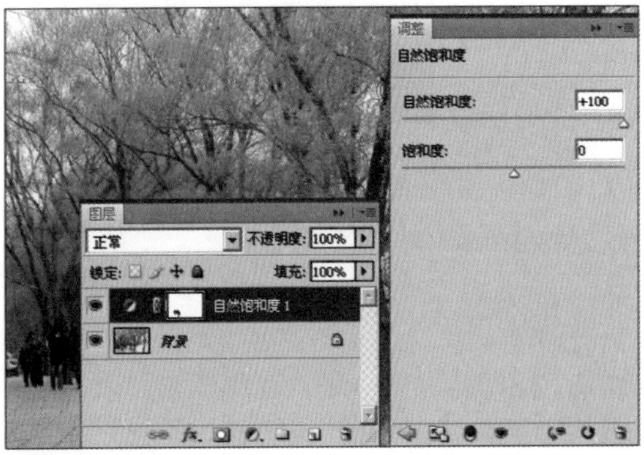

图5-54

应用“去色”命令，能将图像中所有颜色的饱和度变为0，使之转变为灰度图像，但图像的模式仍然为原来的模式，并没有变成灰度模式。该命令的优点是作用的对象可以是选区或图层，如果图像有多个图层，则“去色”命令只会作用于被选择的图层。

如图5-55所示的图像中有两个图层，现在要对“图层1”的彩色线团进行去色调整，先在“图层”控制面板中选中“图层1”（如图5-56所示），然后执行菜单栏中的“图像＞调整＞去色”命令，此时图像的模式仍是RGB，但图像变为灰度图像，如图5-57所示。

图5-55

图5-56

图5-57

“匹配颜色”命令可以在多个图像、图层或者色彩选区之间对颜色进行匹配，仅在RGB模式下可用。它可以把一幅图像的颜色匹配到另一幅图像中，除此之外，还可以匹配同一幅图像中不同图层之间的颜色。执行菜单栏中的“图像＞调整＞匹配颜色”命令，弹出“匹配颜色”对话框，如图5-58所示。

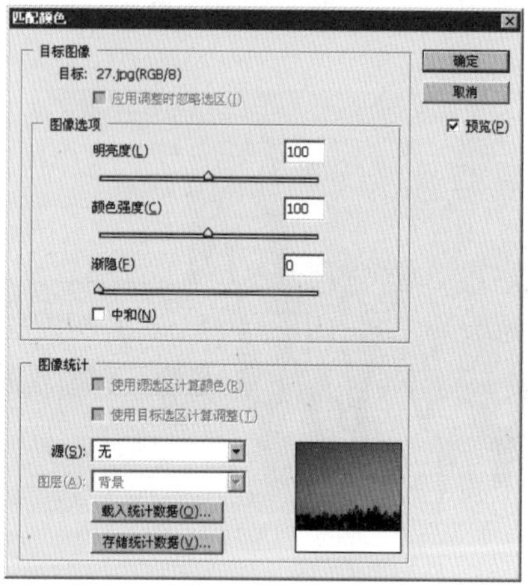

图5-58

应用调整时忽略选区：选中该复选框，会忽略图层中的选区，而把调整应用到整个目标图层上。

明亮度：拖动该滑块，可以调整图像的亮度。图5-59和图5-60分别显示了亮度为200和50时的图像效果。

图5-59

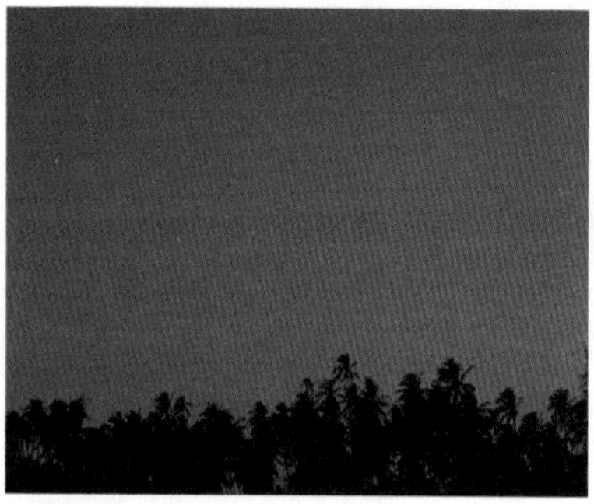

图5-60

颜色强度：拖动此滑块，可以调整图像中色彩的饱和度。图5-61和图5-62分别显示了颜色强度为10和150时的图像效果。

渐隐：拖动此滑块，可以控制应用到图像的调整量。

中和：选中该复选框，可以自动消除目标图像中色彩的偏差。选中该复选框前后的图像效果如图5-63和图5-64所示。

图5-61

图5-62

图5-63

图5-64

使用源选区计算颜色：如果在源图像中制作了一个选区，并想使用该选区中的颜色计算调整度，就要选中该复选框；取消选中该复选框会忽略源图层中的选区，并使用整个源图层中的颜色来计算调整度。

使用目标选区计算调整：选中该复选框，可以用目标图层选区中的颜色计算调整度；取消选中该复选框会忽略选区，并用整个目标图层的颜色计算调整度。

源：选择要将其颜色匹配到目标图像中的源图像。若选择“无”选项，则可以根据不同的图像来计算色彩调整度，这时目标图像和源图像是相同的。

图层：选择源图像中带有需要匹配的颜色的图层。如果选择“合并”选项，那么将匹配源图像中所有图层的颜色。

存储统计数据：单击该按钮，将弹出“存储”对话框，在此对话框中对所做的设置进行保存，如图5-65所示。

载入统计数据：单击该按钮，将弹出“载入”对话框，可以载入已存储的设置文件，如图5-66所示。

图5-65

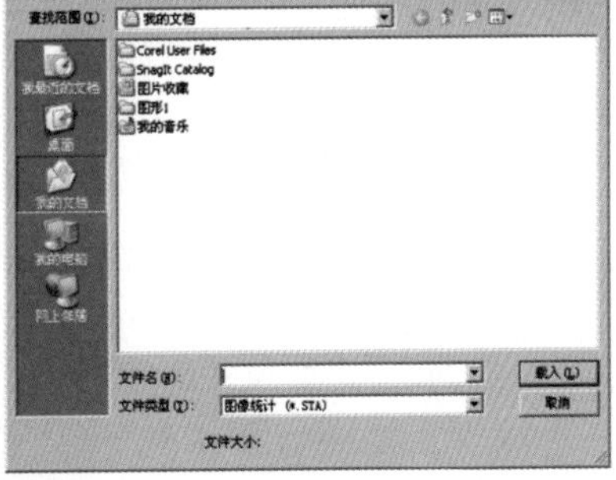

图5-66

预览：选中该复选框，进行调整时预览图像会随之更新。

使用“黑白”命令可方便地调整图像的黑白效果。用它来调整图像的黑白效果比“去色”命令要智能得多，可以根据原图的不同色彩进行黑白效果的调整。执行菜单栏中的“图像>调整>黑白”命令，原图会变成黑白效果（如图5-67所示），还会弹出调整黑白细节的对话框，如图5-68所示。

图5-67

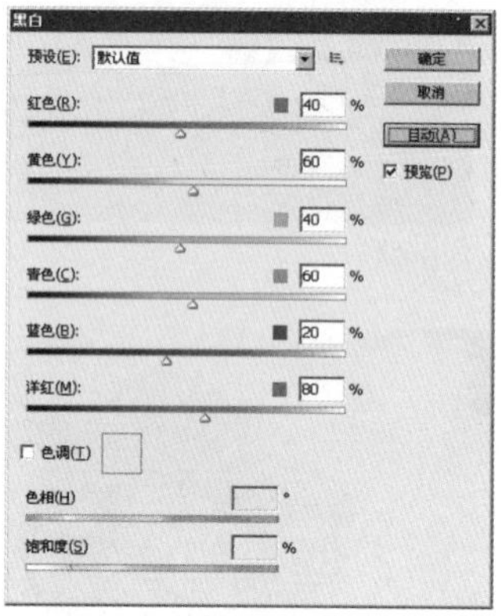

图5-68

拖动各个颜色下面的滑块，图像的黑白效果也会随着颜色的不同而改变，在对话框中进行如图5-69所示的设置后的图像黑白效果如图5-70所示。通过这一命令调整出来的黑白图像会更加理想。

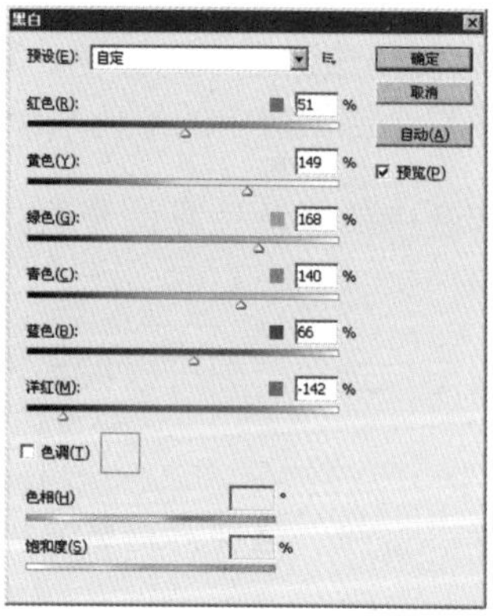

图5-69

图5-70

使用图像调整工具调整

“黑白”调整面板中也增加了图像调整工具，选择图像调整工具后，在图像中单击，选中该点对应的颜色成分，然后向左或向右拖动，就可以修改相应位置上的主要颜色的值，使其在图像中变暗或变亮。

例如，打开一个素材文件，如图5-71所示。打开“图层”面板，单击“创建新的填充或调整图层”按钮，在弹出的菜单中选择“黑白”命令，打开“黑白”调整面板，图像按默认设置转换为黑白状态，如图5-72所示。

图5-71

图5-72

单击面板左上角的“图像调整工具”按钮，将鼠标光标移动到图像中，光标变为吸管状态，将其放置在人物鼻梁的左侧位置（如图5-73所示），然后单击并按住鼠标向右拖动，软件会自动选择单击点像素所对应的颜色选项，向右拖动时会增大该颜色的数值，人物的脸部和背景变亮，效果如图5-74所示。由于人物的肤色是红色系的，所以调整的是“红色”选项的值。

图5-73

图5-74

接下来调整人物衣服的效果。仍然选择图像调整工具，将光标放置在人物衣服的深色区域（如图5-75所示），然后单击并按住鼠标向右拖动，图像变得更加明亮。鼠标单击位置的颜色是黄色系的，所以调整的是“黄色”选项的值。颜色变亮，即增大该颜色选项的数值，效果如图5-76所示。调整后的图像整体效果如图5-77所示。

图5-75

图5-76

图5-77

技巧提示

需要注意的是：如果正在使用的是“黑白”对话框，那么虽然该对话框中并不显示“图像调整工具”按钮，但是在图像中单击并按住鼠标拖动，一样可以激活相应位置上主要颜色的颜色滑块并进行调整，与“黑白”调整面板中产生的效果相同。

5.3.6 替换颜色

执行“替换颜色”命令，系统会建立一个暂时性的蒙版来隔离出选取颜色的相关区域，可以通过色相和饱和度调整来替换掉所选颜色，操作完毕后蒙版会自动消失。“替换颜色”命令可以看做是“色彩范围”命令与“色相/饱和度”命令的结合。执行菜单栏中的“图像＞调整＞替换颜色”命令，打开“替换颜色”对话框。

颜色容差：通过调节滑块或输入数值来改变选区，可以控制选区周围颜色被划入选区的程度。数值越大，表示所选取的色彩区域越大，反之则越小，如图5-78和图5-79所示。

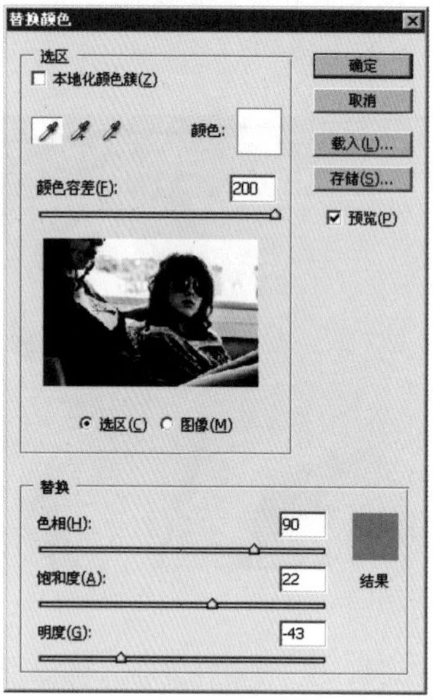

图5-78

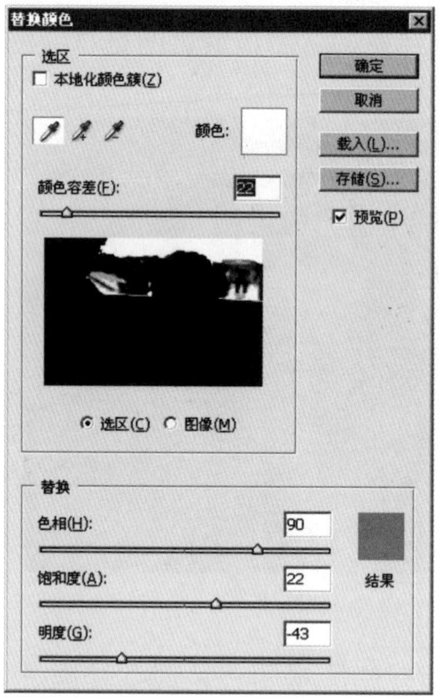

图5-79

选区/图像：用来切换图像的预览方式。选中“选区”单选按钮时，显示的是黑白图，白色表示被选取的范围，黑色表示被蒙住的范围，即未选取的范围；选中“图像”单选按钮时，看到的是彩色原图像，适用于调整色彩时预览图像，也可以用吸管工具在图像上选取颜色。两种显示方式如图5-80和图5-81所示。

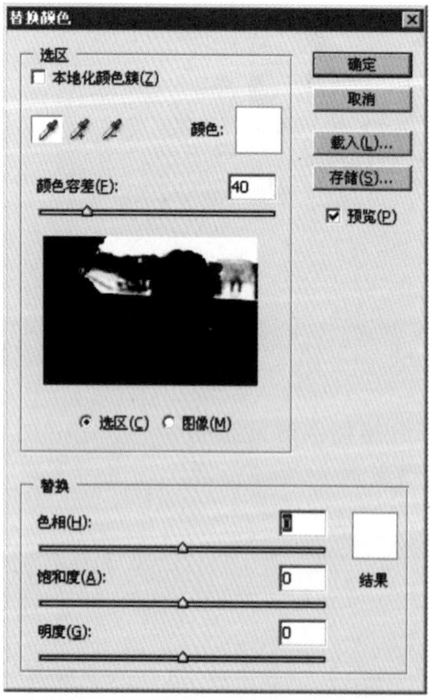

图5-80

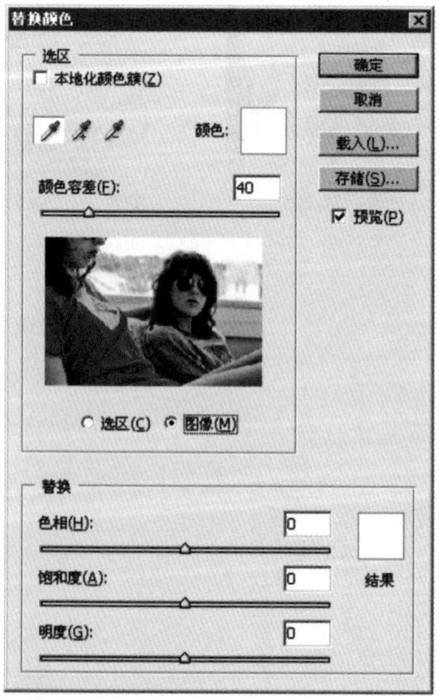

图5-81

吸管工具：可以通过吸管工具来改变选取的范围，只需在图像或对话框的预览图像上选择相关的像素，选择表示增加选区像素，选择表示减少选区像素。

替换：对选取的范围进行颜色调整。通过调节“色相”滑块选择要替换的色相，通过调节“饱和度”滑块选择新色相的饱和度，通过调节“明度”滑块控制选区像素的亮度。在取样框内显示的是要替换的颜色。“替换颜色”对话框如图5-82所示，调整前后的图像效果如图5-83和图5-84所示。

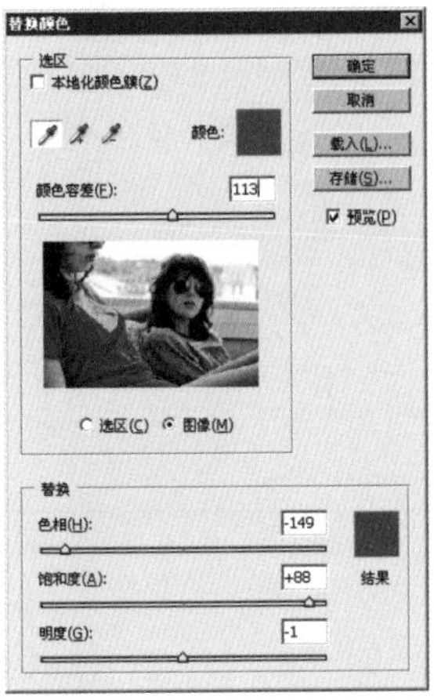

图5-82

图5-83

图5-84

“可选颜色”命令能够校正颜色平衡，是高端扫描仪与分色程序经常应用的技术，它在图像的每个加色和减色的原色分量中增加或减少印刷色的分量，从而达到图像颜色调整的目的，所以在CMYK颜色模式下可发挥很大的作用。

“可选颜色”命令主要针对RGB、CMYK和黑、白、灰等主要颜色的组成进行调整。可以适当地调整图像中的青色、洋红、黄色以及黑色的墨水比例，但不影响该印刷色在其他主色调中的表现，从而对图像的颜色进行调整，修正各种颜色的色偏情况。执行菜单栏中的“图像＞调整＞可选颜色”命令，弹出“可选颜色”对话框，如图5-85所示。

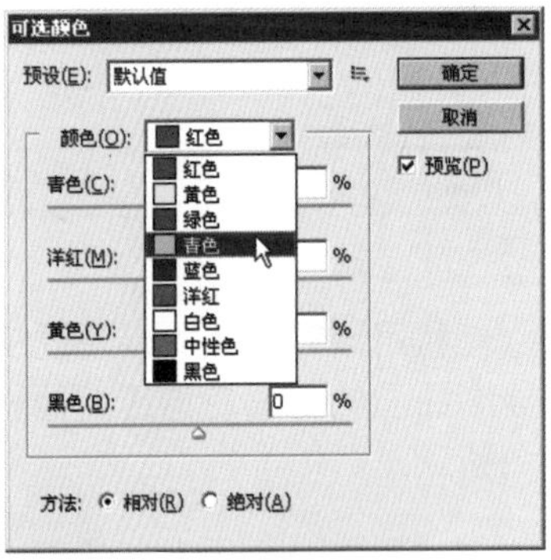

图5-85

在“可选颜色”对话框下方列有两种调整模式：“相对”模式和“绝对”模式。“相对”模式按照总量的百分比更改现有的青色、洋红、黄色或黑色的量，而“绝对”模式按照绝对值调整颜色。例如，在“相对”模式下，若操作的像素色彩成分为50%的青色，增加10%，则青色的比例会改为55%，即在原来数额50%的基础上再加上10%×50%；在“绝对”模式下，若操作的像素色彩成分为50%的青色，增加10%，则青色的比例会改为60%。

通过“可选颜色”命令调整图像，进行如图5-86所示的设置，调整前后的图像效果如图5-87和图5-88所示。

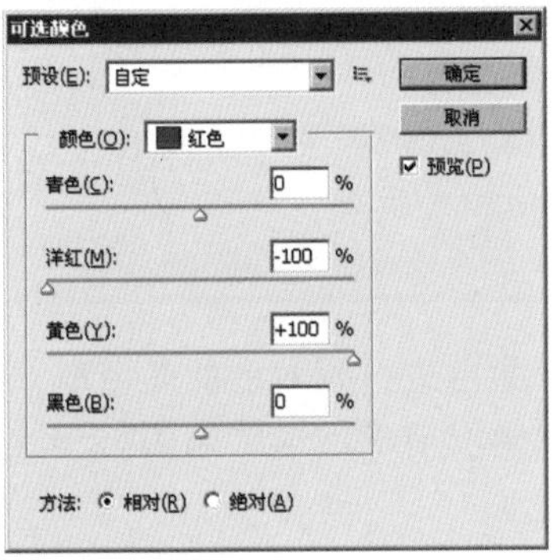

图5-86

图5-87

图5-88

技巧提示

在“相对”模式下，不能对纯白色进行编辑，因为此像素值并未包含任何色彩成分在其中。

5.3.7 通道混合器

使用“通道混合器”命令，可以分别对各通道进行颜色调整。

执行菜单栏中的“图像＞调整＞通道混合器”命令，弹出“通道混合器”对话框，如图5-89所示。

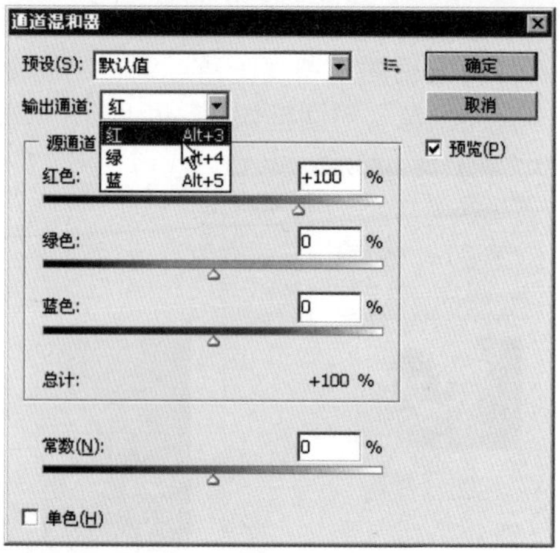

图5-89

在“输出通道”下拉列表框中选择目标通道，通过在“源通道”选项区域的“红色”、“绿色”和“蓝色”文本框中输入－200～200之间的数值或拖动滑杆上的3个滑块来进行调节。图5-90所示的为在“通道混合器”对话框中的设置，图5-91和图5-92所示的分别为调整前后的图像效果。

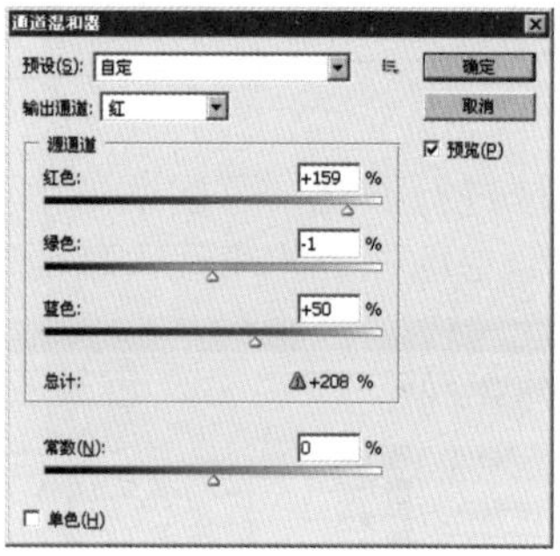

图5-90

图5-91

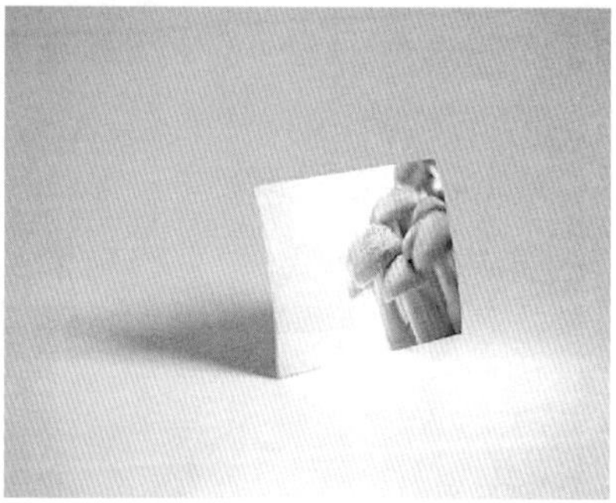
图5-92

利用该命令，可以通过从每个颜色通道中选取它所占的百分比来创建高品质的灰度图像，还可以创建高品质的棕褐色调或其他彩色图像。该命令还可用于进行使用其他色彩调整工具不易实现的创意色彩调整。

“通道混合器”对话框中的“常数”参数用来增加该通道的互补颜色成分，负值相当于增加了该通道的互补色，正值相当于减少了该通道的互补色。选中“单色”复选框时，负值表示逐渐增加黑色，正值表示逐渐增加白色。选中“单色”复选框，可将彩色的图像变为灰度图像。

技巧提示

“通道混合器”命令只能作用于RGB和CMYK颜色模式，且在执行该命令前，必须先选中主通道，不能在单一颜色通道下操作。

5.3.8 渐变映射

“渐变映射”命令主要是以图像的灰度值作为依据，用所设置的渐变颜色进行相对应的颜色取代，使图像产生渐变式的单色调效果。执行菜单栏中的“图像＞调整＞渐变映射”命令，弹出如图5-93所示的对话框。

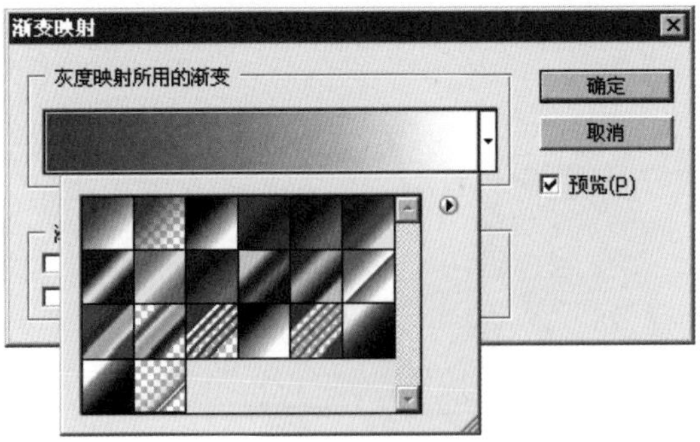

图5-93

灰度映射所用的渐变：在下拉列表框中可以选择渐变样式，其操作方式与渐变工具差不多。打开一幅图像（如图5-94所示），在“渐变映射”对话框中选择一种渐变样式（如图5-95所示），设置完成后的效果如图5-96所示。

渐变选项：包括“仿色”复选框和“反向”复选框。当选中“仿色”复选框时，色彩会变得平缓，过渡更精细；当选中“反向”复选框时，渐变设置的效果会反过来。

图5-94

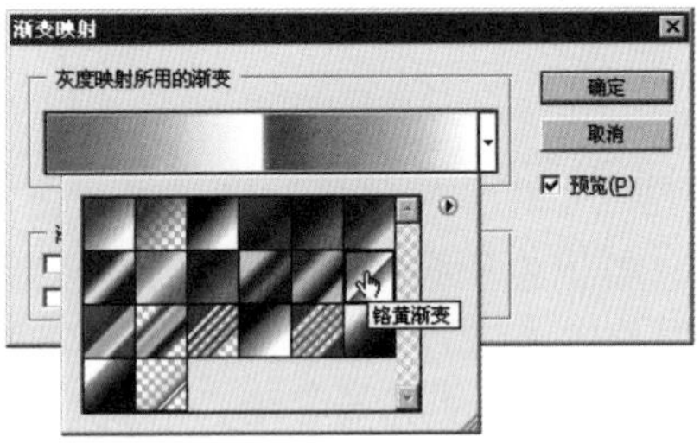

图5-95

图5-96

5.3.9 照片滤镜

“照片滤镜”命令模拟在相机镜头前面添加彩色滤镜，来调整通过镜头传输的光的色彩平衡和色温，使胶片曝光。使用该命令，还能选择色彩预置，以便对图像应用色相调整。

执行菜单栏中的“图像＞调整＞照片滤镜”命令，弹出“照片滤镜”对话框，如图5-97所示。

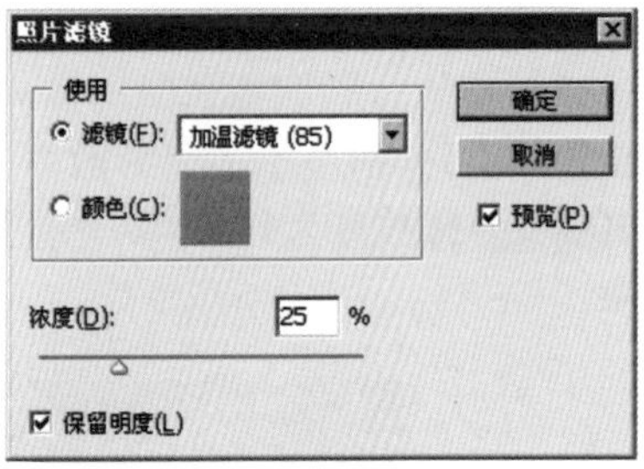

图5-97

滤镜：在该下拉列表框中选择一种预置的滤镜，可以调整图像中白色平衡的色彩转换滤镜或以较小幅度调整图像色彩质量的光线平衡滤镜。

颜色：单击该色块，在弹出的拾色器中选择一种颜色来定义颜色滤镜。

浓度：拖动滑块或直接在文本框中输入一个百分比值，以调整应用到图像中的色彩量。值越大，色彩就越浓。图5-98和图5-99分别显示了浓度值为20%和94%时的图像效果。

图5-98

图5-99

保留明度：选中该复选框，可以使图像不会因为添加了色彩滤镜而改变亮度。选中该复选框前后的效果如图5-100和图5-101所示。

图5-100

图5-101

5.3.10 阴影/高光

使用“阴影/高光”命令，可以校正由于强逆光而形成剪影的照片或由于太接近相机闪光灯而有些发亮的焦点。在用其他方式采光的图片中，这种调整也可用于使暗调区域变亮。它不是简单地使图像变亮或变暗，而是基于暗调或高光中的周围像素变亮或变暗。

执行菜单栏中的“图像＞调整＞阴影/高光”命令，弹出“阴影/高光”对话框，如图5-102所示。选中“显示更多选项”复选框，可以进一步对阴影和高光进行设置，如图5-103所示。

数量：拖动“阴影”或“高光”选项区域中对应的滑块或直接在文本框中输入一个百分比值，可以调整光线的校正量。数值越大，阴影越亮而高光越暗；反之，则阴影越暗而高光越亮。图5-104和图5-105分别显示了阴影数量为0、高光数量为100和阴影数量为100、高光数量为0时的图像效果。

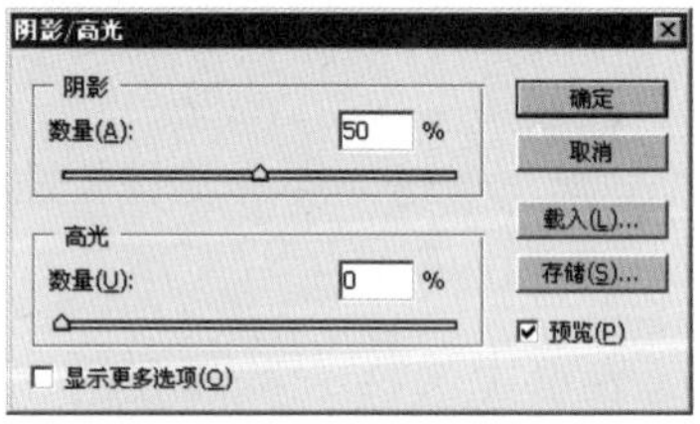

图5-102

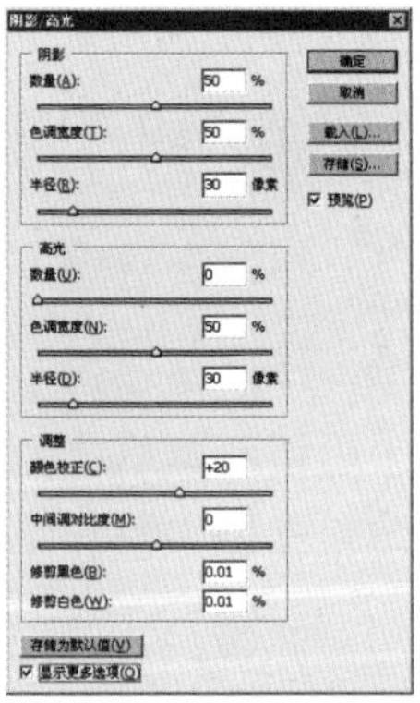
图5-103

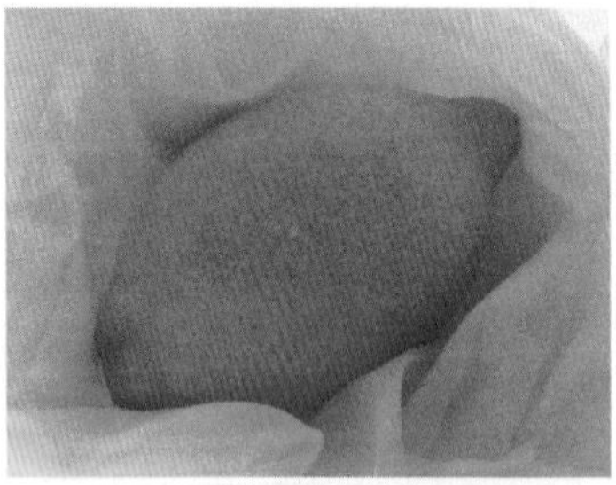
图5-104

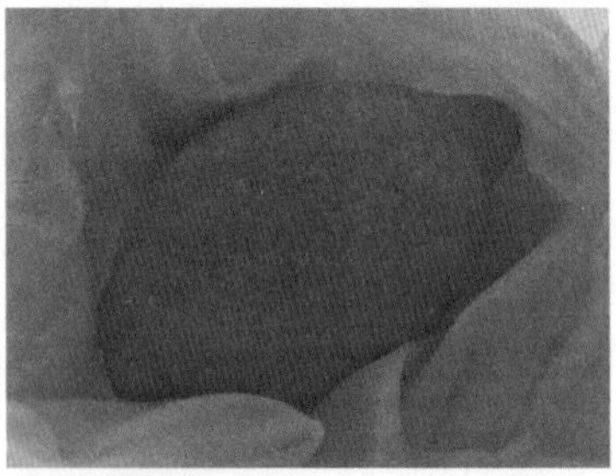
图5-105

色调宽度：控制所要修改的阴影或高光中的色调范围。调整阴影时，数值越小，所做的调整会限定在越暗的区域中；调整高光时，数值越小，所做的调整会限定在越亮的区域中。当设定阴影数量为70时，不同色调宽度的图像效果如图5-106（色调宽度为0）和图5-107（色调宽度为40）所示。

当设定高光数量为50时，不同色调宽度的图像效果如图5-108（色调宽度为40）和图5-109（色调宽度为100）所示。

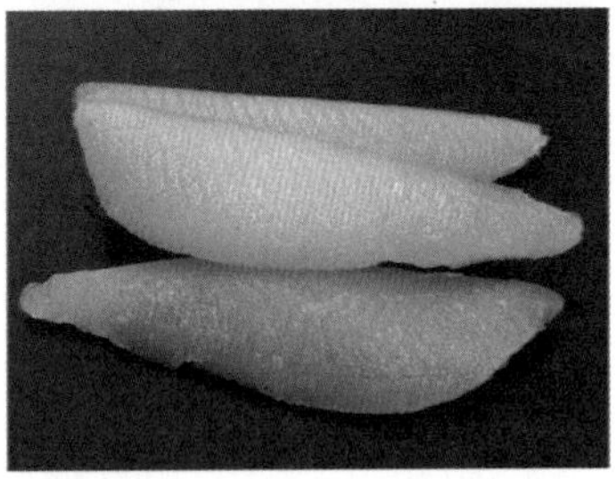
图5-106

图5-107

图5-108

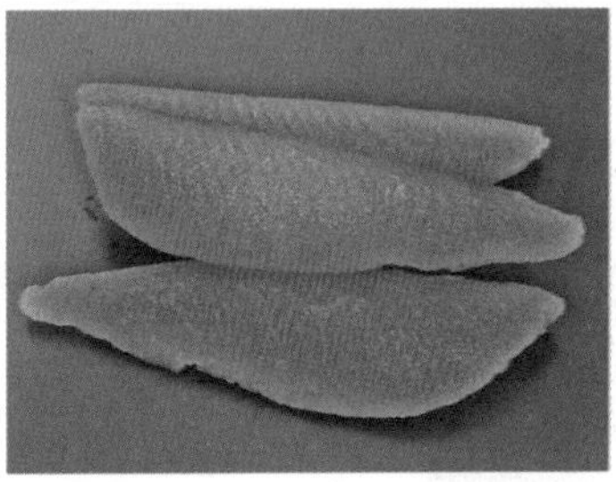
图5-109

半径：控制应用阴影和高光效果的范围，这一尺寸被用来决定某一像素属于阴影还是属于高光。向左移动滑块可以指定一个更小的区域，向右移动滑块可以指定一个更大的区域；如果该值过大，那么所做的调整会应用于整幅图像。

颜色校正：可以微调彩色图像中已被改变区域的颜色。例如，增加阴影数量，会使图像中原来比较暗的地方显示出颜色，如果想使这些颜色更鲜亮或者更黯淡一些，就可以调整颜色校正值。通常情况下，增大该值可以产生更饱和的颜色，减小该值会产生较不饱和的颜色。当阴影数量为50时，不同颜色较正值的图像效果如图5-110（颜色校正值为100）和图5-111（颜色校正值为-100）所示。

图5-110

图5-111

中间调对比度：调整中间色调的对比度。数值越小，对比度越弱；数值越大，对比度越强，效果如图5-112（中间调对比度为-40）和图5-113（中间调对比度为40）所示。

图5-112

图5-113

修剪黑色/修剪白色：用来指定有多少阴影和高光会被剪辑到图像中新的极端阴影（0色阶）和极端高光（255色阶）颜色中。数值越大，产生的对比度越强，相应的阴影或高光中的细节就越少。

存储为默认值：单击该按钮，可以将当前设置存储为“阴影/高光”命令的默认设置。若想恢复原始默认值，按住Shift键，将鼠标指针移至“存储为默认值”按钮上，按钮会变成“复位默认值”，单击该按钮即可。

5.3.11 曝光度

“曝光度”命令是CS4版本中新增的，用来调整图像的曝光度。执行菜单栏中的“图像>调整>曝光度”命令，可以将曝光不足的图像调整成为曝光正常的效果。原图、“曝光度”对话框中的参数设置及调整曝光度后的图像效果分别如图5-114、图5-115和图5-116所示。

图5-114

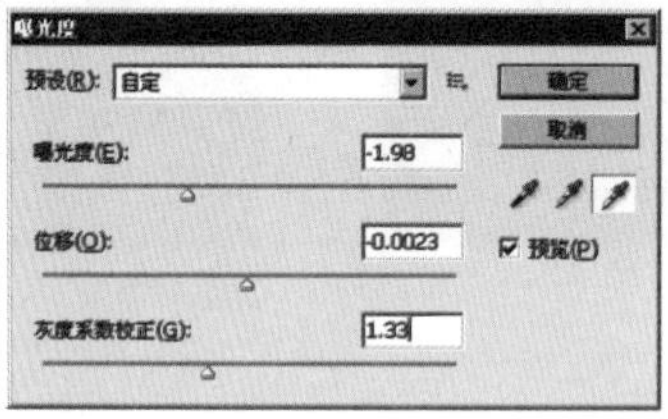

图5-115

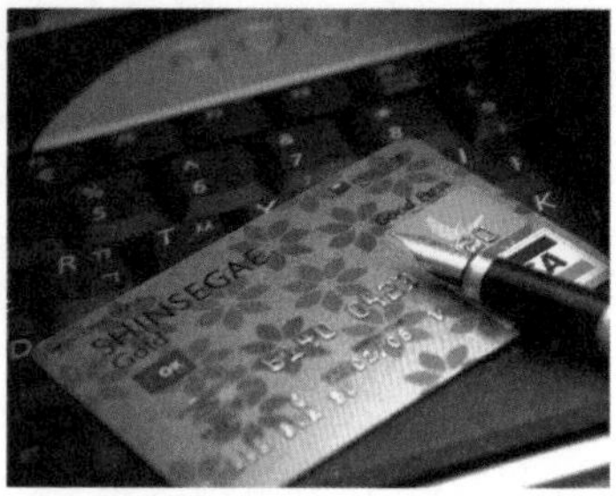
图5-116

5.3.12 反相

执行菜单栏中的“图像>调整>反相”命令或者按Ctrl+I组合键，可以将图像的颜色变成原颜色的互补色。“反相”命令可以单独对图层、通道、选区或者整个图像进行调整。执行“反相”命令前后的图像效果如图5-117和图5-118所示。

图5-117

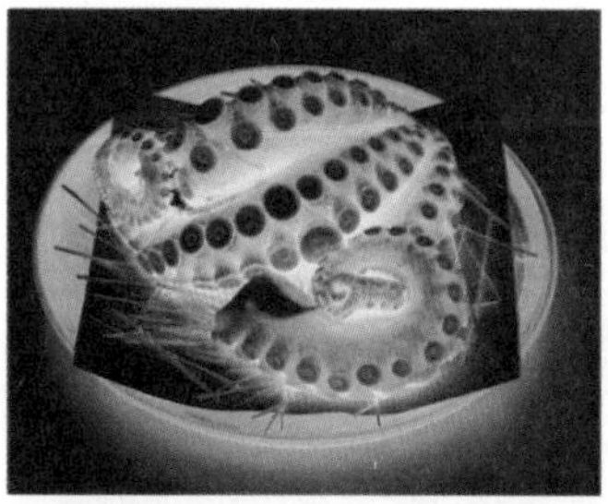
图5-118

5.3.13 色调均化

使用“色调均化”命令可以重新分配图像中各像素的亮度值。在使用该命令时，Photoshop会将图像中最亮的像素转换为白色，将图像中最暗的像素转换为黑色，对其余的像素进行相应的调整。执行“色调均化”命令前后的图像效果如图5-119和图5-120所示。

图5-119

图5-120

5.3.14 阈值

“阈值”命令可以依据图像的亮度值将图像转换为高对比度的黑白图像。执行菜单栏中的“图像>调整>阈值”命令，弹出如图5-121所示的对话框。

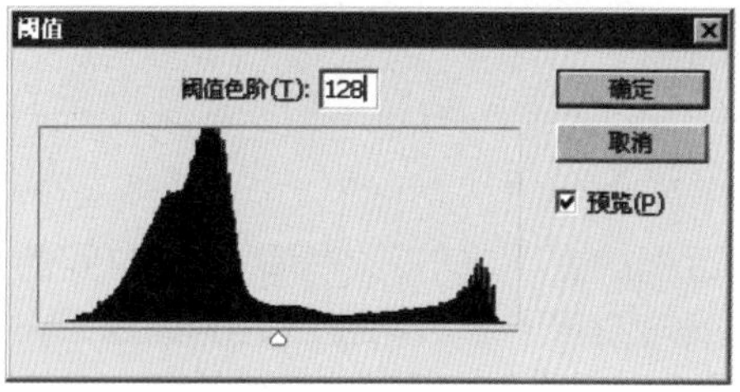

图5-121

在该对话框中，可直接在“阈值色阶”文本框中输入数值，其变化范围在1～255之间；也可通过拖动下方的三角滑块来改变阈值，向左移动滑块，图像的白色成分增加，向右移动滑块，图像的黑色成分增加。图5-122、图5-123和图5-124分别显示了原始图像及阈值为130和180时的图像效果。

图5-122

图5-123

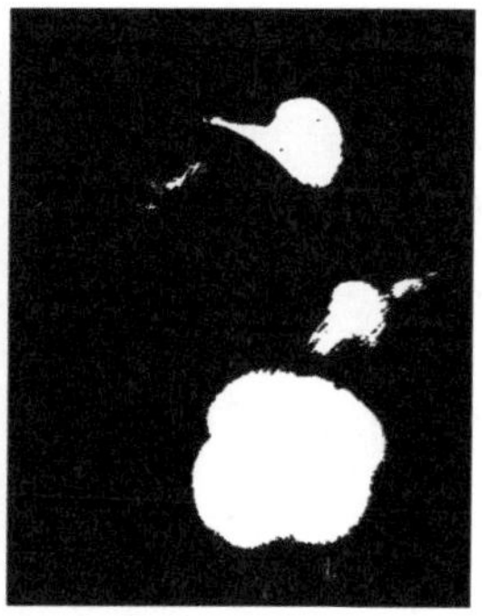

图5-124

5.3.15 色调分离

“色调分离”命令和“阈值”命令很类似，但该命令只能减少图像中的色调，可通过设置适当的值来决定图像变化的程度，但图像仍为彩色图像。想为图像的每个颜色通道定制亮度级别，只要在“色阶”文本框中输入想要的色阶数，就可以将像素以最接近的色阶来显示。“色调分离”对话框如图5-125所示，在该对话框中可直接输入数值来定义色调分离的级数。执行该命令前后的图像效果如图5-126和图5-127所示。

图5-125

图5-126

图5-127

5.3.16 变化

“变化”命令可以很直观地调整图像的色彩平衡、对比度和饱和度。该命令是Photoshop所提供的各种命令中最直观、最简单的一个。执行菜单栏中的“图像>调整>变化”命令，弹出“变化”对话框，如图5-128所示。

该对话框左上角的两幅缩略图分别为“原稿”和“当前挑选”图像，移动鼠标光标到原图上单击即可撤销调整。

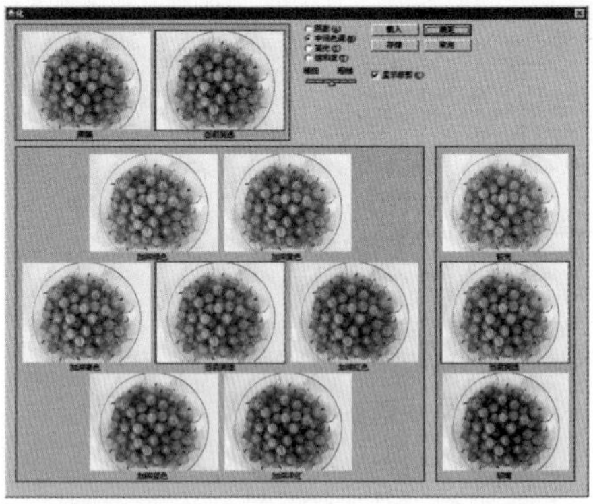

图5-128

该对话框的左下方有7个缩略图，中间的“当前挑选”缩略图用于显示调整后的图像效果，其他6个缩略图分别用于改变图像的6种颜色，单击其中任一缩略图，都会增加与该缩略图相对应的颜色。该对话框的右下方有3个缩略图，主要用于调节图像的明暗度，调整后的效果将显示在“当前挑选”缩略图中。

该对话框上方有4个单选按钮，前3个分别用于选择图像中的像素为“阴影”、“中间色调”或“高光”。选择“饱和度”单选按钮，可以改变图像中色相的饱和度，如图5-129所示。此时该对话框左下方只显示3个缩略图，通过单击“减少饱和度”和“增加饱和度”缩略图可以减少或增加饱和度。

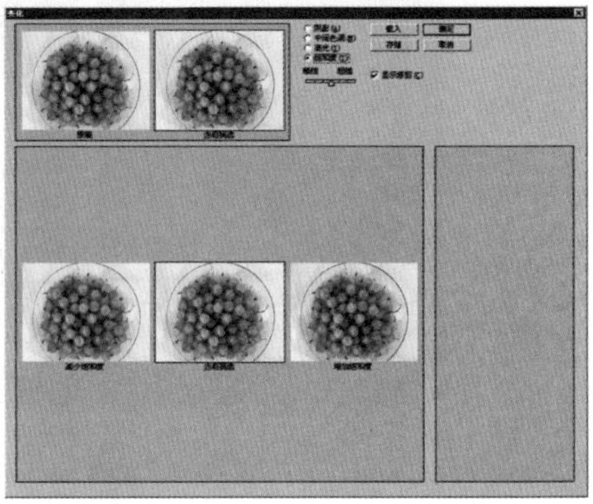

图5-129

另外，利用“精细”和“粗糙”滑块可控制调整图像色彩时的幅度。选中“显示修剪”复选框，可以显示图像中超出印刷范围的色域部分。

5.3.17 “调整”面板

Photoshop CS4中新增加了一个“调整”面板，该面板将用于色彩和色调调整的主要命令以图标按钮的形式集成到一个面板中。单击某个调整按钮后，在“图层”面板中会自动添加对应的调整图层。可以利用实时和动态的“调整”面板进行参数选项的调整。同时，该面板中还增加了新的调整命令和很多图像调整预设选项，用户可以轻松使用这些图标按钮和预设选项快速调整出需要的图像效果，大大地简化了图像调整的过程。

“调整”面板的基本使用方法

如果工作界面中没有显示“调整”面板，可以执行“窗口>调整”命令。“调整”面板及其扩展菜单如图5-130所示。其中，面板的上半部分为各种调整功能，下半部分为预设的调整设置。

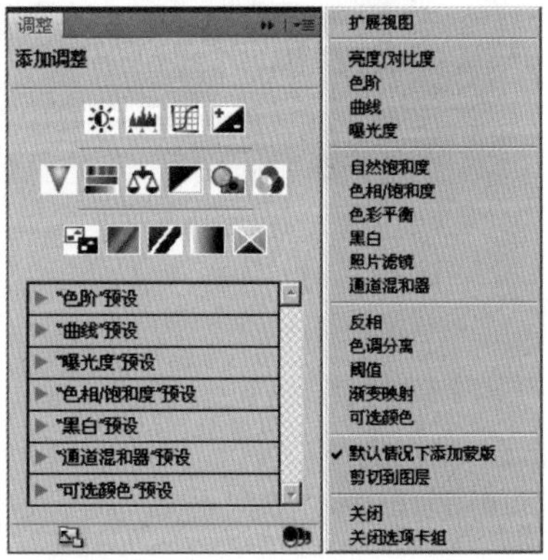

图5-130

在面板中单击需要的调整功能按钮，即可进入对应的选项设置状态，在其中进行设置和调整后，图像的效果会随之改变。

例如，打开一个素材文件，单击“调整”面板中的“创建新的曲线调整图层”按钮（如图5-131所示），打开“曲线”选项面板，并调整曲线形状。可以看到，窗口中的图像效果也随之改变，在“图层”面板中增加了对应的调整图层，效果如图5-132所示。

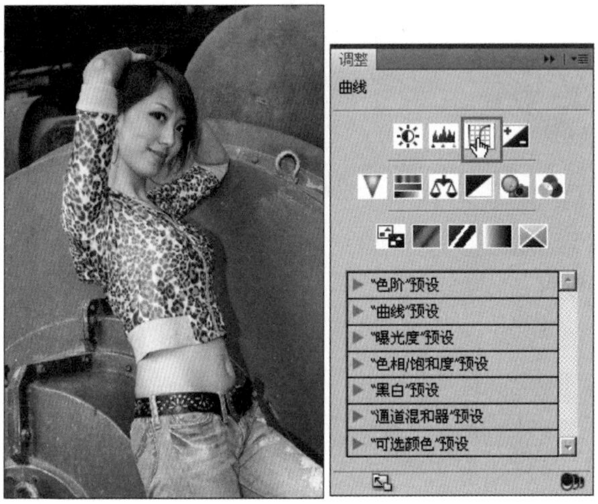

图5-131

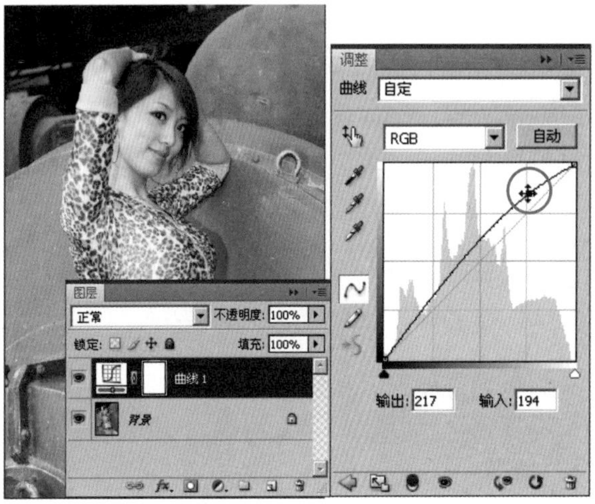

图5-132

调整好后，单击“调整”面板中的“返回到调整列表”按钮，返回“调整”面板的功能选择状态，再单击“创建新的色彩平衡调整图层”按钮，打开“色彩平衡”选项面板，并对颜色进行调整，如图5-133所示。可以看到，窗口中的图像效果也随之改变，在“图层”面板中又增加了一个“色彩平衡”调整图层，效果如图5-134所示。

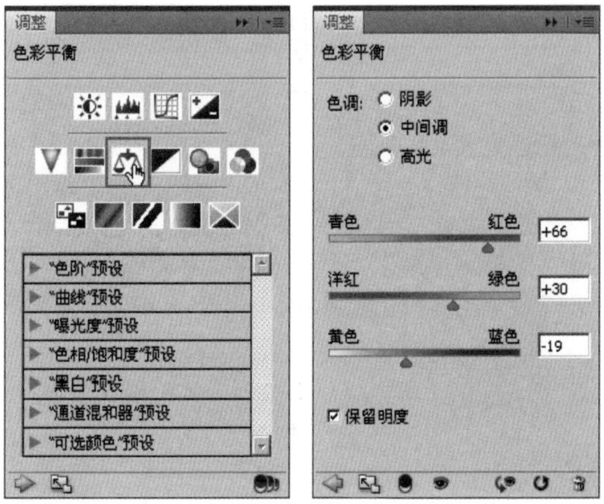

图5-133

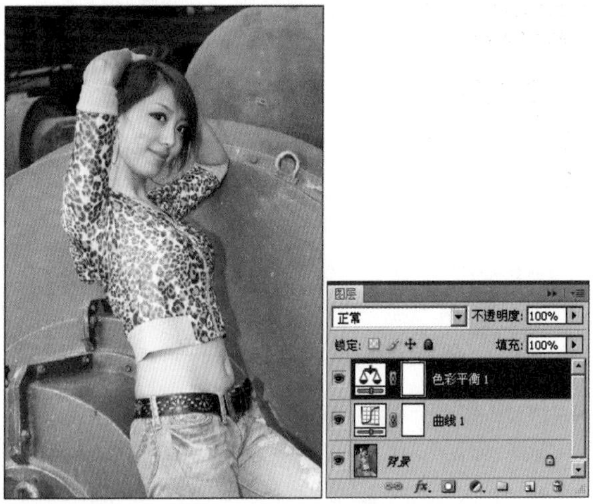

图5-134

使用“调整”面板添加的调整图层与使用“图层”面板中的按钮添加的调整图层完全相同，都可以随时双击“图层”面板中的缩略图，在“调整”面板中打开对应的命令选项进行设置。调整图层默认带有空白的图层蒙版，可以像对其他图层上的图层蒙版那样对其进行编辑。

例如，在“图层”面板中单击上例中添加的“色彩平衡”调整图层的蒙版缩略图，选择画笔工具，设置前景色为黑色，在图像中进行涂抹，将背景和裤子部分的颜色调整效果隐藏起来，如图5-135所示。

图5-135

“调整”面板中各按钮和选项的功能

“调整”面板中各按钮和选项的功能如下。

预设列表：“调整”面板中为用户提供了各种预设的调整选项设置，在Photoshop CS4版本中，这些预设设置被直接整合到“调整”面板的预设列表中，用户可以在预设列表中直接选择相应的调整功能，展开列表后，可以根据图像的实际情况选择不同的调整方案设置，如图5-136所示。

例如，重新打开上例的素材文件，在“调整”面板的预设列表中选择“‘黑白’预设”选项，单击选项左侧的三角按钮，将列表展开，选择其中的“高对比度红色滤镜”选项，图像效果发生改变，如图5-137所示。

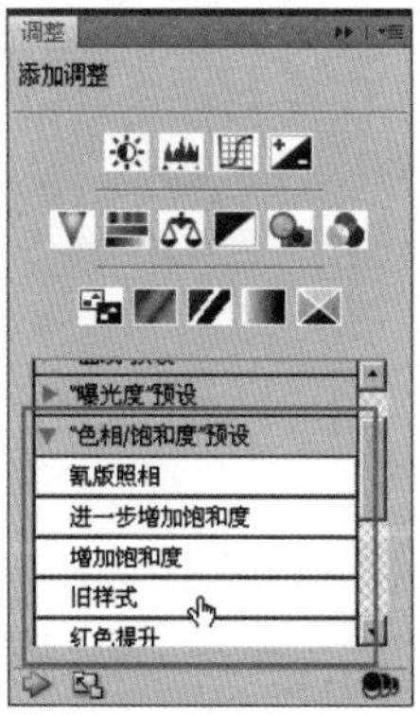

图5-136

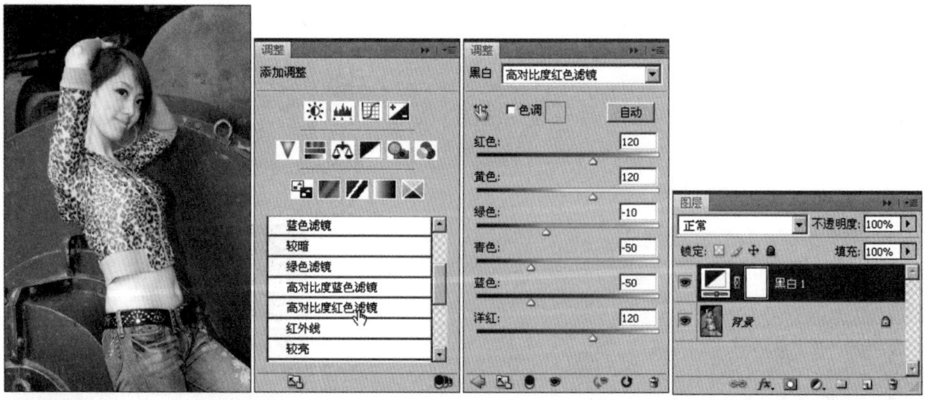

图5-137

“返回到调整列表”按钮：单击此按钮，可以从选项面板状态返回到“调整”面板，在“调整”面板中该按钮变为向右的箭头，单击该按钮，即可进入选项面板状态（如果有多个调整图层，则会显示当前选择的调整图层对应的选项面板）。

“将面板切换到展开的视图”按钮：单击此按钮，可以扩展选项或“调整”面板的大小，这样可以更清晰地看到选项设置，如图5-138所示。在扩展状态下，该按钮变为“将面板切换到标准视图”按钮，单击该按钮，即可返回标准的面板显示状态。

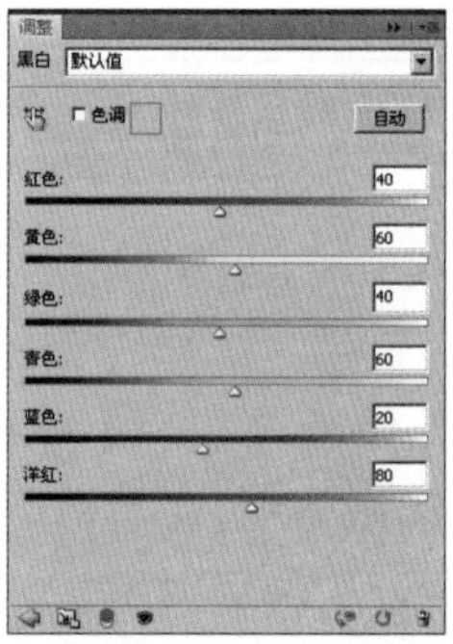

图5-138

“此调整图层影响到下面的所有图层”按钮：单击此按钮，可以将当前调整图层与其上下两图层选中一起创建剪贴蒙版。单击后按钮变为状态，再次单击该按钮，即可取消剪贴蒙版设置，返回影响其下所有图层的图层状态。

例如，打开一个素材文件（该文件为分层的PSD文件），打开“图层”面板，选择人物所在图层，如图5-139所示。打开“调整”面板，单击“创建新的色相/饱和度调整图层”按钮，打开“色相/饱和度”选项面板，并对色相进行调整。设置好后可以看到，窗口中的图像效果也随之改变，“图层”面板中增加了“色相/饱和度”调整图层，如图5-140所示。

图5-139

图5-140

单击按钮，将当前调整图层创建为剪贴蒙版，可以看到，只有人物图像受到色相调整的影响，效果如图5-141所示。

如果希望在创建调整图层时自动创建为剪贴蒙版状态，可以返回“调整”面板，单击面板右下角的按钮，这样即可将所有新创建的调整图层都与上下图层一起创建剪贴蒙版。

“切换图层可见性”按钮：单击此按钮，可以将当前调整图层隐藏，如图5-142所示。单击后按钮变为状态，再次单击该按钮，即可重新显示当前选中的调整图层。

图5-141

图5-142

技巧提示

需要注意的是，此按钮并不会实际地改变图像的调整状态，只是通过显示上一次的调整状态来方便用户进行比较和观察不同的调整效果。该按钮只有在当前的调整选项有多次调整状态时才会变为可用。也可以按住\键来进行查看。

“查看上一状态”按钮：单击并按住此按钮，可以在当前的图像调整状态下查看之前在该选项面板中的调整状态，释放鼠标后，即可回到当前的图像调整状态。

例如，重新打开上例的素材文件，打开“图层”面板，选择人物图层下面的图层，如图5-143所示。在“调整”面板中单击“创建新的色彩平衡调整图层”按钮，打开“色彩平衡”选项面板，并拖动颜色滑块进行调整，释放鼠标后，可以看到图像的调整效果，此时“查看上一状态”按钮变为可用状态，如图5-144所示。单击并按住按钮，可以看到之前的图像状态，效果如图5-145所示。

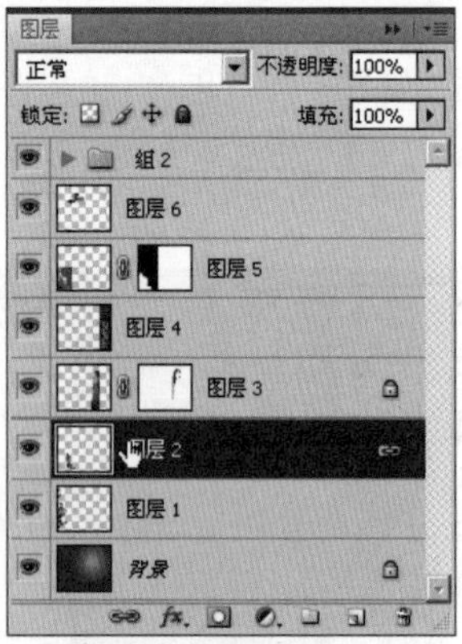

图5-143

图5-144

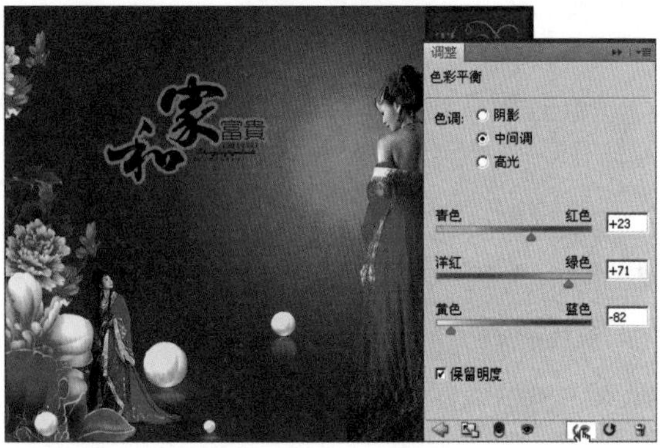

图5-145

“复位到默认设置”按钮：单击此按钮，可以将当前编辑的调整图层选项恢复到默认的设置。

“删除调整图层”按钮：单击此按钮，会弹出提示对话框，单击“是”按钮，可以将当前的调整图层删除。

06

CHAPTER

路径、通道和蒙版的应用

路径是用钢笔工具画出来的一系列点、直线和曲线的结合，路径工具主要用于描边图像区域的轮廓并创建蒙版；通道是存储不同类型信息的灰度图像，在Photoshop中起着举足轻重的作用；而蒙版通常以一种半透明的模式保护被遮蔽的区域，从而使用户可对未保护区域进行方便的编辑和修改。本章就针对Photoshop中的这些深层次功能进行深入剖析。

6.1 路径的基本概念

路径由一条或多条直线或曲线线段构成。在Photoshop中，要透彻理解路径的特点与用法，必须了解一些有关路径的基本概念。路径中包含两种成分，一种是节点，它定义了每条路径段的起点和终点；另一种成分是节点间的路径段，它可以是直线或曲线。路径是由许多节点和路径段连接组合成的。

拖动方向点可以改变方向线的长短和方向，而方向线的改变直接影响着路径段的方向和弧度，方向线始终与路径段保持相切关系。节点被选中时为实心方块，否则为空心，它分为曲线点和角点。当调整曲线点的一侧方向线时，该点另一侧的方向线会同时做对称运动。而当调整角点的一侧方向线时，只调整与该方向线同一侧的路径段，另一侧路径段不受影响，也就是说，角点两侧伸出的方向线和路径段具有相对独立性。按住Alt键，调整曲线点一侧的方向线或选择转折节点工具调整曲线点一侧的方向线，则此曲线点变为角点。

6.1.1 路径工具

路径是用钢笔等工具画出来的一系列点、直线和曲线的结合。路径工具主要用于描边图像区域的轮廓并创建蒙版，还可以作为创建选区的工具。与Photoshop中其他创建选区的工具相比，它具有很大的优越性。使用路径工具可绘制出很多复杂的图形，尤其是曲线，从而创作出更具独特性的图形。通过本章的学习，读者应该对路径的概念有深刻的认识。

6.1.2 钢笔工具

钢笔工具被用来绘制直线和曲线，是常用的路径工具，其工具选项栏如图6-1所示。

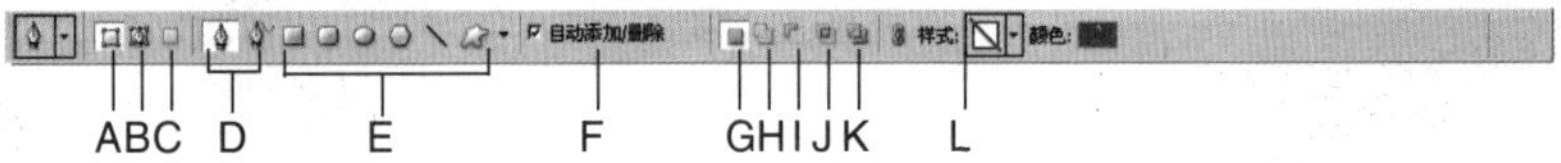

图6-1

A→形状图层：单击此按钮后，可以绘制路径；也可用于自动添加一个新的形状图层，路径内的颜色用前景色来填充，如图6-2所示。

B→路径：用于定义形状的轮廓，在绘制时只会产生工作路径，而不会产生形状图层，如图6-3所示。

图6-2

图6-3

C→填充像素：选择此选项绘制形状时，既不产生工作路径，也不生成图层，只绘制出一个由前景色填充的形状，如图6-4所示。

图6-4

D→钢笔工具和自由钢笔工具：这两个选项用于绘制路径。

E→形状工具组：包括矩形、圆角矩形、椭圆、多边形、直线和自定形状工具，可以方便地绘制出需要的形状路径。

F→自动添加/删除：此选项具有增加和删除锚点的功能。将钢笔工具放在选中的路径上，右下角出现一个加号时，表示可以增加锚点；右下角出现一个减号时，表示可以删除此锚点。

G→创建新的形状图层：在原有的基础上建立一个新的形状图层。

H→添加到形状区域：在原路径的基础上，增加新的形状区域。

I→从形状区域减去：在原路径的基础上，减去新旧形状区域相交的部分。

J→交叉形状区域：将的形状区域与旧的形状区域重叠时相交的部分作为新路径。

K→重叠形状区域除外：在原路径的基础上，增加新的路径区域，然后再减去新旧相交的部分。

L→样式：单击右侧的下拉按钮，会出现“图层样式”面板，可根据需要选择不同的图层样式。

6.1.3 自由钢笔工具

自由钢笔工具与钢笔工具的功能相似。使用自由钢笔工具可以随意拖动鼠标进行绘图，光标经过的地方将自动生成路径和锚点，其工具选项栏如图6-5所示。

A→ 曲线拟合：拖动鼠标产生路径的灵敏度，取值范围是0.5～10，单位是Pixel（像素）。曲线拟合的数值越大，形成的路径越简单，路径上的节点越少；反之，数值越小，形成的路径上的节点越多，路径也就越符合物体的边缘。

B→ 磁性的：选中此复选框后，自由钢笔工具变为磁性钢笔工具，可以自动跟踪图像中物体的边缘形成路径。

C→ 宽度：该选项的取值范围是1～40像素，用来定义磁性钢笔工具检索的距离范围。若输入“10px”，则磁性钢笔工具只寻找10个像素距离之内的物体边缘。数值越大，寻找的范围就越大，可能会导致边缘不准确。

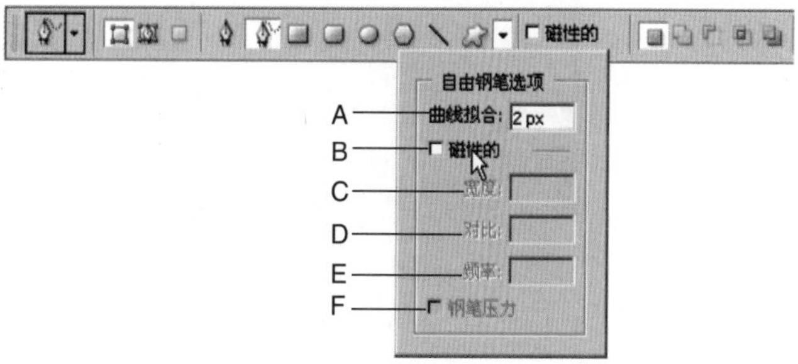

图6-5

D→ 对比：用来定义磁性钢笔工具对边缘的敏感程度。输入的数值较大，就只能检索到与背景对比度非常大的物体边缘；数字较小，就可检索到低对比度的边缘。它的取值范围是1%～100%。

E→ 频率：在此可以输入一个0～100间的值，以定义钢笔在绘制路径时设置节点的密度。此数值越大，路径上得到的节点数量越多。

F→ 钢笔压力：使用压感笔来控制磁性钢笔工具的绘制。

6.1.4 添加锚点工具

选择添加锚点工具后，将光标放在已画好的工作路径上，当光标变成添加锚点工具形状时，单击鼠标，即可增加锚点，如图6-6所示。

6.1.5 删除锚点工具

选择删除锚点工具后，将光标放在工作路径的节点上，当光标变成删除锚点工具形状时，单击鼠标，即可删除锚点，如图6-7所示。

图6-6

图6-7

6.1.6 转换锚点工具

转换锚点工具可以将路径上的曲线点变换成角点，角点两边的路径由曲线变成直线，使用鼠标在两端有方向线的锚点上单击，锚点的方向线取消，并改变为直线，如图6-8所示；将光标放在直线路径的角点上单击并拖动鼠标，这时角点变成曲线点，两边的直线也变成曲线，如图6-9所示。

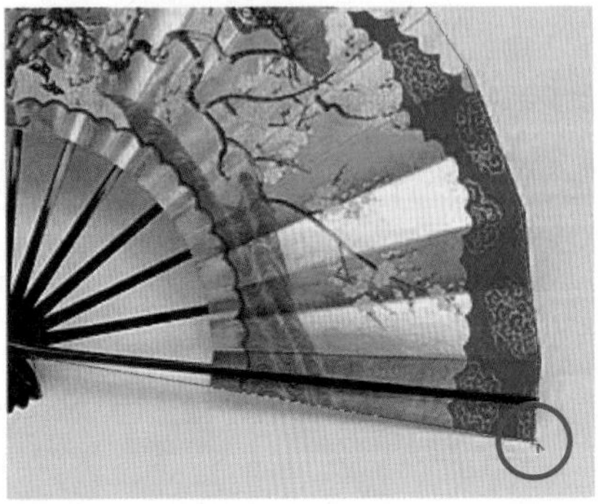

图6-8

图6-9

6.2 选择路径

在Photoshop CS4中，用于选择路径的工具包括路径选择工具和直接选择工具。使用路径选择工具和直接选择工具（如图6-10所示），可以选择或调整路径段或路径组件。

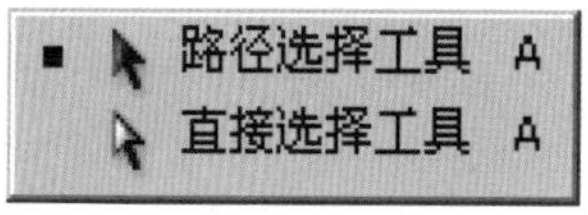

图6-10

6.2.1 路径选择工具

路径选择工具用来选择一条或几条路径并对其进行移动、组合、对齐、分布和变形。选择路径选择工具，单击已画好的路径，其工具选项栏如图6-11所示。

图6-11

移动路径：选择路径选择工具，单击所需移动的路径并拖动鼠标到合适的位置，释放鼠标，路径的位置移动，但形状不会改变，如图6-12所示。

移动路径前

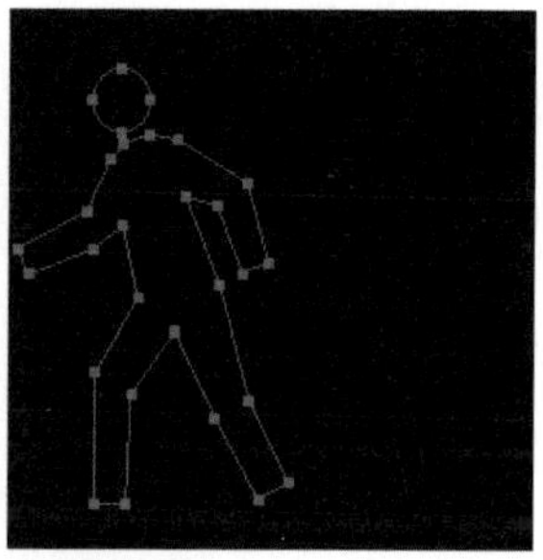

移动路径后

图6-12

组合路径：路径选择工具的工具选项栏上提供了组合路径按钮 组合 。一个工作路径层上有两条以上的路径时，便可将它们以不同的方式进行组合，方法是用路径选择工具选择一条路径，在按住Shift键的同时选中多条要组合的路径，然后选择一种路径组合方式，并单击 组合 按钮，效果如图6-13所示。

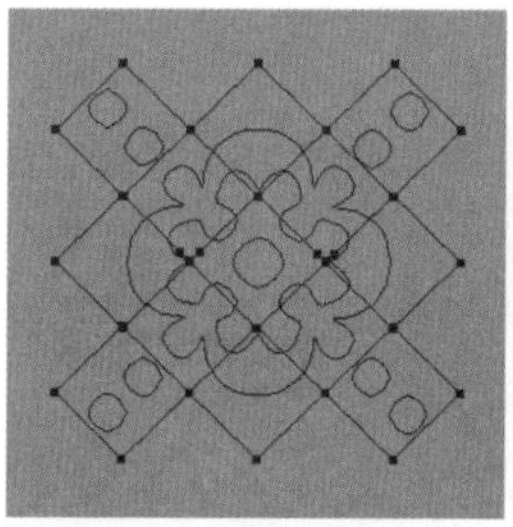

组合前

添加到形状区域

从形状区域减去

交叉形状区域

重叠形状区域除外

图6-13

对齐路径：当一个工作路径层上有两条以上的路径时，可以按住Shift键将它们同时选中，再进行对齐操作。在工具选项栏中选择路径的对齐方式，水平方向上分别包括左对齐、水平居中对齐、右对齐；垂直方向上分别包括顶对齐、垂直居中对齐、底对齐。采用不同对齐方式的效果如图6-14所示。

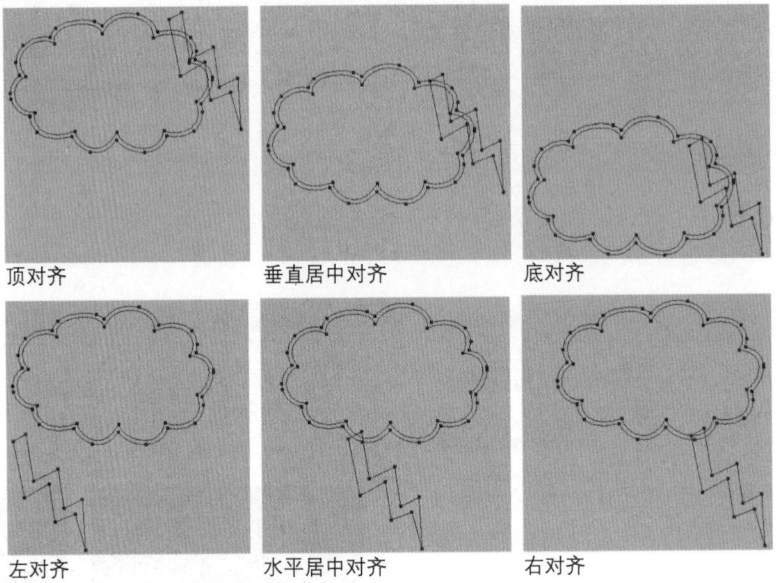

图6-14

分布路径：当一个工作路径层上有3条或3条以上的路径时，就可以将它们进行分布。按住Shift键将它们同时选中，在工具选项栏中选择路径的分布方式即可。垂直方向上有以下几种分布方式：按顶分布，表示使所选组件顶端之间的距离相等；垂直居中分布，表示使所选组件在垂直方向上与中心线的距离相等；按底分布，表示使所选组件底端之间的距离相等。水平方向上有以下几种分布方式：按左分布，表示使所选组件左端之间的距离相等；水平居中分布，表示使所选组件水平中线间的距离相等；按右分布，表示使所选组件右端之间的距离相等。采用不同分布方式的效果如图6-15所示。

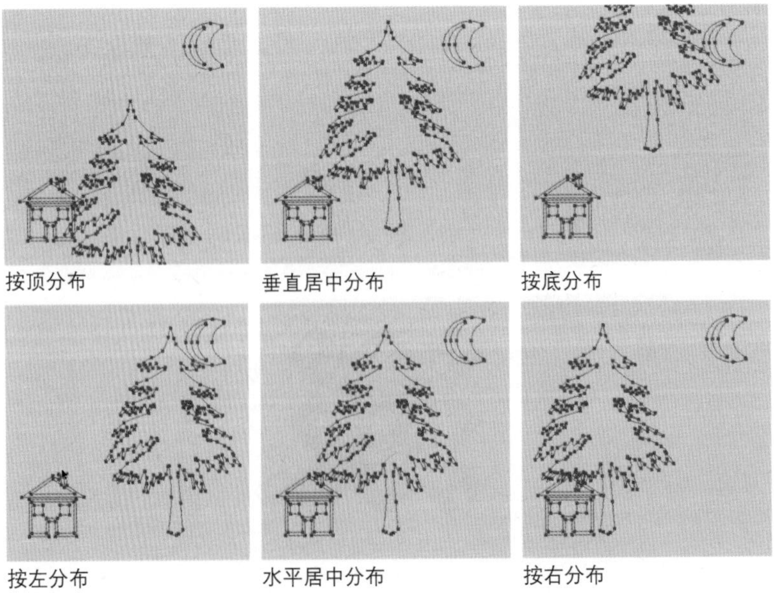

图6-15

技巧提示

不同图层中的形状或路径无法同时被选中并进行对齐或分布操作。

变换路径：如果在工具选项栏选中“显示定界框”复选框，那么路径四周会出现8个控制点，拖动控制点可对路径进行变形，操作方法同选区变形类似。不过，也可以在变形工具选项栏中输入数值来进行精确变形，如图6-16所示。

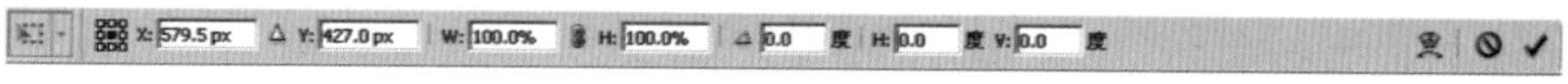

图6-16

在“X”和“Y”之间有一个图标，不激活此图标，X和Y值表示物体控制点所在位置的坐标值；激活此图标，X和Y值表示路径在水平和垂直方向上的变化值。

在“W”和“H”之间有一个图标，不激活该图标，W和H值表示路径宽、高的任意缩放量；激活该图标，W和H值表示等比例缩放。

图标后面的值表示路径的旋转角度，其后面的H和V分别表示路径水平方向和垂直方向的倾斜角度。

对路径的变形，还可以通过执行菜单栏中的“编辑>自由变换路径”命令或“编辑>变换路径”级联菜单里的一系列变形命令来完成，具体包括“缩放”、“旋转”、“斜切”、“扭曲”、“透视”和“变形”。

缩放：用户可以直接拖动路径边缘的8个控制点来随意变换路径大小。

旋转：当光标放置在框外时，出现旋转标志，此时可随意旋转路径。

斜切：可以用鼠标沿边框的方向水平或垂直倾斜路径。

扭曲：通过鼠标随意拖动各控制点进行路径变形，在拖动一个控制点时，对其他控制点没有影响。

透视：可以按照透视原理变换路径。

图6-17显示了对路径进行以上5种变形的效果。

变形：可以用变形工具来对路径进行变形，选择“变形”命令后，路径四周的8个控制点变成12个，同时界面中会出现变形工具选项栏，可以通过“变形”下拉列表选择扭曲变形样式，也可以通过输入数值来精确地控制变形。

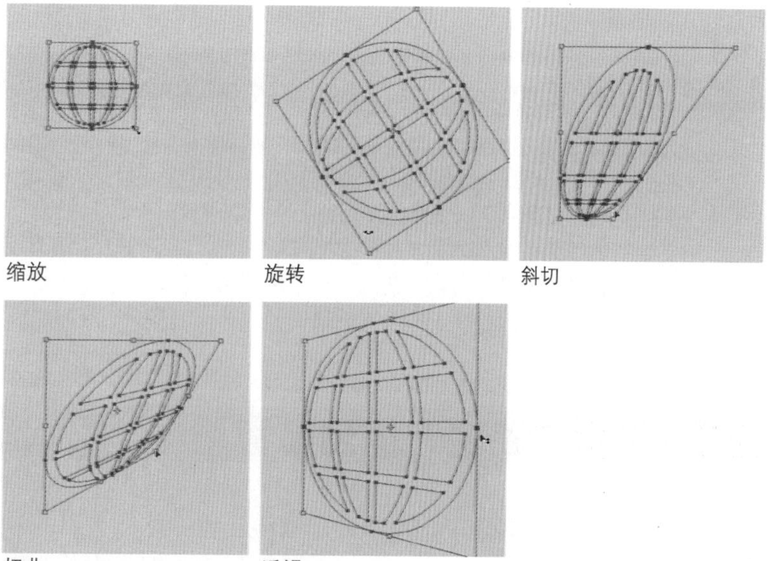

缩放　旋转　斜切　扭曲　透视

图6-17

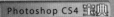

变形完成后，单击工具选项栏中的✔图标表示确认，放弃则单击⊘图标，变形路径过程完成。

图6-18显示的是几种不同的变形样式。

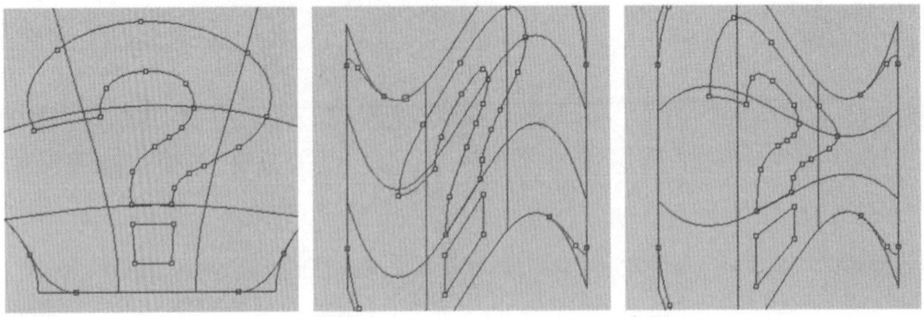

花冠　旗帜　鱼形

图6-18

6.2.2 直接选择工具

使用直接选择工具，可以移动路径中的节点和线段，也可以调整方向线和方向点。在调整时对其他未选择节点和线段毫无影响，而且在调整节点时也不会改变节点的性质，如图6-19所示。

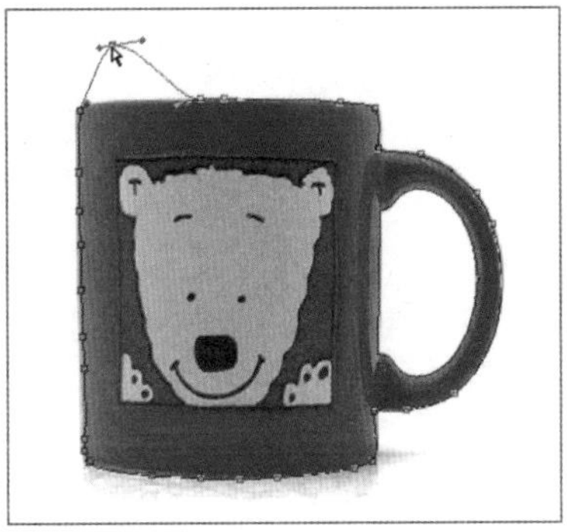

图6-19

技巧提示

为了更加方便、快捷地对路径进行调节，在操作中应注意结合快捷键使用。

在选择钢笔工具或自由钢笔工具绘制路径时，按住Ctrl键，可以将钢笔工具和自由钢笔工具变成路径选择工具，这样在绘制路径过程中可以很方便地对路径进行调节。

在绘制曲线路径时，为了使所绘路径与物体基本形状吻合，通常要去掉路径的一个控制柄，可以在绘制曲线路径的同时按住Alt键单击曲线点，来去掉一个控制柄。

在绘制曲线路径的过程中，按住Alt键的同时拖动方向点，可独立控制曲线点两旁的曲线段。

6.3 使用"路径"控制面板

在"路径"控制面板中，可以通过描绘和填充路径得到各种美丽的图像，也可以将路径与选区进行转换。使用路径制作图像和建立选区的精度较高且便于调整，因此在图像处理中的应用非常广泛。"路径”控制面板还可以存储当前工作路径和图层剪切路径。执行菜单栏中的“窗口>路径”命令，打开“路径”控制面板，当路径创建后，便会在“路径”控制面板中显现出来，如图6-20所示。

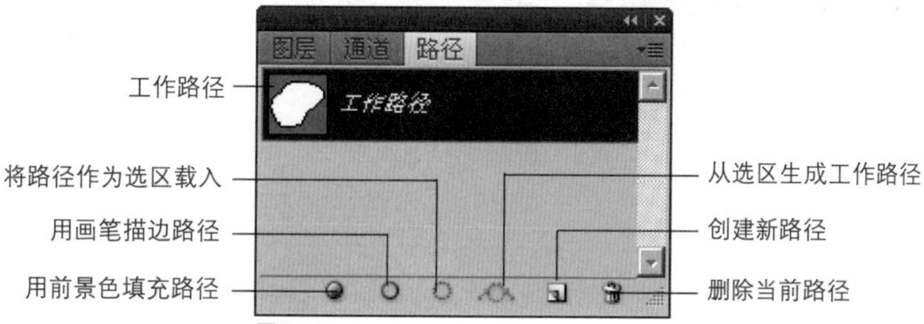

图6-20

6.3.1 显示或隐藏路径

当路径被隐藏时，单击“路径”控制面板中的路径名，即可显示路径；若要选中路径，只要用路径选择工具在路径上单击即可，如图6-21所示。若要隐藏路径，只要在“路径”控制面板的空白区域中单击即可，如图6-22所示。

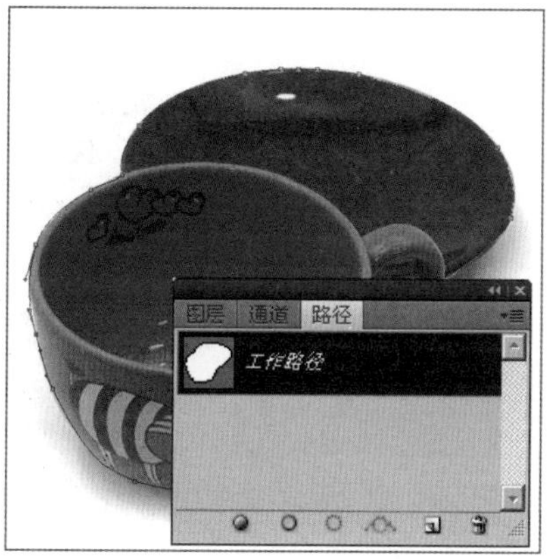

图6-21

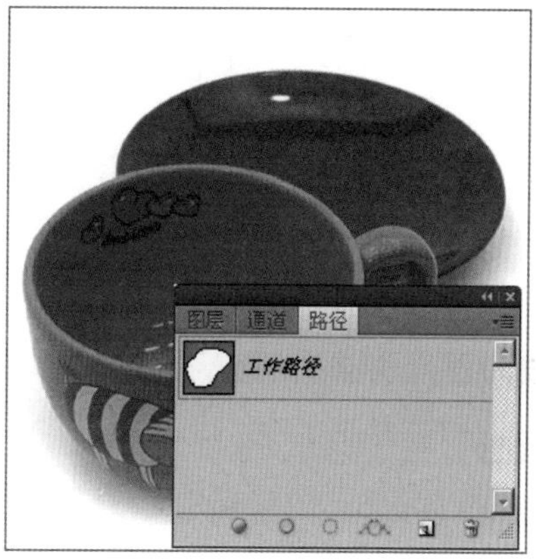

图6-22

6.3.2 建立新路径

可以在图像中建立新的路径，具体方法如下：

在工具箱中选择相应的路径工具，并在工具选项栏中单击“路径”图标，用路径工具绘制路径，将出现工作路径，如图6-23所示。

在“路径”控制面板上单击“创建新路径”按钮。若要给新建的路径重新命名，可以双击原来的名称，光标变为闪烁状态，输入新的名称；也可以在“路径”控制面板的扩展菜单中选择“新建路径”命令，在弹出的如图6-24所示的对话框中输入路径的名称，完成后单击“确定”按钮，“路径”控制面板中就会出现新增的空白路径，如图6-25所示。

接着，就可以在需要建立路径的图像上勾画路径了，此时的“路径”控制面板如图6-26所示。

图6-23

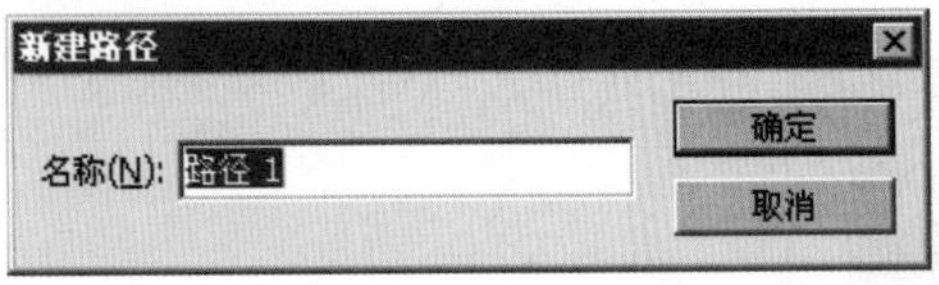

图6-24

图6-25

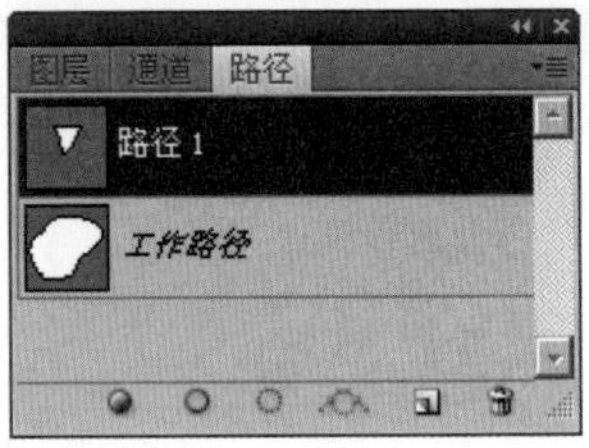

图6-26

6.3.3 保存路径

用户在使用钢笔工具或形状工具直接创建路径时，新绘制的路径会作为工作路径出现在“路径”控制面板中。该工作路径是临时路径，如果没有存储，当再次绘制路径时，新路径将代替现有路径。

若要存储路径，可以在控制面板中的路径上双击鼠标，弹出“存储路径”对话框，如图6-27所示。

在“路径”控制面板的扩展菜单中选择“存储路径”命令（如图6-28所示），也会弹出“存储路径”对话框。在“名称”文本框中输入名称，然后单击“确定”按钮，路径就会被保存起来。

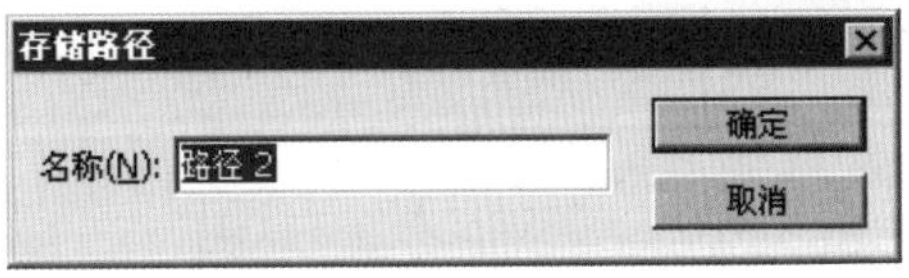

图6-27

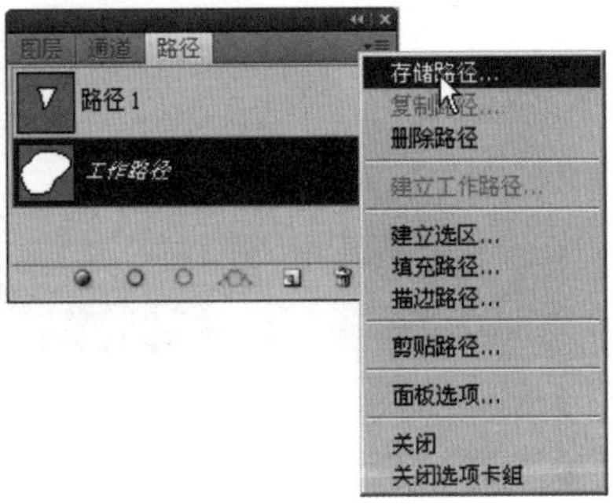

图6-28

6.3.4 复制路径

选择路径后，还可以对其进行复制，复制路径的方法如下：

选择路径工具绘制路径，用路径选择工具选中路径。

按住Alt键并拖动路径，复制所要的路径，在复制的路径出现后释放Alt键和鼠标，就可得到复制路径。这两个路径在同一个路径层上，如图6-29所示。

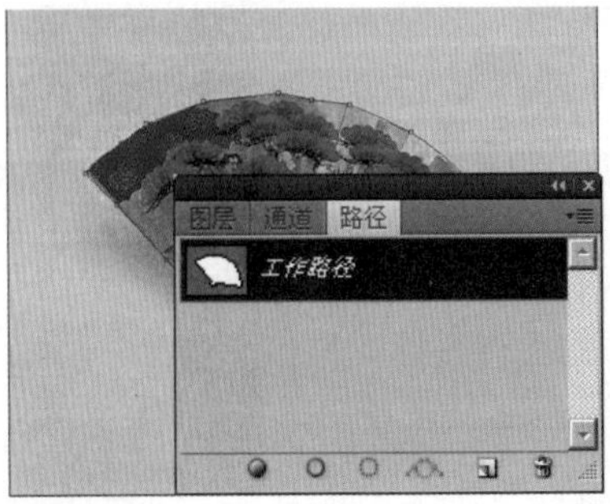

原来的路径

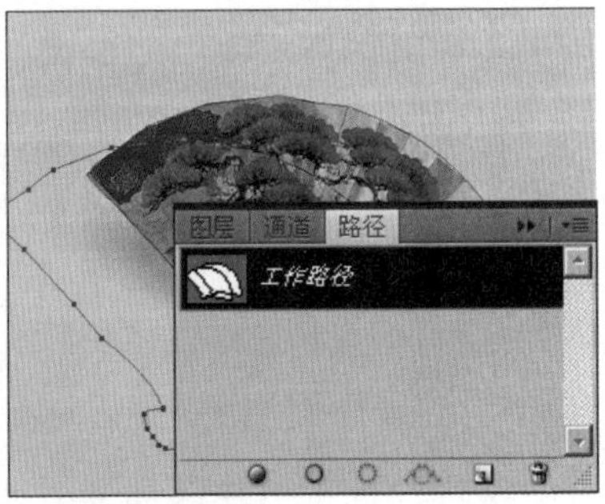

复制路径后的效果

图6-29

复制路径还有以下两种方式：

在“路径”控制面板中选择一个路径层，然后在“路径”控制面板的扩展菜单中选择“复制路径”命令，弹出“复制路径”对话框，在该对话框中为复制的路径重新命名。

将“路径”控制面板中的路径拖到该面板下的“创建新路径”图标上，可以直接复制路径。但这两种复制路径的方式，会建立不同的路径层，如图6-30所示。

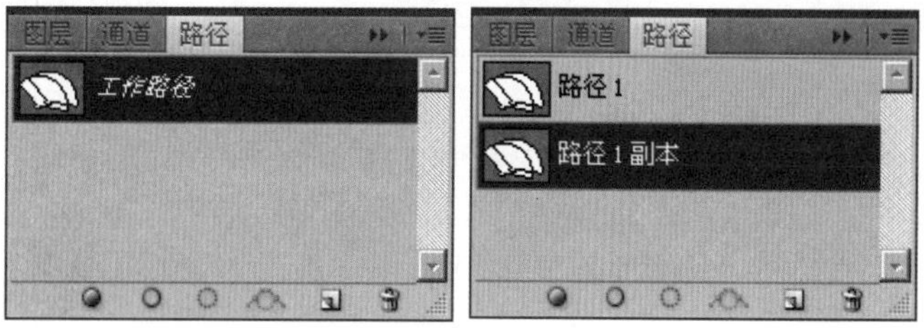

原来的路径层　　复制路径后的效果

图6-30

6.3.5 删除路径

当要删除某一路径层时，在“路径”控制面板中选中要删除的路径层，单击路径并将其拖到控制面板下面的“删除当前路径”按钮上或选择“路径”控制面板扩展菜单中的“删除路径”命令。如果要删除路径层中的某一路径段，选中要删除的路径，然后按键盘上的Delete键即可。

6.3.6 将选区转换为路径

如果要将一个选区转换成路径，可以单击“路径”控制面板中的“从选区生成工作路径”图标，以默认的设置将该选区转换为路径，如图6-31所示。

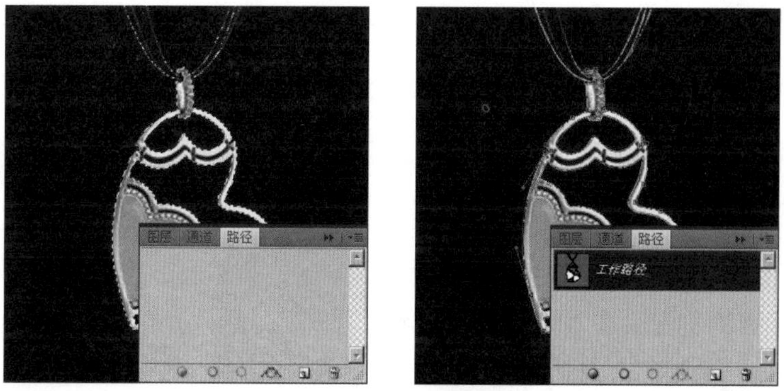

选区　　新增路径

图6-31

若要修改设置，当建立完选区后，按住Alt键并单击“路径”控制面板底部的“从选区生成工作路径”图标，或选择“路径”控制面板扩展菜单中的“建立工作路径”命令，弹出“建立工作路径”对话框，如图6-32所示。“容差”参数用来控制转换后路径的平滑度，取值范围是0.5～10.0像素，值越大，所产生的节点越少，线条越平滑。设置完成后，单击“确定”按钮，即可将选区转换为路径，“路径”控制面板中会自动添加工作路径。

图6-32

6.3.7 将路径转换为选区

在“路径”控制面板上，还可以将一个路径转换为选区来进行各种影像编辑。在完成路径绘制后，按住Ctrl键并单击“路径”控制面板中的路径层，此时该路径会转换为选区。也可以选择“路径”控制面板扩展菜单中的“建立选区”命令，这时会弹出 “建立选区”对话框。若要对选取范围做比较精确的控制，可以在“建立选区”对话框中进行设置。将路径转换为选区前后的效果及“建立选区”对话框如图6-33所示。

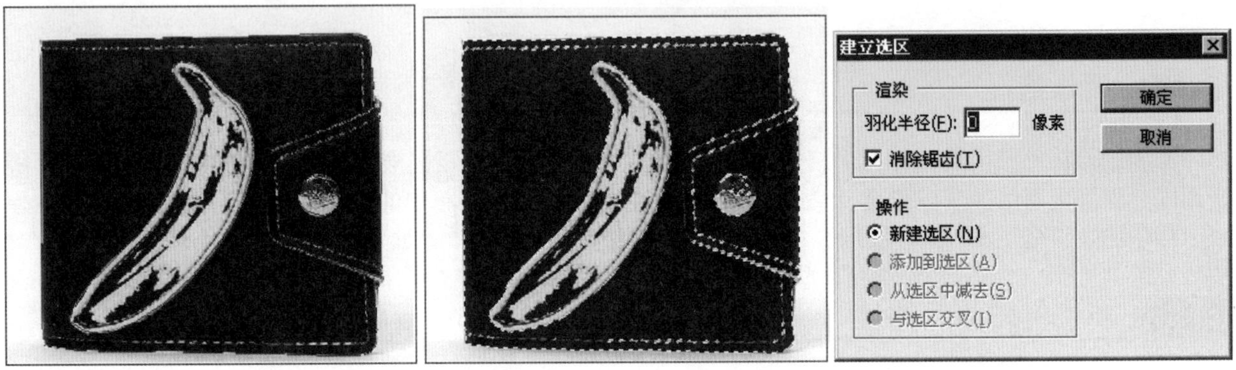

创建路径　　转换为选区　　“建立选区”对话框

图6-33

羽化半径：定义羽化边缘在选区边框内外的伸展距离，其取值范围是0～250像素。

消除锯齿：选中该复选框，可以使转换后的选区边缘更光滑。

如果在当前的工作页面中已存在选区，则“操作”选项区域中的所有选项均被激活，分别控制当前选区与由路径转换的选区如何组合。

新建选区：用路径转换后的选区取代当前选区。

添加到选区：在原有的选区中加入转换后的选区。

从选区中减去：从原有的选区中减去转换后的选区。

与选区交叉：原有的选区将与转换后的选区进行交叉。

6.3.8 填充路径

填充路径可以用指定的颜色、图像状态或图案填充选择的路径。填充路径不需要将路径转换为选区，可以在路径中进行颜色和图案填充。在“路径”控制面板中选中要填充的路径，单击底部的“用前景色填充路径”图标或从扩展菜单中选择“填充路径”命令。填充路径前后的效果如图6-34所示。

勾画出路径　　填充后的路径

图6-34

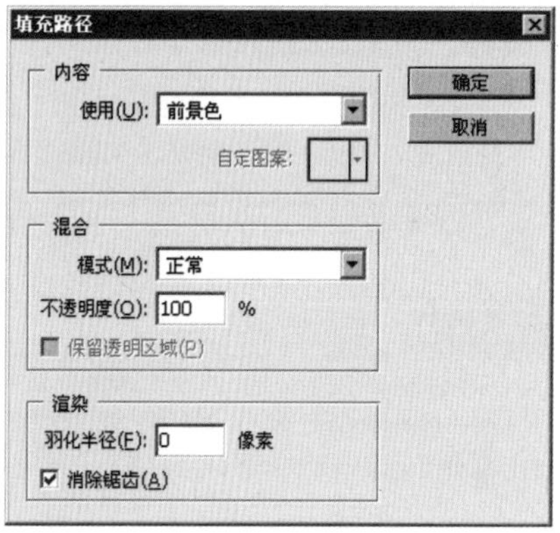

图6-35

在Photoshop CS4中，系统默认以实色填充当前路径，如果要详细控制填充路径的参数选项，则可在“填充路径”对话框中进行设置，如图6-35所示。

使用：用来设置填充的内容，包括“前景色”、“背景色”或“图案”等选项。

模式：在该下拉列表框中存放着不同的填充模式。“清除”模式允许抹除为透明，在使用该模式时，必须在背景图层以外的其他图层中工作。

不透明度：用来控制填充的不透明度，百分比越小，透明度越高。

保留透明区域：将填充限制为包含像素的图层区域。

羽化半径：用于定义羽化边缘在边框内部和外部的伸展距离，输入的数值越大，羽化效果越明显，其单位为“像素”。

消除锯齿：在路径像素与周围像素之间创建精细的过渡，使填充的效果过渡平滑。

6.3.9 描边路径

在“路径”控制面板中，还可以对路径所围成的边线进行描边。选择要描边的路径，单击“路径”控制面板底部的“用画笔描边路径”按钮，便会以默认方式进行描边。如果想对描边进行设置，可选择“路径”控制面板扩展菜单中的“描边路径”命令，弹出“描边路径”对话框，如图6-36所示。

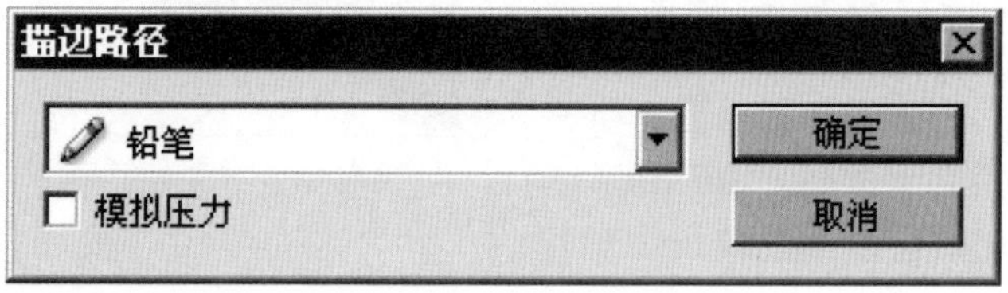

图6-36

在该对话框中选择一种描绘工具，即可用前景色对路径进行描边，描边效果如图6-37所示。

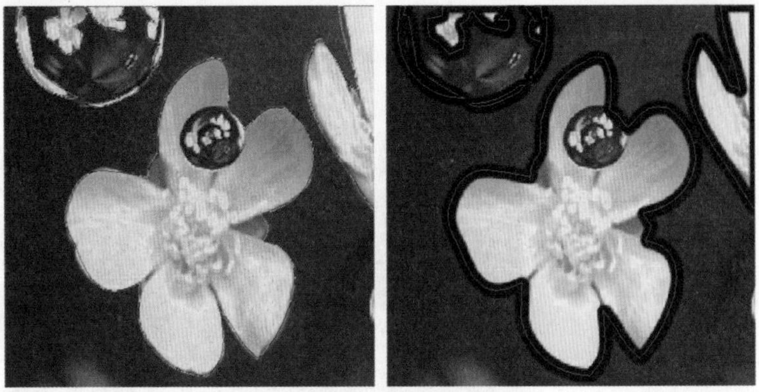

路径描边前　　路径描边后

图6-37

技巧提示

在描边之前，需要将描边工具的颜色、模式、不透明度和画笔等参数设置好，然后再选择描边命令。如果路径是隐藏的，则不能进行填充和描边操作。

6.3.10 剪贴路径

一般情况下，将路径内部的图像输出到PageMaker等排版软件中时，通常会将路径内部的对象以及背景同时输出，如果要去掉背景，只输出路径内的对象，则可以利用剪贴路径功能将路径以外的区域变为透明，所以剪贴路径功能主要用于制作去除背景效果的图像，其具体用法如下。

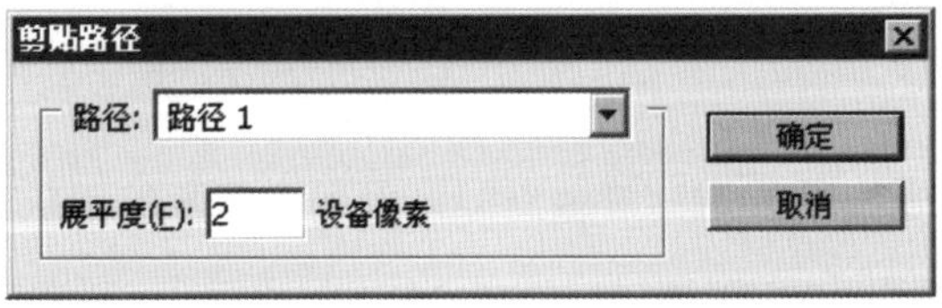

图6-38

将路径存储后，在“路径”控制面板的扩展菜单中选择“剪贴路径”命令，打开“剪贴路径”对话框，如图6-38所示。在“路径”下拉列表框中选择要剪贴路径的名称。“展平度”用来定义曲线由多少个直线段组成，即剪贴路径的复杂程度，取值范围为0.2～100，数值越小，组成曲线的直线段越多，曲线越平滑，一般设置为8～10较合适。设置完成后，单击“确定”按钮。

执行菜单栏中的“文件＞存储”命令，在弹出的“存储为”对话框中选择文件格式为Photoshop EPS或TIFF，对剪贴路径进行保存，打开PageMaker软件，建立一个新文件，将此图进行置入，此时路径以外的背景变为透明。图6-39显示了在PageMaker中置入剪帖路径后的图像及没有剪贴过路径的图像的效果。

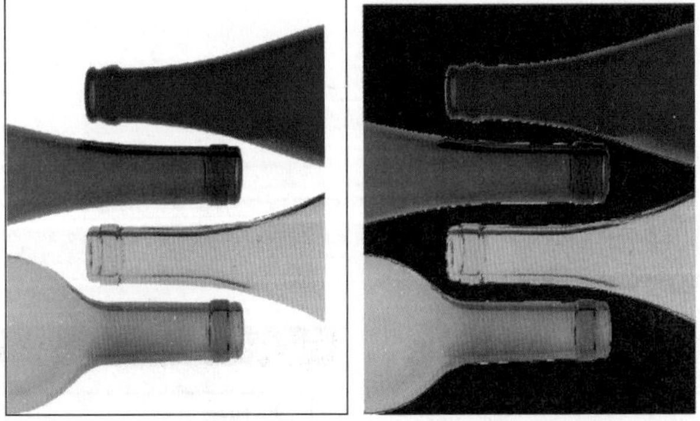

在PageMaker中置入剪贴路径的图像　　置入没有剪贴过路径的图像

图6-39

6.3.11 输出路径

可以将绘制好的路径保存在图像文件中，也可将其存储为“*.ai”格式进行输出。

打开一幅图像，使用路径工具绘制路径，执行菜单栏中的“文件>导出>路径到Illustrator”命令，打开“导出路径”对话框，如图6-40所示。

要保存路径的图像

“路径”控制面板

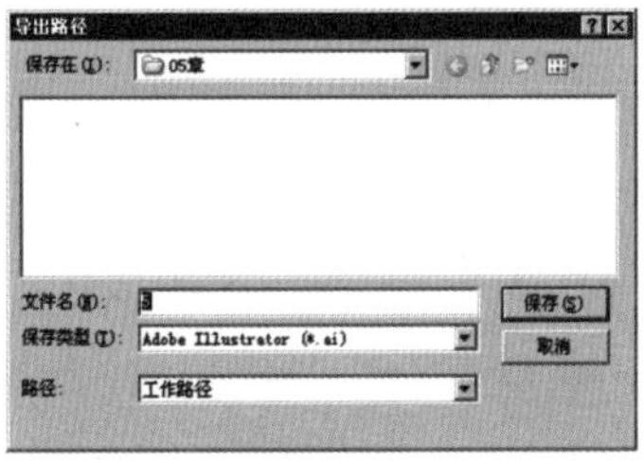
“导出路径”对话框

图6-40

在此对话框中输入文件名并在“路径”下拉列表框中设置文件导出内容，如果选择“工作路径”选项，则只导出图像中的工作路径；如果选择“所有路径”选项，则可以将图像中的所有路径一起导出；如果选择“文档范围”选项，则只导出图像边框裁切线而不导出图像中的路径；如果选择其他选项，则可分别导出指定的某一路径。

完成设置后，单击“保存”按钮，就可以将指定的路径单独保存在一个文件中了，保存的文件格式为“*.ai”。使用FreeHand，Adobe Illustrator或CorelDRAW等软件打开或置入该文件，可以继续编辑和修改路径。

6.4 形状工具

Photoshop CS4中同样也提供了几种常用的几何对象绘制工具，利用形状工具组中的工具可以方便地绘制出各种形状的路径或形状，包括矩形工具、圆角矩形工具、椭圆工具、多边形工具、直线工具和自定形状工具，如图6-41所示。

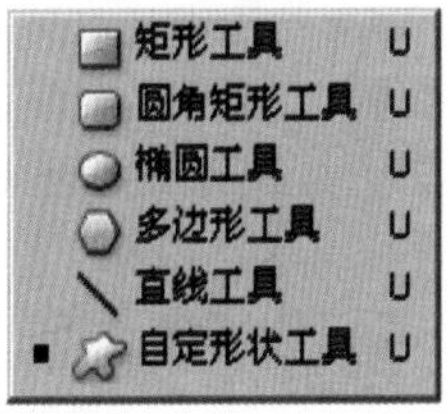

图6-41

6.4.1 矩形工具

使用矩形工具可以绘制矩形或正方形的路径或形状。要使用矩形工具绘制矩形，只需在画布上单击并拖动鼠标即可。在拖动时如果按住Shift键，则会绘制出正方形。

选择矩形工具，会出现如图6-42所示的工具选项栏，其中包括“形状图层”、“路径”、“填充像素”按钮以及多种路径和形状工具。

图6-42

在Photoshop CS4中，将路径工具和形状工具都列在工具选项栏中，要改变所需的工具种类无须再调用工具箱，可以在工具选项栏中直接调用。

选择矩形工具，单击自定形状工具右侧的下拉按钮，就会出现“矩形选项”面板，其中包括“不受约束”、“方形”、“固定大小”、“比例”、“从中心”和“对齐像素”等选项，如图6-43所示。

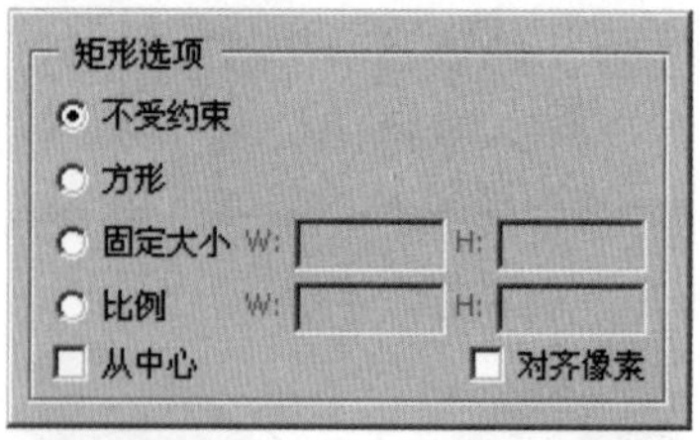

图6-43

不受约束：允许用户绘制任意长宽的矩形，比例和大小不受约束。

方形：选择该单选按钮，绘制的矩形为正方形。

固定大小：选择该单选按钮，可以在“W”和“H”文本框中输入所需的宽度和高度数值，默认单位为像素。

比例：选择该单选按钮，在其后的文本框中输入数值，可以决定矩形宽和高的比例。如果宽和高都为 1 ，则表示二者间是1:1的关系，生成的是正方形。

从中心：选中此复选框后，拖动矩形时光标的起点为矩形的中心点。

对齐像素：使绘制矩形的边缘自动与像素边缘重合。

6.4.2 圆角矩形工具和椭圆工具

使用圆角矩形工具可以绘制出四角平滑的矩形，其使用方法与矩形工具相同，只需用鼠标在画布上拖动即可。

圆角矩形工具的工具选项栏与矩形工具大体相同，只是多了一个“半径”文本框，如图6-44所示。

图6-44

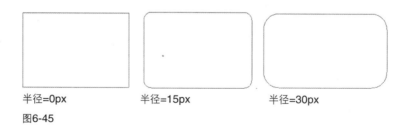

半径：用于设置矩形圆角半径，控制圆角矩形的平滑程度，数值越大越平滑，0px时为矩形，100px时为正圆。图6-45所示的是不同半径时的效果。

半径=0px　半径=15px　半径=30px

图6-45

使用椭圆工具可以绘制椭圆，按住Shift键可以绘制出正圆，椭圆工具的工具选项栏如图6-46所示。

图6-46

“椭圆选项”面板和“矩形选项”面板类似，包括“不受约束”、“圆”、“固定大小”、“比例”和“从中心”等选项，如图6-47所示。

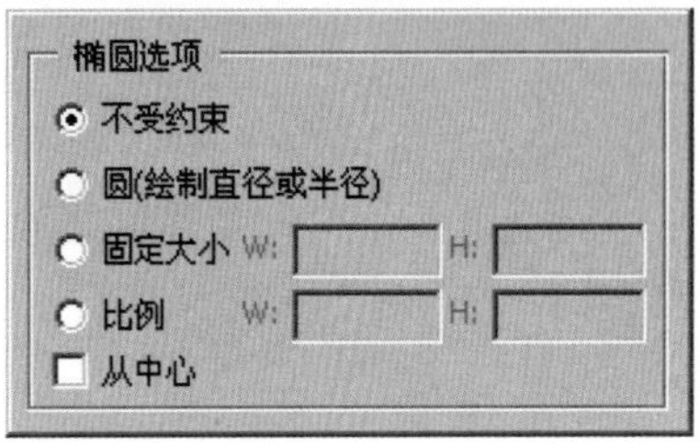

图6-47 “椭圆选项”面板

不受约束：选择该单选按钮，用光标可以随意拖出任何大小和比例的椭圆。

圆：选择该单选按钮，可用光标拖动出正圆。

固定大小：选择该单选按钮，在“W”和“H”文本框中输入适当的数值，可固定椭圆的长轴和短轴。

比例：选择该单选按钮，在“W”和“H”文本框中输入适当的整数，可固定椭圆的长轴和短轴的比例。

从中心：选中此复选框后，光标拖动的起点为椭圆形的中心。

6.4.3 多边形工具

使用多边形工具可以绘制出所需的正多边形。绘制时光标的起点为多边形的中点，而终点为多边形的一个顶点，如等边三角形和五角星等。单击多边形工具，显示多边形工具的工具选项栏，如图6-48所示。

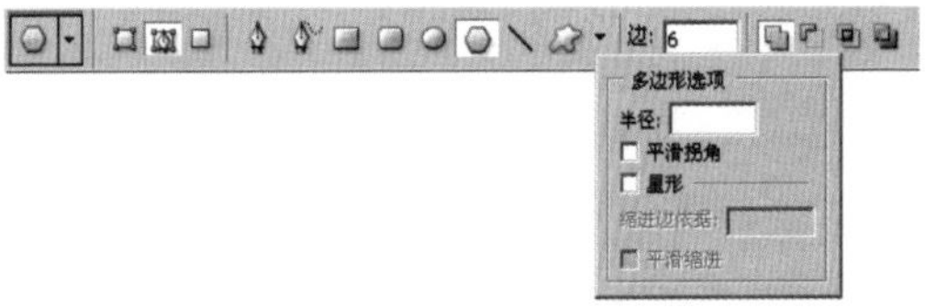

图6-48

边：在该文本框中可以输入所要绘制的多边形的边数，默认值为5，取值范围为3～100。

“多边形选项”面板中包括“半径”、“平滑拐角”、“缩进边依据”、“平滑缩进”和“星形”等选项。

半径：对于多边形，“半径”用于指定多边形中心与外部点之间的距离，即多边形的半径长度，默认单位为厘米。

平滑拐角：选中此复选框后，绘制出来的多边形具有平滑的顶角，多边形的边数越多，越接近圆形，如图6-49所示。

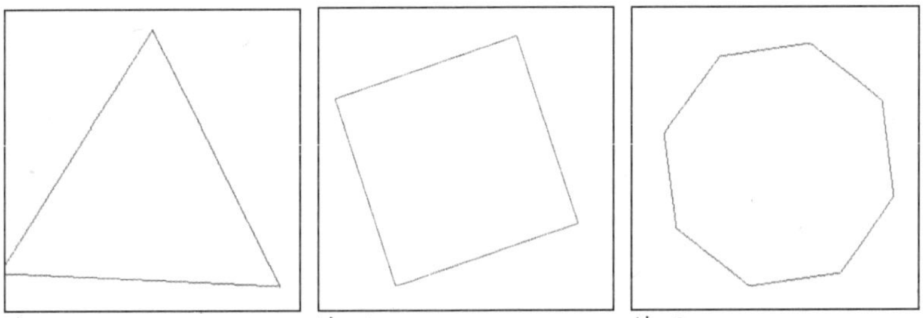
边=3 边=4 边=8

图6-49

星形：用来设定多边形的缩进程度和平滑程度。选中此复选框后，“缩进边依据”和“平滑缩进”选项方可用。

缩进边依据：使绘制出来的多边形向中心缩进呈星形。将缩进的星形设为内半径，将原来多边形的半径设为外半径，在右侧的文本框中输入的百分比就是内半径和外半径的百分比。

平滑缩进：选中此复选框后，多边形的边平滑地向中心缩进。

将多边形工具的工具选项栏中的“边”设为6，然后分别对“平滑拐角”、“星形”、“缩进边依据”和“平滑缩进”选项进行不同的设置，效果如图6-50所示。

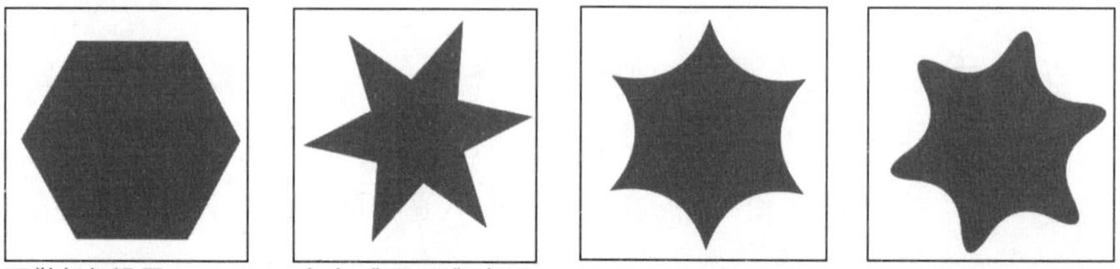

不做任何设置

选中“星形”复选框，将“缩进边依据”设为50%

选中“星形”和“平滑缩进”复选框，将“缩进边依据”设为50%

选中“平滑拐角”、“星形”和“平滑缩进”复选框，将“缩进边依据”设为50%

图6-50

6.4.4 直线工具

使用直线工具可以绘制出直线和箭头形状及路径。它的使用方法同前面所讲的工具类似，光标拖动的起始点为线段起点，拖动的终点为线段终点。按住Shift键，可以使直线的方向控制在0°或45°的整数倍上。直线工具的工具选项栏如图6-51所示，其中的“粗细”为直线的宽度，单位为像素。

图6-51

直线工具的工具选项栏的“箭头”面板中包括“起点”、“终点”、“宽度”、“长度”和“凹度”等选项，如图6-52所示。

图6-52

起点：选中此复选框，为线段起始端加箭头。

终点：选中此复选框，为线段终止端加箭头。

宽度：箭头宽度和线段宽度的比值，可输入10%～1000%间的值。

长度：箭头长度和线段长度的比值，可输入10%～5000%间的值。

凹度：设置箭头中央凹陷的程度，可输入−50%～50%间的数值。

图6-53所示的为选中“起点”复选框、选中“终点”复选框及同时选中“起点”和“终点”复选框时的图像效果。

图6-54所示的为凹度为20%、50%、−20%和−50%时的效果。

图6-53

图6-54

6.4.5 自定形状工具

使用自定形状工具可以绘制一些不规则的形状或自定义的形状。单击自定形状工具，出现自定形状工具的工具选项栏，如图6-55所示。

图6-55

形状：选择所需绘制的形状，单击其右侧的下拉按钮会出现形状列表框，这里存储着可供选择的预设形状，如图6-56所示。

图6-56

单击“形状”列表框右上角的右方向箭头按钮，会弹出一个下拉列表，选择“载入形状”命令，打开“载入”对话框，如图6-57所示。选中要载入的文件，单击“载入”按钮，便可将新的形状载入到列表框中。选择任意形状均可绘制不同图形，其文件格式为“*.CSH”。在弹出的下拉列表中也列出了许多预设形状文件命令，可直接选择进行载入。

“自定形状选项”面板中包括“不受约束”、“定义的比例”、“定义的大小”、“固定大小”和“从中心”几个选项，如图6-58所示。

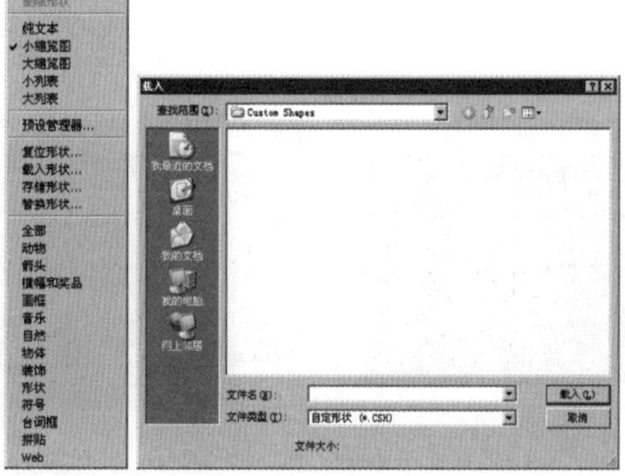

图6-57

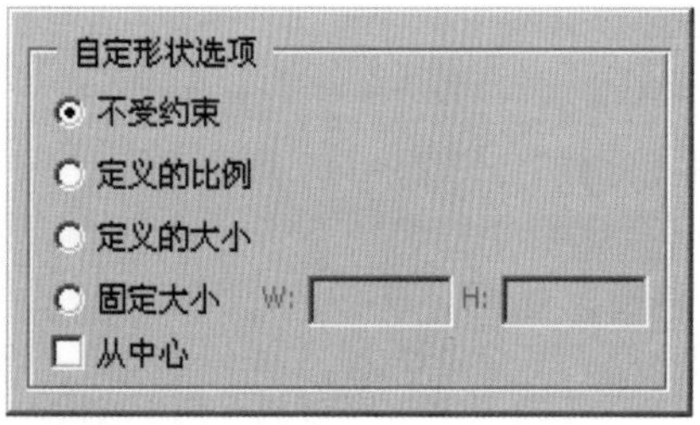

图6-58

不受约束：选中该单选按钮后，自定形状的比例和大小不受约束。

定义的比例：选中该单选按钮后，绘制自定形状时会约束形状高度和宽度的比例为1。

定义的大小：选中该单选按钮后，所绘制形状的大小以系统默认值来定。

固定大小：选中此单选按钮，可在其后的“W”和“H”文本框中输入形状的宽和高的数值。

从中心：所绘制的形状将以鼠标单击位置为绘制中心点向四周扩展。

在Photoshop中，也可以根据需要绘制一些漂亮的矢量图形，并将其存储为自定义形状，以便在以后的绘制中更方便地调用，其操作方法如下：

选择任意一种路径工具绘制路径，对路径进行调节，使其形状达到所需要求。

使用路径选择工具选中路径，执行菜单栏中的“编辑＞定义自定形状”命令。

此时将打开“形状名称”对话框，在“名称”文本框中输入名称，如图6-59所示，单击“确定”按钮。

“形状”列表框中将会出现刚才定义的形状，如图6-60所示。

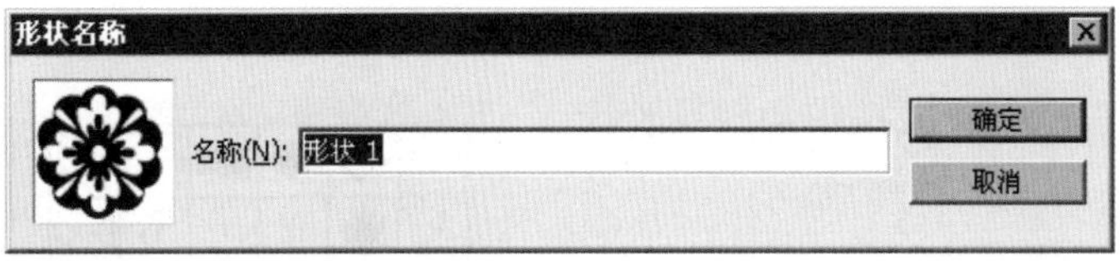

图6-59

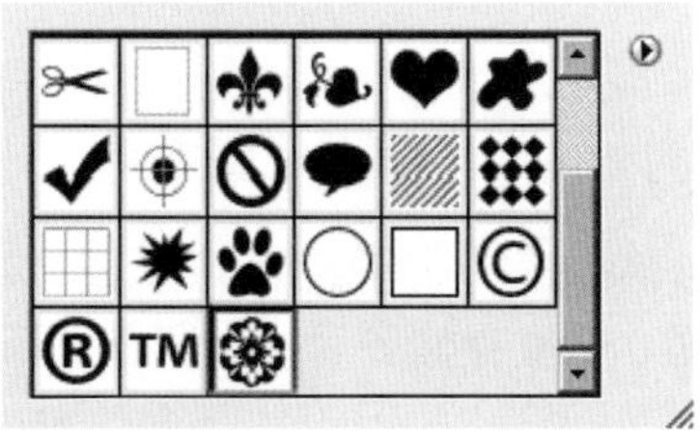

图6-60

6.5 通道工具

通道是Photoshop图像处理的另一个重要概念，它的主要功能是保存图像的颜色信息，也可以用来存储蒙版。蒙版可以使修改图像和创建复杂选区变得更加方便，在Photoshop中，蒙版是以通道的形式存在的。

数码化图像是由各种不同的原色所组成的，如RGB模式下的图像是以红色、绿色和蓝色3种不同原色混合而成的，记录这些颜色数据的对象就是所谓的通道，其功能是保存图像颜色数据。Photoshop采用特殊灰度通道存储图像颜色和专色等信息。

打开一幅图像时，Photoshop会自动创建颜色信息通道。不同颜色模式的图像所拥有的通道数量也会有所差异，例如点阵图和灰度图等只有一个通道；常见的RGB颜色模式图像则有包含红色、绿色和蓝色信息的3个通道，如图6-61所示；CMYK模式的图像则有包含青色、洋红、黄色和黑色信息的4个通道，如图6-62所示。

图6-61

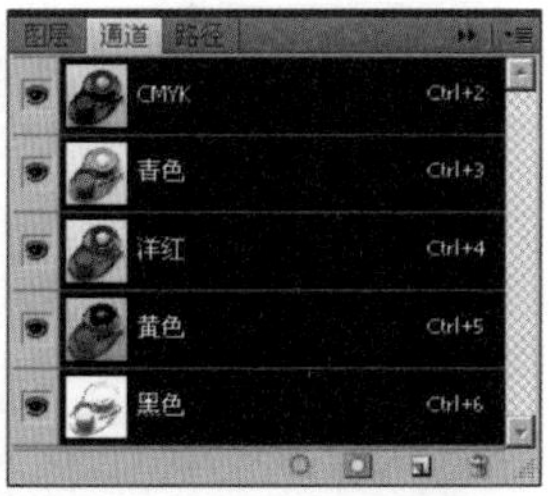

图6-62

通道一般可分为3种类型，第1类为内建的通道，用来保存图像颜色的数据。一幅RGB颜色模式的图像由红色、绿色和蓝色3种原色组成，每种颜色都有一个通道，分别为“红”、“绿”、“蓝”通道，分别包含此图像的红色、绿色和蓝色的全部信息。

第2类为Alpha通道，在“通道”控制面板中创建Alpha通道，可以保存和编辑选区。Alpha通道使用灰度表示，其中白色部分对应完全选择的图像，黑色部分对应未选择的图像，灰色部分表示相应的过渡选择。

第3类为专色通道，这是一种具有特殊用途的通道，在印刷时使用一种特殊的混合油墨替代或附加到图像的CMYK油墨中，出片时单独输出一张胶片。

技巧提示

Photoshop对于每一个通道都是利用8位、也就是256色由黑到白的灰度模式来记录图像的颜色信息的，包括颜色的位置和浓度。

6.5.1 “通道”控制面板

利用“通道”控制面板可以管理和编辑图像中所有的通道。执行菜单栏中的“窗口>通道”命令，可以显示“通道”控制面板。“通道”控制面板中列出了图像中的所有通道，下面有4个功能按钮。图6-63所示的图像的“通道”控制面板如图6-64所示。

图6-63

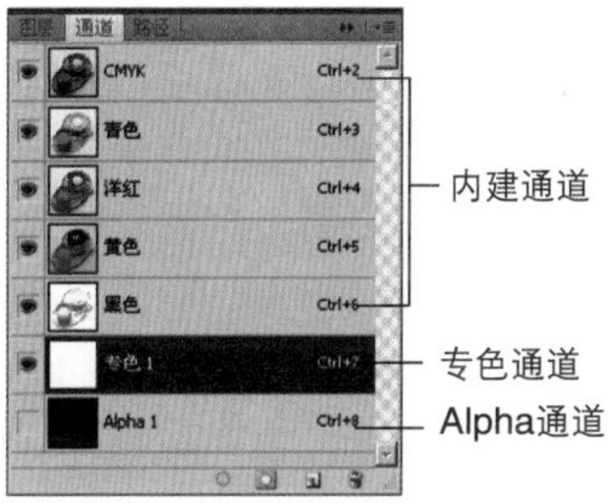

图6-64

将通道作为选区载入：从当前通道载入选区，其功能同菜单栏中的“选择>载入选区”命令相同。

将选区存储为通道：在图像中建立选区，单击该按钮后，在“通道”控制面板中会建立一个新的Alpha通道来保存当前选区，以备将来随时调用。

创建新通道：单击此按钮可建立一个新通道。

删除当前通道：单击此按钮可以删除当前通道。

6.5.2 显示和隐藏通道

“通道”控制面板左侧的一排小眼睛图标标识着各通道的可见状态。单击它，在图像窗口中显示这个通道的内容，否则就只能看到其他通道组合的结果。单击复合通道可以查看所有的默认颜色通道。只要所有的颜色通道都可显示，就会显示复合通道。要显示或隐藏多个通道，在“通道”控制面板中的眼睛图标列中单击即可。

在RGB、CMYK或Lab图像中，可以看到以原色显示的各个通道。如果有多个通道处于现用状态，则这些通道始终以原色显示。

6.5.3 将颜色通道显示为原色

可以在“通道”控制面板中以原色（而非灰度）显示各个颜色通道，并指定缩览图的大小。使用缩览图是跟踪通道内容最简便的方法，但关闭缩览图可以提高性能。

6.6 通道的操作

在“通道”控制面板的扩展菜单中可以对通道进行各种编辑操作，如通道的创建，通道与选区之间的转换，通道的复制、删除和保存，通道的分离与合并等。

6.6.1 新建通道

打开一幅图片，在“通道”控制面板的扩展菜单中选择“新建通道”命令，可以打开“新建通道”对话框，如图6-65所示。新建一个通道“Alpha 1”后，“通道”控制面板如图6-66所示。

名称：为新通道命名，默认的通道名为Alpha 1。

色彩指示：设置Alpha通道显示颜色的方式。选择“被蒙版区域”单选按钮，表示新建通道中透明区域为选取范围，不透明区域代表被遮蔽的范围；选择“所选区域”单选按钮，表示新建通道中的不透明区域为选取范围，透明区域代表被遮蔽的范围。

颜色：设置蒙版的颜色和不透明度。单击色块可以打开拾色器对话框，可以从中选择用于显示蒙版的颜色色值；“不透明度”文本框用于设置蒙版的透明度，默认状态下颜色为50%的红色。

单击“确定”按钮，在“通道”控制面板的底部会出现一个8位的灰阶Alpha通道，并且该通道会自动处于选中状态。

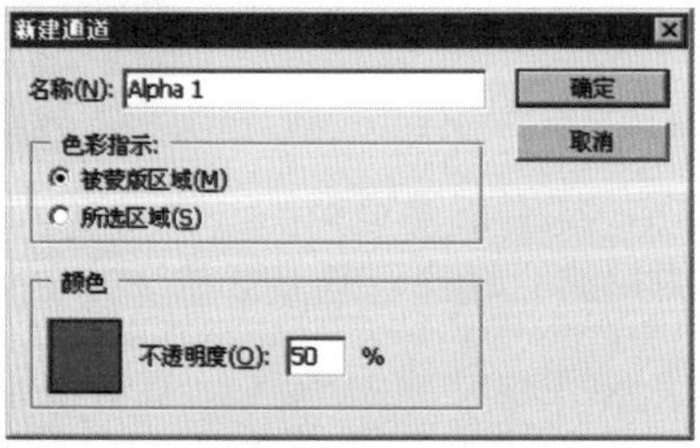

图6-65

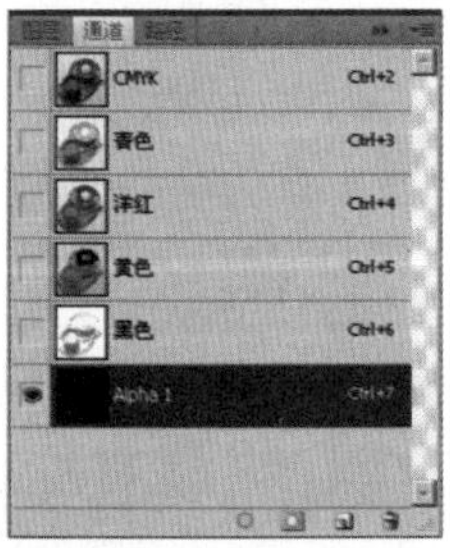

图6-66

6.6.2 复制和删除通道

若要在同一个图像中或不同的图像间复制通道，如图6-67所示，可以将要复制的通道选中，然后选择“通道”控制面板扩展菜单中的“复制通道”命令或直接将选中的通道拖曳至“新建通道”图标上，弹出“复制通道”对话框，如图6-68所示。对Alpha 1进行复制后，其“通道”控制面板如图6-69所示。

为：用于设置复制后的通道名称。

图6-67

文档：设置复制后的通道所要存放的目标图像文件。若选择“新文件”选项，表示复制后的通道将放到一个新建立的文件中，此时“名称”文本框会被激活，可在其中输入新文件的名称。

反相：复制后的通道颜色与原来的通道颜色反相。

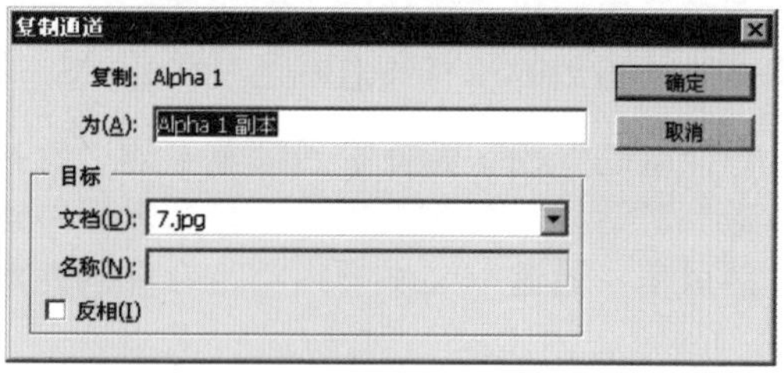

图6-68

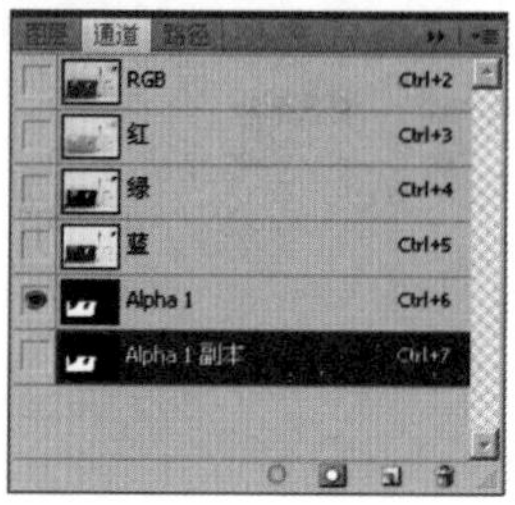

图6-69

若要删除通道，可以选中要删除的通道，然后执行“通道”控制面板扩展菜单中的“删除通道”命令或者直接拖曳要删除的通道到“通道”控制面板中的“删除当前通道”按钮上。

在“通道”控制面板中删除任何一个原色通道，如图6-70所示，图像的颜色模式马上就变为多通道的颜色模式，如图6-71所示。

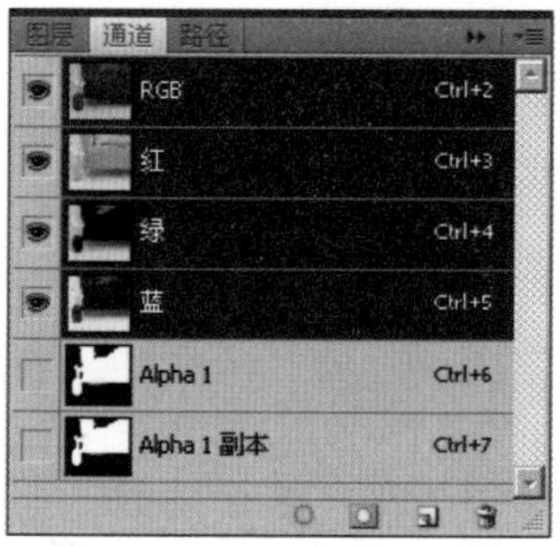

图6-70

删除“蓝色”原色通道后的“通道”控制面板

删除“蓝色”原色通道后的图像

图6-71

6.6.3 分离和合并通道

执行“通道”控制面板扩展菜单中的“分离通道”命令，可以把一幅图像的每个通道分别拆分为独立的图像文件，分离后的图像都将以单独的窗口显示在屏幕上，这些图像都是灰度图。对如图6-72所示的图像执行“分离通道”命令后的图像如图6-73所示。Photoshop同时自动为它们命名，在其标题栏上的原文件名称后加上当前通道的缩写，用户可以对分离出来的文件单独进行操作，还可以单独对它们进行保存或将它们再合并成一个文件。

图6-72

图6-73

对分离的通道进行编辑修改后，还可以通过选择“通道”控制面板扩展菜单中的“合并通道”命令对通道进行合并。“合并通道”命令可以将单独的扫描图像合成一个彩色图像，但是被合并的通道图像必须都是灰度模式，并且图像的像素尺寸要相同。如果要合并为多通道图像，则可以在“模式”下拉列表框中选择“多通道” 模式，所得到的所有通道都是Alpha通道。

打开各通道图像，执行“通道”控制面板扩展菜单中的“合并通道”命令，弹出“合并通道”对话框，在“模式”下拉列表框中选择合并后图像的颜色模式，然后在“通道”文本框内指定合并的通道数量，如图6-74所示。

图6-74

设置完成后，单击“确定”按钮，弹出“合并RGB通道”对话框，在该对话框中分别为红色、绿色和蓝色3原色通道选定各自的源文件，如图6-75所示，单击该对话框中的“确定”按钮，可将指定通道的图像合并起来，形成一幅新的图像；单击“取消”按钮，可取消合并操作；单击“模式”按钮，则返回“合并通道”对话框。

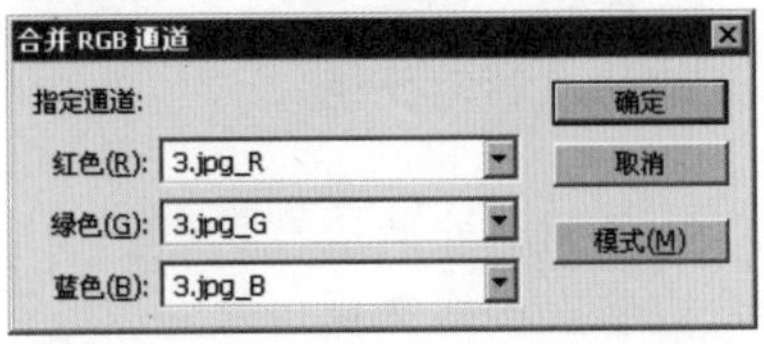

图6-75

6.7 专色通道

专色是指在印刷过程中除了CMYK 4色以外特殊的混合油墨，专色通道主要是为在印刷品上添加金色、银色等专色而设置的。也就是说，一个含有专色通道的图像在进行胶片输出时，该专色通道会作为一张单独的胶片输出。

6.7.1 建立专色通道

打开一张RGB模式的图像，在“通道”控制面板中将显示包含混合通道在内的4个颜色通道，如图6-76所示。

执行“通道”控制面板扩展菜单中的“新建专色通道”命令或按住Ctrl键单击“创建新通道”按钮，可以打开“新建专色通道”对话框，如图6-77所示。

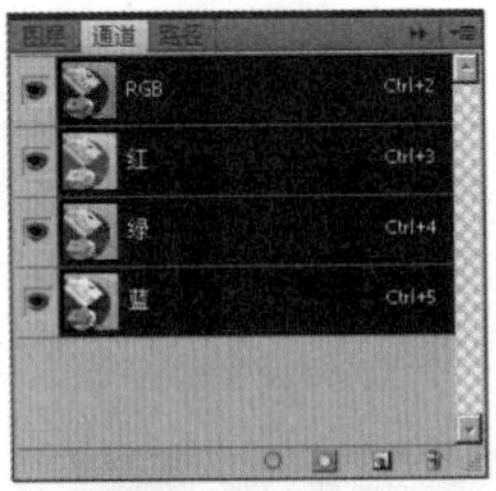

图6-76

图6-77

在“名称”文本框中设置新建专色通道的名称，若不输入，系统会自动依次命名为“专色1”、“专色2”、“专色3”等。在“油墨特性”选项区域中，单击“颜色”框可以打开拾色器对话框选择油墨的颜色，该颜色将在印刷该图像时起作用；在“密度”文本框中输入0～100之间的数值来确定油墨的密度，数值越大颜色越不透明。“密度”参数只是用来在屏幕上显示模拟打印专色的密度，并不影响打印输出的效果。也可以用该参数查看其他透明专色（如光油）的显示位置。

设置完成后，单击“确定”按钮，在“通道”控制面板中就会新增一个专色通道，如图6-78所示。如果在建立专色通道前图像中已有选区（如图6-79所示），则新建的专色通道会加入选择区域，如图6-80所示。

图6-78

图6-79

有选区的专色通道

加上专色后的效果

图6-80

6.7.2 编辑、合并专色通道

同其他通道一样，专色通道也是灰度图像，使用工具箱中的各种工具都可以对专色通道进行编辑，通过灰度的深浅来表示专色的浓淡。

专色通道可以直接合并到各个原色通道中。在专色通道中制作好专色效果，选中专色通道，执行“通道”控制面板扩展菜单中的“合并专色通道”命令，专色通道中的颜色就会依照其最相近的原色数值分别混合到每一个原色通道中，在输出时就会减少一张专色胶片，也就减少了实际的印刷成本。合并专色通道的功能有利于用户直接看到图像的实际效果，如图6-81所示。

合并前的效果

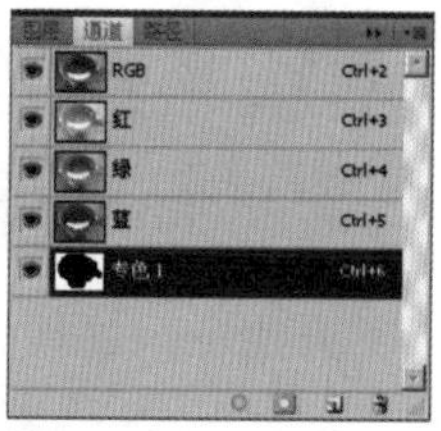
合并前的“通道”面板

合并后的效果

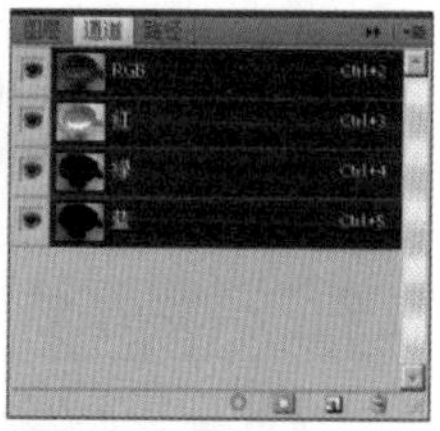
合并后的“通道”面板

图6-81

6.7.3 将Alpha通道转换为专色通道

在Photoshop CS4中，可以将Alpha通道转换成专色通道。

选中Alpha通道，然后执行“通道”控制面板扩展菜单中的“通道选项”命令，如图6-82所示，或者直接双击Alpha通道，弹出“通道选项”对话框，如图6-83所示。

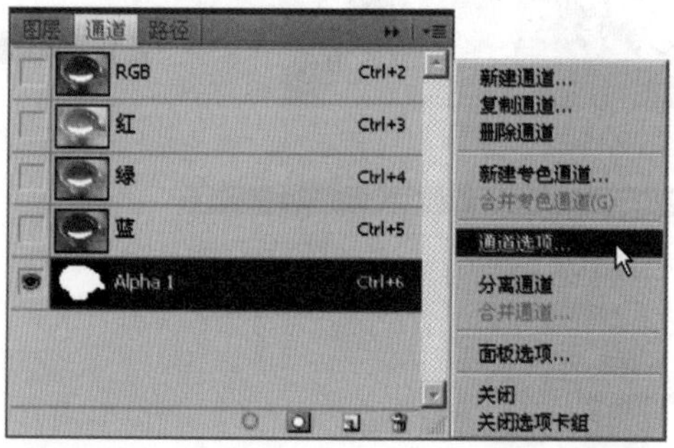

图6-82

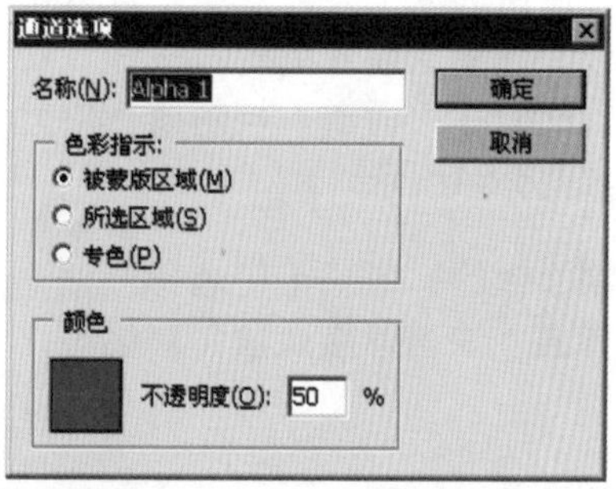

图6-83

在弹出的“通道选项”对话框中选中“专色”单选按钮，在“名称”文本框中设置转换后的通道名称，在“颜色”选项区域中设置其专色和不透明度。

设置完毕后，单击“确定”按钮，即可将Alpha通道转换为专色通道。

6.8 蒙版工具

在Photoshop中，蒙版是以通道的形式存在的。蒙版通常为一种半透明的印刷模板，它可以保护被遮蔽的区域，对未被遮蔽的区域进行方便的编辑和修改。蒙版与选取范围的功能类似，但又有所区别，蒙版是以一个实在的灰度图像出现在“通道”控制面板中的，可以使用多种绘图工具对它进行编辑和修改，然后再转换为选取范围应用到图像中；而使用选取工具对选取范围进行修改，在图像中只能看出它的虚框形状，对于经过羽化边缘后的选取范围却无法了解。蒙版是一个灰色图像，在“通道”控制面板中将有颜色（预设为50%的红色）的区域设为遮蔽的区域时，白色的区域即为透明的区域，也就是图像的选取范围，黑色部分为屏蔽区域，灰色部分为部分选区。

6.8.1 蒙版的生成

在Photoshop中给图像添加蒙版的方法较多，通常有以下几种。

方法一：在图像上建立选取范围，执行菜单栏中的“选择>存储选区”命令，在通道中产生一个蒙版。

方法二：在图像上建立选取范围，直接单击“通道”控制面板上的“将选区存储为通道”图标，也可以将选取范围作为一个蒙版保存在通道中。

单击工具箱中的“以快速蒙版模式编辑”按钮可以在“通道”控制面板上产生一个快速蒙版，然后用绘图工具对快速蒙版进行编辑，最终产生选区。

6.8.2 制作快速蒙版

快速蒙版模式是可以同时看到图像与遮罩的编辑模式。快速蒙版在不使用通道的情况下，快速地将一个选取范围变成一个蒙版，然后对这个蒙版进行修改或编辑，适合一些临时性的编辑操作。

打开一张图片，使用选取工具建立一个选区，在工具箱中单击“以快速蒙版模式编辑”按钮，切换到快速蒙版模式，这时在“通道”控制面板中就会显示快速蒙版，如图6-84所示。

图6-84

在“通道”控制面板的扩展菜单中选择“快速蒙版选项”命令，弹出“快速蒙版选项”对话框，如图6-85所示。

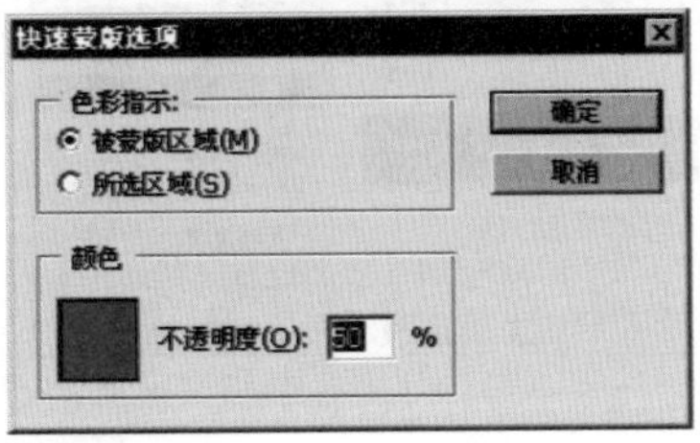

图6-85

色彩指示：在该选项区域中，可以选择颜色的显示方式。选中“被蒙版区域”单选按钮，在新通道中不透明区域为被遮盖的部分，透明区域为选取的区域。选中“所选区域”单选按钮，在新通道中透明区域为被遮盖的部分，而不透明区域为选取的区域。

颜色：单击色块，可以从弹出的拾色器中选择快速蒙版所使用的颜色。默认情况下，快速蒙版使用不透明度为50%的红色。

保护区域被遮盖后，可以使用绘图工具针对蒙版范围进行编辑，如用橡皮擦工具将要选取的范围擦除，用画笔等工具对选取范围填充颜色。还可以使用滤镜和图像调整命令对蒙版范围进行编辑。默认情况下，用黑色绘画可增大蒙版，即缩小选区；用白色绘画可从蒙版中删除区域，即扩展选区；用灰色或其他颜色绘画可创建半透明区域，这有助于羽化或消除锯齿。完成设置后，单击工具箱中的“以标准模式编辑”按钮，切换为标准模式，“通道”控制面板中的快速蒙版就会马上消失，图片会显示选区，如图6-86所示。

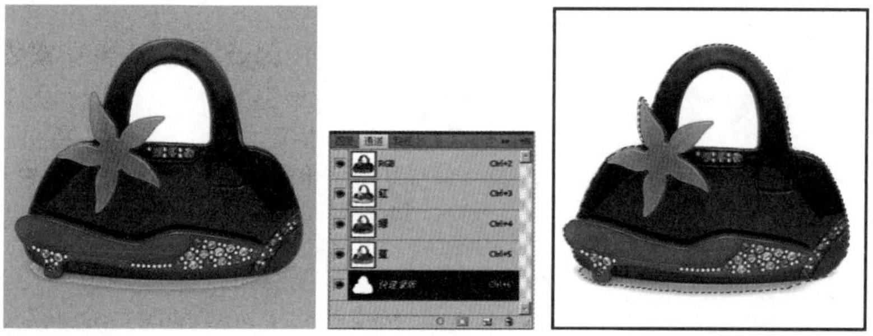

快速蒙版模式　　编辑快速蒙版　　切换为标准模式后的选区

图6-86

技巧提示

在默认情况下，从快速蒙版模式切换到标准模式时，Photoshop会将颜色灰度值大于50%的像素转换成选取范围，将颜色灰度值小于或等于50%的像素转换成被遮盖区域。

6.8.3 将选取范围转换为Alpha通道

如果要将快速蒙版永久地保留在“通道”控制面板中，使其成为一个普通的蒙版，可以将它拖动至“创建新通道”按钮上。

打开一张图片，创建一个选取范围，如图6-87所示。执行菜单栏中的“选择＞存储选区”命令或者单击“通道”控制面板底部的“将选区存储为通道”按钮，弹出“存储选区”对话框，如图6-88所示。可以将选区以Alpha通道的形式进行存储，创建更多的永久性蒙版，从而在相同或不同的图像中再次调出使用。在“存储选区”对话框中进行设

图6-87

置，然后单击“确定”按钮，即可将选取范围转换为通道，如图6-89所示。

文档：设置选取范围所要存储的目标文件。可以通过其下拉列表来决定在原文件中操作还是以新建文件的形式存在。

通道：选择选取范围所要存储的Alpha通道位置。可以将选取范围作为一个新通道存储起来。

图6-88

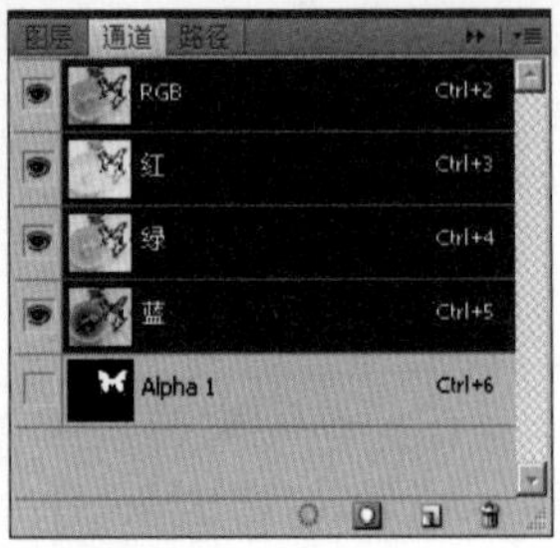

图6-89

名称：在该文本框中可以输入新建Alpha通道的名称。

当有其他Alpha通道存在时，“存储选区”对话框的“操作”选项区域中提供4种不同的组合方式。

新建通道：选择该单选按钮后，新选取的范围会替换掉原来的Alpha通道。

添加到通道：选择该单选按钮后，新选取范围加入原来Alpha通道的范围中，存储为一个新Alpha通道。

从通道中减去：选择该单选按钮后，在原有Alpha通道中减去要存储的选取范围，存储为一个新Alpha通道。

与通道交叉：选择该单选按钮后，原有Alpha通道与要存储的选取范围的交集部分存储为新的Alpha通道。

设置完成后，单击“确定”按钮，系统会根据设置将图形上的选取范围转换为通道，并存储在“通道”控制面板上。新增通道的默认名称为Alpha 1，可以双击该通道对通道进行重新命名。

6.8.4 将Alpha通道转换为选取范围

将选取范围转换为Alpha通道后，可以根据需要随时将Alpha通道的蒙版作为选区载入图像。执行菜单栏中的“选择>载入选区”命令或者在“通道”控制面板中选中Alpha通道并将其拖动至“通道”控制面板底部的“将通道作为选区载入”按钮上，弹出如图6-90所示的对话框。

文档：从该下拉列表框中选取要载入通道的文件。

通道：设置要载入作为选区的操作通道。

反相：选中该复选框后，蒙版与被蒙版区进行反转。

如果在当前图像中有选区存在，则“载入选区”对话框的“操作”选项区域中提供4种不同的组合方式。

新建选区：选中该单选按钮，系统会将通道中的蒙版指定为新的选区。

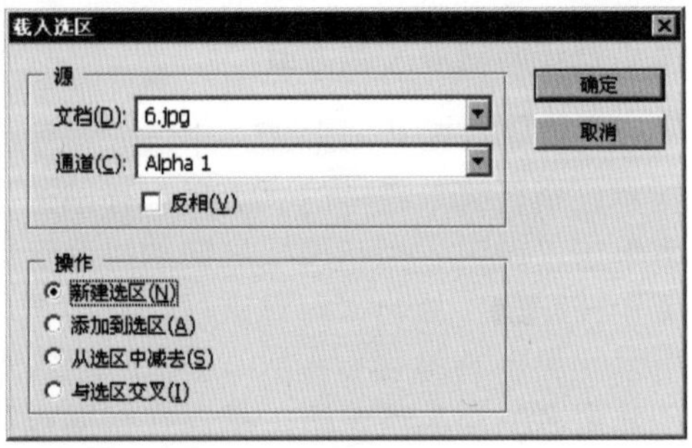

图6-90

添加到选区：选中该单选按钮，新选取范围加入原来的Alpha通道中，将并集部分作为新的选区。

从选区中减去：选中该单选按钮，可以对选区与原通道执行相减操作，将补集部分设置为新的选区。

与选区交叉 ：选中该单选按钮，可以对选区与原通道执行相交操作，并把交集设置为新的选区。

设置完毕后，单击“确定”按钮，就可将载入的Alpha通道转换为选取范围。

技巧提示

这里所讲的蒙版是指通道蒙版，与前一章所讲的图层蒙版是两个完全不同的概念。通道蒙版即Alpha通道或快速蒙版，是用来保存或载入选区的；而图层蒙版是在图层的上面加一个蒙版，对蒙版进行编辑，而对图层本身毫无影响。

6.8.5 “蒙版”面板

“蒙版”面板是Photoshop CS4中新增加的，该面板是用于调整像素蒙版和矢量蒙版的附加控件。可以像处理选区一样更改蒙版的不透明度，以增加或减少显示蒙版内容、反相蒙版或调整蒙版边界。“蒙版”面板的组成如图6-91所示，其中各选项和按钮的功能如下。

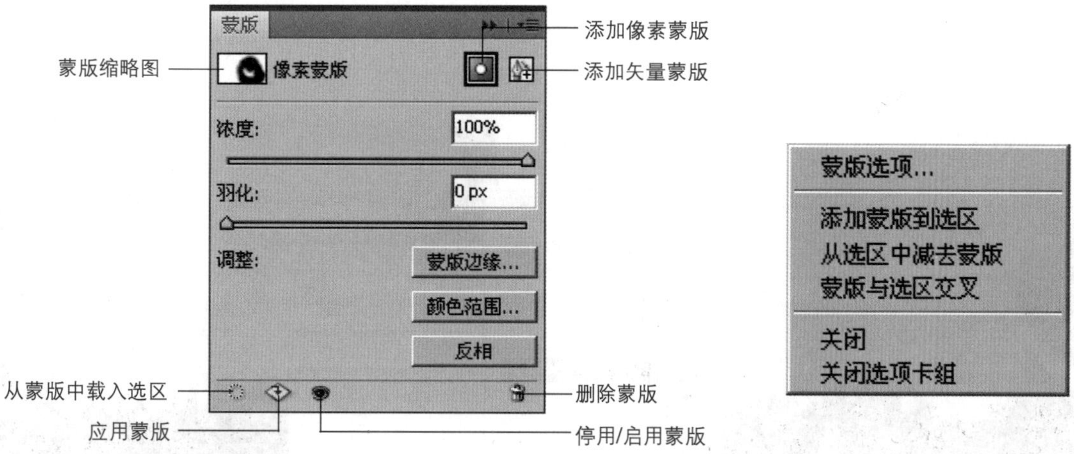

图6-91

添加像素蒙版：单击该按钮，可以为选中的图层（除背景图层和已添加图层蒙版的图层外）添加一个默认的空白图层蒙版。如果在单击该按钮之前图像中已经建立了一个选区，则在为图层添加蒙版的同时在选区内部填充白色，在选区外部（未选择区域）填充黑色。

例如，打开一个素材文件，在“图层”面板中选中铜鼎所在的图层，按住Ctrl键单击该图层载入选区，然后执行“选择>修改>收缩”命令，在打开的对话框中进行设置，然后单击“确定”按钮，将选区缩小，如图6-92所示。

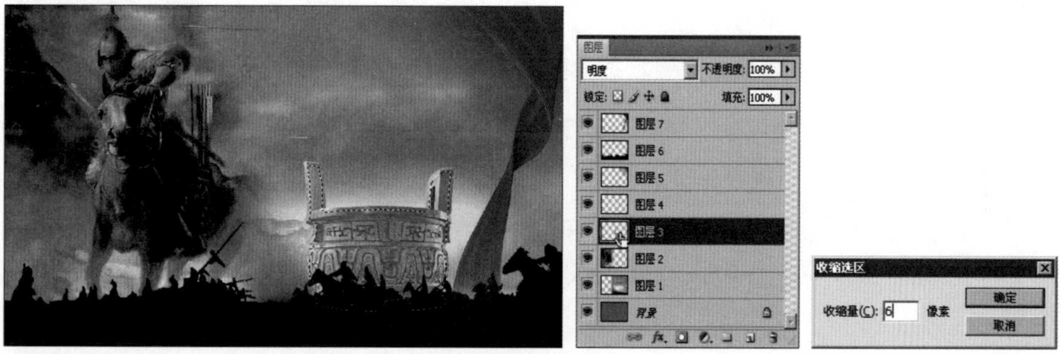

图6-92

打开“蒙版”面板，单击“添加像素蒙版”按钮，为选中图层添加一个图层蒙版，如图6-93所示。可以看到，蒙版中的黑色部分为未选择区域，白色部分为选择区域，与用其他图层蒙版命令或按钮创建的图层蒙版完全相同。

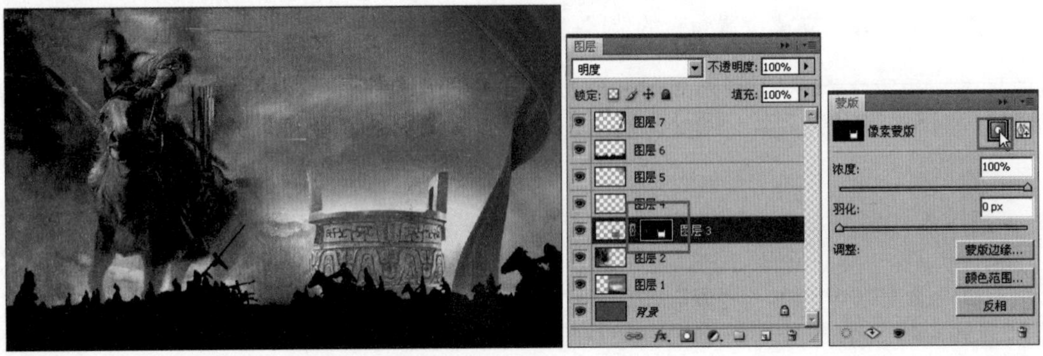

图6-93

添加矢量蒙版：单击该按钮，可为选中的图层添加一个矢量蒙版。如果未选择工作路径，则会创建一个空白的矢量蒙版；如果已经绘制了一条工作路径，则会按当前选择的工作路径来制作矢量蒙版，如图6-94所示。

图6-94

浓度：用于设置蒙版的透明程度。拖动“浓度”滑块可以调整蒙版的透明程度。当设置为100时，蒙版本身中的黑色部分不会受到影响，保持蒙版的当前状态。当数值不是100时，随着数值的降低，蒙版将完全不透明并遮挡图层下面的所有区域。随着浓度的降低，蒙版本身中的黑色部分将会变成灰色，并且随着数值的降低越来越接近白色，而之前被蒙版中的黑色隐藏起来的下面图层中的内容则越来越清晰。

例如，接着上例的文件操作，撤销之前添加的矢量蒙版，在“图层”面板中选中铜鼎所在的图层，打开“蒙版”面板，向左拖动“浓度”滑块，降低浓度值。当降低到50时，图像效果及蒙版状态如图6-95所示。当降低到0时，图像效果及蒙版状态如图6-96所示。

羽化：利用羽化功能可以模糊蒙版边缘，从而在蒙住和未蒙住区域之间创建较柔和的过渡效果。在使用滑块设置的像素范围内，沿蒙版边缘向外应用羽化。

例如，接着上例的文件操作，在“图层”面板中选中铜鼎所在的图层，打开“蒙版”面板，将浓度值设置为100，设置羽化值为10px时的图像效果如图6-97所示，设置羽化值为30px时的图像效果如图6-98所示。

图6-95

图6-96

图6-97

图6-98

蒙版边缘：单击该按钮，可以打开“调整蒙版”对话框，如图6-99所示。在该对话框中，可以通过设置各选项包括半径、对比度、平滑和收缩/扩展等，来修改蒙版的边缘，并针对不同的背景来查看蒙版。例如，接着上例的文件，在已有的蒙版效果基础上，单击“蒙版”面板中的“蒙版边缘”按钮，在打开的对话框中进行设置，然后单击“确定”按钮，可以看到蒙版的效果，如图6-100所示。

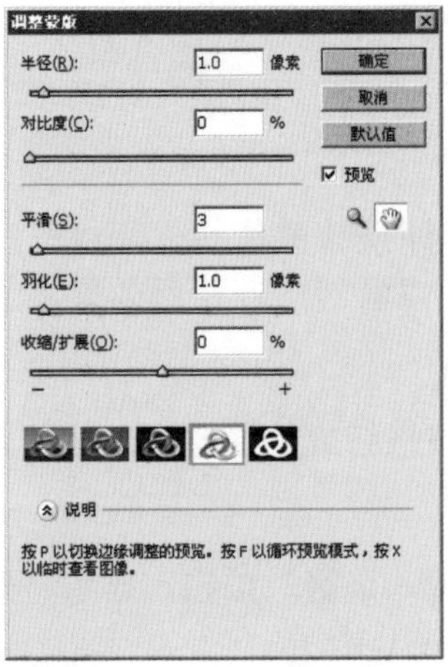

图6-99

图6-100

颜色范围：单击该按钮，可以打开“色彩范围”对话框。在该对话框中，可以通过设置“选择”及“颜色容差”等选项进行蒙版颜色范围选取。如果选中“本地化颜色簇”复选框，则可根据图像中的不同色彩范围来构建蒙版。该对话框的功能与“选择”菜单中的“颜色范围”命令相同。

当单击图像区域时，在“色彩范围”对话框中可以预览蒙版效果。其中，白色区域是未被蒙版遮盖的像素，黑色区域是被蒙版遮盖的像素，而灰色区域是被蒙版部分遮盖的像素。

使用“颜色容差”滑块可增加或减少包括在蒙版区域中的取样颜色的色彩范围。使用“范围”滑块可以控制要包含在蒙版中的颜色与取样点的最大和最小距离。

例如，重新打开上例的素材文件，在“图层”面板中选中铜鼎所在图层，然后在“蒙版”面板中单击“颜色范围”按钮，打开“色彩范围”对话框，在“选择”下拉列表框中选择“取样颜色”选项，在图像中铜鼎所在的位置单击设置取样点，然后调整“颜色容差”及“范围”等的值，如图6-101所示。单击“确定”按钮，可以看到创建的蒙版效果，如图6-102所示。

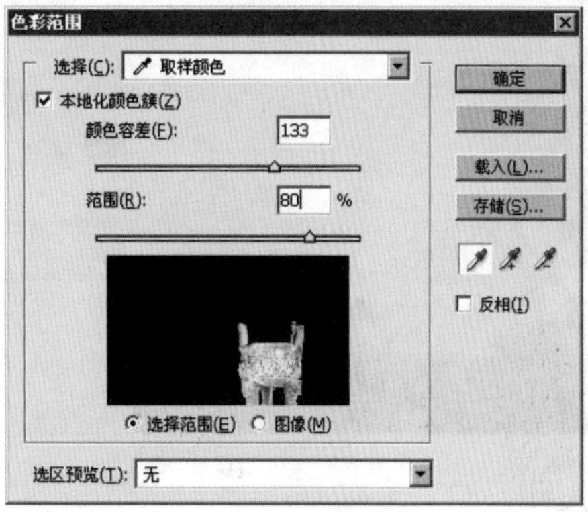

图6-101

图6-102

技巧提示

需要注意的是：调整只应用于图像中未被蒙版遮盖（或部分遮盖）的区域。可以再次单击“颜色范围”按钮，重新打开“色彩范围”对话框，对图层蒙版进行进一步调整。

反相：单击该按钮，可以将当前编辑的图层蒙版进行反转，即反转蒙住和未蒙住的区域位置。例如，接着上例的操作，在“蒙版”面板中单击“反相”按钮，可以看到图像蒙版效果发生改变，如图6-103所示。

从蒙版中载入选区：如果图层已经添加了蒙版，则可以利用该按钮或快捷键将未被蒙版遮盖的区域（白色）载入为选区。

例如，接着上例的操作，在“蒙版”面板中单击“从蒙版中载入选区”按钮，或者打开“图层”面板，按住Ctrl键单击蒙版缩略图图标，即可将蒙版载入选区，如图6-104所示。

如果当前图像中已经存在一个选区，在利用蒙版载入选区时，可以根据实际情况选择不同的选区运算方式。

图6-103

图6-104

1.添加选区

如果要将从蒙版载入的选区添加到已有的选区中，可以按住Ctrl+Shift组合键并单击“图层”面板中的图层蒙版缩略图，或者选择“蒙版”面板扩展菜单中的“添加蒙版到选区”命令。

2.从选区减去

如果要将从蒙版载入的选区从已有的选区中减掉，可以按住Ctrl+Alt组合键并单击“图层”面板中的图层蒙版缩略图，或者选择“蒙版”面板扩展菜单中的“从选区中减去蒙版”命令。

3.与选区交叉

如果要对从蒙版载入的选区与已有的选区进行交集处理，可以按住Ctrl+Alt+Shift组合键并单击“图层”面板中的图层蒙版缩略图，或者选择“蒙版”面板扩展菜单中的“蒙版与选区交叉”命令。

例如，接着上例的操作，在画面中铜鼎所在位置绘制一个椭圆形选区，如图6-105所示，然后在“蒙版”面板的扩展菜单中分别选择“添加蒙版到选区”、“从选区中减去蒙版”和“蒙版与选区交叉”命令，可以看到不同的选区运算结果，如图6-106所示。

图6-105

图6-106

停用/启用蒙版：单击该按钮，可将当前选中的蒙版（包括图层蒙版和矢量蒙版）图层设置为停用或启用状态。当按钮图标为●时，表示当前选中的蒙版处于启用状态，可以看到蒙版的效果；单击该按钮，按钮图标变为●，表示当前选中的蒙版处于停用状态，图像中的蒙版效果被隐藏，“图层”面板中的蒙版缩略图上会出现一个红色的X。

应用蒙版：单击该按钮，可以将当前选中的蒙版应用到图层上。

删除蒙版：单击该按钮，可以将当前选中的蒙版移去，而不将其应用于图层。在删除蒙版的同时，被蒙版隐藏的图像内容会被永久删除。

技巧提示

需要注意的是：当删除某个图层蒙版时，无法将此图层蒙版永久应用于智能对象图层。

6.9 图像混合运算

图像混合运算包括“应用图像”和“计算”命令，主要是对一个或多个图像中的通道和图层、通道和通道进行混合运算，从而制作出完美的图像。

6.9.1 “应用图像”命令

“应用图像”命令用于在源文件的图像中选取一个或多个通道进行运算，然后将运算结果放到目标图像中，产生许多特殊的效果。

打开3个图像文件，分别执行菜单栏中的“图像>模式”和“图像>图像大小”命令，使这3个文件具有相同的模式、相同的尺寸和分辨率，如图6-107所示。

图6-107

执行菜单栏中的“图像>应用图像”命令，打开“应用图像”对话框，将这3个文件分别作为源文件、目标文件和蒙版，并选择相应的图层、通道。在该对话框中设置参数，如图6-108所示。

图6-108

源：在该下拉列表框中可以选择一幅源图像与当前目标图像相混合，默认设置为目标图像，可以选择非目标图像，这样才会有效果。

图层：选择源文件中的某一图层来进行运算，如果没有图层，则选择“背景”选项。如果源文件中有多个图层，该下拉列表框中除包含源文件中的各图层外，还会包含一个“合并图层”选项，表示选定源文件的所有图层。

通道：指定源文件中的某一个通道参与运算。选中“反相”复选框，可以将源文件反转后再进行运算。

混合：可以在该下拉列表框中选择合成模式进行运算。

不透明度：设置运算结果对源文件的影响程度，与“图层”面板中的不透明度滑杆作用相同。

保留透明区域：选中该复选框后，只对非透明区域进行合并。若在当前活动图像中选择背景图层，则该复选框处于禁用状态。

蒙版：选中该复选框后，在其下面会增加3个下拉列表框和一个“反相”复选框，从中可以选择一个不同图像的相应通道或图层作为蒙版来混合图像。

设置完毕后，单击“确定”按钮，即可得到合成后的图像，如图6-109所示。

图6-109

6.9.2 “计算”命令

“计算”是另一种图像混合运算，它和“应用图像”命令很相似。“计算”命令可以将图像中的两个通道进行合成，并将合成后的结果保存到一个新图像或新通道中，或者直接将合成后的结果转换成选区。

打开3个图像文件，设置图像具有相同的尺寸、颜色模式与分辨率，并将其分别作为源文件、目标文件和蒙版。

执行菜单栏中的“图像>计算”命令，打开“计算”对话框，如图6-110所示。

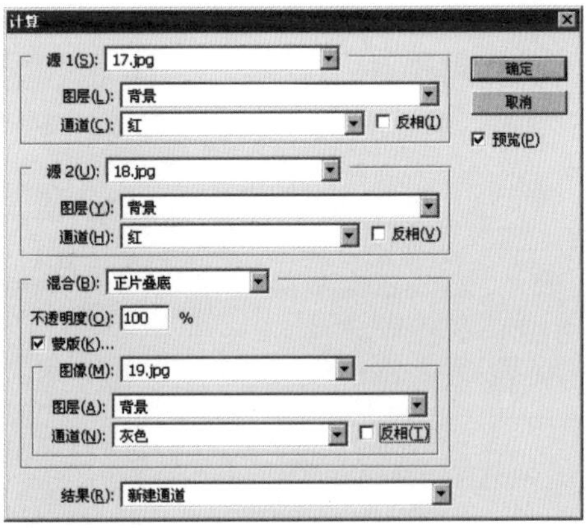

图6-110

在“源1”和“源2”选项区域中可以分别选择两个源文件中的通道，它们的使用方法与“应用图像”对话框中的“源”选项区域相同。

混合：在该下拉列表框中可以选择相应的合成模式进行运算。

蒙版：选中该复选框后，在其下面会增加3个下拉列表框和一个“反相”复选框，从中可以选择一个文件作为蒙版来混合图像。

技巧提示

在进行图像的混合运算时，最终合成的图像效果受“源1”和“源2”选项区域中的顺序影响而产生不同的效果。

结果：设置图像混合后的效果是以“新建文档”、“新建通道”还是“选区”的方式产生。

设置好各参数后，单击“确定”按钮，即可完成图像合并，效果如图6-111所示。

图6-111

07 CHAPTER

文字图层

Photoshop CS4中的文字是一种特殊的图像构成部分，它由像素组成，又具有点阵图像、图层与矢量文字等多种属性。而编辑文本是设计工作中的重要组成部分，本章从建立文字图层及其编辑方法等多角度进行讲述。

7.1 文字工具

文字由像素组成，它和图像具有相同的分辨率，和图像一样，放大后会有锯齿，但同时又具有基于矢量边缘的轮廓，可以在缩放文字、调整大小、存储PDF或EPS文件、将图像打印到PostScript时使用这些矢量信息，生成的文字可以产生清晰的不依赖于图像分辨率的边缘。因此，文字具有点阵图像、图层与矢量文字等多种属性。

一般来说，文字图层是一种很特殊的图层：一方面，它具有图层的一般属性，可以按一般图层的编辑方法编辑文字图层；另一方面，它也具有矢量文字的属性，可以使用“字符”或者“段落”控制面板来编辑字符或段落属性。

文字图层有两种：一种是适合用于少量标题文字的“点文字”图层，这种文字图层不具有自动换行的功能；另一种文字图层是“段落文字”图层，这种文字图层适合用在大量文字的场合下，它具有自动换行的功能。

7.1.1 点文字

Photoshop工具箱中提供了文字工具，选择文字工具T，菜单栏下方就会出现文字工具的工具选项栏，如图7-1所示。在文字工具的工具选项栏中设置文字的字体和字号等属性后，就可以开始输入文字了。无论选择水平方向的文字还是垂直方向的文字，都能创建两种形式的文字，即点文字和段落文字。

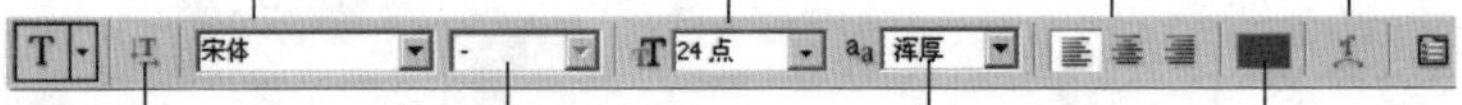

图7-1

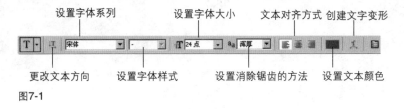

点文字的文字行是独立的，即文字行的长度随着文字的增加而变长，它不会自动换行，按Enter键可以换行。选择文字工具后，鼠标指针变成插入符号，直接在页面中单击，出现一个文字插入点（如图7-2所示），即可进入文字输入状态。使用键盘输入文字，页面上就会出现输入的文字，如图7-3所示。插入点表示输入文字的位置。当输入完文字后，单击工具选项栏中的✓图标，“图层”控制面板中出现一个新的文字图层（如图7-4所示），其预览框内有一个T标志，表示其具有文字图层的属性，还可以对其文字进行任意编辑。

图7-2

图7-3

图7-4

技巧提示

当文字工具处于编辑状态时，不能执行其他操作，如从“图层”面板的扩展菜单中选择命令。如果要完成文字编辑，单击文字工具的工具选项栏右侧的✔按钮，或在工具箱中选择任一工具，即可确认对文字的编辑。单击⊘按钮，表示取消文字编辑。

7.1.2 段落文字

段落文字与点文字最大的不同之处在于：段落文字在输入的文字长度达到定界框的尺寸时进行自动换行，而且段落文字的边界由一个文本框定义，当文本框的大小发生变化时，每行或列的文字数量将发生变化。同时，段落文字具有格式设置功能，可以更轻松地处理段落文本，具体使用方法如下。

选择文字工具**T**，在工具选项栏中设置文字的各项属性。

将鼠标指针移到图像窗口中，这时变成插入符号I，按住鼠标左键，在图像窗口上拖出一个适当大小的文本框，这时会出现文字插入点，如图7-5所示。如果使用水平文字工具绘制文本框，那么插入点在文本框的左上角；如果使用垂直文字工具绘制文本框，那么插入点在文本框的右上角。

输入文字至图像窗口中，段落文字具有自动换行功能，在输入较多文字到达文字边框的时候，文字自动转到下一行。需要分段的时候，按Enter键即可。如果输入的文字超出定界框所能容纳的范围，定界框右下角将出现一个溢出图标，可以把鼠标光标放在这个溢出图标上拖拉文本框，以输入更多的文字。图7-6所示的为输入完成后的段落文字。

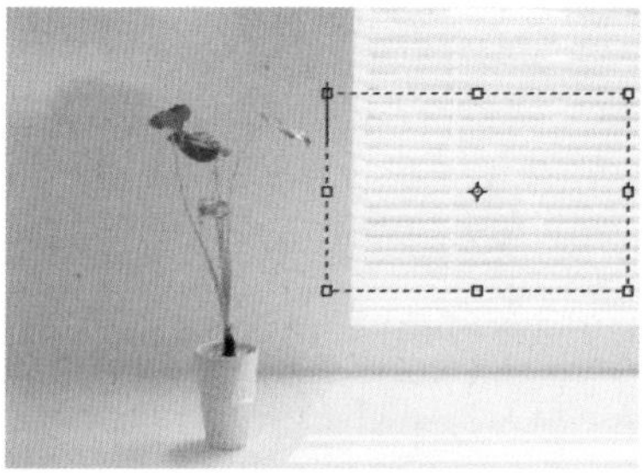

图7-5　段落文本框

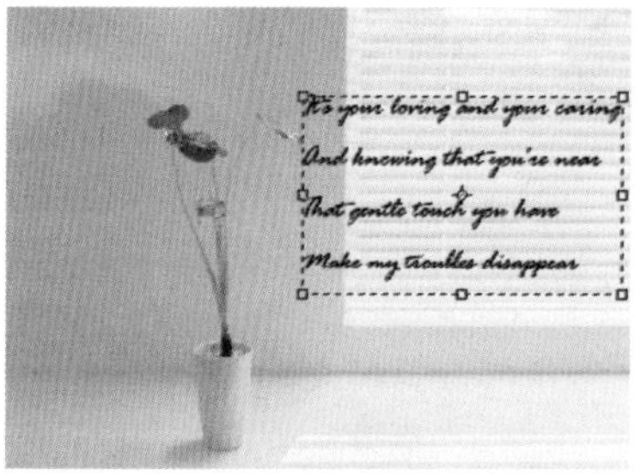

图7-6　完成的段落文字

与点文字一样，在“图层”控制面板上，新输入的段落文字会被放置在新增的文字图层上。

Photoshop使用段落文本框来容纳段落文字，段落文本框本身也具有可编辑的特性，用户可以通过缩放、旋转和倾斜等操作将文字编辑出不同的效果。

显示段落文本框

在完成段落文字编辑后，段落文本框会暂时隐藏起来，若想要对其进行编辑，就需要将其重新显示。在“图层”控制面板上单击要编辑的文字图层，选择文字工具，将光标移到图像窗口中，在文字部位单击，或者在“图层”控制面板上双击文字图层图标，图像窗口中就会显示具有8个变形控制点的段落文本框。

缩放段落文本框

文本框显示后，将光标移至其变形控制点上，光标会变成↘形状，拖动控制点即可放大或缩小文本框。文本框放大与缩小后，文本框内的文字大小并没有随着变化，而是维持原来的大小，如图7-7和图7-8所示，所以文本框内容纳的文字数目将会随着文本框的放大与缩小而变化。在缩放文本框时按住Shift

键并拖动，可保持定界框的比例；按住Ctrl键拖动，文字大小会随着文本框的缩放而自动改变，如图7-9所示。

图7-7

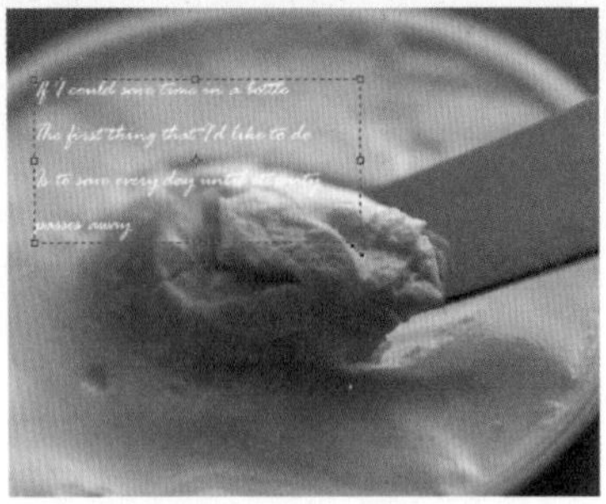

图7-8

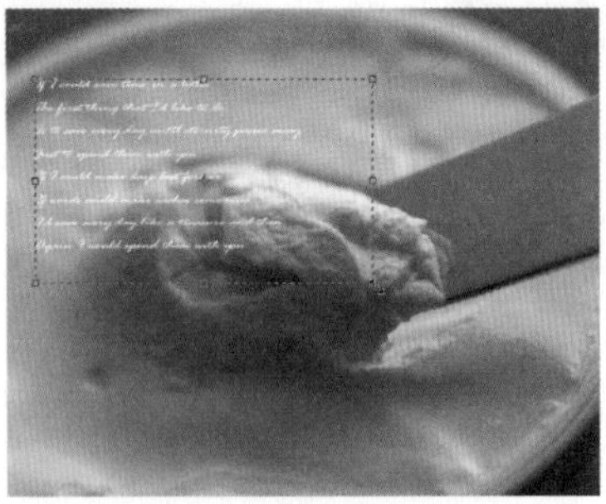

图7-9

旋转段落文本框

用户可以对段落文本框进行旋转：将光标放置在其变形控制点的外面，光标会变成↰形状，拖动控制点即可旋转文本框。按住Shift键，文本框会按15° 的增量角度旋转，图7-10所示的为旋转前的段落文本框，图7-11所示的为按住Shift键旋转后的文本框。若要改变旋转中心，按住Ctrl键将中心拖到新的位置即可。

倾斜段落文本框

也可以对段落文本框进行倾斜操作。按住Ctrl+Shift组合键不放，将光标靠近其变形控制点，此时光标变成▶形状，拖动控制点即可倾斜文本框，文字也随之倾斜，如图7-12所示。

图7-10

图7-11

图7-12

技巧提示

点文字和段落文字有不同的建立方式，用户可以对它们进行相互转换。打开“图层”控制面板，选取要转换的点文字图层，执行菜单栏中的“图层>文字>转换为段落文本”命令，就可以把原来的点文字图层转换为段落文字图层。

执行菜单栏中的“图层>文字>转换为点文本”命令，就可以把原来的段落文字图层转换为点文字图层。

7.1.3 建立文字选取范围

在Photoshop CS4中还有一种文字输入方式，即利用文字蒙版工具输入文字，产生一个文字选取范围，以便制作一些特殊文字，其操作方法如下。

在工具箱中选取文字工具，在文字工具的下拉列表（如图7-13所示）中选择“横排文字蒙版工具”选项，并在工具选项栏上设置文字的各项属性。

将文字工具移到图像窗口中以点文字方式输入，或者拖动建立文本框以段落文字方式输入，此时会看到画面呈现红色的蒙版模式。

在图像窗口中输入文字，选取的无色文字就会显示在图像窗口中，在蒙版模式下编辑文字的内容和属性，完成后单击工具选项栏上的✓按钮，原本的文字蒙版（如图7-14所示）随即转换为文字选取范围，如图7-15所示。

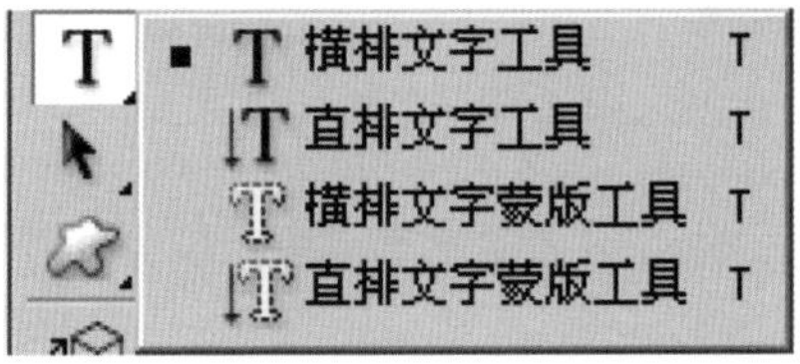

图7-13

图7-14

图7-15

技巧提示

文字蒙版转换为选取范围之后不能再对文字进行编辑，因为文字选取范围并不具有文字的属性。“图层”控制面板中也没有新的文字图层出现。使用文字工具T输入文字后，按住Ctrl键，用鼠标在“图层”控制面板上单击文字图层，也可将其转换为文字选取范围。

7.2 设置文字的格式

Photoshop提供了强大的文字处理功能，用户可以精确地设置文字的属性，包括字符属性和段落属性。可以利用“字符”控制面板的各项设置功能来改变或重新选择输入字符的字体、字号、字间距、文字基线以及字符的拉长或压扁等属性。在“段落”控制面板中可设置段落属性，如段落的缩进和对齐等。

7.2.1 设置文字字符属性

执行菜单栏中的“窗口>字符”命令，打开“字符”控制面板。在图像窗口中使用文字工具输入文字后，可以利用“字符”控制面板设置输入文字的字体、字号、字距和文字基线等，如图7-16所示。

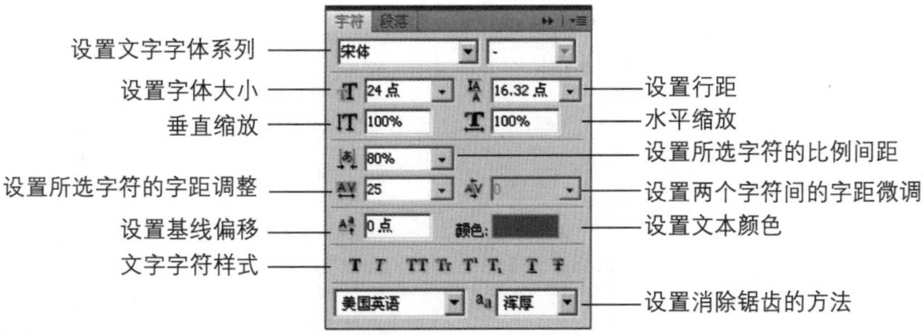

图7-16

设置文字字体

Photoshop中没有复合字体的功能，所以当文件中既用到中文又用到英文的时候，两者的字体应该分别设置。通常先设置中文字体，再设置英文字体。改变字体前后的文字如图7-17和图7-18所示。

可以在“字符”控制面板的“设置字体系列”下拉列表框中选择不同选项来改变某些字符的字体。若要设置整个文字图层的字体，则一定要使用“字符”控制面板。“字符”控制面板或“设置字体系列”下拉列表框中的字体名称如果以英文显示，则可以将其变为以中文显示。执行菜单栏中的“编辑>首选项>文字”命令，在弹出的对话框的“文字选项”选项区域中取消选中“以英文显示字体名称”复选框即可。

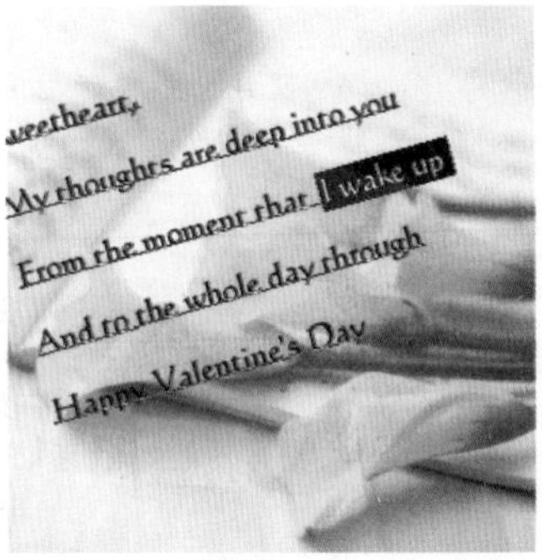

图7-17

图7-18

设置字号

选取要改变字号的文字，打开“字符”控制面板，在“设置字体大小”下拉列表框中输入数值指定字号（也可以直接在工具选项栏中选择字号）。改变字号前后的文字效果如图7-19和图7-20所示。

图7-19

图7-20

设置行距

行距是指当前文字基线到下一行文字基线之间的距离。基线是一条不可见的直线，文字的大部分都在这条线的上面。若想调整行距，可先将文字行选中，并在“字符”控制面板的“设置行距”下拉列表框中输入数值，或在其下拉列表中选取欲设的行距数值。若选择“自动”选项，行距会依字级大小调整120%。图7-21和图7-22分别显示了行距为“自动”及“30点”时的效果。

图7-21

图7-22

字符间距微调

字距间距微调用来调整两个字符的间距。可以手动控制字距微调，也可以使用自动字距微调。用文字工具在两个字符间单击，在此生成一个插入点，在“字符”控制面板的“设置两个字符间的字距微调”下拉列表框中输入要设置的数值即可。如果输入的数值为正数，则两个字符的间距加大；如果输入的数值为负数，则两个字符的间距缩小。字符间距的微调值是以em的千分比来计算的。不同微调值时的效果如图7-23所示。

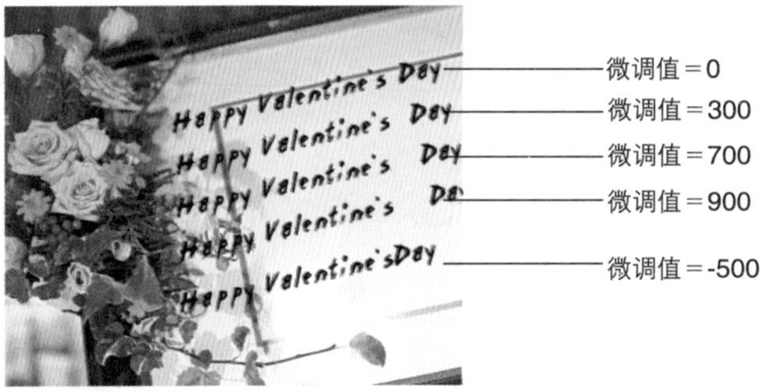

图7-23

字符间距调整

若要在所选的字符间插入一定的间隔，那么选取需要调整的文字，打开“字符”控制面板，在“设置所选字符的字距调整”下拉列表框中输入字距调整的数值即可。输入正值，字距增加；输入负值，字距缩小。图7-24和图7-25分别显示了输入0和75时的效果。

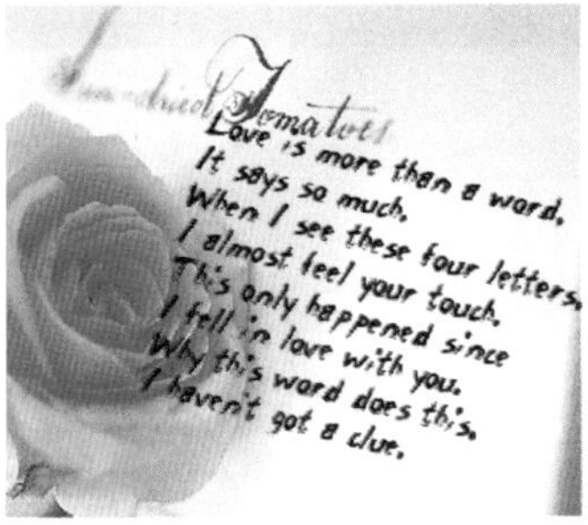

图7-24

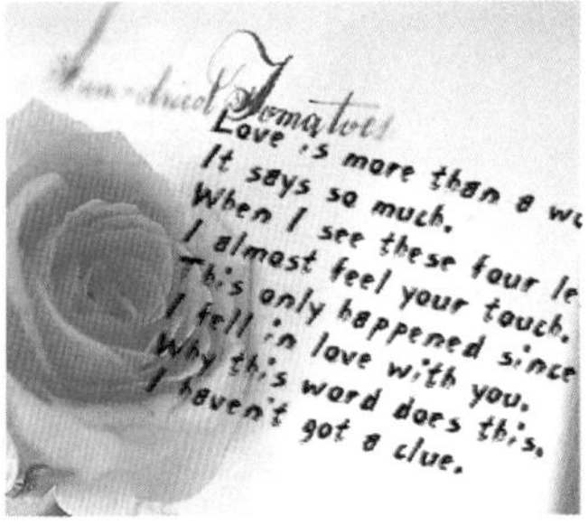
图7-25

文字缩放

文字缩放是通过改变文字的宽度和高度比来设置文字的水平或垂直缩放的比例。选取要进行缩放的字符或整个字符图层，在“字符”控制面板的“垂直缩放”文本框中输入百分比数值，就可以确定文字的垂直缩放比例。若想改变文字的水平缩放比例，则在“水平缩放”文本框中输入数值。图7-26显示了不同缩放比例的效果。

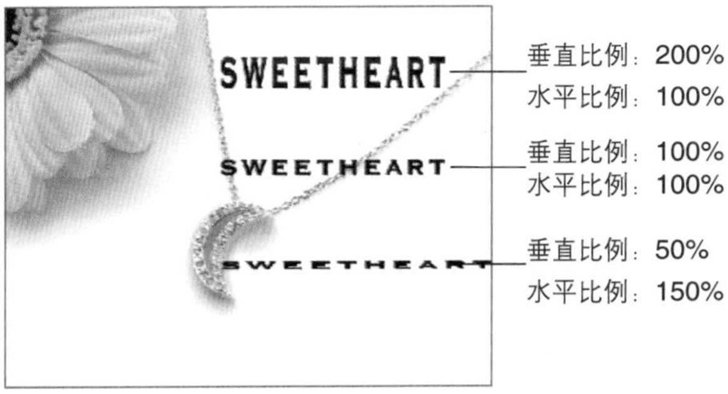

图7-26

设置基线偏移

文字基线偏移可以控制文字与文字基线之间的距离，使选取的文字依设置的数值上下移动位置。选中文字，在“字符”控制面板的“设置基线偏移”文本框中输入数值，即可调整文字的基线。若输入的数值为正数，文字则往上移；若输入的数值为负数，文字则往下移。升高或降低选中的文字可以用来创建上标或下标，如图7-27所示。

设置文字颜色

在输入文字时，文字默认为当前的前景色，用户可以在输入文字之前或之后更改文字颜色。但是，文字不能被设置为渐变或渐变网格等。在编辑现有的文字图层时，可以更改图层中个别选中的文字或全部文字的颜色。单击“字符”控制面板中的颜色选取框，在弹出的拾色器对话框中选择颜色后，即可对选取的文字填色。同时，也可以使用Alt+Delete组合键及Ctrl+Delete组合键对文字填充前景色及背景色，还能通过文字工具选项栏中的颜色块来改变文字颜色。图7-28和图7-29显示了改变文字颜色前后的效果。

图7-27

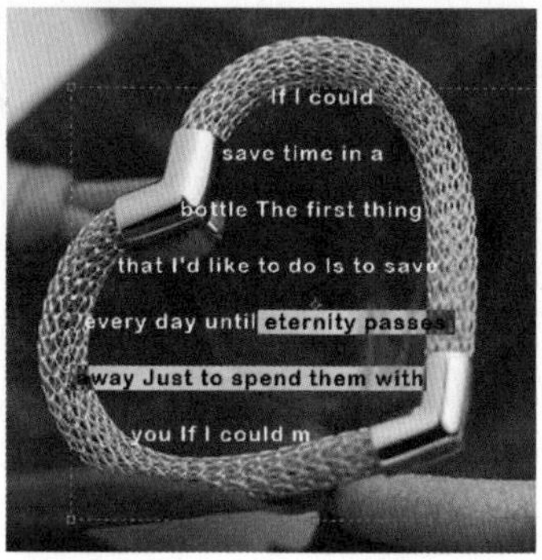

图7-28

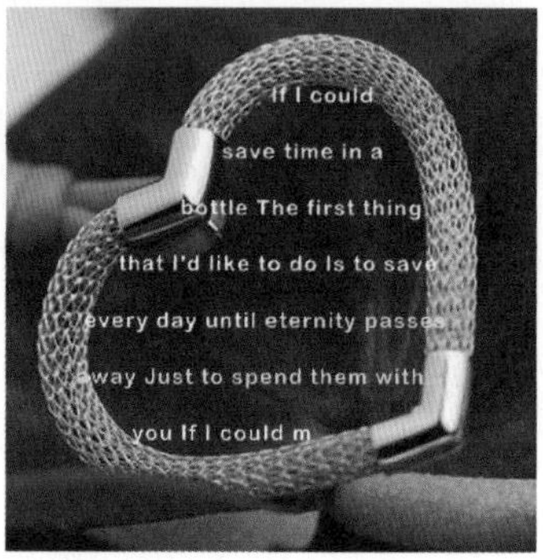

图7-29

加粗文字

用户可以对文字进行加粗处理。选取文字字符或文字图层后，在“字符”控制面板上单击**T**图标，或在面板的“设置字体系列”下拉列表框中选取相应选项，即可将选取的文字加粗。图7-30和图7-31显示了加粗文字前后的效果。

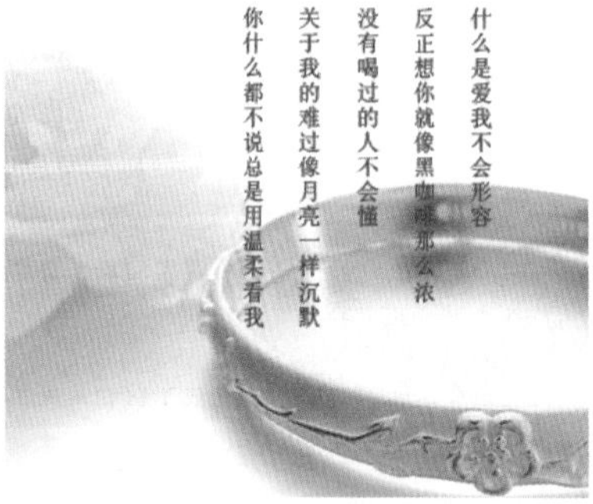

图7-30

图7-31

倾斜文字

选取文字字符或文字图层后，在“字符”控制面板上单击*T*图标，或在面板的扩展菜单中选择“仿斜体”命令，可使选取的文字变为斜体。图7-32和图7-33显示了倾斜文字前后的效果。

图7-32

图7-33

字母大写与小型大写

选取文字字符或文字图层，在“字符”控制面板上单击TT图标，或在“字符”控制面板的扩展菜单中选择“全部大写字母”命令，则所有的小写英文字母将被转换成大写，单击Tr图标或选择“小型大写字母”命令，所有的小写英文字母会被转换成小一号的大写文字。图7-34、图7-35和图7-36分别显示了原始文字及执行以上两种操作后的文字效果。

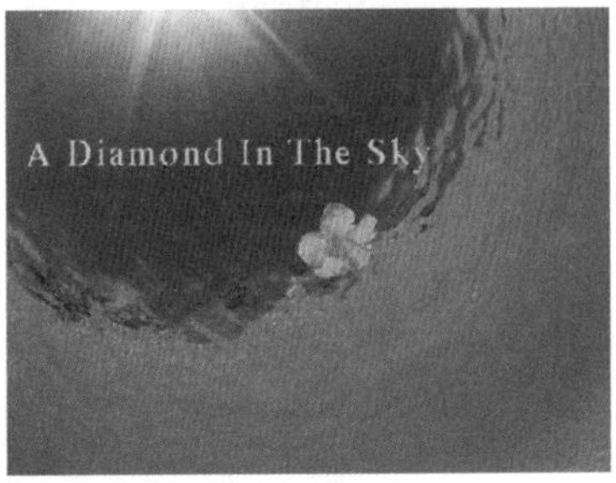

图7-34

图7-35

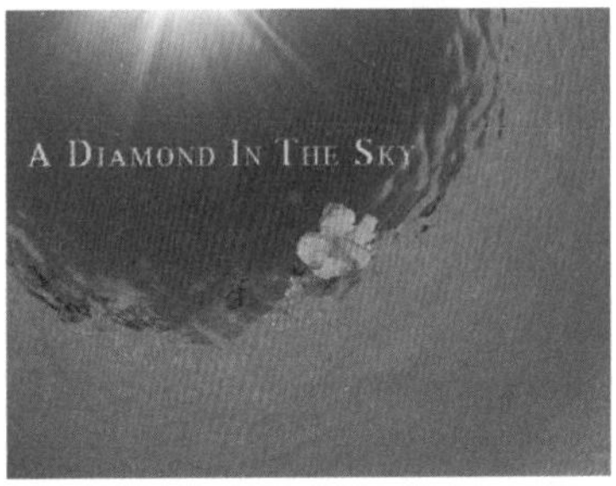

图7-36

上标文字与下标文字

在图像窗口中将需要改变的文字选中，然后在“字符”控制面板上单击T'图标，或在面板的扩展菜单中选择“上标”命令，文字就被转换为上标文字；单击T,图标或选择“下标”命令，文字就会被转换为下标文字。图7-37、图7-38和图7-39分别显示了原始文字、上标文字和下标文字的效果。

图7-37

图7-38

图7-39

加下画线与删除线

选取需要加下画线或删除线的文字，在“字符”控制面板上单击T图标，或者在面板的扩展菜单中选择“下画线”命令，文字的下方会被加上一条下画线；单击T图标或选择“删除线”命令，文字的中间会被加上一条删除线。图7-40、图7-41和图7-42分别显示了原始文字及加下划线和删除线后的效果。

图7-40

图7-41

图7-42

旋转直排文字

从“字符”控制面板的扩展菜单中选择“标准垂直罗马对齐方式”命令，可以将直排文字的字符方向旋转90°，未旋转的字符是横向的（如图7-43所示），旋转后的字符是直立的（如图7-44所示）。该命令只支持英文字符。

图7-43

图7-44

直排与横排转换

文字输入前可以在控制面板上设置横排和直排，输入完成后，也可以改变其方向。如果要将直排文字变成横排文字，可以选取要改变的文字图层，执行菜单栏中的“图层>文字>水平”命令；如果要将横排文字变成直排文字，可以执行菜单栏中的“图层>文字>垂直”命令。横排文字和直排文字的效果分别如图7-45和图7-46所示。

图7-45

图7-46

7.2.2 设置段落属性

段落是指末尾带有回车的任何范围的文字。对于点文字，每行是一个单独的段落。对于段落文字，一段可能有多行。

通常情况下，“字符”控制面板和“段落”控制面板是在一起的，单击“段落”标签使“段落”控制面板显示在前面，或者拖动该标签将两个面板分开，同时显示它们。也可以执行菜单栏中的“窗口>段落”命令，打开“段落”控制面板，如图7-47所示。在该面板中进行各项设置，可以改变或重新定义文字的对齐方式、段落缩进、段落间距以及连字功能等。

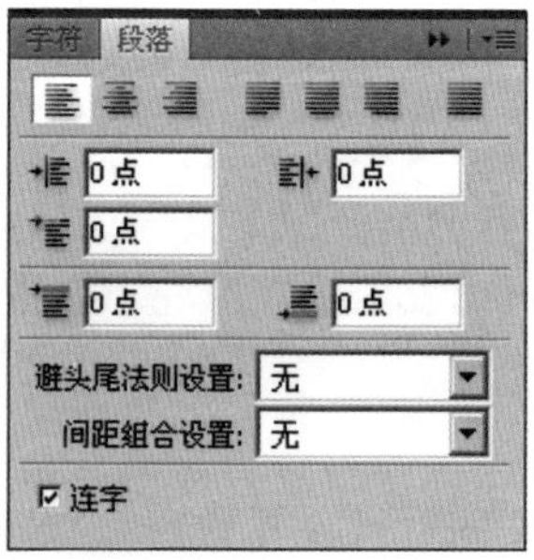

图7-47

设置段落对齐方式

在Photoshop中，利用“段落”控制面板可设置不同的段落对齐方式。该控制面板中的第1排图标从左到右分别为：“左对齐文本”、“居中对齐文本”、“右对齐文本”、“最后一行左对齐”、“最后一行居中对齐”、“最后一行右对齐”和“全部对齐”。后4项只有当文字是段落文字时才可以用。

如果是垂直排列的段落文字，“段落”控制面板上将显示垂直排列的选项，各项的设置和横排文字类似。选中要设置段落对齐方式的文字，并在“段落”面板上单击相应的段落对齐图标，就可以设置文字的段落对齐方式。图7-48、图7-49、图7-50、图7-51、图7-52、图7-53和图7-54分别显示

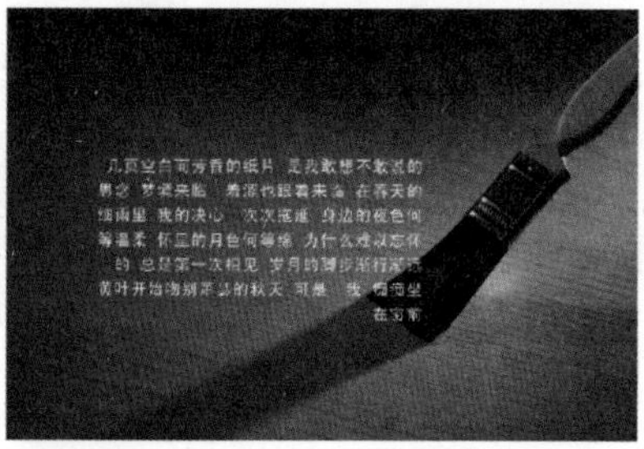
图7-48

了右对齐、左对齐、居中对齐、最后一行左对齐、最后一行居中对齐、最后一行右对齐和全部对齐的效果。

图7-49

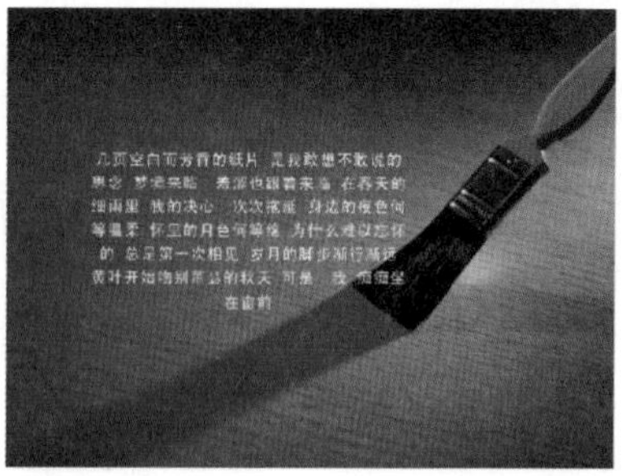
图7-50

图7-51

图7-52

图7-53

图7-54

设置段落缩进与间距

段落缩进指文字与文字块边框之间的距离或首行缩进文字块的距离。段落间距指段落上下之间的距离。

打开“段落”控制面板，可设置左缩进、右缩进、首行缩进以及段前添加空格和段后添加空格。

左缩进：在“段落”控制面板的“左缩进”文本框中，可设置文字段落左边向内缩的距离。对于垂直文字，该选项控制段落顶端的缩进。

右缩进：在“段落”控制面板的“右缩进”文本框中，可以设置文字段落右边向内缩的距离。对于垂直文字，该选项控制段落底部的缩进。

首行缩进：在“段落”控制面板的“首行缩进”文本框中，可以设置文字段落首行缩进的距离。对于水平文字，首行缩进与左缩进有关；对于垂直文字，首行缩进与顶端缩进有关。若要创建首行悬挂缩进，则在该文本框中输入负值。

段前添加空格：在“段落”控制面板的“段前添加空格”文本框中输入数值，可设置该段落与前一个段落间的距离。

段后添加空格：在“段落”控制面板的“段后添加空格”文本框中输入数值，可设置该段落与下一段落间的距离。

图7-55、图7-56、图7-57和图7-58分别显示了左缩进、右缩进、首行缩进及设置段落间距后的效果。缩进设置只影响选取的文字段落，因此可以为不同的段落设置不一样的缩进方式。

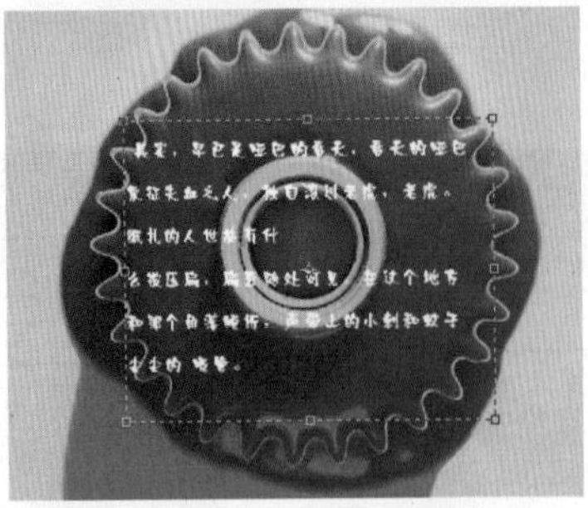

图7-55

图7-56

图7-57

图7-58

7.2.3 设置自动连字功能

自动连字功能主要针对的是英文，对中文并不适用。它可以将文字行的最后一个英文单词拆开，并在拆开单词的左半部分的后面产生连字符号，使右半部分的英文字母自动移到下一行，以得到较好的文字排列效果。在“段落”控制面板的扩展菜单中选择“连字符连接”命令（如图7-59所示），弹出“连字符连接”对话框，在对话框中设置单词字母数量限制、单词起始处能容许的最少字母数、单词结尾处能容许的最少字母数、连续连字的行数及连字区域。如果要对大写英文字也进行连字设置的话，选中“连字大写的单词”复选框即可，如图7-60所示。

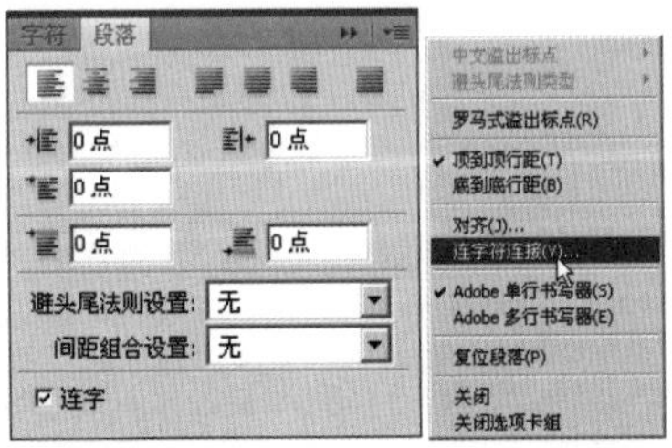

图7-59

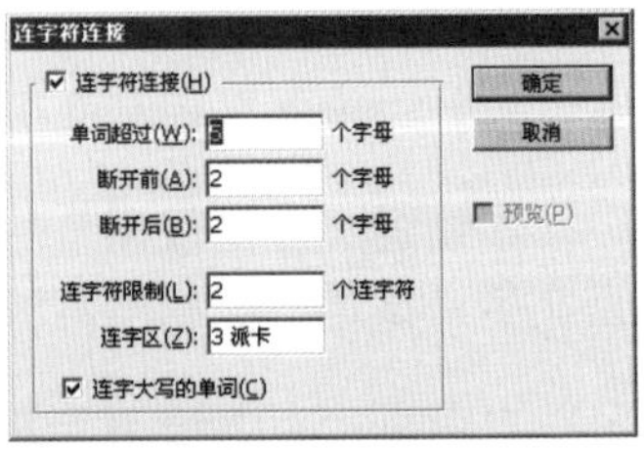

图7-60

使用选取工具任选一个文字段落，在“段落”控制面板中选中“连字”复选框，就能自动实现单词行尾的连字功能。对如图7-61所示的文字执行上述操作后的效果如图7-62所示。

图7-61

图7-62

7.3 文字弯曲变形

可以对文字图层中的文字进行弯曲变形，以适应各种形状，如波浪形、弧形等。弯曲变形操作对文字图层上所有的字符有效，不能只对选中的字符执行弯曲变形。

选择工具箱中的文字工具，输入文字，在文字工具的工具选项栏中对文字进行设置，“图层”控制面板上会产生一个新的文字图层。

选中要弯曲变形的文字图层，执行菜单栏中的“图层>文字>文字变形”命令，或直接单击工具选项栏中的图标，打开“变形文字”对话框，如图7-63所示。

设置完成后，单击“确定”按钮。这里列举了几种不同的弯曲变形效果，如图7-64所示。

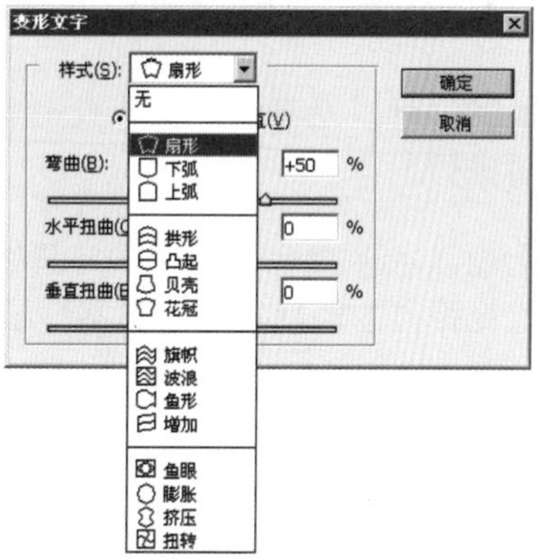

图7-63

无效果

扇形效果

下弧效果

上弧效果

拱形效果

凸起效果

图7-64

样式：在该下拉列表框中，可以选取15种不同的效果对文字进行弯曲变形。

水平/垂直：这两个单选按钮用来设置水平或垂直方向的变形。

弯曲：可设置文字弯曲的程度，数值越大，文字弯曲度越大。

水平扭曲：设置水平方向的透视扭曲变形程度。

垂直扭曲：设置垂直方向的透视扭曲变形程度。

单击“弯曲变形”按钮，可以重新编辑文字的弯曲变形。对于弯曲变形后的文字，仍然可以进行各项编辑，如改变字体和字号等。

7.4 在路径上创建文本

编辑文本时，可以沿着使用钢笔或形状工具创建的工作路径的边缘输入文字，文字会顺着路径中锚点添加的方向排列。

在路径上输入水平文字时，文字与基线垂直。在路径上输入垂直文字时，文字与基线平行。也可以移动路径或改变路径的形状，此时文字会遵循新的路径方位或形状。

沿路径输入文字

首先打开一张图片，使用工具箱中的钢笔工具或形状工具在画面中绘制一条路径，然后选择工具箱中的文字工具在路径上单击插入光标插入点，输入文字，如图7-65所示。

沿路径移动文字

选择工具箱中的路径选择工具或直接选择工具，将其定位在文字上方，当光标变成形状时拖曳鼠标，便可沿路径移动文字。使用同样方法，横跨路径拖曳鼠标可以将文字翻转到另一侧，如图7-66所示。

图7-65

图7-66

使用文字移动或改变路径

选择路径选择工具或移动工具，选择文字并将其拖曳到一个新的位置，路径会随之改变。使用直接选择工具单击路径中的描点，拖动控制柄也可以改变路径，如图7-67所示。

图7-67

7.5 文字图层的转换

当输入文字后，执行菜单栏中的“图层>文字”命令，会弹出一个级联菜单，如图7-68所示，通过菜单可以对文字图层进行一定的修改和转换。

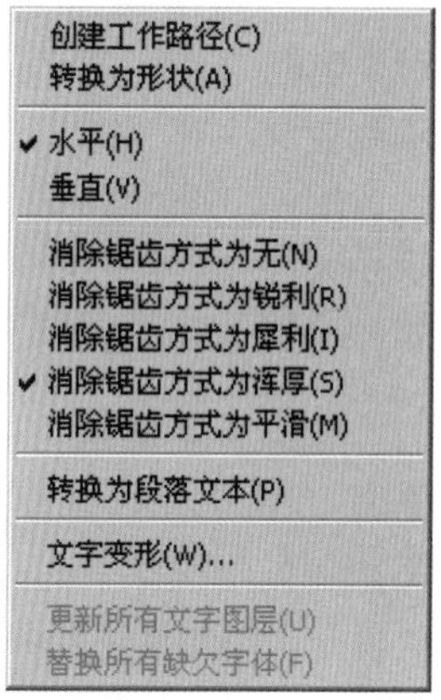

图7-68

7.5.1 将文字转换为路径

在图像窗口中输入文字并选中它，执行菜单栏中的“图层>文字>创建工作路径”命令，“路径”控制面板中会自动建立一个工作路径，在图像上的文字边缘会加上路径。图7-69、图7-70和图7-71分别显示了原始效果、执行上述操作后的效果及此时的“路径”控制面板。

对文字创建工作路径，使用户得以将字符作为矢量形状处理。工作路径是出现在“路径”控制面板中的临时路径，为文字图层创建了工作路径后，就可以像对待其他路径那样存储和处理该路径了。

图7-69

图7-70

图7-71

7.5.2 将文字转换为形状

若想将文字转换为形状，则选中输入的文字，执行菜单栏中的“图层>文字>转换为形状”命令，此时会发现文字图层被包含矢量图层剪贴路径的形状图层所替换，“路径”控制面板中多了一个文字剪贴路径。

用路径选择工具对文字路径进行调节，创建自己喜欢的字形。在“图层”控制面板中，文字图层失去了文字的一般属性，无法在图层中将字符作为文本进行编辑，文字图层作为一般的形状图层存在。图7-72、图7-73和图7-74分别显示了原始效果、执行上述操作后的“图像”控制面板及效果。

图7-72

图7-73

图7-74

7.5.3 横排与直排转换

文字的取向决定了文字行相对于文档窗口的方向。在输入文字之前，可以事先选好横排或直排工具。若想改变输入文字后的取向，先选中文字图层，然后单击工具选项栏中的文字取向转换按钮来改变文字排列方向。执行菜单栏中的“图层>文字>水平”命令，将直排文字改为横排，如图7-75所示；执行菜单栏中的“图层>文字>垂直”命令，将横排文字改成直排，如图7-76所示。

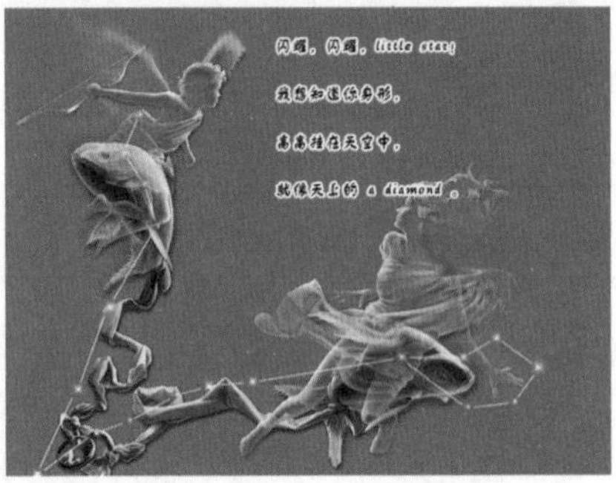

图7-75

如果文字图层为中英文混排，要想改变英文的取向，则首先选中英文字母，然后打开“字符”控制面板的扩展菜单，选择“更改文本方向”命令，效果如图7-77所示。

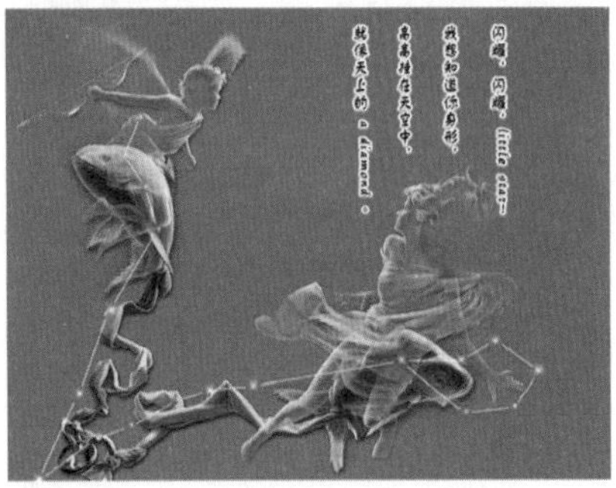

图7-76

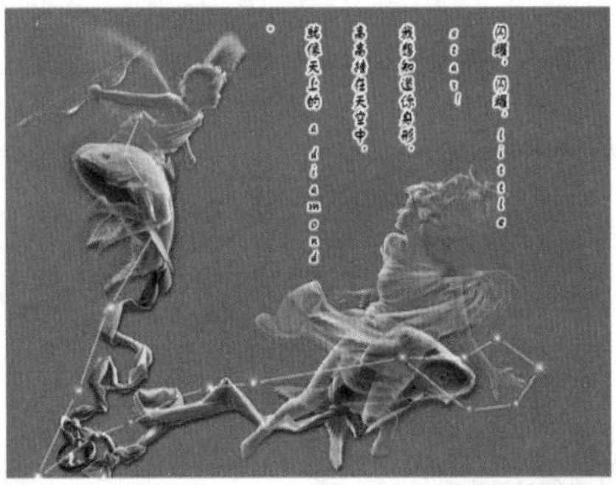

图7-77

7.5.4 将文字图层转换为普通图层

在Photoshop中，可以将创建的文字图层转变为图像图层，然后应用各种滤镜效果。栅格化表示将文字图层转换为普通图层，并使其内容成为不可编辑的文本。因为在文字状态下某些命令和工具（例如滤镜效果和绘画工具）不能使用，所以必须在应用命令或使用工具之前栅格化文字。选中要编辑的文字图层，选择菜单栏中的“图层>栅格化>文字”或“图层>栅格化>图层”命令，文字图层就转换为普通图层了。图7-78、图7-79和图7-80分别显示了原始图像及执行上述操作前后的“图像”控制面板。

图7-78

图7-79

图7-80

7.5.5 点文字图层与段落文字图层的转换

在Photoshop中，点文字与段落文字在建立完成后可以互相转换。在图像窗口中输入点文字，打开“图层”控制面板，选取要转换的文字图层，执行菜单栏中的“图层>文字>转换为段落文本”命令，就可以将原来的点文字图层转换为段落文字图层，转换前后的效果如图7-81和图7-82所示。同样，在建立好段落文字后，执行菜单栏中的“图层>文字>转换为点文本”命令，即可将原来的段落文字图层转换为点文字图层。

在将点文字转换为段落文字时，必须删除段落文字中的回车符，使字符在定界框中重新排列。在将段落文字转换为点文字时，每个文字行的末尾都会添加一个回车符。

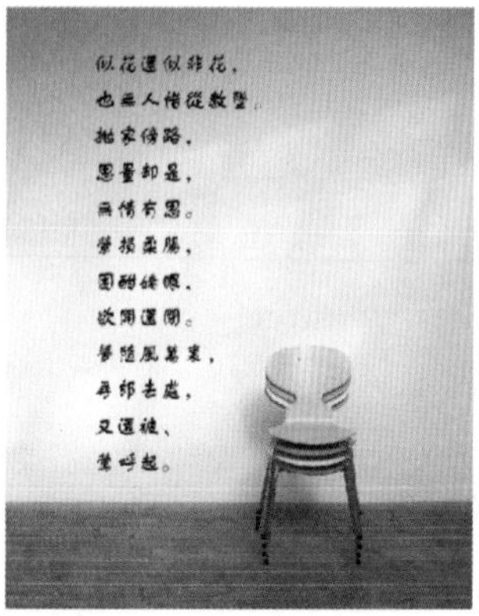

图7-81

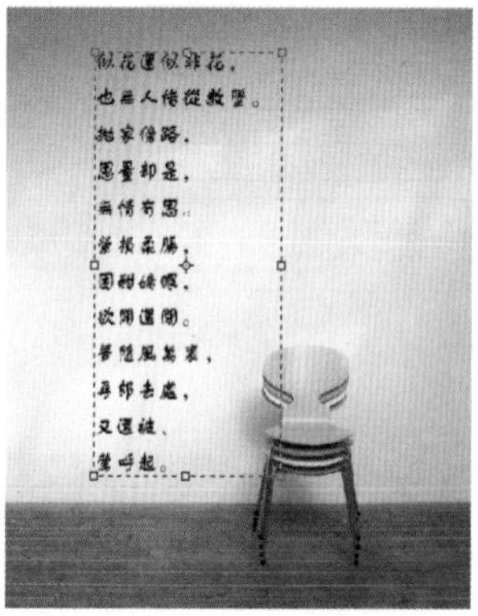

图7-82

技巧提示

当段落文字转换为点文字时，所有溢出定界框的字符都会被删除，可以通过调整定界框来避免丢失文本。当点文字和段落文字互相转换时，菜单中的相应命令会随之改变。

7.6 文字拼写检查

文字拼写检查功能用于改正文档的拼写和语法错误，这是Photoshop CS4中新增加的功能，Photoshop CS4中还提供了除英文以外的其他语种的拼写检查功能。执行菜单栏中的“窗口>字符”命令，打开“字符”控制面板，在面板中选择一种语言，就可以以该语种对文本进行拼写和语法检查了，如图7-83所示。

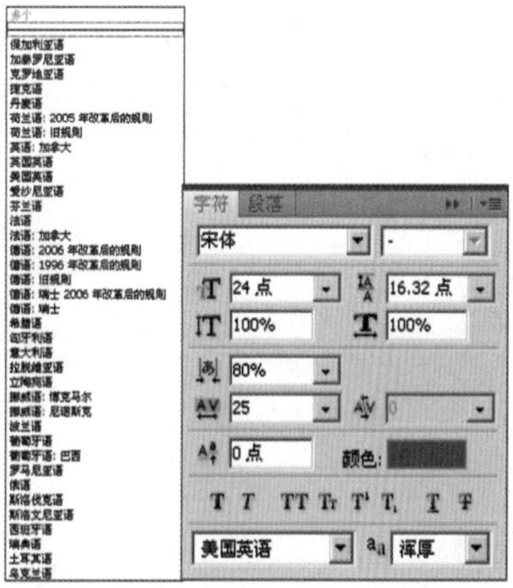

图7-83

文字拼写检查的具体操作步骤如下：

step 01 在图像窗口中选择需要检查拼写的文字图层。

step 02 执行菜单栏中的“编辑>拼写检查”命令，弹出一个对话框。在该对话框中，Photoshop会找出不熟悉的词和其他可能出现的错误，这时在文字图层中错误的单词显示为被选中状态。

step 03 设置完成后，单击“忽略”按钮，表示不改变拼写检查结果；单击“全部忽略”按钮，表示不改变所有拼写检查结果；如果需要校正错误拼法，则单击“更改”按钮；单击“更改全部”按钮，表示自动改变所有拼写检查结果。对“建议”列表框中没有被辨认出的单词，可以在“更改为”文本框中输入正确的拼写，然后单击“添加”按钮。检查完毕后，单击“完成”按钮，结束拼写检查。图7-84、图7-85和图7-86分别显示了进行拼写检查时的“拼写检查”对话框、文本及更正后的文本效果。

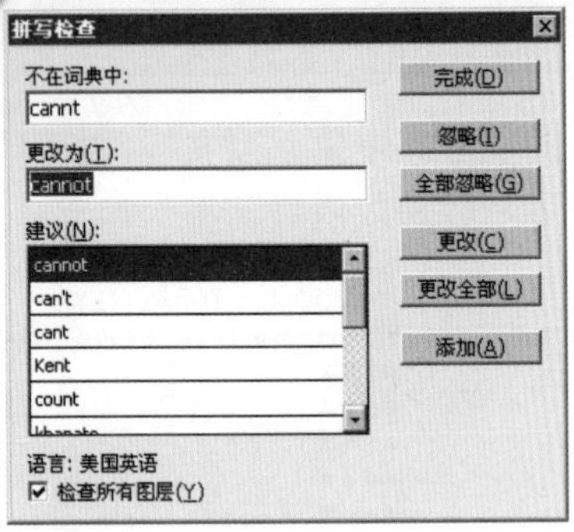

图7-84

图7-85

图7-86

7.7 查找和替换文本

在Photoshop CS4中，使用查找和替换文本功能可以进行文本的搜索及替换。选择想要进行文本查找和替换的文字图层，执行菜单栏中的“编辑>查找和替换文本”命令，打开“查找和替换文本”对话框，如图7-87所示。

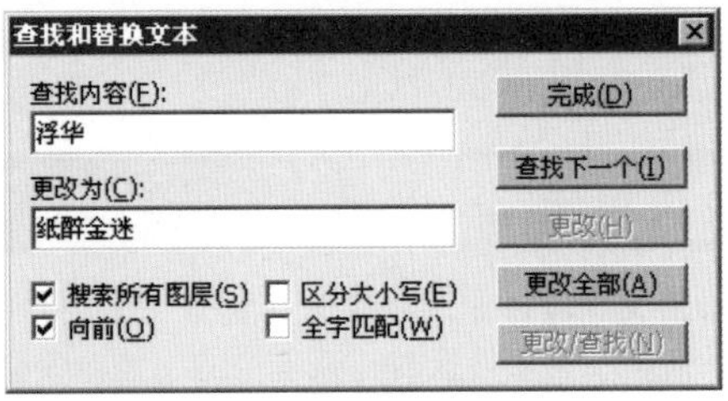

图7-87

在该对话框的“查找内容”文本框中输入需要查找的文本，单击“查找下一个”按钮，图像窗口中会显示找到的文本，如图7-88所示。如果没有发现要查找的文本，将会出现提示框。在“更改为”文本框中输入替换文本，单击“更改”按钮，将会替换文本，如图7-89所示。单击“更改全部”按钮，将自动替换所有找到的文本。单击“更改/查找”按钮，表示用修正文本代替原文本后再寻找下一个要更改的文本。

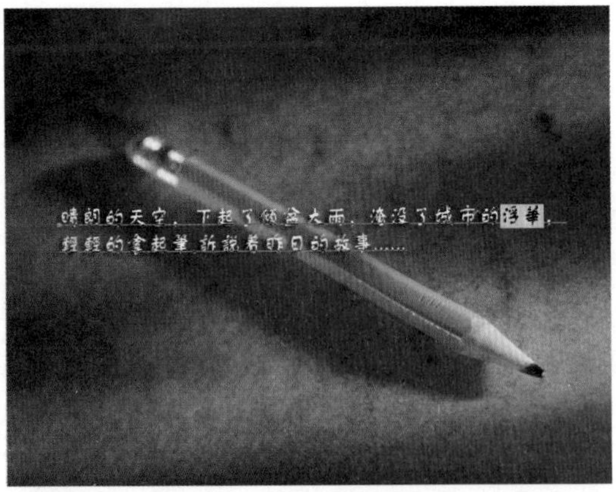

图7-88

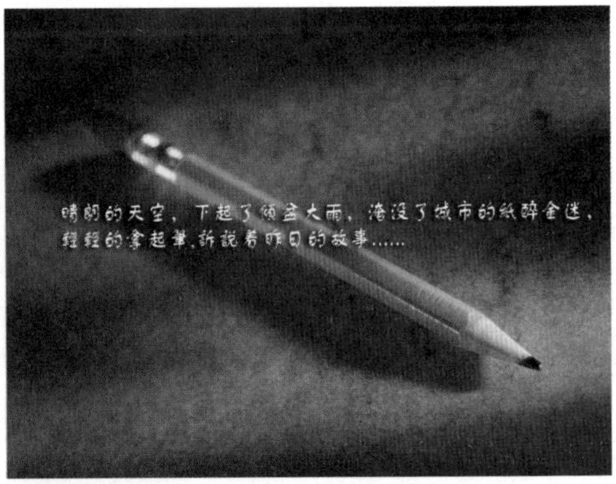

图7-89

搜索所有图层：用于设置是否查找其他文字图层。

区分大小写：用于设置是否区分大小写。

向前：用于设置搜索的顺序是否为从后向前。

全字匹配：用于设置是否以整个词作为搜索对象。

08 CHAPTER

滤镜效果及应用

滤镜最吸引人的地方莫过于能产生惊人的特效，它们有些是用来修改图像的，有些是直接用来设计特效的。一个滤镜命令或许可以实现10个命令都没有办法实现的效果，但是切记不要将滤镜用得过火而忽略了自身的原创性，它毕竟只是一个辅助工具。学完本章内容后，应该掌握Photoshop的各种滤镜效果及使用方法。

8.1 应用滤镜效果的技巧

8.1.1 选择滤镜的准则

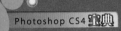

要使用一种滤镜，从“滤镜”菜单中选择相应的级联菜单命令即可。遵循以下标准将有助于更快捷地选取滤镜：

（1）最后一次选取的滤镜出现在“滤镜”菜单的顶部，重复使用该滤镜效果时，只需执行该命令或者使用Ctrl+F组合键即可一次完成。

（2）要在图层的某一个区域应用滤镜，必须先选取该区域，对所选取的区域进行处理。

（3）滤镜只能应用于当前图层或某一通道。

（4）所有滤镜都可应用于RGB图像，但不能应用于位图模式、索引颜色或16位通道图像，有个别滤镜命令不能应用于CMYK模式的图像。

（5）从“滤镜”菜单的级联菜单中选取滤镜时，如果滤镜名称后有省略号，则单击后会弹出对话框，在其中输入数值或选择选项即可。

（6）应用某些滤镜效果需要很大的内存空间，非常耗时，尤其对于分辨率高的图像，在滤镜设置中预览效果可以节省时间且避免不想要的结果。

8.1.2 使用滤镜库对话框

滤镜库是Photoshop CS4中新增加的，使用滤镜库可以批量应用滤镜或者将单个滤镜应用多次，也可以重新整理滤镜，更改所应用的各个滤镜的设置，实现想要得到的效果。需要注意的是，并非所有滤镜都能在滤镜库中应用。

滤镜库的显示

执行菜单栏中的“滤镜＞滤镜库”命令，弹出如图8-1所示的滤镜库对话框。

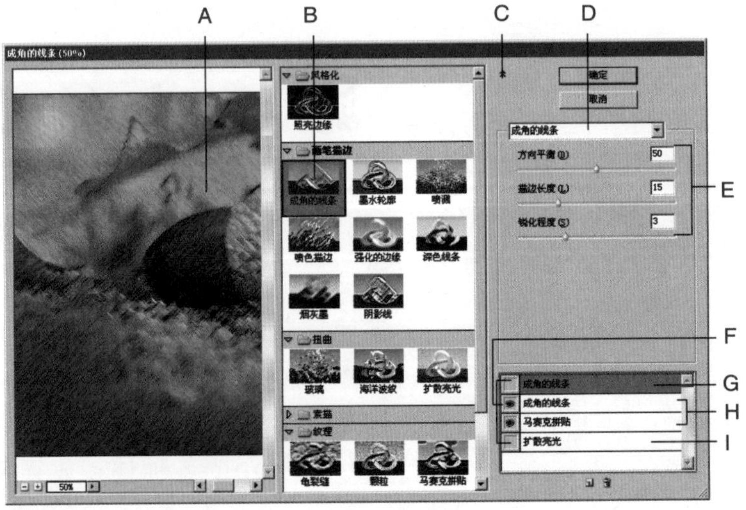

图8-1

A：预览

B：所选滤镜的缩览图

C：显示/隐藏滤镜缩览图

D：滤镜下拉列表框

E：所选滤镜的选项

F：所应用滤镜效果的列表

G：被选但未被应用的滤镜效果

H：批量运用但未被选中的滤镜

I：被隐藏的滤镜效果

滤镜预览图的显示

在滤镜库对话框中提供了预览功能，可以通过对话框左侧的预览窗口直接看到滤镜处理的最佳效果，如图8-2所示。

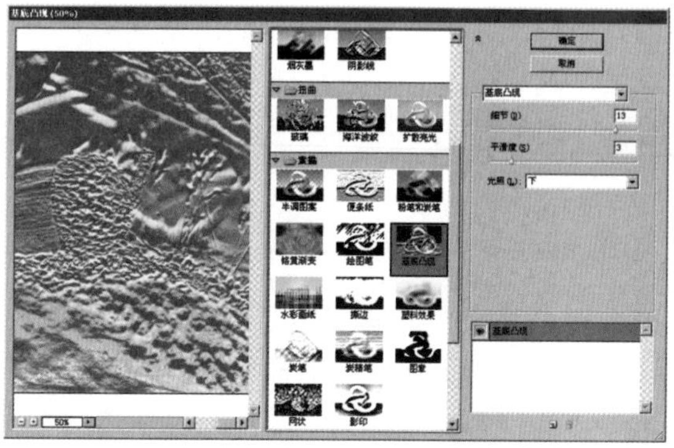

图8-2

选择滤镜效果

单击滤镜效果列表中目录的名称，可以显示该目录下的滤镜效果预览。有时需要单击滤镜目录左侧的展开按钮▶（当展开按钮变为▼时即打开该滤镜目录），然后根据需要选择滤镜效果，单击其对应的缩览图即可，如图8-3所示。如果想要隐藏滤镜缩览图，以便更清楚地查看预览效果，只要单击⌃按钮即可，此时的滤镜库对话框如图8-4所示。

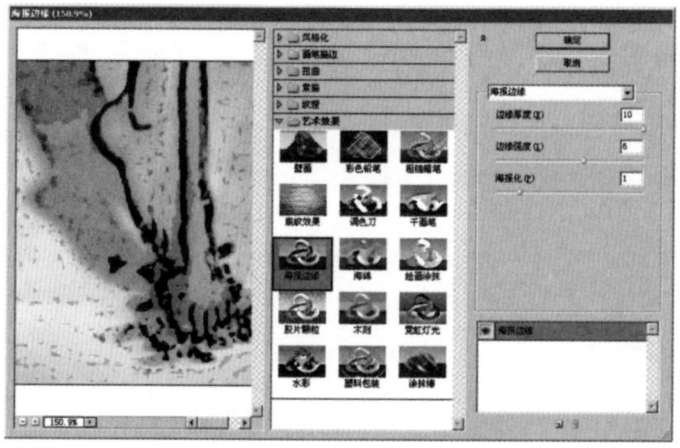

图8-3

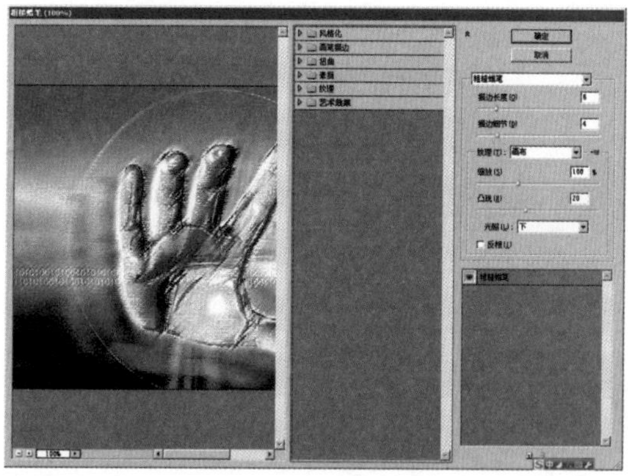

图8-4

更改滤镜预览图的显示

单击预览区域下方的+或-按钮，可以放大和缩小预览框中的图像，以便更加准确地观察图像的细部。在对话框下方的“显示缩放百分比”下拉列表框 100% 中选择一个缩放比例，预览区域将按照指定比例显示图像内容。将鼠标指针置于预览框中，指针自动转换为抓手工具，当预览框中的图像被放大显示时，按住并拖动鼠标，可以移动预览框内的图像，以便查看图像的不同区域，如图8-5所示。

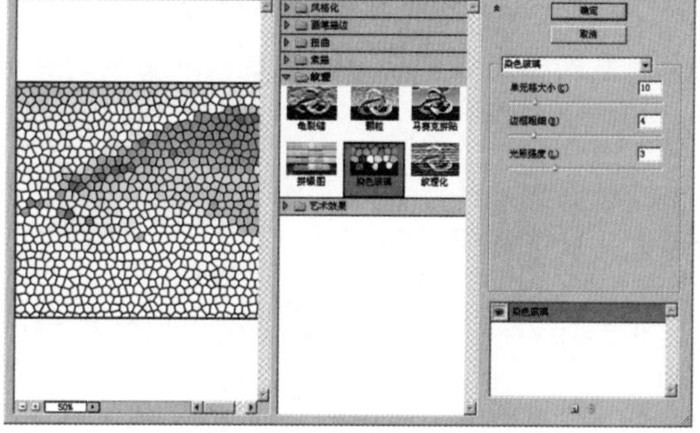

图8-5

滤镜效果的应用和排列

滤镜效果会以选择它们的顺序加以应用，应用了这些滤镜效果之后，把滤镜名称拖曳到滤镜应用列表中的另一个位置上，就可以重新排列这些滤镜效果。

重新排列滤镜效果会使图像外观发生戏剧性的变化。单击滤镜旁边的眼睛图标，可以隐藏预览图像中的滤镜效果。选择滤镜效果并单击“删除效果图层”按钮，可以删除已应用的滤镜效果。

8.2 液化滤镜

Photoshop CS4提供的液化变形插件可以将图像进行比较自然的任意变形，使其产生扭曲、旋转、移位等自然而强烈的变形效果。

液化变形的工作原理很简单，编辑前必须对画笔大小及压力值进行设置，然后区分图像的处理区域，该动作在这里称为“冻结”，液化命令对冻结区域的图像没有效果，保持原来的样子，经过“解冻”处理的区域会受到“液化”命令的变形处理，产生不同的变化效果。

执行菜单栏中的“滤镜>液化”命令，打开“液化”对话框。在对话框的左侧是“液化”命令所提供的变形工具，右侧是视图的调整选项，如图8-6所示。

图8-6

8.2.1 液化变形工具组

在“液化”对话框的左侧共有12种变形工具，它们可以分别用于不同的变形，如图8-7所示。

8.2.2 变形工具的应用

进行液化变形的第一步，就是设置画笔的尺寸。使用变形工具变形图像之前，先要在“工具选项”选项区域中进行设置。

画笔大小：该选项可以设定变形工具的画笔大小，其单位为像素。

画笔压力：用于设定变形工具的画笔压力，数值越大，变形程度越明显。

光笔压力：选中该复选框，可以搭配数字板使用。

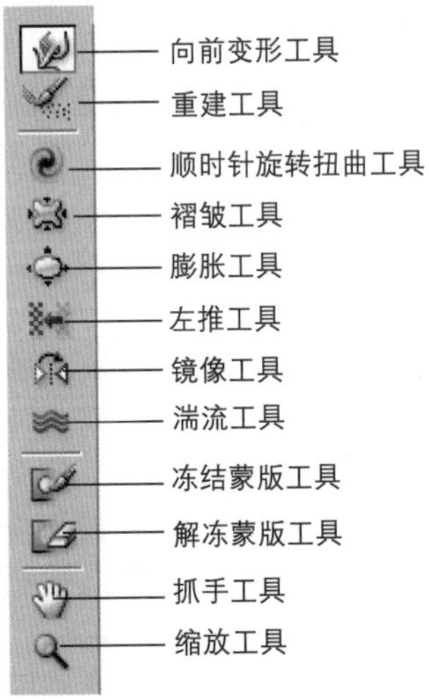

图8-7

向前变形工具

使用该工具在图像画面上拖动，可以使图像产生弯曲效果，如图8-8所示。

原图

变形后的效果

图8-8

重建工具

选取重建工具后，可以在对话框右侧的“重建选项”选项区域的“模式”下拉列表框中选取不同的模式，如图8-9所示。

通过“重建选项”选项区域中的“重建”和“恢复全部”按钮可对图像进行恢复。使用重建工具在变形的图像画面上拖动，可使被操作区域恢复原状，如图8-10所示。

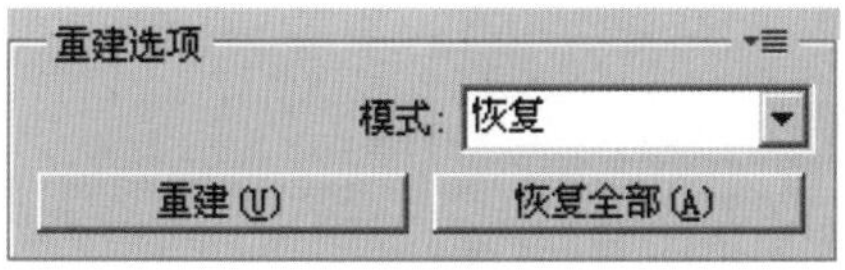

图8-9

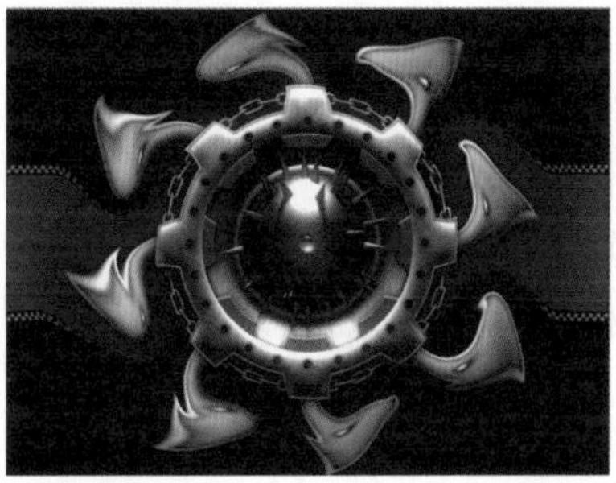
变形的图像

还原局部图像的结果

图8-10

重建：使图像逐步减少变形。

恢复全部：将图像完全还原。

顺时针旋转扭曲工具

使用顺时针旋转扭曲工具在图像上拖动，可以使图像产生顺时针旋转的效果，如图8-11所示。

原来的图像

顺时针旋转扭曲变形后的效果

图8-11

褶皱工具与膨胀工具

褶皱工具可以使图像产生褶皱效果，即图像向操作中心点处收缩，从而产生挤压效果；膨胀工具则刚好相反，将图像向外推挤，制造出图像膨胀变大的效果，如图8-12所示。

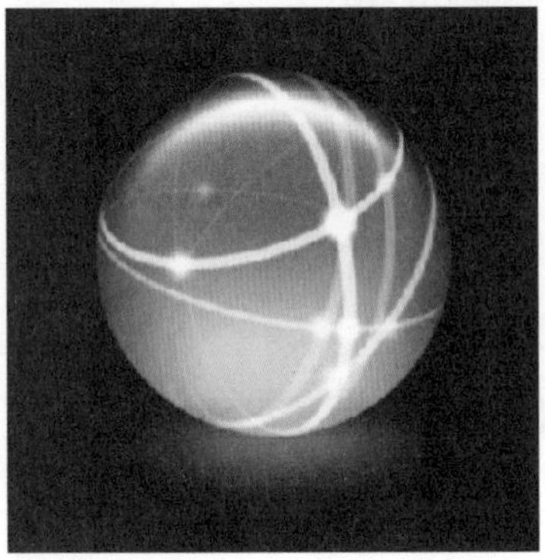
原图

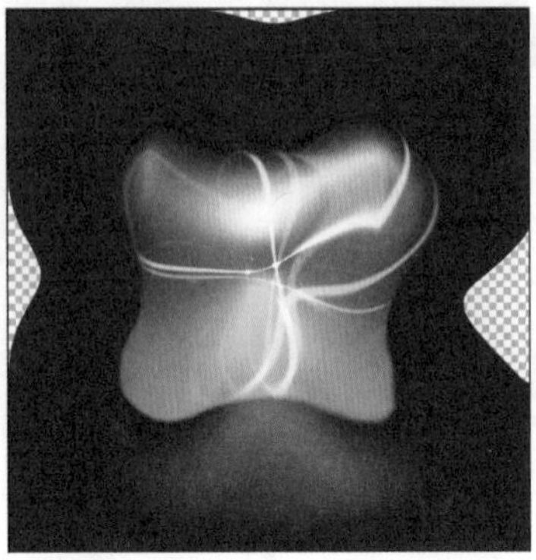
褶皱变形效果

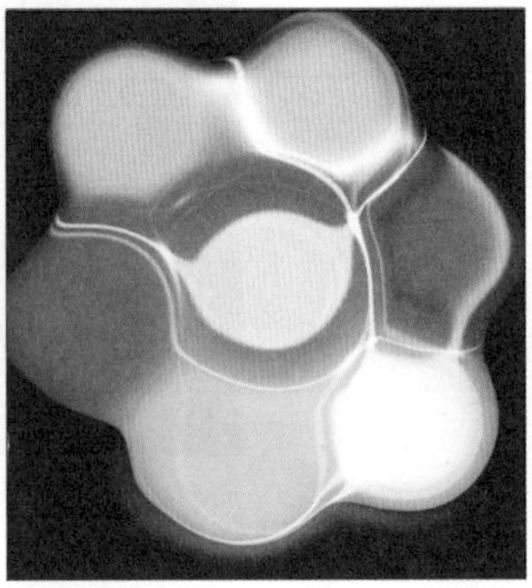
膨胀变形效果

图8-12

左推工具

用左推工具拖动图像时，图像将以与移动方向垂直的方向移动，造成图像推挤的效果。向左移动则图像向下推挤，向右移动则图像向上推挤，向上移动则图像向左推挤，向下移动则图像向右推挤，如图8-13所示。

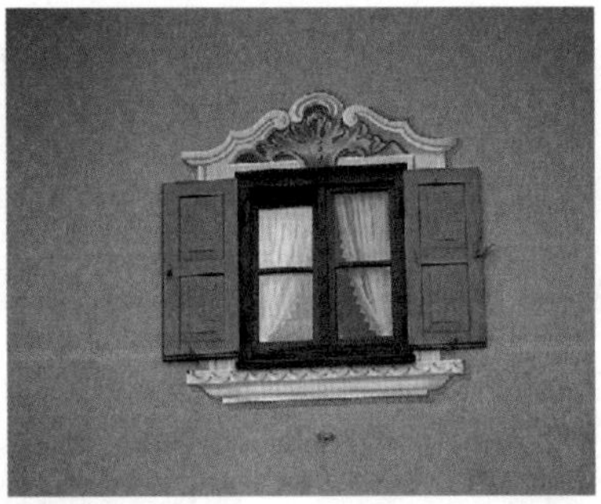
原图

左推变形效果

图8-13

镜像工具

使用镜像工具在图像上拖动，将复制并推挤垂直方向的图像，生成图像变形的效果。向左移动会复制下面的图像，向右移动会复制上面的图像，向上移动会复制左面的图像，向下移动会复制右面的图像，如图8-14所示。

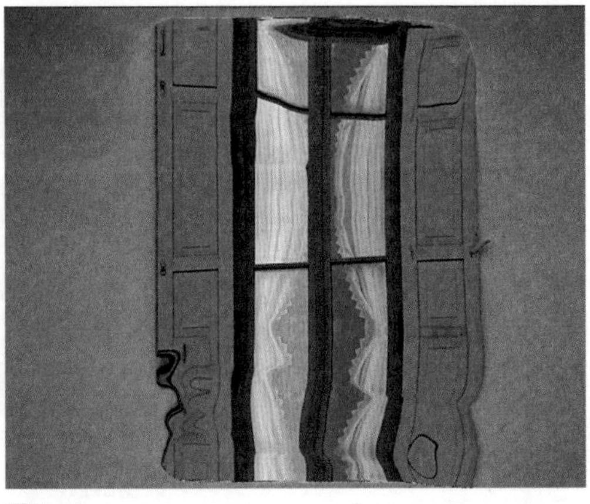
图8-14

湍流工具

使用湍流工具在图像上拖动时，可以使图像产生柔顺的弯曲变形，该工具产生的特效类似于水波纹，如图8-15所示。

原图

湍流变形效果

图8-15

冻结蒙版工具与解冻蒙版工具

为了方便用户编辑图像变形效果，“液化”对话框中还提供了一个冻结蒙版工具，使用该工具可以在预览窗口中绘制出冻结区域，在系统默认设置下，冻结区域显示为红色（如图8-16所示），该区域中的图像不会因各种变形工具拖动变形而受影响，如图8-17所示。

如果想将冻结蒙版工具画出的红色冻结薄膜删除，使用解冻蒙版工具涂抹即可，如图8-18所示。

图8-16

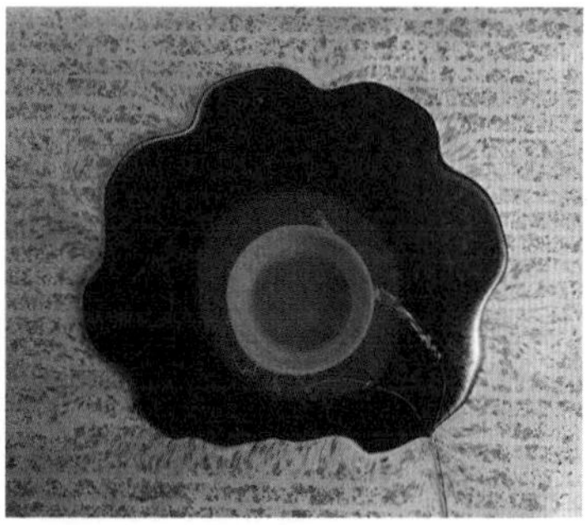
图8-17

图8-18

当“通道”面板中有Alpha通道时，可以在“通道”面板中选择一个通道名称以指定冻结区域。单击“全部反相”按钮，可以将未冻结区域与冻结区域互相调换。

在“视图选项”选项区域中可以设置预览窗口的显示内容，其中各选项的功能如下。

显示图像：选中该复选框后，预览窗口中显示冻结区域。

显示网格：选中该复选框后，可以显示变形的网格，它对以后的图像不产生影响，只是起到一个网格辅助线的作用。选中与取消选中该复选框时的效果如图8-19和图8-20所示。

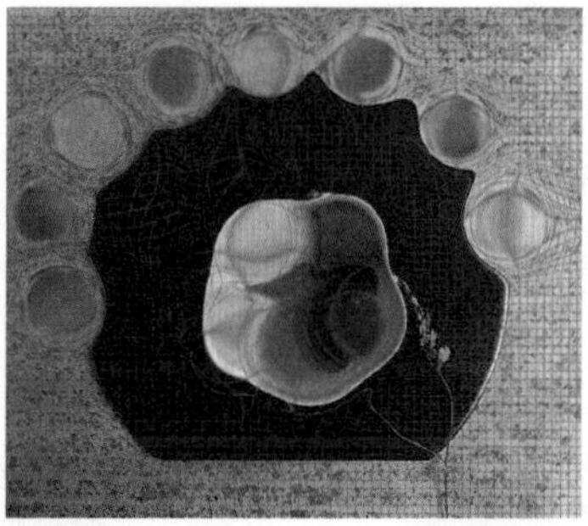
图8-19

图8-20

网格大小：可以在该下拉列表框中选择网格的大小。

网格颜色：可以在该下拉列表框中选择网格的颜色。

8.2.3 载入网格和存储网格

“液化”对话框右上角有“载入网格”和“存储网格”两个按钮，它们是Photoshop CS4中新增的，用户可以用这两个按钮保存自定义的变形网格，然后将其应用到其他图像中，如图8-21所示。

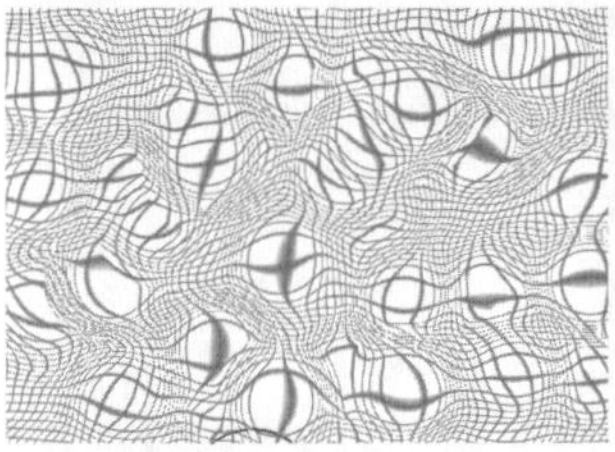
存储当前网格

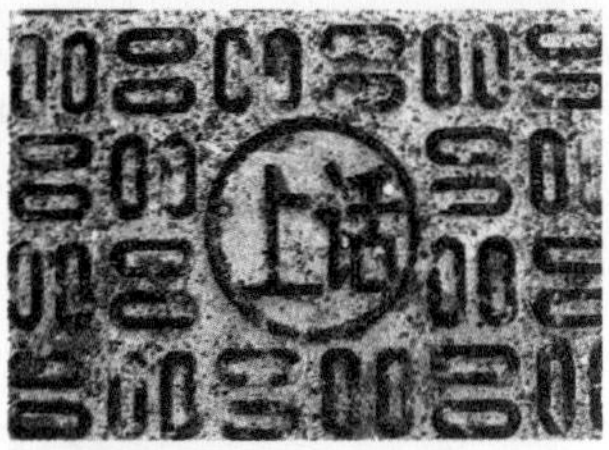
载入网格前的图像

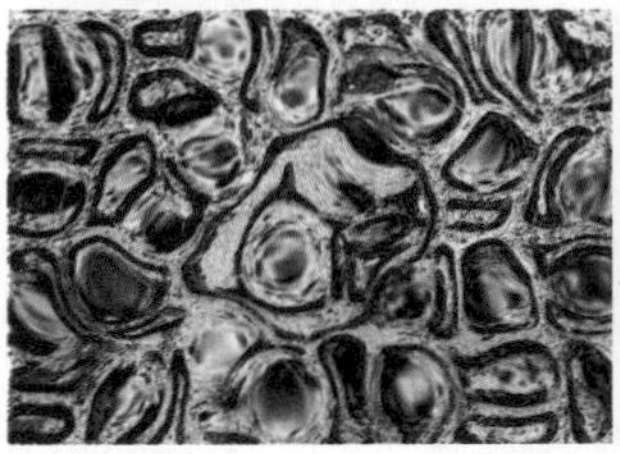
载入网格

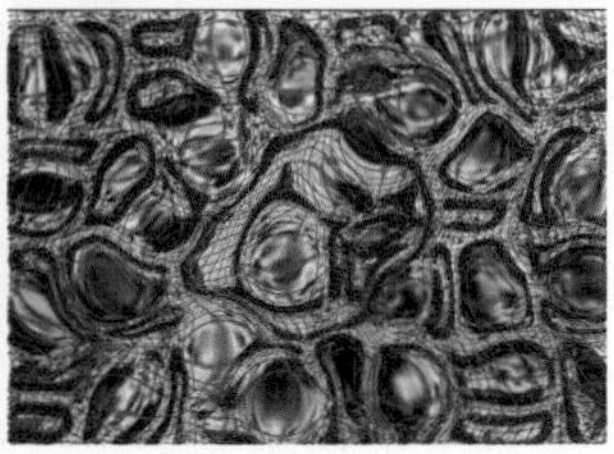
最后的图像效果

图8-21

8.3 消失点

消失点的作用就是帮助用户对含有透视平面的图像进行透视图调节编辑。透视平面包括建筑物或任何矩形物体的侧面。

要使用消失点，先选定图像中的平面，然后运用绘画、克隆、拷贝或粘贴以及变换等编辑工具对其进行编辑，所有编辑都体现在正在处理的平面的透视图中。

有了消失点，即使摆在面前的图像完全置于一个单一的平面中，也不需再对它进行修改，相反，可以对图像中的透视平面进行空间上的处理。

使用消失点对图像中的内容进行修饰、添加或移动，其最终的效果将更加逼真，因为这些编辑完全是在透视平面的指导下进行的。

执行菜单栏中的“滤镜>消失点”命令，弹出如图8-22所示的“消失点”对话框。

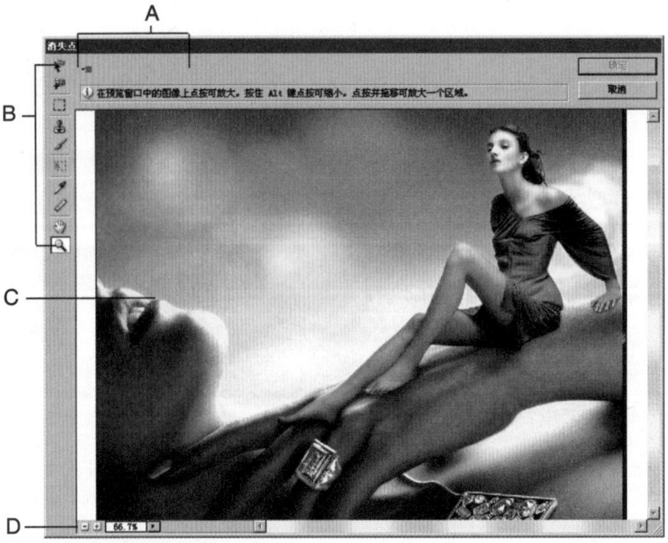

图8-22

A→ 工具选项栏

B→ 工具箱

C→ 视图预览

D→ 缩放视图工具

编辑平面工具：可选择、编辑、移动以及重新设置平面的大小。

创建平面工具：定义平面4个角的节点，同时调节平面的大小以及形状。按住Ctrl键（Windows）或Command键（Mac OS）可拖动一个边缘节点撕下一个垂直平面。

选框工具：确定正方形或长方形的选区。拖动预览图像建立一个选区，按住Alt键（Windows）或Option键（Mac OS）拖动选区撕下一份选区。按住Ctrl键（Windows）或Command键（Mac OS）拖动选区，然后用源图像来填充这个选区。

图8-23所示的为选框工具的工具选项栏。

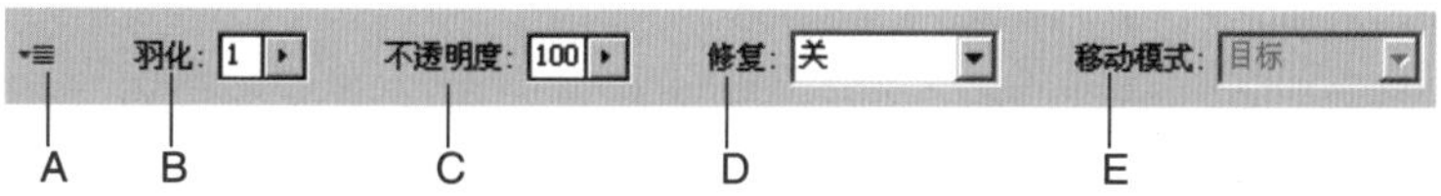

图8-23

A→扩展按钮：单击该按钮可打开扩展菜单。

B→羽化：设定羽化值，使选区的边缘产生模糊效果。

C→不透明度：通过定义不透明度来确定选区与其下面图像的透明度。

D→修复：选择混合模式。选择“关”选项，选区不会与其周围像素的颜色、阴影和纹理相混合；选择“明亮度”选项，选区与其周围像素的亮度相融合；选择“开”选项，选区与周围像素的颜色、亮度和阴影相融合。

E→移动模式：当移动选区时，运用“移动模式”下拉列表框中的选项来控制移动动作。选择“目标”选项，确定选区所要移动选取的范围；选择“源”选项，填充带有移动轨迹的源图像的区域。按住Ctrl键拖动选区复制图像，如图8-24所示。

选择选区　　复制图像

图8-24

图章工具 ：用图像样本来绘画。按Alt键（Windows）或Option键（Mac OS）建立一个取样点，然后在图像中用图章工具拖移绘画，每一笔都会涂抹掉样本的大部分地方。其工具选项栏如图8-25所示。

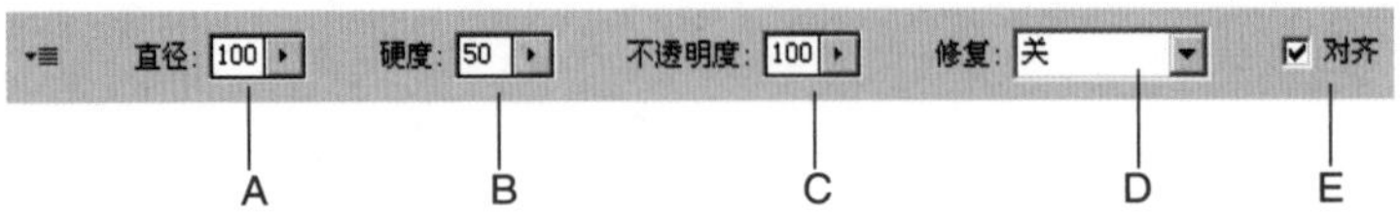

图8-25

A→直径：设置画笔的尺寸。

B→硬度：设置画笔硬性中心。

C→不透明度：通过定义不透明度来确定选区与其下面图像的透明度。与克隆填塞工具类似，消失点图章工具可以使用混合模式以及特定的透明度来画线条。

D→修复：在“修复”下拉列表框中选择混合模式。选择“关”选项，可以防止笔触与周围像素的颜色、阴影和纹理相融合；选择“亮度”选项，可以使笔触与周围像素的亮度相融合；选择“开”选项，可以使笔触与其周围像素的颜色、亮度和阴影相融合。

E→对齐：选中“对齐” 复选框，将对包括现有取样点在内的像素进行连续取样，即使已经释放了鼠标。在停止后又重新绘画时，应取消选中“对齐”复选框，继续使用从最初的取样点中抽取的像素。

画笔工具：用所选的颜色绘制图像。单击画笔工具的工具选项栏中的“画笔颜色”按钮，打开拾色器选择一种颜色；或者选择吸管工具，单击预览图像定义画笔的颜色。在图像中拖动画笔绘画，按住Shift键使笔触保持直线。其工具选项栏如图8-26所示。

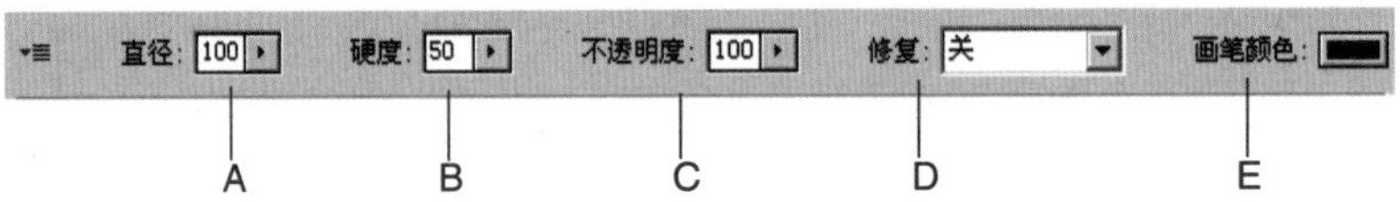

图8-26

A→直径：设置画笔的尺寸。

B→硬度：设置画笔硬性中心。

C→不透明度：通过定义不透明度来确定选区与其下面图像的透明度。

D→修复：采用混合模式绘画。选择“关”选项，可以防止笔触与周围像素的颜色、阴影和纹理相融合；选择“亮度”选项，可以使笔触与周围像素的亮度相融合；选择“开”选项，可以使笔触与其周围像素的颜色、亮度和阴影相融合。

E→画笔颜色：设置画笔颜色。

技巧提示

使用画笔工具可以给选区描绘黑色边框。例如，如果选中整个平面的话，就可以用画笔工具沿着边缘给平面画一个边框。

变换工具：通过移动定界框控制柄来缩放、旋转、移动一个浮动的选区，这个动作与在矩形选区中执行自由变换命令类似。可以沿着平面的纵轴将浮动的选区水平地横向镜像，或者沿着平面的横轴将浮动的平面垂直地纵向镜像。按住Alt键（Windows）或Option键（Mac OS）拖曳浮动的选区，可将选区撕下一份。按住Ctrl键（Windows）或Command键（Mac OS）拖曳选区，可填充有原图像的选区。

图8-27所示的为水平镜像和纵向镜像所得到的结果。

原图选区　水平翻转　垂直翻转

图8-27

吸管工具：在单击预览图像时，选择一种颜色进行绘画。

抓手工具：在预览窗口中移动图像，在窗口中拖动视图。

度量工具：在预览窗口中度量两点之间的距离以及角度。

缩放工具：在预览窗口中放大图像的显示尺寸。通过单击或单击并拖动以放大视图。按住Alt键（Windows）单击并拖动或按住Option键（Mac OS）单击并拖动，可以缩小预览窗口中图像的显示尺寸。

打开如图8-28所示的图像，为了保证不会破坏原图像，可以先在原图像上创建一个新的透明图层。单击“图层”面板中的“创建新图层”按钮，得到新建的“图层1”，如图8-29所示。

执行菜单栏中的“滤镜>消失点”命令，弹出“消失点”对话框，使用创建平面工具在图像上拖动鼠标，得到定界框，如图8-30所示。

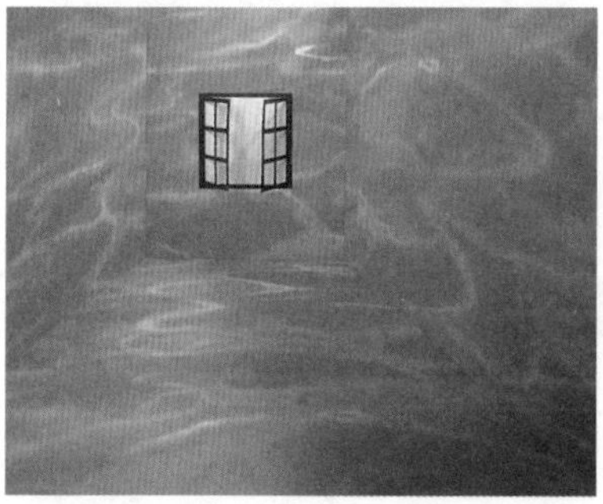

图8-28

图8-29

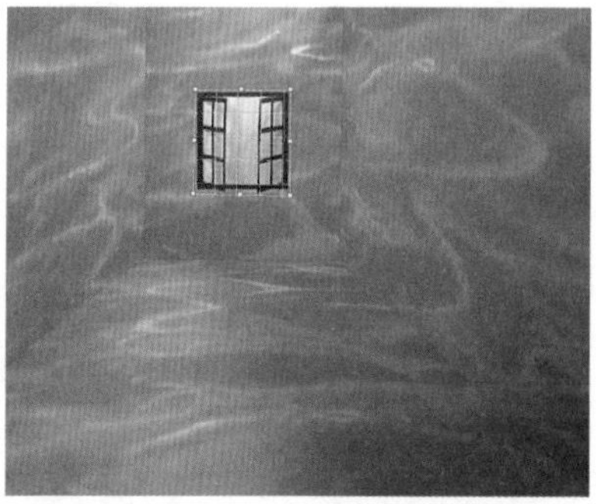

图8-30

技巧提示

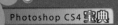

定界框和透视栅格通过颜色的变换来指示平面目前的状况。如果平面是无效的，就应移动角节点直到定界框和透视栅格都变成蓝色。

蓝色表示平面有效。有效的平面并不能确保编辑的结果完全满足透视图的要求，必须确保平面的定界框和透视栅格与几何要素或图像中的平面区域完全吻合。

黄色表示平面无效。消失点并不能计算出平面的高宽比。不可能从一个显示为红色的无效平面上撕下透视平面。尽管可以对一个无效平面（显示为红色）进行编辑，但其结果将是不协调的。

红色表示平面无效。平面中所有的消失点都是不起作用的。尽管可以从显示为黄色的无效平面中撕下一个垂直平面或者对这个平面进行编辑，但其结果将是不协调的。

此时可以使用图章工具对所要修改的部位进行复制修改。单击工具箱中的图章工具并按住Alt键单击图像，拖动图像进行复制，如图8-31所示。

使用鼠标移动刚才复制得到的图像，会发现图像在选区内随着移动而变换大小和透视效果，将选区移动到合适的位置上后释放鼠标，得到如图8-32所示的图像效果。

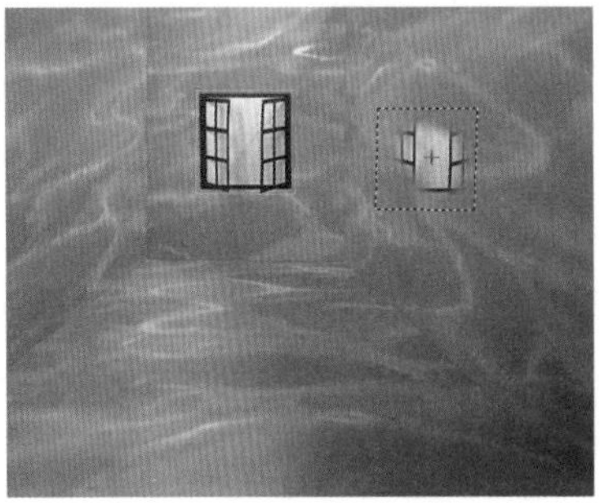

图8-31

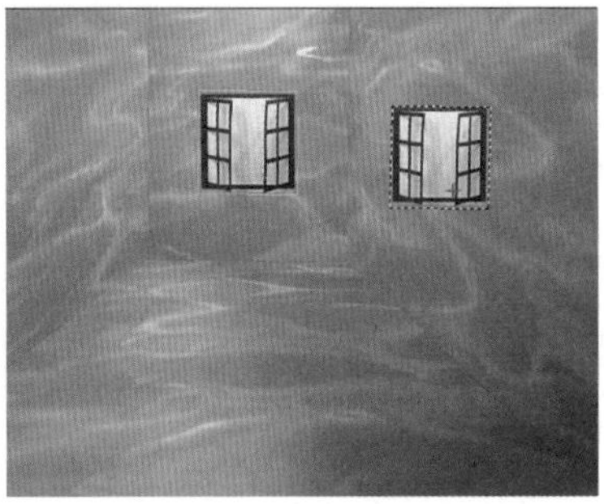

图8-32

8.4 像素化滤镜

像素化滤镜可以将图案先分解成许多小块，然后进行重组，因此处理过后的图案外观像是由许多碎片拼凑而成的，它包括7个滤镜。本节以图8-33为例讲述像素化滤镜的应用及效果。

图8-33

8.4.1 彩色半调

彩色半调滤镜可以将图案以彩色半调的形式进行重组，得到如同过网般的图像效果，如图8-34所示。

最大半径：设置半色调网格大小。

网角：设置图像每一种原色通道的网屏角度。

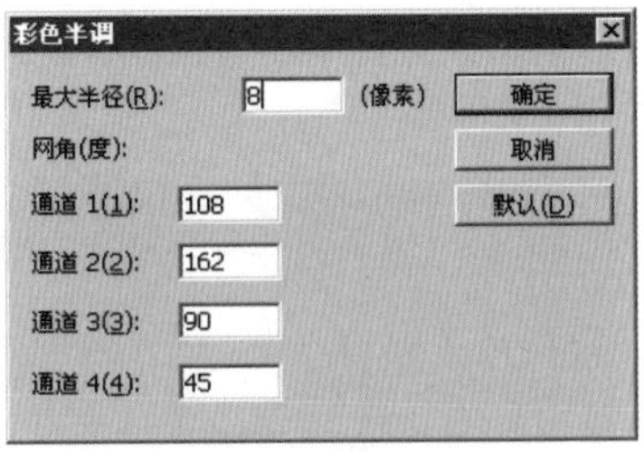

“彩色半调”对话框

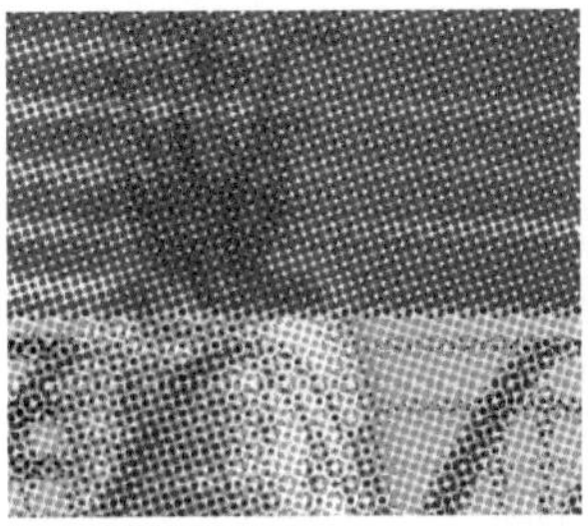

应用滤镜效果

图8-34

8.4.2 晶格化

晶格化滤镜可以在图像的表面产生结晶颗粒，把颜色相近的像素集中到一个多边形网格中，如图8-35所示。

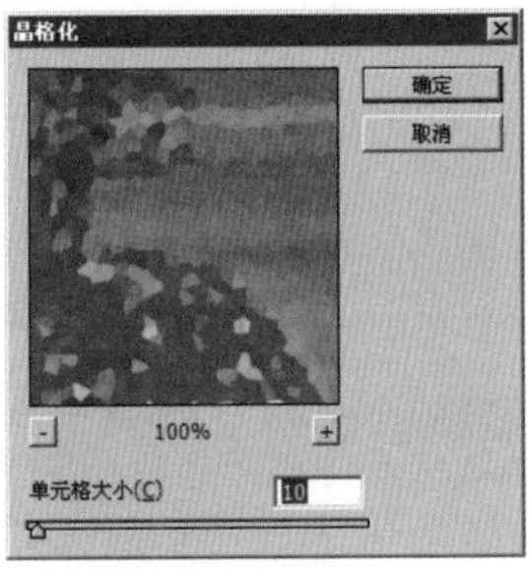

“晶格化”对话框

应用滤镜效果

图8-35

单元格大小：设定晶粒大小，值越大，晶粒越大。

8.4.3 彩块化

彩块化滤镜可以使纯色或相近颜色的像素结块成相近颜色的像素块。使用此滤镜可以使扫描的图像看起来像手绘的一样，使现实主义图像像抽象派绘画一样，如图8-36所示。

8.4.4 碎片

碎片滤镜可以为图像中的像素创建4份备份，进行平均，再使它们互相偏移，使图像模糊并降低透明度，如图8-37所示。

图8-36

图8-37

8.4.5 铜版雕刻

铜版雕刻滤镜可以将图像转换为黑白区域的随机图案或彩色图像中完全饱和颜色的随机图案，它能够产生镂刻的版画效果，如图8-38所示。

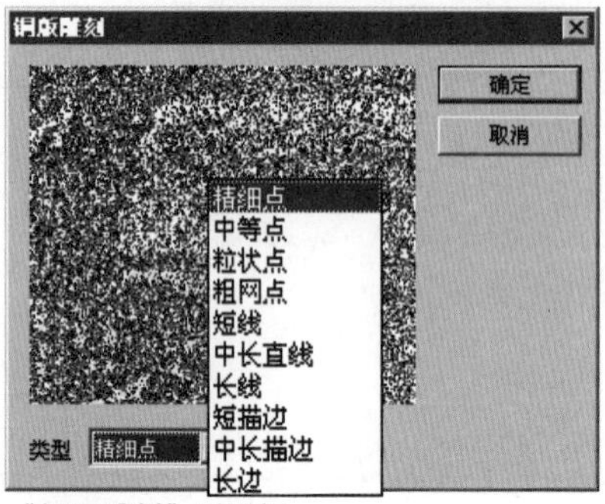

“铜版雕刻”对话框

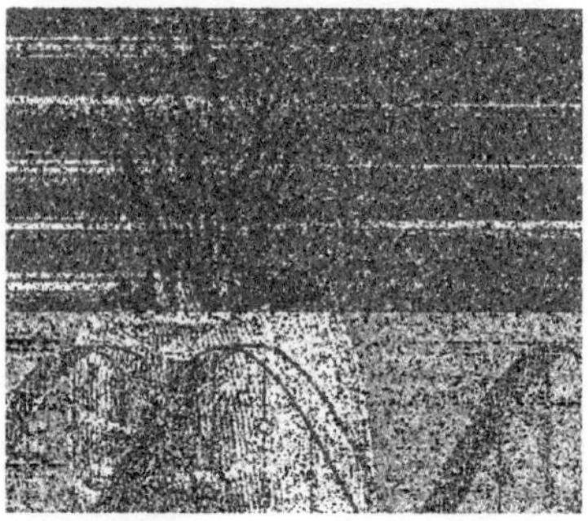
应用滤镜效果

图8-38

类型：“类型”下拉列表框中包含“精细点”、“中等点”、“中长直线”、“粒状点”、“短描边”、“中长描边”和“长边”等选项。

8.4.6 马赛克

马赛克滤镜可以将像素结为方形块，每个方形块中的像素颜色相同，块颜色代表选区中的颜色，如图8-39所示。

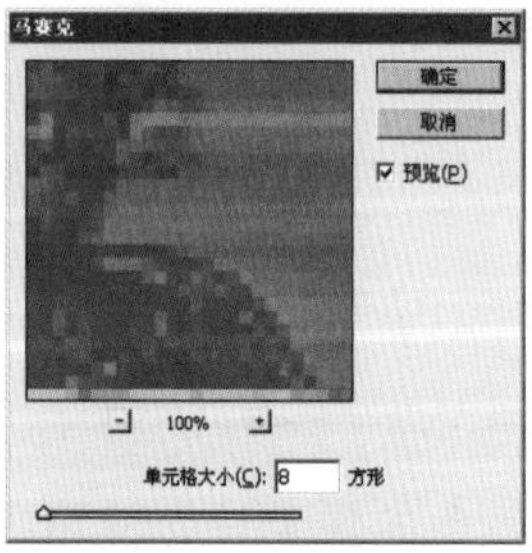

“马赛克”对话框

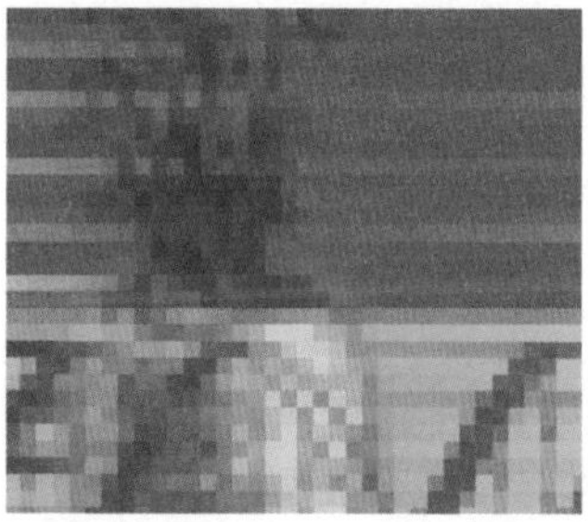
应用滤镜效果

图8-39

单元格大小：设置方格的大小，数值越大，方格面积越大。

8.4.7 点状化

点状化滤镜将图像中的颜色分解为随机分布的网点，如同点状化绘画一样，并使用背景色作为网点之间的画布区域，如图8-40所示。

单元格大小：设置点状化图像时点的大小，数值越大，图像像素点的面积越大。

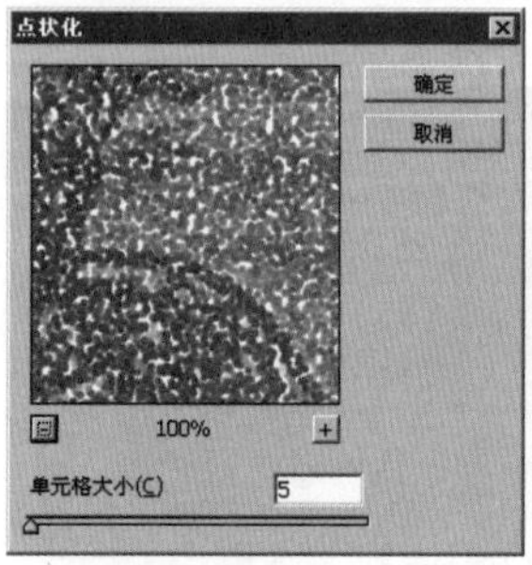

“点状化”对话框

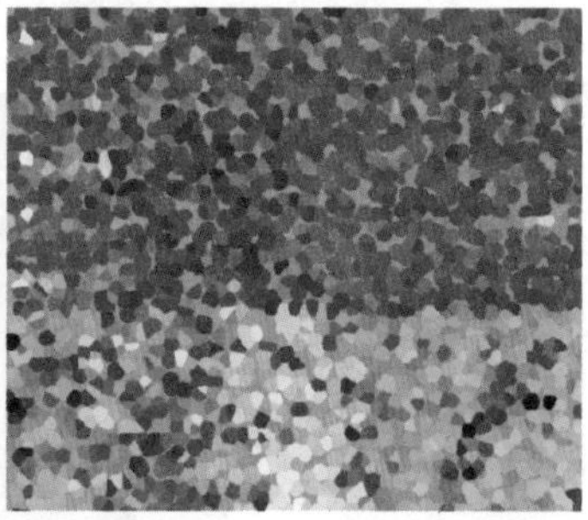
应用滤镜效果

图8-40

8.5 扭曲滤镜

扭曲滤镜主要用来产生各种不同的扭曲效果——从水滴形成的波纹到水面的漩涡效果。

本节以图8-41为例讲述扭曲滤镜的应用和效果。

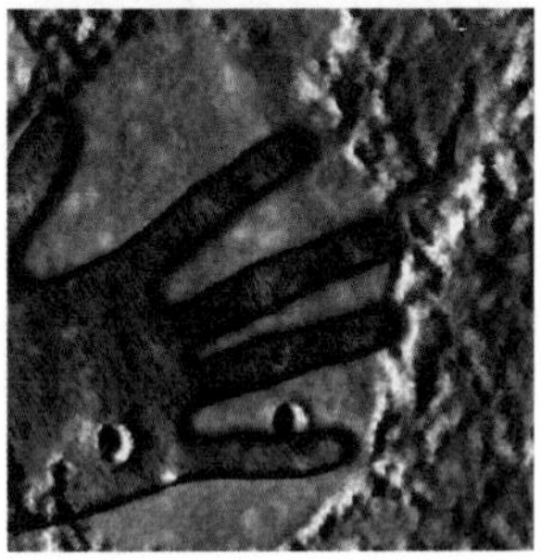

图8-41

8.5.1 扩散亮光

扩散亮光滤镜对图像进行渲染，使图像中的物体产生被炉火等灼热物体烘烤的效果，亮度从选区中心渐隐，如图8-42所示。

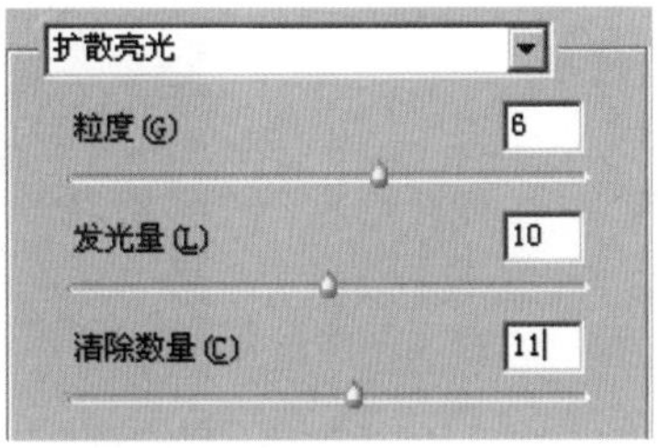

“扩散亮光”选项区域

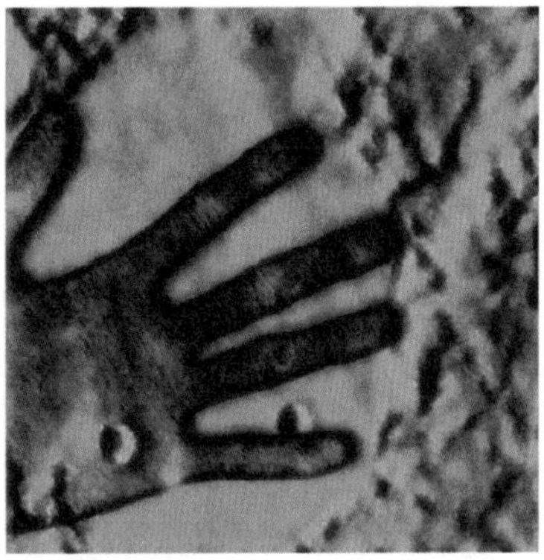

应用滤镜效果

图8-42

粒度：设置亮光中的颗粒密度。

发光量：设置发光强度。

清除数量：设置处理图像后画面主体的清晰度。

8.5.2 置换

置换滤镜可以使图像产生位移。它和其他滤镜的工作方式有所不同，不仅依赖于参数设定，更依赖于位移图的选取。可以用另一幅图像中的颜色、形状、纹理来确定当前图像中图形的改变形式及扭曲选区方式，最终将两幅图像合并，如图8-43所示。

水平比例：设置置换图在最终效果图中水平方向的变形比例。

垂直比例：设置置换图在最终效果图中垂直方向的变形比例。

置换图：设置位移灰度图的移动方式，有“伸展以适合”和“拼贴”两种方式可供使用。

选择“伸展以适合”单选按钮，在移动文件的尺寸跟原文件不合时，Photoshop会自动将图案调整至与原图形相同的范围；选择“拼贴”单选按钮，在位移图形尺寸与原图形不符合时，系统会自动以拼贴方式补足空白操作区域。

未定义区域：定义超出位移范围时的系统操作方式。“折回”方式用图像对边内容填充未定义空白，“重复边缘像素”方式按指定方向扩展图像边缘像素。

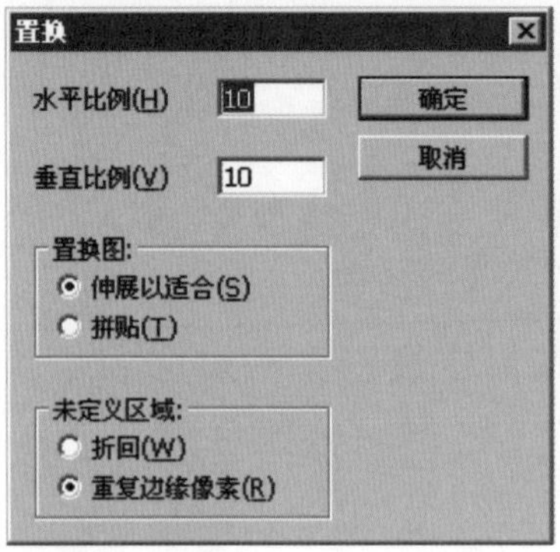

“置换”对话框

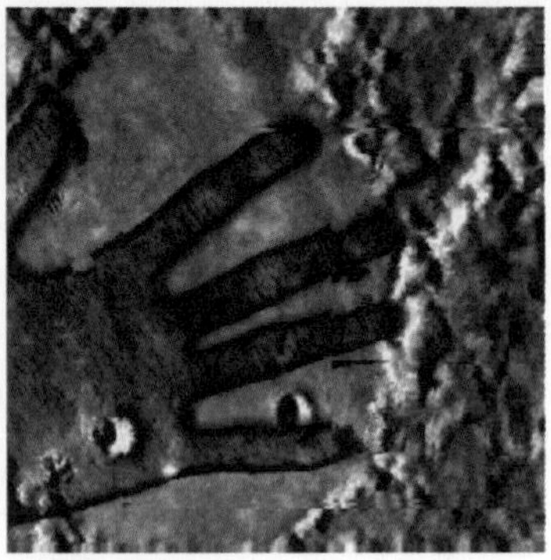

应用滤镜效果

图8-43

8.5.3 玻璃

玻璃滤镜产生如同在图像上方加盖一层玻璃的效果，如图8-44所示。

扭曲度：设置变形程度。

平滑度：设置图像边缘的平滑度。

纹理：“纹理”下拉列表框中包括的纹理有“块状”、“画布”、“小镜头”和“磨砂”。

缩放：设定各种纹理的缩放比例。

反相：设定反选纹理表面的亮色和暗色，能够将凸出纹理设为凹陷纹理。

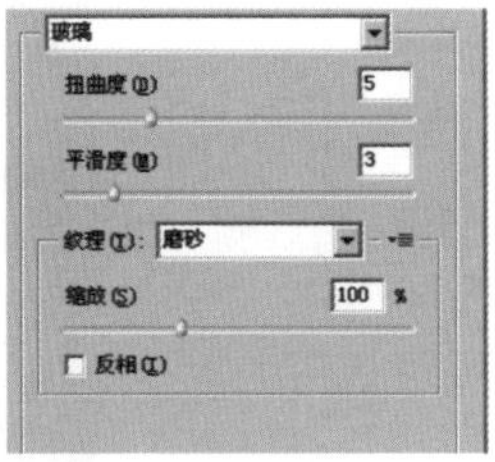

“玻璃”选项区域

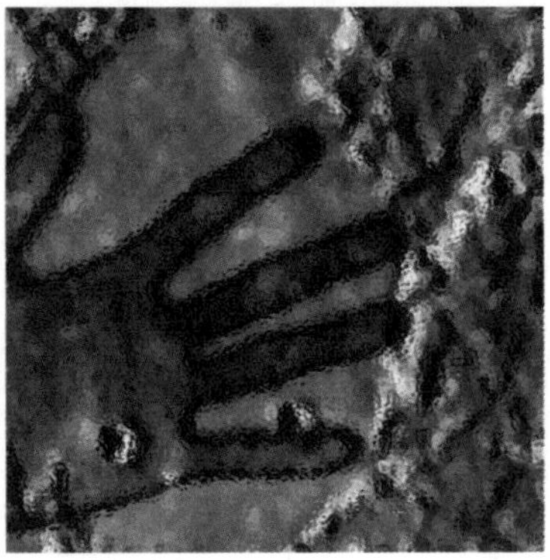

应用滤镜效果

图8-44

8.5.4 切变

切变滤镜可以沿指定路线扭曲图像，如图8-45所示。

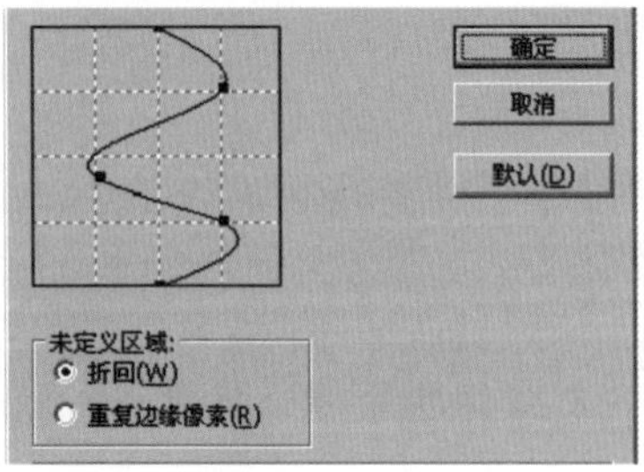

“切变”对话框

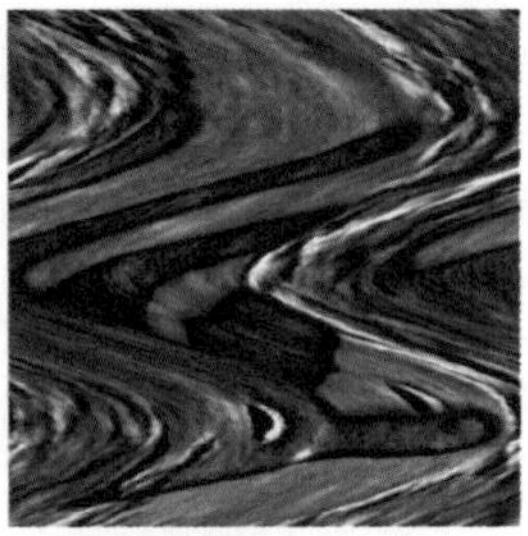

应用滤镜效果

图8-45

折回：用图像对边内容填充未定义区域。

重复边缘像素：按指定的方向扩展图像边缘的像素。

8.5.5 挤压

挤压滤镜可以使图像产生从内到外或从外到内的挤压效果，如图8-46所示。

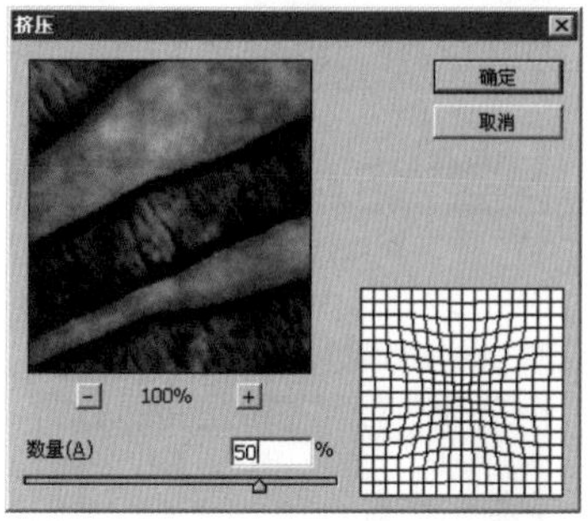

"挤压"对话框

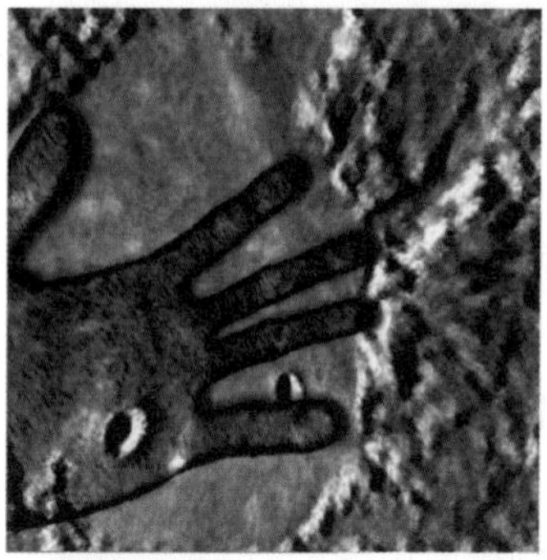

应用滤镜效果

图8-46

数量：设置挤压的程度，值为正时，图像由外向内挤压；值为负时，图像由中心向外挤压。

8.5.6 旋转扭曲

旋转扭曲滤镜可以对图像进行旋转扭曲，中心的旋转程度比边缘的旋转程度大，指定角度时可生成旋转扭曲图案，在“旋转扭曲”对话框中可以设置角度值，如图8-47所示。

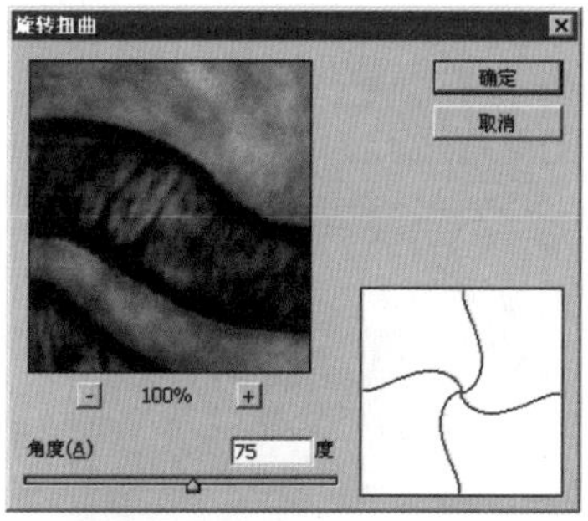

"旋转扭曲"对话框

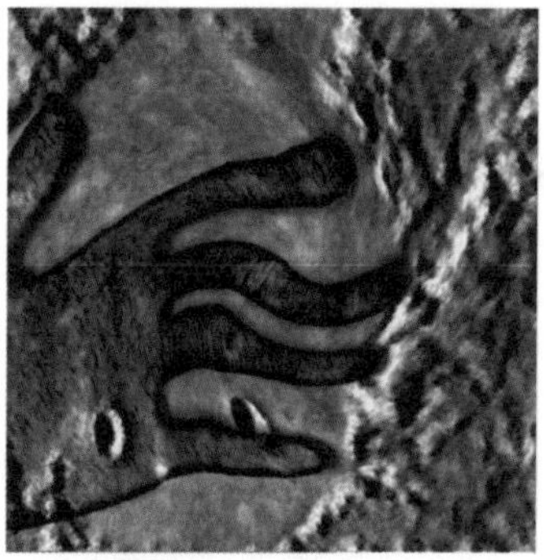

应用滤镜效果

图8-47

8.5.7 极坐标

极坐标滤镜可以将图像由直角坐标系转换为极坐标系。使用该滤镜会使图像畸形失真，如图8-48所示。

平面坐标到极坐标：将平面坐标系转换成极坐标系。

极坐标到平面坐标：将极坐标系转换成平面坐标系。

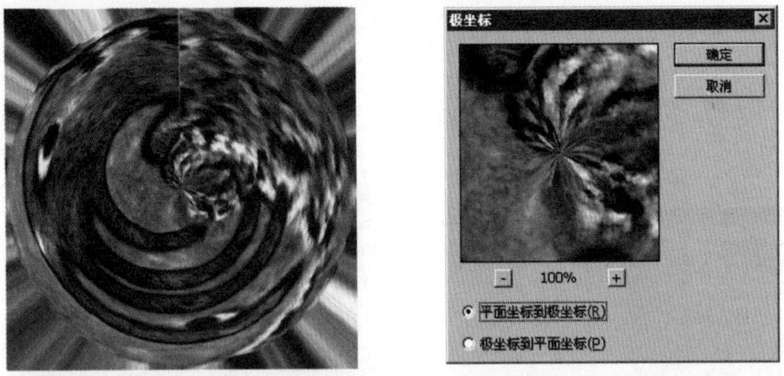

选择“平面坐标到极坐标”单选按钮时的效果及“极坐标”对话框

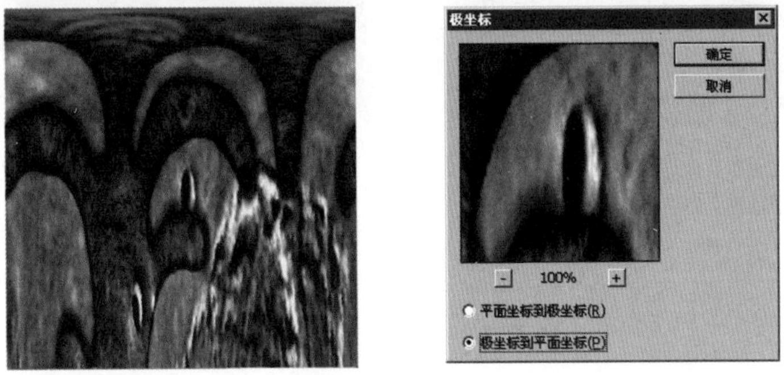

选择“极坐标到平面坐标”单选按钮时的效果及“极坐标”对话框

图8-48

8.5.8 水波

水波滤镜所产生的图像具有波纹效果，好像水中泛起的涟漪，如图8-49所示。

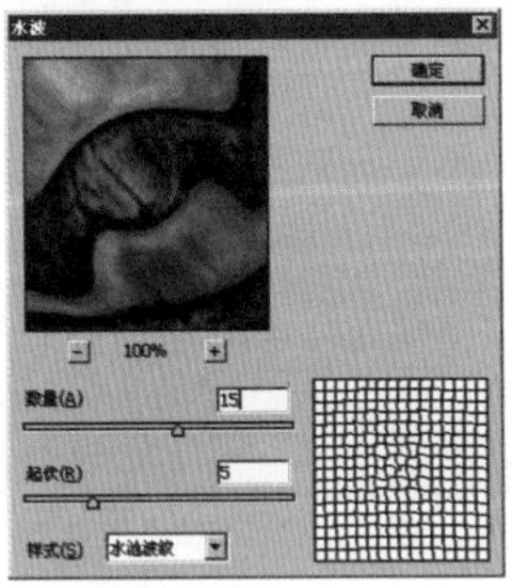

“水波”对话框

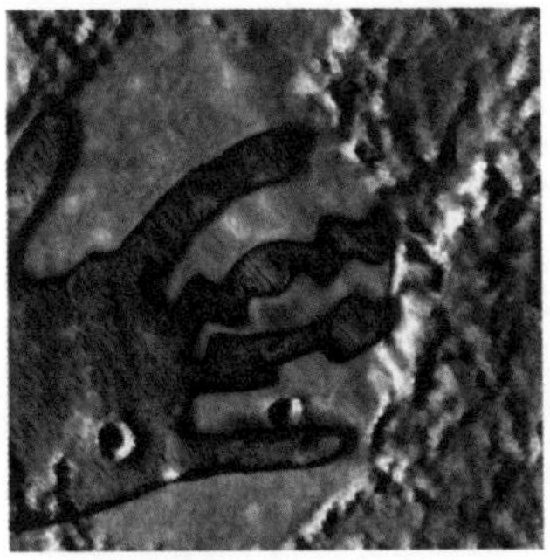

应用滤镜效果

图8-49

8.5.9 波浪

波浪滤镜可以产生具有波浪效果的图像，使图像产生扭曲摇晃的效果，就像是水池表面的波浪，如图8-50所示。

生成器数：设置产生波浪的数量。

波长：设置波长的大小，在“最小”文本框中设置最短的波长，在“最大”文本框中设置最长的波长。

波幅：设置最大和最小的波幅。

比例：设置波形垂直与水平缩放的百分比。

类型：包括“正弦”、“三角形”和“方形”3种。

随机化：设置随机波选项所使用的随机值。

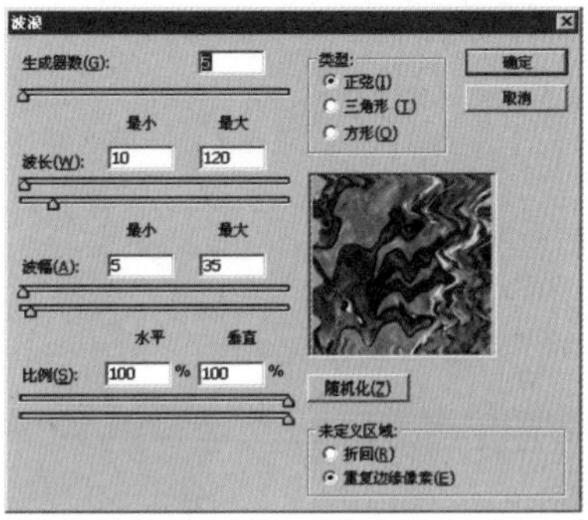

“波浪”对话框

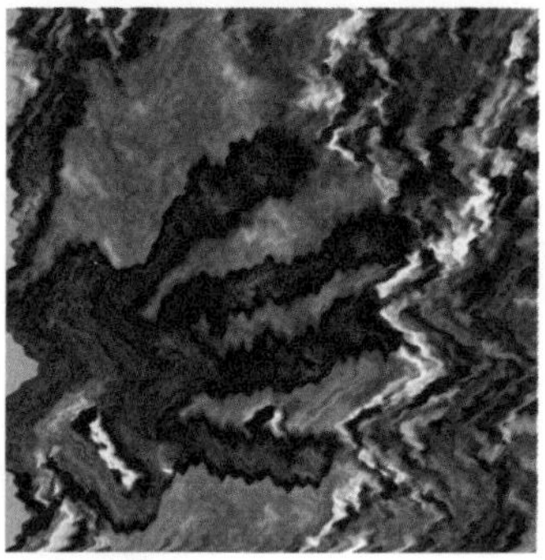

应用滤镜效果

图8-50

8.5.10 波纹

波纹滤镜可以使图像产生如同水面波纹的效果，如图8-51所示。

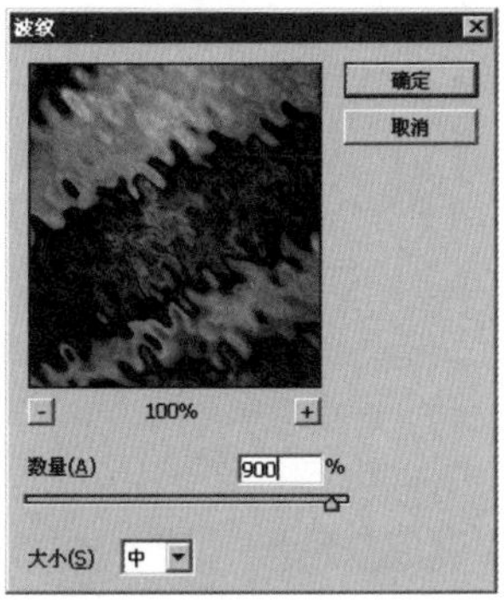

“波纹”对话框

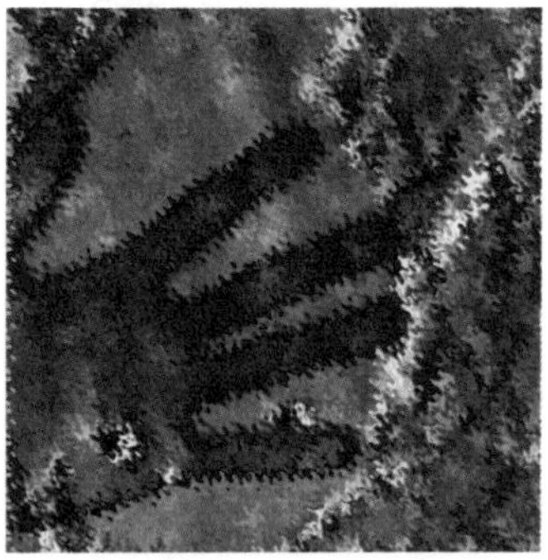

应用滤镜效果

图8-51

数量：设定波纹的幅度。

大小：设置波纹的大小，包括“小”、“中”和“大”3个选项。

8.5.11 海洋波纹

海洋波纹滤镜会使图像产生类似海洋波纹的效果，如图8-52所示。

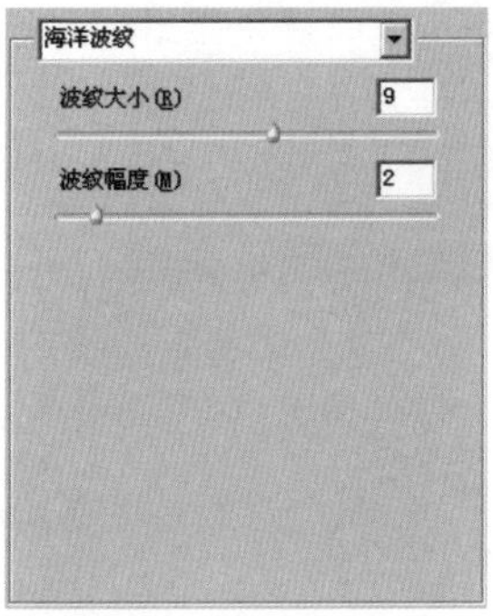

“海洋波纹”选项区域

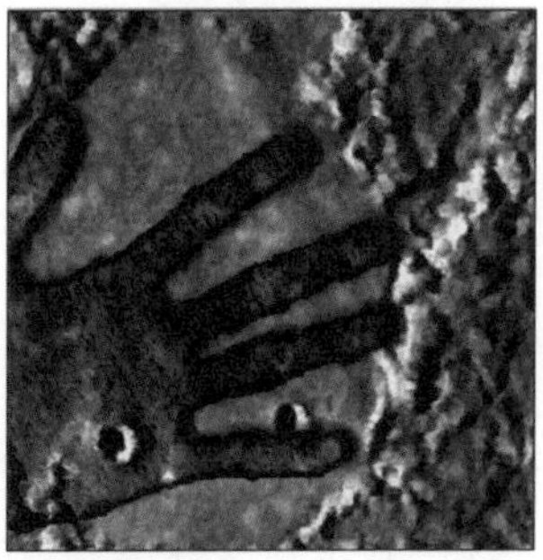

应用滤镜效果

图8-52

波纹大小：控制波纹的大小。

波纹幅度：用来设定波纹的密度。

8.5.12 球面化

球面化滤镜可以使图像产生包在球面上的立体效果，如图8-53所示。

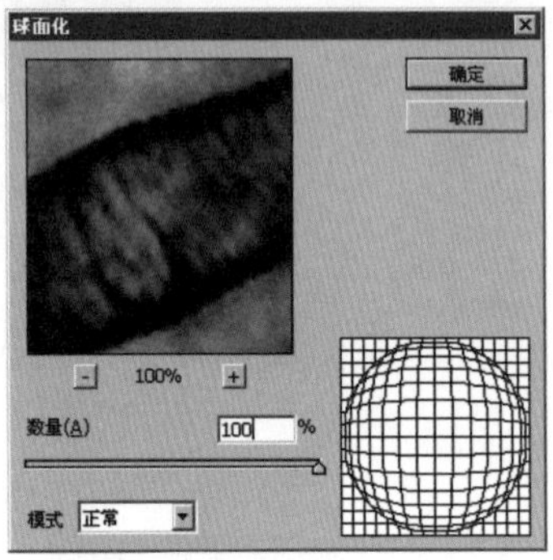

"球面化"对话框

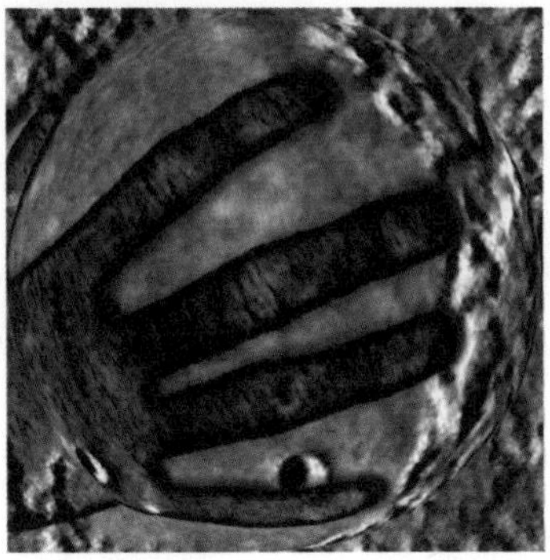

应用滤镜效果

图8-53

数量：设置图像变形程度。

模式：选择“正常”选项，使用正常的球面模式；选择“水平优先”选项，产生水平的柱面效果；选择“垂直优先”选项，产生垂直的柱面效果。

8.5.13 镜头校正

镜头校正滤镜可以校正普通相机的镜头变形失真，例如桶状变形、枕形失真、晕影及色彩失常等。可以在“镜头校正”对话框的左上角选择移去扭曲工具来校正图像，将线条向图像中心拖移可校正桶状变形，将线条往图像的边缘拖移可校正枕形失真，如图8-54所示。在“边缘”下拉列表框中选择选项来确定对图像边界进行怎样的处理。

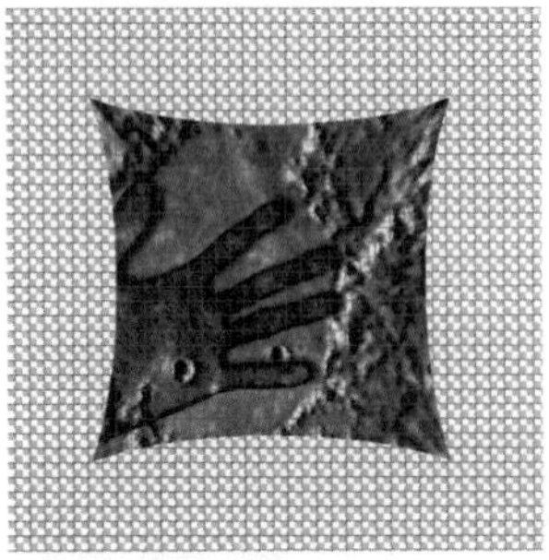

校正桶状变形图像

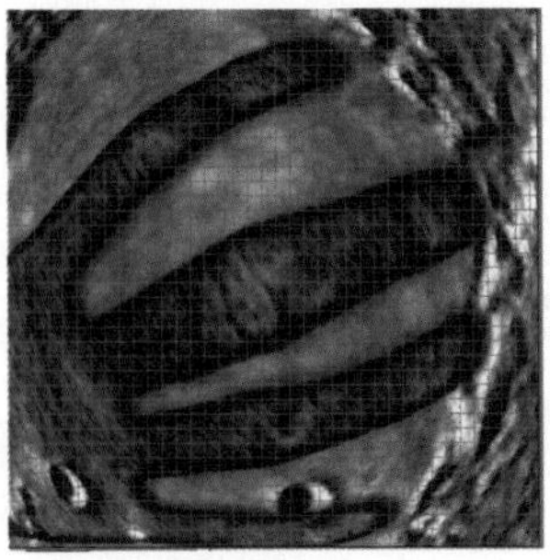

校正枕形失真图像

图8-54

选择拉直工具，沿着图像中希望进行垂直或水平拉伸的线条进行拖移，效果如图8-55所示。

选择移动网格工具，在图像中建立网格，如图8-56所示。

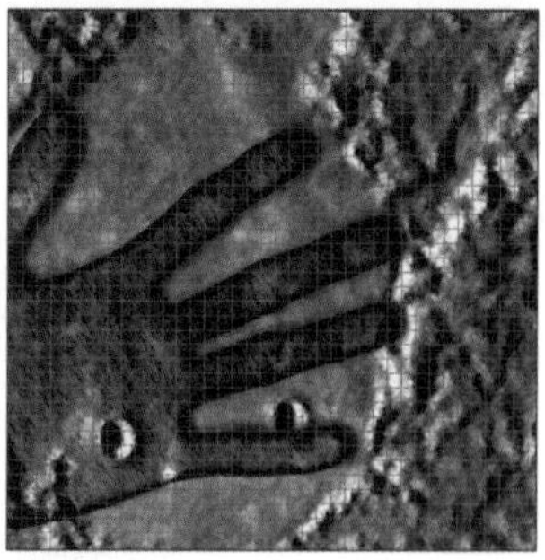

图8-55

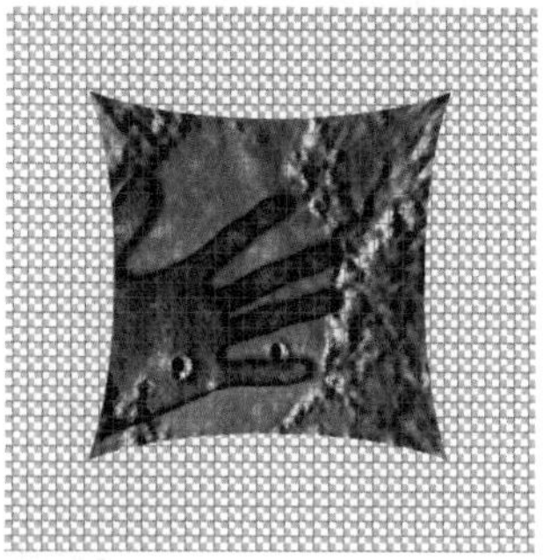

图8-56

设置镜头默认值。如果图像中已经存在有关相机、镜头、焦距和光圈值的标尺的EXIF元数据的话，则可以将现有的元数据作为镜头默认值保存下来。要保存设置，可以单击“设置镜头默认值”按钮。在校正与相机、镜头、焦距和光圈值的标尺相匹配的图像时，就可以对参数设置菜单中的镜头默认值选项进行设置了。

去除失真（校正镜头的桶状变形和枕形失真）。拖动“移去扭曲”滑块，向右拖动（值为正）将向图像中心弯进，向左拖动（值为负）将向图像中心弓起，如图8-57所示。

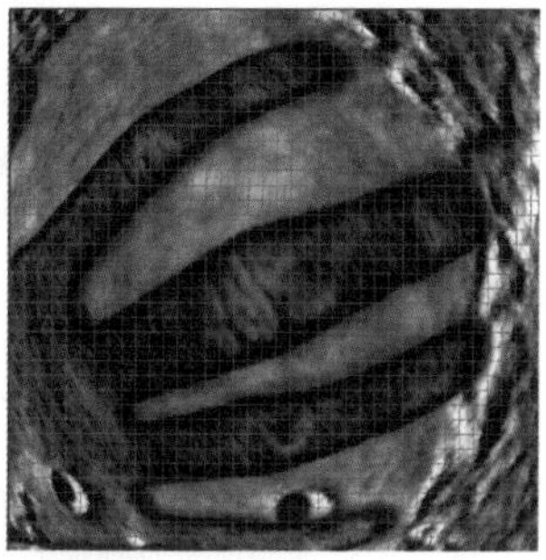

向左拖动时的图像

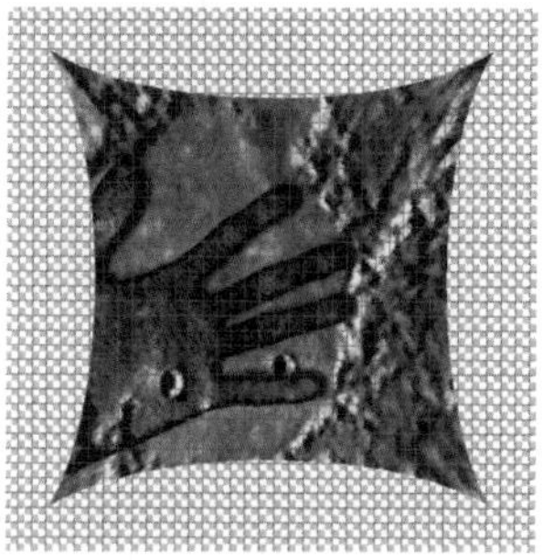

向右拖动时的图像

图8-57

色彩失常通常表现为物体的边缘出现彩色边，这是由于镜头聚焦在不同平面的不同色光上而造成的。在“色差”选项区域中，“修复红/青边”通过调节与绿色通道对应的红色通道的大小来填补红色/青色边，“修复蓝/黄边”通过调节与绿色通道对应的蓝色通道的大小来填补蓝色/黄色边，如图8-58所示。

“晕影”会导致图像的边缘（特别是图像各个角上的光线）比图像中心暗。“晕影”选项区域如图8-59所示。“数量”设置图像边缘增亮或减暗的亮度值。“中点”限定亮度值所影响的范围，数值越小，表明影响范围越广；数值越大，表示影响范围越小。

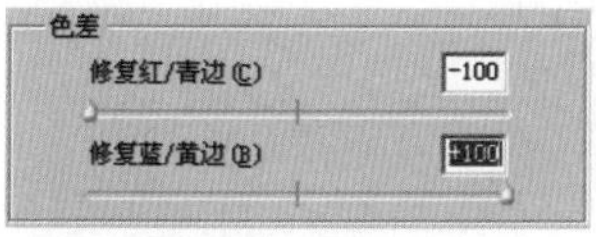

“色差”选项区域

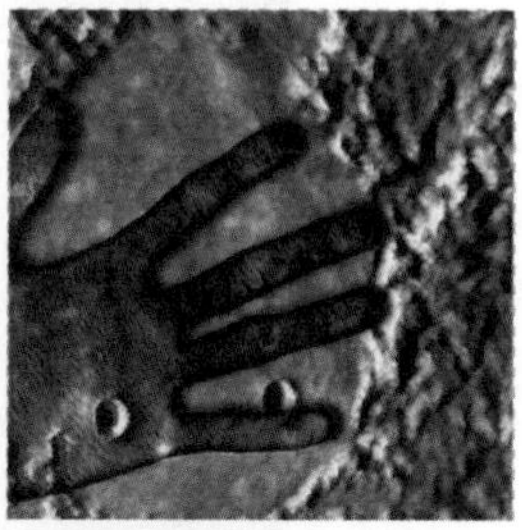

设置后的效果

图8-58

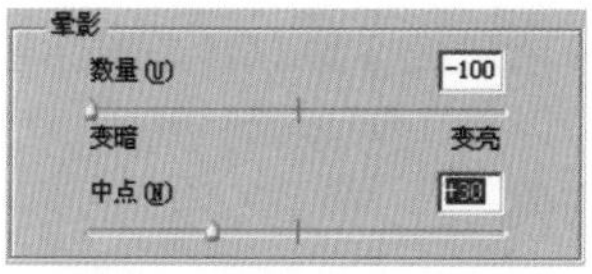

“晕影”选项区域

图8-59

"变换"会增加图像的透视，其选项区域如图8-60所示。"垂直透视"校正由于相机上下倾斜而导致的图像透视点的问题；"水平透视"校正图像透视点，使横线条相互平行。

"角度"通过旋转图像来校正相机倾斜度，或在调整了图像透视点后进行该调节，如图8-61所示。

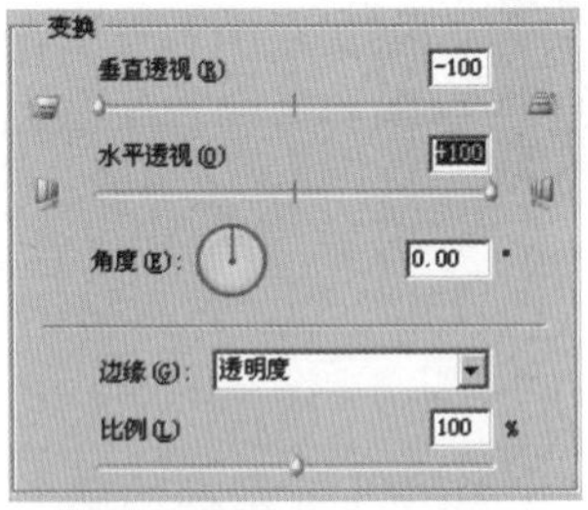

"变换"选项区域

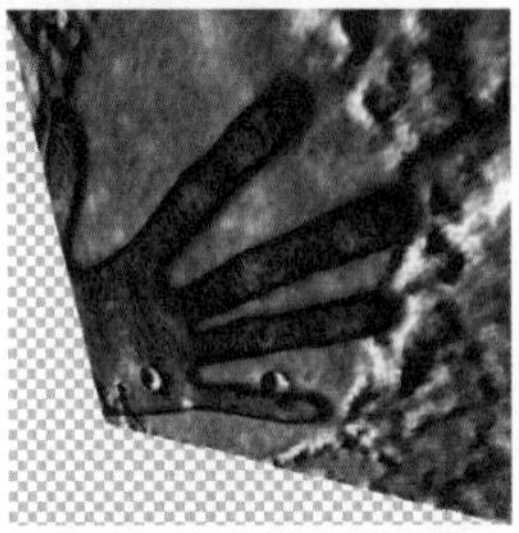

设置后的效果

图8-60

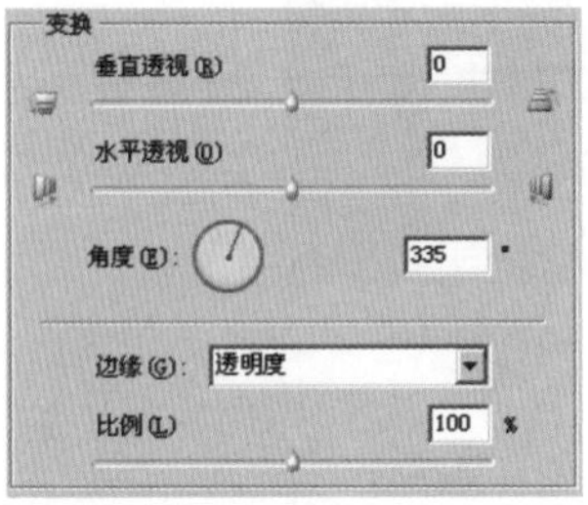

"变换"选项区域

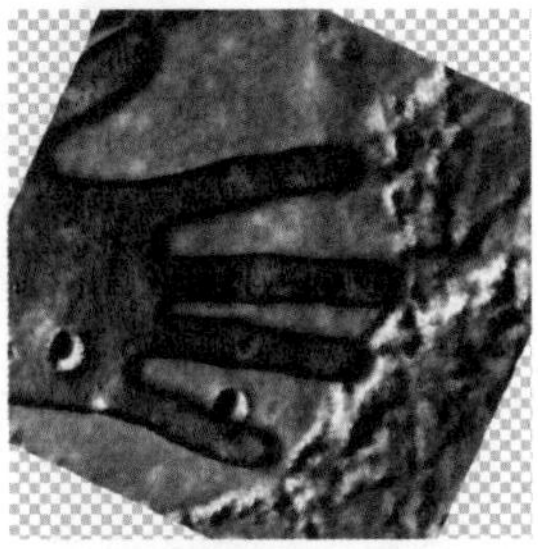

设置后的效果

图8-61

"边缘"用于确定如何处理那些对图像进行了枕形失真、旋转或透视点校正之后所产生的空白区域。可以将其涂上颜色或将其变为透明，也可以将图像边缘的像素扩展到这些空白区域，如图8-62所示。

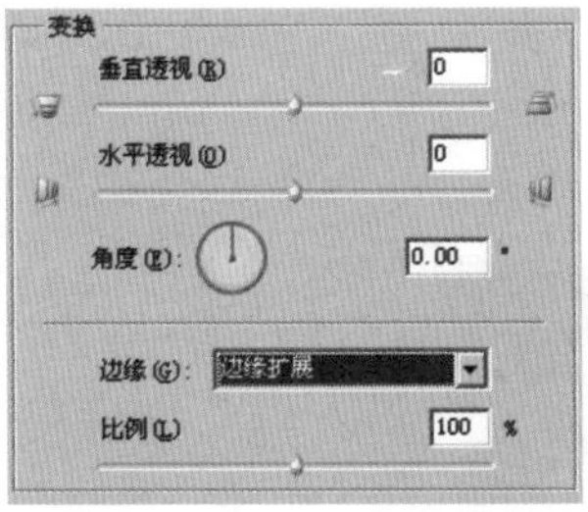

选择"边缘扩展"选项

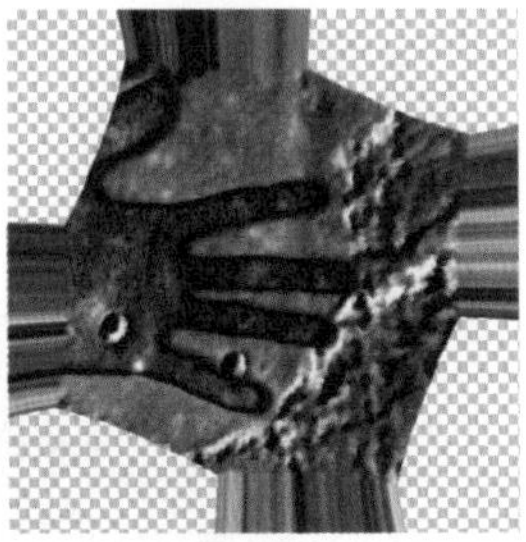

选择"边缘扩展"选项后的效果

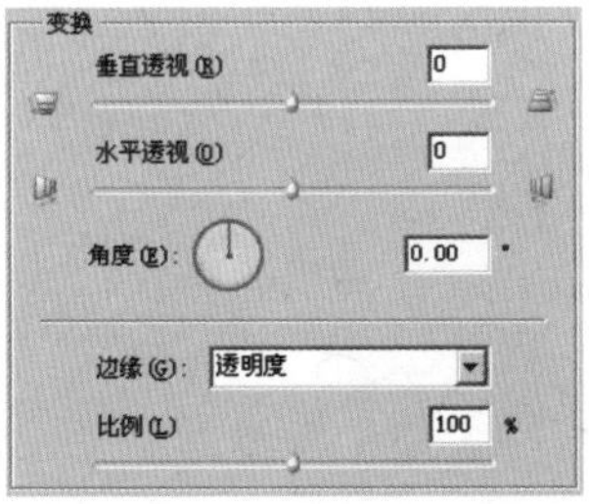

选择"透明度"选项

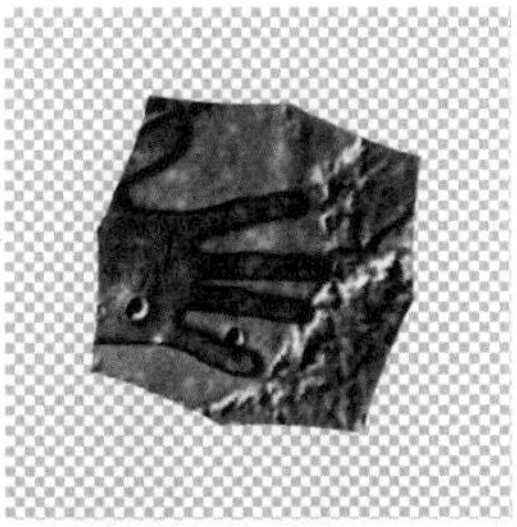

选择"透明度"选项后的效果

图8-62

设置"比例"用来按比例缩放图像（如图8-63所示），图像像素的各个要素不变，其主要用途是将进行了枕形失真、旋转或透视点校正之后所产生的空白区域移出。放大图像可以有效地裁剪图像空白区域，并将图像最初的像素要素插入其中。

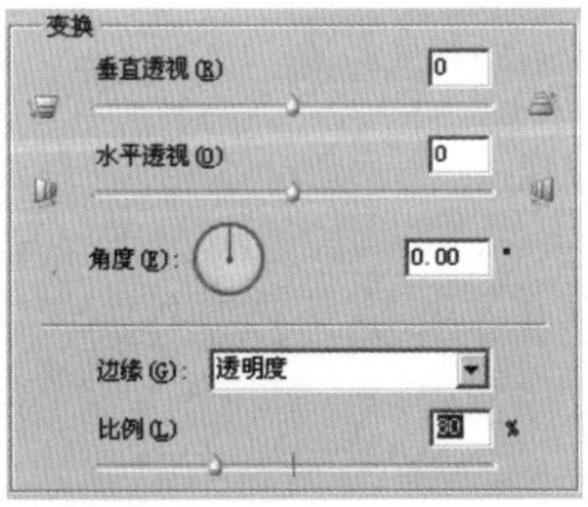

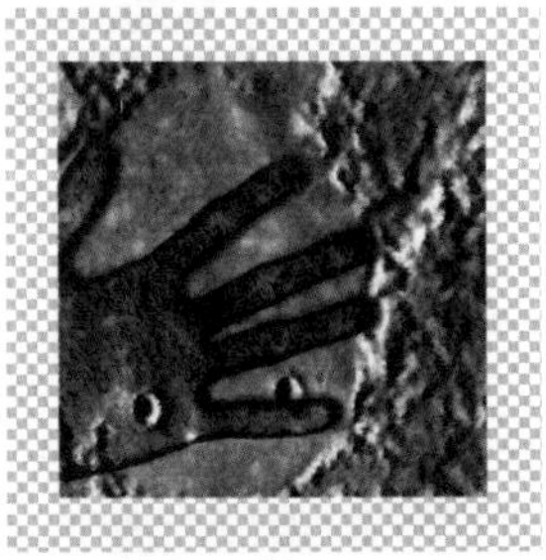

图8-63

8.6 杂色滤镜

杂色滤镜可以将杂色与周围像素混合起来，使之不太明显，也可以在图像中添加粒状纹理。它可以很方便地将24位图像转换为用于Web或多媒体程序的索引颜色图像，有助于在索引颜色图像中平滑过渡。本节以图8-64所示的图像为例讲述杂色滤镜的应用和效果。

图8-64

8.6.1 中间值

中间值滤镜可以将选区的像素亮度相混合，以平均的方式来重新分布计算。通过该滤镜可以消除杂色或特殊效果，如图8-65所示。

“中间值”对话框　　应用滤镜效果

图8-65

8.6.2 去斑

去斑滤镜会按照图形的颜色分布情形自动判别哪些地方是不必要的斑点，并以周围相近的颜色来取代，可将图像稍稍模糊。一般来说，可以使用此滤镜对扫描的图像进行去网。由于此滤镜操作是系统自动判断进行的，因此并没有对话框可供用户调整操作参数，效果如图8-66所示。

8.6.3 添加杂色

添加杂色滤镜可以用来添加随机的像素点，从而模仿用高速胶片捕捉画面的效果，或用来使过度修饰的区域显得更为真实，如图8-67所示。

图8-66

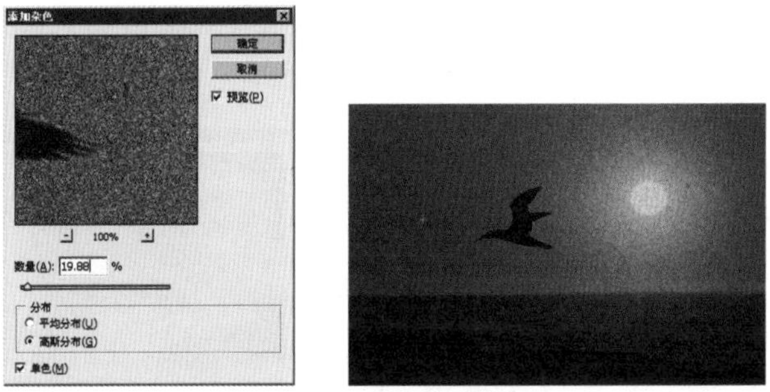

“添加杂色”对话框　　应用滤镜效果

图8-67

数量：设置杂色增加的程度。

分布：设置处理图像时杂色的分布方式。选择“平均分布”单选按钮，用0加或减指定数值之间的随机数字分布颜色值，得到精细的效果；选择“高斯分布”单选按钮，按高斯曲线的分布来决定杂色的随机程度。

单色：杂色不以彩色表示，而以单色来表示。选中该复选框后，图像增加的是灰阶的像素。

8.6.4 蒙尘与划痕

蒙尘与划痕滤镜通过更改相异的像素减少杂色，以弥补图像中的缺陷，其原理是搜索图像或选区中的缺陷，然后对局部进行模糊，将其融合到周围的像素中去，如图8-68所示。

半径：设置混合时所采用的半径值，调节清除缺陷的范围。

阈值：设置判别图像的底限色阶值。

“蒙尘与划痕”对话框　　应用滤镜效果

图8-68

8.6.5 减少杂色

减少杂色滤镜是在Photoshop CS基础上新增加的功能，这个滤镜可以去除影响图片质量的杂色，通过调整“减少杂色”和“保留细节”等滑块来让图像更符合要求，如图8-69所示。

强度：设置应用于图像所有通道的亮度降杂值。

保留细节：控制保护边缘及图像细节的力度。

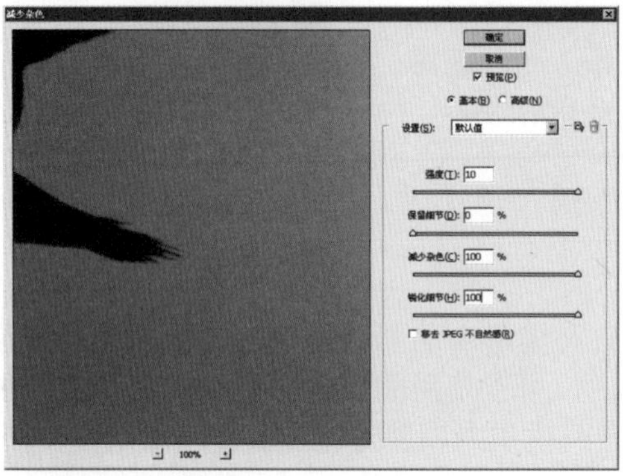

“减少杂色”对话框

应用滤镜效果

图8-69

减少杂色：设置可以移出影响图像质量的杂色，数值越大，减少的杂色就越多。

锐化细节：锐化图像，降低杂色的同时也会降低图像的锐度。

移去JPEG不自然感：选中该复选框，可以去除低质量JPEG图像的伪像和晕影。

另外，在某一个通道的杂色比较多的情况下，可以在高级模式下对每一个通道进行单独降杂，如图8-70所示。

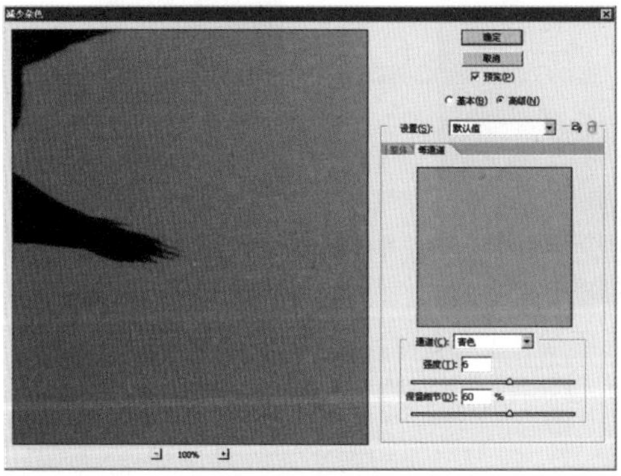

高级模式下的“减少杂色”对话框

设置后的效果

图8-70

8.7 模糊滤镜

模糊滤镜可以平衡图像中已定义的线条和遮蔽区域的清晰边缘旁边的像素，使变化显得柔和，该组中包括11种滤镜。本节以图8-71所示的图像为例讲述模糊滤镜的应用和效果。

8.7.1 平均

平均滤镜用来发现图像或选区的平均颜色，然后用该颜色填充图像或选区，创建一个平滑的外观，应用此滤镜后的效果如图8-72所示。

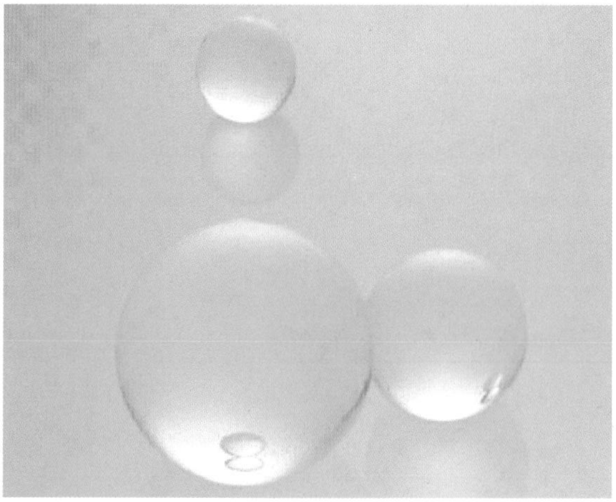

图8-71

图8-72

8.7.2 模糊

模糊滤镜可制造轻微的模糊效果，用来降低图像的对比度或者减少程度较为轻微的杂色现象。可以使用该滤镜来观察处理的效果，如图8-73所示。

8.7.3 进一步模糊

进一步模糊滤镜是在模糊滤镜的基础上再进一步模糊，模糊化的程度为应用模糊滤镜的3倍左右。选择该滤镜不会弹出对话框，应用该滤镜后的效果如图8-74所示。

图8-73

图8-74

8.7.4 高斯模糊

应用高斯模糊滤镜后，系统即会以高斯演算法计算出图像模糊后的效果，并可以即时预览，是相当方便的一个滤镜，其对话框及应用后的效果如图8-75所示。

半径：设置滤镜进行高斯演算的半径值。

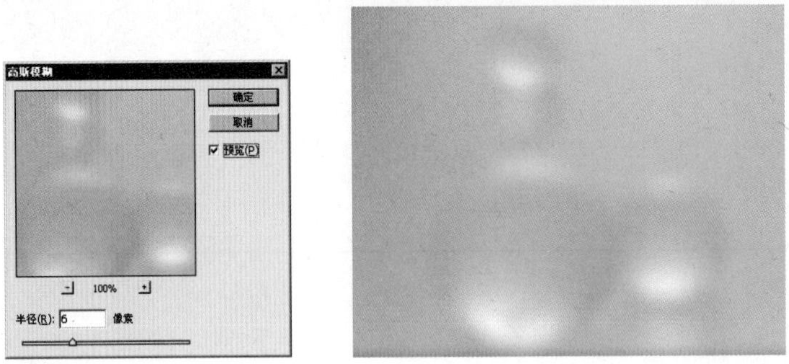

图8-75

预览：选中该复选框，可以进行即时预览。

8.7.5 镜头模糊

镜头模糊滤镜用拉力给图像添加一种带有较窄景深的模糊效果，这样可以使图像中的某些物体仍位于焦距中，而其他区域则变得模糊。可以使用一个简单的选取来决定让哪些区域变模糊，也可以提供单独的通道深度映射来准确地描述想要的模糊效果。此滤镜的对话框及应用后的效果如图8-76所示。

镜头模糊滤镜使用深度映射来决定图像中的像素位置。可以使用通道和图层蒙版创建深度映射。通道中的黑色区域被当做照片的前方对待，白色区域被当做远处对待。

若想创建渐进模糊（底部为零，顶部为最大值），就要创建一个新的通道，并应用一个渐变，使通道在图像的顶部为白色，在图像的底部为黑色，然后选择镜头模糊滤镜，并从“源”下拉列表框中选择通道。若想改变渐变的方向，就要选中“反相”复选框。

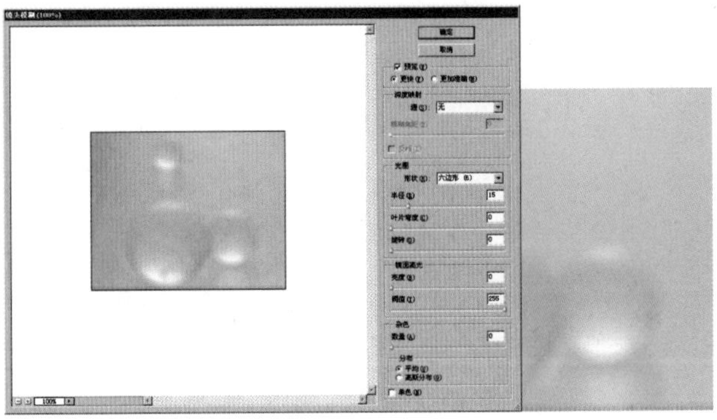

图8-76

模糊显示的方式基于所选择的光圈形状。光圈形状是由它们所包含的片数决定的。通过弯曲使它们变得更圆或旋转它们，可以改变片数。通过单击减号或加号按钮，还可以放大或缩小预览视图。

半径：设置滤镜进行镜头演算的半径值。

叶片弯度：设置光圈所包含的叶片的弯度值，使之变得更圆。

旋转：设置光圈所包含的叶片的数量值，使之旋转。

亮度：设置图像的亮度值。

阈值：设置判别图像的底限亮度值。

数量：设置模糊效果的影响程度。

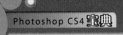

8.7.6 动感模糊

动感模糊滤镜可以模拟出高速移动所造成的残影效果，可将静态画面营造出高度的速度感，效果类似于用固定的曝光时间给运动的物体拍照。当中心对象位于相当平淡、浅色的位置的时候，用这个滤镜是最好的。“动感模糊”对话框及应用该滤镜后的效果如图8-77所示。

角度：设置动感模糊的方向。

距离：设置造成模糊残影的长度，即运动物体留下的痕迹长度。

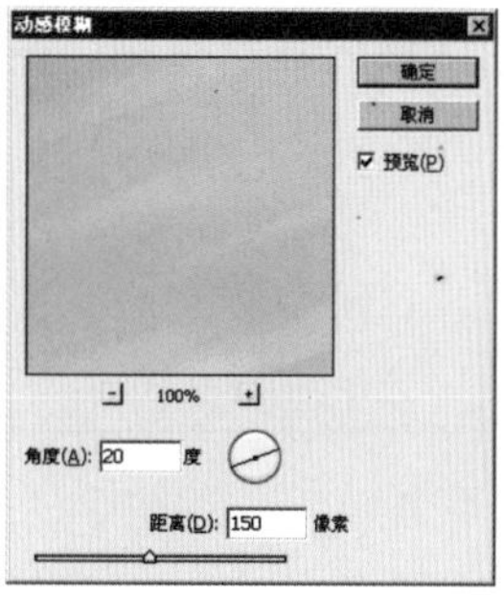

图8-77

8.7.7 径向模糊

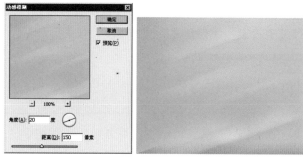

径向模糊滤镜可以使图像产生一种镜头聚集的效果，可以模拟出镜头缩放时的动态效果和旋转时的位移效果，让一个静止物体产生特殊的柔和模糊效果，如图8-78所示。

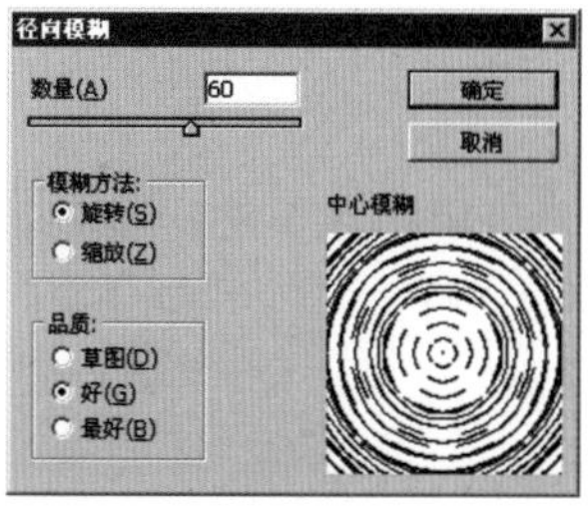

选择“旋转”单选按钮

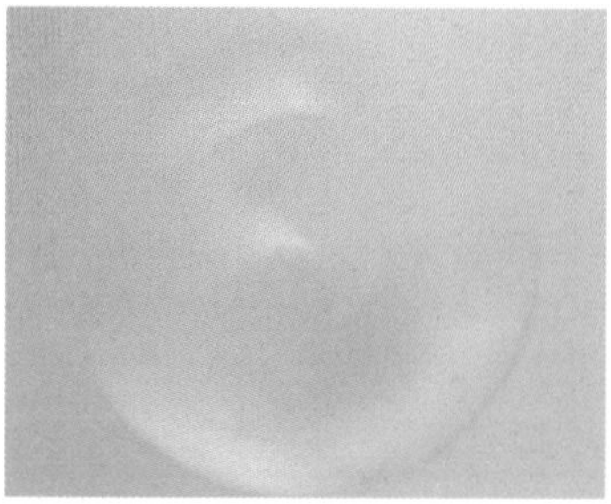

应用效果

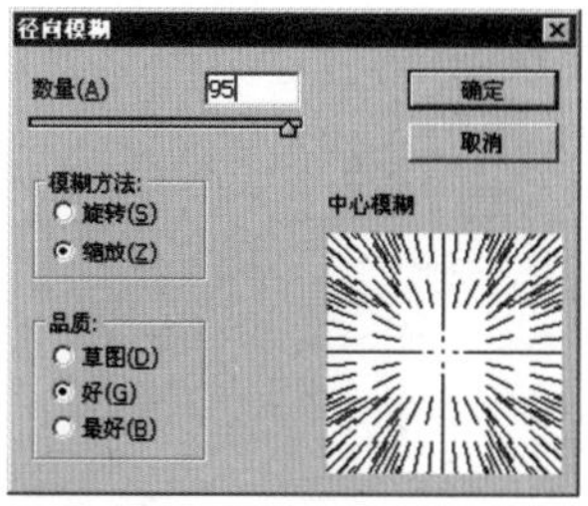

选择“缩放”单选按钮

应用效果

图8-78

数量：设置模糊效果的影响程度。

模糊方法：设置滤镜运算方式，包括“旋转”和“缩放”两个单选按钮。

品质：设置图像处理的优劣程度，其中包括“草图”、“好”和“最好”3个单选按钮。

中心模糊：使用鼠标拖动辐射模糊中心相对整幅图像的位置，以确定模糊的原点。Photoshop的预设模糊原点的位置为图像中心。

8.7.8 特殊模糊

特殊模糊滤镜是一种可以产生清晰边界的模糊滤镜，它自动找到图像的边界并只模糊图像的内部区域。如果在颜色差别比较小的区域内进行模糊，则只留下边缘。可以通过设置“特殊模糊”对话框中的选项来控制系统处理时的操作程度，如图8-79所示。

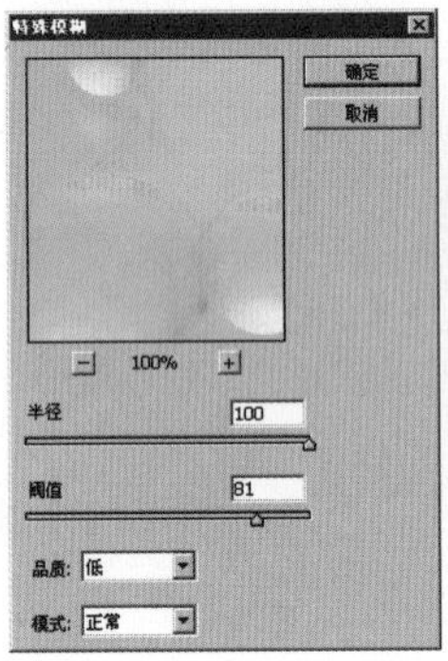

选择゛正常゛模式

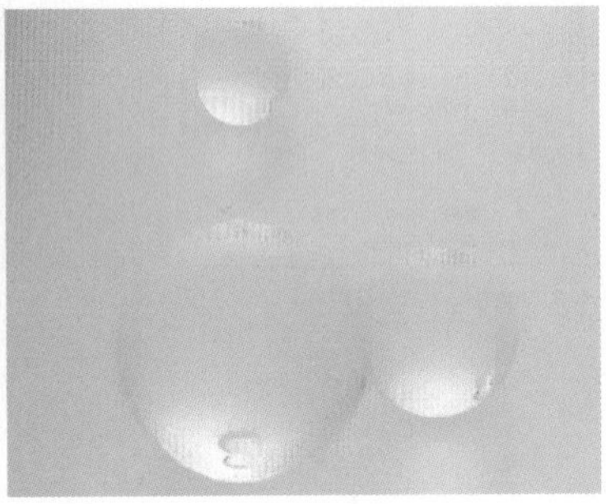

模式为゛正常゛时的应用效果

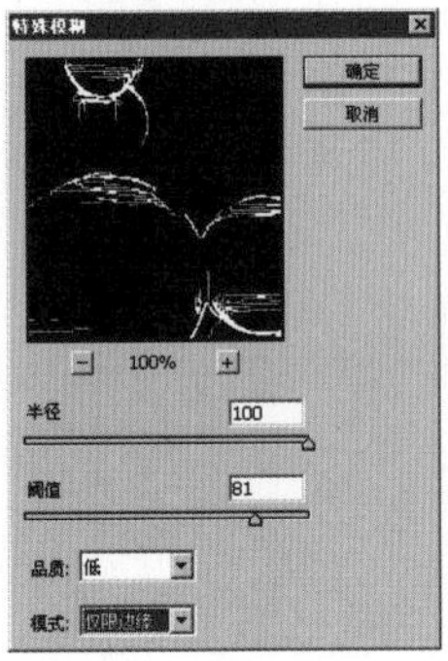

选择゛仅限边缘゛模式

模式为゛仅限边缘゛时的应用效果

图8-79

半径：设置滤镜搜索近似像素来进行模糊的范围。

阈值：设置像素值的差别范围，将范围内的颜色消除。

品质：指定模糊的品质，其中包括“高”、“低”和“中”3种品质。

模式：用来选择产生的效果模式，共有“正常”、“仅限边缘”和“叠加边缘”3种模式可选。

8.7.9 方框模糊

方框模糊滤镜是Photoshop CS4中新增的滤镜，此滤镜以临近像素颜色平均值为基准来模糊图像，对于创造特别效果非常有用。可以调节用于计算平均值的区域的大小，并将计算得出的数值作为既定的像素标准；选定的范围越大，最后的图像就越模糊。“方框模糊”对话框及应用该滤镜后的效果如图8-80所示。

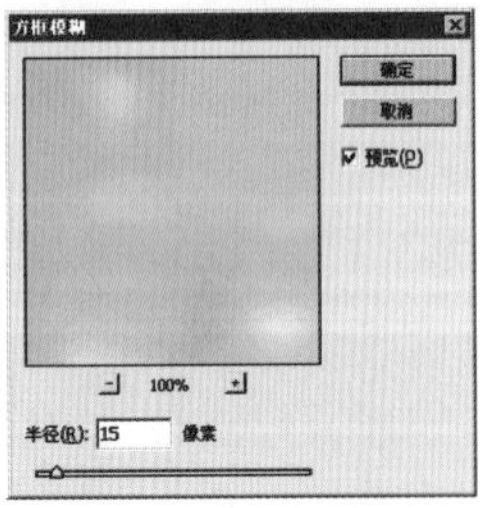

图8-80

半径：设置滤镜进行高斯演算的半径值。

预览：为了获得极高的精度，选中该复选框，可以展现即时预览的效果。

8.7.10 形状模糊

形状模糊滤镜是Photoshop CS4中新增的滤镜，此滤镜使用已经定好的形状来创造模糊效果，其对话框及应用后的效果如图8-81所示。

半径：数值越大，图像就越模糊。

形状：形状模糊的依据。

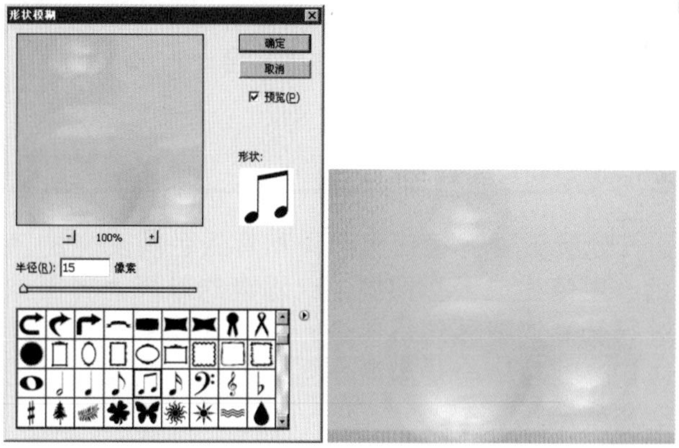

图8-81

8.7.11 表面模糊

表面模糊滤镜是Photoshop CS4中新增的滤镜，此滤镜可以在对图像进行模糊处理的同时，使图像的边线保持清晰。该滤镜对于创造特别效果及移出杂色和颗粒非常有用，其对话框及应用后的效果如图8-82所示。

半径：数值越大，图像模糊的范围就越大。

阈值：数值越大，图像模糊前后的差别就越大。

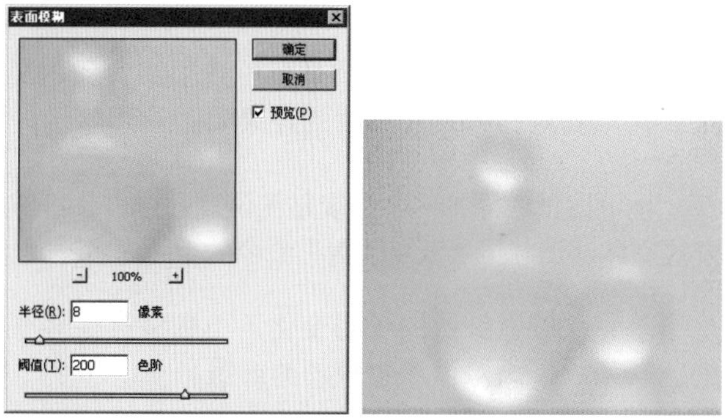

图8-82

8.8 渲染滤镜

渲染滤镜的主要功能在于图像着色及明亮化，有些滤镜则用于造景。可以使图像产生云彩、分层云彩、纤维、镜头光晕和光照效果等，包括5个滤镜。本节以图8-83所示的图像为例讲述渲染滤镜的应用及效果。

8.8.1 云彩

云彩滤镜可以在图像的前景和背景色间随机地获取像素值，生成柔和的云彩图案，如图8-84所示。

图8-83

图8-84

云彩滤镜是所有滤镜中唯一可以在空白透明层上工作的滤镜，使用该滤镜时如果按住Alt键，则可以产生更真实的模糊效果，对比加强。

8.8.2 分层云彩

分层云彩滤镜使用前景和背景色间变化的随机产生值生成云彩图案。此滤镜的效果为将图像进行云彩滤镜处理后再进行反白的效果，若连续应用该滤镜，会使图像产生大理石的效果，如图8-85所示。

图8-85

8.8.3 纤维

纤维滤镜使用前景和背景色创建机织纤维的外观。应用纤维滤镜时，活动图层上的图像数据会被纤维替代，其对话框及应用后的效果如图8-86所示。

也可以试着添加一个渐变贴图调整图层，使纤维变成彩色（请参见“渐变映射”命令的相关内容）。

差异：设置纤维的长短变化。小数值产生较长的色彩条纹，大数值产生较短的纤维。

强度：用来控制各个纤维的外观。低设置产生铺开式的纤维，高设置产生短的丝状纤维。

随机化：用来改变图案的外观，可以单击数次直到找到合适的图案为止。

图8-86

8.8.4 镜头光晕

镜头光晕滤镜的效果类似于明亮的光线进入照相机镜头，产生折射纹理，如同照相机镜头的炫光效果，其对话框及应用后的效果如图8-87所示。

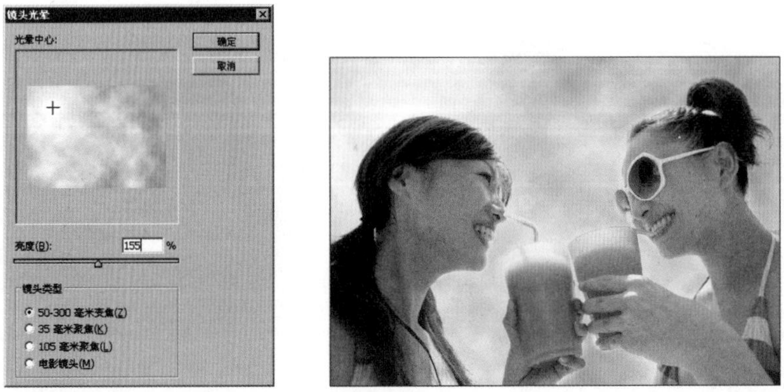

图8-87

亮度：控制光线的亮度。

光晕中心：用十字光标显示光晕中心的位置。

镜头类型：用于指定光晕镜头的类型。

8.8.5 光照效果

光照效果滤镜有17种不同的光照风格、3种光照类型和4组光照属性，供用户在RGB图像上制作各种各样的光照效果，其对话框及应用后的效果如图8-88所示。

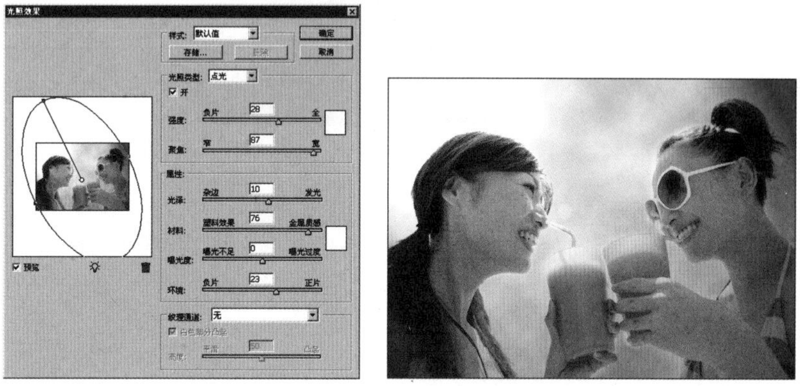

图8-88

样式：一共有17种光源，“默认值”表示中等强度的聚光源。

光照类型：共有3种光照类型。“平行光”可以投射直线方向的光线，只能改变光线方向和光源位置；“全光源”是一种散光；“点光”可以投射长椭圆光，可以在预览窗口改变照明区域。

强度：设置光源的强度，它右侧的颜色框用于选择灯光的颜色。

聚焦：可以调节光线的宽窄。

属性：有4个特征参数要调节。“光泽”决定图像的反光效果，“材料”决定照射物体是否产生更多反射，“曝光度”决定光线的明暗，“环境”可产生一种混合的效果。

纹理通道：可以从通道中选择一种作为图像的纹理，包括“无”、“红”、“绿”、“蓝”4个选项。

白色部分凸出：选中该复选框，可以将较亮区域设为凸出纹理。取消选中该复选框，较暗区域为凸出纹理。

高度：设置纹理的高度。

8.9 画笔描边滤镜

画笔描边滤镜组中共有8个滤镜，它可以使用不同的画笔和油墨笔触产生自然的效果。画笔描边滤镜可以为图像增加颗粒、杂色、边缘细节或纹理等，不支持CMYK和Lab模式的图像。图8-89所示的为应用画笔描边滤镜之前的原始图像，在下面各小节中都将用到此图。

图8-89

8.9.1 强化的边缘

强化的边缘滤镜可以对各颜色之间的边界进行强化处理，突出图像的边缘，其选项区域及应用后的效果如图8-90所示。

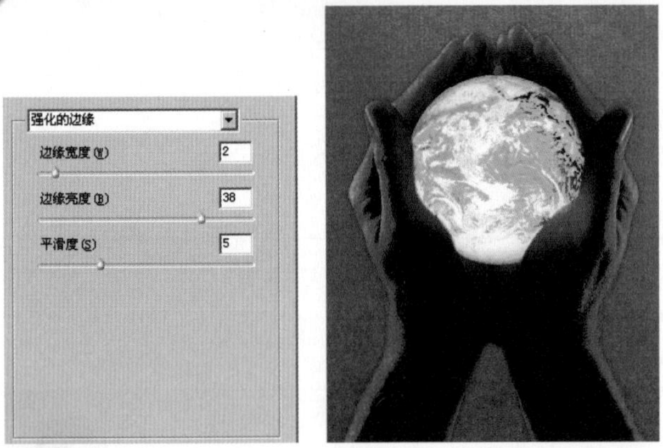

图8-90

边缘宽度：设置图像的边缘宽度。

边缘亮度：设置图像边缘的亮度。

平滑度：调整处理边界的平滑程度。

8.9.2 成角的线条

成角的线条滤镜使用成角的斜线条重新绘制图像，亮调区与暗调区线条的方向相反，其选项区域及应用后的效果如图8-91所示。

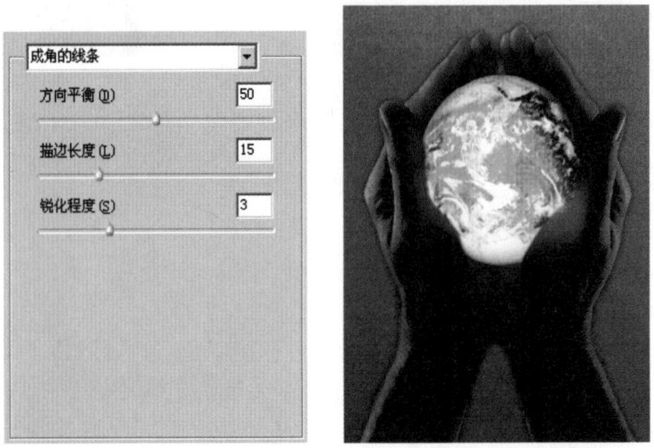

图8-91

方向平衡：调整倾斜的方向，当取值为0时，线条从左上方向右下方倾斜；当取值为100时，线条从右上方向左下方倾斜；当取值为50时，两种方向各参与一半。

描边长度：设置线条的长度。

锐化程度：控制画笔的尖锐程度。

8.9.3 阴影线

阴影线滤镜在保留原图像细节和特征的同时，使用模拟的铅笔阴影线添加纹理，并使图像中彩色区域的边缘变粗糙，其选项区域及应用后的效果如图8-92所示。

图8-92

描边长度：设置模拟笔触的长度。

锐化程度：设置处理后交叉网线的明显度。

强度：设置交叉网线笔触的力度。

8.9.4 深色线条

深色线条滤镜可以产生一种很强烈的黑色阴影，其原理是用柔和且短的线条使暗调区变黑，用白色长线条填充亮调区，其选项区域及应用后的效果如图8-93所示。

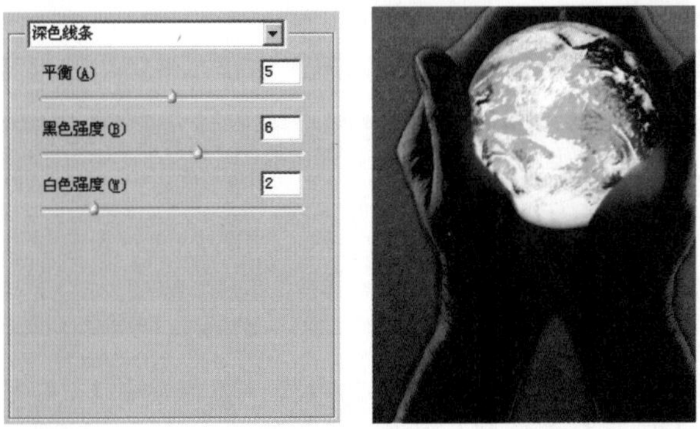

图8-93

平衡：设置进行图像处理时的黑白色调比例。

黑色强度：设置进行图像处理时黑色调的强度。

白色强度：设置进行图像处理时白色调的强度。

8.9.5 墨水轮廓

墨水轮廓滤镜以钢笔画的风格用纤细的线条重绘图像，在颜色边界产生黑色轮廓，其选项区域及应用后的效果如图8-94所示。

描边长度：设置进行图像处理时墨水笔触的长度。

深色强度：设置进行图像处理时灰暗色调的比例强度。

光照强度：设置进行图像处理时明亮色调的比例强度。

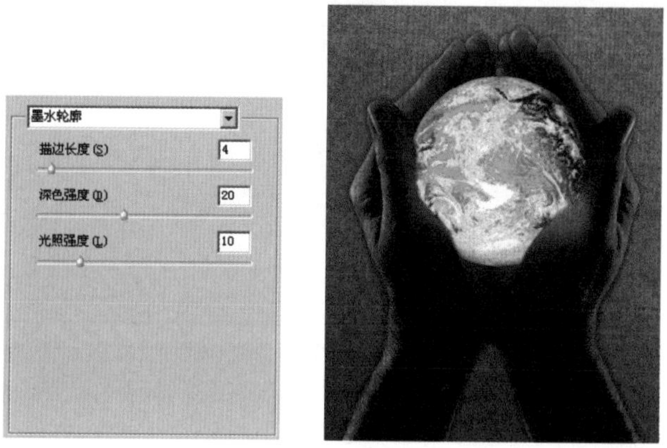

图8-94

8.9.6 喷溅

喷溅滤镜可以将图像模拟成以喷洒方式绘制而成的效果，好像沸水般地水滴飞溅，可以使用该滤镜来制作水中的倒影效果，其选项区域及应用后的效果如图8-95所示。

喷色半径：设置处理时的不同颜色的区域，调节飞溅水滴的辐射范围。取值越大，图像颜色越分散。

平滑度：设置画面的波纹效果。

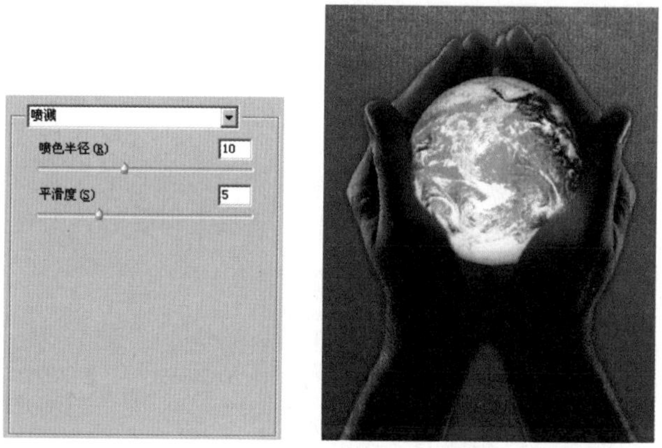

图8-95

8.9.7 喷色描边

喷色描边滤镜将产生按一定方向喷射浪花的效果，就像图像被雨水冲刷了一样，其选项区域及应用后的效果如图8-96所示。

描边长度：设置处理图像时喷洒笔触的长度。

喷色半径：设置处理时的喷洒半径值，控制喷洒的范围大小。当其值较大时，产生的效果好像是照相机的镜头被水珠喷洒后所拍摄的效果。

描边方向：控制线条的喷射方向，有“右对角线”、“水平”、“左对角线”和“垂直”4个选项可供选择。

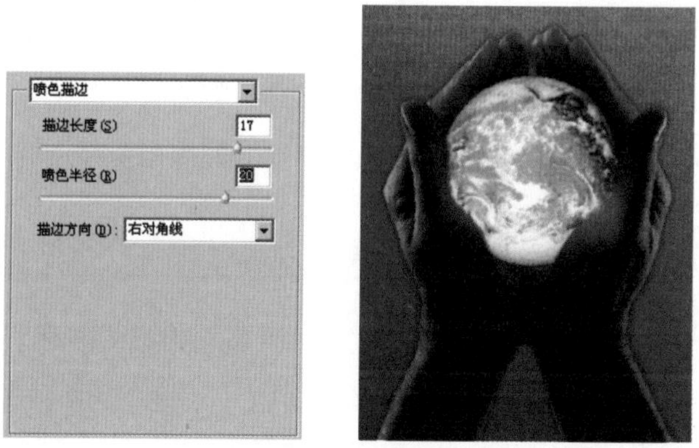

图8-96

8.9.8 烟灰墨

烟灰墨滤镜模仿一种有很多深色区域和软边线条的日本油画技术，其效果看起来像是用沾满黑色油墨的湿画笔在宣纸上绘画，其选项区域及应用后的效果如图8-97所示。

描边宽度：设置处理图像时笔触的宽度。

描边压力：设置处理图像时所模拟的笔触压力。

对比度：设置图像经过处理后画面的对比程度。

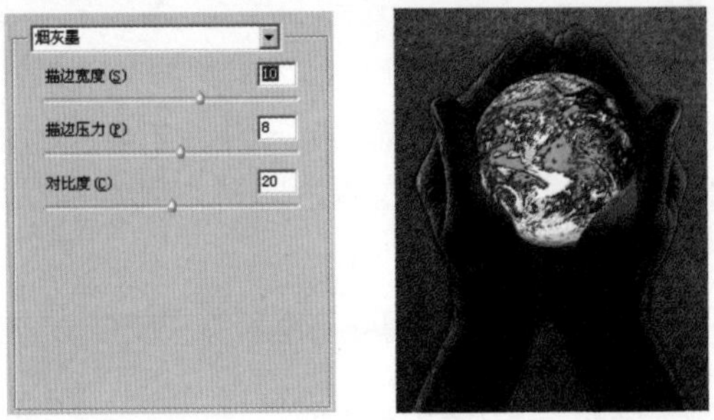

图8-97

8.10 素描滤镜

素描滤镜使用前景色和背景色重绘图像，产生徒手速写或其他绘画效果，其中共有14种滤镜。图8-98为应用素描滤镜之前的原始图像，在下面各小节中都将用到此图。

8.10.1 基底凸现

基底凸现滤镜可以将图像处理成炭笔画的效果，在合适的参数设置条件下，该滤镜会将画面变成非常明显的黑白图案，其选项区域及应用后的效果如图8-99所示。

图8-98

图8-99

细节：设置图像经过处理后画面的细致程度。

平滑度：设置图像经过处理后画面的柔和度。

光照：设置形成阴影效果的光源操作方向，共有8种光线照射角度。

8.10.2 粉笔和炭笔

粉笔和炭笔滤镜会产生一种粉笔和炭笔涂抹的草图效果，执行该滤镜后，原图高光区自动生成为粉笔笔触，颜色为背景色；原图的暗调部分则自动生成为炭笔笔触，颜色为前景色。其选项区域及应用后的效果如图8-100所示。

炭笔区：设置炭笔效果的区域面积。

粉笔区：设置粉笔效果的区域面积。

描边压力：设置处理图像时模拟笔触的压力。

8.10.3 炭笔

炭笔滤镜可以将图像处理成炭笔画的效果，在合适的参数设置条件下，该滤镜会将画面变成非常明显的黑白图案，其选项区域及应用后的效果如图8-101所示。

图8-100

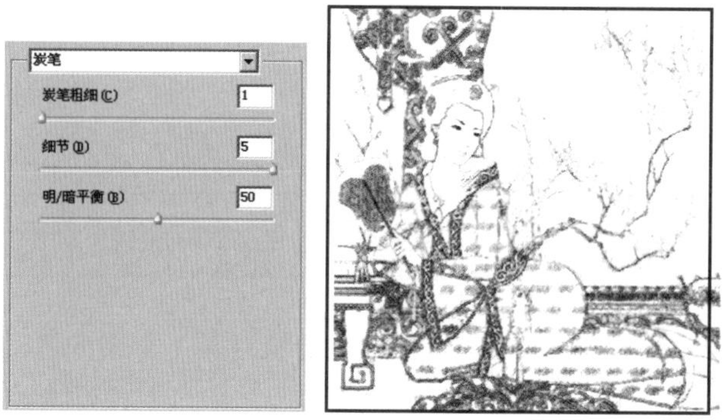

图8-101

炭笔粗细：设置炭笔的线条粗细。值大时，炭精会变得非常深厚。

细节：用来调节炭精效果的细节，此参数通常应取较大的值。

明/暗平衡：用来设置图像区域的明暗程度，即控制前景色和背景色的比例。

8.10.4 铬黄

铬黄滤镜根据原图像的明暗分布情况产生磨光的金属效果。高光在反射表面上是高点，暗调是低点。应用此滤镜后，使用“色阶”对话框可以增加图像的对比度。此滤镜的选项区域及应用后的效果如图8-102所示。

细节：设置图像经过处理后画面的细致度。

平滑度：设置图像效果的平滑度。

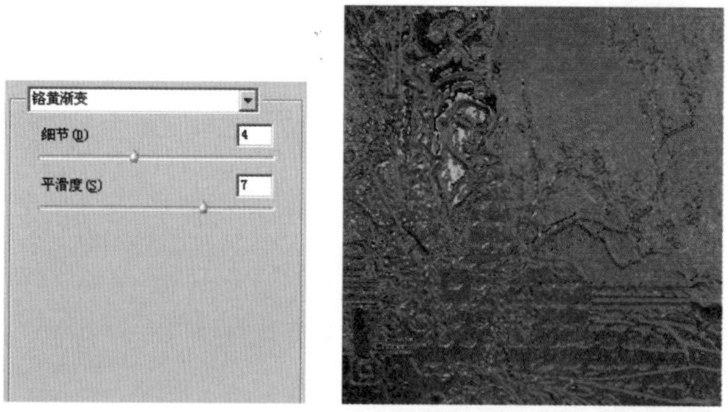

图8-102

8.10.5 炭精笔

炭精笔滤镜模拟图像上浓黑和纯白的炭精笔的纹理，在暗区使用前景色，在亮区使用背景色。如果想制作更加逼真的效果，可以在应用此滤镜之前将前景色设置为常用的颜色（黑色、深褐色或深红色）；如果想制作减弱的效果，则可以在应用此滤镜前将背景色设置为白色，在其中添加一些前景色即可。用此滤镜来处理灰阶图像比较好，如果是彩色图像，那么它会将彩色全部变为中调的灰色。此滤镜的选项区域及应用后的效果如图8-103所示。

前景色阶：设置前景颜色的色阶变化范围。

背景色阶：设置背景颜色的色阶变化范围。

图8-103

纹理：设置粗糙面纹理，共有“砖型”、“粗麻布”、“画布”和“砂岩”4种内置的纹理，也可以载入自制的纹理。

缩放：调节纹理的疏密程度。

凸现：设置凹凸程度。

光照：根据具体图像进行灯光的设置。

反相：设置纹理凹凸部位相反。

8.10.6 绘图笔

绘图笔滤镜使用钢笔素描的笔触来表现图像的细节，原图像中的阴暗面用前景色，即绘画笔笔触的墨水色，背景色是指画纸的颜色，其选项区域及应用后的效果如图8-104所示。

描边长度：设置笔触绘制时的长度。

明/暗平衡：设置图像的明亮度。

描边方向：设置笔触的操作方向，共有“右对角线”、“水平”、“左对角线”和“垂直”4个选项。

图8-104

8.10.7 半调图案

半调图案滤镜模拟半调网的效果，使用前景色和背景色在图像中产生网版图案，并保持图像中的灰阶层次，其选项区域及应用后的效果如图8-105所示。

大小：调节网格间距的大小。

对比度：设置半色调图案的对比度。

图案类型：用于选择图案类型，其中有“圆形”、“网点”和“直线”3个选项。

图8-105

8.10.8 便条纸

便条纸滤镜产生由两种颜色不同的粗糙手工制作的纸张相互粘贴的效果，类似于浮雕的凹陷压印效果，两种颜色由前景色和背景色确定，其选项区域及应用后的效果如图8-106所示。

图像平衡：设置图像前景色与背景色，使之平衡。取值范围为0～50，值太小或太大都会导致图像失真。

图8-106

粒度：设置处理后图像的浮雕粒子大小。

凸现：设置图像凹凸效果。

8.10.9 影印

影印滤镜模拟影印图像的效果。这个滤镜只突出一些明显的边界轮廓，轮廓用前景色勾出，其余部分使用背景色，其选项区域及应用后的效果如图8-107所示。

细节：设置图像经过处理后的画面细微层次。

暗度：设置画面暗调区域颜色深浅。

图8-107

8.10.10 塑料效果

塑料效果滤镜使用前景色和背景色为图像着色，并且暗部区域凸出显示，而亮部区域凹陷，产生一种塑料风格的效果，具有立体感，其选项区域及应用后的效果如图8-108所示。

图像平衡：设置前景色和背景色之间的平衡程度。

平滑度：设置图像经过处理后的画面柔和度。数值越大，图像的过渡越细腻。

光照：设置光源位置。

8.10.11 网状

网状滤镜用于模仿胶片感光乳剂的受控收缩和扭曲，以便使图像的暗调区域好像被结块，高光区域好像被轻微颗粒化，其选项区域及应用后的效果如图8-109所示。

浓度：设置网眼的密度。取值越大，图像生成的网格就越密，深色颗粒越少；反之，生成的网格就越疏，深色颗粒越多。

前景色阶：设置前景色填充图像的强度。数值越大，强度越大。

背景色阶：设置背景色填充图像的强度。数值越大，强度越大。

图8-108

图8-109

8.10.12 图章

图章滤镜用于简化图像，使图像类似于橡皮或木制图章，比较适合于黑白图像，图章部分使用前景色，其余部分使用背景色，其选项区域及应用后的效果如图8-110所示。

明/暗平衡：调节前景色和背景色之间的平衡。取值为0时，图像由背景色填充；取值为50时，图像由前景色填充。

平滑度：设置处理图像时的画面柔和度。数值越大，图像过渡越细腻；反之，图像过渡越粗糙。

8.10.13 撕边

撕边滤镜可以用粗糙的颜色线条模拟碎纸片，然后使用前景色和背景色为图像上色，其选项区域及应用后的效果如图8-111所示。

图像平衡：设置图像前景色与背景色之间的平衡。

平滑度：设置图像边界的平滑度。

对比度：设置图像的画面对比效果。

图8-110

图8-111

8.10.14 水彩画纸

水彩画纸滤镜用于绘制类似在潮湿的纤维纸上的渗色涂抹，使颜色溢出和混合，并向四周扩散，其选项区域及应用后的效果如图8-112所示。

纤维长度：设置模拟纸张的湿润程度和扩散程度。

亮度：设置图像画面的明亮度。

对比度：设置图像暗度和亮度的对比度。

图8-112

8.11 纹理滤镜

纹理滤镜用于为图像增加某种特殊的纹理或材质效果。该滤镜组中包含6个滤镜。图8-113为应用纹理滤镜之前的原始图像，在下面各小节中都将用到此图。

图8-113

8.11.1 龟裂缝

龟裂缝滤镜在高凸浮雕的石膏表面上绘制图像，沿着图像的轮廓产生精细的裂纹网，该滤镜可以对具有大范围的同一种颜色或灰度的图像创建浮雕效果，其选项区域及应用后的效果如图8-114所示。

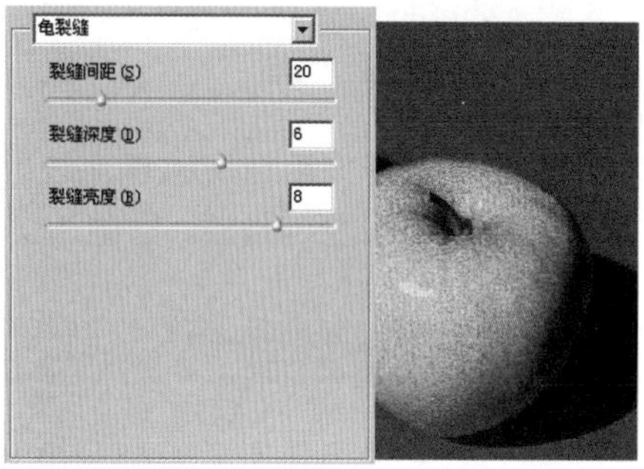

图8-114

裂缝间距：设置图像破裂的间隔距离。数值越大，生成的裂纹越大；反之，生成的裂纹越小。

裂缝深度：设置裂痕之间破裂的深度。

裂缝亮度：设置裂痕之间间隔的明亮度。

8.11.2 颗粒

颗粒滤镜通过模拟不同种类的颗粒来增加纹理，其选项区域及应用后的效果如图8-115所示。

强度：设置颗粒的强度。

对比度：设置像素之间的对比度。数值越大，明暗对比越强。

颗粒类型：设置画面的颗粒类型，包括“常规”、“柔和”、“喷洒”、“结块”、“强反差”、“扩大”、“点刻”、“水平”、“垂直”和“斑点”等10个选项。

8.11.3 马赛克拼贴

马赛克拼贴滤镜可使图像看起来好像由小片或块组成一样，并在块与块之间增加缝隙，处理后马赛克的位置均匀分布但形状不规则，其选项区域及应用后的效果如图8-116所示。

图8-115

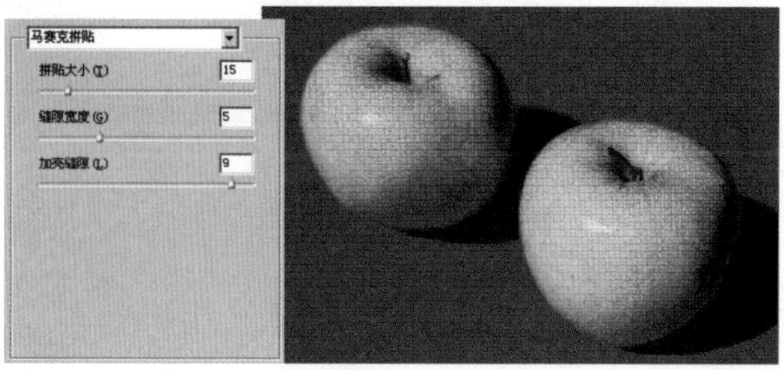

图8-116

拼贴大小：设置图像上马赛克的尺寸。数值越大，生成的马赛克块越大；反之，生成的马赛克块越小。

缝隙宽度：设置图像上马赛克间隙的宽度。数值越大，马赛克之间的缝隙越大。

加亮缝隙：设置图像上马赛克间隙的亮度。数值越大，马赛克块之间的缝隙就越亮；反之，缝隙就越暗。

8.11.4 拼缀图

拼缀图滤镜将图像拆分为若干小方块，将每个小方块用该区域中最亮的颜色填充，并为方块之间增加深色的缝隙，其选项区域及应用后的效果如图8-117所示。

方形大小：设置图像上方块的大小。数值越大，生成的方块越大。

凸现：设置方块凸现的程度。数值越大，生成的方块的凸现程度越强烈。

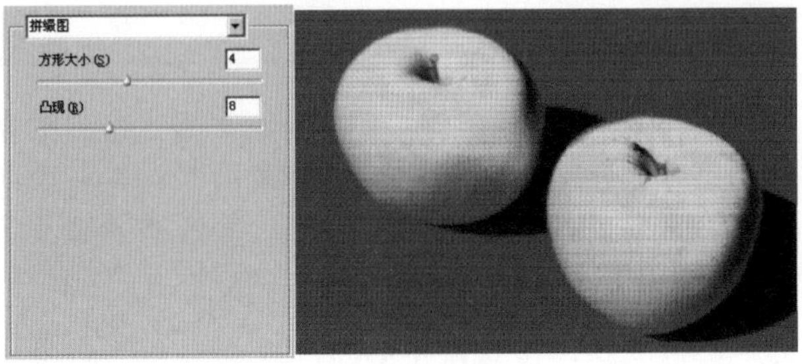

图8-117

8.11.5 染色玻璃

染色玻璃滤镜把图像分割成不规则的多边形色块，产生如同彩色玻璃的效果，其选项区域及应用后的效果如图8-118所示。

单元格大小：可以根据图像的具体情况设置单元格大小，若设置不合适，图像将得到很单调的效果。

边框粗细：设置单元格之间的边界宽度，边界所使用的颜色是前景色。

光照强度：设置图像光线强度。

8.11.6 纹理化

纹理化滤镜在图像上应用所选择或创建的纹理，其选项区域及应用后的效果如图8-119所示。

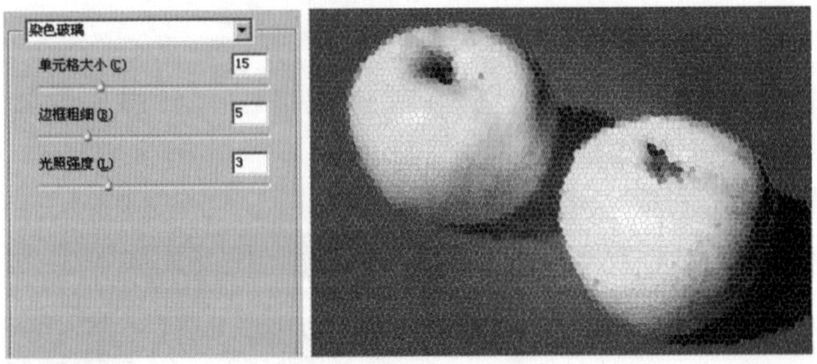

图8-118

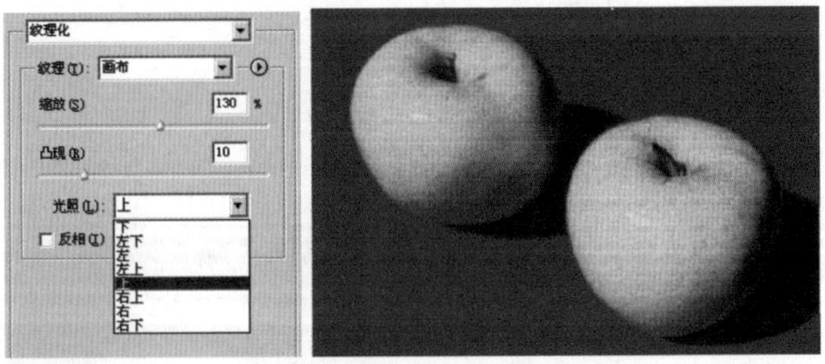

图8-119

纹理：设置粗糙面纹理，包括“砖形”、“粗麻布”、“画布”和“砂岩”4种内置的纹理，也可以载入自制的纹理。

缩放：设置纹理缩放比例。

凸现：调节纹理的凸现程度。数值越大，纹理的凸现程度越强烈。

光照：设置造成阴影效果的光照方向。

反相：设定反转纹理。

8.12 艺术效果滤镜

艺术效果滤镜共包括15种，这些滤镜模仿天然或传统的由不同材质类型所形成的特殊风格效果。艺术效果滤镜必须在RGB模式下使用。图8-120为应用艺术效果滤镜之前的原始图像，在下面各小节中都将用到此图。

8.12.1 彩色铅笔

彩色铅笔滤镜利用彩色铅笔在背景上绘制图像，看起来像是用彩色铅笔手绘的效果。该滤镜使用图像中的主要颜色，并把那些次要的颜色变为纸色，其选项区域及应用后的效果如图8-121所示。

铅笔宽度：设置笔画的宽度和密度。值越小，笔画越细；反之，笔画越粗。

描边压力：设置作用色笔彩绘时的强度。

纸张亮度：设置画纸本身的纸色明暗程度。亮度值越大，画纸的颜色越接近背景色。

图8-120

8.12.2 木刻

木刻滤镜将图像描绘成好像是粗糙剪下的彩纸剪影图，对图像的其他颜色进行分色，得到只有几种色调的简化图像，可以通过3个滑块控制简化的程度，其选项区域及应用后的效果如图8-122所示。

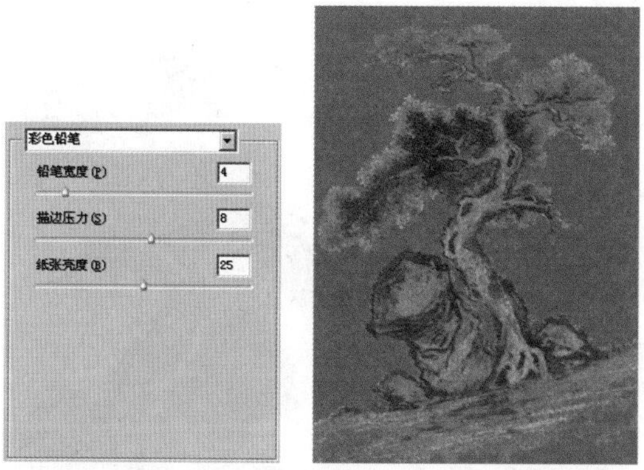

图8-121

图8-122

色阶数：设置图像上的色阶所分的层次，值越大，色阶越多，简化程度越低，效果越明显。

边缘简化度：设置边缘简化的程度，数值越大，边缘就越接近背景，使其成为基本的几何形状。

边缘逼真度：设置产生痕迹的精确程度值。

8.12.3 干画笔

干画笔滤镜的效果介于油彩和水彩之间，用来绘制图像边缘。细节保留的程度取决于“画笔细节”设置；若简化图像，可以把原图像的颜色范围降到普通颜色范围。该滤镜的选项区域及应用后的效果如图8-123所示。

图8-123

画笔大小：用于设置笔刷的大小。

画笔细节：用于调节笔触的细腻程度。数值越大，笔触越细腻。

纹理：用于控制是否添加其他颜色。当数值变大时，图像边缘将产生锯齿，并增加一些像素斑点。

8.12.4 胶片颗粒

胶片颗粒滤镜可以使图像产生胶片颗粒效果，它可以对暗调和中间调应用均匀的图案，对较亮区域添加更平滑、更饱和的图案，添加混合色时加亮图像的对比度，其选项区域及应用后的效果如图8-124所示。

颗粒：设置颗粒纹理的密度。数值越大，纹理越深。

高光区域：设置高亮度区域的颗粒总数。数值越大，图像越亮。

强度：设置纹理颗粒的强度。它决定了调整亮调区域面积的效果，在亮度区域面积一定的情况下，它可以改变图像的对比度，数值越大，反差越大。

8.12.5 壁画

壁画滤镜使用粗略、短圆的小颜料块以一种粗糙的风格绘制图像，产生古壁画的斑点效果，能强烈地改变图像的对比度，其选项区域及应用后的效果如图8-125所示。

图8-124

图8-125

画笔大小：设置画笔的尺寸。取值越大，图像的层次越少；取值越小，图像的层次越多。

画笔细节：设置画笔精细度的高低，数值越大越精细。该参数的作用是调节壁画效果的新旧程度。

纹理：控制是否添加混合色。数值越大，纹理越深，图像变形程度越大。

8.12.6 霓虹灯光

霓虹灯光滤镜可以将各种光添加到图像的对象上，在柔化图像外观、给图像着色时很有用，可以产生使用彩色灯光照射画面后的效果，其选项区域及应用后的效果如图8-126所示。

发光大小：设置光的照射范围。数值越大，光照范围越大。

发光亮度：设置灯光的亮度值。如果设置发光亮度为0，则图像变为黑色。

发光颜色：设置霓虹灯的颜色，可单击后面的颜色块进行颜色的选取。

8.12.7 绘画涂抹

绘画涂抹滤镜适合对整幅图像进行处理，产生一种涂抹后的图像效果。该滤镜的原理是把图像分成几个颜色区域之后使图像锐化，其选项区域及应用后的效果如图8-127所示。

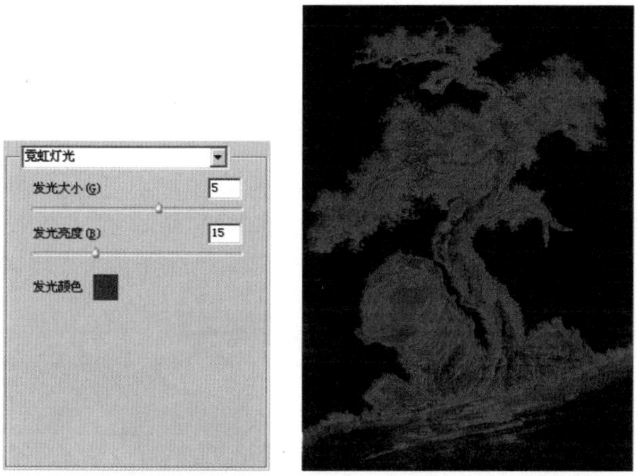

图8-126

图8-127

画笔大小：设置画笔的笔触大小。

锐化程度：设置用于涂抹的笔触的清晰度。数值越大，笔触越清晰。

画笔类型：设置涂抹绘制后产生的效果并增强饱和度方式，即创建氛光色的方式，其中包括“简单”、“未处理光照”、“未处理深色”、“宽锐化”、“宽模糊”和“火花”等选项。

8.12.8 调色刀

调色刀滤镜可以减少图像中的细节，显示出下面的纹理，生成清淡的画布效果。使用调色刀滤镜处理过的图像就像用真的调色刀绘制的一样，其选项区域及应用后的效果如图8-128所示。

描边大小：设置绘制时笔触的粗细。数值越大，笔触越粗。

描边细节：设置笔触处理后的图像细致程度。

软化度：设置图像经过处理后的画面柔和度。数值越大，画面越柔和。

图8-128

8.12.9 塑料包装

塑料包装滤镜可以生成用闪亮的塑料纸蒙住图像的效果，以强调表面的细节并增加高光的线条。重复使用该滤镜，能产生非常有趣的塑料泡泡，从而得到很多凸起的效果和用来替换的图像，其选项区域及应用后的效果如图8-129所示。

高光强度：设置塑料包装效果中高亮度点的亮度。

细节：设置细节的复杂程度，较高的设置才能生成更多的纹理。

平滑度：用来调节图像生成亮光区域的光滑度。

8.12.10 海报边缘

海报边缘滤镜可以使图像转化为漂亮的剪贴画效果。它将图像中的颜色进行分色，捕捉图像的边缘，并用黑线勾边，从而提高图像的对比度，其选项区域及应用后的效果如图8-130所示。

图8-129

图8-130

边缘厚度：设置描绘图像轮廓的宽度。

边缘强度：设置图像轮廓的可视程度。

海报化：控制颜色在图片上的渲染效果。数值越大，色调阶数越多，效果越柔和。

8.12.11 粗糙蜡笔

粗糙蜡笔滤镜使图像看上去类似彩色蜡笔绘画效果，它能够产生一种不平整、浮雕感的纹理。该滤镜有很多控制参数，其中“纹理”参数对最后的效果起着关键的作用，其选项区域及应用后的效果如图8-131所示。

图8-131

描边长度：用来调整线条纹理的长度。

描边细节：用来调整笔触的细腻程度。取值越大，图像中的斜线越明显，斜线与背景的反差越大。

纹理：设置粗糙面纹理，其中包括“砖形”、“粗麻布”、“画布”和“砂岩”几个选项，还可以通过载入纹理调入其他纹理图样。

缩放：设置纹理的等级大小。取值由小到大，纹理将从稀到密变化。

凸现：用来调整覆盖纹理的浮雕深度。

光照：设置造成阴影效果的光源方向，包括“下”、“左下”、“左”、“左上”、“上”、“右上”、“右”和“右下”等选项。

反相：选中该复选框，图像中的光照方向将会反转。

8.12.12 涂抹棒

涂抹棒滤镜可以使图像产生条状涂抹、晕开的效果，使用短的对角线描边涂抹图像的暗区以柔化图像，亮区变得更亮，以至于失去细节，其选项区域及应用后的效果如图8-132所示。

图8-132

描边长度：设置笔触的线条长度。

高光区域：设置图像中产生高亮区的面积。

强度：设置涂抹强度。数值越大，反差效果越强。

8.12.13 海绵

海绵滤镜能够创建带对比颜色的强纹理图像，使图像看上去好像是用海绵蘸上颜料在纸上涂抹的一样，其选项区域及应用后的效果如图8-133所示。

画笔大小：设置画笔大小。

清晰度：设置处理后图像的清晰程度。值越大，所取得的颜色越深。

平滑度：设置使用海绵后的光滑度，数值越大越光滑。

8.12.14 底纹效果

底纹效果滤镜是在带纹理的背景上绘制图像，然后将最终图像绘制在该图像上，其选项区域及应用后的效果如图8-134所示。

图8-133

图8-134

画笔大小：设置画笔描边的宽度。

纹理覆盖：设置纹理作用的范围。

纹理：设置粗糙面纹理，其中包括“砖形”、“粗麻布”、“画布”和“砂岩”等选项，还可以通过载入纹理调入其他纹理图样。

缩放：设置纹理的等级大小。

凸现：设置覆盖纹理的浮雕程度。数值越大，纹理凸现越明显。

光照：设置阴影效果的光源方向。

反相：选中此复选框，可以生成一个相反方向的光源效果。

8.12.15 水彩

应用水彩滤镜可以得到水彩风格的绘制图像，简化图像细节，像是使用蘸了水和颜料的中等画笔绘制的，但该滤镜比大多数水彩画家更倾向于图像的亮度改变，其选项区域及应用后的效果如图8-135所示。

画笔细节：设置笔刷的细腻程度。

阴影强度：设置形成的阴影程度。

纹理：设置图像边缘处的纹理强度大小。

图8-135

8.13 视频滤镜

视频滤镜可以处理从摄像机输入的图像或向录像带输入图像，包括逐行和NTSC颜色两个滤镜。下面以如图8-136所示的图像为原始图像进行讲解。

图8-136

8.13.1 NTSC颜色

NTSC颜色滤镜用来使图像的色域限制在视频显示可接受的范围内，以防止过饱和颜色渗到电视扫描行中。在多媒体制作中，若想将RGB模式的图像以NTSC输出，就可以使用该滤镜，应用后的图像效果如图8-137所示。

8.13.2 逐行

逐行滤镜通过消除图像中的异常交错线来使影视图像光滑。有的视频图像属于隔行方式显示的图像，即交替扫描，先扫奇数行，再扫偶数行。快速运动的图像在进行快照时，图像在水平方向往往存在锯齿和跳跃现象，该滤镜可以用去除视频图像中的奇数或偶数交错行的方法或进行插补来消除杂线，使在视频上捕捉的运动图像变得平滑，其对话框及应用后的效果如图8-138所示。

图8-137

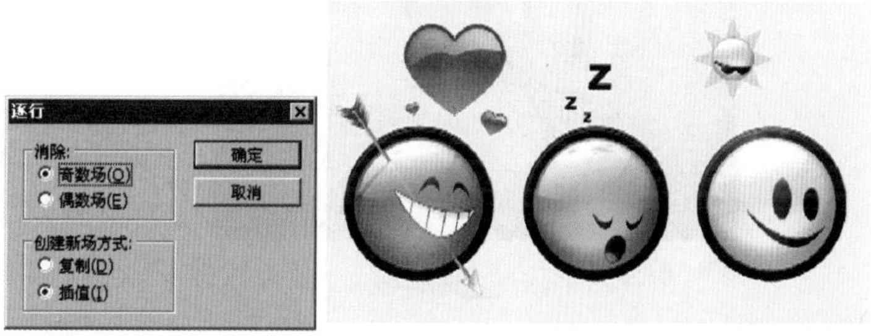

图8-138

8.14 锐化滤镜

锐化滤镜的主要功能是增加图形的对比度，使画面达到清晰的效果，通常用于增强扫描图像的轮廓。Photoshop提供了5种锐化滤镜。图8-139为应用锐化滤镜之前的原始图像，在下面各小节中都将用到此图。

8.14.1 锐化

锐化滤镜可以增加相邻像素间的对比度，使图像变得清晰。该滤镜的效果不是很明显，而且也没有对话框，可以反复应用该滤镜观察其效果，如图8-140所示。

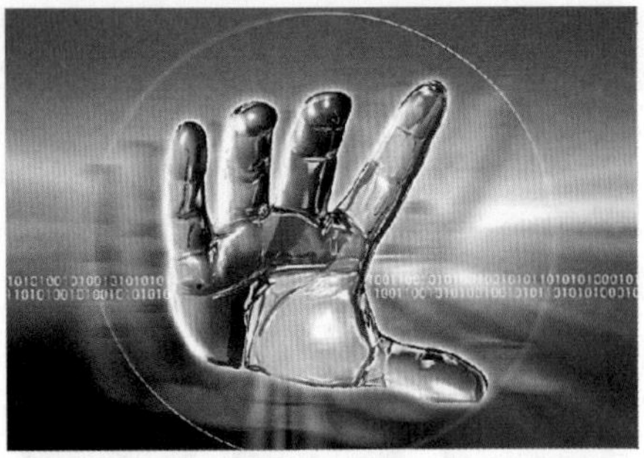

图8-139

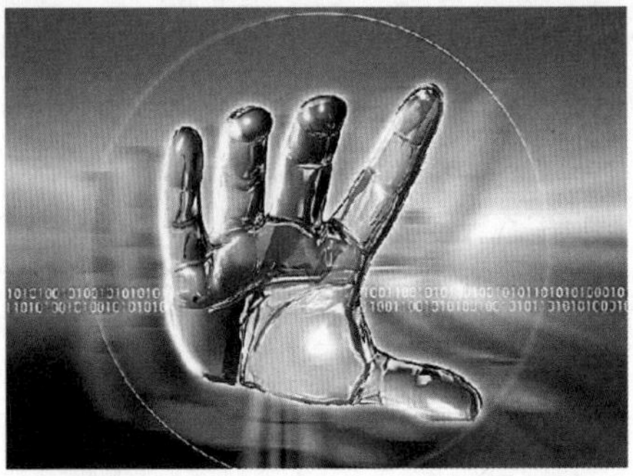

图8-140

8.14.2 锐化边缘

锐化边缘滤镜通过系统自动分析颜色，它只锐化边缘大对比度，使颜色之间的分界变得明显，如图8-141所示。

8.14.3 进一步锐化

进一步锐化滤镜比锐化边缘滤镜具有更强的锐化效果，如图8-142所示。

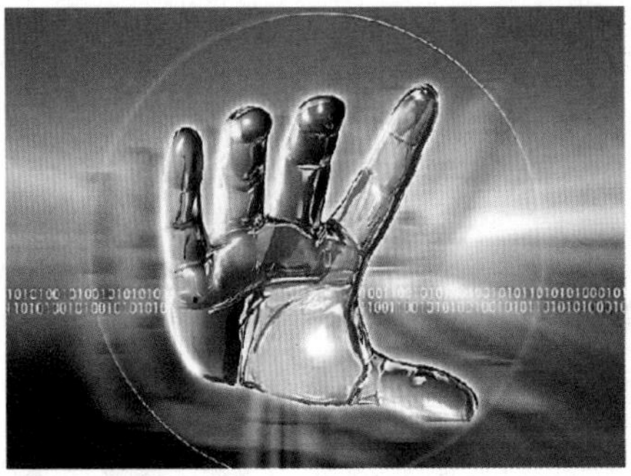

图8-141

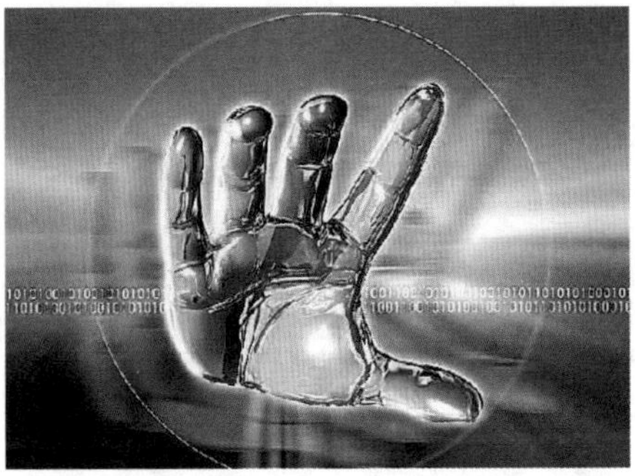

图8-142

8.14.4 USM锐化

USM锐化滤镜用于调理图案边缘细节的对比。应用该滤镜，系统将查找颜色边缘，并在每一边缘处制作出一条更亮或更暗的线条强调边缘，从而产生更清晰的效果，其对话框及应用后的效果如图8-143所示。

数量：调节增加像素对比度的强度，在“数量”文本框内输入数值或者拖动滑块即可。

半径：设置锐化边缘清晰程度的大小。

阈值：确定参与运算的像素之间的最低差值。默认的阈值会锐化图像中的所有像素，而在2～20之间的数值则会避免产生杂色。

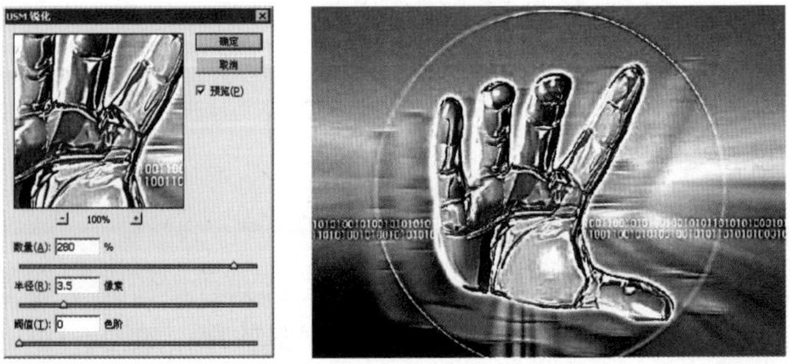

图8-143

在应用USM锐化滤镜后，如果图像中的亮色看起来过于饱和，则可以将该图像转换为Lab模式，并只将此滤镜作用于L通道，这样就会在不影响颜色成分的情况下锐化图像。

8.14.5 智能锐化

智能锐化滤镜拥有USM锐化滤镜所没有的锐化控制功能，可以采用锐化运算法则控制在阴影区和加亮区发生锐化的量，从而对图像锐化进行控制。选择“基本”单选按钮时的对话框及应用该滤镜后的图像效果如图8-144所示。选择“高级”单选按钮时的对话框及应用该滤镜后的图像效果如图8-145所示。

数量：设置锐化力度。数值越大，其与边界像素的对比度越大，像素越清晰。

半径：它决定了受锐化影响的边界像素的数量。数值越大，边界效应越广，锐化的效果越明显。

移去：采用锐化运算法则对图像进行锐化。该下拉列表框中共有以下几个选项：“高斯模糊”是USM锐化滤镜中所采用的锐化法；“镜头模糊”首先对图像边缘及细节进行探测，然后对图像细节进行出色的锐化，从而减少锐化所产生的晕影；“动感模糊”旨在减少因相机或拍摄对象移动所产生的模糊效果，如果选择“动感模糊”选项，则应设置角度来控制移动。

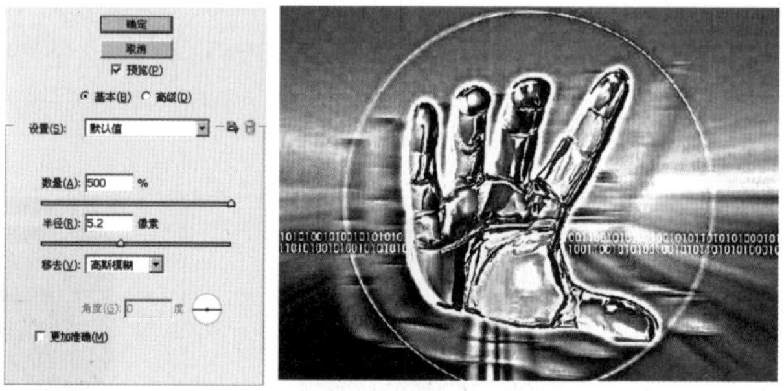

图8-144

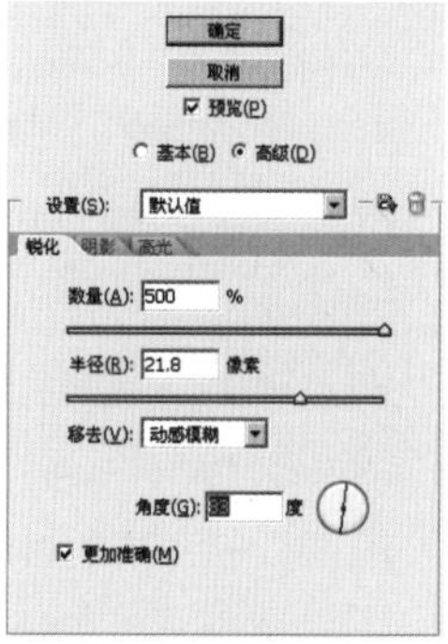

选择“锐化”选项卡

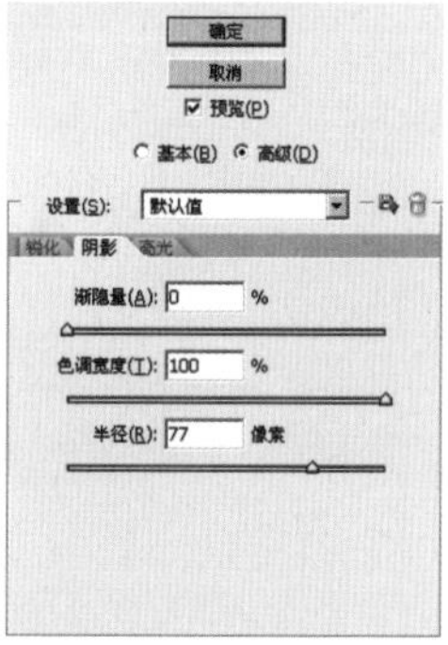

选择“阴影”选项卡

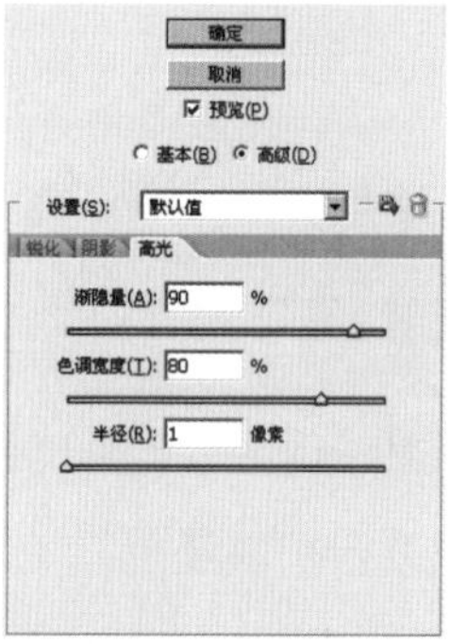

选择“高光”选项卡

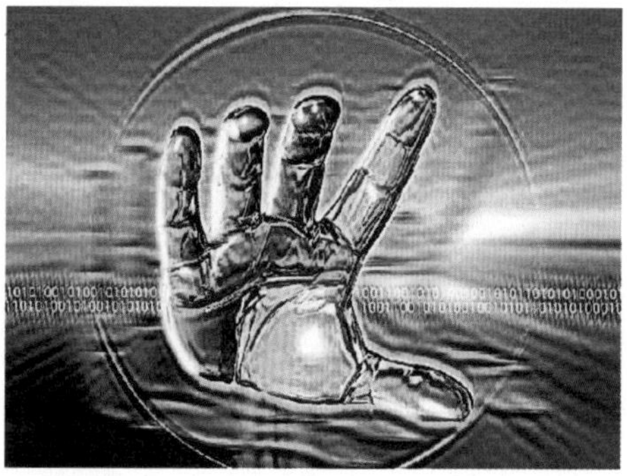

最后效果

图8-145

角度：当在“移去”下拉列表框中选择“动感模糊”选项时，用于设置运动的方向。

更加准确：选中该复选框，可以更精确地锐化。

渐隐量：淡化高光区和阴影区的锐化力度。

色调宽度：控制被修改的阴影区和加亮区的色调宽度。将滑块移到左边或右边来减少或增加色调宽度值。当数值很小的时候，在较暗的区域只进行阴影校正，而在较亮的区域只进行高亮校正。

半径：控制像素周围区域的大小，然后用这个区域的大小来决定在阴影区内抽取像素还是在加亮区内提取像素。将滑块移到左边可以选定一个较小的区域，移到右边则可以选定一个较大的区域。

8.15 风格化滤镜

风格化滤镜通过置换像素并且查找和增加图像中的对比度在选区上产生如同印象派或者其他画派般的作画风格。共有9种不同的风格化滤镜。图8-146为应用风格化滤镜之前的原始图像，在下面各小节中都将用到此图。

8.15.1 扩散

扩散滤镜将图像中相邻的像素随机替换，使图像扩散，可使图像产生如同在湿纸上彩绘所得到的扩散效果，其对话框及应用后的效果如图8-147所示。

图8-146

图8-147

正常：对图形的所有区域都进行扩散漫射。

变暗优先：对灰暗的区域进行扩散漫射。

变亮优先：对明亮的区域进行扩散漫射。

各向异性：同时对灰暗和明亮的区域进行扩散漫射。

8.15.2 浮雕效果

浮雕效果滤镜通过勾画图像或选区的轮廓和降低周围值来产生不同程度的凸起和凹陷效果。浮雕效果滤镜能够产生如同在石块或木材上雕刻而形成的浮雕效果，通常需要与图层进行叠加的混合模式搭配，其对话框及应用后的效果如图8-148所示。

角度：设置图像浮雕效果的光线照射方向。

高度：设置浮雕凸起的高度。

数量：设置滤镜的作用范围，控制浮雕的色值，其范围为1%～500%，当数值为0%时，图像会变为单色图像。

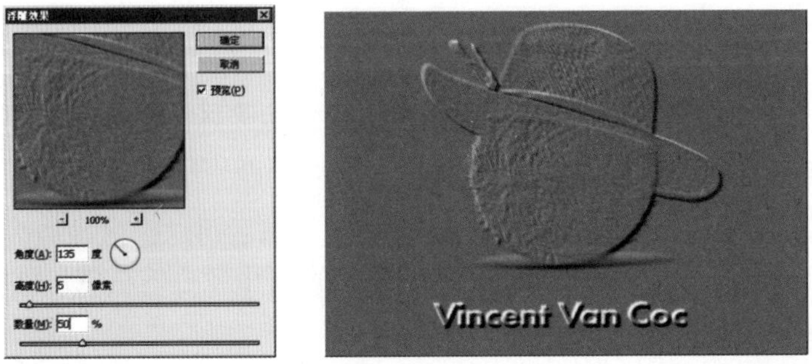

图8-148

8.15.3 凸出

凸出滤镜可以产生由三维立方体或锥体组成的图像效果，可以用它来改变图像或生成特殊的三维背景，其对话框及应用后的效果如图8-149所示。

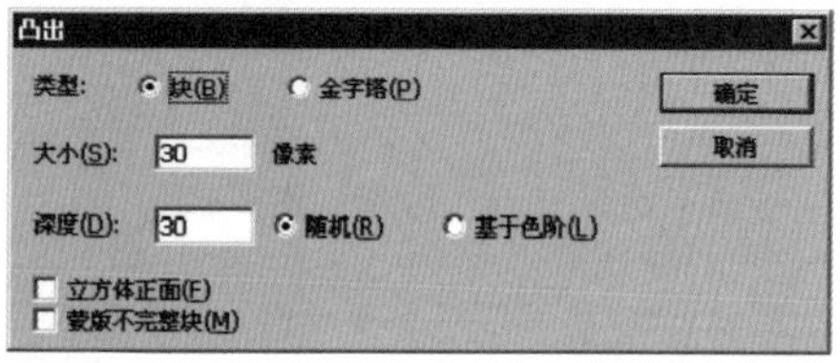

图8-149

类型：设置图像凸起的方式，包括“块”和“金字塔”两种类型。选中“块”单选按钮，图像将生成立方体造型效果；选中“金字塔”单选按钮，图像将生成锥体造型效果。

大小：用来设置立方体或金字塔的底面大小。

深度：设置图像凸起物的深度，其中包括“随机”和“基于色阶”两种方式。选中“随机”单选按钮后，所有的立方体造型都会发生变化；选中“基于色阶”单选按钮后，图像中只有较亮区域的立方体造型发生变化。

立方体正面：选中该复选框后，会让凸出方块的顶面生成方块的平均色，产生立体效果。如果选中“金字塔”单选按钮，则该复选框无效。

蒙版不完整块：设置是否遮盖图像边缘处不完整的凸出单位。

8.15.4 查找边缘

查找边缘滤镜产生如同将图像边缘寻找出来并重新描绘所得到的处理效果，在白色背景上用深色线条勾画图像的边缘（对于在图像周围创建边框非常有用），如图8-150所示。此滤镜没有对话框供用户自行设置操作参数，对不同模式的彩色图像的处理效果也不同。

8.15.5 照亮边缘

照亮边缘滤镜是将图像边缘模拟成具有轮廓发光效果的滤镜，用于查找图像的边缘像素，使其产生类似霓虹灯的效果，其选项区域及应用效果如图8-151所示。

图8-150

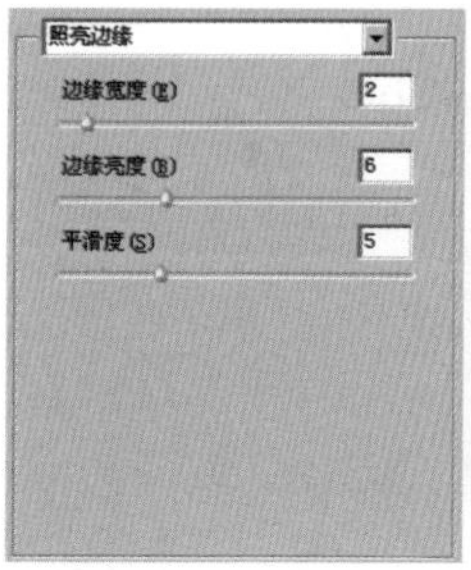

图8-151

边缘宽度：设置图像发光边缘的宽度。

边缘亮度：设置图像发光边缘的亮度。

平滑度：设置图像画面的柔和度。数值越大，图像的过渡越柔和。

8.15.6 曝光过度

曝光过度滤镜用于混合正片和负片图像，与在冲洗过程中将照片简单地曝光后加亮相似，如图8-152所示。此滤镜没有对话框供用户自行设置操作参数。

图8-152

8.15.7 拼贴

拼贴滤镜可以产生如同将图像分裂成一块块不规则形状的磁砖而拼凑起来的效果，其对话框及应用后的效果如图8-153所示。

拼贴数：设置图像中最小的拼贴数目。

最大位移：设置位移的最大距离，控制拼贴对象的间隙。

填充空白区域用：设置在磁砖与磁砖间的空白间隙以何种方式对图像来进行填充操作，其中包括“背景色”、“前景颜色”、“反向图像”和“未改变的图像”4种方式。

8.15.8 等高线

等高线滤镜用于查找主要亮度区域的过渡，并对每个颜色通道用细线勾画它们，得到与等高线图中的线相似的结果，其对话框及应用后的效果如图8-154所示。

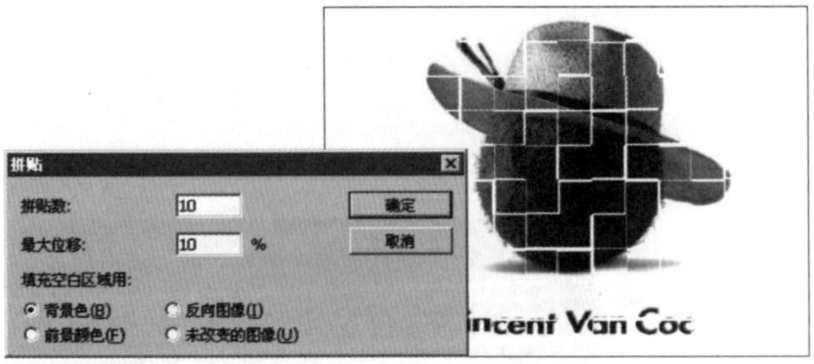

图8-153

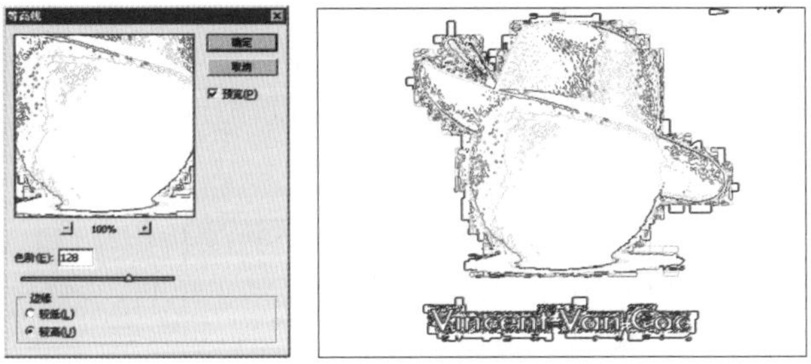

图8-154

色阶：设置描绘边缘的色阶值。

边缘：设置处理图像边缘时的位置，其中包括“较低”和“较高”两个单选按钮。

8.15.9 风

风滤镜用于在图像中创建细小的水平线，以模拟吹风的效果。该滤镜只在水平方向起作用，若想得到其他方向的吹风效果，则需将图像旋转后再应用此滤镜，其对话框及应用后的效果如图8-155所示。

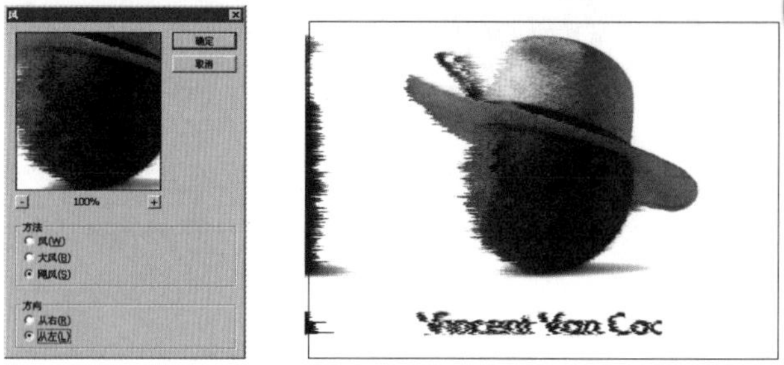

图8-155

方法：设置风的作用形式，其中有“风”、“大风”和“飓风”3种形式。“风”指比较柔和的风的效果，“大风”指更具有动感的风的效果，“飓风”可以在图像中产生偏移的风的线条。

方向：设置风源的方向，可设置为“从右”或“从左”。选择“从右”单选按钮，产生从右向左的起风效果；选择“从左”单选按钮，产生从左到右的起风效果。

8.16 其他滤镜

其他滤镜主要用来设置用户自己喜好的效果，使用滤镜修改蒙版、在图像内移位选区及进行快速的色彩调整，可以说是Photoshop中最具创造性的一组滤镜。图8-156为应用其他滤镜之前的原始图像，在下面各小节中都将用到此图。

8.16.1 自定

自定滤镜允许用户创建自己的滤镜，通过数学运算方法改变图像中每一个像素的亮度值，每个像素依据周围的像素值来确定它的新值，其对话框及应用后的效果如图8-157所示。

图8-156

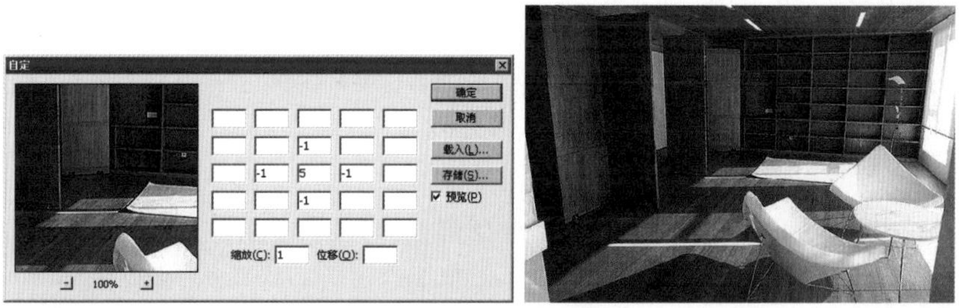

图8-157

数值格：中央的空格代表图像像素值的明亮度倍数，旁边的空格代表邻近像素会增加几倍的处理效果。空格里的数值并不需要全部填上，系统会自动以目前所填入的数值作为依据对图像进行数学运算来重新确定像素值。

缩放：设置计算后像素值分为几等份。

位移：设置等级化后的像素值新增平移的距离值。

存储：将自定的滤镜进行存储，以便下次操作时使用。

载入：可以载入已存在或编辑完毕的滤镜。

8.16.2 高反差保留

高反差保留滤镜用来将图像中变化较缓的颜色区域删除，而保留色彩变化最大的部分。也就是说，该滤镜去掉了图像中的低频变化，保留的是颜色变化的边缘。在使用“阈值”命令或将图像转换为位图模式前，该滤镜可以强调连续色调中的颜色变化边缘，还可以从扫描图像中提取线画稿和大块的黑色区域，其对话框及应用后的效果如图8-158所示。

半径：设置像素之间颜色过渡情况的区域半径。数值越大，保留的原图像像素越多。

8.16.3 最大值

最大值滤镜可以在像素区域内用亮调最大的像素的亮度值来代替所有像素的亮度值，从而扩大亮部区域，缩小暗部区域。该滤镜用于扩大选区、修改蒙版等，其对话框及应用后的效果如图8-159所示。

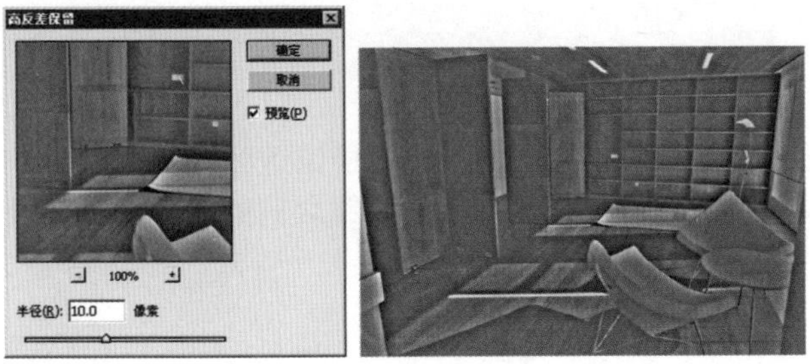

图8-158

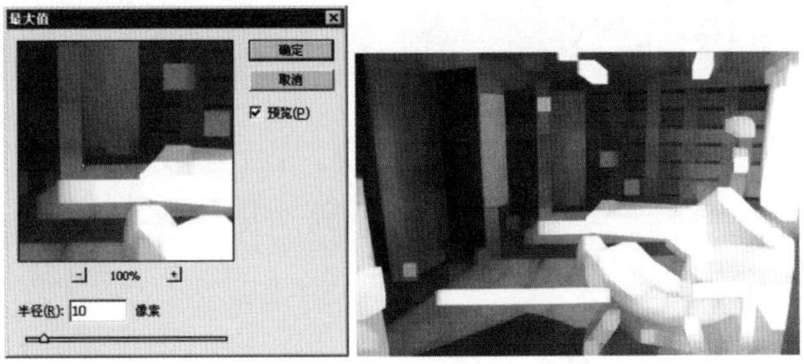

图8-159

半径：设置滤镜命令分析像素之间颜色过渡情况的区域半径。

8.16.4 最小值

最小值滤镜可以扩大暗部区域，缩小亮部区域，造成模糊、暗化效果，是跟最大化滤镜相对的一个滤镜。使用该滤镜修饰蒙版时，蒙版中的黑色区域将向白色区域扩张，其对话框及应用后的效果如图8-160所示。

半径：设置滤镜命令分析像素之间颜色过渡情况的区域半径。

8.16.5 位移

位移滤镜用于将图像中的像素移动指定的距离。该滤镜是创建无缝图案的关键，可用于精确指定从哪里开始操作图像，可在选区甚至图层进行操作，其对话框及应用后的效果如图8-161所示。

水平：设置图像在水平方向上的位移大小。

垂直：设置图像在垂直方向上的位移大小。

未定义区域：此选项区域中包括“设置为背景”、“重复边缘像素”和“折回”3种对未定义区域的填充方式。

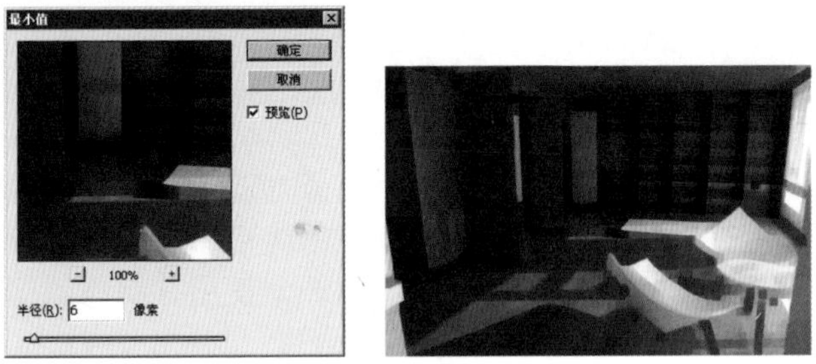

图8-160

图8-161

8.17 Digimarc滤镜

Digimarc滤镜是一个保护知识产权的滤镜插件。通过它，用户可以将版权信息添加到Photoshop图像中，并且通过使用Digimarc PictureMark技术的数字水印加以保护。人眼一般看不到这种水印（作为杂色添加到图像中的数字代码），水印以数字和打印形式长久保存，并且在经历典型的图像编辑和文件格式转换后仍然存在。当将打印出的图像扫描回计算机时，仍然可以检测到水印。Photoshop提供了两种Digimarc滤镜。

8.17.1 嵌入水印

利用嵌入水印滤镜能向图像中嵌入水印图像，但是不会影响原来的图像，它能随着图像复制而复制，如图8-162所示。

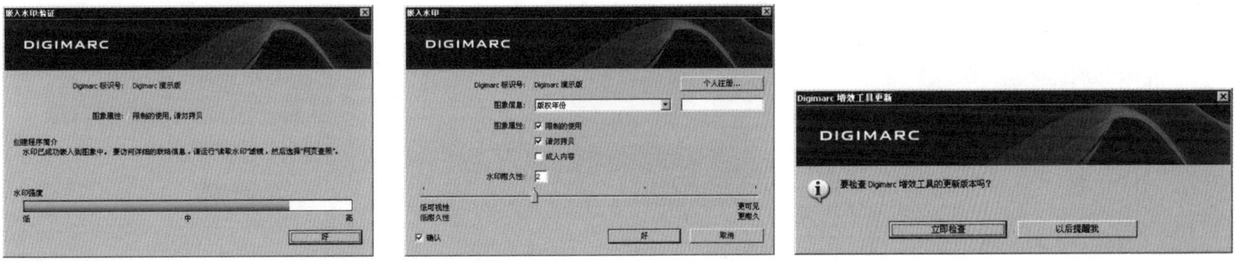

图8-162

Digimarc标识号：创建者的个人信息。

图像信息：填写版权申请年份。

图像属性：包含“限制的使用”、“成人内容”和“请勿拷贝”3个复选框。

输出目标：有3种输出方式，“显示器”表示输出到屏幕上，“网页”表示输出到网络，“打印”表示打印。

水印耐久性：控制水印的耐久性和可见度。

8.17.2 读取水印

利用读取水印滤镜可判断图像中是否有水印，它没有要设置的参数。应用此滤镜后，将弹出识别结果对话框，如图8-163所示。

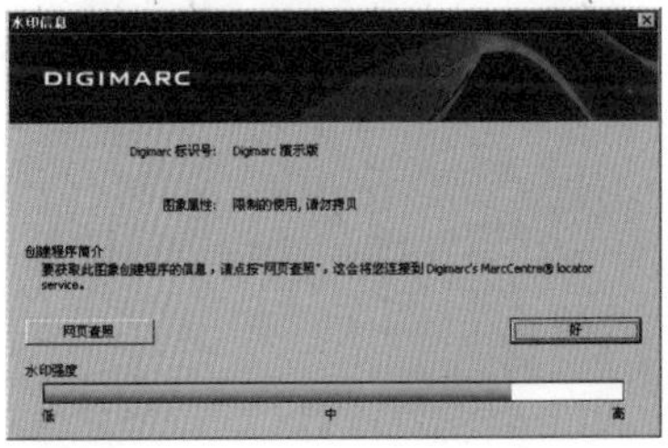

图8-163

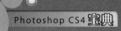

8.18 使用智能滤镜

智能滤镜是Photoshop CS4新增加的一个功能，将图像转化成特殊形式，然后添加滤镜效果，它的使用方法和添加图层样式一样，会将使用的滤镜效果保存在图层的下方。智能滤镜的优点就是应用滤镜效果后还可以查看和重新设置参数，也可进行滤镜删除，这一切操作均不影响原图像。使用它制作滤镜效果相当方便，具体使用方法如下。

打开一张图像，如图8-164所示。将打开的图像作为单独的图层，然后转化成特殊图层，这样才能添加滤镜效果。在“图层”面板中的图像图层上单击右键，在弹出的菜单中选择“转换为智能对象”命令，如图8-165所示。

选择该命令后，“图层”面板中的图层缩略图发生了变化，图层转换完成，如图8-166所示。

现在可以添加滤镜效果了，执行菜单栏中的“滤镜＞模糊＞高斯模糊”命令，在弹出的对话框中进行参数设置（如图8-167所示），单击“确定”按钮，图像发生变化，添加的滤镜效果层呈现在图层的下方，如图8-168所示。

图8-164

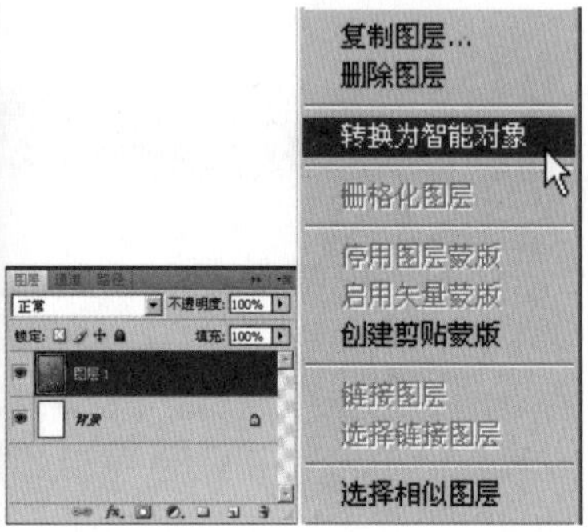

图8-165

图8-166

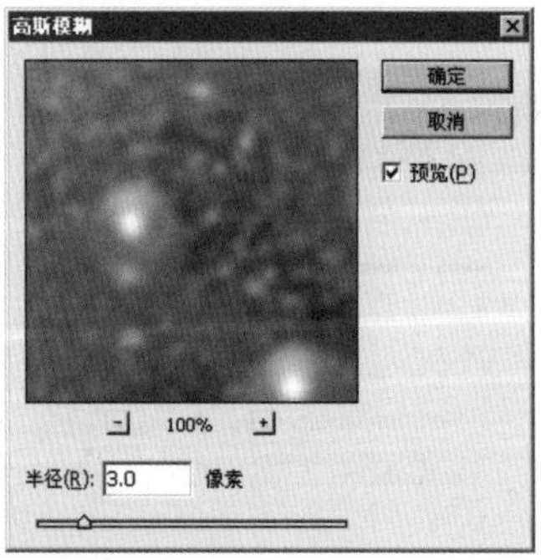

图8-167

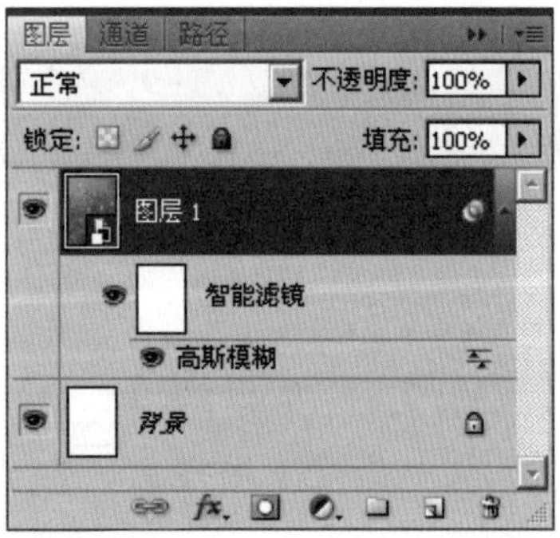

图8-168

智能滤镜添加完成，当然还可以继续添加滤镜效果。如果要进行滤镜参数的重新设置，则可以双击图层下面的滤镜字样，打开最后一次设置的滤镜参数对话框。如果要进行删除，使用鼠标将图层下面的滤镜层拖到“删除图层”图标上即可，而原图像依然完好无损。

8.19 创建全景图

在Photoshop CS4中，可以利用“Photomerge”命令、“自动对齐图层”命令和3D相关命令将多幅照片组合成一个连续的图像，创建成全景图。用户可以根据命令的特点和实际需要选择不同的命令。

8.19.1 创建Photomerge合成图像

要创建Photomerge合成图像，可以执行“文件>自动>Photomerge”命令或在Bridge浏览器中使用“Photomerge”命令，然后选取源文件并指定版面和混合选项，具体的选项设置取决于拍摄全景图时使用的方式。

例如，如果要制作一个360°全景图拍摄的图像，则推荐使用“球面”版面选项。该选项会缝合图像并变换它们，就像这些图像是映射到球体内部一样，从而模拟出观看360°全景图的视觉感受。

方法一：从Photoshop中创建。在Photoshop CS4中，执行“文件>自动>Photomerge”命令，打开“Photomerge”对话框，如图8-169所示。该对话框中各选项的功能如下。

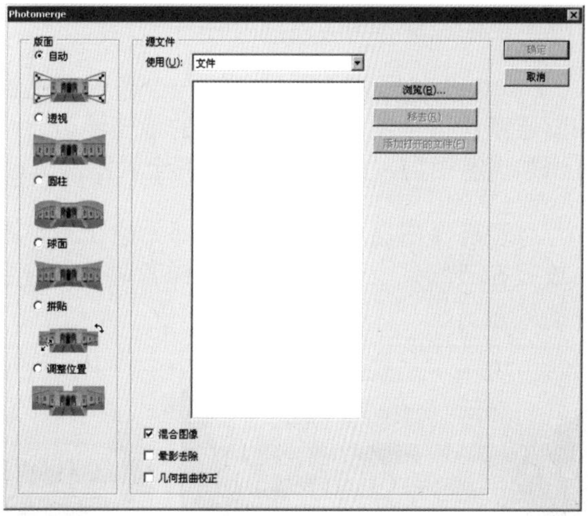

图8-169

使用：在该下拉列表框中选择“文件”选项时，可以使单个或多个文件生成Photomerge合成图像；当选择“文件夹”选项时，使用存储在一个文件夹中的所有图像来创建Photomerge合成图像。

浏览：单击该按钮，可以在打开的对话框中选择图像文件或图像所在的文件夹。

添加打开的文件：单击该按钮，可以将目前在Photoshop中打开的图像添加到当前的对话框中。

移去：单击该按钮，可以将选中的文件从源文件列表框中删除。

在“版面”选项区域中，可以根据不同的图像合并情况选择一种适当的合并选项。

自动：选择该单选按钮，Photoshop会自动分析源图像，并应用“透视”、“圆柱”或“球面”版面，具体取决于哪一种版面能够生成更好的Photomerge图像。

透视：选择该单选按钮，通过将源图像中的一个图像（默认情况下为中间的图像）指定为参考图像来创建一致的复合图像，然后变换其他图像（必要时，进行位置调整、伸展或斜切），以便匹配图层的重叠内容。

圆柱：选择该单选按钮，通过在展开的圆柱上显示各个图像来减少在“透视”版面中会出现的“领结”扭曲。文件的重叠内容仍匹配，将参考图像居中放置，最适合于创建宽全景图。

球面：选择该单选按钮，对齐并转换图像，使其映射到球体内部。如果拍摄了一组环绕360°的图像，那么选择该单选按钮可创建360°全景图。也可以将“球面”版面与其他文件集搭配使用，从而产生完美的全景效果。

拼贴：选择该单选按钮，可以对齐图层并匹配重叠内容，同时变换（旋转或缩放）任何源图层。

调整位置：选择该单选按钮，会对齐图层并匹配重叠内容，但不会变换（伸展或斜切）任何源图层。

混合图像：选中该复选框时，会找出图像间的最佳边界并根据这些边界创建接缝，以便使图像的颜色相匹配。不选中该复选框时，将执行简单的矩形混合。如果要手动修饰混合蒙版，此操作将更为可取。

晕影去除：在由于镜头瑕疵或镜头遮光处理不当而导致边缘较暗的图像中，选中该复选框可以去除晕影并执行曝光度补偿。

几何扭曲校正：选中该复选框时，图像会补偿桶形、枕形或鱼眼失真。

例如，执行“文件>自动>Photomerge”命令，打开“Photomerge”对话框，在“使用”下拉列表框中选择“文件夹”选项，单击“浏览”按钮，在打开的对话框中选择“风光全景”文件夹，如图8-170所示。文件夹中的图片效果如图8-171所示。单击“确定”按钮，将其添到“Photomerge”对话框的列表框中，如图8-172所示。保持默认设置，单击“确定”按钮，生成全景图，效果如图8-173所示。

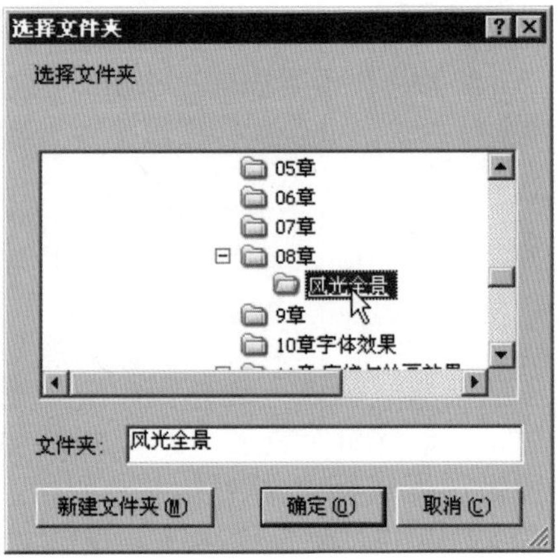

图8-170

Photoshop可从源图像创建一个多图层图像，并根据需要添加图层蒙版以创建图像重叠位置的最佳混合。可以编辑图层蒙版或添加调整图层，以便进一步微调全景图的其他区域。

为了确保拍摄具有足够重叠部分的正圆形图像，可以将全景头放置在三脚架上进行拍摄，这样有助于在缝合全景图时得到更好的效果。

图8-171

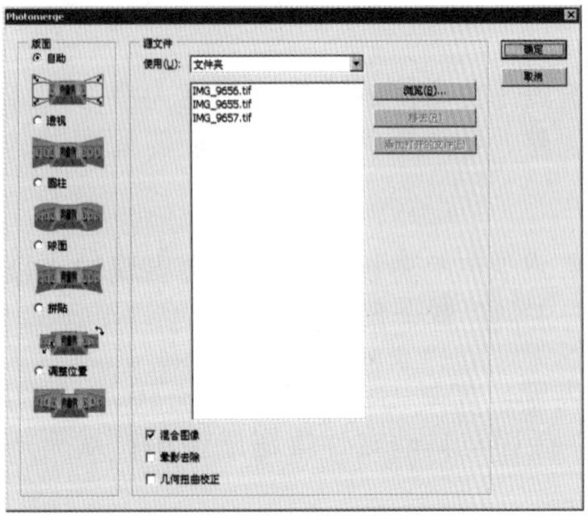

图8-172

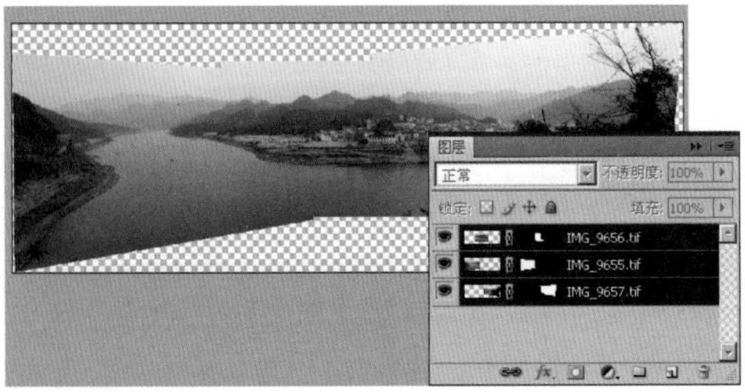

图8-173

方法二：从Adobe Bridge CS4中创建。在Bridge CS4软件中，选中要合成的图像文件，然后执行“工具>Photoshop>Photomerge”命令，系统自动转换到Photoshop软件，同样会打开“Photomerge”对话框，并且在该对话框中会自动将之前选中的文件添加到列表框中，对选项进行设置，然后单击“确定”按钮，即可创建全景图。

技巧提示

要合成的源照片在全景图合成中起着重要的作用。为了避免出现问题，在拍摄要用于Photomerge的照片时需要注意以下几点：

1.图像之间的重叠区域应约为25%～40%。如果重叠区域较小，则Photomerge可能无法自动汇集全景图。但是也不要重叠得过多，如果图像的重合度达到70%或更高，则Photomerge可能无法混合这些图像。要使各个图像至少具有一些明显不同的地方。

2.如果使用的是缩放镜头，则在拍摄照片时不要改变焦距（放大或缩小），并使相机保持水平。尽管Photomerge可以处理图像之间的轻微旋转，但如果有好几度的倾斜，在汇集全景图时则可能会导致错误。

3.避免使用扭曲镜头，鱼眼镜头和其他扭曲镜头会干扰 Photomerge。

4.保持同样的曝光度，避免在一些照片中使用闪光灯，而在其他照片中不使用。Photomerge中的混合功能有助于消除不同的曝光度，但很难使差别极大的曝光度达到一致。

例如，打开Adobe Bridge CS4软件，找到并打开素材中的“十三陵风光”文件夹，显示其中的图片，并将这3个图片全部选中，如图8-174所示。执行“工具>Photoshop>Photomerge”命令，系统自动跳转到Photoshop CS4软件中，打开“Photomerge”对话框，并将之前选中的文件添加到列表框中，如图8-175所示。此时，单击“确定”按钮，即可生成全景图，与之前在Photoshop软件中的操作过程和效果完全相同，如图8-176所示。

图8-174

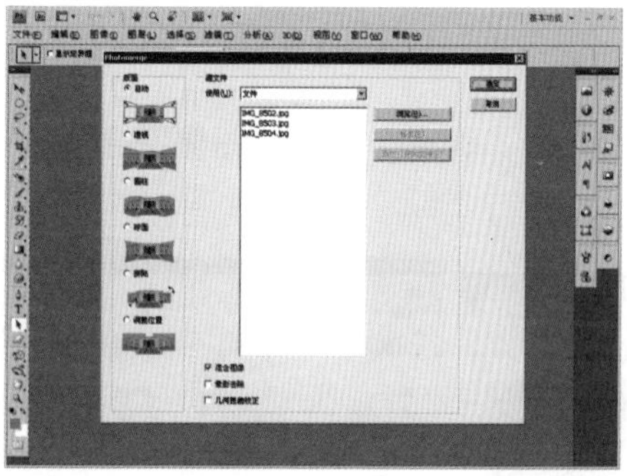
图8-175

图8-176

技巧提示

需要注意的是：在Bridge CS4中，如果直接选择“Photomerge”命令，则会默认使用Bridge浏览器中当前显示的所有图像作为合成的图像。如果只想使用特定图像，则需要在选择“Photomerge”命令之前选择这些图像。

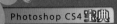

8.19.2 创建360°全景图

使用“自动对齐图层”命令创建360°全景图

执行“文件>脚本>将文件载入堆栈”命令，打开“载入图层”对话框，单击“浏览”按钮，选择“国家大剧院全景”文件夹中的图片，如图8-177所示。单击“确定”按钮，在一个文件中打开多个文件并将其转换为堆栈图层，如图8-178所示。

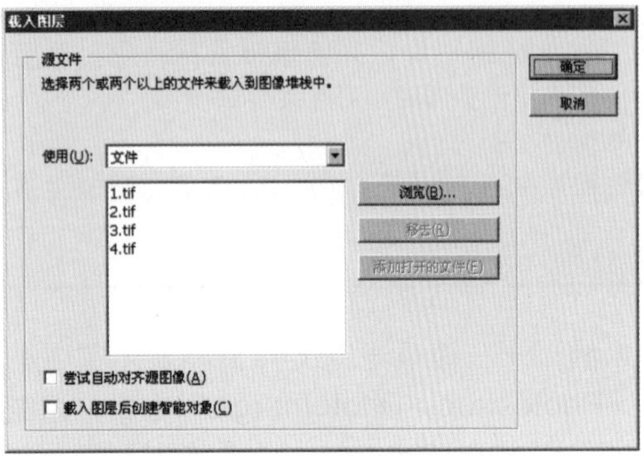

图8-177

图8-178

选择“图层”面板中的1.tif～4.tif图层，然后执行“编辑>自动对齐图层”命令，打开“自动对齐图层”对话框，选择“自动”或“球面”单选按钮，再根据实际情况选中“晕影去除”或“几何扭曲”复选框来进行镜头校正，如图8-179所示。

设置好后单击“确定”按钮，图像便会根据设置进行自动对齐，效果如图8-180所示。

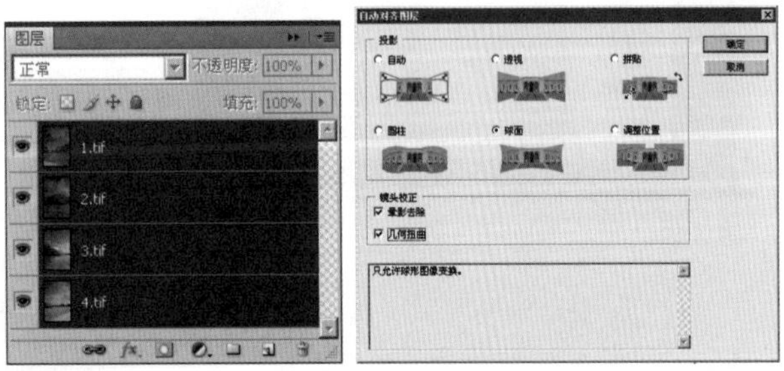

图8-179

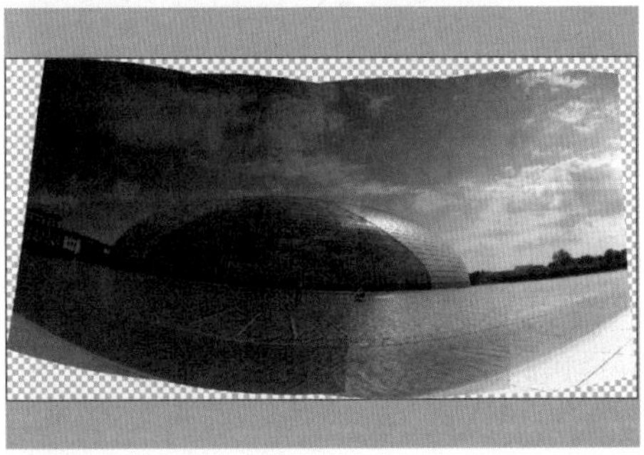

图8-180

执行“编辑>自动混合图层”命令，打开“自动混合图层”对话框，选择“全景图”作为混合方法，并选中“无缝色调和颜色”复选框，如图8-181所示。

单击“确定”按钮，可以看到自动混合后的图像效果，如图8-182所示。

当全景图像边缘有透明像素时，会使最终的360°全景图无法正确折叠。在这种情况下，在操作前可以先裁剪掉多余的像素或使用位移滤镜来标识并移去这些像素。

使用Photomerge创建360°全景图

执行“文件>自动>Photomerge”命令，打开“Photomerge”对话框，添加要使用的图像文件。

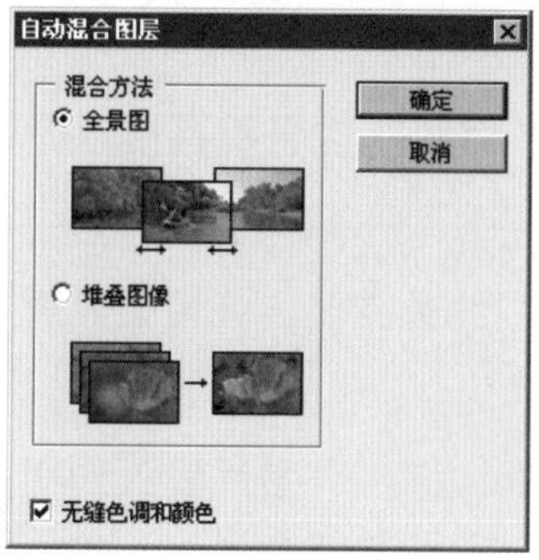

图8-181

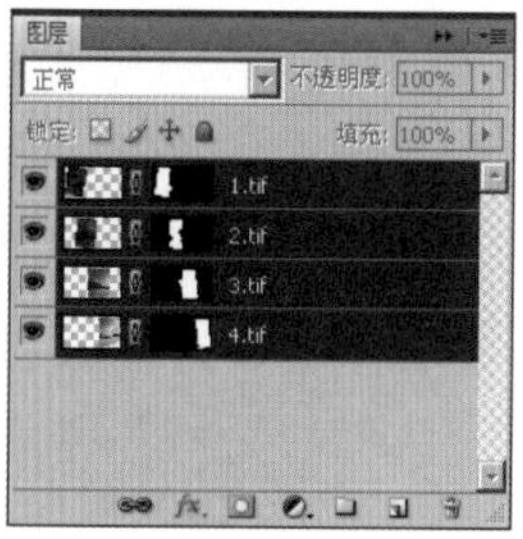

图8-182

同样不要包含覆盖场景顶部（顶点）或底部（最低点）的图像文件，这些图像文件将稍后添加。

设置“版面”选项为“球面”。（如果是用鱼眼镜头拍摄的，则建议选择“自动”作为“版面”选项，并同时选中“几何扭曲校正”复选框。）

单击“确定”按钮，创建一个全景图。

执行“3D>从图层新建形状>球面全景”命令。

8.20 自动对齐图层

“自动对齐图层”命令可以根据不同图层中的相似内容（如角和边）自动对齐图层。可以指定一个图层作为参考图层，也可以让Photoshop自动选择参考图层，其他图层将会与参考图层对齐，以便匹配的内容能够自行叠加。

利用“自动对齐图层”命令，可以用下面几种方式组合图像：

1.替换或删除具有相同背景的图像部分。对齐图像之后，使用蒙版或混合效果将每个图像的部分内容组合到一个图像中。

2.将共享重叠内容的图像缝合在一起。

3.对于针对静态背景拍摄的视频帧，可以将帧转换为图层，然后添加或删除跨越多个帧的内容。

基本操作方法

将要对齐的图像复制或置入到同一文档中，并且要保证每个图像都位于单独的图层中。这里可以手动进行操作，也可以利用脚本，执行“文件>脚本>将文件载入堆栈”命令，将多个图像载入图层中。

在“图层”面板中，通过锁定某个图层来创建参考图层。如果未设置参考图层，则Photoshop将分析所有图层并选择位于最终合成图像中心的图层作为参考图层。

选择要对齐的其余图层。需要注意的是，不要选择调整图层、矢量图层或智能对象，它们不包含对齐所需的信息。

执行“编辑>自动对齐图层”命令，然后选择对齐选项。要将共享重叠区域的多个图像缝合在一起（例如创建全景图），需要选择“自动”、“透视”或“圆柱”单选按钮。如果要将扫描图像与位移内容对齐，则需选择“仅调整位置”单选按钮。

版面选项的具体设置与之前介绍的“Photomerge”对话框中的相应选项相同，这里不再重复介绍。

几何扭曲将尝试径向扭曲，以改进除鱼眼镜头外的对齐效果；当检测到鱼眼元数据时，几何扭曲将为鱼眼对齐图像。

例如，打开“角楼全景”素材文件夹中的两个素材文件，如图8-183所示。将两个图片置入到同一文档中，如图8-184所示。在“图层”面板中将两个图层选中，执行“编辑>自动对齐图层”命令，打开“自动对齐图层”对话框并进行设置，如图8-185所示。单击“确定”按钮，生成对齐图层后的效果，如图8-186所示。

图8-183

图8-184

图8-185

图8-186

自动对齐之后，可以使用“编辑>自由变换”命令来微调对齐或进行色调调整，以使图层之间的曝光差异均化，然后将图层组合到一个复合图像中。

8.21 自动混合图层

使用“自动混合图层”命令可缝合或组合图像，从而在最终复合图像中获得平滑的过渡效果。“自动混合图层”命令会根据需要对每个图层应用图层蒙版，以遮盖过度曝光或曝光不足的区域或内容差异。

利用“自动混合图层”命令可以混合同一场景中具有不同焦点区域的多幅图像，以获取具有扩展景深的复合图像。还可以采用类似方法，通过混合同一场景中具有不同照明条件的多幅图像来创建复合图像。除了组合同一场景中的图像外，还可以将图像缝合成一个全景图。当然，相对而言，使用

“Photomerge”命令从多幅图像生成全景图可能会更好一些。

技巧提示

需要注意的是，“自动混合图层”命令仅适用于RGB或灰度图像，不适用于智能对象、视频图层、3D图层或背景图层。

基本操作方法

将要组合的图像复制或置入到同一文档中。这里要求每个图像都位于单独的图层中。

选择要混合的图层。可以手动对齐图层，也可以使用“自动对齐图层”命令对齐图层。

在图层仍处于选定状态时，执行“编辑>自动混合图层”命令，打开“自动混合图层”对话框，并设置自动混合目标。

全景图：将重叠的图层混合成全景图。

堆叠图像：混合每个相应区域中的最佳细节，最适合已对齐的图层。

选择“堆叠图像”单选按钮，可以混合同一场景中具有不同焦点区域或不同照明条件的多幅图像，以获取所有图像的最佳效果；当然，前提是先对这些图像进行自动对齐。

选中“无缝色调和颜色”复选框时，会调整颜色和色调以便进行混合。

单击“确定”按钮，产生自动混合的图层效果。

对齐图层

例如，接着上例的文件操作，在“图层”面板中选中两个已经自动对齐过的图层，执行“编辑>自动混合图层”命令，打开“自动混合图层”对话框，选择“全景图”单选按钮，如图8-187所示。单击“确定”按钮，生成全景图，效果如图8-188所示。

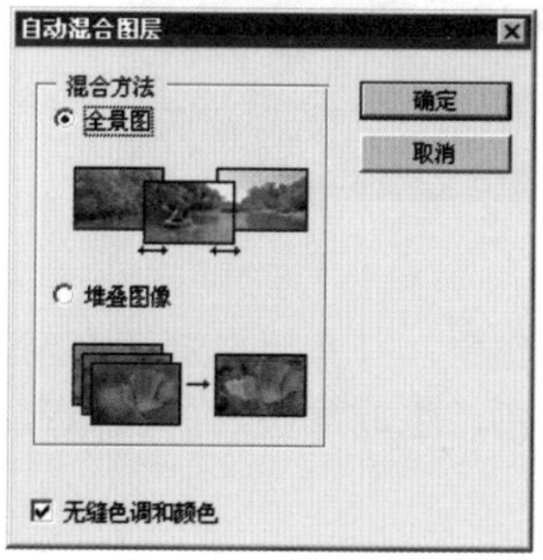

图8-187

图8-188

增加景深

使用增强的混合层命令，可以根据焦点不同的一系列照片轻松创建一个图像，该命令可以顺畅混合颜色和底纹，又可延伸景深，自动校正晕影和镜头扭曲。

例如，在素材中找到“国家大剧院夜景”文件夹，其中有4个已经编号的文件，如图8-189所示。在Photoshop中，执行“文件>脚本>将文件载入堆栈”命令，在打开的对话框中将之前的4个文件导入，如图8-190所示。单击“确定”按钮，创建一个新的文件，图像效果如图8-191所示。

图8-189

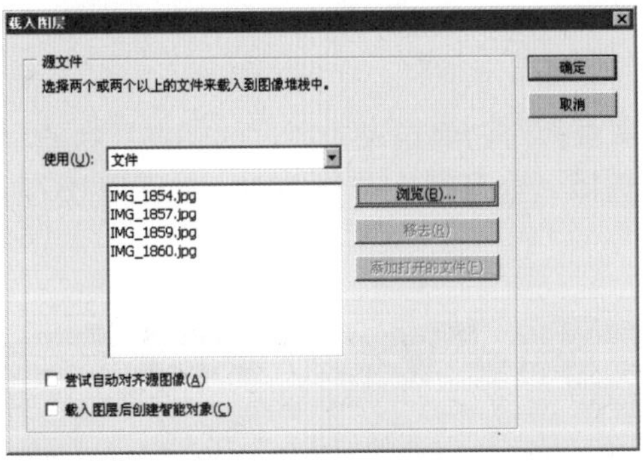

图8-190

图8-191

在“图层”面板中将4个图层都选中，执行“编辑>自动混合图层”命令，打开“自动混合图层”对话框，选择“堆叠图像”单选按钮，如图8-192所示。单击“确定”按钮，生成堆叠后的图像效果，如图8-193所示。

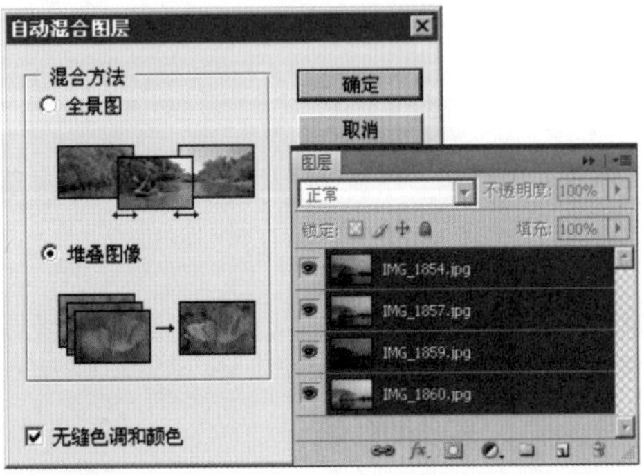

图8-192

图8-193

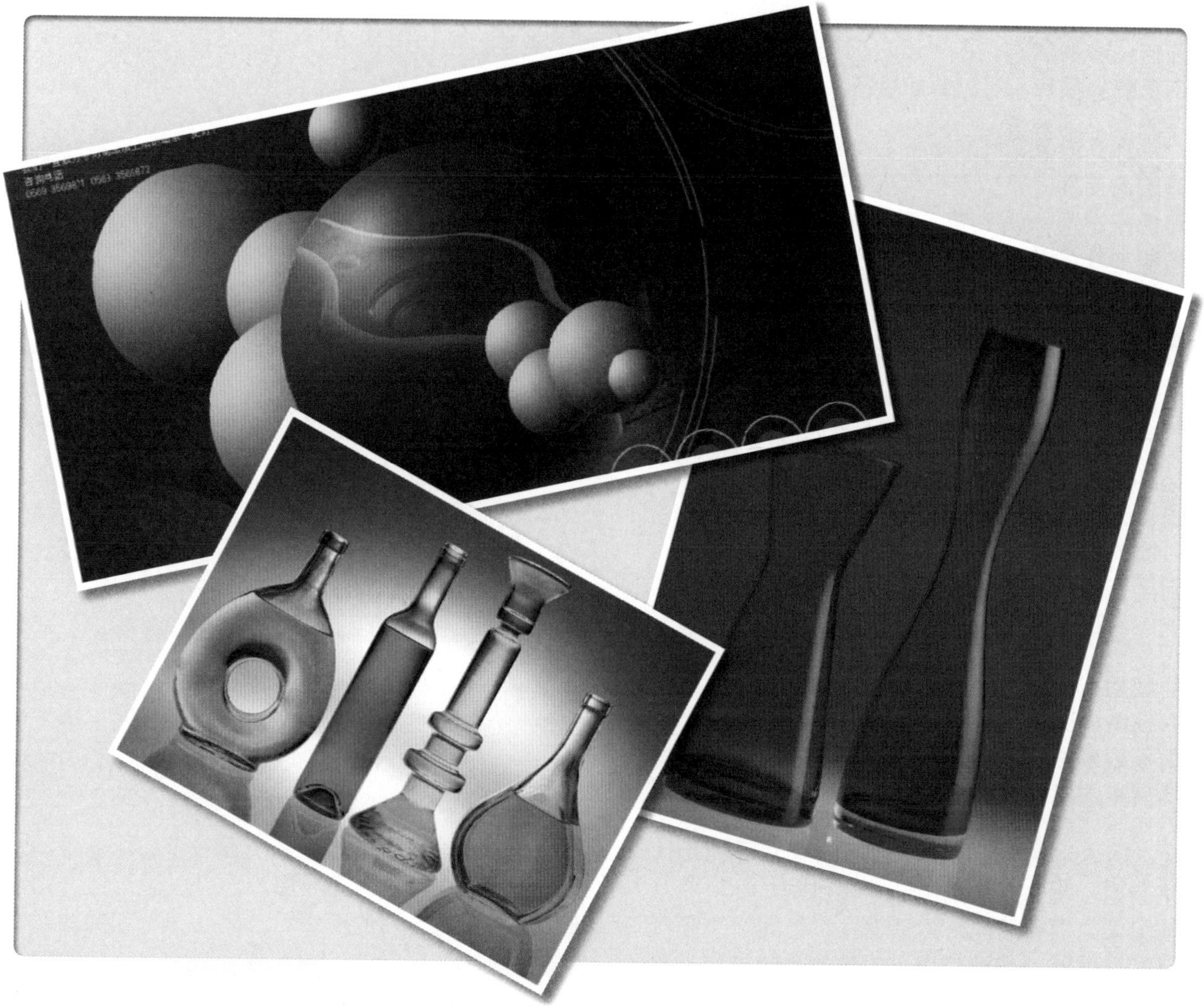

09
CHAPTER

历史记录与动作

在实际创作中，对于某些操作会经常修改，Photoshop提供了“历史记录”控制面板，它可以让用户回到数十次操作以前。也可以让执行的命令都记录在“动作”控制面板中，只需单击“动作”控制面板中的播放按钮，就可以对其他文件或者文件夹中的所有图像执行相同的操作，非常方便快捷。

9.1 历史记录概述

在Photoshop中，“历史记录”控制面板用来记录工作过程中的操作步骤，并帮助恢复到操作过程中任何一步的状态。在“历史记录”控制面板上会自动记录下对图像进行的每一步操作，因此，对于一些不正确的操作，可以重新进行。

“历史记录”控制面板在默认情况下可以记录20步最近的操作状态，如果超过20步记录，那么会自动删除前面的记录以腾出内存空间，提高Photoshop的工作效率。可以随意地回到任何“历史记录”控制面板所记录的状态下，不论使用命令还是工具操作，都可以从新状态继续工作。同时，还可以配合历史画笔工具将影像的局部恢复到以前的状态，以创作出其他效果。

9.1.1 “历史记录”控制面板

执行菜单栏中的“窗口>历史记录”命令，弹出“历史记录”控制面板。如果对图像做了一个变动，就会在“历史记录”控制面板上新增一个状态。旧的状态位于面板的顶端，新的状态则摆在底端，以使用的工具或命令作为状态名称，如图9-1所示。

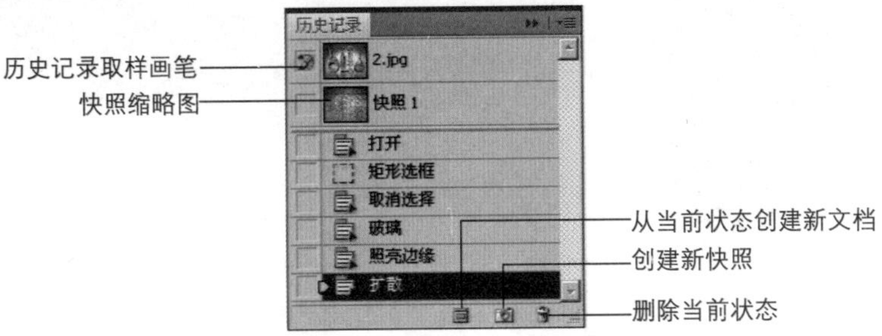

图9-1

最初打开一个图像时，“历史记录”控制面板上只有一个状态，表明执行了一个操作步骤，其名称通常是“打开”。在“历史记录”控制面板的最左侧是一排方框，单击方框，会出现图标，表示此状态作为历史记录画笔的“源图像”，一次只能选择一种状态。

“历史记录”控制面板的下端有3个控制图标，“从当前状态创建新文档”图标表示将以图像的当前状态建立新的图像文档，即在Photoshop界面中会出现当前状态的两个图像窗口，可以通过这个功能比较图像处理前后的变化情况；“创建新快照”图标表示将会为当前的图像状态建立一个新的快照，以免在超过20个步骤后以前需要的状态被自动删除；单击“删除当前状态”图标可以删除选中的快照或选中的中间状态图像。

9.1.2 设置新快照

选择“历史记录”控制面板扩展菜单中的“新建快照”命令，或直接单击“历史记录”控制面板中的“创建新快照”按钮，就可以保留一个特定的状态，以便以后恢复和对照使用。

设置新快照的具体操作步骤如下：

step01 从“历史记录”控制面板的列表中选择任意一个状态。

step02 在“历史记录”控制面板的扩展菜单中选择“新建快照”命令，或者在按住Alt键的同时单击“创建新快照”图标，打开“新建快照”对话框。在“名称”文本框中输入快照的名称，在“自”下拉列表框中选择快照选项，如图9-2所示。设置完成后，单击“确定”按钮，在“历史记录”控制面板中就会新增一个图像的快照。

全文档：可创建图像在该状态时所有图层的快照。

合并的图层：可创建合并图像在该状态时所有图层的快照。

当前图层：可以创建该状态时当前选中图层的快照。

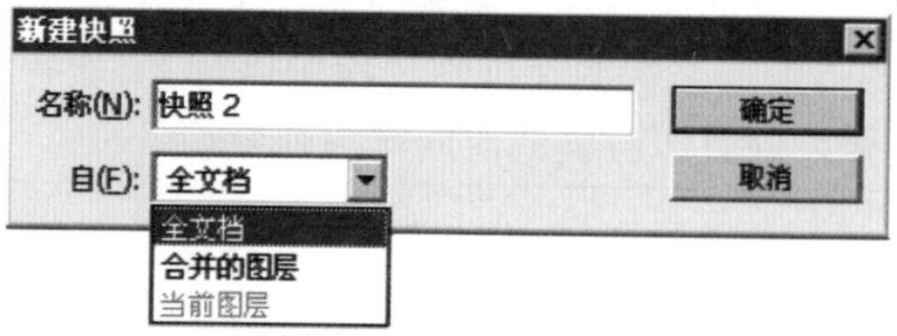

图9-2

技巧提示

在Photoshop中，快照不能和图像同时存储，关闭图像时系统会自动删除它的快照。另外，除非在“历史记录”控制面板的扩展菜单中选择“历史记录选项”命令，在弹出的对话框中选中“允许非线性历史记录”复选框，否则选择一个快照并执行其他操作时，将会删除“历史记录”控制面板中当前列出的所有状态。

9.1.3 删除快照

单击某状态的名称将其选中，然后从“历史记录”控制面板的扩展菜单中选择“删除”命令，弹出提示是否删除的提示框，单击“是”按钮，选中的状态就被删除了。把某状态直接拖到“历史记录”控制面板的“删除当前状态”图标上，也可以将其删除。

选择“历史记录”控制面板扩展菜单中的“清除历史记录”命令，可以在不更改图像的情况下将“历史记录”控制面板中的所有状态删除，但是不删除快照部分。该命令不改变Photoshop的内存使用情况，能够被恢复。

按住Alt键并选择“清除历史记录”命令，可以在不改变图像的情况下将“历史记录”控制面板中的所有状态删除，但是不删除快照部分。

9.1.4 设置历史记录选项

在“历史记录”控制面板的扩展菜单中选择“历史记录选项”命令，打开“历史记录选项”对话框，如图9-3所示。在“历史记录选项”对话框中可以对历史记录选项进行设置。

自动创建第一幅快照：通常处于选中状态，也就是说，图像文件打开时，以文件最原始的状态自动建立一份快照，如图9-4所示。

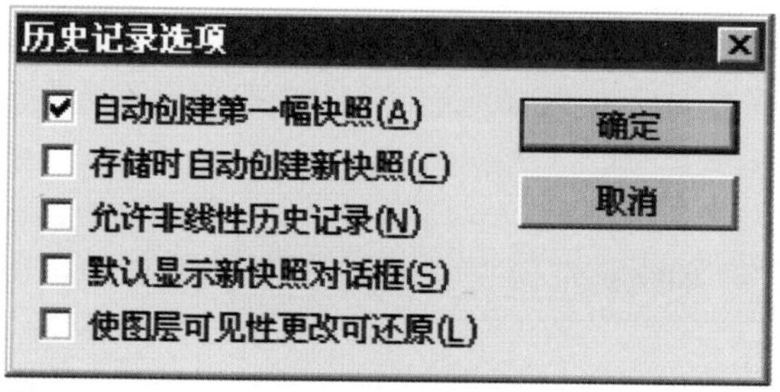

图9-3

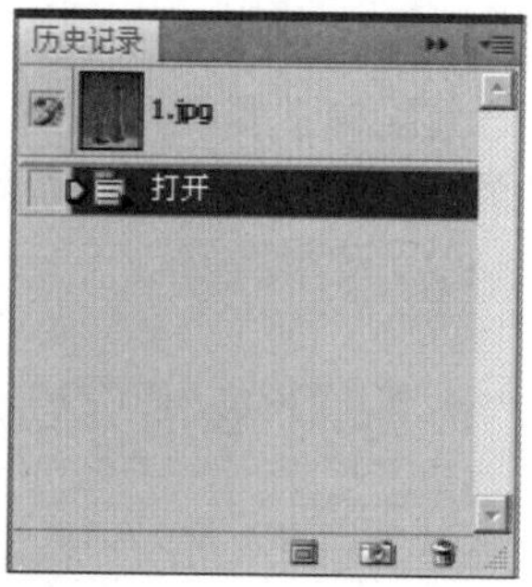

图9-4

存储时自动创建新快照：可以在每次执行“存储”命令时根据当时的图像状态生成一个快照。如图9-5所示，在图像操作过程中执行了3次存储命令，在“历史记录”控制面板中就可以看到创建了3个快照，并且以存储的时间作为快照的名称。

允许非线性历史记录：选中该复选框后，在“历史记录”控制面板上选择某一状态进行删除时，其后面的所有状态仍然会正常显示。当执行完删除命令后，只有选中的状态被删除，其后面的状态不受任何影响。否则，在“历史记录”控制面板上选择某一个状态进行删除时，其后面的所有状态全部被删除，各步骤名称变为灰色，并用斜体表示。图9-6和图9-7分别显示了选中和未选中该复选框时的效果。

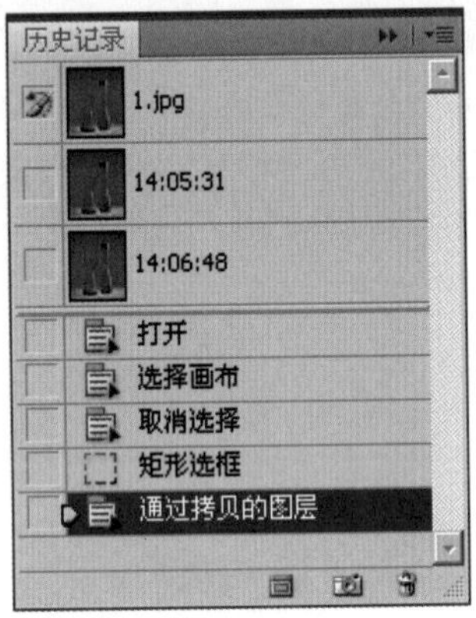

图9-5

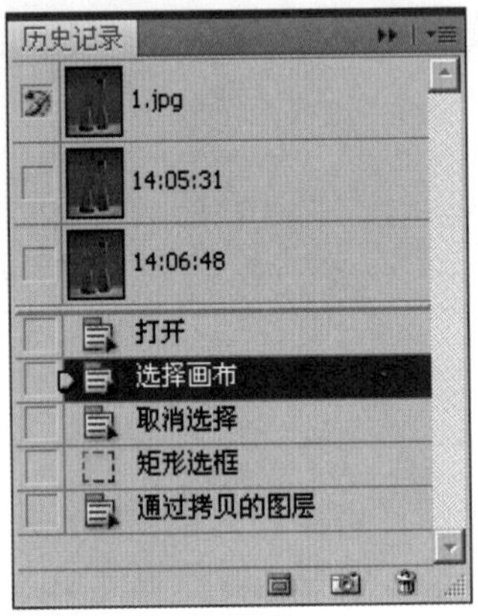

图9-6

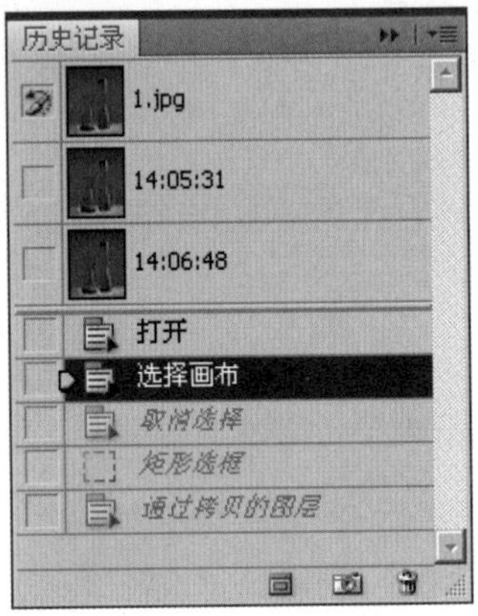

图9-7

默认显示新快照对话框：选中此复选框后，当创建新快照的时候，以默认的形式自动显示“新建快照”对话框，单击“历史记录”控制面板上的“创建新快照”图标时也一样出现该对话框。

使图层可见性更改可还原：选中此复选框后，可以还原图层的可见性更改。

技巧提示

执行菜单栏中的“编辑>首选项>常规”命令，在打开的对话框中可以对所需要的历史步骤进行设置，默认的状态下，“历史记录”控制面板记录最近的20个操作步骤。“历史记录”控制面板中所容纳的历史记录的值可设置为1～100，所设值的大小受图像的尺寸和Photoshop所使用的内存空间的限制。

9.1.5 历史记录画笔工具

历史记录画笔工具可以将图像上的一个状态或快照绘制到当前图像窗口中，它必须与“历史记录”控制面板配合使用。历史记录画笔工具的工具选项栏如图9-8所示，在其中可以设置历史记录画笔的大小、模式和不透明度等。

图9-8

在Photoshop CS4中打开一幅图像，如图9-9所示。

执行菜单栏中的“滤镜>风格化>凸出”命令，效果如图9-10所示。

执行菜单栏中的“滤镜>扭曲>波纹”命令，效果如图9-11所示。

图9-9

图9-10

图9-11

在“历史记录”控制面板中，可以看到以上的操作步骤都被自动记录下来。在某状态的名称上单击，名称的左侧将出现图标，图像窗口中显示的就是此状态。

将历史记录取样画笔放在“凸出”状态的左侧，将其定义为绘制的源状态，如图9-12所示。

选取适当大小的历史记录画笔工具，在图像上涂抹，可以得到凸出状态和波纹状态相混合的效果，如图9-13所示。

图9-12

图9-13

9.1.6 历史记录艺术画笔工具

历史记录艺术画笔工具可以使用指定历史状态或快照作为绘画源来绘制各种艺术效果的笔触。在历史记录艺术画笔工具的工具选项栏中可以设置各选项，创建不同的艺术效果，如图9-14所示。

图9-14

样式：在使用历史记录艺术画笔工具的过程中，画笔的大小和绘制的效果密切相关，在“样式”下拉列表框中可选择不同的笔触样式。

区域：设置被笔触覆盖的面积大小，数值越大，覆盖的面积越大，笔触的数量也就越多，其取值范围为0～500px。

容差：用来限制画笔绘制的范围，数值越大，可限制和绘画源颜色差异大的区域。

它与历史记录画笔工具的使用方法基本相同，可以使用指定的状态作为绘画源；与历史记录画笔工具的区别是，历史记录画笔工具只是将源状态或源快照中的数据照搬，而历史记录艺术画笔工具是根据绘画源的数据信息和工具选项栏的设置创建出各种不同的具有艺术感的图像效果。图9-15和图9-16分别显示了原图像及用历史记录艺术画笔工具绘制后的图像效果。

图9-15

图9-16

9.2 动作

在Adobe Photoshop CS4中，“动作”控制面板可以将一系列命令记录下来组合为一个动作，以便以后对其他需要做相同操作的图像进行同样的处理。可以利用动作的批处理命令完成大量重复性的操作，从而大幅度提高工作效率。动作还可被编组为“动作组”，从而更好地组织动作。在Photoshop中，由若干命令组成的一个操作称为一个“动作”。

9.2.1 “动作”控制面板

执行菜单栏中的“窗口>动作”命令，打开“动作”控制面板，如图9-17所示。使用“动作”控制面板可以记录、播放、编辑或删除单个动作，也可以存储和载入动作文件。

“动作”控制面板底部的文件夹图标代表创建新组；单击“播放选定的动作”按钮，可以播放动作；单击动作名称前面的折叠按钮，可以展开其中记录的命令；展开动作或命令后，再次单击名称前面的折叠按钮，可折叠起这些动作或命令。

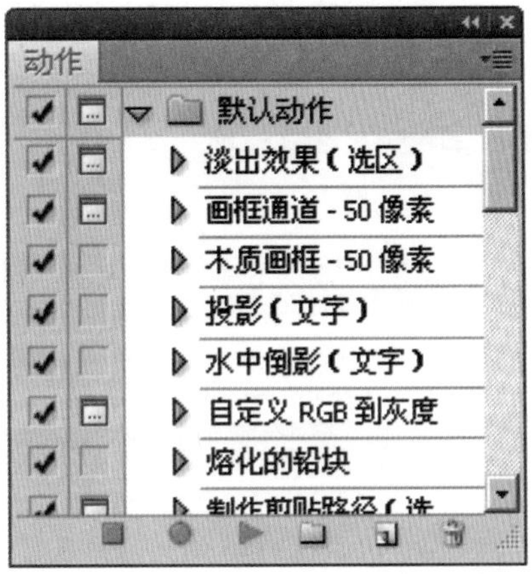

图9-17

技巧提示

若干个命令组成一个动作，若干个动作组成一个动作组，应用动作组的目的在于更方便地管理不同的动作。

9.2.2 使用按钮模式显示“动作”控制面板

Photoshop用户还可以使用按钮模式来显示控制面板中的动作，从而简化显示模式。从“动作”控制面板的扩展菜单中选择“按钮模式”命令（如图9-18所示），就可以使用按钮模式来显示控制面板中的动作，如图9-19所示。再一次选择控制面板扩展菜单中的“按钮模式”命令，则可返回到列表显示模式。

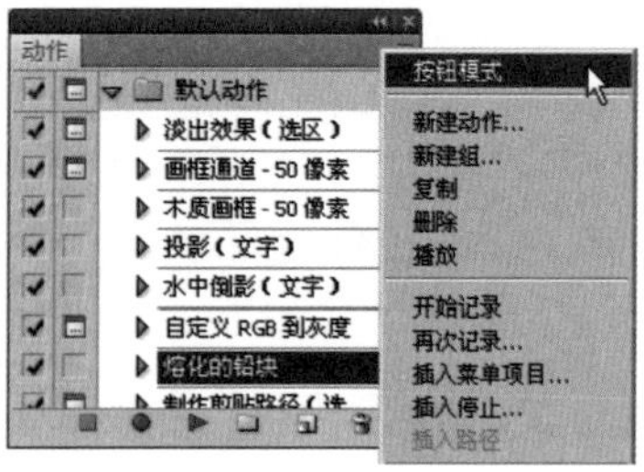

图9-18

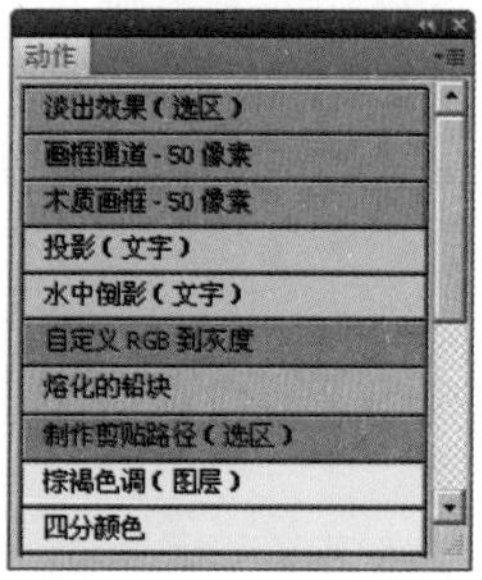

图9-19

9.2.3 创建和记录动作

在记录动作命令时，可以记录大多数命令，只有少数特殊命令不能被自动记录，如工具选项、绘画和色调工具、预置和视图命令等。在创建动作时，Photoshop按照使用命令和工具包含所有指定数值的顺序记录使用过的操作及命令。“动作”控制面板允许插入不可记录的命令。

图9-20

新建组

动作组中集合了许多不同功能的动作，以后就可以直接执行整个动作组。单击“动作”控制面板底部的“创建新组”按钮，或者在“动作”控制面板的扩展菜单中选择“新建组”命令，打开“新建组”对话框，如图9-20所示。在该对话框中输入组的名称，单击“确定”按钮，就建立了一个动作组，如图9-21所示。

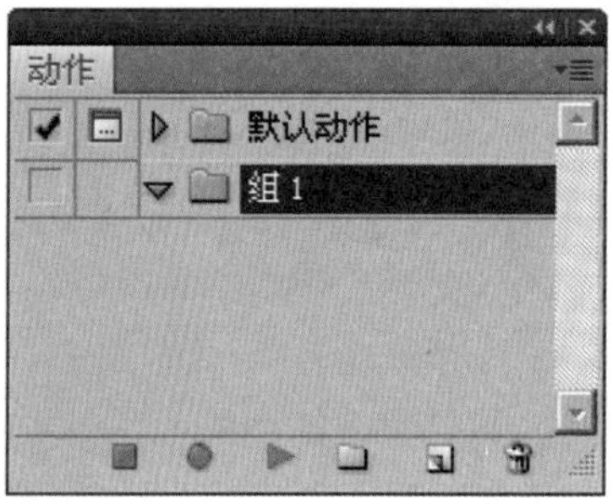

图9-21

新建和记录动作

当用户新建一个动作时，Photoshop就会记录使用过的操作及命令。在记录过程时，动作一定要放在动作组中，因此在新建动作前，如果没有动作组的话，系统便会自动建立一个动作组。

打开一个要记录动作的文件，在“动作”控制面板中单击“创建新动作”按钮，或从面板的扩展菜单中选择“新建动作”命令，打开“新建动作”对话框，如图9-22所示。

名称：在该文本框中可以输入动作名称。

组：选择动作所属的组。

功能键：设置执行动作的快捷键。在动作录制完成后，直接使用快捷键就可播放动作。

颜色：设置动作的按钮模式的显示颜色。

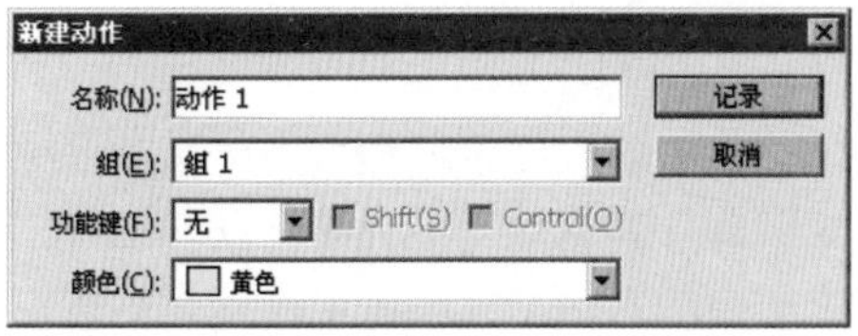

图9-22

在“动作”控制面板中单击“开始记录”按钮，“动作”控制面板中的记录按钮会呈现红色，开始记录命令，这时就可以对图像进行处理了，所执行过的命令都会被记录在“动作”控制面板中，如图9-23所示。

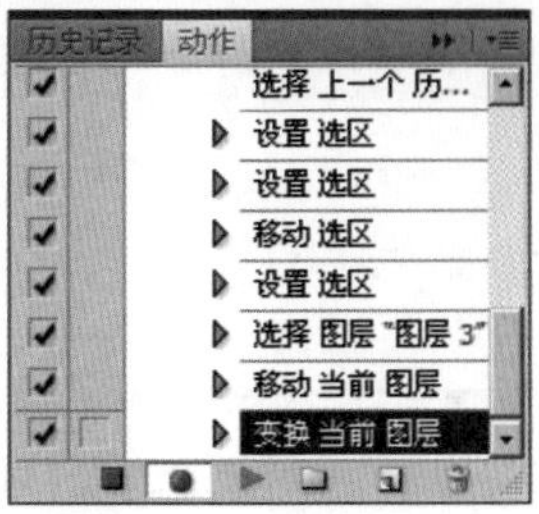

图9-23

对图像进行操作的过程中，“动作”控制面板会记录操作的过程。操作完毕后，单击“动作”控制面板中的停止按钮■或按Esc键停止记录。若要在同一动作组中添加记录，选择要添加记录的前一个动作，然后从“动作”控制面板的扩展菜单中选择“开始记录”命令。

录制完成后，可以看到执行的命令显示在“动作”控制面板中，在命令左侧单击▶按钮，按钮会变成▼，这两个按钮分别表示隐藏和展开录制内容。

技巧提示

用户在Photoshop CS4中创建的动作与在Photoshop CS2中创建的动作是兼容的，反过来则不兼容。

9.2.4 “插入菜单项目”命令

在录制一些命令时，所执行命令并没有完全被录制下来，包括绘画和上色工具、工具选项、视图命令和窗口命令，对于这些命令，可在录制的过程中或完成后，将之插入到“动作”控制面板中。

选择动作中某个要插入的命令，即不可自动记录的命令的位置，当选择的是某一个命令时，菜单项目将插入到该命令的结尾；当选择的是某动作名称时，菜单项目将插入到该动作的结尾。插入命令的任何值都不记录在动作中，因为插入的命令直到播放动作时才执行。如果命令有对话框，在回放期间将显示该对话框，并且动作暂停，直到单击“确定”或“删除”按钮后才继续执行插入命令。

打开“动作”控制面板，选择“动作”控制面板扩展菜单中的“插入菜单项目”命令，打开“插入菜单项目”对话框，如图9-24所示。这时，即可选择想要插入的命令，如“复制”和“粘贴”等不可记录的命令。在“插入菜单项目”对话框中单击“确定”按钮，就可以在当前的动作中插入不可记录的菜单命令。

图9-24

9.2.5 “插入停止”命令

播放动作时，如想停止播放，以便执行不能被记录的操作，例如使用绘画工具或者要查看目前的工作进度时，就可以选择“动作”控制面板扩展菜单中的“插入停止”命令。

在“动作”控制面板中，选择要插入“停止”命令的位置。如果选择的是某一动作名称，则将此“停止”命令插入到该动作的结尾；如果选择的是某一命令，则将“停止”命令插入在此命令之后。从“动作”控制面板的扩展菜单中选择“插入停止”命令，如图9-25所示。

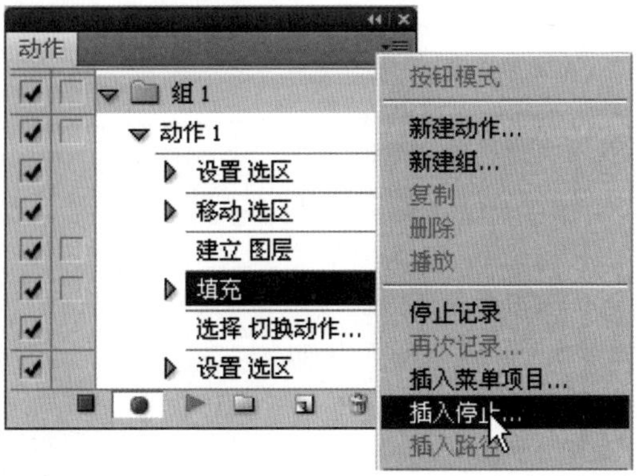

图9-25

选择“插入停止”命令后，弹出“记录停止”对话框，在其中可输入动作停止时显示的信息，如图9-26所示。是否选中“允许继续”复选框，将导致显示的提示框不同。

设置完成后，单击对话框中的“确定”按钮，就可以完成“停止”命令的插入操作。此时，“动作”控制面板上添加了“停止”命令，如图9-27所示。

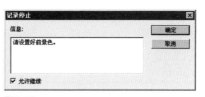

图9-26

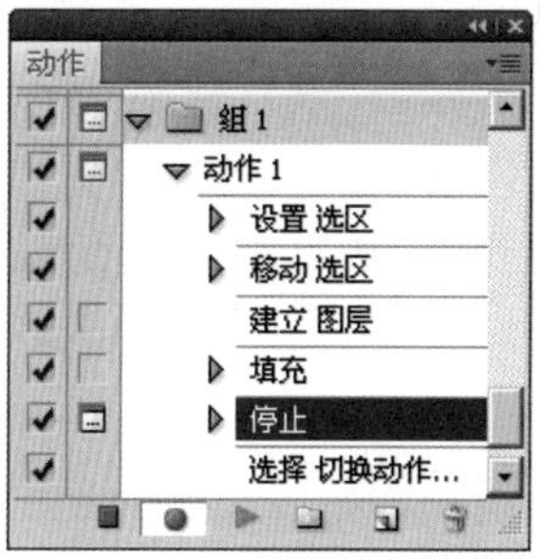

图9-27

9.2.6 “插入路径”命令

使用“插入路径”命令，可以在动作录制过程中将复杂路径设置为动作的一个部分，播放该动作时，工作路径被设置为所记录的路径。当用户绘制了路径而Photoshop却无法把路径录制到动作中时，必须采用“插入路径”命令。

打开一幅图像，绘制完路径后，使用路径选择工具选定该路径，如图9-28所示，再打开“动作”控制面板进行动作录制过程，然后从“动作”控制面板的扩展菜单中选择“插入路径”命令（如图9-29所示），就可以记录该路径了。执行该命令后的“动作”控制面板如图9-30所示。

图9-28

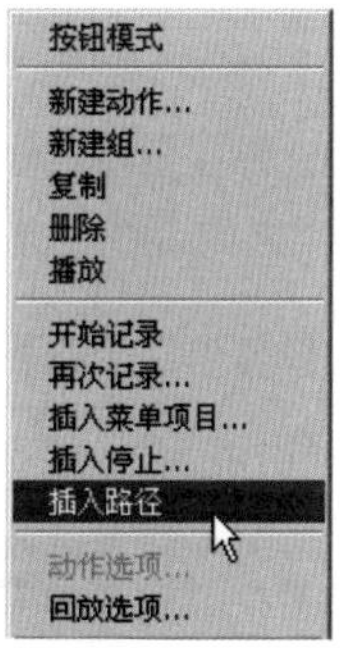

图9-29

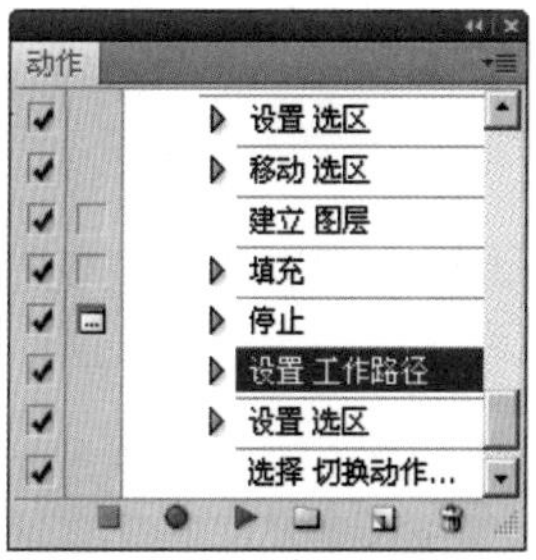

图9-30

技巧提示

若在单个动作中记录了多个“插入路径”命令，则每一个路径都将替换目标文件中的前一个路径。如果要添加多个路径，则在记录每个“插入路径”命令之后，使用“路径”控制面板记录“存储路径”命令。

9.2.7 设置对话框控制

在“动作”控制面板上也可以插入对话框控制，将对话框控制插入到当前的动作中，能够暂停一个命令，并显示对话框，进一步设置不同的参数值，再操纵对话框按钮进而应用新的设置。用户也可以不使用对话框控制，系统将用第一次记录动作时指定的参数值来运行这个命令，不能出现提示框，也不能更改已记录的值。

“动作”控制面板中的命令、动作或动作组左侧的对话框图标表示对话框控制。单击动作名称左边的图标，能够打开或停用该动作下所有命令的对话框控制。如果单击动作组名称左边的图标，则可打开或停用该动作组下所有动作及命令的对话框控制。在“动作”控制面板中，对话框图标呈红色，表示其内部有使用默认对话框设置的命令；对话框图标呈黑色，表示其内部所有对话框均使用自定义的对话框设置。设置了对话框控制后，在动作执行到该命令时，Photoshop会弹出编辑区或对话框，通过改变其中的参数值，可以实现不同的要求。

9.2.8 排除部分动作命令

执行一个动作组时，可以一次性执行包含在动作组中的所有动作，也可以只执行动作组中的部分动作。在Photoshop中，能够通过对话框控制来修改动作的命令，也能从动作中排除或执行某一命令。排除命令时，如果是按钮模式，则必须转为列表模式才能进行。

在“动作”控制面板中选中“切换项目”复选框，表示要执行该命令；取消选中该复选框，表示在执行命令时跳过该命令，即不执行这一命令。若要排除或执行动作中的所有命令，只要在动作名称旁取消选中或选中该复选框即可，如图9-31所示。

图9-31

9.2.9 播放动作控制按钮

制作好动作后，可以对需要进行相同处理的文件对象播放动作。在播放时，可以取消动作中的某些命令或播放单个命令。

在“动作”控制面板中选择要执行的动作或动作名称，然后单击“播放选定的动作”按钮，在扩展菜单中选择“播放”命令即可。

播放动作时可以设置播放的速度，以便于观察每步命令的执行情况。在“动作”控制面板的扩展菜单中选择“回放选项”命令，弹出的对话框如图9-32所示。

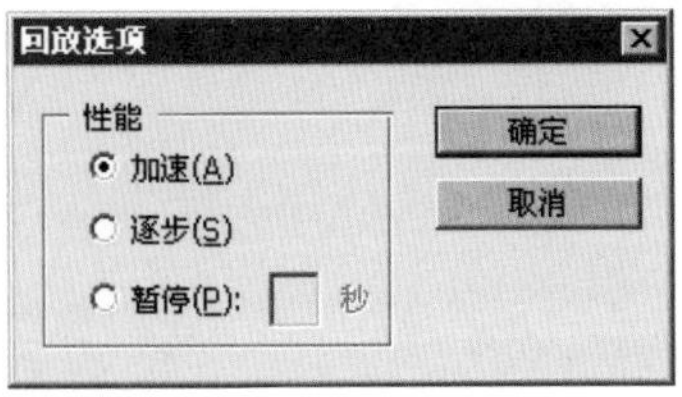

图9-32

加速：选中此单选按钮，以正常速度（即默认速度）进行播放。

逐步：选中此单选按钮，完成每个命令都要重回到图像，再进入到下一个命令。

暂停：选中此单选按钮，可输入执行每个命令的暂停时间。

9.2.10 编辑动作

在“动作”控制面板上创建动作后，还能对这些动作进行移动、复制和删除等操作，根据需要进一步编辑动作。也可把新命令添加到动作中，或对有对话框的动作记录新的命令或输入新的数值。

调整动作顺序

“动作”控制面板中命令执行的先后顺序是可以调整的。选定想要移动的动作，使用鼠标将该动作拖动到另一个动作组，当高亮线出现在想要放置的位置时，释放鼠标即可，如图9-33和图9-34所示。用此方法也可改变同一动作组中不同动作的位置。

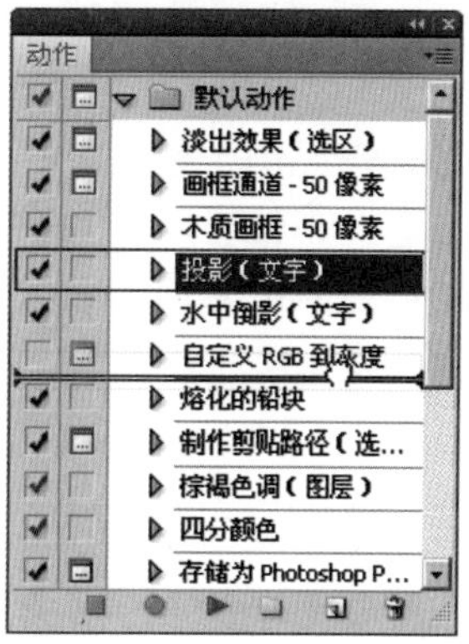

图9-33

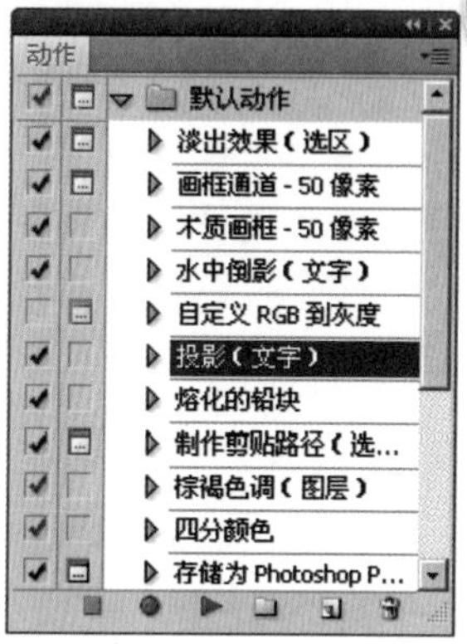

图9-34

在动作中附加命令

动作创建完成后，对其他图像进行相似但又不完全一样的处理时，就需要附加一些命令到动作中。可以从“动作”控制面板中先选定一个动作名称或命令名称，若选择一条命令，则附加命令将插入到该命令的后面；若选择一个动作，则附加命令将插入到该动作的结尾处。

单击“动作”控制面板上的“开始记录”按钮，将随后的设置命令记录到动作中。完成后，单击面板中的“停止”按钮，即可停止记录。

再次记录

当录制的动作或其中的命令不能满足要求时，可以在“动作”控制面板中选定动作，然后从控制面板的扩展菜单中选择“再次记录”命令，如图9-35所示。如果选择的动作有程序工具显示出来的话，就按Enter键以保留原来的设置。若出现对话框，在该对话框中更改数值并单击“确定”按钮，即可使该动作重新被录制，如图9-36所示；单击“取消”按钮，能够保留原来的数值。

图9-35

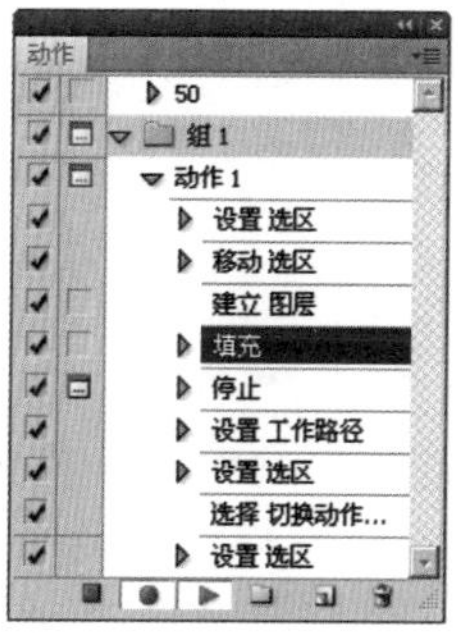

图9-36

复制动作或动作组

若要复制动作或动作组，首先在“动作”控制面板中选择想要复制的动作或动作组，在“动作”控制面板的扩展菜单中选择“复制”命令，“动作”控制面板上会增加一个相同的动作或动作组。将要复制的动作或动作组拖到“动作”控制面板底部的“创建新动作”按钮上，也可复制动作或动作组，并将其排列在原始命令的后面。

9.2.11 删除动作或动作组

若要删除命令、动作或动作组，则选择想要删除的命令（使用Shift和Ctrl键一次可以选择多个命令）、动作或动作组，单击“动作”控制面板底部的“删除”按钮，如图9-37所示，然后在弹出的确认删除提示框中单击“确定”按钮就可以了，如图9-38所示。从“动作”控制面板的扩展菜单中选取“清除全部动作”命令，可删除“动作”控制面板中的全部动作。

9.2.12 管理“动作”控制面板中的动作效果

为了有效地管理动作，可以使用动作管理命令，对“动作”控制面板进行进一步管理。可以将“动作”控制面板中显示的动作重新设为预设值，也可以对创建的所有动作进行存储、载入和替换。

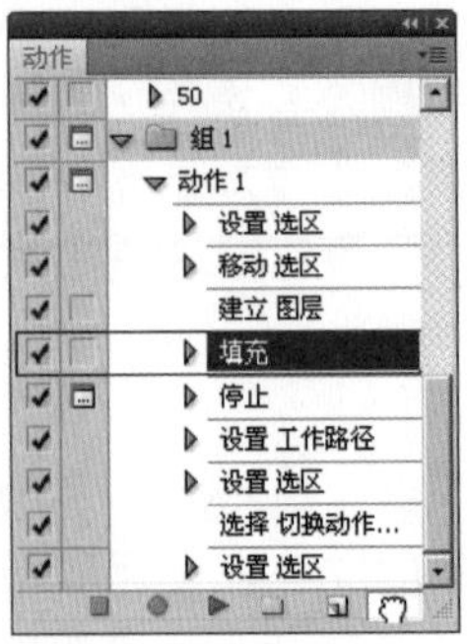

图9-37

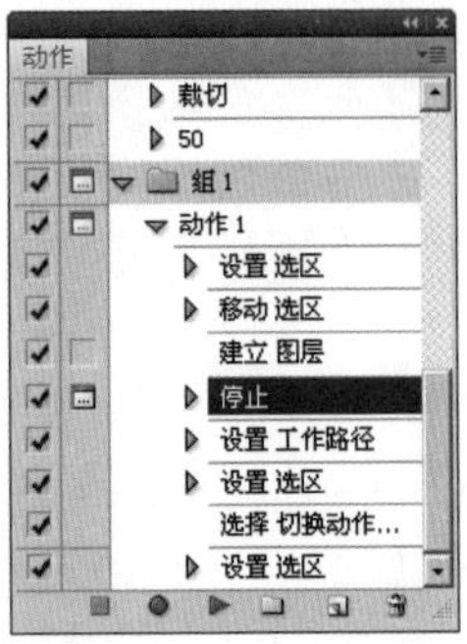

图9-38

存储动作

打开“动作”控制面板，选择想要存储的动作组。在“动作”控制面板的扩展菜单中选择“存储动作”命令，即可将动作存储起来。如果将动作组存储在Photoshop Presets文件夹中，那么Photoshop为便于用户的载入会将该动作组显示在“动作”控制面板扩展菜单的底部。

技巧提示

当执行“存储动作”命令后，再次重新启动Photoshop，这个动作命令仍然存在，如果重新安装Photoshop，则所有保存的动作都会被删除。

将“动作”控制面板重新设为预设值

打开“动作”控制面板，在扩展菜单中选择“复位动作”命令，此时会出现询问提示框（如图9-39所示），单击“确定”按钮，即可用预设的动作替换窗口内的动作，如图9-40所示；单击“取消”按钮，取消执行该命令；单击“追加”按钮，即可将预设的动作加入正在作用的“动作”控制面板中，如图9-41所示。

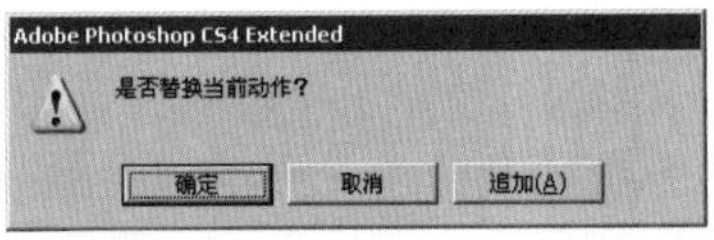

图9-39

载入动作和替换动作

打开“动作”控制面板的扩展菜单，选择“载入动作”命令，在打开的对话框中选择欲载入的动作组，将存储的动作组载入到“动作”控制面板上。可将已存储的动作组再次载入并播放。通过选择面板菜单最后的以.atn为后缀的文件来载入各种预置的动作。使用“载入动作”命令并不会将“动作”控制面板上的动作取代。

若对“动作”控制面板上的动作不满意，用户可以随时替换“动作”控制面板上的动作。在扩展菜单中选择“替换动作”命令，新的动作就会取代“动作”控制面板上的动作。

图9-40

图9-41

9.3 批处理图像

Photoshop CS4包含了一些内建的自动化工具，这些工具用于执行公共的制作任务，如批处理、构造联系表和将多页PDF文件转换为Photoshop可识别的格式。也可以结合操作使用很多自动化工具，“批处理”命令能对多个图像文件执行同一个动作的操作，从而实现操作的自动化。它允许对一个文件夹内的所有文件和子文件夹批次输入并执行动作的指令，从而大幅度提高处理图像的工作效率。执行菜单栏中的“文件＞自动＞批处理”命令，弹出“批处理”对话框，如图9-42所示。

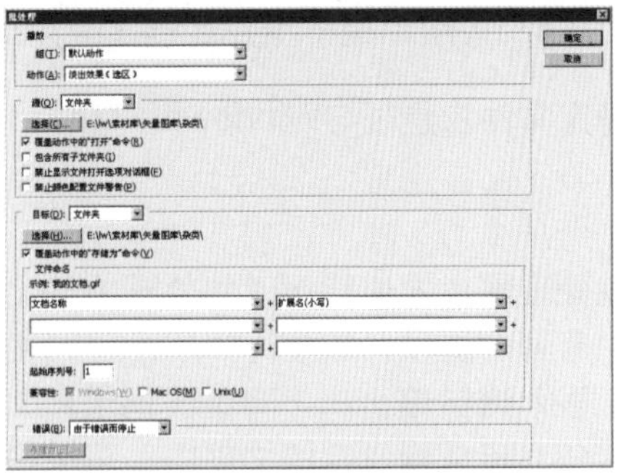

图9-42

播放

在“批处理”对话框的“播放”选项区域中，可以从“组”下拉列表框中选择要应用的组的名称，在“动作”下拉列表框中选择要执行批处理的动作。

源

在“源”下拉列表框中提供了批处理的来源文件，有“文件夹”、“导入”、“打开的文件”和“Bridge”（文件浏览器）4个选项，如图9-43所示。选择“文件夹”选项，表示要处理指定文件夹内的图像文件，单击下面的“选择”按钮，选择来源文件所在的文件夹；选择“导入”选项，表示要从“导入”下拉列表框中选择要从其他文件格式或扫描仪中获取的图像；选择“打开的文件”选项，表示要处理的是目前打开的所有文件；选择“Bridge”（文件浏览器）选项，表示要处理的是文件浏览器中的所有文件。

技巧提示

进行批处理前，需要将批处理所需的文件放在同一文件夹内，如果要将批处理后的文件存储在新的位置，还要建立一个新的文件夹。

覆盖动作中的“打开”命令：选中该复选框，批处理操作会自动跳过“打开”命令。

包含所有子文件夹：选中该复选框，表示在进行批处理时包含指定的文件夹及其中的所有子文件夹。

禁止颜色配置文件警告：选中该复选框，表示当打开文件的色彩与原来定义的文件不同时不弹出提示框。

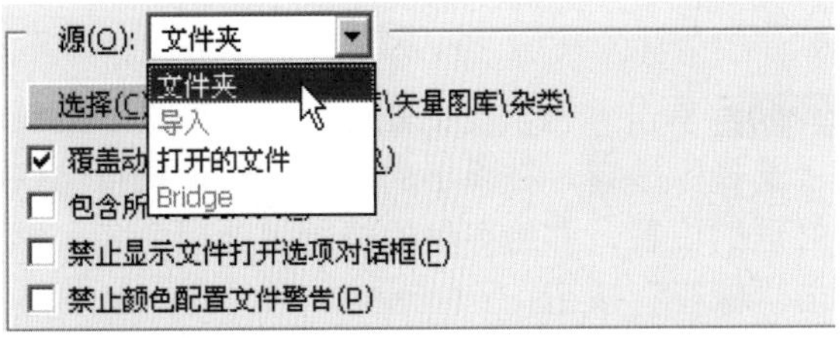

图9-43

目标

在“目标”下拉列表框中有“无”、“存储并关闭”和“文件夹”3个选项，可指定处理后生成的目标文件的保存形式，如图9-44所示。选择“无”选项，表示不保存；选择“存储并关闭”选项，表示用存储文件覆盖原始文件；选择“文件夹”选项，表示用与原有文件相同的名字把文件存储到一个新的文件夹中。

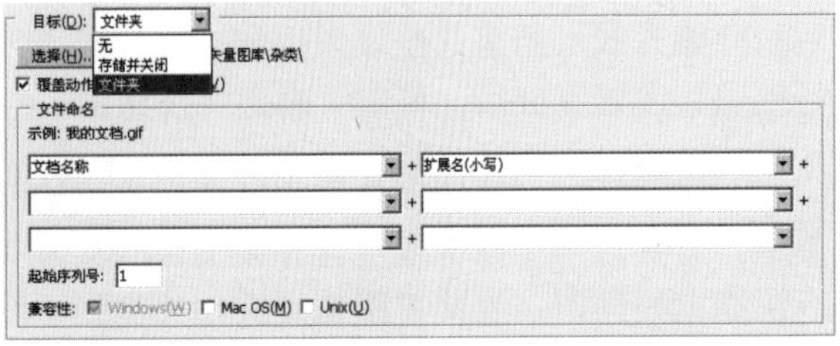

图9-44

覆盖动作中的“存储为”命令：用于设置生成目标文件时是否覆盖动作中的“存储为”命令。选中它，可以确保批处理后文件被存储到指定的文件夹内，而不会存储到用“存储为”或“保存版本”命令记录的位置。

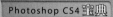

文件命名：有6个选项，用于指定目标文件生成时的命名规则。

兼容性：确定文件名是否与Windows，Mac OS及UNIX操作系统兼容。

错误

用于设定批处理作业发生错误时的处理方法，其下拉列表框中有两个选项，如图9-45所示。“由于错误而停止”表示遇错停止；“将错误记录到文件”表示把错误信息记录到指定的文件中，可单击下面的“存储为”按钮，指定存放错误信息文件的文件夹。

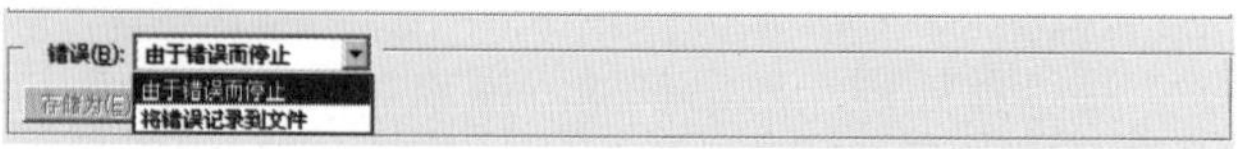

图9-45

在完成上面的设置后，单击“批处理”对话框中的“确定”按钮，即可开始进行批处理。

可以将“批处理”命令录制到动作中，这样可以将多个动作组合到个别的动作中，从而可以一次性地执行多个动作，执行“批处理”命令来进行批处理时，若要终止它，可以按一下键盘上的Esc键。

9.4 创建快捷批处理

“快捷批处理”是一个小应用程序，它是指一组设置好的动作集合或参数集合，当需要对大量图像进行相同处理时，可以将动作命令包含在快捷批处理中。执行时，只要将图像拖到“快捷批处理”图标上，即可对图像进行动作处理，具体操作步骤如下：

step01 执行菜单栏中的“文件>自动>创建快捷批处理”命令，弹出“创建快捷批处理”对话框，如图9-46所示。

step02 单击“将快捷批处理存储于”选项区域中的“选择”按钮，在弹出的对话框中选择存储快捷批处理的位置，并给存储的快捷批处理命名，然后单击“保存”按钮。

step03 在“播放”选项区域中选择快捷批处理中包含的动作，并在“目标”选项区域中选择图像处理后的存储方式，所有这些设置都和“批处理”对话框相同。设置完成后，单击“确定”按钮。

创建完毕后，快捷批处理会出现在指定的文件夹中。当要对一个图像或包含许多图像的文件夹执行快捷批处理时，直接将图像或文件夹拖到“快捷批处理”图标上，就可以完成其中的所有动作，如图9-47所示。

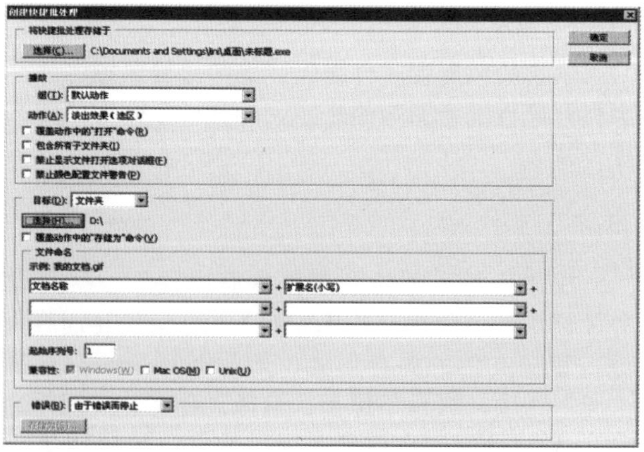

图9-46

图9-47

10
CHAPTER

字体效果

本章主要通过对字体特殊效果的制作来对常用的字体特殊效果制作方法进行讲解。实例的内容包括多彩立体效果、融化的塑料效果、草坪效果、金属效果、水滴效果、冰融效果、血迹效果、岩浆效果和雪花效果。通过本章内容，可以帮助读者快速地掌握字体特效的制作方法与实用设计技巧。

10.1 多彩立体效果

最终效果

制作说明

本例讲解多彩立体效果的制作方法，让读者熟练应用滤镜效果，在例子的制作过程中主要应用了添加杂色、晶格化、动感模糊、海报边缘、切变、波浪和中间值滤镜，一起来体验强大的滤镜功能吧！

step01 执行菜单栏中的“文件>新建”命令，在弹出的“新建”对话框中设置“宽度”为“13”厘米、“高度”为“10”厘米、“分辨率”为“300”像素/英寸、“名称”为“多彩立体效果”，如图10-1所示。

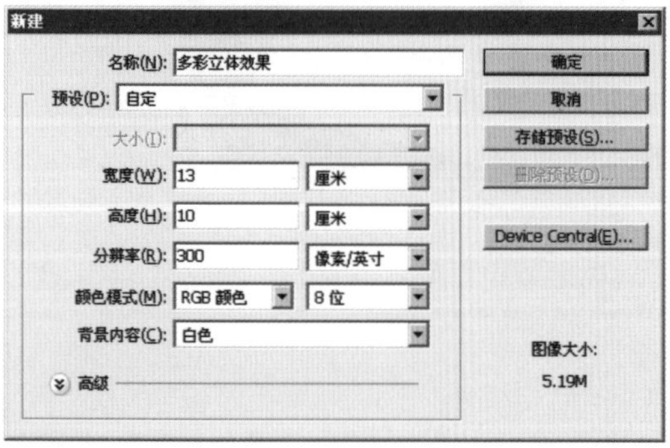

图10-1

step02 新建“图层1”并将其填充为白色，执行菜单栏中的“滤镜>杂色>添加杂色”命令，在弹出的对话框中设置参数如图10-2所示，得到彩色杂点的图像效果。

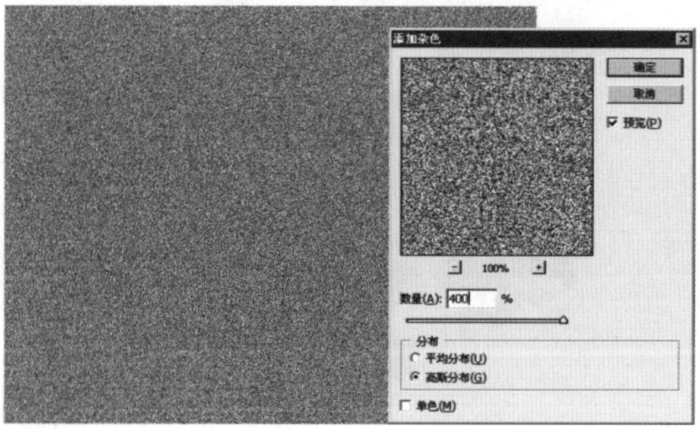

图10-2

step03 执行菜单栏中的“滤镜>像素化>晶格化”命令，在弹出的“晶格化”对话框中设置“单元格大小”为“10”，制作晶格化纹理，如图10-3所示。

图10-3

step04 执行菜单栏中的“滤镜>模糊>动感模糊”命令，在弹出的“动感模糊”对话框中设置“距离”为“124”，得到动感模糊的底纹，如图10-4所示。

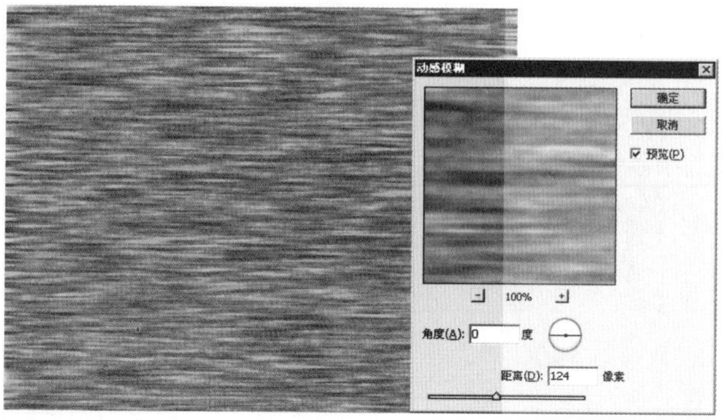

图10-4

step05 选择工具箱中的矩形选框工具，在画面中建立一个选区，按Ctrl+T组合键打开自由变换控制框，把选择的图像拉满画面，如图10-5所示。按Enter键确认变换，按Ctrl+D组合键取消选区。

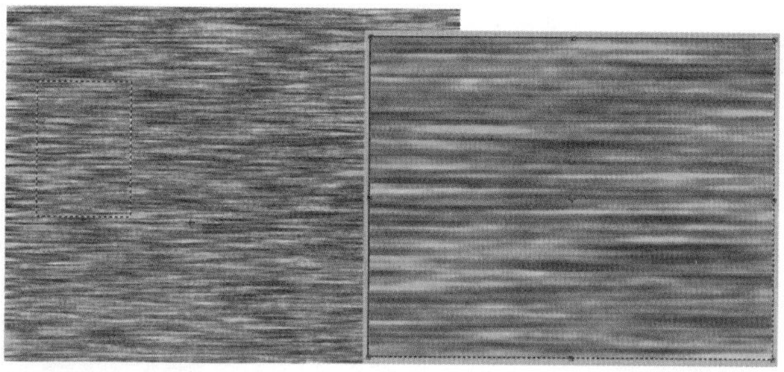

图10-5

step06 为了使条状纹理更明显，执行菜单栏中的“滤镜>模糊>动感模糊”命令，在弹出的“动感模糊”对话框中设置“距离”为“250”像素，得到条纹明显的图像效果，如图10-6所示。

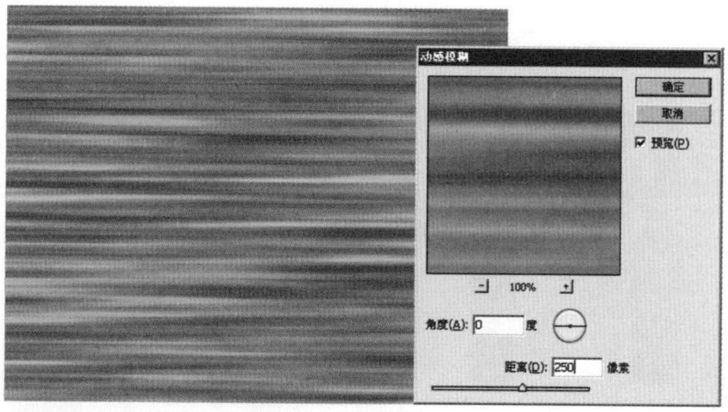

图10-6

step07 执行菜单栏中的“滤镜>艺术效果>海报边缘”命令，在弹出的“海报边缘”对话框中设置“边缘厚度”为“4”、“边缘强度”为“1”、“海报化”为“3”，然后调整图像的饱和度，得到海报边缘效果的纹理图像，如图10-7所示。

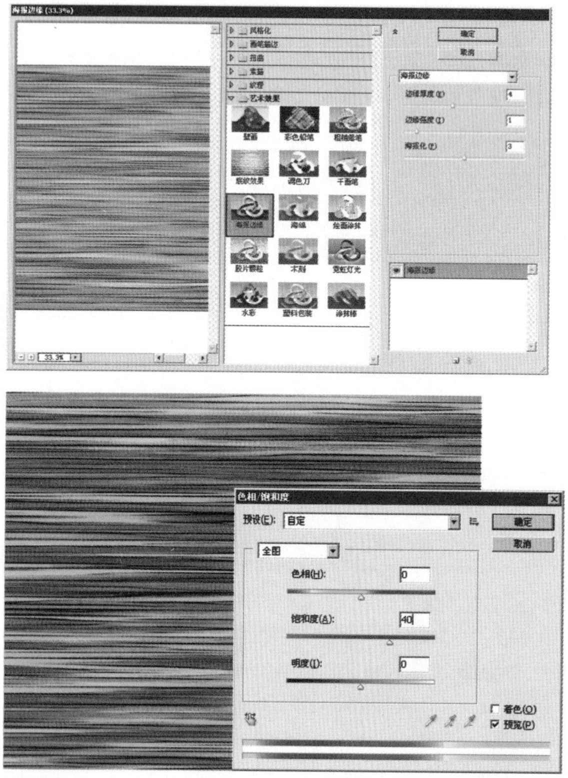

图10-7

step08 执行菜单栏中的“图像>旋转画布>90度（顺时针）”命令，再执行菜单栏中的“滤镜>扭曲>切变”命令，在弹出的对话框中进行设置，效果如图10-8所示。

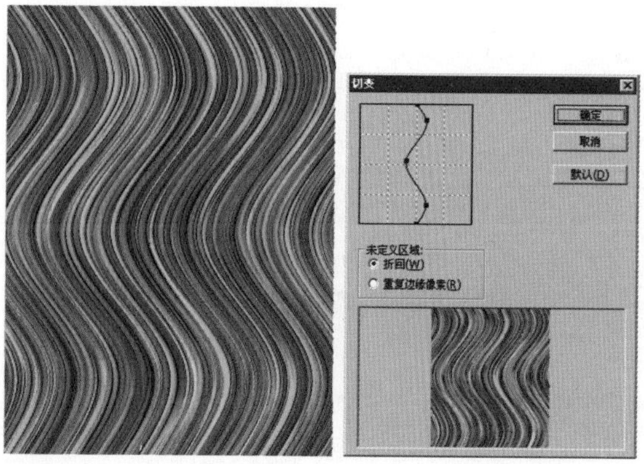

图10-8

step09 执行菜单栏中的“图像>旋转画布>90度（逆时针）”命令，然后执行菜单栏中的“滤镜>扭曲>波浪”命令，在弹出的”波浪”对话框中设置参数，得到扭曲后的图像效果，如图10-9所示。

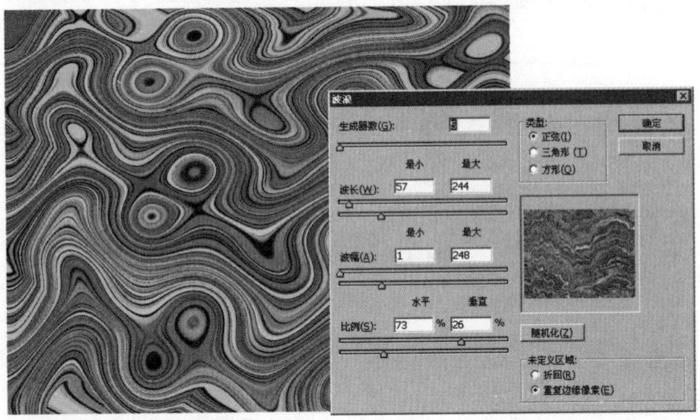

图10-9

step10 执行菜单栏中的“滤镜>杂色>中间值”命令，在弹出的“中间值”对话框中设置“半径”为“5”像素，得到色彩过渡自然的图像，如图10-10所示。

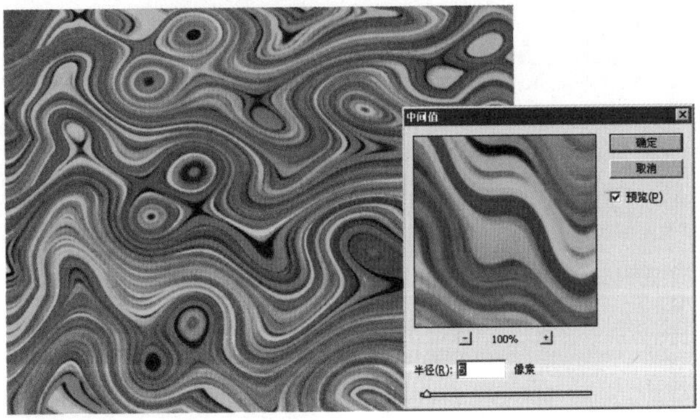

图10-10

step11 执行菜单栏中的“滤镜>杂色>添加杂色”命令，在弹出的“添加杂色”对话框中设置“数量”为“9.75%”，选中“单色”复选框，得到粗糙效果的图像，如图10-11所示。

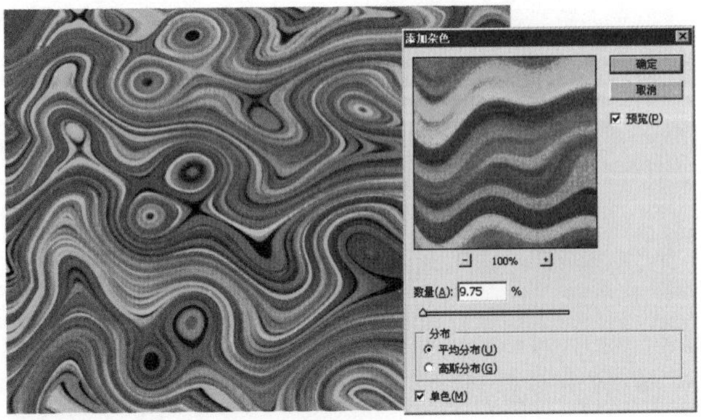

图10-11

step12 打开随书光盘中的“\10章\文字.jpg”文件，使用魔棒工具选择文字部分，然后使用移动工具将它拖到前面编辑好的纹理文件上，得到“图层2”，图像效果如图10-12所示。

图10-12

step13 复制“图层1”得到“图层1副本”，将“图层1副本”拖到“图层2”之上，隐藏“图层1”，选中“图层1副本”，按Alt+Ctrl+G组合键创建剪贴蒙版，将制作好的纹理叠加到文字上面，效果如图10-13所示。

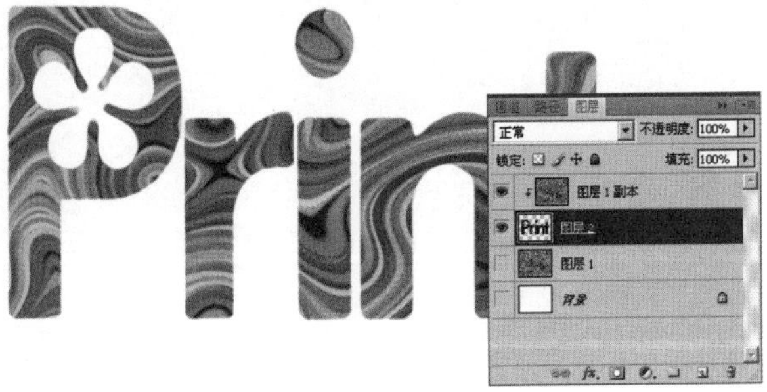

图10-13

step14 选择“图层2”为当前图层，单击“图层”面板底部的“添加图层样式”按钮，在弹出的菜单中选择“斜面和浮雕”命令，在弹出的“图层样式”对话框中设置参数，得到立体的文字效果，如图10-14所示。

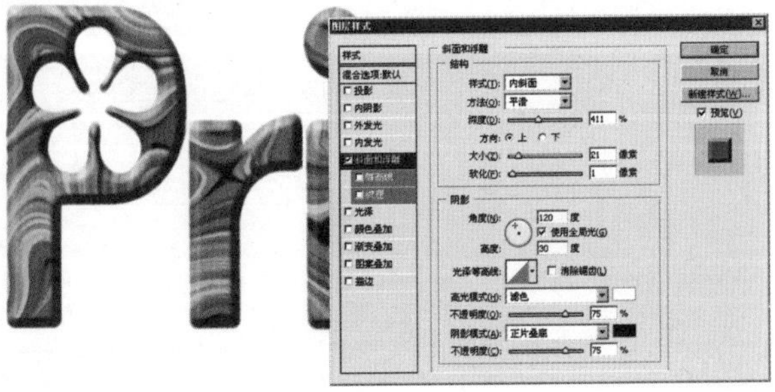

图10-14

step15 打开随书光盘中的“\10章\底纹.jpg”文件，将图片拖曳到“多彩立体效果.psd”文档中的“背景”图层的上方，给文字添加一个背景图，使得文字效果更加突出。然后，选择最上面的图层，单击“图层”面板底部的“创建新的填充或调整图层”按钮，在弹出的菜单中选择“色阶”命令，在弹出的“色阶”对话框中设置参数，单击“确定”按钮，创建调整图层，图像效果变得明亮鲜艳了，如图10-15所示。

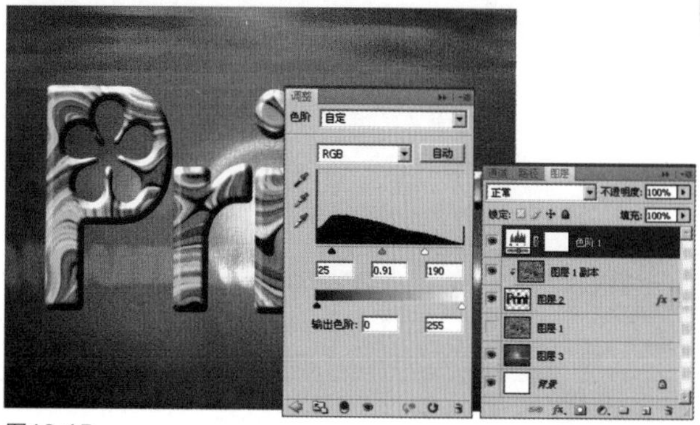

图10-15

10.2 融化的塑料效果

最终效果

制作说明

本例讲解融化的塑料效果的制作方法，在例子的制作过程中滤镜仍然占有重要的位置，主要应用了云彩、凸出、风、塑料包装和动感模糊等滤镜，另外配合图层样式实现特殊效果。

step01 执行菜单栏中的“文件>新建”命令，在打开的对话框中进行如图10-16所示的设置，得到一个新的文档。然后，单击工具箱中的“默认前景色和背景色”按钮，回到默认值。单击“切换前景色和背景色”按钮，把黑白颜色进行交替。

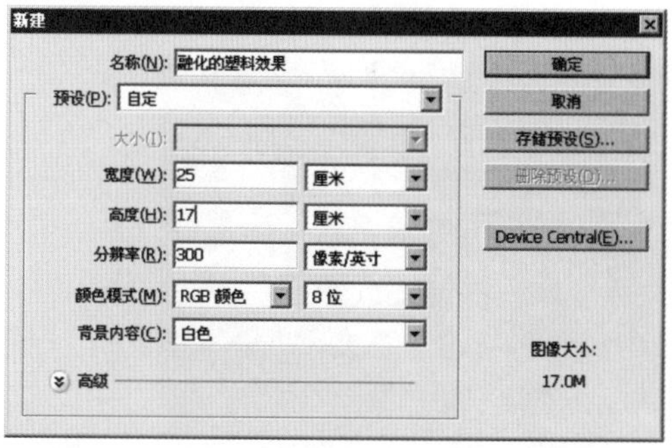

图10-16

step02 执行菜单栏中的“滤镜>渲染>云彩”命令，在“背景”图层上制作出云彩的效果，如图10-17所示。

图10-17

step03 执行菜单栏中的“图像>调整>色彩平衡”命令，在弹出的对话框中设置“色阶”为“0”、“+100”、“-100”，给云彩上色，如图10-18所示。

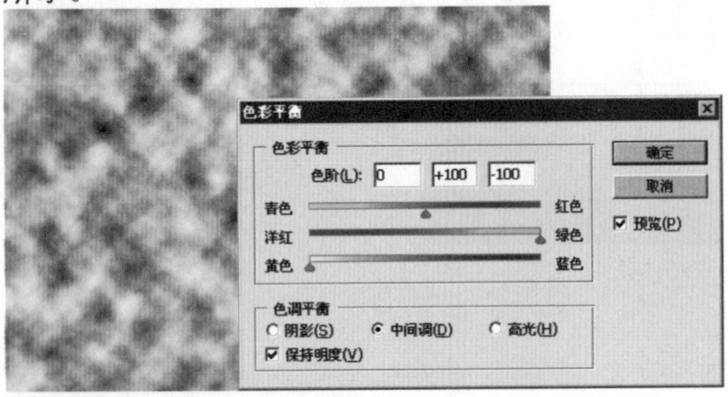

图10-18

step04 执行菜单栏中的“图像>调整>色相/饱和度”命令，在弹出的对话框中设置“编辑”为“全图”、“色相”为“+5”、“饱和度”为“+35”、“明度”为“-25”，效果如图10-19所示。

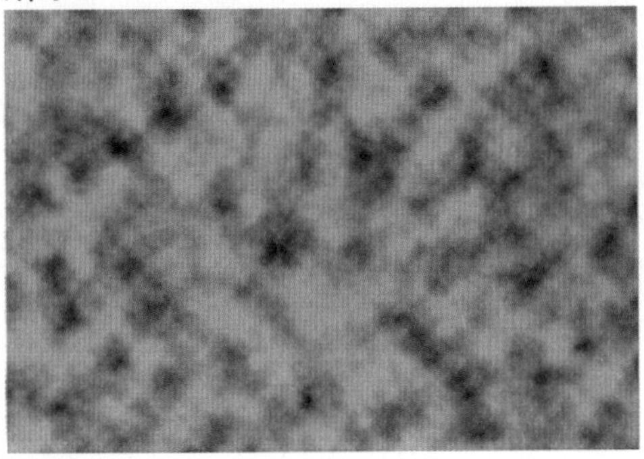

图10-19

step05 执行菜单栏中的“滤镜>风格化>凸出”命令，在弹出的“凸出”对话框中设置“类型”为“块”、“大小”为“120”像素、“深度”为“60”并选中“随机”单选按钮，使云彩由外向内伸展，如图10-20所示。

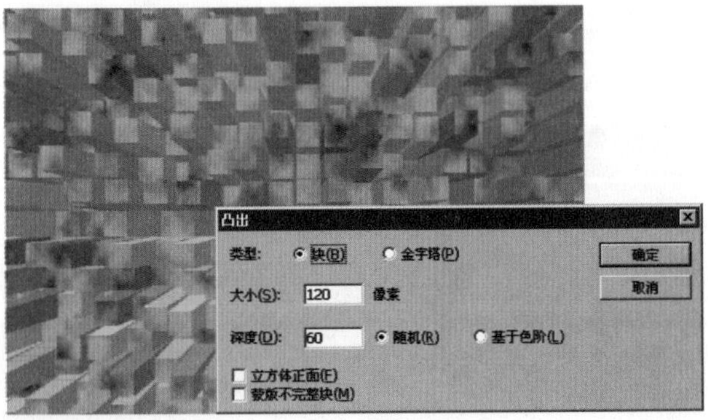

图10-20

step06 为了减弱变为立体部分的边缘，执行菜单栏中的“滤镜>模糊>动感模糊”命令，在弹出的“动感模糊”对话框中设置“角度”为“0”度、“距离”为“40”像素，将轮廓模糊，如图10-21所示。

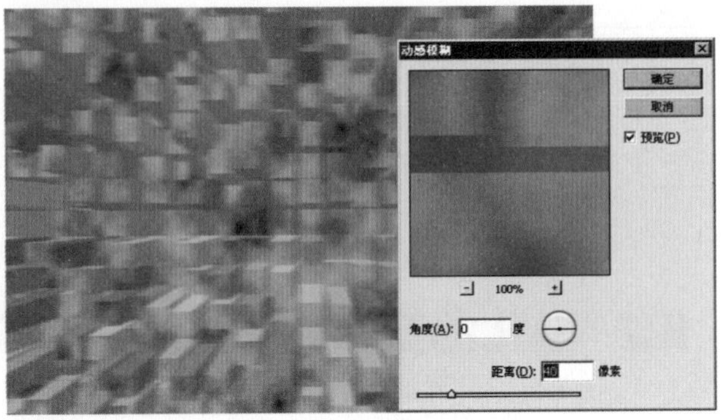

图10-21

step07 执行菜单栏中的“滤镜>艺术效果>塑料包装”命令，在弹出的对话框中设置“高光强度”为“19”、“细节”为“2”、“平滑度”为“13”，给边界模糊了之后的马赛克添加融化的感觉，如图10-22所示。

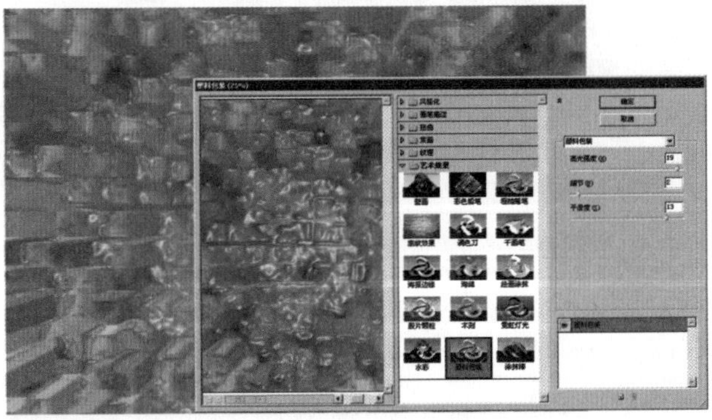

图10-22

step08 执行菜单栏中的“图像>调整>亮度/对比度”命令，在弹出的“亮度/对比度”对话框中设置“亮度”为“-10”、“对比度”为“+33”，效果如图10-23所示。

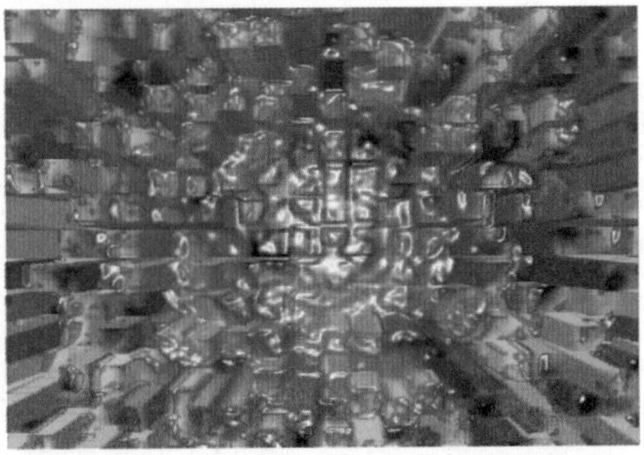

图10-23

step09 执行菜单栏中的“图像>调整>色彩平衡”命令，在弹出的“色彩平衡”对话框中设置“色阶”为“+24”、“0”、“−24”，使图像具有光泽的质感，如图10-24所示。

图10-24

step10 执行菜单栏中的“图像>旋转画布>90度（顺时针）”命令，将画面竖起来。执行菜单栏中的“滤镜>风格化>风”命令，在弹出的“风”对话框中设置“方法”为“飓风”、“方向”为“从右”，强调融化的感觉，如图10-25所示。

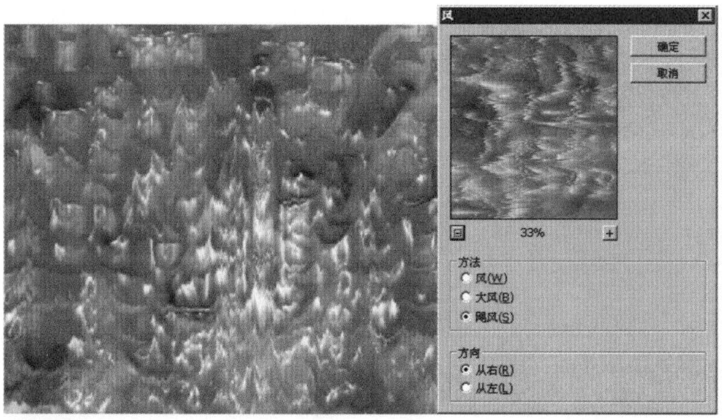

图10-25

step11 执行菜单栏中的“图像>旋转画布>90度（逆时针）”命令，把图像转回到原来的位置。执行菜单栏中的“滤镜>模糊>动感模糊”命令，在弹出的“动感模糊”对话框中设置“角度”为“90”度、“距离”为“20”像素，效果如图10-26所示。

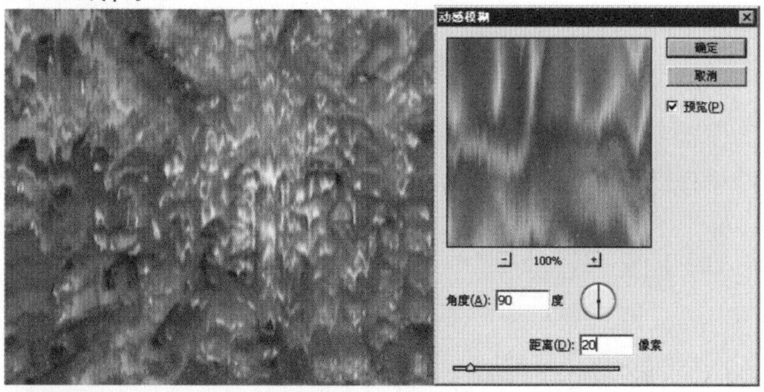

图10-26

step12 再一次执行菜单栏中的“滤镜>艺术效果>塑料包装”命令，在弹出的对话框中设置“高光强度”为“18”、“细节”为“8”、“平滑度”为“8”，这样就制作出了具有光泽的沾满了黏糊的质感，如图10-27所示。

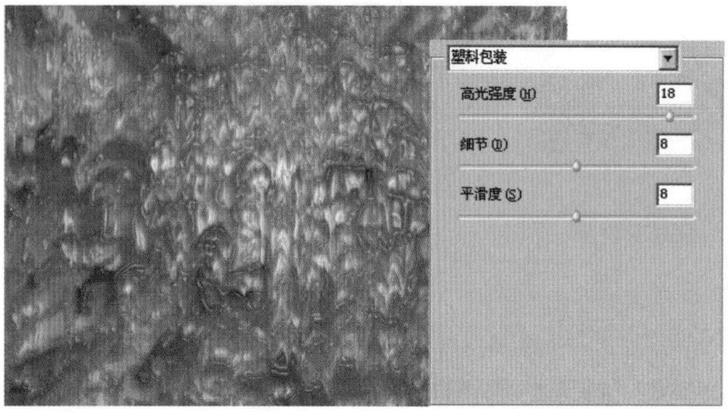

图10-27

step13 选择吸管工具，在画面的适当位置单击，选择能够作为Logo基本色调的绿色，这里选择的颜色为“R23、G127、B0”，如图10-28所示。

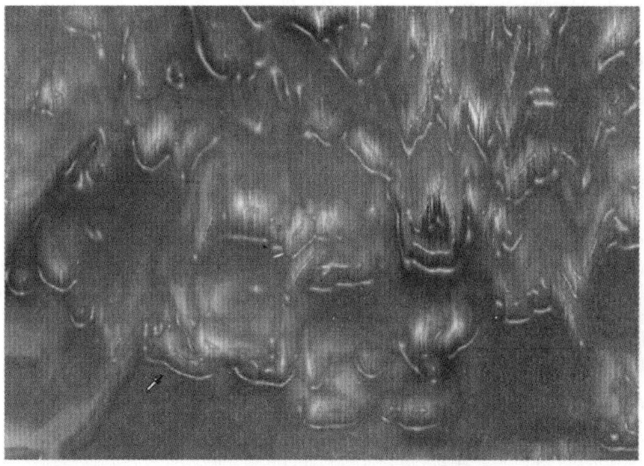

图10-28

step14 选择横排文字工具T，在画面上输入“MEIT”，然后执行菜单栏中的“图层>栅格化>文字”命令，将文字图层转换为一般图层，如图10-29所示。

图10-29

step15 执行菜单栏中的“图层>图层样式>斜面和浮雕”命令，在弹出对话框的“斜面和浮雕”选项面板中设置“深度”为“540%”、“大小”为“24”像素、“软化”为“4”像素，效果如图10-30所示。

图10-30

step16 继续选择“投影”选项，在弹出的“投影”选项面板中设置“距离”为“18”像素、“扩展”为“0%”、“大小”为“16”像素，这样文字就具有了立体的效果，如图10-31所示。

图10-31

step17 选择“背景”图层，选择索套工具，在“MEIT”文字部分的内部想要融化的地方创建选区。在按住Shift键的同时追加选区范围，按Ctrl+C组合键将其复制，如图10-32所示。

图10-32

step18 在“图层”面板中单击“创建新图层”按钮，并把新建图层改名为“融化的塑料”，然后按Ctrl+V组合键进行粘贴，如图10-33所示。

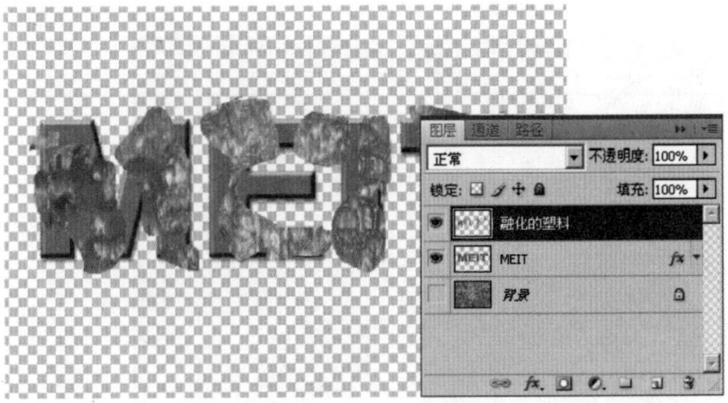

图10-33

step19 选择“融化的塑料”图层，执行菜单栏中的“图层>图层样式>斜面和浮雕”命令，在弹出对话框的“斜面和浮雕”选项面板中设置“深度”为“120%”、“大小”为“28”像素、“软化”为“8”像素、“阴影模式”为“正片叠底”、“高光模式”下的“不透明度”为“60%”，如图10-34所示。

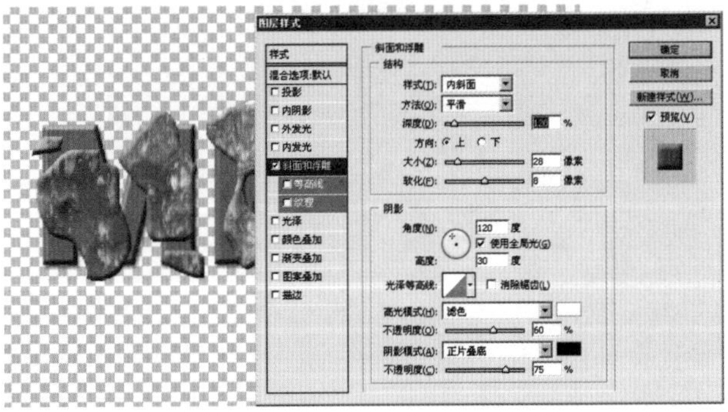

图10-34

step20 执行菜单栏中的“图层>图层样式>投影”命令，在弹出对话框的“投影”选项面板中设置“距离”为6像素、“扩展”为“0%”、“大小”为“18”像素，如图10-35所示。

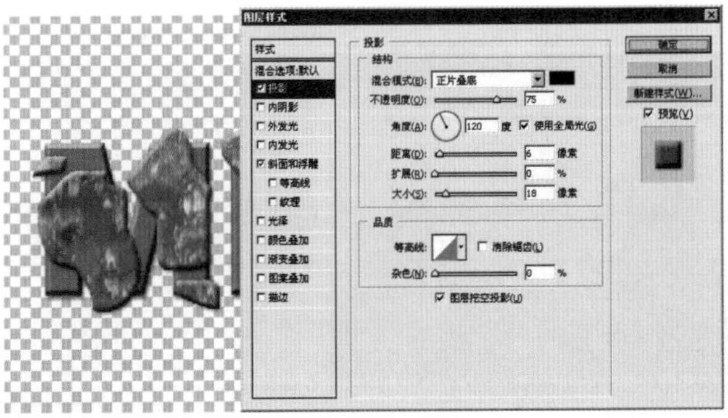

图10-35

step21 选择橡皮擦工具，对融化的形状进行修正。在工具选项栏中设置“模式”为“画笔”、“主直径”为“36”px、“硬度”为“100%”、“不透明度”为“100%”，用硬的画笔进行修正，制作出滴落的感觉，如图10-36所示。

图10-36

step22 选择涂抹工具，在工具选项栏中设置“强度”为“50%”，在“融化的塑料”图层和“MEIT”图层交界的地方进行涂抹，使之更加融合，如图10-37所示。

图10-37

step23 在“背景”图层上面新建“图层1”，设置前景色为深绿色，执行菜单栏中的“编辑>填充”命令，在弹出的“填充”对话框中设置“使用”为“前景色”、“不透明度”为“100%”，制作出绿色的背景，效果如图10-38所示。

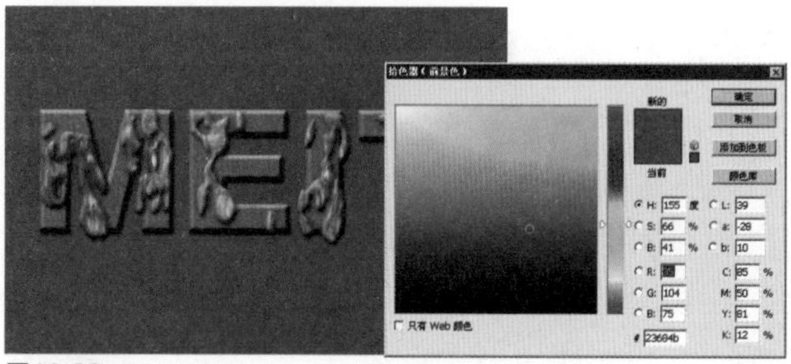

图10-38

step24 单击“创建新图层”按钮，新建“图层2”，选择矩形选框工具，在画面中框选一个矩形，设置前景色，执行菜单栏中的“编辑>填充”命令，在弹出的对话框中设置“使用”为“前景色”，效果如图10-39所示。

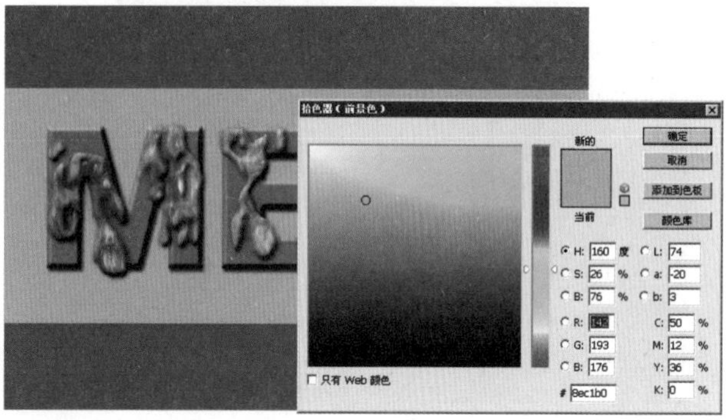

图10-39

step25 导入“融化的塑料效果”背景素材，拖动素材放置到适当位置，效果如图10-40所示。

图10-40

step26 在画面中输入其他文字，完善画面的效果。至此，融化的塑料效果文字制作完成，最终效果如图10-41所示。

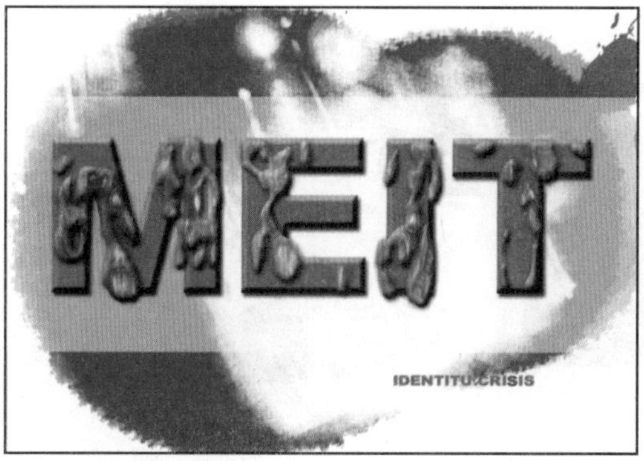

图10-41

10.3 草坪效果

最终效果

制作说明

本例讲解草坪效果的制作方法。草坪效果非常实用，视觉上非常舒服，值得读者用心学习。在例子的制作过程中主要应用了撕边、壁画、龟裂缝、高斯模糊和浮雕效果等滤镜。图层混合模式和图层样式也发挥着重要作用。

step01 执行菜单栏中的“文件>新建”命令，在弹出的“新建”对话框中设置“宽度”为“7.55”厘米、“高度”为“6.04”厘米、“分辨率”为“350”像素/英寸、“名称”为“草坪效果”，如图10-42所示。

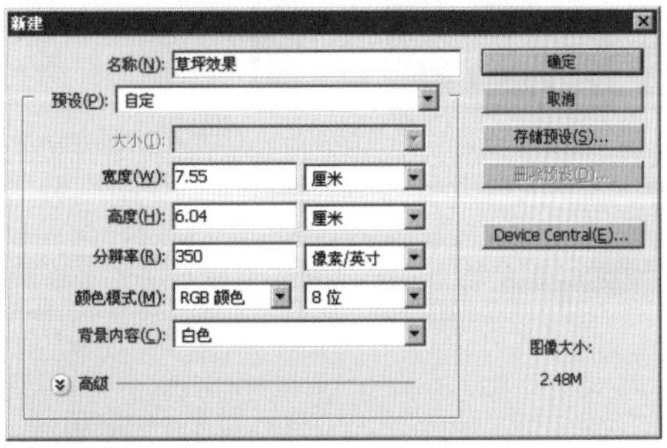

图10-42

step02 在工具箱中设置前景色为“R0、G150、B0”、背景色为“R0、G100、B0”，如图10-43所示。

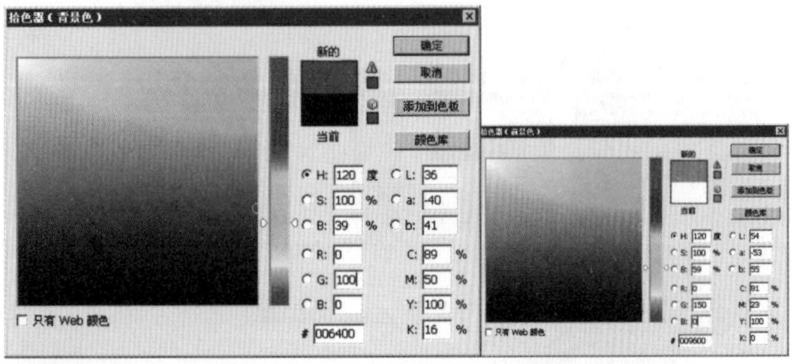

图10-43

step03 执行菜单栏中的“编辑>填充”命令，在弹出的“填充”对话框中设置“使用”为“前景色”、“不透明度”为“100%”，然后把“背景”图层拖到“图层”面板中的“创建新图层”按钮上，复制出“背景 副本”图层，如图10-44所示。

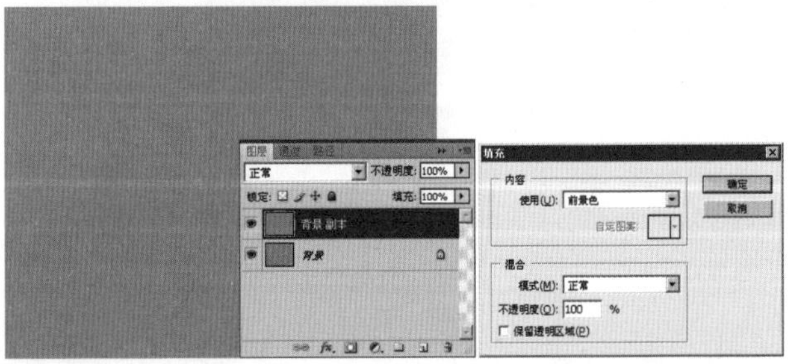

图10-44

step04 制作草地的基本样子。执行菜单栏中的“滤镜>素描>撕边”命令，在弹出的“撕边”对话框中设置“图像平衡”为“10”、“平滑度”为“5”、“对比度”为“25”，效果如图10-45所示。

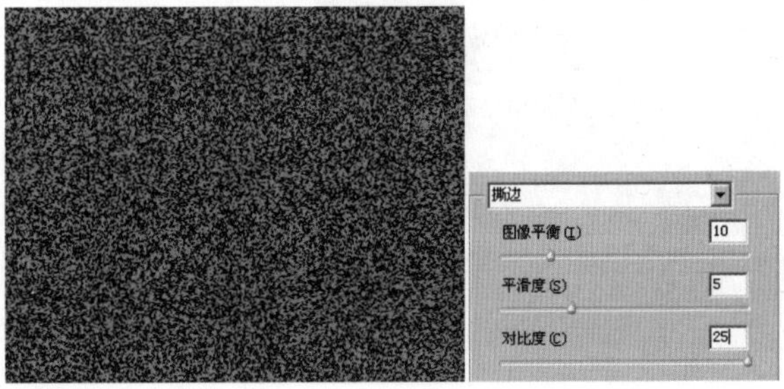

图10-45

step05 执行菜单栏中的“滤镜>艺术效果>壁画”命令，在弹出的“壁画”对话框中设置“画笔大小”为“2”、“画笔细节”为“10”、“纹理”为“2”，效果如图10-46所示。

图10-46

step06 执行菜单栏中的“滤镜>纹理>龟裂缝”命令，在弹出的“龟裂缝”对话框中设置“裂缝间距”为“50”、“裂缝深度”为“5”、“裂缝亮度”为“0”，制作出立体感，效果如图10-47所示。

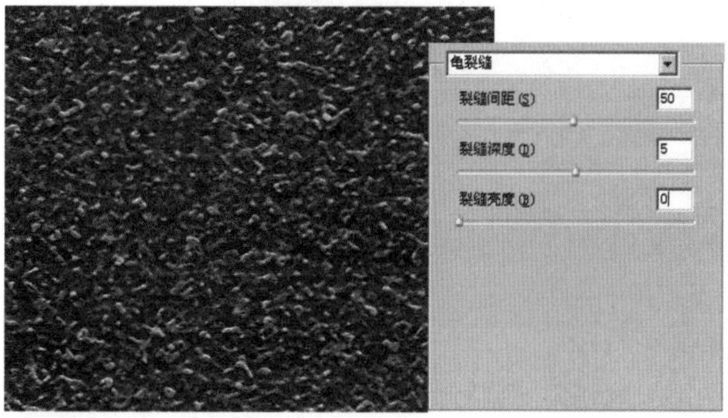

图10-47

step07 在“图层”面板中设置“混合模式”为“叠加”、“不透明度”为“80%”，使图像变得明亮，如图10-48所示。

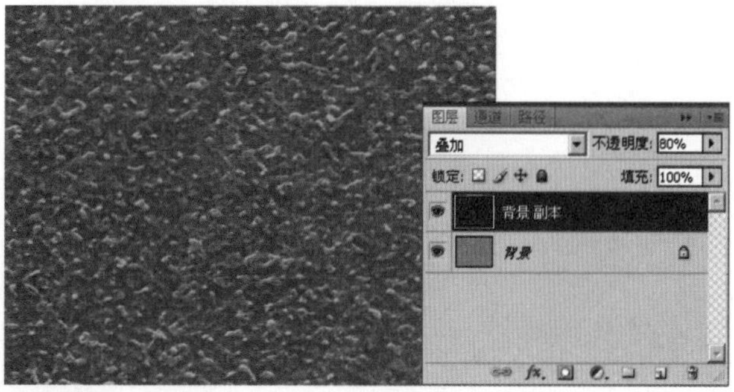

图10-48

step08 从“图层”面板的扩展菜单中选择“拼合图像”命令，把两个图层合并，然后执行菜单栏中的“滤镜>模糊>高斯模糊”命令，在弹出的“高斯模糊”对话框中设置“半径”为“1.0”像素，如图10-49所示。

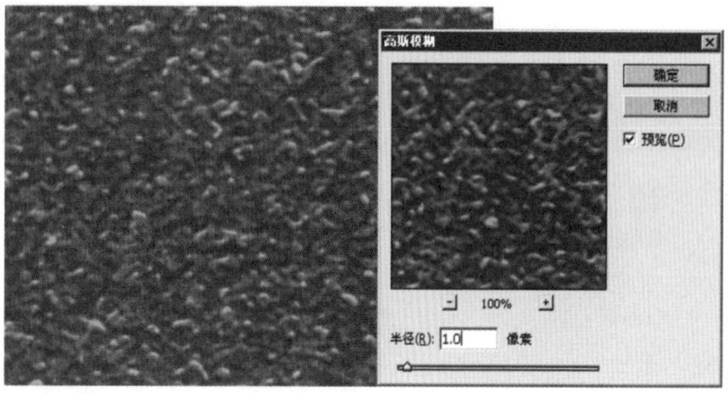

图10-49

step09 在背景上制作文字。使用横排文字工具在画面上单击输入“CHERISH LAWN”，设置“颜色”为“黑色”，然后执行菜单栏中的“图层>栅格化>文字”命令，效果如图10-50所示。

图10-50

step10 隐藏“背景”图层，在工具箱中设置“前景色”为“R0、G150、B0”、“背景色”为“R0、G100、B0”，然后执行菜单栏中的“滤镜>素描>撕边”命令，在弹出的“撕边”对话框中设置“图像平衡”为“25”、“平滑度”为“5”、“对比度”为“25”，如图10-51所示。

图10-51

step11 按住Ctrl键单击“cherish lawn”图层，载入文字选区。执行菜单栏中的“选择>色彩范围”命令，在弹出的“色彩范围”对话框中设置“颜色容差”为“30”，如图10-52所示。

图10-52

step12 执行菜单栏中的“选择>反向”命令，进行反转，按Delete键删除深绿色，使用ctrl+D组合键取消选区，然后重新显示“背景”图层，效果如图10-53所示。

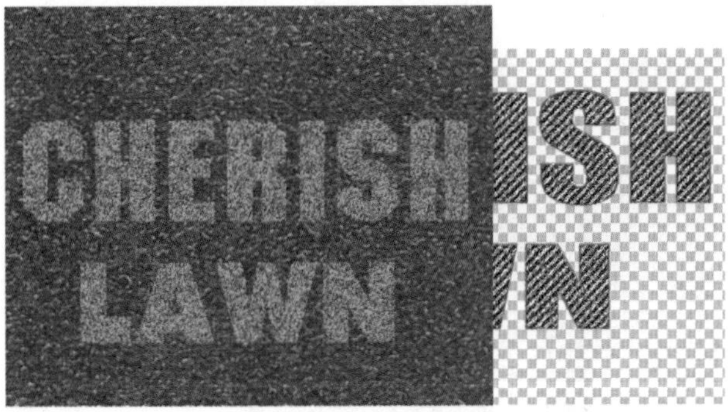

图10-53

step13 选择“cherish lawn”图层，使得“cherish lawn”图层和“背景”图层融合在一起，执行菜单栏中的“滤镜>模糊>高斯模糊”命令，在弹出的“高斯模糊”对话框中设置“半径”为“1.0”像素，如图10-54所示。

图10-54

step14 使用Ctrl+J组合键分别复制“背景”图层和“cherish lawn”图层，把“背景副本”图层移动到“cherish lawn”图层上。选中“cherish lawn副本”图层，选择“图层”面板扩展菜单中的“向下合并”命令，合并图层，并将其命名为“合并”，如图10-55所示。

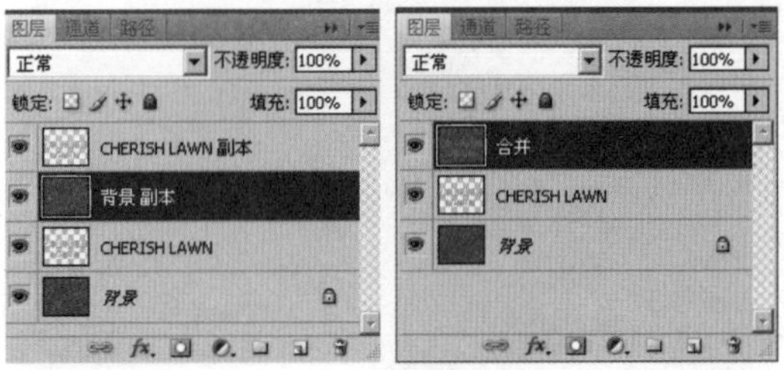

图10-55

step15 选择“合并”图层，将其他图层隐藏，执行菜单栏中的“图像>调整>去色”命令，把图像变为单色，如图10-56所示。

图10-56

step16 执行菜单栏中的“图像>调整>曲线”命令，在弹出的“曲线”对话框中设置“输入”为“60”、“输出”为“255”，使图像变得明亮，如图10-57所示。

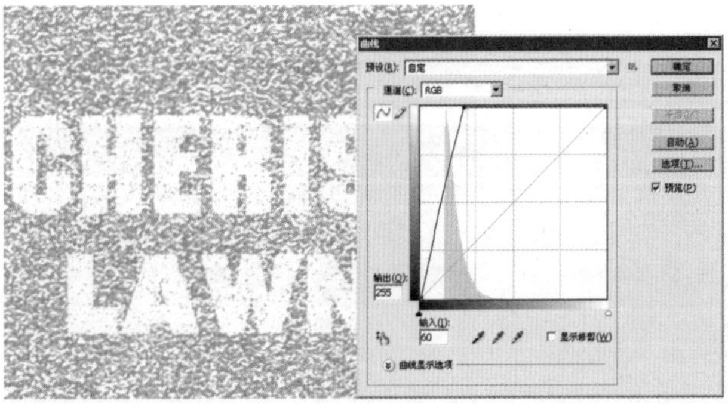

图10-57

step17 执行菜单栏中的“滤镜＞风格化＞浮雕效果”命令，在弹出的对话框中设置“角度”为“-130”度、“高度”为“20”像素、“数量”为“70%”，如图10-58所示。

图10-58

step18 进行浮雕加工之后，在“图层”面板中设置“混合模式”为“线性光”、“不透明度”为“75%”，如图10-59所示。

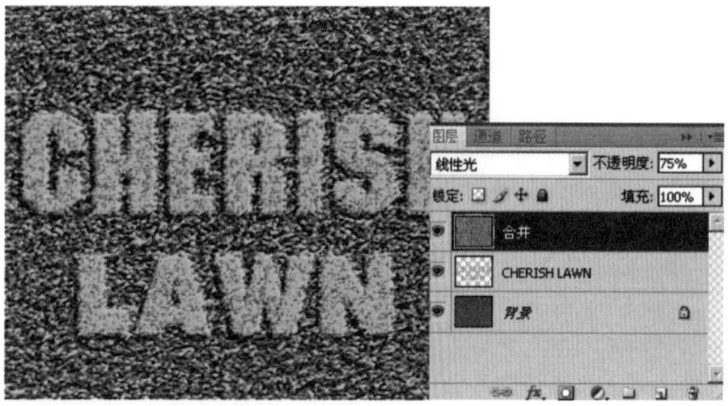

图10-59

step19 选择“cherish lawn”图层，执行菜单栏中的“图层＞图层样式＞内阴影”命令，在弹出对话框的“内阴影”选项面板中设置“角度”为“120”度、“距离”为“10”像素、“大小”为“5”像素，单击“等高线”下拉按钮，在弹出的下拉列表中选择“内凹-深”样本。至此，草坪效果制作完成，如图10-60所示。

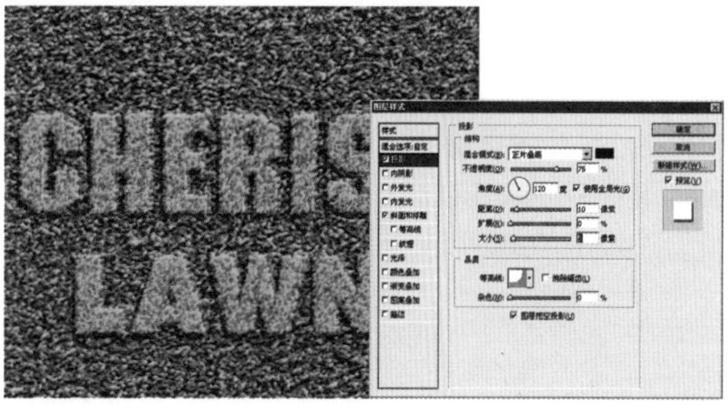

图10-60

10.4 金属效果

最终效果

制作说明

本例讲解金属效果的制作方法。金属效果同样非常实用，有很多可以用得上的地方。本例利用图层样式中的渐变叠加、斜面和浮雕与内阴影来塑造文字形体，用“调整”面板调整色彩，再综合应用制作特殊效果的背景。

step01 执行菜单栏中的“文件>新建”命令，在弹出的“新建”对话框中设置“宽度”为“15”厘米、“高度”为“9”厘米、“分辨率”为“300”像素/英寸、“名称”为“金属效果”，如图10-61所示。

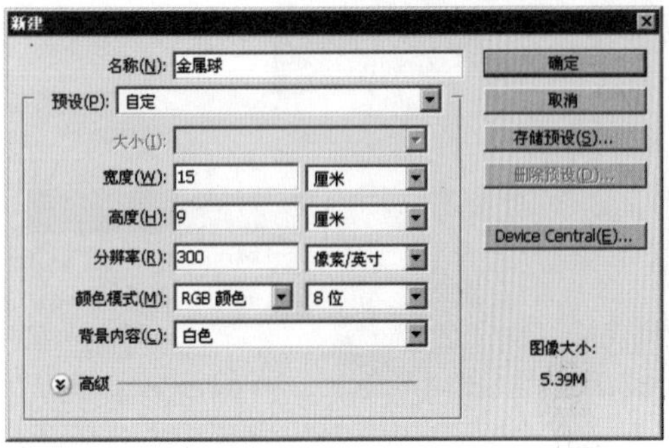

图10-61

step02 在“字符”面板中选择字体（这里使用Palatino Linotype），设置“颜色”为“R0、G0、B0”，使用横排文字工具在画面上单击后输入文字“PYRAMID”，设置字母P使其稍稍变大一点，如图10-62所示。

图10-62

step03 在“图层”面板中选中“PYRAMID”图层，执行菜单栏中的“图层>栅格化>文字”命令，把图层名称改为“基础”，如图10-63所示。

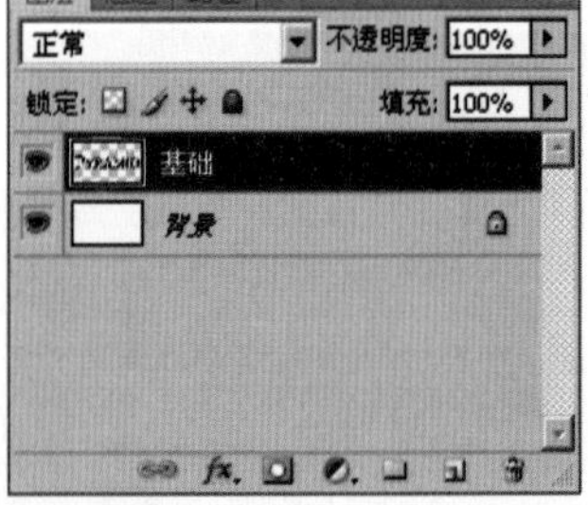

图10-63

step04 在工具箱中设置前景色为“R255、G200、B0”，接着在“基础”图层被选中的状态下执行菜单栏中的“编辑>填充”命令，在弹出的“填充”对话框中设置“使用”为“前景色”、“模式”为“正常”、“不透明度”为“100%”（如图10-64所示），选中“保留透明区域”复选框。

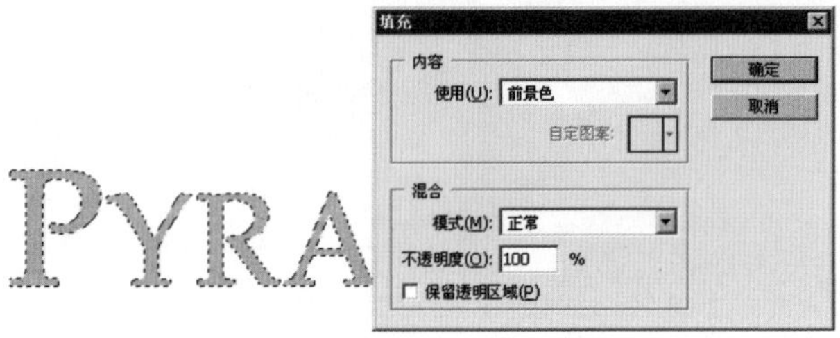

图10-64

step05 选择“基础”图层，执行菜单栏中的“图层>图层样式>渐变叠加”命令，在弹出对话框的“渐变叠加”选项面板中设置“混合模式”为“正片叠底”、“不透明度”为“45%”，然后使用“从下开始黑色的渐变”填充文字，如图10-65所示。

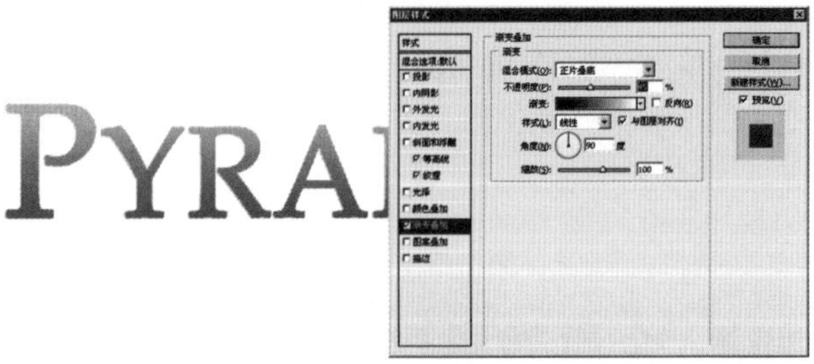

图10-65

step06 在“图层样式”对话框中选择“斜面和浮雕”选项，设置“方法”为“雕刻清晰”、“深度”为“1000%”、大小”为“44”像素、“阴影模式”下的“不透明度”为“70%”，如图10-66所示。

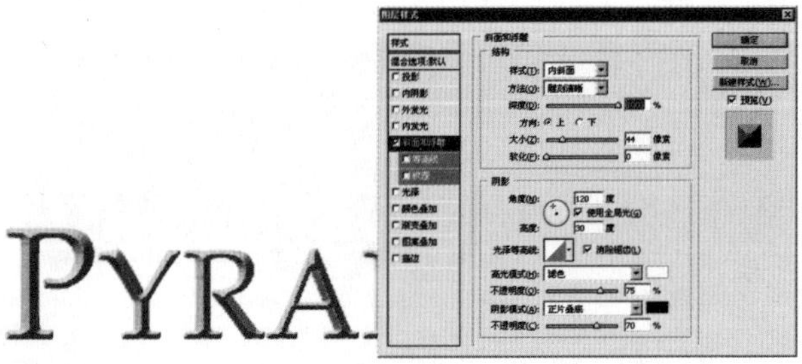

图10-66

step07 选择“等高线”选项，使用等高线“线性”样式，选中“消除锯齿”复线框，如图10-67所示。

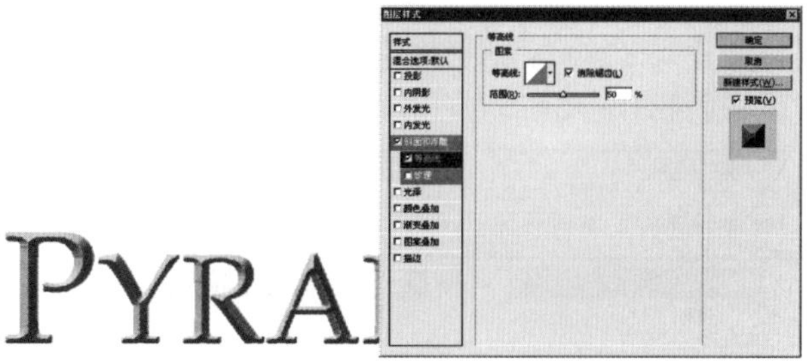

图10-67

step08 选择“纹理”选项，并设置“图案”为“绸光”、“缩放”为“160%”、“深度”为“+10%”，使文字具有立体效果，如图10-68所示。

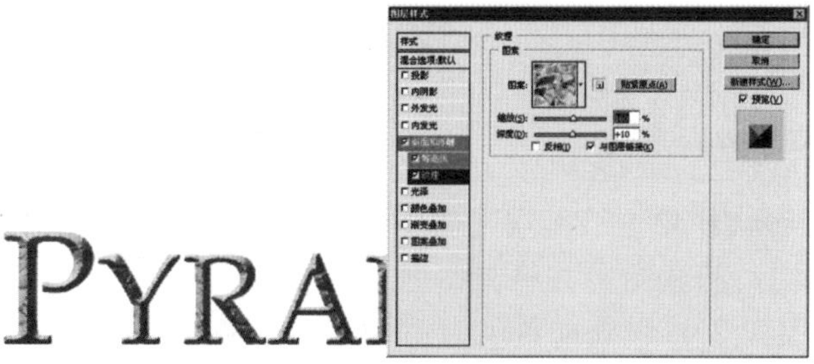

图10-68

step09 为了强调高光部分，选择“内阴影”选项，并设定“混合模式”为“点光”、“颜色”为“R255、G252、B0”，取消选中“使用全局光”复选框，并设置“角度”为“-90”度、“距离”为“19”像素、“大小”为“19”像素，选中“消除锯齿”复选框，设置“杂色”为“10%”，如图10-69所示。

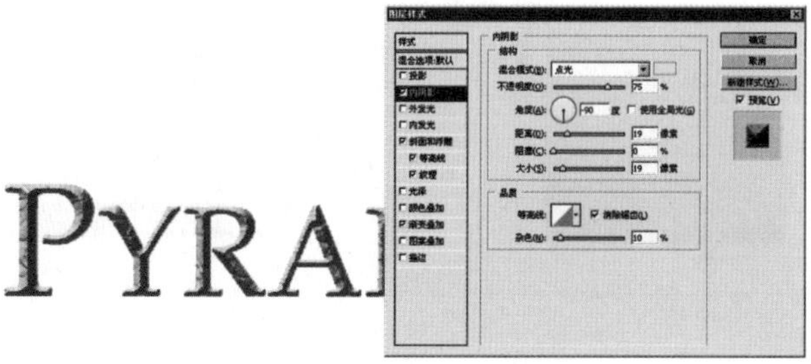

图10-69

step10 下面进行增加现实感的操作。在“图层”面板中把“背景”图层隐藏，使用Ctrl+A组合键进行全选，执行菜单栏中的“编辑>合并拷贝”命令。接下来，按住Ctrl键单击“图层”面板中的“基础”图层前的缩览图，选择图层中的不透明部分。然后，按Ctrl+V组合键在“基础”图层所有的效果结合在一起的状态下得到“图层1”，把“图层1”改名为“铬黄”，如图10-70所示。

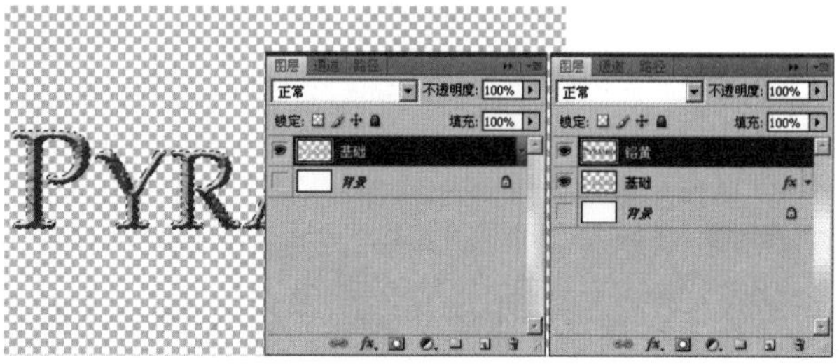

图10-70

step11 选择“铬黄”图层，执行菜单栏中的“图像>调整>色相/饱和度”命令，在弹出的对话框中设置“饱和度”为“-100”，如图10-71所示。

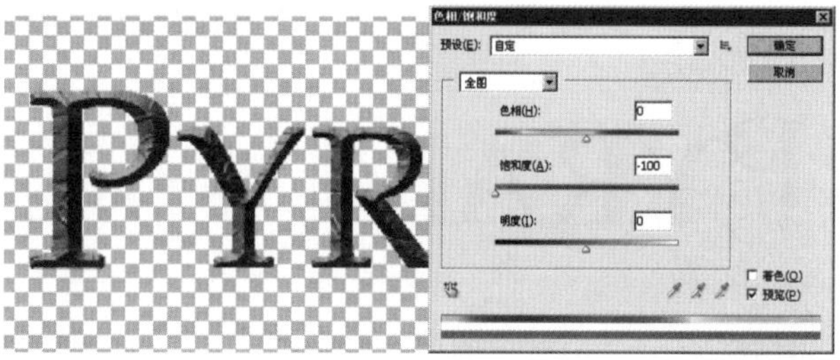

图10-71

step12 执行菜单栏中的“图像>调整>曲线”命令，在弹出的对话框中调整曲线，如图10-72所示。

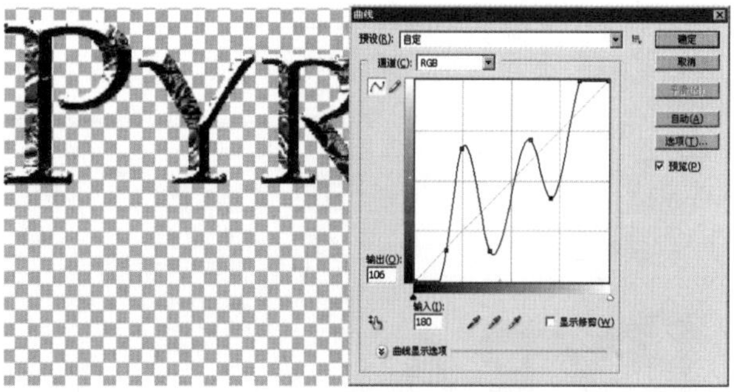

图10-72

step13 执行菜单栏中的“图像＞调整＞色阶”命令，在弹出的对话框中设置“输入色阶”为“25”、“1.00”、“201”。这样，文字就变为了更加真实的图像，如图10-73所示。

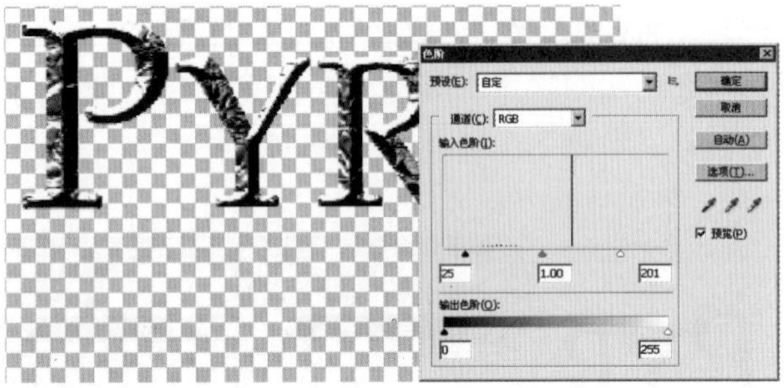

图10-73

step14 重新显示“背景”图层，选择“铬黄”图层，并设定“图层模式”为“强光”、“不透明度”为“55%”。这样，“基础”图层的金属感觉就制作出来了，如图10-74所示。

图10-74

step15 选中“铬黄”图层，执行“图层”面板扩展菜单中的“向下合并”命令，将其与“基础”图层进行合并。接着，选择“基础”图层，执行菜单栏中的“图层＞图层样式＞投影”命令，在弹出的对话框中设置“不透明度”为“90%”、“距离”为“20”像素、“扩展”为“0%”、“大小”为“25”像素，选中“图层挖空投影”复选框，单击“确定”按钮，完成文字的制作，如图10-75所示。

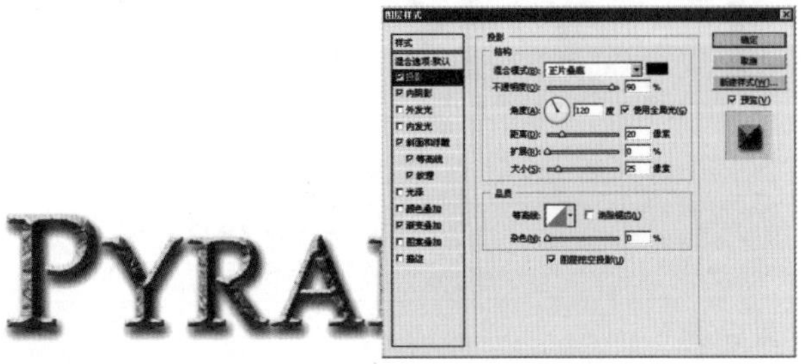

图10-75

step16 单击“图层”面板中的“创建新组”按钮，新建一个图层组并将其命名为“文字组”，把“基础”图层拖曳到组中。用同样的方法创建一个名为“背景组”的图层组，将其移动到文字组的下面，之后的所有与背景相关的图层全部都放在这个组里，如图10-76所示。

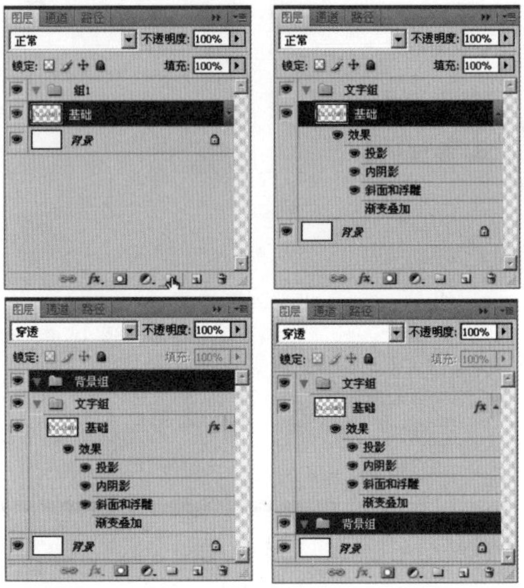

图10-76

step17 单击“图层”面板中的“创建新图层”按钮，新建图层并将其命名为“石头堆积基本”。在工具箱中设置前景色为“R125、G144、B165”、背景色为“R86、G98、B115”，如图10-77所示。

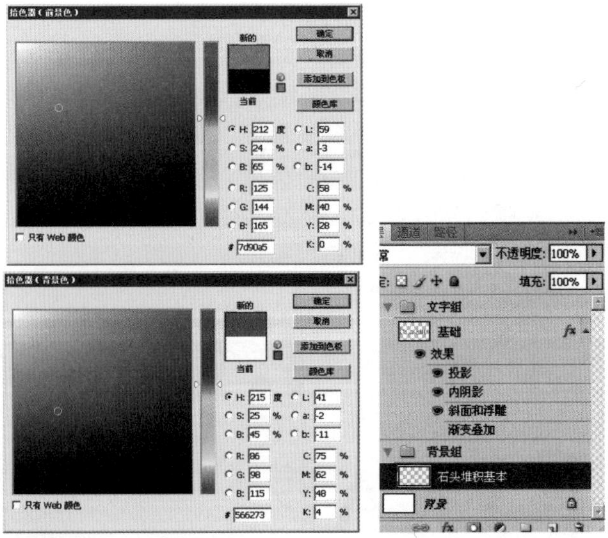

图10-77

step18 执行菜单栏中的“滤镜>渲染>云彩”命令，把“石头堆积基本”图层全部用云彩填充，如图10-78所示。

图10-78

step19 改变前景色为“R0、G0、B0”，执行菜单栏中的“滤镜>纹理>染色玻璃”命令，在弹出的对话框中设置“单元格大小”为“47”、“边框粗细”为“10”、“光照强度”为“0”，如图10-79所示。

图10-79

step20 执行菜单栏中的“滤镜>扭曲>玻璃”命令，在弹出的对话框中设置“扭曲度”为“10”、“平滑度”为“15”，如图10-80所示。

图10-80

step21 执行菜单栏中的“滤镜>扭曲>波纹”命令，在弹出的对话框中设置“数量”为“100%”、“大小”为“中”，如图10-81所示。

图10-81

step22 使用Ctrl+J组合键复制“石头堆积基本”图层，并将其命名为“石头堆积浮雕”。对该图层执行菜单栏中的“滤镜>风格化>浮雕效果”命令，在弹出的对话框中设置“角度”为“-45”度、“高度”为“5”像素、“数量”为“300%”，如图10-82所示。

图10-82

step23 在“图层”面板中设置图层的“混合模式”为“强光”、“不透明度”为“75%”，如图10-83所示。

图10-83

step24 选择“图层”面板扩展菜单中的“新建图层”命令，在“石头堆积浮雕”图层上方新建一个名为“石头堆积纹理”的图层。在工具箱中单击“默认前景色和背景色”按钮■，执行菜单栏中的“滤镜>渲染>云彩”命令，效果如图10-84所示。

图10-84

step25 执行菜单栏中的“滤镜>风格化>浮雕效果”命令，在弹出的对话框中设置“角度”为“−45”度、“高度”为“7”像素、“数量”为“300%”，给云彩添加凹凸感，如图10-85所示。

图10-85

step26 在“图层”面板中设定“图层混合模式”为“强光”、“不透明度”为“50%”，效果如图10-86所示。

图10-86

step27 选择“石头堆积纹理”图层，执行菜单栏中的“图层>图层样式>渐变叠加”命令，在弹出的对话框中设置“混合模式”为“正片叠底”、“不透明度”为“50%”，如图10-87所示。

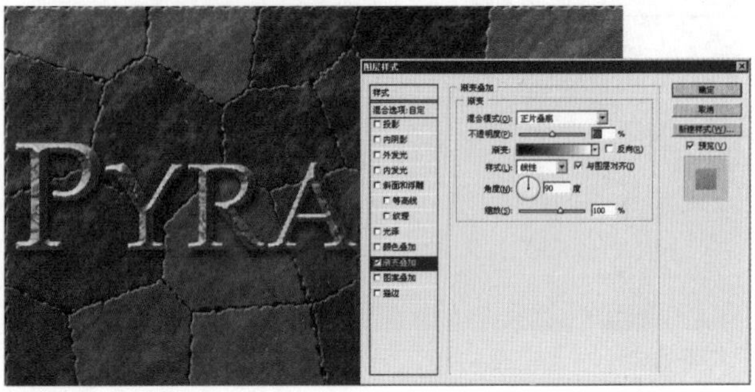
图10-87

step28 选择“石头堆积纹理”图层，执行菜单栏中的“图层>图层样式>图案叠加”命令，在弹出的对话框中设置“混合模式”为“柔光”、“不透明度”为“70%”、“图案”为“绸光”、“缩放”为“300%”，如图10-88所示。

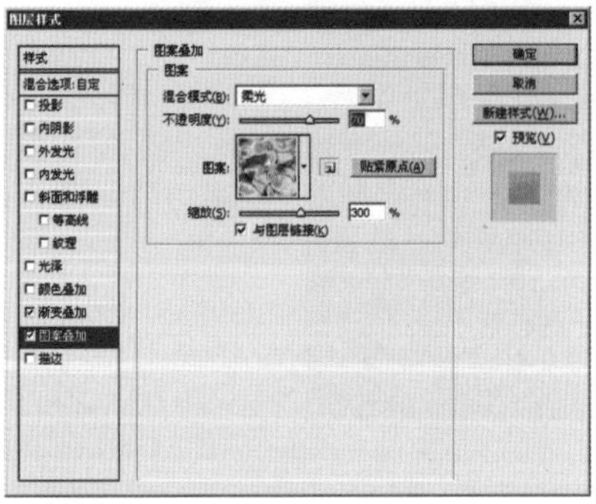
图10-88

step29 执行菜单栏中的“图层>图层样式>投影”命令，在弹出的对话框中设置“不透明度”为“60%”，金属效果就制作完成了，如图10-89所示。

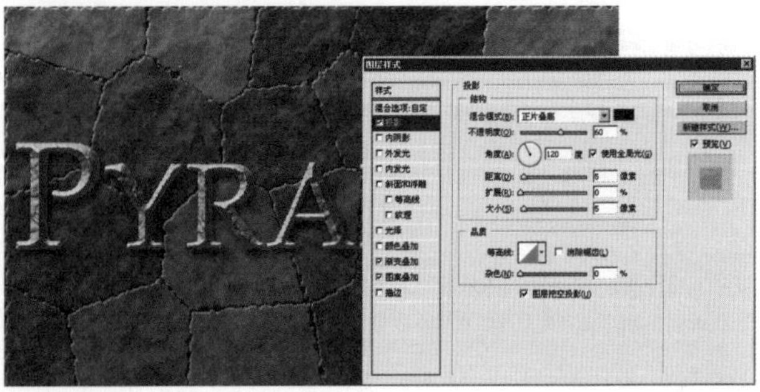
图10-89

10.5 水滴效果

最终效果

制作说明

本例讲解水滴效果的制作方法。无论是文字还是图像，水滴效果都给人以晶莹剔透的感觉，很多读者做设计的过程当中都能够用到，下面利用通道、滤镜、图层样式等来制作水滴效果。

step01 执行菜单栏中的“文件>新建”命令，弹出“新建”对话框，设置“名称”为“水滴效果”、“宽度”为“7.7”厘米、“高度”为“10.6”厘米、“分辨率”为“350”像素/英寸，如图10-90所示。

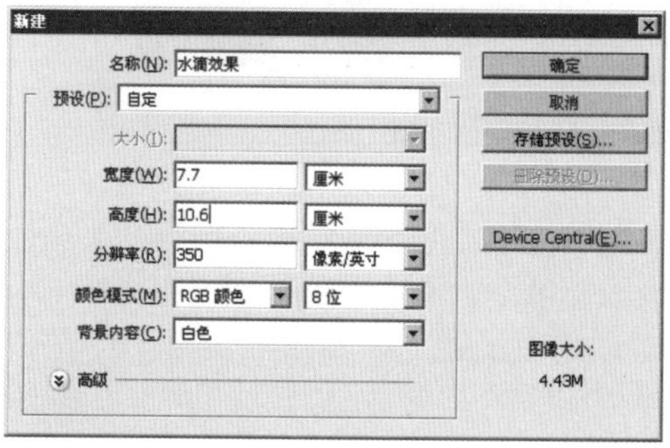

图10-90

step02 执行菜单栏中的“滤镜>杂色>添加杂色”命令，在打开的对话框中进行如图10-91所示的设置。

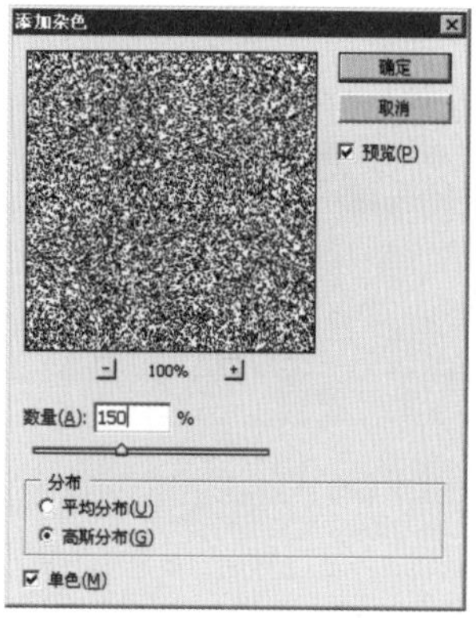

图10-91

step03 执行菜单栏中的“滤镜>模糊> 动感模糊”命令，在弹出的对话框中设置“角度”为“0”度、“距离”为“150”像素，制作出发丝般的效果，如图10-92所示。

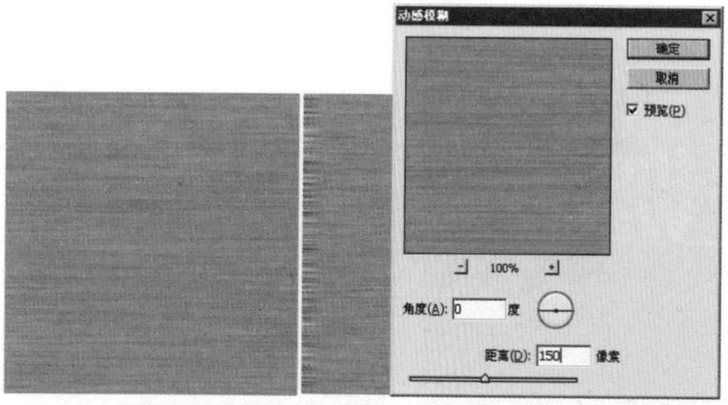

图10-92

step04 执行菜单栏中的“滤镜>渲染>光照效果”命令，在弹出的对话框中设置“强度”为“25”，同时还要考虑到光的方向性，效果如图10-93所示。

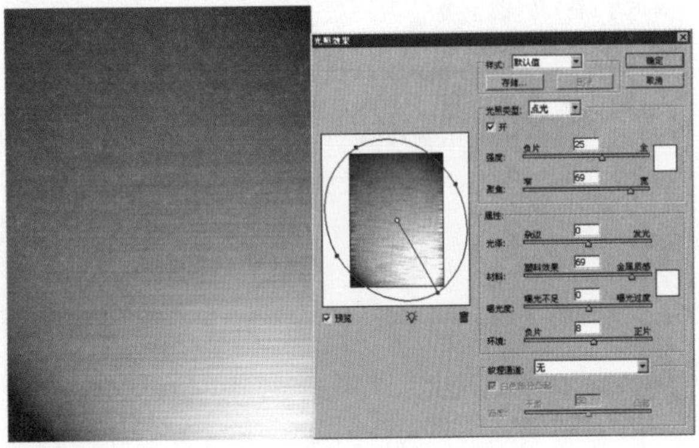

图10-93

step05 执行菜单栏中的“编辑>自由变换”命令，制作金属质地效果。接下来，选择横排文字工具，输入文字，如图10-94所示。

图10-94

step06 载入文字图层选区，将选区保存为“Alpha 1”通道，然后回到“图层”面板，隐藏文字图层，如图10-95所示。

图10-95

step07 在step 06中得到的“Alpha 1”中，选择画笔工具，手绘出水滴，然后回到“图层”面板，单击“创建新图层”按钮，如图10-96所示。

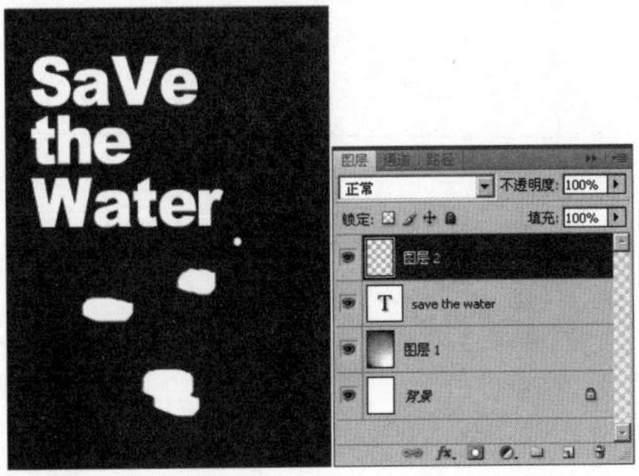

图10-96

step08 创建图层后，把整个图层涂抹为50%的灰色，然后将“Alpha 1”通道作为选区载入，并填充为白色，如图10-97所示。

图10-97

step09 设置图层的“混合模式”为“亮光”，执行菜单栏中的“滤镜>艺术效果>塑料包装”命令，在弹出的对话框中设置“高光强度”为“15”、“细节”为“9”、“平滑度”为“7”，如图10-98所示。

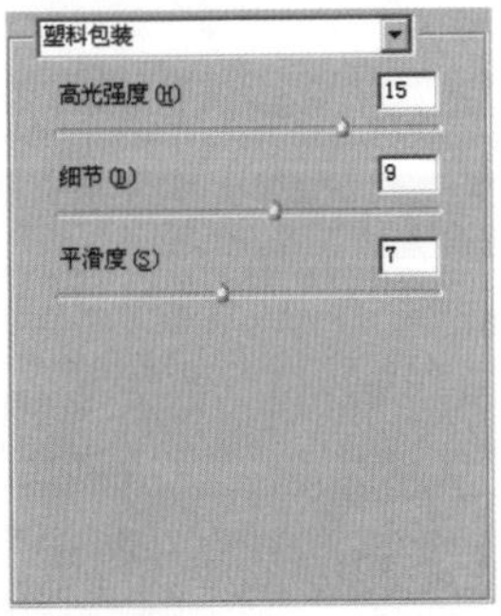

图10-98

step 10 将step 06中得到的通道作为选区载入，在“图层”面板中建立图层蒙版，如图10-99所示。

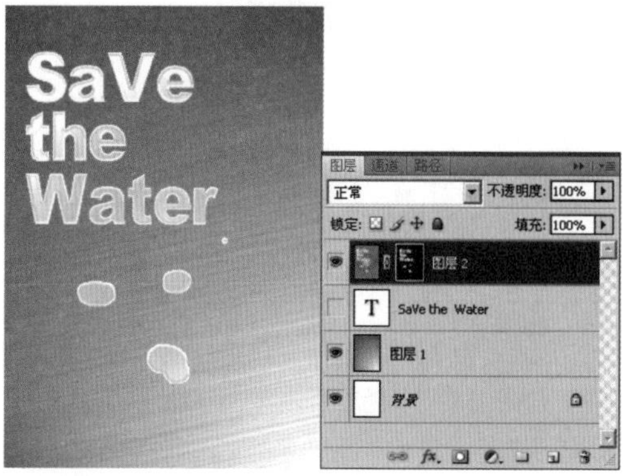

图10-99

step 11 复制step 06中得到的“Alpha 1”通道，执行菜单栏中的“滤镜>其他>最小值”命令，在弹出的对话框中设置“半径”为“4”像素，如图10-100所示。

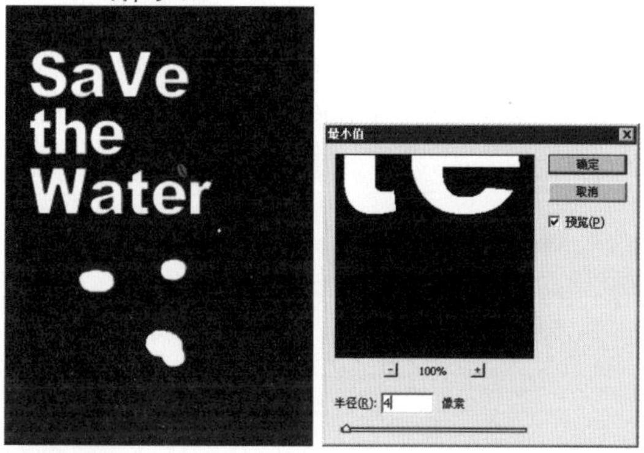

图10-100

step 12 再次复制step 06中得到的“Alpha 1”通道，将“图层2”作为选区载入，执行菜单栏中的“选择>修改>边界”命令，在弹出的对话框中设置“宽度”为“5”像素，并将复制的通道填充为黑色，如图10-101所示。

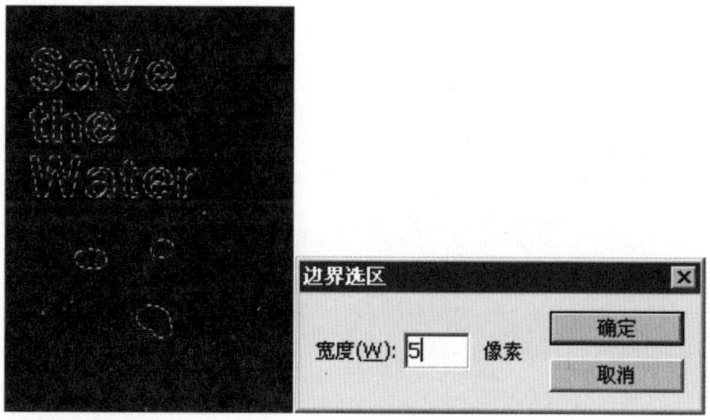

图10-101

step 13 回到“图层”面板，建立新图层，将step 11加工过的通道作为选区载入，填充为黑色，将图层的“混合模式”设置为“正片叠底”，如图10-102所示。

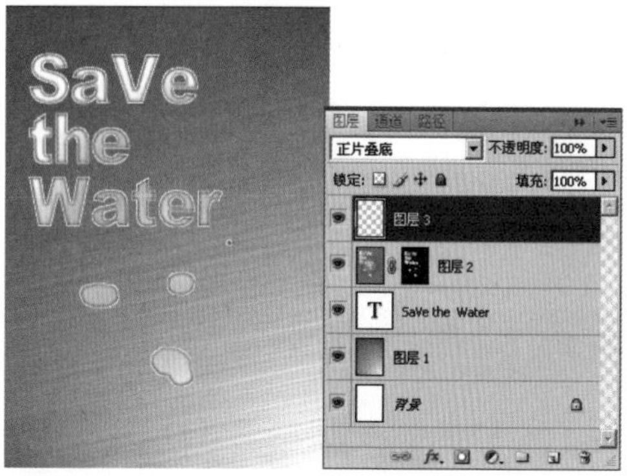

图10-102

step 14 对step 08和step 11中的图层进行编组，执行菜单栏中的“编辑>变换>自由变换”命令，效果如图10-103所示。

图10-103

step 15 在step 09的图层中，对水滴进行处理，单击“添加图层样式”按钮，在弹出的菜单中 分别选择“投影”和“内阴影”命令，在弹出的对话框的“内阴影”选项面板中设置参数，如图10-104所示。

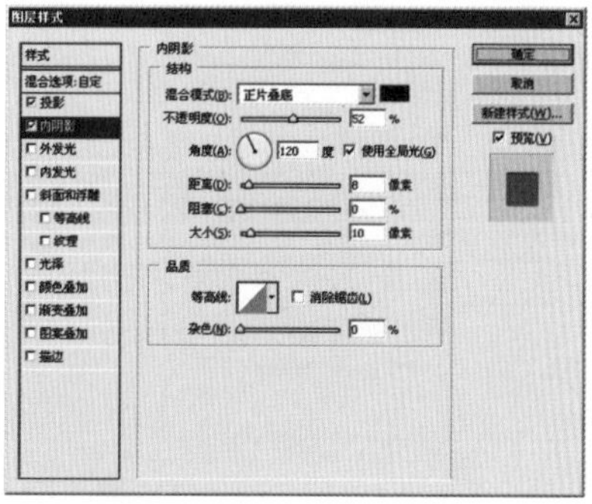

图10-104

step16 从step 10的图层蒙版中读取选定的范围，新建通道。将选定的范围保持在活动的状态下，执行菜单栏中的“滤镜>模糊>高斯模糊”命令，在弹出的对话框中设置“半径”为“10”像素，选择整体，执行菜单栏中的“编辑>拷贝”命令，效果如图10-105所示。

图10-105

10.6 冰融效果

最终效果

制作说明

本例讲解冰融效果的制作方法，主要应用了云彩、素描、风滤镜效果，再用图层样式中的“斜面和浮雕”命令制作出立体效果。

step01 执行菜单栏中的“文件>新建”命令，在弹出的“新建”对话框中设置“宽度”为“15”厘米、“高度”为“10”厘米、“分辨率”为“350”像素/英寸、“名称”为“冰融效果”，如图10-106所示。

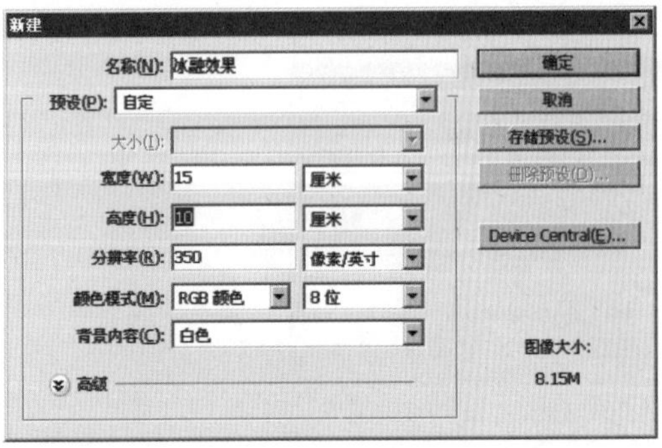

图10-106

step02 按D键恢复默认的前景色和背景色，执行菜单栏中的“滤镜>渲染>云彩”命令，效果如图10-107所示。

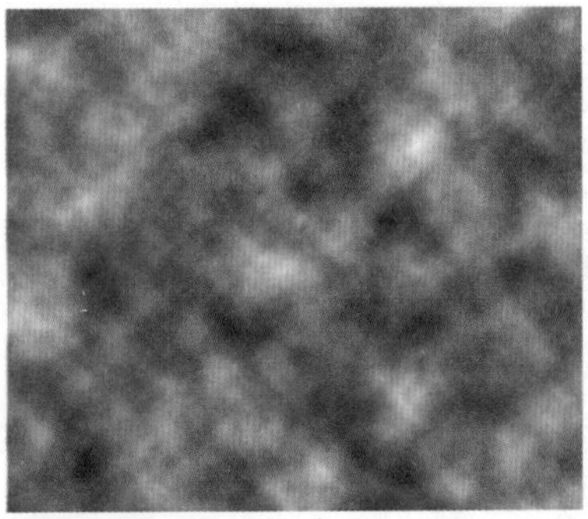

图10-107

step03 在“字符”面板中选择字体（这里选择的是Arial Black），设置“字体大小”为“120点”、“颜色”为“R0 、G0 、B0”，设置所选文字的字距为“50”。选择横排文字工具，在画面中央稍稍向上一点的地方输入“THAW”，如图10-108所示。

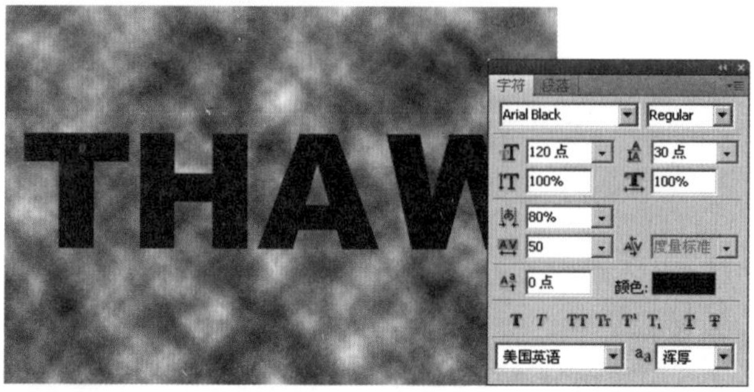

图10-108

step04 调整文字之后按住Ctrl键单击“THAW”图层，把文字选为选区。打开“通道”面板，单击“将选区存储为通道”按钮，把文字的轮廓保存为“Alpha 1”通道。执行菜单栏中的“图层>栅格化>文字”命令，并按Ctrl+D组合键解除选区，如图10-109所示。

图10-109

step05 在“图层”面板中选择“背景”图层，单击“创建新图层”按钮，在“THAW”图层和“背景”图层间新建一个图层，执行菜单栏中的“编辑>填充”命令，将图层填充为白色。接下来，选择“THAW”图层，在“图层”面板的扩展菜单中执行“向下合并”命令，把被填充为白色的图层和“THAW”图层合并到一起。合并后的图层变为“图层1”，如图10-110所示。

图10-110

step06 选择“图层1”，执行菜单栏中的“图像>调整>反相”命令，设置图层的“混合模式”为“正片叠底”，文字的中间出现云彩效果，如图10-111所示。

图10-111

step07 选择“背景”图层，将其拖到“创建新图层”按钮上，创建“背景副本”图层。把“背景”图层隐藏，在“图层”面板的扩展菜单中选择“合并可见图层”命令，如图10-112所示。

图10-112

step08 选择“背景副本”图层，执行菜单栏中的“滤镜>素描>图章”命令，在弹出的对话框中设置“明/暗平衡”为“32”、“平滑度”为“12”，如图10-113所示。

图10-113

step09 执行菜单栏中的“图像>旋转画布>90度（顺时针）”命令，暂时把画面竖过来。执行菜单栏中的“滤镜>风格化>风”命令，选择“方法”为“大风”、“方向”为“从右”。执行菜单栏中的“图像>旋转画布>90度（逆时针）”命令，将画面还原为横向，如图10-114所示。

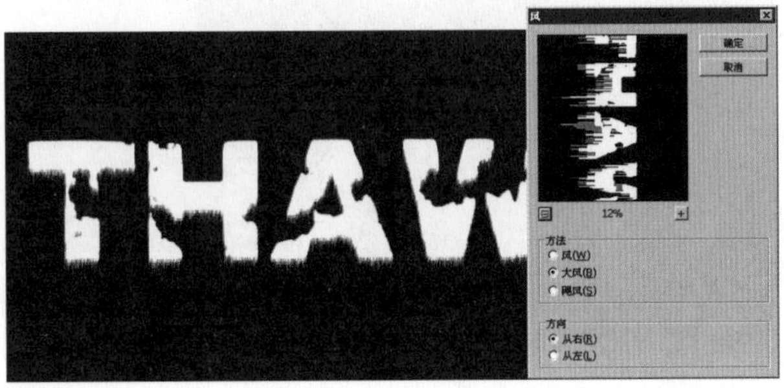

图10-114

step10 执行菜单栏中的“滤镜>素描>撕边”命令，在弹出的对话框中设置“图像平衡”为“4”、“平滑度”为“13”、“对比度”为“16”，使白色的部分边线像冰柱一样向下低垂，如图10-115所示。

图10-115

step11 选择魔棒工具，在工具选项栏中设置“容差”为“1”，按住Shift键单击选取选区。记住，这时要选择字母A最中间的黑色区域，如图10-116所示。

图10-116

step12 执行菜单栏中的“选择>反向”命令，按Delete键删除图像上的黑色部分，按Ctrl+D组合键将选区解除，如图10-117所示。

图10-117

step13 执行菜单栏中的“图层>图层样式>斜面和浮雕”命令，在弹出的对话框中设置“方法”为“雕刻柔和”、“深度”为“81%”、“大小”为“32”像素、“软化”为“13”像素，这样就制作出了文字上积雪的效果，如图10-118所示。把“背景副本”图层改名为“积雪”。

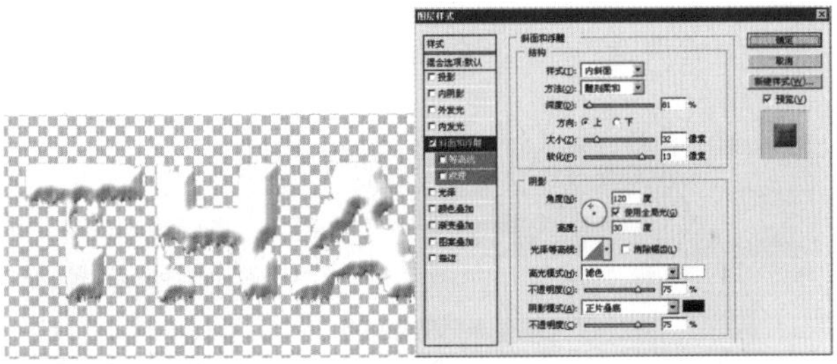

图10-118

step14 在“图层”面板中单击“创建新图层”按钮，新建一个名为“黑色背景”的图层。把“黑色背景”图层移动到“背景”图层之上，执行菜单栏中的“编辑>填充”命令，将“黑色背景”图层填充为黑色，如图10-119所示。

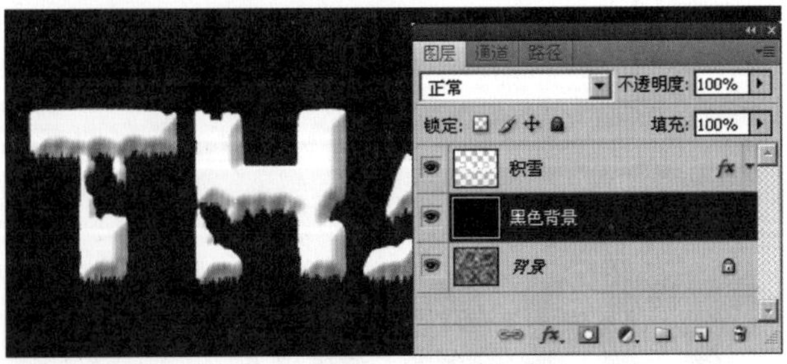

图10-119

step15 打开“通道”面板，按住Ctrl键单击“Alpha 1”通道，载入选区，如图10-120所示。

图10-120

step16 选择“图层”面板中的“黑色背景”图层，并隐藏其他所有图层，按Ctrl+C组合键复制文字的轮廓，如图10-121所示。

图10-121

step17 单击“图层”面板中的“创建新图层”按钮，新建一个名为“黑色logo”的图层。这时，按Ctrl+V组合键，粘贴上一步骤中复制的文字轮廓，如图10-122所示。

图10-122

step18 选中“黑色logo”图层，执行菜单栏中的“图层>图层样式>斜面和浮雕”命令，在打开的对话框中设置“深度”为“530%”、“大小”为“18”像素、“软化”为“5”像素，把文字制作成立体效果，如图10-123所示。

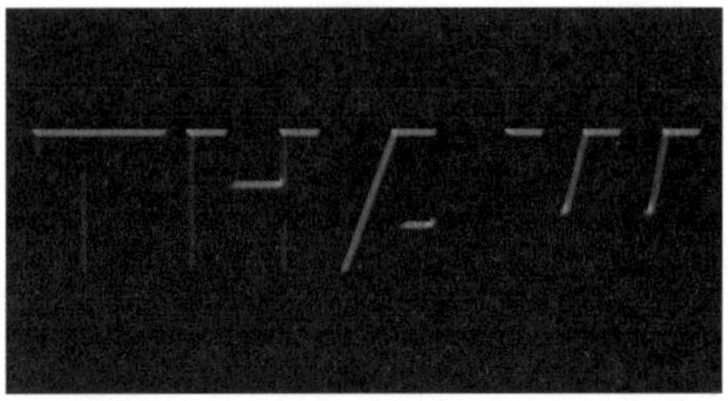

图10-123

step19 选择“内发光”选项，设置“颜色”为“R88、 G231、 B179”，效果如图10-124所示。

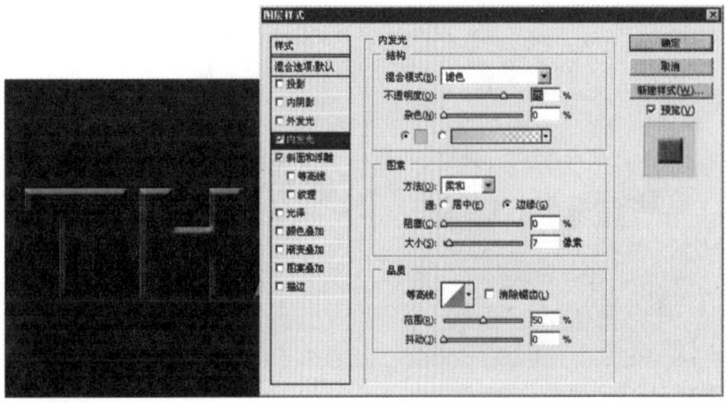

图10-124

step20 选择“外发光”选项，设置“颜色”为“R56 、G164、 B233”、“扩展”为“3%”、“大小”为“43”像素，这样就制作出了青色光线的黑色清爽的logo，如图10-125所示。

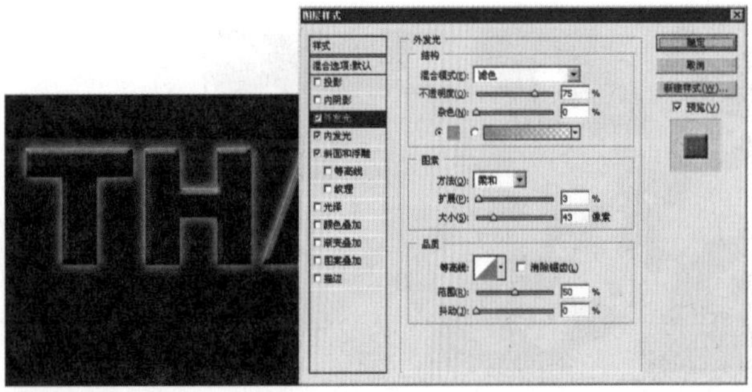

图10-125

step21 制作表现雪落在地板上的效果。在“图层”面板中把“黑色背景”图层隐藏，把其他所有图层都显示出来，效果图10-126如图所示。

图10-126

step22 选中“背景”图层，在工具箱中选择魔棒工具，在工具选项栏中设置“容差”为2～6，选择“背景”图层的云彩花纹。按住Shift键（追加选区）和Alt键（解除选区）单击云彩，选出变成雪的区域，如图10-127所示。

图10-127

step23 单击“图层”面板中的“创建新图层”按钮，创建新图层并将其改名为“地上的雪”。把这个图层移动到“黑色背景”图层上面，接下来对“地上的雪”图层执行菜单栏中的“编辑>填充”命令，选择白色进行填充，然后把隐藏的“黑色背景”图层显示出来，效果如图10-128所示。

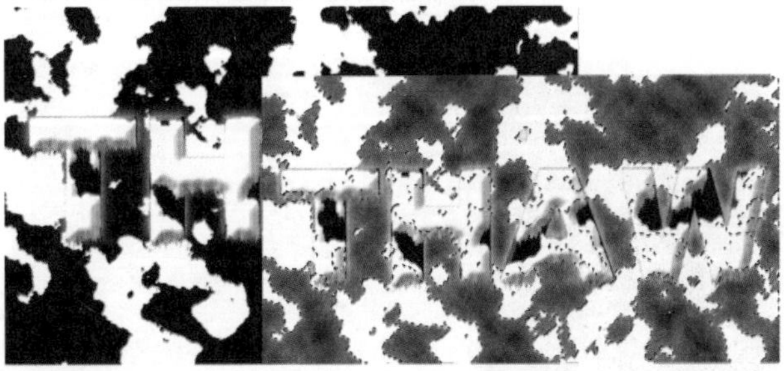

图10-128

step24 执行菜单栏中的“图层>图层样式>斜面和浮雕”命令，在打开的对话框中设定“方法”为“雕刻柔和”、“深度”为“141%”、“大小”为“30”像素、“软化”为“14”像素，如图10-129所示。

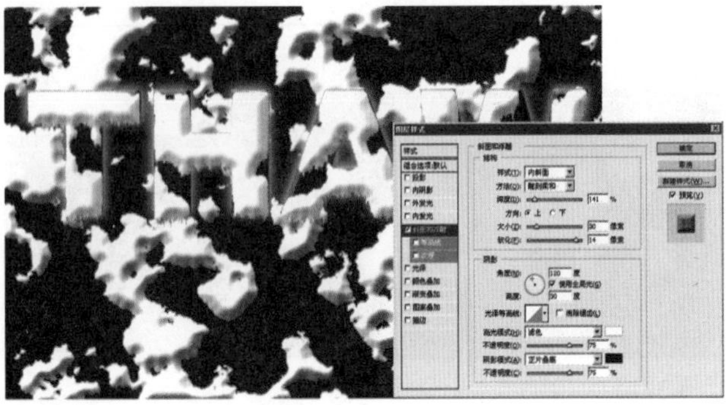

图10-129

step25 为了使雪看上去更真实，在工具箱中选择橡皮擦工具，把“不透明度”设置为“50%”，擦去logo下面的雪。到此，冰融效果的制作就完成了，如图10-130所示。

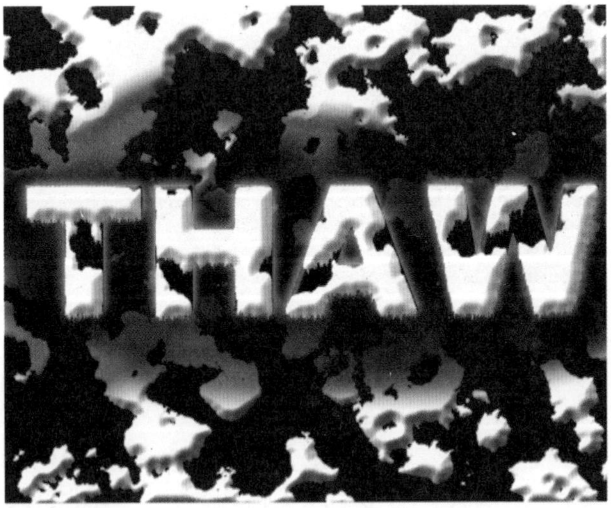

图10-130

10.7 血迹效果

最终效果

制作说明

血迹效果可以渲染出恐怖的气氛。在制作血迹效果的过程中，画笔工具和钢笔工具是不能缺少的，通过本例可熟练应用这两种工具。本例还应用了各种图层样式，以表现出真实的立体感。

step01 执行菜单栏中的“文件>新建”命令，在弹出的对话框中设置“宽度”为“15”厘米、“高度”为“9”厘米、“分辨率”为“350”像素/英寸、“名称”为“血迹效果”，如图10-131所示。

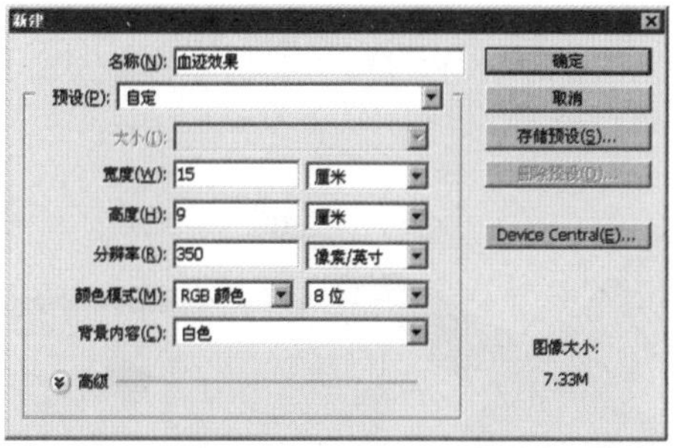

图10-131

step02 选择工具箱中的钢笔工具，画出伤口的形状，制作出使用锋利的刀割开的伤口，效果如图10-132所示。

图10-132

step03 绘制一个与step 02中的伤口交叉的图形，效果如图10-133所示。

图10-133

step04 画出伤口后隐藏“背景”图层，从“图层”面板的扩展菜单中选择“合并可见图层”命令，把“图层”面板中的“形状1”和“形状2”合并成一个图层，并改名为“伤口”，合并图层后重新显示“背景”图层，如图10-134所示。

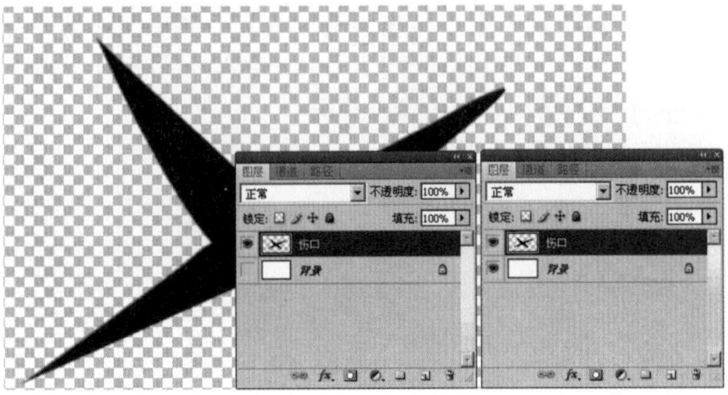

图10-134

step05 给“伤口”上色。使用魔棒工具单击选取“伤口”图层的黑色部分，执行菜单栏中的“编辑>填充”命令，在弹出的对话框中设置“使用”为“颜色”，在“选取一种颜色”对话框中设置“颜色”为“R209、G29、B53”，进行填充，然后取消选区，如图10-135所示。

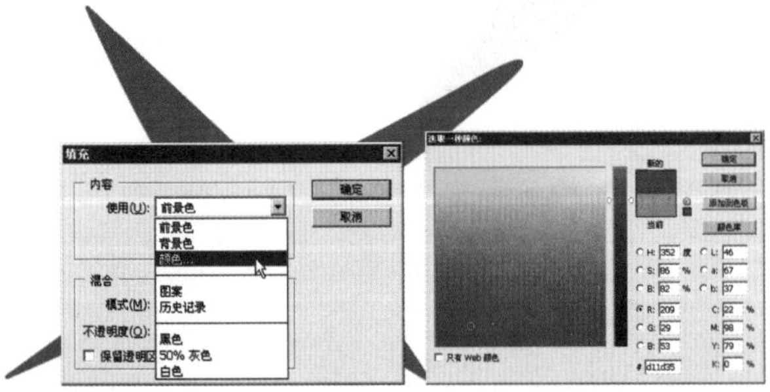

图10-135

step06 选中“伤口”图层，执行菜单栏中的“图层>图层样式>斜面和浮雕”命令，在弹出的对话框中设置“深度”为“311%”、“方向”为“下”、“大小”为“8”像素、“高光模式”为“正常”，如图10-136所示。

step07 选择“纹理”选项，设置“图案”为“云彩”、“缩放”为“120%”、“深度”为“+55%”，选中“反相”复选框，如图10-137所示。

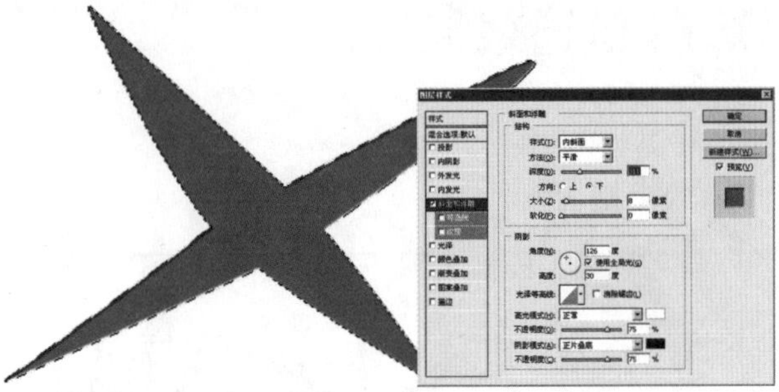

图10-136

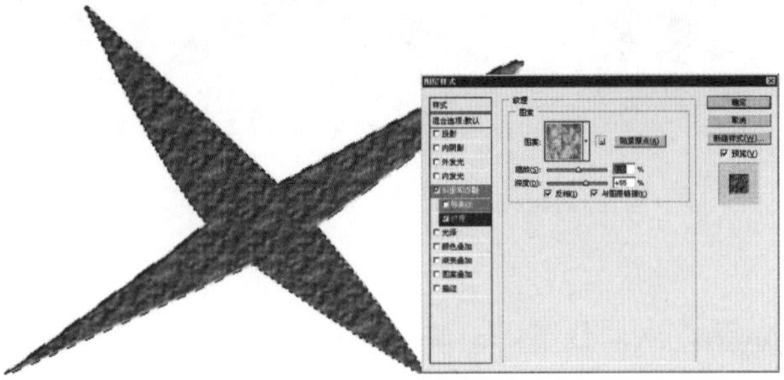

图10-137

step08 选择“内发光”选项，设置“混合模式”为“滤色”、“颜色”为“R255、G130、B100”、“方法”为“精确”、“源”为“边缘”、“大小”为“3”像素，效果如图10-138所示。

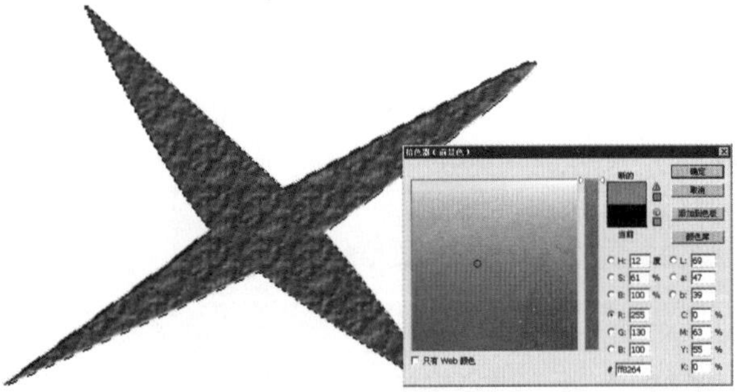

图10-138

step09 选择“外发光”选项，设置“混合模式”为“正常”、“不透明度”为“60%”、“颜色”为“R247、G55、B55”、“扩展”为“2%”、“大小”为“16”像素，如图10-139所示。

step10 选择“内阴影”选项，设置“角度”为“126”度、“距离”为“25”像素、“大小”为“25”像素，效果如图10-140所示。

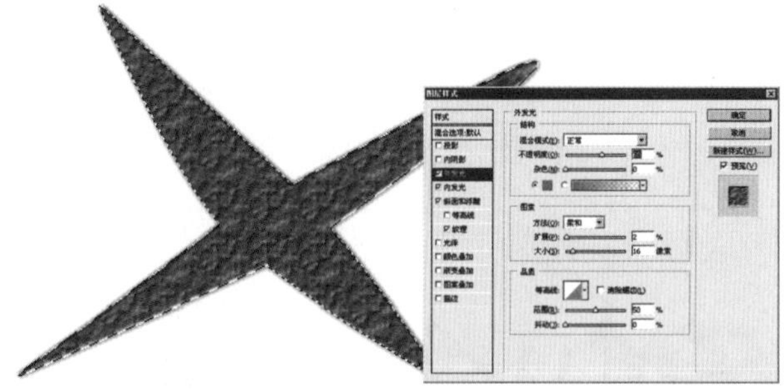

图10-139

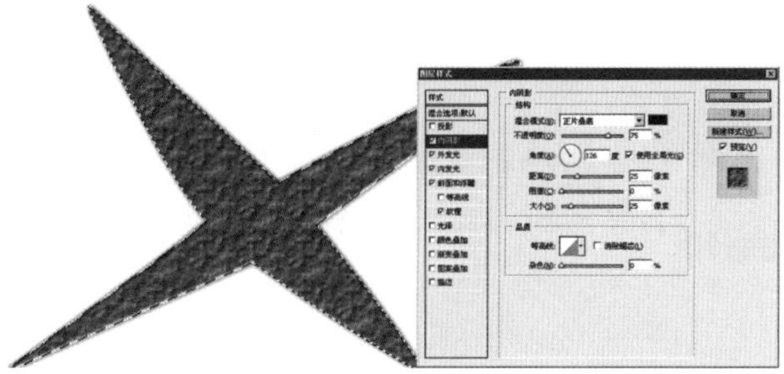

图10-140

step11 在“字符”面板中选择字体，设置“颜色”为“R220、G0、B0”。选择横排文字工具，输入“Saturday THE 14th”，拖动选择“THE 14th”并改变其字号，如图10-141所示。

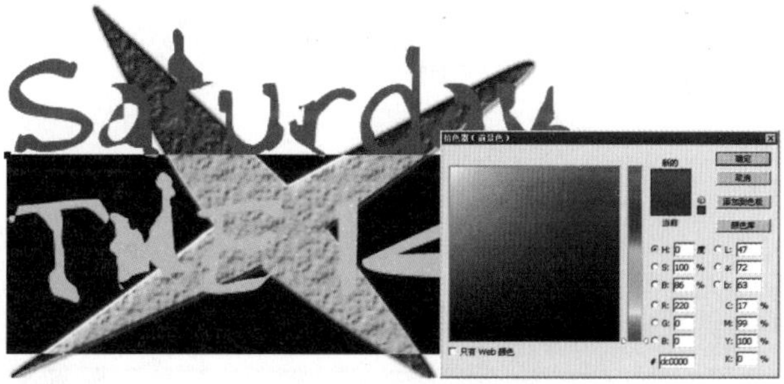

图10-141

step12 改变字号之后，调整E和1之间的字距，并水平拉伸4，然后整理文字的平衡，接着选中“Saturday THE 14th”图层，执行菜单栏中的“图层>栅格化>文字”命令，效果如图10-142所示。

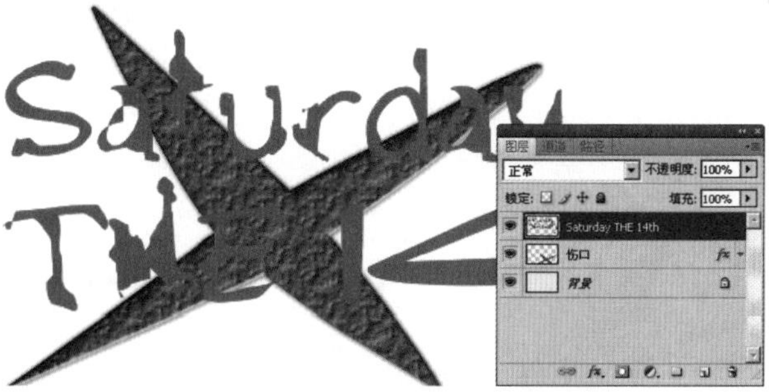

图10-142

step13 执行菜单栏中的“图层>图层样式>投影”命令，在弹出的对话框中设置“不透明度”为“60%”、“角度”为“126”度、“距离”为“7”像素、“大小”为“5”像素，效果如图10-143所示。

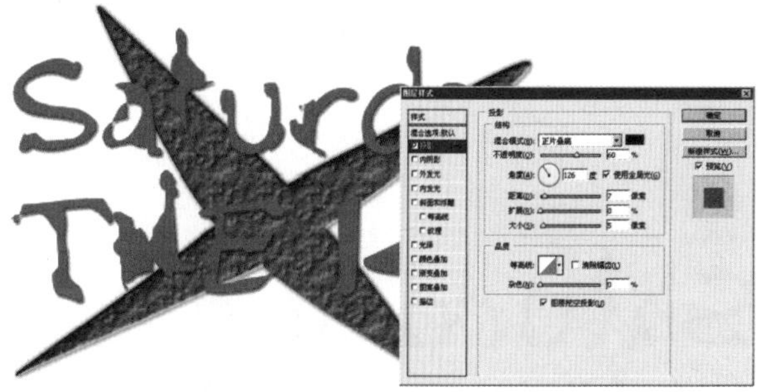

图10-143

step14 选择“斜面和浮雕”选项，并设置“深度”为“361%”、“大小”为“10”像素、“软化”为“8”像素、“角度”为“126”度、“高度”为“30”度，效果如图10-144所示。

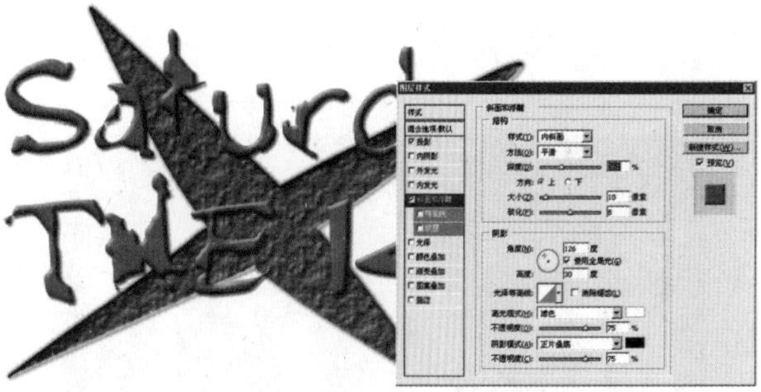

图10-144

step15 选择“光泽”选项，并设置“不透明度”为“20%”、“角度”为“19”度、“距离”为“20”像素、“大小”为“24”像素，单击“确定”按钮，效果如图10-145所示。

图10-145

step16 在工具箱中设置前景色为“R220、G0、B0”，选择画笔工具，在工具选项栏中设置“模式”为“正常”、“不透明度”为“100%”、“流量”为“100%”，接着在“画笔”面板中设置“硬圆画笔”，“主直径”为“50”像素，单击“Saturdad THE 14th”图层中的空白部分，画出滴落的血，然后按照如图10-146所示重叠在文字的上面。

图10-146

step17 在背景上画出残留的血迹，创建新图层并改名为“血迹”，移动到文字图层下面，接着隐藏文字图层。选择画笔工具，设置“模式”为“正常”、“不透明度”为“100%”、“流量”为“20%”，在面板中选择粗刷毛，画出好像在墙壁上用手擦出的血迹，如图10-147所示。

图10-147

step18

图10-148

10.8 岩浆效果

最终效果

制作说明

本例讲解岩浆效果的制作方法，主要应用各种图层样式来制作文字特效，利用滤镜技术来制作背景和岩浆效果，其中还用到了魔棒和橡皮擦等工具。

step01 执行菜单栏中的“文件>新建”命令，在弹出的“新建”对话框中设置“宽度”为“15”厘米、“高度”为“9”厘米、“分辨率”为“350”像素/英寸、“名称”为“岩浆效果”，如图10-149所示。

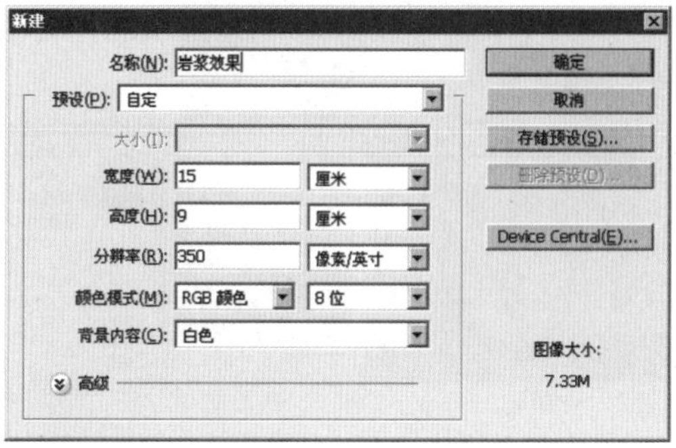

图10-149

step02 在工具箱中设置前景色为“R123、G35、B35”、背景色为“R234、G26、B40”，执行菜单栏中的“滤镜>渲染>云彩”命令，效果如图10-150所示。

图10-150

step03 执行菜单栏中的“滤镜>渲染>分层云彩”命令，画面变成烤焦了的茶色。再次执行菜单栏中的“滤镜>渲染>分层云彩”命令，回到原来色调的画面，如图10-151所示。

图10-151

step04 按两次Ctrl+F组合键，即应用两次分层云彩滤镜。到此，一共应用了1次云彩滤镜、4次分层云彩滤镜，效果如图10-152所示。

图10-152

step05 选择工具箱中的魔棒工具，在选项工具栏中设置“容差”为“6”，在画面中间明亮的红色部分按住Shift键单击几次，然后执行菜单栏中的“选择>选取相似”命令，这样就把颜色相近的区域都选取了，如图10-153所示。

图10-153

step06 执行菜单栏中的“选择>修改>羽化”命令，在弹出的“羽化”对话框中设置“羽化半径”为“2”像素，如图10-154所示。

图10-154

step07 按Ctrl+F组合键，应用分层云彩滤镜，由于只在选区内应用了该滤镜，因此产生黑压压的感觉。然后，按Ctrl+D组合键解除选区，如图10-155所示。

图10-155

step08 执行菜单栏中的“滤镜>画笔描边>强化的边缘”命令，在弹出的“强化的边缘”对话框中设置“边缘宽度”为“2”、“边缘亮度”为“32”、“平滑度”为“2”，如图10-156所示。

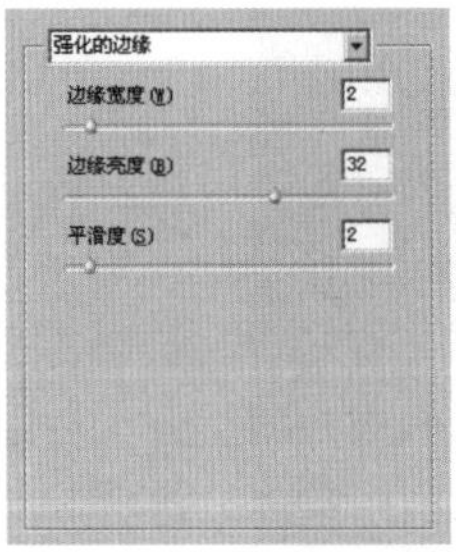

图10-156

step09 执行菜单栏中的“滤镜>艺术效果>塑料包装”命令，在弹出的“塑料包装”对话框中设置“高光强度”为“14”、“细节”为“12”、“平滑度”为“3”，效果如图10-157所示。

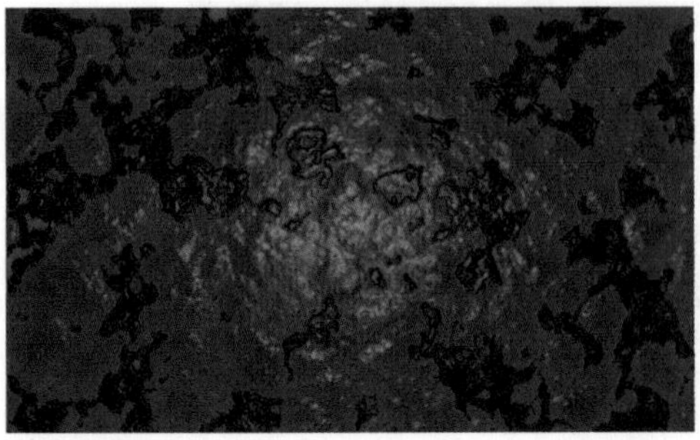

图10-157

step10 在画面中输入“BLOOD”文字，设置“颜色”为“R128、G128、B128”，然后调整文字大小和位置，如图10-158所示。

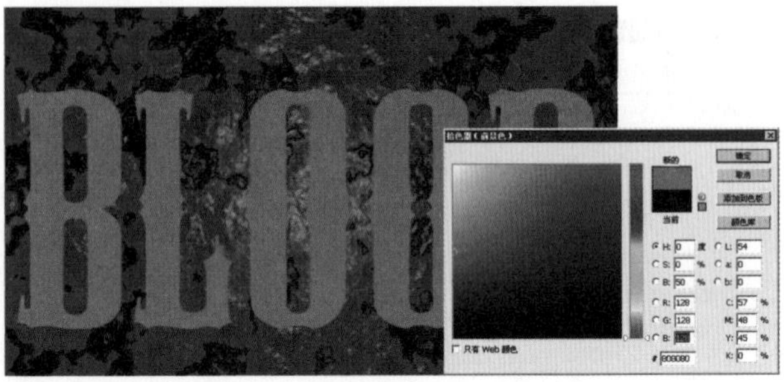

图10-158

step11 执行菜单栏中的“图层>图层样式>斜面和浮雕”命令，在弹出对话框的“斜面和浮雕”选项面板中设置“深度”为“481%”、“大小”为“21”像素、“软化”为“3”像素、“角度”为“114”度、“高度”为“69”度，如图10-159所示。

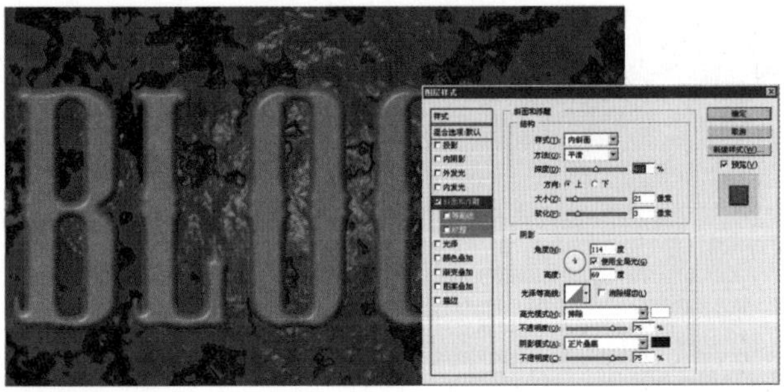

图10-159

step12 选择“投影”选项，并设置“不透明度”为“74%”、“角度”为“114”度、“距离”为“164”像素、“大小”为“25”像素，如图10-160所示。

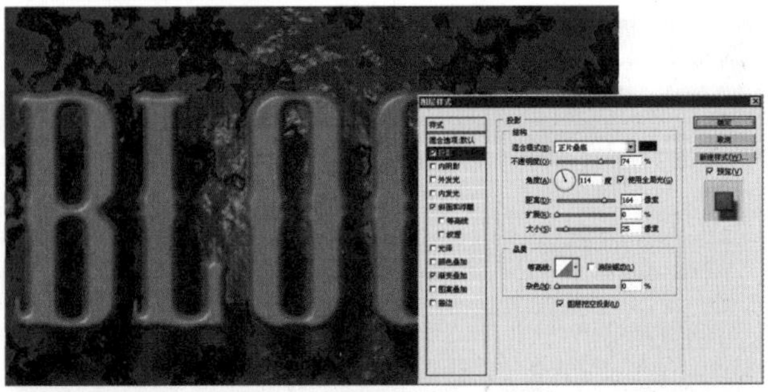

图10-160

step13 选择“外发光”选项，并设置“不透明度”为“75%”、“颜色”为“R14、G135、B19”、“大小”为“40”像素、“范围”为“50%”，如图10-161所示。

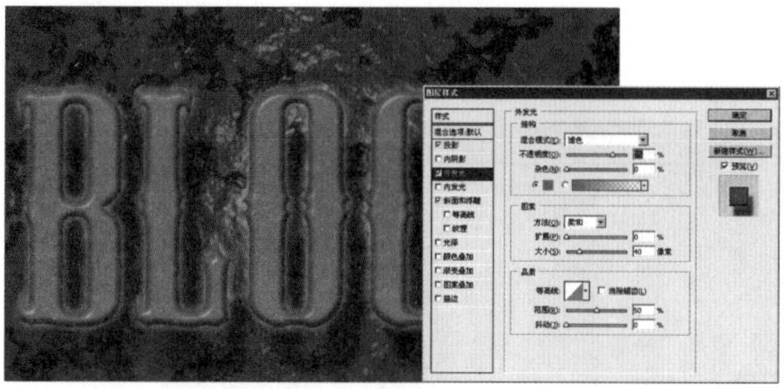

图10-161

step14 选择“渐变叠加”选项，设置“不透明度”为“22%”、“角度”为“98”度、“缩放”为“105%”，效果如图10-162所示。

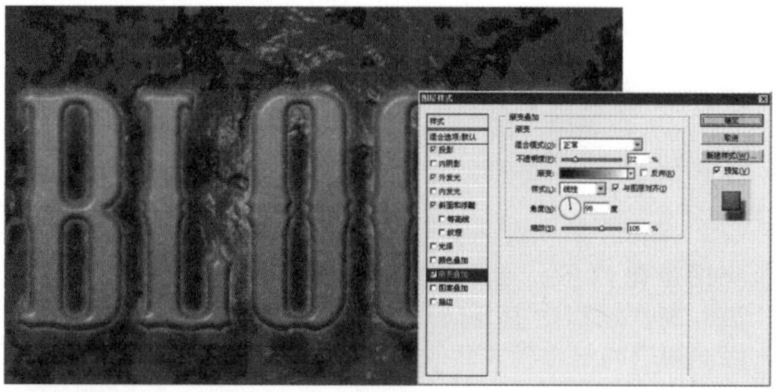

图10-162

step15 选择文字图层，载入“BLOOD”文字选区，执行菜单栏中的“图层>新建调整图层>曲线”命令，在弹出的“曲线”调整面板中设置曲线效果如图10-163所示。

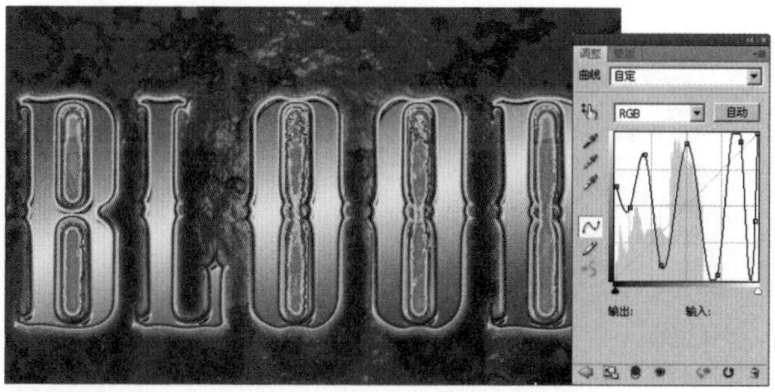

图10-163

step16 继续选择文字图层，载入“BLOOD”文字选区，执行菜单栏中的“图层>新建调整图层>色彩平衡”命令，在弹出的“色彩平衡”调整面板中设置“色阶”为“+17”、“+16”、“+19”，效果如图10-164所示。

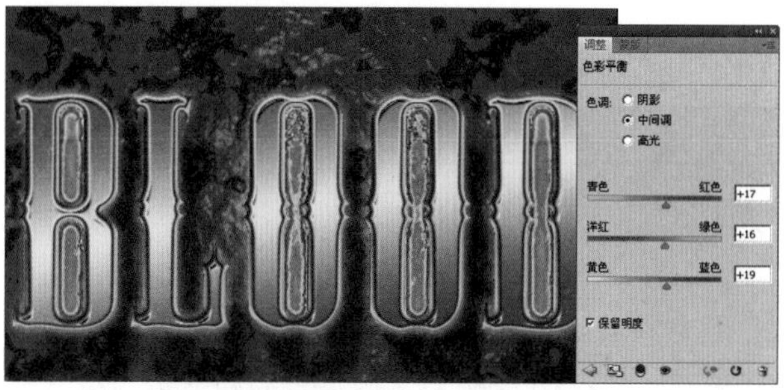

图10-164

step17 按住Ctrl键单击“BLOOD”图层，选取文字部分选区，如图10-165所示。

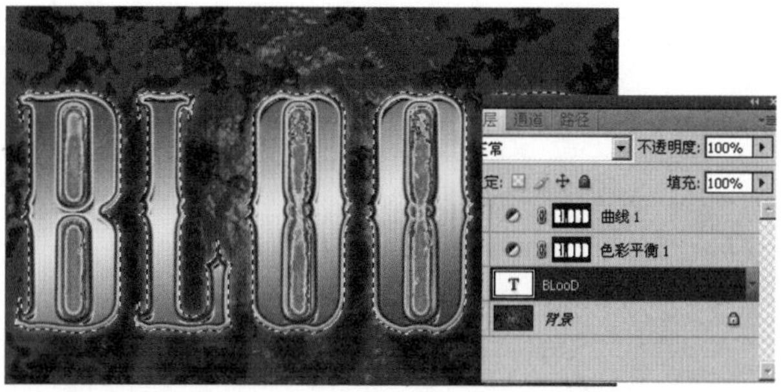

图10-165

step18 选择“背景”图层，按Ctrl+C组合键复制文字形状的岩浆图案。新建图层并将其命名为“粘附的岩浆”，按Ctrl+V组合键将复制的图案粘贴到“粘附的岩浆”图层上，然后将此图层移动到最上面，如图10-166所示。

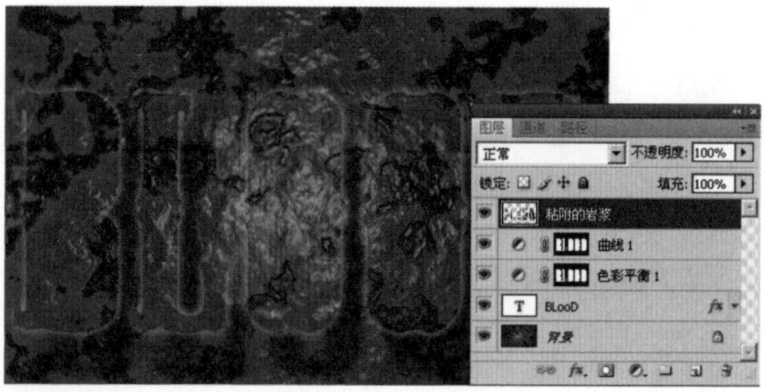

图10-166

step19 选中“粘附的岩浆”图层，执行菜单栏中的“图层>图层样式>斜面和浮雕”命令，在弹出对话框的“斜面和浮雕”选项面板中设置“深度”为“81%”、“大小”为“21”像素、“软化”为“8”像素，效果如图10-167所示。

图10-167

step20 选择工具箱中的橡皮擦工具，在弹出的工具选项栏中设置“模式”为“画笔”、“不透明度”为“100%”、“流量”为“100%”、“主直径”为“30px”，在“画笔”面板中选中“形状动态”和“平滑”复选框，接下来拖动鼠标擦去多余的岩浆，效果如图10-168所示。至此，岩浆效果制作完成。

图10-168

10.9 雪花效果

最终效果

制作说明

雪花效果在炎热的夏季能够给人以清凉的感觉，应用也比较多。本例为读者讲解雪花效果的制作方法，制作过程中主要应用了图层样式、图层的剪贴蒙版、图层的混合模式和滤镜技术等。

step01 执行菜单栏中的“文件>新建”命令，在弹出的“新建”对话框中设置“宽度”为“15”厘米、“高度”为“10”厘米、“分辨率”为“350”像素/英寸、“名称”为“雪花效果”，如图10-169所示。

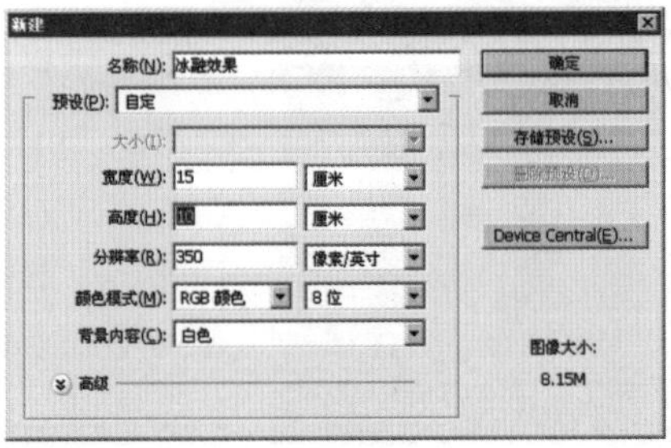

图10-169

step02 在“字符”面板中设置“字体”为“Arial Black”、“字号”为“100点”、“所选字符的字距调整”为“50”、“颜色”为“R147、G147、B147”，选择横排文字工具，然后在画面上输入“SNOW FLAKE”。选择“SNOW FLAKE”图层，在“图层”控制面板的扩展菜单中选择“复制图层”命令，然后隐藏复制后的图层，如图10-170所示。

图10-170

step03 选择“SNOW FLAKE”图层，执行菜单栏中的“图层>栅格化>图层”命令，将该图层栅格化。接下来把图层名称改为“SNOW FLAKE body”，执行菜单栏中的“图层>图层样式>描边”命令，在弹出的对话框中设置“大小”为120像素、“颜色”为“R223、G224、B224”，如图10-171所示。

图10-171

step04 选择“SNOW FLAKE body”图层，执行菜单栏中的“图层>图层样式>创建图层”命令，选择“图层”控制面板扩展菜单中的“向下合并”命令，不改变图层的混合模式。合并图层之后，图层名称就变成了下面图层的名称，双击名称并将其更改为“SNOW FLAKE body”，如图10-172所示。

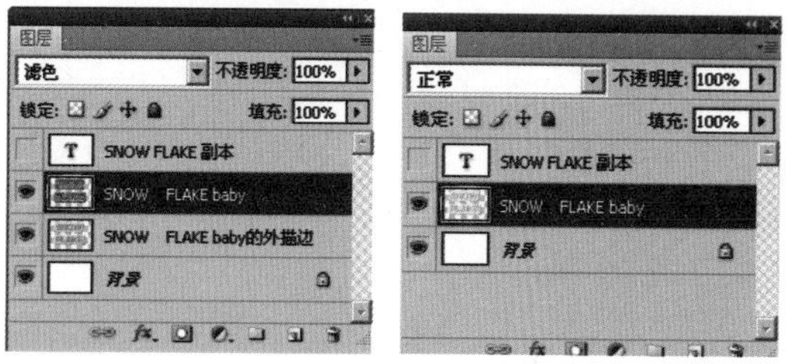

图10-172

step05 执行菜单栏中的“图层>图层样式>斜面和浮雕”命令，在弹出对话框的“斜面和浮雕”选项面板中设置“深度”为“100%”、“大小”为“65”像素、“软化”为“16”像素，设置“高光模式”下的“不透明度”为“100%”、“阴影模式”下的“不透明度”为“50%”，如图10-173所示。

图10-173

step06 继续执行“创建图层”命令，从“图层”面板的扩展菜单中选择“合并剪贴蒙版”命令，不改变图层样式，如图10-174所示。

图10-174

step07 执行菜单栏中的“滤镜>画笔描边>喷溅”命令，在弹出的对话框中设置“喷色半径”为“25”、“平滑度”为“7”，打破文字的轮廓，如图10-175所示。

图10-175

step08 执行菜单栏中的“滤镜>模糊>高斯模糊”命令，在弹出的“高斯模糊”对话框中设置“半径”为“1.0”像素，使全部图像看上去更加融合，如图10-176所示。

图10-176

step09 选择“SNOW FLAKE body”图层，在“图层”控制面板的扩展菜单中选择“复制图层”命令，复制图层。把这个图层改名为“SNOW FLAKE body滤色1”，执行菜单栏中的“滤镜>风格化>浮雕效果”命令，在弹出的“浮雕效果”对话框中设置“角度”为“−135”度、“高度”为“25”像素、“数量”为“125%”，如图10-177所示。

step10 执行菜单栏中的“图像>调整>反相”命令，效果如图10-178所示。

图10-177

图10-178

step11 这时发现对比度有些强烈，执行菜单栏中的“滤镜>像素化>彩块化”命令，使全体图像融合在一起，如图10-179所示。

图10-179

step12 执行菜单栏中的“滤镜>模糊>高斯模糊”命令，在弹出的“高斯模糊”对话框中设置“半径”为“2.0”像素，使彩块化稍稍模糊一些，如图10-180所示。

step13 选中“SNOW FLAKE body滤色1”图层，设置“混合模式”为“滤色”，效果如图10-181所示。

图10-180

图10-181

step14 在“图层”控制面板的扩展菜单中选择“复制图层”命令，进行复制并将复制后的图层改名为“SNOW FLAKE body滤色2”，设置图层的“混合模式”为“柔光”，使得色彩更加明亮，效果如图10-182所示。

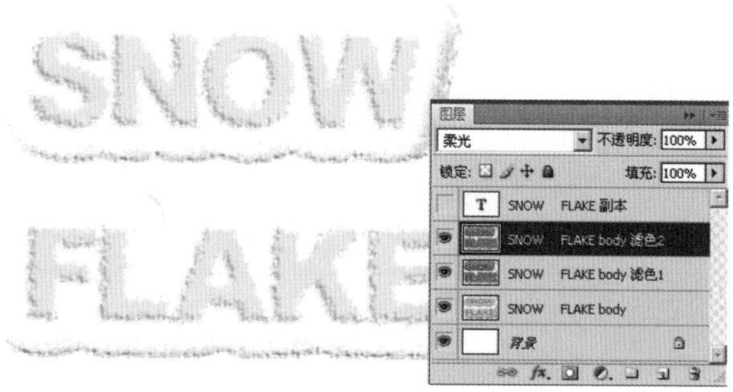

图10-182

step15 选择“SNOW FLAKE body”图层，再选择橡皮擦工具，在弹出的工具选项栏中设置“主直径”为“100px”、“硬度”为“100%”、“模式”为“画笔”、“不透明度”为“15%”，擦去看得见的多出来的部分，注意使用柔软的画笔使轮廓变得更自然，如图10-183所示。

图10-183

step16 接下来，将“SNOW FLAKE body滤色1”图层和“SNOW FLAKE body滤色2”图层的阴影部分用减淡工具稍稍变得明亮一些，在工具选项栏中设置“主直径”为“100px”、“硬度”为“0%”、“曝光度”为“8%”，如图10-184所示。

图10-184

step17 选择并显示出文字图层，用横排文字工具在文字上拖动将其全选，如图10-185所示。

图10-185

step18 在“字符”控制面板中设定“颜色”为“R0、G116、 B190”，执行菜单栏中的“图层>栅格化>文字”命令，如图10-186所示。

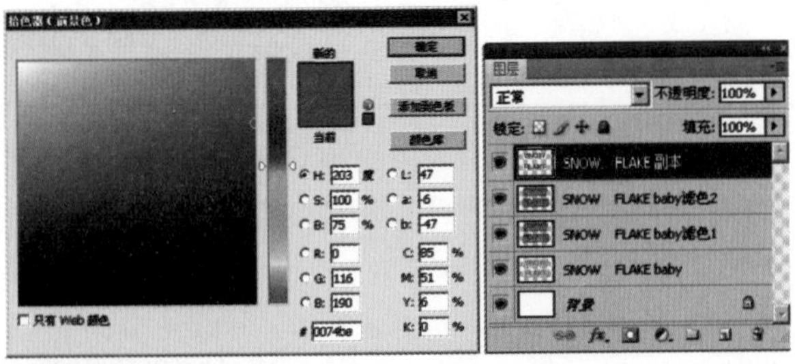

图10-186

step19 将栅格化之后的图层改名为“SNOW FLAKE text1”，执行菜单栏中的“图层>图层样式>斜面和浮雕”命令，在弹出对话框的“斜面和浮雕”选项面板中设置“大小”为“12”像素、“软化”为“0”像素，在“阴影模式”下设置“不透明度”为“0%”，如图10-187所示。

图10-187

step20 选择“等高线”选项，打开“等高线编辑器”对话框，如图10-188所示进行设置，使文字的边缘显出厚度。

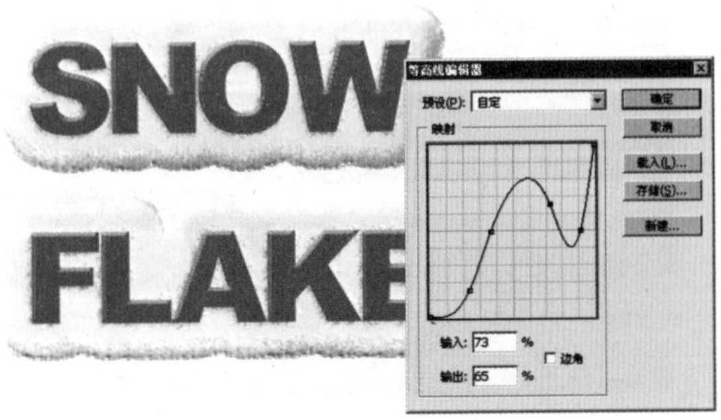

图10-188

step21 将“SNOW FLAKE text1”图层的“混合模式”设置为“柔光”，突出文字的透明感，如图10-189所示。

图10-189

step22 为了使文字的颜色更加醒目，复制“SNOW FLAKE text1”图层，并将复制后的图层命名为“SNOW FLAKE text2”，设置“混合模式”为“饱和度”，放置在最顶层，如图10-190所示。

图10-190

step23 选择自定形状工具，在工具选项栏中选取“冰花结晶”形状，将画笔的“颜色”设置为“R60、 G187、 B255”，画出各种各样的雪花，并将雪花放到新建的“雪花结晶”图层中，如图10-191所示。

图10-191

step24 执行菜单栏中的“图层>图层样式>斜面和浮雕”命令，在弹出对话框的“斜面和浮雕”选项面板中设置参数，如图10-192所示。

图10-192

step25 执行菜单栏中的“图层>图层样式>投影”命令，在弹出对话框的“投影”选项面板中设置参数，这样雪花就有了立体感，如图10-193所示。

图10-193

step26 对“SNOW FLAKE”图层和“雪花结晶”图层分别执行菜单栏中的“滤镜>渲染>镜头光晕”命令，在弹出的“镜头光晕”对话框中设置“镜头类型”、为“电影镜头”、“亮度”为“100%”，效果如图10-194所示。至此，雪花效果制作完成。

图10-194

11
CHAPTER

底纹与绘画效果

本章主要通过多个底纹与绘画效果实例的制作对常用的底纹与绘画效果进行讲解。实例的内容包括木版画、科幻底纹、木刻底纹、怀旧的牛仔底纹、奇特的琥珀底纹、 火焰底纹、金属钢板底纹、皮革制品底纹、气帽纸底纹、兽毛底纹、水墨画、素描彩绘、古建筑艺术照等效果。通过本章内容，可以帮助读者快速掌握底纹与绘画效果的制作方法与实用设计技巧。

11.1 木版画效果

最终效果

制作说明

通过制作木版画效果，读者可以熟练掌握各滤镜选项的设置方法，将各种滤镜应用到图层样式中，再将人物和制作的滤镜效果相结合，从而实现木版画的最终效果。

step01 执行菜单栏中的“文件>新建”命令，在弹出的“新建”对话框中设置“名称”为“木版画效果”、“宽度”为“5.98”厘米、“高度”为“4.54”厘米、“分辨率”为“300”像素/英寸，如图11-1所示。

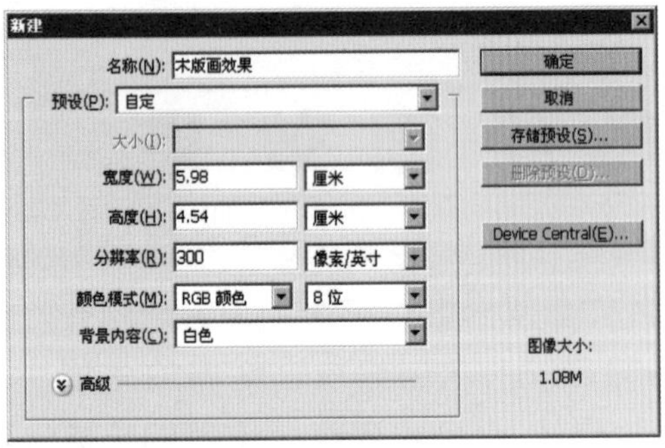

图11-1

step02 将前景色设置为黑色，按Alt+Delete组合键将背景填充为黑色，效果如图11-2所示。

图11-2

step03 执行菜单栏中的“滤镜>杂色>添加杂色”命令，在弹出的“添加杂色”对话框中设置“数量”为“100%”，选中“平均分布”单选按钮，并选中“单色”复选框，效果如图11-3所示。

图11-3

step04 执行菜单栏中的“滤镜>纹理>拼缀图”命令，在弹出的“拼缀图”对话框中设置“方形大小”为“10”、“凸现”为“6”，效果如图11-4所示。

图11-4

step05 执行菜单栏中的“滤镜>风格化>照亮边缘”命令，在弹出的“照亮边缘”对话框中设置“边缘宽度”为“14”、“边缘亮度”为“5”、“平滑度”为“7”，效果如图11-5所示。

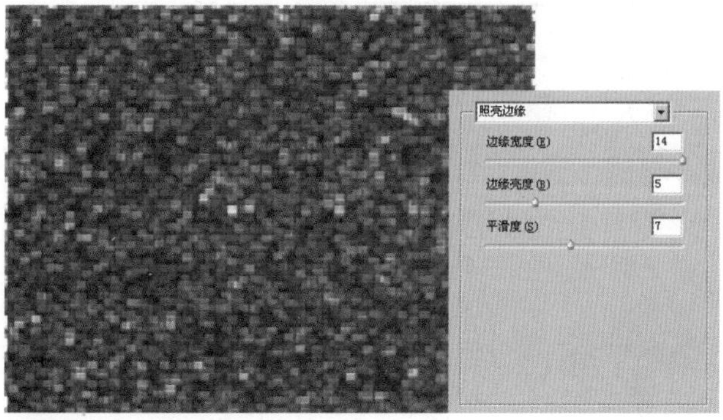

图11-5

step06 单击“图层”面板底部的“创建新图层”按钮或者按Ctrl+Shift+N组合键，在弹出的对话框中单击“确定”按钮，如图11-6所示。

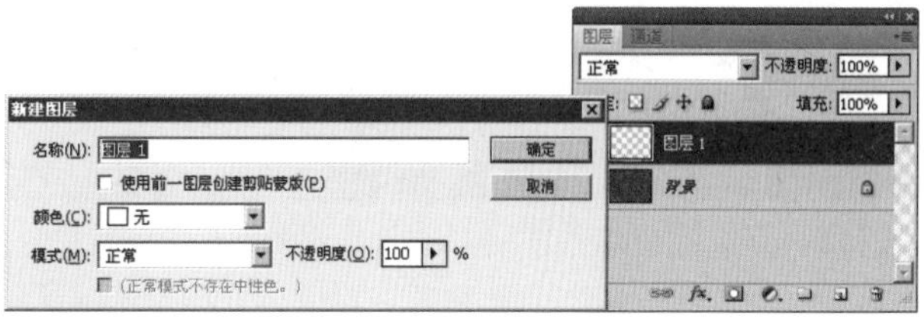

图11-6

step07 选择“图层1”，使用Alt+Delete组合键填充背景为黑色，效果如图11-7所示。

图11-7

step08 执行菜单栏中的“滤镜>渲染>分层云彩”命令，使用Ctrl+F组合键调整云彩的形状，得到合适的效果，如图11-8所示。

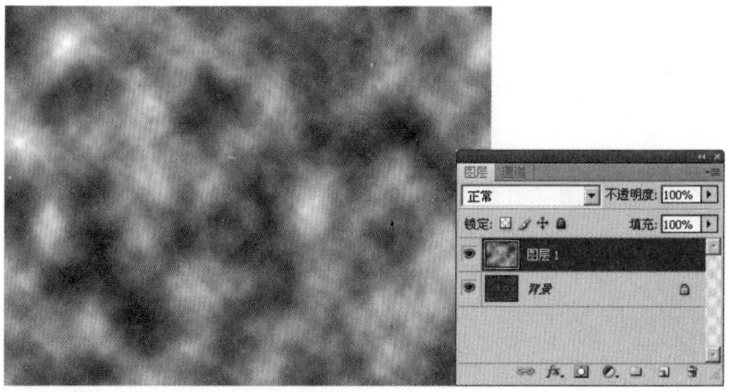

图11-8

step09 将“图层1”的“混合模式”设置为“叠加”，把两个图像颜色混合在一起，效果如图11-9所示。

图11-9

step10 单击“图层”面板底部的“创建新的填充或调整图层”按钮，在弹出的下拉菜单中选择“渐变映射”命令，在弹出的“渐变映射”调整面板中单击渐变条，在弹出的对话框中选择白色到深蓝色的渐变色，如图11-10所示。

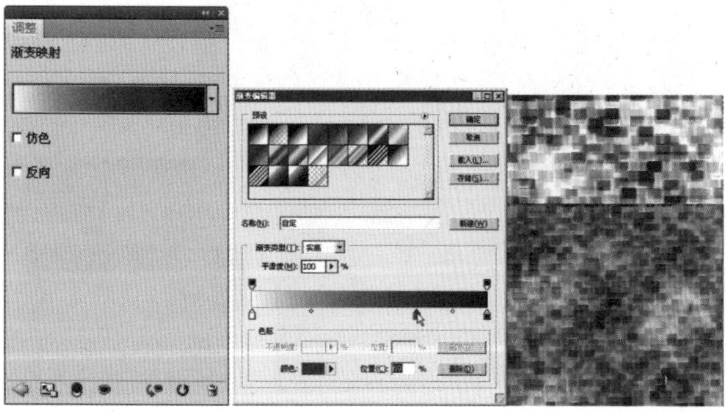

图11-10

step11 执行菜单栏中的“文件>打开”命令或者按Ctrl+O组合键，打开随书光盘中的“\11章\木版画效果\立体镶嵌效果-1.jpg”图片，效果如图11-11所示。

图11-11

step12 在工具箱中选择魔棒工具，单击画面中的非人物区域，效果如图11-12所示。

图11-12

step13 执行菜单栏中的“选择>反向”命令或者按Ctrl+Shift+I组合键进行反选，效果如图11-13所示。

图11-13

step14 在工具箱中选择移动工具，将人物拖曳到画面中，得到“图层2”，效果如图11-14所示。

图11-14

step15 将“图层2”中的人物调整到合适的位置，使用Ctrl+T组合键调整大小，效果如图11-15所示。

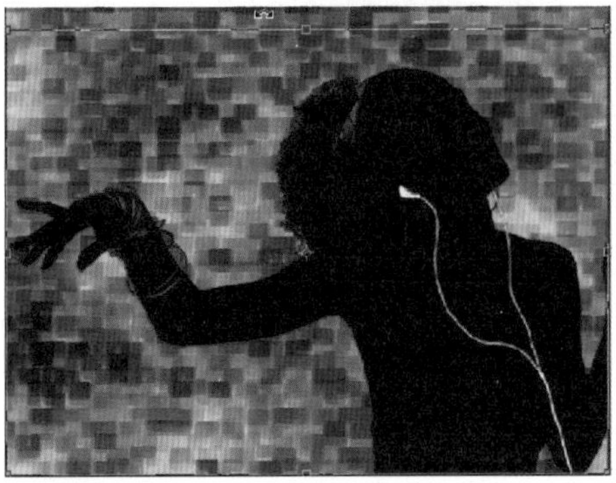

图11-15

step16 选中“图层2”，将图层的“混合模式”设置为“叠加”，效果如图11-16所示。

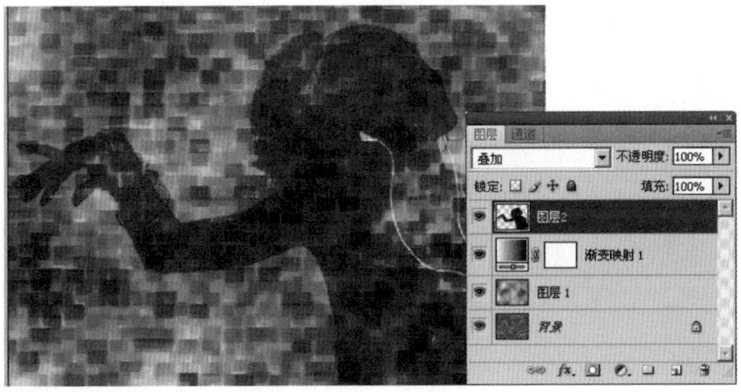

图11-16

step17 单击“图层”面板底部的“创建新图层”按钮或者按Ctrl+Shift+N组合键，在弹出的对话框中单击“确定”按钮，得到“图层3”，如图11-17所示。

图11-17

step18 将前景色设置为红色，使用Alt+Delete组合键对背景进行填充，效果如图11-18所示。

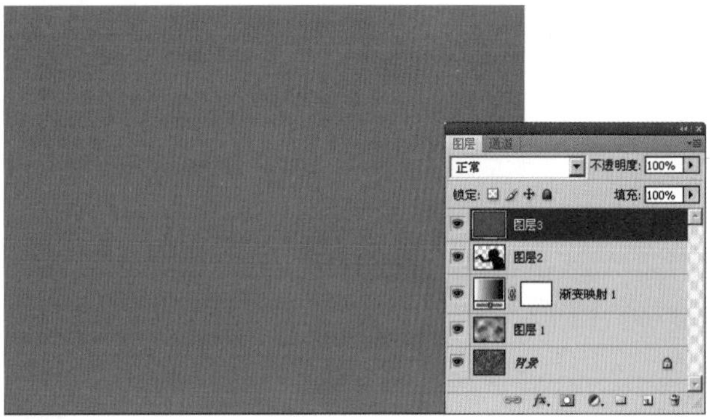

图11-18

step19 在“图层”面板中将“图层3”的“混合模式”设置为“颜色减淡”，将两个图层的图像颜色混合，得到自然的颜色，效果如图11-19所示。

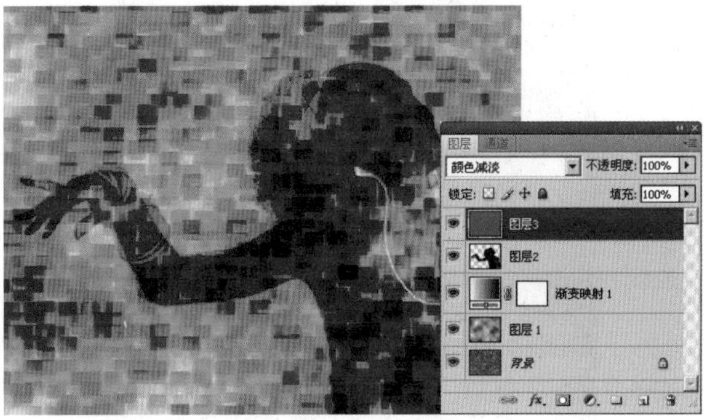

图11-19

step20 选择“图层3”，使用Ctrl+T组合键调整图像大小，效果如图11-20所示。

图11-20

step21 执行菜单栏中的“文件>打开”命令或者按Ctrl+O组合键，打开随书光盘中的“\11章\木版画效果\木版画效果文字素材.psd”文件，并将其拖动到当前文件的适当位置，效果如图11-21所示。

图11-21

11.2 科幻底纹效果

最终效果

制作说明

本例讲解科幻底纹效果的制作方法，通过制作科幻底纹效果，读者可以掌握路径的绘制、“动作”面板的使用方法及滤镜和图层样式的应用技巧。

step01 执行菜单栏中的“文件>新建”命令，在弹出的“新建”对话框中设置“名称”为“科幻底纹效果”、“宽度”为“12”厘米、“高度”为“15”厘米、“分辨率”为“350”像素/英寸，如图11-22所示。

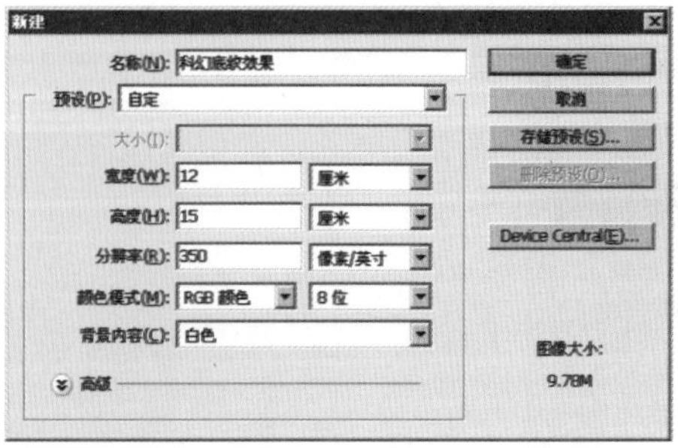

图11-22

step02 在工具箱中将前景色设置为黑色，使用Alt+Delete组合键将背景填充为黑色，效果如图11-23所示。

图11-23

step03 新建一个图层并命名为“蜂窝”。在工具箱中选择多边形工具，在工具选项栏中将“边”设置为“6”，在画面中按住Shift键拖曳得到多边形，效果如图11-24所示。

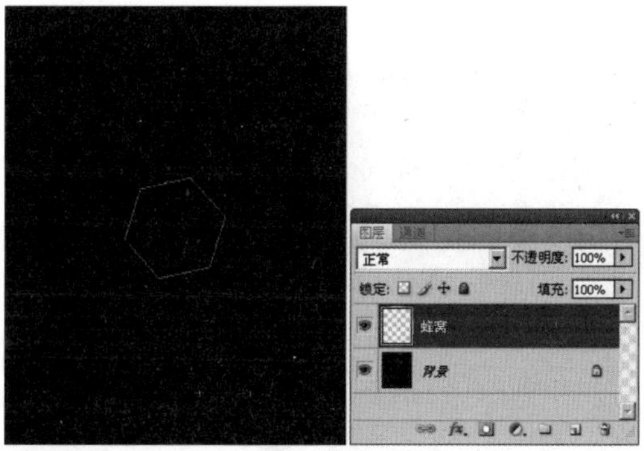

图11-24

step04 切换到“路径”面板，右击“工作路径”，在弹出的快捷菜单中选择“建立选区”命令，在弹出的“建立选区”对话框中单击“确定”按钮，建立六边形选区，效果如图11-25所示。

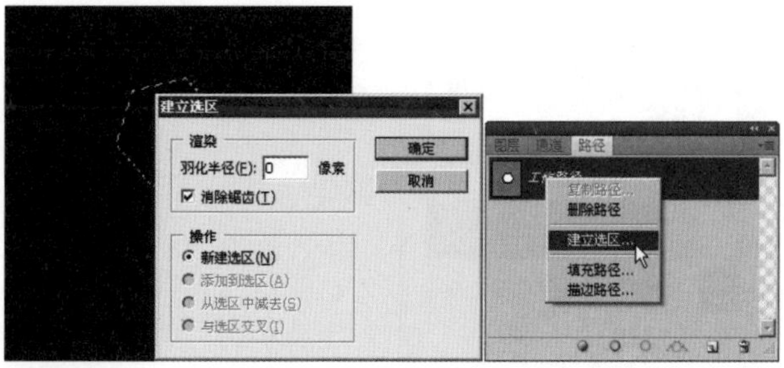

图11-25

step05 执行菜单栏中的“编辑>描边”命令，在弹出的“描边”对话框中设置“颜色”为“红色”、“宽度”为“12px”（宽度可以根据图片大小调整），效果如图11-26所示。

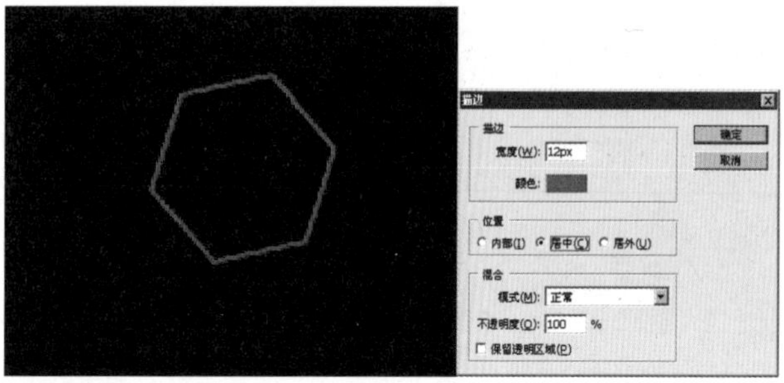

图11-26

step06 将已经制作好的一个蜂窝适当缩放，打开“动作”面板，新增一个动作，如图11-27所示。

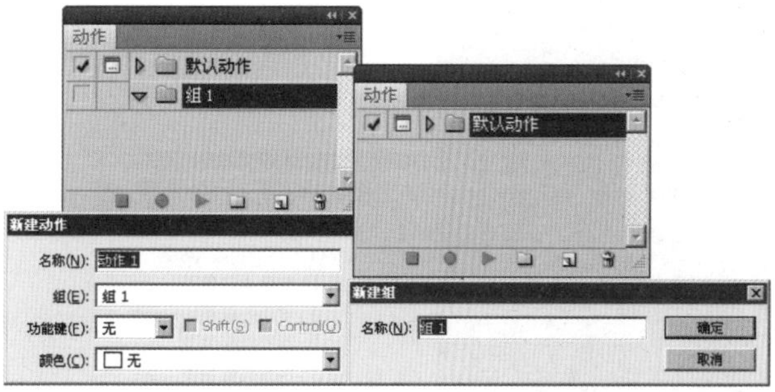

图11-27

step07 选择“蜂窝”图层，单击“图层”面板底部的“创建新图层”按钮，得到新的“蜂窝副本”图层，如图11-28所示。

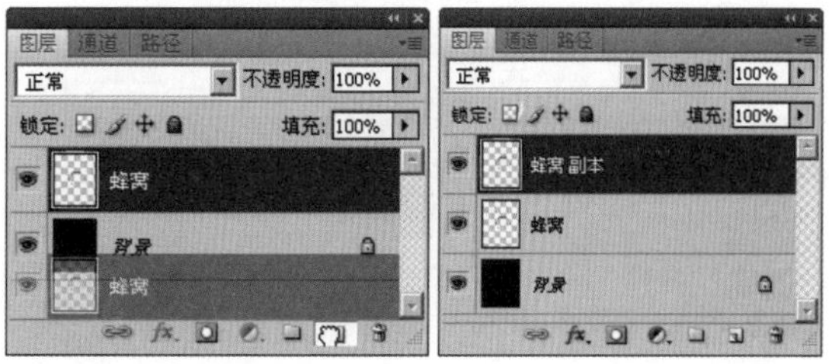

图11-28

step08 将复制的蜂窝图形向原图形的右下方移动，然后切换到“动作”面板，效果如图11-29所示。

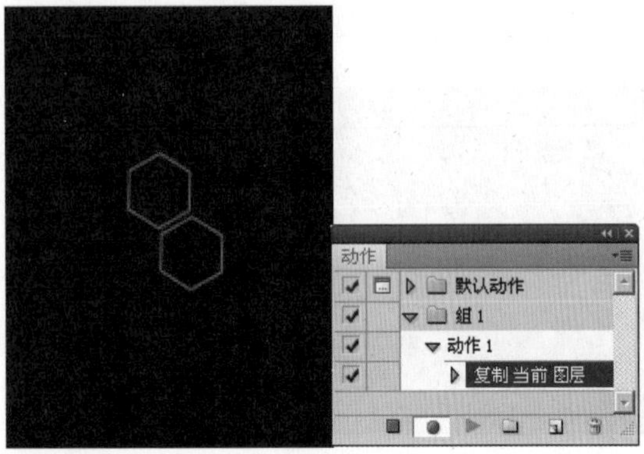

图11-29

step09 把现在的状态保存一下。在“动作”面板中单击“停止播放/记录”按钮，停止记录，然后单击“播放选定的动作”按钮，效果如图11-30所示。

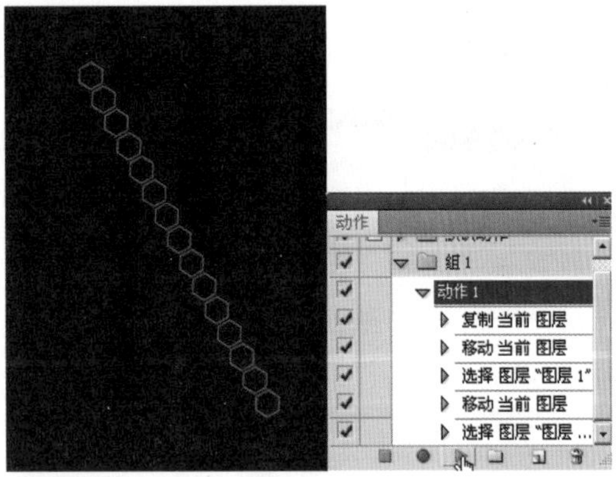

图11-30

step10 将除“背景”图层以外的其他图层合并，并命名为“蜂窝”，如图11-31所示。

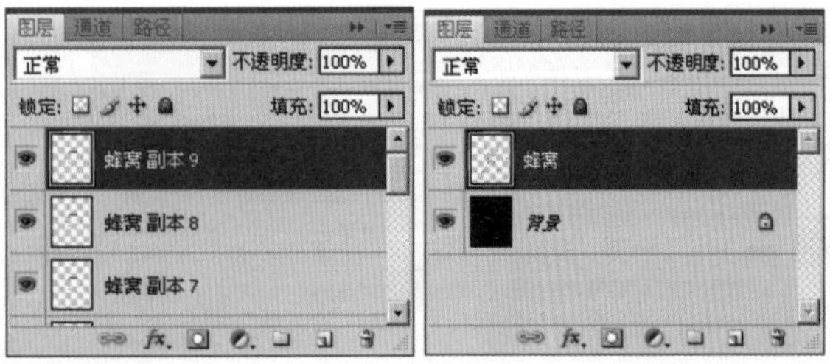

图11-31

step11 将“蜂窝”图层分别复制为“蜂窝1”图层和“蜂窝2”图层（双击图层上的文字就可以改变图层名称），如图11-32所示。

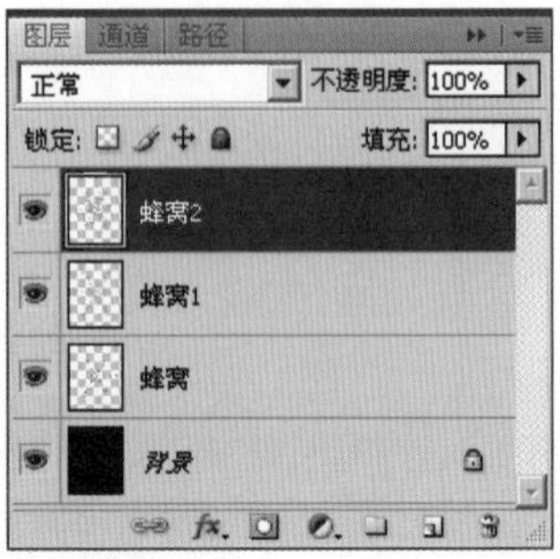

图11-32

step12 选中“蜂窝1”图层，执行菜单栏中的“编辑>自由变换”命令或者按Ctrl+T组合键，在弹出的变换框中按住Shift键将该图层旋转45°。用同样的方法将“蜂窝2”图层也进行旋转，效果如图11-33所示。合并这3个编辑后的图层，并将其命名为“蜂窝”。

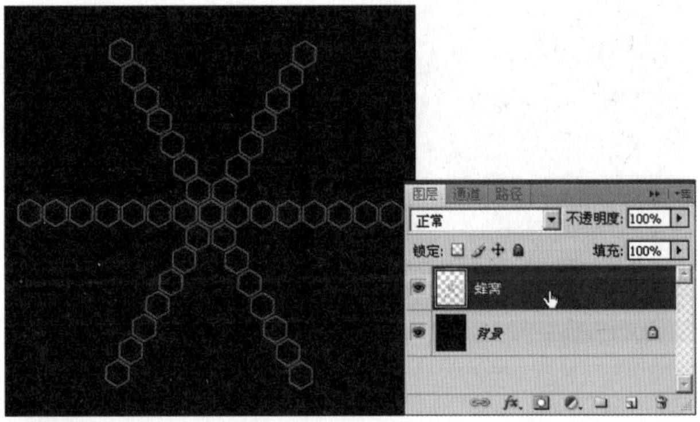

图11-33

step13 将“蜂窝”图层分别复制为“蜂窝1”图层和“蜂窝2”图层，然后隐藏“蜂窝”图层，如图11-34所示。

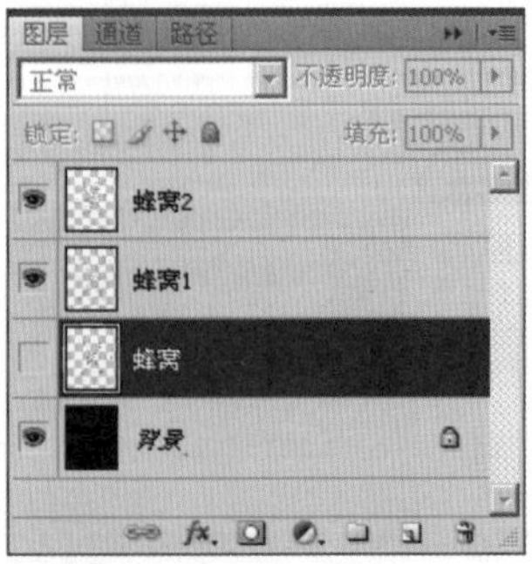

图11-34

step14 选中“蜂窝1”图层，执行菜单栏中的“编辑>自由变换”命令或者按Ctrl+T组合键，然后按住Shift+Alt组合键将“蜂窝1”图层等比例拉伸扩大，效果如图11-35所示。

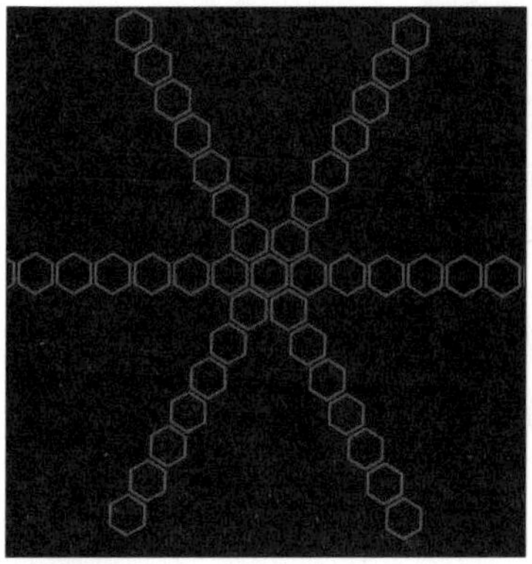

图11-35

step15 将“蜂窝1”图层隐藏。选中“蜂窝2”图层，再次按Ctrl+T组合键，然后按住Shift+Alt组合键将其等比例缩小，如图11-36所示。

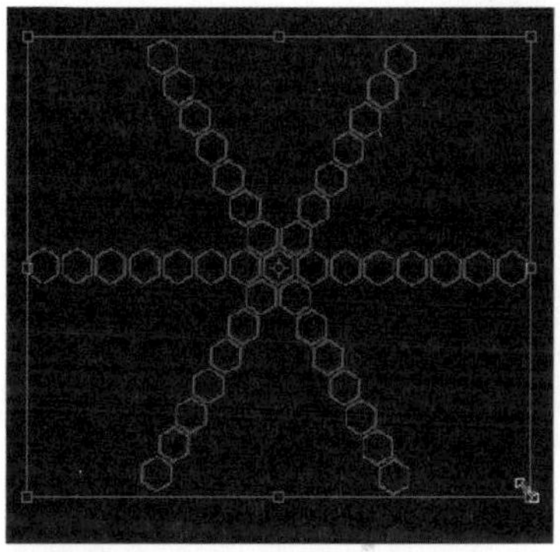

图11-36

step16 将“蜂窝2”图层复制为“蜂窝3”图层，按Ctrl+T组合键，然后按住Shift键将其旋转45°，效果如图11-37所示。

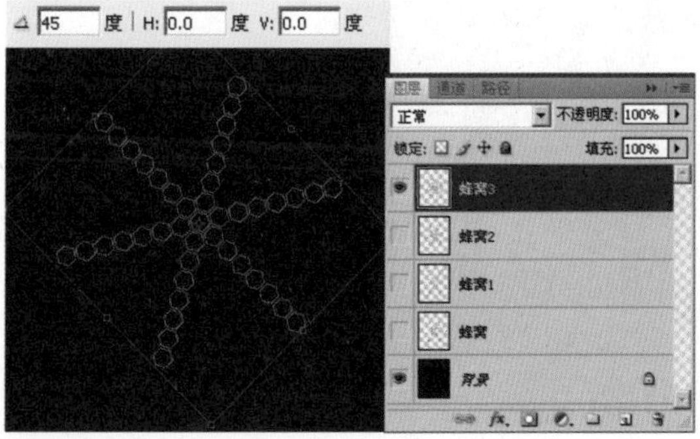

图11-37

step17 打开“图层”面板的扩展菜单，执行“向下合并”命令，或者按Ctrl+E组合键，将“蜂窝2”和“蜂窝3”图层合并，并改名为“蜂窝2”，如图11-38所示。

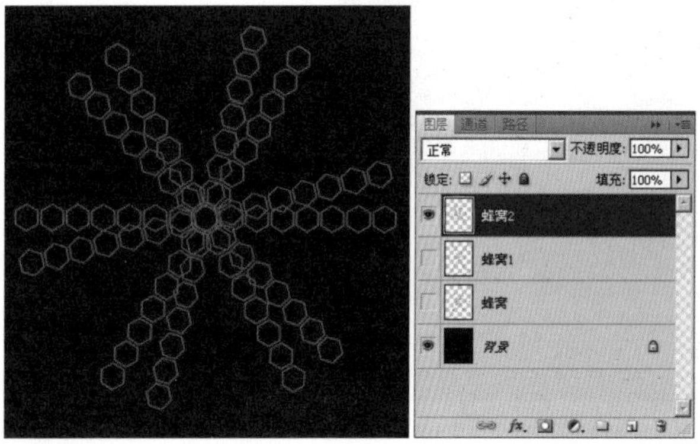

图11-38

step18 复制“蜂窝2”图层，并改名为“蜂窝3”图层，隐藏“蜂窝1”图层，如图11-39所示。

图11-39

step19 隐藏“蜂窝2”图层，用上述方法将“蜂窝3”图层等比例缩小，并复制为“蜂窝4”图层，然后进行旋转，如图11-40所示。

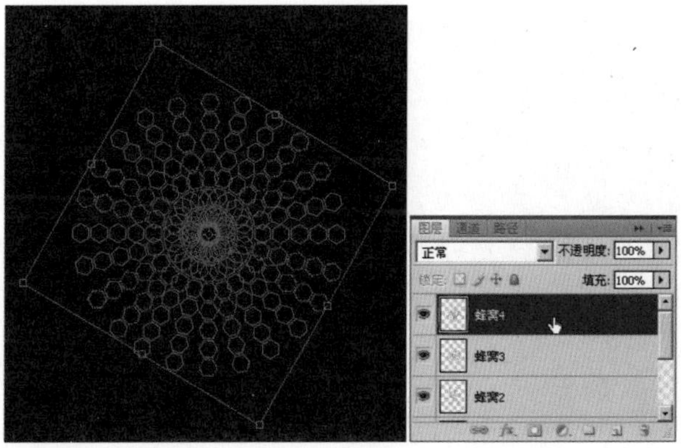

图11-40

step20 打开“图层”面板的扩展菜单，执行“向下合并”命令，或者按Ctrl+E组合键，将“蜂窝3”和“蜂窝4”图层合并，并改名为“蜂窝3”，如图11-41所示。

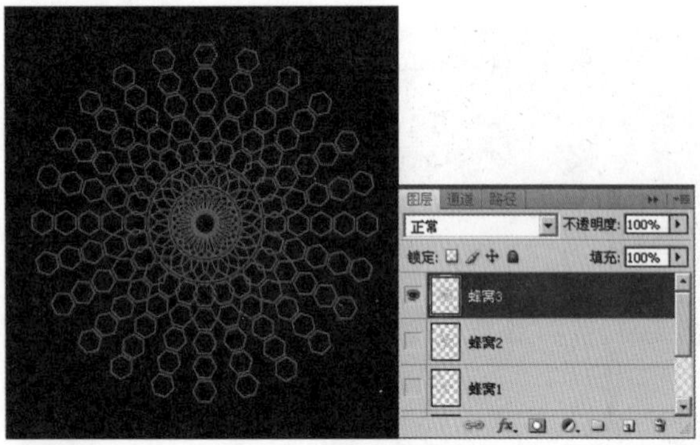

图11-41

step21 单击“蜂窝”、“蜂窝1”和“蜂窝2”图层前的图标，将这3个图层显示出来，调整4个蜂窝图层从上到下的顺序为“蜂窝”、“蜂窝3”、“蜂窝2”和“蜂窝1”，效果如图11-42所示。

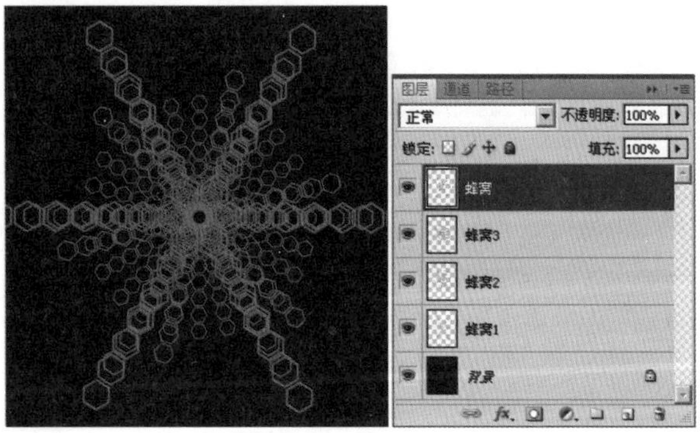

图11-42

step22 选择“蜂窝1”图层，执行菜单栏中的“滤镜>模糊>高斯模糊”命令，在弹出的“高斯模糊”对话框中设置“半径”为“9.5”像素，效果如图11-43所示。

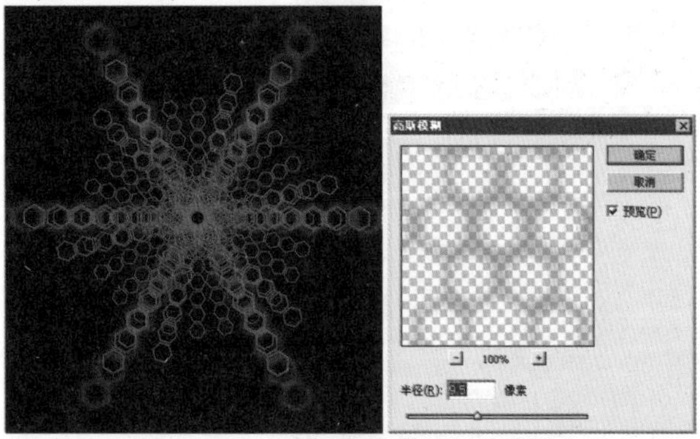

图11-43

step23 对“蜂窝2”和“蜂窝3”图层也执行“高斯模糊”命令，效果如图11-44所示。

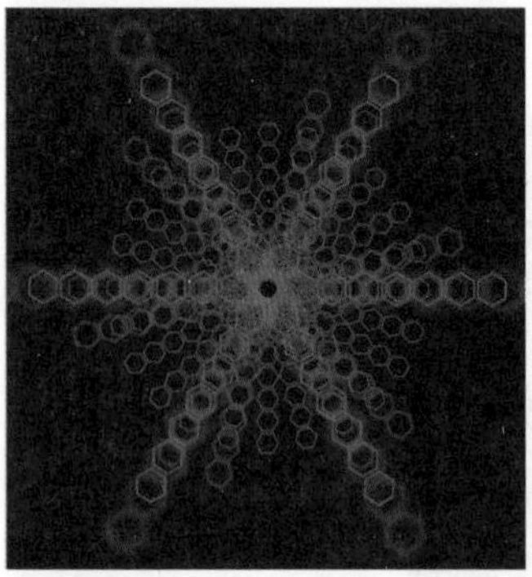

图11-44

step24 选中“蜂窝3”图层，将其他图层都隐藏，然后按住Ctrl键将其变成选区，效果如图11-45所示。

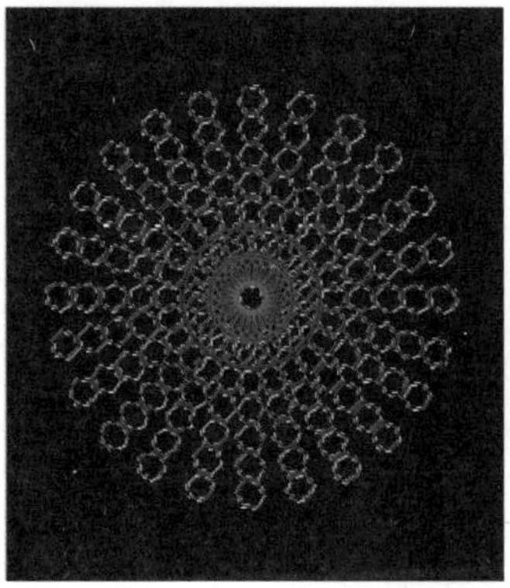

图11-45

step25 单击“图层”面板中的“创建新的填充或调整图层”按钮，在弹出的菜单中选择“渐变”命令，在弹出的“渐变填充”对话框中设置“样式”为“径向”，效果如图11-46所示。

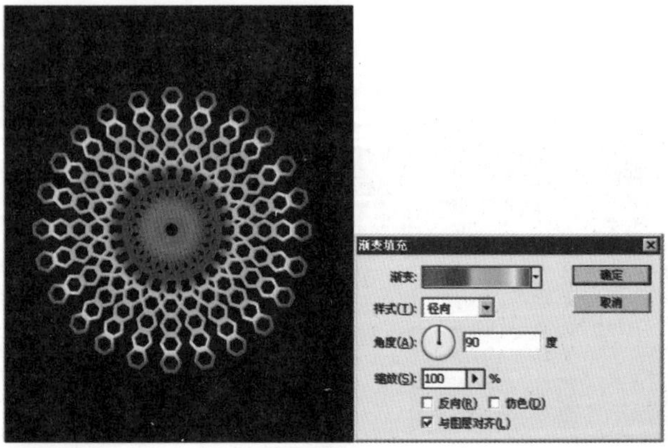

图11-46

step26 将开始隐藏的图层显示，然后在“图层”面板中将调整图层的“混合模式”设置为“变亮”，效果如图11-47所示。

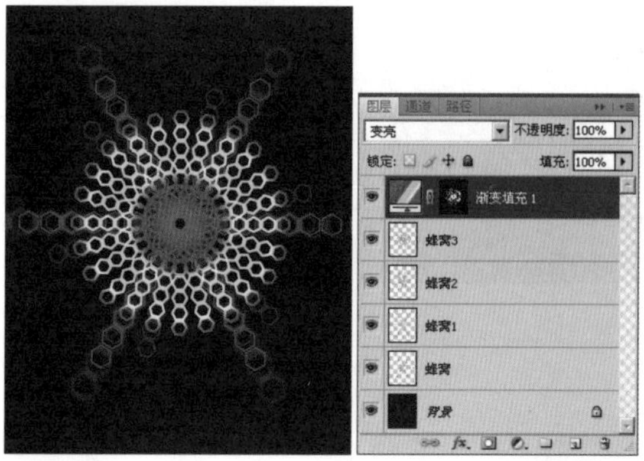

图11-47

step27 将“背景”图层隐藏，选择最顶部的图层为当前图层，按Ctrl+Alt+Shift+E组合键，将所有可见图层图像合并到自动生成的“图层1”中，然后显示“背景”图层，将“图层1”下方的其他图层隐藏，如图11-48所示。

图11-48

step28 两次复制“图层1”，得到“图层1副本”和“图层1副本2”，然后对这三个花纹进行位置和大小的调整，调整完成后的效果如图11-49所示。

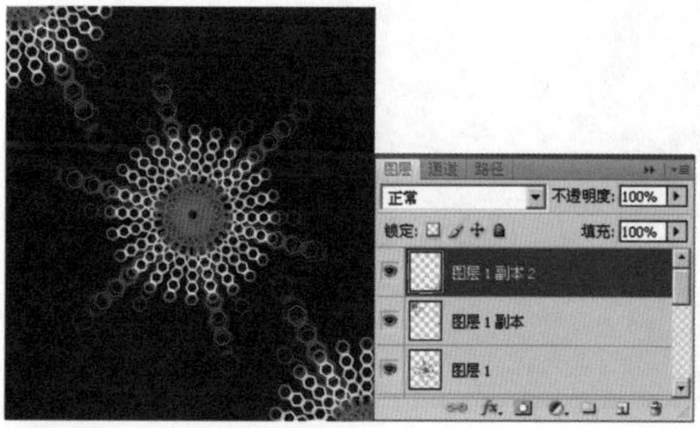

图11-49

step29 再复制几个花纹，将它们缩小，并在画面中排列成如图11-50所示的效果。到此，画面中的主要底纹元素制作完成。

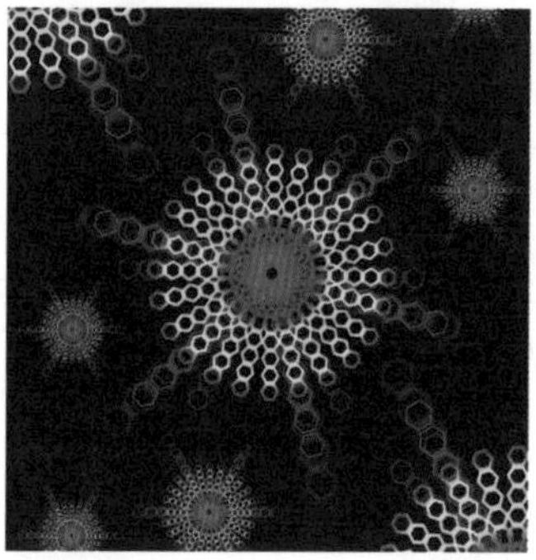

图11-50

step30 按Ctrl+E组合键，将所有花纹所在的图层合并到“图层1”中，再复制一个合并后的“图层1”，得到“图层1副本”，执行菜单栏中的“滤镜＞模糊＞径向模糊”命令，在弹出的“径向模糊”对话框中进行如图11-51所示的设置。

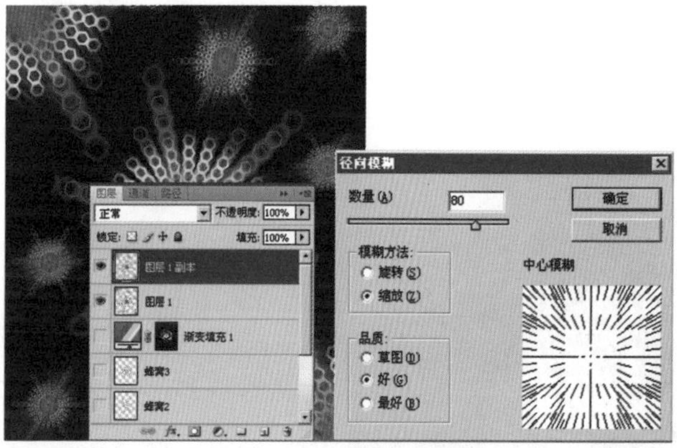

图11-51

step31 单击“添加图层蒙版”按钮，给“图层1副本”添加蒙版，选择工具箱中的画笔工具，在蒙版上涂抹，将画面中心的模糊效果清除，效果如图11-52所示。

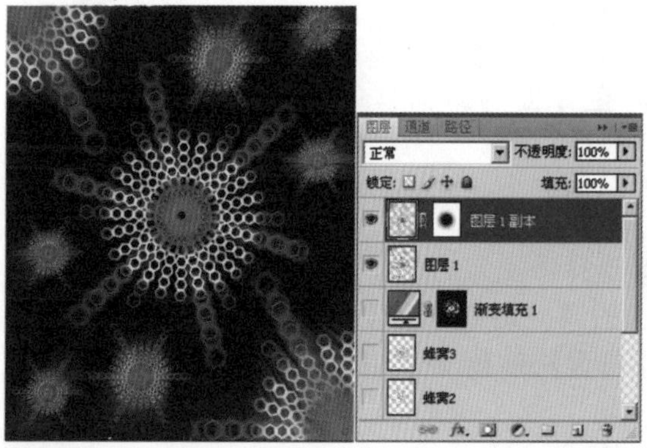

图11-52

新建“图层2”，将它调整到“图层1”的下方，选择工具箱中的渐变工具，设置蓝色到黑色的渐变，如图11-53所示。

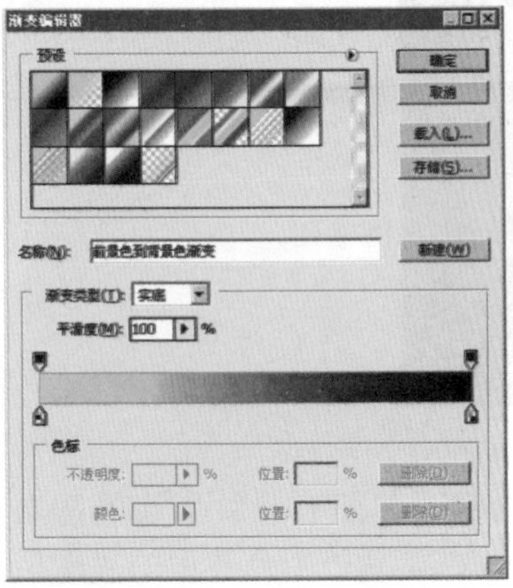

图11-53

step33 渐变色设置完成后，使用渐变工具从画面右上角到右下角绘制蓝色到黑色的渐变，效果如图11-54所示。

图11-54

step34 执行菜单栏中的“图像>纹理>纹理化”命令，在弹出的对话框中设置“纹理”为“粗麻布”、“缩放”为“100%”、“凸现”为“12”，得到的效果如图11-55所示。

step35 选择最上方的图层为当前图层，执行菜单栏中的“图像>调整>亮度/对比度”命令，在弹出的对话框设置参数，得到的效果如图11-56所示。

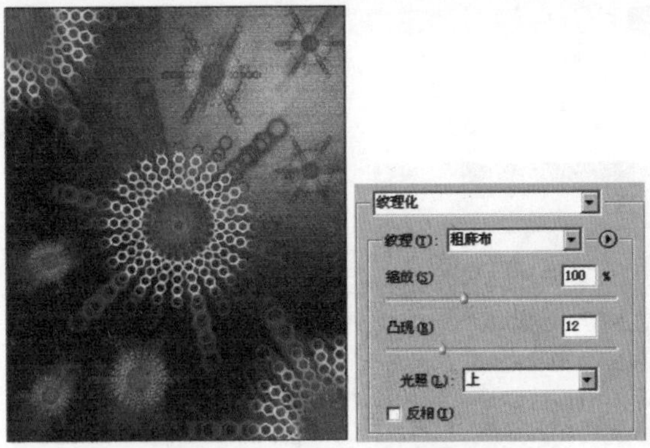

图11-55

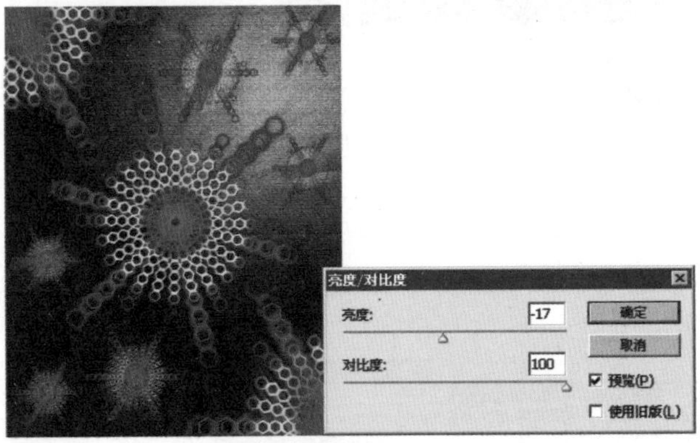

图11-56

step36 添加一个“照片滤镜”调整图层，在弹出的对话框中设置参数，单击“确定”按钮，得到最终的底纹效果，如图11-57所示。

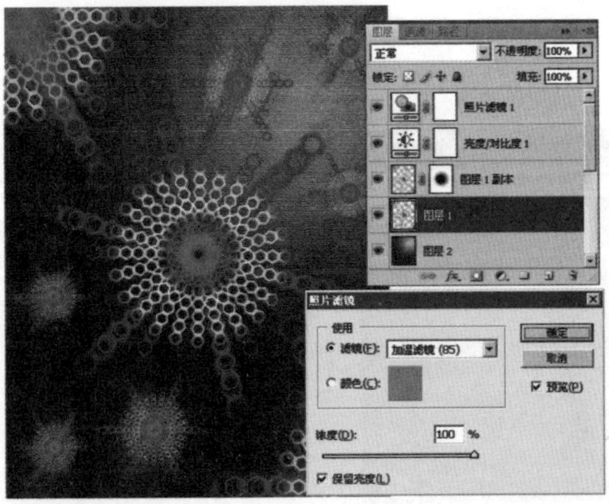

图11-57

11.3 木刻底纹效果

最终效果

制作说明

本例讲解木刻底纹效果的制作方法，通过制作木刻底纹效果，读者可以掌握浮雕效果和纤维等滤镜的应用、图像颜色的调整和图层样式的设置。

step01 执行菜单栏中的“文件>新建”命令，在弹出的对话框中设置“宽度”为“15”厘米、“高度”为“12”厘米、“分辨率”为“350”像素/英寸、“名称”为“木刻底纹效果”，如图11-58所示。

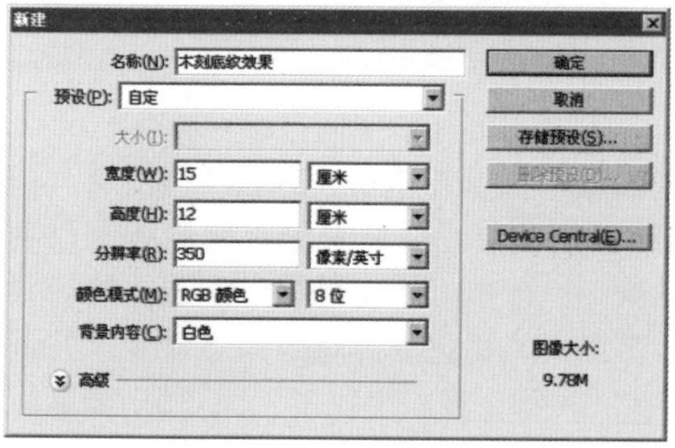

图11-58

step03 将新图层改名为“形状1”，执行菜单栏中的“图层>栅格化>图层”命令，对图层进行栅格化，然后执行菜单栏中的“图像>旋转画布>90度（顺时针）”命令，将画布旋转，如图11-60所示。

step02 在工具箱中设置前景色为“R239、G209、B144”，并在自定形状工具的工具选项栏中选择合适的形状（单击形状面板中的按钮，在弹出的下拉列表中可以追加各种形状），在画面中绘制形状，如图11-59所示。

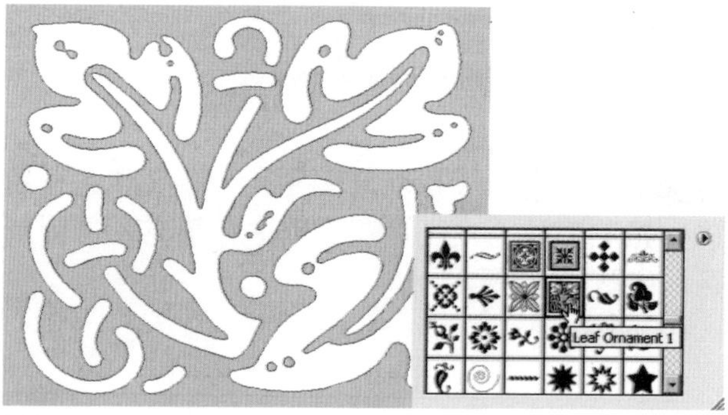

图11-59

图11-60

step04 在工具箱中设置前景色为“R200、G132、B49”，执行菜单栏中的“滤镜>渲染>纤维”命令，在弹出的“纤维”对话框中设置“差异”为“15”、“强度”为“64”，如图11-61所示。

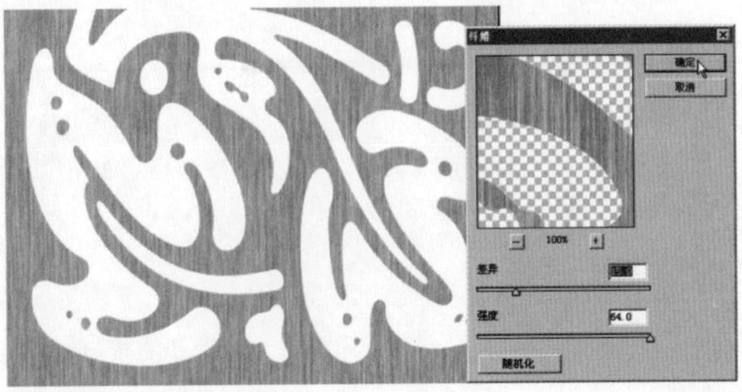

图11-61

step05 画出木纹风格的花纹之后，执行菜单栏中的“图像>旋转画布>90度（逆时针）”命令，将画布恢复成原样，如图11-62所示。

图11-62

step06 继续选择“形状1”图层，对花形进行编辑，把花形作为选区用前景色进行填充，保留选区，如图11-63所示。

图11-63

step07 继续执行菜单栏中的“滤镜>渲染>纤维”命令，并在弹出的“纤维”对话框中设置“差异”为“15”、“强度”为“64”，如图11-64所示。

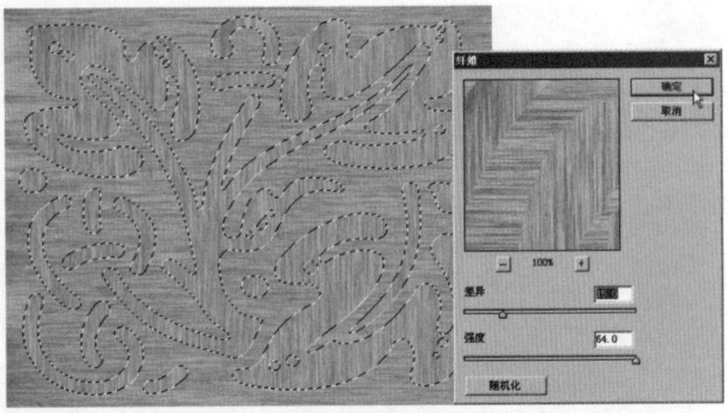

图11-64

step08 在此基础上执行菜单栏中的“编辑>描边”命令，在弹出的“描边”对话框中设置“宽度”为“1px”、“颜色”为“黑色”，然后解除选区，如图11-65所示。

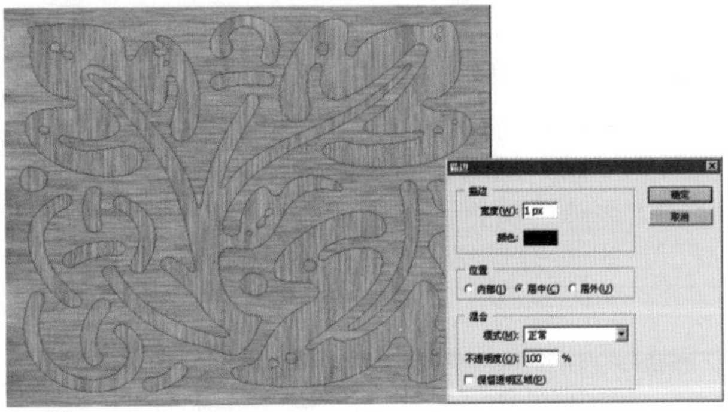

图11-65

step09 在“图层”面板中选择“形状1”图层，按Ctrl+J组合键复制图层，并将复制之后的图层改名为“木材浮雕”。选中“木材浮雕”图层，执行菜单栏中的“滤镜>风格化>浮雕效果”命令，并设置“角度”为“-45”度、“高度”为“5”像素、“数量”为“300%”，效果如图11-66所示。

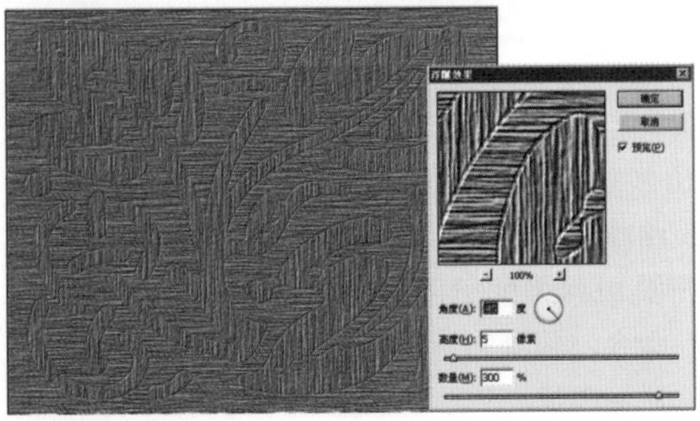

图11-66

step10 执行菜单栏中的“图像＞调整＞色阶”命令，并在弹出的“色阶”对话框中设置“输入色阶”为“75”、“1.00”、“200”，把“木材浮雕”图层的对比度下调，如图11-67所示。

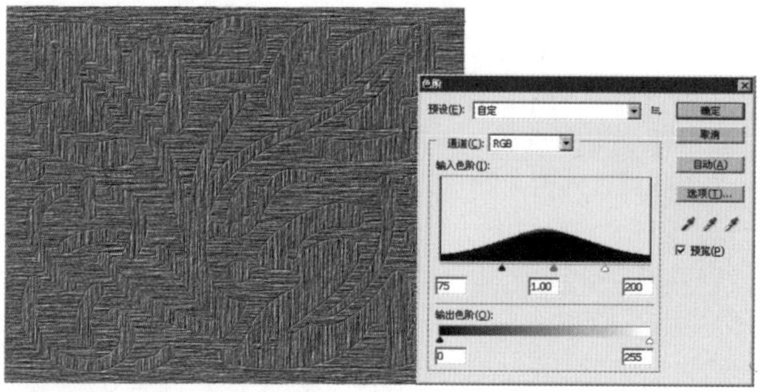

图11-67

step11 把“木材浮雕”图层的“混合模式”改为“柔光”，在木材上表现出一些凹凸的质感，如图11-68所示。

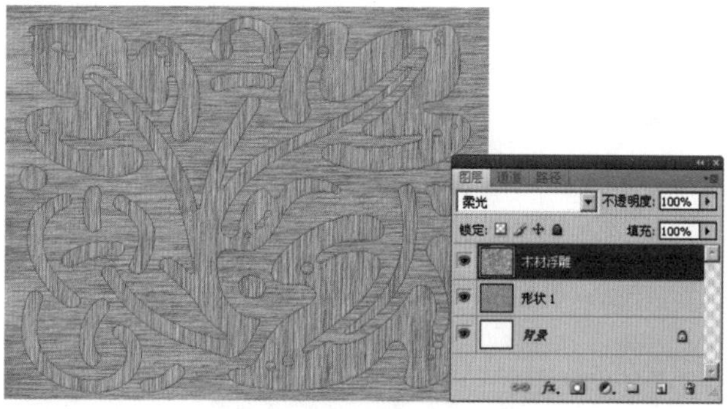

图11-68

step12 选择“形状1”图层，执行菜单栏中的“图层＞图层样式＞渐变叠加”命令，在弹出对话框的“渐变叠加”选项面板中设置“混合模式”为“叠加”、“不透明度”为“40%”，如图11-69所示。

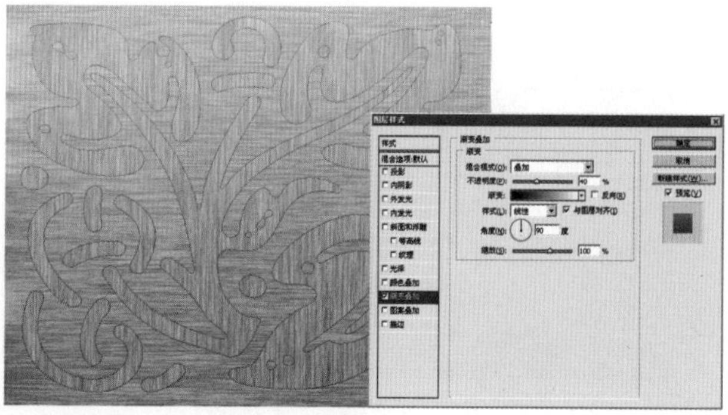

图11-69

step13 选择“斜面和浮雕”选项，并设置“方法”为“雕刻柔和”、“深度”为“400%”、“大小”为“55”像素，在“阴影模式”下设置“不透明度”为“40%”，如图11-70所示。

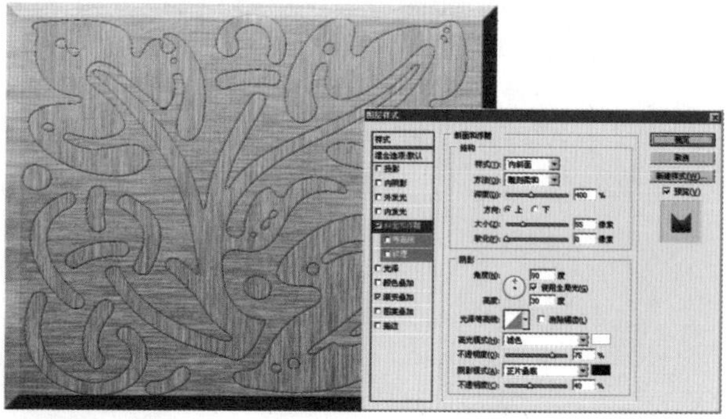

图11-70

step14 选择“投影”选项，并设置“不透明度”为“70”、“距离”为“30”像素、“扩展”为“0%”、“大小”为“40”像素。这样，图像就变得立体了，如图11-71所示。

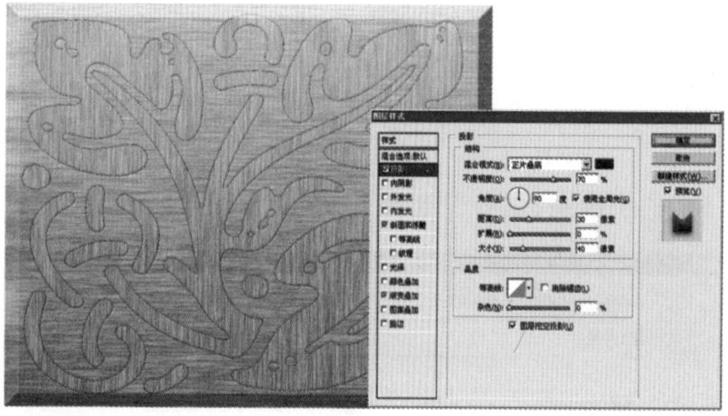

图11-71

step15 选择“木材浮雕”图层，设置图层的“混合模式”为“颜色加深”、“不透明度”为“100%”、“填充”为“100%”，效果如图11-72所示。

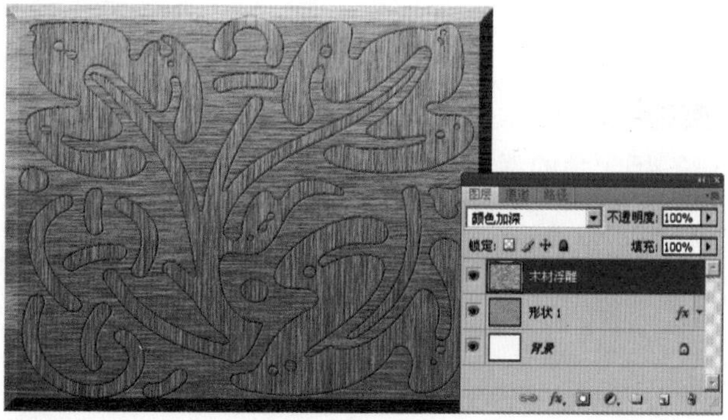

图11-72

11.4 怀旧的牛仔底纹效果

最终效果

制作说明

本例讲解怀旧的牛仔底纹效果的制作方法，通过制作怀旧的牛仔底纹效果，读者可以掌握描边路径、绘图笔和云彩滤镜、图层样式、图层混合模式以及图像颜色调整的相关知识。

step01 执行菜单栏中的“文件>新建”命令，在弹出的“新建”对话框中设置“高度”为“7.89”厘米、“宽度”为“5.33”厘米、“分辨率”为“350”像素/英寸，如图11-73所示。

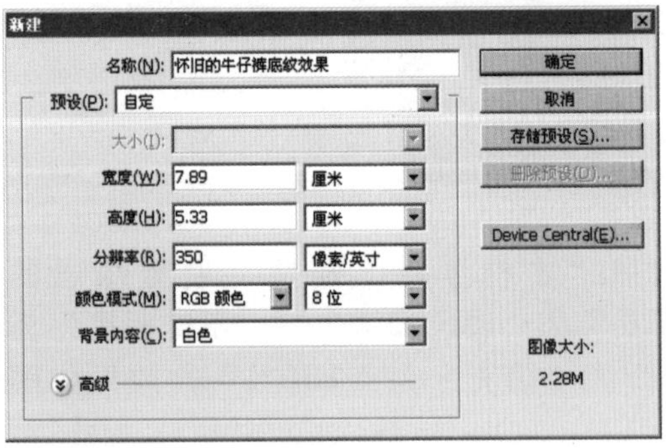

图11-73

step02 设置前景色为“R104、G133、B172”，按Alt+Delete组合键填充“背景”图层，效果如图11-74所示。

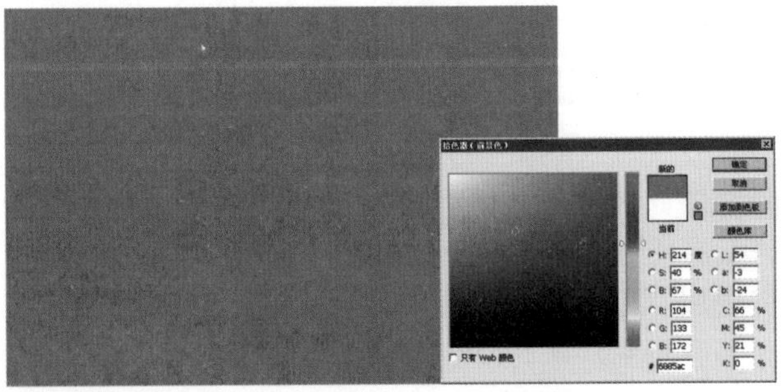

图11-74

step03 选择钢笔工具，按住Shift键，在画面上画出一条45°角的斜线，效果如图11-75所示。

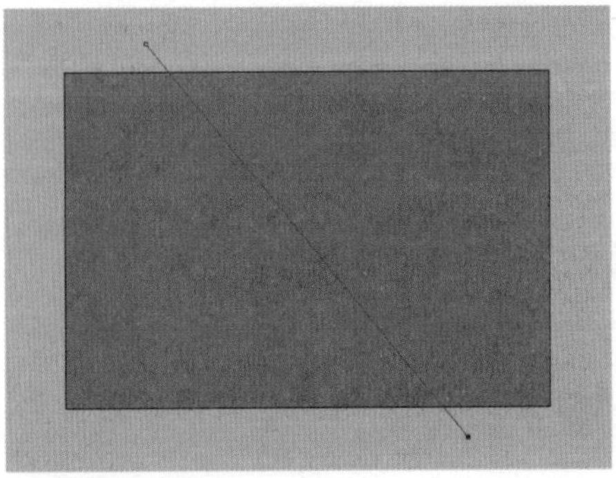

图11-75

step 04 新建“图层1”，设置前景色为黑色，选择工具箱中的画笔工具，按F5键打开“画笔”面板，在列表框中选择“纹理”选项，设置参数如图11-76所示。

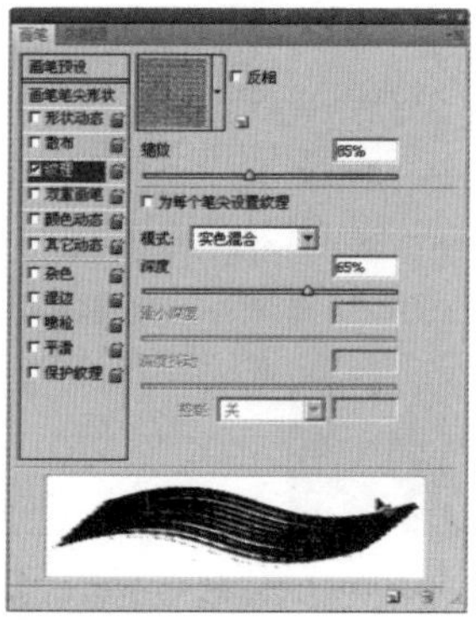

图11-76

step 05 在“路径”面板中单击右键，选择“描边路径”命令，使用画笔描边路径，按Ctrl键选择“图层1”，并选择一定区域，按住Alt键拖动，复制图层，并将画面填满。将所有图层合并到“图层1”中，如图11-77所示。

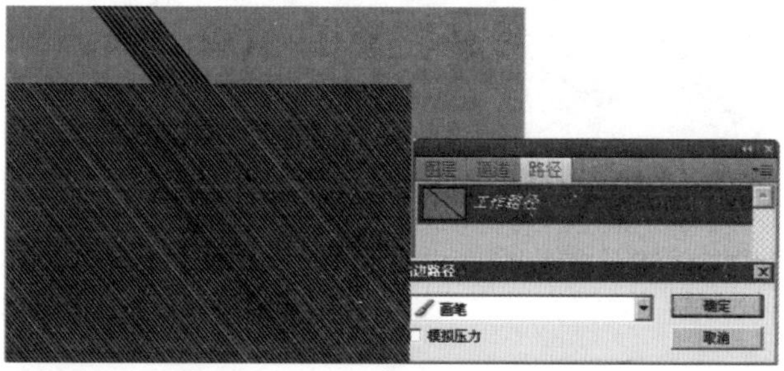

图11-77

step 06 设置前景色为“R104、G133、B172”、背景色为白色。执行菜单栏中的“滤镜>素描>绘图笔”命令，设置参数如图11-78所示，这样就展现出了牛仔布的颜色。

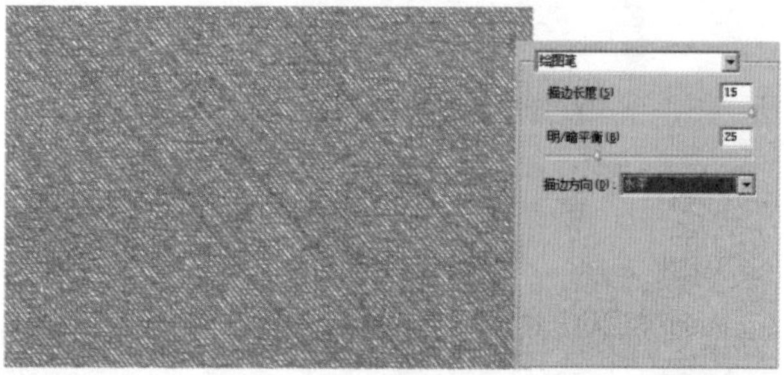

图11-78

step 07 创建“图层2”，执行菜单栏中的“滤镜>渲染>云彩”命令，并将该图层的“混合模式”设置为“正片叠底”，效果如图11-79所示。

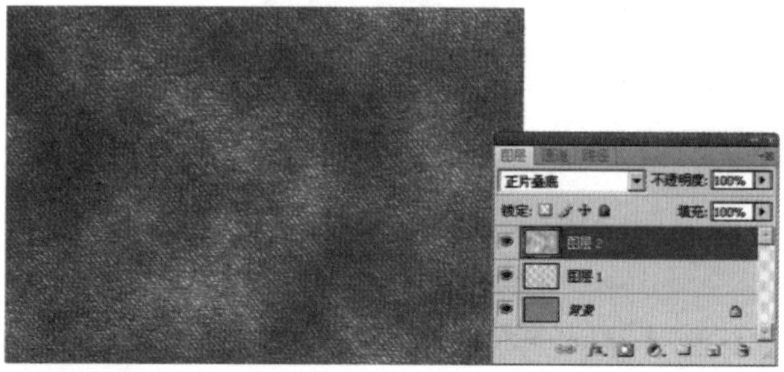

图11-79

step 08 按Ctrl+J组合键，复制一个“图层2副本”。单击“图层”面板底部的“添加图层样式”按钮，在“图层样式”对话框中选择“斜面和浮雕”和“投影”两个选项，参数设置如图11-80所示。

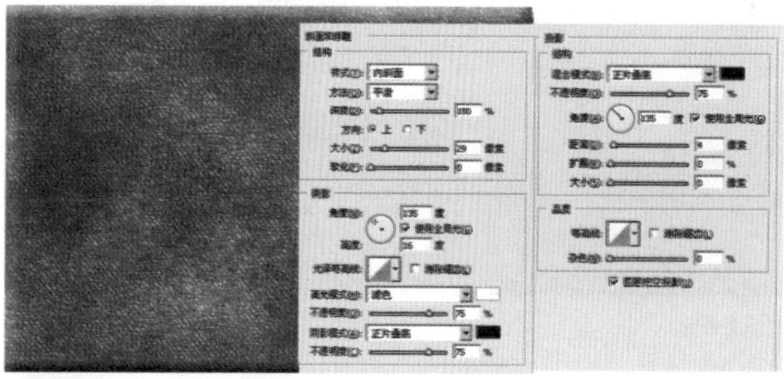

图11-80

step 09 单击工具箱中的自定形状工具，选择自己喜欢的图形进行编辑，如图11-81所示。

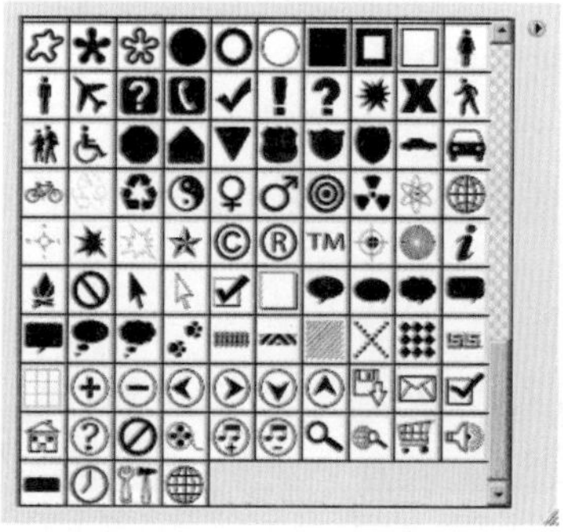

图11-81

step10 单击“图层”面板底部的“添加图层蒙版”按钮，给“图层2副本”添加图层蒙版，然后在蒙版中绘制选择好的自定形状图形路径，按Ctrl+Enter组合键，将其转化为选区，如图11-82所示。

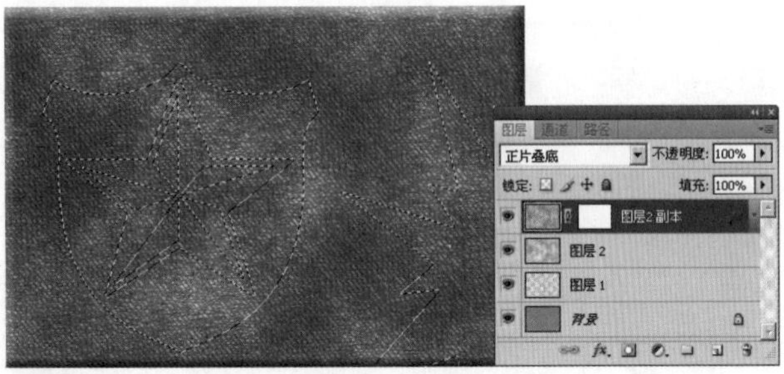

图11-82

step11 单击面板底部的“创建新的填充或调整图层”按钮，在弹出的下拉菜单中选择“色相/饱和度”命令，在弹出的“色相/饱和度”调整面板中设置参数，效果如图11-83所示。

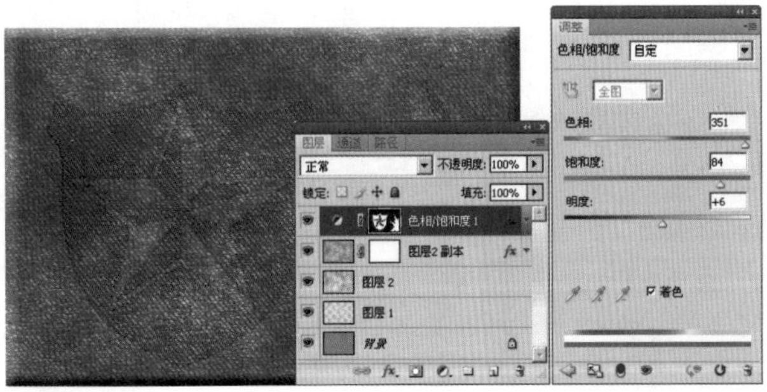

图11-83

step12 在图层蒙版的图形上执行菜单栏中的“滤镜>画笔描边>喷溅”命令，设置参数如图11-84所示，使周边显得粗糙不平。

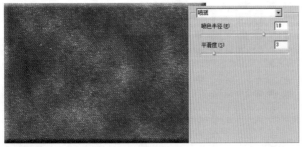

图11-84

step13 单击“创建新的填充或调整图层”按钮，在弹出的下拉菜单中选择“可选颜色”命令，在打开的“可选颜色”调整面板中进行如图11-85所示的设置。

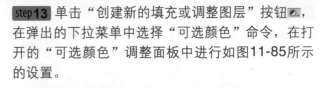

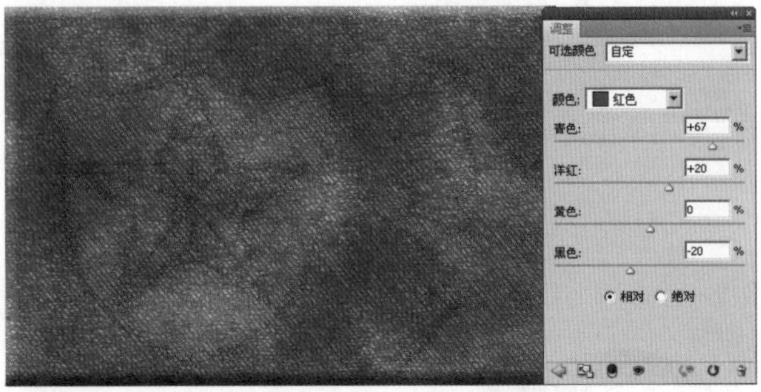

图11-85

step14 为了使效果更加明显，创建一个“色彩平横”调整图层，使得质地看上去更怀旧，参数设置如图11-86所示。

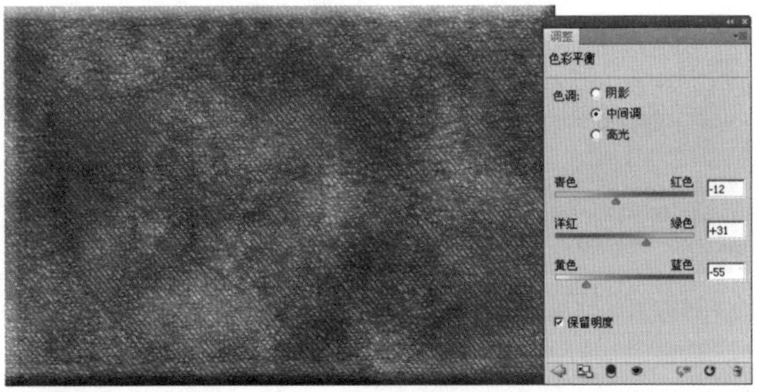

图11-86

step15 选择“色相/饱和度1”调整图层，执行菜单栏中的“图层>图层样式>斜面和浮雕”命令，在弹出的对话框中设置参数，如图11-87所示。

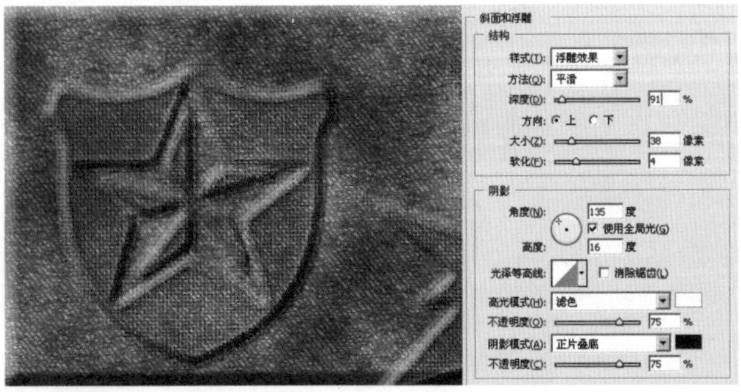

图11-87

step16 新建“图层3”，制作一个纽扣来增添效果。用椭圆选框工具画一个圆并填充为灰色。选择“样式”面板中的“特殊按钮”，然后再复制一个“图层3副本”，效果如图11-88所示。

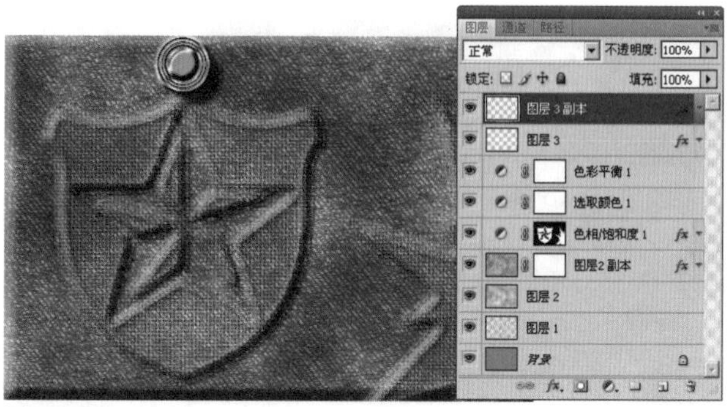

图11-88

step17 选择画笔工具，画出几条衣缝线，效果如图11-89所示。

step18 选择文字工具，输入文字并将其放置在合适的位置，把图层的“混合模式”设置为“叠加”，效果如图11-90所示。到此，怀旧的牛仔底纹效果制作完成。

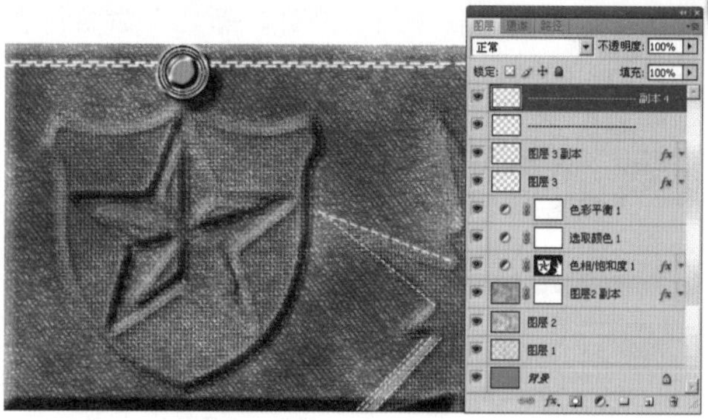

图11-89

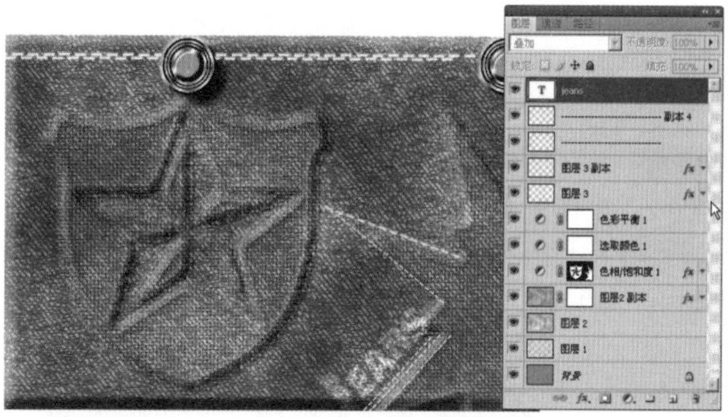

图11-90

11.5 奇特的琥珀底纹效果

最终效果

制作说明

本例讲解奇特的琥珀底纹效果的制作方法，主要应用了添加杂色、晶格化、云彩和喷溅滤镜，同时还进行了色彩调整和图层混合模式设置等。

step01 执行菜单栏中的“文件>新建”命令，在弹出的“新建”对话框中设置“宽度”为“9.9”厘米、“高度”为“7”厘米、“分辨率”为“200”像素/英寸、“名称”为“奇特的琥珀效果”，如图11-91所示。

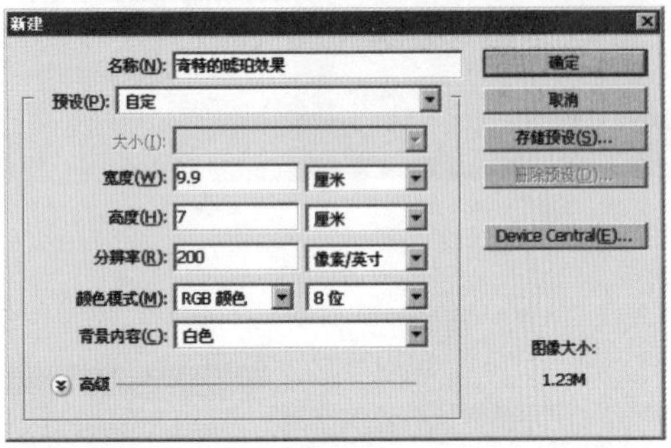

图11-91

step02 执行菜单栏中的“滤镜>杂色>添加杂色”命令，在弹出的“添加杂色”对话框中设置“数量”为“150%”，并选中“高斯分布”单选按钮，如图11-92所示。

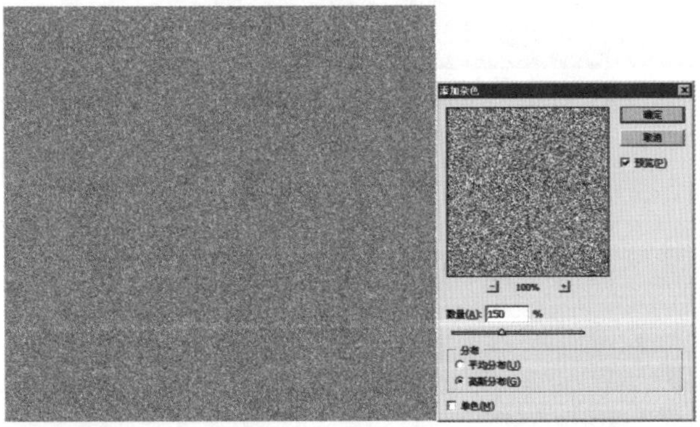

图11-92

step03 执行菜单栏中的“滤镜>像素化>晶格化”命令，在弹出的“晶格化”对话框中将“单元格大小”设置为“168”，如图11-93所示。

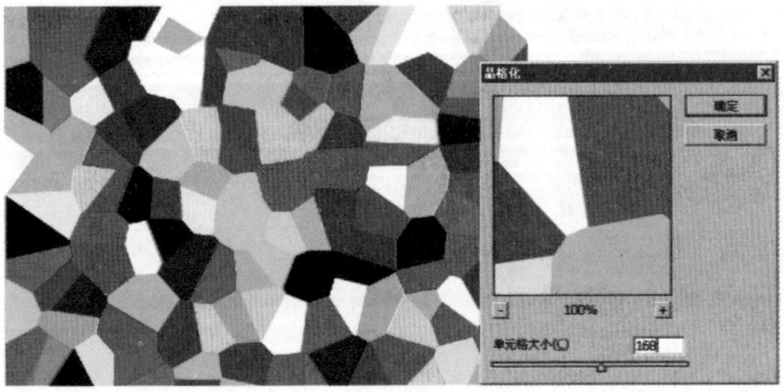

图11-93

step04 复制“背景”图层，得到“背景副本”图层，执行菜单栏中的“滤镜>素描>铬黄”命令，在弹出的“铬黄渐变”对话框中设置“细节”为“10”、“平滑度”为“0”，效果如图11-94所示。

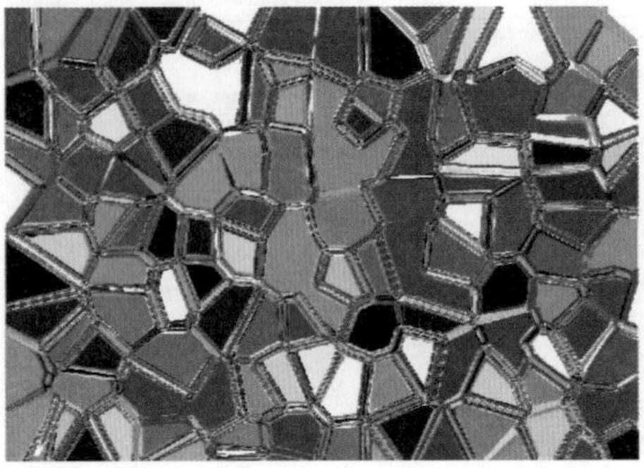

图11-94

step05 新建图层，得到“图层1”，执行菜单栏中的“滤镜>渲染>云彩”命令。执行“图像>调整>亮度/对比度”命令，在打开的对话框中设置参数，如图11-95所示。

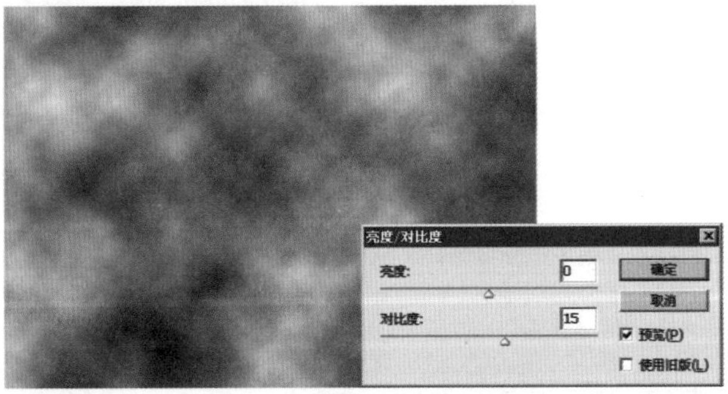

图11-95

step06 把“背景副本”图层移动到最上层，设置图层的“混合模式”设置为“叠加”。再复制得到“图层1副本”图层，将图层的“混和模式”设置为“正片叠底”。把复制的“图层1副本”图层移动到最上层，执行菜单栏中的“滤镜>素描>铬黄”命令，在弹出的“铬黄渐变”对话框中设置“细节”为“4”、“平滑度”为“7”，效果如图11-96所示。

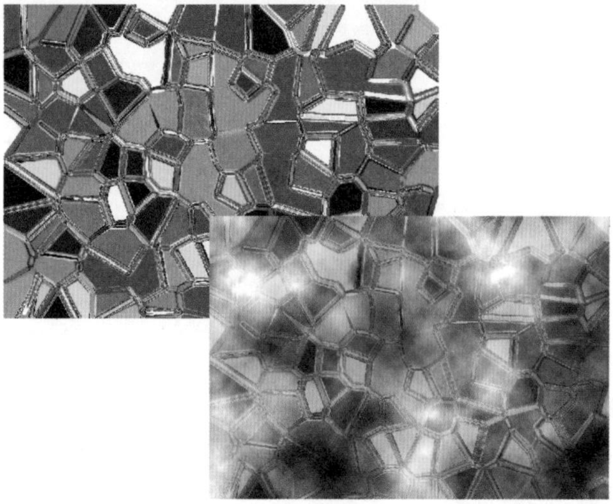

图11-96

step07 在“图层”面板中单击“创建新的填充或调整图层”按钮，在弹出的菜单中选择“色相/饱和度”命令，在弹出的调整面板中设置“色相”为“280”，效果如图11-97所示。

图11-97

step08 设置前景色为橘黄色（纯色），具体设置如图11-98所示。

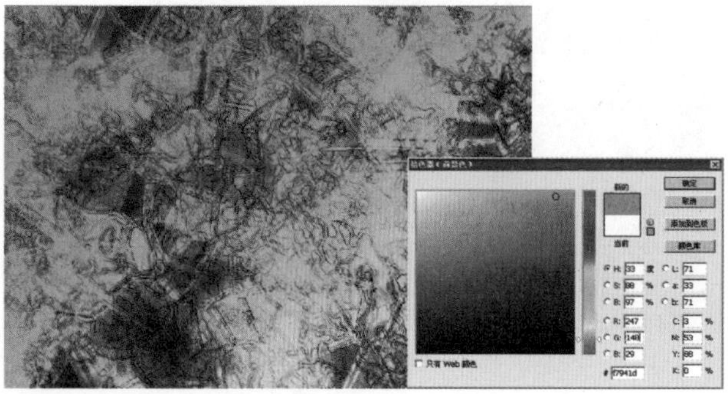

图11-98

step09 单击“图层”面板底部的“添加图层样式”按钮，在弹出的菜单中选择“渐变叠加”命令，在弹出的对话框中设置参数，如图11-99所示。

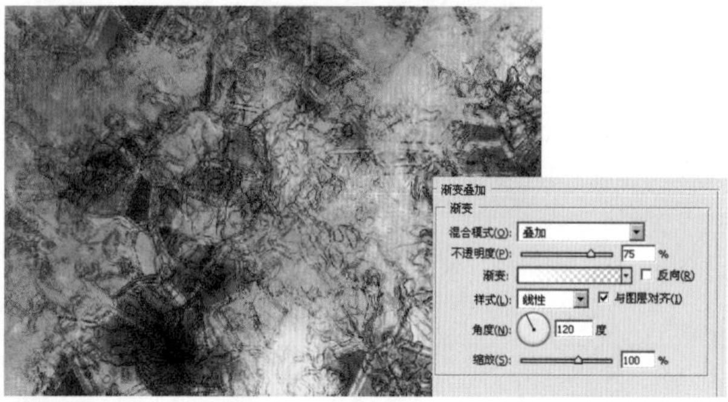

图11-99

step10 单击“图层”面板底部的“新建图层”按钮，新建“图层2”，设置图层的“混合模式”为“叠加”，设置前景色为黑色，设置背景色为白色，执行菜单栏中的“滤镜>渲染>云彩”命令，然后执行菜单栏中的“滤镜>画笔描边>喷溅”命令，在弹出的“喷溅”对话框中设置“强度”为“15”、“细节”为“9”、“光滑度”为“7”，效果如图11-100所示。

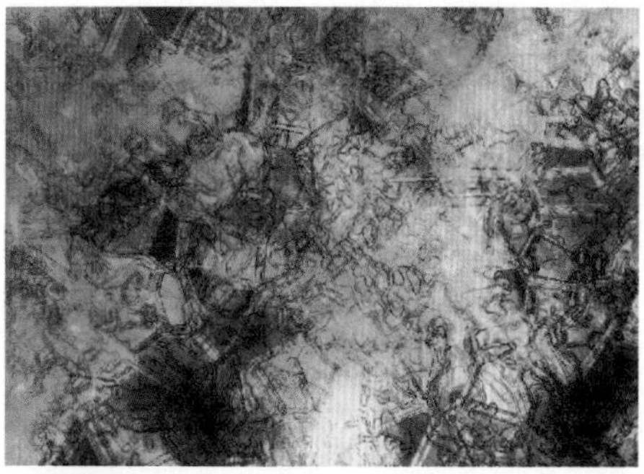

图11-100

step11 找一张昆虫图片放到“背景副本”图层下面，就可得到一张满意的奇特琥珀底纹效果图，如图11-101所示。

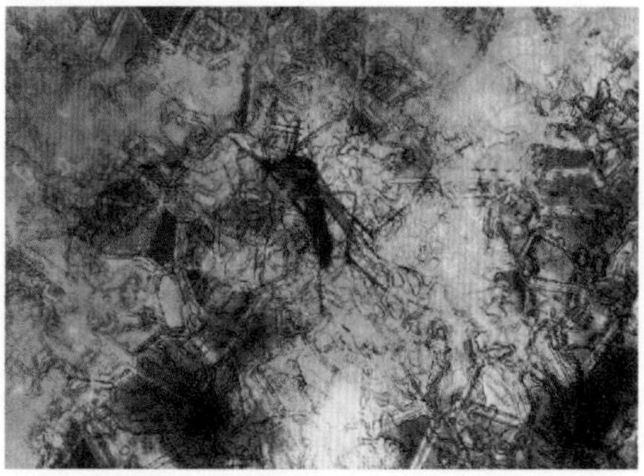

图11-101

11.6 火焰底纹效果

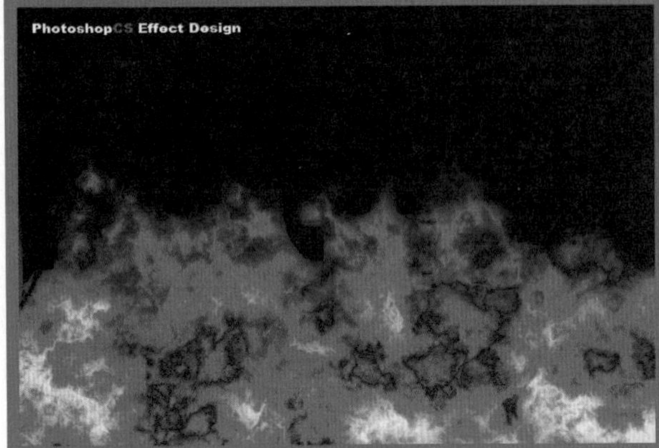

最终效果

制作说明

本例讲解火焰底纹效果的制作方法，制作火焰底纹效果的方法非常简单，主要用到了滤镜、色彩调整及选区的制作等。

step01 执行菜单栏中的“文件>新建”命令，在弹出的“新建”对话框中设置“宽度”为“12”厘米、“高度”为“8”厘米、“分辨率”为“300”像素/英尺，如图11-102所示。

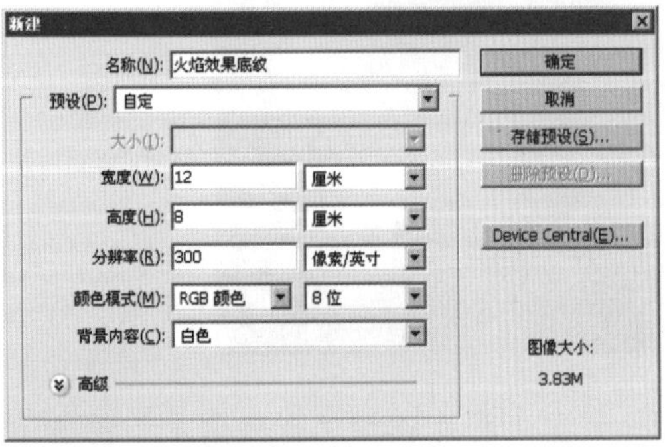

图11-102

step02 在工具箱中设置前景色为黑色、背景色为白色，执行菜单栏中的“滤镜>渲染>分层云彩”命令。由于云彩形状不一样，可以使用Ctrl+F组合键将其调整为合适的形状，效果如图11-103所示。

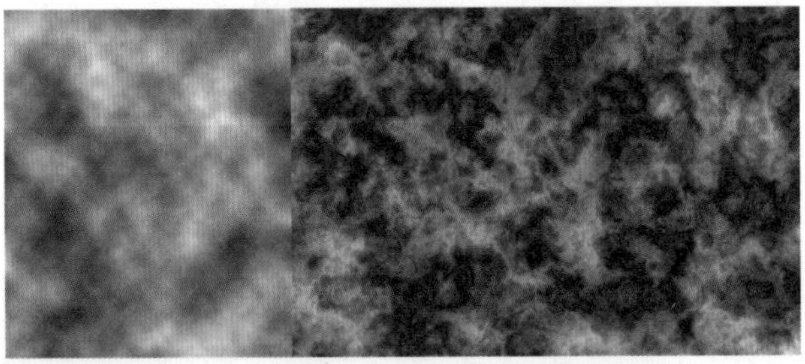

图11-103

step03 将前景色设置为黑色，在工具箱中选择画笔工具，在工具选项栏中设置“画笔大小”为“10”，在制作好的图像上找出火焰形状，并把黑线部分填充为黑色，效果如图11-104所示。

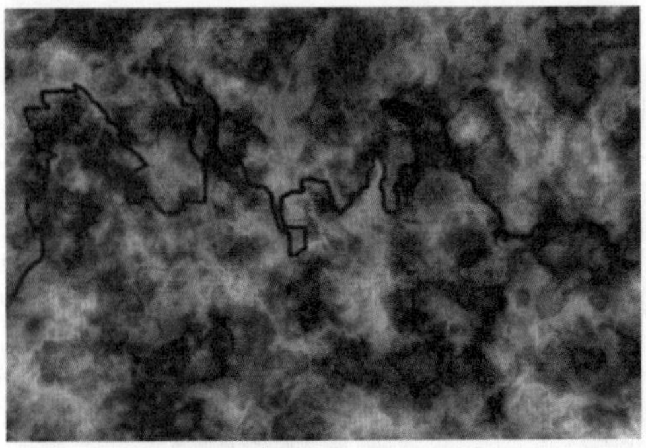

图11-104

step04 在工具箱中选择索套工具，然后根据填充了黑色的火焰边线选取“背景”图层，效果如图11-105所示。

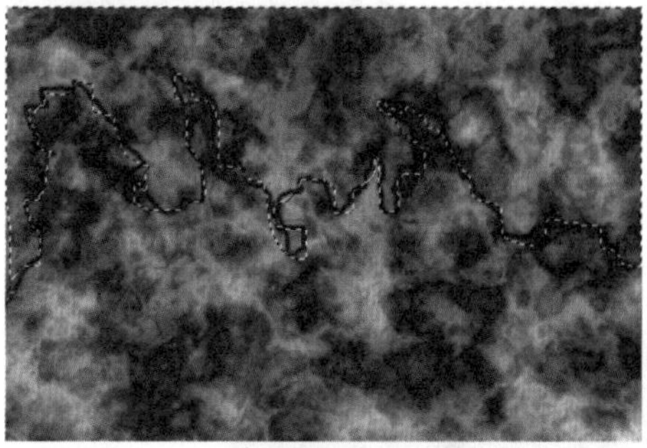

图11-105

step05 执行菜单栏中的“编辑>填充”命令，使用Alt+Delete组合键将背景填充为黑色，效果如图11-106所示。

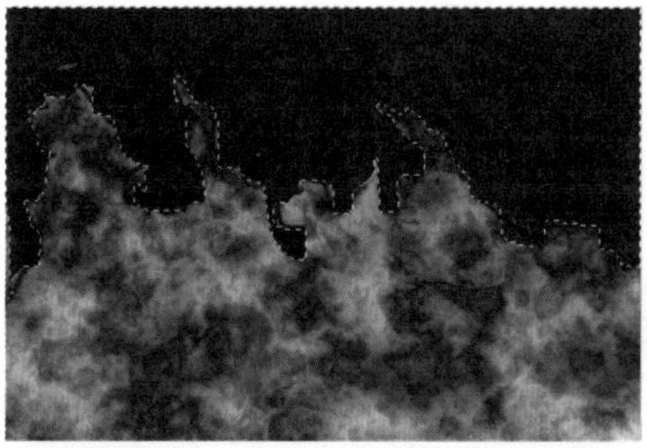

图11-106

step06 在使用索套工具时，可能没有和先前画出的黑线重合，执行菜单栏中的“选择>修改>扩展”命令，在弹出的“扩展选区”对话框中设置“扩展量”为“3”像素，效果如图11-107所示。

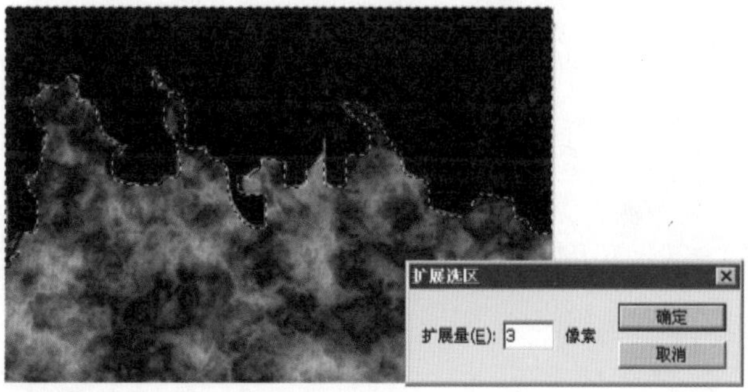

图11-107

step07 打开“羽化选区”对话框，将“羽化半径”设置为“20”像素，然后将选区填充为黑色，按Ctrl+D组合键取消选区，效果如图11-108所示。

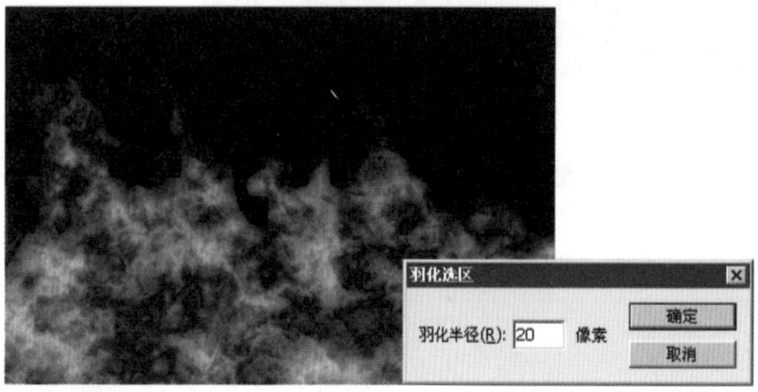

图11-108

step08 单击“图层”面板底部的“创建新图层”按钮，得到“图层1”，如图11-109所示。

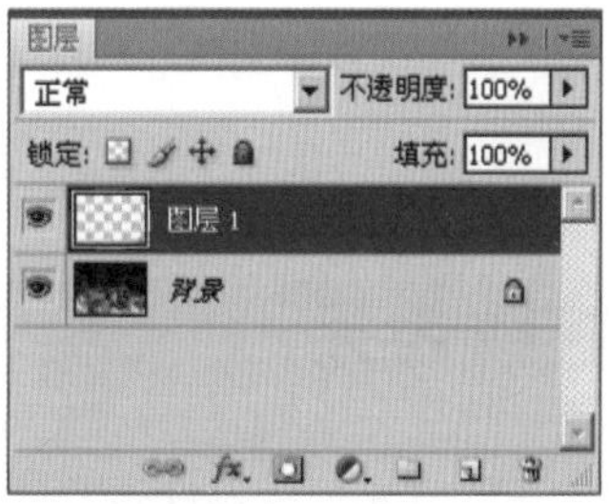

图11-109

step09 在工具箱中设置前景色设置为黑色、背景色为白色，选择渐变工具，应用垂直方向的渐变效果，如图11-110所示。

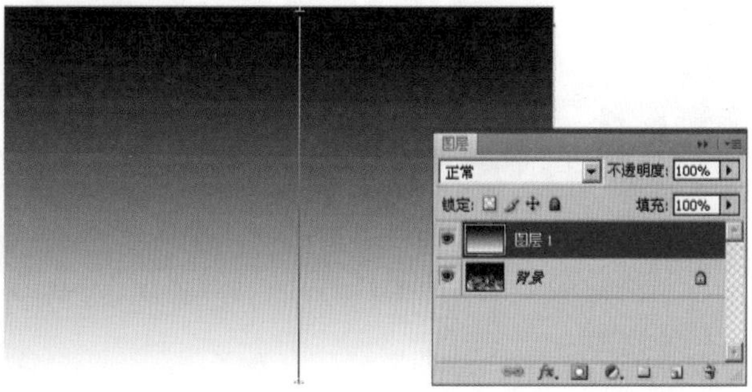

图11-110

step10 选中“图层1”，将其“混合模式”设置为“柔光”，如图11-111所示。

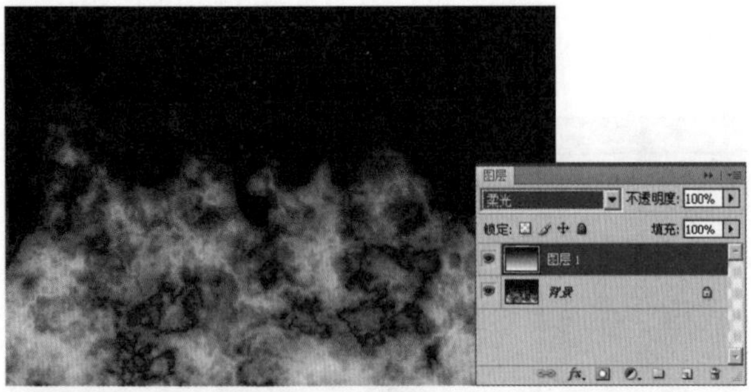

图11-111

step11 执行菜单栏中的“图像>调整>渐变映射”命令，在弹出的对话框中选择合适的样式，效果如图11-112所示。

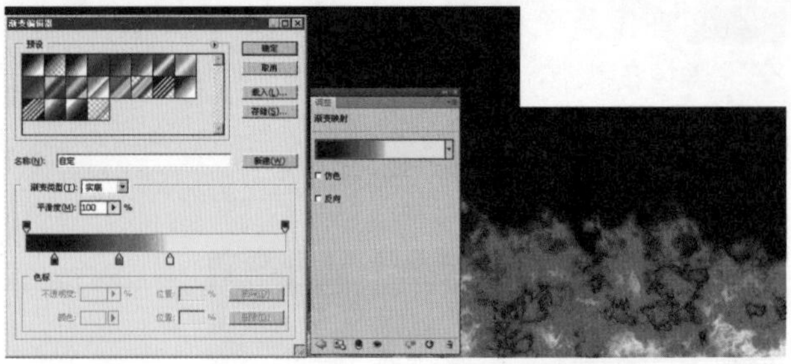

图11-112

step12 在工具箱中选择文字工具，在适当的位置输入文字，效果如图11-113所示。至此，火焰底纹效果便制作完成了。

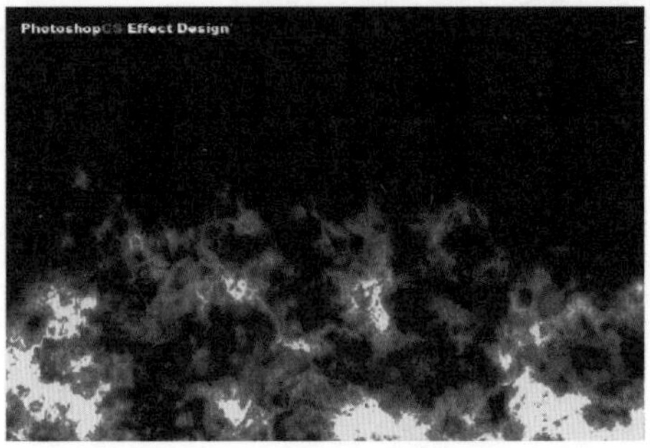

图11-113

11.7 金属钢板底纹效果

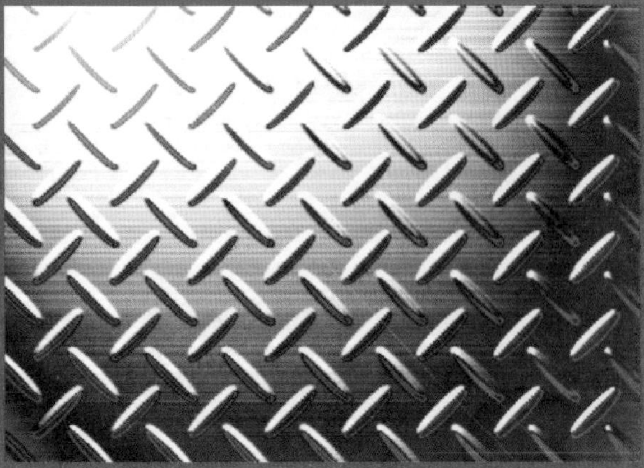

最终效果

制作说明

本例讲解金属钢板底纹效果的制作方法，该效果非常逼真。通过制作金属钢板底纹效果，可让读者学会使用通道，并复习滤镜的一些功能以及色彩调整的相关知识。

step01 执行菜单栏中的“文件>新建”命令或者按Ctrl+N组合键，在弹出的“新建”对话框中设置“宽度”为“1378”像素、“高度”为“965”像素、“名称”为“金属钢板底纹效果”，如图11-114所示。

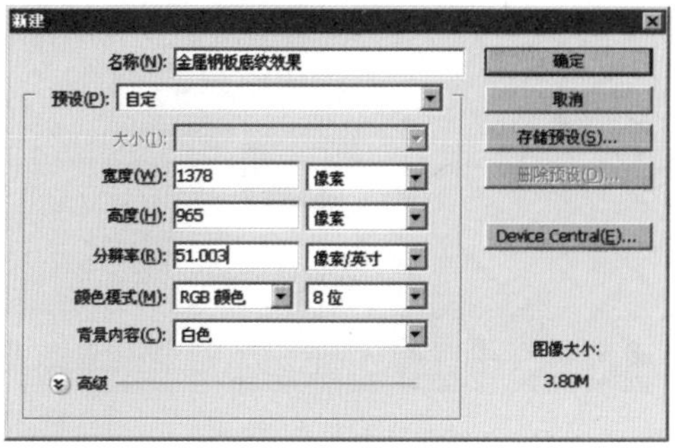

图11-114

step02 执行菜单栏中的“窗口>色板”命令，在弹出的“色板”面板中选择35%的灰色，执行菜单栏中的“编辑>填充”命令，在弹出的“填充”对话框中设置“使用”为“前景色”，如图11-115所示。

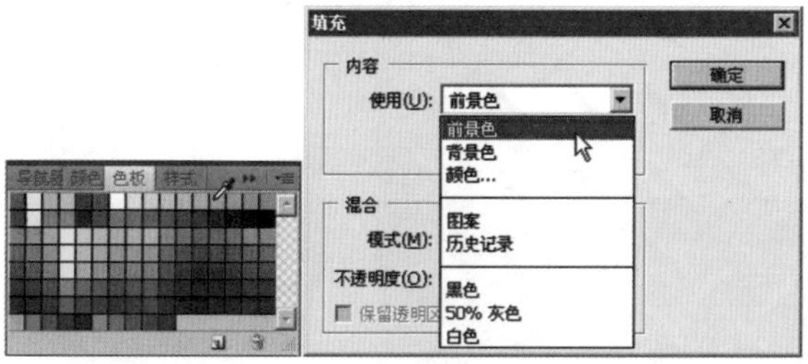

图11-115

step03 执行菜单栏中的“滤镜>杂色>添加杂色”命令，在弹出的“添加杂色”对话框中设置“数量”为“8%”、“分布”为“高斯分布”，效果如图11-116所示。

图11-116

step04 执行菜单栏中的“滤镜>模糊>动感模糊”命令，在弹出的“动感模糊”对话框中设置“角度”为“0”度、“距离”为“999”像素，使粒子在水平方向上边移动边模糊化，如图11-117所示。

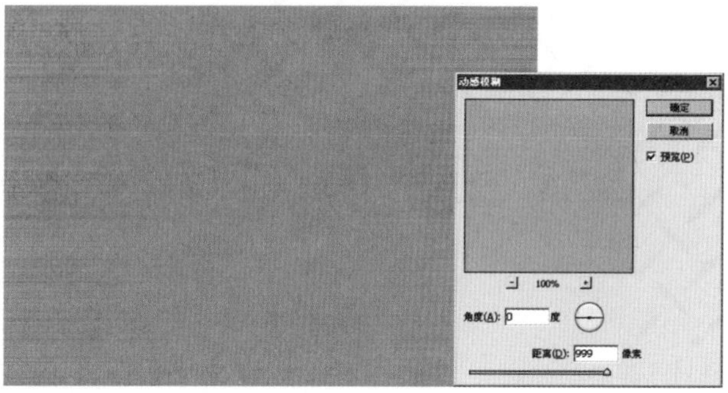

图11-117

step05 对画面进行编辑。用矩形选框工具选择图像的边界，然后执行菜单栏中的“编辑>变形>扩大/缩小”命令，效果如图11-118所示。

图11-118

step06 执行菜单栏中的“图像>调整>色阶”命令或者按Ctrl+L组合键，在弹出的对话框中设置“输入色阶”为“66”、“1.75”、“210”，效果如图11-119所示。

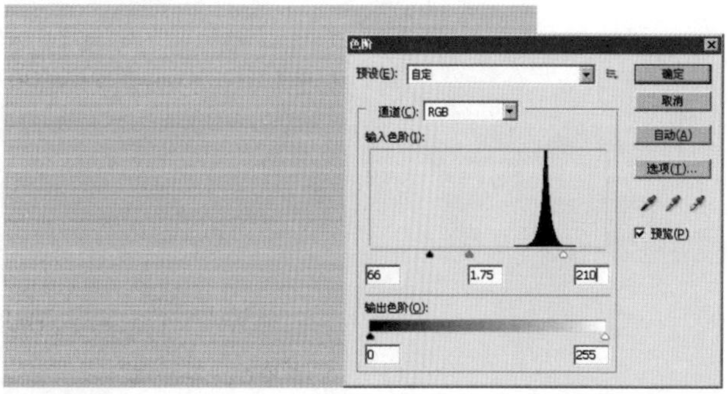

图11-119

step07 切换到“通道”面板，单击“创建新通道”按钮，得到新通道“Alpha 1”。执行菜单栏中的“编辑>填充”命令，在弹出的“填充”对话框中设置“使用”为“图案”，如图11-120所示。

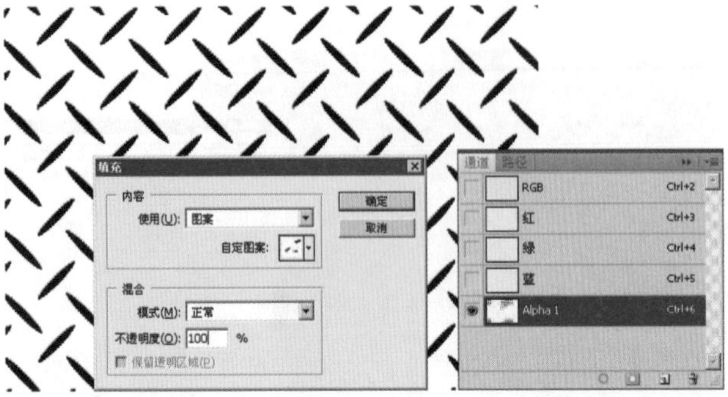

图11-120

step08 执行菜单栏中的“选择>色彩范围”命令，在打开的对话框中选中“反相”复选框。执行菜单栏中的“滤镜>模糊>高斯模糊”命令，在弹出的对话框中设置“半径”为“4.0”像素，如图11-121所示。

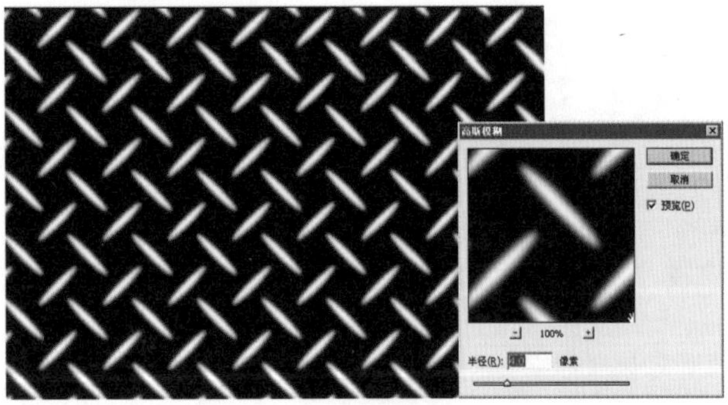

图11-121

step09 执行菜单栏中的“滤镜>渲染>光照效果”命令，在弹出的“光照效果”对话框中进行参数设置，效果如图11-122所示。

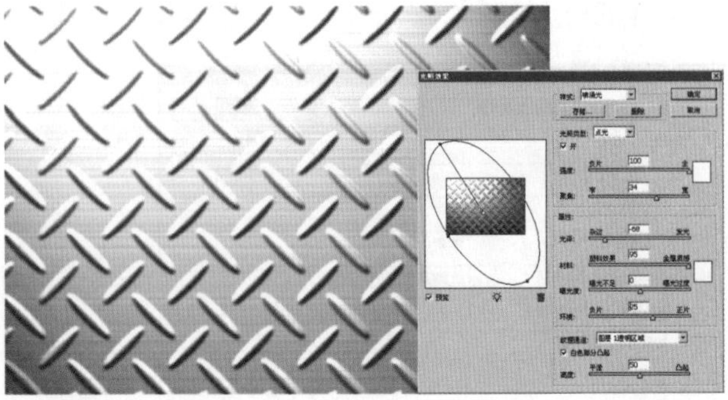

图11-122

step10 最后设置一下金属的真实效果。执行菜单栏中的“图层>调整>曲线”命令或者按Ctrl+M组合键，在弹出的“曲线”对话框中设置参数，效果如图11-123所示。到此，金属钢板底纹效果制作完成。

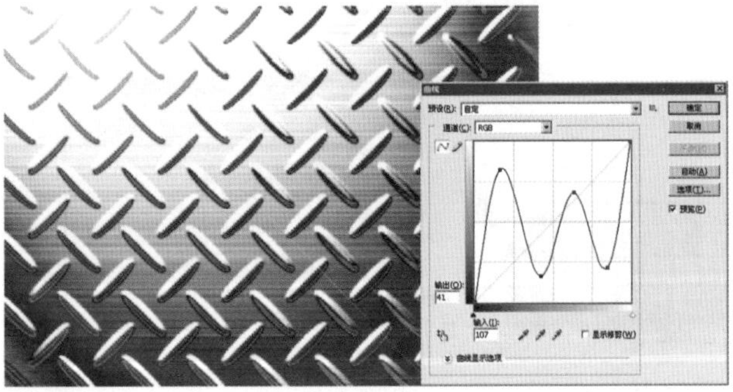

图11-123

11.8 皮革制品底纹效果

最终效果

制作说明

本例讲解皮革制品底纹效果的制作方法，目的是让读者学会使用云彩、裂缝和网状等滤镜，以及通过调整色彩来制作皮革的颜色质感。

step01 执行菜单栏中的“文件>新建”命令，在打开的对话框中设置“高度”为“8”厘米、“宽度”为“6”厘米、“分辨率”为“350”像素，新建文件。设置前景色为“R228、G150、B121”、背景色为“R28、G18、B14”，如图11-124所示。

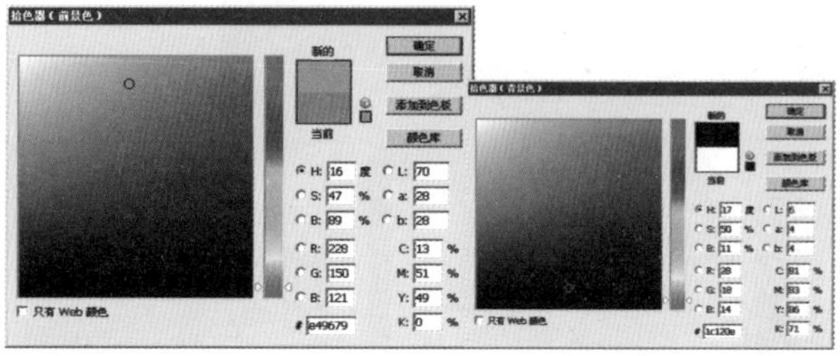

图11-124

step02 新建“图层1”，执行菜单栏中的“滤镜>渲染>云彩”命令，作为应用龟裂缝滤镜前的准备。执行菜单栏中的“图像>调整>色阶”命令，在弹出的对话框中设置参数，效果如图11-125所示。

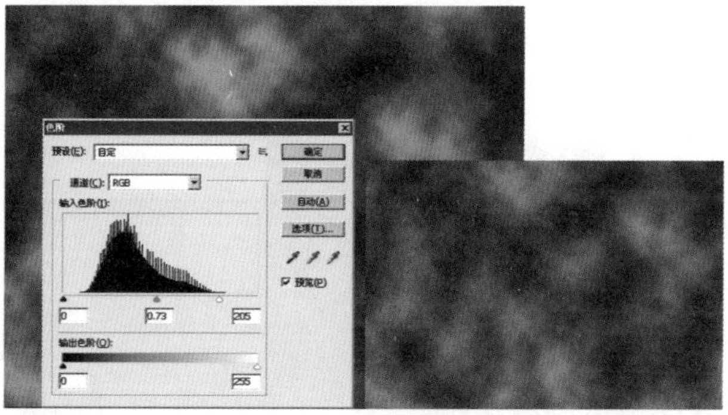

图11-125

step03 执行菜单栏中的“滤镜>纹理>龟裂缝”命令，在弹出的对话框中设置“裂缝间距”为“13”、“裂缝深度”为“3”、“裂缝亮度”为“9”，单击“确定”按钮，得到的效果如图11-126所示。

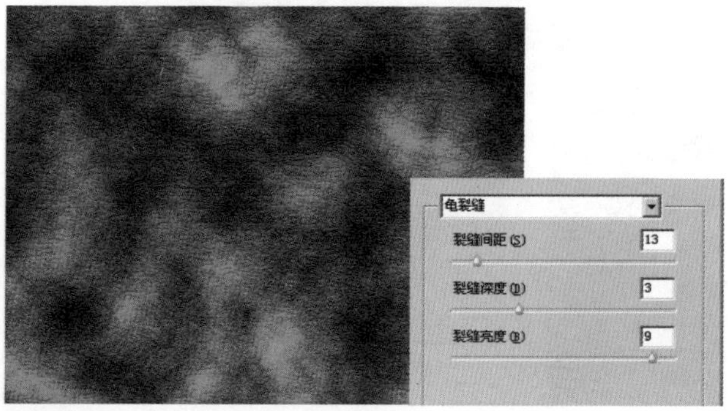

图11-126

step04 制作接近黑色的皮革效果。执行菜单栏中的“图像>调整>去色”命令，然后执行菜单栏中的“图像>调整>色阶”命令，在弹出的对话框中设置参数，如图11-127所示。

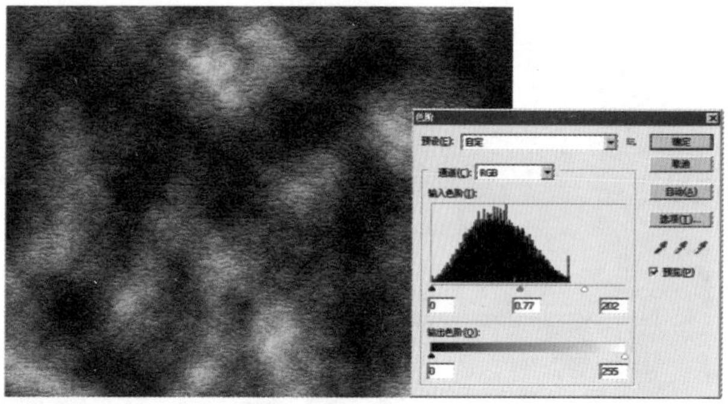

图11-127

step05 复制“图层1”得到“图层1副本”，执行菜单栏中的“滤镜>素描>网状”命令，在打开的对话框中设置“浓度”为“26”、“前景色阶”为“24”、“背景色阶”为“19”，单击“确定”按钮，得到的效果如图11-128所示。

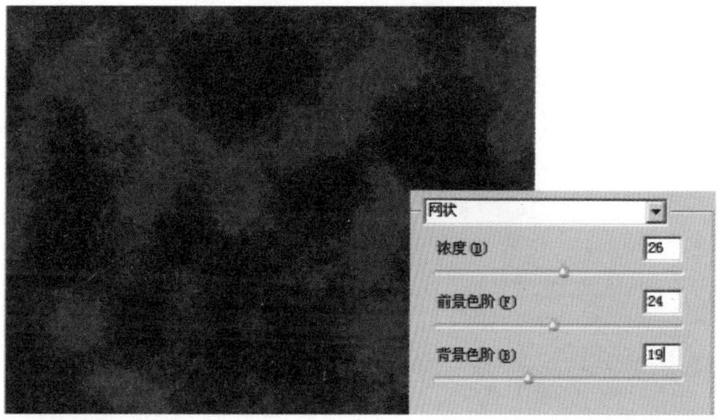

图11-128

step06 执行菜单栏中的“图像>调整>亮度/对比度”命令，适当提高对比度，如图11-129所示。

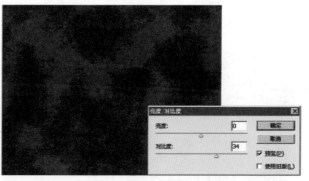

图11-129

step07 设置图层“混合模式”为“柔光”，以表现画面的深度。将基本皮革纹理图层和加入网状效果的图层合并，再次执行菜单栏中的“图像>调整>色阶”命令进行调整，如图11-130所示。

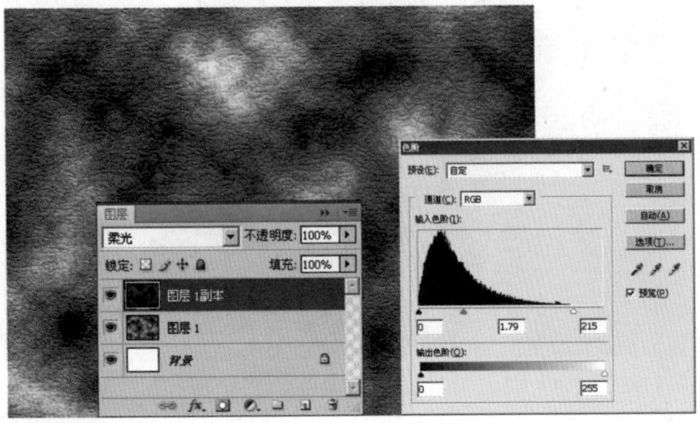

图11-130

step08 按Ctrl+E组合键将“图层1副本”合并到“图层1”中。新建一个“图层2”，使用渐变工具填充为从“R236、G231、B229”到黑色的渐变色，效果如图11-131所示。

图11-131

step09 保持前景色和背景色不变，执行菜单栏中的“滤镜>渲染>分层云彩”命令，再执行菜单栏中的“滤镜>纹理>龟裂缝”命令，在打开的对话框中设置“裂缝间距”为“13”、“裂缝深度”为“3”、“裂缝亮度”为“10”，效果如图11-132所示。

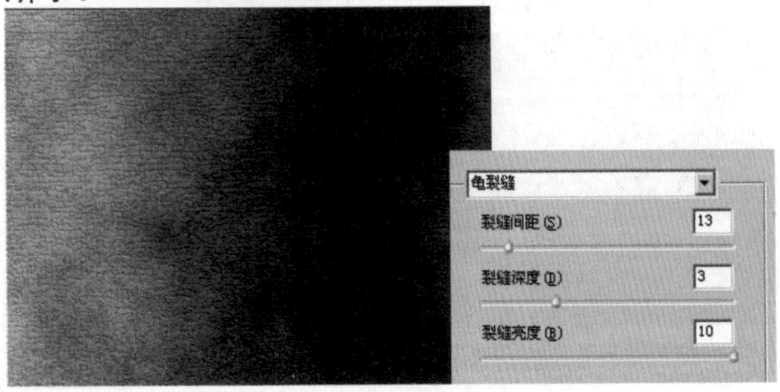

图11-132

step10 执行菜单栏中的“滤镜>素描>网状”命令，在弹出的对话框中设置“浓度”为“2”、“前景色阶”为“36”、“背景色阶”为“19”。设置图层“混合模式”为“柔光”、“不透明度”为“61%”，如图11-133所示。

图11-133

step11 按Ctrl+E组合键将“图层2”合并到“图层1”中，制作完成一张完整的皮革，然后复制三个同样的皮革图层，将它们缩放并旋转，排列成如图11-134所示的效果，并将“背景”图层填充为白色到黑色的渐变色。

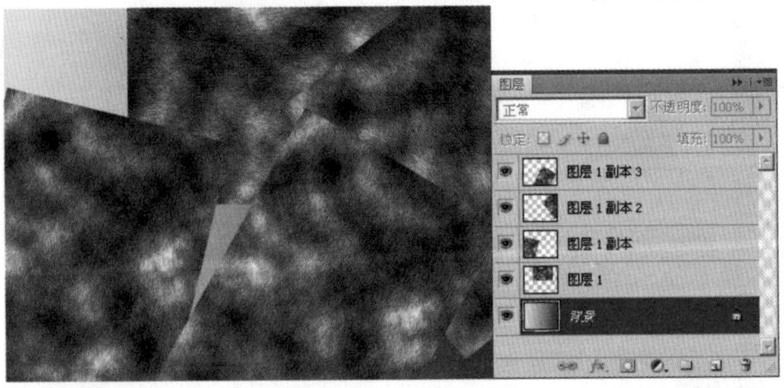

图11-134

step12 为所有皮革图层添加同样的“投影”和“斜面和浮雕”图层样式，添加完成后的效果如图11-135所示。

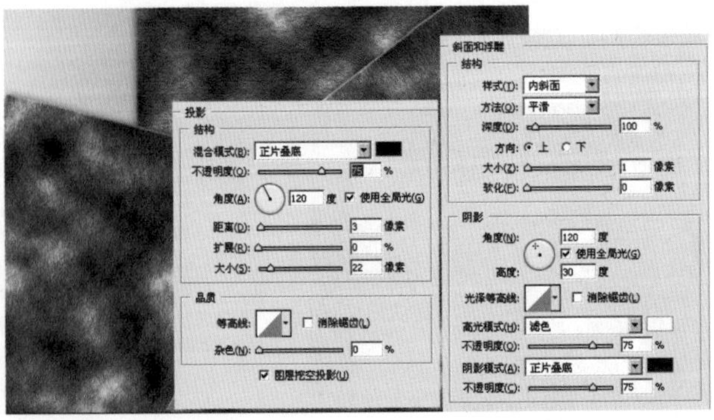

图11-135

step 13 使用直线工具给皮革添加细线边，然后使用橡皮擦工具将细线制作成虚线，效果如图11-136所示。

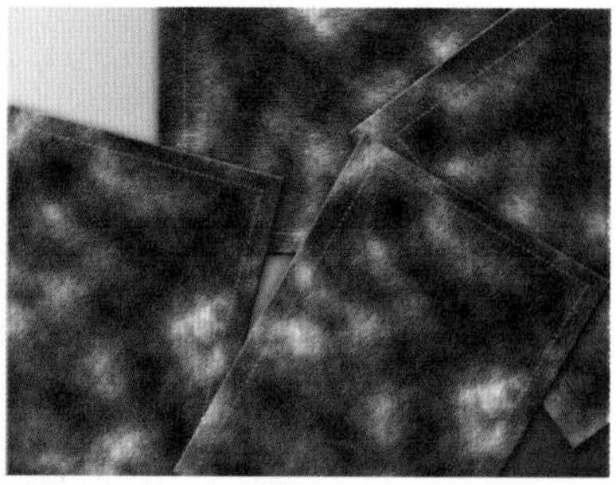

图11-136

step 14 执行菜单栏中的“图层>新建调整图层>亮度/对比度”命令，在弹出的面板中进行参数设置（如图11-137所示），在“图层”面板中创建一个调整画面亮度的图层。

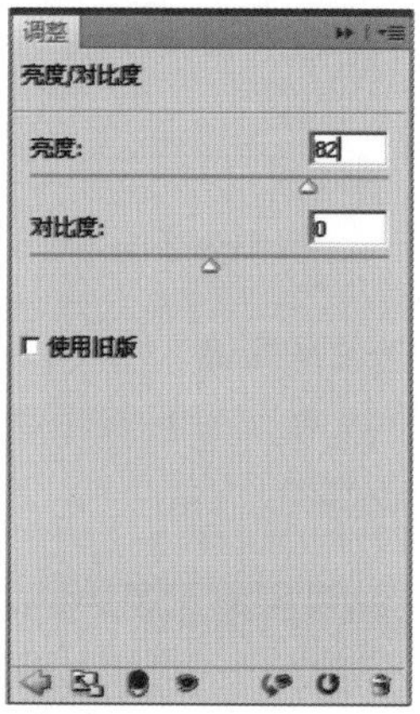

图11-137

step 15 为了使画面效果更为漂亮，在调整图层中使用渐变工具绘制从右上角到左下角的黑色到白色的渐变，效果如图11-138所示。

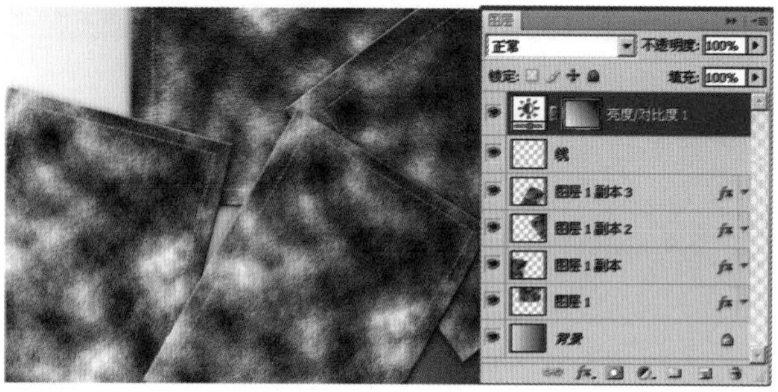

图11-138

step 16 打开光盘中的素材文件“\11章\皮革制品底纹效果\皮革制品底纹-1.jpg”，将它添加到底纹文件中，并命名为“图片”，然后复制两个“图片副本”图层，对它们调整大小并旋转，然后改变图层顺序，将部分图片遮住。执行菜单栏中的“图层>新建调整图层>照片滤镜”命令，在弹出的面板中进行参数设置，得到最终的图像效果，如图11-139所示。

图11-139

11.9 气帽纸底纹效果-1

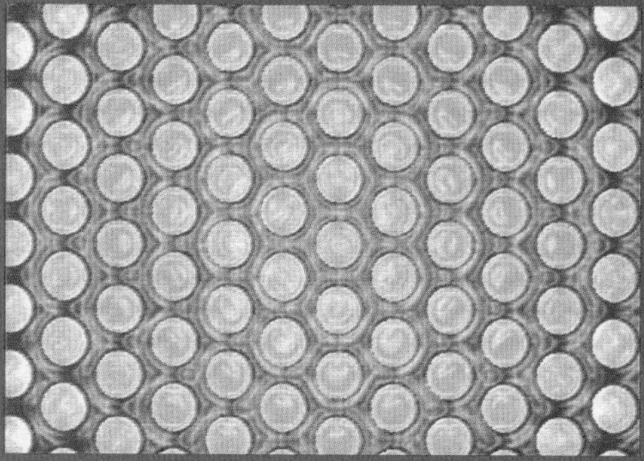

最终效果

制作说明

本例讲解气帽纸底纹效果的制作方法。使用自定义图案在通道中进行填充，再配以其他功能和工具的使用，气帽纸底纹效果便制作出来了。

技巧提示

观察真正的气帽会发现，气帽纸以一粒为中心，周围六粒，形成正六边形的样子，由此得出本例画像的大致大小。

step01 执行菜单栏中的“文件>新建”命令，在弹出的“新建”对话框中设置“宽度”为“238”像素、“高度”为“138”像素、“颜色模式”为“灰度”，如图11-140所示。

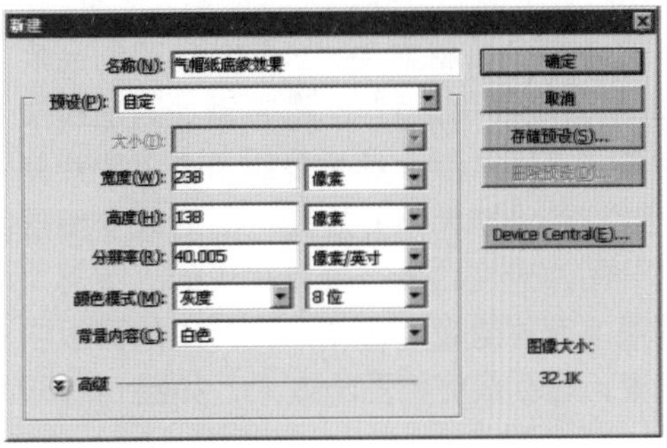

图11-140

step02 执行菜单栏中的“视图>新建参考线”命令，在弹出的“新建参考线”对话框中设置“取向”为“水平”、“位置”为“69像素”。再次执行“新建参考线”命令，在弹出的“新建参考线”对话框中设置“取向”为“垂直”、“位置”为“119像素”，制作出在中心交叉的导航器，效果如图11-141所示。

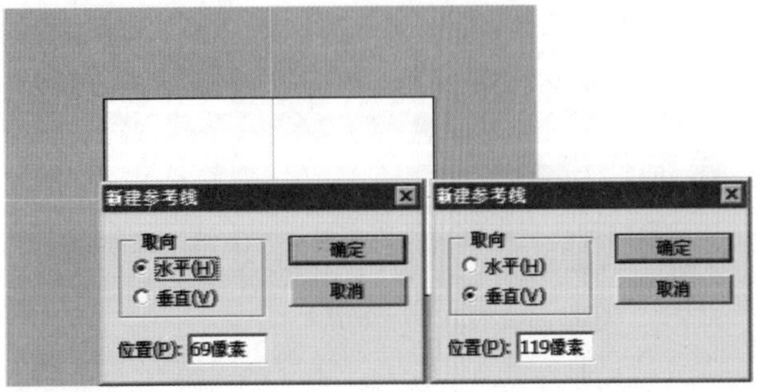

图11-141

step03 切换到“路径”面板，单击面板底部的“创建新路径”按钮，得到“路径1”，接下来选择椭圆工具，在工具选项栏中设置参数如图11-142所示，然后按图所示画出效果，单击导航器的交点和图像窗口的各角，共勾画5条路径。

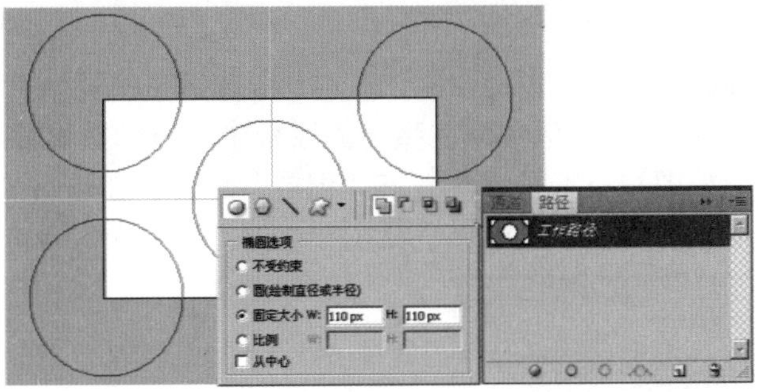

图11-142

step04 执行菜单栏中的“编辑>定义图案”命令，在弹出的“图案名称”对话框中设置图案的名称，如图11-143所示。

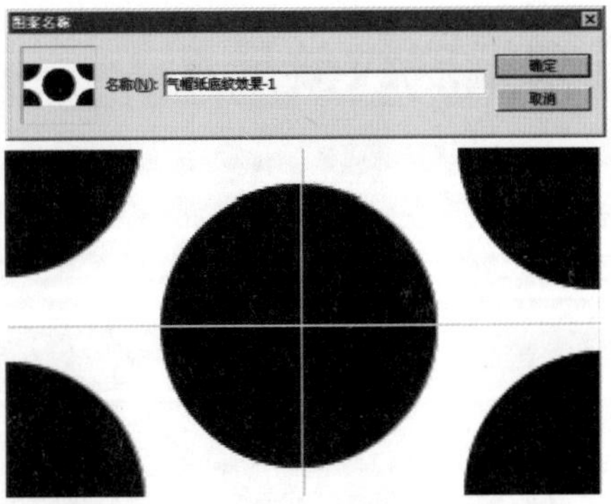

图11-143

step05 执行菜单栏中的“文件>新建”命令，在弹出的“新建”对话框中设置“宽度”为“2067”像素、“高度”为“1448”像素、“分辨率”为“350”像素/英寸，如图11-144所示。

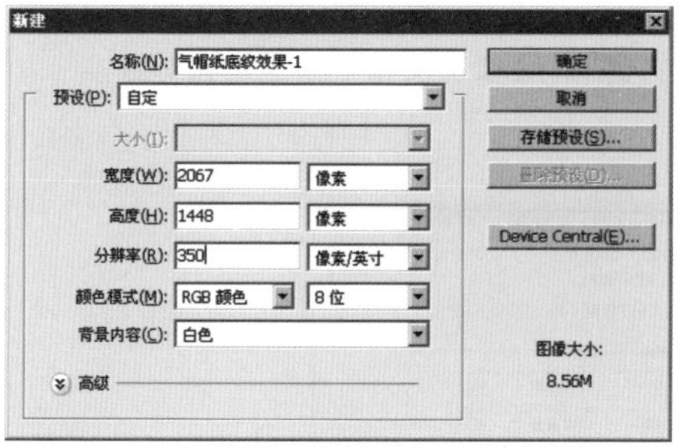

图11-144

step06 切换到“通道”面板，新建“Alpha 1”通道，然后执行菜单栏中的“编辑>填充”命令，在弹出的对话框中设置“使用”为前面设置的“图案”，得到的效果如图11-145所示。

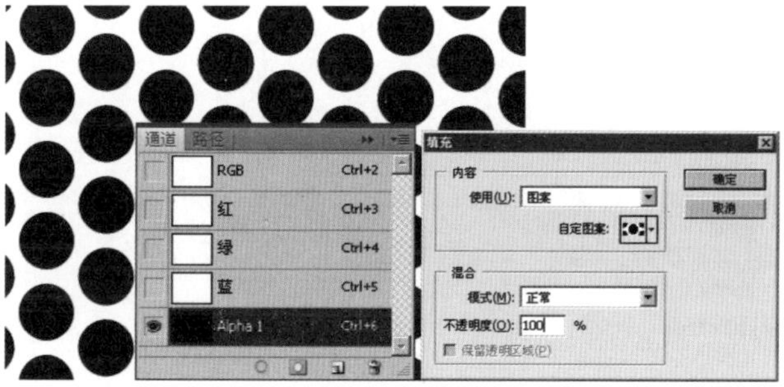

图11-145

step07 执行菜单栏中的“滤镜>模糊>高斯模糊”命令，在弹出的“高斯模糊”对话框中设置“半径”为“2.0”像素，效果如图11-146所示。

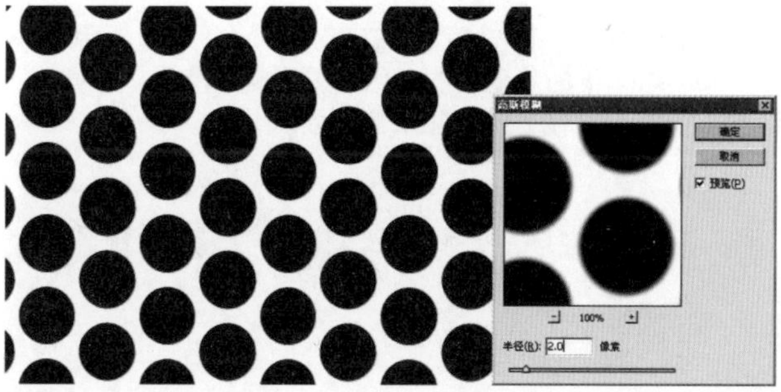

图11-146

step08 按Ctrl+A组合键确定选择范围，按Ctrl+C组合键复制图片，单击“图层”面板上的“背景”图层，按Ctrl+V组合键粘贴图片，图片被粘贴到自动生成的“图层1”中。接下来，执行菜单栏中的“图像>调整>反相”命令，反转色调，效果如图11-147所示。

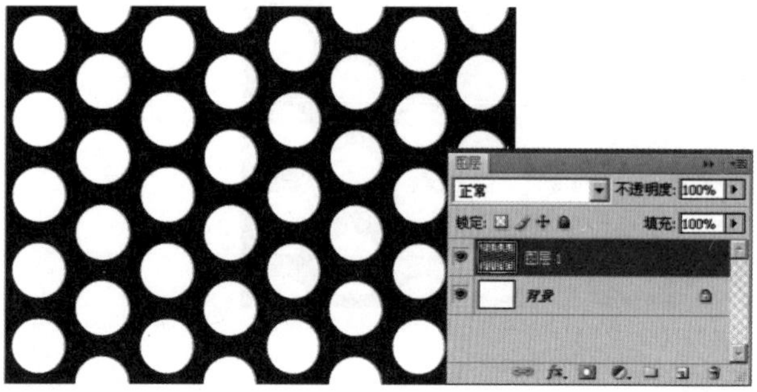

图11-147

step09 执行菜单栏中的“滤镜>艺术效果>塑料包装”命令，在弹出的“塑料包装”对话框中设置“高光强度”为“15”、“细节”为“5”、“光滑度”为“15”，如图11-148所示。

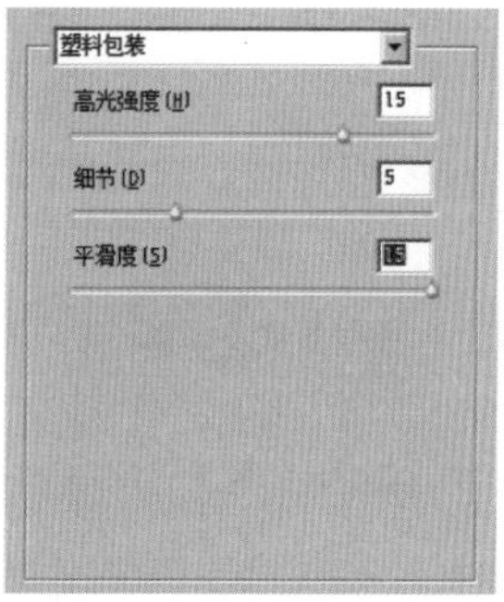

图11-148

step10 应用3次相同设置的塑料包装滤镜。应用1次之后，按Ctrl+F组合键，效果如图11-149所示。

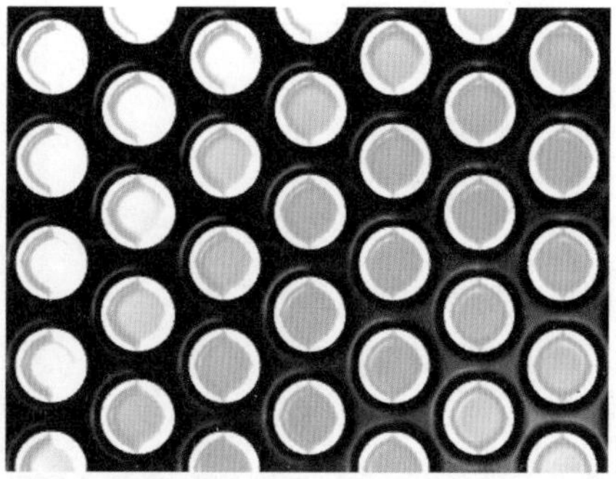

图11-149

step 11 执行菜单栏中的“滤镜>纹理>纹理化”命令，在弹出的“纹理化”对话框中设置“缩放”为“50%”、“凸现”为“4”、“光照”为“上”，效果如图11-150所示。

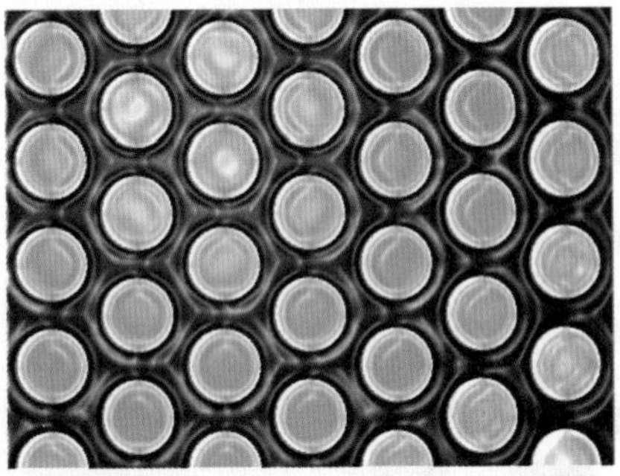

图11-150

step 12 打开“图层”面板，单击“创建新的填充或调整图层”按钮，在弹出的菜单中选择“色相/饱和度”命令，在弹出的“色相/饱和度”调整面板中选中“着色”复选框，如图11-151所示。

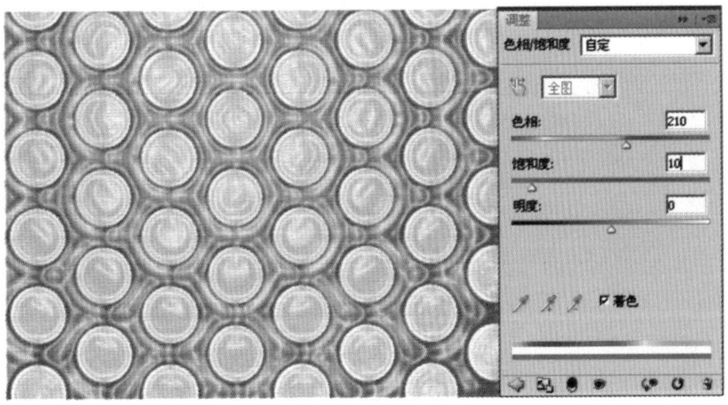

图11-151

step 13 将新图层与“图层1”图层合并，执行菜单栏中的“图像>画布大小”命令，在弹出的“画布大小”对话框中设置参数，如图11-152所示。到此，包装货物用的“气帽纸底纹效果-1”已经做完，接下来，为了使效果更加逼真，再制作包装货物用的“气帽纸底纹效果-2”。

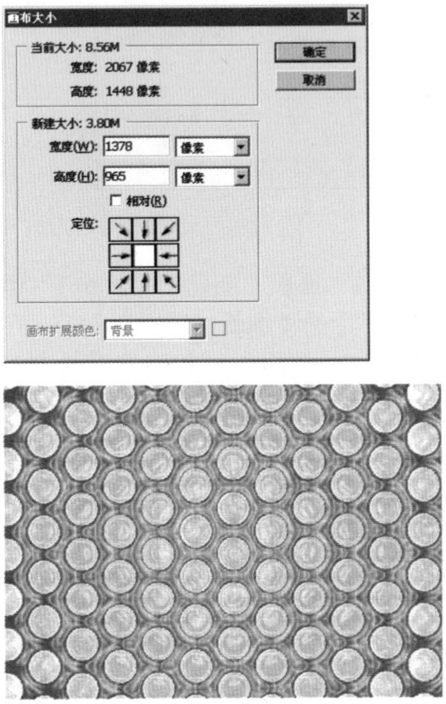

图11-152

11.10 气帽纸底纹效果-2

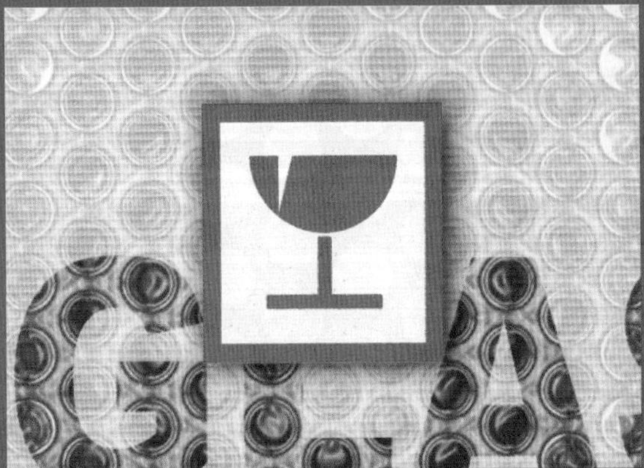

最终效果

制作说明

本例在“气帽纸底纹效果-1”的基础上，利用Photoshop中的其他功能（例如图层混合模式、滤镜、色彩调整等）制作“气帽纸底纹效果-2”。

step01 执行菜单栏中的“文件>新建”命令，在弹出的“新建”对话框中设置“颜色模式”为“RGB颜色”，新建“气帽底纹效果-2”文件。新建“图层1”，按上例的方法制作气帽底纹效果。设置前景色为黄色（颜色值为“R193、G168、B127”）。新建“图层2”并填充背景。执行菜单栏中的“滤镜>纹理>纹理化”命令，进行相应设置，再选择文字工具输入“GLASS”，并调整图层顺序，效果如图11-153所示。

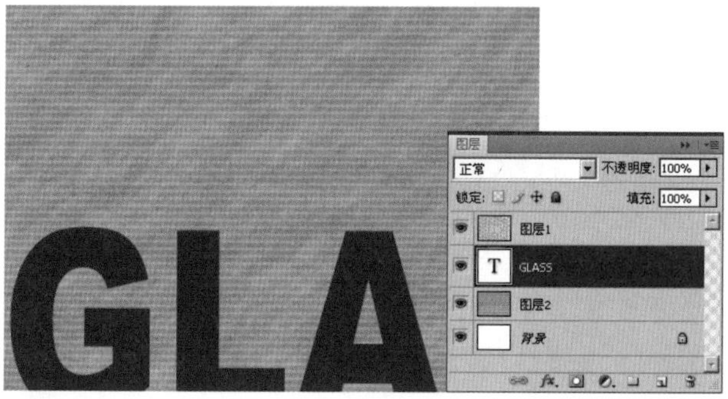

图11-153

step02 在“图层”面板中设置文字图层的“混合模式”为“正片叠底”，这样文字就能和经过纹理化的图层相融和，文字上也出现了纹理效果，如图11-154所示。

图11-154

step03 选择“图层2”，执行菜单栏中的“图像>调整>色阶”命令，在弹出的“色阶”对话框中设置“输入色阶”为“60”、“1.00”、“255”，效果如图11-155所示。

step04 选择“图层1”，在“图层”面板上设置“混和模式”为“强光”，效果如图11-156所示。

图11-155

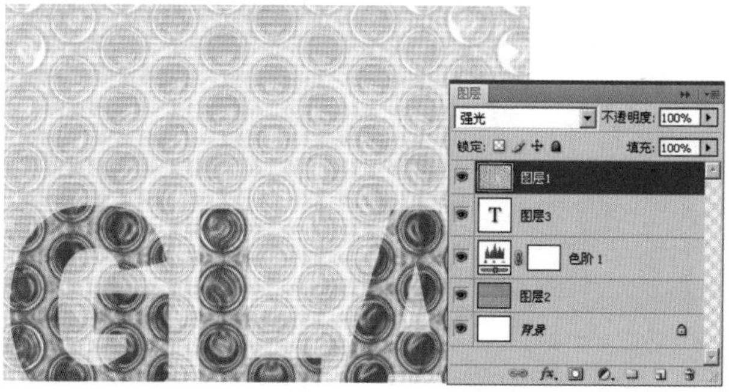

图11-156

step05 单击“图层”面板上的“创建新的填充或调整图层”按钮，在弹出的菜单中选择“色相/饱和度”命令，根据自己的感觉进行调整，效果如图11-157所示。到此，包装货物用的气帽纸制作完成。

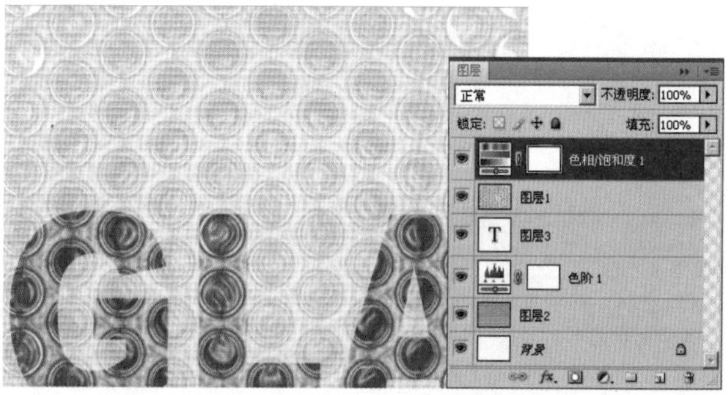

图11-157

step06 接下来制作一个杯子。新建一个文件，新建“图层1”并将其填充为灰色，然后画一个杯子，如图11-158所示。

图11-158

step07 对杯子进行编辑，如图11-159所示，进行两次纹理效果叠加。

图11-159

step08 将做好的杯子放到“气帽纸底纹效果-2”文件的“杯子”图层中，然后添加投影滤镜，最终效果如图11-160所示。

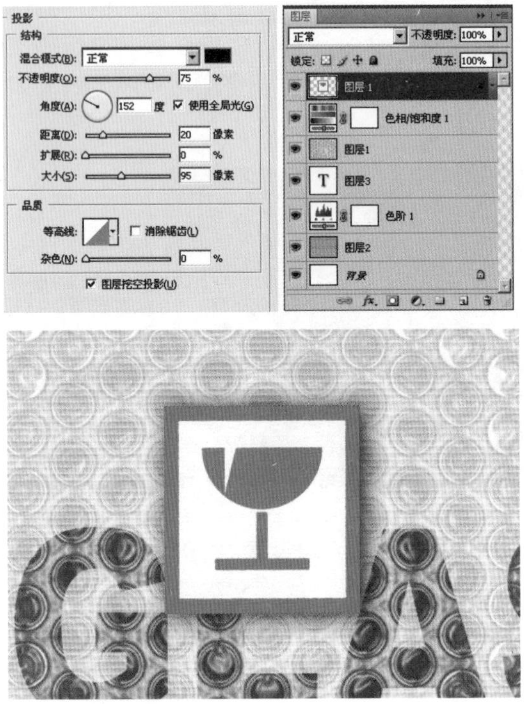

图11-160

11.11 兽毛底纹效果

最终效果

制作说明

本例为兽毛底纹效果的制作，包括制作兽毛的特殊效果，这就要求对滤镜和图层的混合模式非常熟悉。本例最后还通过调整色彩来完善图像效果。

step01 执行菜单栏中的“文件>新建”命令，在弹出的“新建”对话框中设置“宽度”为“14.19”厘米、“高度”为“10.99”厘米、“分辨率”为“350”像素/英寸、名称为“兽毛底纹效果”，如图11-161所示。

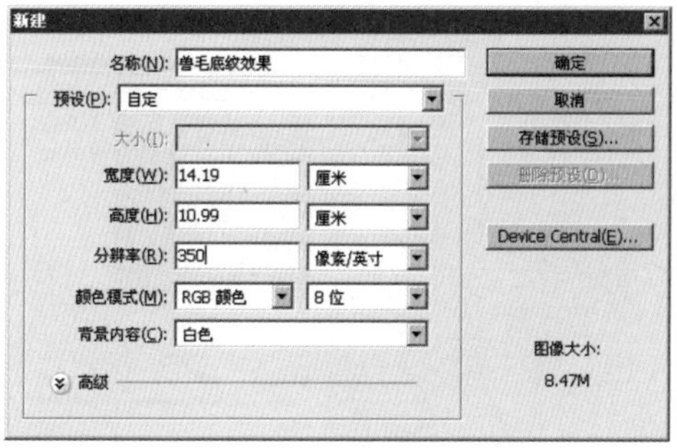

图11-161

step02 单击“图层”面板中的“创建新图层”按钮，新建一个“毛1”图层，执行菜单栏中的“编辑>填充”命令，在弹出的“填充”对话框中设置“使用”为“白色”、“模式”为“正常”、“不透明度”为“100%”，进行填充，如图11-162所示。

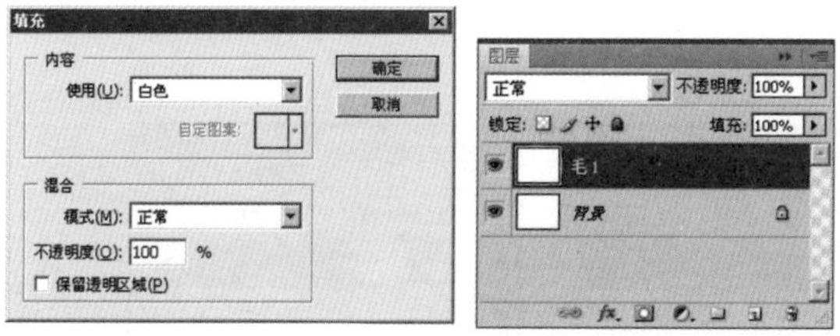

图11-162

step03 在工具箱中单击“默认前景色和背景色”按钮，执行菜单栏中的“滤镜>素描>网状”命令，在弹出的“网状”对话框中设置“浓度”为“10”、“前景色阶”为“3”、“背景色阶”为“10”，效果如图11-163所示。

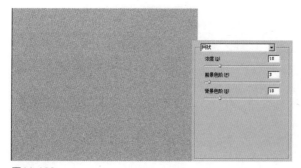

图11-163

step04 执行菜单栏中的“图像>调整>色阶”命令，在弹出的“色阶”对话框中设置“通道”为“RGB”、“输入色阶”为“45”、“1.00”、“230”，上调对比度，如图11-164所示。

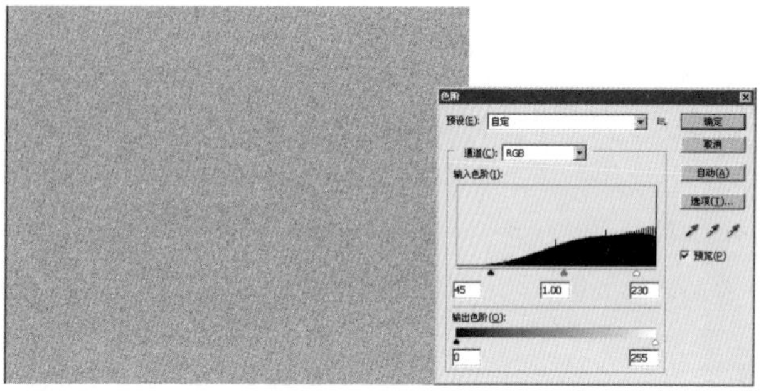

图11-164

step05 选择“毛1”图层，按Ctrl+J组合键进行复制，将复制图层改名为“毛2”，选中“毛2”图层，执行菜单栏中的“滤镜>模糊>动感模糊”命令，在弹出的“动感模糊”对话框中设置“角度”为“90”度、“距离”为“100”像素，如图11-165所示。

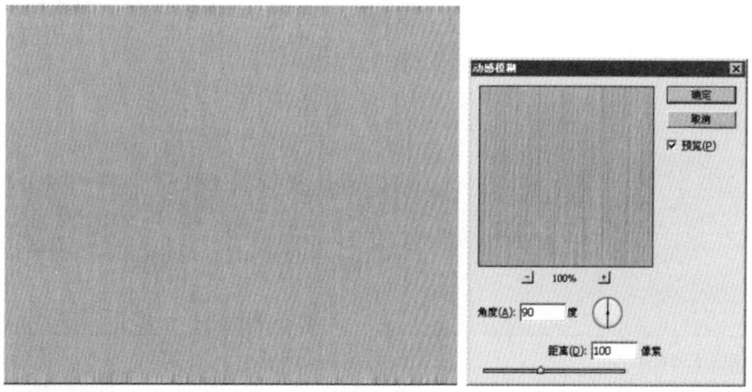

图11-165

step06 调高对比度。执行菜单栏中的“图像>调整>色阶”命令，在弹出的“色阶”对话框中设置“输入色阶”为“175”、“1.00”、“195”，效果如图11-166所示。

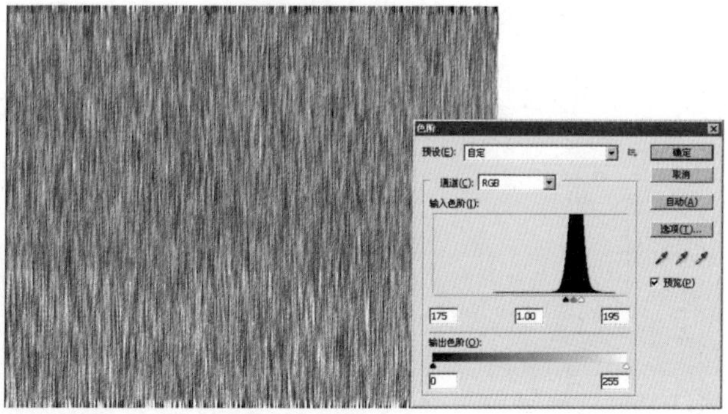

图11-166

step07 执行菜单栏中的“滤镜>风格化>浮雕效果”命令，在弹出的“浮雕效果”对话框中设置“角度”为“-45”度、“高度”为“5”像素、“数量”为“300%”，然后把“毛2”图层隐藏起来，如图11-167所示。

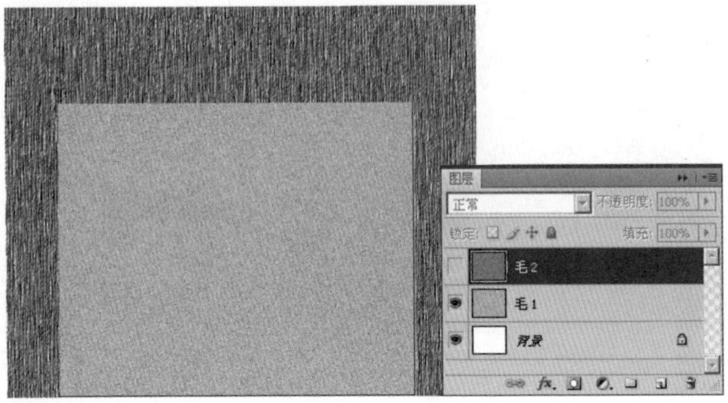

图11-167

step08 选择“毛1”图层，执行菜单栏中的“滤镜>模糊>动感模糊”命令，在弹出的对话框中设置“角度”为“-80”度、“距离”为“100”像素，如图11-168所示。

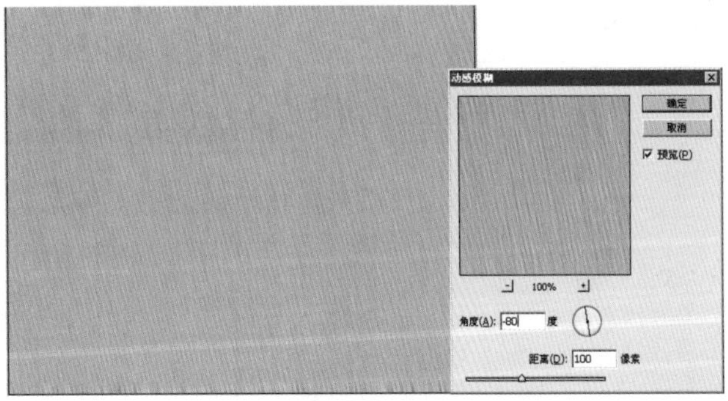

图11-168

step09 执行菜单栏中的“图像>调整>色阶”命令，在弹出的“色阶”对话框中设置“输入色阶”为“175”、“1.00”、“195”，加强对比度，如图11-169所示。

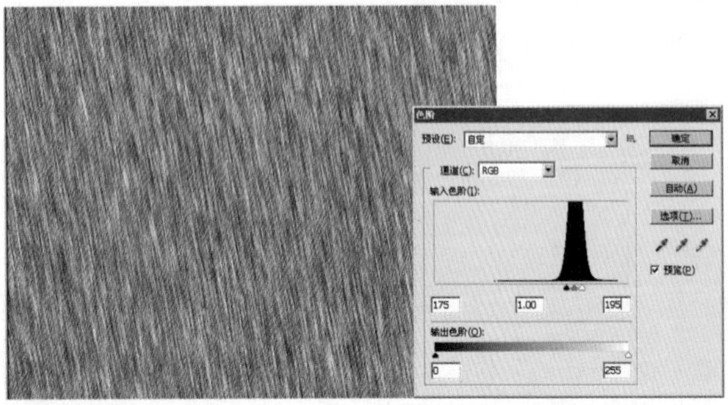

图11-169

step10 执行菜单栏中的“滤镜>风格化>浮雕效果”命令，在弹出的“浮雕效果”对话框中设置“角度”为“-45”度、“高度”为“5”像素、“数量”为“300%”，如图11-170所示。

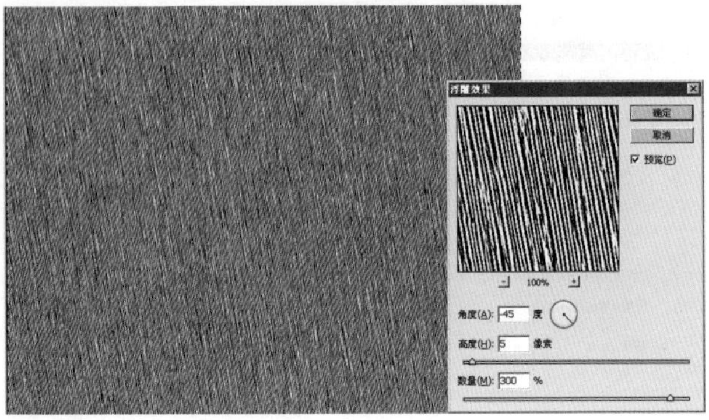

图11-170

step11 重新显示“毛2”图层。单击“图层”面板中的“添加图层蒙版”按钮，给“毛2”图层添加一个空白的图层蒙版，如图11-171所示。

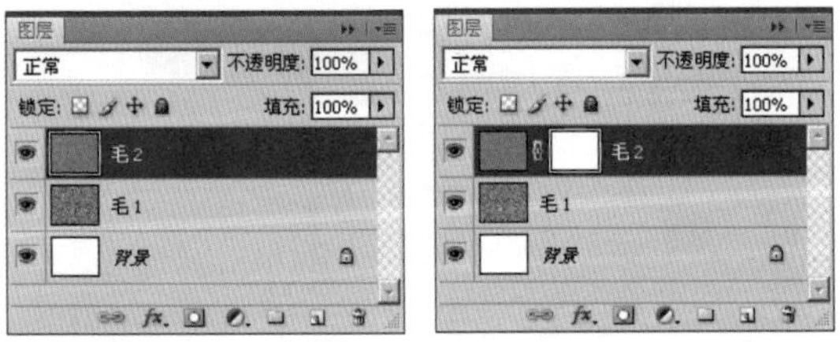

图11-171

step12 单击图层蒙版的缩略图，将其选择，执行菜单栏中的“滤镜>渲染>云彩”命令，在图层蒙版上画出云彩，如图11-172所示。

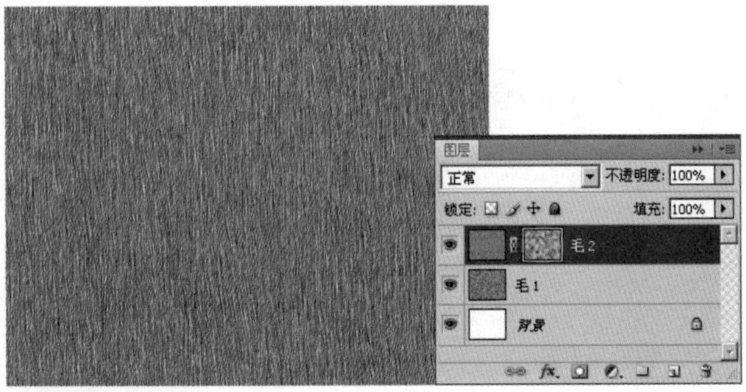

图11-172

step13 按住Ctrl键单击“毛2”图层的图层蒙版缩略图，把图层蒙版作为选区选取。执行菜单栏中的“选择>反向”命令，反选选区，如图11-173所示。

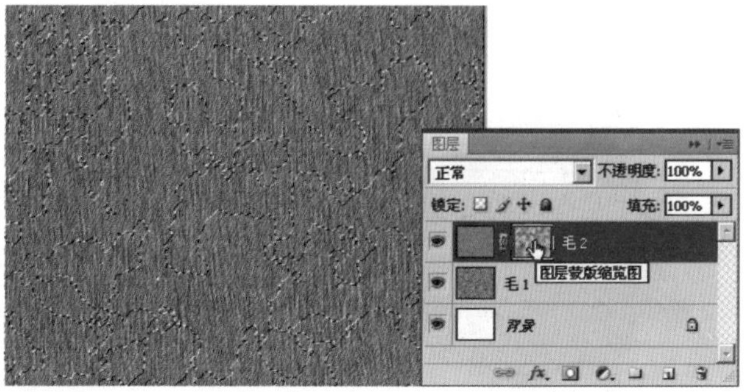

图11-173

step14 选择“毛1”图层，单击“图层”面板中的“添加图层蒙版”按钮，给“毛1”图层添加蒙版，如图11-174所示。

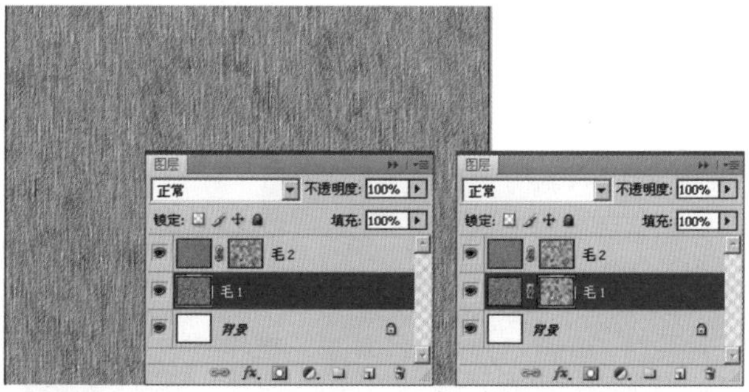

图11-174

step15 把“毛1”图层和“毛2”图层隐藏，在工具箱中设置前景色为“R200、G145、B76”、背景色为“R132、G84、B36”，并选中“背景”图层，执行菜单栏中的“滤镜>渲染>云彩”命令，效果如图11-175所示。

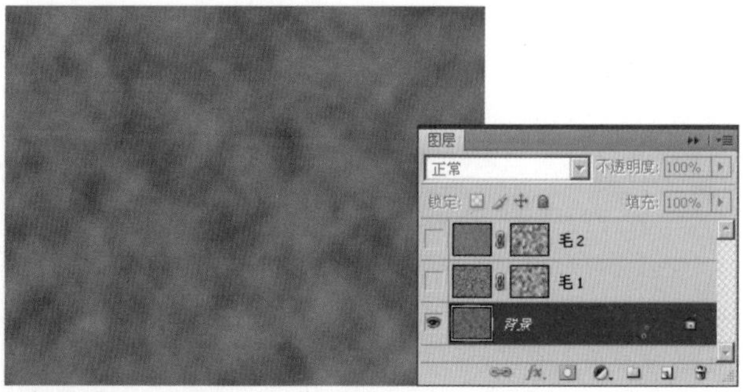

图11-175

step16 再一次显示“毛1”图层和“毛2”图层，并分别将其图层“混合模式”改为“柔光”，如图11-176所示。

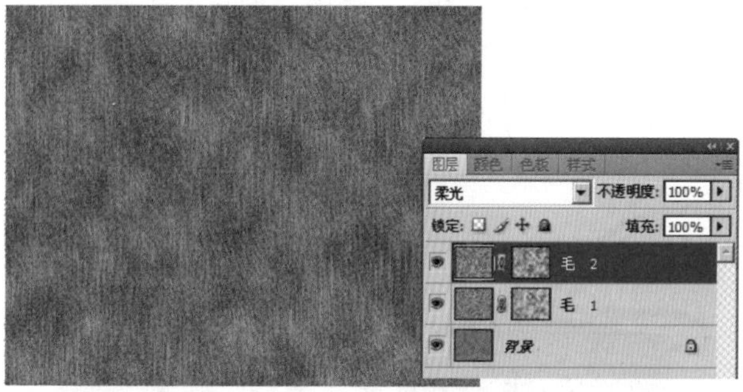

图11-176

step17 选择“毛2”图层，按Ctrl+A组合键全选。执行菜单栏中的“编辑>合并拷贝”命令，按Ctrl+V组合键进行粘贴，将其作为新的“图层1”，并改名为“毛皮纹理”，如图11-177所示。

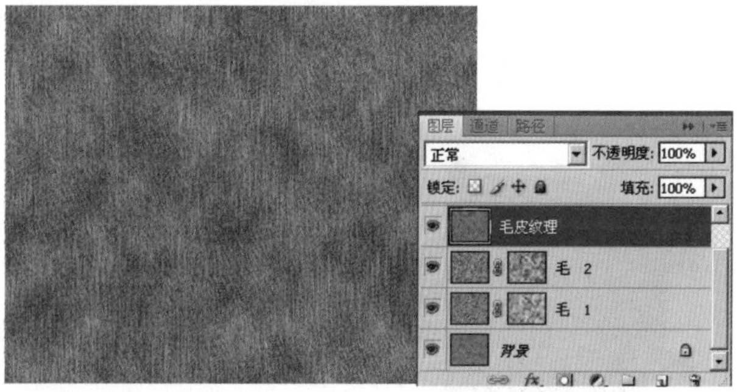

图11-177

step18 打开光盘中的素材文件“\11章\兽毛底纹效果\兽毛底纹效果素材1.jpg”，将它拖动到当前绘制的文件中，并命名为“形状1”，效果如图11-178所示。

图11-178

step19 新建图层，将其移动到“形状1”图层的下面。执行菜单栏中的“编辑>填充”命令，在弹出的“填充”对话框中设置“使用”为“白色”、“模式”为“正常”、“不透明度”为“100%”，进行填充。选择“形状1”图层，在“图层”面板的扩展菜单中执行“向下合并”命令，将其与“图层1”合并，并把图层名字改为“蒙版用文本”，如图11-179所示。

图11-179

step20 为了把文字的边缘变得起毛，选择“蒙版用文本”图层，执行菜单栏中的“滤镜>画笔描边>喷溅”命令，在弹出的“喷溅”对话框中设置“喷色半径”为“15”，效果如图11-180所示。

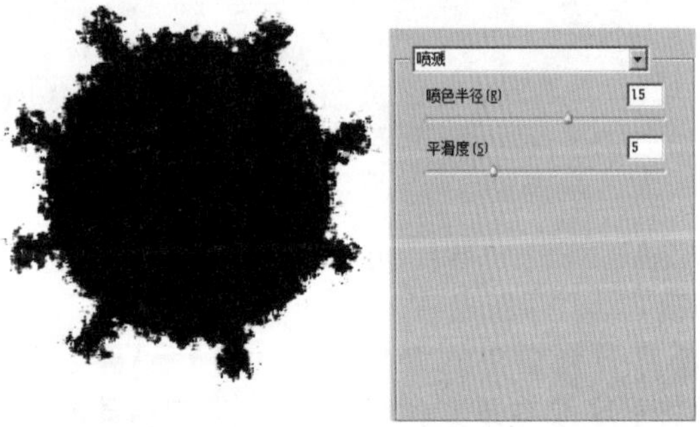

图11-180

step21 只执行一次“喷溅”命令，出现的毛茸茸的效果不明显，按Ctrl+F组合键再次执行“喷溅”命令，效果如图11-181所示。

图11-181

step22 执行菜单栏中的“图像>调整>色阶”命令，在弹出的“色阶”对话框中设置“输入色阶”为“0”、“1.00”、“160”，这样边缘变得有点锐化，如图11-182所示。

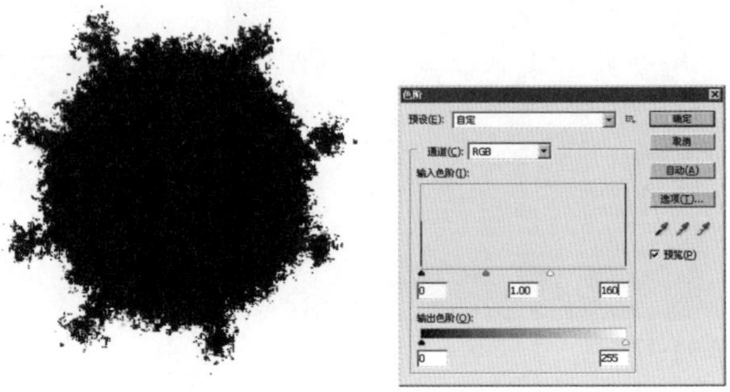

图11-182

step23 选择“蒙版用文本”图层，按Ctrl+A组合键全选，按Ctrl+C组合键复制，然后把“蒙版用文本”图层隐藏。选择“毛皮纹理”图层，单击面板底部的“添加图层蒙版”按钮，添加蒙版，如图11-183所示。

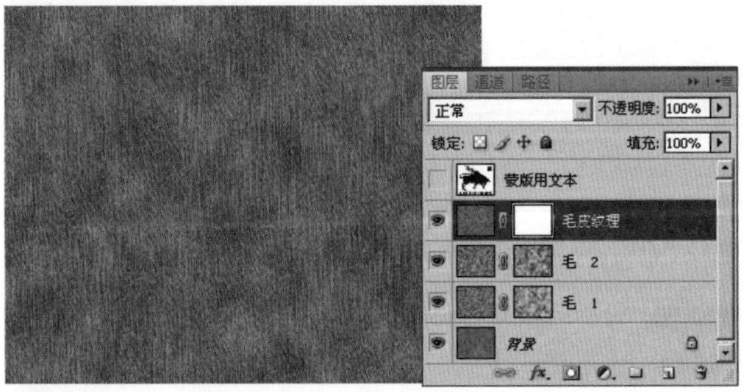

图11-183

step24 按住Alt键单击“毛皮纹理”图层的图层蒙版缩略图，显示出图层蒙版，如图11-184所示。

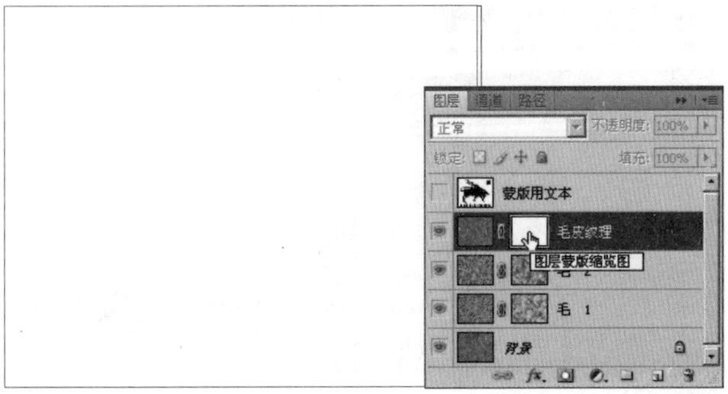

图11-184

图11-230

step25 把复制的“蒙版用文本”图层拷贝到上面。为了给背景加上蒙版，执行菜单栏中的“图像>调整>反相”命令，效果如图11-185所示。

图11-185

step26 单击“毛皮纹理”图层的缩略图，只显示文字范围内的毛皮，蒙版就完成了，然后解除选区，如图11-186所示。

图11-186

step27 选择“毛皮纹理”图层，执行菜单栏中的“图层>图层样式>渐变叠加”命令，在弹出的“渐变叠加”选项面板中设置“混合模式”为“颜色加深”、“不透明度”为“55%”、“缩放”为“25%”，如图11-187所示。

图11-187

step28 在“图层样式”对话框中选择“斜面和浮雕”选项，设置“大小”为“40”像素、“高光模式”为“线性加深”、“不透明度”为“100%”，在“阴影模式”下设置“不透明度”为“40%”，如图11-188所示。

图11-188

step29 选择“投影”选项，设置“距离”为“40”像素、“扩展”为“0%”、“大小”为“30”像素，效果如图11-189所示。

图11-189

step30 单击“毛皮纹理”图层的图层缩览图之后的链接图标，解除图层蒙版间的链接，如图11-190所示。

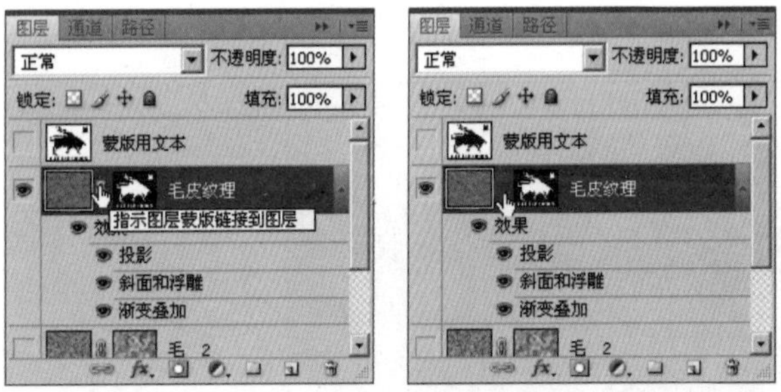

图11-190

step31 确认“毛皮纹理”图层的缩略图添加外框之后，执行菜单栏中的“滤镜>扭曲>切变”命令，在打开的对话框中设置“未定义区域”为“折回”，按图例进行变形，然后单击图层蒙版间的链接，恢复原来的状态，如图11-191所示。

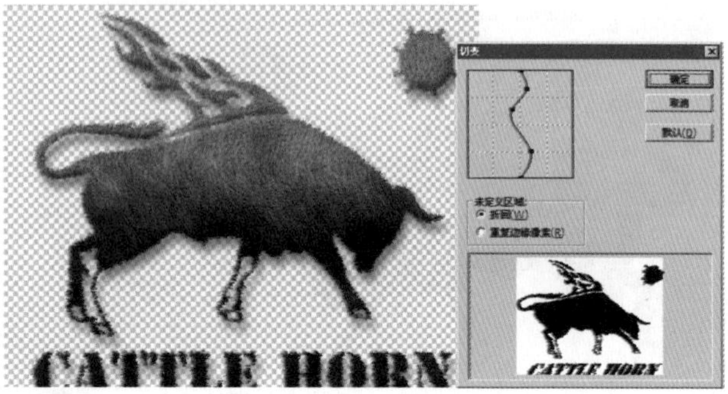

图11-191

step32 重新恢复“毛1”、“毛2”和“背景”图层。执行菜单栏中的“图像>调整>色相/饱和度”命令，在弹出的对话框中设置“色相”为“0”、“饱和度”为“-38”，如图11-192所示。至此，兽毛底纹效果便制作完成了。

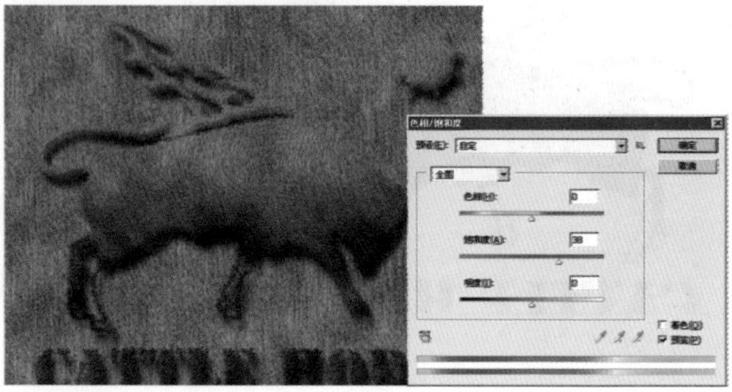

图11-192

11.12 水墨画效果

最终效果

制作说明

本例将一张山水照片制作成水墨画效果。通过学习制作水墨画效果，可以掌握图像的色彩调整方法以及特殊模糊、调色刀、水彩和纹理化滤镜的应用。另外，本例中还使用了图层混合模式和图层蒙版。

step01 按Ctrl+O组合键，打开随书光盘中的“\11章\水墨画效果\素材-1.jpg”图片，如图11-193所示。

图11-193

step02 可以看出，图像的颜色有些灰暗，所以首先来调整图像的色彩。在“调整”面板中单击“色阶”按钮，在“色阶”面板中设置参数，设置完毕后“图层”面板中自动生成“色阶1”调整图层。图像效果如图11-194所示。

图11-194

step03 颜色的饱和度不够，单击“返回到调整列表”按钮，在“调整”面板中单击“色相/饱和度”按钮，在“色相/饱和度”面板中设置参数，设置完毕后“图层”面板中自动生成“色相/饱和度1”调整图层。图像效果如图11-195所示。

图11-195

step04 如果想解决图像灰暗的问题，可以单击“返回到调整列表”按钮，在“调整”面板中单击“亮度/对比度”按钮，在“亮度/对比度”面板中设置参数，设置完毕后“图层”面板中自动生成“亮度/对比度1”调整图层。图像效果如图11-196所示。

图11-196

step05 图像背景中山和树的颜色比较暗淡，可以利用曲线和蒙版来进行局部调整。在“调整”面板中单击“曲线”按钮，在“曲线”面板中设置参数，设置完毕后“图层”面板中自动生成“曲线1”调整图层。图像效果如图11-197所示。

图11-197

step06 不想改变的前部也跟着改变了，这时可以使用蒙版来修正。切换到“蒙版”面板（如图11-198所示），单击“反相”按钮，在工具箱中选择画笔工具，设置为柔角画笔工具。

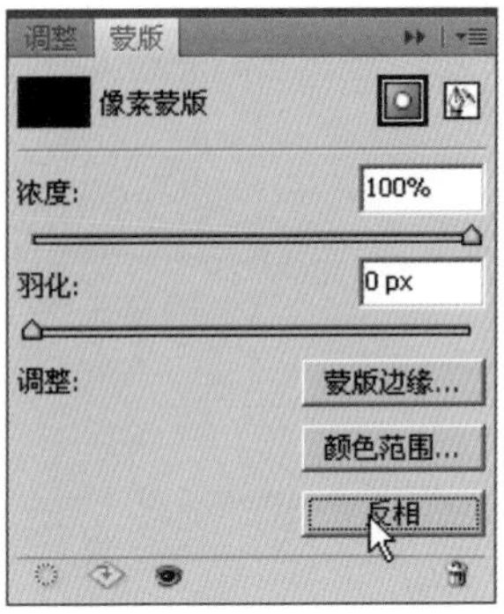

图11-198

step07 将前景色设置为白色，在图像灰暗的地方涂抹，涂抹的位置及涂抹完毕后的效果如图11-199所示。

图11-199

step08 按Ctrl+Shift+Alt+E组合键，执行盖印操作，生成“图层1”图层，如图11-200所示。

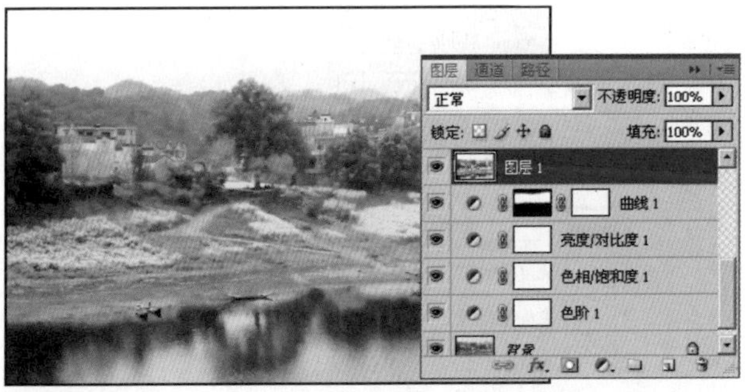

图11-200

step09 按Ctrl+J组合键，复制“图层1”图层，生成“图层1副本”图层，选择“图层1”为当前图层，如图11-201所示。

图11-201

step10 执行菜单栏中的“滤镜>模糊>特殊模糊”命令，在弹出的对话框中设置“半径”为“50”、“阈值”为“80”，效果如图11-202所示。

图11-202

step11 拖动“图层”面板中的“图层1”图层到“图层”面板下方的“创建新图层”按钮上，复制该图层，自动命名为“图层1副本2”图层，效果如图11-203所示。

图11-203

step12 执行菜单栏中的“滤镜>艺术效果>水彩”命令，在弹出的对话框中设置“画笔细节”为“14”、“阴影强度”为“0”、“纹理”为“1”，效果如图11-204所示。

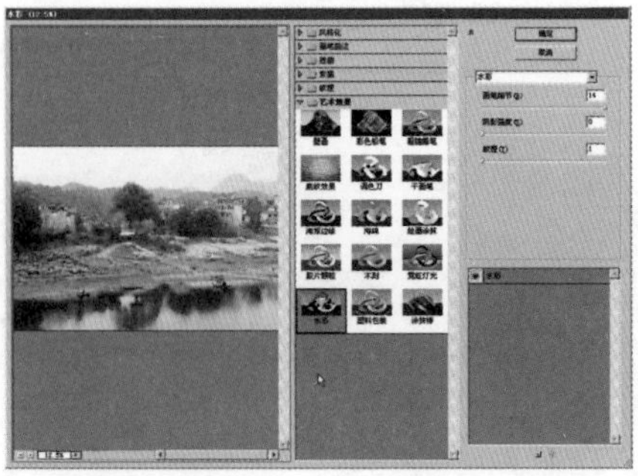

图11-204

step13 设置完毕后，单击“确定”按钮。设置“图层1副本2”图层的“混合模式”为“颜色加深”、“不透明度”为“60%”，图像效果如图11-205所示。

图11-205

step14 在“图层”面板中选择“图层1副本”图层，执行菜单栏中的“滤镜>艺术效果>调色刀”命令，在弹出的对话框中设置“描边大小”为“26”、“描边细节”为“1”、“软化度”为“4”，如图11-206所示。

图11-206

step15 设置完毕后，单击“确定”按钮。设置“图层1副本”图层的“混合模式”为“叠加”、“不透明度”为“50%”，效果如图11-207所示。

图11-207

step16 在“调整”面板中单击“曲线”按钮，在“曲线”面板中设置参数，设置完毕后“图层”面板中自动生成“曲线2”调整图层。图像效果如图11-208所示。

图11-208

step17 水墨的颜色饱和度不会很高，所以需要调整，可以单击“返回到调整列表”按钮，在“调整”面板中单击“色相/饱和度”按钮，在“色相/饱和度”面板中设置参数，设置完毕后“图层”面板中自动生成“色相/饱和度2”调整图层。图像效果如图11-209所示。

图11-209

step18 调整完饱和度，图像的层次感就弱了很多，这时可以单击“返回到调整列表”按钮，在“调整”面板中单击“亮度/对比度”按钮，在“亮度/对比度”面板中设置参数，设置完毕后“图层”面板中自动生成“亮度/对比度2”调整图层。图像效果如图11-210所示。

图11-210

step19 在“图层”面板中单击“创建新图层”按钮，新建空白图层，名称默认为“图层2”，如图11-211所示。

图11-211

step20 在工具箱中选择矩形选框工具，拖曳鼠标在图像窗口中绘制一个矩形选框，效果如图11-212所示。

图11-212

step21 执行菜单栏中的“选择>羽化”命令，在弹出的对话框中设置“羽化半径”为“30”像素，效果如图11-213所示。

图11-213

step22 按Ctrl+Shift+I组合键反选选区，选中图像的四周，效果如图11-214所示。

图11-214

step23 设置前景色为白色，按Alt+Delete组合键填充前景色，图像效果如图11-215所示。

图11-215

step24 导入随书光盘中的“\11章\水墨画效果\素材-2.psd”图片，效果如图11-216所示。

图11-216

step25 画面背景为白色，没有纸张的感觉，可以给背景赋予纸张的模拟效果。设置前景色为淡黄色，具体参数如图11-217所示。

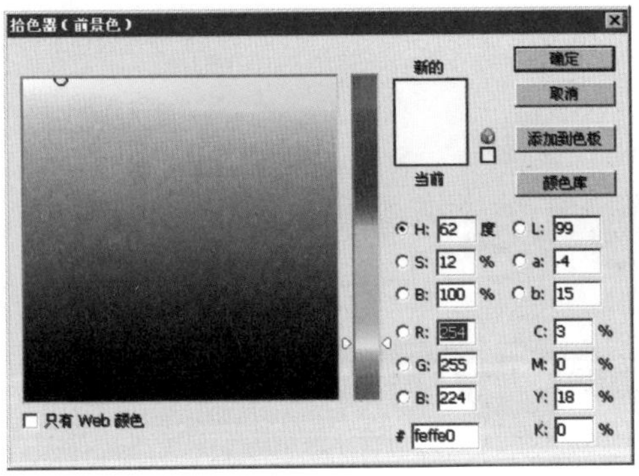

图11-217

step26 单击“图层”面板中的“创建新图层”按钮，按Alt+Delete组合键填充前景色，效果如图11-218所示。

图11-218

step27 执行菜单栏中的“滤镜>纹理>纹理化”命令，在弹出的对话框中设置“纹理”为“画布”、“缩放”为“169”、“凸现”为“6”、“光照”为“左上”，如图11-219所示。

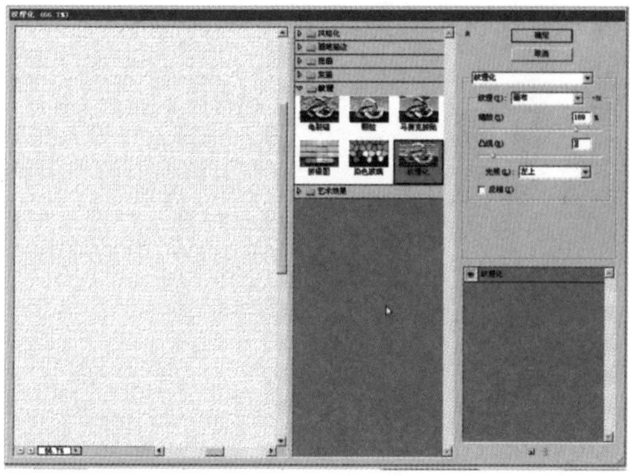

图11-219

step28 设置完毕，单击“确定”按钮。在“图层”面板中将“图层4”的“混合模式”设置为“正片叠底”，图像绘制完成，最终效果如图11-220所示。

图11-220

11.13 素描彩绘效果

最终效果

制作说明

本例介绍素描彩绘效果的制作技巧，特点是结合素描和色彩的特点制作出靓丽艺术的画面，主要应用滤镜特效、图层蒙版、图层混合模式、“调整”面板功能等，使读者进一步熟悉软件的操作。

step01 使用Ctrl+O组合键打开随书光盘中的“\11章\素描彩绘效果\素材.tif”图片，如图11-221所示。

step02 打开“调整”面板，单击“曲线”按钮，在“曲线”调整面板中设置参数，设置完毕后“图层”面板中自动添加“曲线1”调整图层，如图11-222所示。

图11-221

图11-222

step03 切换到“蒙版”面板，设置前景色为黑色，在工具箱中选择画笔工具，在属性栏中设置柔角画笔，在人物身上进行涂抹，保持人物的亮度，效果如图11-223所示。

图11-223

step04 在“调整”面板中单击“返回到调整列表”按钮，单击“亮度/对比度”按钮，在“亮度/对比度”调整面板中设置参数，设置完毕后“图层”面板中自动添加“亮度/对比度1”调整图层，效果如图11-224所示。

图11-224

step05 按快捷键Ctrl+Shift+Alt+E，盖印图像，“图层”面板中自动生成“图层1”图层，如图11-225所示。

图11-225

step06 选择“亮度/对比度1”调整图层为当前图层，打开“调整”面板，单击“通道混合器”按钮，在“通道混合器”调整面板中设置参数，设置完毕后“图层”面板中自动添加“通道混合器1”调整图层，效果如图11-226所示。

图11-226

step07 按快捷键Ctrl+Shift+Alt+E，执行盖印操作，生成“图层2”图层，如图11-227所示。

图11-227

step08 按快捷键Ctrl+I，执行反相操作，图像效果如图11-228所示。

图11-228

step09 执行菜单栏中的“滤镜>模糊>高斯模糊”命令，在打开的对话框中设置“半径”为“15”像素，单击“确定”按钮，图像效果如图11-229所示。

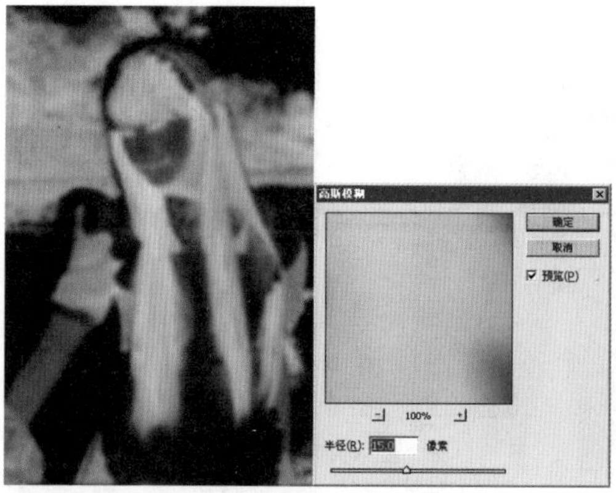

图11-229

step10 在“图层”面板中设置“图层2”的“混合模式”为“线性减淡”，图像效果如图11-230所示。

图11-230

step11 在“图层”面板中选择“图层1”，设置“图层1”的混合模式为“强光”，图像效果如图11-231所示。

图11-231

step12 用鼠标拖动“图层1”到“图层”面板下方的“创建新图层”按钮上，复制出“图层1副本”图层，效果如图11-232所示。

图11-232

step 13 执行菜单栏中的“滤镜>风格化>查找边缘”命令，效果如图11-233所示。

图11-233

step 14 单击“图层”面板下方的“添加图层蒙版”按钮，并设置前景色为黑色，在工具箱中选择画笔工具，设置柔角画笔并将不透明度调节到适当，在图像中涂抹脸部，图像效果如图11-234所示。

图11-234

step 15 在“图层”面板中修改“图层1副本”的“混合模式”为“正片叠底”，图像效果如图11-235所示。

图11-235

step 16 打开“调整”面板，单击“色相/饱和度”按钮，在“色相/饱和度”调整面板中设置参数，设置完毕后“图层”面板中自动添加“色相/饱和度1”调整图层，图像效果如图11-236所示。

图11-236

step 17 在“调整”面板中单击“返回到调整列表”按钮，单击“亮度/对比度”按钮，在“亮度/对比度”调整面板中设置参数，设置完毕后“图层”面板中自动添加“亮度/对比度2”调整图层，图像效果如图11-237所示。

图11-237

step 18 按快捷键Ctrl+Shift+Alt+E，盖印图像，“图层”面板中自动生成“图层3”图层，图像效果如图11-238所示。

图11-238

step 19 执行菜单栏中的“滤镜>素描>绘图笔”命令，弹出“绘图笔”对话框，在对话框中设置参数如图11-239所示。

图11-239

step 20 在“图层”面板中设置“图层3”的“混合模式”为“叠加”，图像效果如图11-240所示。

图11-240

step 21 单击“图层”面板下方的“添加图层蒙版”按钮，并设置前景色为黑色，在工具箱中选择画笔工具，设置柔角画笔并将不透明度调节到适当，在图像中涂抹人物脸部和胳膊，对背景做部分调整，图像效果如图11-241所示。

图11-241

至此，素描彩绘效果便制作完成了，图像最终效果如图11-242所示。

图11-242

11.14 古建筑艺术照效果

最终效果

制作说明

通过制作古建筑艺术照效果，读者可以掌握图层混合模式以及剪贴蒙版的作用。在图像调整方面，主要调整阈值与色相/饱和度。本例中应用了查找边缘滤镜。

step 01 打开随书光盘中的“\11章\制作古建筑艺术照效果\素材.jpg”图片，如图11-243所示。

图11-243

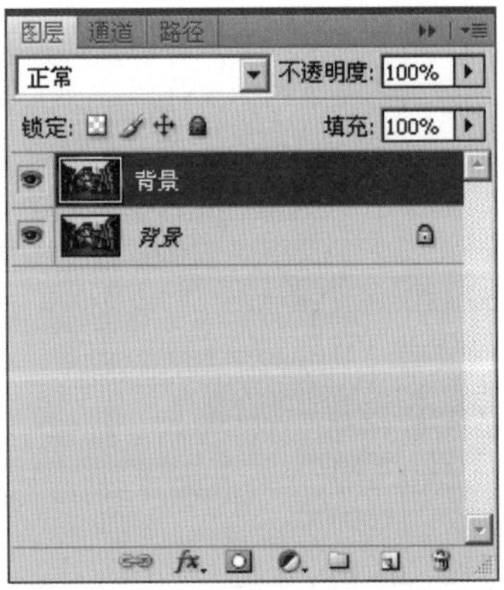

图11-244

step 02 将“背景”图层拖曳至“图层”面板下方的“创建新图层”按钮上，复制出新图层，同样将其命名为“背景”，区别是复制出的图层没有锁定，如图11-244所示。

step 03 执行菜单栏中的“图像＞调整＞阴影/高光”命令，在弹出的对话框中设置参数，设置完毕后单击“确定”按钮，图像效果如图11-245所示，暗调已经被提亮。

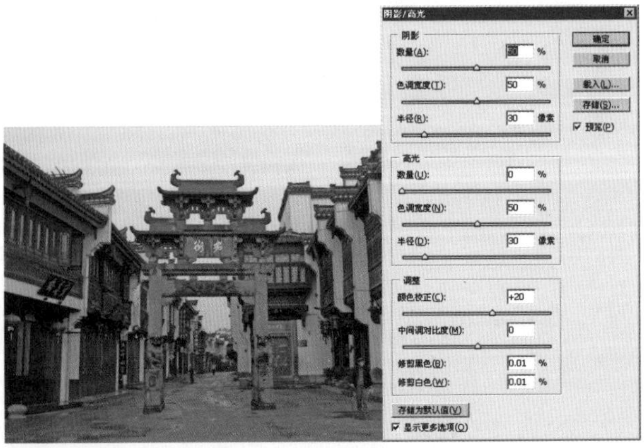

图11-245

step04 连按5次快捷键Ctrl+J，连续复制5个刚才编辑过的背景，并且将复制的5个新图层全部隐藏，选择“背景”图层为当前图层，如图11-246所示。

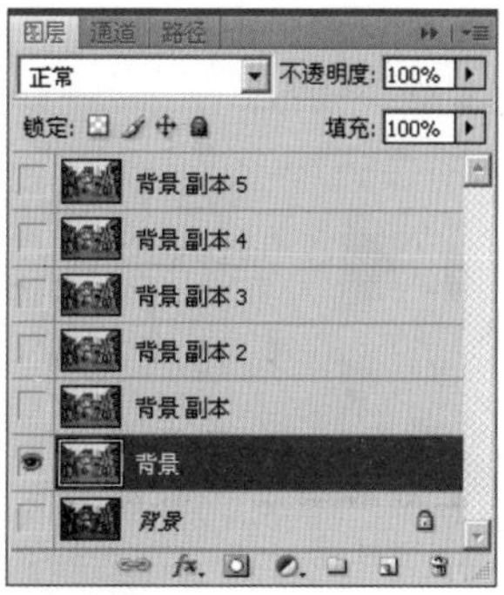

图11-246

step05 打开“调整”面板，单击“阈值”按钮，在“阈值”调整面板中设置参数，设置完毕后“图层”面板中自动生成“阈值1”图层，图像效果如图11-247所示。

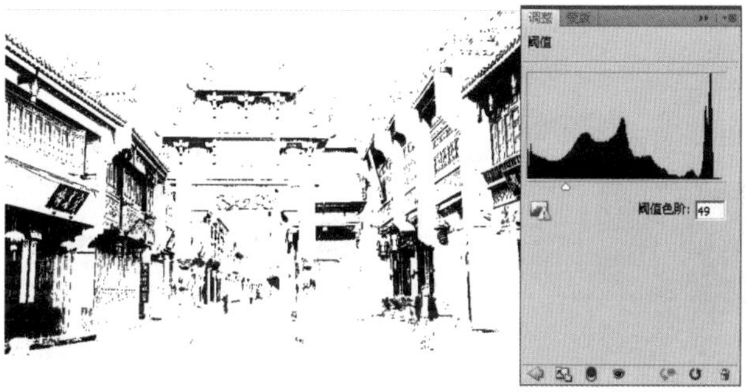

图11-247

step06 单击“返回到调整列表”按钮，在“调整”面板中单击“色相/饱和度”按钮，在“色相/饱和度”调整面板中设置参数，设置完毕后“图层”面板中自动生成“色相/饱和度1”图层，图像效果如图11-248所示。

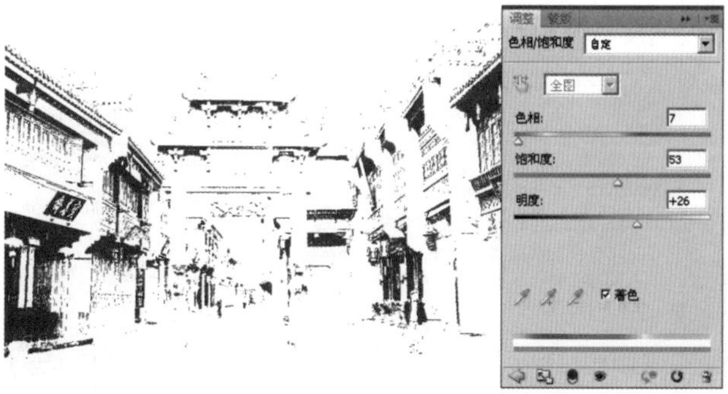

图11-248

step07 在“图层”面板中选择“背景副本”图层，设置“不透明度”为“40%”，图像效果如图11-249所示。

图11-249

step08 在“调整”面板中单击“阈值”按钮，在“阈值”调整面板中设置参数，设置完毕后“图层”面板中自动生成“阈值2”图层，图像效果如图11-250所示。

图11-250

step09 按快捷键Ctrl+Alt+G，创建剪贴蒙版，图像效果如图11-251所示。

图11-251

step10 切换到“调整”面板，单击“返回到调整列表”按钮，在“调整”面板中单击“色相/饱和度”按钮，在“色相/饱和度”调整面板中设置参数，设置完毕后“图层”面板中自动生成“色相/饱和度2”图层，图像效果如图11-252所示。

图11-252

step11 按快捷键Ctrl+Alt+G，创建剪贴蒙版，效果如图11-253所示。

图11-253

step12 在“图层”面板中选择“背景副本2”图层，设置“不透明度”为“20%”，如图11-254所示。

图11-254

step13 在“调整”面板中单击“阈值”按钮，在“阈值”调整面板中设置参数，设置完毕后“图层”面板中自动生成“阈值3”图层，图像效果如图11-255所示。

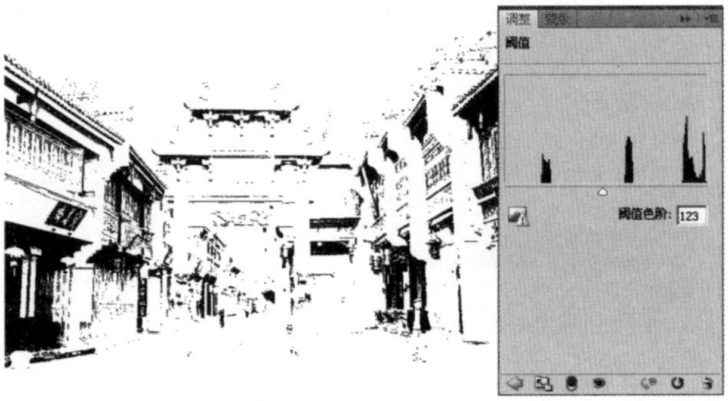

图11-255

step14 按快捷键Ctrl+Alt+G，创建剪贴蒙版，如图11-256所示。

图11-256

step15 切换到“调整”面板，单击“返回到调整列表”按钮，在“调整”面板中单击“色相/饱和度”按钮，在“色相/饱和度”调整面板中设置参数，设置完毕后“图层”面板中自动生成“色相/饱和度3”图层，图像效果如图11-257所示。

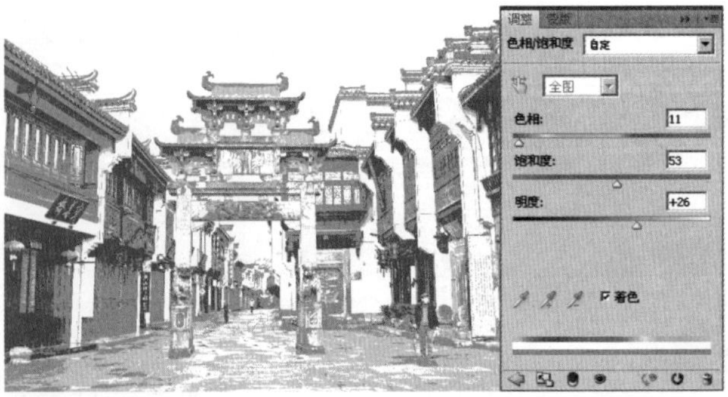

图11-257

step16 按快捷键Ctrl+Alt+G，创建剪贴蒙版，效果如图11-258所示。

图11-258

step17 在“图层”面板中选择“背景副本3”图层，设置其图层“混合模式”为“颜色”，图像效果如图11-259所示。

图11-259

step18 在“图层”面板中选择“背景副本4”图层，设置其图层“混合模式”为“线性加深”，设置“不透明度”为“20%”，如图11-260所示。

图11-260

step19 在“图层”面板中选择“背景副本5”图层，设置该图层的“混合模式”为“正片叠底”，图像效果如图11-261所示。

图11-261

step20 切换到“调整”面板，单击“色阶”按钮，在“色阶”调整面板中设置参数，设置完毕后“图层”面板中自动生成“色阶1”图层，图像效果如图11-262所示。

图11-262

step21 按快捷键Ctrl+Alt+G，创建剪贴蒙版，如图11-263所示。

图11-263

step22 切换到“调整”面板，单击“返回到调整列表”按钮，在“调整”面板中单击“色相/饱和度”按钮，在“色相/饱和度”调整面板中设置参数，设置完毕后“图层”面板中自动生成“色相/饱和度4”图层，图像效果如图11-264所示。

图11-264

step23 按快捷键Ctrl+Alt+G，创建剪贴蒙版，如图11-265所示。

图11-265

step24 按快捷键Ctrl+Shift+Alt+E，盖印图像，生成“图层1”图层，并且复制出一个名为“图层1副本”的图层，如图11-266所示。

图11-266

step25 执行菜单栏中的“滤镜>风格化>查找边缘”命令，图像效果如图11-267所示。

图11-267

step26 在“图层”面板中设置“图层1副本”图层的“混合模式”为“线性加深”，并且设置图层的“不透明度”为“20%”，图像效果如图11-268所示。

图11-268

step27 在工具箱中选择文字工具，在图像的上方输入文字，调整字号和字体，并将其移动放置到适当位置，完成古建筑艺术照效果的制作。最终图像效果如图11-269所示。

图11-269

11.15 水彩画效果

最终效果

制作说明

通过将普通的照片图像制作成水彩画效果，读者可以掌握几种滤镜效果以及图层的叠加混合模式的应用，同时增加调整图像色彩的熟练度。

step 01 打开随书光盘中的“\11章\水彩画效果\素材.jpg”图片，如图11-270所示。

图11-270

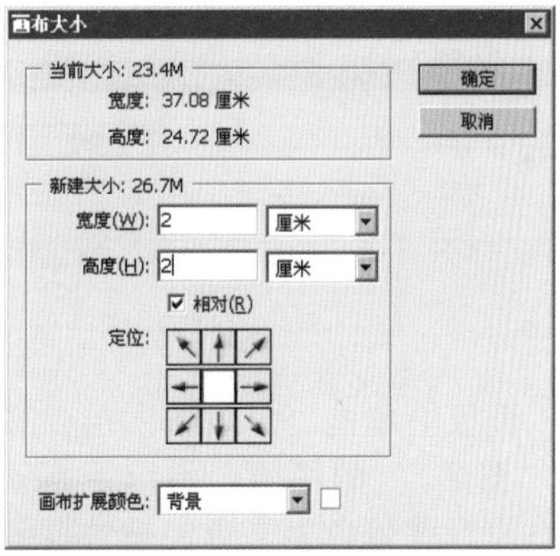

图11-271

step 02 为水彩画添加画纸。设置背景色为白色，执行菜单栏中的“图像>画布大小”命令，弹出“画布大小”对话框，选中“相对”复选框，在“宽度”和“高度”文本框中都输入“2”，单位为“厘米”，如图11-271所示。

step 03 单击“确定”按钮，画布扩大了，图像四周出现白色边框，如图11-272所示。

图11-272

step04 打开“调整”面板，单击“色相/饱和度”按钮，在“色相/饱和度”调整面板中设置参数，设置完毕后“图层”面板中自动添加“色相/饱和度1”图层，图像效果如图11-273所示。

图11-273

step05 在“图层”面板中选择“背景”图层，执行菜单栏中的“编辑>定义图案”命令，弹出“图案名称”对话框，输入名称，单击“确定”按钮，如图11-274所示。

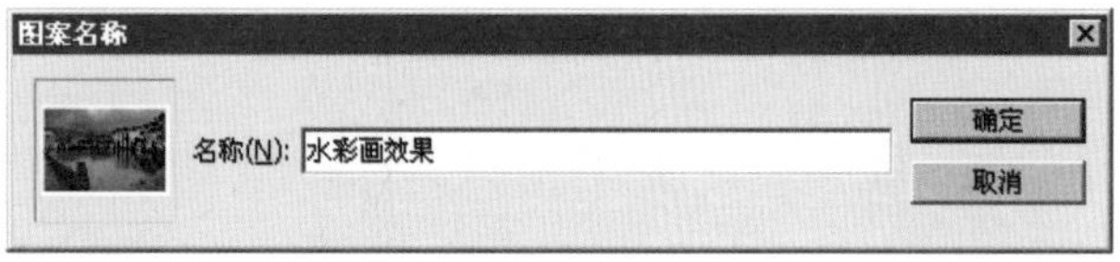

图11-274

step06 在“图层”面板中单击“创建新图层”按钮，生成名称为“图层1”的图层，用鼠标拖动该图层到最上方。设置背景色为白色，按快捷键Ctrl+Delete填充背景，效果如图11-275所示。

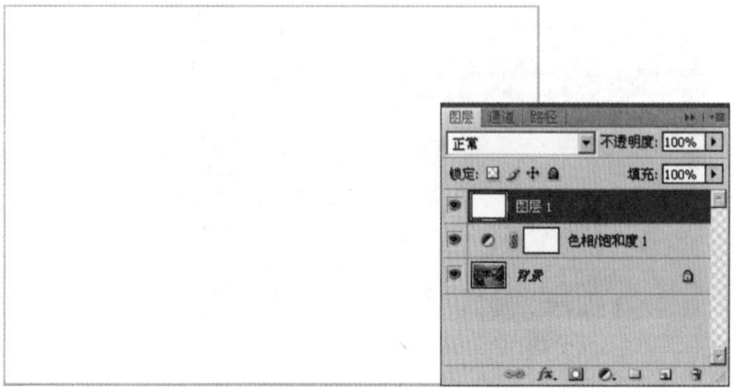

图11-275

step07 用鼠标单击“图层”面板下方的“创建新图层”按钮，创建新图层，名称默认为“图层2”，如图11-276所示。

图11-276

step08 用鼠标单击“图层1”图层，设置“不透明度”为“50%”，图像效果如图11-277所示。

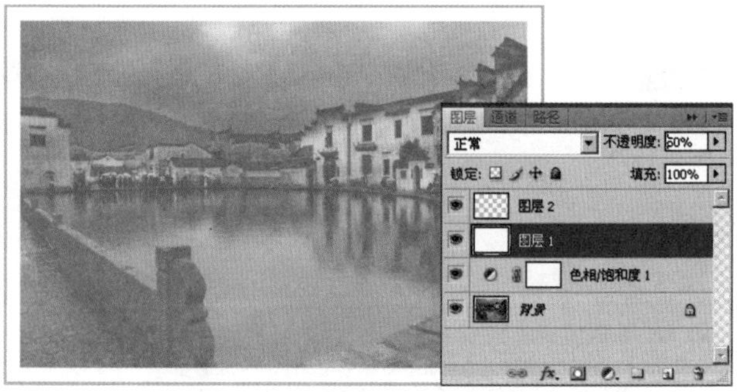

图11-277

step09 在“图层”面板中选择“图层2”图层为当前图层，在工具箱中选择图案图章工具，在工具选项栏中打开图案列表框，选择刚才定义的图案，并且选中“对齐”和“印象派效果”复选框，如图11-278所示。

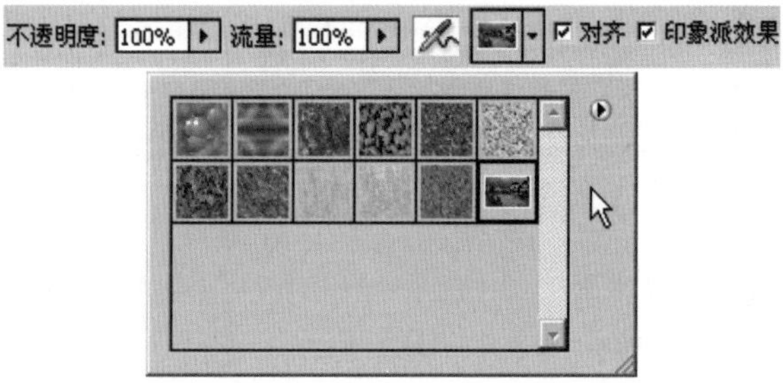

图11-278

step 10 打开“画笔”面板，在“画笔”面板下拉菜单中追加“湿介质画笔”，选择“纹理表面水彩笔”，如图11-279所示。

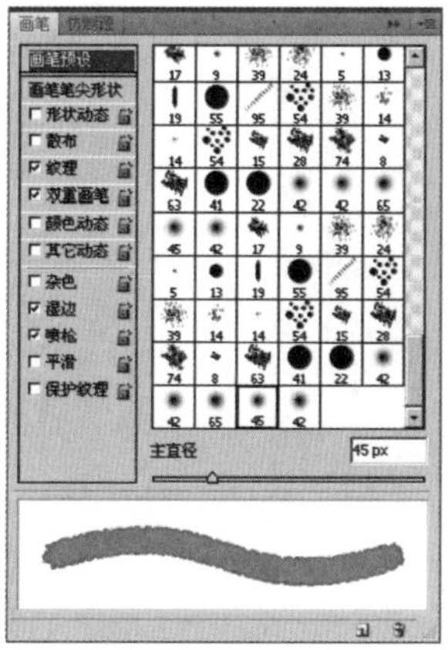

图11-279

step 11 在图像窗口中，按照“背景”图层透过的图像，像画水彩画一样在“图层2”上绘制笔触，图像效果如图11-280所示。

图11-280

step 12 在“图层”面板中将“图层1”隐藏，这时可以看到图像效果如图11-281所示。

图11-281

step 13 在“图层”面板中用鼠标拖动“背景”图层到下方的“创建新图层”按钮上，复制“背景”图层，名称默认为“背景副本”，将其拖动到图层的最上方，图像效果如图11-282所示。

图11-282

step 14 按快捷键Ctrl+Shift+U，为图像去色，图像效果如图11-283所示。

图11-283

step 15 执行菜单栏中的“滤镜>画笔描边>喷溅”命令，弹出“喷溅”对话框，在对话框中设置“喷色半径”为“15”、“平滑度”为“5”，如图11-284所示。

图11-284

step16 设置完毕后，单击“确定”按钮，应用喷溅滤镜的效果如图11-285所示。

图11-285

step17 在“图层”面板中设置“背景副本”图层的“混合模式”为“叠加”，此时图像中添加了类似在纸张上绘制水彩画的质感，效果如图11-286所示。

图11-286

step18 在“图层”面板中用鼠标拖动“背景”图层到下方的“创建新图层”按钮上，复制“背景”图层，名称默认为“背景副本2”，将其拖动到图层的最上方，如图11-287所示。

图11-287

step19 执行菜单栏中的“滤镜>模糊>高斯模糊”命令，在弹出的对话框中设置“半径”为“3”像素，图像效果如图11-288所示。

图11-288

step20 执行菜单栏中的“滤镜>纹理>纹理化”命令，弹出“纹理化”对话框，在对话框中进行如图11-289所示的设置。

图11-289

step21 设置完毕后，单击“确定”按钮，画纸的纹理质感便绘制出来了，效果如图11-290所示。

图11-290

step22 在“图层”面板中设置“背景副本2”图层的“混合模式”为“叠加”，此时图像变成彩色效果的水彩画，如图11-291所示。

图11-291

step23 在“图层”面板中用鼠标拖动“背景”图层到下方的“创建新图层”按钮上，复制“背景”图层，名称默认为“背景副本3”，将其拖动到图层的最上方，如图11-292所示。

图11-292

step24 执行菜单栏中的“滤镜>扭曲>扩散光亮”命令，弹出“扩散光亮”对话框，在对话框中设置“粒度”为“6”、“发光量”为“12”、“清除数量”为“15”，如图11-293所示。

图11-293

step25 设置完毕后，单击“确定”按钮，图像的光感增强了许多，效果如图11-294所示。

图11-294

step26 在“图层”面板中设置“背景副本3”图层的“混合模式”为“叠加”，并且更改“不透明度”为“30%”。此时，图像明暗对比和光感增强，效果如图11-295所示。

图11-295

step27 打开“调整”面板，单击“色相/饱和度”按钮，在“色相/饱和度”调整面板中设置参数，设置完毕后“图层”面板中生成“色相/饱和度1”图层，图像效果如图11-296所示。

图11-296

step28 执行菜单栏中的“滤镜>艺术效果>水彩”命令，弹出“水彩”对话框，在对话框中设置“画笔细节”为“7”、“阴影强度”为“0”、“纹理”为“1”，如图11-297所示。

图11-297

step29 设置完毕后，单击“确定”按钮。由于制作的是水彩效果，所以底图采用水彩滤镜来制作。应用水彩滤镜后的效果如图11-298所示。

图11-298

step30 现在看来，图像色彩不够明快，下面进行调整。打开“调整”面板，单击“色阶”按钮，在“色阶”调整面板中设置参数，设置完毕后“图层”面板中生成“色阶1”图层，图像效果如图11-299所示。

图11-299

step31 单击“返回到调整列表”按钮，在“调整”面板中单击“色相/饱和度”按钮，在“色相/饱和度”调整面板中设置参数，设置完毕后“图层”面板中生成“色相/饱和度2”图层，图像效果如图11-300所示。

图11-300

step32 需要将以上操作总结到一个图层当中时，按快捷键Ctrl+Shift+Alt+E，盖印图像，生成“图层3”图层，效果如图11-301所示。

图11-301

step33 阴影部分缺少透明感，显得颇死板，所以执行菜单栏中的“图像>调整>阴影/高光”命令，在弹出的“阴影/高光”对话框中设置参数，图像效果如图11-302所示。

图11-302

step34 设置完毕后，单击“确定”按钮，可见阴影部分不再过暗。到此，水彩画效果制作完成，最终图像效果如图11-303所示。

图11-303

11.16 线描淡彩效果

最终效果

制作说明

本例将普通的照片图像色彩减淡，加上线描，制作成线描淡彩效果。通过对本例的学习，读者可以掌握图层的混合模式及色彩调整命令，并了解特殊模糊滤镜的应用方法。

step01 执行菜单栏中的“文件>打开”命令或者按Ctrl+O组合键，打开随书光盘中的“\11章\线描淡彩效果\素材.jpg”图片，如图11-304所示。

图11-304

step02 将“背景”图层拖曳到“创建新图层”按钮上，得到新的图层“背景副本”，如图11-305所示。

图11-305

step03 执行菜单栏中的“滤镜>模糊>特殊模糊”命令，在弹出的“特殊模糊”对话框中设置“半径”为“3”、“阈值”为“26”、“品质”为“高”、“模式”为“仅限边缘”，如图11-306所示。

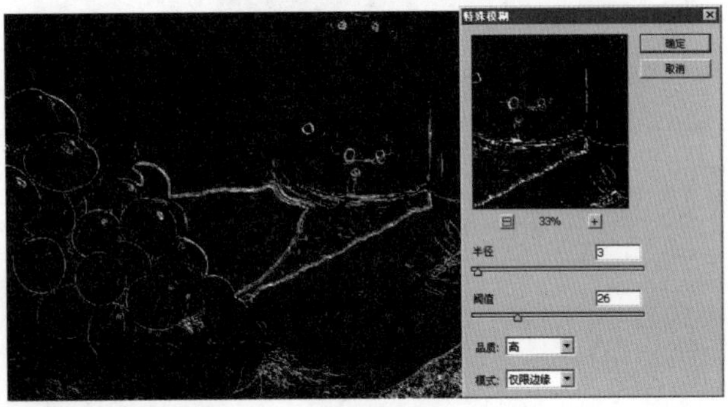

图11-306

step04 执行菜单栏中的“图像>调整>反相”命令或者按Ctrl+I组合键，效果如图11-307所示。

图11-307

step05 将“背景副本”图层的“混合模式”设置为“正片叠底”，效果如图11-308所示。

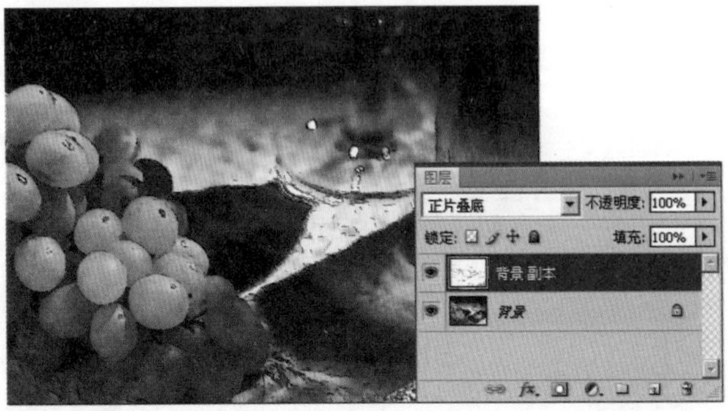

图11-308

step06 单击“背景副本”图层前的眼睛图标，将其隐藏，如图11-309所示。

图11-309

step07 选中“背景”图层，将其拖曳到“创建新图层”按钮上，得到新的“背景副本2”图层，如图11-310所示。

图11-310

step08 执行菜单栏中的“滤镜>模糊>特殊模糊”命令，在弹出的“特殊模糊”对话框中设置“半径”为“80”、“阈值”为“70”、“品质”为“低”、“模式”为“正常”，如图11-311所示。

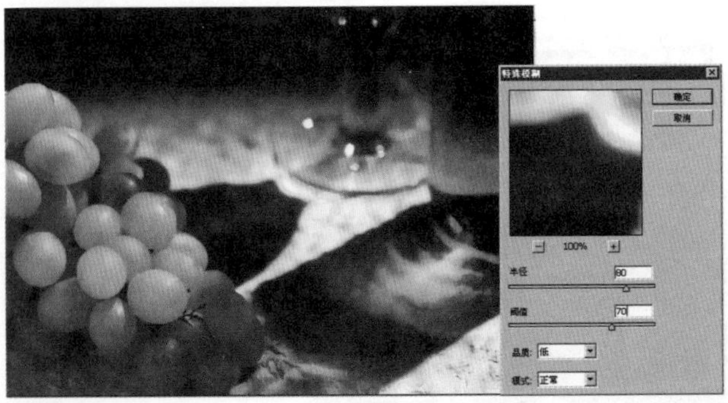

图11-311

step09 执行菜单栏中的“滤镜>艺术效果>水彩”命令，在弹出的“水彩”对话框中设置“画笔细节”为“12”、“阴影强度”为“0”、“纹理”为“1”，效果如图11-312所示。

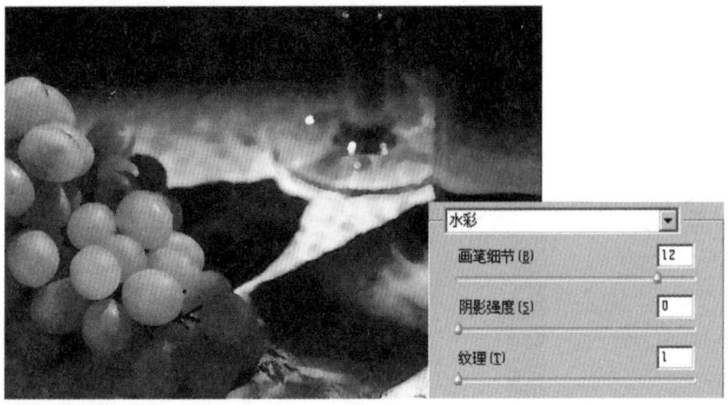

图11-312

step10 执行菜单栏中的“编辑>渐隐特殊模糊”命令或者按Ctrl+Shift+F组合键，在弹出的“渐隐”对话框中设置“不透明度”为“50%”，效果如图11-313所示。

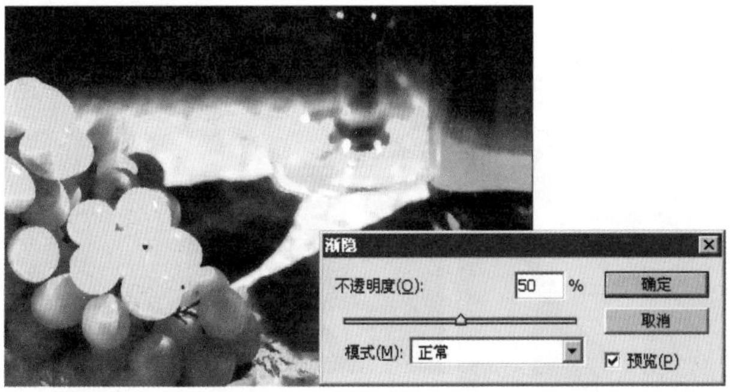

图11-313

step11 单击“图层”面板底部的“创建新的填充或调整图层”按钮，在弹出的菜单中选择“亮度/对比度”命令，在弹出的面板中设置“亮度”为“45”、“对比度”为“60”，效果如图11-314所示。

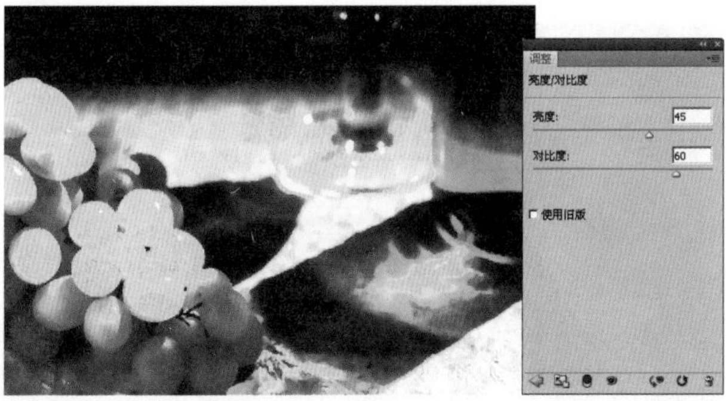

图11-314

step12 再次单击“创建新的填充或调整图层”按钮，在弹出的菜单中选择“色彩平衡”命令，在弹出的面板中设置“色阶”为“+91”、“+57”、“−60”，效果如图11-315所示。

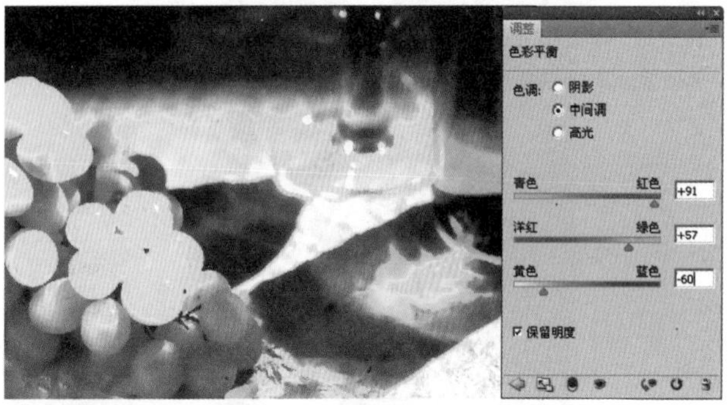

图11-315

step13 在“图层”面板中将“背景副本”图层激活，并将“不透明度”设置为“60%”，效果如图11-316所示。

图11-316

step14 单击“创建新的填充或调整图层”按钮，在弹出的菜单中选择“色相/饱和度”命令，在弹出的面板中设置“饱和度”为“−45”，效果如图11-317所示。至此，线描淡彩效果制作完成。

图11-317

11.17 油画效果——女人像

最终效果

制作说明

本例利用一张具有油画风格的照片，通过对其应用各种滤镜，再对照片色彩随时进行调整，制作出油画效果的女人像，添加许多艺术气息，使照片摇身一变成为一张漂亮的油画。

step01 执行菜单栏中的“文件>打开”命令或者按Ctrl+O组合键，打开随书光盘中的“\11章\油画效果\素材.jpg”图片，效果如图11-318所示。

图11-318

step02 执行菜单栏中的“滤镜>杂色>中间值”命令，在弹出的“中间值”对话框中设置“半径”为“6”像素，如图11-319所示。

图11-319

step03 执行菜单栏中的“图像>调整>色相/饱和度”命令，在弹出的“色相/饱和度”对话框中设置“色相”为“0”、“饱和度”为“+25”，如图11-320所示。

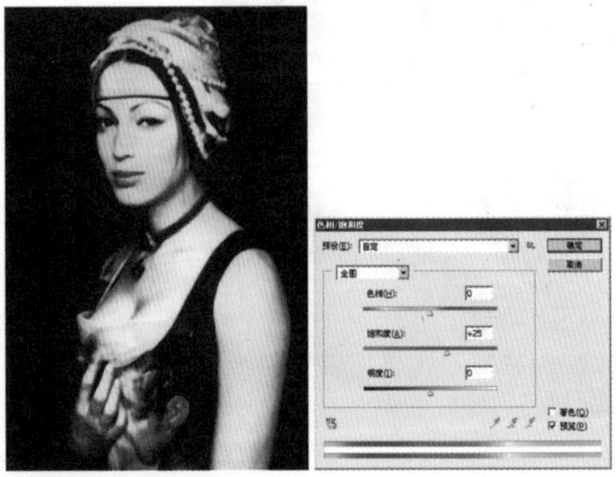

图11-320

step04 执行菜单栏中的“滤镜＞锐化＞USM锐化”命令，在弹出的“USM锐化”对话框中设置“数量”为“300%”、“半径”为“3.6”像素、“阈值”为“8”色阶，如图11-321所示。

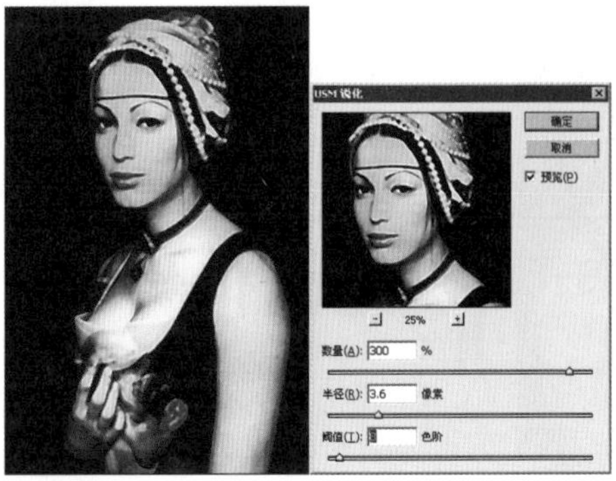

图11-321

step05 执行菜单栏中的“图像＞调整＞亮度/对比度”命令，在弹出的“亮度/对比度”对话框中设置“亮度”为“−30”，如图11-322所示。

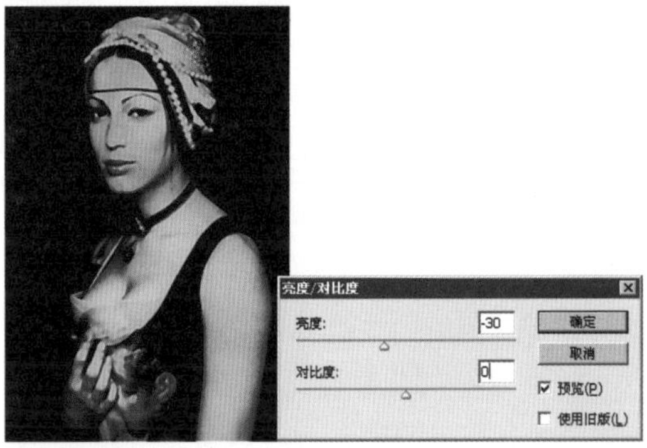

图11-322

step06 执行菜单栏中的“滤镜＞艺术效果＞绘画涂抹”命令，在弹出的“绘画涂抹”对话框中设置“画笔大小”为“10”、“锐化程度”为“8”、“画笔类型”为“未处理深色”，并保持对话框打开，效果如图11-323所示。

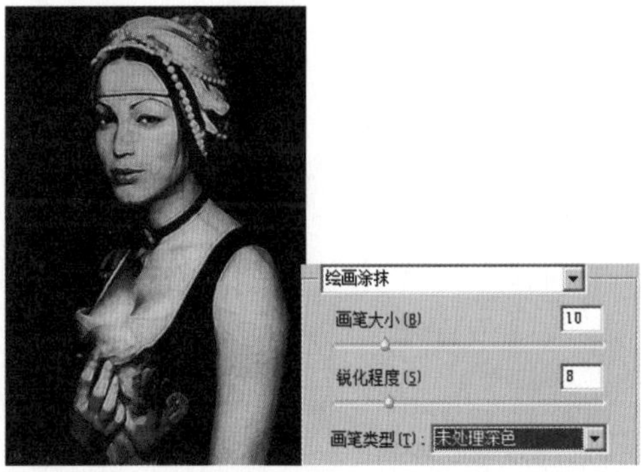

图11-323

step07 单击“绘画涂抹”对话框右下角的“新建效果图层”按钮，得到新的滤镜层，在对话框中设置“画笔大小”为“3”、“锐化程度为“3”、“画笔类型”为“简单”，如图11-324所示。

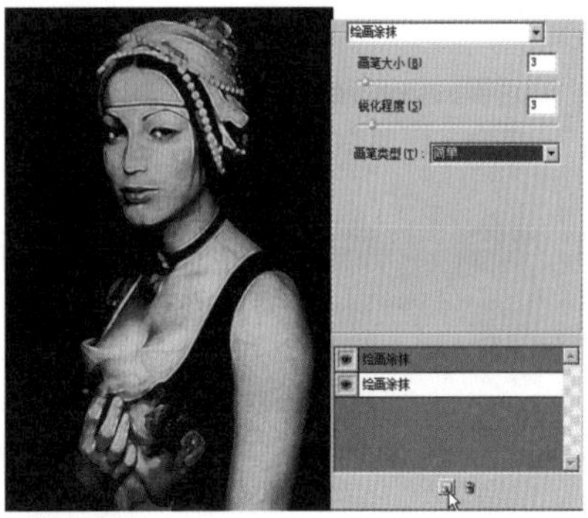

图11-324

step08 执行菜单栏中的“图像＞调整＞色阶”命令，在弹出的“色阶”对话框中设置“输入色阶”分别为“0”、“0.82”、“235”，如图11-325所示。

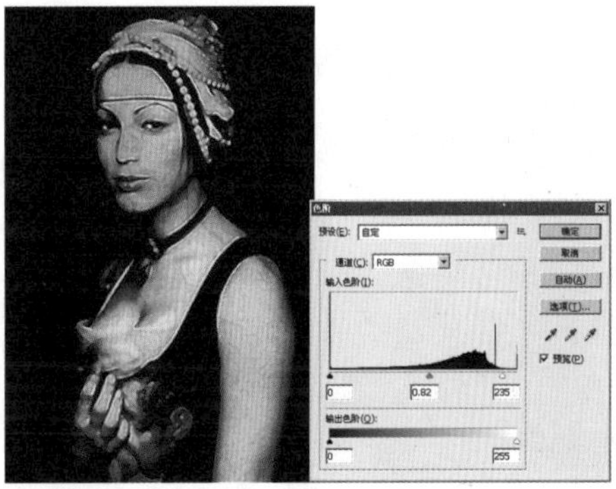

图11-325

step09 选中“背景”图层并将其拖曳到“创建新图层”按钮上，得到“背景副本”图层，如图11-326所示。

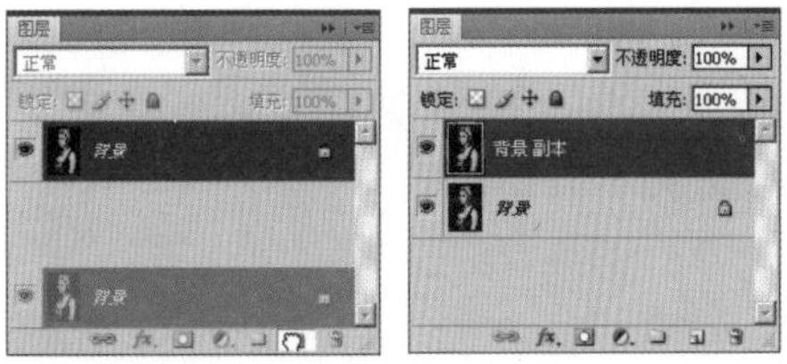

图11-326

step10 执行菜单栏中的“滤镜>风格化>浮雕效果”命令，在弹出的“浮雕效果”对话框中设置“角度”为“120”度、“高度”为“6”像素、“数量”为“60%”，如图11-327所示。

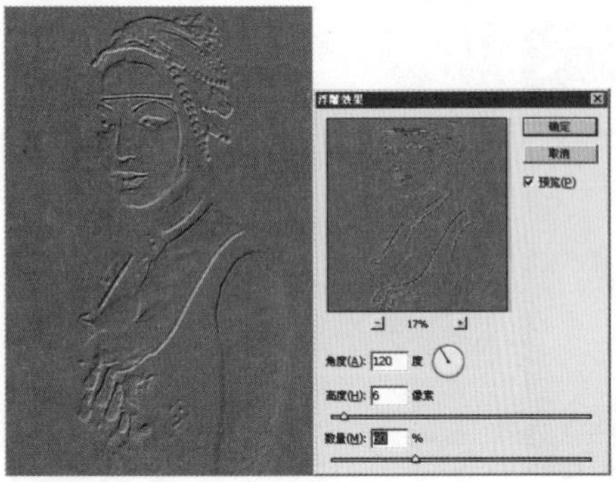

图11-327

step11 设置“背景副本”图层的“混合模式”为“线性光”、“不透明度”为“80%”，如图11-328所示。

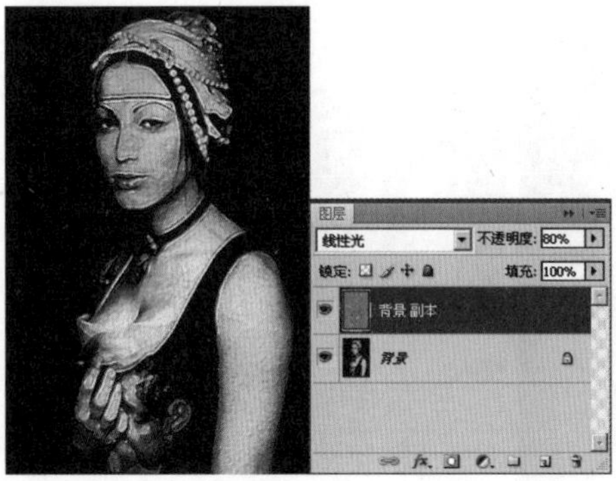

图11-328

11.18 褶皱油画效果

最终效果

制作说明

本例将一张海报制作出褶皱油画效果，应用分层云彩、浮雕效果、高斯模糊、置换等滤镜制作出褶皱的背景效果，再通过设置图层混合模式得到最终效果。

step01 打开随书光盘中的“\11章\褶皱油画效果\素材.jpg”，效果如图11-329所示。

step02 打开图片后，在“图层”面板中双击“背景”图层，在弹出的对话框中将“背景”图层转换为“图层0”，如图11-330所示。

图11-329

图11-330

step03 改变画布大小。执行菜单栏中的“图像>画布大小”命令，在弹出的对话框中选中“相对”复选框，设置“宽度”和“高度”均为“2”厘米，如图11-331所示。

图11-331

step04 按D键恢复前景色和背景色。单击“图层”面板中的“创建新图层”按钮，新建“图层1”，如图11-332所示。

图11-332

step05 添加云彩效果。执行菜单栏中的“滤镜>渲染>分层云彩”命令，然后连续按Ctrl+F组合键6次，多次应用分层云彩滤镜。在应用分层云彩滤镜时，可以同时按住Alt键，以产生丰富的效果，如图11-333所示。

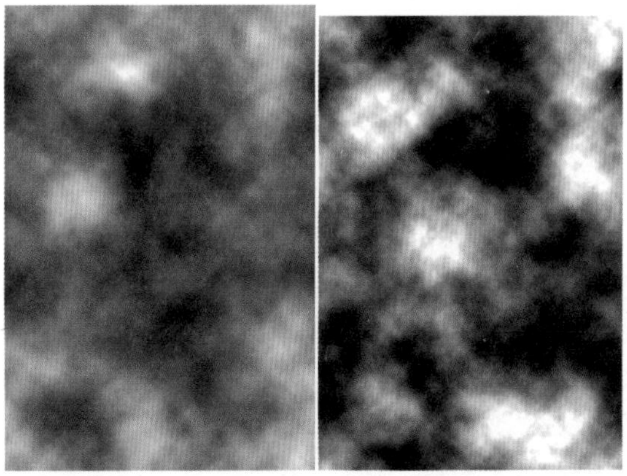

图11-333

step06 添加浮雕效果。执行菜单栏中的“滤镜>风格化>浮雕效果”命令，在弹出的对话框中设置“角度”为“-45”度、“高度”为“3”像素、“数量”为“500%”，效果如图11-334所示。

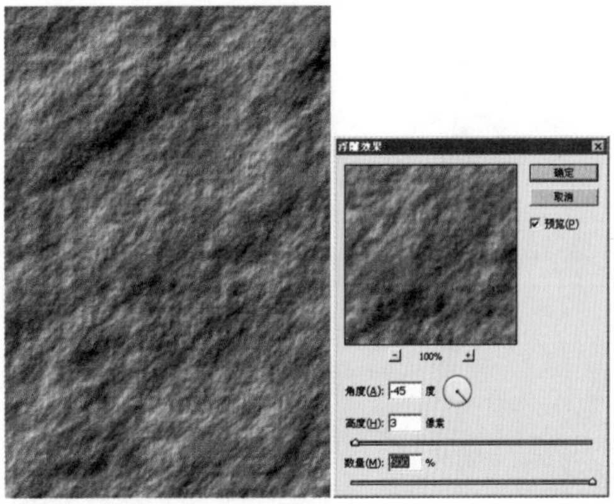

图11-334

step07 复制“图层1”。选择“图层1”，使用Ctrl+J组合键复制“图层1”为“图层1副本”，如图11-335所示。

图11-335

step08 添加模糊效果。选择“图层1副本”图层，执行菜单栏中的“滤镜>模糊>高斯模糊”命令，在弹出的对话框中设置“半径”为“3.0”像素，如图11-336所示。

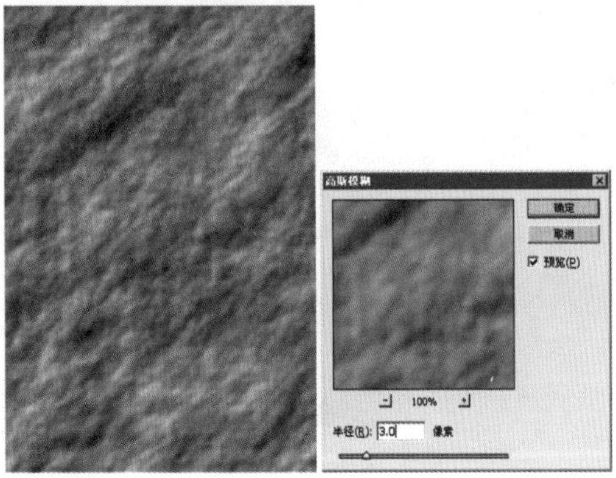

图11-336

step09 选择“图层1副本”为当前图层，按Ctrl+A组合键进行全选，再按Ctrl+C组合键进行复制，接着使用Ctrl+N组合键新建一个空白文件，如图11-337所示。

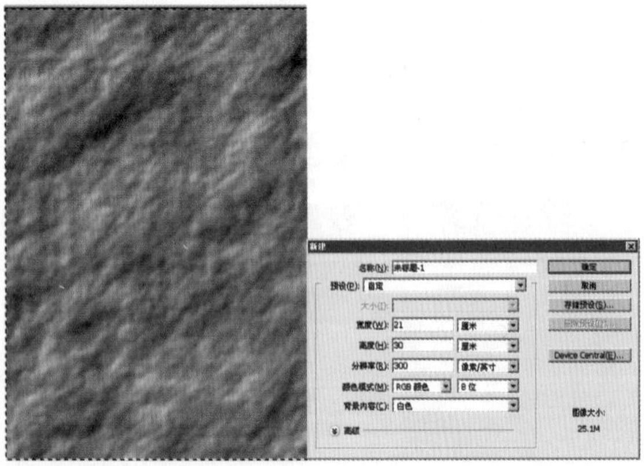

图11-337

step10 使用Ctrl+V组合键进行粘贴，然后按Ctrl+Shift+S组合键，将其存储为“褶皱”，效果如图11-338所示。

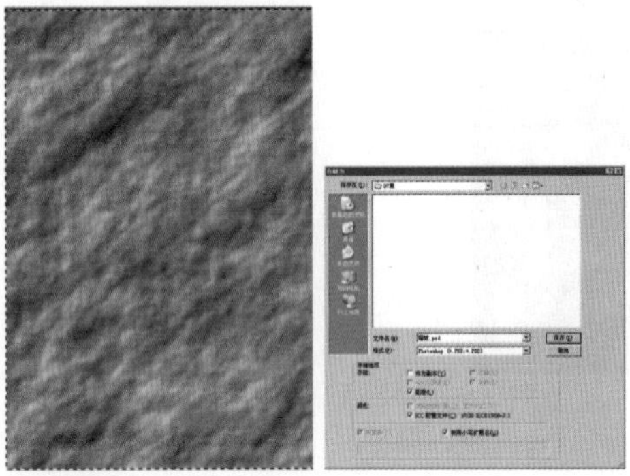

图11-338

step11 返回到原文件，隐藏“图层1”和“图层1副本”图层，单击“图层”面板下方的“创建新图层”按钮，新建“图层2”，将“图层2”放置在“图层0”的下面，按Ctrl+Delete组合键填充背景色为白色，效果如图11-339所示。

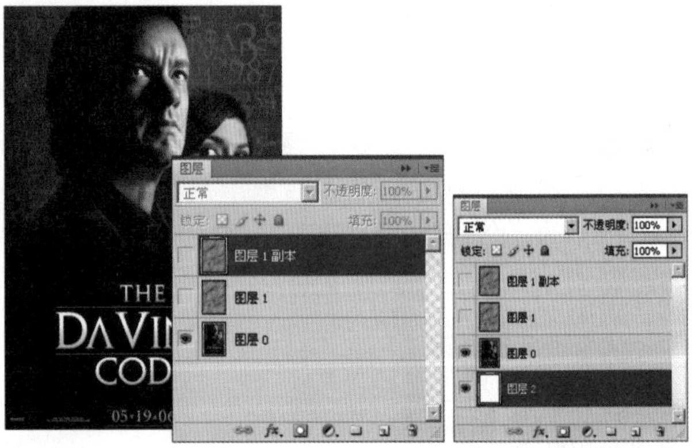

图11-339

step12 选中“图层0”为当前图层，执行菜单栏中的“滤镜>扭曲>置换”命令，在弹出的对话框中设置“水平比例”为“10”、“垂直比例”为“10”，效果如图11-340所示。

图11-340

step13 将“图层1”重新显示，选择“图层1”为当前图层，按住Ctrl键单击“图层0”，将“图层0”的图像载入选区，再使用Ctrl+Shift+I组合键进行反选，然后按Delete键删除，效果如图11-341所示。

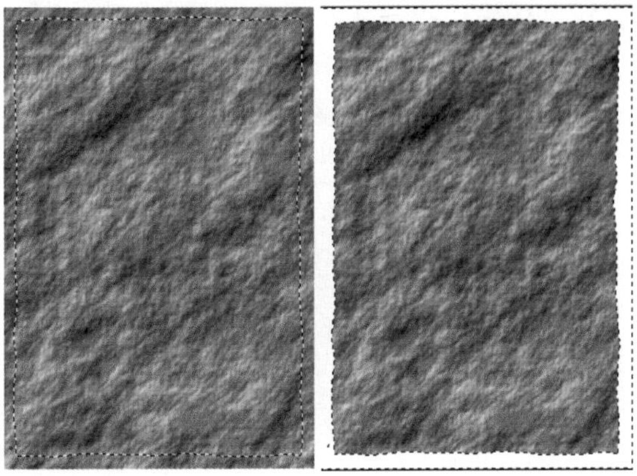

图11-341

step14 使用Ctrl+D组合键取消选区。选择“图层0”并将其放置到“图层1”的上方，效果如图11-342所示。

图11-342

step15 设置“图层0”的“混合模式”为“叠加”，效果如图11-343所示。

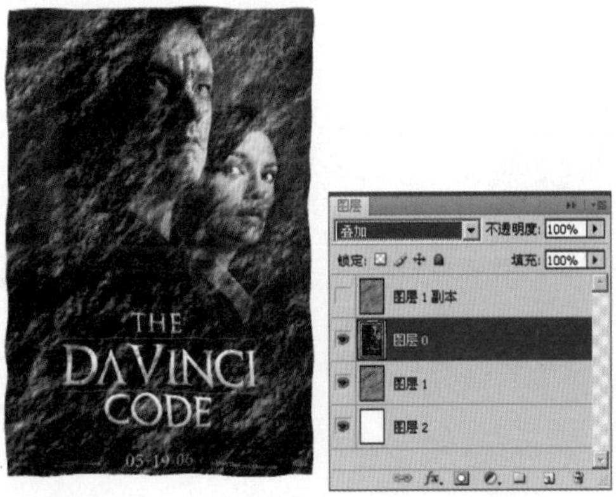

图11-343

step16 调整色相/饱和度。执行菜单栏中的“图像>调整>色相/饱和度”命令，在弹出的对话框中选中“着色”复选框，设置“色相”为“112”，设置“饱和度”为“25”，设置“明度”为“−20”，效果如图11-344所示。

图11-344

step17 添加图层样式。选择“图层0”为当前图层，执行菜单栏中的“图层>图层样式>投影”命令，设置参数如图11-345所示，完成制作。

图11-345

11.19 染色纸纹理

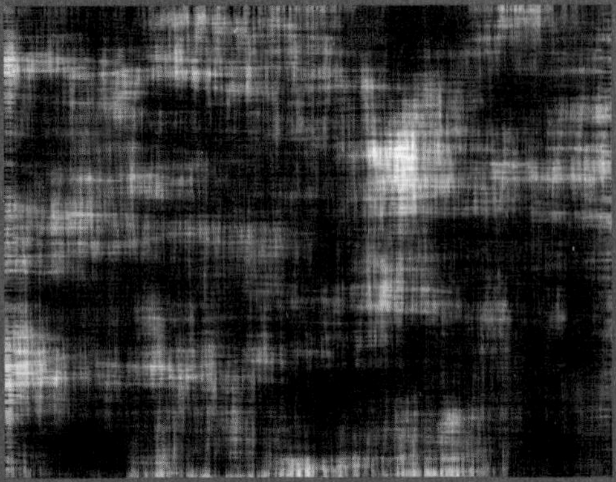
最终效果

制作说明

本例讲解制作染色纸纹理的方法，应用添加杂色、水彩画纸、晶格化和中间值等滤镜，再配合颜色调整即可实现本例效果。

step01 新建文档。执行“文件>新建”命令（或按Ctrl+N组合键），在弹出的“新建”对话框中进行如图11-346所示的设置，单击“确定”按钮。

图11-346

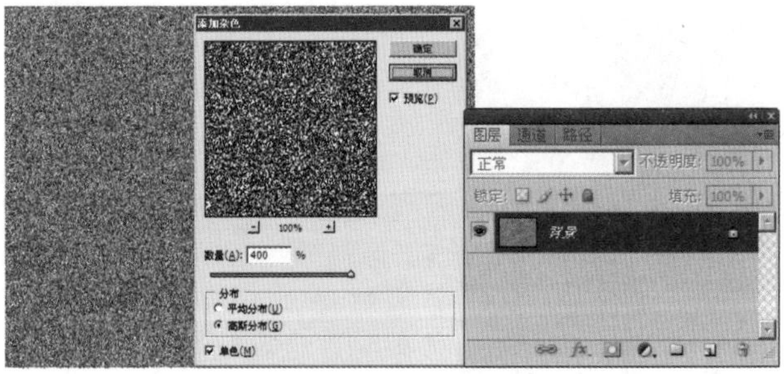
图11-347

step02 选择“滤镜>杂色>添加杂色”命令，在弹出的对话框中设置参数后，单击“确定”按钮，得到如图11-347所示的效果。

step03 按Ctrl+J组合键，复制“背景”图层得到“图层1”，按Ctrl+T组合键，调出自由变换控制框，将图像放大调整到如图11-348所示的状态，按Enter键确认操作。

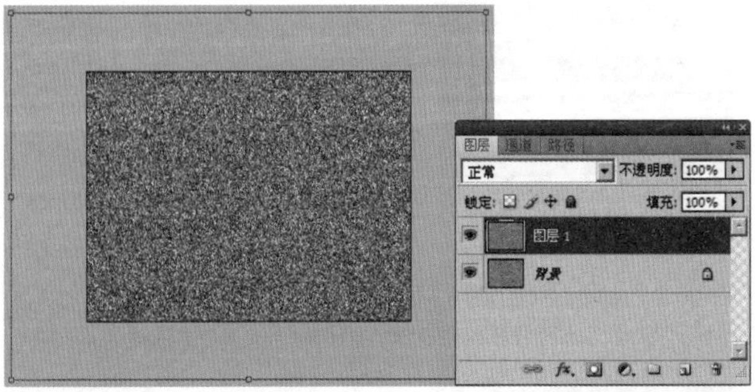
图11-348

step04 选择“滤镜>杂色>中间值”命令，设置弹出对话框中的参数后，单击“确定”按钮，得到如图11-349所示的效果。

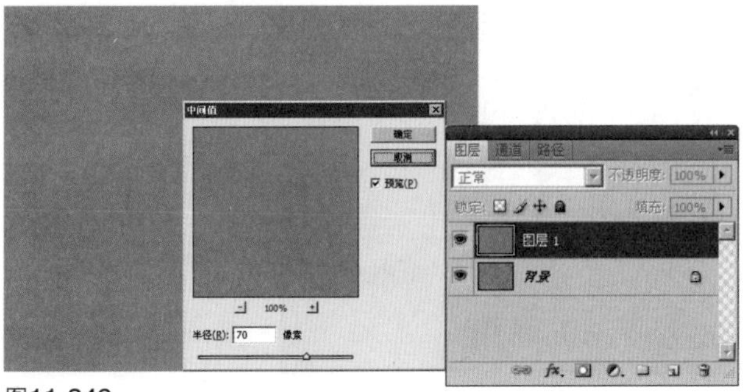

图11-349

step05 单击“创建新的填充或调整图层”按钮，在弹出的菜单中选择“色阶”命令，弹出如图11-350所示的面板。

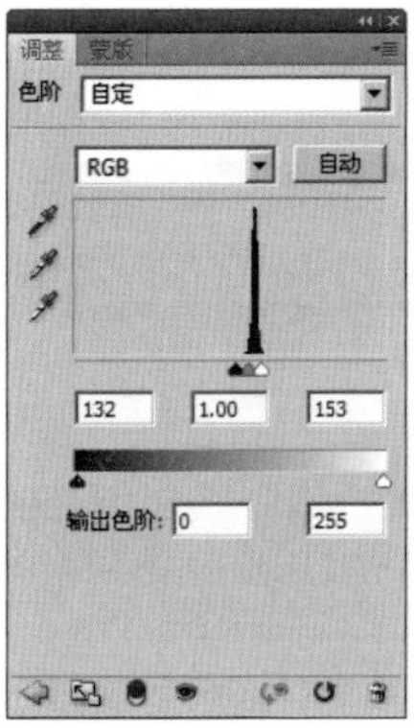

图11-350

step06 设置参数，得到“色阶1”图层，如图11-351所示。

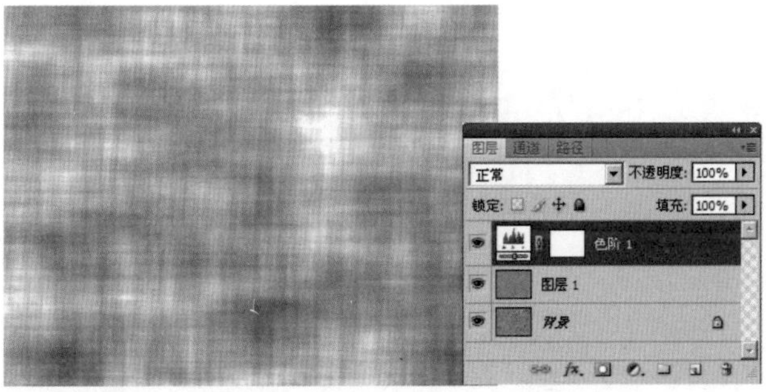

图11-351

step07 在“图层”面板中拖动“背景”到“创建新图层”按钮上，释放鼠标得到“背景副本”，将其调整到所有图层的最上方。选择“滤镜>素描>水彩画纸”命令，设置弹出对话框中的参数后，单击“确定”按钮，得到如图11-352所示的效果。

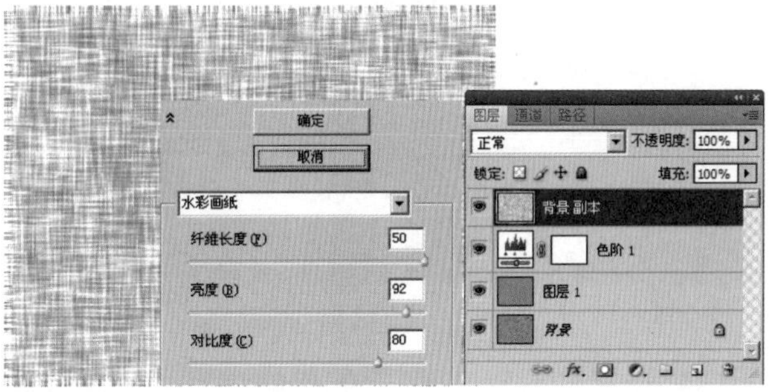

图11-352

step08 设置“背景副本”图层的“混合模式”为“线性加深”、“填充”为“40%”，得到如图11-353所示的效果。

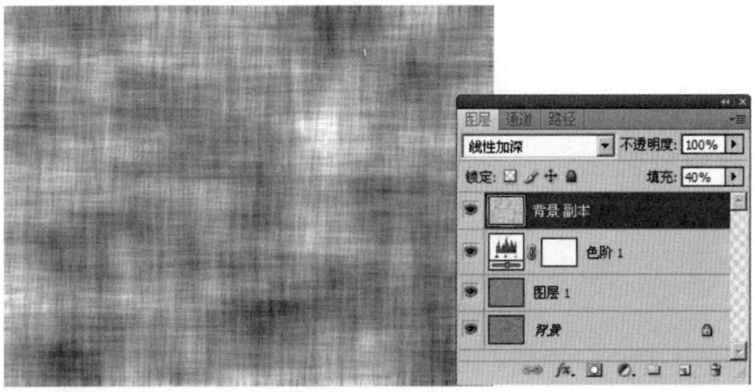

图11-353

step09 单击“创建新的填充或调整图层”按钮，在弹出的菜单中选择“渐变映射”命令，设置弹出的面板如图11-354所示。在面板的编辑渐变颜色选择框中单击，可以弹出“渐变编辑器”对话框，在该对话框中可以编辑渐变映射的颜色。

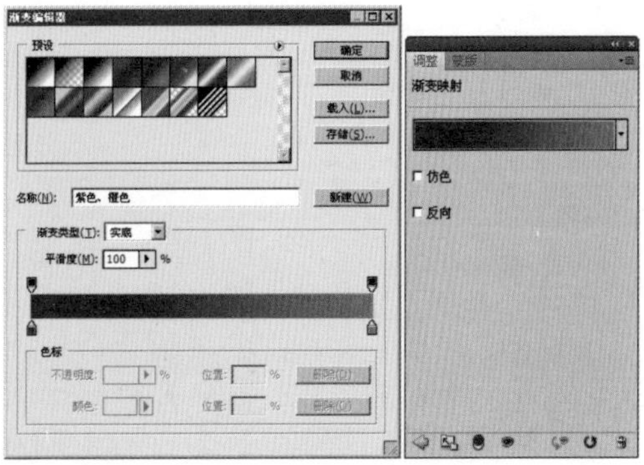

图11-354

step10 单击“确定”按钮，得到“渐变映射1”图层，此时的效果如图11-355所示。

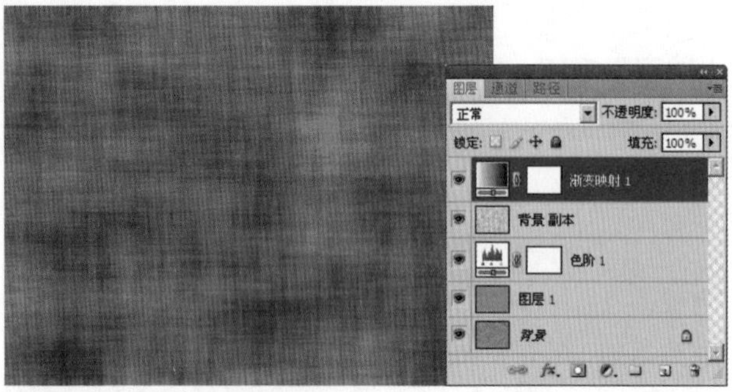

图11-355

step11 设置“渐变映射1”图层的“混合模式”为“颜色加深”、“填充”为“75%”，得到如图11-356所示的效果。

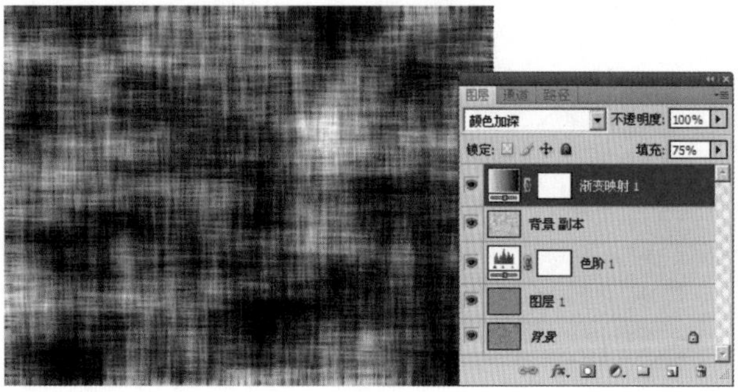

图11-356

step12 单击“创建新的填充或调整图层”按钮，在弹出的菜单中选择“曲线”命令，设置弹出的面板如图11-357所示。

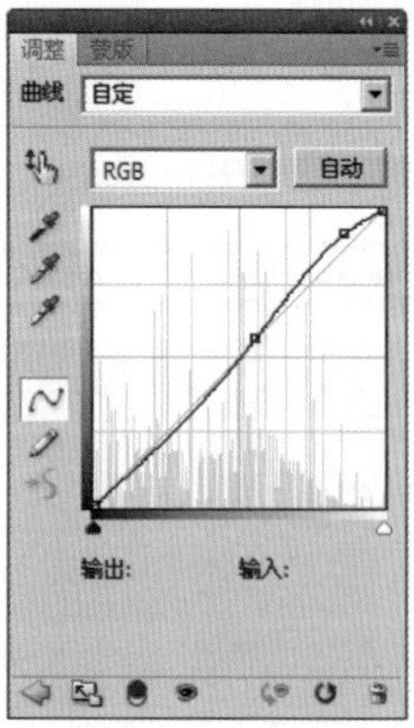

图11-357

step13 设置完毕后，得到“曲线1”图层，此时的效果如图11-358所示。

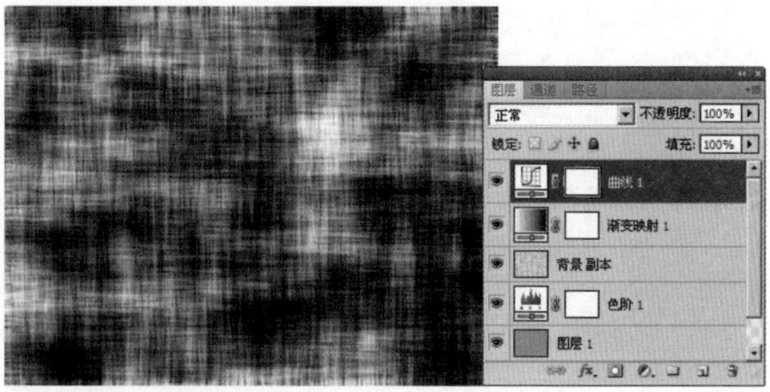

图11-358

step14 单击面板底部的“创建新图层”按钮，新建一个图层，得到“图层2”，设置前景色为白色，按快捷键Alt+Delete，用前景色填充“图层2”，得到如图11-359所示的效果。

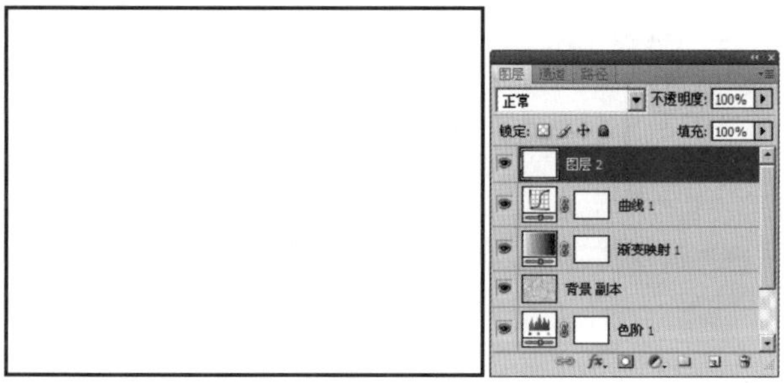

图11-359

step15 选择“滤镜>杂色>添加杂色”命令，设置弹出对话框中的参数后，单击“确定”按钮，得到如图11-360所示的效果。

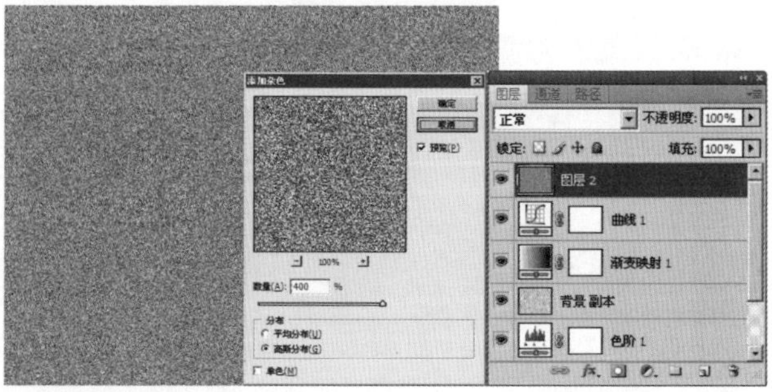

图11-360

step16 选择“滤镜>像素化>晶格化”命令，设置弹出对话框中的参数后，单击“确定”按钮，得到如图11-361所示的效果。

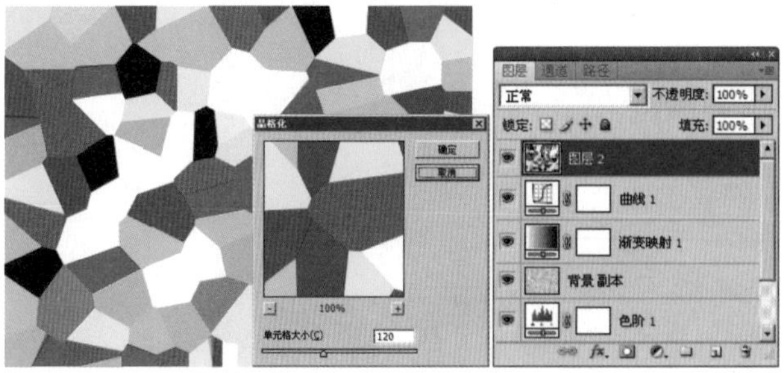

图11-361

step17 选择“滤镜>杂色>添加杂色”命令，设置弹出对话框中的参数后，单击“确定”按钮，得到如图11-362所示的效果。

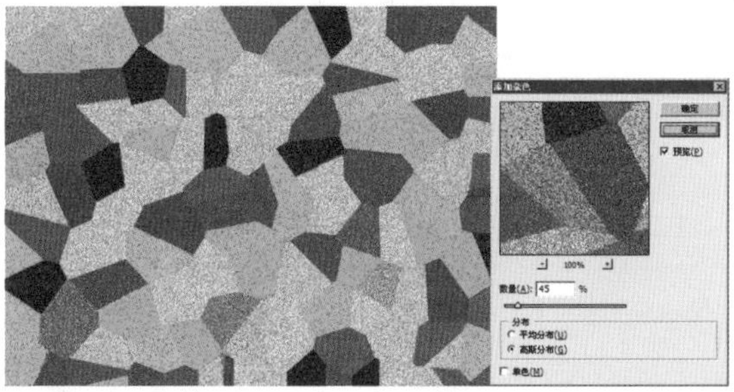

图11-362

step18 选择“滤镜>杂色>中间值”命令，设置弹出对话框中的参数后，单击“确定”按钮，得到如图11-363所示的效果。

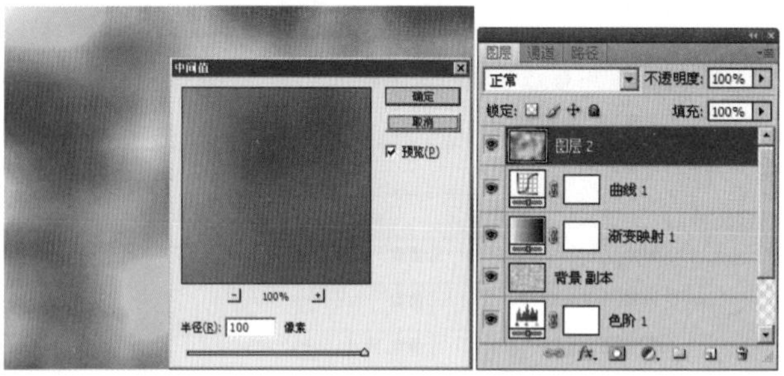

图11-363

step19 设置“图层2”的“混合模式”为“颜色”、“填充”为“45%”，得到如图11-364所示的效果。

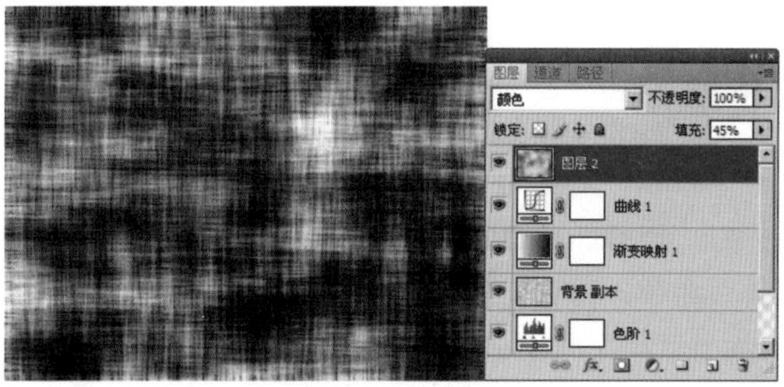

图11-364

11.20 光的漩涡效果

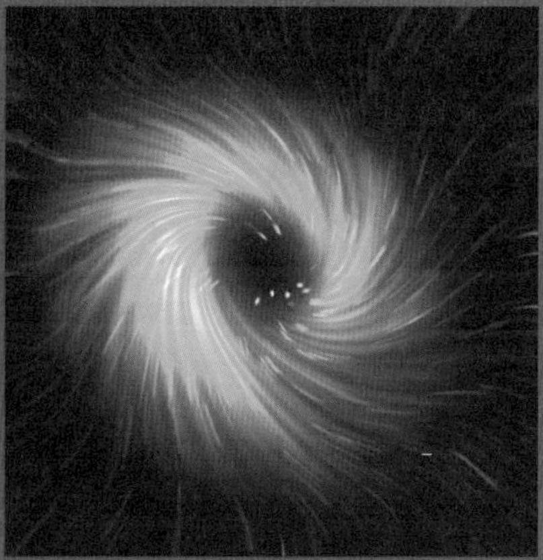

最终效果

制作说明

本例讲解制作光的漩涡效果的方法，光的漩涡效果在视觉上有宇宙空间的感觉，带有科幻的神秘色彩。同样，在制作的过程当中主要应用滤镜功能，下面进行详细的介绍。

step01 新建文档。执行“文件>新建”命令（或按Ctrl+N组合键），设置弹出的“新建”对话框如图11-365所示，单击“确定”按钮，即可创建一个新的空白文档。

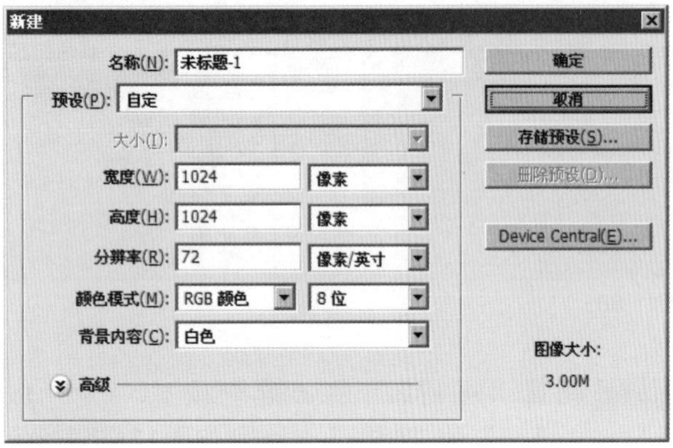

图11-365

step02 单击“图层”面板底部的“创建新图层”按钮，新建一个图层，得到“图层1”，设置前景色为白色，背景色为黑色，选择“滤镜>渲染>云彩”命令，按Ctrl+F组合键多次，重复运用“云彩”命令，得到类似于图11-366所示的效果。

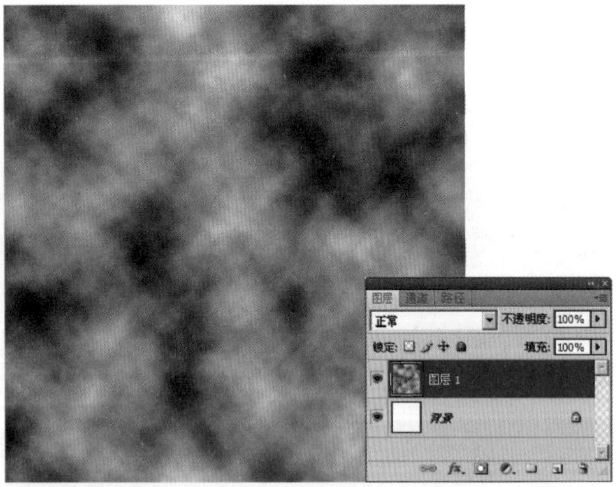

图11-366

step03 选择“滤镜>杂色>添加杂色”命令，设置弹出对话框中的参数后，单击“确定”按钮，得到如图11-367所示的效果。

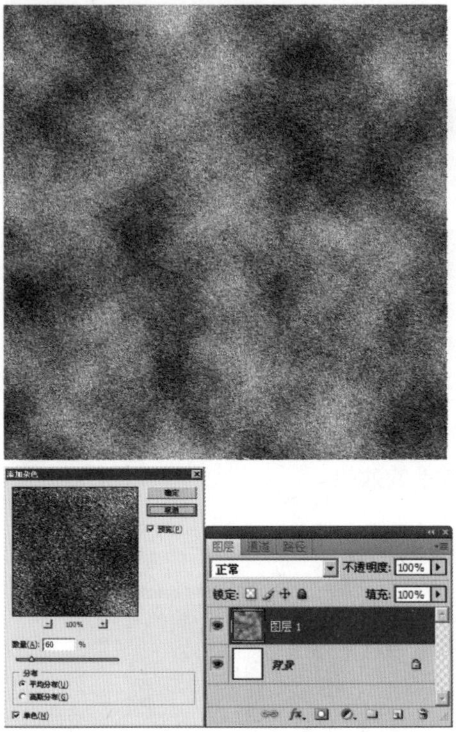

图11-367

step04 选择“滤镜>像素化>晶格化”命令，设置弹出对话框中的参数后，单击“确定”按钮，得到如图11-368所示的效果。

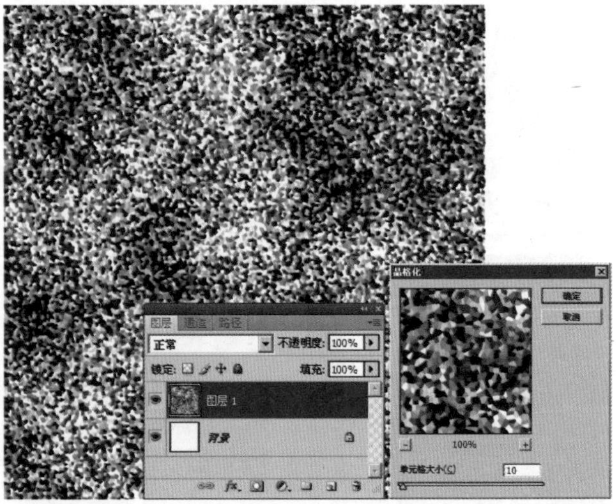

图11-368

step05 使用矩形选框工具框选一个长条形的晶格化纹理，按快捷键Ctrl+Shift+I执行反选操作，设置前景色为黑色，按快捷键Alt+Delete用前景色填充选区，按快捷键Ctrl+D取消选区，得到如图11-369所示的效果。

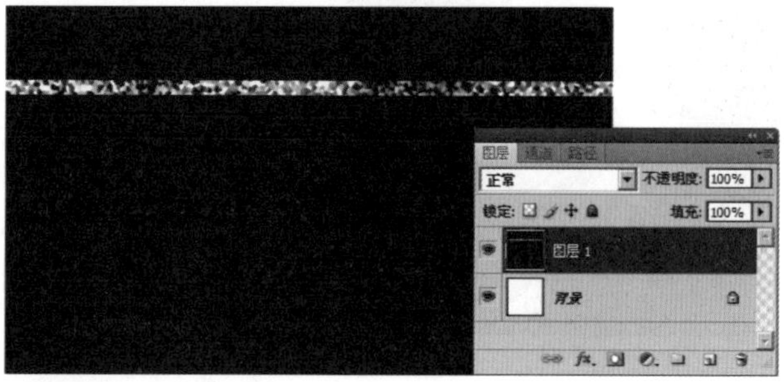

图11-369

step06 选择“滤镜>模糊>动感模糊”命令，设置弹出对话框中的参数后，单击“确定”按钮，得到如图11-370所示的效果。

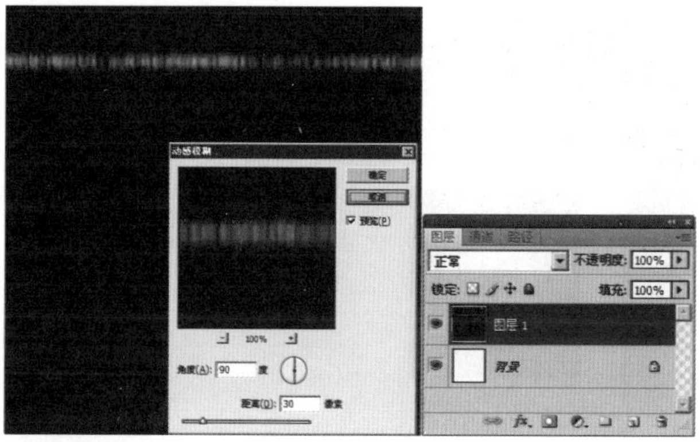

图11-370

step07 使用矩形选框工具框选模糊后的图像，在按住Alt键的同时按键盘上的向上方向键，复制移动图像到如图11-371所示的状态。

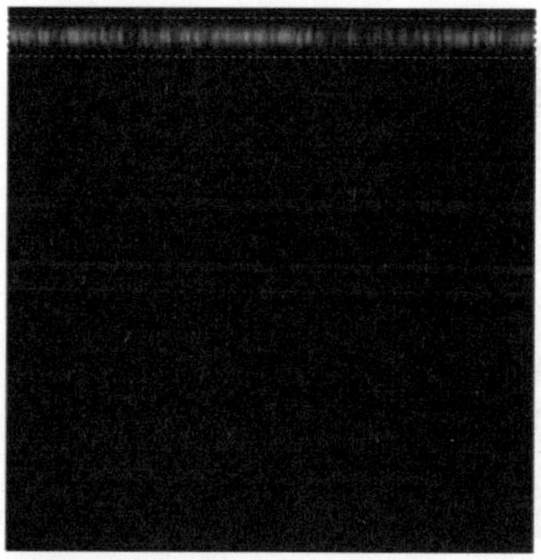

图11-371

step08 按快捷键Ctrl+D取消选区，继续使用矩形选框工具在图像中绘制一个如图11-372所示的矩形选框。

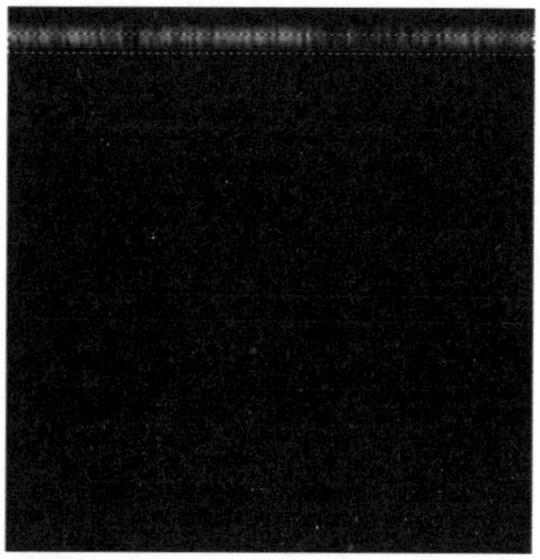

图11-372

step09 按快捷键Ctrl+T，调出自由变换控制框，将图像向下拉长到如图11-373所示的状态，按Enter键确认操作。

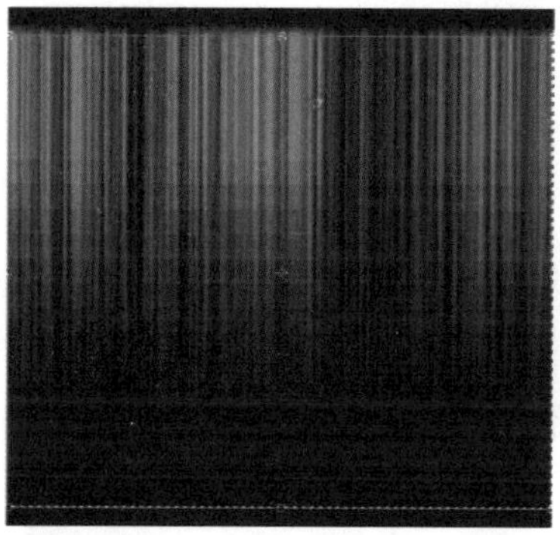

图11-373

step10 选择“滤镜>模糊>高斯模糊”命令，设置弹出对话框中的参数后，单击“确定”按钮，得到如图11-374所示的效果。

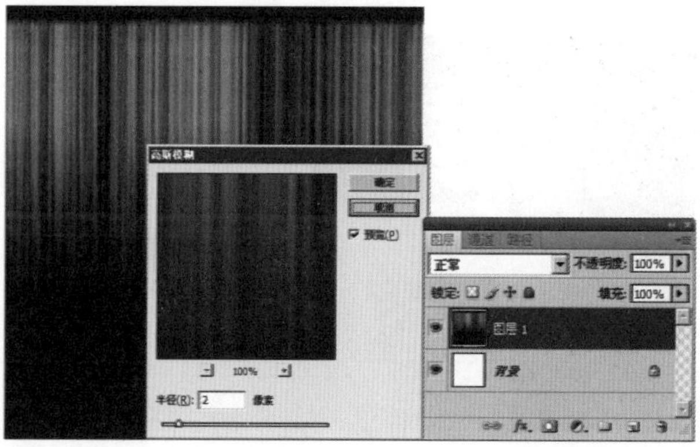

图11-374

step 11 单击“创建新的填充或调整图层”按钮，在弹出的菜单中选择“色阶”命令，设置弹出的面板如图11-375所示。

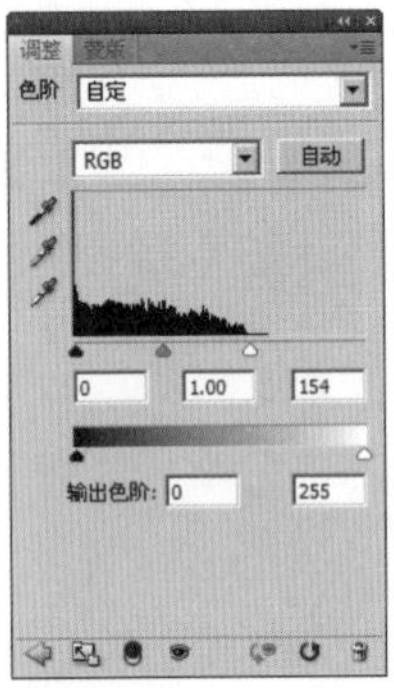

图11-375

step 12 设置完“色阶”命令的参数后，得到“色阶1”图层，此时的效果如图11-376所示。

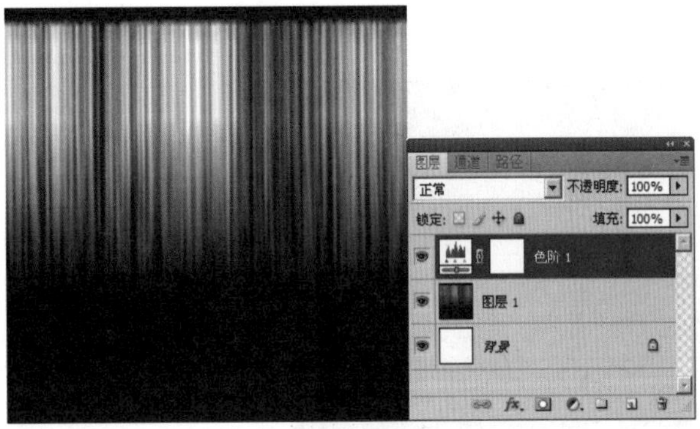

图11-376

step 13 选择“图层1”和“色阶1”图层，按快捷键Ctrl+Alt+E，执行盖印操作，将得到的新图层重命名为“图层2”。选择“滤镜>扭曲>极坐标”命令，设置弹出对话框中的参数后，单击“确定”按钮，得到如图11-377所示的效果。

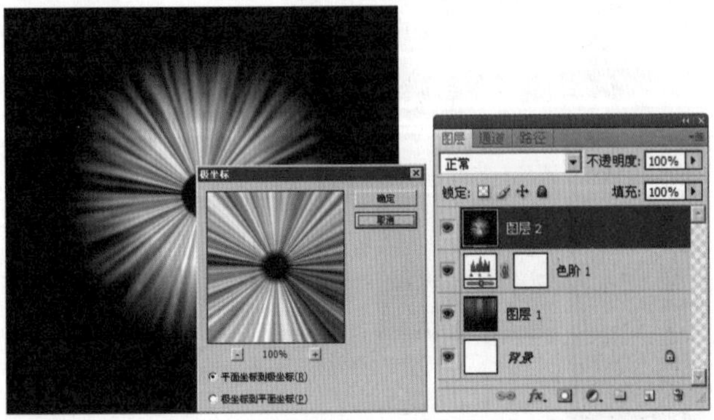

图11-377

step 14 选择“滤镜>扭曲>旋转扭曲”命令，设置弹出对话框中的参数后，单击“确定”按钮，得到如图11-378所示的效果。

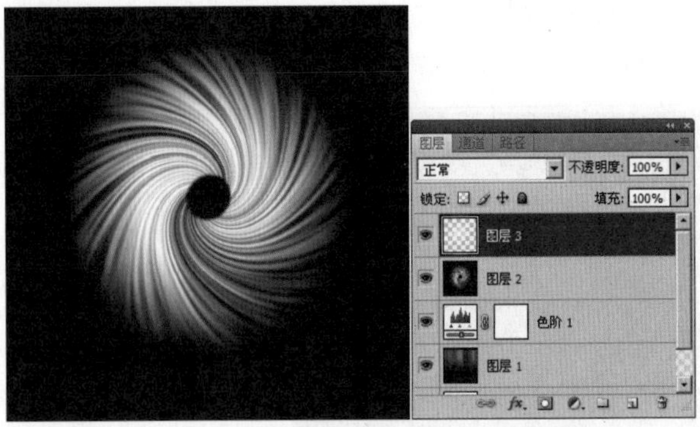

图11-378

step 15 选择“滤镜>液化”命令，在弹出的对话框中选择顺时针旋转扭曲工具，调整适当的大小后在图像中间单击旋转图像，调整好图像后单击“确定”按钮，得到如图11-379所示的效果。

图11-379

step 16 切换到“通道”面板，按住Ctrl键单击通道“RGB”，载入其选区，此时的选区效果如图11-380所示。

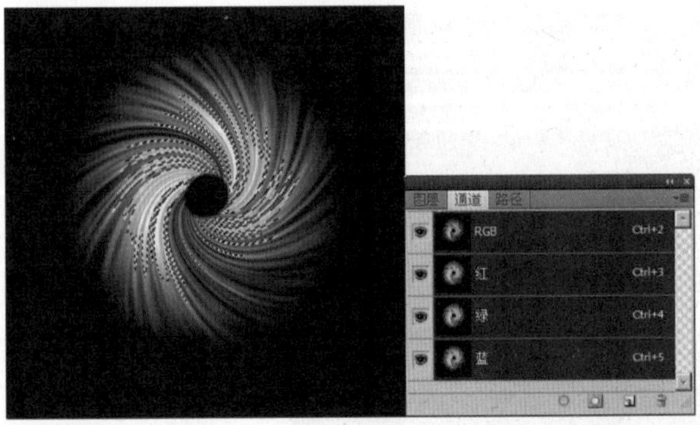

图11-380

step17 切换到“图层”面板，新建一个图层，得到“图层3”，设置前景色为白色，按快捷键Alt+Delete用前景色填充选区，按快捷键Ctrl+D取消选区，得到如图11-381所示的效果。

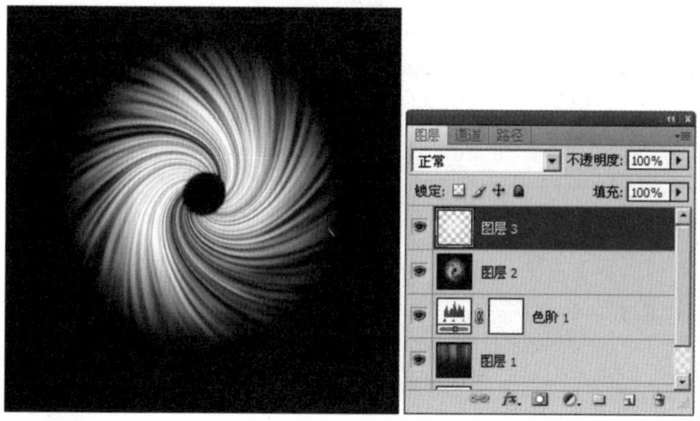

图11-381

step18 在“图层3”的下方新建一个图层，得到“图层4”，设置前景色的颜色值为“R24、G55、B75”，按快捷键Alt+Delete用前景色填充“图层 4”，得到如图11-382所示的效果。

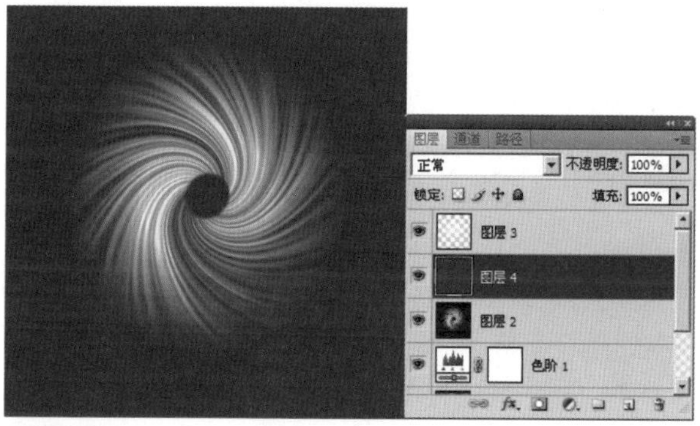

图11-382

step19 选择“图层3”，按快捷键Ctrl+T，调出自由变换控制框，将图像变换调整到如图11-383所示的状态，按Enter键确认操作。

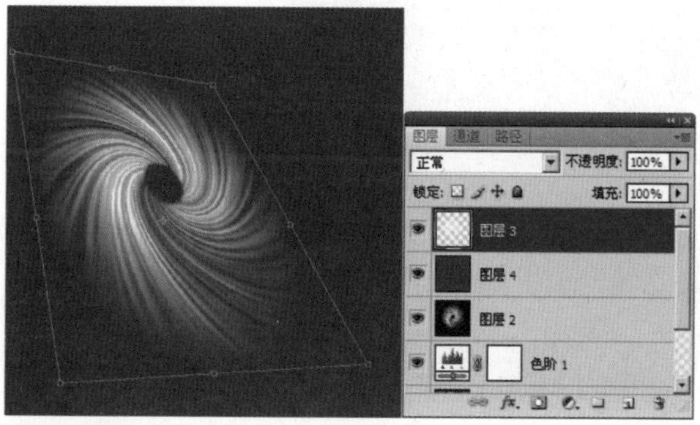

图11-383

step20 选择“图层3”，单击“添加图层样式”按钮，在弹出的菜单中选择“投影”命令，在弹出的对话框中设置投影参数；选择“外发光”选项，设置外发光参数，具体设置如图11-384所示。

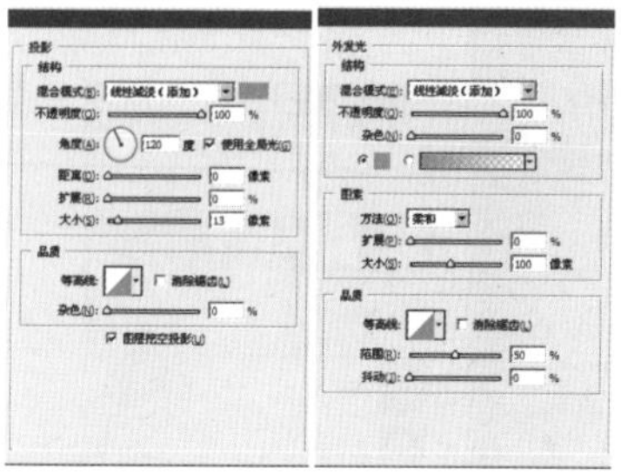

图11-384

step21 单击“确定”按钮，得到如图11-385所示的效果。

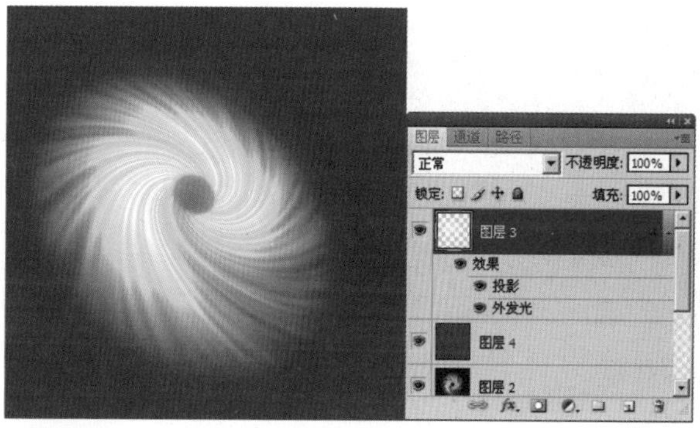

图11-385

step22 单击“添加图层蒙版”按钮，为“图层3”添加图层蒙版。设置前景色为黑色，选择画笔工具并设置适当的画笔大小和透明度后，在图层蒙版中涂抹，得到如图11-386所示的效果。

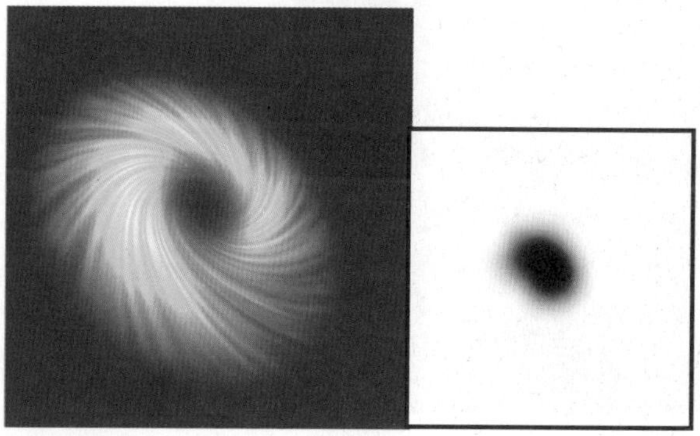

图11-386

step23 按快捷键Ctrl+T，调出自由变换控制框，将图像放大调整到如图11-387所示的状态，按Enter键确认操作。

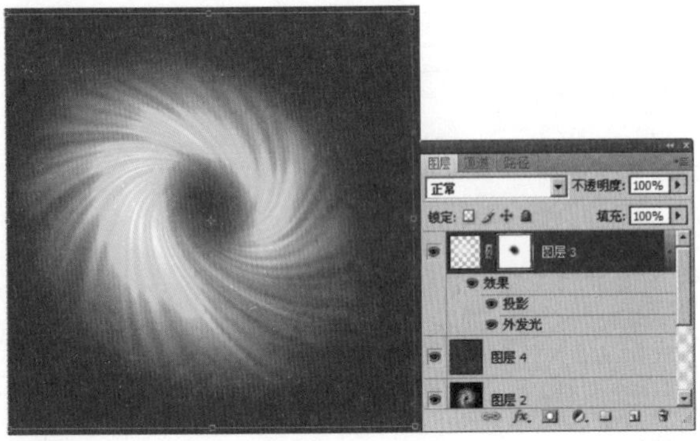

图11-387

step24 单击面板底部的“创建新图层”按钮，新建一个图层，得到“图层5”，设置前景色为黑色，按快捷键Alt+Delete，用前景色填充“图层5”，得到如图11-388所示的效果。

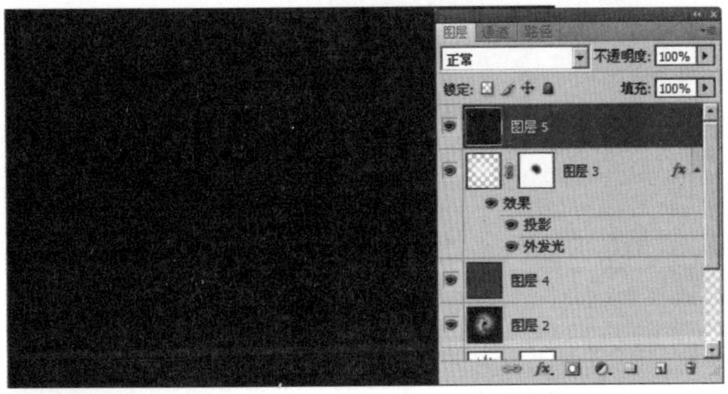

图11-388

step25 选择“滤镜＞杂色＞添加杂色”命令，设置弹出对话框中的参数后，单击“确定”按钮，得到如图11-389所示的效果。

图11-389

step26 选择“滤镜＞像素化＞晶格化”命令，设置弹出对话框中的参数后，单击“确定”按钮，得到如图11-390所示的效果。

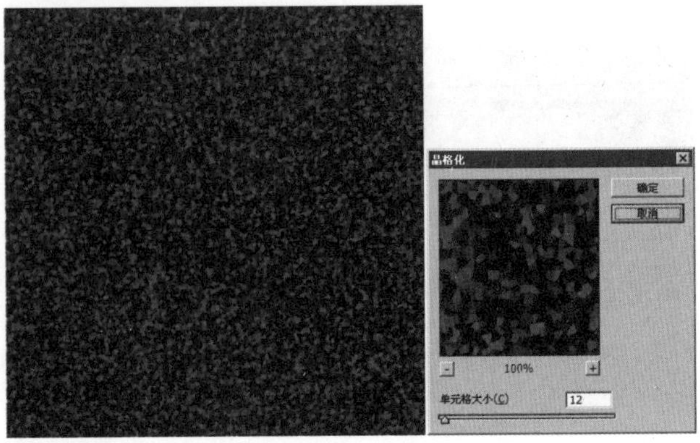

图11-390

step27 单击“创建新的填充或调整图层”按钮，在弹出的菜单中选择“色阶”命令，设置弹出的面板如图11-391所示。

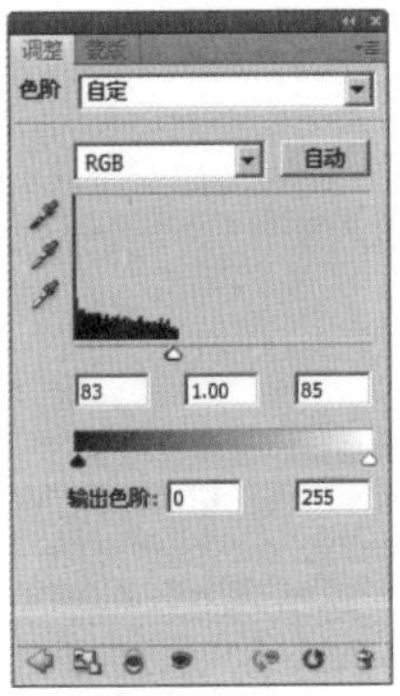

图11-391

step28 设置完毕后，得到“色阶2”图层，此时的效果如图11-392所示。

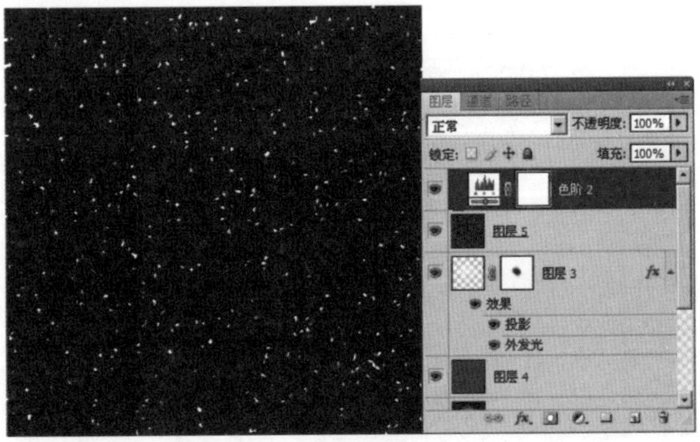

图11-392

step29 选择“图层5”和“色阶2”图层，按快捷键Ctrl+Alt+E，执行盖印操作，将得到的新图层重命名为“图层6”，隐藏“图层5”和“色阶2”，此时的效果如图11-393所示。

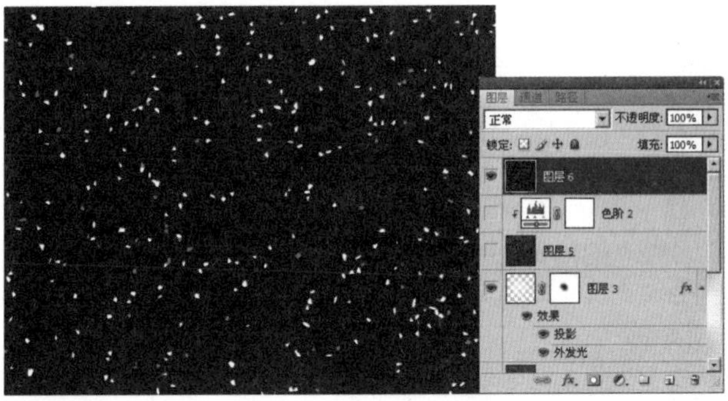

图11-393

step30 选择“滤镜>模糊>径向模糊”命令，设置弹出对话框中的参数后，单击“确定”按钮，得到如图11-394所示的效果。

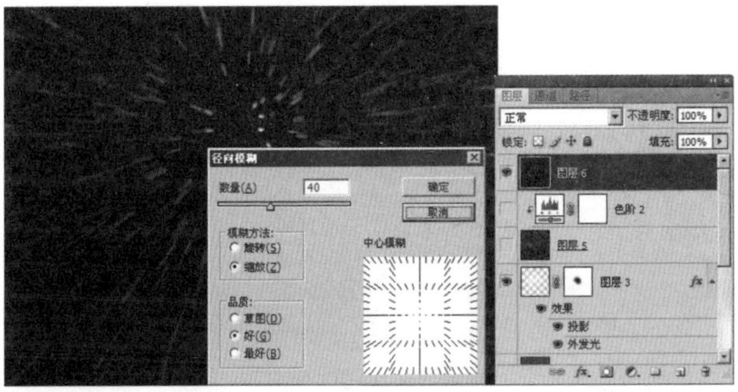

图11-394

step31 选择“滤镜>扭曲>旋转扭曲”命令，设置弹出对话框中的参数后，单击“确定”按钮，得到如图11-395所示的效果。

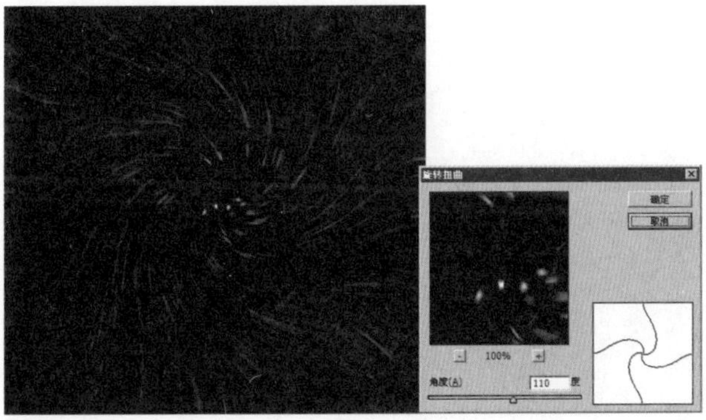

图11-395

step32 设置“图层6”的“混合模式”为“线性减淡”，得到如图11-396所示的效果。

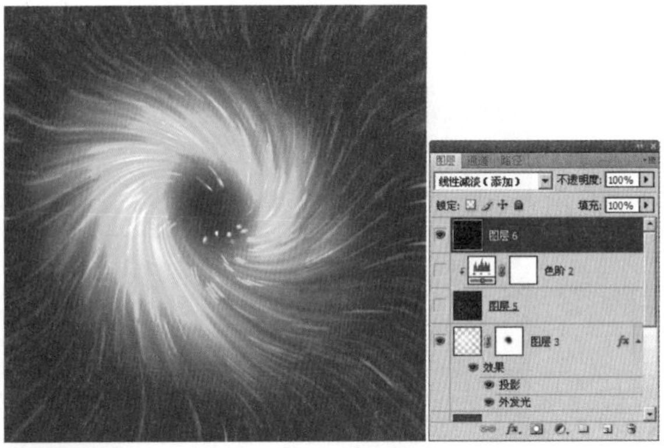

图11-396

step33 单击“创建新的填充或调整图层”按钮，在弹出的菜单中选择“曲线”命令，设置弹出的面板如图11-397所示。

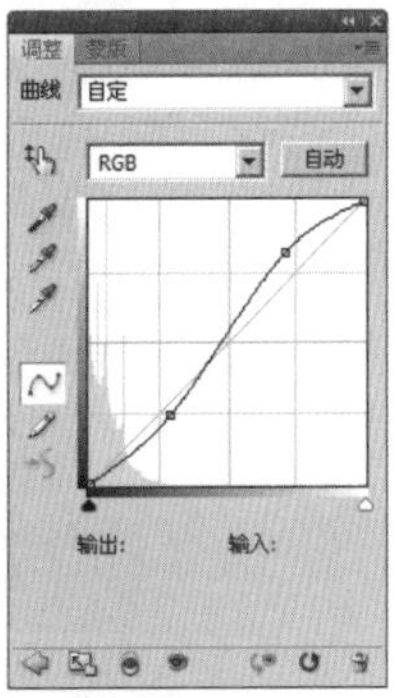

图11-397

step34 设置完毕后，得到“曲线1”图层，此时的效果如图11-398所示。

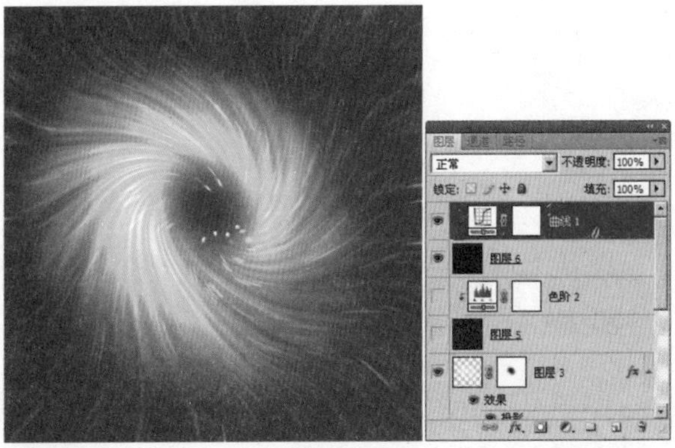

图11-398

step35 选择“图层6”和“曲线1”，按快捷键Ctrl+Alt+E，执行盖印操作，将得到的新图层重命名为“图层7”，设置其图层“混合模式”为“叠加”、“填充”为“25%”，得到如图11-399所示的效果。

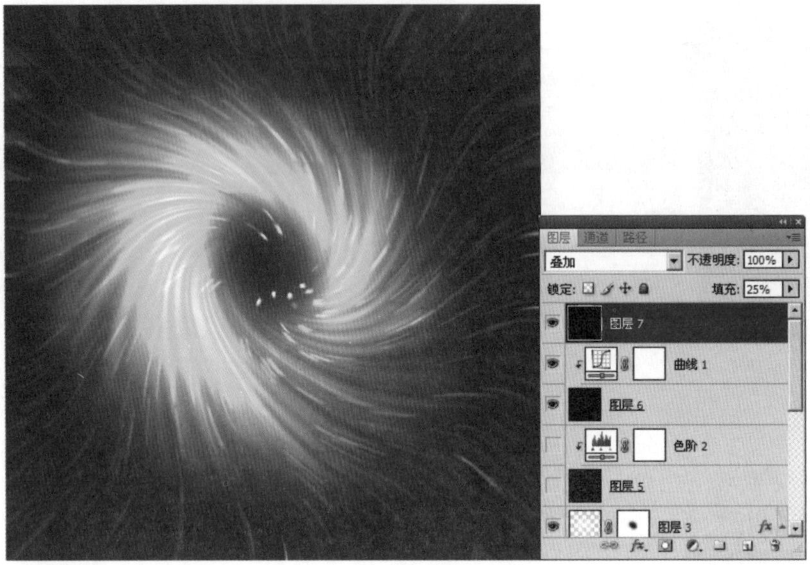

图11-399

1121 城市达人

最终效果

制作说明

本例讲解制作城市达人效果的方法。城市达人效果在动漫游戏领域非常常见，在制作的过程当中应用图层蒙版和剪贴蒙版来进行形状的绘制，再利用滤镜和图层样式来制作出特殊效果。

step01 新建文档。执行“文件>新建”命令（或按Ctrl+N组合键），设置弹出的“新建”对话框如图11-400所示，单击“确定”按钮，即可创建一个新的空白文档。

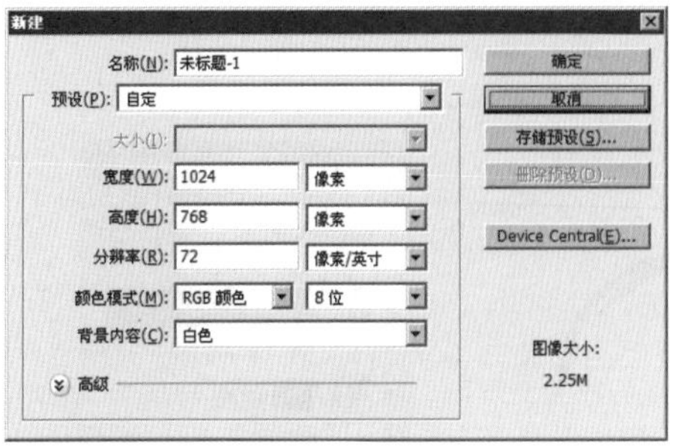

图11-400

step02 设置前景色的颜色值为“R48、G55、B74”，选择钢笔工具，在工具选项栏中单击“形状图层”按钮，在文件中绘制一个波形，得到“形状1”图层，如图11-401所示。

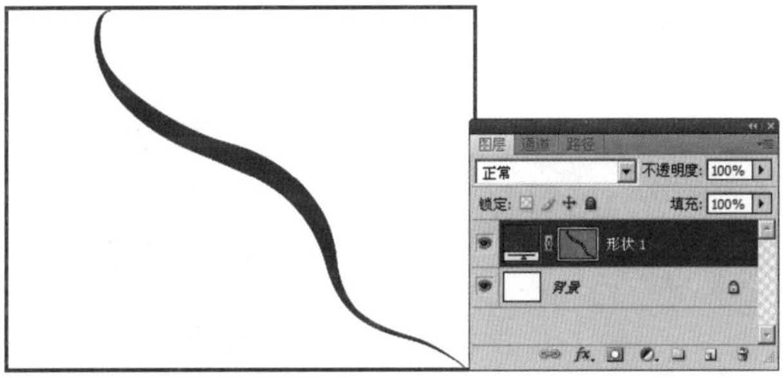

图11-401

step03 按住Ctrl键单击“形状1”图层，载入其选区，按快捷键Ctrl+Alt+D调出“羽化选区”对话框，设置对话框中的参数后，将选区向左下方移动一些，得到如图11-402所示的选区效果。

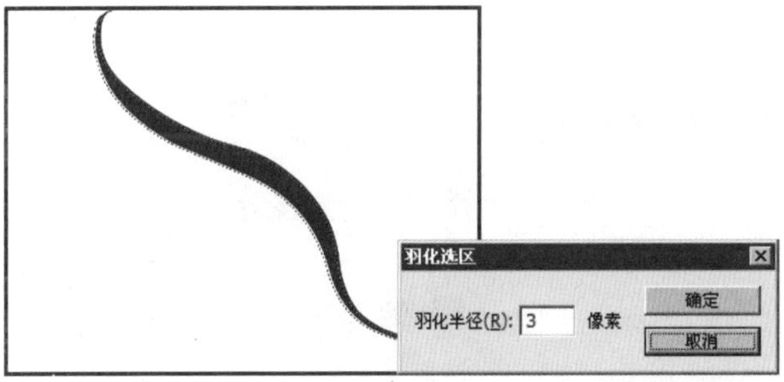

图11-402

step04 按住Alt键单击“添加图层蒙版”按钮，为“形状1”添加图层蒙版，此时选区以外的部分图像就被隐藏起来了，如图11-403所示。

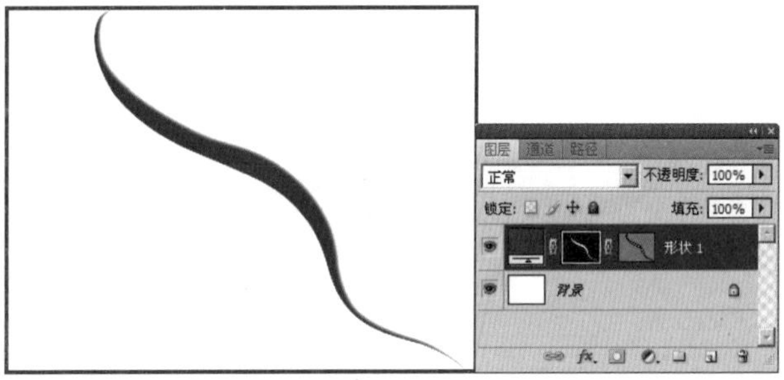

图11-403

step05 单击“形状1”的图层蒙版缩略图，设置前景色为黑色，选择画笔工具并设置适当的画笔大小和透明度后，在图层蒙版中涂抹，其涂抹状态和“图层”面板如图11-404所示。

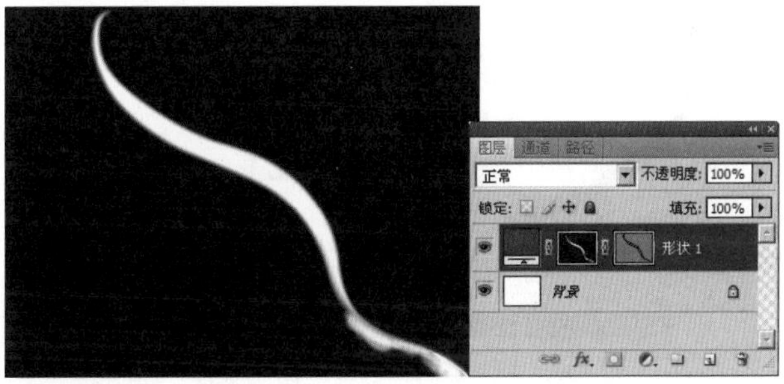

图11-404

step06 在“形状1”的图层蒙版中涂抹后，得到如图11-405所示的效果。

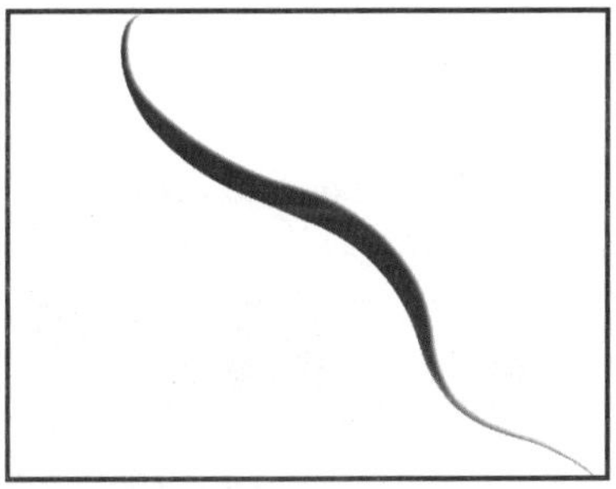

图11-405

step07 新建一个图层，得到“图层1”，按快捷键Ctrl+Alt+G，执行创建剪贴蒙版操作。选择钢笔工具，在工具选项栏中单击“路径”按钮，在文件中间绘制一条路径，得到“路径1”，如图11-406所示。

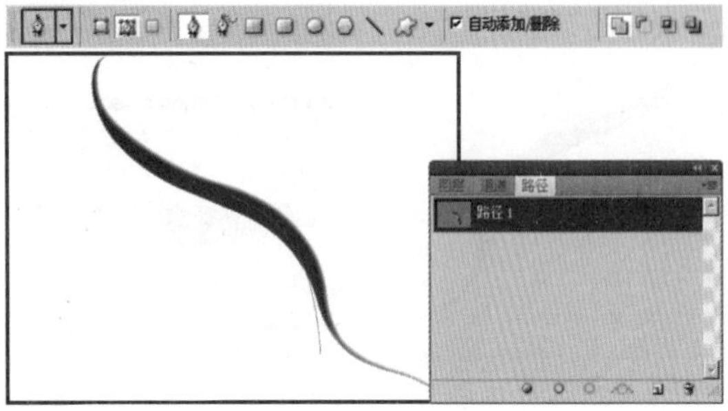

图11-406

step08 设置画笔的大小后，按住Alt键单击“用画笔描边路径”按钮，在调出的对话框中选中“模拟压力”复选框后，单击“确定”按钮，得到如图11-407所示的效果。

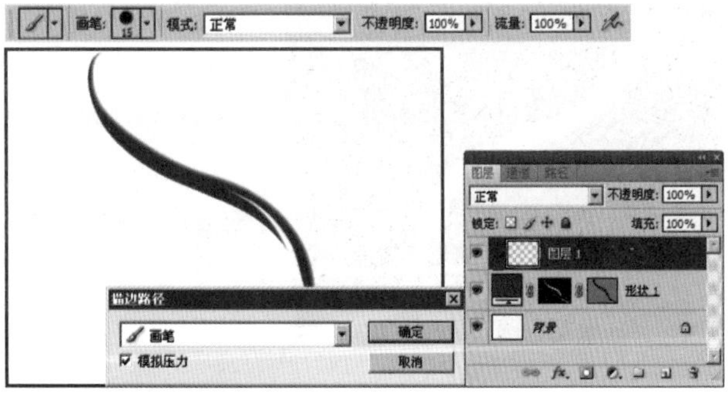

图11-407

step09 单击“添加图层蒙版”按钮，为“图层1”添加图层蒙版。设置前景色为黑色，选择画笔工具并设置适当的画笔大小和透明度后，在图层蒙版中涂抹，得到如图11-408所示的效果。

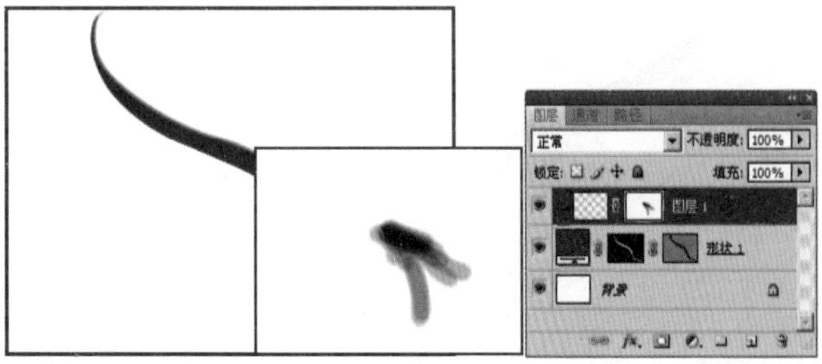

图11-408

step10 复制“图层1”两次，得到“图层1副本”、“图层1副本2”，将复制图层的图层蒙版删除，隐藏“图层1副本2”，如图11-409所示。

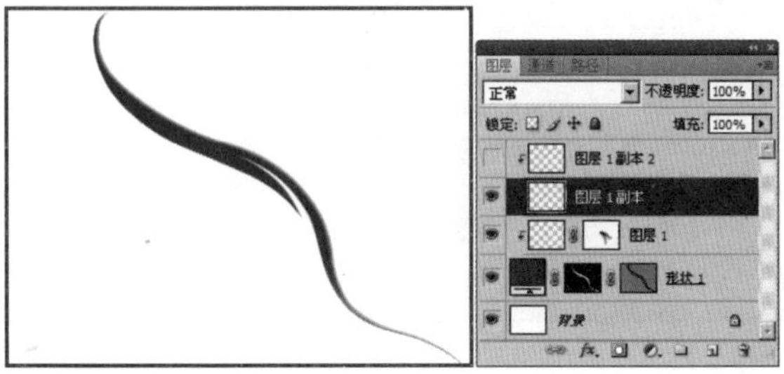

图11-409

step11 选择“图层1副本”，选择“滤镜>模糊>高斯模糊”命令，设置弹出对话框中的参数后，单击“确定”按钮，得到如图11-410所示的效果。

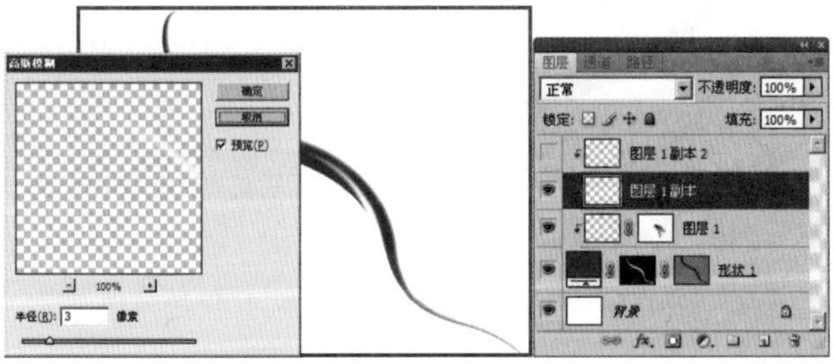

图11-410

step12 选择并显示“图层1副本2”，选择“滤镜>模糊>高斯模糊”命令，在弹出的对话框中设置参数（如图11-411所示），然后单击“确定”按钮。

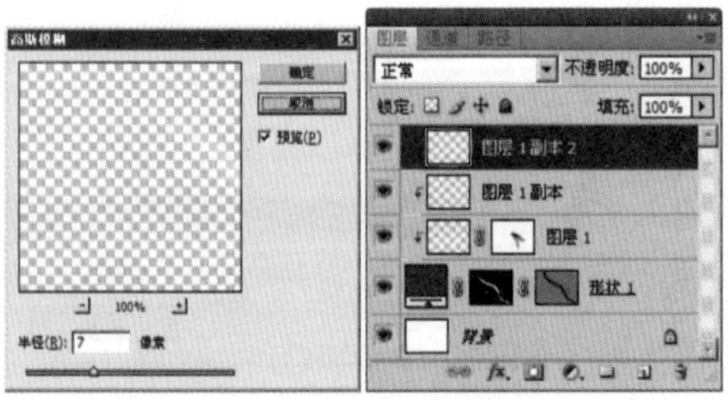

图11-411

step 13 选择“图层1副本2”为当前操作图层，按快捷键Ctrl+J复制“图层1副本2”，得到“图层1副本3”，如图11-412所示。

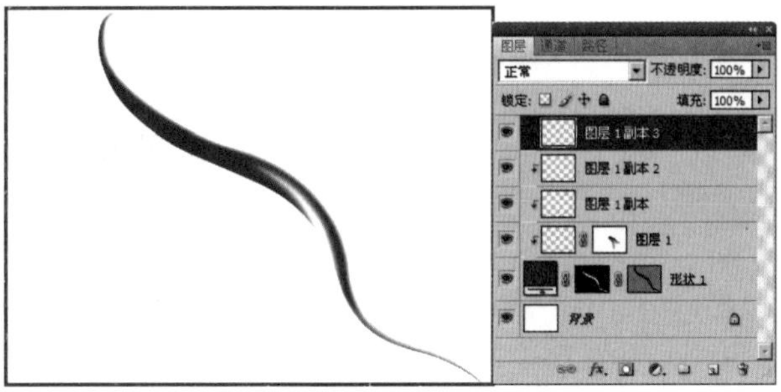

图11-412

step 14 新建一个图层，得到“图层2”，按快捷键Ctrl+Alt+G，执行创建剪贴蒙版操作。选择钢笔工具，在工具选项栏中单击“路径”按钮，在文件中间绘制一条路径，得到“路径2”，如图11-413所示。

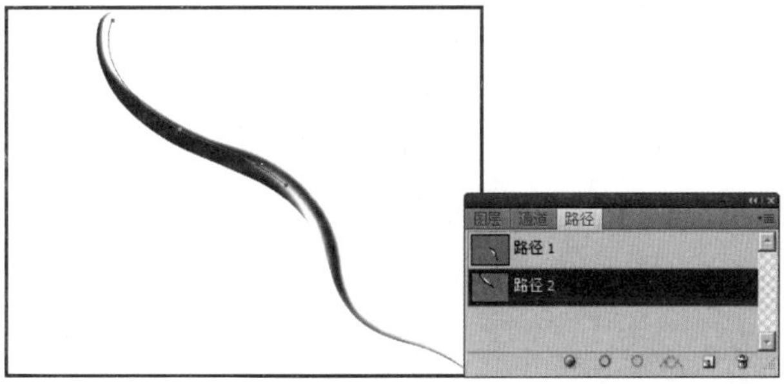

图11-413

step 15 设置画笔的大小后，按住Alt键单击“用画笔描边路径”按钮，在调出的对话框中选中“模拟压力”复选框后，单击“确定”按钮，得到如图11-414所示的效果。

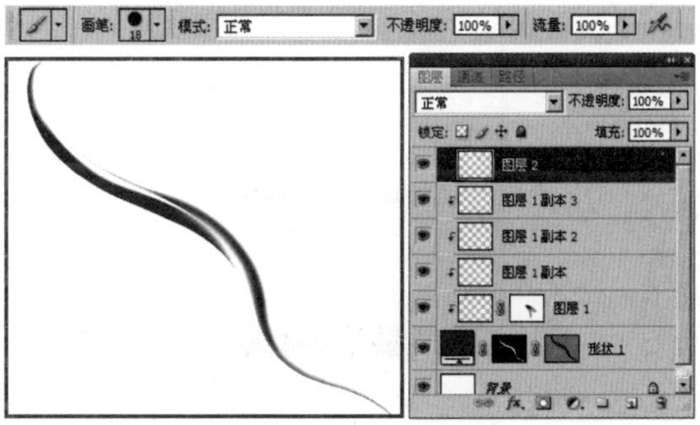

图11-414

step 16 复制“图层2”，得到“图层2副本”，选择“滤镜＞模糊＞高斯模糊”命令，设置弹出对话框中的参数后，单击“确定”按钮，得到如图11-415所示的效果。

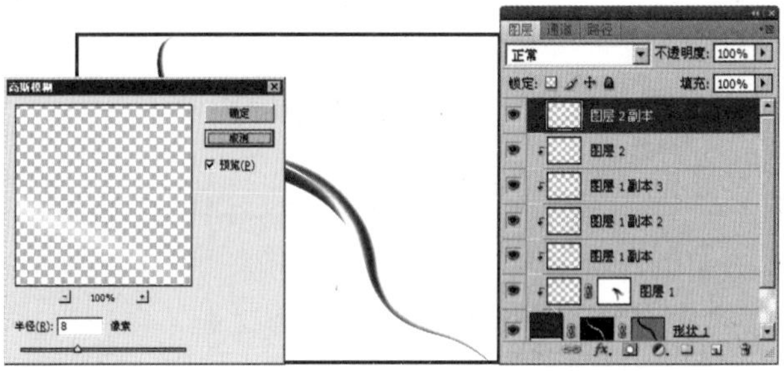

图11-415

step 17 单击“添加图层蒙版”按钮，为“图层 2副本”添加图层蒙版，设置前景色为黑色，选择画笔工具并设置适当的画笔大小和透明度后，在图层蒙版中涂抹，其涂抹状态和“图层”面板如图11-416所示。

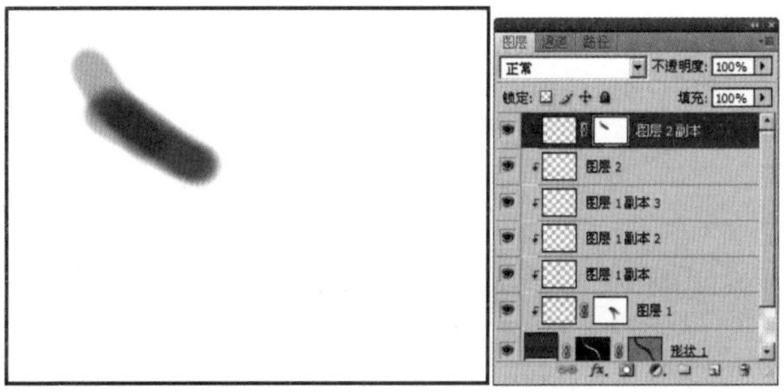

图11-416

step 18 在“图层2副本” 的图层蒙版中涂抹后，得到如图11-417所示的效果。

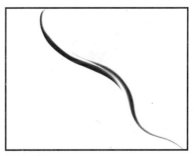

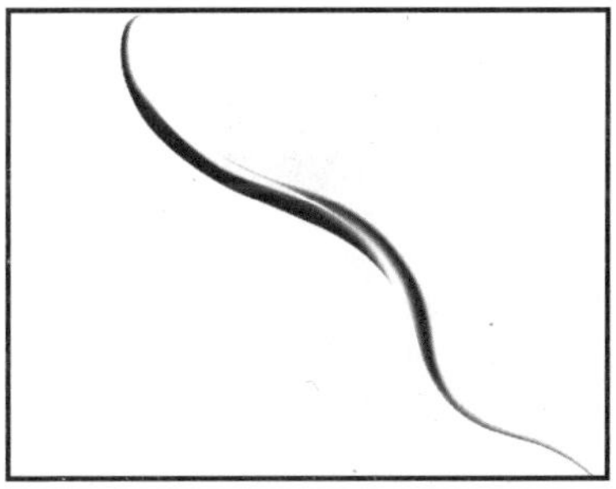

图11-417

step19 选择“图层2副本”为当前操作图层，按快捷键Ctrl+J复制“图层2副本”，得到“图层2副本2”，如图11-418所示。

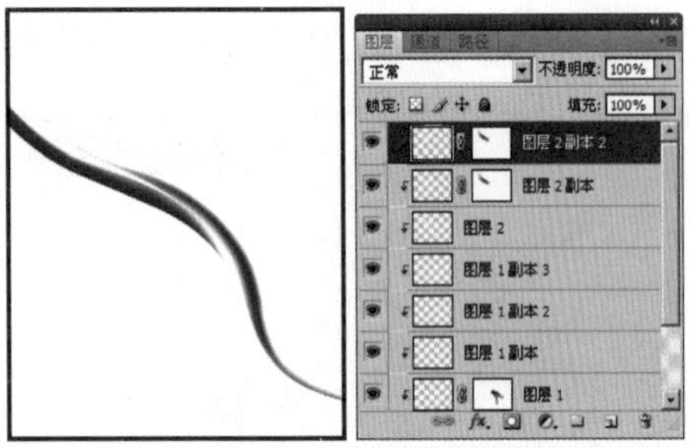

图11-418

step20 新建一个图层，得到“图层3”，按快捷键Ctrl+Alt+G，执行创建剪贴蒙版操作。选择钢笔工具，在工具选项栏中单击“路径”按钮，在文件中间绘制一条路径，得到“路径3”，如图11-419所示。

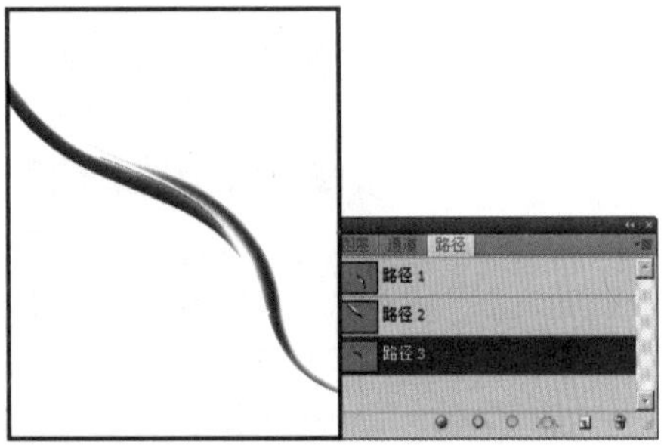

图11-419

step21 设置画笔的大小后，按住Alt键单击“用画笔描边路径”按钮，在调出的对话框中选中“模拟压力”复选框后，单击“确定”按钮，得到如图11-420所示的效果。

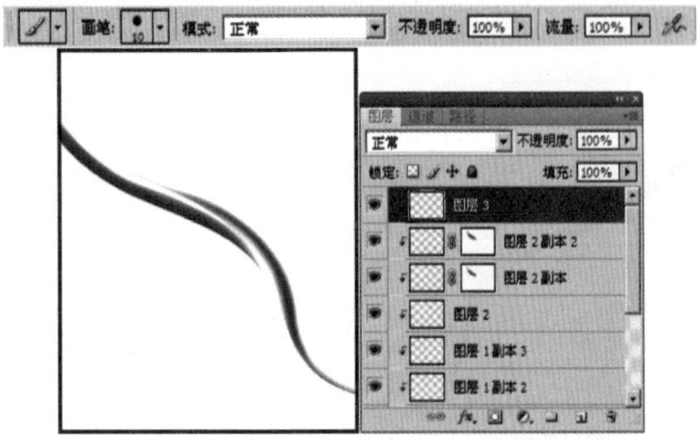

图11-420

step22 选择“滤镜>模糊>高斯模糊”命令，设置弹出对话框中的参数后，单击“确定”按钮，得到如图11-421所示的效果。

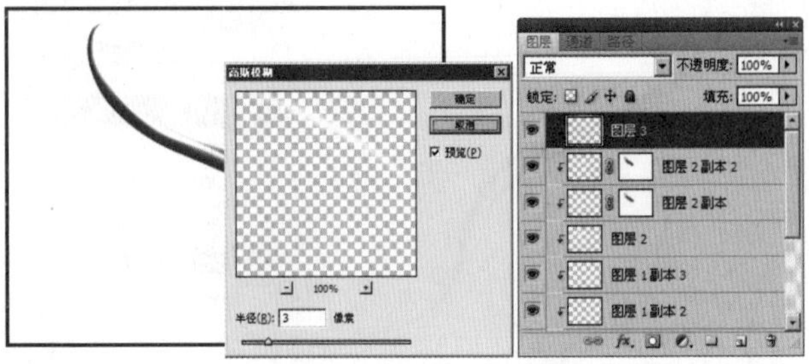

图11-421

step23 设置“图层3”的图层“不透明度”为“49%”，此时的图像效果和“图层”面板如图11-422所示。

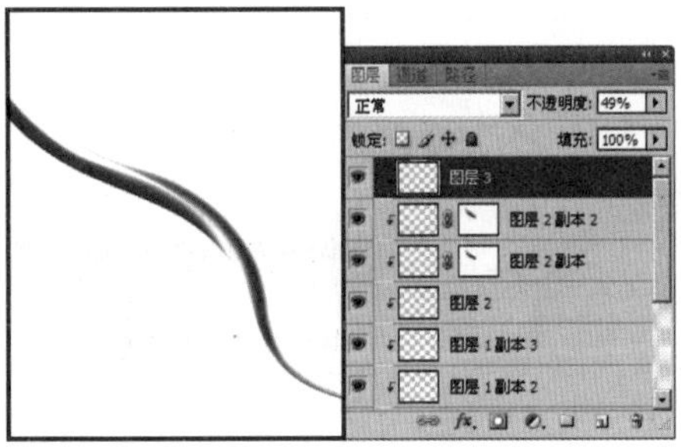

图11-422

step24 新建一个图层，得到“图层4”，按快捷键Ctrl+Alt+G，执行创建剪贴蒙版操作。选择钢笔工具，在工具选项栏中单击“路径”按钮，在文件中间绘制一条路径，得到“路径4”，如图11-423所示。

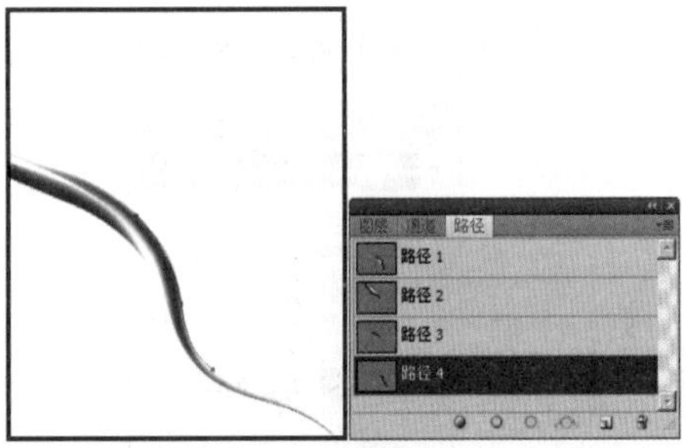

图11-423

step25 设置画笔的大小后，按住Alt键单击“用画笔描边路径”按钮，在调出的对话框中选中“模拟压力”复选框后，单击“确定”按钮，得到如图11-424所示的效果。

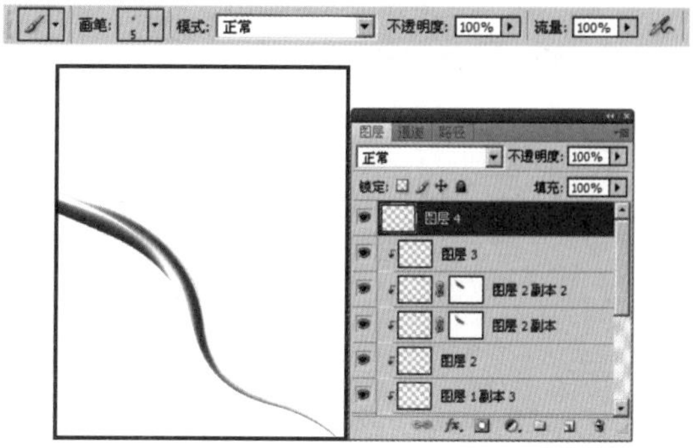

图11-424

step26 按住Ctrl键单击“形状1”的矢量蒙版缩览图，载入其选区。单击“添加图层蒙版”按钮，为“图层4”添加图层蒙版，此时选区部分以外的图像就被隐藏起来了，如图11-425所示。

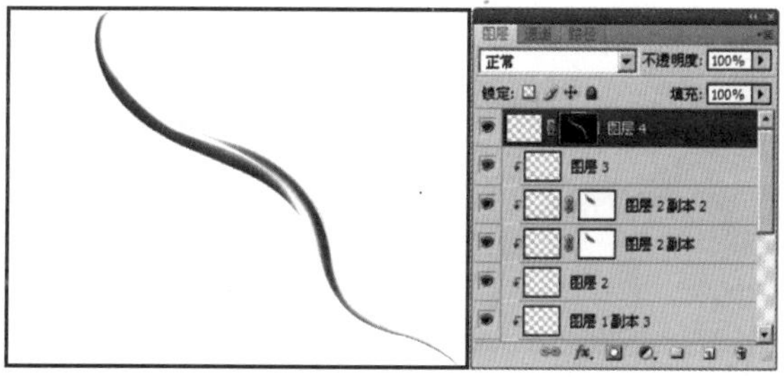

图11-425

step27 按快捷键Ctrl+J，复制“图层4”，得到“图层4副本”。选择“滤镜>模糊>高斯模糊”命令，设置弹出对话框中的参数后，单击“确定”按钮，然后为“图层4副本”添加外发光图层样式，得到如图11-426所示的效果。

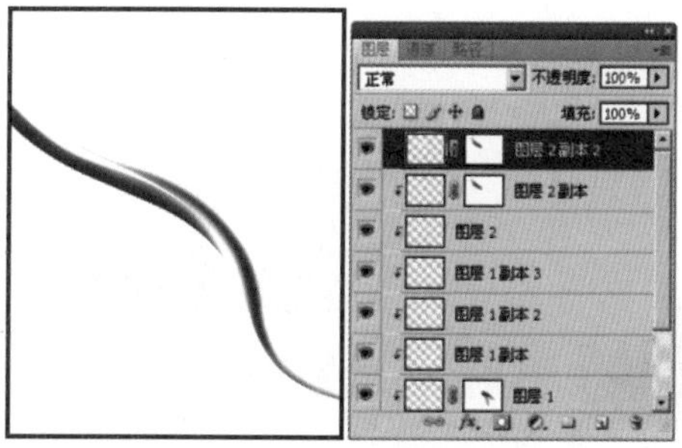

图11-426

step28 新建一个图层，得到“图层5”，按快捷键Ctrl+Alt+G，执行创建剪贴蒙版操作。选择钢笔工具，在工具选项栏中单击“路径”按钮，在文件中间绘制一条路径，得到“路径5”，如图11-427所示。

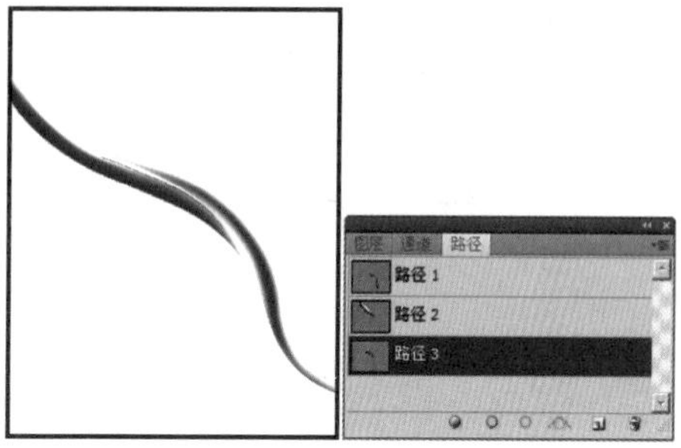

图11-427

step29 设置前景色的颜色值为“R220、G128、B41”。设置画笔的大小，按住Alt键单击“用画笔描边路径”按钮，在调出的对话框中选中“模拟压力”复选框后，单击“确定”按钮，得到如图11-428所示的效果。

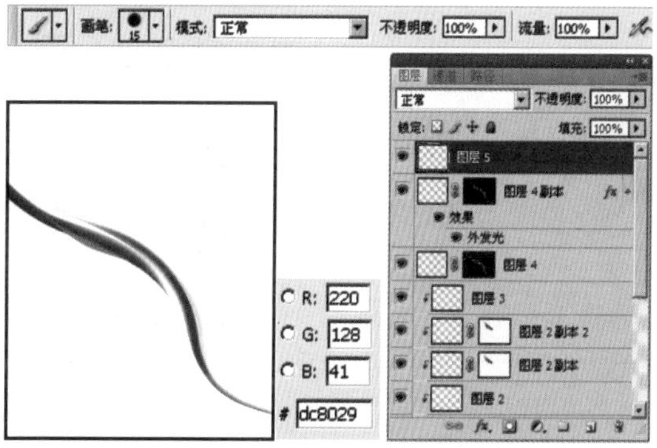

图11-428

step30 选择“滤镜>模糊>高斯模糊”命令，设置弹出对话框中的参数后，单击“确定”按钮，得到如图11-429所示的效果。

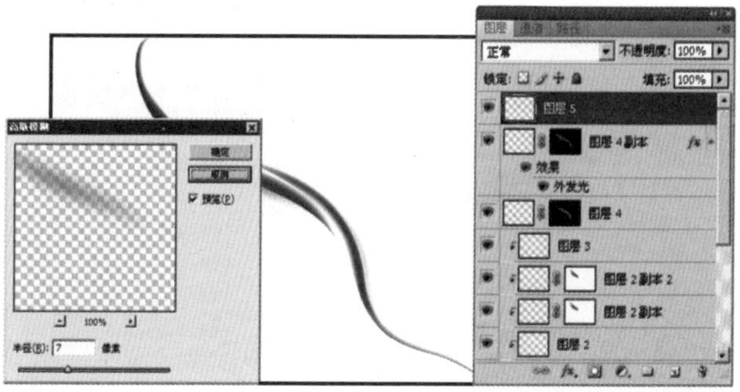

图11-429

step31 按住Alt键拖动“图层5”到“图层4副本”的上方，释放鼠标得到“图层5副本”，设置其“混合模式”为“叠加”，得到如图11-430所示的效果。

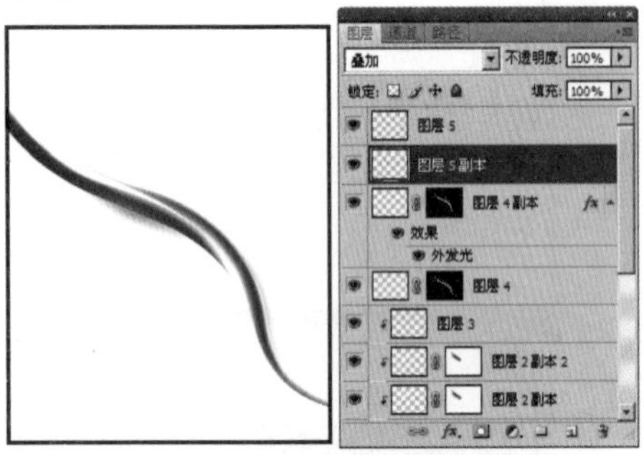

图11-430

step32 选择“背景”上方的所有图层，按快捷键Ctrl+Alt+E，执行盖印操作，将得到的新图层重命名为“图层6”。按快捷键Ctrl+T，调出自由变换控制框，将图像缩小旋转调整到如图11-431所示的状态，按Enter键确认操作。

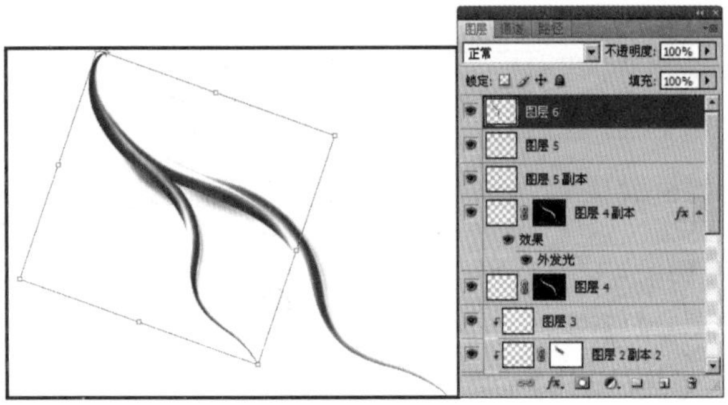

图11-431

step33 按5次快捷键Ctrl+Shift+Alt+T，复制并变换图像到如图11-432所示的状态。

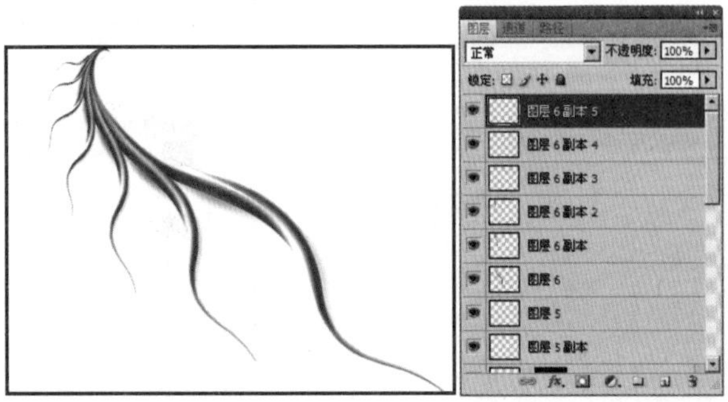

图11-432

step34 选择“图层6”，单击“添加图层样式”按钮，在弹出的菜单中选择“投影”命令，在弹出的对话框中设置投影参数后，得到如图11-433所示的效果。

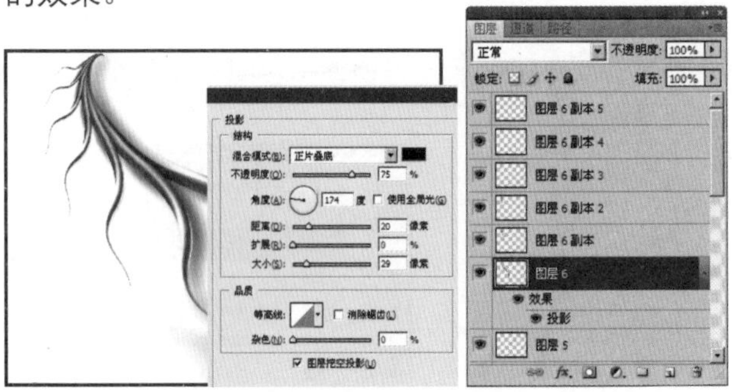

图11-433

step35 在“图层6”的图层名称上单击鼠标右键，在弹出的菜单中选择“拷贝图层样式”命令，然后分别用鼠标右键单击“图层6”的副本图层名称，在弹出的菜单中选择“粘贴图层样式”命令，得到如图11-434所示的效果。

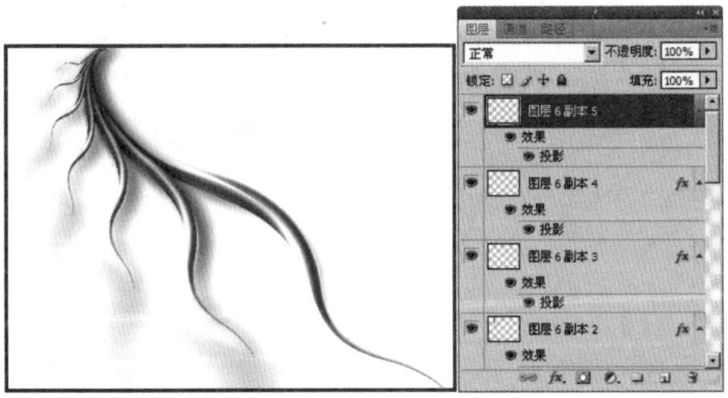

图11-434

step36 单击“添加图层蒙版”按钮，为“图层6”添加图层蒙版。设置前景色为黑色，选择画笔工具，并设置适当的画笔大小和透明度后，在图层蒙版中涂抹，其涂抹状态和“图层”面板如图11-435所示。

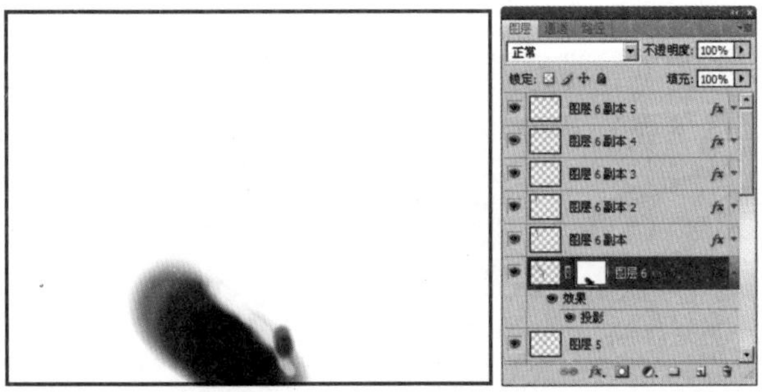

图11-435

step37 在“图层6”的图层蒙版中涂抹，将多余的图像隐藏，得到如图11-436所示的效果。

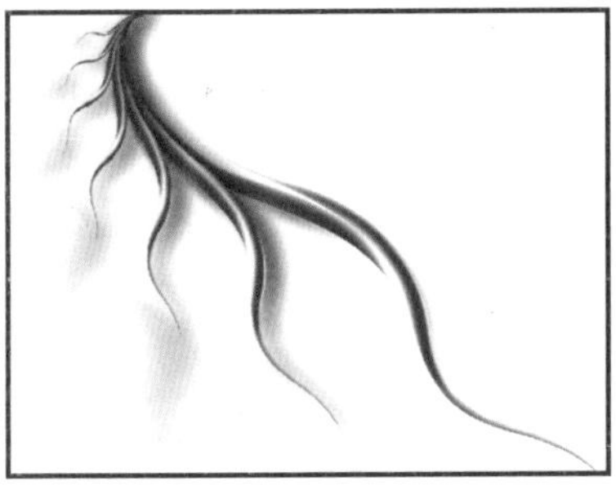

图11-436

step38 继续为“图层6”的副本图层添加图层蒙版，将图像中多余的阴影部分隐藏起来，如图11-437所示。

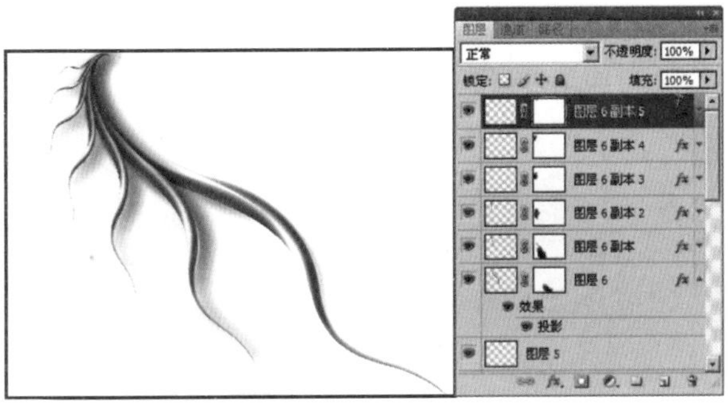

图11-437

step39 在“背景”图层上方新建一个图层，得到“图层7”，设置前景色的颜色值为“R27、G37、B64”。选择画笔工具并设置适当的画笔大小和透明度后，在图像中进行涂抹，涂抹后得到如图11-438所示的效果。

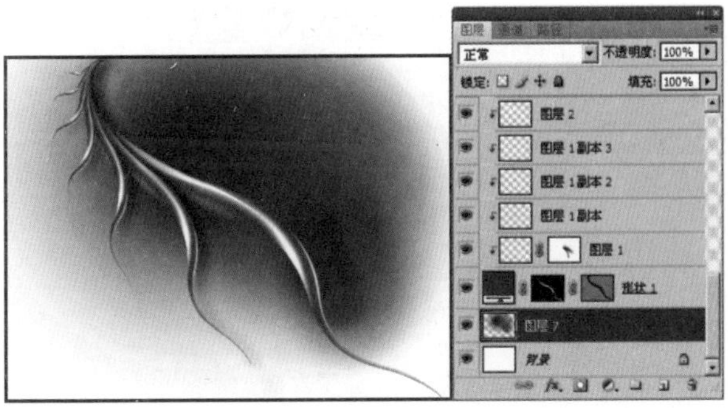

图11-438

step40 单击“添加图层蒙版”按钮，为“图层7”添加图层蒙版。设置前景色为黑色，选择画笔工具并设置适当的画笔大小和透明度后，在图层蒙版中涂抹，其涂抹状态和“图层”面板如图11-439所示。

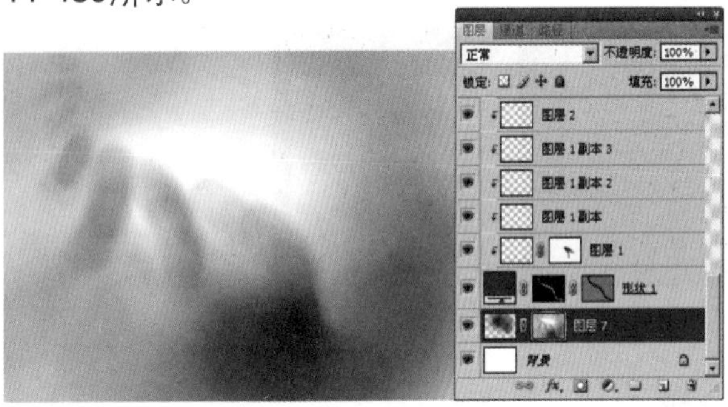

图11-439

step41 在“图层7”的图层蒙版中涂抹，将多余的图像隐藏，得到如图11-440所示的效果。

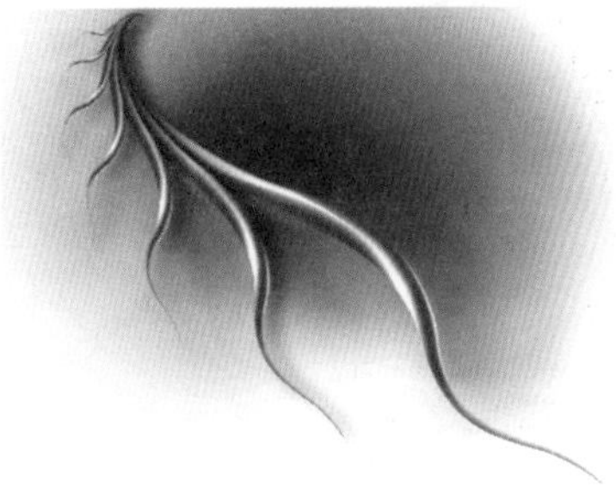

图11-440

step42 切换到“通道”面板，单击底部的“创建新通道”按钮，新建一个通道“Alpha 1”，设置前景色为白色，使用画笔工具在通道中绘制两条曲线，如图11-441所示。

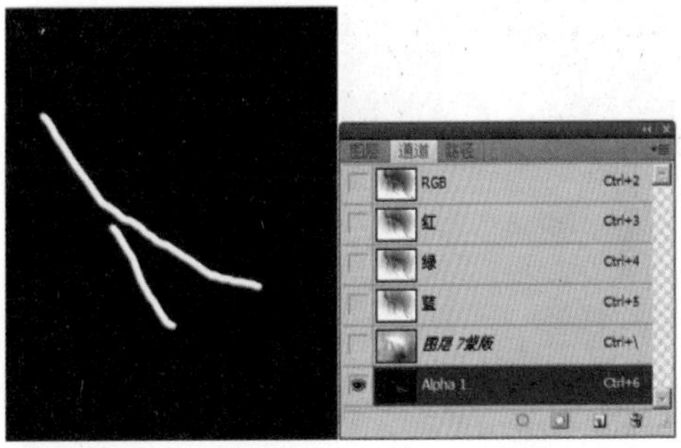

图11-441

step43 选择“滤镜>风格化>照亮边缘”命令，设置弹出对话框中的参数后，单击“确定”按钮，得到如图11-442所示的效果。

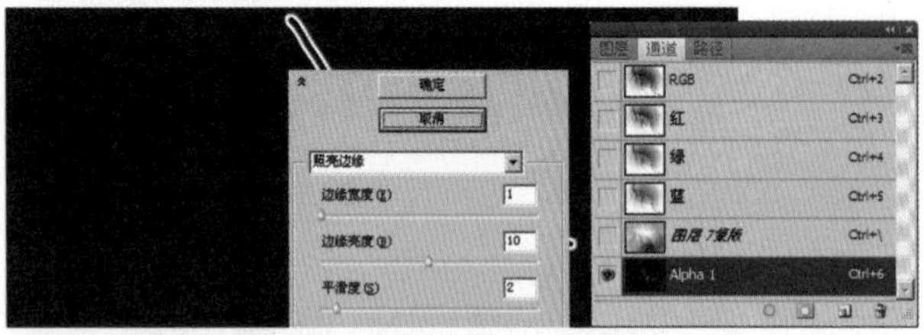

图11-442

step44 选择“滤镜>模糊>动感模糊”命令，设置弹出对话框中的参数后，单击“确定”按钮，得到如图11-443所示的效果。

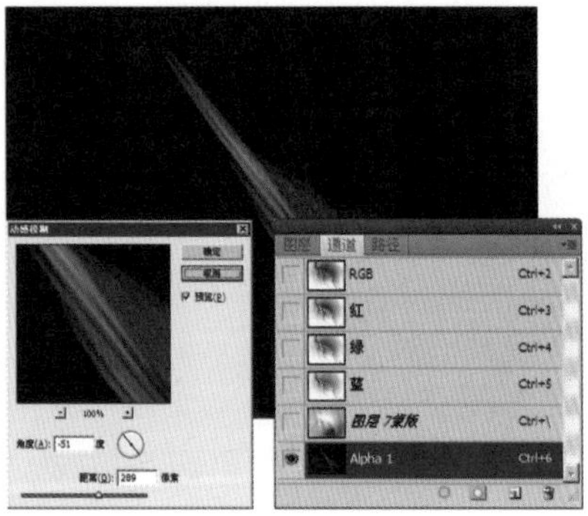

图11-443

step45 选择“滤镜>扭曲>切变”命令，设置弹出对话框中的参数后，单击“确定”按钮，得到如图11-444所示的效果。

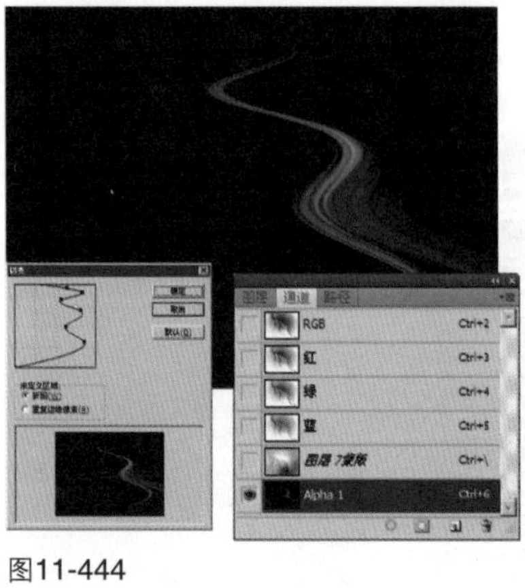

图11-444

step46 按住Ctrl键单击通道“Alpha 1”，载入其选区，切换到“图层”面板，在“图层”面板的最上方新建一个图层，得到“图层8”，设置前景色为白色，按快捷键Alt+Delete用前景色填充选区，按快捷键Ctrl+D取消选区，得到如图11-445所示的效果。

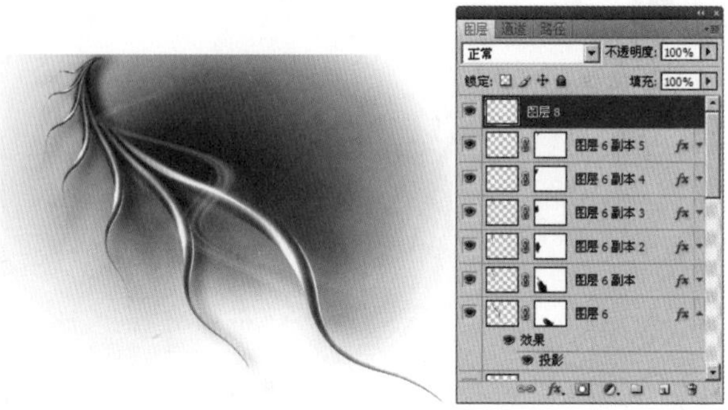

图11-445

step47 使用移动工具将图像调整到文件的中间位置，按快捷键Ctrl+J两次，复制“图层8”，得到“图层8副本”，按快捷键Ctrl+E向下合并图层，得到如图11-446所示的效果。

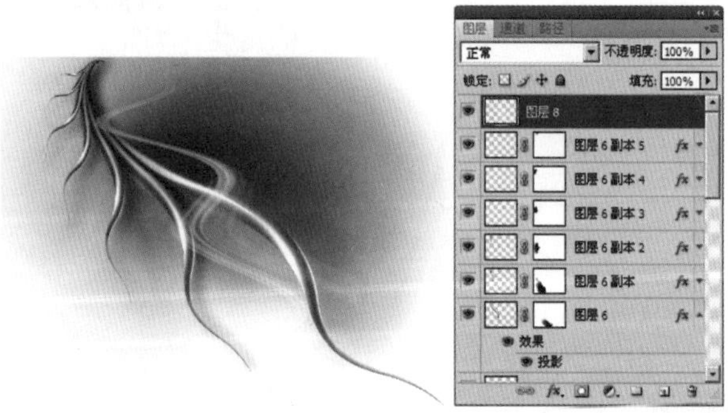

图11-446

step48 选择“图层8”，按快捷键Ctrl+J两次，复制“图层8”，得到“图层8副本”、“图层8副本2”，如图11-447所示。

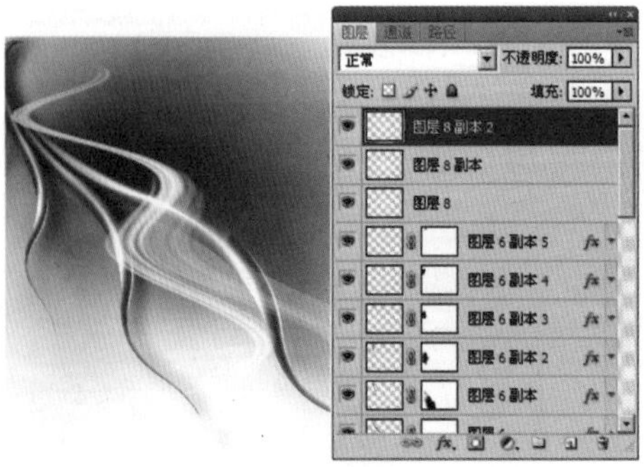

图11-447

step49 选择“图层8副本2”，单击“锁定透明像素”按钮，设置前景色的颜色值为“R0、G0、B255”，按快捷键Alt+Delete用前景色填充“图层8副本2”，如图11-448所示。

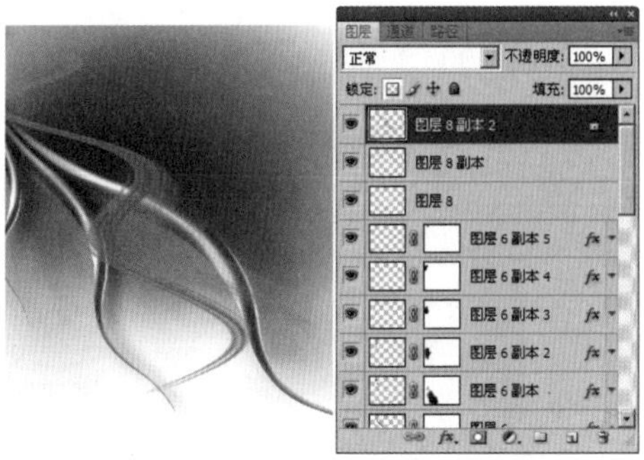

图11-448

step50 设置“图层8副本2”的图层“混合模式”为“滤色”，得到如图11-449所示的效果。

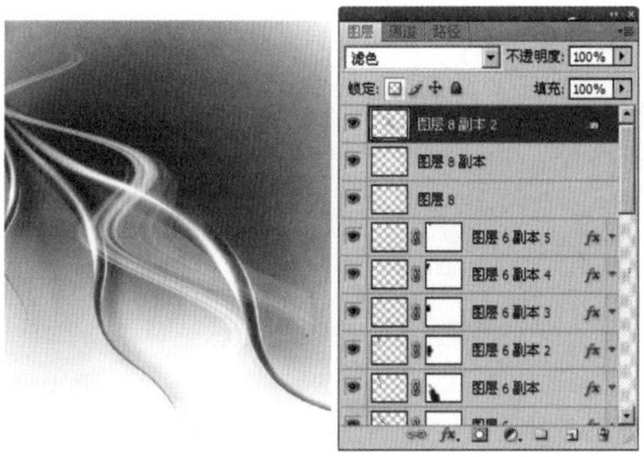

图11-449

step51 选择“图层8副本”，单击“锁定透明像素”按钮，设置前景色的颜色值为“R0、G255、B0”，按快捷键Alt+Delete用前景色填充“图层8副本”，如图11-450所示。

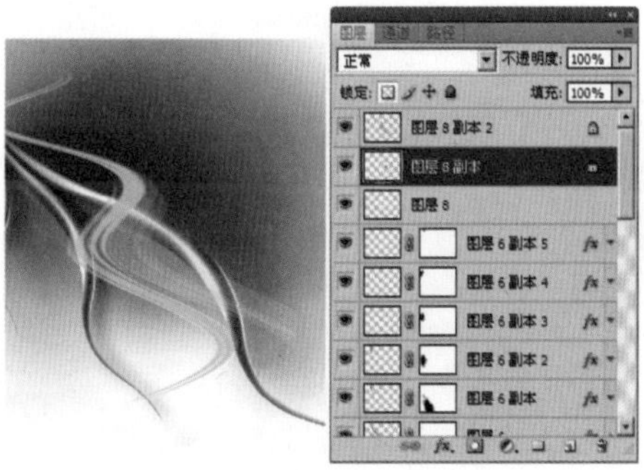

图11-450

step52 设置“图层8副本”的图层“混合模式”为“叠加”，得到如图11-451所示的效果。

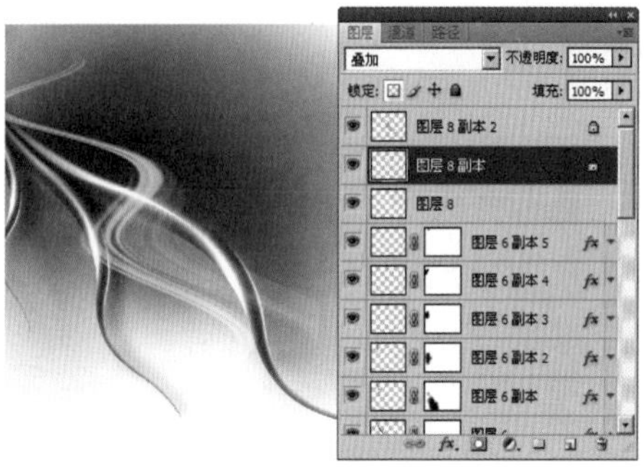

图11-451

step53 选择“图层8”，单击“锁定透明像素”按钮，设置前景色的颜色值为“R255、G0、B0”，按快捷键Alt+Delete用前景色填充“图层8”，如图11-452所示。

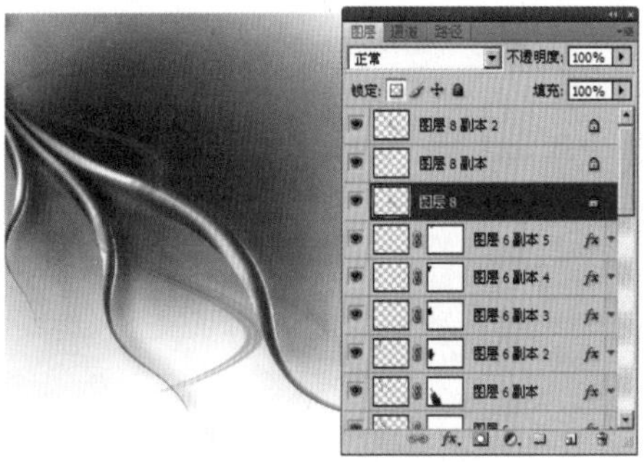

图11-452

step54 将“图层”面板最上方的三个图层选中，按快捷键Ctrl+Alt+E，执行盖印操作，将得到的新图层重命名为“图层9”，然后将“图层8”及其副本图层隐藏，如图11-453所示。

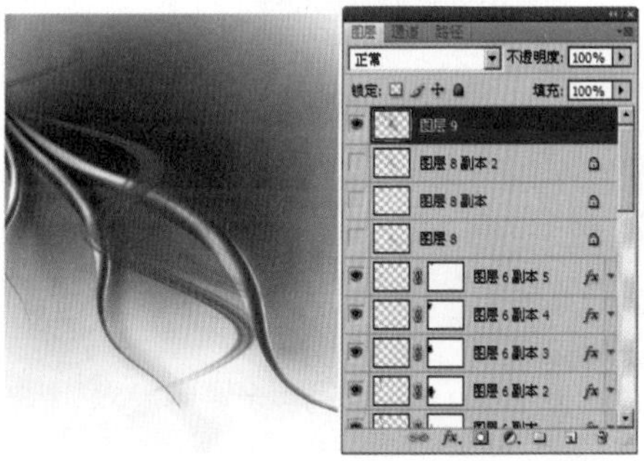

图11-453

step 55 单击“创建新的填充或调整图层”按钮，在弹出的菜单中选择“渐变映射”命令，设置弹出的面板如图11-454所示。在面板的编辑渐变颜色选择框中单击，可以弹出“渐变编辑器”对话框，在该对话框中可以编辑渐变映射的颜色。

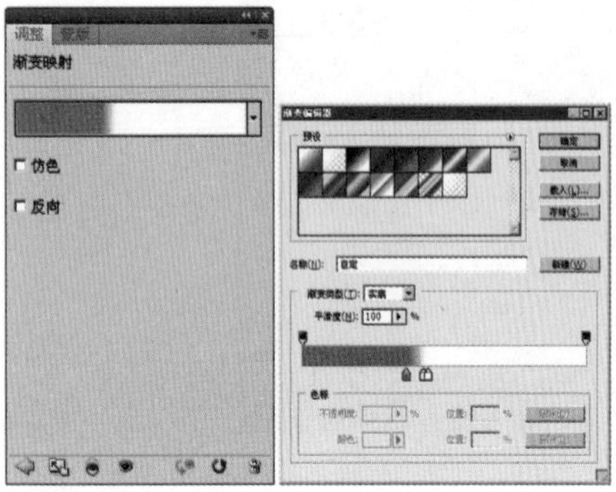

图11-454

step 56 设置完毕后，单击“确定”按钮，得到“渐变映射1”图层，按快捷键Ctrl+Alt+G，执行创建剪贴蒙版操作，此时的效果如图11-455所示。

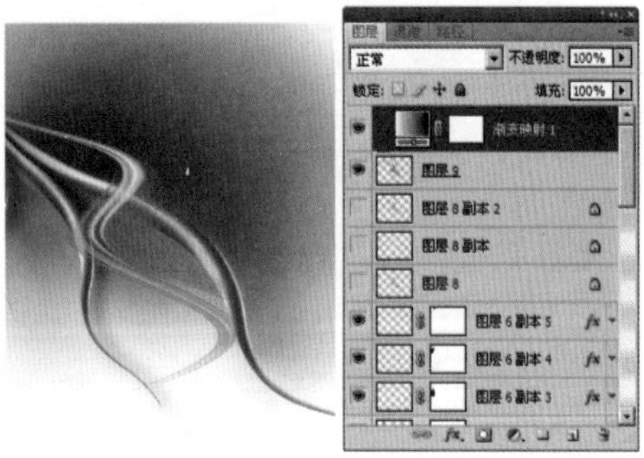

图11-455

step 57 选择“图层9”和“渐变映射1”，按快捷键Ctrl+Alt+E，执行盖印操作，将得到的新图层重命名为“图层10”，设置其图层“混合模式”为“叠加”，得到如图11-456所示的效果。

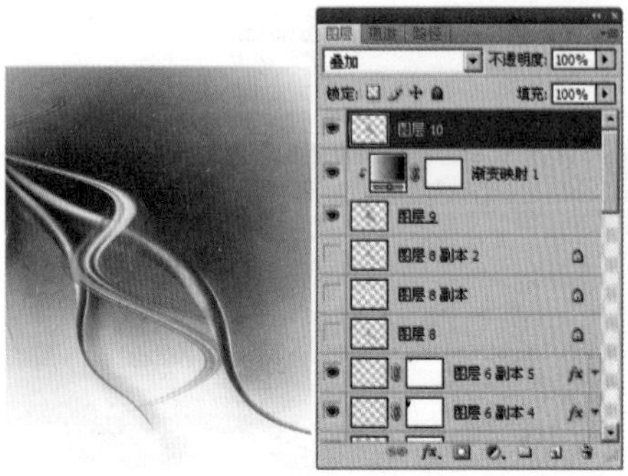

图11-456

step 58 单击“添加图层蒙版”按钮，为“图层10”添加图层蒙版。设置前景色为黑色，选择画笔工具并设置适当的画笔大小和透明度后，在图层蒙版中涂抹，其涂抹状态和“图层”面板如图11-457所示。

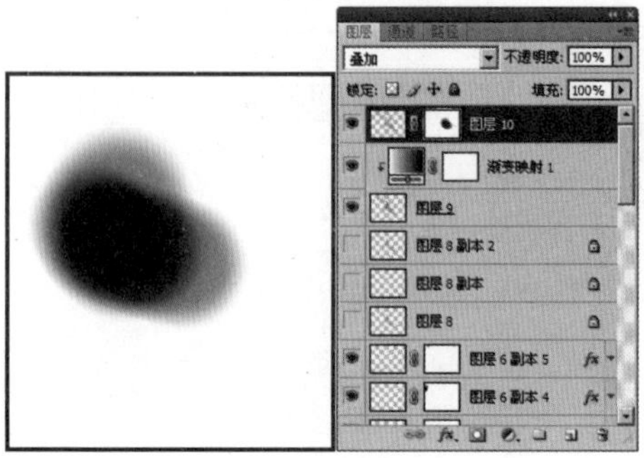

图11-457

step 59 在“图层10”的图层蒙版中涂抹后，将多余的图像隐藏，得到如图11-458所示的效果。

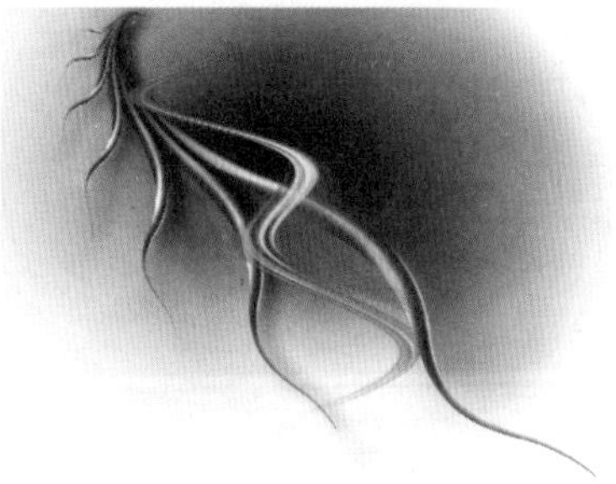

图11-458

step 60 将“图层”面板最上方的三个图层选中，按快捷键Ctrl+Alt+E，执行盖印操作，将得到的新图层重命名为“图层11”，然后将“图层11”下方的三个图层隐藏，如图11-459所示。

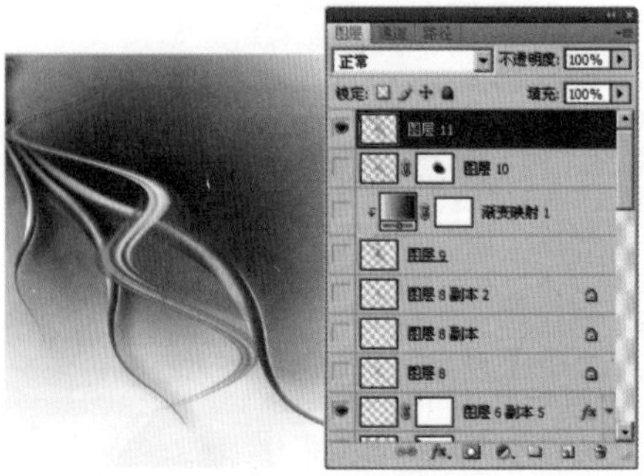

图11-459

step61 使用橡皮擦工具在波浪图像的上方涂抹，将多余的图像擦除，如图11-460所示。

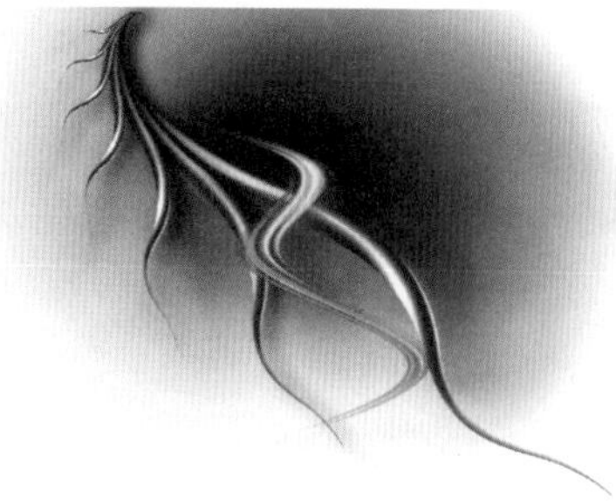

图11-460

step62 选择“编辑>变换>变形”命令，调出变形编辑框，拖曳变形调整柄将图像变形到如图11-461所示的状态，按Enter键确认操作。

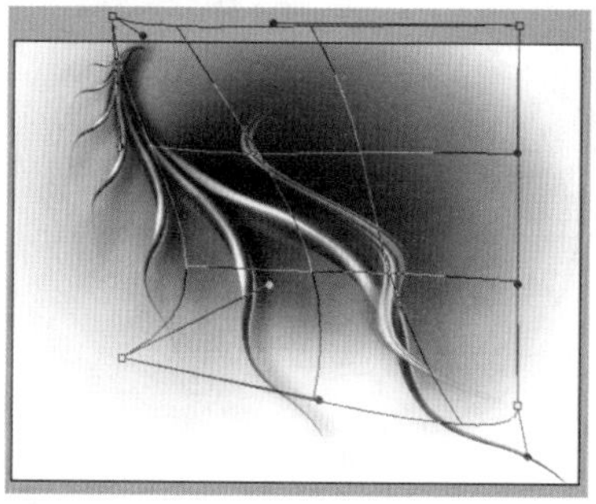

图11-461

step63 按快捷键Ctrl+T，调出自由变换控制框，将图像缩小旋转调整到如图11-462所示的状态，按Enter键确认操作。

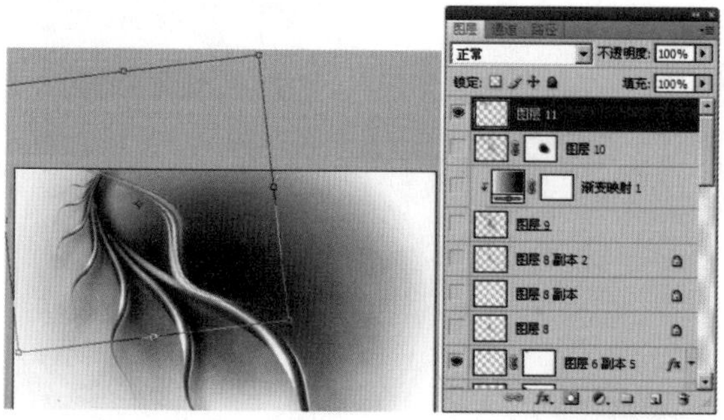

图11-462

step64 按快捷键Ctrl+J，复制“图层11”得到“图层11副本”。按快捷键Ctrl+T，调出自由变换控制框，将图像缩小旋转调整到如图11-463所示的状态，按Enter键确认操作。

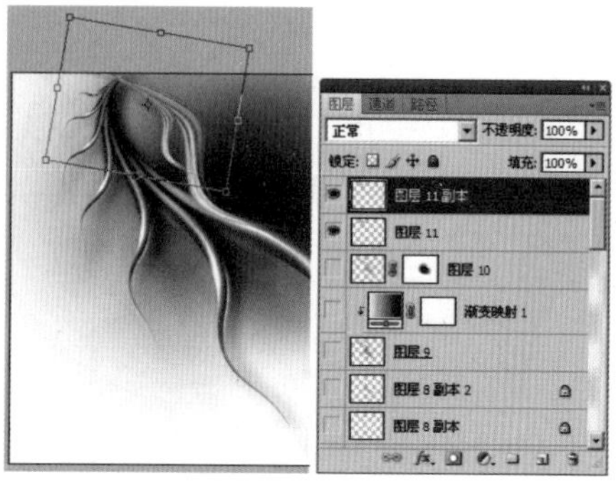

图11-463

step65 将“图层11”和“图层11副本”选中，按快捷键Ctrl+Alt+E，执行盖印操作，将得到的新图层重命名为“图层12”，选择“滤镜>模糊>高斯模糊”命令，设置弹出对话框中的参数后，单击“确定”按钮，得到如图11-464所示的效果。

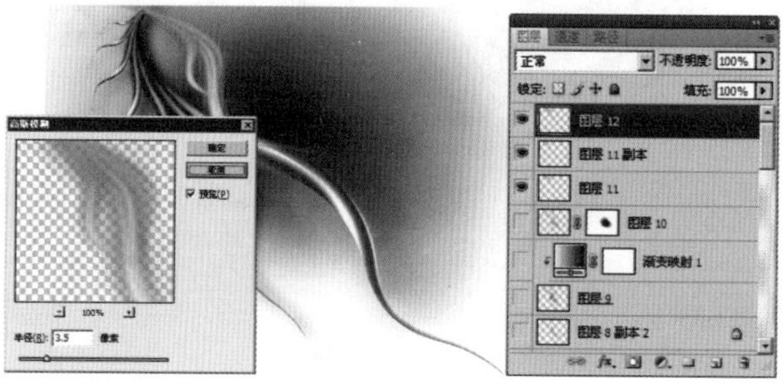

图11-464

step66 设置“图层12”的“不透明度”为“50%”、“混合模式”为“柔光”，此时的图像效果和“图层”面板如图11-465所示。

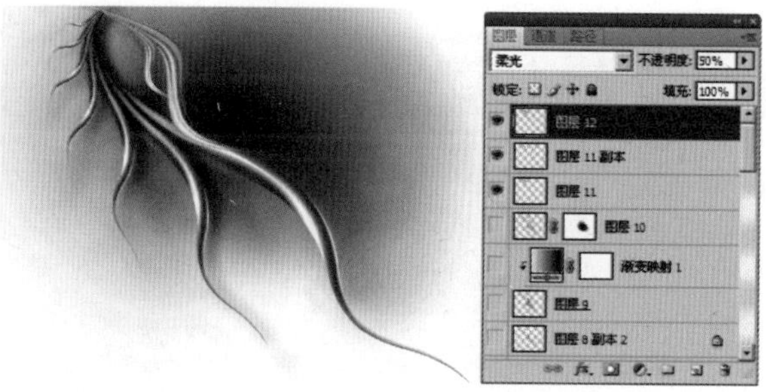

图11-465

step67 将“图层”面板最上方的三个图层选中，按快捷键Ctrl+Alt+E，执行盖印操作，将得到的新图层重命名为“图层13”，按快捷键Ctrl+T，调出自由变换控制框，将图像缩小旋转调整到如图11-466所示的状态，按Enter键确认操作。

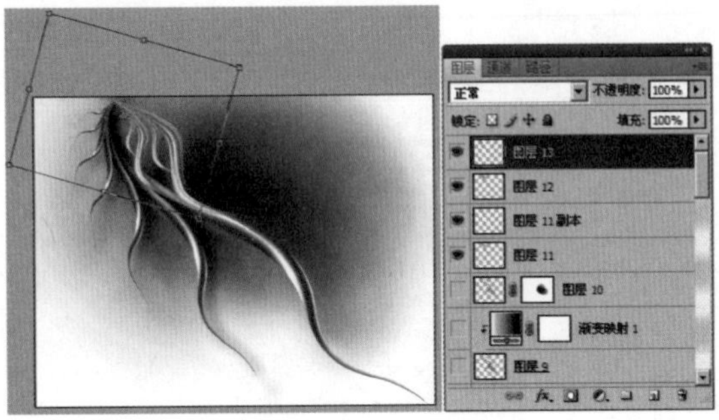

图11-466

step68 按4次快捷键 Ctrl+Shift+Alt+T，复制并变换图像到如图11-467所示的状态。

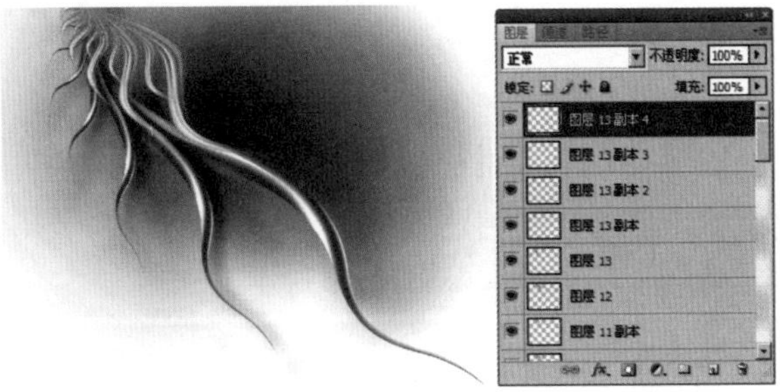

图11-467

step69 将“图层10”上方的所有图层选中，按快捷键Ctrl+Alt+E，执行盖印操作，将得到的新图层重命名为“图层14”，然后将“图层14”下方的8个图层隐藏，如图11-468所示。

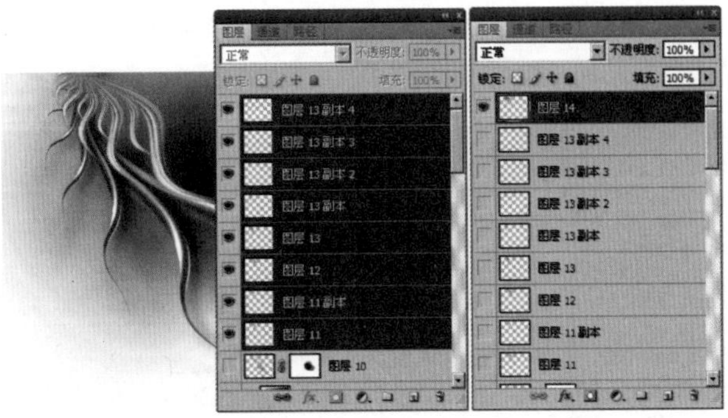

图11-468

step70 单击“添加图层样式”按钮，在弹出的菜单中选择“内发光”命令，在弹出的对话框中进行如图11-469所示的设置。

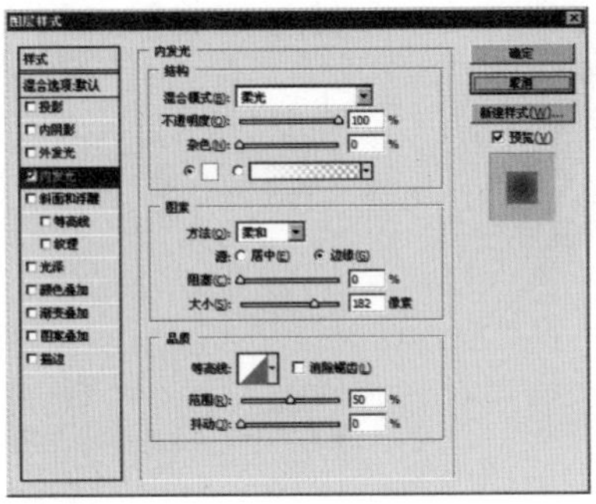

图11-469

step71 单击“确定”按钮，得到如图11-470所示的效果。

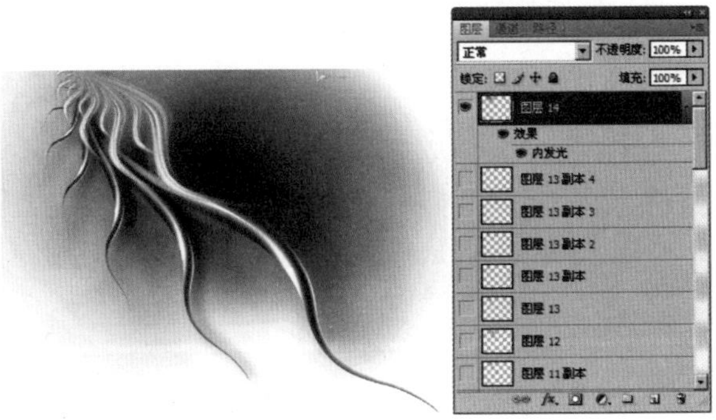

图11-470

step72 新建一个图层，得到“图层15”，设置前景色为白色。选择画笔工具并设置适当的画笔大小和透明度后，在图像中进行涂抹，涂抹后得到如图11-471所示的效果。

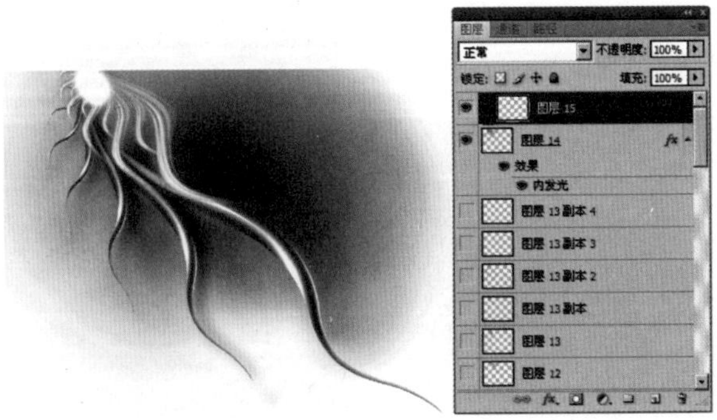

图11-471

step73 设置“图层12”的图层“混合模式”为“柔光”，按快捷键Ctrl+Alt+G，执行创建剪贴蒙版操作，此时的图像效果和“图层”面板如图11-472所示。

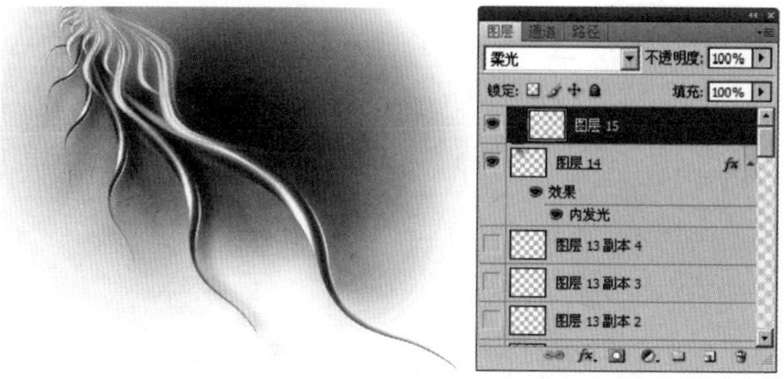

图11-472

step74 单击“创建新的填充或调整图层”按钮，在弹出的菜单中选择“曲线”命令，在弹出的面板中进行如图11-473所示。

step75 设置完毕后，得到“曲线1”图层，按快捷键Ctrl+Alt+G，执行创建剪贴蒙版操作，最终效果如图11-474所示。

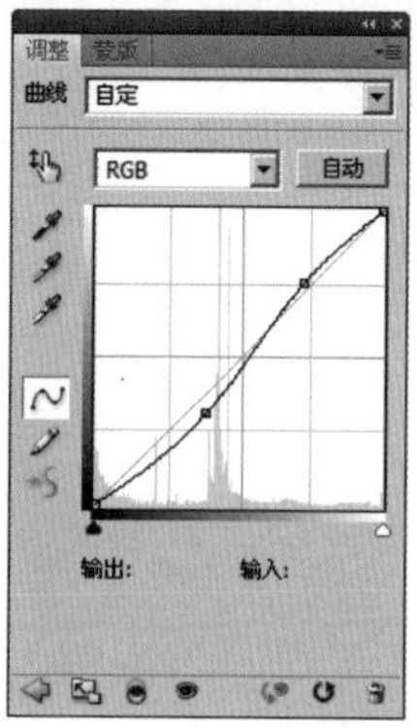

图11-473

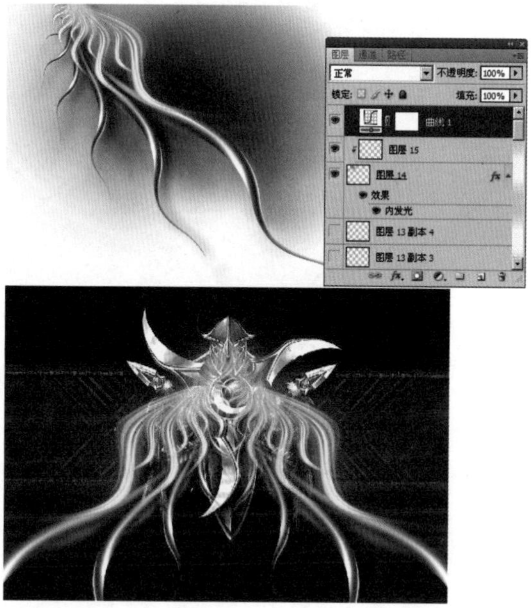

图11-474

12

CHAPTER

照片处理与商业应用

本章主要通过照片处理与商业应用实例的制作对常用的照片处理与商业应用效果进行讲解。实例的内容包括个性照片页面制作、魔幻效果、忧郁效果、照片网点效果、闪耀星光效果、酒杯素描效果、蜡笔效果、儿童影印、航空广告和餐具广告等。通过本章内容，可以帮助读者快速掌握处理照片与制作商业应用效果的方法与实用设计技巧。

12.1 个性照片页面制作

最终效果

制作说明

随着博客等网络个人空间的流行，个性化照片页面也随之兴起，本例为读者提供了制作的方法，主要应用图层混合模式和蒙版来进行图像合成和制作。

step01 执行菜单栏中的“文件>新建”命令或者按Ctrl+N组合键，在弹出的“新建”对话框中设置画布大小及分辨率，如图12-1所示。

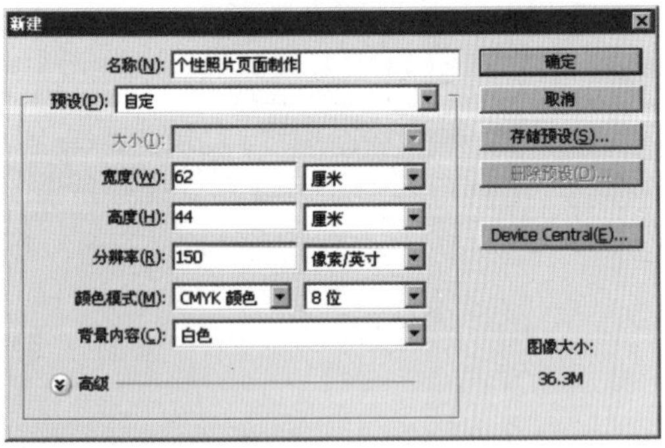

图12-1

图12-2

step02 执行菜单栏中的“文件>打开”命令或者按Ctrl+O组合键，打开随书光盘中的“\12章\个性照片页面制作\素材-1.jpg”图片，如图12-2所示。

step03 用鼠标将照片拖曳到新建文档中，按Ctrl+T组合键调整大小并将其放置到适当位置，“图层”面板中自动生成“图层1”图层，如图12-3所示。

图12-3

step04 单击鼠标右键，选择“水平翻转”命令，变换完毕后的效果如图12-4所示。

图12-4

step05 执行菜单栏中的“图像>调整>去色”命令或者按Ctrl+Shift+U组合键，效果如图12-5所示。

图12-5

step06 执行菜单栏中的“图像>调整>色相/饱和度”命令，在弹出的“色相/饱和度”对话框中设置“色相”为“32”、“饱和度”为“49”，如图12-6所示。

图12-6

step07 单击“设置前景色”按钮，弹出“拾色器（前景色）”对话框，在其中设置颜色，具体参数设置如图12-7所示。

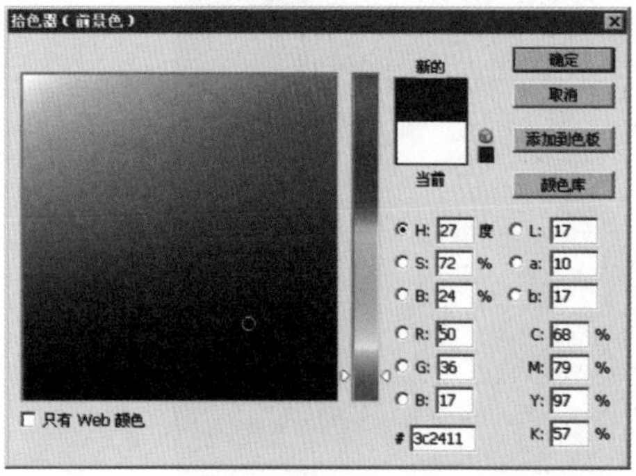

图12-7

step08 单击”图层“面板下方的“创建新图层”按钮，新建空白图层，名称默认为“图层2”。在工具箱中选择画笔工具，在工具选项栏中设置柔角画笔并调整透明度，在新建图层上沿图像边缘涂抹，图像效果如图12-8所示。

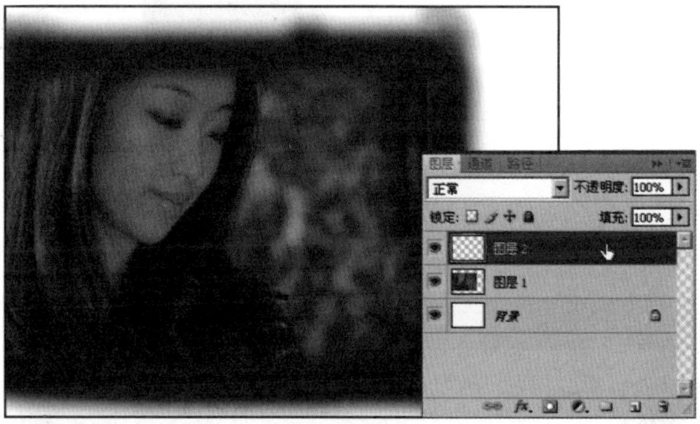

图12-8

step09 单击“图层”面板下方的“创建新图层”按钮，新建空白图层，名称默认为“图层3”，按Alt+Delete组合键填充前景色，效果如图12-9所示。

图12-9

step10 按住Ctrl键，用鼠标单击“图层”面板中的“图层1”缩览图，拾取选区，按Delete键删除选区内容，效果如图12-10所示。

图12-10

step11 在工具箱中选择橡皮擦工具，将“图层3”中的图形沿照片边缘擦出凹凸感觉（有随意的感觉即可），然后隐藏“图层1”和“图层2”查看效果，如图12-11所示。

图12-11

step12 单击“图层”面板下方的“添加图层样式”按钮，在其下拉菜单中选择“投影”命令，弹出“图层样式”对话框，设置参数如图12-12所示。

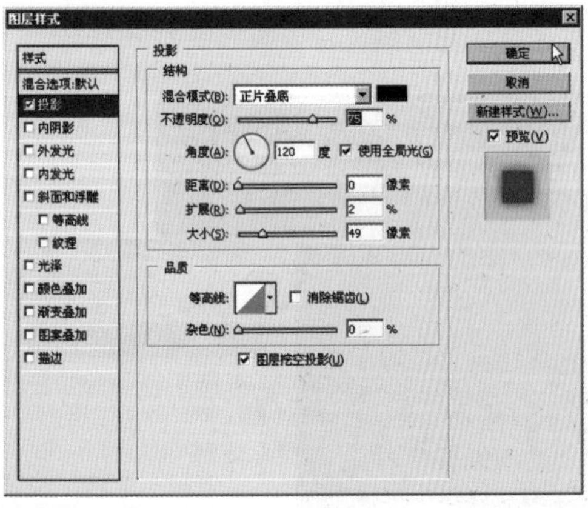

图12-12

step13 参数设置完毕后，单击“确定”按钮。显示“图层1”和“图层2”图层，如图12-13所示。

图12-13

step14 执行菜单栏中的“文件>打开”命令或者按Ctrl+O组合键，打开随书光盘中的“\12章\个性照片页面制作\素材-2.jpg”图片，效果如图12-14所示。

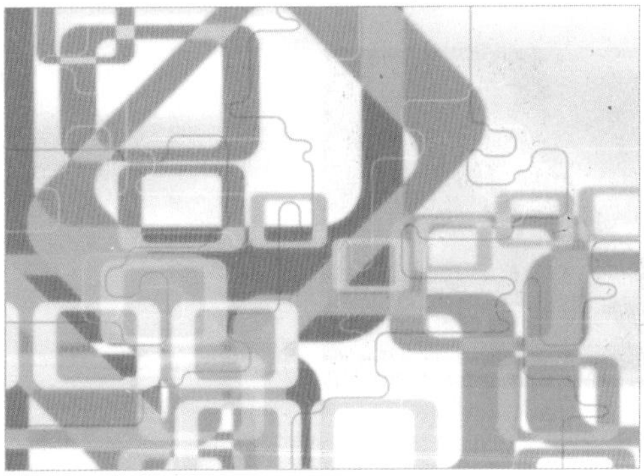

图12-14

step15 用鼠标将素材拖曳到当前制作文档中，按Ctrl+T组合键自由变换，调整大小并将其放置到适当位置，“图层”面板中自动生成“图层4”图层，按Ctrl+Shift+U组合键去色，效果如图12-15所示。

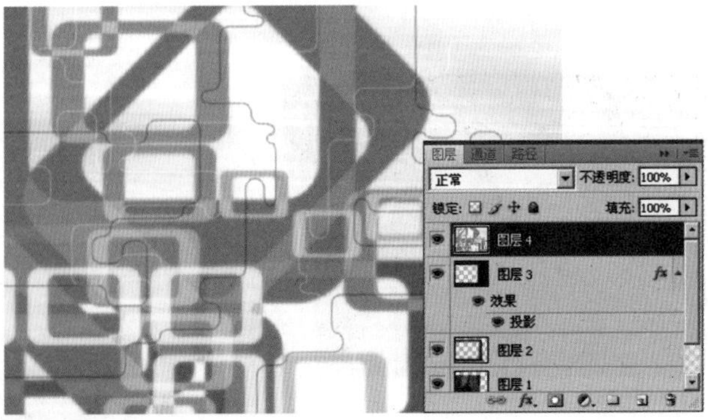

图12-15

step16 按住Ctrl键，用鼠标单击“图层”面板中的“图层3”缩览图，拾取选区，按Ctrl+Shift+I组合键反选选区，按Delete键删除选区内容，效果如图12-16所示。

图12-16

step17 按Ctrl+D组合键取消选区，设置该图层的“混合模式”为“柔光”，图像效果和“图层”面板如图12-17所示。

图12-17

step18 执行菜单栏中的“文件>打开”命令或者按Ctrl+O组合键，打开随书光盘中的“\12章\个性照片页面制作\素材-3.psd”文件，如图12-18所示。

图12-18

step19 用鼠标将素材拖曳到当前制作文档中并放置到适当位置，“图层”面板中自动生成“图层5”图层，效果如图12-19所示。

图12-19

step20 单击“图层”面板下方的“添加图层样式”按钮，在其下拉菜单中选择“投影”命令，弹出“图层样式”对话框，设置参数如图12-20所示。

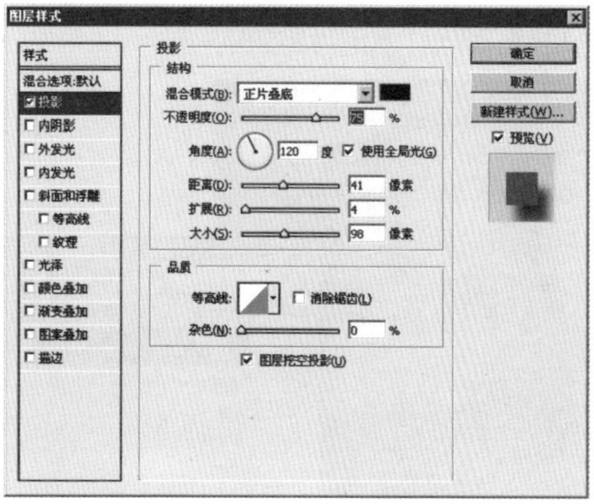

图12-20

step21 参数设置完毕后，单击“确定”按钮，图像效果如图12-21所示。

图12-21

step22 用鼠标拖动“图层1”图层到“图层”面板下方的“创建新图层”按钮上，复制出“图层1副本”图层，将该图层移动到“图层”面板最上方，按Ctrl+T组合键调整图像大小并将其移动到适当位置，如图12-22所示。

图12-22

step23 在“图层”面板中单击下方的“创建图层蒙版”按钮，设置前景色为黑色，在工具箱中选择画笔工具，在工具选项栏中选择柔角画笔，将照片图像涂抹到适合光盘形状，如图12-23所示。

图12-23

step24 在“图层”面板中设置图层“不透明度”为“70%”，使图像融合到素材中，图像效果如图12-24所示。

图12-24

step25 按住Shift键加选“图层5”，单击“图层”面板下方的“链接图层”按钮，将图层链接起来，如图12-25所示。

图12-25

step26 用鼠标拖动“图层1副本”和“图层5”图层到“图层”面板下方的“创建新图层”按钮上，复制出“图层1副本2”和“图层5副本”图层，在图像中拖动光盘，复制出另一个光盘，效果如图12-26所示。

图12-26

step27 按Ctrl+T组合键自由变换图像，配合右键菜单中的“透视”、“旋转”、“缩放”等命令进行操作，按Enter确认变换。调整后的图像效果如图12-27所示。

图12-27

step28 打开“调整”面板，单击“曲线”按钮，在“曲线”调整面板中设置参数，“图层”面板中自动生成“曲线1”图层，图像效果如图12-28所示。

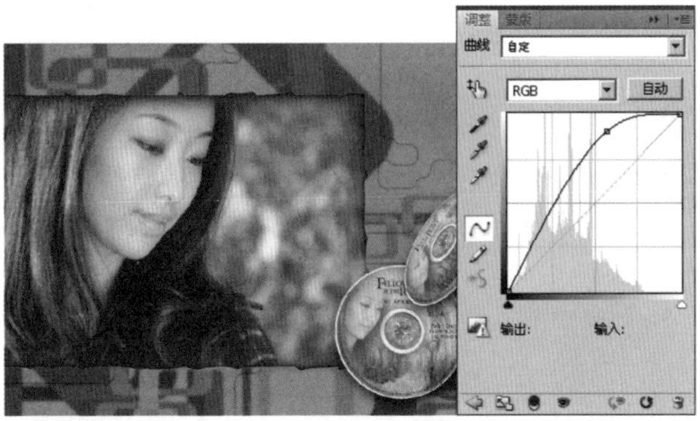

图12-28

step29 切换到“蒙版”面板，单击“反相”按钮，设置前景色为白色，在工具箱中选择画笔工具，在其工具选项栏中选择柔角画笔，绘制光感效果，如图12-29所示。

图12-29

step30 单击“调整”面板下方的“返回到调整列表”按钮，在“调整”面板中再次单击“曲线”按钮，在“曲线”调整面板中设置参数，“图层”面板中自动生成“曲线2”图层，图像效果如图12-30所示。

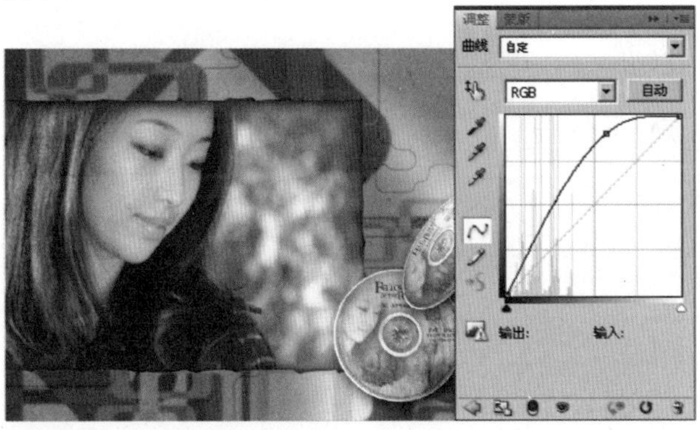

图12-30

step31 切换到“蒙版”面板，单击“反相”按钮，设置前景色为白色，在工具箱中选择画笔工具，在其工具选项栏中选择柔角画笔，涂抹左下角，绘制光感效果，如图12-31所示。

图12-31

step32 单击“调整”面板下方的“返回到调整列表”按钮，在“调整”面板中再次单击“曲线”按钮，在“曲线”调整面板中设置参数，“图层”面板中自动生成“曲线3”图层，图像效果如图12-32所示。

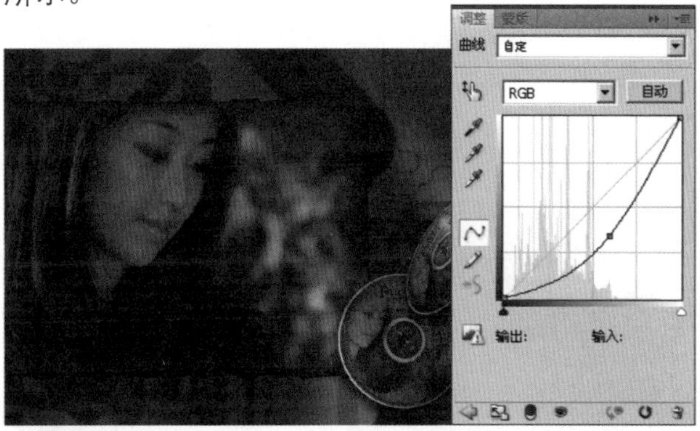

图12-32

step33 切换到“蒙版”面板，单击“反相”按钮，设置前景色为白色，在工具箱中选择画笔工具，在其工具选项栏中选择柔角画笔并涂抹四周，图像效果如图12-33所示。

图12-33

step34 执行菜单栏中的“文件>打开”命令，打开随书光盘中的“\12章\个性照片页面制作\素材-4.psd”文件，用鼠标将素材拖曳到当前制作文档中并放置到适当位置，“图层”面板中自动添加“我的音乐”图层，如图12-34所示。

图12-34

step35 在工具箱中选择横排文字工具，在右上角输入文字，输入完毕后“图层”面板上自动添加文字图层。图像的最终效果如图12-35所示。

图12-35

12.2 魔幻效果

最终效果

制作说明

本例讲解制作魔幻效果的方法，利用简单的调整色调操作、图层蒙版、混合模式及画笔工具来完成，并利用明暗视觉反差来营造荧光效果。

step01 执行菜单栏中的“文件>打开”命令或者按Ctrl+O组合键，打开随书光盘中的“\12章\魔幻效果\素材.jpg”图片，效果如图12-36所示。

图12-36

step02 用鼠标拖动“背景”图层到“图层”面板下方的“创建新图层”按钮上，复制出“背景副本”图层，如图12-37所示。

图12-37

step03 再次用鼠标拖动“背景”图层到“图层”面板下方的“创建新图层”按钮上，复制出“背景副本2”图层，并且将其拖动到“图层”面板最上方，设置图层的“混合模式”为“柔光”，图像效果如图12-38所示。

图12-38

step04 打开”调整“面板，单击“曲线”按钮，在“曲线”调整面板中设置参数，设置完毕后“图层”面板中自动生成“曲线1”图层，图像效果如图12-39所示。

图12-39

step05 切换到“蒙版”面板，设置前景色为黑色，在工具箱中选择画笔工具，在工具选项栏中设置柔角画笔，在人物身上进行涂抹，保持人物的亮度，如图12-40所示。

图12-40

step06 在“图层”面板中单击下方的“创建新图层”按钮，创建的空白图层名称默认为“图层1”，如图12-41所示。

图12-41

step07 单击“设置前景色”按钮，弹出“拾色器（前景色）”对话框，在对话框中设置参数如图12-42所示。将背景色设置为白色。

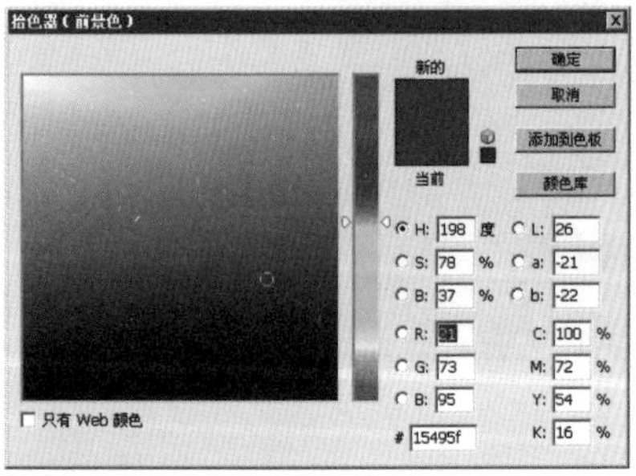

图12-42

step08 在工具箱中选择渐变工具，在其工具选项栏中设置渐变为前景色到背景色渐变，如图12-43所示。

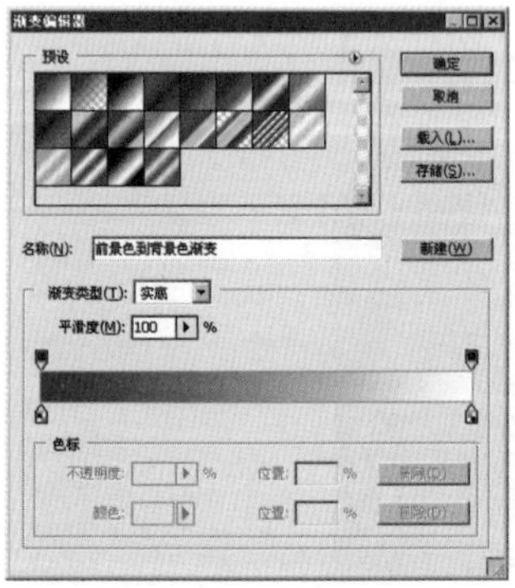

图12-43

step09 在渐变工具选项栏中选择径向渐变，在新建的“图层1”图层上绘制渐变，效果如图12-44所示。

图12-44

step10 在“图层”面板中单击下方的“添加图层蒙版”按钮，为“图层1”添加图层蒙版，设置前景色为黑色，在工具箱中选择画笔工具，设置柔角画笔，在画面中涂抹石头和人物部分，图像效果如图12-45所示。

图12-45

step11 设置“图层1”的不透明度为“65%”，将图像背景的天空颜色调整为蓝色，与人物的裙子形成鲜明的对比，如图12-46所示。

图12-46

step12 在“图层”面板中单击下方的“创建新图层”按钮，创建的空白图层名称默认为“图层2”，如图12-47所示。

图12-47

step13 在工具箱中选择渐变工具，在其工具选项栏中打开“渐变编辑器”对话框，设置渐变为黑白渐变，如图12-48所示。

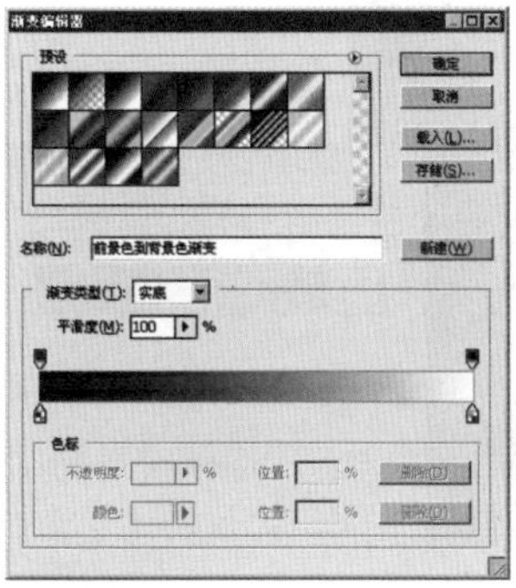
图12-48

step14 在“图层2”中绘制径向渐变。注意，圆心应尽量与“图层1”中渐变的圆心位置一致。图像效果如图12-49所示。

图12-49

step15 在“图层”面板中单击下方的“添加图层蒙版”按钮，为“图层2”添加图层蒙版，设置前景色为黑色，在工具箱中选择画笔工具，设置柔角画笔，在画面中涂抹人物部分，如图12-50所示。

图12-50

step16 在“图层”面板中设置“图层2”的“混合模式”为“正片叠底”，图像效果如图12-51所示。

图12-51

step17 为了统一色调，打开“调整”面板，单击“色相/饱和度”按钮，在“色相/饱和度”调整面板中设置参数，设置完毕后“图层”面板中自动生成“色相/饱和度1”图层，图像效果如图12-52 所示。

图12-52

step18 切换到“蒙版”面板，设置前景色为黑色，在工具箱中选择画笔工具，在工具选项栏中设置柔角画笔，在人物身上进行涂抹，保持人物的色彩，效果如图12-53所示。

图12-53

step19 单击“返回到调整列表”按钮，在“调整”面板中单击“色彩平衡”按钮，在“色彩平衡”调整面板中设置参数，设置完毕后“图层”面板中自动生成“色彩平衡1”图层。图像效果如图12-54所示。

图12-54

step20 单击“返回到调整列表”按钮，在“调整”面板中单击“照片滤镜”按钮，在“照片滤镜”调整面板中设置参数，设置完毕后“图层”面板中自动生成“照片滤镜1”图层。图像效果如图12-55所示。

图12-55

step21 在“图层”面板中单击下方的“创建新图层”按钮，创建的空白图层名称默认为“图层3”。设置前景色为白色，在工具箱中选择铅笔工具，在其工具选项栏中调整笔刷大小和透明度，然后随意在天空中单击绘制出星星，效果如图12-56所示。

图12-56

step22 在“图层”面板中用鼠标拖动“图层3”图层到下方的“创建新图层”按钮上，复制“图层3”图层，名称默认为“图层3副本”，如图12-57所示。

图12-57

step23 执行菜单栏中的“滤镜>模糊>动感模糊”命令，弹出“动感模糊”对话框，在对话框中设置“角度”为“-45”度、“距离”为“48”像素，如图12-58所示。

图12-58

step24 在工具箱中选择画笔工具，打开“画笔”面板，在“画笔”面板中设置画笔为柔角画笔，然后分别设置“间距”为“43%”、“大小抖动”为“74%”、“散布”为“407%”，如图12-59所示。

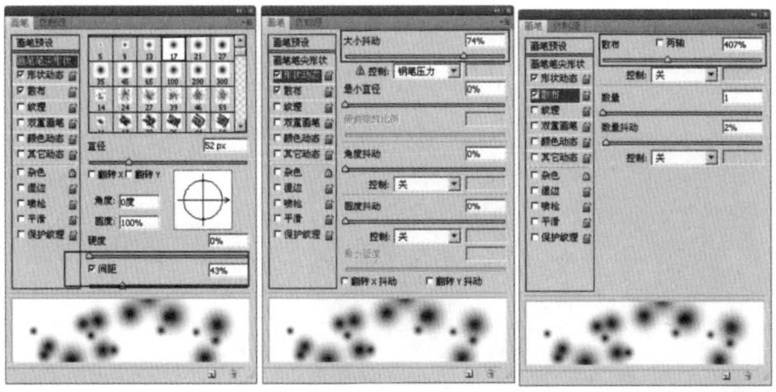

图12-59

step25 在“图层”面板中单击下方的“创建新图层”按钮，创建的空白图层名称默认为“图层4”，如图12-60所示。

图12-60

step26 在工具箱中选择钢笔工具，在绘图窗口中绘制曲线作为绘制荧光的路径，如图12-61所示。

图12-61

step27 绘制完毕后，单击鼠标右键，在右键菜单中选择“描边路径”命令，弹出“描边路径”对话框，在其中的下拉列表框中选择“画笔”选项，单击“确定”按钮，图像效果如图12-62所示。

图12-62

step28 打开“画笔”面板，重新设置“间距”为“124%”、“散布”为“498%”，如图12-63所示。

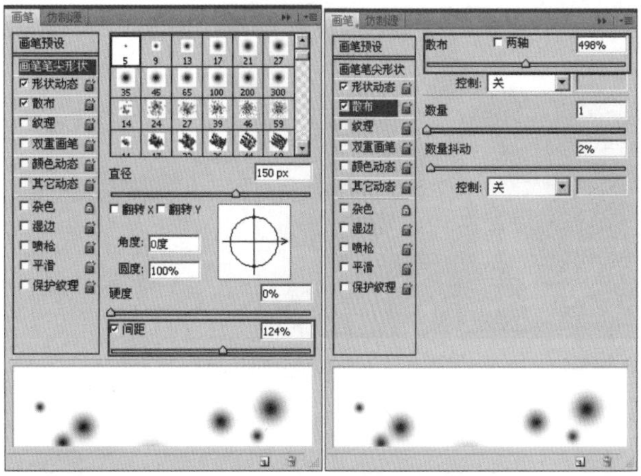

图12-63

step29 在“图层”面板中单击下方的“创建新图层”按钮，创建的空白图层名称默认为“图层5”。在工具箱中选择画笔工具，沿光束进行绘制，效果如图12-64所示。

图12-64

step30 在“图层”面板中单击下方的“创建新图层”按钮，创建的空白图层名称默认为“图层6”。选择画笔工具，再次沿光束进行绘制，图像效果如图12-65所示。

图12-65

step31 在“图层”面板中修改“图层6”的“不透明度”为“50%”，图像效果如图12-66所示。

图12-66

step32 在“图层”面板中单击下方的“创建新图层”按钮，创建的空白图层名称默认为“图层7”。继续用画笔工具根据需要进行绘制，尽量绘制得漂亮即可。绘制完毕后的图像效果如图12-67所示。

图12-67

至此，魔幻效果全部制作完毕，最终效果如图12-68所示。

图12-68

12.3 忧郁效果

最终效果

制作说明

本例讲解制作忧郁效果的方法，主要应用了扩散光亮、玻璃和添加杂色等滤镜，另外配合使用快速蒙版和图层混合模式，将一张普通照片制作成特殊效果。

step01 执行菜单栏中的“文件>打开”命令或者按Ctrl+O组合键，打开随书光盘中的“\12章\忧郁效果\素材.jpg”图片，如图12-69所示。

图12-69

step02 将“背景”图层拖曳到“创建新图层”按钮上，得到新的“背景副本”图层，如图12-70所示。

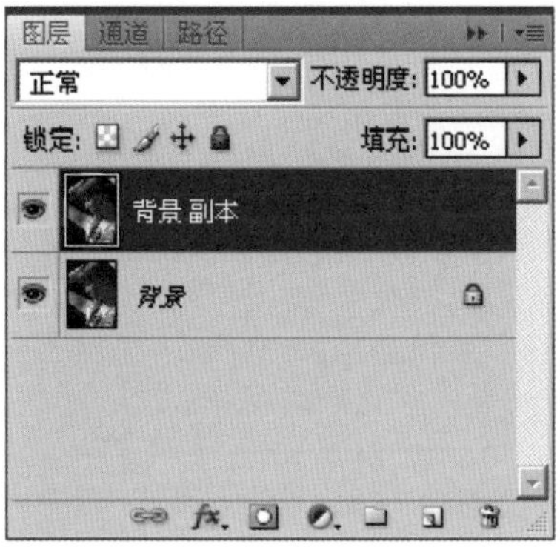

图12-70

step03 按D键，设置默认前景色和背景色，执行菜单栏中的“滤镜>扭曲>扩散亮光”命令，弹出“扩散亮光”对话框，在对话框中设置参数如图12-71所示。

图12-71

step04 参数设置完毕后，单击“确定”按钮，图像效果如图12-72示。

图12-72

step05 打开“调整”面板，单击“曲线”按钮，在“曲线”调整面板中设置参数，设置完毕后“图层”面板中自动生成“曲线1”图层，图像效果如图12-73所示。

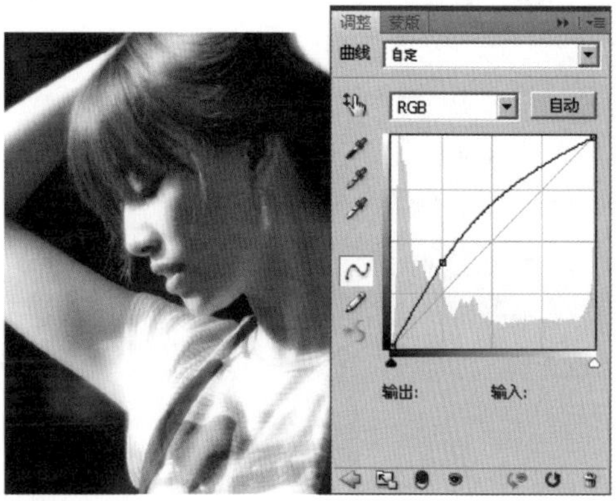

图12-73

step06 切换到“蒙版”面板，在工具箱中选择画笔工具，在工具选项栏中设置柔角画笔，在人物脸上进行涂抹，保持人物脸部的透明感，效果如图12-74所示。

图12-74

step07 单击“设置前景色”按钮，在打开的“拾色器（前景色）”对话框中设置前景色为蓝色，具体参数设置如图12-75所示。

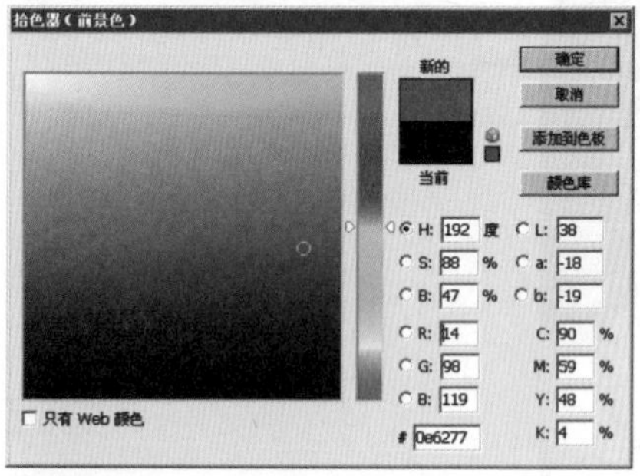

图12-75

step08 在“图层”面板中单击下方的“创建新图层”按钮，创建的空白图层名称默认为“图层1”，按Alt+Delete组合键填充前景色，效果如图12-76所示。

图12-76

step09 设置“图层1”图层的“混合模式”为“颜色”，图像效果如图12-77所示。

图12-77

step10 在“图层”面板中单击下方的“创建新图层”按钮，创建的空白图层名称默认为“图层2”，按Ctrl+Delete组合键填充背景色，图像效果如图12-78所示。

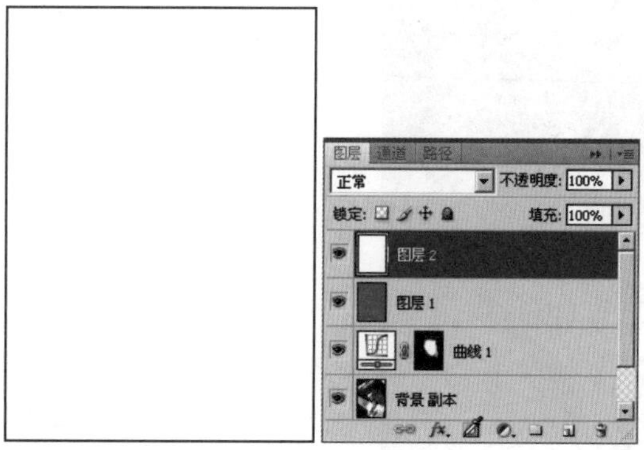

图12-78

step11 执行菜单栏中的“滤镜>杂色>添加杂色”命令，弹出“添加杂色”对话框，在对话框中设置“数量”为“9%”，选中“单色”复选框和“高斯分布”单选按钮，然后单击“确定”按钮，效果如图12-79所示。

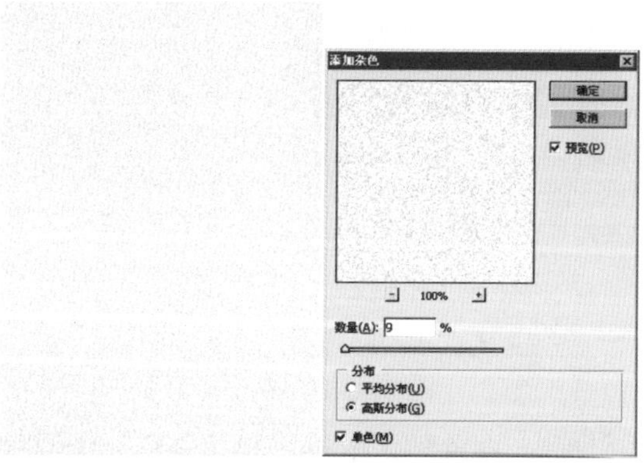

图12-79

step12 在“图层”面板中设置“图层2”图层的“混合模式”为“颜色加深”，图像效果如图12-80所示。

图12-80

step13 在“图层”面板中，用鼠标拖动“背景副本”图层到下方的“创建新图层”按钮上，复制“背景副本”图层，名称默认为“背景副本2”，将其拖动到“图层1”图层的下方，如图12-81所示。

图12-81

step14 在工具箱下方单击“以快速蒙版模式编辑”按钮，进入快速蒙版模式。在工具箱中选择渐变工具，在工具选项栏中选择黑白渐变色，以人物的脸为中心拖动鼠标绘制径向渐变，效果如图12-82所示。

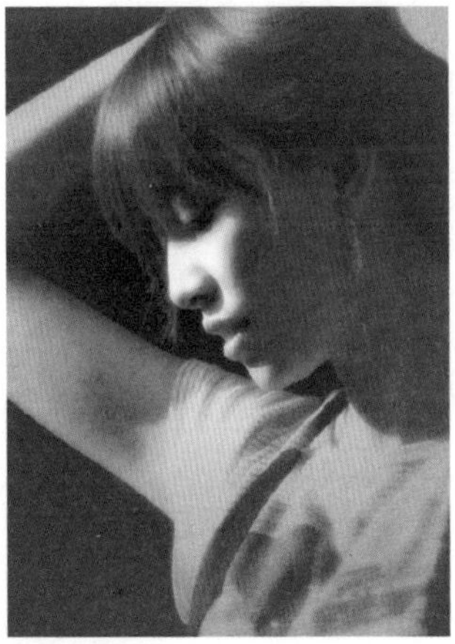

图12-82

step15 在工具箱下方单击“以标准模式编辑”按钮，进入标准模式，图像效果如图12-83所示。

step16 按Delete键，删除选区中的图像，图像效果和“图层”面板如图12-84所示。

图12-83

图12-84

step17 在“图层”面板中设置“背景副本2”图层的“混合模式”为“差值”，“背景副本2”图层中有图像的部分暗了下来，如图12-85所示。

图12-85

step18 在图层面板中，用鼠标拖动“背景副本”图层到下方的“创建新图层”按钮上，复制“背景副本”图层，名称默认为“背景副本3”，将其拖动到“图层1”图层的下方，如图12-86所示。

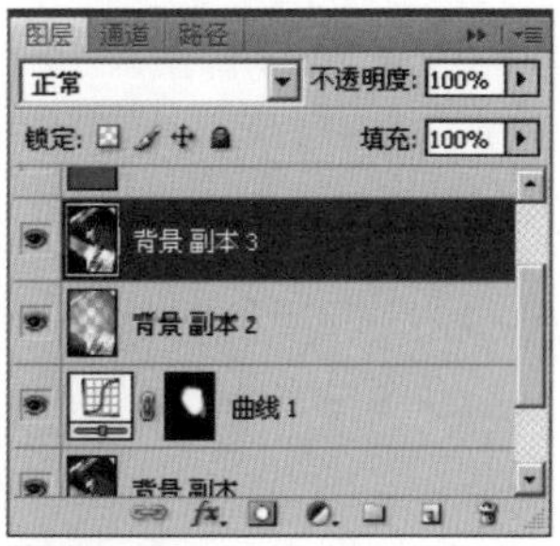

图12-86

step19 在工具箱下方单击“以快速蒙版模式编辑”按钮，进入快速蒙版模式。在工具箱中选择渐变工具，在工具选项栏中选择黑白渐变色，以人物脸部为中心拖动鼠标绘制径向渐变，图像效果如图12-87所示。

图12-87

step20 在工具箱下方单击“以标准模式编辑”按钮，进入标准模式，图像效果如图12-88所示。

图12-88

step21 按Ctrl+Shift+I组合键反选选区，按Delete键删除选区中的图像，图像效果和“图层”面板如图12-89所示。

图12-89

step22 在“图层”面板中设置“背景副本3”图层的“混合模式”为“滤色”，“背景副本3”图层中有图像的部分变得更亮了，如图12-90所示。

图12-90

step23 在“图层”面板中单击下方的“创建新图层”按钮，创建的空白图层名称默认为“图层3”。设置白色为前景色，在工具箱中选择铅笔工具，在其工具选项栏中设置笔刷大小和透明度，绘制出划痕的感觉，图像效果如图12-91所示。

图12-91

step24 在“图层”面板中单击下方的“创建新图层”按钮，创建的空白图层名称默认为“图层4”，如图12-92所示。

图12-92

step25 切换到“通道”面板，单击下方的“创建新通道”按钮，新通道名称默认为“Alpha 1”，如图12-93所示。

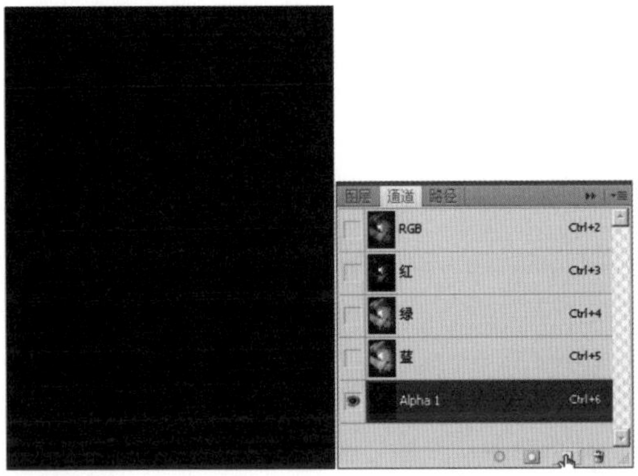

图12-93

step26 按Ctrl+A组合键进行全选，执行菜单栏中的“选择>修改>边界”命令，弹出“边界选区”对话框，输入“宽度”为“100像素”，单击“确定”按钮，图像效果如图12-94所示。

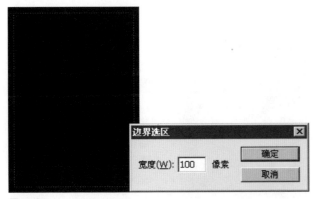

图12-94

step27 设置前景色为白色，按Alt+Delete组合键填充前景色，图像效果如图12-95所示。

图12-95

step28 执行菜单栏中的“滤镜>扭曲>玻璃”命令，弹出“玻璃”对话框，在对话框中设置参数如图12-96所示。

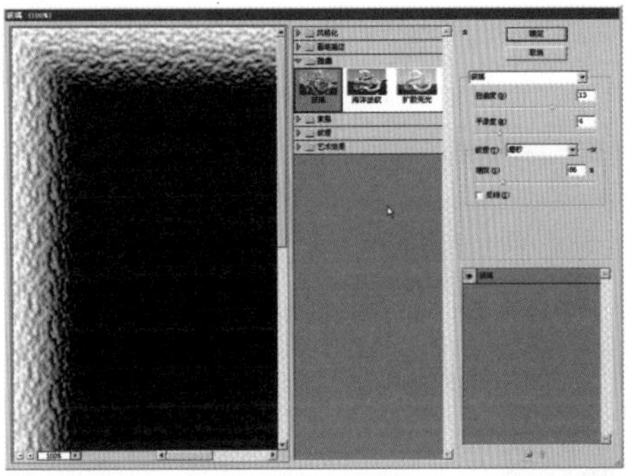

图12-96

step29 设置完毕后，单击“确定”按钮，图像效果如图12-97所示。

图12-97

step30 按住Ctrl键，用鼠标单击“通道”面板中该通道的缩览图，拾取选区，效果如图12-98所示。

图12-98

step31 切换到“图层”面板，“图层4”为当前图层，单击“设置前景色”按钮，在弹出的“拾色器（前景色）”对话框中设置前景色参数，如图12-99所示。

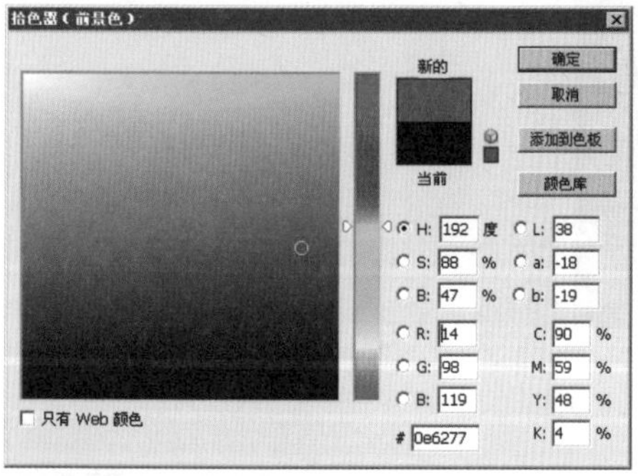

图12-99

step32 按Alt+Delete组合键填充前景色，制作出边缘的特殊效果，如图12-100所示。

图12-100

step33 在工具箱中选择文字工具，输入文字。注意，应将文字图层放置在“图层1”的下面。文字输入完毕后的效果如图12-101所示。

图12-101

step34 修改文字的颜色为蓝色，在“图层”面板下方单击“添加图层样式”按钮，在其下拉菜单中选择“外发光”命令，在弹出的对话框中设置参数如图12-102所示。

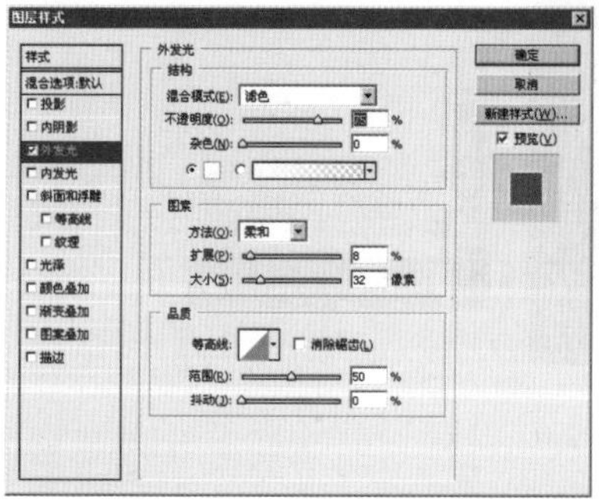

图12-102

step35 设置完毕后，单击“确定”按钮，忧郁效果制作完成，最终效果如图12-103所示。

图12-103

12.4 照片网点效果

最终效果

制作说明

本例讲解照片网点效果的制作方法，知识涵盖面比较广泛，涉及到了转换为灰度图的过程，强调了半调网屏的功能，另外还应用了滤镜、图层混合模式和图层样式。

step01 执行菜单栏中的“文件>打开”命令或者按Ctrl+O组合键，打开随书光盘中的“\12章\照片网点效果\素材-1.jpg”图片，如图12-104所示。

图12-104

step02 执行“图像>复制”命令，在弹出的对话框中输入复制文件的名称，单击“确定”按钮，复制一个新的文件，如图12-105所示。

图12-105

step03 执行“图像>模式>灰度”命令，此时会弹出一个“信息”对话框，如图12-106所示。

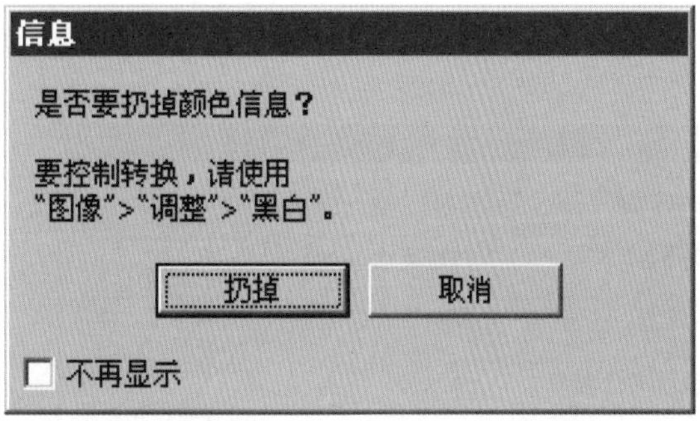

图12-106

step04 在“信息”对话框中单击“扔掉”按钮，即可将复制的新文件转换为灰度图像，如图12-107所示。

图12-107

step05 执行“图像>模式>位图”命令，在弹出的“位图”对话框中进行如图12-108所示的设置，单击“确定”按钮，此时会弹出“半调网屏”对话框。

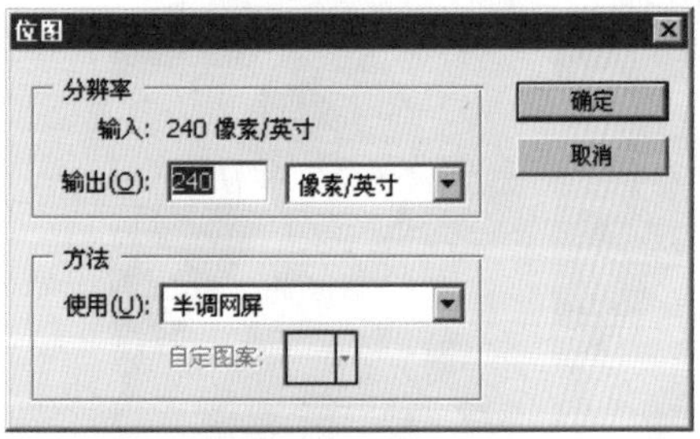

图12-108

step06 在“半调网屏”对话框中设置“频率”为“60”线/英寸、“角度”为“45”度、“形状”为“菱形”，如图12-109所示。

图12-109

step07 参数设置完毕后，单击“确定”按钮，图像出现网点效果，如图12-110所示。

图12-110

step08 选择复制的图像文件，按Ctrl+A全选图像，按Ctrl+C组合键执行复制操作，选择step 01中打开的素材文件，按Ctrl+V组合键执行粘贴操作，得到“图层 1”，如图12-111所示。

图12-111

step09 设置“图层1”的图层“混合模式”为“叠加”，得到如图12-112所示的效果。

step10 设置前景色为白色，新建一个图层，得到“图层2”。选择画笔工具并设置适当的画笔大小和透明度后，在“图层2”中进行涂抹，得到如图12-113所示的效果。

图12-112

图12-113

step 11 设置“图层2”的图层“混合模式”为“颜色减淡”，得到如图12-114所示的效果。

图12-114

step 12 新建一个图层，得到“图层3”，将前景色设置为黑色，将背景色设置为白色。选择“滤镜>渲染>云彩”命令，按Ctrl+F组合键多次，重复执行“云彩”命令，得到类似如图12-115所示的效果。

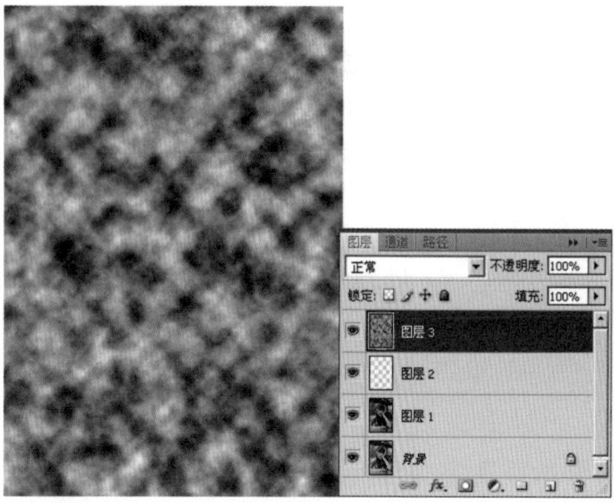

图12-115

step 13 选择“滤镜>艺术效果>调色刀”命令，设置弹出对话框中的参数如图12-116所示。

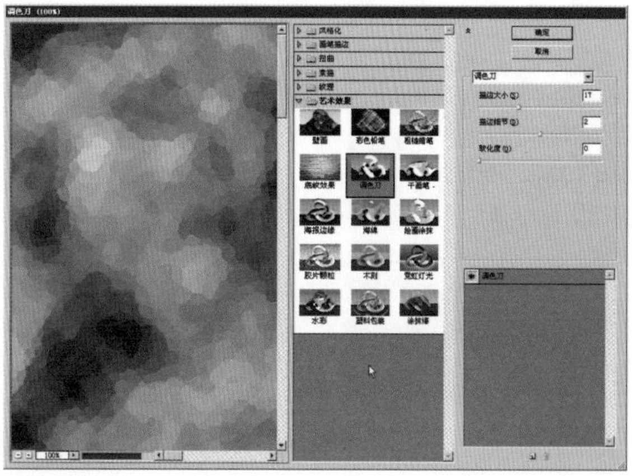

图12-116

step 14 参数设置完毕后，单击“确定”按钮，得到调色刀滤镜的应用效果，如图12-117所示。

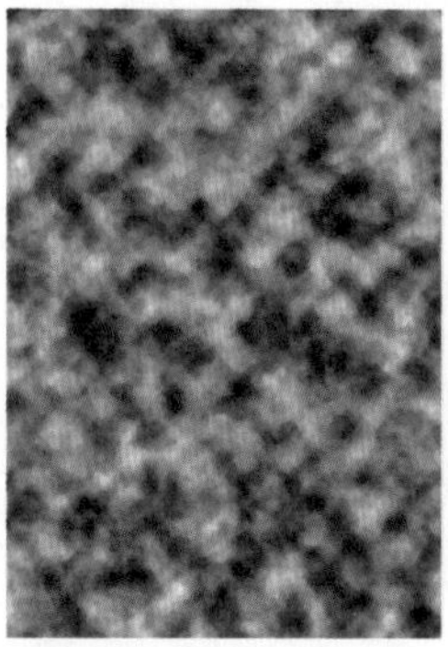

图12-117

step15 选择“滤镜＞艺术效果＞海报边缘”命令，设置弹出的“海报边缘”对话框中的参数如图12-118所示。

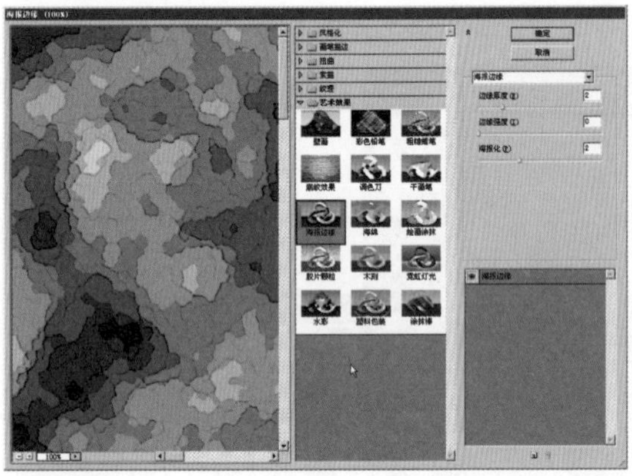

图12-118

step16 参数设置完毕后，单击“确定”按钮，得到海报边缘滤镜的应用效果，如图12-119所示。

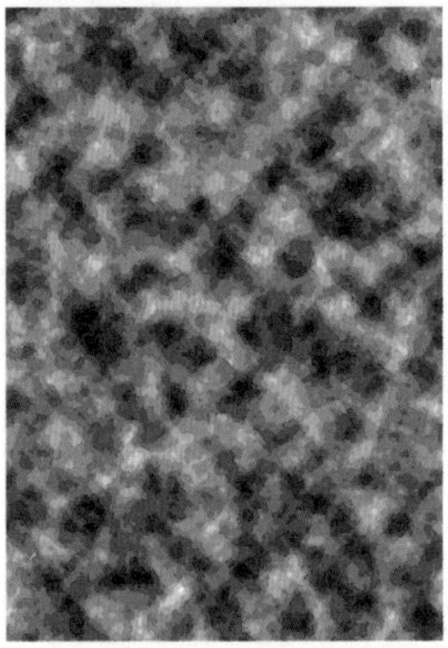

图12-119

step17 选择“滤镜＞扭曲＞玻璃”命令，设置弹出的“玻璃”对话框中的参数如图12-120所示。

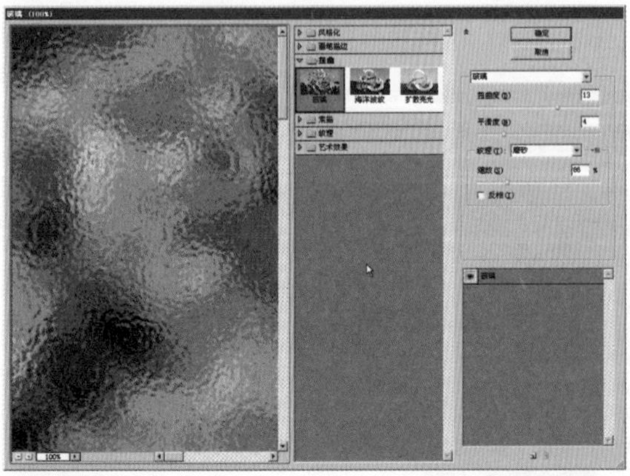

图12-120

step18 参数设置完毕后，单击“确定”按钮，得到玻璃滤镜的应用效果，如图12-121所示。

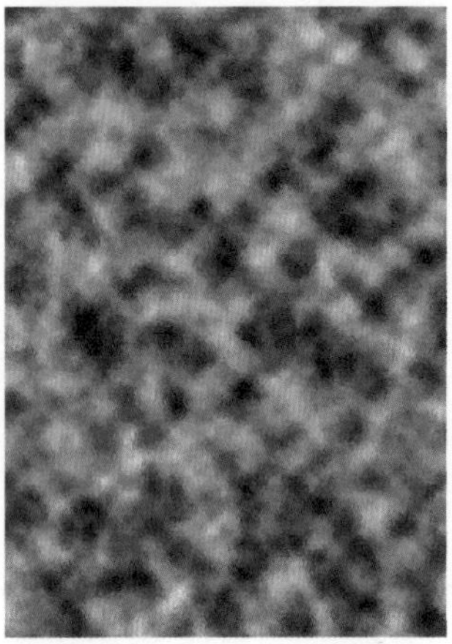

图12-121

step19 选择“文件＞存储”命令，将制作好的纹理保存成一个PSD格式的文件（如图12-122所示），然后将“图层 3”隐藏。

图12-122

step20 新建一个图层，得到“图层4”，设置前景色为黑色。选择矩形工具，在工具选项栏中单击“填充像素”按钮，在图像的边缘绘制如图12-123所示的黑色形状。

图12-123

step21 选择“滤镜>扭曲>置换”命令，设置弹出对话框中的参数如图12-124所示，单击“确定”按钮，此时会弹出一个选择置换图的对话框，在该对话框中选择step 19中保存的纹理图像文件。

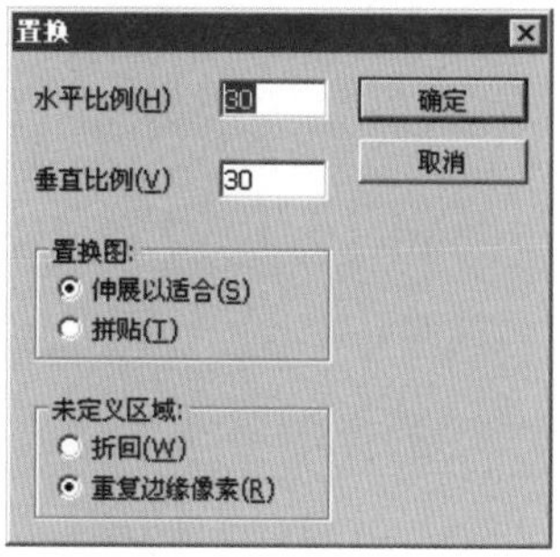

图12-124

step22 选择好需要置换的文件后，单击“打开”按钮，得到如图12-125所示的效果。

图12-125

step23 单击“添加图层样式”按钮，在弹出的菜单中选择“外发光”命令，设置弹出对话框中的参数如图12-126所示。

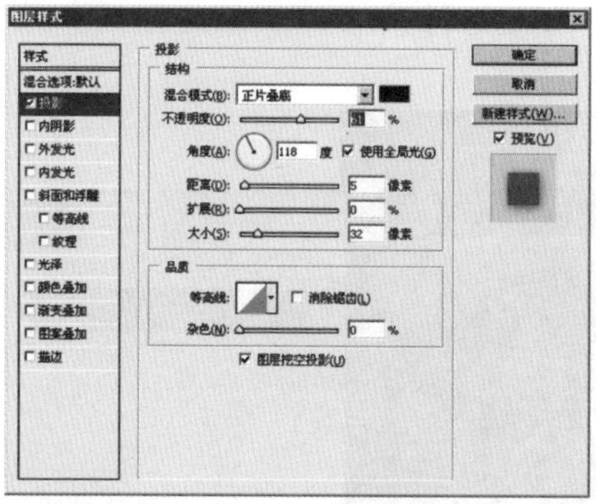

图12-126

step24 设置完毕后，单击“确定”按钮，此时的边框图像就和下方的图像有了一些过渡的效果，如图12-127所示。

图12-127

step25 设置前景色为黑色。选择横排文字工具，设置适当字体和字号，在图像右上角输入文字，得到相应的文字图层，如图12-128所示。

图12-128

step26 选择文字图层，单击“添加图层样式”按钮，在弹出的菜单中选择“投影”命令，在弹出的对话框中设置投影参数后，选择“渐变叠加”选项，然后设置渐变叠加参数，具体设置如图12-129所示。

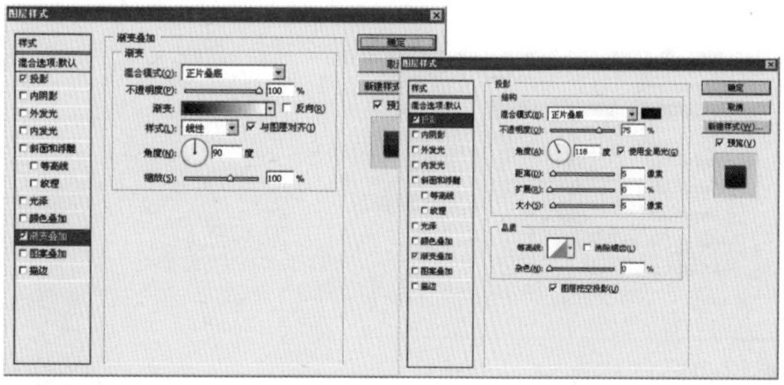

图12-129

step27 设置文字图层的“混合模式”为“叠加”，得到如图12-130所示的效果。

图12-130

step28 设置完“混合模式”后，即可得到图像的最终效果，如图12-131所示。

图12-131

12.5 闪耀星光效果

最终效果

制作说明

本例讲解闪耀星光效果的制作方法，运用的素材较多，主要介绍素材的处理方法，让这些素材恰当地融合在一起，从而实现靓丽的效果。

step01 执行菜单栏中的“文件>新建”命令，在弹出的“新建”对话框中设置“宽度”为“266”毫米、“高度”为“200”毫米、“分辨率”为“150”像素/英寸，如图12-132所示。

图12-132

step02 设置默认前景色和背景色，按Alt+Delete组合键填充前景色，为背景添加黑色，效果如图12-133所示。

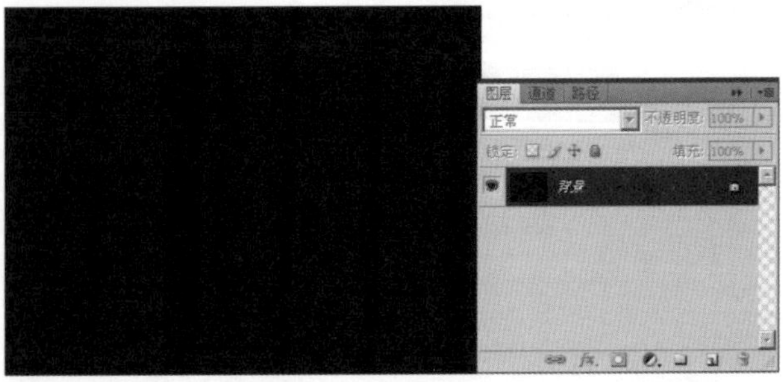

图12-133

step03 执行菜单栏中的“文件>打开”命令或者按Ctrl+O组合键，打开随书光盘中的“\12章\闪耀星光效果\素材-1.jpg”图片，如图12-134所示。

图12-134

step04 用鼠标将“素材-1”拖入到新建文档中并放置到适当位置上，“图层”面板中自动生成“图层1”图层，如图12-135所示。

图12-135

step05 按Ctrl+Shift+U组合键执行“去色”命令，对图像进行去色，效果如图12-136所示。

图12-136

step06 执行菜单栏中的“滤镜>扭曲>扩散亮光”命令，弹出“扩散亮光”对话框，在对话框中设置“粒度”为“2”、“发光量”为“4”、“清除数量”为“13”，如图12-137所示。

图12-137

step07 设置完毕后，单击“确定”按钮，照片出现柔和的光感，如图12-138所示。

图12-138

step08 执行菜单栏中的“文件>打开”命令或者按Ctrl+O组合键，打开随书光盘中的“\12章\闪耀星光效果\素材-2.jpg”图片，如图12-139所示。

图12-139

step09 用鼠标将“素材-2”拖入到新建文档中并放置到适当位置上，“图层”面板中自动生成“图层2”图层，如图12-140所示。

图12-140

step10 按Ctrl+Shift+U组合键执行“去色”命令，对图像进行去色，效果如图12-141所示。

图12-141

step11 执行菜单栏中的“滤镜>扭曲>扩散亮光”命令，弹出“扩散亮光”对话框，参数设置与step 06中相同，设置完毕后单击“确定”按钮，图像效果如图12-142所示。

图12-142

step12 在“图层”面板中单击下方的“添加图层蒙版”按钮，仍然使用默认前景色和背景色，在工具箱中选择画笔工具，选择柔角画笔，在“图层2”中涂抹，涂抹完毕后的图像效果如图12-143所示。

图12-143

step13 执行菜单栏中的“文件>打开”命令，打开随书光盘中的“\12章\闪耀星光效果\素材-3.psd”文件，用鼠标拖动文字到当前文件中并放置到适当位置，“图层”面板中添加名为“字”的图层，效果如图12-144所示。

图12-144

step14 执行菜单栏中的“文件>打开”命令，打开随书光盘中的“\12章\闪耀星光效果\素材-4.psd”文件，用鼠标拖动图像到当前文件中并放置到适当位置，“图层”面板中添加名为“光”的图层，效果如图12-145所示。

图12-145

step15 执行菜单栏中的“文件>打开”命令，打开随书光盘中的“\12章\闪耀星光效果\素材-5.psd”文件，用鼠标拖动它到当前文件中并放置到适当位置，“图层”面板中添加名为“星光”的图层，效果如图12-146所示。

图12-146

step16 将“素材-5.psd”文件中的“图层1”拖动到当前绘制的文档中并放置到适当位置上，自动生成“图层3”，效果如图12-147所示。

图12-147

step17 在按住Alt键的同时按住鼠标左键进行拖动，将其移动到适当位置，调整大小，复制出16个副本，此时的图像效果和“图层”面板如图12-148所示。

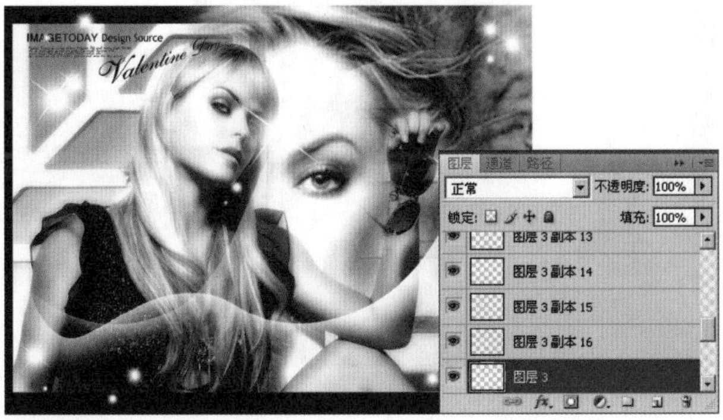

图12-148

step18 在“图层”面板中单击“图层3副本2”图层，按住Shift键单击“图层3”图层，将两图层之间的所有图层选中，然后按Ctrl+G组合键创建组，如图12-149所示。

图12-149

step19 在“图层”面板中单击下方的“创建新图层”按钮，创建的空白图层名称默认为“图层4”，设置默认前景色和背景色，按Alt+Delete组合键填充前景色，如图12-150所示。

图12-150

step20 在“图层”面板中单击下方的“添加图层蒙版”按钮，仍然使用默认前景色和背景色，在工具箱中选择画笔工具，选择柔角画笔，在“图层4”中涂抹，涂抹完毕后的图像效果如图12-151所示。

图12-151

step21 制作边缘的不规则杂点效果。选择“图层1”图层，按住Ctrl键用鼠标单击人物衣服，拾取选区如图12-152所示。

图12-152

step22 在工具箱中选择矩形选框工具，在其工具选项栏中单击“与选区交叉”按钮，拖动鼠标制作选区如图12-153所示。

图12-153

step23 在选择矩形选框工具的状态下移动鼠标光标到选区上，拖动选区到图像上方，并在“图层”面板中选择“图层4”的图层蒙版，边拖动边填充前景色或者背景色，制作出杂点，效果如图12-154所示。

图12-154

step24 执行菜单栏中的“文件>打开”命令，打开随书光盘中的“\12章\闪耀星光效果\素材-6.psd”文件，用鼠标拖动蝴蝶和花到当前文件中并放置到适当位置，“图层”面板中添加名为“蝴蝶”和“花”的图层，效果如图12-155所示。

图12-155

step25 在“图层”面板中，用鼠标拖动“花”图层到下方的“创建新图层”按钮上，复制“花”图层，名称默认为“花副本”，将其拖动到“图层4”的上方，图像效果如图12-156所示。

图12-156

step26 在“图层”面板中单击下方的“添加图层蒙版”按钮，仍然使用默认前景色和背景色，在工具箱中选择画笔工具，选择柔角画笔，在“花副本”图层中涂抹，涂抹完毕后的图像效果如图12-157所示。

图12-157

step27 选择“花”图层，在工具箱中选择椭圆选框工具，绘制椭圆，按Ctrl+J组合键复制选区中的内容并自动创建“图层5”，图像效果如图12-158所示。

图12-158

step28 拖动鼠标移动到适当位置，执行菜单栏中的“图像>调整>亮度/对比度”命令，弹出“亮度/对比度”对话框，在对话框中设置“亮度”为“60”（如图12-159所示），单击“确定”按钮。

图12-159

step29 在“图层”面板中，用鼠标拖动“图层5”图层到下方的“创建新图层”按钮上，复制“图层5”图层，名称默认为“图层5副本”，将其拖动到“图层4”图层的下方，如图12-160所示。

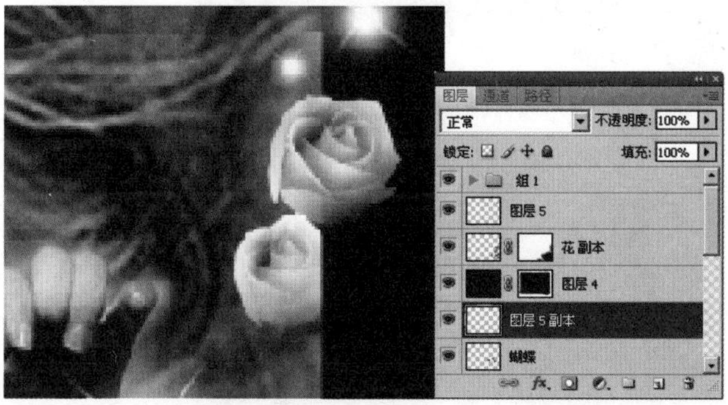

图12-160

step30 拖动“星光”图层到“图层”面板下方的“创建新图层”按钮上，复制出“星光副本”图层，如图12-161所示。

图12-161

step31 在工具箱中选择渐变工具，在其工具选项栏中打开“渐变编辑器”对话框，编辑渐变颜色如图12-162所示。

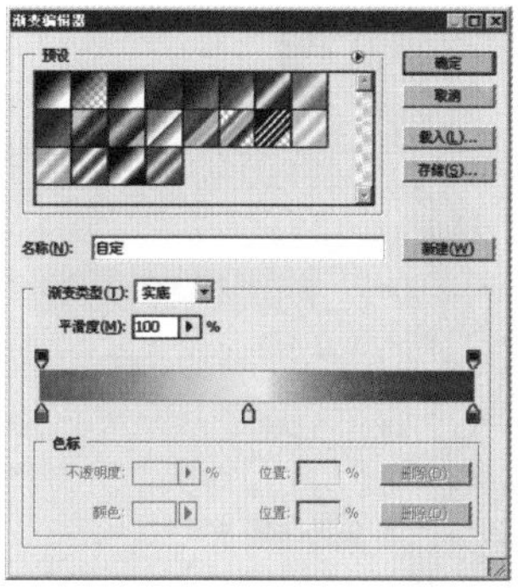

图12-162

step32 在“图层”面板中单击下方的“创建新图层”按钮，创建的空白图层名称默认为“图层6”，拖动鼠标绘制线性渐变，如图12-163所示。

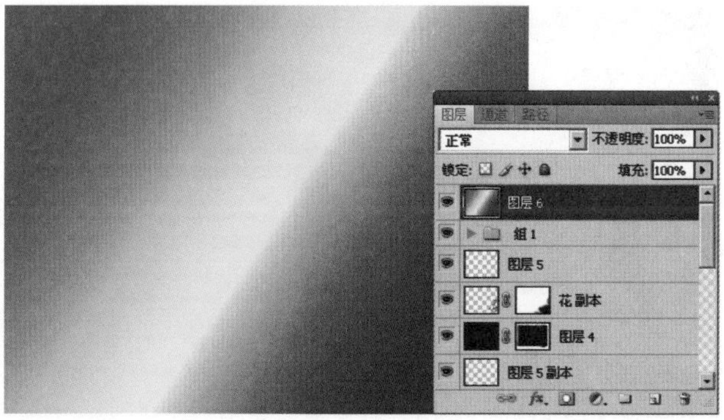

图12-163

step33 在“图层”面板中设置“图层6”图层的“混合模式”为“柔光”，此时图像变为彩色渐变效果，如图12-164所示。

图12-164

step34 在“图层”面板中单击下方的“创建新图层”按钮，创建的空白图层名称默认为“图层7”。在工具箱中选择矩形选框工具，在图像窗口中拖曳鼠标绘制矩形选区，如图12-165所示。

图12-165

step35 在选区上单击鼠标右键，在右键菜单中选择“描边”命令，弹出“描边”对话框，设置“宽度”为“2px”、“颜色”为“白色”，单击“确定”按钮，图像效果如图12-166所示。

图12-166

step36 在按住Alt键的同时按住鼠标左键进行拖动并将其移动到适当位置，复制出4个副本，此时的图像效果和“图层”面板如图12-167所示。

图12-167

step37 在“图层”面板中单击“图层7副本4”图层，按住Shift键单击“图层7”图层，将两图层之间的所有图层选中，按Ctrl+E组合键合并图层，如图12-168所示。

图12-168

step38 在工具箱中选择橡皮擦工具，在工具选项栏中调节透明度和笔刷大小，擦除不需要的部分，闪耀星光效果制作完毕，图像最终效果如图12-169所示。

图12-169

12.6 酒杯素描效果

最终效果

制作说明

本例讲解酒杯素描效果的制作方法，运用的滤镜较多，主要包括添加杂色、高斯模糊、浮雕效果、云彩、铬黄等常用滤镜。

step01 执行菜单栏中的“文件>新建”命令，在弹出的“新建”对话框中设置“名称”为“酒杯素描效果”、“宽度”为“8”厘米、“高度”为“12”厘米、“分辨率”为“350”像素/英寸，如图12-170所示。

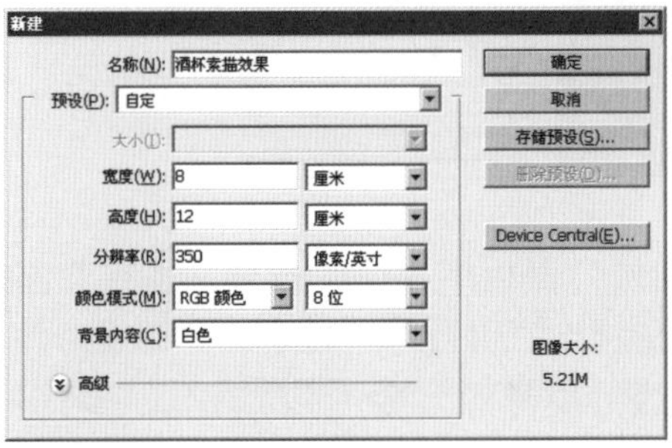

图12-170

step02 使用Ctrl+O组合键打开随书光盘中的“\12章\酒杯素描效果\素材.jpg”图片，效果如图12-171所示。

图12-171

step03 在“图层”面板中单击“创建新图层”按钮，新建“图层1”，然后按D键将前景色和背景色设置为默认色，并填充前景色，如图12-172所示。

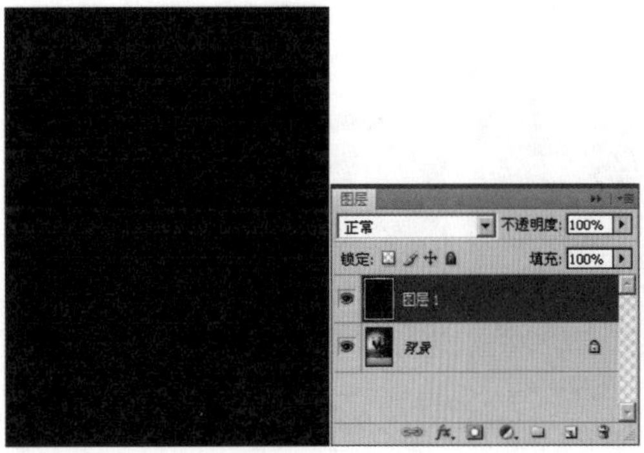

图12-172

step04 在“图层”面板中设置“图层1”的“混合模式”为“叠加”，如图12-173所示。

图12-173

step05 执行菜单栏中的“滤镜>杂色>添加杂色”命令，在弹出的对话框中设置“数量”为“400%”，选中“高斯分布”单选按钮，取消选中“单色”复选框，如图12-174所示。

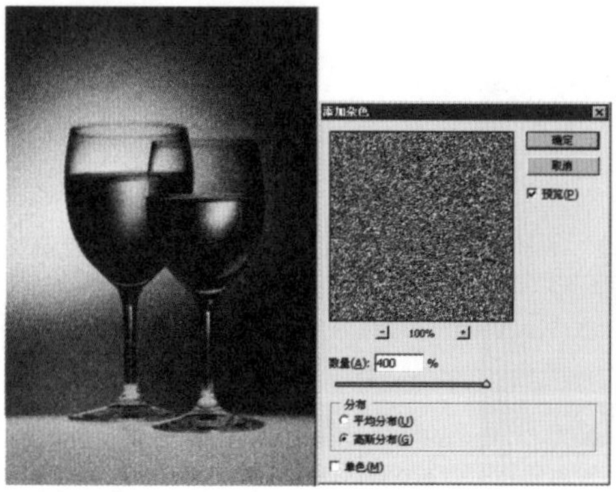

图12-174

step06 执行菜单栏中的“滤镜>模糊>高斯模糊”命令，然后在弹出的对话框中设置“半径”为“5”像素，如图12-175所示。

图12-175

step07 执行菜单栏中的“滤镜>纹理>染色玻璃”命令，在弹出的对话框中设置“单元格大小”为“5”、“边框粗细”为“2”、“光照强度”为“2”，效果如图12-176所示。

图12-176

step08 执行菜单栏中的“滤镜>风格化>浮雕效果”命令，在弹出的对话框中设置“角度”为“-45”度、“高度”为“2”像素、“数量”为“100%”，效果如图12-177所示。

图12-177

step09 在“图层”面板中单击“创建新图层”按钮，新建“图层2”，执行菜单栏中的“滤镜>渲染>云彩”命令，效果如图12-178所示。

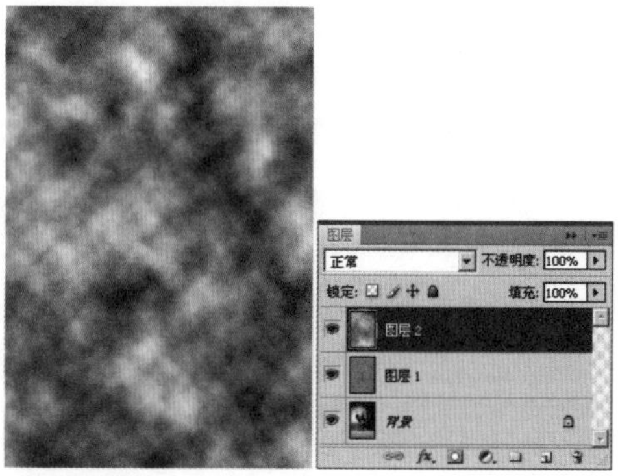

图12-178

step10 按Ctrl+J组合键复制“图层2”，得到“图层2副本”，如图12-179所示。

图12-179

step11 在“图层”面板中单击“图层2副本”左边的眼睛图标，隐藏该图层。选择“图层2”，设置其“混合模式”为“叠加”，如图12-180所示。

图12-180

step12 重新显示“图层2副本”图层，以它作为当前图层，再设置其“混合模式”为“叠加”，效果如图12-181所示。

图12-181

step13 执行菜单栏中的“滤镜>素描>铬黄”命令，在弹出的对话框中设置“细节”为“4”、“平滑度”为“7”，效果如图12-182所示。

图12-182

step14 执行菜单栏中的“图像>调整>色相/饱和度”命令，在弹出的对话框中设置“色相”为“40”、“饱和度”为“70”，选中“着色”复选框，效果如图12-183所示。

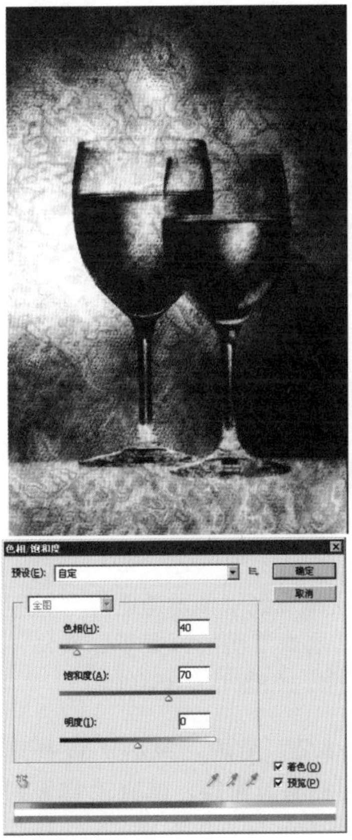

图12-183

12.7 蜡笔效果

最终效果

制作说明

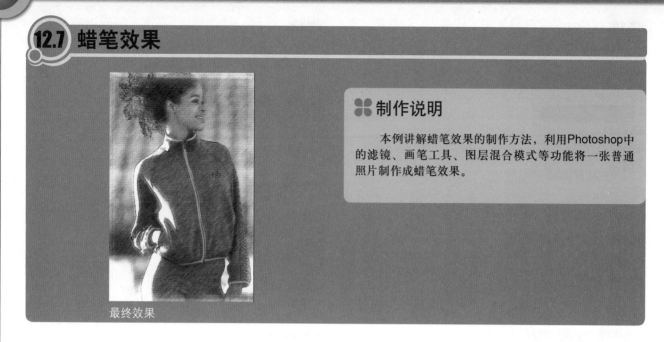

本例讲解蜡笔效果的制作方法，利用Photoshop中的滤镜、画笔工具、图层混合模式等功能将一张普通照片制作成蜡笔效果。

step01 执行菜单栏中的“文件>打开”命令或者按Ctrl+O组合键，打开随书光盘中的“\12章\蜡笔效果\素材.jpg”图片，如图12-184所示。

图12-184

step02 将“背景”图层拖曳到“创建新图层”按钮上，得到新的“背景副本”图层，重复此操作，得到“背景副本2”图层，如图12-185所示。

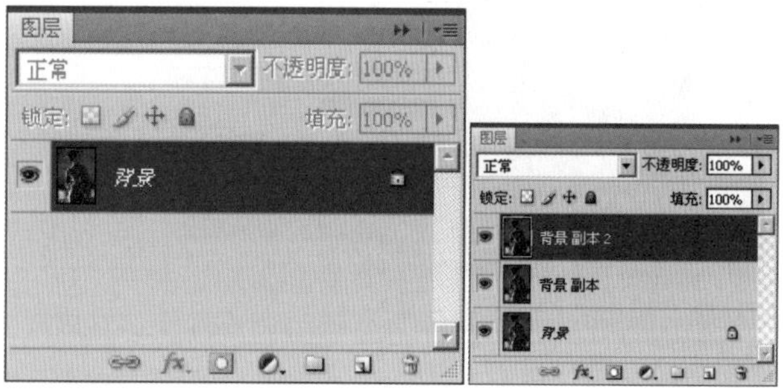

图12-185

step03 选中“背景副本2”图层，单击“背景副本2”图层前的眼睛图标将其隐藏，选择“背景副本”图层，如图12-186所示。

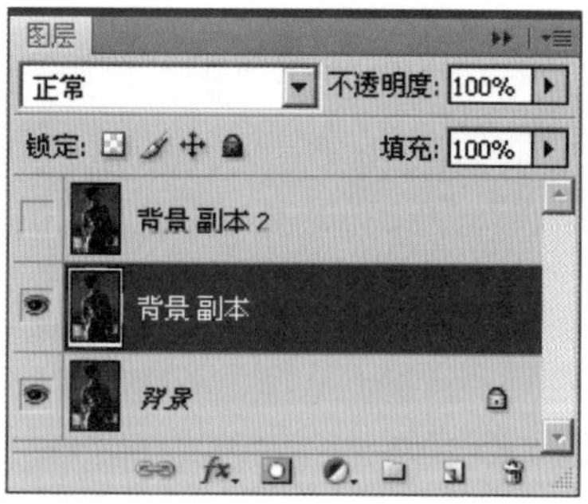

图12-186

step04 设置默认的前景色和背景色，执行菜单栏中的“滤镜>纹理>颗粒”命令，在弹出的“颗粒”对话框中设置“强度”为“20”、“对比度”为“50”、“颗粒类型”为“喷洒”，效果如图12-187所示。

图12-187

step05 执行菜单栏中的“滤镜>模糊>动感模糊”命令，在弹出的“动感模糊”对话框中设置“角度”为“45”度、“距离”为“30”像素，效果如图12-188所示。

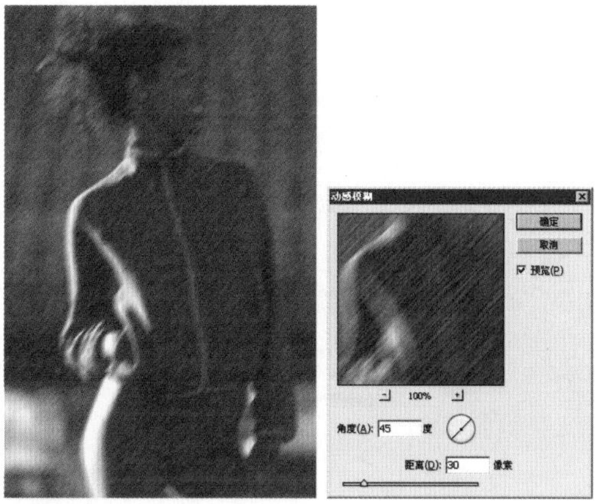

图12-188

step06 执行菜单栏中的“滤镜>画笔描边>成角的线条”命令，在弹出的“成角的线条”对话框中设置“方向平衡”为“50”、“描边长度”为“15”、“锐化程度”为“3”，效果如图12-189所示。

图12-189

step07 单击“图层”面板下方的“添加图层蒙版”按钮，为“背景副本”图层添加蒙版，如图12-190所示。

图12-190

step08 选择工具箱中的画笔工具，在其工具选项栏中选择合适大小的笔触，在前景色色板中选择“50%灰色”，将人物的眼睛描绘出来，这时人物的模样就显现出来了，效果如图12-191所示。

图12-191

step09 显示“背景副本2”图层，将其图层“混合模式”设置为“叠加”，效果如图12-192所示。

图12-192

step 10 执行菜单栏中的“滤镜>风格化>查找边缘”命令，应用该滤镜后的图像效果如图12-193所示。

图12-193

step 11 执行菜单栏中的“图像>调整>去色”命令，效果如图12-194所示。

图12-194

step 12 选择“背景副本”图层，选择画笔工具，在其蒙版图层上涂抹以达到使局部稍加清晰的效果，如图12-195所示。

图12-195

step 13 选中“背景副本2”图层，单击“创建新图层”按钮，得到“图层1”，如图12-196所示。

图12-196

step 14 选择工具箱中的画笔工具，在其工具选项栏中选择合适大小的笔触，并将前景色设置为白色，在图像周围涂抹，效果如图12-197所示。

图12-197

step 15 选择“背景副本2”图层，执行菜单栏中的“滤镜>纹理>纹理化”命令，在弹出的“纹理化”对话框中设置“纹理”为“粗麻布”、“缩放”为“200%”、“凸现”为“4”、“光照”为“上”，效果如图12-198所示。

图12-198

step 16 单击“图层”面板底部的“创建新的填充或调整图层”按钮，在弹出的菜单中选择“色阶”命令，在弹出的“色阶”对话框中调整RGB通道的输出色阶，如图12-199所示。

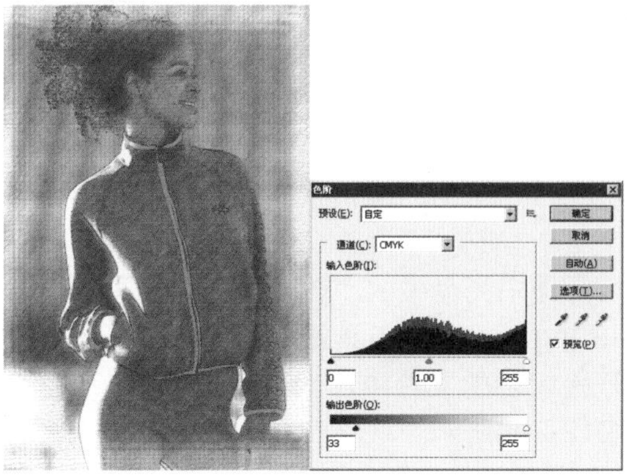

图12-199

step 17 将调整图层的“混合模式”设置为“叠加”，最终效果如图12-200所示。

图12-200

12.8 照片处理效果——童梦

最终效果

制作说明

本例利用Photshop中的色彩调节、图层蒙版、图层混合模式、图层样式等功能对一张普通儿童照片进行制作合成，将其制作成特殊效果的照片。

step01 打开随书光盘中的“\12章\照片处理效果-童梦\素材-1.jpg”图片。按Ctrl+L组合键进行照片颜色的调整，在弹出的“色阶”对话框中设置参数（如图12-201所示），然后单击“确定”按钮。

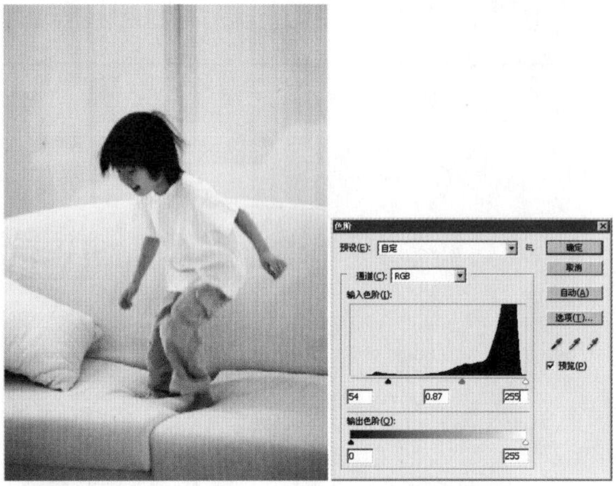

图12-201

step02 单击工具箱中的“以快速蒙版模式编辑”按钮，选择工具箱的画笔工具，选择柔角画笔，在其工具选项栏中进行参数设置，然后在人物部分涂抹，效果如图12-202所示。

图12-202

step03 单击工具箱中的“以标准模式编辑”按钮，得到选区。按Ctrl+Shift+I组合键进行反选，然后按Ctrl+C组合键复制儿童全身图像，按Ctrl+V组合键粘贴图像，得到“图层1”，如图12-203所示。

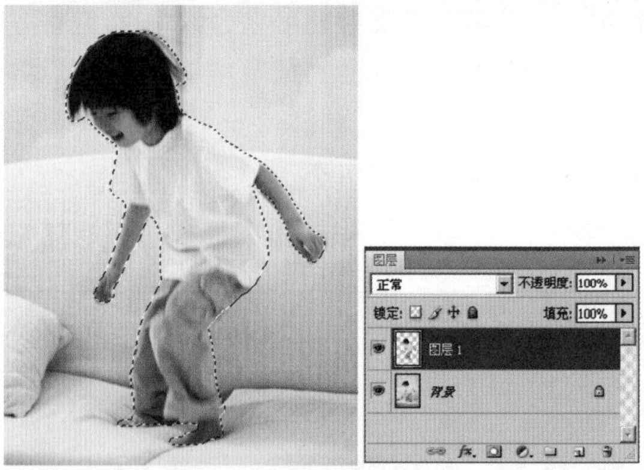

图12-203

step04 打开随书光盘中的“\12章\照片处理效果-童梦\素材-2.jpg”，选择工具箱中的移动工具，将它拖到开始编辑的文件中，得到“图层2”，图像效果如图12-204所示。

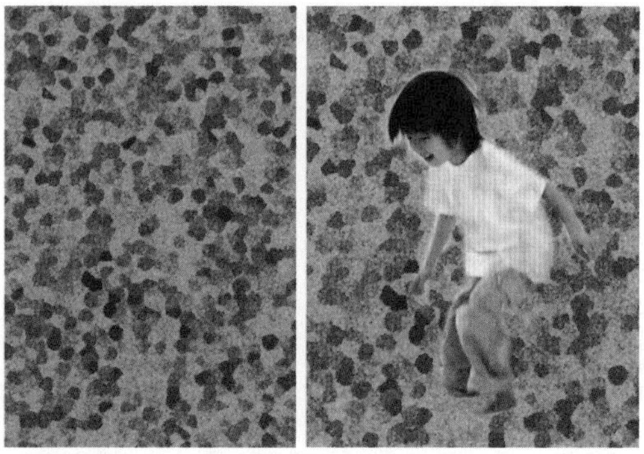

图12-204

step05 在“图层”面板中设置“图层2”的“混合模式”为“差值”、“填充”为“60%”，得到的图像效果如图12-205所示。

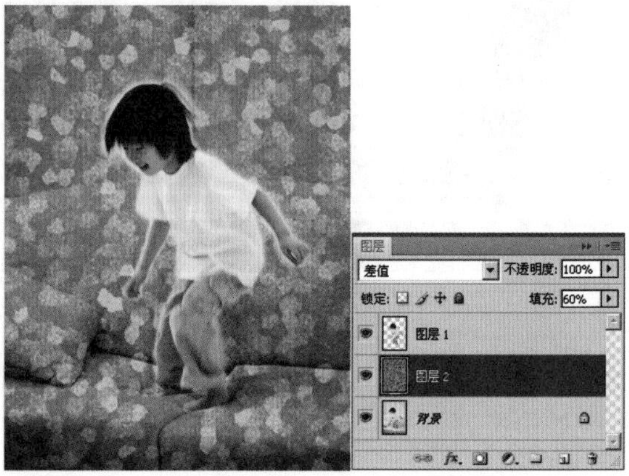

图12-205

step06 单击“图层”面板底部的“添加矢量蒙版”按钮，选择工具箱中的渐变工具，在蒙版图层上绘制一条渐变，隐去“图层2”的一部分图像，得到的图像效果如图12-206所示。

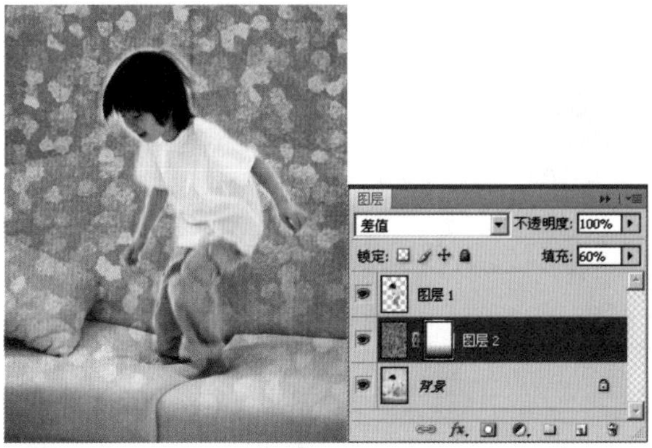

图12-206

step07 打开随书光盘中的“\12章\照片处理效果-童梦\素材-3.jpg”，使用移动工具将它拖到效果文件中，得到“图层3”，设置“图层3”的“混合模式”为“强光”，得到的图像效果如图12-207所示。

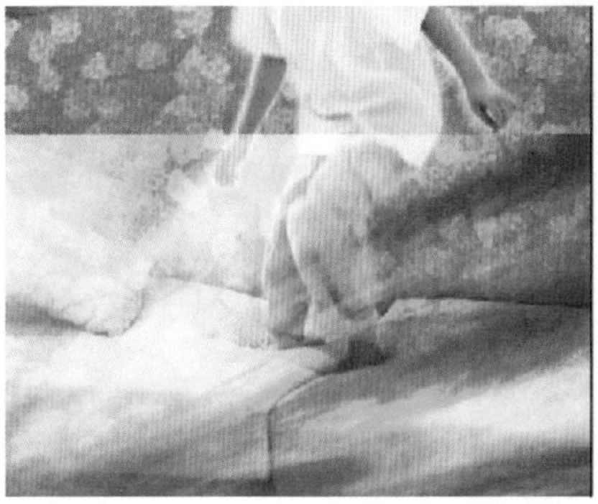

图12-207

step08 选择“图层3”为当前图层，单击“图层”面板底部的“添加矢量蒙版”按钮，选择工具箱中的渐变工具，在蒙版图层上绘制一条渐变，隐去“图层3”的一部分图像，得到的图像效果如图12-208所示。

step09 执行菜单栏中的“滤镜>素描>铬黄”命令，在弹出的“铬黄渐变”对话框中设置“细节”为“8”、“平滑度”为“4”，单击“确定”按钮，得到的图像效果如图12-209所示。

图12-208

图12-209

step10 单击“图层”面板底部的“添加图层样式”按钮，选择“渐变叠加”选项，在弹出的“图层样式”对话框中进行参数设置，然后单击“确定”按钮，得到的图像效果如图12-210所示。

图12-210

step11 在“图层3”下面新建“图层4”，然后按Ctrl+E组合键将“图层3”合并到“图层4”中，将带有蒙版和图层样式的图层转化为普通图层，如图12-211所示。

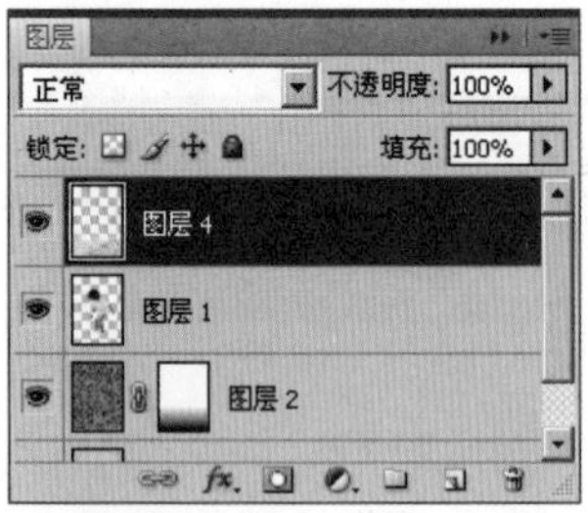

图12-211

step12 打开随书光盘中的“\12章\照片处理效果-童梦\素材-4.jpg”，使用移动工具将它拖到效果文件中，得到“图层5”，图像效果如图12-212所示。

图12-212

step13 在“图层”面板中设置“图层5”的“混合模式”为“正底叠片”，得到的图像效果如图12-213所示。

图12-213

step14 选择“图层1”为当前图层，单击“图层”面板底部的“添加图层样式”按钮，选择“外发光”选项，在弹出的“图层样式”对话框中设置参数，单击“确定”按钮，得到的图像效果如图12-214所示。

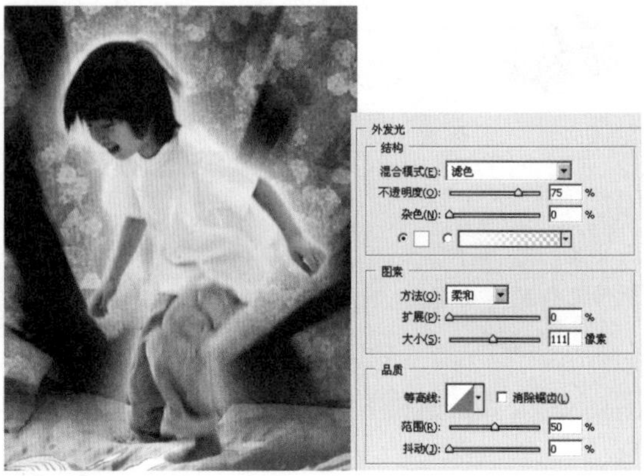

图12-214

step15 打开随书光盘中的“\12章\照片处理效果-童梦\素材-5.jpg”，使用移动工具将它拖到效果文件中，再为画面加一个黑色的边框，得到的图像效果如图12-215所示。

图12-215

step16 选择工具箱中的横排文字工具T，输入汉字“童梦”和拼音“TONG MENG”，选择比较卡通的字体配合主题，得到的图像效果如图12-216所示。

图12-216

step 17 添加投影。单击“图层”面板底部的“添加图层样式”按钮，选择“投影”选项，在弹出的对话框中设置参数，得到的图像效果如图12-217所示。

图12-217

step 18 分别为汉字和拼音设置“渐变叠加”效果，汉字选择紫色到白色的渐变，拼音选择蓝色到白色的渐变，得到的最终图像效果如图12-218所示。

图12-218

12.9 儿童影印

最终效果

制作说明

本例利用Photoshop中的色彩调节、图层蒙版、图层混合模式、图层样式等功能对三张普通儿童照片进行合成，再用大小不一的文字点缀画面，从而制作出特殊的儿童影印效果。

step 01 执行菜单栏中的“文件>新建”命令，在弹出的对话框中设置参数如图12-219所示，得到一个新的文档。

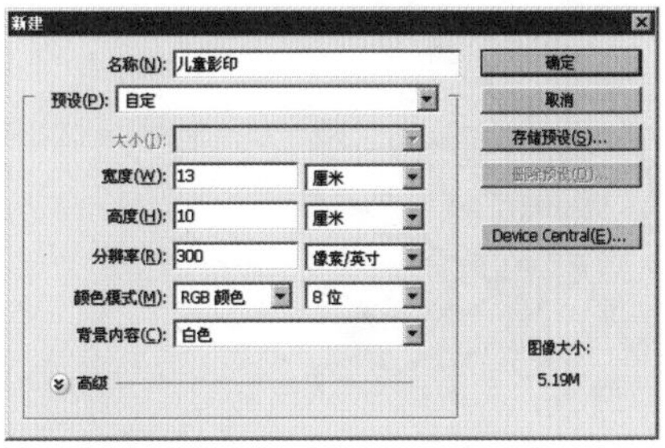

图12-219

step02 按D键，将前景色和背景色恢复默认设置，执行菜单栏中的“滤镜＞渲染＞云彩”命令，得到的图像效果如图12-220所示。

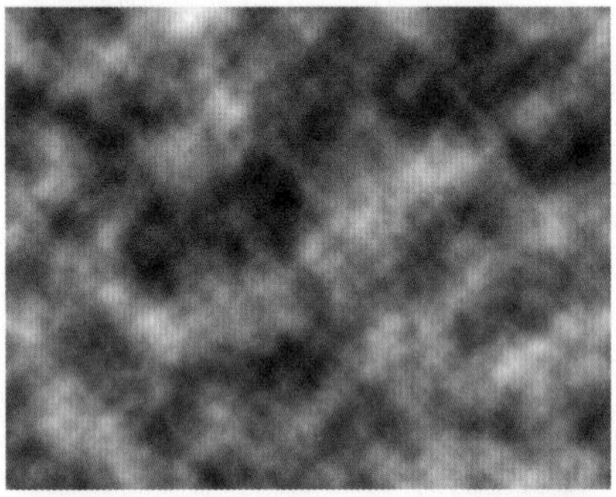

图12-220

step03 按Ctrl+L组合键，在弹出的“色阶”对话框中设置参数，得到的图像效果如图12-221所示。

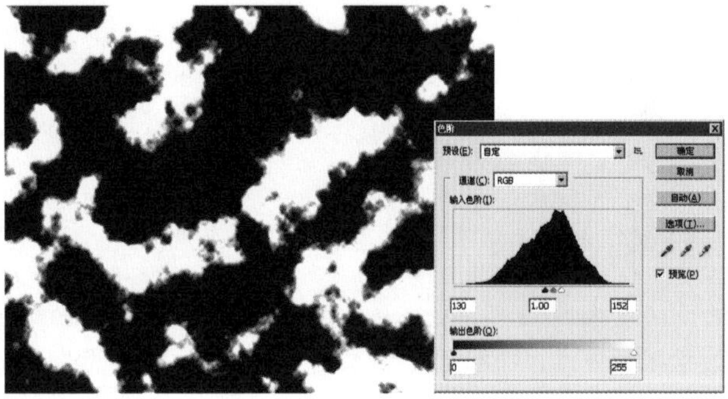

图12-221

step04 执行菜单栏中的“滤镜＞风格化＞查找边缘”命令，得到的图像效果如图12-222所示。按Ctrl+J组合键复制“背景”图层，得到“图层1”。

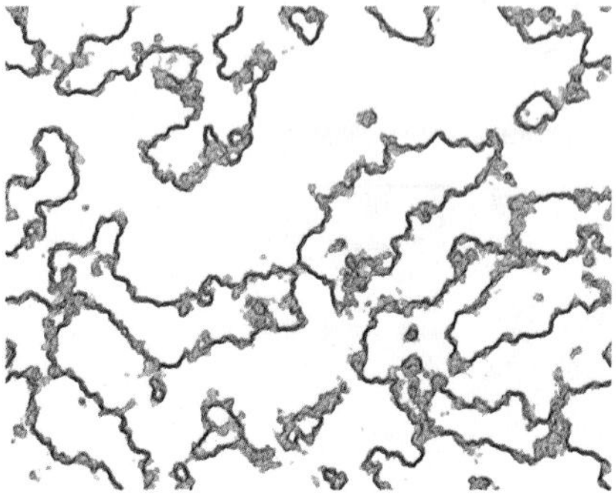

图12-222

step05 单击“图层”面板底部的“创建新图层”按钮，新建“图层2”，执行菜单栏中的“滤镜＞渲染＞云彩”命令，然后设置“图层2”的“混合模式”为“线性光”，得到的图像效果如图12-223所示。

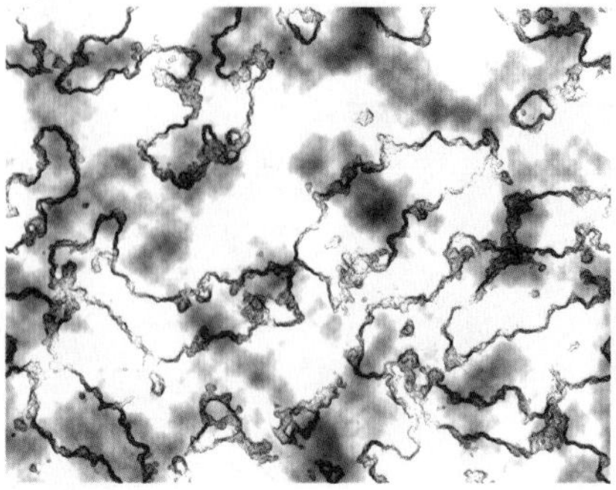

图12-223

step06 按Ctrl+E组合键，合并“图层2”到“图层1”，填充“背景”图层为白色。选择“图层1”为当前图层，单击“图层”面板底部的“添加图层样式”按钮，在弹出菜单中选择“渐变叠加”选项，在弹出的“图层样式”对话框中单击渐变条，在弹出的“渐变编辑器”对话框中设置参数，单击“确定”按钮，具体参数设置如图12-224所示。

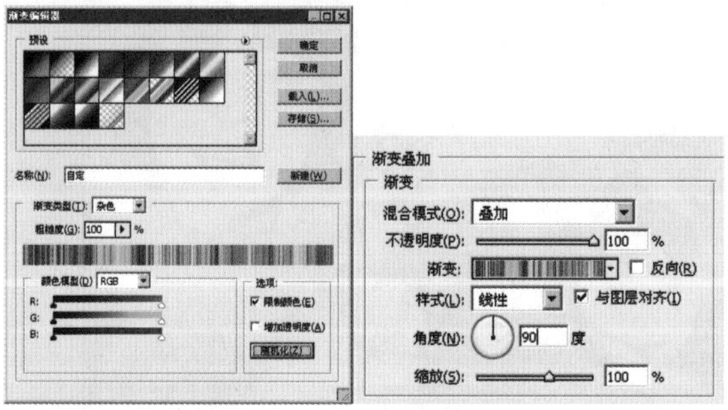

图12-224

step07 在“图层”面板中设置“图层1”的“填充”为“60%”，得到的图像效果如图12-225所示。

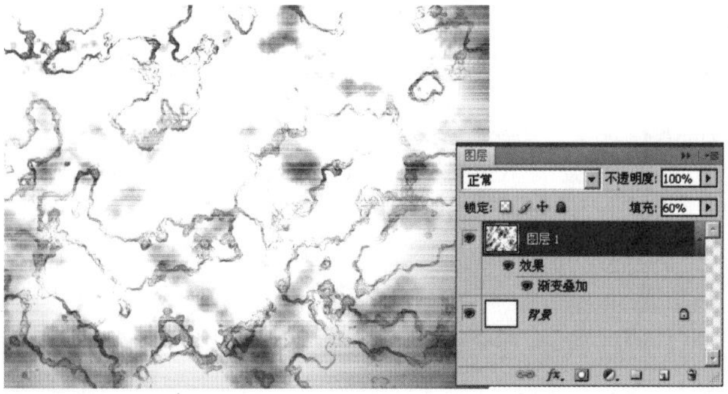

图12-225

step08 打开随书光盘中的“\12章\儿童影印\素材-1.jpg”，使用移动工具将它拖到效果文件中，得到“图层2”，图像效果如图12-226所示。

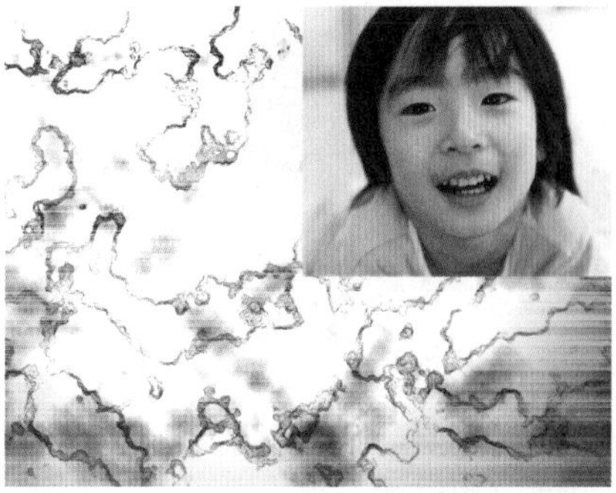

图12-226

step09 按Ctrl+Shift+U组合键，将人物图像变成黑白图像。按Ctrl+L组合键，在弹出的“色阶”对话框中设置参数，将图层“混合模式”设置为“正片叠底”，得到的图像效果如图12-227所示。

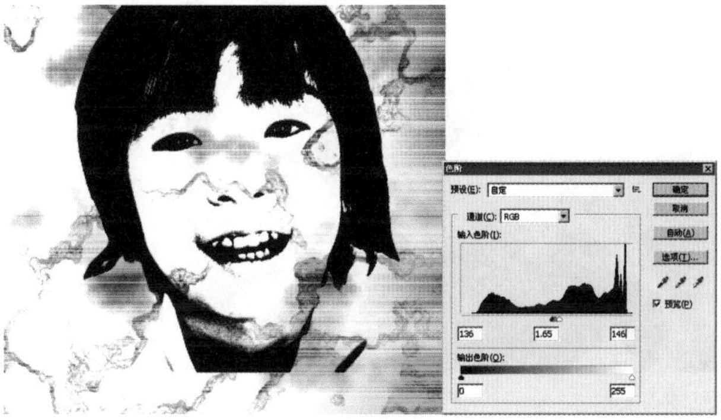

图12-227

step10 选择工具箱中的橡皮擦工具，涂抹掉人脸上的纹理，然后单击“图层”面板底部的“添加矢量蒙版”按钮，选择工具箱中的渐变工具，选择黑色到白色的渐变，在蒙版图层上绘制渐变，得到的图像效果如图12-228所示。

step11 打开随书光盘中的“\12章\儿童影印\素材-2.jpg和素材-3.jpg”。按照第1张照片的处理方法，在效果文件中处理第2张和第3张照片，处理完成后的图像效果如图12-229所示。

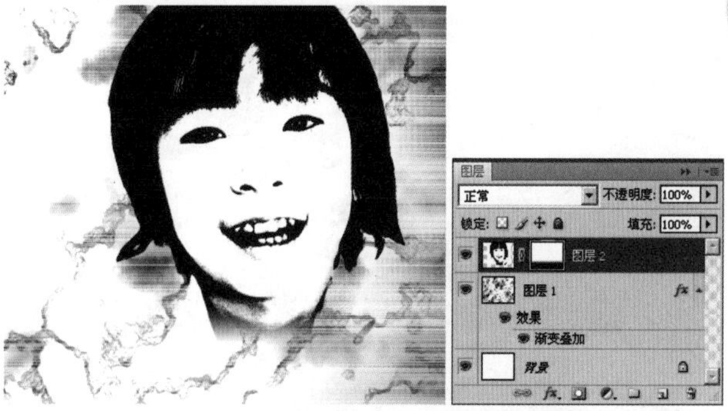

图12-228

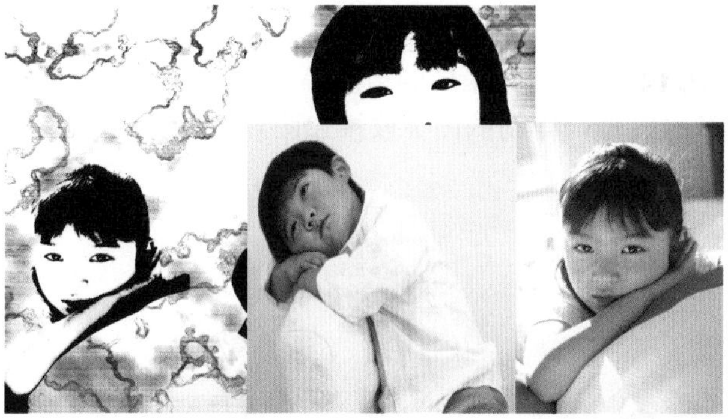

图12-229

step12 打开随书光盘中的“\12章\儿童影印\素材-4.jpg”，使用移动工具将其拖到效果文件中，得到“图层5”，图像效果如图12-230所示。

图12-230

step13 在“图层”面板中设置“图层5”的“混合模式”为“线性光”，得到的图像效果如图12-231所示。

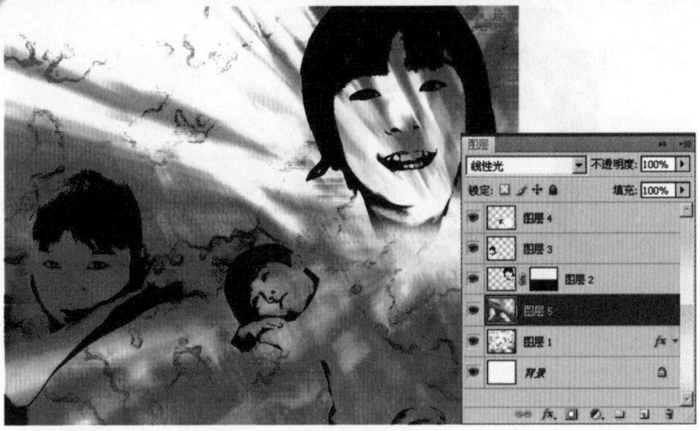

图12-231

step14 选择工具箱中的橡皮擦工具，涂抹掉人脸上的纹理，得到的图像效果如图12-232所示。

图12-232

step15 选择工具箱中的横排文字工具T，输入文字，按Ctrl+T组合键打开自由变换控制框，将文字旋转，得到的图像效果如图12-233所示。

图12-233

step16 使用文字工具继续输入文字，将文字的字体和字号变化一下，分别按Ctrl+T组合键打开自由变换框，对每行文字进行一定角度的旋转，得到的图像效果如图12-234所示。

图12-234

step17 在“图层”面板中对添加的文字设置不同的“不透明度”（可以根据自己的喜好来设置），得到的图像效果如图12-235所示。

图12-235

step18 单击“图层”面板底部的“添加图层样式”按钮，选择“渐变叠加”选项，在弹出的对话框中设置参数，得到的最终图像效果如图12-236所示。

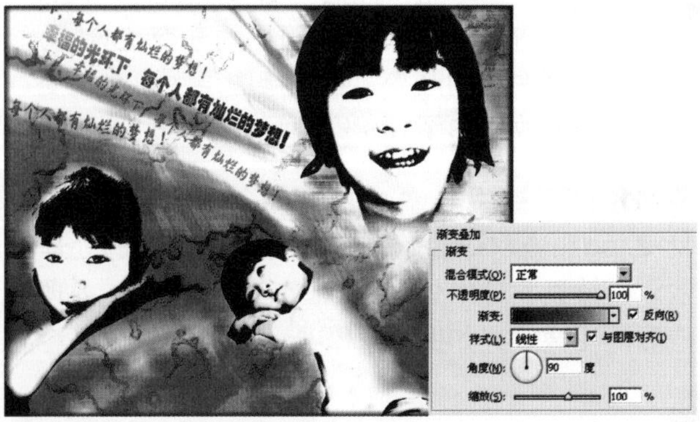

图12-236

12.10 炫色美女

最终效果

制作说明

本例利用Photshop中的滤镜和图层混合模式制作背景，并调节图像色彩，将一张普通照片制作成具有特殊效果的照片。

step01 打开随书光盘中的“\12章\炫色美女\素材-1.jpg”。按Ctrl+L组合键进行照片颜色调整，在弹出的“色阶”对话框中设置参数，调整色阶后的图像效果如图12-237所示。

step02 选择工具箱中的魔棒工具，在图像的白色区域内单击得到选区，然后按Ctrl+Shift+I组合键进行反选。按Ctrl+C组合键复制图像，按Ctrl+V组合键粘贴图像，得到“图层1”，如图12-238所示。

图12-237

图12-238

step03 单击“图层”面板底部的“创建新图层”按钮，新建“图层2”，按D键将前景色和背景色恢复为默认设置，执行菜单栏中的“滤镜>渲染>云彩”命令，得到的图像效果如图12-239所示。

图12-239

step04 执行菜单栏中的“滤镜>纹理>染色玻璃”命令，在弹出的“染色玻璃”对话框中设置参数，得到的图像效果如图12-240所示。

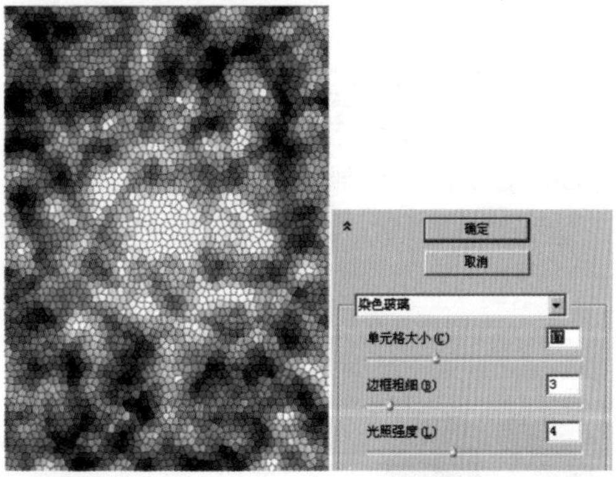

图12-240

step05 按住Ctrl键，单击“图层”面板中的“图层1”前的缩览图，将选区载入，按Delete键删除部分图像，得到的图像效果如图12-241所示。

图12-241

step06 按Ctrl+J组合键复制“图层2”，得到“图层2副本”图层，执行菜单栏中的“滤镜>模糊>径向模糊”命令，在弹出的“径向模糊”对话框中设置参数，得到的图像效果如图12-242所示。

图12-242

step07 在“图层”面板中将“图层2副本”图层的“混合模式”设置为“线性光”。按Ctrl+E组合键将“图层2副本”合并到“图层2”，得到的图像效果如图12-243所示。

图12-243

step08 单击“图层”面板底部的“添加图层样式”按钮，选择“渐变叠加”选项，在弹出的“图层样式”对话框中设置参数，得到的图像效果如图12-244所示。

图12-244

step09 执行菜单栏中的“滤镜>模糊>动感模糊”命令，在弹出的“动感模糊”对话框中设置参数，得到的图像效果如图12-245所示。

图12-245

step10 打开随书光盘中的“\12章\炫色美女\素材-2.jpg”，如图12-246所示。使用移动工具将它拖到效果文件中，得到“图层3”。

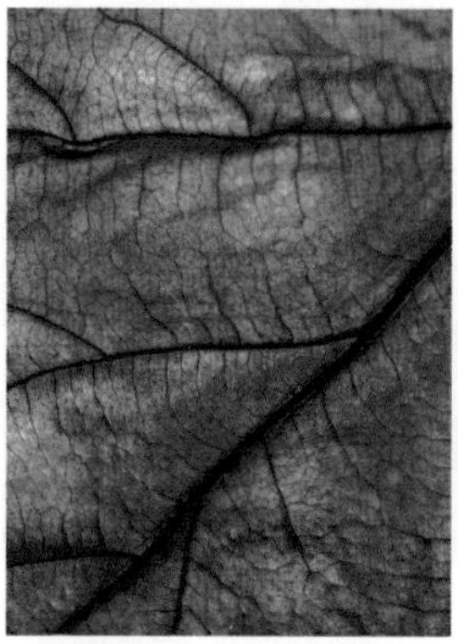

图12-246

step11 在“图层”面板中设置“图层3”的“混合模式”为“叠加”，图像效果如图12-247所示。

图12-247

step12 按住Ctrl键，单击“图层”面板中的“图层1”前的缩览图，将选区载入，按Delete键删除“图层3”的部分图像，得到的图像效果如图12-248所示。

图12-248

step13 单击“图层”面板底部的“添加矢量蒙版”按钮，选择工具箱中的渐变工具，选择黑色到白色的渐变，在蒙版图层上绘制渐变，蒙版图层遮掉一部分图像，得到的图像效果如图12-249所示。

图12-249

step14 选择工具箱中的横排文字工具T，输入文字“炫色美女”，得到的图像效果如图12-250所示。执行菜单栏中的“图层>栅格化>文字”命令，将文字图层转化为普通图层。

图12-250

step15 添加“投影”和“渐变叠加”图层样式，得到的图像效果如图12-251所示。

图12-251

12.11 航空广告

最终效果

制作说明

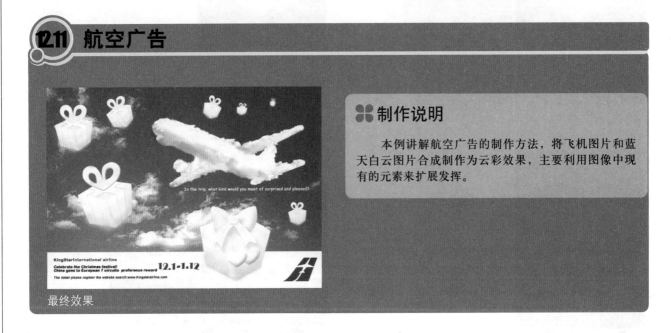

本例讲解航空广告的制作方法，将飞机图片和蓝天白云图片合成制作为云彩效果，主要利用图像中现有的元素来扩展发挥。

step01 执行菜单栏中的“文件>新建”命令或按Ctrl+N组合键，在弹出的“新建”对话框中设置参数（如图12-252所示），新建文件。

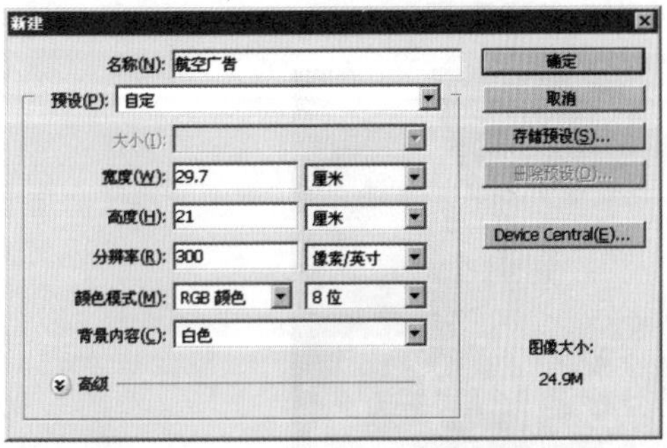

图12-252

step02 打开随书光盘中的“\12章\航空广告\素材-1.jpg”图片，选择工具箱中的移动工具，将图片拖曳到新建文件中，得到“图层1”，效果如图12-253所示。

图12-253

step03 执行菜单栏中的“文件>打开”命令或按Ctrl+O组合键，打开随书光盘中的“\12章\航空广告\素材-2.jpg”图片，如图12-254所示。

图12-254

step04 选择工具箱中的钢笔工具，沿飞机的边缘绘制封闭的路径，在“路径”面板中单击“将路径作为选区载入”按钮，创建选区，使用移动工具将选区内容拖动到新建文件中，生成“图层2”。使用Ctrl+T组合键自由变换图层，将飞机调整到合适的大小和位置，效果如图12-255所示。

图12-255

step05 打开随书光盘中的“\12章\航空广告\素材-3.jpg”图片，选择工具箱中的套索工具，选出云彩完整的部分，建立选区，如图12-256所示。

图12-256

step06 使用移动工具将选区内容拖曳到新建文件中，生成“图层3”。使用Ctrl+T组合键自由变换图层，将云彩调整到与飞机头重合，效果如图12-257所示。

图12-257

step07 打开随书光盘中的“\12章\航空广告\素材-4”图片，选择工具箱中的套索工具，选出云彩完整的部分，建立选区，如图12-258所示。

图12-258

step08 使用移动工具将选区内容拖动到新建文件中，生成“图层4”。使用Ctrl+T组合键自由变换图层，并复制图层拼贴成机身的形状，效果如图12-259所示。

图12-259

step09 打开随书光盘中的“\12章\航空广告\素材-5.jpg”，执行菜单栏中的“图像>调整>色阶”命令，在弹出的对话框中设置参数，得到的图像效果如图12-260所示。

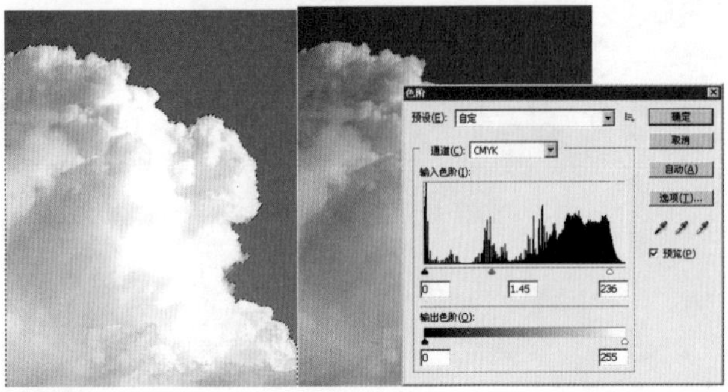

图12-260

step10 使用以上云彩素材图片，分别选取适当的云彩部分及边缘，移动到新建文件中，创建各个图层。使用Ctrl+T组合键调整到适合角度和大小，使之与飞机形状大体符合，制作飞机形状的云彩效果，如图12-261所示。

图12-261

step11 将组成云彩飞机的所有图层合并，并将其命名为“飞机”，隐藏“图层2”。选择工具箱中的仿制图章工具，选择各个云彩图层，按Alt键定义原点，涂抹云彩之间的不自然部分，使之相互连接自然，过渡柔和，使飞机形状更加整体直观，如图12-262所示。

图12-262

step12 选择工具箱中的画笔工具，设定画笔颜色为“白色”和“浅蓝灰色”，分别涂抹飞机的顶部和底部，大致绘制出飞机的明暗面，效果如图12-263所示。

图12-263

step13 执行菜单栏中的“图像>调整>色阶”命令，在弹出的“色阶”对话框中进行参数设置，单击“确定”按钮，飞机变亮，如图12-264所示。

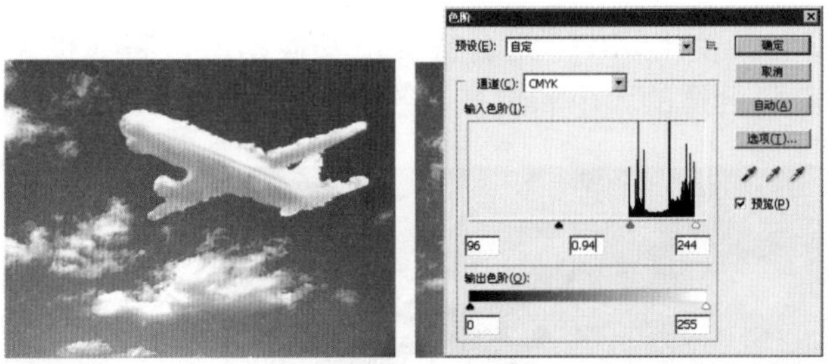

图12-264

step14 新建“图层3”。选择工具箱中的多边形套索工具，在画面中绘制多边形，建立选区。选择工具箱中的画笔工具，设定画笔颜色为“白色”和“浅蓝色”，绘制出多边形中3个面的形状。再次选择多边形套索工具，新建“图层4”，绘制方盒的十字形绸带形状选区，效果如图12-265所示。

图12-265

step15 单击“图层”面板底部的“添加图层样式”按钮，在弹出的下拉列表中选择“斜面和浮雕”选项，在弹出对话框的“斜面和浮雕”选项面板中进行参数设置（如图12-266所示），设置“高光模式”颜色为“白色”、“阴影模式”颜色为“R42、G127、B205”，制作出绸带的厚度。

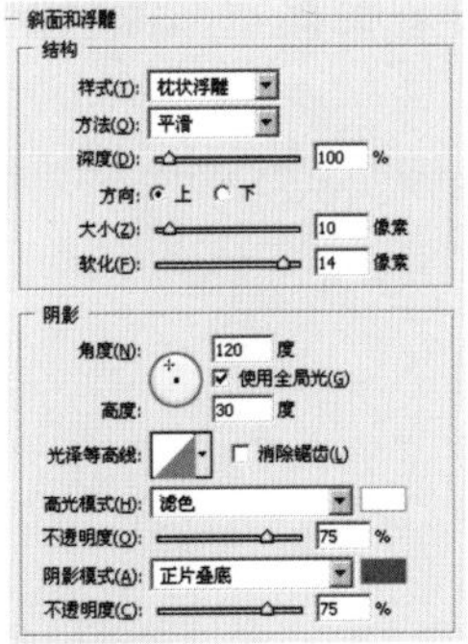

图12-266

step16 选择工具箱中的钢笔工具，在画面中绘制桃心形状的镂空路径，单击“路径”面板中的“将路径作为选区载入”按钮，建立选区。新建“图层5”并填充云彩，效果如图12-267所示。

图12-267

step17 按Ctrl+E组合键将“图层5”、“图层4”和“图层3”合并在一起，并将其命名为“礼物”。复制多个“礼物”图层，将其依次分布在画面上，由近及远排列，并调整成不同的大小，然后将它们全部合并到“礼物”图层中，效果如图12-268所示。

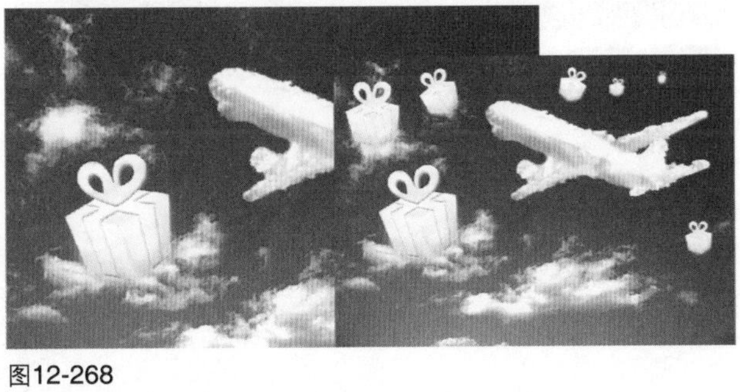

图12-268

step18 选择“图层1”为当前图层，使用矩形选框工具在画面的底部绘制一个矩形区域，将选区中的图像删除掉，得到的白色部分将是添加广告文字的区域。使用相同的方法再绘制一个方盒云彩状的图层，并命名为“大礼物”，效果如图12-269所示。

图12-269

step19 新建图层，并将其命名为“桃心”。选择工具箱中的钢笔工具，在画面中绘制桃心形路径，并将其转换为选区，填充白色。单击“图层”面板底部的“添加图层样式”按钮，在弹出的下拉列表中选择“斜面和浮雕”选项，在弹出对话框的“斜面和浮雕”选项面板中进行参数设置，制作桃心凸起效果。复制“桃心”图层，制作重叠的效果，如图12-270所示。

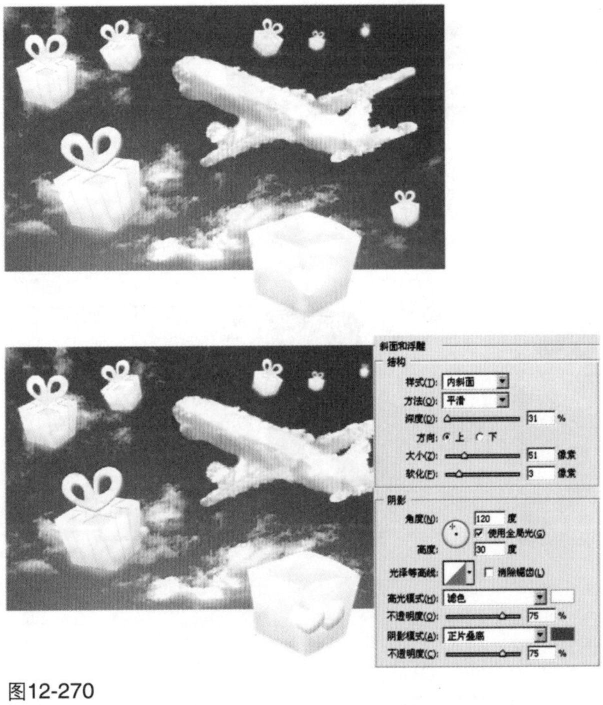

图12-270

step20 单击“图层”面板底部的“创建新图层”按钮，得到新图层并将其改名为“蝴蝶结”。选择工具箱中的钢笔工具，在画面中绘制蝴蝶结形状的路径，并将其转换为选区，填充白色，如图12-271所示。

图12-271

step21 选择工具箱中的画笔工具，设置画笔颜色为“浅蓝色”，涂抹蝴蝶结的底部和边缘，绘制凸起的效果。用同样的方法新建图层，并将其命名为“丝带”，绘制绸带的形状，填充颜色为“R243、G249、B254”。单击“图层”面板底部的“添加图层样式”按钮，在弹出的下拉列表中选择“投影”选项，在弹出对话框的“投影”选项面板中进行参数设置，制作出绸带的立体效果，如图12-272所示。

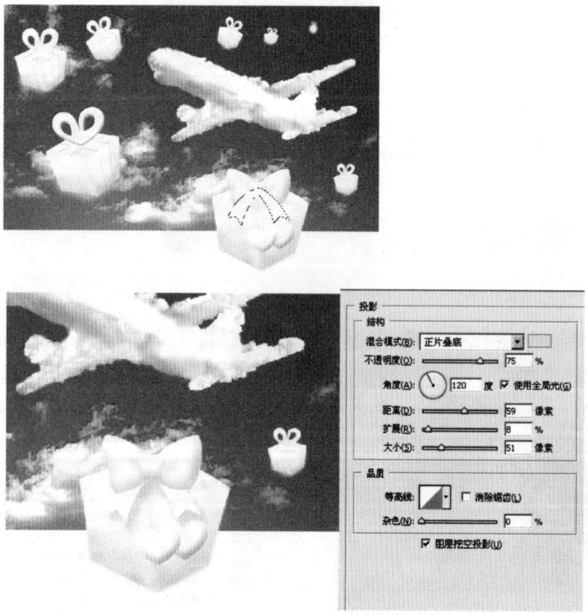

图12-272

step22 选择工具箱中的横排文字工具，设定文字的字体、字号和颜色，输入文字并将其摆放到适当的位置。执行菜单栏中的“文件>打开”命令或按Ctrl+O组合键，打开随书光盘中的“\12章\航空广告\素材-6.jpg”图片，使用移动工具将图片拖曳到文件的右下角，使用Ctrl+T组合键变换图层大小，完成后按Enter键确认操作。至此，图像制作完成，如图12-273所示。

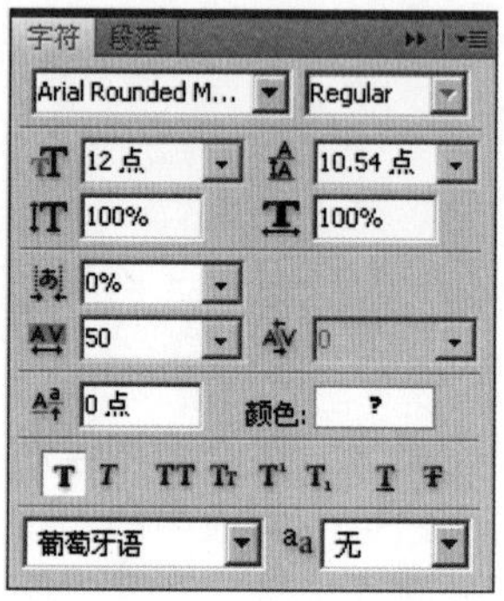

图12-273

12.12 餐具广告

最终效果

制作说明

本例将几张普通餐具照片在Photoshop中通过图层样式、图层蒙版等功能进行操作，制作出餐具广告。在本例中，图层样式尤为重要。

step01 执行菜单栏中的“文件>新建”命令或按Ctrl+N组合键，在弹出的“新建”对话框中进行参数设置，如图12-274所示。

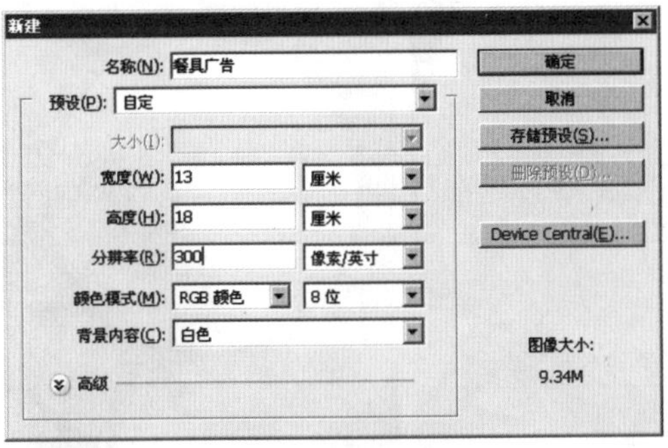

图12-274

step02 在工具箱中设置前景色为“R167、G66、B0”，执行菜单栏中的“编辑>填充”命令，在弹出的“填充”对话框中设置“使用”为“前景色”，或按Alt+Delete组合键填充画布，效果如图12-275所示。

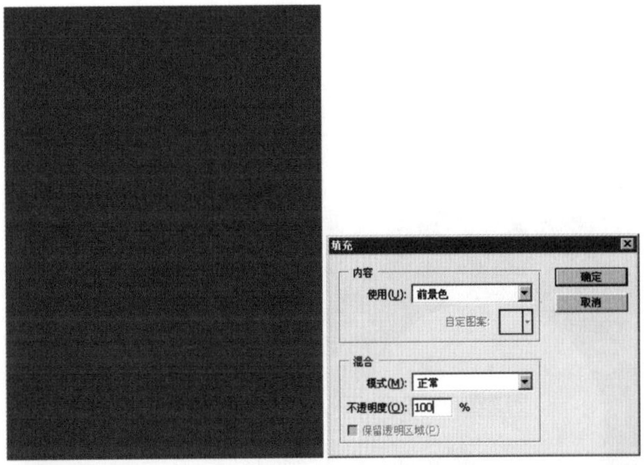

图12-275

step03 在工具箱中选择椭圆选框工具，按住Shift键在画面中拖曳出正圆形选区。单击“图层”面板底部的“创建新图层”按钮，得到“图层1”，设置前景色为白色，使用Alt+Delete组合键填充选区，得到白色正圆形图层，效果如图12-276所示。

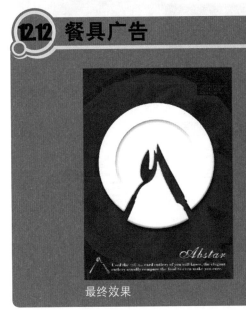

图12-276

step04 单击“图层”面板底部的“添加图层样式”按钮fx，在弹出的菜单中选择“投影”选项，在弹出的对话框中进行参数设置，然后选择“斜面和浮雕”选项并进行参数设置，如图12-277所示。

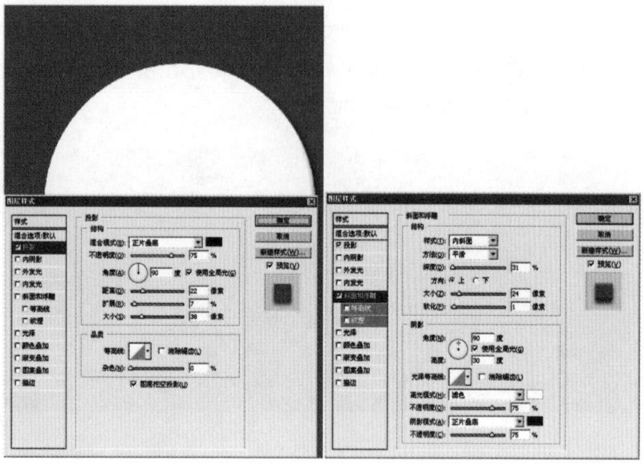

图12-277

step05 将“图层1”拖曳到“创建新图层”按钮上，得到“图层1副本”并适当等比例缩小，双击“图层1副本”缩略图，在弹出的“图层样式”对话框中进行参数设置，如图12-278所示。

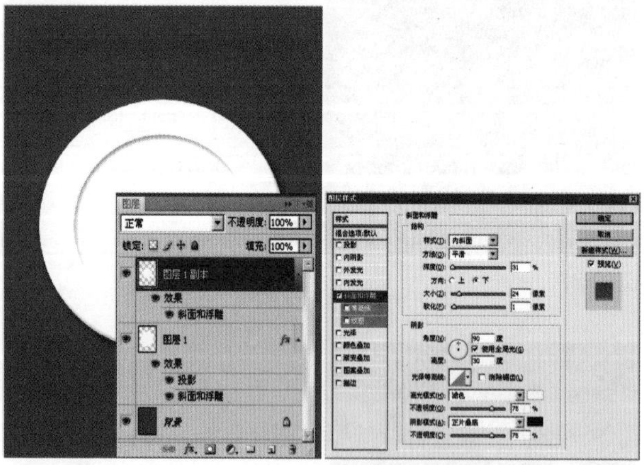

图12-278

step06 将“图层1”拖曳到“创建新图层”按钮上，得到“图层1副本2”并适当等比例缩小，双击“图层1副本2”图层缩略图，在弹出的“图层样式”对话框中进行参数设置，如图12-279所示。

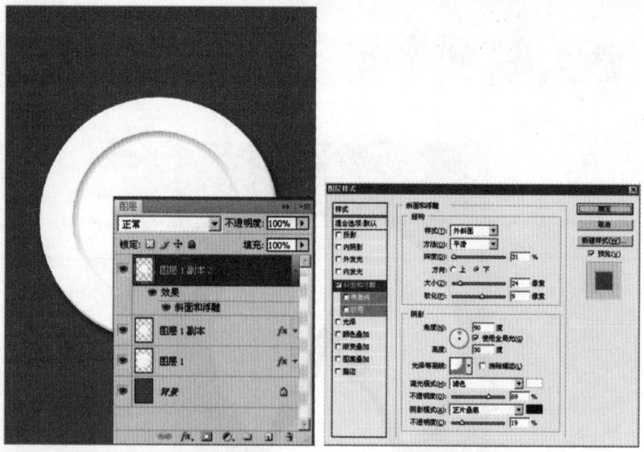

图12-279

step07 执行菜单栏中的“文件>打开”命令或按Ctrl+O组合键，打开随书光盘中的“\12章\餐具广告\素材-1.jpg和素材-2.jpg”。选择工具箱中的移动工具，将图片拖动到原文件中，得到新图层，并将其改名为“背景2”。使用Ctrl+T组合键自由变换图层，调整图像大小，效果如图12-280所示。

图12-280

step08 选中“背景2”，设置图层“混合模式”为“正片叠底”、“不透明度”为“50%”，效果如图12-281所示。

step09 执行菜单栏中的“文件>打开”命令或按Ctrl+O组合键，打开随书光盘中的“\12章\餐具广告\素材-3.jpg”。选择工具箱中的魔棒工具，单击画面中的白色底图部分，建立选区，使用Shift+Ctrl+I组合键反选选区，如图12-282所示。

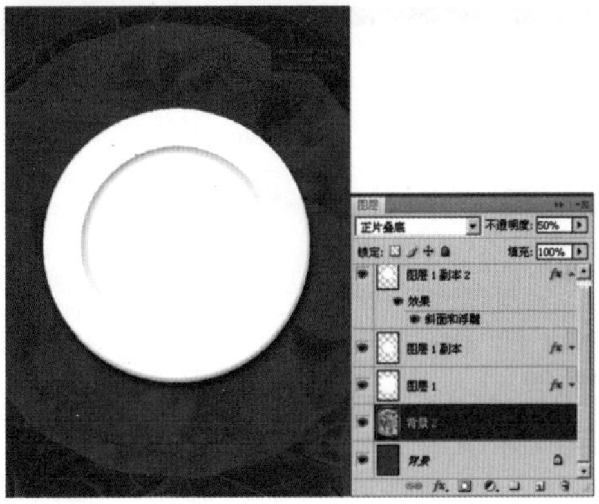

图12-281

图12-282

step10 选择工具箱中的移动工具，将选区内容移动到原文件中，生成“图层2”，将其移动到面板的最上方，使用Ctrl+T组合键自由变换图层大小和位置，如图12-283所示。

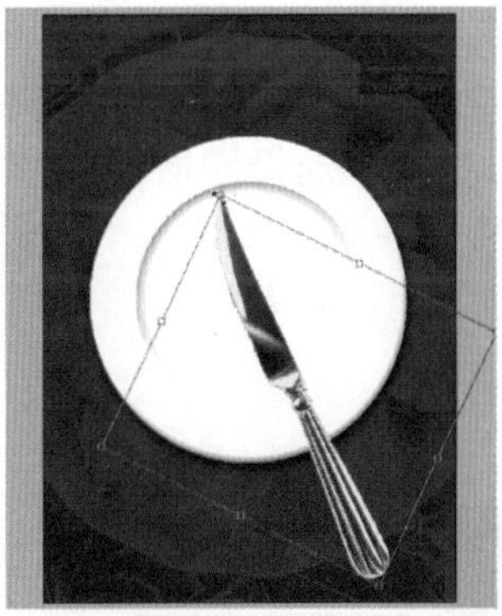

图12-283

step11 执行菜单栏中的“文件>打开”命令或按Ctrl+O组合键，打开随书光盘中的“\12章\餐具广告\素材-4.jpg”。选中图像部分将其移动到原文件中，生成“图层3”，使用Ctrl+T组合键调整图层位置，效果如图12-284所示。

图12-284

step12 选择“背景2”图层，将图像放大并移动到左上角位置。选择工具箱中的矩形选框工具，选中倒立的文字部分，建立选区。按Ctrl+T组合键，在变换框中单击鼠标右键，在弹出的快捷菜单中选择“旋转180度”命令，将选区图像旋转，效果如图12-285所示。

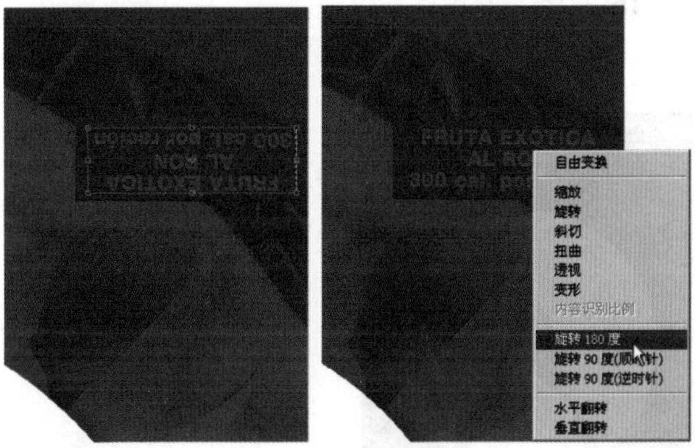

图12-285

step13 按住Ctrl键单击“图层1”、“图层1副本”和“图层1副本2”图层，将其拖曳到“创建新图层”按钮上，使用Ctrl+E组合键合并选择的复制图层为“图层1副本5”图层，如图12-286所示。

图12-286

step14 选择“图层1副本5”图层，按住Ctrl键单击“图层1”图层图标，载入图层选区，然后按住Ctrl+Alt组合键单击“图层2”和“图层3”图层图标，从选区中剪切两个图层形状，效果如图12-287所示。

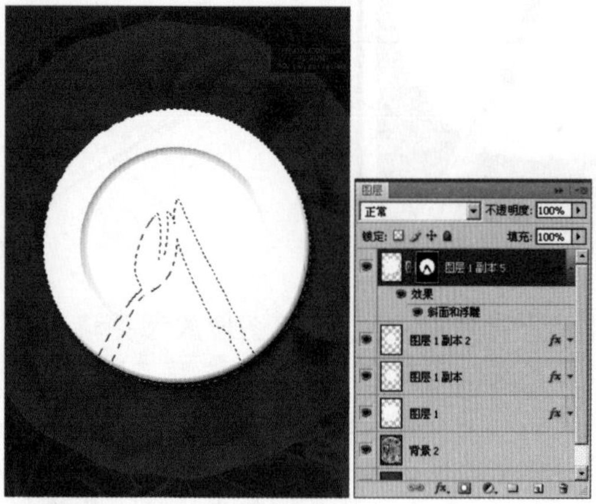

图12-287

step15 单击“图层”面板底部的“添加矢量蒙版”按钮，为图层添加蒙版，效果如图12-288所示。

图12-288

step16 在“图层”面板中单击“添加图层样式”按钮，在弹出的菜单中选择“斜面和浮雕”命令，在弹出的对话框中进行参数设置（如图12-289所示），为“图层1副本5”图层添加斜面和浮雕效果。

step17 在“图层”面板中显示并选择“图层1”图层，按住Ctrl键单击“图层1副本5”图层蒙版，载入选区。单击“添加矢量蒙版”按钮，为“图层1”添加蒙版，效果如图12-290所示。

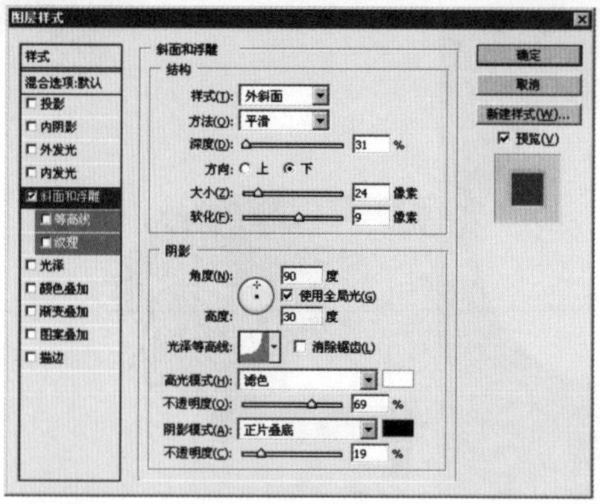

图12-289

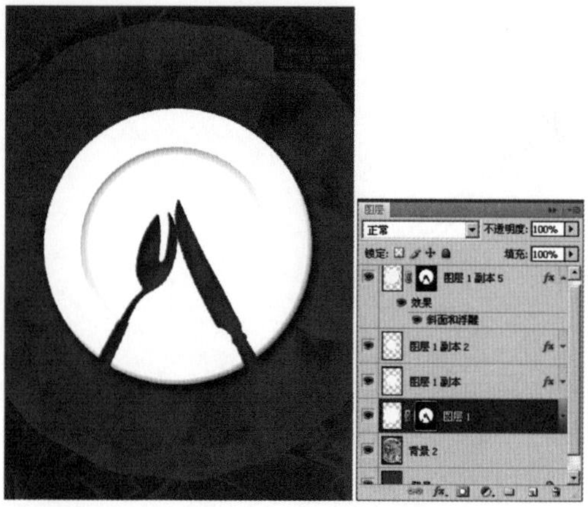

图12-290

step18 单击“图层”面板中的“图层1”图标与蒙版之间的链接图标，解除链接。选择图层图标，选择工具箱中的移动工具，使用方向键将“图层1”图层水平向右移动一段距离，效果如图12-291所示。

图12-291

step19 选择工具箱中的画笔工具，选择硬圆画笔，设置“主直径”为“20px”，设定画笔颜色为“白色”，在画面中将作为厚度的“图层1”与“图层1副本5”之间的部分填补完整，如图12-292所示。

图12-292

step20 选择工具箱中的橡皮擦工具，擦除边缘不平滑的地方，效果如图12-293所示。

图12-293

step21 用同样的方法修补画面中餐盘的其他区域，将厚度体现出来，效果如图12-294所示。

step22 按住Ctrl键选择“图层”面板中的“图层1”和“图层1副本5”图层，将其拖动到“创建新图层”按钮上，复制图层，得到“图层1副本3”和“图层1副本6”，使用Ctrl+E组合键合并复制图层，得到“图层1副本6”图层，如图12-295所示。

图12-294

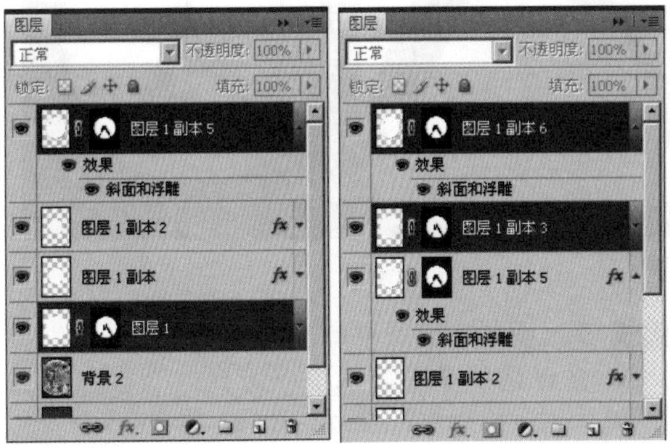

图12-295

step23 选择工具箱中的多边形套索工具，围绕餐盘下面的部分绘制选区。使用Ctrl+T组合键自由变换选区内容，将选区图像向下移动，并使用Shift+Alt组合键稍微拉伸图像大小，效果如图12-296所示。

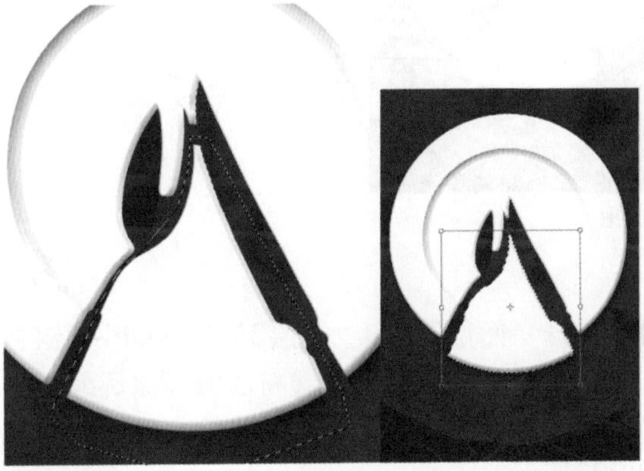

图12-296

step24 按住Ctrl键单击“图层1副本5”图层，载入图层选区，选择工具箱中的移动工具，将选区向左上方移动。选择“图层1副本6”图层，选择工具箱中的画笔工具，设定画笔颜色为“白色”，涂抹下面碎片中左上部分空白的地方，修饰餐勺的轮廓（其他地方不改动），完成后取消选区，效果如图12-297所示。

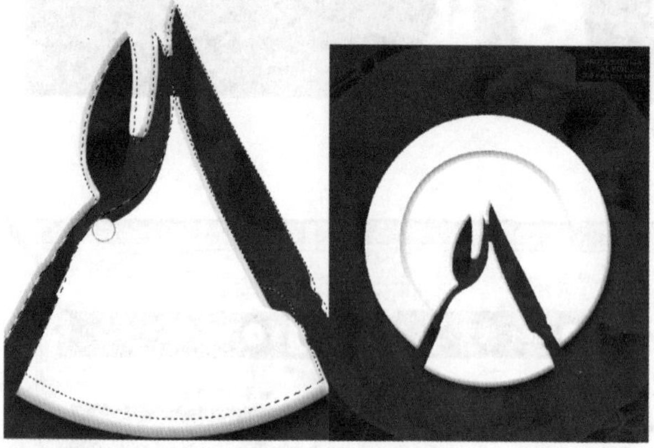

图12-297

step25 在“图层”面板中单击“添加图层样式”按钮，在弹出的菜单中选择“投影”命令，在弹出对话框的“投影”选项面板中进行参数设置，为图层添加投影，如图12-298所示。

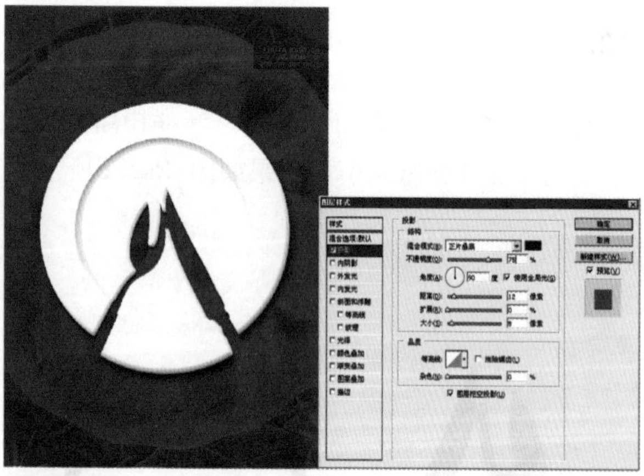

图12-298

step26 选择“图层2”和“图层3”，按Ctrl+T组合键自由变换图层，使用Shift键将图像等比例缩小并放置到画面的左下角位置，然后收缩高度，效果如图12-299所示。

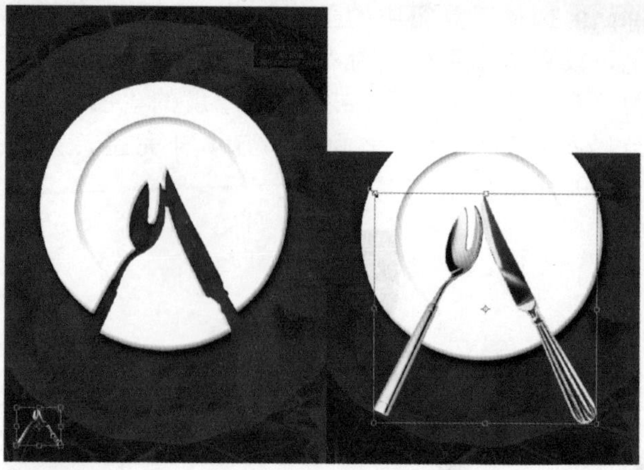

图12-299

step27 在“图层”面板中分别选择“图层2”和“图层3”图层，单击面板底部的“添加图层样式”按钮，在弹出的菜单中选择“投影”命令，为图层添加投影效果，参数设置如图12-300所示。

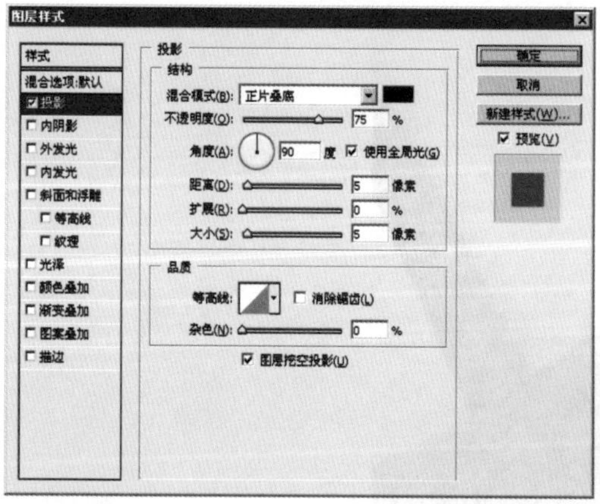

图12-300

step28 选择工具箱中的横排文字工具，在工具选项栏中单击“显示/隐藏字符和段落面板”按钮，在打开的面板中进行如图12-301所示的设置，然后在图像中输入文字。

step29 单击“图层”面板底部的“添加图层样式”按钮，在弹出的菜单中选择“渐变叠加”命令，在弹出的对话框中单击渐变条，打开“渐变编辑器”对话框，设置渐变参数，如图12-302所示。

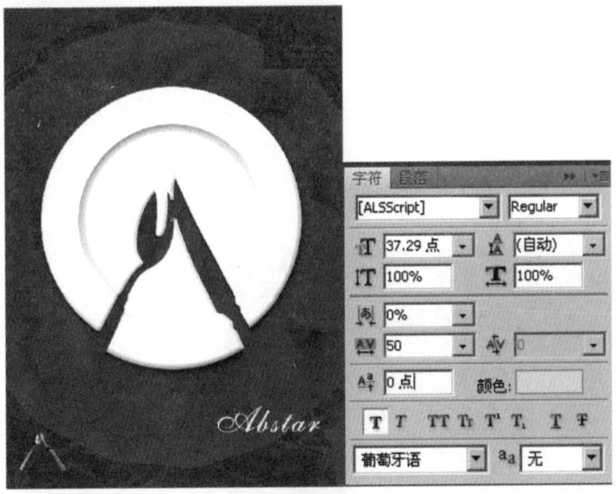

图12-301

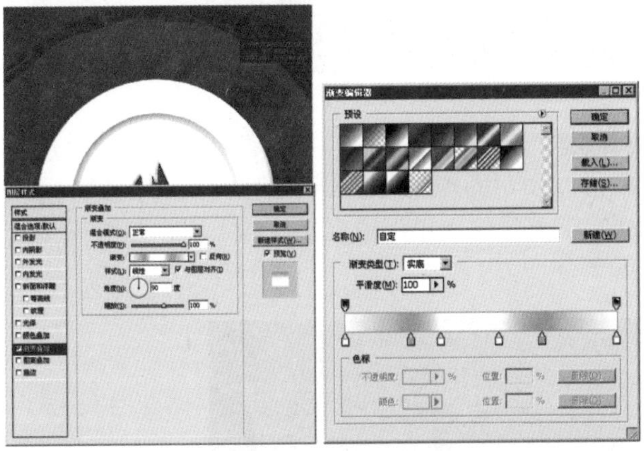

图12-302

step30 选择工具箱中的横排文字工具T，在工具选项栏中单击“显示/隐藏字符和段落面板”按钮，在打开的面板中进行设置，设定文字颜色为“R229、G229、B229”，输入文字并将其放置于画面下方，如图12-303所示。至此，效果制作完成。

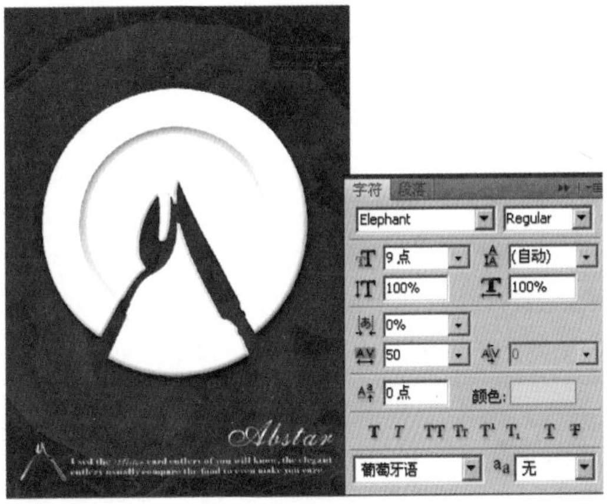

图12-303

12.13 厨房产品广告

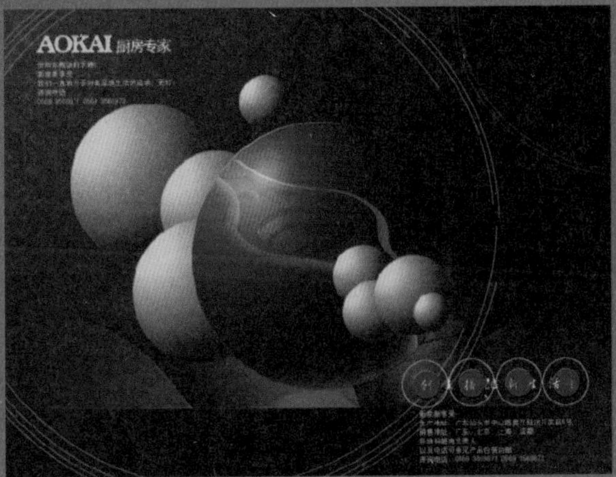

最终效果

制作说明

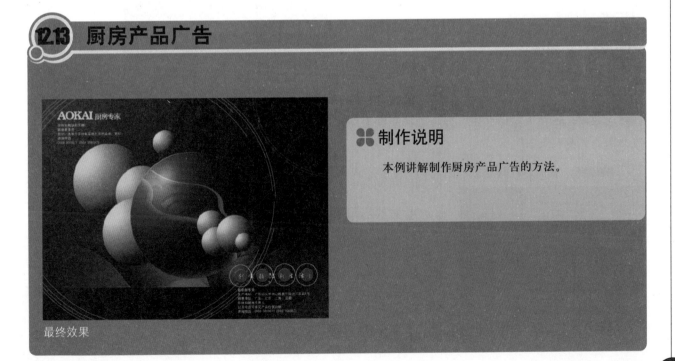

本例讲解制作厨房产品广告的方法。

step01 这里制作的是厨房用品广告，可以用于报纸或者杂志的广告刊登。执行菜单栏中的“文件>新建”命令或按Ctrl+N组合键，在弹出的对话框中设置“宽度”为“12”厘米、“高度”为“9”厘米、“名称”为“厨房产品广告”，如图12-304所示。

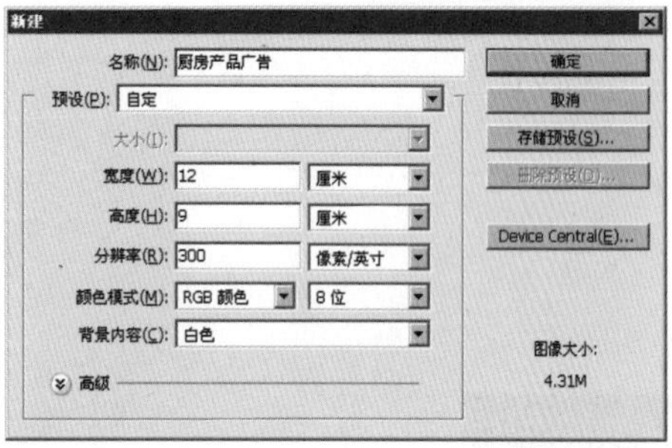

图12-304

step02 选择工具箱中的渐变填充工具，在工具选项栏中单击颜色条，在打开的“渐变编辑器”对话框中设置具体的颜色值，由于要制作有明暗层次变化的背景效果，所以在设置颜色的时候应该由次亮色至黑色再至亮色，如图12-305所示。

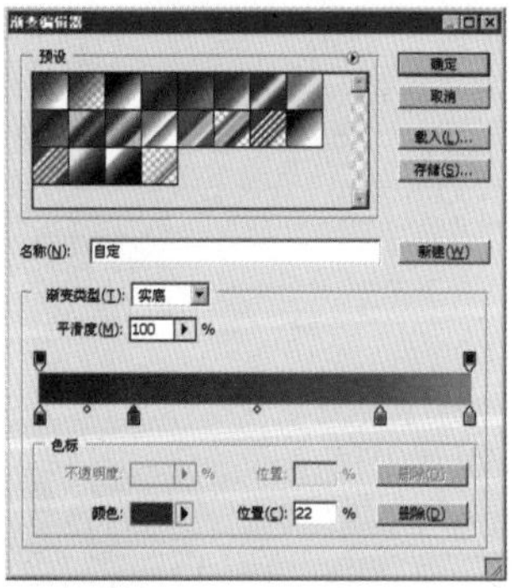

图12-305

step03 单击工具选项栏中的“径向渐变”按钮，然后在图像中拖曳填充渐变颜色，这样得到的背景比较丰富，如图12-306所示。

图12-306

step04 执行菜单栏中的“文件>打开”命令或按Ctrl+O组合键，打开随书光盘中的“\12章\厨房产品广告\素材-1.jpg”图像文件，选择工具箱中的“矩形选框”工具，在图像中拖曳以选中图像主体部分，如图12-307所示。

图12-307

step05 选择移动工具，将图像拖曳至“厨房产品广告.psd”图像中，得到“图层1”，按Ctrl+T组合键调整图像大小以适合现在的页面，如图12-308所示。

图12-308

step06 设置“图层1”的图层“混合模式”为“明度”、“不透明度”为“50%”，这样图像就融入到了背景中，如图12-309所示。

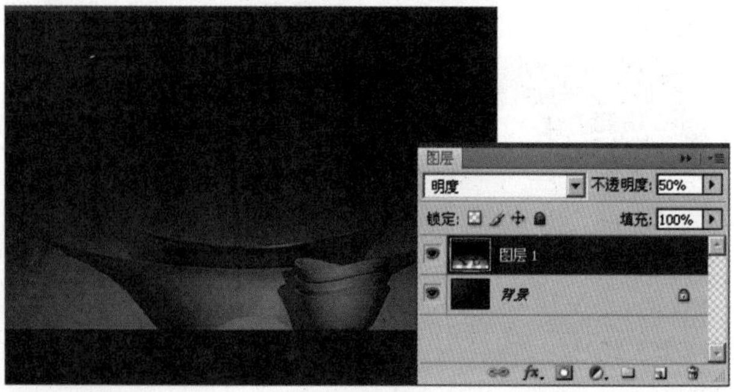

图12-309

step07 上面制作的图像只是简单地融合在一起，要使其完全融合，还要继续处理。单击“图层”面板底部的“添加图层蒙版”按钮以添加蒙版，选中蒙版，并填充黑色至白色的径向渐变颜色，如图12-310所示。

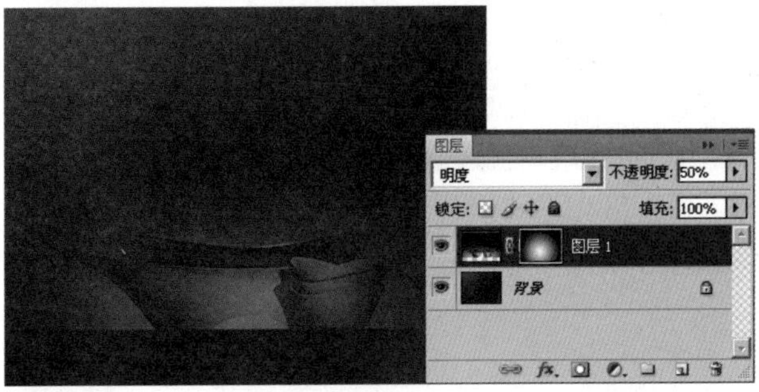

图12-310

step08 选择工具箱中的渐变填充工具，在工具选项栏中单击颜色条，在打开的“渐变编辑器”对话框中设置具体的颜色值，由于下面要制作的是圆球效果，所以在设置颜色的时候应该由次暗色至亮色，如图12-311所示。

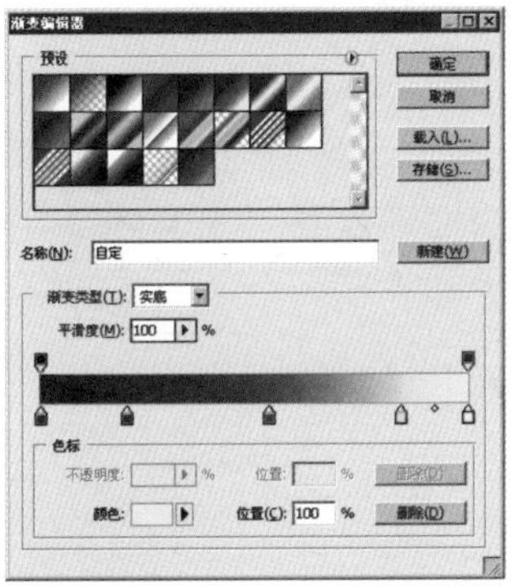

图12-311

step09 选择椭圆选框工具，按住Shift键拖曳，以得到正圆形的选区。选择渐变填充工具，新建“图层2”，并拖曳以填充颜色，这样就得到了具有立体感的圆球效果，而且还有反光，这和前面设置的颜色很有关系，如图12-312所示。

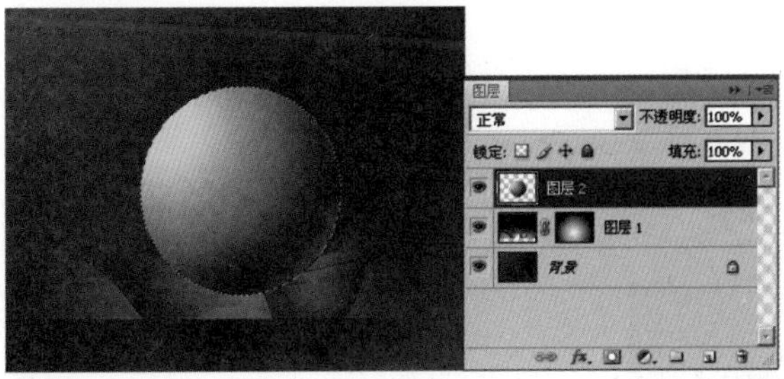

图12-312

step10 拖曳“图层2”至面板底部的“创建新图层”按钮上，复制图层，得到“图层2副本”图层，重复操作得到多个圆球，并配合使用Ctrl+T组合键调整各个圆球的大小，将其不规则排列，如图12-313所示。

图12-313

step11 按住Ctrl键单击最大的圆球图层缩略图以得到其选区，新建“图层3”，并填充选区为白色，如图12-314所示。

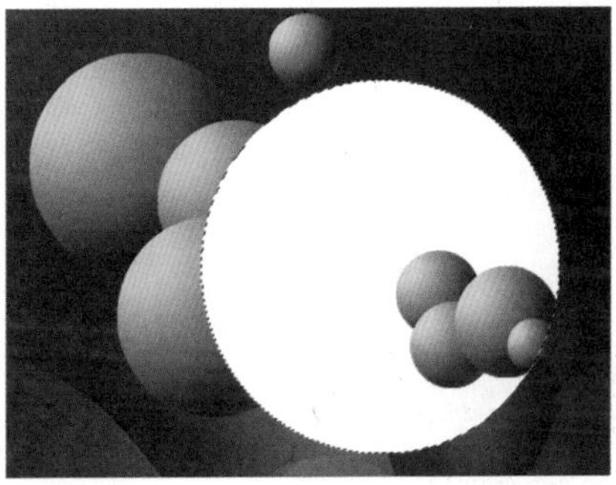

图12-314

step12 选择工具箱中的橡皮擦工具，在工具选项栏中选择一种柔角样式的画笔，并设置“不透明度”为“20%”，然后在白色区域内涂抹（在涂抹的过程中可以随时调整画笔的笔触大小及不透明度值），得到的圆球增加了透明的效果，而且高光和反光部分也更加明显了，如图12-315所示。

step13 为了突出要表达的主题，将其中的一个圆球以其他颜色来表示，单击面板底部的“创建新的填充或调整图层”按钮，在弹出的菜单中选择“色相/饱和度”命令，在打开的对话框中设置“色相”为“-74”，这样得到的圆球就变成了红色，其他圆球的颜色不变，如图12-316所示。

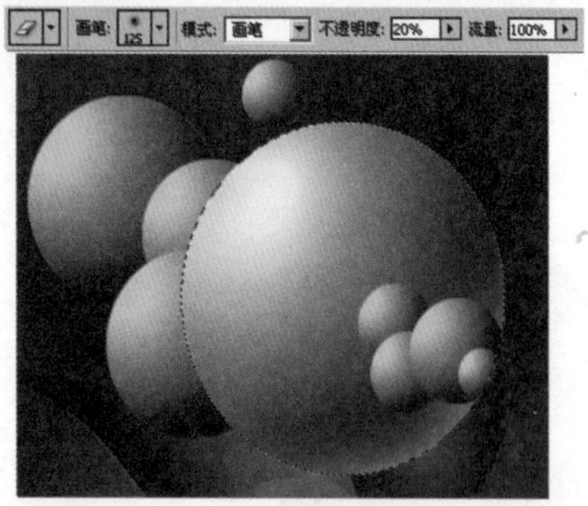

图12-315

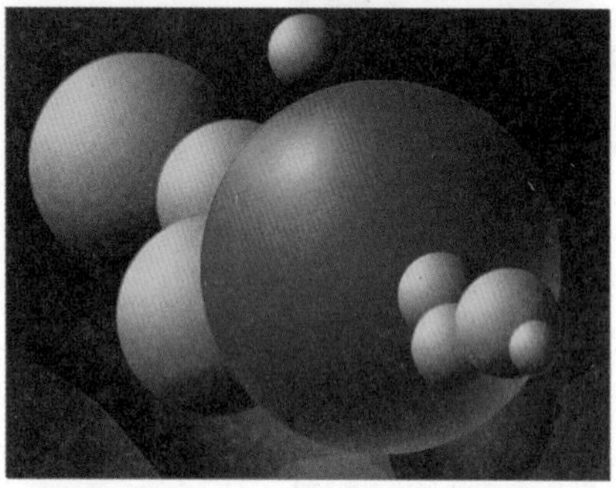

图12-316

step14 执行菜单栏中的“文件>打开”命令或按Ctrl+O组合键，打开随书光盘中的“\12章\厨房产品广告\素材-2.jpg”图像文件，如图12-317所示。

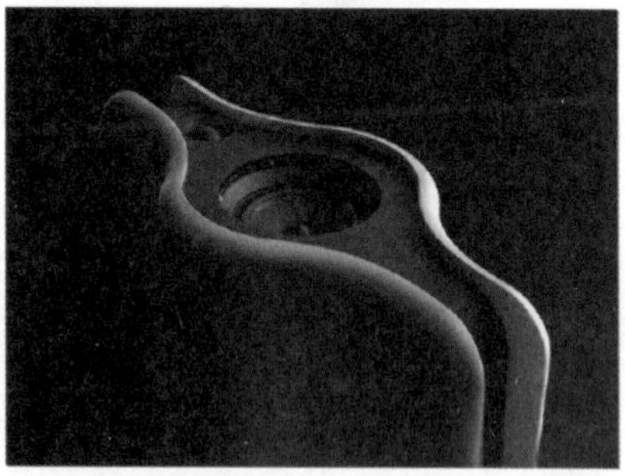

图12-317

step15 选择移动工具，将图像拖曳至“厨房产品广告.psd”图像中，得到“图层4”，按Ctrl+T组合键调整图像大小。为了迎合厨房产品广告的主题，可以将产品放置在颜色最显眼的圆球上面，如图12-318所示。

step16 重新获得最大圆球的选区，并单击“图层”面板底部的“添加图层蒙版”按钮以添加蒙版，这样，选区以外的产品就被遮住了，如图12-319所示。

图12-318

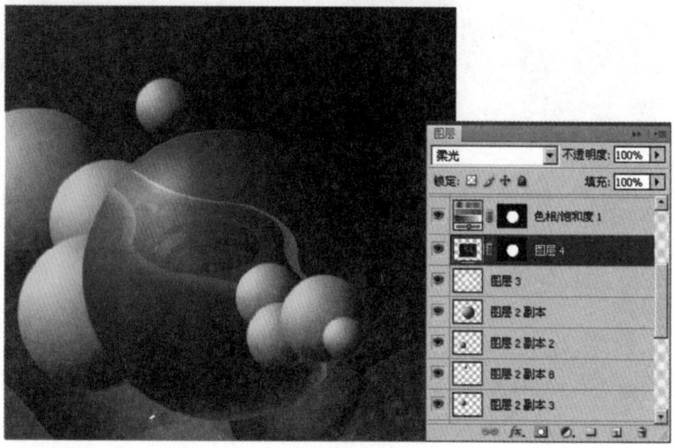

图12-319

step17 下面制作搭配的部分。选择工具箱中的铅笔工具，在工具选项栏中设置“主直径”为“3px”，如图12-320所示。

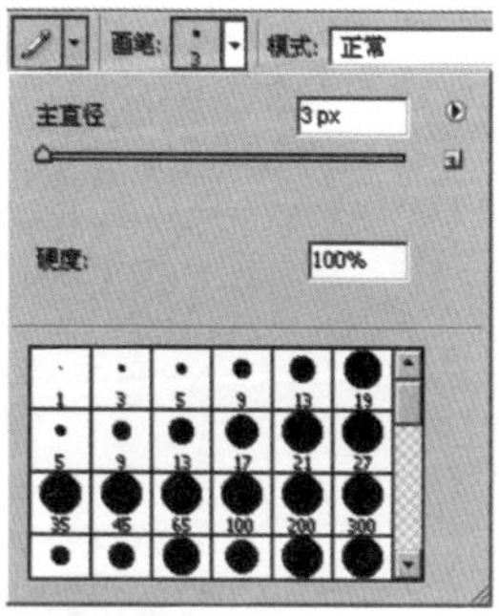

图12-320

step18 单击工具箱中的前景色块，在打开的“拾色器（前景色）”对话框中设置颜色值为“R213、G206、B98”，如图12-321所示。

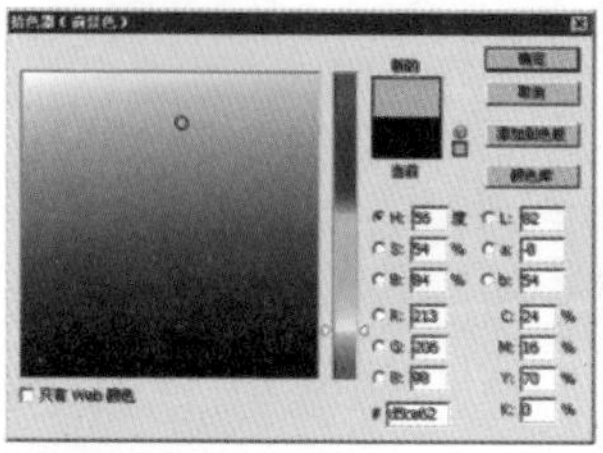

图12-321

step19 新建“图层5”，按住Shift键在图像中拖曳以得到很细的直线。重复执行此操作，得到多条长短不一的直线，和前面制作的比较规整的圆形形成对比，为后面制作圆形做铺垫，如图12-322所示。

图12-322

step20 执行菜单栏中的“滤镜>扭曲>极坐标”命令，在打开的对话框中选中“平面坐标到极坐标”单选按钮，这样直线就变成了椭圆形的效果，如图12-323所示。

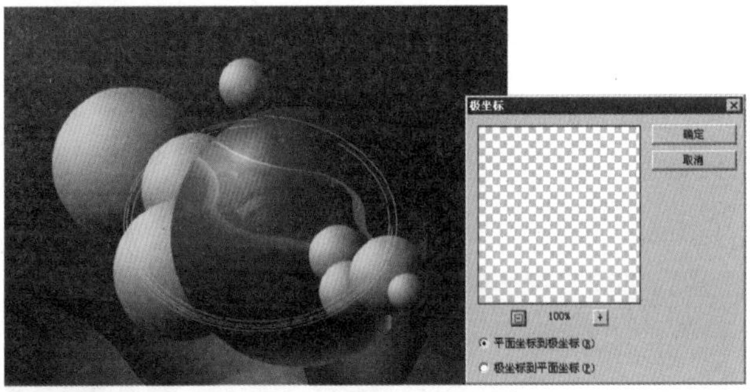

图12-323

step21 执行菜单栏中的“编辑>自由变换”命令或按Ctrl+T组合键，拖曳上下控制点，将椭圆变换为正圆，然后拖曳四角的控制点以旋转对象，使不规则的一边位于画面的右边，如图12-324所示。

图12-324

step22 前面制作的线条颜色太突出，有点影响整个画面的构图效果，所以设置其图层“不透明度”为“60%”，如图12-325所示。

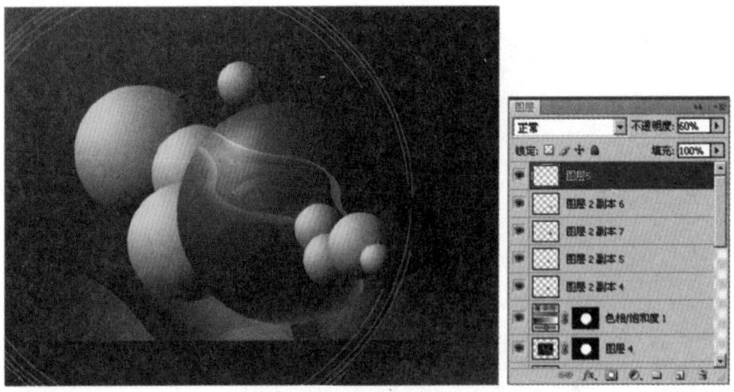

图12-325

step23 在目前的画面构图中，右上角似乎有点空，所以复制“图层5”，将新图层“图层5副本”旋转放置到右上角，设置其图层“不透明度”为“20%”，这样底图就丰富多了，而且构图也比较完整，如图12-326所示。

图12-326

step24 使用椭圆选框工具绘制正圆形的选区，新建图层，并执行菜单栏中的“编辑>描边”命令，在打开的对话框中设置“宽度”为“4px”，“颜色”保持默认即可（即前面设置的前景色），这样就得到了圆圈，如图12-327所示。

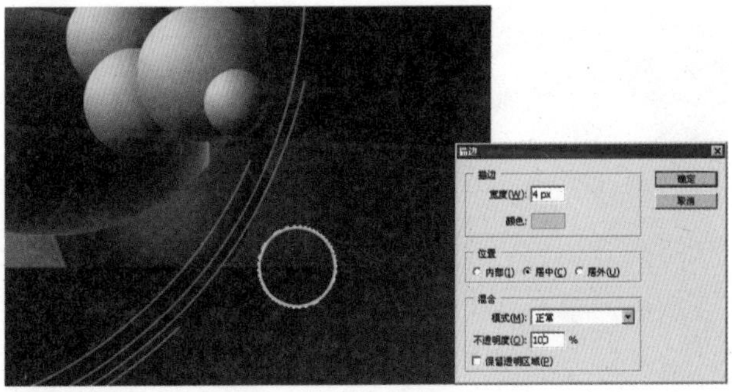

图12-327

step25 将前面制作好的圆圈复制3份，并将其整齐地横向排列，圆圈之间最好没有距离，这样有助于后面的制作。将这4个图层合并为一个图层，效果如图12-328所示。

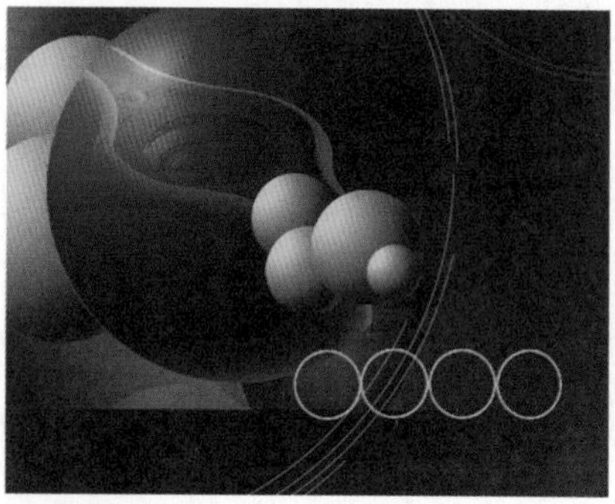

图12-328

step26 继续创建圆形的选区，新建图层并将选区填充为红色，复制红色的圆形，并将其排列放置在前面的圆圈中。同上步操作一样，合并新的4个图层，如图12-329所示。

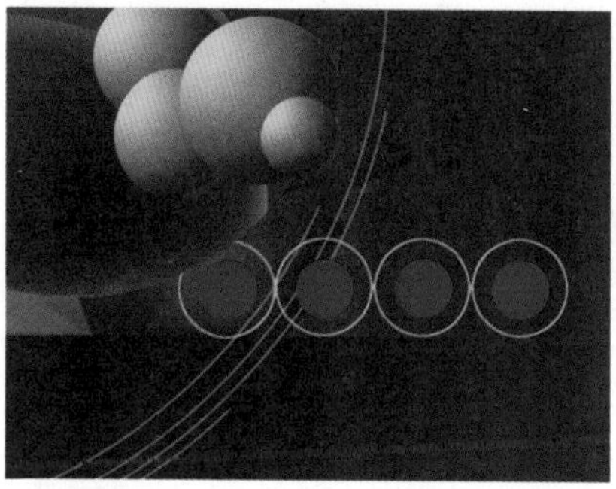

图12-329

step27 选择工具箱中的横排文字工具T，在图像中单击并输入文字“创意搭配新生活”，在“字符”面板中设置“字体”为“方正黄草简体”、“字号”为“8.5点”、“颜色”为“白色”，并将文字的位置调整至红色圆形上面，如图12-330所示。

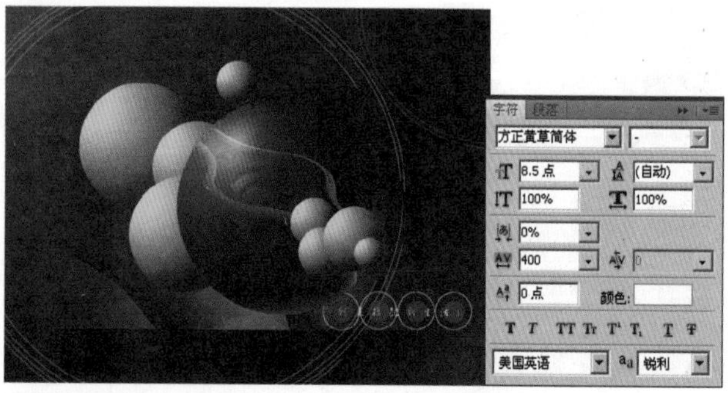

图12-330

step28 一个好的广告一定不能少了产品的标志名称，因为这样就少了宣传对象。继续输入标志文字（也可以直接导入产品标志）和广告语，用相同的方法设置文字的属性，效果如图12-331所示。

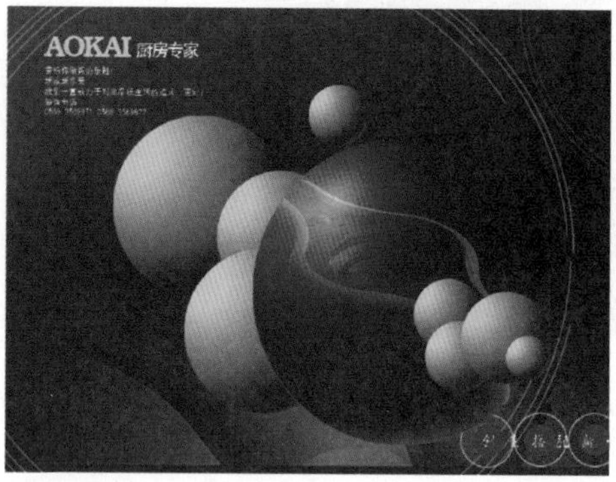

图12-331

step29 广告的目的就是让大家消费，所以一定不能忘了进行消费导航。现在就来添加宣传对象的生产地址、销售地址以及电话等信息。输入文字后在工具选项栏或者“字符”面板中设置文字属性，这样就完成了整个厨房产品广告的制作，最终效果如图12-332所示。

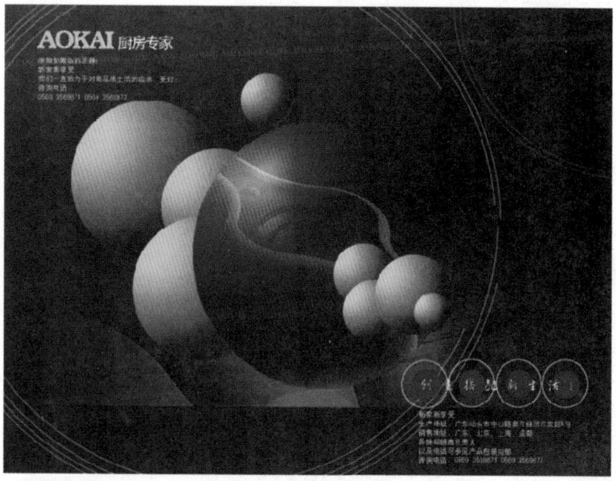

图12-332

12.14 啤酒广告

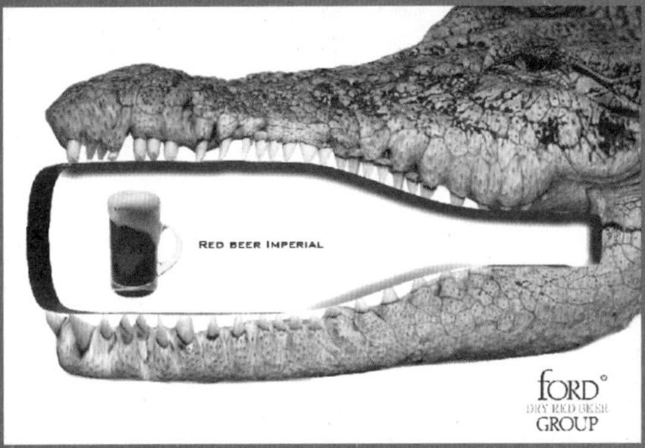

最终效果

制作说明

本例讲解制作啤酒广告的方法，通过对素材图像的取材及简单的操作制作出啤酒广告。通过本例，读者可以了解以快速蒙版模式编辑功能，并对常用功能进行复习。

step01 执行菜单栏中的“文件>打开”命令或按Ctrl+O组合键，打开随书光盘中的“\12章\啤酒广告\素材-1.jpg”图片。在“图层”控制面板中双击“背景”图层，解锁图层并将其改名为“图层0”，效果如图12-333所示。

图12-333

step02 单击“图层”面板底部的“创建新图层”按钮，得到“图层1”，设置前景色为白色，或者使用Alt+Delete组合键填充图层为白色。将“图层1”移动到面板的最下方，如图12-334所示。

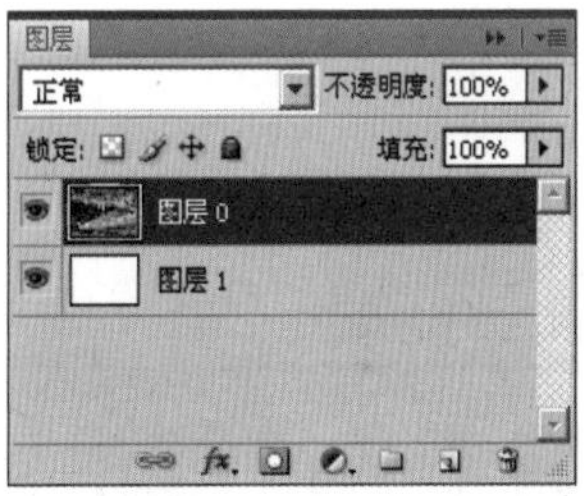

图12-334

step03 选择“图层0”图层，单击工具箱中的“以快速蒙版模式编辑”按钮，选择工具箱中的画笔工具，设置前景色为黑色，仔细涂抹画面中鳄鱼的嘴形轮廓，建立快速蒙版。完成后单击工具箱中的“以标准模式编辑”按钮，建立选区。单击“图层”控制面板底部的“添加矢量蒙版”按钮，建立图层蒙版，效果如图12-335所示。

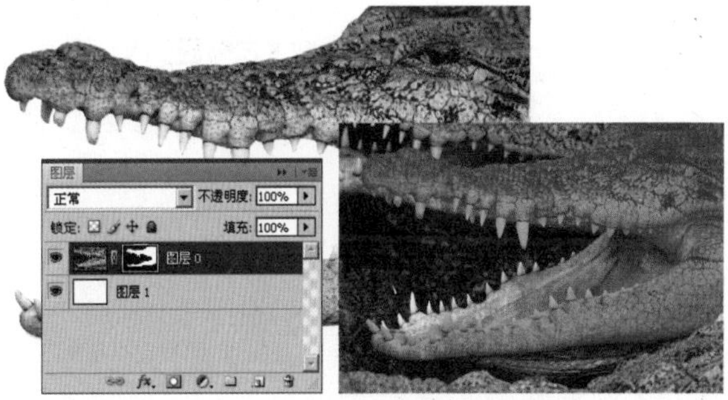

图12-335

step04 执行菜单栏中的“文件>打开”命令或按Ctrl+O组合键，打开随书光盘中的“\12章\啤酒广告\素材-2.jpg”图片，选择工具箱中的魔棒工具，单击图片中的空白底图，建立选区。选择工具箱中的套索工具，单击工具选项栏中的“添加到选区”按钮，圈选左边的酒杯，然后使用Ctrl+Shift+I组合键反选选区，得到酒瓶的选区，如图12-336所示。

图12-336

step05 选择工具箱中的移动工具，拖动酒瓶到原文件中，得到“图层2”，使用Ctrl+T组合键自由变换图层，将酒瓶顺时针旋转90°，并调整酒瓶大小，使之适合鳄鱼的嘴形，效果如图12-337所示。

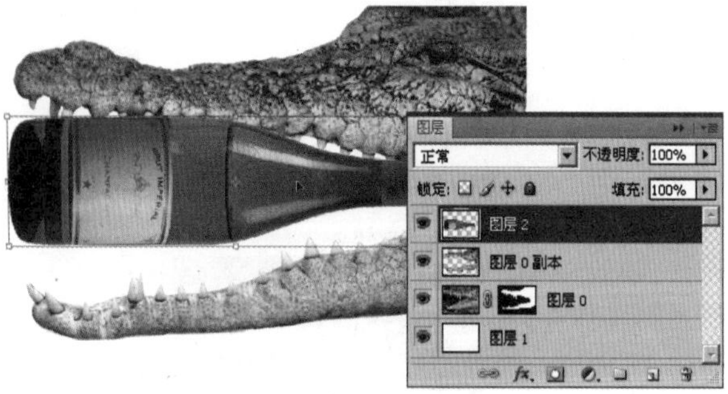

图12-337

step06 单击“图层2 ”前的眼睛图标将其隐藏，将“图层 0”拖动到面板底部的“创建新图层”按钮上，复制图层并将其命名为“图层0副本”。使用鼠标右键单击蒙版图标，在弹出的快捷菜单中选择“应用图层蒙版”命令，如图12-338所示。

图12-338

step07 选择“图层0副本”图层，执行菜单栏中的“滤镜>液化”命令，在弹出的对话框中进行设置，涂抹鳄鱼的嘴和牙齿，使之与酒瓶形状符合（注意，操作过程中要循序渐进，不可力度过大而使图像产生严重变形），如图12-339所示。

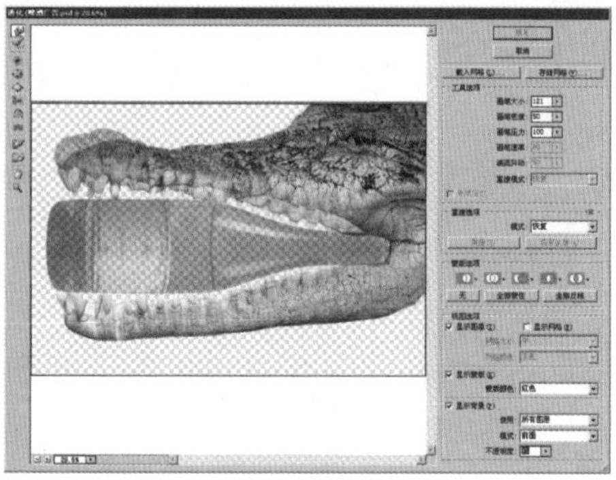

图12-339

step08 显示“图层2”，使用工具箱中的矩形选框工具和仿制图章工具选择未能符合要求的鳄鱼牙齿部分，使用Ctrl+T组合键调整长度大小，并修饰过度变形的部分，使变形部分尽量不明显，感觉自然，如图12-340所示。

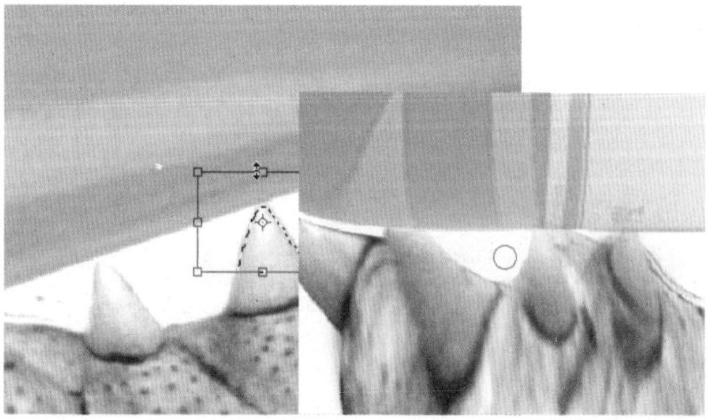

图12-340

step09 隐藏“图层0”，单击“图层”控制面板底部的“创建新图层”按钮，得到“图层3”。按住Ctrl键单击“图层2”图标，载入图层选区。设置前景色为白色，使用Alt+Delete组合键填充选区。使用Ctrl+T组合键自由变换图层，使用Shift键等比例缩小“图层3”，效果如图12-341所示。

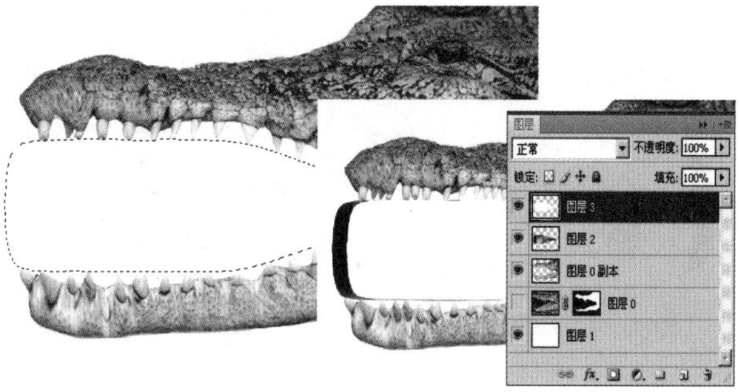

图12-341

step10 单击“图层”控制面板底部的“添加图层样式”按钮，在弹出菜单中选择“斜面和浮雕”命令，在弹出对话框的“斜面和浮雕”选项面板进行如图12-342所示的设置，添加凹陷的图层效果。

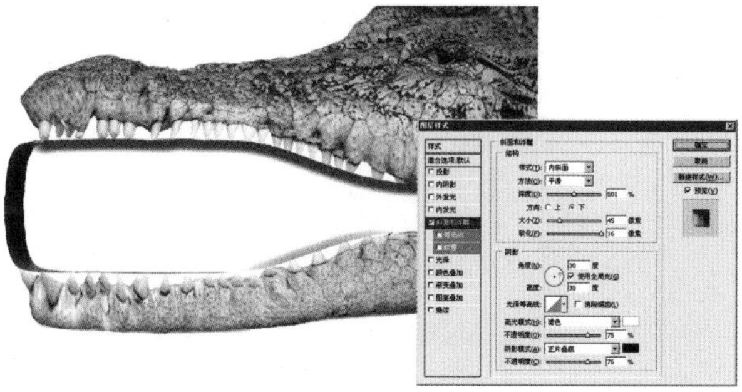
图12-342

step11 执行菜单栏中的“文件＞打开”命令或按Ctrl+O组合键，打开随书光盘中的“\12章\啤酒广告\素材-3.jpg”图片，如图12-343所示。

step12 执行菜单栏中的“图像＞调整＞曲线”命令，在弹出的“曲线”对话框中设置曲线如图12-344所示。

图12-343

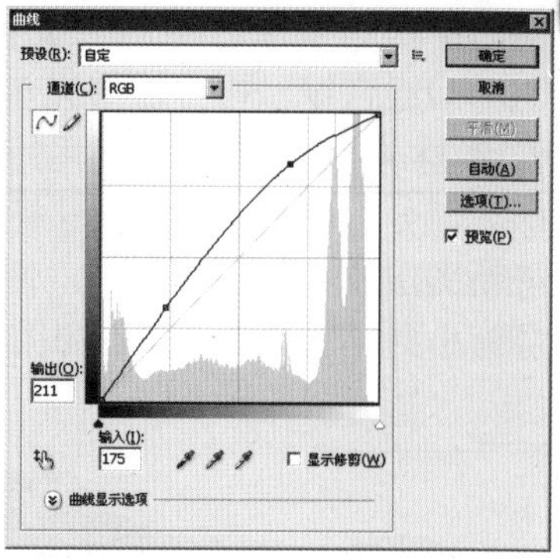

图12-344

step13 选择工具箱中的钢笔工具，绘制出酒杯的轮廓路径。单击“路径”控制面板底部的“将路径作为选区载入”按钮，载入酒杯选区。选择工具箱中的移动工具，将选区内容拖动到原文件中，并将新图层改名为“啤酒杯”，使用Ctrl+T组合键自由变换图层，将酒杯缩小至酒瓶内部，如图12-345所示。

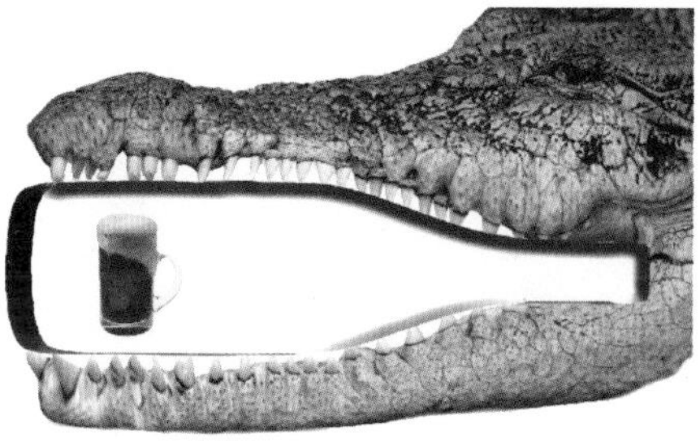
图12-345

step14 选择工具箱中的横排文字工具，在工具选项栏中单击“显示/隐藏字符和段落面板”按钮，在弹出的面板中设置字体、字号、颜色（黑色），如图12-346所示。在画面中单击鼠标，输入文字，设置文字格式，建立文字图层。

图12-346

step15 执行菜单栏中的“文件>打开”命令或按Ctrl+O组合键，打开随书光盘中的“\12章\啤酒广告\素材-4.jpg”图片，使用矩形选框工具框选出标志部分，使用移动工具将其拖动到原文件中，将新图层改名为“标志”，使用Ctrl+T组合键将图层缩小到画面的右下角，如图12-347所示。

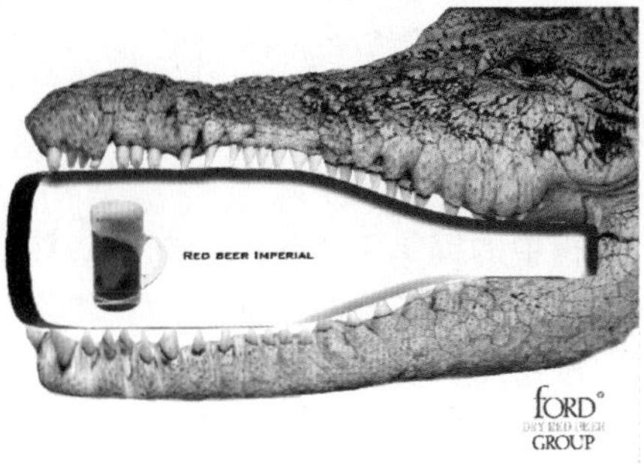

图12-347

step16 选择“标志”图层，选择工具箱中的矩形选框工具，框选上面的文字，使用Ctrl+J组合键复制选区到新图层，并命名为“标志副本”，使用Ctrl+T组合键缩小图层并将其移动到酒杯的中间位置，设置图层“混合模式”为“正片叠底”，使标志自然地印在酒杯上，最终效果如图12-348所示。

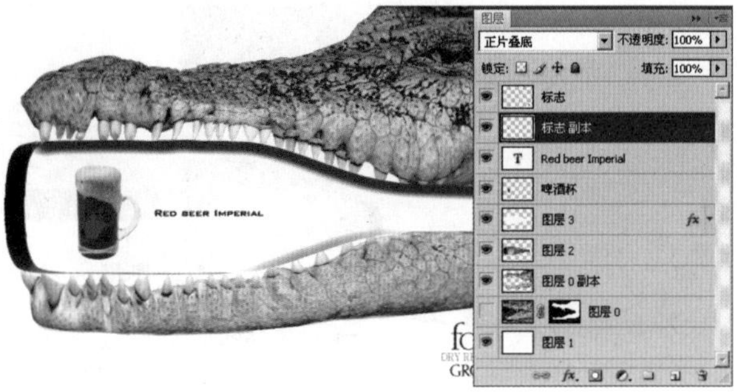

图12-348

反侵权盗版声明